U1005128

图书在版编目（CIP）数据

明月如霜：全 3 册 / 水未遥著 .—北京：新世界出版社，2015.8

ISBN 978-7-5104-5393-9

Ⅰ.①明...　Ⅱ.①水...　Ⅲ.①长篇历史小说—中国—当代　Ⅳ.①I247.5

中国版本图书馆 CIP 数据核字（2015）第 183395 号

明月如霜

作　　者：水未遥
策划编辑：张铁成
责任编辑：袁　静
责任印制：李一鸣　黄厚清
出版发行：新世界出版社
社　　址：北京西城区百万庄大街 24 号（100037）
发 行 部：（010）6899 5968　（010）6899 8733（传真）
总 编 室：（010）6899 5424　（010）6832 6679（传真）
http：//www.nwp.cn
http：//www.newworld-press.com
版 权 部：+8610 6899 6306
版权部电子信箱：frank@nwp.com.cn
印　　刷：北京毅峰迅捷印刷有限公司
经　　销：新华书店
开　　本：710mm×1000mm　1/16
字　　数：808 千字　印张：51.5
版　　次：2015 年 10 月第 1 版　2015 年 10 月第 1 次印刷
书　　号：ISBN 978-7-5104-5393-9
定　　价：75.00 元

版权所有，侵权必究
凡购本社图书，如有缺页、倒页、脱页等印装错误，可随时退换。
客服电话：（010）6899 8638

目录

帝都易主 1
明明如月 11
桃木梳心 21
山河空念 32
不速之客 48
进退两难 67
沈家明珠 96
宁陵风波 133
茶马互市 163
东川疑云 197

帝都易主

辰时，城楼上的响鼓被敲起。

沉重而缓慢的鼓声，从一座城楼传递到另一座城楼，一声声宛若撞击在心上。随着洪武门城门的开启，身着戎装的军队进入了城内，红盔黑甲，凤翅兜鍪，裹挟而来的却是一股威严肃杀的气息。

既没有鲜花着锦的恭迎，也没有热闹喧嚣的气氛，偌大的长安街上，甚至连一句高声的交谈都听不到。百姓们簇拥在街道的两旁，瞪着一双双好奇的眼睛，打量着这支从北平一直打到都城应天府的勤王之师，打量着这些面容肃整却甚是陌生的军人。

就在昨夜，皇宫中起了一场诡异的大火，冲天的火势烧得整个宫城的天都是红彤彤的，然后很快传出了消息，年轻的皇帝和他的皇后马氏，在那场大火中双双殉难。

这是新帝登基的第四个年头，整个应天府都在窃窃私语，悄声议论着这打着“清君侧”旗号的燕王军队，攻陷都城后不但没有诛灭奸佞、匡扶社稷，反而逼死了帝后。在北军占领了皇城后，很多朝廷重臣被扣押，那些穿着甲胄的士兵在城中大肆捉拿搜捕，使得家家闭户、户户熄灯，人心惶惶。

勤王，变成了逼宫；

讨逆，却为了篡位。

一切变化都快得让人匪夷所思。

“这诛杀之人的血还没干，就这么迫不及待地进了城里，鸠占鹊巢，也不怕遭到天谴!”

“那燕王不是皇帝的叔叔吗，怎么会杀了自己的亲侄子?”

“这年头，为了皇帝宝座什么做不出来？老天不长眼，居然让这帮乱臣贼子得了势!”

瓷杯里沏着上好的普洱茶，散发出四溢的醇香，却因义愤填膺的百姓们一人一句的谴责，得不到品尝而逐渐变凉了。

隔着屏风，坐在二楼雅间里的朱明月，正望着街上缓缓经过的军队。

闻言，微微侧目。

“小姐，要不要奴婢出去教训一下他们，或者把出言不逊的那几个人抓起来？”

红豆有些气恼，更多的却是得势后的得意和自恃。江山易主，紧接着就是权势的更迭，一个小小的侍女尚且如此，更何况那些将脑袋拴在裤腰上、拼上身家性命一路跟随而来的拥护者。

“抓人是锦衣卫做的事。若是真听不过，不如杀几个以儆效尤。”

少女抿了口茶，淡淡的口气仿佛在谈论天气“抓人引起骚乱，都杀了，想说什么都说不出来了，还能警慑那些所谓的读书人，让他们知道什么该说，什么不该说。”

巴掌大的小脸，衬托出不大的年纪，白瓷若腻的面颊；一对点漆似的黑瞳，弯弯眉梢，右眼角一颗浅褐色的泪痣，盈盈若泣。身着一袭浅湘色六幅褶裙，乌发双绾，整个人纯美得如同一枝嫩蕊白芍，却似乎是个再寻常不过的民家女孩儿。官宦士族的千金一贯养在深闺，手持如意，庭院赏花，讲究大门不出二门不迈，极少出来抛头露面。不过不是官家小姐也好，现在京城里已经变了天，皇帝都死了，那些臣子们也好不到哪儿去，像这位天仙儿似的姑娘，若真是官员亲眷，怕也要跟着遭殃。

她的嗓音如碎雪，声线却不大，隔着一道屏风，并没有被外面的人听见多少。红豆听见了，眼里却流露出同样的冷意，“是呢，新主即将荣登大宝，怎能由着那些无知百姓去评头论足……”

少女放下茶盏轻言道：“休要妄言。”

红豆也意识到自己说过头了，急忙噤声。

少女将目光投向茶楼之外，长长的队伍步履铿锵、气势森然，盘踞着一整条长安大街，仿佛怎么走也走不完。除此之外，更有大量的精锐部队仍驻扎在城外，以防那些京畿旧部哗变。

城中的百姓说得没错，这支勤王之师的目的就是征伐、夺权。放眼历朝历代，又有哪一次谋反，不是打着冠冕堂皇的旗号？何况还是眼下的燕王——若出师无名，怎么敢冒天下之大不韪，公然造自己侄儿的反。

眼前的城池，是刚刚抢来的。

往后的天下依旧姓朱，只不过很快就会从侄子换成叔叔。

朱明月忽然想起了那个温柔而腼腆的少年。

这个时辰，已经出了应天府了吧。不知是否太祖爷预知了在自己百年之后，孙儿会有被推翻之祸，早在远离都城的某一处给他安排了容身之所，金蝉脱壳，李代桃僵，在这样一场残酷血腥的罹难中幸免。既然如此，当初为何要将这江山重担交付给一个文弱的少年？

普天之下莫非王土，能逃到哪里，能逃避几时？他是至高无上的皇家人，曾以帝王之血，坐拥锦绣山河——像春和殿里那位柔弱美丽的皇后，在敌军攻陷城池之时，不愿受辱以自焚来捍卫尊严。文官武将们一生恪守的气节，似乎并没有在那位年轻君王的身上得到体现，在面对杀戮和迫害时，反而还不如一个女人。

在无数的护国军拼死抵抗时，北平勤王的队伍里，仍有很多的优秀将领对那位雄才大略、杀伐决断的燕王誓死追随。其中，就包括她的父亲。

“已经半个时辰了吧？等都进了城，城门也该关了？”朱明月轻声问。

留在城外的，除了北军，也有一部分是宁王的人，他的嫡亲叔叔之一。众叛亲离，也不过是这般光景。

红豆道：“之前张统领派人来知会说，今夜宵禁要提前，不仅是宫城、皇城内外，整个京师都要夙夜戒备。想来不久后，就会有暂时负责巡城的北军步兵营来鸣锣示警，驱赶街上的人群……”

红豆说到此，抿了抿唇，还是忍不住道：“小姐，恕奴婢多嘴，这个时候，小姐不是该在奉天殿里，等候着王爷的到来吗？”

少女端着茶盏的手一滞，默然未语。

现在的确不是该在街市的茶楼里旁观的时候，但在那瑰丽恢弘的皇宫内城，那个她待了整整五年的地方，宫苑焚毁，后妃身死，诸臣不堪屈辱，纷纷以自戕而血溅当场。偌大的皇宫中，只留下那些哀嚎悲怆的太监和宫女，还有被鲜血染成一片嫣红的殿宇和楼阁。

这一切是谁的错，谁应该来负责？

燕王？

甚至是那些冲锋陷阵的将士？抑或是，她这个所谓的胜利果实缔造的辅佐者？

战争、皇权，在血和泪的浇注下已经混淆得无法说清楚。倘若当初建文帝没有下令削藩，燕王会不会被逼得谋反？即便不反，其下场是不是跟其他藩王有所区别？藩镇之地，一直都是那位年轻帝王的心病，不根除，不足以稳坐江山。如代王、岷王等人，被剥权夺地、贬为庶人；如湘王，紧闭宫门，阖家以死明志。

面对即将落下的屠刀，没有人会引颈就戮，与其称为削藩，倒不如说是一场浩大而残酷的谋杀，由此而来的靖难之役，燕王和宁王固然是窃国者，建文帝却也不无辜。

就像她当初进宫，不过是个小小的伴读，从未想过有朝一日会参与到皇权的绞杀中，更无法料到在这场以“清君侧”为名的祸乱里，她也是很多悲愤的读书人口中“推波助澜、助纣为虐”之人。

“回吧。”

她叹了一口气说。

红豆不知她心中的千思百结，欢喜地点了点头，“是呢，回府也好，说不定老爷现在已经在新府宅里了。好几年都不得相见，这回总算与小姐重逢，指不定得多高兴！”

朱明月放下茶盏，闻言，眼底也浮出一丝少有的暖意。

说是新宅，不如说是一座闲置了许久的宅院。

燕王在洪武十三年就藩边陲之地，藩邸在北平，亲信和随扈们的府苑也都在北平，京师里面没有他们的住所。自己此时不能跟着燕王一起住进皇宫禁苑，只能临时在城里面征用一些府宅，至于宅里的原主人家，都被赶了出去。

这一处是荒废不用的，就在西安门外大街上。朱明月一直在宫中，除了红豆，也没有其他伺候的奴仆，这院府还是她爹爹身边的侍卫长先行进了城，收拾出来的。后院的几间仍是落满了灰尘和蛛网，前院和中院还算洁净，住人是没问题的。

自古胜者王侯败者寇。世人善于颂扬胜利者的荣光，却忘记给那些失败者留下一点怜悯和同情。而她尚算善良，起码没有在谋夺了人家权势地位的同时，又去折磨他们的家眷。

“小姐，将军让末将回来报个信儿，将军跟燕王进宫了，晚些时候回府上跟小姐团聚。”

侍卫长张义是地道的北方人，因常年风沙吹蚀，皮肤干燥而黑红，高高壮壮的身材，体魄强健，有一股子威武之气。

朱明月“嗯”了一声，随即问道：“北平府上的人什么时候会到?”

爹爹念旧，一想到往后会在应天府定居，一定要把府里的老人儿都接过来。

张义道：“总管和厨娘以及奴仆等，都在来的路上，但是最快也要年关前。”

红豆闻言瞪了瞪眼睛，惊诧道：“年关前？那至少还有五个多月呢！这段时间怎么办？宅里除了一个奴婢，再没半个伺候的下人了。”

张义无奈地说道：“扶老携幼，路途甚远……”

何止是路远，燕王藩邸的将士们在离开北平之时，都很清楚即将面对的是一条怎样莫测的路。谋朝篡位，九死一生，谁也不知道能不能活着回来，何必带着亲眷一起送死。

就像朱明月自己，在两军交战的前夜，甚至连诀别书都写好了，缝在内衫里。若是败露身死，只希望能给她爹留个念想。

那种心情，没有经历过生死灾劫的人是不会明白的。

“还是买些奴仆回来吧。”朱明月道，“这段时间总要用人。”

红豆有些犯难：“京城里面现在乱得很，上哪儿找现成的呢。再说咱们这样的府宅，人家也未必肯来……”自小就跟着朱明月进宫，红豆并不太会打理府里的生活。

张义猜到红豆在想什么，大手一挥道：“气节不能当饭吃，平头百姓不像那些心高气傲不分五谷的读书人，不会去执著谁来坐江山。眼下有很多京官的家眷被赶出来了，外面肯定也流落了不少家奴，末将去买回来几个，先凑数就是了。”

红豆撇了撇嘴，想反驳些什么，又挑不出毛病来。

朱明月道："好，也不用招太多，免得北平那边的人过来，还要麻烦着遣散。"

至于其他的，爹爹是行伍之人，向来不甚计较府里的杂事，凡事能从简便从简。

少女言罢，将红豆和侍卫长打发出去准备，自己则回寝房里收拾东西。昨夜随便挑了个屋子睡了一夜，早上起来才发现屋顶的梁柱都是歪的，还漏了好大一片屋瓦。倘若是梅雨时节，被淋一身湿倒在其次，房顶塌了，很有可能被砸在里面。

当真是有些后怕。

也不知道爹爹身边的那些戍卫会不会修葺屋檐。

对于府中的生活，其实她也不比红豆了解多少。

倒是家里的人甚少，除了她跟爹爹，只有一个自小照顾过她的奶娘。亲娘死得很早，爹又常年在军中，因担心她年幼受气，一直都未续弦。若不是她七岁来应天府，九岁进宫，现在也应该跟着那些老家奴，正从北平往京城这边赶。

与边陲城镇不同，应天府实行非常严格的宵禁，每当傍晚来临，内城的几座城门会听到鼓声而关闭。过了时辰，街上不允许随意走动。但却并不影响那些酒肆、赌坊和妓院，因为相距内城甚远，都开在了城西很杂乱的地方。

今晚无疑是一个全城戒严的日子，隔着院墙，还能感觉到外面清冷的街道，风拂着树叶落下，卷起一片寂静和肃杀。

在朱明月的记忆中，年幼时的傍晚，多少还停留在北平城繁华热闹的夜市。沿着大街，很远就能听到小贩的吆喝声、小孩子的喧哗嬉闹，还有硝石、硫黄那股独有的刺鼻味道——都是些卖艺人，专门表演那些喷火、走飞镖、胸口碎大石的绝活，将过路行人吸引来讨些赏钱。

那时候每到华灯初上，爹爹一有空就会带着她出府，将她放在脖颈上，扶举着她到处看表演、赏花灯、尝小吃。记忆中那时的糖人儿很甜很甜，还有冰糖葫芦和桂花酿、花生糕都是她最喜欢的。

年幼的时光很无愁，仿佛就在小孩子的指缝里，还没等抓住就消失得无影无踪。后来，她离开北平酷寒之地来了京城，两年后，又作为皇太孙的小女史，进宫伴读。

站在院中的树下，少女踮起脚，似在追忆，又似在遥望北平城夜市中那一抹尚未来得及消逝的明灿烟火以及远处飘来的淡淡的茶叶蛋的咸味儿。下一刻，她被高高地举了起来。

“啊……”

陡然升起的高度，让她一眼就瞧见了墙外的街市。与此同时，朱明月愕然地低下头，那留着一撮大胡子的中年男子，正一脸憨然地仰脸望着她笑。

“爹爹!”

已经是十三四岁的大姑娘，身量已成，难为她爹还能像小时候一样把她高举起来。

朱明月甚是讶然，心底却涌出了难以抑制的喜悦。待定睛往后面看去，这才发现跟着爹爹一同进来的，还有勤王之师的很多将领，也都站在树底下，戎装未卸，满面笑容地望着这边。

“爹爹，快放女儿下来。”

“都已经这么大了，快让爹好好瞅瞅!”

朱能捧着朱明月的脸，眉梢眼角是满满的宠溺和欢喜。

“你爹在军中，总叨叨自己有个宝贝女儿，那简直是夸得天上有地下无啊。听得我们的耳朵都起了茧子，这下总算是见到了!”这时，一个武将哈哈笑着道。

“可不是，从苏杭到京城就是近，让咱们这些儿女都不在身边儿的好生眼红!”

“早知道也把我家闺女放在江南养着了，瞧这丫头一副水灵灵、俏生生的模样，看来江南就是比北方养人!”

朱家明月在七岁时从北平城去了徽州府老家，后来染病，一直在苏州府的嘉定城中修养，这一“事实”被安排得十分周密，经由朱能的不断叨念，北平军中几乎人人皆知。

听着众位将士你一言我一语，父女俩对视一眼，也跟着笑了。

须臾，朱能操着粗狂的嗓音，大声笑骂道：“格老子的，俺家珠儿那就是个宝贝，不对，比宝贝还珍贵！你们就羡慕去吧。”

“是月儿!”

她小声提醒。

朱能一拍脑门说：“瞧爹这记性，对对对，是月儿，月儿!”

朱能初袭父职任燕山护卫副千户，亦是燕王麾下赫赫有名的将军、会州五军中的左军将领，而今，更是靖难之役中首屈一指的功臣。

后面的将领们中，又有人啧啧了两声。同时有人羡慕道：“想不到你自己跟个黑面无常似的，能生出这么一个如花似玉的闺女。”

“就是记性太差，连姑娘的闺名都给叫错了!”

又是一阵哄笑。

“你们懂个屁，俺家姑娘原来不叫这个名儿，后来才改的。太高兴了，就给忘了!”这位沙场上所向披靡的英武将军，笑得合不拢嘴。

五年了，朱明月看着面前这张又黑又瘦的脸，额角上两道很深的伤疤，鼻翼不禁有些发酸。的确，自己还有一个名字。

明珠。

“朱明珠……”

其中有一位将领念了念，摸着下巴咂嘴，道：“好歹是个姑娘家，闺名自然要雅致些。明月比起明珠，确实好了很多。”

是啊，朱明珠，猪明猪。

彼时年幼，很多小孩子都拿名字取笑她。一日她哭着跑回家，嚷嚷着非要改名字，那时候她爹愣是没明白，还曾小心翼翼地问不改行不行，结果她又是哇哇大哭，爹爹心疼不已，当即就改名叫明月。

现在想想，那时候年幼，不懂得其中的意义。

朱明珠，明珠，取其意，就是朱家的掌上明珠。那名字里面，实在是寄予了一个父亲对女儿太多的珍视和疼爱。

“好了好了，咱可别杵在这儿，耽误人家父女团聚。”

看热闹的将领们中，有人笑着说。朱能瞪了瞪眼睛，连头都没回：

“对，赶紧都给老子滚蛋，自己找屋睡觉去！”

说完，继续搂着自己的闺女傻乐。

“不是吧，自己找啊？”

“老子想洗个热水澡！两个多月没沾水了。”

“这身衣服破得不能要了，谁有新的，借来穿穿？”

身着红黑铠甲的将领们，一边叨咕，一边勾肩搭背地走了，干净的月光穿过树梢，在他们的身后拖出一道长长的影子。

跟她爹爹一样，这些都是燕王跟前最受器重的心腹武官，否则不会被直接召进皇宫，直到这个时辰才出来。

那厢，红豆已经麻利地过去收拾屋舍。碧血黄沙、九死一生之后，歌功颂德也好，口诛笔伐也罢，没亲身经历的人不会想象得到，这些赫赫威名的沙场罗刹，与那神秘莫测、让人难以望其项背的形象，其实很难对得上。

“幸亏多拾掇了几间，否则真没地方住。”

红豆一边将帐子扯下来，一边掸灰。张义很不情愿地给她打下手。

“呀！”

红豆忽然大叫了起来。

张义吓了一跳，忙看过去，就见红豆一脸紧张兮兮地说道：“热水怎么办啊？府里还没有厨娘呢！”

“你是侍女，连水都不会烧？”

红豆瞥了张义一眼，理直气壮地说道：“我可是贴身侍婢，在侧殿里面伺候的，烧水？那是下等宫女才会做的粗活！”

张义翻了个白眼，很想提醒她，现在已经不是宫里面了。

“好吧，灶房在哪儿？”

“你会？”

笑话，军中多年，他还会煮饭和缝衣呢，可这种事儿，按理说不应该是娘儿们做的吗。

还有刚刚那几位，丘福、金忠、李彬、徐忠、房宽……都是赫赫将星，随便哪一个，不是百万军中斩上将首级、让敌人闻风丧胆的主儿！现在倒好，全窝在一个破破烂烂的荒废府宅，凑合着住。

若张玉老将军还在世，非气得吹胡子瞪眼不可。

唉，说出去谁信呢？

张义心里暗自说道。

明明如月

第二天清晨，红豆很早起来准备早膳。东厨里没有食材、没有庖人、没有婆子，红豆只好去街市上买，杂七杂八的摆了满满一大桌子。武将们起得都很早，狼吞虎咽地吃完，就赶集似地进宫去了。

结果光是盘盏就一堆，红豆一边拾掇一边心里想，希望这样的日子千万别持续太久。

朱明月把一切都看在眼里。

燕王的北军因勤王而来，不比那些流寇匪患，攻陷一座城池后疯抢一气，然后放把火，将不能带走的都烧掉。北军是朝廷的军队，燕王又是皇上的嫡亲叔叔，旧主殇逝，新主未立，眼下的皇朝实在是有太多的事等着他们去做。

马上要筹备的，自然就是国丧。

就在朱能准备跟着诸将进宫去面见燕王之时，从城西府宅里忽然来了一位宫里的太监。

“燕王传话，让月儿小姐跟老奴进宫一趟。”

红豆正埋头在碗碟里面，闻言，即刻警惕地站起身来。

此时朱明月已经跟来人出了二门，跨出门槛，上了那辆平顶素帏的小轿。红豆咬了咬唇，犹豫着要不要立刻去禀告老爷，这时，就听见轿帘里传出一道嗓音：“你留在府里，另外，记着准备将军们的午膳。”

老太监眯着眼睛瞅了一下院子里的婢女，转过身，恭恭敬敬地朝着轿帘道：“月儿小姐且安心随老奴过去，左军都督老爷也在宫里头呢。”

“好，都听公公安排。”

正值仲夏，天气炎热得很，等轿子顺着西安门外大街，一直抬到了西华门前，几个轿夫已经大汗淋漓。轿子稳稳地落地，轿夫小心翼翼地压着抬杆，完全妥当之后，有奴才弓着腰过来，毕恭毕敬地掀开那道帘幔。

引路的太监将她一直送到了奉天殿的侧殿，仰面望去，面前一道纵横开阔的龙尾道裹挟着皇家的威严之气，直直地扑入眼底。

高约三丈的垫基，均由整块雪白的大理石堆砌而成，上面雕刻着的螭龙纹饰，栩栩如生。顺着高耸的丹陛拾级而上，红毯蔓延如火，那一座巍峨雄伟的宫阙，仿佛就矗立在云端，气势恢弘，宝相庄严。

她在这宫中，待了整整五年，一载东宫伴读，四年御前掌席，对宫城中大大小小的殿阁楼台，最是熟悉不过的。而今仅仅是隔了两日，再次走进这宫墙，却有种恍如隔世的感觉。

“可是左军都督之女，朱家明月？”殿前的太监上前一步，问道。

少女颔首：“是。”

“请跟奴才来。”

从侧殿的雕栏前望过去，隐约可见到在奉天殿前的丹陛上，有一些朱红官袍的身影。

爹爹也在吧？少女心中在想。

昔日的满朝肱骨，众星捧月般围绕在那年轻帝王的周围，是何等的辉煌风光。而今良将已殁，贤臣自戕，余下的也都已经下了牢狱，除却燕王麾下的人，此刻在殿前等候的诸位建文旧部，不过都是些贪生怕死之辈。

朱明月跟着主事太监，径直跨过宫殿门槛，绕到东侧的暖阁内，一股压抑而冷酷的气息扑面而来。

太祖爷时期，朝中规定凡诸宫女曾受内臣教习，读书通文理者，先为女秀才，递升女史，升宫官，至六局掌印。这些女子多在江南选择，不独取其美丽，点检民籍，访其品行端庄，粗通文墨者，聘以银币，送至宫中。其中知书识礼、聪慧机灵、性情刚柔智贤者，有留宫提拔任用的机会，再课以经书、宫规，最终递选至各司各殿任用。

洪武十三年，燕王在离京前往封地之时，曾在朝中安插了很多官员，随后多年时间，亦不断地往宫闱里面递送了很多女妇。

朱明月就是其中之一。

与她同一批送进宫的有二十几人，然而仅是短短的一年，安插在内廷的很多官家闺秀，都悄无声息地消失了。最后剩下她一个，随着皇太孙荣登大宝、成为后来的建文帝，她也从一个小小的伴读女史，升迁至局内的品阶掌事。

朱明月不知道在所有的皇储中，是否都如他一般温柔腼腆，只是从他一直照顾缠绵病榻的父亲，而后父殇，又躬亲伺候太祖爷来看，孝道二字，称得上是善始善终。对待那样心地纯良却又寂寞寡言的少年，她学过很多贴心的侍奉招数。

一直到靖难国祸，他待她，都是极好的。

甚至是纵火自焚的那一夜，还曾想要带着她逃走。

多么可笑！厄难当头，没有想到自己的皇后，反而要带一个小小的女官走？她又是何德何能，承蒙他那般信任，毕竟国门已破，一旦消息走漏，他将再无生路！

朱明月怀着十分复杂的心情，踏进了奉天殿的侧殿。

低垂的石青色帘幔和珠帘，层层叠叠，繁繁复复，经过一道又一道的槅扇，镂空的雕花纹饰，在阳光中透出明润厚重的色泽。这些都是在洪武时期肇建，又在建文年间修葺一新，烁烁红漆，簇新鲜然，仿佛能闻到那上面的髹饰味道。然而殿内终年充斥着的冷酷之气，即使是现在的暑热时节，也会莫名地让人感到一阵寒战。

淡薄的光束顺着绮扉流泻进来，那中年男子就坐在东窗前的锦炕上，身上的锦缎蟒袍被照耀得一片金灿。在他脚下的团花地毯，也是大片大片的金红色，明晃晃得有些刺眼。

“臣女拜见燕王殿下，殿下金安。”

跪下去的那一刻，她甚至要将“吾皇”脱口而出。

许久都听不到上面的答应。她保持着俯身的姿势，额上渐渐沁出汗来。

“起吧。”

低沉而平缓的嗓音传来，亦如燕王给人的印象：冷酷、残忍、权欲熏心、刻薄冷情……列数下来的秉性，与那温文尔雅、谦和宽厚的建文帝，恰好是截然相反。

或许，只有这样的人才适合坐在那位置上。

朱明月依言起身，垂首静立在一侧。

“最后，是你陪在他身边吗？”

头顶上的人问。

这个“他”，自然指的是建文旧主。

朱明月敛身，道：“城池攻破之时，皇上将自己反锁在寝殿内，未留一人。”

没有人愿意背上弑亲的罪名，尤其在这皇位并不是名正言顺得来的时候。她明白，在勤王之师兵临城下时，燕王没有即刻下令进宫，是给那年轻皇帝足够的时间——自戮，或者禅让。

然而，那少年却一把火烧了寝宫。

朱明月忽而很想抬头，抬头看看这位刚刚篡权成功的男人，脸上究竟是什么样的表情；在逼得自己的亲侄儿万念俱灰、不得不放火自焚之后，会是个什么表情。

半晌，头顶上响起一个淡淡的“嗯”。

然后，又问：“这火是怎么起的？”

“臣女不知。”

“那，他呢？”

明月心里的弦蓦地一绷，谁？

皇上？

“皇、皇上不是已经葬身火海了吗？”

她支支吾吾，显出迟疑和惊诧，同时将一抹慌乱小心翼翼地隐藏起来。

朱明月觉得头顶上那人实在有必要仔细端详她的神态，由此判断她话里面的字句有多少是真，多少是假。然而，那男子只是坐在炕边，手里拿着一枚光润剔透的云子，不落，也不动，只是静默地拿着，连目光都不知是苍茫到了哪处。

“那他，可有说过些什么？”

“臣女不知。”

“曾召见过何人？”

“未尝。”

简短的对答之后，又是许久的静默。

鎏金窗扉外金合欢的树叶，在风中沙沙作响，宛若是谁的叹息。

“靖难护主，你父是功臣，你亦是功不可没。”

寥落的字句说完，头顶上的人没有再说下去。朱明月知道，自己该告退了。

燕王似乎是累了。在经历过那么多场生生死死的战役，枕戈待旦、夙兴夜寐之后，在即将登上权力的最巅峰之前，已经很累很累。

朱明月倒退着出了侧殿，又跟着领路的太监走出正殿，一直拐过殿前回廊，待那太监离开之后，她才靠着红漆廊柱，微喘着气息，后背早已经被冷汗浸透了。

是因为爹爹吧。

死心塌地地效忠，为了辅佐篡权几乎是豁出了全部身家性命，理所应当，燕王也将她当做了自己人，这才没有将她这个知情者灭口。

朱明月没想到自己会在这么大的事情上，有所违逆和欺瞒，然而在那一夜，当他将火烛扔在帷幔上的时候，当他用决绝而悲怆的目光望向自己，朝着她伸出手的那一瞬，她终究是动摇了。

五年相伴，她并非顽石。

但这世上能让她珍视的人实在是太少太少，对她而言，爹爹的位置更重要，阖家的平安更重要。她能做的，只有那么多。

领路的太监并未将她送很远，刚出了侧殿，就先行返回。临走时告诉她，那顶接她来的轿子停在了西华门外。朱明月熟知宫中的地形，知道奉天殿的侧殿离着西华门有不短的距离，想必是要她自己走过去了。

眼下还能在宫中随意走动的人并不多，就算是太监和宫女，也都被圈禁在各自伺候的地方，余下的后宫妃嫔，没有吩咐不得离开各自的寝殿，否则当以谋反论处。隔着月亮门和门口把守的侍卫，有些宫婢远远地望见是她，无不惊愕地瞪大眼睛。

这可是文华殿前最得宠的女官呢。

皇上身死，北军进驻皇宫，一个小小女官仍能在宫中随意行走，安之若素！有些心思通透的太监和老宫婢见状，纷纷露出一种恍然大悟般的神色；至于妃嫔，嫉恨之余，又是一片怨毒。

朱明月没有心思去理会那么多，沿着宫墙一直低着头往前走，穿过殿前广场和窄巷，拐出长长的廊庑，直到迎面碰到一个人。

和尚。

一袭黑色僧袍，显得身形单薄出尘，周身透着让人难以忽略的仙风道骨。这样的打扮，应该是在寺庙里，能在皇宫里面出现的，只会是那一个。

“姚公，许久不见。”

朱明月敛襟颔首，朝着对方端然行礼。

或许她该称呼他为“道衍法师”。

与爹爹一样，他亦是燕王藩邸的心腹，却比爹爹的资历老很多——洪武十三年，燕王就藩北平；洪武十五年，太祖爷选高僧侍诸藩王，为已故马皇后诵经荐福，这位“道衍法师”经人举荐，成为燕王的重要谋士，后随燕王至北平主持大寿寺。

从那时开始，他便正式出入燕王藩邸，一路佐助燕王披荆斩棘、夺位密谋。论资排辈，他是北军麾下的第一谋臣、第一军师，出家为僧，却是道家弟子，修阴阳术数之学。朝中的传奇之流、阴狡诡秘一辈，他可推首位。

很巧。

但此时此刻在宫中碰到北军中的任何一个人，都是情理之中。

姚广孝眯起笑眼儿，望着她一会儿，才道：“月儿小姐见过王爷了？”

多年未见，音容已改，笑貌依旧，熟悉得毫无一丝违和感。尤其是那身僧袍，仍是记忆中那一成不变的样子。

朱明月心有叹息，颔首道：“是，小女刚从奉天殿的侧殿出来。”

“对于此地，小姐算是老人儿了，可否赏脸陪贫僧走走？”姚广孝笑容可掬的态度，让人不忍拒绝。朱明月却隐有一种抗拒感。

她垂首称“是”，侧身让他先行。

“时光如沙砾流逝，一转眼物是人非，月儿小姐却出落得愈加明丽，令人赏心。不知这几年在宫中过得可好？”姚广孝微笑着问。

“是的，多谢姚公关心。”

姚广孝摸着下巴，笑呵呵道：“小姐跟以前相比可沉默寡言多了，不禁让贫僧想起多年前，月儿小姐还是稚龄女童时的天真烂漫，冰雪可人。”

当初若非是他一眼相中，她也不会离开北平城来应天府，更不会进宫去当什么伴读。

只因他卜卦与她说，若想保爹爹一世安平，她必定要进宫去策应。来京城的那年，她方七岁，被教导得通览群书、博闻强记。后经过两年的严苛训练，九岁时在宫中考核脱颖而出，甚至蒙太祖爷赏识，亲自指派给了皇太孙。自然，一直都是用的假名讳，假身份。

而他身为佛门中人，却跟随燕王扎根在了北方苦寒之地，暗地里，又远远地布控着她们这些各有身份的“宫里人”，窃取情报，与北方战事相结合，一步步辅佐着野心勃勃的燕王问鼎权力的顶峰。

两人顺着朱红的宫墙往北走，穿过廊前的配殿，就是通向西华门的殿前广场。宽阔而平直的大理石道上，有数百身着鸳鸯战袄的兵士，站在炎炎的烈日下，岿然不动。

是北军。

现在的宫城里面，也只剩下了北军。京畿旧部伤亡过半，剩下的残部都被严加看管起来。眼前这些列阵排兵的将士们，表情甚是严正肃穆，便是掌领宿将，哪有什么夺权得胜后的喜悦之色。

也对，怎么高兴得起来呢。靖难之役，皇宫只是最后的一处，从北平打到应天府的路上，又死了多少人！沾了满手鲜血，踩着累累白骨，最终踏进这座代表着皇室无上尊崇和煊赫的皇城，不仅仅是高处不胜寒吧？她的这双手，都不是干净的，那么多无辜的人遭到屠戮之后，勤王之师里的每个人，又有哪个敢说自己能够逃脱杀孽的罪责？

少女视线苍茫，许久都没说话。

姚广孝似乎是猜到了她心中所想，也顺着她的目光望过去，淡淡笑着说道：“自古成大事，不死几个人怎么行？成大事者，也必然不会将此放在心上。小姐面有不豫之色，该不是郁结于此，不得了脱吧？”

几个人？

朱明月转头看他，很想从那张脸上看出些许悲色或者愧疚，然而丝毫也无。

“小女很好奇，人命在您的眼中到底算什么？”

没错，在她而言，只要不殃及自身，旁人死活的确是没什么干系。可他不同，他是出家人！

朱明月忽然想起建文帝身边的那些重臣，刚正善慧的齐泰，醇厚耿直的方孝孺，还有那个酸腐之气甚浓、却死忠的黄子澄……儒家道家的弟子们尚且悲天悯人，佛家人却怎无半点慈悲之怀。

“月儿小姐忘了，他们都是军人，天生就是属于战场，更加以战死沙场为荣。”姚广孝看着她道。

“他们是军人。可军人的职责是捍卫疆土、忠君爱国，不是谋朝篡位，屠杀自己的百姓！”

谋朝篡位，尚可说成是立场不同、为主尽忠；屠杀百姓呢？那些京畿旧部，那些为了建文帝而拼死作战的将士，难道不是百姓么？即便是北军自己，不是百姓么？谁是生来就注定要去杀人的？成王败寇是事实，可那些无辜枉死的冤魂呢？

“小女知道姚公会说，小女是‘妇人之仁’。但人非草木，不会连一丝悲悯也无。最起码，还有人性和良心！”朱明月深吸了一口气，仿佛豁出去一般，还是说了出来。

靖难之役完胜，一切也就结束了。

她再不用回到这宫城中，面前的人，她也不想再看到。正因为是他，亲手主导了这场谋朝篡位，使得原本太平的疆域陷入了战祸，让她的爹爹义无反顾地抛却性命追随，也令她不得不离家整整七年，孤身一人走进这吃人不吐骨头的皇宫。

烈烈阳光下，少女的面容冷然决绝。

姚广孝望着她身后的朱红宫墙片刻，并没有被触怒，脸上反而露出一丝少有的迷惘，“月儿小姐天性聪慧，心智早熟，从不对旁事上心，以往贫僧总觉得难免自私凉薄了些，却引以为是小姐不可多得的过人之处。而今不过是死了些人，却有此等反应，难不成是对那少年帝王动了心？”

朱明月抬眸看他，忽然觉得可笑。

“他没死。”

朱明月面无表情地说道。

“什么？”

饶是姚广孝这种稳如泰山的人，闻言也狠狠一震，“你……说什么？”

没死？

“焚宫的那一夜，皇上从寝宫的密道逃走了。”朱明月道。

建文帝没死，就难保有东窗事发的一日。

这秘密太大，由她独自背负，未免太不划算了些。姚广孝是最初在燕王跟前保荐她的人，多年来的消息往来也都经由他一人之手，若说她知情，而姚广孝完全蒙在鼓里，以燕王那等擅猜忌、疑心重的秉性，不知道会不会相信。

姚广孝处在震惊之中，一脸难以置信之色，但是他很快就冷静了下来，沉面看着朱明月道："此事属实？"

"千真万确。"

"还有谁知道？"

朱明月道："天知地知，你知我知。"

姚广孝愈加凝色道："这么说来，当夜宫中突然起火，也是因为这个？是谁做的？"谁又有那么大的本事？

少女抬起头来，些许哂然道："智者千虑必有一失，并不是什么都能在姚公的预料之内。"

姚广孝道："月儿小姐也没料到？"

"小女不是圣人。"

她不是圣人，不可能万事掌握，更无法做到铁石心肠。

朱明月的目光太复杂，说罢，低下头又静静地说道："皇上虽然逃走了，却是在皇城被围的时刻，他身边只有两个近臣，能否最终逃出生天还是未知数，万一……"

万一误打误撞碰上北军，万一遇到哗变的京畿旧部，兵荒马乱之时，连自保的能力都没有。

姚广孝手执念珠，一颗一颗搓着，良久未语。长长叹过一声，他才道："就算今日没有再次遇见，月儿小姐也会找机会将这件事告诉给贫僧，是不是？"这可真是个惊天大秘密啊！所以她才敢在他面前说那些大逆不道的话，所以她才会这般有恃无恐，完全不怕惹恼了他。

少女淡淡地笑道："小女一直在姚公的手底下，凡事都理应向姚公禀告，从不例外。"

都是聪明人，话说到此已经很明白了。

姚广孝捻着佛珠的手一滞，扭头看她，表情变幻莫测地说道："月儿小姐这是在威胁贫僧。"

"不敢，小女只是想给您提个醒。"

朱明月毫不避讳地抬眸，用一种正视的目光看着面前的黑袍僧人，"小女的底线，一直都是家父，这也是当初小女答应姚公进宫的条件。江山即将易主，形势未必会尽如人愿，倘若您能够依当初诺言，保家父一世安平，小女铭感五内；若是不能……”

在恰当的时候给予毫不犹豫的反击，这正是朱明月从姚广孝那里学会的手段，她也不是个喜欢吃亏的人。姚广孝她是惹不起，然而为了避免兔死狗烹、重蹈覆辙——他无法履行承诺，玉石俱焚，她也不得不奉陪到底了。

“原来在小姐眼中，王爷就是这种人，”姚广孝啧啧道，“还是说，在你父左军都督的眼中，王爷是那种人？值得小姐拿这么大的秘密来做筹码！”

朱明月道：“这顶帽子我们父女可担待不起。姚公也不必出言相激，小女不过是一枚身单力孤的棋子，岂能不未雨绸缪，替自己和家人寻一条后路？小女也相信，即使姚公不是个言出必行之人，也不会搬起石头砸自己的脚。”

直到找到建文帝那一日，或者是消息走漏那一日，共同背负秘密的两人，成为拴在一根绳上的蚂蚱，一损俱损，一亡皆亡。

微风拂起裙裾曳动，层层的粉浪旖旎动人。衣着鲜丽明艳的少女，如一枝娉婷春花伫立在那儿，眉眼精致，目光清冽，就像是从画里面走出来一般。

姚广孝看着她很久，道：“是，贫僧不会。”

少女没有再多言，颔首行礼，转身离开。

“月儿小姐！”

姚广孝从背后叫住她——

“当年初遇，本僧就跟小姐说过，小姐与贫僧甚为有缘；而小姐命格清贵，亦不会屈就在一个小小的府宅中。皇宫只是其中的一个劫，小姐的路，恐怕还长着呢。”

朱明月在原地站了一瞬，而后回过头来，一对点漆似的黑眸冷若冰封，“小女不是燕王，也没有那么大的野心，至于姚公那些蛊惑人心的言论，还是留给别人去听吧。”

说罢，毫无留恋地离开。

姚广孝望着她的背影，良久，却是笑了，摇头未语。

桃木梳心

燕王的登基大典，定在了七月十七日。

那是在无数朝臣的劝谏之后，才做出来的“艰难”决定，并非继承建文帝的帝位，而是继承太祖高皇帝的帝位——在十八日，召命同时下达给了礼部，命建文帝及其家属的遗体安葬如仪，但未给这位“殇逝”的皇帝以谥号。建文帝时期记录在册的文书档案，都要被销毁，太祖爷时期的一应法律和制度则都予以恢复。

一时间，朝廷的文告宛若雪片儿似的被颁布到各地。文告同时宣布了新帝登基的消息，却将建文四年改成洪武三十五年；次年，则要定为永乐元年。

至此，关于建文帝的一切都被抹掉了，甚至是他帝位的合法性。新帝同时还规定，取缔“建文”，禁止关于那个时期的事件的一切论述，朝臣百姓再不能将“建文”二字挂在嘴边。

朱明月得知这个消息，也是从一张文告上，还是红豆从城南大街的墙上揭下来的。当时百姓们争抢着去看，其中有一些书生情绪激奋、聚众闹事，跟官兵发生了冲突，等红豆趁乱将文告揭下来，已经有几个书生被官兵打得头破血流。

很多心明眼亮的人都猜到，接下来，新帝一定会从那些被关押的文臣身上下手，否则光靠强权和禁令，难堵天下悠悠之口。

“都是建文帝的人，好些却是老子以前的老部下、旧同僚，希望他们能够识时务一点，免受皮肉之苦。”

朱能烦闷地抓了抓头发，一边说一边摇头。

换成是战场相见，各为其主，生死较量，难容一丝恻隐。现在却不同，朱能也没想到去负责劝降的人会是自己。

朱明月走到北窗前，将一截花梨木的窗支撤了，转身倒了杯茶。

“此时此刻，如是形势逆转，爹爹会不会投诚？”她轻声问。

朱能接过女儿递来的茶盏，张了张嘴巴，还没说话，就先是一声沉重的叹息。

若今日赢的是建文帝，下大狱的，必然就是他们这些人。

卖主求荣，毋宁死！

“可他们不一样，他们都是文臣。”朱能辩驳道。

“女儿在宫中待的这五年，从旧主还是皇太孙时，就眼见着君臣同在一处相处甚笃。直到太祖驾崩，旧主登基，那些人是奉了太祖爷托孤之命、立誓守在旧主身边，而今他被逼自焚身亡，家仇国恨也不过如是，君辱臣死，他们绝对不会归降……”

武将有武将的忠诚，文臣，却有文臣的气节。

一直到城池被攻陷，大势已去，还在集结兵力、准备拼死抵抗的人，怎么会因为高官厚禄而折腰？再没人比她更了解他们——“忠君爱国”这四个字，那些人，看得比性命更重要。

听完朱明月说的一番话，朱能长吁短叹，眉头皱得更紧。

的确，他也不认为自己能说服那几头犟驴。

“爹爹莫不是在想，向皇上求情，放过那些人吧？”

静默了一瞬，朱明月道。

朱能拄着下巴，闷声道：“各为其主，其实他们也没有错。”

朱明月轻叹，心里涌出一丝无奈和喟然。即使是从你死我活的战场上走出来，在粗犷不羁的性子下，仍保留着那份刚正和纯善。

这就是她的爹爹。

“可皇上将此事交付过来，并非是想爹爹反过去劝谏他，更何况还是赦免那些前朝余孽。既往不咎，谈何容易。”

朱能又是重重一叹。

“爹爹如果真不想，不妨将此事推回给皇上吧。”朱明月道。

反正无论是谁负责招降，结果都一样，何不让皇上自己去碰壁。现在不仅是爹爹，那些将领们恐怕也没有人想去面对牢中的那些人。

朱能摇头苦笑道：“傻丫头，别说老话还有一句‘君命难违’。皇上是什么身份，亲自下大狱？那不是纡尊降贵、自触霉头……”

“女儿问一句，关押在牢中的，都是哪些人？”

朱能想也不用想，张口就答道："还能有谁，除了些无能之辈，不就是那几个酸儒！又臭又硬，简直比骨头还难啃！"

方孝孺、齐泰、黄子澄、卓敬、练子宁……

朱明月道："这就是了。同样是劝降，不同的人去，就会有不同的目的和效果。"

"什么目的和效果？"

"爹爹想过没有，在那些扣押的所谓朝臣里面，包括兵部侍郎齐泰在内，其余的几位都是大学士。天下所有的读书人加起来，莫出其右，且又是建文时期的肱骨，威望甚高。皇上刚刚践祚，需要的是归顺，更要有那样的人来替他草拟诏书。"

朱能一愣："诏书？"

朱明月点头。

想要表示皇位继承的名正言顺，再没有比文渊阁翰林的笔，更能安抚天下民心的了。尤其是旧臣的亲笔，无疑是最好的证明。

"胸有文墨之人多是自命清高，骨子里难免傲气，想要说服他们，非是圣上御驾亲见不可。眼下皇上已然登基，错过了诏书草拟的最好时候，但那些旧臣愿意开口，他们的一句话，比朝中任何人说的一百句都更能让人信服。"

"这么说来，你也希望爹去求情？"朱能颇有些意外，同时也有些许被赞同的欣喜。

女儿的意思他听明白了，一旦那些人能够为皇上所用，即便不能继续供职朝廷，也算是给皇上一个台阶下，说不定可保性命无忧。

"不是求情，只是建言。"朱明月道。

朱能似懂非懂地点了点头，但是让他说出其中的区别，又讲不出来。他的这个宝贝闺女，从小就是极为聪慧的。即使琢磨不出这法子里面的门道，但能救那些人的命，无论如何他都要试试。

朱能道了句"正好这身官袍还没换"，就站起身，风风火火地往门外走。

"爹爹现在就要进宫？"

"此事宜早不宜迟，能让皇上早些召见他们，也省得在狱中遭那份儿活罪！"

朱能的人伴随着中气十足的话，一阵风似的消失在门口。

朱明月放下手中茶盏，在父亲踏出门槛的一刻，侧眸。果然还是有心求情的。哪怕是那些曾经敌对的、恨不能将他置于死地的人。

可是若知道了她的初衷，想必是要怪她的吧……

这个时候，红豆刚好端着盛着甜品的炖盅跨进门槛。差点儿就被迎面出来的人给撞翻。

在红豆身后还跟着两个面生的丫鬟，都是新招进府的。红豆生怕不谙规矩冲撞主子，百般交代，却发现这些奴婢对活计分外娴熟，倒不愧是其他官员府里的老侍婢。

“这刚下朝，老爷火急火燎地又要上哪儿去?”

红豆赶紧扶好提盒，幸而炖盅没扣地上。

“出府去找张尚书吧，大抵有些事情要处理。”朱明月将茶盖盖上，说道：“你且收拾一下，待会儿随我出去。”

在皇城多年，朱明月出宫的机会屈指可数。

她曾是御前文书掌席，亦是文华殿内最得宠的女官，但是她从未单独踏出过宫门半步。就像每一个安插进来的闺阁女子，不知道哪一步行差踏错，就无声无息地不见了。她害怕任何会对她造成危险的隐患，无一时一刻放松过。

出了府宅，面对着交错的街巷，颇为陌生。

驾车的小厮问了句“去哪儿”，红豆掀开帘子，扶着她上了马车，也只说了个“城南”。其余的街巷名称，却是到了之后，寻着店铺模样才能知道。

城西的府邸比较偏远，离城南有好几条街的距离。城南的长安街正对着洪武门的城墙，是整个应天府最为繁华的街道；街上还有一座夫子庙，隔着街巷，则是十里灯影的秦淮。长安街上开着很多古董字画的铺子，间或有些酒肆，插着斜斜的酒旗，迎风招揽过路的商客。

在夫子庙的西南角有一个不起眼的窄巷，窄巷尽头开着一间小铺子，古旧的屋檐，低矮的门脸，匾额也是旧的，上面烫金的几个字有些剥落，远远望去能看出一个“妆”字。

朱明月站在巷口，瞧见那店铺的老板就站在柜台后面，拄着下巴，昏昏欲睡的样子。在店里面，一个光顾的客人也没有。

"小姐，要马车到这儿等着吗？"

红豆有些莫名，府里的车停在了离此有两条街距离的地方，还是她们自己徒步走到了这里。官宦人家的闺秀在出府时动辄就要乘车舆抑或坐肩舆，就连小门小户的碧玉都会轻纱罩面，此番素衣简行，却不知是何事。

"不用了，待会儿我们自己回去，"朱明月顿了一下，又说道："你也待在这儿，等我出来。"

红豆顺从地点头，"小姐是要去买东西？"

不，是归还。

朱明月在心里面轻声道。

走出巷子，她抬眼朝着四周望了一下，确定并没有什么陌生的面孔跟随，便穿过街道，朝着那古旧的店铺走过去。

那夜宫闱大火，在他临走之时，曾给了她一件东西。

是一把极精致的木梳，用红缎裹着，上面还刻着娟秀的小字：桃木梳心。

朱明月曾深深感动于他的真挚和厚爱，却无法不忧虑这东西将会引起的麻烦和灾祸。木质不比玉器，又是御赐之物，无法毁掉，也不能丢弃，只能是从哪儿来的，还回哪里去。

她走进店铺，轻"咳"了一声。

掌柜的脑袋晃了一下，张开眼皮，冲她指了指那边摆在桌上的檀香木盘子，上面摆着满满的雕花小锦盒。

果然是连个像样的脂粉也没有。

朱明月不知道是否要对个什么暗语，实则他也未曾告诉过她，只在仓促间嘱咐，若遇大难，可拿着这桃木梳来城南的胭脂铺寻个人。

"小姐是要买胭脂？"

这时走出来一个伙计，见是个生客，急忙堆出笑脸。

朱明月看了那掌柜的一眼，道："若想典当些小物件，可否行个方便？"

伙计打量了一下她身上的衣饰，摇头道："这倒是不曾。在对面的巷子里有几家典当行。"

朱明月"嗯"了一声，瞧见北侧的格子架上摆着琳琅满目的梳子，径直走过去。

“小姐是否要买木梳?”

“嗯。”

伙计又露出了笑脸，“那您算是来着了。咱们这儿是整条街上木梳最全的店铺，上等的是檀香木和黑石楠的，带着纯木香气，还有黄杨木的、棠梨木的……”

伙计一边说，一边取了几方锦盒与她看。

半月形、鱼形、花瓣形……木质紧腻，薄漆光润，拿在手中不轻不重，上面烫烙着花纹，显得古意盎然。

朱明月随手挑出其中的一柄，“有桃木的吗?”

“桃木啊，”伙计抿了抿嘴，伸手从格子架的最上层取下个锦盒，掀开盖子，里面放置着一柄很朴素的梳子，小巧鱼形，上面连纹饰都没有。

“要的话，这桃木梳子算您便宜一些。”

“我想在这木梳柄上錾刻些字。”

“那就要额外加银子，”伙计将其他几个锦盒收起来，连头都没回，“不知小姐想刻写什么字?”

“桃木梳心。”

伙计转过身，眼睛里闪烁着一丝难懂的神色，“什么?”

就在这个时候，柜台那边有了轻微的动静，是掌柜的醒了。伙计扭头去看，就听到掌柜的说：“去把铺板掩上，今天不做生意了。”

掌柜的说完从柜台后面走了出来，饱经沧桑的目光，一瞬不瞬地盯住面前的少女，“小姐想在木梳上刻字，却要亲手签在纸上才行。否则将来反悔了，小店铺可承担不起改字重做的银子，小姐确定就是那四个字吗?”

朱明月颔首。

“那请跟老朽这边来。”

在伙计诧异的目光中，朱明月跟着掌柜的走进了西侧面的一间内室。

十尺见方的地方，狭窄且有些阴暗晦涩。

“此处隔音，并无外人打搅。”

掌柜的又将门扉掩上，仔细地放下帘幔。

朱明月低头，从袖中掏出了一个裹得很仔细的小囊——轻轻地掀开，是一柄精致的桃木梳，就静静地搁在嫣红色的锦缎上。

晦暗的光线下，细腻的木质泛着独有的润泽。

“掌柜可认得这个？”

那掌柜的颤颤巍巍地接过来，定睛在那木梳上面錾刻的四个小字：桃木梳心。看着看着，竟是一时悲从中来，眼眶通红。

“这东西能在小姐的手上，可见小姐是相当重要的人。老朽可否问一句，它的原主人……”

“小女所知，并不比先生的多。”

她摇头。

掌柜抽噎了一下，连声叹气，“是啊是啊，都已经这个时候，又能说些什么呢。倘若老朽没记错，小姐进门的时候，曾问起，可否典当。”

朱明月摩挲着那木梳，将锦缎轻轻盖上，然后一并交到了掌柜的手上。

紧润的桃木木梳被重新包裹上，在离手的一刻，仿佛失去了原有的灵性和温度。连上面的光泽都随之黯淡了下来。

“小姐这是……”

“原物奉还。”

掌柜的愕然抬头，正对上她一对点漆似的眸子，剔透眸色，衬得眼角一颗泪痣盈盈，如泣如诉，“这物件，小女曾奉若珍宝，小心翼翼地珍视和收藏，犹恐不周。而今，却不得不用它换些东西。”

“小姐想、想……换些什么？”

朱明月看着他，“平安。”

桃木梳心，却梳不开皇权纷扰。

更加不是什么免死金牌。

她进宫伴读，为的是策应，求的，却是阖家平安；而今出了宫，她不求权势，不图金粉，也不想再回到那金砖红墙之地。因此斩断过往一切，不愿与旧朝再有任何瓜葛。

那掌柜的怔了半晌，须臾，像是明白了什么，嘴角抿着，又有些悲愤和心寒，“老朽知道了。”

“现在这样的情势，也的确是应该跟过去的一切旧人、旧事消除瓜葛，能撇多清，便要尽可能地脱离。何人还会死心塌地，抱着什么可笑的誓言和许诺？可老朽想问一句，他日假如这物件的主人归来，小姐又当何如？”

"不会回来了。"

她的声线很轻很轻。

他，再不会回来了。

掌柜的猛然抬头，张着嘴，似是想要再争辩些什么，然而过了好半天，却是只字片言也没能说出来。

风从天窗透进来，吹动桌案上的纸张沙沙作响，宛如哀凉的叹息。

掌柜的闭了闭眼，背过身去，眼角有浑浊的泪滴滑落，却是将那木梳小心翼翼地包好，仿佛是易碎的珍宝，不愿让旁人亵渎。

朱明月不再多言，转身开门走出内室。

出了店铺，明媚的阳光直射而来，她抬手挡了一下，眼底忽地有些酸涩。那柄桃木梳子，是她身上最后一件宫中的东西，也是她与那温柔腼腆的少年之间，仅剩的一点牵绊。

从此以后，却是再无瓜葛了。

红豆就在巷口的拐角等着，远远地瞧见她出来了，赶紧将手里吃了大半的糖葫芦扔掉。

"小姐的事情办完了？"

朱明月回望了一眼那挂着半片门板的妆铺，点点头，"走吧，待会儿爹爹可能要回府一趟，然后再去衙署办公，想是要用些午膳的。"

红豆"啊"了一声，才想起出府前因为不知老爷是否回来，还没有吩咐庖人准备食材。

主仆两人顺着原路返回，还要打听一下有没有回去的近路。刚拐出巷口，红豆正念叨着什么，走在前面的朱明月就与迎面冲出来的一道身影撞了个正着。

这一下撞得狠，若不是红豆眼疾手快，及时扶住她，险些要摔在地上。对方就没那么好命了，错身的刹那，狠狠地跌了出去。

"没长眼睛啊，这么横冲直撞的！"

红豆气得呵斥了一句。这时候，朱明月堪堪站稳了，揉着生疼的手肘，下意识地朝着地上的那抹身影望去。

那少女，此刻也正好抬头朝她看来——

都是很年轻的一张脸，摔在地上的姑娘衣衫有些褴褛，下颚也蹭了土，些许狼狈，却无损那精致出众的容貌。巧的是，在她的右眼角也有一颗泪痣，是嫣然的绯色，滟滟的，凄凄的，宛若颤然欲滴的血珠儿。

在对视的一刹那，仿佛有什么莫名的感应一闪而过，让彼此都是一震。

那姑娘咬了咬唇，像是想说一声“抱歉”。然而定睛在朱明月身后的某处，陡然张大了嘴，跌跌撞撞地爬起来，不顾腿上的剧痛扭头就跑。

“真是的，什么人啊，撞了人也不知道说一声。”

红豆扶着她，抱怨道。

还没等她说完，又有几个人一阵风似的从她们身边跑过去。

“怎的了这是，大白天的，后面有狗撵啊？”

后面自然没有狗，他们明显是在追刚才的那个姑娘。

朱明月望向那几个人渐跑渐远的方向，看那穿戴分明是朝廷的钦差，略不同的是，佩戴着无象征品阶的犀带。这种特殊的装束正是前不久御前亲封的，特地指派效命保护一个极为重要的官僧。

就在这个时候，从巷子里又跑出了一个人，脚程不算快，落后了许多。

在他的后面跟着同样装扮的几个侍卫。而这人的穿着也甚是奇异，一袭金线滚边的黑色僧袍，宽大而飘逸，连压线都是纯银丝的手工绣制，显出低调的奢贵。随着锦靴踏地，带出几分仙风道骨，因急切还出了满头的薄汗。

居然是姚广孝。

“姚公！”

红豆唤了一嗓子。

姚广孝闻声转过身来，在北面不远处，那少女正一脸好整以暇地望过来。

姚广孝微蹙了下眉，没想到在此地碰见朱明月。

身边的侍卫见他停了下来，也跟着止步。姚广孝咳了一下，朝着侍卫递了个眼色，让他们继续去追，自己则不慌不忙整理了下衣袍，朝着朱明月露出一抹笑容。

“是月儿小姐。”

朱明月望着那些侍卫跑远的方向，容色蔼然，“不知是何公务这般紧急，使姚公如此匆忙。”

素绢裙衫，纯银珠花，寻常人家女儿的穿戴，穿在她身上却显得淡雅别致，恰如风拂柳絮、春花照水，分外惹人眼光。大抵这般淡妆浓抹总相宜的年纪，不施粉黛，也难掩丽质天成。

“食君之禄，担君之忧。有劳小姐挂心了。”姚广孝笑着道。

朱明月不置可否地笑笑，也没说什么。

然而仅仅是这么一会儿工夫，人就给抓到了。

大抵是个姑娘家，再跑也跑不过训练有素的侍卫；又因在街上，连个躲避的地方也没有。

朱明月见那少女被五花大绑地带回来，连嘴都被堵上了，不由道：“姚公是御前第一重臣，抓人这么小的事也得劳烦您亲自出马，那些锦衣卫真该引咎辞职了。”

这时，红豆仔细看了一下，不禁奇道：“呦，还是个小姑娘呢！”

姚广孝示意将人带过来，不自然地道：“是府里的一个丫鬟。”

他刚说完，那被绑起来的少女就“呜呜”地挣扎起来，冲着主仆二人一个劲儿地摇头，显然是对姚广孝的话极度地不认同。

“府里？”

朱明月似恍然地问了一声。

一个出家人，哪来的府？皇上倒是赐予了他府宅，却还始终闲置呢。若说是在庙里，青灯古佛，藏着个如花似玉的丫鬟？

姚广孝的表情愈加不自然，但他还是很快就平静下来，道：“能在这儿遇见月儿小姐也是甚巧的。小姐家住城西，大老远地来城南，又是这副打扮，是专程过来……买胭脂？”

姚广孝说着，朝着巷子尽头那间古旧的头面铺子的方向瞥了一下。

“确实很巧。”

朱明月回以一笑，却知道对话到此，就不必继续了。

她甚至不再向那被抓起来的少女看一眼，仿佛什么事情都未发生一般，只朝着姚广孝挽手行了个礼，就带着红豆离开。身后，留下那个被侍卫绑着带走的小姑娘，“咦咦呜呜”地叫个不停。

“小姐，咱们不管她啦？”

红豆三步一回头地问道。

朱明月没说话。

都是聪明人，有些话不消多说，彼此心领神会。

他既不去管她的事，她也毋需对他的所作所为有所置喙。

回城西的府宅，需要穿过整条长安街，然后再往北走，一直走到西安门外大街。坐马车还需一段时间，步行确实很远的。

一路上，红豆都笑得盎然。

“待会儿回到府中，旁人见你这般模样，切莫胡言才是。”朱明月嗔道。

红豆捂唇笑道：“小姐放心吧。奴婢就是觉着新鲜，都说出家人六根清净，谁想也会贪恋那红尘香粉！”

朱明月询问地看她，“为何这么说？”

红豆暧昧地眨了眨眼，道：“小姐想啊，早前还听说皇上要赐姚公俗名，更令其还俗，拜为公侯柱国，却被无数次婉拒，最后只得先授官僧录司左善世，又将庙宇腾出来，供他清修参禅。今日来看，却是金屋藏娇、别有洞天！”

“那姑娘一副花容月貌，你怎知就不是官僧仗恃行凶、强抢民女？”

红豆煞有介事地道：“奴婢看那架势可不太像。当真是明抢的话，姚公怎会亲自带人上街？奴婢瞧着，倒像是谁家的小妾红杏出墙跑了，大老爷气急出来追拿呢！”

红豆说完，又是一阵感叹咂嘴。

小妾？

好像也不太像。

朱明月想起那姑娘确实是丫鬟的打扮，长相俏美，若说是画舫女子，神态举止似是而非。倒是那双手细腻光滑，白嫩得跟青葱似的，想必是连茧子都没有吧。

姚广孝这样的人，怎么会把一个如花似玉的姑娘养在身边？

这时，就听红豆又说道：“对了，小姐有没有觉得，姚公捉拿的那个姑娘，模样跟小姐有六七分相似呢！”

山河空念

原只是抱着一线希望的请求，岂料那代写诏书的提议，让皇上甚为满意。朝堂之上的文官们都予以赞同。这下不仅是朱能，那些有心求情却全无计策的武官们，也都大大出乎预料。

正值新皇初立，皇上的帝位得来却颇是名不正、言不顺，朝中文武多是归降者，明面上不敢表现，暗地里无不是怀有微词。还有普天下的百姓。“谋朝篡位”这四个字，如同是一根刺，深深地扎在皇上的心头。如何处置那些不肯俯首的建文旧部，就成了最难办也最微妙的事。

杀，岂不坐实了篡权的罪名；

不杀，连罪名都没定，总不能一直囚禁在牢里面。

这个时候，朱能的建议刚好提供了一个台阶。皇上很高兴。原北军的将领们也都为之释然——那些人归顺也好，不愿效命、以“违抗圣旨”的罪名被罢免官职也好，起码可以借此机会，顺理成章地对建文旧朝的人和事做个了结。

可都是文渊阁的翰林，找谁好呢？

诸将们各抒己见，最后，还是姚广孝推荐了一个人——

方孝孺。

师从“开国文臣之首”的翰林学士宋濂，又曾由太祖爷亲自提拔到建文帝身边，辅佐并担任其老师，主持京试，可谓诸弟子之冠。更重要的是，在当初的靖难之役，建文帝廷议讨伐北军的檄诏就是出自方孝孺之手。

由他来替新皇帝起草诏书，再适合不过了。

皇上和诸将的心中都跟明镜儿似的，这些以“孔孟弟子”自居的读书人，怕不太可能轻易顺从。这只是一个理由——彼此退一步，妥善处置的理由。

方孝孺却不答应。

不但不答应，还在大殿之上，当着满朝文武的面，破口大骂，将原本好言相劝的皇上，怒斥得说不出一句话来反驳。更有甚者，笔墨纸砚硬塞到手中，仍是抵死不从，最后还在诏书上亲笔写下了“嗜亲忤逆、谋朝篡位”八个大字。

铿锵有力的隶书，力透纸背，直戳了皇帝的心筋。

皇上震怒，下令诛其“十族”。

当即就有人求情，求情者同论！没有人想到，这仅仅是一个开始——就在诛十族之前，皇上恨其嘴硬，命人又大捕其宗族门生，每抓一人，就带到方孝孺跟前，因怒他无动于衷，当着他的面施以酷刑。

那等惨状，便是沙场浴血归来的将领，都感到触目惊心。

建文旧部群情激奋，再不肯接纳投降之事。于是在方孝孺死后，宗族亲友前后坐诛者数百人。其门下士有卢原质、郑公智、林嘉猷等人，未尝获罪，纷纷以身相殉。而后，齐泰被执至大殿问话，亦是触怒圣驾，不久即与黄子澄等同被凌迟处死。

在处死了这些建文肱骨之臣后，新皇也没放过那些残部余孽。有好事者清点了一下，算上之前左佥都御史景清行刺未遂，下令夷其九族，尽掘其先人冢墓；又籍其乡，转相攀染，致使村里为墟。又如方孝孺被灭十族，坐死者八百七十三人，外亲坐死者复千余人；练子宁之死，弃市者一百五十一人，九族亲家之亲，被抄没戍远方者又数百人；陈迪之死，远戍者一百八十余人；司中之诛，姻族从死者八十余人；胡闰之死，全家抄提者二百七十人；董镛之死，姻族死戍者二百三十人……

短短的四个月时间，和建文旧朝的官员有牵连的成千上万的人，或者被处死，或者被监押，或者被流放。还有当初助燕军一起靖难的宁王，尽夺其兵权，徙迁至江西南昌府那等荒凉之地。

冬日里的萧瑟渐渐笼罩了整个都城，热闹繁华的街市不见了，剩下的是一片肃杀和冷寂。一场又一场血腥的屠杀之后，百姓们披麻戴孝也不敢，只将雪白的纸钱洒在应天府的街道上。

祭奠往生。

朱明月伫立在西华门高高的城楼上，目送着那一道长长的送葬队伍，视线苍茫。

建文元年，三位声名煊赫、秉性迥异的谋臣，聚集在了应天府紫禁城的奉天殿——齐泰、方孝孺、黄子澄，他们奉太祖皇帝托孤之命，辅佐在年轻的建文帝身边，发誓一生忠诚，一生效命，齐心守护大明朝的盛世江山。

君臣之间，有多少次唇枪舌剑，多少次庙堂周旋，齐泰的温雅和顺，方孝孺的彬彬有礼，还有黄子澄的执拗倔强，悉数化解在了那温柔少年的一一点评中。

那个时候，她就站在莲花亭上，含笑而望。

改朝换代，朱明月知道他们绝对不会投降，哪怕是一丝一毫的妥协。建文帝已经逃出生天，作为帝国肱骨，食君之禄，以身殉国是理所应当的事。早在城池被攻陷之时，那三个人就决定不会苟活。

是啊，早晚都要死。

可那些曾经待她如亲的人，那些她曾执师礼、悉心教导过她的人，最后都间接死在了她的手中。

“小姐，城上风寒，还是回去吧。”

红豆站在她身后，有些心疼地说道。

“那些官邸府宅也都被查没了？”

“是呢，官员们的亲眷也都已经发配到了教坊。锦衣卫亲自去抓的人，听说，当时有好些夫人已经上吊自尽。”红豆叹道。

朱明月闭上眼睛，心中酸涩得说不出话来。

以性命保全坚贞和忠诚，那些身单力弱的家眷妇孺居然以身相殉，是不堪受辱，还是不愿愧对九泉之下那些铮铮傲骨的罹难之臣？

“皇上可真狠呐，”红豆抿了抿唇，唏嘘不已，“杀了那么多的人，现在连他们的家人也不放过。”

朱明月扶着城垣，没有说话，也没有像往常那样喝止红豆大逆不道的乱语。即使红豆不说，其他的人也会说，后世之人也会说。在这其中，又有多少的杀戮是她造成的。

然而易地而处，如果今时今日赢的是建文，输的是燕王，在发配之列的就是她们，或者是抱着阖家的牌位，走在送葬的队伍中。

此时此刻，朱能也没从那场耸人听闻的屠杀中回过神来。尽管在那之后，皇上再一次犒赏三军，对靖难之役的有功之臣们加官晋爵——朱能除了之前授奉天靖难推诚宣力武臣、特进荣禄大夫、右柱国、左军都督府左都督，又封成国公；禄二千二百石，与世券。其余将领们也都被论功行赏。

一时间北军诸将身价倍增，煊赫无比。

冬日的清晨渐凉，街上刚刚洒扫干净，国公府就迎来了赏赐的车马。

都是从宫里面来的。领头的太监是四品大总管，却很客气，抄着手在微寒的风里等着，一直等到府门打开，才上前通报了来意。

城中其余诸将的府邸里，也都有朝廷的赏赐陆续送到。毕竟是胜利之师，九死一生后，他们有资格荣享随之而来的荣耀和尊崇。

“宫中将有大宴，皇上特地让老奴来通报一声，届时可允国公爷的家眷一同出席。”

老太监说完，恭恭敬敬地行了礼，起身告辞。

屠杀之后，普天同庆，大宴群臣。

帝国已经在阴霾中压抑了太久，那些被鲜血染红了的城垣、宫殿，那些为皇权付出代价的生命，那些痛失了家人的亲眷，甚至还有那些被无辜祸及的百姓，当真需要一场盛大无比的宫筵，来冲淡诛杀和屠戮所带来的残酷悲怆。

哪怕只是粉饰太平。

然而那场突如其来的浩劫，几乎让朱能一夜白头。作为出主意的人，朱明月没得到丝毫的责怪；甚至在得知皇上的旨意后，也不敢告诉她，生怕她会自责。

她的爹爹，在尽自己最大的努力，护着她。

“到时候一定很热闹，北平可没有那么大的场面。之前金忠那个老匹夫还问我，出席宫筵，除了官袍，是不是不用穿戴别的了。”

在朱能的心里，其实比谁都不好受，却能够感受到近日来女儿的心事重重。他反而希望借此宫筵，让她分散些心思。

朱明月道：“爹爹放心，按照以往的惯例，晚些时候就会有宫里的太监来府上，指点些宫中礼仪。尤其是何时进何处宫门，穿戴如何，何处跪、何处坐，何处待皇上召见……都会交代得妥妥帖帖。”

朱明月这般说着，朱能听得一愣一愣的。

像他们这些随藩王戍边的将领，虽曾在京城供职，哪里有资格进宫伴宴，只有冬至、万寿节和元旦的大朝会上，偶有机会瞥一眼隆重而盛大的百官朝觐，却未曾从洪武门走过。今晚的宫筵虽不比大朝会，因是改元永乐以来第一个皇帝临朝的筵席，也颇为盛大，不仅是边陲的重臣会奉旨进宫，还有外邦来京朝拜的使臣。

作为有功之臣，朱能甚是与有荣焉。

此时此刻，朱明月亦坐在镜台前，任由红豆装扮。

“都好了。”

红豆拿着一柄小铜镜，前后比照了很久，才满意地点点头。

明媚的阳光顺着窗扉流泻进来，洒在那奢贵至极的郡主冠服上，光晕流转，映衬出裙裾上大红、桃红、粉红的斑斓华彩；锦裙内层为薄棉，足以抵御微寒的天气。雕花铜镜中的少女，一张雪玉般精致的脸颊，尖尖的下颚；眼角一颗浅褐色的泪痣，清清冽冽，宛如鲜活如泣的泪滴。

她堪堪坐在那儿，笑时是艳的，柔美亮烈，带着咄咄逼人的美；不笑时则贞雅端庄，浑然气韵，自成一股风流高贵。柔顺的乌发半绾着，银质的流苏顺着耳畔垂坠下来，额间一抹纯银华胜，越发显出几分明艳动人。

“也不知将来得是何样的男子，才能娶得咱家的宝贝。”朱能满脸宠爱，轻叹道。

朱明月抬眸道：“爹爹怎忽然提到了这里？”

“别家的闺女，到了这个年纪，早已经定了亲。你却连个许配的人家还没……”朱能说到此，心里生出酸楚，“现在咱们父女团聚了，朝中的情势也逐渐稳定，爹一定要给你找个如意郎君。”

她还从未想过这些。

但十四岁，眼看要到及笄之年，也该嫁人了。

“都听爹爹的。”

她温顺地说道。

朱能疼爱地摸着她的头，粗粝的大手带着温热，“自然是你看了中意的。但说句大逆不道的，即便是天家的男子，想娶咱家的姑娘，也得看配不配得上再说！”

朱明月轻声道：“爹爹，慎言。”

“你爹说的可是实话，皇上就爱听我说实话。”

朱明月仰起脸，“爹爹有没有想过回北平？”

在功成时，急流勇退，从而换得一个善终。

她知道并不是每个人都能抛却荣华富贵、功名利禄，又尤其是在春风得意、风头正盛的时候。可发生了那么多事，荣隐，未尝不是件好事。

“想回北平旧府了？”

朱明月点头。

“那好办啊，”朱能感到很高兴，颇有兴致地说道，“赶明儿爹就去皇上跟前告个假，或者干脆趁这段时间回趟怀远老家，修扫一下祖坟。”

“不是这个意思，”朱明月道，“女儿是说，回北平，并且永久留在那最初燕军驻守的地方。爹爹还记得否，当年太祖功成之时，不仅是反对者，还有那些开疆拓土的功臣，几乎被杀戮殆尽。皇上他……酷似太祖，难免不会效其法，回北平，远离皇权的核心，安身立命。”

“王爷他不是太祖——”

朱能有些急，脱口而出就是一句“王爷”。

这段日子以来，他早就看出来女儿有心事，却不想是想到了这一层。

“爹知道，你是被之前的事吓坏了，”朱能心疼地叹道，“可那些人毕竟是‘奸佞’。爹爹是个粗人，不懂什么大道理。但说句不中听的，或许他们很无辜，他们的亲人朋友很无辜，可新朝初立，皇上也没有办法。”

若不能以德服人，便是铁腕强权，只为了稳固皇朝。

“皇上是皇上，不是太祖爷。”

朱能看着爱女，目光切切。

不是吗？

但愿吧。

朱明月在心里叹了口气，抿唇笑了一下，没有再说什么。

早知道她的爹爹是个认死理的人，否则也不会一路追随至今。可是历朝历代，“狡兔走狗”这种事在君臣之间数见不鲜，尤其是太祖时期，将星陨落、名臣玉碎，诛杀屠戮几乎到了让人费解的地步。

那座皇宫，本身就是用鲜血浇注而成的，不仅是异己的血，还有那些开国的功臣。

当初姚广孝答应她保爹爹一世平安，而今天下初稳，皇上被诸多前朝旧事缠身，一时间无暇他顾；以后呢，谁能保证经年之后，他不会效法当年的太祖爷？毕竟在对待建文旧臣的事情上，已显露出其心的残忍和冷酷。

姚广孝的话，也一直萦绕在她的耳畔。

旧朝、旧事虽已经了结，她却总有种感觉，事情不会这么轻易结束。

临近傍晚时分，果然有太监上了门，名唤“德庆”的，也是原北军的人。在交代了礼节之后，他会亲自跟着国公府的人进宫，以确保不会出现纰漏和笑话。可见皇上对他身边的这些将领，知之甚详。

等到华灯初上，京城的匠人们早已用彩画、丝绸将街道装点得绚丽多彩。因在前半夜取消了宵禁，应天府里的每一条街市都很热闹，处处锣鼓喧天，花灯辉煌。各地的文武百官都接到旨意，官职重些的，早就开始准备来京赴宴；官职低微的，则在地方设置香案，依时向京城方向行大礼。

街道上悬挂着的一盏盏灯笼，照亮了通向宫城的道路。

文官坐着绿呢或蓝呢的轿子，武将则骑着高头大马，从四面八方赶往城东的皇宫。马脖子上的銮铃一摇一摇的，声音相当好听，与轿顶上的流苏叮当相映成趣。

朱明月坐在一顶平顶素帷小轿中，随着窗幔摇曳，能瞧见爹爹骑着一匹枣红色烈马，高筒银靴，甲胄加身，威武之气显露无遗。

不时还能遇见一些同僚，都跟他客客气气地打招呼。那些相熟的将军俱是鲜衣怒马，银甲烁烁，彼此间一声声中气十足的对话，隔着条街都能听得见。每个人的脸上都洋溢着兴奋和喜悦。

这是他们应得的。

红豆在轿子旁边跟着，也被那喜悦的气氛所感染，连步子都轻快了许多。

抵达洪武门城楼前，文臣下轿，武官落马。红豆扶着她走出小轿，朱明月抬头，一轮明亮的圆月高悬在天际，照耀着灯火辉煌的高耸城楼。

“爹爹，女儿先过去了。”

朱明月低语罢，便跟着领路的太监走内城，先行去往西华门。

朱能有些不放心，想让那负责礼节的太监跟着她一起去，德庆却笑眯眯地摇头，“旁人不知，国公爷还不知，当初小姐在宫里面那会儿，奴才还是个低等洒扫，哪用得着奴才呢！”说罢，又道了句，“国公爷还是跟小的进去吧，迟了，恐耽搁时辰，”便引着他往宫城里走。

按照朝廷规制，官员进宫赴宴，要和其家眷分开走——官员们由皇城南端的洪武门进，过外五龙桥，走承天门，顺着金水桥，过内御河，便是通往三大殿的奉天门。家眷们则自西华门入内宫城。尤其是女眷，需过春和殿西侧的御花园，前往后廷拜见后宫妃嫔；在随后的宫宴上，女眷们的位置也被单独安排在大殿西侧，前面用丝绸帘幔严严实实地挡着，席间有各自的侍婢伺候，彰显着皇室的体面。

开阔的殿前广场，殿宇重重，楼阁森森。

雕梁画栋，千门万户。

金碧辉煌，气势恢弘。

经过奉天门，首先映入眼帘的便是奉天殿——三大殿之首。高楼邃阁，琉璃金瓦，双檐重脊；烤蓝彩绘的繁复斗拱，朱漆描金雕花的门窗，在明灿的灯火中发出熠熠光芒。殿旁的左庑向西边，是文楼；右庑向东边，则是武楼。

太祖爷规定，开国伊始，励精图治，在早朝之外还有午朝和晚朝，规定朝廷各部有一百八十五种事件必须面奏皇帝。而朱明月始终难以忘怀，当年建文帝登基之初，每每接见朝臣，奉天殿前文武官员来往摩肩接踵，那政务繁忙的景象。

宫宴设在奉天殿后的华盖殿，正殿是四面出檐，渗金圆顶，殿顶上还缀有硕大的金球一颗。殿旁东有中左门，西有中右门。往年每逢元旦、冬至和万寿节，建文帝都要在这里先行接受内阁大臣和宫廷执事人等的参拜，然后才去奉天殿接受百官的朝贺。

朱明月拜见过后宫，来到奉天殿的殿阁前，看见了那些由婢女搀扶着走上丹陛的官家闺秀——莲足碎步、低眉顺眼，连衣饰装扮都不敢太过张扬。

她们之中多是归降之臣的家眷，原北军的家人，大多还在来都城的路上，能够出席今晚宫宴的，倒是唯有她一个。

华盖殿内灯火通明，琉璃宫灯尽数点燃，宛若白昼。等落了座，透过那层遮挡的纱幔，可以看见对面坐着的文武百官——跟他们的家眷一样，脸上堆着笑意，整个身体却是僵直的，明显有些紧张和忐忑；反观诸将，喜笑颜开，相谈甚欢，将原本严肃静穆的殿堂渲染得一片喧嚣热闹。

而同在西侧殿的众女，端然在席，燕瘦环肥，各有风姿。在言谈举止间，显示出体面的家世和良好的家教。

这个时候，有一个宫婢前来请她，“月儿小姐，姚公请您过去坐。”

朱明月顺着那女侍所指的方向望过去，诧异了一下。

那可是公主席呢。

四周投来羡慕的目光，大多数的闺秀并不知晓她的身份，为此窃窃私语一片。朱明月也不推辞，从席间起身，随着那宫婢往北侧龙椅的方向走——姚广孝是御前第一谋臣，又是开国第一功臣，自是坐在最靠前，却不是东侧。

一品锦缎吉祥纹的大红凤尾裙公主冠服，由宫里专程送来——质料是各色纻丝、绫罗；襟上施的是蹙金绣云霞的纹饰，钑花金坠子，褙子上施尽绣云纹。锦箩裙下是绯红色的描银绣鞋，裙摆上花团簇簇，坠下环佩叮当。皆是按照皇室宗亲中最显赫尊贵的穿戴。

在她的发间还饰有金镶银间用珠，垂着镶金玉坠；一双青葱似的玉手，随着步履翩跹，在箩花水袖间若隐若现。这般盛装华饰，映衬出一张纯美逼人的容颜，尤其是那双眼睛，点漆似的，宛若雪夜下的星辰，生生的让人难以调开视线。

很美。

也因为生得美，很自然地让人忽略了她身上其他的东西，比如渊博的学识、过人的才华，再比如城府、心机。

姚广孝端着下巴，笑望着她一路走来。

这样姗姗莲步，举手投足间，全无一丝拘束和拿捏，无处不透露着端庄从容的皇家味道。这等风范，连王侯贵女都要黯然失色，更何况是寻常的官家闺秀。

“小姐风采夺人，果真是天生就适合这皇宫、适合皇家。”

朱明月等婢女摆开团垫，这才绾裙落座，“若小女再从您的口中听到这话，与姚公以后便形同陌路，老死不相往来。倒是您怎么坐在这边，又让小女过来了？”

她的位置，正好挨着姚广孝，也是距离主位很近的地方。

姚广孝道："乃父已经被封为国公爷，月儿小姐的身份自然就等同于郡主。坐在公主位上，也是合规制的。"

朱明月道："可这边是女眷们才能坐的西侧殿。姚公坐在此处，似乎有些于理不合。"

"善哉，善哉，小姐难道没听说过'酒肉穿肠过，佛祖心中留'?"姚广孝端起翡翠酒壶，笑眯眯地给她斟了一杯屠苏酒，"皮囊幻象，于贫僧而言，实不足挂心。"

朱明月看了他一眼，"姚公倒是想得开。"

此刻的席间，西侧矜持安静，东侧热烈喧嚣，朱能也坐在很靠近御座的位置上，正与身侧的同僚把酒言欢，没注意到爱女的座位换了。但就算想关注，也看不真切。隔着西侧的纱帘，从里看外，倒是清楚；从外往里，很是一片朦胧。

这个时候，太监一声悠长的唱喏——

"圣上驾到!"

气氛倏然肃静了下来。

皇上的车辇已至殿前，华盖殿的十二扇殿门一道一道依次敞开，随着一声接着一声的沉重"吱呀"声响，钟磬敲奏，八音齐鸣。银白流苏的华盖引路，皇幡照后，那一道明黄色的身影，踏着庄重而威严的鼓乐，徐徐地走进大殿。

风，在金红龙袍上掀起一道涟漪。

明灿的光晕笼罩在周身，那衣襟和袍裾上绣着的五爪金龙，巧夺天工，精美绝伦，气势逼人。在殿上的文武百官、诸般公侯、番邦使臣……无不臣服地朝着他屈身叩拜。即使是那些北军的老臣子，仿佛也被那威严的真龙之气所震慑，面含无限的敬畏。

"吾皇万岁，万岁，万万岁!"

"吾皇万岁，万岁，万万岁!"

"吾皇万岁，万岁，万万岁!"

朝臣们此起彼伏的叩拜声，响彻殿阁的上空，震颤心扉。

那一路披荆斩棘而来、终登帝位的男子，在锦缎披红的龙椅上转过身，俯视着满殿群臣。亦如多年前他离开京师屏藩之时，站在洪武门高高的城楼上，眺望着这个帝国。一场场血腥而又残酷的杀戮仍历历在目，那些死去之人的哭号和哀鸣仍然清晰可闻，然而一切都已经不重要了。

“众卿家平身——”

朱棣稳稳地坐在龙椅上，朝着朝臣扬手示意。

朱明月跪在那儿，甚至不用抬头，就能清楚地感受到来自满朝文武的敬畏之情。

说到底，她从未了解过燕王，不，应该说当今圣上，究竟是个怎样的人。在他的骨子里，留着跟建文帝一样的皇家血脉，却更残酷、冰冷、嗜权和猜忌。也正是这样的人，让这么多的贤臣良将，死心塌地佐助效命。

“皇上雄才大略，是不世之君主！”

“在吾皇治下的江山，承袭太祖爷开拓的辉煌基业，不出百年便是后人称颂的盛世！”

众臣子以一种仰望的姿势，齐齐朗声道。

朱明月落座后，端起酒盏抿了一小口。

这时，姚广孝拿起筷子，夹了一片冷炙放在她面前的琉璃盏里，“有些事，其实不必何人评说。青史昭昭，定有公论。”

朱明月对于姚广孝能说出这种话甚感意外，不禁侧眸道：“想必在那史册上，姚公也会留下浓墨重彩的一笔。”

“善哉，善哉，小姐又何尝不是。”

朱明月执盏的手一顿，忽而摇头，“姚公，您没喝就多了。”

姚广孝笑着将杯中的香茗一饮而尽，又再次斟满，“举世皆浊我独清，众人皆醉我独醒。以茶代酒，敬我们的燕王、最雄才大略的皇上！”

朱明月不再说话，举杯饮罢，目光投向了殿中央的献舞。

此刻编钟敲奏的是肃穆古乐，宫廷舞姬们小心翼翼地踏着鼓点，白藕似的长臂如风中柳条舒展，纤细的腰肢，还有雪白的脖颈，颇引人遐想，美中不足的是舞姿僵硬而雷同。群臣在席间观赏，明显是兴致不高。

她始终记得当时的建文帝最不喜这种舞蹈，传承古制，甚为无趣。每逢祭祀和庆典，坐得久些，总要狠狠瞪圆眼睛，否则便会打起瞌睡。

那个腼腆温和的少年，总是不擅掩藏自己的心思，但凡是烦腻了，就会被黄子澄发现，那时，方孝孺会咳嗽一声，提示他其实冠冕都歪了。齐泰则在一侧，莞尔微笑。

一切都仿佛是场大梦。梦醒了，或许年轻的帝主仍在，江山依旧。而她还是御前的女官，埋头于繁复书简，却又谨慎提防，居心叵测，终日想的不过是如何将宫中的一切传递出去。哪有后来的这一场靖难、改朝换代……

“月儿小姐跟国公爷一样，都是淡薄名禄之人，贫僧是甚感钦佩的。”姚广孝拄着下颚，眼睛里含着几分笑意，“要知道那些权势、功名、厚禄，是多少人想要得到却求之不得的。在小姐的眼中，却是如此不值钱。”

前段时间论功行赏，皇上欲加封她为郡主，更想亲赐女官之名、重回御前掌席，却都被她一一婉言相拒。又有多种赏赐，不能以她的名义，便加在了成国公的身上，格外丰厚。

朱明月被他打断了思路，回了回神，淡淡地笑道：“小女又不是什么方外之人，怎么会免俗。姚公忘了，洪武二十九年，燕山护卫副千户朱能之女、朱家明月被接回徽州府的怀远老家；三十一年，染病，辗转去了苏州府的嘉定城别庄修养，自此一待便是五年。而在三十一年同被宣侍入宫伴读，其后又于建文初年升任御前掌席的那个女官，本就是个不存在的人……”

因她家世简单而清白，太祖爷才会安心放在皇太孙身边。否则当初以朱能之女的身份进宫，恐怕也等不到建文登基，而今她坟上的野草都要一人多高了。纵有绵薄功劳，也是见不得光的，就如同当今圣上的皇位得来一样。

“小姐多年的辛苦，皇上会铭记于心。就如贫僧所言，青史昭昭，必有公论。”

姚广孝说罢，拿起茶杯，就着她手中的酒盏轻轻撞了一下，发出清脆的响声，甚是悦耳。朱明月抿唇一笑，跟着喝了一口。

“但是贫僧有一事不解，憋在心里郁结难受，还望月儿小姐不吝赐教。”

朱明月道：“这倒是奇了，世间之事还有姚公不解的？”

姚广孝笑道：“贫僧也不是圣人。”

朱明月听他又将这话还了回来，不由哑然失笑：“请说。”

“前段时日，诏书那件事……其实是小姐的提点吧？”

殿中央的舞姬们随着曲调旋转着身姿，看得久了，就像是有种晕船的感觉。

朱明月拿着酒盏的手未动，脸上的笑几不可察地消融了几分，“姚公可真是会煞风景。您不觉得在今晚的宫筵上提及那件事，有些不妥么?”

姚广孝道：“事无不可对人言。小姐玲珑心窍，那事若非小姐手笔，贫僧才倒是看走眼了。”

刚刚累积起来的一点儿好感，在此刻已是荡然无存。朱明月面上未露，道：“姚公一番错爱，小女愧不敢当。”

显然是不想多言。

姚广孝把玩着手中的茶杯，不依不饶地道：“贫僧不才，还算是有些阅历。譬如国公爷擅征战，杀敌冲锋从不落人后，然在仕途上却并非钻营之人。若不是有人在背后点拨，皇上交代的‘招降’一事，无法完成不说，那耿直刚正的秉性，恐怕还会为了那帮人跟皇上起冲突。”

一旦激怒了皇上，按照皇上的处事作风，并不会撤他的职，而是会把所有诛杀之事都交给朱能一手操办也说不定。到时白骨森森，血流成河，真不知这位性子刚烈的武将会是什么样的心情。反倒是重新推回来，怎样处置都是皇上的事，与任何臣子无干。

“小姐年纪轻轻，心思沉稳得令人咋舌。”

姚广孝兀自下了结论。

“姚公不是更高明?”朱明月道，“什么都逃不开您的这双眼睛。”

没有否认，也没有直接回答。

姚广孝摸着下巴，摇头笑道：“贫僧只是在想，像方孝孺那种人，执拗倔强、认死扣，断不会答应归顺。可他的惨死，其他旧臣就算有归顺之意，也都会因此绝了念想，这等因势利导、釜底抽薪之法，一劳永逸，倒也处理得干净。但小姐可知道，皇上惜才，本有不杀之心。”

在那一刻，朱明月的心底里忽然呼啸起难以抑制的悲伤，然而她面上淡淡，只是垂下眼眸道：“没记错的话，最后是姚公将方孝孺举荐给了皇上，让其代写诏书，同时也给了他一个当面驳斥圣颜、辱骂圣驾的机会。”

会选方孝孺，只是因为他是最合适执笔的人选。

姚广孝没有解释，只自顾自地说道：“是啊，可不就是一个面圣的机会，所以才说‘我不杀伯仁，伯仁因我而死’。与此同时，贫僧也不禁猜测，小姐这么急着将那些人除掉，莫不是由于他们知晓小姐什么不可告人的秘密？”

编钟敲击出幽深而沉重的声响，一下一下，就像是敲打在心上。

朱明月放下手里的银筷。

她从未亲手杀过人。可在这一刻，倘若能在众目睽睽之下、杀人于无形，或许她会毫不犹豫地将身旁之人的性命结果掉。

他说得没错。

方孝孺等人因忤逆圣驾而死，其状惨不忍睹。然随之而去的，就是那个秘密。

建文四年七月十三日的那个夜里，靖难之兵包围了皇城，未待闯宫，宫城中的寝殿却忽然着火。其后燕军闯入，发现殿内已经烧得面目全非的两具尸体，一个是早已身死的皇后马氏，一个则按照身上依稀可辨的穿戴配饰，确认是建文帝无疑。然而那只是一个与建文帝身形相似的侍卫，换了衣服，代替皇上自焚而死。真正的建文帝，早在城破之时就顺着密道逃出了宫外。

这一切并非太祖爷在天有灵，或者什么鬼神相助。所谓密道，所谓逃出生天，都是他们君臣几个人联手的结果。当然，也包括她——在城池攻陷之时，北军兵临城下，将整座皇城围成了铁桶，只有她作为皇宫内应，最清楚哪一处是防守死角。

是她放了他。

当时红豆并不在内苑，否则，她也不会留她性命。

故而，在那之后，她会借着爹爹全权负责审问的机会，提议其去御前奏请召命牢中的几个人草拟诏书，实在是对方孝孺等人的了解；同时，也是凭借着对帝王心的揣度。

可他猜对了。

都猜对了……

朱明月的心中百转千回痛不堪言，话到嘴边，却变了味道，“对那些前朝的余孽既往不咎，谁，皇上？姚公可是在与小女说笑……从那些人被送到锦衣卫诏狱的一刻起，就注定他们有死无生，何来什么惜才之心、不杀之念？”

“更何况，姚公不觉得那也是种成全，”她的声音很淡很淡，“求仁得仁，留下千古芳名，不正是那些读书人终其一生所追求的么？”

少女说罢，举起酒盏抿了口，咽下喉中的苦涩和悲恸。

姚广孝似是没想到她会有这番应对，好半晌，才耐人寻味地说道：“月儿小姐能这么想，那些枉死之人也该瞑目了。不过贫僧倒是觉得，他们应该感念小姐的一番苦心，毕竟深陷牢笼的时间拖得久了，就会按照正常审讯往下进行，劝降过后，必是刑讯——届时死罪之前，先受酷刑折磨，那份儿活罪，可不是那些读书人能够承受得住的……”

皇室的猜忌就如空穴来风，一旦风起，所过之处寸草不生。太祖时期，不就是因为有一个功臣谋反，被捕获后在狱中不堪逼供，屈打成招，胡乱咬出其他几位功臣，结果让太祖大开杀戒……再后来，猜忌之风愈刮愈烈，一发不可收拾，演变成了奸善不分，全部屠戮的恶局。

“前车之覆，后车之鉴。换做是贫僧，也不希望前朝的事在本朝重演。那些旧臣既然早已抱着必死的决心，来得晚些，倒不如来得快些。”姚广孝若有所思地说道。

朱明月垂眸道：“诚如姚公所言。”

方孝孺、齐泰、黄子澄那些人，不会有人怀疑他们的忠贞。可她同样知道大理寺刑讯的厉害，一个人能承受的折磨就那么多，意志再坚定、再威武不屈，会在几天内才屈服，但没人能够永远坚持住。

如果拖延到用酷刑，那秘密将再不会被瞒住了。

等到酒过三巡，席间群臣已是喝得酒酣耳热。诸般文武面颊泛红，喜笑颜开，尽量维持着体统，未尝失态。再靠前的一排坐席，坐着的则是一些番邦使臣，模样奇特，服饰怪异，有些已然醉酒酣然，更有几个干脆是伏在桌案上，打起了呼噜。

朱明月望着宫廷舞姬们的舞姿，视线早不知苍茫到了何处。良久之后，却不得不收回目光。因为有一道灼热的视线，从北侧殿的座位上投射过来，就直直落在了她的身上。

即便是隔着纱帘，那视线也太过放肆，很难让她忽视。

朱明月不禁蹙了蹙眉。

"小姐姿容出众，又正值适龄之龄，引旁人追慕是再自然不过的事……"姚广孝没喝酒，却似乎也醉了，红光满面，笑眯眯地说道。

"姚公是庙中古佛，怎么也懂得凡尘之情?"

从外面往纱帐里看，根本看不清楚，对面的人应该不止在注视她，更是她身边的姚广孝。

朱明月说罢，就将眼睫垂下保持默然。她是名门出身的闺阁之女，自小受教规矩和礼数，又在宫中多年，这种场合绝不可能贸然去理会那道视线，也不会去确认对方是谁。

只作不知。

这个时候，就听姚广孝连声笑道："阿弥陀佛，贫僧尚未得道，可不敢妄自称佛。倒是小姐，云英未嫁，何不趁着今晚宫筵，为自己张罗一个如意郎君!"

朱明月抿唇道："看来姚公在僧寺，真是屈才，该去月老庙才对!"

姚广孝仰头哈哈大笑，笑声引来了很多目光，也毫不在乎，"有何不可？倘是能够撮合一对佳偶奇缘，贫僧是甚为欢喜的!"

不速之客

宫筵持续得很晚，名为君臣同乐，皇上却早早地就退了席。留下诸般文武，甚是其乐融融，言谈自如。

东侧殿摆成一列一列的桌案上，堆着满满的酒壶，就属兵部和刑部的官员们喝得最多，也不肯让宫婢拿下去，互相比着谁的酒量更好；还有几个武将，正在脸红脖子粗地拼着酒，吆喝声一声高过一声，引得那些文臣不住地嗤鼻摇头。

等到宫筵结束，好些武官都未尽兴，相携着出了正殿，等走出奉天门，互相又开始笑闹起来。

“真是不知所谓。这等皇家庄严之地，让这帮腌臜之辈，搅得乌烟瘴气！”

“瞧他们那副德行，无知莽夫，简直是有辱斯文！”

走在后面的一些建文旧部，多是文臣，哪里见过这样的场面，眉头皱起老高，鄙夷和嫌弃之色显露无遗。

刚嘀咕几句，一不留神，脖子就从后面给揽住了，“我说你们几个酸儒，瞎咧咧什么呢！”

扑鼻是一阵浓烈的酒气，那文臣嫌恶地掩住口鼻，挣扎着想甩开他，哪里是那些武将们的对手。这时，又听一个喝高的将领喝道：“别说老子没告诉你们，皇上也好这一口，喝起来，比爷几个还凶呢。你们瞧不上老子，莫不是在嫌弃咱们皇上！”

说者无心。那几个文臣听言，当时就变了脸色，使出了吃奶的劲，从那武将的钳制中挣扎出来，掩着面逃也似的离开了奉天门前。

这时候，女眷们从西华门绕到奉天门前。各府闺秀，莲步绻绻，都在侍婢的搀扶下，上了各自府里的轿子或是马车。

朱明月落在后面，顺着宫墙走到奉天门前，远远地就瞧见了朱能，红光满面的模样，走路一步三摇，显然也是喝高了。红豆赶紧跑了过去，急急上前扶了他一把，又被甩开——“哪来的毛丫头片子，抓老子作甚!”

“老爷，奴婢是红豆啊。”

红豆哭丧着脸，又去扶他。

“什么红豆、绿豆的？老子只认得巴豆！对，巴豆！上回金忠那死不要老脸的输了，给老子的马下巴豆，害得老子刚骑上去就被摔了下来。真他娘的倒霉!”

红豆又好气又好笑，连声道：“老爷，您喝多了，赶紧跟奴婢过去吧。小姐还在那边儿等您呢。”

“月、月儿?”

朱能一听见是朱明月，顿时清醒了几分，“月儿来军营干嘛，她不是在……在苏州的嘉定别庄里面养病么?”

就算是喝醉了，也没忘记替她隐藏行踪。

朱明月上前，扶着他的胳膊，“爹爹，这儿是应天府，不是北平城。”

“你这丫头生得可真好，真像我们家月儿……”朱能借着月光，瞪大眼睛看了看，咧开嘴傻乐，“但你肯定没我们家月儿聪明。我们家月儿啊，那就是天上的小文曲星下凡，投胎当了老子的闺女……”

难怪同在北营的将领们说，爹爹常将她挂在嘴边。

朱明月拉着他慢慢往奉天门外走，快走到承天门前面时，后面又出来了一堆武将。

因她爹是行伍之人，她对于兵营和将士，多有好感。朱明月朝着那些人敛身行了个礼，认出其中几位，还是曾住过城西府邸的。

“丫头，你爹交给我们，放一百二十个心吧!”

“就是，你爹酒量好着呢，咱们老哥几个再聚聚!”

闻言，一旁的红豆有些咋舌，还没喝够啊?

“可是……我家老爷明日还要上朝呢!”

红豆急道。

“刚刚皇上说了，明日特、特赦，不上早朝了……”

那满身酒气的武将一边晃，一边说，舌头都有些打结。

也不等红豆有所反应，那些将领就不由分说地把朱能给劫走了。红豆想拦，也没拦住，只能眼巴巴地看着那些远去的背影，前面还有一两声玩笑话传过来：

“你闺女挺好看的，给我当儿媳妇吧！”

“我呸！你那孬种儿子，也想娶人家的闺女！”

“就是，再轮也轮不到你啊，”一张笑脸，巴巴地凑到朱能面前，“老子家里有仨小子，要不给你闺女挑一个？”

红豆张了张嘴，“小姐，老爷没事吧。”

朱明月看了看深沉的夜色，道：“回吧。嘱咐下人准备些醒酒茶和姜汤，等爹爹回去，让他喝下，别着了凉。”

主仆二人在后面跟着一直走出了承天门，此时，前面的那些人已经走出很远。等过了外五龙桥，一辆马车就停在洪武门前，驾车的小厮探头瞧见她们两人，手脚麻利地将帘子掀开挂在银钩上，拿出红缎小凳预备着。

“别家的马车都停在了承天门城门口，咱们府里的却在洪武门前等着，白白走了这么多的路。”红豆扶着她上了马车，抱怨道。

“毕竟是新贵，多少还是要收敛些。否则，何必让旁人指摘这些小事。”

“有什么关系呢？奴婢多嘴说一句，老爷可是皇上面前的红人呢。皇上待他们那些武将们又相当亲厚，纵着、容着，倒像是生怕皇宫规矩拘束了他们。刚刚奴婢瞧得真切，酒刚过一巡，皇上就笑容满面地退席了，还不是想让那几位尽兴些。”

红豆放下帘子，美滋滋地说着。看得出，她心里多少有些对新皇的喜爱和称颂。

如果君臣和睦，满朝齐心，留下来或许会让爹爹一展抱负；如果像这样的日子能够一直下去，留下来，也说不定是件好事。只是谁也不知道，会不会有这样的如果。

夜色愈加深沉，宫中的晚宴闹了一宿，朱明月有些倦，靠着软席静静地眯了一会儿。车内的布置十分舒适，铺陈着柔软绸缎，连包角都用缎子裹上，窗幔落底，挡得车内既丰实又暖和。沁凉的夜风顺着帘幔吹进来，缭绕过檀香云腿桌上燃着的熏笼，淡淡的朗月香气。

达达的马蹄声，在安静的街道上显得很清晰。

回到城西府邸，还有很长的一段路。或许该换一个住处，否则爹爹每日上朝，子夜就要从府中走。春冬短暂，却昼短夜长，换一座离宫城近些的，还能省些路程。

思绪辗转间，车身突然狠狠地颠簸了一下。

行驶中的马车忽然被勒住缰绳，朱明月也跟着突如其来的震动一颠，肩膀撞在车窗的包角上。

“前方是何人，还不速速闪开！”

外面同时传来红豆的呵斥声。朱明月睁开眼睛，却没动地方——这个时辰，又这种地方，居然会有人阻拦。

“在、在下冒昧，敢问车里的是哪个府的小姐？在下、在下……”

那挡在前面的人结结巴巴，声音却是软的，太急切还有些窘迫，明显是南蛮之地的口音，显得书卷气十足。

“放肆！”

红豆一声娇斥，打断他的话：“哪里来的不怕死的泼皮。你可知我家小姐是何人，胆敢半路阻拦！还想活命的话，立刻离开！”

“在、在下……”

那人嗫嚅了好半晌，似是胆怯，硬着头皮道：“在下着实冒昧，更深知深夜拜访一位闺秀，于理不合。但礼莫大于亲，在下的确有要事，希望车内的小姐无论如何予以一见！”

他最后那句话，提高了嗓音，显然是冲着车里面喊的。

但她自然不会见他。

红豆皱起眉，扭头瞅了瞅身后那道帘子，没有任何回音，也就明白了自家小姐的意思。朝身边的小厮使了个眼色，那小厮会意，狠狠扬起了鞭子，“驾——”

马匹不堪疼痛，嘶鸣一声，撒开四蹄就带着车子奔了出去。

“等一下。小姐，请容在下一言！”

那人抻着脖子大喊。然而驾驭之人只道了句“滚开”，马车就直接越过了他，不耐烦地绝尘而去。

那男子情急之下，拔腿跟在马车的后面，在街上追。

红豆暗骂一声“混蛋”，连声催促小厮“快点儿”，意图尽快甩掉后面的人。

现在车上除了侍婢就是车夫，连个侍卫都没有。谁能想到京城天子脚下，居然会有不长眼的来冲撞！红豆又万分庆幸府里来了辆马车在宫门口接人，要是还坐轿子，指不定要被缠上了。

“等一下，小姐，在下的确有紧要之事要说!”

“请等一下，等一下!”

后面那人，仍在追。

锲而不舍。

小厮也急了，挥舞着鞭子，狠狠地往马匹身上抽打。

原以为一个文弱之人，跑过一段也应该跑不动了。却想不到他脚程不慢，饶是马车疾驰，也没落下多少！那一声声的“小姐”就响在后面，格外刺耳，换做白日里，说不定要引来多少人来看热闹。不仅是红豆，就连赶车的小厮都分外恼火。

“停车。”

一道清淡的声音，从帘子里面传来。

小厮拉紧缰绳，“吁”了一声，跑得直喘气的马匹停驻了马蹄。

后面那人也追得上气不接下气，眼见马车停下来，也不追了，弓着腰，在马车后“呼哧呼哧”喘着粗气。

帘幔，徐徐地被掀开。

清澈的月色下，少女一张雪玉般的脸颊，水漾黑眸，瞳色深深，正瞬不瞬地望着他。此刻卸了配饰，不比宫筵时的雍雅华丽，却自有一股风流绰约，银簪玉佩，更衬得墨发柔顺如瀑；眸似点漆，额间一枚纯银的华胜，熠熠闪烁。

倾国佳人，遗世独立。

“小姐。”

“小姐。”

车夫和婢女红豆都朝着她恭敬地俯首，卑微地退到一侧。

按照规矩礼数，在没有亲族长辈陪同的情况下，高门出身的女眷绝不能与陌生男子会面，尤其还是云英未嫁的闺阁千金。但朱明月不仅让车停了下来，更亲自掀开了车帘。

那莽撞的男子早已看傻了，也不知是被少女的容颜所摄，还是其他原因，半张着嘴，好半晌才嗫嚅着道：“珠儿，你是、是珠儿吗?”

红豆听他唤自家小姐的闺名，不免厉声呵斥道："真是胆大包天的登徒子！你究竟是何人，胆敢阻拦国公府的马车？"

男子一直盯着车内的少女，没移开视线，更没注意红豆说了些什么。直到红豆大声地怒喝，他才感到失礼而面颊臊得通红，拱手相揖，朝着主仆二人深深地弯下腰。

"在下姓沈。深夜冒昧打扰小姐实在、实在是无礼至极……但事出突然，因小姐与舍妹沈明珠太像太像，沈某思亲心切，情急之下才拼命追了上来。只为问一句，小姐可是应天府的人吗？却是何处府上的？"

原来是沈明珠，不是朱明珠。

红豆顷刻松了口气，她就觉着此人面生，不像是小姐年幼时候的旧识，刚想辩解一句，就被朱明月拦住了。

"小女不姓沈，也不叫明珠。"

她启唇，声音仿佛沁了冰霜的春水。

男子怔了怔，却以为她未直接回答就是默认了，咬牙紧绷的脸憋得更红，"敢问小姐，是否年方十四，戊辰年生人？"

很无礼的问话，朱明月却未以为忤，轻轻颔首，"没错。"

"那小姐是否……刚刚才到京师？可曾到过苏州府的嘉定城？"

一句话落地，宛若闪电乍起，让红豆的眼睛里陡然生出防备和惊疑，下意识地望向自家小姐。

"没错。"

朱明月眯起眼道。

"那你、你果真是我的妹妹，不是吗？"

男子立刻变得激动异常，声音发颤，连肩膀都开始颤抖起来，"如果小姐是朝中任何官员的家眷……不可能是刚进京，对不对？且据沈某所知，那些北军的家眷都还在赶来的路上，就更不可能了……而小姐能获准出席宫筵，便一定就是珠儿，我沈家遗失多年的女儿……"

始终面色凝沉的朱明月，此刻才松开眉梢，同时将方才那一刻生出的杀心，兀自按捺下，"这么说，公子是寻亲而来？"她略微摇头，"那公子真的是认错人了，小女乃京城人士，与走失的令妹并无半点瓜葛。"

既不是建文时期的宫里人，她也没有必要耽误工夫。几乎是同一时间，朱明月就要放下车帘，吩咐车夫继续上路，这时就听那男子急切地说道：

“不会错的！珠儿的五官模样生得与小姐极为相似，尤其眼角的一颗泪痣，如小姐右眼上的一模一样！还有刚刚宫筵之上，沈某一直都在注意小姐的方向，虽然看不清楚，但小姐始终跟那不要脸的僧人坐在一起，不是珠儿还能是谁?”他越说声音越低，越有悲意，“只是沈某不明白，为何一个没有品阶的姑娘，能被获准坐在公主席上?”

沈姓男子说罢，红豆彻底被绕迷糊了。

不要脸的僧人?

难道是在说姚广孝，姚公？除了他，她可不记得谁还敢堂而皇之地坐在西侧殿的女眷席；更何况满朝文武，唯有他一个是出家人。面前男子一副庶士巾服的打扮，却不像是功名在身，怎么获准进宫伴宴的呢?

红豆迷惑地看向自家小姐。

“公子是说，令妹一直跟道衍法师在一处?”

朱明月看着面前的男子。

沈姓男子咬了咬牙，含恨点头：“已经五年了。当初舍妹在苏州府的嘉定城与家人失散，一别就是整整五载。这些年来任凭我沈家族人遍寻也无下落，想不到，居然是被那死和尚给养在了身边!”

“这说的真是姚公啊!”红豆惊诧道。

沈姓男子面露悲愤，冷哼道：“如今他是御前第一功臣，又有官僧随侍左右，自是高人一等，便是胡作非为也不会有人干涉!”

红豆不禁与自家小姐对视了一眼。这番听下来，两人很难不想到那日城南妆铺外，姚广孝亲自带着官僧捉拿过一个姑娘。那般颜色，的确是相当出众的，让人一见难忘。巧的是与朱明月年纪相仿，在她的右眼角，倒是也有一颗泪痣，嫣红色，凄凄然，宛若是颤巍巍的血滴。

沈家，明珠；

五年。

苏州府的嘉定城。

天底下，真有此等巧合之事吗?

朱明月听到跟姚广孝有关联的事，下意识就要回避，于是道：“小女再说一遍，小女并非沈公子要找的人。且小女的祖籍是徽州府，自小长在北平，根本不认得沈姓族人，沈公子无需再费唇舌。”

说罢，她就示意红豆赶他走。

沈姓男子却仍然坚持，不敢再靠近，更不敢上前来拉她，就是阻拦着道路死活不肯走。红豆也有些急了，唯恐这么下去会出乱子，索性一把抢过小厮手里面的马鞭——

“瞧这位公子一副斯文模样，恁地听不懂话！我家小姐是好脾气，奴婢却不能不护主，这鞭子不长眼睛，奴婢劝公子一句，赶紧让开!”

“这位姑娘好生不通情理。沈某费尽千辛万苦寻到舍妹，不说清楚，如何能让?”

红豆瞪圆眼睛，气他还敢胡搅蛮缠。

——素手挥起马鞭。鞭子是新制的，上面还有倒刺，甩在青石板路面上，顿时发出一道清脆的“噼啪”声。

“让是不让?”

沈姓男子梗着脖子，再不说话，意思显然是不让。

红豆露出一丝冷笑，道：“别说奴婢没提醒沈公子，胆敢挡着我家小姐的路，便是达官显贵也要掂量掂量，更何况你这一介平民!”

说罢，狠狠地甩开鞭子，甩手就要往那人身上招呼。

就在这个时候，长街的另一边有烈马蓦然嘶鸣。

此刻距离宫筵散场多时，皇城夜禁，怎么还会有人胆敢骑着马疾驰在帝都之中？那道声音同时引得几个人回头去看，却见明澈的月光下策马疾驰而来的男子，一袭宝蓝镶滚绯色的蟒袍，衬得煊赫逼人，卓拔凛然。

红豆拿着鞭子的手一滞，怔愣地望着一马一人朝着这边疾驰。

风鼓动了锦缎衣袂呼呼作响，那人仿佛是一只倨傲的鹰隼，眨眼间，就离得愈加近了，红豆这才想起自家小姐还站在马车边，拔腿就往那边跑，已然来不及。

烈马在距离少女一尺之处，戛然停住。

刚刚好。

高高扬起的马蹄，马背直立，却堪堪驻足。随着烈马嘶鸣，一骑滚滚，尘土扑面而来。足可见策马之人有很高超的骑术。随之逼近的，还有一股凌厉难挡的气势。

“啊”的一声尖叫，是红豆发出的。

朱明月仰着脸，直面那飞扬而起又疾速而落的马蹄，没有后退一步。并非因为她是将军的女儿临危不惧，只是这策马的男子太快了，让她还来不及做出反应，对方就已至近前。千钧一发之际，她甚至能感受到那来自男子身上的迫人寒意。

她倏然抬眸，正对上一双深黑的眼睛。

倨傲如火，桀骜若风。

男子有着一张非常年轻的面容，斧凿刀刻般的五官，在月色下愈加显得丰神俊朗、清隽轩昂；薄唇紧紧抿着，鼻翼和下颚的比例，勾勒出一道完美的弧线。俊美与阳刚浑然天成地结合于一身，饶是姿容出众的女子，在他面前恐怕都要为之汗颜。

此刻他居高临下地看着她，睥睨而冷然地问道：“你是何人？”

“是你冲撞车辇在先，还敢问我家小姐是什么人，是何道理？”红豆护主心切，大声嚷道。

马蹄踏踢，烈马烦躁地在原地打着响鼻。鞍背上的男子安抚地摸了一下马的鬃毛，唇角微挑，露出一抹冷笑，“刚才，就是她让人打你？”

这话是在对那沈姓男子说的，眼睛却一眨不眨地盯住朱明月，不仅不打算报出名姓，更没将她主仆二人放在眼里。

少女眯起眼，不喜欢这种仰视的姿势，于是绾裙转身就走。

“本王问你话，想往哪儿去？”男子即刻从马背上跳下来，上前一步，强悍地拦在她身前。

朱明月不得不后退半步，抬起眼帘道：“没错，假使阁下未能出现，那位沈姓公子断是难逃一场鞭责教训。就如同刚刚你不及时勒住缰绳，小女就会被马踏于蹄下一样。”

男子注视她片刻，抱着臂冷笑道：“你一非官差，二非有品阶的宫人，哪来的权力肆意行凶？”

说罢，含笑凌厉的目光瞥向一侧的红豆。

红豆顿时一哆嗦，吓得两腿发软。

“便是打死他，又如何？”

少女冷漠地扬眸看他，眸下的泪痣盈盈若坠，“京城天子脚下，又是宫筵之后的宵禁时分，不仅随意在外逗留，还冲撞官员家眷的马车，其意何为？就算说他有意‘刺王杀驾’就地格杀，都不为过，何况只是用鞭子？”

已经算是从宽了。

“区区一个官员家眷，好大的口气，谁给你的胆子！”

男子眼中的怒意大盛，说罢就要上前来，还未等红豆上前来阻拦，那沈姓男子就跑了过来，在后面死死地将他拽住，“王爷，莫要吓坏了我妹妹！”

男子皱起眉，看她：“你是……沈明珠？”

“不是。”

朱明月断然道。

他转眸看向沈姓男子：“你说呢？”

“我……我……”沈姓男子看了看少女，一时竟不知该说什么才好，低下头满脸难过，“沈某觉得小姐跟舍妹极像，但也不确定……”

红豆闻言不免松了口气，幸亏他还有些分寸，没一口咬定她家小姐就是。

这时，就听男子道：“既然不确定是，也就无法确定不是。你还是要跟他走一趟。”

最后一句是看着朱明月说的，扬着下颚，态度倨傲至极。

红豆愕然瞪大眼睛。这人怎么回事？混不讲礼法目无规矩，没将那胡乱认亲的人拉走不说，还要强行带小姐走！

“倘若小女不走呢？”

男子挑眉，一笑生寒，“你可以试试”。

朱明月的眼底弥漫出愠意，直直对上男子一双轻蔑含嘲的眼睛。莫说是京城街道，就算是皇宫大内，还从未有人胆敢对她这么说话！是欺负她一介女子，身单力孤吗？

袖中的手攥紧了一块小牌，就待她要拿出来时，身后忽然有一男音响起：

“珠儿？”

那嗓音很动听，带着春风化雨的和煦。朱明月下意识地回头，见到了一张熟悉的面孔。

“文弱？”

那和风霁月的男子，一身青墨锦缎的便服，身侧也只带着个小厮。没骑马，也没坐轿子，踏月信步而来，宛如春风拂柳晴光微澜，恍然间给人以无限的安定和温暖。

他走到朱明月的身侧，颀长的身躯压下一片阴翳，“没事吧？”

时隔多年未见，面前之人她几乎有些不认得了。儿时记忆中那温润朗朗的模样，是身量初成的小小少年，而今褪去了稚嫩青涩，五官卓然，眉宇间多了历练和睿智，倒是愈加俊逸出尘了。

居然在这里遇见他。

朱明月摇了摇头，表示自己没事。张辅朝她安慰地一笑，然后很自然地站在她身前，阻隔住其他人的视线。

“信安伯？”

男子也认出了来人，眼睛不由得眯起。

张辅微微一笑，儒雅而礼貌道：“黔宁王不在云南藩邸，何时来到了京城？”

这个时候，红豆瞧见有人出面解围，不由得欣喜地喊了一嗓子，“公子爷来了便好了。那两个人，想要欺负小姐呢！”

红豆在朱明月的身边伺候多年，对他很有些印象——亦是名将之后，靖难第一功臣、荣国公的长子；其父战死疆场后，承袭父位，现被封为信安伯。洪武二十九年，年仅七岁的小姐来应天府的时候，就是跟这位公子一处读书受教、嬉戏玩耍。

说起来，算是小姐的青梅竹马呢。

张辅温和地看了红豆一眼，道：“放心，有我在，谁也欺负不了你家小姐。”

谦谦君子，温润如玉，自成一股柔和的润朗。那话也不知是对红豆说，还是说给身后的朱明月听，红豆却因那好看的男子、好看的笑容，飞红了脸颊。

策马而来的男子漠然看着几人的言谈，薄唇轻抿，冷哼着淡声道：“这次皇宫设筵，本王自然是奉旨进京。怎么，信安伯没接到进宫伴宴的圣旨？”

张辅道：“下官也接到了。许是坐的位置不同，竟没注意到王爷……那王爷这是刚从宫里出来，还是?”

“本王来寻人，”男子说罢，目光转向他身后的少女，“但正好撞见有人仗恃行凶。”

张辅诧异了一下，他不知细情，但见对方显然来者不善，不由道：“这其间定是有什么误会，黔宁王久居藩镇，对京城里的宵禁不甚了解，眼下夜色已晚，不如就此散去，免得待会儿引来巡城御史，徒增不必要的麻烦。”

男子冷冷笑道：“刚刚她的丫鬟要拿鞭子打人的时候，怎么没见有巡城御史出来？莫非这宵禁，对京城人士有特赦?”

张辅闻言更惊。

朱明月却不免恼怒，暗忖此人真是不识抬举，深更半夜在这里胡搅蛮缠。这时，就见那始终站在一侧的沈姓男子忽然上前，朝着张辅揖了一个礼，“不知是信安伯府的张小伯爷，多有失礼。既已到了宵禁时分，吾等不便再做逗留，这便……告辞了。”

男子不悦地皱眉，还想再说什么，沈姓男子使劲拉着他的胳膊，朝着他一个劲摇头。

“即使如此，文弼也不远送，他日定登门拜访。”

张辅礼貌地朝着那沈姓男子回礼。

男子冷哼了一声，甩起袍裾，起身就上了马。沈姓男子又是连连告罪，扭过头，却是依依不舍地看着张辅身后的朱明月，三步一回头。

等那两个人离开，红豆才如释重负，摇头道：“真是的，瞧他们是什么态度！多亏了公子呢，要不奴婢跟小姐可要吃大亏了。”

“可也不看看是谁的家眷。真是向天借的胆子。”红豆撅着嘴，又嘟囔了一句。

张辅笑着看了她一眼，转过身，面朝着身前的少女，“没吓着吧。”

朱明月道：“多谢你。”

“别客气。多年未见，要不是这辆国公府的马车，险些认不出你来。我听说你一直在苏州养病，可有好些？回到京师又怎会跟他碰上?”

朱明月听他说完，不由一笑。

张辅也反应出自己的无状，挠头微笑着道：“瞧我，问了这么多，也不知让你回答哪一个好。太晚了，我送你回去。”

未等朱明月回答，那厢，红豆欢喜地说道："那便太好了呢！谁知道那两个人走到半路上，会不会趁着公子离开，再折返回来找麻烦。"

朱明月一想也对，于是抱歉地看着他，道了声"劳烦"。

马车载了几个人，继续往城西走。驾车的小厮因车上有了依仗，比方才慢了几分。马蹄声和车驾碾过的轱辘声，显得深夜里的街道愈加寂静，两侧的窗帘一掀一掀的，偶尔还能瞧见街上店铺中亮着的点点灯火。

"应天府是天子脚下，与苏杭小镇不同，多的是不世权贵，眼高于顶、骄横跋扈。珠儿你出门需多带个侍卫才是。"

夜风微凉，他的声音隔着车帘传进车内，温柔和暖。

朱明月半阖着眼，道："文弼你忘了，我早已经改了名字，你却仍如小时候那般唤我。倒是这么晚了，你怎的会在这儿？"

"舍弟两人也跟着进宫参筵，过了时辰仍是迟迟未归。我担心，适才又出门来寻。"

朱明月道："该是被那些老将军们拉走喝酒去了，还有我爹爹。"

张辅抚额了一下，道："他们确实是就好这一口。"

"你如何没跟着去热闹热闹？"

张辅嘴角牵起浅浅笑纹，"我不喜杜康，去了，恐怕要被灌得酩酊大醉。即使明日早朝歇罢，等到后日早朝，我怕也爬不起来。"

朱明月也笑起来，隔着车帘，道："我忘了，你素来不擅饮酒。"

一路简短的谈话，等到了城西府邸，她几乎要昏昏睡去。马车稳稳当当地停驻了，张辅跳下马车，然后体贴地撩开那道帘子。

红豆在一侧瞧着，不禁抿唇偷笑。

"文弼公子很是儒雅温柔呢，哪像曾经带过兵打过仗的人啊。若不是小姐后来进了宫，说不定更加亲厚。"红豆望着那渐行渐远的身影，喜滋滋地说道。

"还有刚刚那骑马横冲直撞的那个，可是够骄傲的！专横跋扈，委实可憎可恨。不过，那人也真是长得好俊呐！"

朱明月看见自家丫头的兴奋模样，失笑道："走吧。"

"小姐，刚刚冲撞咱们马车的那个沈姓男子，很奇怪呢！"

红豆跟上去，小声道。

朱明月道：“是很奇怪。”

但凡跟姚广孝有关的人和事，哪一桩不奇怪。让她理解不了的是，姚广孝是不是故意让她坐到公主席上，才引得对方找上门来。

“小姐，奴婢听文弼公子叫那人为‘黔宁王’……”

朱明月道：“明天你出去打听打听。”

“嗯。”

翌日，晨曦未明之时，城西府宅的门被敲开。

喝得酩酊大醉、人事不省的朱能，是被几个酒肆的伙计给扛回来的。看门的仆从一见，赶忙七手八脚地帮忙将人抬进内苑的寝房里，红豆付清了酒钱，家丁们则忙着伺候洗漱安寝，等到朱能趴在榻上，鼾声打得震天响，天也大亮了。

想来其余的那些武将，亦是这般情形。

红豆端着铜盆跨进门槛，盆里是打好的热水，“老爷也不知是在哪家酒肆里喝的酒，一宿下来，统共就是几个银锭。”

朱明月就着盆里的热水绞了巾绢，给床榻上的人擦了把脸，“在何处饮的酒不知，不过爹爹肯定是喝输的那个。”

红豆扑哧一笑，“也是，否则这酒钱定是别家府邸来付。”

将掉在地上的被褥捡起来，红豆又道：“老爷回府之后，奴婢出去打探了一下，岂知根本不需仔细问，那位黔宁王可是声名赫赫呢——他姓沐名晟，乃是云南黔宁王府的第三任家主。”

若说张辅算是少年卿相，这个沐晟，则是不折不扣的少年将军。

太祖爷时期将星云集，最为称道的统兵之将是徐达、邓愈、常茂、蓝玉、沐英等人，开疆拓土，扫荡夷狄，都是赫赫有名的开国功臣。在他们之后，又有张玉、朱能、丘福、金忠之辈，辅佐当今圣上，共赴靖难，改元永乐。

名将之后，再出名将。张辅是荣国公张玉的长子；一代名将李文忠逝后，有其长子李景隆；那个沐晟，是封疆大吏、原黔宁王沐英的次子，亦是如今的云南藩王。

“在太祖爷时，那沐家就镇守滇黔之地，后来第一任沐王爷卒于任上，太祖爷十分痛心，追封其为黔宁王，谥昭靖，享太庙。而后长子沐春嗣位，在镇七年……算起来，沐家世守云南，都是些老黄历了。不过那沐春无子，卒后由其弟承袭禄位，也就是沐老王爷的第二个儿子、现在的沐家家主沐晟……”

红豆说到此，压下声线道：“奴婢记得，他好像还是在建文元年封的侯呢。”

红豆提到“建文”二字，朱明月抬手制止了一下，回头望向躺在床榻上睡得正酣的爹爹，半张着嘴、打着呼噜，示意红豆跟她出去。

“我对云南沐家也有些印象。何福战胜擒拿刀干孟、送归思伦发回麓川，思伦发死后，其部族争先分抢，就是那个沐晟讨伐平定麓川。”朱明月道。

当时她才刚刚任职女官，在文华殿御前伺候，经手过很多奏册檄文。云南府距离应天府何止千里，从遥远边关传来的战报，经过奏闻，年轻的建文帝与几位肱骨之臣商议之后，再将决策发出去，一来一回已是两月有余。

经手的是文书，对边关的将士而言，却是碧血黄沙、九死一生。

阖上了门扉，主仆二人往东厢的寝房走。

“是呢，若说当朝的新贵，不仅是原北军，云南这位年轻的黔宁王也算一位。虽是建文初年封的侯，却没有参与靖难，皇上践祚后，对他甚是赏识，可称得上是少年得志，清贵不凡。”红豆道，“不过现在也没有什么建文之说了，皇上早将建文四年改成了洪武三十五年，却是奴婢嘴快，总是忘记要避讳着点儿。”

东厢的屋舍是三面开门，两侧的抄手游廊被粉饰一新，红漆簇新锃亮。靠左的窗扉敞开着，阳光顺着雕花窗棂照进内室，桌案上铺陈开的一张宣纸，洒满了金色碎光。

“那沈姓男子呢，又是什么底细？”

红豆撩起一侧帘幔，朱明月走进去，红豆轻声道：“奴婢也去打听过，却是甚少有人知晓。想来在京城中没什么根底，只是云南的某个富户吧。”

一介平头百姓，仅凭财力，就能让堂堂的黔宁王那么重视？还被带着进了宫伴宴……

朱明月来到花梨木大画案前，抬手将上面的镇纸移开些，“那人口口声声要找妹妹，还说是主录僧的人将其掳走。而咱们那日恰巧在城南碰见了一拨官僧在抓个姑娘……”

红豆道：“小姐莫不是怀疑那个沈公子所言非虚，真是姚公抓了他妹妹？”

朱明月道：“不管真假，只希望此事与咱们无关。”

红豆道：“自然是无关呢，小姐都从宫中出来了，一切也尘埃落定。就算有人再想兴风作浪，也不会找到咱们头上。”

但愿吧。

朱明月心里忽然生出一种不安。

红豆不知她心中所想，捂唇笑道：“对了，刚刚信安伯府上的家丁来过，送了些解酒的汤药。还问咱们府上缺不缺个护院之类，可以从信安伯府上抽调一些来，等北平的老家仆过来了，再还回去也不迟。”

红豆说到此，偏着头笑得有几分暧昧，“小姐，文弼公子爷很细心呢。想旁人之不曾想。”

提起那和风霁月的男子，当真是温文尔雅，风度翩然；又以弱冠之龄承嗣其父禄位，说是少年卿相亦不为过。

朱明月拿起狼毫笔，想在宣纸上写下“少年卿相”这四个字。就在这时，外面有丫鬟过来禀告。

红豆出去询问，而后很快进屋，“小姐，姚公来了！”

真是说曹操，曹操就到。

朱明月拿着笔的手顿了一下，头也没抬，“你去。”

红豆点点头，领着那丫鬟到前面去了。朱明月提起笔，在那宣纸的下方，端端正正写了两个遒劲圆整的大篆，一笔一划雄强凝重，典丽俊奇。

权臣。

等红豆再回来的时候，那桌案前执笔的少女半个身子笼罩在阳光中，衬得侧面清丽，肌肤胜雪，一双点漆似的黑眸，明澈剔透。悬在半空的胳膊却稳如磐石，一根狼毫笔在玉指间，宛若墨映梨花。

这般伫立端正，执笔稳而有力——可不是一朝一夕就能练出的。

“小姐，姚公是自己来的，说是路过、拜访一下小姐。奴婢把他领到了北厢偏厅。”

朱明月道："你怎么说的？"

红豆道："奴婢说小姐在照顾老爷。"

朱明月有片刻的沉吟，"等半个时辰，若是半个时辰后他还没走，咱们再过去。"

"小姐，你说姚公为何而来？"红豆有些担忧地问。

朱明月没说话。

为何而来都好，与之相关的人和事，她都不打算再扯上关联。

半个时辰后。

主仆二人走出东厢屋舍，顺着小径往北厢的庭院走，等踏进了偏厅，左垂首的透雕靠背玫瑰椅上，一个黑袍僧人正手执佛珠，阖着双目，嘴里念念有词。

居然在打坐念经！

红豆张了张嘴，愕然失笑。

"不知姚公前来，有失远迎。"朱明月迎上前来道。

姚广孝这才意识到有人进来了，张开眼皮，微微笑着道："月儿小姐，午安。"

朱明月坐到他旁边："姚公这是从何处来？忽而在国公府上停留，该不是传旨的吧？"

"如果贫僧是出公差，小姐还能忘了赏口茶喝？"

姚广孝笑容可掬，也看不出有什么怒意。朱明月道："姚公此话可折煞了。府里没有多少伺候的仆从，居室旧陋，一切从简；府上的茶也都是陈茶，怕姚公您喝不习惯。"

红豆闻言，在一侧想笑又不敢笑，看来小姐还是没有给他上茶的意思。

姚广孝道："是贫僧来得无状，国公爷还安歇着？"

朱明月道："爹爹他喝高了，晨曦时才被送回来。"

姚广孝笑着道："对了，小姐该是见过那人了吧。"

"谁？"

"信安伯，张辅。"

朱明月的眼神波动了一下。姚广孝摸着下颚，笑道："不然，小姐以为贫僧要说的是哪位？"

朱明月道：“昨夜发生的事，这么快就传到了姚公的耳朵里。小女真要以为，红豆这丫头是不是被姚公给收买了。”

话音落地，一旁的小侍婢连连摆手，“没有，奴婢没有。”

姚广孝笑呵呵道：“小姐这可是冤枉了贫僧。昨晚的宫筵散去，贫僧夜来睡不着，去街上的酒肆找几位将军，遇见了去寻胞弟的信安伯。”

如果是遇到张辅，他并不是个多言之人。

但是能知晓她夜遇了信安伯，岂会不知国公府的马车被那两个陌生男子冲撞的事。“姚公不饮酒，还去酒肆。喝茶？”

姚广孝道：“惭愧惭愧，就是想与几个同僚凑凑热闹。谁知他们大多喝得酩酊大醉，说话也不利索，唯有张家小伯爷滴酒不沾，克己自持，真真难得。”

朱明月侧眸看他：“姚公想说什么？”

姚广孝笑眯眯地对顶起双手，将佛珠套在手腕上，慢慢转动，“若论少年之辈中的俊才，小伯爷可算是其中的翘楚，就连国公爷对他也甚为满意。贫僧觉得，小伯爷与满腹诗书的小姐，不恰好是天造地设的一对？”

“原来姚公是来保媒的！”

一侧的红豆嘴快，脱口而出。

朱明月抬眼看了她一下，摆手示意她去上茶。

姚广孝面上的笑意更浓，“看来月儿小姐果真是心系张小伯爷。贫僧坐了这么久，只提到了小伯爷，小姐才肯赏口茶喝。如果月儿小姐当真中意的话，贫僧倒可去皇上面前请旨赐婚，才子佳人，门当户对，不失为一段佳话！”

这时候，红豆领着两个丫鬟去而复返，一人捧着精致的琉璃嘴青花瓷壶，另一人拿着冰裂釉琉璃盏，晶莹明润，哪里是什么简陋之物。

朱明月掀开壶嘴，亲自斟了杯茶，“承蒙姚公垂青，区区婚事，怎好劳烦当朝第一宰辅？”

“成人之美，不谈劳烦。”

朱明月微笑道：“姚公不是想借此补偿小女吧？”

姚广孝轻叹道：“国公爷一直在贫僧面前叨念，因着进宫的那几年，月儿小姐的姻缘被耽搁了，贫僧于心有愧啊。”

“原来是爹爹去姚公面前诉苦了，”朱明月道，“小女所求，姚公都是知晓的。其余的，还是不劳姚公挂心了。”

说罢，她将茶盏递给姚广孝。

“小姐不愿意?”

姚广孝接过来，盈盈琉璃，盏壁很薄，晶莹剔透，可见里面香醇新茶。

朱明月道：“婚姻大事自是父母之命、媒妁之言，小女一切都听爹爹的。”

姚广孝笑着道：“也是，依月儿小姐的条件，只怕那门槛被踏破，还怕挑选不出一位称心如意的来？国公爷会放心的!”

“还要多谢姚公的抬爱。”

进退两难

姚广孝的不请自来，朱明月不认为是“保媒”那么简单。堂堂的当朝第一宰辅、第一军师，若果真那么清闲，岂不是要愧对世人的趋之若鹜？但是姚广孝不挑明，她就不会问。正如她对一些与他相关的事情，视而不见，充耳不闻。

宫廷盛宴之后，紧接着就是大年。这是皇上登基以来的第一个年节，朝廷上下都极为重视，包括皇宫在内，整个京城都在忙忙碌碌地筹备和庆祝；大街小巷张灯结彩、喧嚣热闹，宵禁更是被一再地推迟。

大年初一的早上，各官员进宫去面圣。

也是在这一天，盖着皇帝玺印的诏书传至各部，正式启用“永乐”作为年号，并将这一年定为“永乐元年”。

在喜气且忙碌的气氛中，跟建文帝有关的一切，都成为往事。

年气一直延续到正月十五元宵节，随后早朝恢复正常。每日上朝，每有奏闻，皇上躬亲询问，亲自批阅，连寻常奏报都不假人手，除少有的几日能够短暂安寝，几乎一刻不停地在处理政务，夙兴夜寐，通宵达旦。以至于连大字也不识多少的原北军武官们，也跟着忙得不可开交。

朱能是御笔亲封的成国公，因朝廷急需用人，被安排到了刑部暂代尚书职务。

“国公爷，您这是弄啥子吗？”

“批文错了，错了，上面的字不是那么写的！”

“又错了，印绶咋能盖在那地方！”

朱明月跨进门槛，就瞧见爹爹垂头丧气地坐在桌案后面，拿着官印不知所措。在他身侧围着七八个身着文官官袍的书吏，摇头的、叹气的，还有几个抱着肩膀说风凉话的，脸上的轻慢之色显露无遗。

有几个官吏一着急，脱口而出就是家乡话。

朱明月这样看着，难免有些心疼。

比不得北平的大营，这里是京师，天不亮便要上早朝。还朝后，百官又要到皇城中的各自衙署里面办公，一坐便是一整天，处理堆积如山的政务。

她爹是统兵之将，就算不去校场练兵，也不该做这些文臣之职，平白挨这份清苦。

叩门声。——又轻轻敲了几下。

里面的人没反应，还在七嘴八舌地吵吵着。

领她们进衙署的那个官员有些尴尬，正想出声呵斥。红豆索性也不敲门了，清嗓子咳嗽了一下，“各位主事，我说各位主事！”

刑部在皇城的东南角，是六部衙署聚集之地。北面正对宗人府，正南是户部，斜角是翰林院，来往都是官员，甚少有闲杂人等。众人一听居然是道女声，不由得抬头往门口看——却见是两个年纪尚轻的姑娘，丫鬟打扮的那个，臂弯里还挎着一个三层的红锦木食盒。

朱能一眼瞧见是自家闺女，就想站起来去接，被红豆的一个眼神止住了。

“各位主事见谅，我家小姐因担心老爷伤后未愈、错过进补的时辰，特地送些药来。有所叨扰，还请勿怪。”

红豆语毕，几个书吏愣了一下，面面相觑，“国公爷有病在身?”

朱能马上一捂心口，趴在桌上呻吟道：“都是靖难时候落下的伤，老毛病了。要不几位先将这些批文做完，我再喝药也来得及。”

衙署里面的几个人都是刑部的老官员，深知朱能是皇上面前的红人，哪敢耽搁? 都悻悻地道了句“不敢”。这时候，红豆挎着红锦木的食盒，俏生生地走了过去。

食盒里盛着热气腾腾的糕点，做了十几人的份。官吏们不好拒绝，客客气气地将红豆请到旁边的耳房去了。眼见着众人呼啦啦地离开，朱能狠狠松了口气，伏在桌案上长吁短叹。

桌案上横七竖八地摆着文册和檄文，有好些还是边关奏报，上面写着密密麻麻的小字；大多盖有玺印，已经由皇上朱批过了，发到衙署来由刑部的官员具体执行。

朱明月在文华殿前伺候过多年，对这些最是熟悉，走到近前时，随手拿起其中的一张，看到边缘被压得有些褶皱，上面的字迹却很工整，明显是练过几遍才誊写上去的。

印绶的确盖错了地方，不能盖在皇上的朱批下面。难怪刚刚那书吏急得直叫。

朱明月用手在上面一点，奇怪地问道："这些奏本都是兵部的文书，却发到了刑部来，都要爹爹去处理的?"

朱能道："还不是那些蒙古鞑子，前段时间把辽东给抢了，不仅杀人，还屠了城。辽东防御甚弱，不抵抗，也没通报，眼睁睁地看着老百姓遭屠戮。皇上大怒，当时就下令把都指挥使给砍了脑袋；当地还有很多官员，都要以渎职之罪惩处。我正寻思着从何处下手呢。"

朱能说到这儿，不由得一叹，道："想当初镇守北平，一杆大纛摇过去，就把那些蒙人吓得跟什么似的。别说是来犯，就算近些放牧，也得掂量掂量够不够咱们北军大营塞牙缝的。现在可好。唉，亏你爹一个统兵之将，干巴巴地窝在衙署里处理刑罚之事。"

"现在可不是北平打仗的时候，爹爹身在刑部，非兵部，算是半个文官呢！您想要怎样处理?"

"蒙古鞑子给脸不要脸，打!"

"可那帖木儿大汗已于行军途中病逝了，蒙古军也已收兵。"朱明月指着最中间那一行，上面很清楚地写着。

朱能一拍脑门，"对了，太生气，给忘了。"

"前一位刑部尚书如何说?"

"前任？前任早被打发回家种地去了。"

"那皇上呢，皇上怎么说的?"

朱能歪着脑袋想了想，"皇上让我……让我主要查办那些地方官，抓出几个来负责。然后就是如何防御北平，做到长治久安。"

皇上的一字一句犹言在耳，尤其是改元"永乐"后，没多久就被蒙古军给抢掠了，不查，实在不足以安天下。

"起初这事儿并没交到刑部，只是在上朝时，皇上一声声地问，底下大臣就是不吱声，气得皇上当时就摔了奏册……"

朱能回忆着当时的情景，不由得连声啧啧。这时候，朱明月放下手中的文书，转身走到殿门口，把两扇门扉都给掩上了。

“爹爹觉得是朝臣们明哲保身？”

朱能冷哼道：“不然呢？”

朱明月道：“朝臣们明哲保身，同殿称臣的原北军也是？”

朱能瘪着嘴道：“他们不是，但他们也没有表示。这倒是挺稀罕的……”

“爹爹，事凡追查，必要追根溯源。朝堂上群臣缄默，若非情由难堪，怎会无一人开口？”朱明月忽然觉得今日来对了。

朱能一愣：“什么情由难堪？”

朱明月道：“爹爹难道没想过，辽东防御为何如此之弱？朝臣们之所以不说话，莫不是因为他们都清楚地知道，造成辽东让蒙古军队犹入无人之境的原因，并非地方指挥使办事不力。正是……”

“是皇上自己的原因呢！”

“皇上？”

朱能浑身一震，更加惊愣的同时，下意识地往门口望了一眼，发现女儿早就把门关上了。

“爹爹可还记得，太祖爷当年为何要将几位王爷分封到各地？”

“屏藩。”朱能道。

“没错，正是戍边屏藩，就在北方这一带。”朱明月指了指桌案上的疆域布防图，“当年由宁王和燕王受命驻扎重兵防守，乃是为了抵御蒙古。可随后的一场靖难，燕军大营一路往南开拔到了应天府；另一位镇守大将宁王的部众则皆被燕军收编。再后来，北军扎根都城，宁王被徙居至江西南昌府。自此，这北方之防，有，便等于无。”

朱能听着女儿的言辞，好半天都说不出话来。片刻，又听她低声道：“哪里是朝臣们闭口拆台，是根本没法说、不敢说。”

北平布防空虚，正是因为皇上自己离开了镇守藩邸，跑到应天府里推翻建文做了皇帝。这种做法不仅违背了当年太祖爷之命，说得严重些，更是“忤逆祖宗”，一旦深究起来，又会延伸到“谋朝篡位、帝统不正”上。朝臣们各个心明眼亮，谁敢站出来多这个嘴？

“乖乖，若不是把闺女你找来，明天上朝，我还指不定要怎么胡言呢！”朱能瞠目结舌，一时半刻都没缓过来。

朱明月叹道："爹爹，庙堂不比中军大帐，一言一行都需谨慎才是。"

朱能垂头丧气地抓着那几道文书，皱眉犯起愁，"不说不行，可说又说不得。皇上只给刑部三天时间，逾期必罚。这可如何是好？"

此刻换作其他人，首先想的，定然是将几个辽东的地方官捉拿起来严惩，将自己撇出去。

"诏命下到刑部之后，就没有官员给爹爹出主意？"朱明月问。

朱能忿忿地说道："那些人，就恨不能赶紧抓几个来顶包！"

朱明月在意料之中，心里面仍是涌出一丝喟然。忽地就想到，是否正是深知爹爹这般秉性，皇上才会放心将此事交给刑部。

"此事说难办也真是难办，"朱明月道，"但并非没有应对的法子。"

朱能眼睛一亮，"月儿，你有办法？"

朱明月道："爹爹可还记得一个人、一件事？"

朱能茫然地看着她，朱明月给他倒了杯茶，提醒道："年节正月十三的时候，李尚书不是提出过一个建议吗？"

朱能摸着脑袋，跟着去回想，正月十三，皇上按祖制祭祀完天地回到皇宫，当时君臣们相聚一堂，的确是有一个叫李至刚的礼部尚书，提及北平是皇上承运龙兴之地，并建议皇上遵循太祖高皇帝另设一个都城的制度，把北平立为京都。

"李尚书倒是有这么一说，皇上龙颜大悦，当即就下令将北平作为王朝第二个京都，并下圣旨昭告天下。可这与北平的防务有何关联？"朱能问道。

"若猜得不错，皇上应该是早有……早有'迁都'之意。"

"迁——都！"朱能眼睛瞪圆了，愕然道，"你是说，皇上有意把整个都城都迁过去？"

这可是大事！满朝文武想都未曾想过！

朱明月道："早前宫中的德兴太监来府上时，无意中提到皇上这段时间噩梦连连，哪怕是夙夜处理政务，也不愿意在寝宫里安歇。这么巧，李尚书就提出了'定都'的建议，而皇上不假思索就答应了。爹爹不觉得这很奇怪？"

那李尚书也不知是摸准了皇上的喜好，还是根本就被暗中授意，特意挑了个恰当的时候将此事提出来。皇上当即将那道"定都"的旨意发出去，算是对群臣的试探，也是一种铺垫；而今北方布防空虚，又逢蒙古骑兵来犯，正好到了付诸实行的大好时机。

“从皇上的种种态度来看，他喜欢北平更甚于应天府，但是就算有心将都城搬过去，涉及祖制，又将耗费数年之功，不是那么轻易能去做的。现在却不同了，北平的防务牵扯到朝廷安危，且是皇上自己结的死疙瘩，不能指责，不能深究，又想要彻底根治，不如用一个三全齐美的办法。”

“什么三全齐美的办法？”

朱能问完，自己就先恍然一怔，“你是说迁都？”

朱明月点点头，“一旦将都城迁至北平，重新回到燕军驻守之地，既能根治北方的隐患，又给了皇上一个台阶，并在一定意义上使得‘永乐’年号真正成为正统，解决了皇上心有所想、口却难开的事，难道不是三全齐美？”

此时此刻，皇上也许正等着一个人，将这个提议说出来。

“这倒的确是……是个好办法……”

朱能被说动了，有些激动，又有些踟蹰，很多之前从未想过的、没留意过的事情，他开始在心里仔细地琢磨。但他又觉得满腹忐忑、心事重重，“这可是大事。大事，需要慎之又慎……”朱能摩挲着那道奏本，喃喃说道。

是大事。

但皇上早就想好了，何时做、怎么做，只是时间问题。

“月儿，你是如何想到这些的？”

朱能看着她，有宠爱也有赞叹，说罢，又兀自道：“你瞧爹，差点忘了，我闺女原就是御前掌席，论资历，比起那些书吏来不知强出多少！”

朱明月道：“女儿哪有什么资历。这事也并非只有女儿能想到，御门前的朝臣们一向最懂得揣摩圣意，怕是早也想到了。只不过这差事最终落在爹爹头上，爹爹怕是要当那先出头的椽子了。”

还有一个原因，朱明月没说。

天底下最出类拔萃的一群人，其实都集中在庙堂。帝都易主之后，那些治国之才不是被株连，就是心灰意冷地出仕，现今围绕在皇上身边的旧部，再有能耐，一人也无法当百人用。百废待兴，能臣缺乏，否则刑部掌印也不会推到爹爹的手上。

像这种弯弯绕的事，原北军并不在行，姚广孝能想到，但他身份特殊，没有立场去提。归顺的建文旧臣们想到了，却也不会说，他们所有人的家大多在应天府，在富庶温暖的江南，谁愿意有朝一日突然迁至北平那种苦寒之地！

朱明月能预料到，一旦爹爹将这个想法在朝堂上提出来，会引起怎样的波澜。

朱能不知朱明月的千回百转，砸了咂嘴，无比豪情地道："国公府有今日，皆赖天恩庇佑，舍身图报，舍我其谁！"

说到此，又笑着道："前段时间你还说想回北平，现在不想回也得回了，正好借着了这个机会。"

朱明月不由得苦笑，她哪里是那意思。

离开衙署，已是黄昏时分。

从通政司穿出来，出了内皇城，走到长安街西大街上，很多酒肆和作坊都开始打烊了。走街串巷的小贩挑着扁担回家，剩下那些摆着的小摊，要赶在夜市来临、宵禁之前去城西。街道两旁的房屋里，渐渐升起了袅袅炊烟。

红豆拎着食盒，一路撅着嘴，却是老大不乐意。

"小姐，奴婢以为那些点心是做给老爷吃的。有几道的手艺还是跟北平府里过来的老厨娘学的，岂知被那些刑部官员给分食了个干净。"

"吴妈妈可是出了名的好手艺，居然肯教你。"

原北平府邸里面的老人儿已经都过来了，长途跋涉，路上病的病，累倒的累倒，耽搁了很多时日，总算是一个不差地来了京城。旧府邸里只留下一个老园丁看门。

若让他们知道，皇上有意迁都，几年以后很可能又要回北平，想必是要气歪了鼻子。

红豆笑着道："吴妈妈说，小姐先是被接回老家，又一个人在苏州府里养病，那么多年，奴婢一直陪在小姐身边，她们是感激都来不及的。"

朱明月望向远处夕阳温暖的余晖，含笑未语。

隔日上朝，朱能就在廷议上当着文武百官的面，将"迁都"以守国门的提议报给了皇上。皇上听罢，拿着那折子看了很久，从龙椅上站起来之后背着手踱步，来回来去地走了好久，半晌都没表态。

殿上百官，却是炸开了锅——

“迁都？当是乔迁还是建府！岂不知北平荒凉之地，一砖一瓦、一草一木都要重新规制。这么浩大繁杂的工程，得动用多少人力，消耗多少物力？又得花上多少年！”

“江南雨润物丰、水土富渥；北方却寒冷干燥，当地不产粮食，且不通陆运。迁都之后，京城百姓以何为存、朝廷又以何为存？”

“皇上刚刚登基，新朝未稳，百业待兴，天下之民也亟须安抚。眼下却要大兴土木，且不说劳民伤财；应天府乃开国时定立的都城，离根断脉，岂不是会动摇国之根本！皇上切不可因一己之好而做出有损国祚之事啊！”

朝中诸臣一人一句，质疑和反对的声浪非常之高。又尤其是最后几位，几乎是谏言耿直到了不惜触怒龙颜的地步。朱能跟身边的几个同僚面面相觑，没想到仅是一个提议，就遭到这些文臣如此激烈而坚决的反对。

皇上在踱步，始终未语。

“迁都一说对社稷百害而无一利，成国公提出如此不忠不义之事，却是何居心！”

“成国公的私心甚重啊。北平是原燕军藩邸，一旦迁都，成国公便能衣锦荣归，好不风光！”

矛头，又直接指向了朱能。

“你说什么，老子什么时候有私心了！老子的祖宅在徽州府！”朱能反驳道。

那朝臣一甩袍袖，冷哼道：“只个人喜好，就不顾黎民百姓的死活。这做法比奸臣、佞臣如何？说是私心已经留情面了！”

有些六科言官年轻气盛，为表明自己不畏权贵，当堂直谏，讲得一句比一句难听。这下，原北军那些老将领再也忍不下去，纷纷气愤地反唇相讥，尤其是刑部的人，朱能名为暂代，却不能任由其他官员如此污蔑斥骂。

偌大的殿堂之上，文武官员就这样开始互掐，比比划划，唾沫星子乱飞。有几个武将反驳不出来，不能动手，气得吹胡子瞪眼睛。

“臣等忠心，日月可鉴。还望皇上三思。”

“请皇上三思。”

“请皇上三思。”

“请皇上三思。”

此起彼伏的请求声，无数的文臣俯首叩拜，呼啦啦跪了一地。

皇上的脸色有些不好看了，来来回回地踱步。

跪倒的群臣又是一阵山呼万岁，激愤之情，溢于言表。武官们梗着脖子站在原地，忿闷又有些无奈地瞪着那些倔强执拗的文臣。过了良久，只听见传下来一句“再议”，皇上气急离开，将满朝文武都打发了回去。

朝臣们摇头的摇头，叹息的叹息，纷纷退出殿堂。有的武将经过朱能身边，拍了拍他的肩——跟谁争，也别跟那些犟驴争，弄急了，人家可是要抹脖子的。朱能本人也很受震动，同时不禁在想，难道会意错了？皇上根本没那打算要迁都。定都北平，不过是年节喜庆，应个景儿？

没等他走出朝堂，迎面就过来一个太监，是御前伺候的总管，请他过去奉天殿侧殿议事。朱能有些摸不着头脑，去后才发现很多北营老将领都在；还有些年轻的文官，都是新提拔上来的……

衙署中，红豆在熬汤。

刚到下早朝的时候，官员们都从城门徒步走出来，等陆续回到刑部衙署，那汤刚好熬到了最香浓处。汤汁的材料发挥到极致，一股浓香飘散，勾人津液。

这些官员多是一大早天不亮就离开府邸去上朝，骑马坐轿，一路颠簸，谁也不会吃很多。否则上朝时坏了殿里面的气味，冲撞圣颜，有碍观瞻。而后在朝堂雄赳赳气昂昂地辩论了两个时辰，早上那口粥，早就不剩了，饿得前胸贴后背。

“乖乖，是啥味道，那么香呢！”

“这个时辰，各家各户都开始起灶了。还能是啥味儿，饭味呗。”

“扯淡。衙署在皇城，市井在城外，谁家弄饭还弄到刑部门口来了！”

刑部的大小官吏一边说着，一边跨进了门槛。刚进门，那股味道更浓了。红豆从袅袅炊烟中抬起头来，抡着勺子道：“回来的正好，这蘑菇汤刚做得，烦请各位趁热来尝尝！”

此时此刻，朱能被朝堂上的反驳之声砸得焦头烂额，又被皇上的侧殿“另议”弄得有些糊涂，一路往宫外走，半路上被两个官员一前一后地拉住磨叽了半天，心里既郁闷又烦躁。回到衙署，就瞧见他手底下的一帮官员正围在桌子旁边端着碗喝汤。

气不打一处来。可还没等发火，自己的肚子也“咕噜”了一声。

红豆见老爷回来了，忙从后面桌子上拿出备好的一碗汤，朝着他招手。

“可真有你的，居然跑到刑部衙署里面来熬汤，”朱能嗅着香味，咽了口唾沫，“小姐呢?”

“刚刚府上来了几个宫里面的赏赐马车，小姐就让奴婢先过来了。”红豆说完，将那汤碗端到他面前，“趁着还热，老爷赶快喝一口，去去身上的凉气儿!”

……

江南的冬日不比北方的漫长，据说是寒天冻地、大雪封门，鹅毛般的雪花能将整座城池都覆盖住，一眼望去，一片纯净的银白。就如秦淮河上画舫中偶有唱到的，“年年雪里，冰冻莲足僵”，光是听一听，却是无法想象是怎样的寒冷。

应天府的冬日却很短，入冬以来阴冷阴冷的。秦淮河面未尝封冻，变得一片黑色，被船灯照着，幽幽的有些许瘆人。街市也因此冷淡了下来，一入夜，店铺都早早打烊，家家户户关起门来，挂上厚厚的棉布帘子。

朱明月坐在温暖的马车里，车内锦缎包裹得严严实实，透不进一丝寒气儿，只留下左侧的窗扉。隔着一掀一掀的窗幔，还能听见街市上的人在议论着“迁都”的事情。

廷议之后，该是已经掀起轩然大波了吧，也不知爹爹抗不抗得住那些言官们的唾沫。既是皇上早已决定的，那议程何时提上去，不过是迟早之事。她也想过了，既然北方的布防整治是皇上亲自交到刑部的，应该就是希望由爹爹来冒这个头。

“小姐，药材铺到了，小的这就去抓些补药。”

这时候，帘外传来驾车小厮的声音。朱明月“嗯”了一声，“冬日天寒，跟老板说，照着药方多抓些滋补培元的。”

“对了，还有去火的!”她又补充了一句。

唇枪舌战后，爹爹应该最需要清热败火的药材。朱明月能够想象在大殿上，爹爹跟那些文官们吵得脸红脖子粗的情景。

小厮应了一声，又道了句“小姐稍等，小的快去快回”，就利落地跳下了马车。

抓个药能用多久的功夫。朱明月闭目在车内养神，鼻息间，还能闻到药铺里飘出来的草药味道。

这时，马车有了轻微摇晃。

本以为是小厮买药得返，却不料那道车帘“唰”地一下从外面被掀开了，阳光随之投射进来。

朱明月睁开眼，下意识地用手挡了一下，手腕却蓦然被来人一把抓住。她有些受惊，刚想呵斥一声，就被那人先出声给喝住了，“闭嘴!”

赫然出现在眼前的，是一张极为年轻的脸；斧凿刀刻般的五官，轩昂桀骜，却因容颜俊美而甚为出众，薄唇轻抿，眉宇间的凛寒生生的逼人。

“你?”

朱明月大惊失色。

正是那夜宫筵结束之后，在长安街上策马的男子——云南府的黔宁王、沐晟!

“下车，出来!”

男子的语气强硬霸道，见她没反应，伸手就直接将她拽出了马车。朱明月穿着繁复的裙装，裙摆很长，被拖来时还绊了一下。她整个人往前一扑，又被他整个抱在怀里，才没有摔在地上。

朱明月急忙推开他，未等站稳，就听头顶上那人道了一声“麻烦”，语气甚是不耐烦。

在药材铺的旁边正好有一家茶楼，沐晟拽着她走进去，径自上了二楼。朱明月不可能大呼小叫地喊“救命”，一路挣扎，哪里比得过男子的力气。见到楼梯边站着一个伙计，她急急朝着他求援，不想那伙计看了一眼抓着她的男子，瑟缩了一下，直接就无视了。

朱明月咬唇，恨声道：“放开我!”

沐晟攥紧了她的手腕，充耳不闻提着她就往上走。等到了二楼的雅间，那门帘还没掀开，就将她一把推了进去。

“哗啦”的一声。

朱明月撞着门帘直直地跌进了雅间，踩着裙角，险些将门前的屏风推倒。等她堪堪站稳当了，用手抿了下散落的发丝，愠怒地抬眸，“好大的胆子！京城天子脚下，光天化日，强抢良家民女？”

更何况她还不是民女！

“是明抢，”沐晟看着她，笑意冷淡，“但是没有人认出是本王。”

“你……不知所谓！”

朱明月意识到是秀才遇见兵、有理难说清，却止不住满腔的恼火。难怪那晚会嚣张地策马骑行，还大言不惭地要劫持她，看来这就是个不折不扣的莽夫！

“在事情还没闹大之前，小女劝阁下一句，立刻放人。”她冷冷地说道。

男子笑了：“不放能怎样？”

是啊，她是个女流，手无缚鸡之力。朱明月看出他眼中的不屑一顾，不由得暗自后悔出门前没带着侍卫，然而谁能想到在闹市之中，对方居然这么大胆。

“要不是那辆马车，还真是不好找你。但是今天可没有第二个信安伯出面替你解围！”男子抱着手臂，冷冷地说道。

“那夜是替阁下解围吧？阁下与那沈姓公子冲撞在先，小女没计较，阁下不但不知恩图报，反倒要来找小女的茬，作甚？挟私报复！”

沐晟斜睨向她，哼笑道，“报复？省省吧。本王抓你来见你兄长。”

就在这时，一直被忽略的男子走了过来，朝着朱明月揖了个礼，“自从上次见了小姐一面，沈某夙夜难眠、寝食不安。苍天保佑，今日可算是又寻到小姐了！”

是那个沈姓男子。

如果不是有寻妹的说法在先，此刻他这些言辞，还不得被旁人当作是苟且幽会。

朱明月心中思忖，规矩礼法当真都没了。

“长兄为父，与她行什么礼！”沐晟坐到一侧。

朱明月按下满心的不耐，看出来对方是不说清楚便不罢休的架势，便走到东窗前的罗汉床边，坐下道：“原以为当日讲得很清楚，岂料二位仍是不依不饶。说吧，到底有何贵干？”

“珠儿，你真的不认得我了？”

沈明琪一阵心酸，脸上浮出悲戚之色，“多年来我不停地寻找，好不容易找到你了，你怎么就是不肯认我？”

朱明月闭了闭眼，像是在平顺胸臆中的烦躁和愠意。

“小女说过了，小女不是沈明珠。”她抬起头，用正视的目光看过去，“沈公子可瞧见那马车了？对，就是停在楼下那一辆。沈公子不认得那上面的徽印，这位……黔宁王总认得吧。那是专属于原北营燕王的标志。小女的姓氏，乃是当朝国姓；身份则是成国公府的嫡长千金。”

她说得字字铿锵，其意再清楚不过。

桌案前的男子睨视过来，神情倨傲冷漠，“你认得本王？”

“有胆子在京城策马夜驰的，可没多少。黔宁王的声名远播呢。”

沐晟没理会她好似嘲讽又似嫌恶的话，淡淡地说道：“你一直被姚广孝养在身边，现在自然算是北军家眷。那姚广孝是个僧人，总不能把你放到庙里，至于为何是国公府，该不是因为成国公恰好也有个年纪相同的女儿吧？”

朱明月用一种荒谬至极的表情看他，“黔宁王这是强词夺理！”

“那好，如果你真不是沈明珠，当日信安伯为何口口声声要唤你‘珠儿’？”

“因为小女幼年的闺名恰好也叫明珠！”

沐晟的双眉微挑，冷笑道：“可真巧。”

朱明月道：“事有凑巧而已，黔宁王若不信，小女也没办法。但小女可以明确地告诉两位，在成国公府邸里只有一位千金，不相信的话，大可去街上随便拉个人来问！”

“珠儿，你……是不是有什么苦衷？”沈明琪道。

朱明月抚了抚额，摇头道：“小女言尽于此，与其在小女的身上浪费时间，有功夫不如去别处找找。”

“你以为这儿日本王没查？成国公确实有个女儿，但就在五年前，因为染病，从徽州府怀远老家去了苏州的嘉定城休养。那一年，恰恰是沈家明珠走失的年头；细查月份，又正好是在沈明珠失踪之后，朱家女儿才抵达了嘉定城。”

沐晟敛着长眸，声线淡漠，“不得不说，姚广孝实在是精于盘算，抓了沈明珠之后，又将她顶替了朱家女儿的身份，以‘养病’为由，安置在嘉定城的别庄里。不过是换了个名讳、换了个身份，就能很好地掩人耳目。”

“是啊，五年了。难怪当时沈家庄的人遍寻各处也寻觅不到，却居然就是在眼皮子底下！哥哥真傻，当时若能找到你，何至于会有现在的局面。”

朱明月听着两人一唱一和，低着头没出声，眉头却是越蹙越紧。

她忽地有些明白过来了，难怪那夜冲撞马车之后，这沈姓男子会口口声声地问她，是否刚刚抵达京师，在五年前又到没到过苏州府的嘉定城。他根本就知道那辆马车是何处府邸的，等宫筵结束，专程来一探究竟。

“可沈公子为何一口咬定，令妹的失踪，就是姚公所为?”朱明月问。

“姚公?”沐晟冷哼，“叫得可真顺口。”

朱明月没理会他的冷嘲热讽，直直看向沈明琪。沈明琪咬着牙，恨声道:“不是他还能是谁！那不要脸的秃驴一直觊觎我沈氏家产，之前撺掇着太祖皇帝还不够，沈家没落后，还不肯放过我们。五年前，正是姚广孝突然出现在苏州府，而后，珠儿就不见了。”

五年，苏州府嘉定，姚广孝……

朱明月在心里梳理着这些关系，忽然觉得哪里不对劲。

其实她很想说，五年前姚广孝会出现在苏州府的嘉定，是为了掩护她进宫的行踪，特地护送“她”去别庄休养，而她并未去过苏州。可她无法解释在这五年中，自己为何既没有在嘉定城里养病，也没跟随其父待在北平，却是在皇宫中的奉天殿御前伴读。

倘若真如这沈姓男子所言，沈明珠是幼时在苏州府里走失的，同年，她因“病”去了嘉定。时间、地点如此之巧，非是深知其中情由，恐怕连她也不会相信这是一个偶然。

这误会可弄大了。

“两位的这些话，不过是片面之言，难以让人确定真假。”朱明月道，“那所谓的五年，小女却的确是在嘉定城中休养；现在调理好了，皇上又将北营迁至京师，自然就跟着回来。这些都是事实。你们还不信的话，可以与家父抑或是姚公，当面对质。”

既然不能和盘托出，朱明月决定一口咬死。

与姚广孝扯上关系，必然没有那么简单，可她笃定若是自己抬出身份，即便他二人存疑，也不敢做得太过分。

“再退一万步讲，就算小女真的是沈明珠。”

朱明月忽而转眸，看向一侧那锦袍轩昂的男子，“当初是被抓走的话，按照常理，必定被严加看管，怎会在应天府中来去自如？既然成国公府邸里面，有一位跟沈明珠年纪相同的姑娘，你们又是以何为凭，非说小女是沈家那走失的女儿，而不是成国公的千金呢？”

所有巧合的集结点，似乎都归结于一个人——姚广孝。

一个日理万机的当朝宰辅，花那么大功夫抓一个商贾之女作甚？

至于那沈姓男子提到的“家产”，身为出家人，尚且不在乎功名利禄，会去觊觎区区的钱帛？这里面是不是有什么误会？朱明月感到分外奇怪，却不打算深究。

沐晟定定地看着她，第一次没有出言反驳。

朱明月知道他是听进去了，即刻施施然起身，“家父现居刑部，刚好也监管着巡城的兵马。即便黔宁王位高权重，这里毕竟是京城，不是云南。还望王爷下次做事之前，三思而行。”

说罢，她再不作逗留，头也不回地往外走。刚到门口，就被男子一把拽住了胳膊，“你真不是沈明珠？”

朱明月抬眸：“不是。”

沐晟挑了挑眉，“但愿下次见面，你真的不是。”

近在咫尺的距离，连气息都是寒的。朱明月却没有还口，冷冷地甩开他的手，撩开帘子就走了出去。

茶楼外面，小厮绕着马车已经转了好几圈。里里外外都找遍了，也没发现自家小姐，生生吓出了一身冷汗。想他不过是进了趟药铺，怎么一眨眼的工夫，人就不见了呢？

这时候，朱明月从茶楼的二楼走了下来。

“小姐，可找到您了！您这是去做什么了？”

朱明月就着他的手，也没用板凳，提着裙子上了马车。帘子落下之前，她抬眼望了一下那茶楼，心想回去之后，是让人将这茶楼查封了，还是充公卖了。否则再有哪些“强抢民女”的勾当，看他们还会不会熟视无睹。

“药都抓齐了？”

“小的都按照小姐的吩咐抓了。那药铺的掌柜说，一瞧药方就知是个行家。”小厮边说边撂下挡帘，扬手甩了下马鞭，驾车前行。

朱明月坐在车内，心里想的却是，得赶紧给爹爹找一个称心的文书了。往后能不出门，她便要少出门。

然而出了这档子事儿，要不要找姚广孝问问？

这想法刚萌生出来，就被朱明月否决掉。好不容易归于平静，千万不能再跟他来往；也不能告诉爹爹，否则小事化大，大事化更大，偌大的国公府也惹不起他。

一路上心中左思右虑，等马车到了刑部衙署，红豆早在台阶上面翘首等着了。朱明月撩帘子走出来，整理了一下裙摆。红豆眼尖儿，一下就瞧见她的裙裾上蹭了好大一块泥，刚想开口问，就被她的眼神给止住了。

“老爷都等着急了，小姐再不来，奴婢都要过去寻了呢。”红豆吐了吐舌头道。

朱明月将那裙子掖了掖，道：“来时去了趟药材铺，待会儿你跟小厮拿了，回府每日煮些给爹爹喝。”

红豆应了一声，又献宝似的说道：“今日的蘑菇汤老爷喝得很好，那几位侍郎和主事也赞不绝口！”

“你啊，小心被抓来当小厨娘！”

红豆叫道：“那奴婢就让他们去抓吴妈妈！”

等朱明月提着裙子跨进门槛，几个书吏正坐在桌案前急笔匆匆。朱能就在敞苑最中间的书房里，是专属的，布置得也最气派堂皇，坐在里面的人却拄着脑袋，一脸愁苦。

“一点建议而已，尚未形成定论，反驳之声就那么大，真是始料未及。”朱能一边摇头，一边叹气，“但我也算看出来了，皇上已经铁了心。”

“皇上的心情，做臣子的都能理解。可迁都这种事可大可小。持反对言论的不仅是旧臣，还有六科，资历浅，年纪轻，跟靖难可没什么关系。皇上不愿意采纳六部老臣的意见，言官之言总不得不听吧！”

在朱能的对面坐着的也是位将军，甲胄裹身，有些花白的头发，却中气十足。朱明月瞧见正脸，是与爹爹甚为相熟的原北军将领金忠。

朱明月跨进门槛之后，朝着他行礼。

金忠见到她有些意外，随即喜笑颜开道：“许久不见，大侄女越发标致了。”

朱能将桌案上的文书捋了捋，朝着金忠甩了甩手道：“得了得了，议程反正我是已经提上去了，爱怎么着怎么着吧。闺女来了，你也撤吧，后面的事儿一时也得不出什么结论，到时候再说。”

说罢，站起来推搡了一下还在笑眯眯、目不转睛盯着她看的老将军，压低声音道，“别打鬼主意啊，老子的宝贝闺女，还想在身边多留几年呢！”

声音很小，朱明月也没听太真切。

迁都之事由于朝臣们的意见分歧甚大，一连商议了好几日，无果。再后来，以“皇命不可抗拒”为暂时处理办法，所有的反对言论都得到压制。

表面上虽没有形成定论，形势却已很明显——迁都，势在必行。内阁的文臣们连同很多地方言官，都在不断上疏，一一被押后处理；而持赞同意见的臣子们却未非常得意，因为都城一旦迁移，就意味着一场浩大的工程将就此拉开序幕。

元年二月初三日，设置北京留守行后军都督府、北京刑部、北京国子监；

初四日，改北平府为顺天府，北平行太仆寺为北京行太仆寺。行都督府设置左右都督，都督同知、佥事无定员。刑部设置尚书两人，侍郎四人，六曹吏户礼兵刑工郎中、员外郎、主事各一人；

初九，遣命户部郭资、刑部雒佥为北京刑部尚书……

几乎是倾尽朝野上下之力，所有与之相关、无关的人都被委以相应的职责。

其实那些文臣、旧臣说得不无道理，迁都一事耗费巨大，劳民伤财，有损社稷……这些话，一句一句重重地敲击在每个人的心头。或许要用很多年，无数的人力、物力。但是迁都以守国门，皇上作为后盾，被委以重任的官员们，既有压力又充满了信心。

就在群臣焦头烂额筹备之时，京城中，一件不大不小的事，冲淡了那股紧张而忙乱的气氛——皇后要给几位皇子纳妃。

由徐皇后所生的皇子有三，在族谱中占“高”字辈，原藩邸世子大皇子炽、二皇子煦、三皇子燧——三位皇子是眼下皇室中全部的血脉，均属嫡亲。尤其是朱高炽，早在藩邸时就已有世子嫔，其余两位也有了偏室，这次的纳妃与现在庙堂上正在进行着的各种政事比起来，似乎不算大事。然召命到了朝中，却引起了不小的波动。

此时，皇上尚未立储君。

应天府的冬日在几场凉雨中，上空的阴霾就渐渐被阳光驱散了。当早春乍暖还寒的风吹起，桃李芬芳，海棠春睡，街巷中处处纷飞起或白或粉的花瓣。

初八日，成国公要择女婿的消息，被放了出去。

初九日，就有官媒上门来采纳、问名，紧接着在初十日往后，更有很多官员亲自来提亲。一时间，城南府邸的门槛都要被踏破了。朱能喜滋滋地瞧着摆在桌案上的画像，清一色的青年才俊、高门子弟，信手凭挑。

江南的大户人家，若生女婴，会在家中庭院栽香樟树一棵。女儿到了待嫁年龄，香樟树也长成，媒婆在院外只要看到此树，知该家有待嫁姑娘，便来提亲。女儿出嫁，家人要将树砍掉，做成两个大箱子，放入丝绸作为嫁妆，取“两厢厮守”之意。

城西的这一处府邸原是荒废的，搬进来不到整年，没有樟树可供采伐。朱能上了心，下面就有好事儿的官员不知从何处砍了棵香樟回来，断了根，却是整棵，亲自送到国公府来。朱能便命人将其放倒在南厢的院子里面，就等着女儿出嫁那日做樟木箱子用。

两箱丝绸，两厢厮守。

于是红豆终日坐在南厢的花架下，望着那香樟树发呆，又欢喜又期待地想象着，有朝一日陪伴小姐出嫁的情景。

可就在随后的一日，未等雕刻匠人来瞧木头，宫里面就来了人——

“什么?”

提亲?

“这是绝对不可能的!”朱明月按捺下满腔的惊诧和怀疑，直到那老太监揣着朱能打赏的银子走远了，才从屏风后面出来。

朱能也是半晌都没缓过神来，瞧见女儿一脸的莫名和惊疑，急忙安慰道：“别慌，别慌……几位皇子纳妃的事，是早就定下来了。求到咱们府上，怕只是应个景儿。”

刚刚那老太监的话犹言在耳——

“奴才今个儿来也是跟国公爷讨个商量，不算是正式下婚旨。大皇子和二皇子都对小姐一见倾心、二见难忘，故此求到了皇后殿下跟前。殿下说，一家姑娘也没法嫁两家不是。国公爷便是好好想想。殿下还说，等想明白了，过几日再进宫去复旨也不迟。”

一家女，两家求……

哪里是两家，分明都是皇室。一个是皇室的嫡长子，一个则是能征善战、战功彪炳的二皇子，同求一女，似乎是天大的福祉降临到了成国公府。朱能却觉得有些六神无主，连手心都沁出汗来。

那老太监以为他是高兴的，又笑眯眯地嘱咐了几句。等跨出门槛，朱能才想起吩咐下人赶紧包个丰厚的红包给人家。

“爹爹，”朱明月咬了咬唇，“刚刚那太监的话，分明是诳语。”

一见倾心、二见难忘？那两位皇子根本连她的面都没看过！

或许，是见过的。

建文元年五月，逢太祖爷忌日，在北平戍边的燕王称病未出，同时派遣三个儿子来京祭奠。那时的建文帝已经有心削藩，欲将三人扣押为质子，是她与黄子澄阐述了“打草惊蛇”的谏言，堪堪让皇上改变主意，将燕王仅有的三个血脉放回了北平藩邸。

可没有人知道当时的御前女官，就是朱家的千金。他们根本不可能对她有任何印象。

朱能不知道她千回百转的心思，连声宽慰道：“即便是天家的男子，咱也不算是高攀。好歹你爹是赫赫有名的功臣，如今也分封了国公。”

拉着女儿的手，年迈的将军眉目间满是疼爱，“再说门第之见，其他人也许要自惭形秽，你却大可不必担心。国公府的身价，足以撑得起你这个小小的皇子妃。”

朱明月望着爹爹鼓励的眼神，却是叹然地摇头，“倘若只是介于出身，便好了呢。”

宫里面正筹备着给几位皇子选秀，就在这个时候忽然有太监上门来提亲，还是奉旨于母仪天下的皇后殿下。且不说此事古怪，真有意“求”她的话，宫门深深，岂是“嫁娶”二字这么简单，可这些话没法跟爹爹说。

朱能见她面有郁色，小心翼翼地问了句——“不愿意?”

朱明月轻轻点头。

“既是不愿意，干脆过几日爹进宫去，当着中宫殿下的面将这事儿推了!”

“那是皇家的意思，哪能那么轻易推却的。”

朱能瞪起眼睛：“爹是个粗人，也知道这亲事讲究个‘你情我愿’。若你不想嫁，皇子怎么了？爹就算是拿着拐杖，也敢跟他们拼老命!”

朱明月抿起唇瓣，古来婚事，不是“父母之命，媒妁之言”吗。面前黑瘦的男子一脸胡茬，却满脸认真、满脸疼爱。少女破涕为笑，不由得点了点头，道：“刚刚那公公也说了，皇后殿下只是让人传话、打个商量。那咱们就且容几日。事缓则圆。”

事缓则圆。

这四个字用来宽她爹的心尚可，却难以劝说她自己。事实证明，拖得越久，事情往往就越难以收拾。朱明月几乎是在第二日，就登门去拜访姚广孝，可姚广孝不在。不在皇上赏赐的府邸，也不在庙中，询问当值的几个僧官，却道是不知云游出城到何处了。

而朱能对此事仍抱有侥幸心理，一直到后来，金忠的上门。

十五岁是女孩儿家的及笄之年，过完年节，又过了生辰，朱明月恰好十四了，已近待嫁之龄。早前朱能几乎将应天府中所有试婚的佳婿人选都看了个遍，没料到早有人替他物色周全，还是原北营中最为亲厚的一个同僚。

这次朱明月没在屏风后面藏着，因为根本不用听。兵部尚书金忠是专程为大皇子朱高炽来提亲的。若此刻门外有端茶倒水的丫鬟经过，或许还能从这一个掌管着兵部、一个是刑部尚书的两位老将军口中，隐约听到“婚配”“立储”“嫡庶”之类的言辞。

于是朱明月带着红豆出了府，来到城西的一处茶楼躲清闲。

“之前那几位朝中官吏过府，都是为了小姐的亲事。现在留下老爷一个，应付得过来吗?”红豆摆开瓷杯，给她倒了一盏茶。

春日里的柳絮软绵绵的，飞扬如雪。

坐在茶楼的二楼雅室，凭栏远眺，整条街巷都映入眼底。还能望见隔着一道河岸的秦淮烟影，几艘画舫；间或还有用花灯彩锦装饰的官船，摇桨声声，在河面上荡漾开一道道金灿灿的涟漪。梨花淡白柳深青，柳絮飞时花满城。此时正好到了江南最美的时节。

如她这般能随心所欲出门的官家淑女，实乃少数。假使传到宫里去，也不知是不是能以“不安于室”为由，让上面收回成命。

“其实那金尚书与老爷是旧识吧，小姐曾说过，算是共患过生死的，还能害咱们国公府不成？”红豆一边咂着嘴，一边像是自我安慰道。

“不放心的是你，说没事的也是你。”朱明月嗔了她一眼。

红豆撒娇地吐了吐舌头，“奴婢也是担心呢，其实小姐心里也是担心的吧？”

朱明月很想叹气，岂止是担心。那个地方，她好不容易才脱身出来，想不到这么快就再一次向她遥遥招手，而她此刻出府，躲过了那些琐言琐事，躲不开的却是皇命，不过是一日拖过一日罢了。

朱明月端起那茶盏在唇边抿了一口，也喝不出究竟是个什么味道。在半盏茶入喉后，才微微蹙眉，“这味道陈了些，不像是雨前茶。”

红豆悻悻地说道：“听说今年的春茶刚到京城，就被人给买走了，剩下的也都给了官家，都吵着让茶商们赶紧再运一批过来呢。”

红豆说完，转身去一侧的红木桌案上取茶点。

这时候，雅间外忽然出现一抹紫袍丽影，顺着楼梯正徐徐走上二楼来。因这一处是半封闭，门口挡着屏风，只能从屏扇的折缝中看到外面。而那烫金亮紫的烟色在阳光中一掠而过，须臾，便是一道堪比三月春水的嗓音：

“对酒当歌，人生几何？譬如朝露，去日苦多。”

折扇甩开的声音，伴随着男子迷离动听的语调，透过双扇翠绣屏风、随风而来——未见其人，先闻其声。那声音仿佛是淬在最明媚的春光里，丝丝入耳，让人的心都跟着醉了，实在很难让人忽视掉。

红豆禁不住好奇地探头看了一眼。

朱明月将手中茶盏放下，片刻抬眸，就望见那出现在雅间门口、不请自来的一位紫袍少年郎。

缠枝宝相花纹织锦的深紫色锦袍，彩绣玉带，锦袍的面料还是织“宝相花”纹样的织金锦。这纹饰一度是帝王后妃的专用图案，与蟒龙的图案一样，为民间所禁用。在袖口和襟口烫染的大团紫箩花，更绣有寿字花纹，熠熠生辉。

只这一身穿戴，便可知其身份显赫，贵气逼人。

“青青子衿，悠悠我心；为卿之故，沉吟至今——”

尾音自两片唇瓣滑落，这少年郎的目光凝思而来，笑容灿烂。

红豆瞧见这忽然闯入的男子，眼睛瞪得溜圆，半张着的嘴还未说出来一个字，下一刻，下颚就被他用扇子尖儿挑起来——陡然凑近的俊颜，眼梢略微上翘，带出些许媚气；不笑亦有三分笑意，仿佛雪下朗月，春日桃花。

“公、公子……”

一贯牙尖嘴利的小丫头，难得结巴起来。

李景隆瞧见她涨红的一张俏脸，耳朵都红得仿佛能滴血，眼底的笑意更浓。朱明月轻咳了一声，男子才收回折扇，放过了那娇俏的小婢女，一把拉过来张椅子，慵懒地坐到了雅座里。

“小姐，这……”

红豆又羞又臊地在原地打转。

朱明月朝着她摆了摆手，示意无碍。红豆咬唇点了点头，便退出了雅间。

临走，还瞥了那矜贵的美公子一眼。

“小国公爷这是求贤若渴，还是春日里荡漾了春思?”故此隔着屏风，朗声念出那几句诗，撩拨得她的丫头春心乱动。

朱明月给他倒了一盏茶。眼下朝廷上上下下，都在为迁都之事忙得不可开交，而他贵为皇室贵胄，仍有闲暇特地来茶楼偷闲。

李景隆脸上的笑容明媚，扶着她搁在桌案上的手，轻轻一弹，“珠儿，我更喜欢你唤我‘九江’。”

倘若这情景被旁人瞧见，不会认为她是被调戏，定是觉得她跑到这城南茶楼来幽会情郎。至于这个自称“九江”的美男子，正是嗣位曹国公的皇亲、开国功臣李文忠的独子。

朱明月将手抽回来，没好气道：“不得不说，那两首诗被你曲解得倒也雅致。”

李景隆灿然而笑，“多时未见，可有挂念我？”

“你离朝仅仅两个月。”

“一日不见，如隔三秋。”

多情最是桃花眼。不仅是那眼，还有他的人、他的笑，似乎都氤氲着浅浅的桃花气息。何时见他，都是一副心不在焉的模样，但是周围的一切偏又逃不过他的一双眼睛。皎皎玉颜，比江南女子更秀气几分，笑起来又很纯真。

这样的男子，很容易让女儿家心旌摇荡。

“才刚回来，便将京城里的新茶、好茶收购一空？”朱明月道，“肯花巨资扰乱京城茶市的人，就是你吧。殊不知大凡是求喝而不得的茶客，必是要将你念叨一遍。”

“今年的雨前茶是没有了，想要好的，只有等到清明之后。等到你大婚之日，我挑几样送到宫里作为贺礼如何？”

李景隆端起桌上那唯一一个茶盏，就着她刚刚喝过的地方，说话就要压口去喝。

朱明月一把抢过那茶盏，“我现在已是焦头烂额，你还来取笑！”

她为了这件事出府散心，没想到散心不成，反而遇见了这个家伙。若真是嫁进宫中，皇宫内苑，还能缺那几口茶。

李景隆的视线不离她，眼底的笑纹愈加迷离，“都道是一入宫门，锦绣荣华。珠儿你‘初到’京城，便已芳名远播，引得炽、煦两位皇子竞相求娶。放眼整个应天府，哪家的闺女有这等天大的福气！你居然还不知足。”

“真羡慕的话，公主席上永平、安成两位殿下可还尚未出阁。”

李景隆瞧见她眼底一闪而过的调侃，也是一笑，摇头故作无奈道：“即便是李某愿意、圣意恩隆，皇后殿下恐怕也不会将爱女下嫁给一个毫无建树的纨绔子弟吧。”

朱明月怔了怔，才想起这么多年，他的确已将自己弄得声名狼藉。

寡谋而骄，色厉内荏；纨绔子弟，素不知兵——这些几乎是京城中的人对他还算客气的评价。明明是开国功臣李文忠的嫡子，岂料将门犬子，不仅声色犬马，庸碌无为，就连让他做些闲职，也是一塌糊涂。尤其自他带兵以来，就从未打过胜仗。

可没人知道，被燕王安排在应天府建文帝身边的策应中，他是最成功的一位。

建文元年之前，这位仰仗着乃父权势的贵公子，一直是浑浑噩噩，承袭着李国公留下来的爵位。建文帝即位后，不知何原因一下子甚为重用。那时宫闱殿前，总是能见到他的身影，一袭惹眼的烫金紫色云纹锦袍，清贵倜傥，风流不羁，不知迷倒了多少怀春宫女。

后燕王起兵反朝，长兴侯耿炳文作战失利，是他临危受命，代为大将军，率兵五十万与燕兵交战。结果因不懂兵法、妄自尊大，将许多功臣老将弃之不用，兵败而归。建文帝又给了他六十万大军，又是大败。建文四年六月时，燕师自瓜洲渡江，也是他连同谷王朱橞开金川门降燕，最终导致建文惨败。等到燕王即位后，再度力排众议，分封这个败军之将的“降臣”为奉天辅运推诚宣力武臣、特进光禄大夫、左柱国，朝廷有大事，以他为首主议，一时间引得诸臣都愤愤不平。

世人多知他是贪生怕死的无能之辈，卖主求荣，助纣为虐，却不知在建文帝还是皇太孙的时候，李景隆就已经藏身在了太祖爷的麾下。

朱明月将视线投向楼外，倘若她也能如他这般，将一切心智、才德都隐藏在暗处，摆在世人眼前的永远是最不堪的模样，恐怕也不会被牵连进这场皇室联姻里。

“好吧。怎么说，你我也曾合作无间，尽管吐苦水吧。小爷我权当是积德行善。”李景隆很贴心地说道。

朱明月的目光回到他身上，微微启唇，一时间却又不知如何说。

李景隆翻了个白眼，道：“不就是不想嫁嘛！不知道的，还以为你是想对我示爱呢!”

朱明月横了他一眼，“皇室的婚嫁一向牵扯甚广，现在江山初立，我也刚刚出宫回府。换做是你，难道还想回到那个地方?”

李景隆伸出手，隔着桌子揉了揉她的发顶，“你这么聪明，也不仅是不想嫁吧。放眼当下这情势，明明是打着求亲的幌子，实则用联姻来选拔东宫之主。形势尚未明晰，朝野文武间的对立就已然泾渭分明，殊不知你是走什么背运，方才脱离苦海，又即将卷入一场已可预见的夺嫡之祸。”

朱明月将他的大手拍掉，道：“我就知道，那廷议是你主持的！”

年节之前，朝臣们曾与皇上进言过“立储”之事。现在年过完了，定立储君自然就提上了议程。立储人选有二，刚好就是上门来求她的那两位：原藩邸世子、大皇子朱高炽，二皇子朱高煦。

李景隆耸耸肩，“立长，是自古的传统。我一直都跟皇上这么说。”

朱明月对他嗤之以鼻，“倘若大皇子是众望所归，朝野上下也不会分出两派来支持不同的人。而你明知道皇上会坐视不理，才会尽说些不轻不重的话！”

炽、煦二位皇子各占其势，私底下必然已经争得难分难解，就是这个当口，皇后要为几位皇子纳妃？

谁也不是傻子。如她爹一根筋，仅有的两位继承人都将绣球抛到了国公府，也会下意识地觉得紧张和惶惑；很多重臣心里都跟明镜儿似的，成国公朱能是十二阶武勋中的右柱国，暂代刑部之责，同时手握兵权，他的女儿嫁给哪一位，哪一位便拥有了储君争夺的绝对优势。

不嫁，是抗旨不尊。

一旦她嫁了，不是联姻，而是一场战争。

“皇上放任自流，朝臣各自为政，接下来，我爹爹必定成为左右棋局的一枚棋子。”朱明月握着茶盏，抿唇道，“国公府因浴血奋战、九死一生而享有不世权贵，眼见着却要被推到风口浪尖上充当炮灰……皇上这么做，就不怕北军旧部寒心吗？”

防得住“兔死狗烹”的命运，岂料还有皇室夺嫡之祸。

李景隆摸了摸下巴，咂嘴道：“换成是一般闺秀，想破脑袋也不会将‘立储’和‘纳妃’联系在一起；寻常谋臣都捉摸不透的事，在你又是一眼已明。可心明眼亮又如何？现如今这情势，引火烧身容易，全身而退，难。”

朱明月道：“也不能坐以待毙吧。”

“瞧你说的。两位皇子可是皇室贵胄，都是嫡出！那棵梧桐树，就这么不招你待见？”

朱明月摇头道：“齐大非偶。宫闱之事，没人比你我更清楚。莫说是无心无力；就算有心，总要掂量掂量自己的能耐吧……”

她不是三头六臂，策应宫闱尚且费劲吃力，更遑论是在这场“立储”

的风波中助谁获胜！那是个吃人不吐骨头的地方，她也没那个野心。

炽、煦两位皇子，她都曾见过。太祖爷还在世时，大皇子因儒雅仁爱、好读书而深得圣眷，性格沉静，喜静厌动，体态有些臃肿。仍记得，每次出席正旦、冬至和万寿三大朝会时，都要由两个太监搀扶着，也总是跌跌撞撞的；二皇子却是建文帝时期才功成名就的武将，亦是靖难之役的功臣，能征善战，勇猛过人，在武将中威信极高。又因酷似燕王，深得当今皇上的重用和喜爱。

抛开皇上的个人喜好不言，一边是文臣，一边是武将。无论得罪哪一方，结果都不会好。

“其实也不用那么为难。你不妨想想，炽皇子是嫡长子，深得文臣们拥戴；最重要的他是太祖爷亲自为北平藩邸选择的燕世子，是合法的继承人。”

李景隆捻起一颗晶莹剔透的茶果，馅料是枣泥儿的。

朱明月听出他的言下之意，却倏尔笑了，“炽皇子深得文臣拥戴，可煦皇子也为武将们所追随，又尤其深受原北军将领的拥护。”

若她嫁给大皇子，她爹爹岂不是伤了很多昔日同僚的心。

“而且没记错的话，靖难之时，炽皇子被命留守北平。煦皇子则统领部众，以万人兵马阻挡了建文帝的五十万大军，保住了北平藩邸——”

朱明月侧眸看着他，似笑非笑，“那是靖难中非常耀眼的一笔。煦皇子也是靠那场战役一战成名。那场战役中建文营中的主将，恰恰是你；正是你故意兵败，才成全了煦皇子的威名。”

李景隆放下那颗想咬还没来得及下口的茶果，拄着下巴看她，“聪明的姑娘，你是不是思虑过甚了？”

“我思虑过甚？”朱明月看他，“当今圣上一生嗜武，戎马几十年，骨子里恐怕喜欢能征善战的次子，更胜于羸弱多病的长子。作为心腹之臣的你，不可能不知道吧。可方才言里言外，你却都在劝我选择嫡长。阿九，终日与虎谋皮，奈何也要算计到我头上了？”

李景隆的眼波闪了一下，然而很快地紧紧握住她的手，脸上浮现出几分委屈，“明珠，我的明珠。你我曾经共患生死，又在最艰难的时刻同舟共济，眼下同富贵之时，我岂会对你下手？”

朱明月勾起唇瓣，“所以呢？”

“所以你果真不想嫁于天家的话，也并非没有办法可解，”他目光中情意缱绻，咬着唇，像是下了很大的决心，“你是名门嫡女，求亲者必定不止那两位皇子。目前敢与皇家争人的，怕也只有小生这一拼却性命、只为红颜的痴人了……”

“你……”

“弱水三千，吾只为卿。”

风将柳絮轻轻地送进了雅室，同时带来一丝旖旎的气息。李景隆握着朱明月的手，情真意切，信誓旦旦；后者却觉得自己有必要抽出手来，然后朝着对方的脑袋狠狠敲一记。李景隆若真是言中有物，天上不是要下红雨了！

“看来本王来的不是时候。”

就在这时，一道寒穆的嗓音冷冷地响起。

朱明月在听见那声音的同时，抬起头，蓦然出现在视线中的是那一袭盛雪锦袍的男子——在他身上还有一把马刀，血红色的刀鞘，很特别，上面还雕刻着繁复花纹。

这样的雪裳绯刀，煞是惹眼。

沐晟走上楼来，径直越过屏风，就瞧见里面坐着的两个人。隔着一张桌案，两人双手交握在一起，别有几许含情脉脉的味道。同时听到的，还有李景隆那一句“明珠”，以及“弱水三千”的深情诺言。

“又见面了，明珠小姐。真巧。”

沐晟咬着字眼道。

朱明月心里暗道了一声“糟糕”，挣扎了两下，岂料对面的美公子攥得更紧，用无比幽怨的神情看着她。朱明月看了他一眼，然后将手狠狠地抽了出来。

“在此地都能遇见黔宁王，可真不巧。”

她理了理裙摆，正襟危坐。

沐晟拿刀的手攥了攥，然后“啪”的一声将那把马刀放在桌案上，声响震天。李景隆的眼皮都随之颤了一下。

“本王路过。”

恰好路过这间茶楼，又恰好上了二楼，来到她的雅室？

"怎么黔宁王也认得我们家明珠?"这时，李景隆凉凉地问道。

此明珠，非彼明珠；是她在宫中行走时，用过的假名。

朱明月暗恨李景隆成事不足、败事有余，就听对面的男子道："本王听说，成国公府的千金要嫁到宫中了，作为被留下来的另一个，总不会作为陪嫁也跟着进宫吧。对吗，明珠小姐?"

李景隆皱了皱秀气的眉毛，感觉他的话有些奇怪。什么叫"作为被留下来的另一个"? 可还没等问，就听朱明月淡声道："据小女所知，宫里面的确要为几位皇子纳妃，是不是成国公府里的小姐，婚旨都还没下呢，黔宁王何来这一句'听说'?"

云南无事可做了?

过了年节，还终日待在京城里面，难道要改做京官不成!

有了上两次的教训，这些话，她只能在心里面说说。然而她觉得有了上次不算愉快的经历，让她得以解释清楚，最起码，这姓沐的莽夫已经不像最开始那么笃定，口口声声要将她捉回沈家认祖归宗。而她也不用担心，他何时会神出鬼没地出现，再将她蛮横地掳走。

这时候，楼下响起一阵脚步声。

有侍卫上来，走进雅间与沐晟说了些什么。

朱明月听出是请他下楼，不由得与李景隆对视了一眼。这姓沐的哪里是路过，其实是约了几个武将在这间茶楼里面小聚。可李景隆与她在此地却是巧遇，被人瞧见也不好。于是李景隆率先起身，"还有公务，我也该回去了。"

沐晟抬眼看了朱明月一眼，见她并没有要离开的意思，便拿起桌上的刀，起身下楼。

随着两个人一前一后离开的脚步声，朱明月端起茶盏，凑到唇边抿了一口，随即听到楼下几个将军朝着沐晟致礼的问候声。

凡是统兵打仗之人，嗓门似乎都很大。那些对话里，却只有对沐晟的招呼声。

刚刚，分明是李景隆先下去的。朱明月望向楼下，此刻那烫金紫袍的男子正好走出了茶楼，出了门，还不忘回头朝楼上瞅一眼，瞧见她在看他，顿时笑得露出一排小白牙。

他的官职并不低于那姓沐的莽夫，还是十二阶武勋中的左柱国，身为京官，更加位高权重。却因为是降臣、是败军之将，被功臣中的很多人嗤之以鼻、不屑一顾。与她一样，他亦是靖难之役的策应。作为策应，立下的功劳再大，也永远不会被正名。

朱明月忽然替他感到委屈。

这样一直坐到日暮西斜，估计着时辰，楼下那些将领们早已离开了。朱明月放下那早已凉透的茶，拍了拍趴在外间桌案上睡得正香的红豆，示意她该走了。

沈家明珠

金忠作为六部重臣之一，跟朱能一样，也是原燕王藩邸的功勋。可在立储的议程中，就在众武将都极力推选二皇子朱高煦为储君的时候，唯有金忠站了出来，执不同态度——立储，当立长。他毅然决然地站在了文臣那边，成了大皇子朱高炽的拥护者。

是以，那日金忠上门来“劝亲”，必定就是代表大皇子。

朱明月相信，金忠对成国公府是一片好心——在宫中还没有明确颁布婚旨之前，自己挑一位“可心”的，不管是谁，起码不会太被动。于是着眼于当下情势，朱能陷入了深深的纠结中。

但未等朱能领着女儿进宫去复旨，中宫的旨意就传到了城西府邸。老太监奉着花名册似的一张锦帛，喜滋滋地来请朱明月进宫。

古来婚事，一贯讲究“父母之命、媒妁之言”，此番进宫，是让徐皇后对她有个了解。

却不止是她一个。包括内阁宰辅黄淮之女黄锦亭、胡俨的次女胡釉棠、莒国公李远长女李摇情、淇国公丘福的幺女丘嫣、思恩侯房宽之女房楚琴、彭城伯张麟幺女张昭茗、荣昌伯陈贤之女陈弄玉、安远伯柳升之女柳绣娥……足足有十几位名门闺秀被一同召进宫，另外还有几个封疆大吏的千金。

眺望而去，满庭芳。

等朱明月由宫婢引领着，走进邀月亭时，众女的目光“唰”地一下都聚集在了她的身上。

不是因为她倾国倾城、艳压群芳，实在是在场的都是功臣之女，唯有她一人同时受到炽、煦两位皇子的青睐。此番奉旨进宫，供她们休憩的地方又偏偏唤作“邀月亭”，正映衬了她一人的名讳，也不知是巧合还是有意。

朱明月走进亭阁后，挑了个靠边的位置坐下。这时候走上前来与她打招呼的，都是幼年相交的闺中姐妹。多年未见，有的模样已出落得辨不出，目光扫视过去，却赫然瞧见了一张熟悉的面孔。

——花细如丝，香息绵长，那簪花的少女静静地坐着，一对柳叶似的眉黛，杏眼微眯，笑亦非笑，又似脉脉含情。而细看去，在她的右眼角还有一颗泪痣，是嫣然的绯色，宛若血珠儿，凄凄潋滟，鲜然欲滴。

是……她？

初见时还是一副丫鬟打扮，难掩丽质天成。现今一袭水色云锦花绣宫装，丽雪容颜，隐约媚态，堪堪坐在那儿，娇娇娆娆的，很难让人错过视线。

居然是那日城南胭脂铺外，被姚广孝身边官僧追捕的那个姑娘！

“瞧见了没。那小模样，可没逊色你多少。”安远伯柳升之女柳绣娥用目光示意了那边位置，笑着与朱明月私语。

难怪多日来她翻遍京城角落都寻不到，竟然是放在了宫中。

朱明月暗暗心惊。

“柳姐姐，知晓那是谁家千金吗？”朱明月压低声问道。

柳绣娥看了一下，抿唇摇头，“都说‘女大十八变’，就连你我尚且都认了半天。那一位却甚是面生，又不像是原北平将领的家眷。想是哪个京官的闺女也说不定。刚刚我听那些奴婢唤她，倒是跟你幼时闺名一样，也叫‘明珠’呢……”

明珠。

沈明珠……

这时候，李摇情笑嘻嘻地说道：“哪家的姑娘，去问问不就知道了。”

丘嫣凑过来，伸手点了一下李摇情的额头，“没礼貌！若是旧识还好，不认识的话，岂不唐突人家姑娘。”说完，朝着一侧的宫婢招了招手。

那宫婢即刻卑顺地走上前，询问有何吩咐，丘嫣低声问她：“那边坐着的小姐，姓什么？”

宫婢老老实实地答道：“回禀小姐，沈姓。”

沈姓，沈姓……

朱明月端着茶盏的手停滞在半空，好半晌，才凑到唇边抿了一口。绕来绕去，这沈家走失多年的女儿果真是在京城里。是否真像那沈姓男子所言、被姚广孝带走后一直养在了身边，还是其他情形，已经不重要了——

能被安置在宫里，无论是那姓沐的莽夫还是沈家后人，抑或是她，都不可能再有接触这位沈姑娘的机会。

这时，丘嫣跟李摇情又说了句什么，而后就坐到朱明月身边，巧笑倩兮地与她道，“瞧你们，真是有缘，连闺名都跟你之前的一样。是不是叫了‘明珠’，就一定会生个好相貌呢！”

朱明月几分苦笑。

可不是有缘吗！

李摇情没注意到她的神色，抿着唇瓣，既有些别扭、又有些艳羡道：“我可听我爹说，之前两位皇子什么‘一见倾心’的，求亲都求到成国公府上去了！这回珠儿你可算是名动京城了呢！”

朱明月将目光收回来，面对着身边几位知己姐妹，露出无奈，“快要轻声些。这些话让胡釉棠和张昭菭听到，非吵上门不可。”

说罢，示意她们去看坐得很远的那两位千金。

内阁宰辅胡俨的次女胡釉棠是二皇子朱高煦早就定下的侧妃，却不知何原因，迟迟都未过门。那张昭菭更不得了，彭城伯张麟的幺女，她姐姐张昭菡正是皇长子朱高炽的正妃，亦是当年北平藩邸的燕世子嫔。很多人都说，倘若炽皇子继承大统，那张家昭菡便是母仪天下的皇后，这对姐妹花，迟早有一日会齐齐绽放在大明的皇宫里。

众女都知那两位不好惹，知趣地不再多言。

柳琇娥攥了攥朱明月的手，像是安慰又像是鼓励。朱明月则投以感激的一笑。

像这样将众女齐集，无疑是要细心挑剔，择优而选；然被求亲上门的却是她。只有她，多数人认为她巴望着被封皇子妃，也在情理之中。朱明月忽然回想起那日巧遇李景隆。其实他有一句话说得对，当初爹爹将招婿的消息放出去，有意求娶的人很多。而今婚旨未下，若有情投意合之人，早早定下来的话，就算是徐皇后也未必会棒打鸳鸯。

思绪飞转间，有两行穿戴华美的宫婢走进来，紧跟其后的是由老太监扶着的姿容端庄雅致的徐皇后。众女纷纷起身，面朝着那明黄锦缎、花绣繁复的宫装女子敛身行礼。

朱明月揖礼时，余光中瞥见那一侧的沈明珠，有些拘谨、紧张地低着头，也跟着行礼，然挽手交叠的姿势却错了。

“都起身吧。”

徐皇后说话间落座，诸位闺秀也坐回到原来的位置上。

品茶，谈天。

宫中女子聚到一起时永远都会做的两件事。有时还会聊到女红、诗书、茶艺……总之，闺房中女儿家的琴棋书画之趣，同样适用于宫闱。

朱明月耳畔听闻一一对答的语调，不禁想到现在正是永乐初年，后宫还很清寂，除了少年正妻徐皇后，仅有几位原藩邸的妃嫔，又都以徐皇后马首是瞻，彼此相处甚笃。否则像现在这种场面，少不得还要有诸多妃嫔出席，笑里刀、绵中针，好些个将门虎女要吃不消了。

等过了些许时辰，有佩戴着腰佩的女官进来请示。这便是查姿探容的部分结束了。稍后或许会留诸女在宫中用膳，以观举止、风度；往后几日再宣召进宫的，就是合心意的几位，要继续观察德行品格。朱明月看到亭子里面打扮得颇是花枝招展的那几个，觉得她们可能要失望——皇室选媳，门第为先，然后是才德；一个个地筛选、剔除……最是谨慎周全，并非靠描眉画目就能脱颖而出。

出乎意料的是，徐皇后与诸女又交谈了几句，便让掌事太监将众人送出宫，并未让她们多留。

闺秀们怅然若失地离开邀月亭，望着徐皇后施施然离去的背影——明灿灿的华盖牵引，后面则跟着华服丽容的众女官；旁边还有专侍打扇的侍婢。在最后面的，是呼啦啦的一帮宫女。众星拱月，端的是惹人艳羡。

朱明月跟着诸女一起，在太监的带领下走出侧殿，一双眼睛却始终不离走在前面不远、由侍女引领的沈明珠。

在邀月亭坐了大半个晌午，她都没把自己认出来，也不知是那日未曾对她留心，还是根本紧张拘束得不敢抬眼皮。正犹豫着要不要上前去叫住她，刚跟着拐了个弯，就被迎面过来的一个侍婢礼貌地拦下，说是她有随身之物落在了亭子里。

朱明月了然地看着那面生的宫婢。也对，半路回请这样的事，在宫里也是惯用的。

她跟着过去，也没询问为何不是将自己领回到邀月亭，而是径直穿过柔仪殿的侧殿，再往西侧殿的暖阁里面走。等跨进了那道红漆门槛，也没有见到在她料想中会被一同请回来的另几个千金。偌大的锦殿内，除却随侍宫婢，只有徐皇后一个。

“臣女拜见皇后殿下。”

她压下狐疑，叩拜行礼。

徐皇后正握着一个雕凤紫砂壶煮茶，闻声没抬头，只朝着她招了招手。

茶案上摆着各色瓷碗，纷繁釉色，衬托出里面盛着的琳琅茶品。徐皇后半跪坐在蒲团上，俯身夹了几根针状的茶梗，在鼻尖闻了闻，然后挑进半月形的琉璃盏中。

都道是雨前茶被京城中的某个富户搜购一空，岂料各色名贵茶品已然悉数进了皇宫内苑。原本从地方进贡的香茗已是极品，朱明月却在那茶案上瞧出了几样异常罕见的；这才明白，原来李景隆是摸准了徐皇后喜茶的嗜好，借花献佛。

这时，壶中水沸。

徐皇后铺了些水，将火熄灭，又取来煮好的茶，在几个琉璃盏上浇过一遍，拿起其中一盏，递给了朱明月，“来，闻闻看。”

朱明月依言嗅了一下，“云雾。”

其中，也调和了君山银针和信阳毛尖。

“南有嘉木，其树如芦，叶如栀子，花如白蔷。阿九送本宫这么多茶品，眼瞧着要到盛夏，若来不及喝却都要受潮了。”

徐皇后自顾自地说到此，闻香杯的气息有些散了；等到第三道茶，有宫婢将紫砂壶接过来，给两人倒了少许。香茗先过鼻息，而后入喉，熨帖出一抹最芳醇甘美的芳香。

“诚如殿下所言。江南盛夏多雨，茶叶如保管不善，吸水受潮，轻者失香，重者则会霉变。”

“若是已经受潮了呢？”

朱明月将茶盏握在手心里，盏中茶水清浅，壶中的却呈浓醇的青碧，凝绿茶叶在壶底打着卷儿——

“民间有土法，把受潮茶叶放在阳光下曝晒，却不知会影响茶叶的外形和色、香、味。正确的方法是，把受潮的茶叶放在干净的铁锅里用微火烤，边烤边翻动茶叶，直至干燥发出香味，便已妙手回春。”

宫里面的能人不知凡几，又有掌局妥善保存各类贡品，怎么会没有人懂得如何储藏茶叶。徐皇后有所一问，也不过是在考她。

徐皇后微微一笑，“刚刚本宫瞧着亭子里的那几个将门虎女，甚是可爱，举止言谈，比宫中金枝洒脱。倒是你，乃父英武，其女却端淑贞静，又博闻强识、才德兼修，委实难得。”

朱明月闻言，忙起身谢恩。

这时候，徐皇后放下手中的琉璃盏，“你的事，本宫多少知道一些。这么多年，难为你了。”

当徐皇后唤李景隆为“阿九”时，朱明月便知这位皇后殿下对当年建文宫中的人、事，该是知之甚详；同时倒是忘了，眼前的这位中宫之主亦是将门之后——太祖爷时期开国第一功臣、徐达的嫡长女。靖难之役，她在功臣之列。

“都是臣女应该做的。”

“本宫也听说，之前皇上想要赐你郡主封号，亦想让你重回御前、掌席女官，却都被你拒绝了。皇上是个念旧情的人，你父亲又为皇上尽忠了大半辈子，理应对你有所眷顾。”

“臣女不敢居功。”

徐皇后抬起头，这才将目光投射在她的脸上，不禁赞叹道：“真是个美丽的姑娘。”

那笼罩在明媚春光下淡妆纯然的清丽容颜，皓齿红唇，明眸善睐，宛若一枝初绽未绽的白蔷薇，纵是洗尽铅华，也难掩一抹浑然天成的贵气风流，让已到中年的徐皇后情不自禁地看了又看。

“之前的事，想必你已经有所考虑。本宫的那三个皇儿，秉性迥异，唯有煦儿最肖乃父，天赋异禀，能征善战，在马背上闯出了些功绩。然而都说做娘亲的，最心疼自己的第一个孩子，炽儿性格醇厚仁善，温文尔雅，与煦儿一文一武、一静一动，却是颇得本宫欢心。”

徐皇后说到此，又笑言道，“当然还有燧儿，年纪最小，也最是胡闹，性子难免骄横浮躁了些，还需要历练。”

徐皇后拉起朱明月的手，“本宫之前命人捎了话，让你父亲好好想想，再进宫来与本宫复旨不迟。而今你来了。如何？可是想明白了吗？”

不比深闺女子的柔弱娇嫩，徐皇后的这双手指腹上满是老茧，肌肤粗糙，更像是做惯活计的感觉。朱明月忽而想起来，这其实是一双拿过多年缨枪的手。

建文元年七月，燕王宣布兴兵靖难前往大宁借兵之际，建文大军兵临城下。正是这位巾帼不让须眉的燕王妃亲自登城督战，激励众将士之妻，代其夫君披铠甲作战，才成功守卫了北平城。

到了建文四年六月，历时整整三年的靖难之役结束，燕王妃再次踏进皇城的时候，已经是这里的女主人。

交叠在一起的两只柔荑，一个手心温暖，一个却微微泛凉。

这么快，就要跟她要一个最终的答复？

不能抗拒，不能答应，加不能做出任何选择。

此刻的朱明月非常明白，自己的态度，代表着整个刑部以及王朝半数将士的态度，同时直接决定着国公府未来的命运。她尚且不能替爹爹来拿这个主意，更加无法承担作出选择之后，即将掀起的一道道惊涛骇浪。可她有一千一万个不愿意，也绝对不能表现出丝毫；否则藐视皇室，国公府一样担待不起。

“皇后殿下容禀，臣女的爹爹是军人，军人的天职便是服从。”此刻她已将茶盏放下，双挽着的手，与额平齐扣在地上，朝着面前这身着明黄宫装女子深深俯首——

“臣女亦然。”

不过是两盏茶的功夫，朱明月由御前掌席女官亲自送出宫。

她身后还跟着怀抱着丰厚赏赐的两名宫婢。到底是开国功臣的将门之后，当了多年燕王妃，温和的秉性下，仍留有几分豪迈直爽——心里面着实看重了，便不吝夸赞，甚至是破格的封赏，倒像是生怕怠慢了她。

等那女官带着人走远，帷幔后面的人才堪堪走了出来。一成不变的纯黑色僧袍，宽大的袍裾随步履轻摆，勾勒出有些消瘦的身躯。

“贫僧还以为殿下这便要下旨了，岂料待她这般慈厚。”

徐皇后往紫砂壶中添了些水，笑道：“本宫瞧着那丫头，可是个人物。”

“看来殿下是真心喜欢她。”

“姚公的眼光，也果真是极好的。”

显然这成国公府的女孩儿已经明白，此刻进退两难的局面。若换成是寻常的姑娘，会使性子、撒泼，妄想着逃跑；可笑的，或许还有装病。也有可能在她的面前藏慧显拙。却想不到，这么做其实更容易触怒皇家。

再聪明些，应该会装糊涂。不愿意，就婉言推拒，天真地认为仅凭红口白牙就能救自己于危难；愿意的，权衡利弊，挑选一个自认为有前途的，巴望着妻凭夫贵，一步登天。

依照她那样的年纪，假使是上述中的任何一种反应，她都不会意外。然而偏偏都不是。

“她不押宝，也不推诿，却说服从。”徐皇后摇了摇那半月形的闻香杯，叹笑道，“将皇室出的一道难题重新推给皇室，虽说是狡猾了些，但本宫喜欢。”

姚广孝摸了摸下巴，轻声道：“恐怕她还不能嫁。”

徐皇后怔了怔，“不能嫁？”

那之前还向她大力推荐。

姚广孝道：“殿下对那小姑娘也有所了解，当年建文宫中，安插的十几个女孩子悉数被铲除，多年下来，全是她一人潜伏策应。而今江山初立，诸多因素都不稳定，少不得还要用着她。”

徐皇后像是明白了什么，脸上浮出一抹明显的失望，喃喃道：“你啊你啊，谁若是被姚公看重了，不知是幸还是祸……”

十四五岁，正是女孩儿花一样美好的年纪，合该在疼爱她的男子掌心中绽放得恣意奔放。徐皇后感到惋惜，惋惜那朵清丽的白蔷薇不能盛开到宫里来；同时，也松了口气——“那么个沉稳慧智的丫头，难得还如此知本分。若配对了人，该是很好的。”

“是啊，一旦配错了，保不齐整个皇权的走势就会发生变化……”

……

等朱明月从柔仪殿的西侧殿出来，一同被请进宫来的十几位名门千金早已经出了宫门。此刻到了午膳的时辰，交错蜿蜒的廊庑中，时时能看到抬着食盒的太监，间或有宫婢挎着提篮穿行而过，是给各宫殿主送补品炖盅的。

宫里面的侍婢和太监仍旧冗繁，显然早已换了一茬。昔日殿前的老人儿不见了，就连在殿外行走的，也都是些陌生的新面孔。有一两个从她的身边路过，不知她的身份，却也不敢怠慢，点头哈腰尽量做到礼数周全。

正午的太阳已升至天空的最高处，明媚而温暖的阳光透过廊脊的缝隙，在亭榭中洒下一地安静的疏影。她沿着宽阔的游廊往北走，一步一步，绣鞋踏着那青砖石上面雕刻着的寓意吉祥如意的精致莲纹，恍如踏开了满地莲花，映着廊下一弯波光烁烁的月湖，璀然生辉。

走出柔仪殿殿前，在龙尾道下面顺着雕栏走，便是通向宫门的殿前广场。然后是西华门。从西华门一直走到西安门，出了宫城门，是离城西府邸最近的西安门外大街。

这时，前方传来说话声。

朱明月顺着游廊拐了个弯，就瞧见对面正朝着这边走来的一行官员。再想避开，已经避无可避。但见为首的那个，一袭月白缎常服，未着官袍，眉目娟秀如玉，正侧头听着身畔之人说些什么，专注的神情，听得很认真。

该是刚参加过廷议从文华殿配殿出来的。罢了早朝，还能一直商讨到现在，非是有什么重要的事不可。朱明月也没想到会在出宫的路上跟朝臣迎面遇到，不得不在原地停驻了脚步。这时候，那说话的官员也见到了从对面而来的一位闺秀，不禁惊诧了一下——张辅跟着轻然抬眸，正对上了她的一双眼睛。

朱明月行了个礼。

透过廊脊的阳光只剩下薄薄的一层，映照在行人脸上，似铺着轻薄的金纱；那廊下面容精致的少女，挽手伫立，裙裾摇曳，微笑时唇瓣牵起的笑靥，已成为对面人眼中凝望的美丽风景。

张辅也不知身侧的官吏还说了两句什么，片刻才恍然道，“几位稍安。稍后公文处理，便是几日后都未可有定论。”

温软的语调，让人有如沐春风之感。几个官员闻言都连声称“是”。等他们陆续离开，张辅缓步走到她跟前，颀长的身躯在眼前挡住了一片明媚的阳光。

“你怎的也进宫来了？”

一抹安静的疏影随之落在他的眉目间，衬得面容俊雅，目光柔和。

朱明月道："奉了皇后殿下的召命，刚刚就在柔仪殿。"

柔仪殿在文华殿的东侧，只隔着两道宫墙院落，她在徐皇后身边答话时，想不到他恰巧也在皇上的跟前。朱明月望着那几位离开官员的背影，文华殿廷议，除却张辅，并无一位是内阁重臣，看官服却像是地方任上的十三道言官。

张辅抬手摘下她发间的花瓣，"为了几位皇子纳妃的事？前几日皇后殿下遣人去成国公府，为两位皇子求亲，虽未大张旗鼓，此事却早已传满京城。后来宫里的太监带着名册去各个府上传旨，我这才知道连嫣儿都被列在了选妃之列。"

他的手在她的额际一抚即过，而后滑向她的手腕，亦如幼时的亲昵，"我那时就想，早知如此，还不如早早将她许配了人家。"

朱明月跟着他走过廊庑，闻言就笑了，"你这话可有藐视皇家之嫌。多少人想飞上枝头，你反倒希望丘嫣被拒之门外，让她知道了，可要怪罪你这个做表哥的。"

张辅苦笑着道："嫣儿那性子，实在不适合。"

朱明月道："刚刚皇后殿下并未把她留下。"

张辅看着她："我知道，若是被留下了，定会跟你一道出来。但是只有你一个。"

儒雅少年的眼睛里，含着很深很深的东西。朱明月轻轻笑道："所以说，我这'病'好的可真不是时候。如果至今仍住在嘉定，没有回来的话，或许就不会遇此难题。"

前提是，那五年里她果真是在苏州府休养。

"对了，当日你府上的仆从来送书信，恰好我正要出门，就让红豆先收着了，"朱明月道，"后来接连发生了一些事，生生把你的邀约忘在了脑后。真是糊涂呢。"

红豆拿着那封信笺过来的时候，衙署紧跟着来了紧急公文，爹爹回来接她一并过去。便耽搁了下来。

"应该给你捎信儿的。"

她有些歉意地说道。

"不是什么要紧的事，就是想向你介绍几个称心的书吏。"轻暖的阳光洒在男子的衣襟上，晃出明灿灿的光晕，“之前皇上将成国公放到刑部，大堆的公务压过去，我猜，为人子女的，你必定要跟着去分忧解难。但你毕竟是个女儿家，经常出入衙署，恐会惹人非议。”

“文弼真是个细心的人，”朱明月大感意料之外地说道，“爹爹身边的确是需要几个得力的文书，一直苦于没有合适的人选。这下，爹爹的忧愁可要分去一半了！”

张辅望着面前少女笑靥动人的模样，道：“另一半，是不是就是这次皇室求娶的事？你是成国公的掌上明珠，国公府的门槛都快要被前去道贺的官员踏破了，却不见他脸上有半分欢喜。看来成国公跟我一样，并不想割爱。”

朱明月被他的话逗乐了，“爹爹他只是在担心，在这样左右两难的局面下，会做出错误的决定。”

除了李景隆，她还从不曾跟别人说起这些。

“有没有考虑过我？”

“嗯？”

天边的云荼靡着整片天空，也被太阳染得一片金色，少女的惊讶，带着来不及消散的阳光，分毫不差地落入了他的眼底。

“珠儿你没听错，也、也没有会错意……”

年轻男子的面颊上浮出一丝赧然，“其实早在岁首，我就曾托人试探过。可你没答应……”

“你是说，宫筵隔日的那个早上，姚公来登门拜访的时候？”朱明月惊诧地问。

张辅点头。

朱明月失笑道：“原来真的是你让他来的。我还说呢，堂堂朝廷第一首辅、御前第一谋臣，如何会来做些保媒的事！”

她一直以为是那僧人一时兴起的戏言。

“当晚我将你送回府，去酒肆寻两个胞弟，正巧碰见了姚公。那时几位叔父正与成国公争抢你的婚事。说起来，我也觉得自己甚是唐突。”

“文弼，你是个温和的人，一向宽容敦厚，与人为善。却殊不知人心险恶，”朱明月的目光柔软下来，轻声道，“我们多年未见，那时才刚遇到，你又怎么会呢？岂不是受了姚公的蛊惑。”

张辅摇了摇头，有些紧张又有些嗫嚅地说道：“非是姚公，而是我自己觉得即便叔父们是玩笑话，现在提起这件事，也未尝不是个好时机。毕竟遥遥五年，而今珠儿你总算回来了，我不想……”

“不想再错过。”

纯白的云在天边划过一道浅痕，朱明月抬眸，从那对方清润的眸子里望见了自己的一抹倒影。一贯温润的男子，因认真和羞赧，面色晕起淡淡的绯色，连按在她肩上的手指也有些微颤。

“可是文弼你要知道我现在的处境。这个时候，与成国公府沾边的任何人，恐怕都会受到或多或少的牵连……”

倘若形势转换，换成是她退避三舍都犹恐不及，绝不会仅凭义气就不顾身家性命。

“我知道，”张辅望着她，“但我也知道，如果我不这么做，一定会后悔。”

男子眼中流露出毫不掩饰的执著和痛惜，让朱明月怔怔然，忽然之间很难说出任何拒绝之词。檀唇轻启，她刚想说些什么——

“轰”的一声巨响，蓦然打破了宁谧。

什么声音？

在宫里面怎么会有类似炮仗的巨响！

鸟雀惊得扑飞，张辅和朱明月两人同时寻着声响瞧去，却在朱红宫墙的另一端，见到了一个朱明月最不想遇见的人。

沐晟。

即便是隔着不算近的距离，朱明月也一眼便瞧出是他，青缘赤罗的绯色官袍，笼巾貂蝉，朱缨束冠，都是王公贵族的穿戴配饰，衬着本就俊美的出众容貌，更加高贵轩昂非常。眉目间却是冷的，仿佛雪山之巅终年不化的寒冰，就算隔着八丈远，也能感受到让人望而生畏的凛寒之气。

又是他……

沐晟的手里还拿着一管形状奇特的铁器，吞口处正在冒着白烟儿。跟在他身边的是一个朱袍紫带的老宦官，毕恭毕敬的模样，离近了才看清楚，居然是文华殿的尚宝监掌领大太监李福善。

“这火铳真是好大的威力啊！奴才早就巴望着瞧瞧，就求……求黔宁王给奴才试了试，不想惊吓到了信安伯和这位小姐，真是该死。”

李福善说完，一脸可怜兮兮地看着朱明月跟张辅，像是很抱歉打搅了这对鸳鸯。

朱明月将目光投到沐晟的脸上，此刻他也正冷冷地看着她，长眸敛着，一脸的倨傲和嘲弄。

刚刚那一枪，摆明是故意的。

“黔宁王，自从冬至的那次朝会，一直未曾上门拜会，是在下失礼了，没想到此番在宫中遇到。”

张辅礼貌地颔首，一揖礼。

朱明月听到张辅这话，不由思忖：这姓沐的莽夫数月逗留京城未回云南藩邸，却从未上过早朝？可他一个封疆大吏，留在京师里做什么……太祖爷时期早有规定，地方官员未有圣旨，不得离开驻地。

沐晟未开口，倒是李福善客气地说道：“黔宁王是进宫面圣的。”

张辅道，“既有事，便不打扰了。”

说罢，侧身让开道路。

客气并未让那锦绣官袍的男子领情，下一刻，只见他大跨步而来，径直走向朱明月。未有停顿的脚步，裹挟着咄咄逼人的气势，朱明月不得不连连后退。一侧的张辅想要出手阻拦，跟沐晟来的两个随扈上前一步挡在他身前，岿然不动。

“先前还是曹国公李景隆，现在又是信安伯张辅，”沐晟把她逼退到宫墙前，居高临下地看着她，“姚广孝这几年把你管教得可真好！”

声音很轻，含着的无限讽刺和鄙夷，朱明月脚下一绊，险些踩到裙裾。“黔宁王！”她愠怒地抬眼，压低嗓音，咬牙切齿地说道：“小女告诉你过多少遍，小女不姓沈，别欺人太甚！”

她更想跟他说，他要找的那个沈明珠现在就在皇宫里，真有能耐的话，大可以闯进去找！可她不能说，她不能惹祸上身。

“是吗？”

“难道不是？”朱明月恨声问。

沐晟笑着看她，倨傲而清隽的目光，划过她气得泛红的脸庞，“说说，你是怎么进来的？谁让你堂而皇之地在宫中行走？”

朱明月冷声道：“黔宁王贵人多忘事？不久之前，皇后殿下将求娶的意思告知了成国公府，现今自然要召来进宫见驾。王爷说，小女是怎么进来的？”

“你是被召进来的？”沐晟微怔，一双黑眸眯起来。

“不信？”朱明月挑衅地看他，“没关系，黔宁王很快就不得不信了。”

沐晟被她一句话说得发愣，这时候，就被走上前来的张辅一把推开了。

“没事吧。”

张辅来到朱明月身前，关切地问道。

张辅的脸色很不好，转身就朝向沐晟想要发难，却被朱明月一把拉住。她朝他安抚地摇了摇头，看向那一脸若有所思的男子，略抬高下颚道：“在宫里面都能遇见黔宁王，真是巧得不得了。不过王爷带着火铳来进宫面圣，千万当心别走了火，否则下次，小女就得去爹爹的刑部大牢探望王爷了……”

李福善算是新贵，但心明眼亮，仅看朱明月的一身穿戴便知不寻常；闻言更是眼睛一亮，道：“原来是成国公府里的千金，老奴这厢有礼了！”

朱明月虚扶了一下，道：“公公是尚宝监掌领大总管？新晋不久，就已深得圣眷，往后还少不得要您的照拂呢。”

听话听音。李福善自然听说了选皇子妃的事，顿时眼睛睁得更大更亮。

朱明月也不多留，施施然揖了个礼，便转身离开。

错身的刹那，她没错过沐晟眼底一闪而过的疑惑。

张辅也想跟她一起走，刚迈出步子，就被李福善一把拉住了，“既然小伯爷也在，索性也跟着一道过去吧。黔宁王新改良了火铳，威力比原来不知厉害多少……不过那位小姐说得对，黔宁王可得好好看管着，别到了皇上跟前……”

通向西华门的甬道极长，出了内宫城门，接她的马车正在外面等着。

红豆坐在车辕上，远远瞧见了朱明月，连忙招了招手。

从宫城最西侧到刑部衙署，马车需要靠着城墙走，正北正南地行驶过两条直线，便是通向鸿胪寺的长安街；过白虎桥，一直往北就是宗人府，刑部在宗人府的正南端。城门楼下面把守着的侍卫，见到成国公府的马车，会拦下检查，再行礼放行。

马车最终在大门前停住，红豆扶着朱明月走下来，顺着几道内间门走进去，朱漆屏门的衙署内，最中间那间敞开门的屋里，朱能正在桌案前一张一张翻阅着宣纸。

比奏折还多的宣纸摞起来足有盈尺厚，上面描画的却是清一色的少年郎，落款处还写着姓名、年龄以及家世背景。堪比官媒行署里面的花名册。

“爹爹怎的没去奉天殿？”

朱能放下手中的画像，拍了拍身侧的裹腿杌凳，让她过来坐在自己身边，“今日的廷议还是集议‘迁都’之事。昨个儿武将们跟六科的言官都快打起来了，皇上就没让武官参加，今日只召了言官，由内阁主持，都在殿前跪着写述词呢！”

朱明月失笑道：“所以爹爹就窝在衙署里，拿这些花名册相面，连午膳也不吃。”

这时，红豆端着热过两次的膳食走进来，热腾腾的，老远能闻到香味。

朱能摸了摸空瘪的肚子，叹气道：“这几日，朝堂上的文臣和武将因为立储之事，势如水火；而咱们城西府邸却成了这些人明枪暗箭、你来我往的地方。我想趁着生米未成熟饭，咱们先下手为强，赶紧自己谋个佳婿。”

朱明月端起碗的手顿了顿，又往里面盛了些米饭。

“那爹爹可找到称心的了？”

朱能囫囵吃了两口菜，含糊不清地说道：“挑来挑去，我瞧着张家那小子还不错。”

“我想过了，张玉跟我是刎颈之交，战场上十几年的过命交情，”朱能放下手中碗筷，“如果两家能结秦晋之好，门当户对、亲上加亲，那张老儿泉下有知，也会含笑的。而且张家的小子也的确不错，能文能武，人又长得俊俏。”

张辅。

“女儿倒是觉得，爹爹不必太过忧虑，许久以来都未尝见到宫里面有任何旨意，想必此事还在斟酌；倘若现在就擅自拒了这份好意，反倒不美。何况也不一定就是女儿呢。”

朱明月起筷给朱能添了些菜，不动声色地扯开了话茬。

朱能面有豫色道：“爹是看皇后殿下越来越喜欢你，见天的往宫里头召，又是留膳又是赏赐的，倒像是真有把你召进宫里的意思。”

“殿下召见的可不止女儿一个。其他府里的千金，其实也都是极好的。”朱明月宽慰道。

朱明月不知道这些话是否能安慰朱能的心，但既然无法解决，多一个人担心也无济于事。此时她也终于想明白了，这门亲事既不能推拒，也不能另觅。那日李景隆的确说过类似的话，她却忽略了另一层意思——皇室有言在先，何人敢再与天家争女？此理，同样适用于成国公府。

别说现在没有人会来上门求娶，即便有，可敢答应？这算抗旨不尊，还是藐视皇家，又如何向一腔热切的徐皇后交代？躲，肯定躲不掉；那么随着立储之争的愈演愈烈，真的要嫁了吗？嫁给两位皇子中的一位，成国公府也将从此卷入到皇室倾轧之中。

在皇权面前，无论是位极人臣还是居功至伟，原来都卑微渺小得不值一提。

成国公府的一切是皇家给的，可她也不想看到爹爹倾尽一生换来的东西，就这么损失殆尽。是以，在这段时间中，她巧遇了李景隆，碰到了张辅，也撞见了黔宁王沐晟，甚至多次受到徐皇后的召见，这些却都不是她想见的人。

直到临近月尾，那人终于姗姗而归——

“什么急事，居然让月儿小姐连昔日在建文宫中传递消息时的暗号，都用上了！”

风尘仆仆，满面尘霜，光看这一身僧袍，果真有几分远游而归的味道。

“姚公这是从哪里回来？”

新铺的白绒毡毯上，一串泥脚印甚是显眼。

“夏元吉奉命去松江府疏浚河道，贫僧也去凑了凑热闹。”姚广孝掸了掸袍裾上的灰尘，大大咧咧地一屁股坐到椅子上。

松江府。既无行李，亦无车马，身上也没有太多银票吧。应天府距离华亭那么远，随身却只带几个官僧，莫非是一路化缘，专程到河堤上去念经的？

“早前听闻谢学士奉命编纂类书，小女还以为姚公一直在翰林院。”朱明月道。

姚广孝摆手笑道："贫僧的确是奉旨在翰林院监工，然华亭县能够输纳秋粮七十余万石，关系着京师里百万人的口粮，吴淞江和黄浦却忽然阻塞了淤泥。户部的夏侍郎此番去整治盐运，浩大工程，贫僧岂能错过这么好的机会。"

朱明月了然地一笑，"原来姚公是去节衣缩食了。"

年年河道修缮，年年工程浩大，经手的是户部、工部，花费巨资的却是朝廷国库。若无利可图，想那河工任上辛苦艰难，也不会每年都有无数官员踊跃前往。

姚广孝说得别有兴味，实则却是专为"冒贪"，一人独挑户部、工部，替皇上分忧解难。

"不当家不知柴米贵啊。战祸才刚消弭，国库里好容易攒下的家当，自然要省着点用。否则哪儿还有银子修书、造船呢。"姚广孝语笑晏晏。华亭县的各种贪贿舞弊、官场绞杀，也是在这样的言笑中一击而溃、灰飞烟灭。

朱明月深知其中艰难，不由道："所以小女也该庆幸，幸亏姚公将爹爹塞到了刑部，而非户部。"

姚广孝正端碗喝茶，闻言呛得直咳嗽。

"月儿小姐的火气似乎有些旺啊。"

朱明月就坐在他身边的敞椅上，静默了一瞬，垂下眼睫："姚公，小女一直都在等你。"

与那波诡云谲、光怪陆离的官场不同，她不关心有多少人在已经上演的或是即将呈现的官场角斗中丧命、落马，又有何等精彩纷呈却血腥残酷的利欲戏目正在发生。眼下真切施加在她身上，强压给国公府的，才是于己相关，迫在眉睫。

姚广孝掀开那茶盅，好半晌都没喝，弯起嘴角时忽然笑得几分叹然，"月儿小姐等贫僧？那可真是稀奇了。贫僧也不问是何缘由，姑且来猜猜，是不是为了两位皇子求亲之事——之前贫僧为小姐说媒，小姐不愿；现在皇后殿下的颜面，小姐总不该不给吧？"

郁结许久，终于有机会一吐为快。

朱明月的眼底陡然闪出一丝难堪，又觉得可笑，但她不能表现出来。

明明有求于人，底气不足，何必要摆出理直气壮，又不可一世的态度呢。眼前这个人，是能够将成国公府从这场立储风波中择出来的救命稻草。她曾凭借自己的力量争取过，也曾挖空心思想尽办法解决。但是无果。

换作其他任何一个人，朱明月绝不会相信这世间有什么起死回生之法、妙手回春之术。姚广孝不同。姚广孝是她所见过的抑或是当今皇上遇到过的唯一一个手眼通天的人。从当年北平藩邸的预言，到兴兵谋反时的笃定，凡他所言，一语成谶；凡他所想，无有不可能。

而他终究是现身了，百忙之中，也是在纳妃的婚旨即将颁布的前一刻，在满朝文武因储君人选吵得翻天覆地的时候，姗姗来迟，却也给她和整个成国公府带来了免劫的希望。因此她想，既然是求人，便得有求人的样子。

“在小女将那暗号发出去的时候，就一直在想是否有再见到姚公的可能；而今姚公现身于此，小女便认为，姚公愿意给小女指一条生路。”

朱明月说罢，敛身屈膝，朝着他深深地拜下去，“昔日种种，若有怠慢之处，还请姚公念在小女年幼不懂事，不予计较。同样的，如有所用，成国公府在一日，一日便义不容辞。”

阳光斜斜地投射在偏厅的地上，因衣袖轻挥而带起的尘埃，在阳光下轻轻飞舞。姚广孝用茶盖轻轻敲了敲杯盏，发出一阵清脆悦耳的叮咚声，须臾，弯起眉梢笑了：“善哉，善哉。识时务的人很多，却不是每个都能完全放下身价。尤其是小姐的后半句话，分量可是不轻哪。”

“还请姚公说出条件。”

礼尚往来，银货两讫，这是她对姚广孝多年来处事作风的深刻理解。即使让她先三拜九叩、磕头作揖，然后再将全部身家拱手相送，她也不会眨一下眼睛。莫说是行个礼、听几句挖苦的话。

“这么说，小姐真不愿？”

“不愿。”

姚广孝脸上的笑意更浓：“世人若都如小姐利落干脆，办起事来岂不爽快！那好吧……诚如月儿小姐所说。生路、死路贫僧不敢妄言，明路，倒还真有一条。先听贫僧讲一个故事如何？”

这个时候，门扉从外面被打开，红豆带着两个侍婢将崭新的茶具端进屋。锦碗里都是上好的茶叶，前日徐皇后特别赏赐的。等茶具在茶盘上一一摆好，侍婢尽数退出，朱明月便抬手朝他做了个请的动作——“愿闻其详。”

冰裂釉的茶盏中，飘起烟丝袅袅。

姚广孝就着那口热气，喝了一口，“贫僧的故事，要从太祖爷打天下时、攻打苏州府开始。那个时候，张士诚还在苏州府中养兵，与太祖爷分庭抗礼。月儿小姐可听闻过？”

朱明月点点头。

“张士诚可以称得上是当世英豪，他之所以能够固守苏州城长达八个月之久，并非什么天命相助，而是因为得到苏州富民在财力上的鼎力支持。以至于后来苏州城破，天下稳定，太祖爷也一直对苏州城的百姓抱有很深的成见——

“苏州的苛捐最多、赋税也比别处多三成；但凡苏州商贾外出营商，必被当地官衙百般刁难。当时苏州城中却有一个非常精明的商人，揣度出太祖爷意欲修缮皇城城墙的心意，将半数家产捐出，请求资助朝廷修筑长城，以换得太祖爷对苏州商贾的恩典。

“一介商人，却包揽朝廷之事，不可谓不胆大包天。后来那商人更是想趁热打铁，居然跟太祖爷提出要以私资犒赏三军。太祖爷大怒，下令诛之，还是当时的马皇后多番苦劝，才改成了发配。那商人却也因此家业凋零，最终客死异乡。”

飘散的浓郁茶香中，姚广孝将她带回到了很多年前，元朝覆灭、大明建国的时候。

元末是一个名将辈出的时代，太祖爷作为改元立明的开国皇帝，与他同在兴兵讨元之列的，是张士诚、陈友谅。太祖爷戎马一生，同时兴兵称王的几个人，早已湮没在历史的河流中，留下来的是让青史永远记住的名姓。

朱明月道：“姚公说的那个苏州商人，该不会就是沈万三吧？”

姚广孝脸上露出对往昔的追忆：“沈家万三，巨富天下，当年可谓一段传奇般的佳话，就连现在应天府中华门到水西门的一段城墙，还是他出资修建的。而今家世没落、族亲离散，委实让人惋惜。”

匹夫犒天下之军，实乃乱民，沈万三本就是其心可诛。尤其太祖爷本身早就对商人心存芥蒂，多年来其治下亦不失时机地贬低、压制商贾；那沈万三撞上门来，等于是自找倒霉。导致他家业最终一败涂地的，并不仅仅是因为犒军，而是蓝玉案。

当年朱明月尚未出世，却翻阅过旧时典籍，读到关于苏州府沈家的一些记载：

> 苏州富商沈万三不仅资助朝廷修筑了长城，还以龙角贡献，并献有白金二千锭，黄金二百斤，甲士十人，甲马十匹，建南京廊庑、酒楼等。即使不比将士开疆拓土，对朝廷而言也有建设之功。
>
> 其人被发配后，同时发配的，还有他的两个女婿。这打击不仅使沈家失去当家人，富气也减去大半，可谓人财两空。而在沈万三被捕时，周庄镇上亦株连甚多。
>
> 洪武十九年，沈家两子又为田赋坐牢，其一惨死牢中。
>
> 洪武三十一年，“奏学文与蓝玉通谋，诏捕严讯，株连妻女，及其仇七十二家”。
>
> 同年二月，“学文坐胡蓝党祸，连万三曾孙德全六人，并顾氏一门同日凌迟”。

“洪武三十一年，沈家女婿顾学文一家及沈家六口，近八十余人全都被杀头，没收田地，算是满门抄斩。至此，沈万三苦心经营的巨大家业急剧衰落，几乎是家破人亡。

“传奇富商消失了，其后代流落到哪里便成了一桩悬案。江苏周庄、云南丽江都有人争先恐后宣称自己是沈万三的后人。只是谁都没想到，早在沈万三被戍边之前，就已经为后代子孙留好了退路。”

姚广孝说到此，微微而笑：“那沈家老儿的手段也是高明，连太祖爷在内都被蒙在鼓里。可仔细想想，瘦死的骆驼比马大，沈家家大业大，沈万三既是一个富可敌国的商人，又和朝中诸多王公大臣交好，一定会保留家族血脉。问题是……”

“问题是他用了什么手段，又将后代藏到了哪里？”

朱明月将话接过去，问道。

姚广孝用指尖把茶叶末子掸出去，笑着摇了摇头。朱明月也反应出自己问得多余，叹道："也对，姚公有此一说，必定早已有了答案。"

姚广孝不答反问道："若小姐是那沈姓商人，会怎么做?"

茶过两巡，有些色淡，朱明月伸手往壶里填了些叶梗。

"史料记载无错的话，沈万三戍边的位置应该是在云南，若想要藏匿后代……恐怕再没有比自己身边更加安全稳妥的地方。假使是小女的话，何不买通当地指挥使，金蝉脱壳、瞒天过海……"

财可通天。

守着巨富，何事不能手到擒来。

姚广孝赞许地点点头，"若那沈家老儿在世，必将月儿小姐引为知音。"

朱明月用手背试着水温，心中思忖：沈万三被发配的年月，是在洪武十四年，那时的云南仍在元朝梁王控制下，荒蛮之地，尚未纳入朝廷管辖。也是那一年，朝廷恰好有一支队伍被派遣去云南袭剿。

直到后来云南被攻克，同去的三位统帅中有两位被调回京师，余下的一位作为最高长官，奉命在当地镇守。云南从那时起设立了都指挥使司和布政使司，公布法令，安定秩序；府、州、县各级行政机构也相继建立。

如果当年的沈万三果真和她想到一处的话……

是云南沐家!

朱明月陡然抬眸，正好对上了姚广孝一双高深莫测的眼睛。

"当年傅友德、蓝玉、沐英三人集兵力赴云南剿灭元朝残余，沈家的后代就是裹挟在沐英的大军中，南下到了滇黔一带。得胜后，傅、蓝两位将军相继班师，沐英则被封任都指挥使和布政使，掌管当地军政大权。沈家后人也跟着就此在云南隐姓埋名，落户安家。"

姚广孝说到此，面上的笑意岑岑，"小姐之前要找的人，就是沈家的嫡亲血脉之一。"

那一刻，宛若冰雪兜头浇下，将朱明月定在了当场。

没错，她一直都在寻她，那个沈姓男子口中声称被姚广孝藏匿起来的"妹妹"。此时此刻，姚广孝意味深长的目光，就像是直直看进了朱明月的心里，那种被洞悉、勘破所有心机的感觉，让她在无限挫败的同时，又忽然想到：

洪武时期，云南沐家的当家人是沐英，现如今嗣位的却是沐晟。

与沐晟的初次见面，恰好是因为在宫筵结束后被一名沈姓男子冲撞了马车，而那人误将她当做是沈家走失多年的女儿。

也是据他所言，沈家明珠是在五年前于苏州府的嘉定城被姚广孝带走的，因为姚广孝一直都觊觎他家的财产。刚好也是五年前，姚广孝亲自护送“她”去嘉定城中养病。而早在那日城南胭脂铺外，碰巧就让她撞见过姚广孝身边的官僧，在追捕一个年轻的姑娘……

沈家，沐家；

苏州，云南……

一切疑团，似乎都有了答案。

“难怪小女几乎翻遍了整个应天府，动用了所有关系，都无法找出那姑娘的踪影，还以为是凡尘消失了呢，后来才发现居然被安置在了宫里面。姚公早已将一切掌握在手中，只等着愿者上钩？”

朱明月以为那姑娘是姚广孝的一个软肋，或是他有什么不可告人的秘密，便在暗地里留意寻找。紧接着，她就遇见了那沈姓男子，遇见了黔宁王沐晟，阴差阳错之下，被他二人双双错认成了沈家走失的那个女子。

现在看来，那沈姓男子不就是沈万三的后代吗？姓沐的莽夫之所以对沈明琪处处维护，又对沈明珠锲而不舍地找寻，很有可能是受了其父沐英的临终之托。

“小女幼年的闺名是‘明珠’，后来进宫策应，姚公又冠以‘明珠’二字。沈家的女儿刚好就叫‘明珠’。若将这一切说成是巧合，怕是太自欺欺人了。那么，姚公该不会是从五年前就开始布局吧？”这么复杂的关系，中间同时牵扯了这么多人，跨时五年，兜了这么大的一个圈子，究竟是要做什么？

姚广孝不置可否地看着她：“贫僧如果说是，月儿小姐会如何？”

朱明月苦笑道：“小女能如何。只是姚公要给小女指的这条明路，该不是就跟沈家有关吧？”

姚广孝摸着下颚，微笑道：“所有的人都找好了位置，眼下就剩下月儿小姐。”

“我？”

姚广孝点头，“贫僧要月儿小姐成为沈家明珠，去云南，去沈家的锦绣山庄。”

……

坐在舒适的马车里，闭目靠在金心烫红呢软垫上，耳畔过处都是车轱辘碾过的声响。只是平素总会留心街巷中百姓言谈的人，早已没了心情；甚至连街上几声格外响亮的吆喝声都没留意，半阖着眼睛，昏昏然不成眠。

朱明月一向自诩谨慎聪慧、善于揣度人心，否则不会在后宫策应多年，还一度在御前蒙受圣眷，没有被拆穿真实身份。像皇宫那种地方，有多少个人，就有多少双眼睛，不犯错亦有三分罪过，更别说还能将重要消息传递出去，并不是什么人都能游刃有余的。

朱明月也向来自负，自小熟读经史，学识韬略，心智过人，兼有过目不忘的本事。曾师从多位翰林学士，诗书礼仪，深得教诲。太祖爷当年亦曾赞她若非女儿之身，必为国器。是以，聪慧之人很多，兼得世故圆融、处事练达却很少。她是其中的佼佼者。

直到遇见姚广孝。

彼时或许仍存侥幸，毕竟金无足赤。像姚广孝那样的人，本身学识渊深若海，在儒法道家之学上的造诣颇深，皇上此次倾全国之力修书，便是由他作为总编纂之一，辅助翰林院大学士解缙。可见其人在学问上有怎样超越诸儒之才学。而他还是当初靖难的发起人，多年撺掇蛊惑，最终辅佐燕王荣登大宝。

皇位，多少人想也不敢想、拼也拼不到。对姚广孝而言，似乎仅是施展手段才学的一个最终证明，以至于在他立下这种不世功勋之后，功成身退，安然回到庙中陪伴青灯古佛。而今世人多听到的是冲锋陷阵的原北军将领、在庙堂上指点江山的文臣，殊不知在皇上身侧第一重臣的位置，永远是姚广孝的。

七年前，他曾让她不得不独自一人走进那座皇宫，背负着阴谋诡计，在生死边缘步步为营；七年后，他再一次将她逼到死角，让她心甘情愿地离开，去一个远在千里之外、完全陌生的地方。

而这整件事前后牵扯到建文、永乐两朝，涉及云南府、苏州府、应天府三地，跨时五年，五年后的每一个人、每一环，都扣合得严丝合缝，分毫不差。一介凡人，当真能想得那么远、思虑那么深？

马车在行驶中轧过石头，狠狠地震荡了一下，朱明月心事重重没防备，身子一歪额头撞到了窗板。

这时，街上传来一阵声嘶力竭的哭号。

朱明月扶着靠垫坐起来，掀开窗帘瞧出去，发现宽阔的街道上停着一辆华丽马车，马车边围着侍卫打扮的家丁，还有趴在地上鲜血淋淋的一对母女。

“小姐，好像是彭城伯府的马车。”

隔着车帘，红豆朝车内说了一句。

朱明月将窗幔掀得更开些，望见站在侍卫前面手执软鞭的一个少女，侧脸精致娟秀，还真是跟那张家昭菡形影不离的胡釉棠。只见那鞭梢隐约带血，拿着短柄的胡釉棠抬着下颚，颐指气使地指着地上那对母女，不知在说些什么。

“小姐，你快看，他们在打人呢!”

红豆看得真切，那趴在血泊中的母女，女孩儿大概有五六岁大，已经奄奄一息；衣着褴褛的母亲压在孩子身上，后背已经被鞭子抽得皮开肉绽。

朱明月蹙了蹙眉，不知那对市井母女怎么就招惹了胡釉棠，惹来一顿鞭子。而那马车既是彭城伯府的，张昭菡必定就在车里面坐着。

“少管闲事。前面巷口转个头，绕道进宫。”

朱明月吩咐罢，就惹来红豆一声嗔叫：“那对母女太可怜了，倘若小姐不管，可要出人命哪!”

车帘后面没有半点回应。好半晌，才听里面轻声道：“你难道忘了，彼时在宫里见到妃嫔教训奴才，那些挺身而出的，几个有好下场？打狗还要看主人，谁知道哪块云彩会下雨呢？”

有些淡漠的言辞，让红豆噤了声，同时也提醒了她“凡事莫要强出头”的道理。

小厮于是驾着马车顺着巷口拐了个弯，绕到南西路上去走。就在拐弯的那一刻，窗帘飘动，朱明月瞧见停驻在街边的华丽马车上，车帘敞开着，坐在车里的少女，正一瞬不瞬地盯着这边的方向——那冰冷的目光穿过窗帘，就像是直直钉在她的脸上。

是张昭菡。

同在张昭菡的身边，还坐着金灿团花锦服的一位，分明就是安成公主朱熙柔。

马车离开的那处，鞭子打在地上的“噼啪”声再次响起，间或还有几声停顿。朱明月知道那不是停顿，而是抽打在人身上的钝响。隔着远了，传不到车里来。

像张昭菡和胡釉棠这样的身份，平素极少在坊间露面，更别说还是当街打人这种荒谬行径。

而她不过是规劝红豆一句，想不到真是让她不幸言中。

朱明月不禁在心里叹息。姚广孝说得对，京城已是是非之地，她若留下来，便是避无可避。

绕路让她躲开了那三女，却引起了新的问题——马车绕过两条街巷，往北一直行驶才到了右军府，那里把守着羽林右卫，都是皇亲贵族中挑选出来的子弟，镇守着北上西门和北上东门。

没有内侍的引领，也没有宫中腰牌，朱明月想要在这里直接越过宫墙，走柔仪殿，却是不可能。只有顺着城墙根往西拐，从北安门走。这一来就费了不少时辰。等到了北安门，因城门前没有徐皇后派来的奴才等着，守门的侍卫根本不放行。

红豆解释了半天，守城侍卫才让人先去柔仪殿通报，于是只好坐在车辕上等着，好半晌却不见人回来。

这个时候，就听见后面响起不急不缓的马蹄声。

红豆探头望了一下，却见是一位骑着高头大马的紫袍公子。阳光之下，烈烈盛姿，周身仿佛都笼罩在一层明灿灿的金光中。而那公子远远地瞧见是她，唇角弯起，挑出一抹极其媚惑的笑容。

“小、小姐，是李公子呢……”

红豆支支吾吾的声音，透过车帘还能听出三分羞赧来。朱明月听得是李景隆，不由得松了口气。片刻之后，待马蹄声渐止，轿帘就从外面被掀了起来。

“大热的天儿，闷在马车里面也不怕中暑？”

李景隆下了马，掸了掸袍裾上的灰，又有些奇怪地问道：“对了，你怎么进宫来了？既然来了，又不进去!”

“已经去宫里面通报了。”

朱明月就着红豆的手下车。

李景隆闻言，不由得看了看城门口的侍卫，然后了然地看向朱明月——原来是想进，没进去。

“柔仪殿和北安门相距甚远，那通报的侍卫脚程再快，一来一回恐怕都要半个时辰。你就让皇后殿下这么等着?”

朱明月没说话。倒是红豆扁嘴看了那守城的侍卫一眼，一切尽在不言中。

北安门前的守城侍卫长认得李景隆，此刻听他二人言语，不禁脸色一变，连忙朝着朱明月叩首，连连告罪。回身就让侍卫赶紧开城门放行。

李景隆得意洋洋地看过来，道：“其实怪不得人家。女眷进宫一向走的都是西华门，你拐到北安门来，又没有通行腰牌，必定要被挡下来。”

李景隆身边没带护卫，一路迈着方步，端的是倜傥俊美，洒脱风流。红豆小碎步跟在后面，望着他的眼睛里满是崇拜。

朱明月“嗯”了一声，道：“来的半路上遇见张昭菡了。”

“彭城伯的幺女啊。”李景隆砸了咂嘴。

“是啊，要不怎么说冤家路窄呢。”

那位千金小姐仗着自己是彭城伯的幺女，家姐又是大皇子嫡妃，一贯在京城中飞扬跋扈。这回听说了皇室求亲的事，在徐皇后的宴席上没发作，却把绊子摆到了宫外大街上，也不知是谁给她出的招。

可徐皇后每次传召都不是在固定的时辰，连她自己都不知道何时要进宫，张昭菡却在恰好的时间，特地在国公府到西华门的必经之路上等着。那胡釉棠也是故意当街鞭打那对母女吧，更夸张的是，连安平公主都被请了来。如果自己贸然出面，必定不会好过，或者根本就是想给她个下马威。

高高的日头晒在头顶上，走了不到半盏茶时间，薄汗就透了轻纱。顺着朱红宫墙穿过一道月亮门，扑入眼帘的是敞苑中百花正好，香气扑鼻，争奇斗艳。

李景隆见她一副若有所思，不由道：“你想什么呢？我劝你一句，事已至此，想什么都是白想，安心接受算了。但见皇后殿下待你几分欢喜，说不定会保你稳坐那棵梧桐树。"

朱明月道："阿九，并非只有一座城门能进皇宫的。"

就像刚刚不过绕个路，耽搁些时辰，若能化解困境，她并不介意多费些波折。

李景隆闻言转脸去看她，见她眉间神色全无愁苦，不禁问道："什么城门城墙的？你可别跟我说，短短几日，你就已有解决之法？"

"山外有山。你我都不行，并不代表其他人也没有办法。"

李景隆是何等心窍，一听这话，顿时就明白了，"不是吧，姚广孝？"

朱明月无奈地点头。

"这不是与虎谋皮吗？"

"不，是为虎作伥。"

李景隆愣了愣，然后就被她一本正经的样子逗笑了，情不自禁地摸了摸她的头发，道："这次你是不是又答应他什么了？"

这个时候，两人已经来到了柔仪殿的殿前广场。典丽雄壮的东西两侧长廊，直通向后面的两进院，院内是坐南朝北的奇伟殿宇，面阔连廊九间，进深三间，黄琉璃瓦重檐庑殿顶，十二扇菱花隔扇窗都敞开着，可见内里堂皇瑰丽的布置。

那恭候的侍婢早就在廊子里等着了。

"好了，我到了，你也该去奉天殿了。"

朱明月给了他一个"多谢护送"的微笑，转身便要跟着侍婢进去，李景隆从后面轻轻拽了她一下。

"怎么了？"

朱明月以为他有事，复又转身从台阶上下来，却见李景隆望着她良久，并不说话。不由得伸手拍了拍他的肩，递给他一抹宽慰的笑容，"别担心，船到桥头自然直。"

柔仪殿作为宫城中的第二大宫殿，修建得堂皇而宏丽。穿过前面的一道配殿，入眼的是垂花门和月洞门，层层相错，透出其间的红墙金砖，葱郁花木。再往前则是内侧殿，内里重重帷幔遮挡，并无一丝燥热。想是用库中冰块镇着，驱散了暑热的气息。

领路的奴婢将她带进去时，徐皇后正在里面坐着下棋。在对面与之对弈的，却是朱明月没想到也不想看到的人——沈明珠。

这是她一直在寻找的人。直到在宫里发现她的确是“她”，朱明月就明白过来，自己失去了最后能够制衡姚广孝的一枚棋子——一枚能让他帮助自己在立储风波中全身而退、却又不用同时付出什么的棋子。

可后来又发现，她自己也是枚棋子。

徐皇后显然是不了解她此刻挫败和抗拒的心情，不仅特地安排她与这位沈姑娘同膳同饮，还留她在宫中小住，以便能够更好地观察对方的行为举止、性情品格，让她在将来的冒名顶替中做到无懈可击。当然，在宫外人看来，这是对国公府无上的荣宠；更甚者，很多人还把这当成是她即将封妃的信号。

等宫婢撤了棋盘，又端来新茶，袅袅飘散出的茶香中，朱明月望着面前似笑含情的美丽少女，像是懵懂不知，也似心中明镜，然后又瞧见徐皇后施施然离去时脸上的深意，心头的挫败感更深。

她不敢说是姚广孝一手将成国公府推到风口浪尖，但能够确定的是，在“立储”这件事上，姚广孝已经有想法。别忘了当初金忠的上门。

金忠是谁？

姚广孝的门生呢。金忠代表大皇子上门求亲，不正是表明了姚广孝的态度吗？而姚广孝又是谁？哪一回他的话失言过？

明眼人都能看得出来，很多左右局势的人都已经加入“立储”的战局，比如姚广孝，比如徐皇后，再比如皇上。包括她在内，成国公府、沈家、云南沐家……不过都是这场风波中极小的一环，在她离开后，即将上演的，怕才是这场大戏中举足轻重的一幕。

“冒充一个素未相识的姑娘，谈何容易？”

她曾问他。

“贫僧相信小姐一定能够排除万难。”

姚广孝回答她。

“可这世上没有不透风的墙。”

姚广孝笑容不改，“没错。但皇后殿下已经给小姐建起了一道铜墙铁壁。”

但凡是建文时期的老人儿，年节前就都被换掉了，现在宫里又换了一拨奴才。无论是半新人还是心腹，各个宫殿进出的都是清一色的新面孔，所有奴婢、太监在宫中的资历绝不会超过半年。

“如果这样还不够，那么只能证明黔宁王府的手，已经伸到了皇宫里来。”姚广孝又道。

真是这样的话，云南也就不必留着了？

于是朱明月不禁猜想：姚广孝这么大动干戈地经营一个沈家，或许是皇室早已怀疑云南沐家拥兵自重或有谋反之心，故此让她以追查沈家家产为名，实则去寻找沐家忤逆的罪证。

这猜想是否属实？姚广孝没给她答案。

一切都需要她去查。

然而，还有一个沈明珠。

“天可怜见的，那位小姐年纪轻轻，就要从此青灯古佛，孤寂一生。”

“谁说不是呢。原以为能得皇后殿下那般赏识，必是要嫁入皇家，岂料是要代替公主出家修行。”

这是在她一路往柔仪殿内侧殿走时，那些殿内伺候的侍婢在背后的议论。还有那些怜悯的、嘲弄的目光，也都没有逃过她的眼睛。

是啊，天可怜见，刚刚及笄的小姑娘，马上要代替尚未出阁的几位公主剃度出家。出家祈福的地方在宫中柔仪殿北侧的大佛堂。很多老太监因此都说，这是上辈子修来的福气。他们不知道的是，即将代替皇室公主进宫来出家的，是个眼角有颗绯色泪痣的姑娘。

有什么地方比搁在皇后身边更稳妥的呢，既让外人无迹可寻，也消除了她的后顾之忧。而这样一来，国公府在“立储”一事中，最终得以全身而退。

皆大欢喜。

可谁都没想过沈明珠。

夏日里的暑气很难耐，尤其是树上的蝉鸣聒噪，吵得人难以成眠。红豆这几日拿着网子胡乱搂了一阵，仍不见缓解，索性去街巷里跟来城中贩卖的走货郎买了两兜子螳螂。那走货郎瞧她一个眉清目秀的姑娘，却专买这些市井孩童玩耍的小虫，不禁啧啧称奇。

而后红豆坐在院中，耐心地将小竹篓一个一个拆开，将那些绿藤藤的螳螂放出去，结果不仅没将树上的蝉儿吃掉，反而爬进了屋苑里。有些钻进灶房，吓得几个新来的小丫头叽喳乱叫，还是厨娘吴妈妈逮了去，下油锅，炒了一盘子油焖竹节虫出来。

侍卫长张义于是又道，这便是“螳螂捕蝉，黄雀在后”。

“什么螳螂捕蝉，分明是你的馊主意，让本姑娘白白损了银子!”红豆气得将那些竹篓扔出去，抄起板凳就追着张义跑出去。

吴妈妈站在灶房里一边抡着大勺，一边感叹：“春天明明都过了，姑娘们怎的还不消停呢。”

朱明月此刻坐在院中，一边听着那欢喜的吵闹，一边望着地上的那棵齐整粗壮的香樟树出神。樟木散发着独有的香气，驱虫的，连蚂蚁都不敢侵蚀，保存得极好。两箱丝绸，两厢厮守。而今将到及笄之年，她的两箱丝绸，却不知要到何时才能用得上。

柳树在风中摇曳生姿，使得阳光透过枝丫，洒下一地粼粼的碎金。

清丽的少女，单薄的后背，裙摆上的薄纱也随着掀动，更显出盈盈一握的腰肢。就这样坐在香樟树树干上，乌黑柔顺的长发垂坠，挡住了半张脸颊，藕臂轻垂，整个人仿佛是树里美丽的仙灵。

“呦呵，这是谁家的姑娘恨嫁了?”

就在这时，一道戏谑的声音闯入耳膜。

朱明月跟着抬头朝声音源头望去，却瞧见柳树分叉的东墙上，一个紫袍少年正骑跨着红砖在上面冲着她笑。

城西府邸刚刚修葺过，因而院墙堆砌得很高，寻常侍卫都很难爬得上去。朱明月眨了眨眼，刚想说什么，就瞧见一只绣鞋直直飞了过去，正好砸在那少年的脑门上。那一下极狠，他整个人跟着掉下来，然后重重地摔在地上。

“哪里来的不要脸的后生，敢来爬咱们国公府的墙头!”

吴妈妈操着大勺就从灶房里冲了出来，李景隆摸着脑袋挣扎着爬起来，就被冲到跟前的厨娘用大勺一阵乱敲。片刻后，侍卫长也闻声赶了过来，刚拽起地上的人，就被后面跑过来的红豆拦住了。

“别打了，这是曹国公、李公子!”

……

李景隆狼狈地站起来，朝着红豆咧嘴一笑，“还、还是红豆会疼人。”

红豆看见他满身是土，道：“公子爷，您没摔着吧。”

“少爷我铜皮铁骨，结实得很。”李景隆说罢，煞有介事地敲了敲自己的胳膊，“就是在上面晒了半天太阳，渴得慌，需要一壶新茶润润嗓子。”

红豆顿时羞红了脸，一转身小兔子似的就跑了。

张义脸色有些不善，狐疑地瞪了李景隆两眼，追着红豆也跑了。厨娘吴妈妈拿着大勺，上下打量了一下李景隆，又望了望那俩人跑去的方向，一边往灶房走，一边喃喃道：“看来不仅仅是姑娘们，连小后生都荡漾了。”

院里没有摆放藤椅，李景隆一手扶着腰，一手揉着脑门，一瘸一拐地跟着坐到香樟树的树干上。

朱明月看着他奢贵的衣袍半身都是土，不由道：“你这是做什么来了？”

不走正门，居然还爬墙。

李景隆挤眉弄眼道：“满园春色惹人眼，一枝红杏进墙来。”

平素还是俊俏少年郎，此刻头顶沾着草叶，额头还肿了包，实在没有什么美感。朱明月跟着笑了，连日来积攒起来的苦闷，也随之消散了些许。

“倘若被我爹爹听见，非扒了你的皮不可。”

她说完，伸手替李景隆揉了揉额头，两人都不再说话。这样静静地坐在香樟树的树干上，鼻息间全是樟木的香味，一直到夕阳在天边儿擦起了红霞，这时候，有丫鬟端着茶碗上来。

“怎么不是小红豆？”

李景隆拿起茶碗，凑在唇边喝了一大口。那抱着陶盂的小丫鬟红着脸，小声道：“张侍卫说，公子爷生着一张勾魂的脸，怕把小姑娘的魂儿都勾没了，不让红豆姐过来。”

李景隆闻言，先是一怔，而后哈哈大笑。

那丫鬟被他明媚的笑容晃得神魂颠倒，连朱明月拿没拿茶碗都不知道，扭头就跑出了院落。朱明月忍不住伸手掐了一下他祸水似的脸，免得他发癔症，把府邸里所有的年轻丫鬟都给招来。

李景隆疼得龇牙咧嘴，把她的手拽下来，才揉着脸颊道：“我来找你是有正事的。那日在宫里听你跟我说完，我就一直在想。”

“想什么？”

“你所说的‘为虎作伥’。”

朱明月道：“想明白了？”

李景隆咬着茶碗，摇了摇头，“现在新朝已立，四海升平，我想不出还有哪里需要你去策应。总不会是要把你发配到番邦吧！昭君出塞？”

朱明月握着茶碗，温热的水透过粗瓷熨帖到手心上，就像是头顶上热度不减的夕阳。夏天真是不该沏热茶的，也不知那小丫鬟是不是被他俊俏的模样给晃了，居然忘了该上凉茶。

“你我都曾是策应。既然是策应，就该明白很多事既不能问也不能说。”

“真是昭君出塞？”

朱明月脸上的笑容仿佛流云般清淡，不置可否。

李景隆撇了撇嘴，半晌，长吁短叹道：“算了，你不讲，索性我也不问了。只是想来跟你说，嫁入皇家其实没有你想得那么凶险可怕，而你正值韶华芳龄，何必枉费青春，更要撇下老父，再一次投身到未知的命运里呢？”

“阿九，不是每个人都能了无牵挂。假使李国公仍在世，换成是你，会怎样？”

李景隆动了动唇角，想说什么却没开口。倘若他爹还在，大将军的位置也轮不到他吧。他总是说，自己是那最不成器的儿子，丢他的脸，丢了李家一门忠烈的脸。

夕阳的余晖洒在香樟木的枝干上，泛起一层淡而柔和的橘色。秀丽的男子拄着下巴坐在那儿，略微垂落的发丝，脸上浮着淡淡的落寞。

孑然一身，其实也是种悲哀。

“阿九，有一句话是‘子欲养而亲不待’，就算是我，如果这时有能力去保全，仍会毫不犹豫地去竭尽所能。”

因为没办法眼睁睁地看着，那些因忠贞效命得到的一切，就这样在皇权倾轧中烟消云散，更舍不得让本该避免发生的事，却非要做出选择。

一边是皇上，一边是她，倘若局面真的发展到要国公府做出权衡的地步，一生刚直憨厚的爹爹，将会是怎样的心情。

她舍不得。

“可我想国公爷最大的心愿，就是你能过得好。”

"所以才更要去。"

李景隆转过身来看她，"值得吗?"

朱明月回望着他，"值得。"

李景隆瞪着她片刻，嘴角一抿，低头深深叹了口气，"在这世上恐怕只有你一个懂我的人。你这一走，不知归否，不知归期，要我上哪里再找个知音去。"

在他身上发生过太多的不为人知，那些常人永远无法理解的事，唯有她懂，且感同身受。

朱明月伸出手，拍了拍他单薄的肩膀，"好了好了，别在这儿伤春悲秋的，眼看到晚膳的时辰，留下来一起用膳吧。待会儿我爹爹回来，正好能与你喝一盅，以后我不在家，你要记得常常过来。"

"凭什么，那可是你爹!"

"我知道是我爹。可李国公生前与我爹是刎颈之交，现在李国公不在了，就把我爹当成你爹吧。"

夕阳将香樟木的影子拖得老长，树影儿里两个极为相配的身影一起往屋苑的方向走，那紫袍男子时而会抬手揉一下少女的发顶，而她瞧着他的眼睛里面，含着平素少有的柔软温和。

道是无情，却不知羡煞了多少怀春的男男女女。

成国公府的千金要进宫出家的消息，一传十、十传百，已经在应天府中传得沸沸扬扬。都道是被徐皇后看重将来要飞到东宫去做皇子妃的命，岂料情势逆转，一个好端端的姑娘就要剃度修行，从此常伴青灯古佛，清寂一生。

城中百姓唏嘘不已。

旨意传到成国公府时，朱能领着阖家奴婢仆从，跪在地上聆听圣训。等宣读完了，朱能颤颤巍巍地将明黄手书接过，身后众人齐齐伏在地上叩首。

传旨的老太监笑眯眯地望着地上众人，直言"月儿小姐真是好福气，以公主的头衔代替几位公主剃度修行，一切进宫如仪。简直比唐时女冠的身份还高着几分"。朱能默不作声，等这太监絮叨完就让管家奉上赏银，后面的老家仆已是哭声一片。

朱能心里也生出几分酸涩，转过身，冲着他们吼了一句："嚎什么嚎，号丧呢！老子还没死呢！"

朱明月赶紧拉着他，示意那传旨太监还没走，莫忘谨言慎行。朱能用袖子狠狠地抹了一把眼角，"本来我这心里就难受，他们还来招我。"说罢，战场上赫赫威武的将军居然当真哭丧着脸，要掉下泪珠来。

朱明月扶着他走进屋苑，心里也是微酸，"旁人不知其中情由，爹爹却是知晓的。女儿此去并非当真剃度出家，实则是离开都城屏藩查案啊。"

"那到底是要到什么地方去？"

"不能说。"

"凶险否？"

朱明月摇了摇头。

"啥时回来？"

朱明月给他倒了杯茶，替他顺气，"事成则归。"

朱能一掌拍在桌案上，道："那还等什么？怎么还不赶紧安排你过去，越早去，越早回。"

"别府的女儿如今都有人家了，可你眼看再拖几年，就过了最好年纪。"朱能说到此，脸色又阴郁起来，含着满满的难过和歉疚，"明明是出皇差，还不准现在先定个亲，将来哪个好门好户还愿意娶一个老姑娘呢？早知如此，还不如听你的话回北平算了！"

现在整个都城都知道，成国公的女儿即将入主柔仪殿大佛堂剃度修行，哪能在外面订亲事。

可也正是如此，成国公府从此便跟徐皇后站在了一起，不仅不用站队，还比中立的位置更稳妥，比嫁进天家更有几分保障。因为将来无论发生什么，皇室都必须感念成国公府曾经做出的牺牲；即便爹爹当真有何鲁莽行为，也都会给予体恤和豁免。

"爹爹，时移势异，须知没有什么能够亘古长存。女儿此去不知归期，庙堂之上，爹爹凡事谨言慎行，切莫让女儿担心才好。"

朱能攥着爱女的手，重重地点头。

唐时的公主观非常壮丽，因里面住着皇家的女孩，身份特殊，往往建造宏伟，堪比宫殿。此番柔仪殿大佛堂也进行了修建，一应用度配置都按照最高规格，更仿造蓬莱瀛洲建起九丈仙山，璇台玉榭，宝象珍龛，曲径通幽。

其后，徐皇后钦赐匾额“裁月居”，高高悬挂在清风阁上，正应和了唐诗中“知有持盈玉叶冠，剪云裁月照人寒”，愈加彰显出皇室对她的厚爱。

在入主大佛堂裁月居之前，需先在宫中斋戒七日，而后香汤沐浴，再由白马寺最德高望重的主持进行剃度。同时住进裁月居的还有几位道姑，会在出府进宫的路上作为牵引指路，届时红毯铺地，鲜花飘洒，香音齐鸣，佛光袅袅，从长安街直入西华门的一行队伍，比起皇室嫁娶更要隆重几分。

这样一来，心心念念寻找沈明珠的人自然就不着急了。

那沈姓男子再无需终日坐在国公府外，盼着她何时出门便能远远望上一眼；姓沐的莽夫也不用煞费苦心去监视和试探。他们什么都不用再做，只需耐心等待——等正主进了宫，留下来的那个，必然就是要找的人。

一切都在姚广孝的算计中。

八月初五日，有官僧来府上测名问卜。

初九日，有宫内尚衣监和内织染局来量体裁衣，后有银作局来打造宝象配饰。在五日之后，便要进宫修习礼仪操典。

金钱夜落的八月，正是都城最炎热的时候。鸣蝉在树上吱吱叫个不停，随着阳光带来一阵阵的热浪，又湿又闷。初十这日，姚广孝特地上门来与她讲经。黑色的道袍换成了金黄袈裟，手执银钵的模样，再配上一根鎏金法杖，像极了唐时鼎鼎有名的那个玄奘和尚。

“比起袈裟，小女倒是觉得那黑袍更适合姚公。特立独行。”

姚广孝抹了一把脑门上的汗，摇头道：“这种天气还穿一身黑，活像个麻风病人。不吓着别人也先把自己给热死了。”

“姚公缘何没在庙中纳凉避暑？”朱明月从沁着冰的铜盆里取出一颗果子，递给他。

姚广孝接过来，咬了一口，冰凉的汁水四溢，很是爽口，“眼看分别在即，临行前，贫僧送月儿小姐一卦如何？”

“敬谢不敏，”朱明月道：“上一次，您一卦将小女送来了京城、又送进了宫中，一离家就是七年，这回还是免了吧！”

姚广孝笑道：“不算卦也成，给小姐省些准备行囊的时间。”

朱明月一怔："不是十四日才进宫吗，明日才到八月十一。"

"这些天热得出奇，皇后殿下体恤，说是与其待在府里面闷着，不如早点进宫去纳凉。"

这么说来，就是离开应天府的时日要提前了。

朱明月握着小小青果，没做声。

"小姐可还有什么事未办？"

闻言，朱明月轻轻地摇头。就算有，也只是个邀约罢了，本来就推迟了几日，现在却是连迟见的机会都没了。似乎他每次遣人来府上送信，她不是忘记就是错过，能付诸履行的甚少。自己可真是个不守信不守时的人。

"有些话，明知是徒劳，还不如从未说出口。"

姚广孝的声音，落在耳畔——

"寻常人家的儿女亲事，都需凭借'父母之命、媒妁之言'，更何况还是像月儿小姐和信安伯这样的贵胄。"姚广孝拿着巾绢抹了抹嘴，"若只论匹配，小伯爷的确是个不错的选择。但一家是手握重兵的将军，掌管刑部；一家是少年新贵，统领吏部。强强联姻，且不说皇上会不会答应，就算勉强缔结了秦晋之好，将来怎么办呢？"

姚广孝毫无保留地与她说了实话。

是啊，强强联姻，功高震主。想不成为旁人的眼中钉都难。何况现在圣旨已下，整个朝野都知道成国公府的千金要进宫出家，难道他要冒天下之大不韪，带着她私奔吗？

抛却高官厚禄，抛却全部身家，与她浪迹天涯……她走了，还有一个沈明珠替她进宫。他呢？朱明月想不出这世上当真有人会拼却性命为红颜，也不相信！只是那和风霁月的男子，那个待她温柔如昔、曾跟她说"不愿错过"的人，到底是辜负了。

"月儿小姐，贫僧可以保证，小姐走完这一趟，往后便再不会有任何所求。"这时，姚广孝道。

朱明月知道这是为了安她的心，叹道："后顾之忧呢？"

"贫僧也可担保，"姚广孝看着她，温和地说道，"往后没有小姐在国公爷的身边，也会有皇上为其物色的得力幕僚，那些难办的政务，也会有选择地落在国公爷头上。"

院落里的花叶纷纷摇落，朱明月倏尔抬眸，却在对方黑白分明的眼睛里，瞧见了自己的一抹倒影。下一刻，抿唇，嘴角有几分自嘲地轻轻上扬——

“枉小女一直自诩聪明，如今看来，却是在自作聪明了……”

宁陵风波

就柔仪殿大佛堂修建一事，皇宫内外准备得周全体面，各地进贡来的香案佛龛数不胜数，还有特地砍伐的金丝楠木和松木。原都是要运往北平作为兴建都城的用料，奉了徐皇后的旨意，部分转道运回都城用以修建裁月居。

与此同时，三位皇子的婚事大抵也有了定论——

按照最初的婚约，二皇子朱高煦将在九月初八迎娶内阁宰辅胡俨之女胡釉棠，荣昌伯陈贤之女陈弄玉则配给了最年轻的三皇子朱高燧；安成公主下嫁西宁侯宋晟之子宋琥，永安公主定亲于广平侯袁容，于及笄之年成亲，而安成公主择日将会前往藩邸。唯有大皇子的婚事悬而未决，众望所归的彭城伯张麟幺女张昭菪落选。

娶亲、下嫁，筹备得如火如荼。

就连成国公府里的佛事都跟着喜庆起来。

在此刻的城西府邸里，丫鬟们都在屋苑中为即将进宫的朱明月收拾东西，器皿细软都是很极致的，正小心翼翼地装箱，须臾，就见红豆火急火燎地跑了进来，探头往屋里看了一圈，又急急地问："小姐呢？"

丫鬟们指了指南厢房的方向。

红豆连忙跨出门槛往那边跑，跑过天井，正巧与从里面出来的朱明月迎面撞到了一起。

"怎么了？慌慌张张的。"

"小姐不好了，您赶紧去看看吧，"红豆往四下瞧了一下，压低声音道，"那信安伯府的那个小厮，已经在偏门那块儿跪了半天了。"

朱明月怔了怔，"现在还未走？"

"是呢。眼看着时辰，宫里面来送东西的太监就要到府邸这儿了。假使碰见这一幕，怎分辨得清楚啊。"红豆搓着手，直急得满头是汗。

朱明月垂下眼帘，"找几个侍卫赶走他。"

“奴婢找了，也赶了，可那小厮跪在地上死活不起来，还一直说、说……”

朱明月看过来，“说什么？”

红豆咬了咬牙，仿佛是下了很大的决心，道：“那小厮说，小姐因病去苏州府，一走就是五年，公子爷在京城里面，就这么等了五年。现在小姐却又要进宫了，也许这辈子再也不能出来，就请小姐行行好，去见公子爷一面，与他说清楚，也好让他断了念想。”

天井边的花藤在风中静静摇曳，阳光静好，花香轻柔，一如多年前青梅竹马的缱绻时光。

七年前，那执拗温柔的小小少年，还有身量未成、却心智早熟的小女孩儿。当他捧着亲手编织的花环，戴在她额头上的那一刻，柔肠百结。小小少女捂着唇，取笑他这种小玩意儿只有姑娘家才会去做，那少年总是腼腆地微笑不语。

“他现在在哪儿？”

红豆的眼圈泛红，“信安伯府的小厮说，还在秦淮河畔那棵柳树下等呢。这几日公子爷见不到小姐的回信，就一直按照邀约上面写的地方等，等着小姐。”

屋苑里的丫鬟们闻声纷纷探出头来，也不知发生了何事。这时，朱明月已经取了一柄檀香木骨的罗绢凉伞，朝外面走去。

红豆拦也不是放也不是，咬着唇站在原地，跺了跺脚道：“小姐，要是待会儿宫里的太监来了，怎么办呢？”

踏出门槛的一刻，朱明月淡淡回眸，“让他们等着。”

有些事终究躲不得。那么多年，她始终记得张辅曾跟她说过，能两小无猜地相伴着一起度过两年时光，多么不容易。他分外珍惜。她没有回答，却在五年前一声不响地进宫，不想他就在毫无承诺的情况下等到现在。而今，她又将离开，在临走前与他见一面，不是应该的吗？

推开偏门的门扉，那小厮还在石阶上跪着，汗珠从脸颊上滴滴答答地淌下来。却仍梗着脖子，也不知在跟谁较劲。

朱明月叹了口气，“带我去见他吧。”

秦淮河边的夫子庙矗立在阵阵香风中，两岸金粉楼台，鳞次栉比；画舫凌波，桨声灯影，都影影绰绰地投映在一汪柔情的河水里。隔着灰瓦白墙的屋檐，往北就是瞻园、白鹭洲，以及从桃叶渡至镇淮桥、河面摇船和沿河林立的酒家，入夜后浓酒笙歌，轻音曼舞，丝竹飘渺。

桃叶复桃叶，渡江不用楫。
但渡无所苦，我自迎接汝。

记得那时她刚来京城，年幼离家的哀伤和孤单，让她的性格变得孤僻寡言，他就总是带她去乌衣巷，在那富商云集、墨客聚会的雅地。在一片灿烂的华灯中，连朱雀桥和桃叶渡都纷纷化作了诗酒风流，化作姑娘们唇上的胭脂红。而他会给她点上一盏小橘灯，沿着河畔顺流而下，两人肩并着肩笑靥纯真的模样难以忘却。

七八岁时的那棵柳树，是经年里的梦。

梦中每到月上梢头，就会有个小少年站在柳树影儿里痴痴地等。

城西府邸离秦淮河并不算近，没有坐轿子也没乘马车，那打着罗绢凉伞的倩影，莲步匆匆。伞面遮挡住阳光，也遮住了她的大半张脸。一只执伞的青葱玉手，杏色薄纱裙摆翩跹而动，勾勒出弱柳扶风般的一段盈盈身姿。

绕过夫子庙的东南街穿过藤桥，从身边经过的行人愈发稀少了。就在朱明月走下石板桥的一刻，手里的伞柄蓦然被迎面撞来的人一把攥住了。

伞面冷不防地被掀开，露出伞下的丽雪容颜，尖尖下颚，一双乌漆似的黑眸，眼角泪痣颤巍巍。瞬间已是惊为天人。然而面前抓着她伞柄的男子，眼中却没有丝毫的惊艳之色，反而满含倨傲，薄唇抿着，带着拒人千里的凛寒。

“去哪儿?”

“怎么又是你?”

两人几乎同时出声。

朱明月在瞧清楚拦路之人的同时，使劲去拽伞柄，奈何被对方紧攥着不放。

“这么着急作甚？想要逃跑，还是要私奔?”

男子握住罗绢凉伞的伞柄，仅用很少力道，就足以让她挣脱不开。朱明月向身边看去，发现那小厮已经不见了踪影，周围更是连个行人都没有，不禁低声娇喝道："黔宁王莫非还想当街掳劫？放开！"

沐晟不为所动，反而握得更紧。

朱明月冷声道："小女再说一遍，放开！现在没工夫跟黔宁王胡搅蛮缠！"

"真正的朱家千金眼看就要进宫，剩下的那个面临行迹败露，就要落跑？还是跑到信安伯府上去？"

朱明月望见男子轻嘲而自负的目光，忽然觉得有些可笑，她很想问他到底是从哪里得到的消息，因何这么笃定，非认准了她是沈家明珠不可。

"黔宁王的消息倒是挺灵通的，小女前脚刚出门，连要去何处、见谁都一清二楚。那又怎样？小女只是去跟信安伯告个别。因为小女马上就要跟着一道去宫里了。"少女抿唇似笑非笑地道。

沐晟眯起长眸，"什么意思？"

"国公府的小姐即将进宫，虽是出家，却封赏了公主仪典。能够随她一起进宫的人，不同样是身价百倍？故而她进宫的那一日，便是小女进宫的时候，黔宁王有能耐，不妨去阻止皇后殿下的旨意。怕只怕王爷没那个胆子！"

她说完，连绢伞都不要了，绾裙就走。

可没走出两步，就听身后的男子道："区区五年，就将你教得如此有恃无恐、不识好歹。没关系，本王一向擅长教训这样的人。"

朱明月闻言气得顿住脚步，要转过身来，同一时刻，余光中什么一掠过，后脖颈便是一疼。

"想进宫？看你有没有这个本事……"

她听到这话时，整个人就没了知觉，昏倒在了他怀中。

黑梦，闷热。

不知过了多久。风里带着暑热的气息，等朱明月睁开眼睛，秦淮画舫的旖旎风致早已不在，变成了狭窄闷热的低矮屋梁，还有垂着的粗纱帘幔，最里层是灰色的篓帐。

透过篓帐，摆在床铺外的桌案上燃着一盏灯，烛泪顺着铜梗淌在桌面上，一片油乎乎的蜡泥。那个男子背对着坐在桌案边，拿着杯子，也不知是在喝茶还是喝酒。

他……

朱明月不用细看也知道是那个姓沐的莽夫。居然用这么下三烂的手段，当街就把她打晕！

思绪至此，朱明月腾地一下坐起来，却牵动了后颈上的痛处，重心不稳又跌回到被褥间。她气急败坏地扯开床幔，怒斥道："这是什么地方？"

"客栈。"

那人依旧保持着背对的姿势，连头都没回。

"是你把我打昏的？"

那人轻笑一声，"还用问吗？"

"想不到堂堂的黔宁王居然这么卑鄙无耻。"

"你再说一句，本王不介意让你见识一下什么是更卑鄙无耻。"男子侧脸过来，凉凉地瞥了她一眼。

朱明月咬唇，从床榻上起来，"放了小女！"

"不可能。"

自然是不可能，否则何必将她带来。

朱明月伸手抿了一下鬓角，还有垂下来的几缕乌丝。脖颈上隆起来一块，明显是肿了，"看来黔宁王已经不光是目无法纪。"何止是目无法纪，简直是到了无法无天的地步。

"谁都知道明日就会有宫中太监去成国公府里接人，黔宁王偏偏在这个时候把人给劫走。国公府的小姐也好，沈家女儿也罢，黔宁王这么无视朝廷威严，是对国公府的公然挑衅，还是不将皇室放在眼里？"

短暂的安静。

片刻，沐晟将手中的粗瓷茶杯"啪"的一声摔在桌子上，转过身来道："放肆！你不过是个民女，仗恃小小权限，就敢在此大言不惭！"

朱明月看他一副咄咄凛然的架势，冷冷地笑道："是不是民女，言之过早吧。黔宁王当街掳掠却是事实——破坏京城治安法纪，目无君治，实乃对皇家的大不敬！就算小女不是真正的朱家千金，也是柔仪殿钦点的女官之一，黔宁王这么做，是对皇后殿下的不尊；对殿下不尊，就是不将皇上放在眼里。黔宁王不过是一介云南藩王，如此嚣张跋扈不怕被人弹劾?”

她字字如刀，说得极狠。

一顶忤逆的帽子扣下来，若换成一般官员早被威吓慑住。可惜沐晟并不是寻常人。

“怎么，终于承认自己是沈明珠了?”

男子的眼角微翘，丝丝缕缕的轻蔑，倨傲如斯，“这些年你在外面都学会了什么？伶牙俐齿，颠倒黑白？还是唯利是图，认贼作父？别忘了自己的身份。”

“小女是什么身份，与黔宁王何干?”少女咬牙。

沐晟双眸敛起，从桌案前站起来，高大颀长的身躯逼近她，“沈明珠，你是失忆了、还是装疯卖傻？忘了沈家跟沐家是世交，而本王是专程带你回去认祖归宗的。”

朱明月立刻往旁边躲了一下，拉开与他的距离，“黔宁王也说是带，不是抓，现在小女不愿意回去，不愿意认祖归宗，黔宁王还是省了这份好意吧!”

毫不留情面的话，少女一挥手断然拒绝。

男子哼笑了一声，嗓音磁性却轻慢，“这恐怕由不得你。”

朱明月觉得所有的耐心被磨光了，抬起头直直地看他，“就算小女是沈家明珠，已经离家这么多年，回不回去能如何？而今却有个千载难逢的机会摆在面前，如果能够进宫，在宫里博得一个身份，难道不比做一个卑下的商人的女儿要好？将心比心，黔宁王何必非要挡人出路、阻人发迹。”

她说完，头也不回地往门口走。

如果不想错过进宫的机会，必须在夜幕来临之前回到成国公府，这样还可以自圆其说。

房里的门扉没插上门闩，从桌案到门口的距离也不过十几步，朱明月毫不犹豫地往外走，抬起手刚刚碰到门扉，“叮”的一声，一枚冰冷的铁器瞬间擦着耳畔就飞了过去，死死地钉在门上。

在离她不到半尺的门上，赫然钉着一把飞刀。

就擦着她侧脸，她的几缕发丝也被刀给削掉了。

“你敢踏出门槛半步，本王就把你钉在门上。”

骇人的话，轻飘飘地在背后响起。

方才还寒战的一颗心，顿时被一腔怒火烧得炽烈，朱明月转过身来，红着眼眶恨声道："黔宁王！我们往日无怨近日无仇，何必如此相逼！"

"因为你姓沈，必须回家。"

"小女不姓沈！"

"好啊，如果稍后成国公府有女儿走失的消息放出来，开始派出人来大肆寻找，就证明你真的不是沈家人。本王就放了你，还会跟你一起去国公府负荆请罪。"

男子容色傲慢，声线淡淡地道。

此刻两人心里都很明白，真有心带她走的话，他早就将她抓回云南了，不管她愿不愿意。一直以来她表现出的种种自信和坚持，让他无法确定她的身份；他又不能去跟成国公当面对质，如果姚广孝曾经将沈明珠托付过去，当面对质就等于是撕破脸，一个是煊赫京官，一个是封疆大吏，黔宁王府没必要因此与成国公府为敌。

那道进宫出家的旨意，恰如一场及时雨，给了他确认的机会。丢失了一个女孩，成国公府却没有大动静，不就说明他抓对了人？作为陪伴进宫的小小民女，"沈明珠"错过仪典的时辰，从此将再跟皇室无缘，想不回云南都不行了。

"黔宁王就这么自信？"

朱明月从阴影里抬起头来，眼睛里是破釜沉舟的决绝。

"一旦劫错了人，成国公府又因为害怕被谪罪，或是偏袒亲女，最后索性把沈明珠当成是朱家的千金，李代桃僵，送进宫去。黔宁王就不怕作茧自缚、聪明反被聪明误？"

"你说得没错。但欺瞒一时可以，能否瞒过皇上和皇后？还是成国公自以为脖子硬，担得住欺君罔上的杀头大罪。"

徐皇后为了给几位皇子选妃的事已经筹备了很久，正主多次进宫，跟其他名门闺秀一起被反复甄选，名册户籍早就在宫里压着了。冒充？当着那么多太监宫女的面，当着皇上皇后的面，想要怎么冒充？

沐晟这样在心里想，明智而笃定。

朱明月不用去看，也知道他会这么想。可惜他永远都想不到，连同徐皇后在内，整个内廷都在一起给他做这场戏。

下一刻，她拔出钉在门上的刀就朝着沐晟掷过去。

就算是不得已出此下策，万一错了呢？堂堂的官家闺秀被劫持，彻夜未归，不但进不了宫，名节闺誉何在？这姓沐的莽夫全然未将此放在心上，她又何必跟他客气。

朱明月使了全身的力气，几乎就要正中目标，却被男子利落地一闪。

“当啷”一声，飞刀在他身后落地。

“无路可退，就恼羞成怒？”沐晟没想到一个小姑娘敢下这么狠的手，也没料到这么准，他迈开长腿走过来，按住她刚打开的门扉，抓起她的胳膊一把将她拖了回来。

沐晟将她拽回到床榻边，用一只手扣着她的肩膀，硬是将她按坐在上面。

“本王劝你还是留些力气吧，”男子无视少女的挣扎，俯下身子，视线保持与她平齐，一双黑眸含笑而厉色乍现，“起码在明天晨曦来临之前，本王都不会让你离开这间屋子。有工夫闹腾，还不如攒些体力明日启程路上用。”

是真是假，一试便知。

男子双眸灼灼，呼吸近在咫尺，一张英气逼人的俊脸上笑容冷傲。

明日启程？

“你……谁给你这样的权力？”朱明月愤然地怒视他。

“第一任沐家藩主答应了沈家祖上，将沈家后人一个不差地带到云南府的锦绣山庄。沈明琪作为沈家的继承人，也一直在找你。长兄为父，你应该老老实实地听他的话，听本王的话，千万别敬酒不吃，吃罚酒。”

沐晟说的沈明琪，自然就是那个沈姓男子。

“混账！”

少女悲愤地转过身，狠狠敲了一下床的楣板。却不防木刺刮到手，生疼。微乱的发丝下，一双眼睛却亮若冷星。

相对无言，对坐一夜。

当黎明的曙光渐渐驱散了夜幕的黯淡，外面的街道上响起寥落的打更声，已是隔日的晨曦。天色尚未完全亮时，朱明月终于忍不住困倦，拄着胳膊趴在桌案上睡着了。

等她再次醒来，已经又不是在那间简陋的客栈，也不是长安街上，或者说是不是还在都城中也不知道。

摇晃的马车，坑洼颠簸的道路，还有硌得生疼的硬木靠枕。

待朱明月睁开眼，坐在对面的男子环抱着双臂，闭目睡着了。而她在盯着他看了一会儿之后，也只是换了个更舒服的姿势，没有任何要反抗或是逃跑的打算。

现在这个时辰，想必城中的锣鼓已经敲起来。红毯铺地，从成国公府一直铺到西华门城楼前，香音齐鸣，佛光袅袅，由尼姑牵引着的少女，身着华服盛装，踏着红毯一步步走进宫门。从此，也注定了一生青灯古佛的寂寂岁月。然平民百姓来看，却是很风光体面的。

这姓沐的也能够就此确认，自己抓对了人，能够放心随意地将她带回去。

车辕滚滚向前，车帘随着一掀一掀，视线中飞快倒退着的是陌生的景致。

就这样走了，连回望都城的机会都没有。

也没有来得及跟爹爹告别。

朱明月无数次在心中告诉自己，这一次的离别，是为了往后更久的承欢膝下。可这话，在她七岁那年，就已经说了一遍。

是否是他们这些人的亲缘太浅，不是死别，就是生离，总是要辗转挣扎在那未知凶险的命运里……朱明月闭上眼，纤长浓密的眼睫在脸上扫下一片阴翳，同时也挡住了眼底氤氲欲坠的湿意。只剩眼角一颗浅褐色的泪痣，盈盈欲坠，宛若颤巍巍的泪滴。

……

不知道在车里坐了多久。

也不知道走出多远的路。

吱吱呀呀的车辕声，很不结实的侧壁，像是随时都能坐塌。车辕底下恐怕也没有加厚木板防震，车身随着慢行快行摇晃出不同的节奏，时间长了，晃得她想吐。

沐晟睁开眼，对面的少女的眼睛一眨不眨地盯着他。

一双很明亮的大眼睛，里面是黑白分明的瞳仁，仿佛是初春的冰雪。他似笑非笑地与她对视一阵，然后翻了个身，换了个姿势阖上眼皮。

"怎的就黔宁王一个。他呢?"

半晌，少女淡淡地开口。

不算气派的车里很安静，只有沐晟和朱明月两个人。宽敞得很，却于理不合。朱明月不觉得沐晟会为了考虑她的名声，改去外面的车舆上坐。因此也不打算自讨没趣。而在外面驾车的两个车夫，一路上除了进城出城的禀报，几乎没有说过话，听声音，都不像是那沈姓男子。

好半晌，对面靠在软枕上的男子才懒懒地开口，"还在路上。"

回云南的路上。

朱明月道："之前看黔宁王挺为他着想的，怎么现在又不带着他?"

说起来，自从那日酒楼中一别，好像一直都没再看到沈明琪。

沐晟睁开眼，望着她的神情含笑，却透着无与伦比的傲慢和冷淡，"马车太小，装两个人正好。更何况本王不带他，他自会回去。你不同。"

是啊，她绝对会跑。

就算是为了做样子，她也得跑。

朱明月觉得他不可一世的态度很讨人嫌，又不能开口驳斥，话不投机，索性就不再开口，侧身靠在车窗旁边的帘幔上假寐。

从应天府到云南，经湖广之地，要取道长沙府，一路过宝庆府、贵州司，坐马车大抵需要两个月时间；倘若是驿站快马飞骑，少则也得半月。相当的漫长难熬。尤其一直在马车里面窝着，日夜兼程，不等到曲靖府，半条命恐怕都会没了。

但她从未开口问过一句。

沐家世守云南不假，没人知晓在黔宁王府的庇护下还有一个沈家，除却姚广孝，沈万三后人的下落至今是谜。沈明珠是在幼年走失的，那时沈家的嫡长一脉仍羁留江南，在"她"而言，不会清楚那些亲族旁宗都流落到了何处。

只当不知。

又不知过了多久，等行车的速度渐渐慢下来，车辕磕磕绊绊，因速度迟缓反而颠簸得更厉害。外面响起商贩的叫卖声，还有沿街百姓穿行而过的喧闹。

朱明月撩开窗帘，见马车停驻在一家客栈前面，旁边还有一片低矮的土坯房，路边玩耍的孩童把石子弹蹦在地上圈画的格子里，清脆的童谣随着撞击声一声声传到车中：

说八月，槐花黄，桂香飘，断肠始娇。白苹开，金钱夜落，丁香紫。

说九月，菊有英，芙蓉冷，汉宫秋老。芰荷化为衣。橙橘登……

江南之地正是最炎热躁闷的时候，太阳热辣辣地晒下来，能将地面烤成个大火炉。应天府中的高门富户总有些驱热的法子，在地窖里储备着冰，凿地成池，引活水进自家府宅；皇室的显赫贵戚则早早避暑别庄，在凉爽之地度过漫长的暑热。

却不知这个时节的云南，是何光景。

朱明月恹恹地窝在车里，衣襟汗水粘腻，正热得生烦。这时候，车帘从外面掀开，然后就是一句毫不客气的话："下车!"。

朱明月抬眼望了一眼，难得没抗拒好脾气地起身下来，其中一个车夫扶了她一把，竟然是个壮实干练的汉子。再看另一个也是一样。约莫都是行伍出身。

当头的太阳很烈，朱明月抬手挡了一下，只觉被晃得有些晕眩。

"几位客官是想住店，还是打尖儿?"

客栈内伙计殷勤地出来打招呼。朱明月特别打量了一下眼前并不算上乘的客栈，眼底隐约期盼，这时沐晟转过身看了她一眼，朝那伙计道："三间上房。"

客栈伙计笑呵呵地接过随从递来的碎银子，高声朝着店里面喊了句："好嘞，给几位客官准备三间上房!"

朱明月心里微喜，正要往里面走，一个包袱就跟着扔了过来。

"拿着。"

男子干脆利落地命令罢，抬起脚迈大步走了进去。其余两个随从在后面打点好了马车，转而去镇上置办给养。

朱明月悻悻地抿了抿唇，抱着分量不轻的包袱，跟了上去。

包袱里是一个锦盒，里面装着文书簿册，藩王印章，还有几卷火铳的改良图纸，都是他的随身物件。一路上翻来覆去地看，也不知道在研究什么。朱明月敢怒不敢言地抱在怀里，路过楼梯转角，跟后面的伙计道："房里有热水吗?"

伙计连连点头，道，"马上就给姑娘准备着。"

这话让朱明月感到很高兴，连日来的烦闷也顿时消减不少。

沐晟闻言看过来，见她身上满是黏汗，将本就轻薄的纱裙打湿，在车里还不甚明显，现在却都服帖地黏在身上，显出几分姣好的轮廓。原本没什么表情的脸上，忽地就浮出一抹淡淡的戏谑，"跟着姚广孝的这几年，学得不怎么样，养得倒是挺好。"

朱明月怔了一下，见他的目光在自己身上上下逡巡，这才后知后觉地一把将包袱挡在身前，愤恨地说道："别欺人太甚!"

沐晟却没有理她，说完就转身进了自己的房间。

他住在三楼南面的倒数第二间，而朱明月则是最后一间。两个随从住在二楼，靠近楼梯，这样方便有什么事能够互相照应。

等客栈伙计将热水和屏风都准备好，朱明月将身上的衣裳除了，便一头扎进温热的香汤里面。其实能有什么事呢。如果是防备自己逃跑，仅凭一个随从便能轻而易举将她看牢。此地也不是穷乡僻壤，路过而已，能招什么歹人不成。

温暖的水漫过膝盖，漫过纤细的腰肢、单薄的肩膀……少女伸手将发间绸带解开，一头黑瀑似的青丝披在光裸的后背上。她扶着浴桶整个坐在水里，不禁发出舒适的叹慰。

离开应天府以来，多数都在赶路很少停留，吃住几乎都在车上。而她走得仓促，没有带任何随身之物，草草地在半路上置办了一些，也是那五大三粗的随从替她买的，堪堪能穿，与得体相差甚远。此刻朱明月扶着浴桶，第一次因为穿戴而发愁。正在这时，房门"咣当"一声被推开了。

很干脆的声音，没有一丝的犹豫和客气。

朱明月撩水的手僵在半空，就见那人进来以后将一摞缎料似的东西扔在桌案上，然后又拿起桌上的包袱，隔着屏风，避也不避地说道：

“换洗的衣服。”

来人说罢，又无甚兴味地往屏风这边看了一眼，“快些洗，洗完下楼。”

说完，推开门出去。

当门扉再次被阖上的一刻，浴桶里的少女才反应过来，刚刚一个男人连招呼都没打就推门进来了，然后又堂而皇之地离开。还给她买了几套换洗的贴身衣裳。而她分明跟他打过招呼，在沐浴之前也没忘记插门闩。

沐晟！

朱明月使劲拍水面，溅起水珠纷飞。

很快朱明月也知道了，他们这一路根本不是奔着她所认为的云南府走，而是一路往北，绕过凤阳，直接来到了河南府的宁陵县。河南府与云南曲靖府相隔千里，这么走不仅没缩短行程，反而大大增加了。这么个绕行，难怪沈明琪会独自上路。

“好歹也是同行，要去何处总该说清楚吧。”

没命似的赶路，并不是因为归心似箭，目的地与她所想的也相差甚远。可她不敢问为什么不回云南，只是想起这一路窝在狭小车内的闷热和遭罪，不由得满腔失望。

“王爷，小女与您根本不是一路，一处乘车、一处坐卧已是于理不合。而今王爷有事在身，何苦多带一个累赘？”

对面用膳的男子，起筷、落筷，动作优雅且利落，对她的话完全充耳不闻。好半晌，似是吃完了，才倨傲地淡淡接茬道：“所以呢？”

“所以与其耽误工夫，不如好聚好散。”

“散？”

朱明月道：“一个人的心都不在了，强留着人有什么意思呢？”

她离开京城是为了去云南、去沈家，不是跟着他在半个大明疆域上瞎转悠。而她不介意让他退而求其次，让自己去跟沈明琪会合。

心里想的话尚未说出口，就听他微微笑道：“好，本王可以把你的人放回去。”

朱明月抬眸看他。

“但本王不介意将你的心带回沈家。”

朱明月“啪”的一声将手里的筷子放下，突兀的响动，顿时惹得其他桌上的吃客纷纷瞩目。

“吃完了？吃完就上楼去。”

沐晟没给她任何说话的机会，顺势也将筷子放下。

“你……”

朱明月瞪起美眸，下一刻，就见沐晟摆手道：“来，请小姐上楼。”

话音落，两个人高马大的壮汉就站到面前，一堵墙似的。朱明月看着沐晟用巾绢净了净手，然后从店小二的手上取了披风，转身就离开了客栈。她也扭头愤愤地往楼上走。

等到房门落锁，门外真的连回音都不再有半点，更别说谁能来跟她解释一下什么原因非要留在此处。于是朱明月瞪着紧紧阖着的门扉，后悔方才光顾着说话，桌上饭菜几乎没动。现在似乎真有些饿了。

河南府距离应天府不算很远，气候却比湿热的江南舒适一些。有牡丹花国色天香，可惜花期尚短，已错过倾国倾城的月份。于是朱明月终日待在客栈的房里，闲来看书，日日香汤，不用去外面抛头露面，也不用车马劳顿、饱受颠沛，尚算是被拘禁中的一份弥补。

直到随后的第四日，再见沐晟时，明显晒黑了一些，却无损俊丽出众的容颜。一袭简单的布衣打扮，英姿逼人，卓然不凡，日渐深刻的五官轮廓，让整个人更增加了遒劲挺拔的阳刚气概。

“要启程了？”

她心怀期冀地问。

沐晟看也没看她，走到格子柜旁边抽了一把茶白色的桐油纸伞，搁在桌子上，“换身衣裳，跟本王一起出门。”

三伏天正是最热的时候，对于娇生惯养极少在街巷中抛头露面的少女来说，无疑有些吃不消。沈明珠却只是商贾平民家的姑娘，沐晟给了她一把伞遮在头顶，已经算是格外开恩。眼见街上行人甚少，商贩都纷纷躲在阴凉处避暑，而他则带着她在暴晒的阳光下徒步走了足足两个时辰。

“王爷到底想什么时候离开这儿？”

每条街巷都走一遍、挨家挨户去询问这样的行为，不是闲得慌，就是在查什么。朱明月却不关心。

“你似乎很着急回沈家。”

烈日在男子的周身镀着一层薄薄的金色，仿佛也慑于他凛寒的气势，不敢在他的雪裳上沾染分毫。以至于她已浑身潮汗，他却连大气都不喘。

朱明月抬手抚了抚额上的薄汗，“小女自然着急。同时，王爷若能放小女离开，小女也会毫不犹豫回都城，而不是千里奔赴云南，去那个什么沈家。”

人往高处走，能当官谁也不会去做平民。

沐晟闻言，却止步，回身一把攥住她的手腕，“你知道沈家在云南？”

力道不重，朱明月挣了挣，没挣开，索性改用另一只手打伞：“不过就是个门庭落败的商贾之户，怕是连昔日亲族都没有了来往，王爷这么紧张做什么？”

顾左右而言他。

朱明月有些好笑地望着他，“之前沈明琪口口声声说受沐家庇护多年，感恩戴德，却无以为报。沐家世守云南，沈家不是在云南府，还能是应天府不成。”

沐晟看着她，长眸微眯：“你要清楚那所谓的破落门户，正是你自己的家。”

朱明月扬起巴掌大的一张小脸，毫不掩饰眼里的轻嘲：“树倒猢狲散。各谋出路，各凭本事，总好过被无辜牵连。王爷这人也真是奇怪，在小女否认的时候，非一口咬死了身份；而今小女缄口默认，反倒是不相信了——”她眯起眼，唇瓣一点淡淡笑意，“如果是这样，现在把小女放了还来得及。”

有些事情该戳破的时候，就不该遮遮掩掩。正如刚才那一瞬，她从沐晟眼睛里看到的猜疑。

胡蓝党祸，阖家发配，旁支灭族……沈家家大业大，也难抵挡一次又一次毁灭性的打击。余下后人能在云南苟延残喘，倚仗的是沐家，却永远是戴罪之身。之前她因为进宫的机会一直矢口否认，现在仍旧抗拒，不过是不愿意被牵连。

“独善其身，向来是人之常情。”

她淡笑着道。

“独善其身是人之常情。可一个为求自保、将亲情冷漠至此的人，也让人生不出什么好感。”沐晟流露出厌恶之色，冷冷地甩开她的手。

朱明月被甩得一个踉跄，险些摔在地上，等站稳了才捡起地上的桐油纸伞。她略微整理了一下自己微乱的发丝，脸上的笑容早已冰冷得消失不见。

想她真是作茧自缚。之前费尽心思要向他证明自己不是沈家人，而今反过来要千方百计证明自己是。

一路再无话。

顺着城北的土道一直走，所见到的多是简陋的茅草屋，看得居民们出生活贫困。宁陵县又是个小县城，城中百姓多以农耕为生计，相对闭塞，瞧见衣着朴素却面容姣好的一男一女，纷纷露出好奇地打量目光。

然后就见那模样俊美的男子逢门必敲，跟他一起的年轻少女则在外面等着。

后来那男子挨家挨户地去敲，进去后不知问些什么，再被赶出来，最后索性那些当地的农户都不给他开门，怎么敲也不应声。接连探访无果，只好在附近的一家小酒馆里面歇脚。

“那江阴侯吴高，是王爷什么人?”

坐在长凳上，朱明月连饮了几口清水，才缓了口气问他。

沐晟没做声，脸上也没有表情。

朱明月已经习惯了他这种傲慢无礼的态度，也知道他不愿理她的原因，不以为忤，继续问道：“是沐家的亲戚?”

“同袍?”

“旧识?”

对方端着酒碗的手顿了一下，而后将里面的浊酒一饮而尽。

朱明月“嗯”了一声，道：“看来是旧识。”

自从到了河南府，接连数日都停留在了宁陵县，除却将她关在客栈里的头三天，这么长的时间里，这姓沐的走门串户，在村落间往返，一直都在打听关于去年朝廷委派江阴侯吴高来河南巡查地方民情的事。

吴高是北平生人，甲子年最年轻的武进士，后担任燕王藩邸亲军都尉府的指挥佥事，随燕王靖难立下赫赫战功，被破格封为江阴侯，可谓少年得志。

建文四年，当然，后来已被当今圣上改为洪武三十五年的年末，被封侯不久的吴高奉钦命出京巡查地方。那时靖难之役已经结束，皇上初登大宝，在改元时将“安民抚军”作为开朝第一要务，尤其在对建文旧党的大肆屠戮后，各地臣民惊魂未定，朝廷紧接着就出榜晓谕百姓各安生业，并相继往疆域各地派出巡察使，整肃军备，安抚民心。

——擢命都指挥使何清往浙江都司苏州卫，都督佥事赵清往凤阳中都留守司，前军左都督李增枝往荆州，江阴侯吴高往陕西、河南等等。

还有工部尚书严震直、户部致仕尚书王纯、应天府尹薛正言等布政司巡视，令其将“何弊当革，何利当兴，速具奏来”。

永乐元年，又派监察御史、给事中这些朝廷耳目、侍从之臣，分诸直隶府、州、县及浙江等布政司抚安军民，传达朝廷与民休息之意，召命其修理城池，剿捕草寇。同时约束非奉朝廷明文者：“一夫不许擅查，一毫不许擅科，有故违者具实奏闻，以法治之。”

在洪武三十五年到永乐元年之间的短短时间内，天灾时有发生，各地水旱蝗瘟接连不断，饥荒灾害，祸事连绵。那江阴侯吴高刚好是在河南暴发蝗灾之时，来到了宁陵县巡查。

“吴侯以前是沐老将军的参将，后来又被提拔为燕军护卫中郎将。靖难那场仗后，因功分封为江阴侯，其人颇为耿直忠厚，秉性刚正。”

——朱明月曾听沐晟身边的一个随从这么说过。

同时她又想起年节前在刑部衙门里，看到过的一份奏报：

据闻河南府多个县城暴发蝗祸，饥民遍地，饿殍丛生，同时又引发了瘟疫。江阴侯抵达当地后，急忙组织地方官吏下乡除蝗，岂料在宁陵县遇上农民暴乱，被暴民活活打死。当地同时也有染瘟一说，病重不治身亡，无奈尸体无法拉回京师，被就地掩埋。

这件事很大，甚至一度轰动朝野。

而吴高作为前途似锦的有功之臣，正是意气风发、春风得意，却命丧他乡，无辜惨死。沐晟数日来逗留在宁陵县，日日明察暗访，不仅仅是为了祭奠和追思吧？

“王爷想给那吴侯报仇？”

挨家挨户地问清楚之后，把那些所谓的暴民抓起来偿命？

对面已经沉默许久的男子，保持着扶案的姿势一动不动。就在她以为他入定石化的时候，对方才淡淡地开口：“我要查清真相。”

“查清楚了？”

沐晟扶着石桌的手攥了攥，没做声。

显然是毫无所获。

如果这么当街询问就能查清楚真相，朝廷也不会每逢大事就派遣巡按御史不远千里赶到地方任上费尽周折，随便一个保长就能把事情给办了。而他这种查案方法，若非宁陵县是穷乡僻壤的小县城，当地百姓又多有怕事，眼下不仅查无可查，反而早把地方衙门的人惹上了门。

当然这些话她不会跟他说。

“那还得多久？”

沐晟将视线投向远处，脸色变得淡而肃然：“他是和本王一起习武长大的兄弟，如今枉死他乡，本王必须替他讨回公道。”

原来不只是旧识，更是同袍。

其实朱明月很想问，他已经为了研制和改良火器在京城中奉旨逗留数月之久，再在河南府耽搁，不担心云南任上长期无人主事发生变动吗？而这里毕竟不是云南，有权限巡查地方的只有朝廷钦定的巡按御史，其他官员均不能插手府、州、县政务；他在离开都城之后不即刻返回藩邸，反而在地方随意经停，已经有悖朝廷法纪。

她自认劝不动这莽夫，可他一直留在河南府，就意味着她也不能动身。当然，如果他永远都回不去，事情将会变得无比顺利。但朱明月并不觉得自己有能耐、或是地方任上的官员有这个能耐能除掉一个封疆大吏。

姚广孝让她来云南追查沈家后人，似乎也有调查沐家的意思。但那只是她的猜测。朝廷真有心动黔宁王府，也绝不会如此贸然。

“连报到京中去的奏报上都说，吴侯是在宁陵县暴民动乱中被无意杀害，是个意外，王爷何以认为，这件事另有隐情？”朱明月道。

“被暴民杀害?”沐晟放下手中的粗瓷碗，在石桌上磕出一声清脆的响动，冷哼道：“祈之是行伍出身的军人，凭借军功一路拜将封侯，不是手无缚鸡之力的书生，怎么可能被暴民给杀了!”

朱明月看着他紧绷的脸色，想起在爹爹案前看过的那封奏报，上面对吴高之死的阐述确实很是蹊跷。

“王爷说得不无道理，但是之后朝廷又先后派遣巡按御史来宁陵调查，结果与河南府尹的说辞并无出入。”朱明月道。

沐晟道：“跟祈之出京的一队人都随他征战多年，有军中校尉，有曹参军事，却在区区一场瘟疫灾情中尽数遭难，竟无一人生还。等到下一任巡按御史去调查，得到的说法居然是他们当中多数人身染疫病，为防止疫情蔓延，不得不将所有人的尸身就地掩埋。”

沐晟攥紧双拳，眼底的悲痛和恨意，如火苗般炽热燃烧。

将士没有战死沙场，却在一场天灾中屈辱地死去，死得不明不白。朱明月无法感同身受那是一种怎样的悲哀和遗憾，但她知道此事一日没有个说法，沐晟便一日不会死心离开。

于是一向不管闲事的人，没法再置身事外。她当机立断地把沐晟拉到了宁陵县府衙。

“做什么?”

“砸!”

朱明月说出那一个字，沐晟已经操起一旁衙差手中的杀威棒，猛地向堂里面那块“明镜高悬”的匾额砸了过去。只能“咣当”一声巨响，杀威棒和匾额一起碎成了几块，直直吓傻了前来阻拦的书吏。

随后闻声赶到的衙差又被他一手一个，砍瓜切菜一般，打得满地找牙。有两个撞在两边的红漆立柱上，“哗啦”一声连带着整片牙旗倒地。而后沐晟操起桌上的惊堂木，狠狠地往实木的案子上剁，连同桌案上的瓷碗都炸飞成碎片。

不到半盏茶的工夫，所有的衙差都趴在地上痛苦呻吟。

等宁陵县的县令赶到，衙署内犹如暴风过境，一片狼藉。

知县气得直哆嗦，抬着手骂不出声来。然后意料之中的，沐晟被抓进了大牢。

朱明月自认第一次做这么出格的事，然而有什么方法比深入虎穴更能查清楚事情的真相呢？同时也顺便让他尽情发泄一下失去手足之痛。

“祈之是朝廷钦差，会被关在普通的衙牢?”

“吴侯是朝廷钦差，但这里是宁陵县，只有衙牢，而不存在什么锦衣卫诏狱，不会分三六九等。但凡是个犯人，就一定会被关在里面。”

同时，那里也关着宁陵县所有的秘密。

“小女知道王爷对小女有成见，但不妨试试这个方法。而且有王爷的两个随从在，小女想跑也跑不掉的。

“放心吧，过几日小女会去赎王爷的。”

堂堂的云南藩王，就这么被三言两语哄进了河南府宁陵县的衙牢。当然，打探消息的方法不止这一种，但朱明月想不出还有比这个更充分的理由——既能让他受罪，又让他心甘情愿。

晌午最热的时辰，茶余饭后的小茶寮里，端茶倒水的小二忙得不可开交。席间是时而摇扇子、时而品茶的乡亲，还有些从田间回来的农户、要去地里给丈夫送饭的农嫂……清风过处，茶客络绎，充满着乡间的恬静和悠然。

茶寮的旁边还有两根木桩子，桩子上拴着几匹骏马，膘肥体健，在阳光的照耀下分外漂亮，引得那少女赞叹一声。

“宁陵县穷乡僻壤的，天灾不断又逢人祸的，哪里有什么丰民田沃，乐业安居？小姑娘年纪轻轻，不懂得民间的疾苦。”

“是啊，不说别的，就说咱们村里合资才买了那几匹马，知县说要纳税。好不容易凑齐缴上去了，又说我们手上的是麻银，等换成官银，又说要收火耗。”

茶客们的说法，让少女迷惑不解，“朝廷规定火耗不得超过八厘，知县知法犯法，为何不上告知府?”

那老伯拿着头巾擦汗，“知府？知府他老人家早让知县给喂饱了!”

少女道：“知府不行，还有知州呢。再不行，也还有布政使，还有朝廷。”

旁边倒茶的小二“呸”了一声，道：“什么朝廷，狗屁朝廷！听说皇上新纳了位贵妃。知县说是我们河南府的人，是我们的光彩，还让我们上税纳贡给新贵妃孝敬呢!”

茶寮里，众人你一言我一语，说得义愤填膺。

朱明月挑了挑盘盏里面的瓜子，接茬道：“可怎么听说自从皇上登基以来，安民抚民，与民休息，仅是上半年，就减免了地方的多项赋税。到了河南，如何就成了苛捐增税呢!”

“山高皇帝远啊，朝廷就算想雨露均沾，到了地方上，难!”

那喝茶的猎户说到这儿，又是一叹，“别的不说，就说前段时间来了个什么巡按御史，明明五谷不分，却非要下乡去除蝗治瘟。结果怎样？还不是被活活打死了!”

朱明月眼睛一闪，“真被打死了？”

“那一阵子暴民闹得凶啊，可又不像村里的人，倒像是趁乱打劫的流窜匪寇。等知县老人带人过来，听说已经被打得血肉模糊。天可怜见的，要不是那御史误打误撞来到咱们宁陵县巡查，朝廷根本不会知道河南府里遭了重灾。好人不长命啊……”

朱明月听到此，知道不用再听下去了。

年年都说爱民恤困，年年却发生灾荒疫病，其中多数天灾被朝廷了解，给予赈济或减免赋税，有些灾情却被地方官员刻意隐瞒了下来。就如这河南疫情，皇上曾下令在外有司官员赴京朝觐时报告民间疫病，但连同布政使和按察使在内的两位河南要员，对这次暴发的蝗灾横加隐瞒，来朝后谎报功绩，声称田谷丰稔，闾阎乐业，并山呼万岁赞誉圣主明君，千秋万代，取悦朝廷。

朱明月的爹爹暂代刑部之职，户部尚书郁新来府中喝酒时曾提到过一些事，后来又辗转到了她的耳朵里。

然而真正置身河南府，才知整件事并非表面那么简单——河南的蝗灾不是下半年才发生，其实在年前就已经起过一次。江阴侯吴高是冬至前到的宁陵县，但朝廷得到他的奏报，却是在夏至之后。当朝廷再遣人来到宁陵县巡查，吴高已经身染瘟疫，死在当地。

总有朝廷看不到的地方，总有阳光照耀不到的地方。

当朱明月站在宁陵县衙牢时，沐晟显然也凭借这几日在牢中对犯人们的索问，将所有内情探查清楚了。

一身褴褛的破衫，还有蓬乱不堪的头发，满脸是灰尘，乱发下却遮不住一双深邃慑人的黑眸。满是胡茬的下颚，使得原本年轻俊美的面庞，增添了几分沧桑的男子气。这样一路从衙牢里走出来，惹得村里面大姑娘、小媳妇争相红着脸观瞧。

朱明月在衙牢门口等着他，手里拿着银票。同时站在衙牢外的，还有一个点头哈腰、满脸讨好的衙牢牢头。

“够不够？”

“够了够了！小姐菩萨心肠，体恤咱们穷苦小吏！”

那牢头眼睛里冒着光，说话间，就要伸手去拿她手中的银票。朱明月将手抬高了些，“那今日的事……”

“今日之事，小的烂在肚子里，绝对不敢吐露半句！”牢头竖起手指，信誓旦旦。

“如是有人问起呢？”

牢头即刻立正，“有人问的话，小的就说是暴毙死在牢里面了，是小的带人将人埋在了乱葬岗！”

朱明月满意地点了点头，将手中银票递了过去，“赏你的。”牢头谄媚地应声，像接圣旨一样将银票接过来，又一把揣在了怀里。

等沐晟走到跟前，朱明月上下打量了一眼，“瘦了。”

沐晟面色淡然，“也查清楚了。”

朱明月不置可否地抿了抿唇，两人一起从衙牢走出来，夕阳西坠，温暖光辉中两人的背影被照得一片橘红色。

其实沐晟并不用在牢中待这么多天，因为将宁陵县案情的前因后果串起来，并不难查：朝廷钦定的巡按御史江阴侯吴高抵达宁陵县时，当地蝗灾之后的疫情非常严重。当时逢上正旦，河南的布政使和按察使都去了都城朝觐，大朝会上，两位封疆大吏却对皇上欺瞒了灾情。于是远在府、州、县的当地官吏就不得不将意欲上奏的吴高强行扣留，也一并扣下了他写的奏折。

可能不止宁陵县的县令，或许还有知府、知州。

可能他们曾对吴高百般贿赂，在吴高拒绝之后，为了隐瞒实情不得不趁着灾民暴乱将他抓起来，最后杀他灭口。这才有了巡按御史被暴民打死，又传身染瘟疫而亡的种种言论。

而那年轻的江阴侯当时会想些什么呢？身为担任巡视之职的巡按御史，从十三道监察御史中挑选，最后由皇上钦定，一路从都城走来，审理冤狱，赈济灾荒……可最终他不仅没能将河南的民情上报天庭，反而被这些沆瀣一气的官吏谋害了性命。

沐晟从衙牢回来的当晚，喝了很多的酒。朱明月在三楼隔窗看着，直到他踉踉跄跄地走上楼来，那股浓烈的酒气离着很远都能闻得到。

这姓沐的莽夫之所以会去衙牢受罪，不仅仅是因为她的话，而是想去亲身感受吴高被抓起来后所受到的折磨。但是她没跟他说，就算犯人不分三六九等，吴高也不会被一直关在宁陵县的衙牢。

想要让一个人身染瘟疫而死，需要长时间水米不粘牙，并且同疫病者同处一室。被传染之后，染瘟者会连日高烧，咽喉和舌头充血发出异常恶臭的气味；然后声嘶力竭，因强烈的咳嗽胸口剧烈疼痛。咳血，身体局部腐烂，直至死亡。甚至死了，也不能将尸首拉回到京城安葬。因为瘟疫是会传染的，必须就地火化，然后掩埋。

那年轻的江阴侯，也是被埋在乱葬岗了吧。

等沐晟摇摇晃晃地推开屋门，朱明月特地让客栈伙计再给他送去两坛酒。酒里面加了两味药材，生草乌和曼陀罗花。

直到隔日的清晨，床榻上的少女在黄鹂轻灵的叫声中醒来。等她穿戴整齐，才想起隔壁那姓沐的莽夫昨夜喝了被她添了蒙汗药的烈酒，想必睡到晌午也不会醒来。

朱明月下楼叫了客栈的伙计，要嘱咐一下早膳的事，就听伙计道："那位爷早早就起了，出门前让小的带话，说是让小姐好生在房间里面待着，等他回来。"

朱明月闻言一惊，"走了？"

伙计点点头，"天不亮就出门了。"

朱明月心里顿时就沉了下去。她昨晚特地让他沉睡，就是不希望他醒来一怒之下去找宁陵知县或是河南府的任何一个官吏拼命。而她也不用整晚看着他，等睡个安稳觉后再从长计议，可他居然已经一声不响地走了。

朱明月几乎是即刻上楼回屋，然后把不多的随身之物全部归拢起来，铺展开缎面就开始打理包袱细软。待她收拾妥当，开门往外走，跟同时推门进屋的沐晟迎面撞在了一起。

两人的动作都很快，朱明月冷不防门外来人，一个趔趄就被撞了回来。

“你要去哪儿?”

“王爷干什么去了?”

磕在桌角上的胳膊将上面的茶盏撞翻，发出“哗啦”一声轻响。朱明月看着沐晟满是胡茬的脸，心里反而稳了少许；下一刻，揉了揉生疼的手肘，重复问道：“王爷一大早这是去哪儿了?”

“乱葬岗。”

朱明月怔了一下，随即松了口气，又没好气地说道：“小女还以为王爷拼命去了。”

“你收拾东西做什么?”

沐晟盯着她手里的包袱，问道。

她自然不能说怕他招来当地衙差，祸及自身；转身把包袱放在一侧的软榻上，从容地说道：“去衙署找王爷啊。”

原来只是去了乱葬岗。

“本王是要去县衙，但去之前，要先把祈之的尸骸找到。”

朱明月叹了口气，“吴侯的尸身该是早已被火化了，骨灰撒在乱葬岗，不可能找到的。”

话音落地，沐晟扣在桌案上的拳头因悲愤而爆出青筋，“砰”的一声打在那屏风架上，黄杨木的实木屏风座就这样被一拳打成两截。

朱明月看着一地的碎木，又看了看他流血的手，淡声道：“如果王爷是在想，现在就去府衙亮出藩王大印，怕是不仅不能治宁陵县令的罪，反而会将河南更高的官员给引出来。”

“引出来不是正好！谁害了祈之的命，本王就要谁的命。”

“可到时候就怕不能把人家怎么样，我们一行四人还会落得跟江阴侯一样的下场。”朱明月拿出巾绢给他擦拭伤口，沐晟不喜人触碰，不耐烦地抗拒了一下，朱明月硬是攥着没松开。

“若是王爷觉得前后查探得如此容易，当地的官员就是酒囊饭袋，根本不足为惧，就太小看地方任上的厉害了。”

她敛着视线，一眼也不看他，给他包扎伤口的手却不停，“这里是河南府，是人家的地方，当地官员的权力已经远远超过任何一个既任京官。王爷你纵有万夫不当之勇，也无法一人当百人用。”

连朝廷钦定的巡按御史都敢杀，还有什么事做不出来。尤其在吴高出事之后，三届京官陆续来往宁陵县却未查出丝毫端倪，不仅是因为无能吧。

沐晟盯着地上的某一处，顷刻，静静地道：“本王先安排你离开宁陵县。等你出了河南，再动手。”

朱明月给他包扎的手不由得一顿，须臾，叹问道：“动手？王爷想怎么动？是跑去县衙将县令暗杀，然后再去知府衙门杀了知府，再去火烧知州衙门，最后大闹河南布政使司？恐怕没等王爷迈出县衙的大门，就已经被闻讯赶到的衙差给团团包围了。”

双拳难敌四手，一旦惊动当地的官员，就算她出了河南府，也无法平安抵达云南。而且别忘了还有最重要的一点，除却巡按御史，其他官吏均无权插手地方政事——沐晟的这一块云南藩王金印，根本管不了宁陵县，更别说是整个河南。

“管不了就不管，任由那些奸佞泛滥、祸害无辜？自古欠债还钱，欠命赔命，等他们落在本王手上，本王会让他们后悔来到这个世上。”

朱明月被他身上的煞气一震，隔着染血的绢帕，不禁握住他的手，“可是王爷已经将全部的内情调查清楚，余下的事就应该交给朝廷、交给负责的官员，而不是越俎代庖，罔顾朝廷法度。到时候整个河南动起来，连黔宁王府也会受牵连。”

他要查清楚吴高的死因，已经求仁得仁。而今她希望他能够知难而退，不要因为一时意气而做出后悔的事，断送沐家前程。

“本王说过，祈之根本王是多年兄弟，决不能让他在异乡死得不明不白。如果你怕死，本王可以先将你送到凤阳，那里距离宁陵县很近，当地的都指挥使是本王以前的旧部，可以保障你的安全。”

朱明月惊诧地抬起头，近在咫尺的距离，让她清楚地看到男子眼底弥漫出的决绝和无限杀意。

“王爷这是非要插手？”

沐晟目光泛寒：“本王来此地就是为了还他一个公道。而今整件事都有了分晓，也是时候有仇报仇、有冤报冤了。”

“既然这样，送小女回京城。”

朱明月松开了按压在他虎口上的手，那里还未愈合的伤口又冒了血，顿时将雪白的巾绢洇湿了一大片。

“你这是在威胁本王？”沐晟一把拽住她的胳膊。

“不是威胁，”朱明月看着他，“小女不想拖王爷的后腿，但把性命安危交给别人？被王爷带离京城已是强人所难，而今又要以身犯险……请恕小女贪生怕死，无法相陪！”

朱明月说罢，使劲挣开他的手，推门离开了这间寝房。

她前脚踏出门槛，身后的屋内紧接着响起“砰”的一声巨响，不知是桌椅被他砸了，还是软榻被他用手刀砍成了两截。门外一左一右站的是面无表情的随从，闻声连眉毛都没动一下，显然是习以为常，早已处变不惊。

这样一直到夕阳西坠，又到夜幕降临。朱明月坐在沐晟那间屋子里的东窗软榻上，始终看着窗外楼下的行人，从川流不息到后来愈发稀少，最后连摆摊的小贩都收拾回家，月亮升起来了，昏沉的夜色笼罩在了小小的宁陵县。

直到寝房的门忽然被大力推开。

毫不客气的动静，不用看也知道推门进来的是沐晟。他一只手还擎着放满膳食的四足小方案，走进屋来，“哐当”一声把小食案重重放下，震得上面的盘盏直响。

“吃饭。”

朱明月有些讶然地回头，却见对方已经动作利落地把碗筷摆开，两小碗香米，三道简单的菜肴。都不是热菜，但聊以填腹。

“王爷这是打算用完膳就去拼命？”

朱明月抱着双膝，没动地方。

沐晟掀起后摆坐在酸枝红凳上，摆开碗碟：“你是不是觉得本王必定有去无回？”

“怎会呢？王爷是封疆大吏没人敢拿你怎么样，但是原本从京城离开应该直奔云南藩邸的人，不该忽然转道来了河南。”朱明月从软榻上起身，坐到他的对面。

“所以就算本王在河南府出了什么事，并非地方官员的差错，而是本王咎由自取?”

沐晟放下筷子，似笑非笑地看她。

朱明月道：“或者是王爷自己有什么不可告人的秘密，冒着被朝廷追究的风险，也要来河南府做些枉法之事。”

边陲重臣若无钦命，绝对不能擅自离开封地。之前留在应天府是因为有圣谕，出了应天府仍然在外面羁留，不是别有居心是什么!

沐晟摇头，道：“你已经替河南府的官员连推脱的说辞都想好了，他们或许会看在这个的分上，饶你一条命。”

朱明月瞪他一眼，然后抿唇道：“小女深知王爷是不会放小女回京了。既然如此，小女为求自保，愿向王爷献一两全其美的良策，以此劝说王爷收回成命，不要以身犯险。”

仅是查清楚吴高的死因不行，还必须将涉案之人一一法办。朱明月想过沐晟来河南调查是为了报仇和泄愤，但她没想到他居然会不顾及自己的身份，对所有的事亲力亲为。到时候真让他用军中的方式快刀斩乱麻，弄得满城风雨无法收拾，倒不如她给他一个迂回的办法。起码不会让她也跟着被牵连进河南官场，使这趟云南之行更加复杂。

“本王不需要两全其美，本王只想杀人偿命、血债血偿。”

朱明月也搁下碗筷，“王爷是云南藩王，不是杀人越货的江洋大盗，逞一时威风然后逃之夭夭。而今也不是割据混战的时候，随便哪个列土封疆的诸侯王，都能去跨省干涉别人的政务。”

她的话说得极不客气，见沐晟投来不善的目光，接着说道：“王爷难道不想听听小女的想法?”

“说!”

“各省政事，从来都不会一人独大。河南除了一个布政使，一个按察使，还有一个都指挥使。很多人管不了也不想管的事，这位都指挥使并不一定也会袖手旁观。”

当初太祖爷废除了中书省，设置布政使司，地方的最高长官就是布政使，主管全省事务。后来燕王登基，又在各省分别设置了按察使和都指挥使。从此，布政使管民政、财政，按察使掌管司法，都指挥使则统管军务——三人分而治之，互为制衡。

既然事情出在河南，就让河南自行解决。

而新到任上的这位都指挥使，是在冬至时的大朝会上由皇上当场亲自委任的，与吴高的案子没有利害关系。其人又是原北平的将领，有功之臣，手握重兵。在河南有能耐同时调查布政使和按察使两位最高官员，非他莫属。而沐晟作为云南的封疆大吏，又是皇上跟前的红人，何不去向这位新到任的都指挥使讨一个人情呢。

杀人偿命天经地义。但是天底下除了以暴制暴，还有王法，而唯有通过朝廷的律例审判，才能最终给枉死的吴高一个交代。

在沐晟出门前的一刻，朱明月忽然伸手拉住他，话到嘴边，就变成了淡淡的一句“万事当心”。

沐晟望着她良久，反手拍了拍她的手背，才转身而去。

其实她是想跟他说，河南的这位都指挥使，正是朝中数一数二的肱骨之臣、彭城伯张麟；而他的嫡长女张昭菡是大皇子朱高炽的正妃，是皇亲国戚。眼下立储在即，地方官员应该少跟这样的重臣来往才对。可她忽然想到自己不能这么跟他说，也没什么必要。

朱明月走到窗边，目送着楼下骑马离开的身影，心里不禁开始计算时间。

从小小的宁陵县到河南开封府的都指挥使衙门，往返最快至少需要四五日。按照沐晟走的路线，若她也迅速离开宁陵，转道去德安府，不消两日便能抵达。那里正处在河南和湖南的交界处。而沐晟带了一个随从，留下一个给了她。如果让留下的这个人在第二日北上去位于开封府和宁陵县之间的汝宁府，就算是有人追踪，兵分三路的走法也能把人给绕开。

打定主意就开始动身。

朱明月几乎是立即收拾行李，并安排门外守她的随从也趁夜离开。

如果事态顺利，沐晟会在第六日回到宁陵县的客栈，然后看到她留下的信息直奔德安府。但是直到第八日的傍晚，一点消息都没有。

朱明月只身一人来到德安府，住在城南一间很偏僻的客栈里。入夜时望着外面漆黑的夜空，心里七上八下，同时也让她感到一种久违的、因不在掌握而惶惶的坐卧不安。

在第九日的晨曦，天色刚刚大亮的时候，房间的门扉被陡然推开。和衣而睡的少女整个人一惊，直接从床上坐了起来。

阳光随着推开的门扉透射进屋里，照亮了地面上凿刻着的花团图样，朱明月定睛一看，却是沐晟满面尘霜地站在门口。

终究是回来了。

朱明月起身下地，给他倒了杯茶。

“给你留下的人呢?”

沐晟坐在案前，将手中的佩剑放在桌上。

朱明月知道他问的是那个随从，淡淡地说道：“作为诱饵去了汝宁府。在动身之前，王爷还需派人去把他找回来。”如果他还活着的话。

送人去替死这样的话，被她说得毫无愧疚。沐晟看了她一眼，不咸不淡地说道：“一个白日过后，假使本王还没有来，你是不是就要自己去云南?”

笃定的语气，说话间，目光从她打好的包袱上一扫而过。

“亏得小女为王爷担惊受怕，王爷却向客栈掌柜的打听小女退房的时间。”朱明月去铜盆里浸了一块巾绢，正在叠成小块，闻言，没好气地递给他。

他说得没错，一则是他遇险，她会毫不犹豫地离开而绝不会搬救兵；二则是他被绊住，时日耽搁得越久，表明越有危险，那么德安府也不是久留之地。

沐晟却不接，只抬眼看着她一副言不由衷的表情，若有所思地问道：“本王在想，你把唯一一个随从支出去，会不会趁机溜之大吉？现在本王全身而退，又在你走之前回来了，是不是很失望?”

朱明月一把将巾绢扔给他，道：“别忘了是小女在宁陵县的客栈里，给王爷留下的信息!”

不给他留信息，他又怎知道自己到了德安府来。

其实沐晟在秘密见到彭城伯张麟后，紧接着就回到了宁陵县。因为张麟几乎是毫不推诿地将事情应承下来，先是派人将连同宁陵县县令、师爷、主簿在内十七人，全部关押死牢；同时誊写奏折上报朝廷，法办了河南府知府、知州。

耽搁了两日，是因为张麟一直没有提弹劾河南布政使和按察使的事。

“所以王爷一直待在宁陵县，就是想等一个结果?”

朱明月拄着桌案，看他。

“那个彭城伯声称此事事关重大，要谪罪布政使和按察使二人，必须待朝廷派遣巡按御史重新立案调查，再做定夺。”沐晟捏着茶盏，脸上有淡淡的讽然，“本王却担心这么一走，他是继续搜证弹劾，还是息事宁人，恐怕就不好说了。”

可以想象沐晟能平静地说出这么一番话，是因为张麟已经被逼着不得已处理了上下相当多的官吏，并且将整件事情写成了奏折，快马送去了京城。但想要同时处置布政使和按察使两大要员，谈何容易？而河南的布政使是胡次道，内阁宰辅胡俨的胞弟；那胡俨，则是二皇子朱高煦的侧妃、胡釉棠的父亲。

但沐晟也可写一道奏疏，同时递给新上任的两江巡按御史，还有十三道的言官；让十三道去制衡六科，六科的京师言官才会真正将此事报给六部，最后上达天庭。

既然沐晟自己没提，她也不打算多这个嘴，毕竟此事到现在可以结束了。

“惩奸除恶，以命抵命，王爷总算是给江阴侯一个交代了。”

等到再次启程，是从德安府出发，过荆州，再从水路走到贵州司，最后到曲靖。这回光是采办就买了很多东西，马车也换了，堂皇宽敞的四马车辇，里面用软缎包裹得精致，内置茶案香几，两侧还铺着舒适的凉席。

车帘掀开，朱明月就着沐晟的手坐进去，居然有种受宠若惊的感觉。

只不过那两个赶车的随从没那么轻松，身上好几处刀伤，脸上也破了相。可见这次的兵行险招并没有想象得那么简单。朱明月后来跟沐晟去见医官时，也瞧见了他背上的箭伤，赫然是个血窟窿。难免些许后怕。毕竟并不是每一次的谋算都能恰好跟运气有缘。

往云南府的路，还长着呢。

茶马互市

几乎是从河南府的夏走到广西府的秋，又从贵州府的秋走到云南府的冬。

历时四个多月，跨越三个省，路上走走停停；又因风寒耽搁数日，辗转兼程，其间换了两拨马车，才堪堪抵达曲靖府。进入曲靖府之后再往西，就算是进了云南的中心地界。苍茫大地，一片荒蛮之气扑面而来。

也许是在很早的时候，姚广孝就知道沐家在包庇沈家余犯，两位“明珠”便是预先埋下的伏笔，而今已是永乐二年，王朝之事暂告一段落，自然就轮到了沈家的这步棋。沐家却已经在云南镇守多年，滇黔这么一个山高皇帝远的辽阔地域，俨然成为一个小朝廷。沐晟全权掌管当地的军、政事务，统领布政使和都指挥使，可谓大权在握。但黔宁王府包庇沈家，等同于窝藏朝廷钦犯，论罪当诛。沐家也是靖难之役的功臣，包括沐英、沐春和沐晟在内的两代沐家子弟，都是燕王的追随者。

在这样的情况下，朱明月相信姚广孝让她以沈家女儿的身份来，也只会派她一个。明察暗访，代替朝廷，只为试沐家之心。

进入曲靖府的一路上，几乎见不到任何城镇村庄，官道就更少了。

马车过处是荒蛮开阔的原野，还有一望无际的油菜田。天空是湛蓝湛蓝的，像一块巨大而剔透的蓝宝石，俯望着这一片尚未开化的温暖土地。悠云如棉，有彝家女子穿着鲜艳而独特的彩绣黑裙，在梯田间的垄道穿行而过，一连串的笑语清脆。

已是冬时，这里的晌午却犹如暖春。

朱明月顺着掀开的窗帘，望着外面完全陌生的环境——稍远处壮阔拔起的孤峰，天高云淡下的清澈河流，还有那些包着彩花头帕的少女耳垂上银光闪闪的耳坠……再将目光落在自己的身上，团花绣淡粉褶裙的汉家装束，就像是一只江南的小燕子飞进了这苍茫辽阔的彩云之南。

马车经过辽阔无垠的田垄，沿着起伏不平的江边道，最后停驻在了黄土沙砾的江边。开阔无垠的江面，拦腰处却仅有里许宽，水浅的地方甚至能够徒步而涉。风从江面上拂过，在阳光下卷起一片粼粼闪烁的涟漪。

“过了江坝，再往前百里才是曲靖府的府城。”赶车的随从道。

朱明月问道：“那还要多久?”

“启禀小姐，约莫两三个时辰吧。”

随着车幔的掀起，扑面一阵凌凌的清风，阳光把黄土沙粒照耀得暖灿灿的。沐晟利落地下了马车，其中一个随从将车辕卸下，从四匹马中选出一匹来套上笼头，去南宁城里通报。

朱明月踏着江边的黄土，感受到风中清冽的气息，“这里是哪儿?”

余下那名随从恭恭敬敬地答道：“白石江。”

她眼中隐有惊喜，“这里就是诸葛军师七擒孟获的地方!”

沐晟掬了捧江水，抹了抹已有胡茬的下颚，道：“曲靖古战场已有千年的历史，从三国鼎立至大明建立，很多夷族百姓世代生活在此地。”

江面上吹来的风将她的发丝吹起，少女的眼底含笑：“可这儿却是白石江，也就是当年西平侯功成名就之地。”

洪武十四年，三十万明军在颍川侯傅友德、永昌侯蓝玉和西平侯沐英的统帅下，在石城的周围与云南梁王的十万蒙古残余势力展开了殊死搏斗。那一战役是明初战役中非常著名的石城之战，也称白石江战役。最后元军大败，大明统一山河；西平侯沐英，也就是后来的黔宁王，正是奠定滇西安定的第一人。

是他的父亲。

沐晟勾唇未语，深邃的黑眸里却透出一道亮泽。

“沈家也在曲靖府?”

她问。

沐晟远眺着白石江那头的远山，平静的声线淡然，“当年沈家的当家被发配到云南，同一时间，沐家军南下到滇黔，沈家的旁宗就跟着一并来到云南府安家。在随后的几年中，遵照沈家当家人的意愿，嫡亲子孙被陆续接来。现在的沈家自然是跟黔宁王府在一处。”

他说到此，目光掠过远处的傲峰孤山、掠过江水里的倒影，最后落在她的面颊上，“而今沈家最后一个流落在外的女儿，也来了。”

让沈姓全部后人在云南安家，不仅仅是沈家当家人的意愿，应该也是当时的西平侯、后来追封的黔宁王沐英的临终嘱托。

朱明月道："是以王爷在宁陵县时曾说，就算小女的人不回来，也一定会将小女的心带回来。"

阳光拖拽在河滩上，倒影出一抹纤弱美丽的倩影，花般绽放在了沐晟的眼底："不可否认，宁陵之事，你让本王刮目相看。"

"但是也不足以让王爷在沈家的事情上，对小女网开一面。"她了然地说道。

沐家和沈家算是世交，沈家曾为沐家军筹措军饷，并资助滇黔战役，两代沐家人又都曾兼顾沈家后代周全——所以即便她在宁陵县有过相帮，他也必须将她带回云南；就像现在，如果她仍坚持拒绝认祖归宗的话，他亦不会讲情面。

心照不宣。

此刻的江面上泛着淡淡的薄雾，少女伫立在平阔的江畔，纤薄的身姿，箩花裙裾随风翩跹摇曳，任阳光白云将她的周身镀上一层金色。俊美倨傲的男子就站在她身侧的不远处，略微扬起的脸颊，下颚和薄唇勾勒出一道完美的弧线。

寒鸟在两人的身边沾水而过，又扑棱棱地飞向更远处的江面，像是不愿打扰这一对极为相配的男女。

在白石江的坝子边上稍作休息，马车启程。继续往西走，经过未经任何人工开凿的旷野之地，再往西北就逐渐有了官道。衰草连天的道路尽头是古旧的城垣，连接着新砌的高高的红砖城墙、防御工事瓮城，曲靖府的府城即在眼前。

洪武二十年，朝廷下令在胜峰山下、交海之滨建造新府城，取代了那座迟暮衰老又遭战争严重破坏的石城，并召命当地官员在地方劝课农桑、抚民顺业。而后洪武二十七年，朝廷又将曲靖府升为曲靖军民府，府治仍在曲靖的老城南宁。

城门敞开，马车停驻，在城垣下面一行迎接的队伍已经久候多时。

鲜衣怒马，宝铠生辉，将士们脖领上的红巾鲜艳如火，在风中招展成一面面耀眼的旗帜。排成并列三纵的是戎装步兵，其后两侧是甲胄骑兵，两道队伍严阵肃整，矗立如山。打头的大纛上一面青蓝边、正红色旗帜，上绣一个硕大的“明”字。

朱明月被随从扶着走下马车，这时候，提着缨枪的英武校尉已经骑马来到近前，单膝跪在地上，朗声道：“末将恭迎来迟!”

随着这声恭迎，城门前的步兵立正，骑兵下马。伴随着甲胄撞击引起铿锵之音，还有不断高喝“恭迎王爷”的声音，缨枪和剑戟撞地声，一道道高亢而嘹亮的回响，在空旷的城垣下起伏不绝。军营的雄浑威武之气扑面而来。

所有人的目光都凝聚在那一袭雪裳的俊丽男子身上。清朗风雾，掀起他的袍裾翻飞如雪浪，只见他越过马车走到城垣下，在场的将士纷纷朝着他俯首，连战马也训练有素地弯蹄低头。随着他止步，仿佛有风雷翻腾，威凛煞煞的军营队伍就这样在他一个人的面前瞬间安静下来。

这样的场面，朱明月在京城校场中见过几次。只是不似眼前这般，苍山古城，少年将军，仅是弱冠之年，就让身经百战的众将士都臣服在其麾下。

在他的脸上仍有淡淡的倦色，却挡不住眉目间的傲岸不凡。朱明月望着那道逆光而立的背影，一直到他也转身朝着她回望过来，笼罩在烈烈阳光下的颀长身姿，雪缎锦袍宛如碧空中的纯白流云，映衬得脖颈上的红巾鲜艳如火——两人的目光越过阵前三军，就这样在空中交汇。

他是让她过去。

是允许，也是命令。

倨傲如斯。

此情此景换成是任何一位女子，都很难不怦然心动。三军阵前，无数的沐家军在一同匍匐仰望，作为唯一在他视线之内的她，要么就像一只蝴蝶般飞到他的跟前，要么就矜持羞涩地等在原地——

朱明月缩起裙袂，在城垣内外的少女们既羡慕又嫉妒的目光中，朝着沐晟的方向走了过去。

垂坠的水色裙裾随风翩然摇曳，亦如长安街初遇时，一个骑跨在马上，一个伫立在马前，互相对望，却又彼此对抗时的模样。片刻之后，沐晟先一步转身朝着城垣里走，朱明月亦步亦趋地跟在他身后。三军将士有条不紊地行在其后，马蹄踏处，步伐整齐划一。

城垣外的很多百姓不住地朝这边行注目礼。朱明月望着四周艳羡的眼光，低声问："王爷今年年方多少？"

沐晟手握在腰间的佩剑上，道："过了年刚好弱冠，尚未婚配。谁若嫁给本王，就等同于坐拥整个云南，也就是身后这些沐家军的女主人。"

说罢，瞥了她一眼。

年纪轻轻就已经开府建制、拜将封侯，难怪跋扈恣肆，不将别人放在眼里。

朱明月抿了抿唇，没做声跟了上去。

等行至城垣下，一行人倏尔停下了脚步。但见敞开的城门楼处，抬出来一顶平顶皂幔暖轿，稳稳地停在城门中央。

轿帘半遮，里面隐隐可见一抹纤瘦的人影。轿旁是四名面色恭谨的兵士，头帕短刀，均是彝家打扮。这样停驻在威武肃穆的军队面前，像是出来迎军的，又许是黔宁王府里哪位得宠的夫人。

姗姗来迟。

直到队伍在那顶轿子前止步，其中一个手执户撒刀的彝族兵士将轿帘掀开。

莹霜雕玉的手炉，里面燃着清淡的茯苓香，被一双白皙伶仃的手握着；纯白的烟丝缭绕在修长分明的指骨间，经久不散。而手的主人就坐在交错的光线里。随着轿帘的徐徐掀起，那一张过分苍白、阴柔至极的容颜，含着一种盛极而凋的美。

美得不食人间烟火。

居然是个男子。

朱明月从未见过这般纤细单薄的男子，就像是从画里面走出来的。嶙峋的骨架裹在雪白的绸缎里，似有浩淼的仙气。一股药石冷香氤氲在他的周身，不禁让人恍惚。

在场的侍卫和百姓纷纷低下头，然后那男子开口，嗓音碎雪融冰：

"属下拜见王爷。"

"西营的军报源源不断都来自藩邸，本王一直以为你仍在云南府司，不想你还是跑过来了。"沐晟走到轿边，看着轿中人的眼睛里有责怪，也有明显的关怀。

“主将一去数月，久未归营，属下岂有不来迎接之理。”

那男子微笑着说罢，就要起身出来行礼，却被沐晟拦了回去。

“得了得了，你身体不好，老老实实在轿子里坐着。”

沐晟说着，就让轿边的亲兵放下轿帘。

“掀着吧，好不容易出府一趟，这么清新的风真是许久都不曾吹到了。”轿里面的男子抚唇咳嗽了两声，声音不大，却震彻胸肺，带着几分隐忍的痛楚。

风让轿帷里的一丝药石冷香散发出来，朱明月嗅到那股味道，不禁蹙了蹙眉。下一刻就听轿里面的人又开口道：“方才于校尉先行来报的时候，带话说王爷已经把人给找到了，莫非就是这位小姐？”

朱明月望着他钟灵毓秀的面孔，颔首揖礼：“小女见过先生。”

“她便是沈家那不肖的女儿，明琪的亲妹妹，带回来先暂时住在曲靖府的别庄。”

朱明月已经习惯了沐晟挖苦的语气，倒是轿中的男子抱歉地看着她，“沈小姐远道而来，曲靖府上下蓬荜生辉。”

“先生客气了。”

“在下姓萧，单名一个‘颜’字。”男子含笑与她报了名讳。

朱明月没想到这蛮荒之地竟也有这般出尘的人物。但见沐晟对他的态度，又必定是黔宁王府中相当重要的人。

男子苍白的面颊呈现出一种病态的红晕，又咳嗽了几下，让侍卫扶他下轿。轿旁的侍卫见状，急道：“军师实在不宜走动。临来前军医嘱咐过了，不能见风，更不能过于操劳。”

原来不是先生，而是军师。

“她这一路上车马颠簸，好不容易不用坐车，现在恐怕也不会想坐轿子。”沐晟道。

“王爷说得极是。若能让小女多走走，却要感谢萧军师的成全呢。”

朱明月心领神会地点头道。

她的话很自然地出口，没有人注意到称谓已经变了。只有萧颜在那一刻抬眸，注视着朱明月的淡雅目光里，隐含探究，“都怪在下这不中用的身子，委屈沈小姐了。”

说罢，伸手款款做了个“请”的动作。

曲靖府的由来颇久，千年岁月里经历过太多次的战火，而今战事消弭，城内依旧保留着战时的很多防御工事。城内有约百家住户，彝族最多，间有汉家移民，都是翎羽帕巾的民族打扮。城中几处开阔的空地上有夷族共市，以货易货，来往商贾络绎不绝。

府城中的这一处沐家别庄是新建造的。青砖灰瓦的高门大宅，雪白的院墙一直延伸到东南角，围住里面气派宽敞的院落。大门口镇守着两只威严的石狮子，三层大理石台阶上是朱红门槛，一座雕刻繁复的屏门影壁就竖立在门口。

连着两个多月来颠沛劳顿的朱明月，一眼望着这座高门宅院，忽然有种松口气的感觉。

府里的管家早早就在门口等着，远远瞧见一行队伍，忙命人敞开府门。

一行人停驻在府宅前，那抬轿的彝家戍卫将暖轿稳稳落地，等轿杆压实了，才将里面纤细孱弱的男子扶了出来。

“少爷，您可回来了！”

管家沐敬三步并作两步迎上前，“自打您觐朝远去都城，一度年节过去，就是不见归期。后来军师要来曲靖府，才知道少爷总算是要回来了！”

沐敬一边说，一边抹眼睛。

跟着沐晟一同走来的，是个绝色少女。

薄衫粉裙，杏色襟带，乌黑的发丝用珍珠簪子束在耳后；还有一缕柔顺地垂在耳畔，耳顶上绾着金錾刻累丝蔷薇单簪。简单配饰，露出令人惊叹的美丽面庞。形容有些消瘦，却比平时增添了几分温婉，盈盈顾盼间，柔情绰约。

此刻她正望着高悬着的匾额，风从脸颊上吹过，带起乌丝轻轻拂动。

管家愣愣地看直了眼，后面的话都忘了说。沐晟看了他一眼，然后迈开长腿跨过了门槛。

“少爷，您慢着点儿，让老奴给您领路！”

沐敬猛地回神往里面跑。一边跑，一边频频回头。

绕过府门外的一道垂花门，再绕过挡在正中央的一道屏门影壁，开阔堂皇的府宅在面前展露了真容。仿江南的建筑，同时保留了唐宋风采、古朴粗犷的流风余韵，府内玉沟纵横，活水长流，又可见彝族、白族和纳西族传统的民族特色。

沐晟在前面走了几步，在书房前的长廊处顿住脚；沐敬一个不留神，狠狠地撞在他身上。前者岿然不动，后者反将自己弹撞了回来。

朱明月在后面扶了他一把，换来沐敬一抹感激涕零的笑。

萧颜忍俊不禁地走上前，温声道："这里是黔宁王府在曲靖的府邸，平时作为别庄用。沈小姐可以先住些日子，等明琪到了，一起回云南府司。"

这番话对朱明月说，却无疑向管家解释了她的身份。

沐敬露出恍然的神色，看向朱明月的目光更加热切了。

那厢，朱明月有些诧异："还没回来?"

没记错的话，沐晟说沈明琪先他们一步上路，而他们又曾经停河南，居然比沈明琪还要早。

"跟你一样，在半路病倒了。"

沐晟道。

一路上的车马劳顿，因跨越地域而水土不服，让她刚离开河南府就开始闹病；而他则不得不时时经停，又是找大夫又是抓药，真的是相当遭罪。

"可否先送小女回沈家?"

曲靖府和云南府之间有段距离，而沈家的锦绣山庄就坐落在云南府的滇池畔，水浮云掩，碧波万顷，坐拥湖光山色。

沐晟闻言挑了挑眉，看她："着急?"

"不急。"

朱明月抬眼看他，容色坦然，"只是久居王爷的别庄，终归不是办法。"

"据书信来报，明琪还有段日子才能回来，你确定要一个人先去沈家?"

男子的黑眸中，一闪而过的是似有似无的唏嘘，这让朱明月看了很久。

到底是长时间的形影不离，使得她能够在那双一贯淡然傲慢的眼睛里，看到了其他很多情绪，譬如几不可察的想法、心机，于是淡淡地垂眸，道："还是等他吧。既然王爷不嫌弃小女的叨扰，那么小女便却之不恭了。"

沐晟满意地点点头，朝着书房走去。

萧颜落在后面，若有所思的目光从两人身上扫过，微微而笑。

朱明月被安排住进了中苑，离沐晟的书房很近，据说还是沐晟本人的意思。萧颜住在西厢，整个府宅中最清幽宽敞的地方，苑内除却四个彝家随从和两名军医，其他人等均不得靠近。

曲靖府在云南的最东面，夏无酷暑，冬无严寒，早晚凉爽，晌午则暖如春日。当地多种植玉米、荞麦、大麦等，食物以鸡、羊、猪肉为主。烹制用料简单，淡且多辣。各民族在这里杂而混处，相待和睦。彝民喜吃羊，羊肝、羊胃用来祭祀祖灵，然后烧食，也有的生食；羊血用萝卜丝拌后腌做咸菜，放在饭上蒸熟吃，味道特别鲜美。客家人喜猎野味、昆虫。摆夷族喜食糯米，现舂现吃。而纳西族人则忌吃狗肉、马肉和水牛肉。

沐晟没有再限制她的行动，于是她空出大段时间出府闲逛。明媚的阳光照耀着这座小小的府城，街上往来的百姓穿着独具风情的民族服饰，纳西族、彝族、白族、景颇族、拉祜族、瑶族……色彩鲜艳，热烈奔放。开阔的空地上还有市集，体态壮硕的藏人守着马栏里膘肥体健的藏马，不用吆喝，就引来买家竞相叫价。

日子在对沈姓男子的等待中，静静地流走。

也是在这段时间，朱明月在距离京城千里之遥的西南边陲，度过了永乐二年的年节。

然而，尚未等到沈明琪，一群贩茶的商贾就先找上了门。

嘈杂声从前门一直传到后苑，格外刺耳。朱明月在睡梦中被吵醒，撩开床幔就唤了一声“红豆”，忽然想起已经离开京城，不由得闭着眼叹了口气，摸索床头上挂着的中衣。

辰时两刻。

云南日出的时辰比应天府要晚，此时的窗外仍是灰蒙蒙一片。

她坐到桌案前去拿圆木盘里的提壁壶，就听见两下叩门声：“吵醒小姐了吧。”

是管家沐敬给她安排的丫鬟佩蓉。

朱明月给自己倒了杯水，“外面出什么事了？”

“好像是一群茶商上门来告状，管家已经带着侍卫过去了。奴婢刚刚起来，也没听太真切。”佩蓉说完，又低低补充了一句，“小姐不必担心，王爷那边儿也起了，马上要去处理。”

朱明月怔了怔，什么茶商这么不识好歹，不去衙署喊冤，却天不亮跑到直隶藩邸来哭闹。

放下瓷杯，她淡淡地说道："这里没别的事，你去睡吧。"

显然她并不担心，也不关心。如果不是嘈杂声太大让她无法入睡，她不会特地点上灯。然而在一声高过一声的吵闹中，府邸里的灯笼逐个被点亮。后来西厢的灯也亮了。彝家打扮的侍卫提着一盏灯笼走出来，后面跟着的孱弱男子身披大氅，由随侍搀扶着，不住地咳嗽。

这一行人经过中苑，正好迎面便碰见了要返回自己屋的佩蓉。

"是不是吵到你家小姐了?"

萧颜又咳嗽了两声，朝着佩蓉招了招手。

佩蓉低眉顺眼地跑过去，也不知小声禀告了什么。但此刻朱明月寝房里的灯盏没来得及熄灭，还阑珊地亮着，照亮了整片菱花轩窗。一道窈窕的倩影投射在窗纸上，勾勒出的美好轮廓显露无遗。

朱明月轻轻叹气，将披在肩上的中衣裹紧，随即起身去打开房门。

"军师也醒了。"

萧颜伫立在淡淡夜雾中，宛若一尊莲纹錾刻的绝美玉雕，"外人无状，惊扰了小姐的好梦。"

从他住的西厢到正门有两道苑路能走，他却绕到中苑来，还特地从她的房门前经过。惊扰她好梦的，不仅是外面的人吧。

朱明月道："既然军师也起了，不如一起去前面看看。"

说罢，招手让佩蓉去取屋里的薄锦披肩。

被灯笼照耀得通明的朱红门槛内外，偌大的府宅三层石阶已经被蜂拥而来的茶商挤得满满的。管家沐敬整个人都被围堵在人堆里，挥舞着双手，正在焦头烂额地解释着什么。

沐晟披着一件黑金雪貂披毡站在石狮子旁，面无表情地望着跟前一众群情激奋、唾沫星子直飞的茶商，像是还没从梦里清醒。这时候看到从影壁后面走出来的朱明月和萧颜，才放下环着的双臂，淡淡地说道："你来得正好，还没等你踏进沈家大门，全省的茶商都找了过来。"

找她的?

朱明月看着沐晟，又望向围在面前的商贾，"是来找小女，还是找小女兄长的？”

沈万三后人流落在云南的事，仍是秘密。但沈家在云南十三府经营得风生水起却是众所周知，尤其在茶运方面。

“宋家的、方家的、赵家的茶商……都口口声声要找沈家的当家人。明琪如今不在，你作为沈家的嫡女，也算是半个当家人，自然是找你的。”

沐晟把话说得理所当然。

朱明月蹙了蹙眉，一时间不知该怎么回答。这时旁边的萧颜走上前，略带责备地说道：“沈小姐离家多年，才刚回来，你让她如何去周旋那些素未谋面的茶商。”

说罢，示意身边的侍卫搀扶自己过去。

围堵在府邸门口的茶商不仅来自云南的各个县城，还有其他省赶来互市的，却都在运货的半路上遭到阻截，在货物交托给马帮之前全部遭抢，血本无归。又不知从何处得知沈家当家就在曲靖府的消息，纷纷赶来求援。

求的是沈家，奔的却是黔宁王府。结果大批茶商蜂拥而至，在府宅门口越聚越多，最后整条街都被喊冤的茶商给堵上了。

“黔宁王，您可一定要给我们做主啊！”

“我们的身家性命都投给了那些茶叶，这下全都没了，让咱们可怎么活！商社不能不出面管管的！”

“沈家是云南十三府的茶商总协办，是咱们的倚仗，现如今一定要出来主持公道！”

茶商们越说越激动，纷纷扑倒在府前的大街上。

府门前的灯笼照得大理石台阶一片嫣红，跪在地上的人磕头作揖，哭声震天。萧颜不得已亲自走下台阶去扶，刚扶起一个，却跪下去更多。

此刻若是沈明琪在场，面对这样的情形会怎样处理？

而沈家作为一介戴罪之身，怎么敢堂而皇之地出面组建商社，还做起了云南十三府的茶商总协办？

“莫非，是王爷开的方便之门？”朱明月问他。

沐晟看了她一眼，道：“沈家在云南经营多年，从隐姓埋名逐渐发展到后来的全部漂清，其后更是重整旗鼓，将几桩生意打理得颇具声色。茶运方面就是受到了多数商贾的推举，一跃成为众商之首，多年来一直负责和掌管茶马的朝廷官署进行接洽。”

居然还是半个皇商。

“怎么，是不是有些后悔。还是心动了？要是早知道沈家在云南原来这么厉害，其治下的商社又遍布各省各地，奈何会因为区区进宫出家的机会，就错过回来做一个当家人。”

沐晟的询问中带着不可否定的音调和些许轻慢，“但早知道又怎样，明琪为沈家劳心劳力的这些年，你却在姚广孝身边贪图享乐、苟且偷安，无论将来你站在任何一个沈家人跟前，都抬不起头来吧？”

刻薄的字句，让朱明月为之一怔。

直到此刻她方才明白，沐晟不仅是在指责她，更是代替所有殷殷期盼沈明珠归来的沈姓族人说话。可他的确是误解了。

当初为了消除他对自己身份的怀疑，她的确故意将最不堪的一面表露无遗。结果他信以为真，却变成现在只要一提起跟沈家有关的人和事，必是冷嘲热讽，百般责备。

“王爷是不是忘了，是谁在宁陵县给王爷出谋划策，跟着王爷多处寻访；又是谁在德安府提心吊胆、冒着被抓的危险等着王爷回来？”

她提起旧情，斥责他的翻脸不认人。

沐晟直直地看着她，长眸微敛，眸光比月光还清淡：“本王念着你的好，但这不代表你忘族弃宗、认贼作父的行径没有发生。而今你马上要回沈家了，是不是应该想一想怎样弥补自己的过错，而不是事不关己，漠不关心。”

朱明月望着他好半晌，忽然被他一本正经的模样逗乐了，冷笑道：“王爷是贵人多忘事吧。用不用小女提醒你一下，回来沈家非我所愿。现在已然回来了，配不配做一个沈家人、怎么做一个沈家人，就不再是王爷说了算。您还是留着那份好心吧！”

朱明月说罢，推开挡在前面的沐晟，提着灯笼转身进府。

沐晟冷不防被她推得一个趔趄，刚好这时萧颜从台阶下走上来，从后面一把扶住了他。

“何必这么对沈小姐。”

摇曳的灯笼在门口的地上投下淡淡的阴影。后者一直望着那道离去的倩影，静默未语。

在门外茶商的吵闹折腾中，天已经大亮了。

佩蓉跟着朱明月回到屋苑，一路上战战兢兢不敢吱声，直到门扉从里面阖上，才想起来还没问是否要准备早膳。不由得隔着窗棂朝里面问道："小姐，你用不用再睡一下？"

里面没有任何回音。

半晌，就听见像是叹息般的声音："你自去吧，不用候着我。"

佩蓉喃喃地"嗯"了声，踮着脚望了一眼，提着灯笼走了。

此刻若换成是红豆，必定非要留下来陪她说话，或者端来各色糕点来哄她开怀。朱明月望着外面渐行渐远的身影，淡淡地垂下眼帘。那个心思单纯的姑娘被她留在了京城，当初她跟着自己在宫中五年，而今好不容易回归简单平淡的市井生活，将来再嫁一个平凡老实的丈夫，相夫教子，实在是个不错的选择。

就像她代替沈明珠来云南，沈明珠本人却在后宫柔仪殿的大佛堂中出家，从此青灯古佛，孤寂一生。此时此刻就算她受到再多的苛责和质疑，也无法弥补她对沈明珠的间接亏欠。

等府外面的吵闹声归于平静，街面上的小贩又开始了一天的生意。原本堆满了空货车的府前街道上，瞬间就被清理干净，等到城南城北的铺面开张，几乎找不到任何茶商上门的痕迹。却不知萧颜是如何处理的。不过既为军师，对于这些事应该是游刃有余。

待萧颜回府，才不过晌午刚过。

朱明月望着那道羸弱的纤细身影，不由得感叹连沐晟这么一个莽夫身边，都有如此出类拔萃的人物相助，她爹爹执掌刑部，却在长时间里连个称心的文书都找不到。

萧颜回来时，走的仍是中苑；以至于让坐在窗口看书的她，一眼望见。

"萧军师操劳了半日，不回去休息，就是来下棋的？"

萧颜苍白的脸上一抹柔光，"沈小姐还在生气？"

"原来军师是来说情的。"

朱明月将书翻过一页。

热茶已经烫过两道，淡得几乎没有味道了，萧颜才就着热气喝了一口。

举手投足间，每一个动作都优雅得可入画，“王爷的秉性冷直，往往词不达意、胸无芥蒂，在无意中伤了别人，又经常为自己的莽撞后悔，但说者无心。”

原本就苍白得过分的虚弱面色，因劳顿而几乎没有血色。两句话说完，不住地抚唇咳嗽。

“王爷代表黔宁王府多年来对沈家甚为照拂，而今更是收留小女在府上暂住，是以就算没有萧军师的提醒，小女也懂得应该知恩图报。”

对自己莽撞的行为后悔？

那姓沐的什么时候在意过她的感受。恐怕他也不觉得自己是在伤人，一番话永远说得理直气壮、义正词严。

朱明月抬了抬手，示意佩蓉将刚摆到桌案上的棋盘撤下去。

“看来小姐同样在生萧某的气。”

清澈的目光落在棋盘上，修长白皙的手指取出一枚棋子，又放回那侍女手中托着的白玉棋碗里。神态间自成贵气，极尽优雅。单是这样一个动作就让佩蓉红了脸，怔愣愣地站在原地，好半晌才反应过来端着棋盘下去。

朱明月阖上书册，清淡地说道：“萧军师着实是过虑了。只因小女从不与人对弈——”说罢，视线落在他手中的绿釉茶盏上，“就如同军师从不喝浓茶一样。”

萧颜抬起眼帘，诧异一向是他脸上的稀客，此时却难掩喟叹：“沈小姐真是观察入微。”

其实像他这样钟灵毓秀般的人，只需轻轻勾起手指，就不知有多少女子前仆后继、为其倾尽满腔柔情；若能博他一笑，得他一顾，怕是将整颗芳心揉碎也甘之如饴。可这样的男子却因她的一句话，亲自动手斟了一杯浓茶。

“但若能令小姐开怀，萧某便改了习惯，权当是替王爷向小姐赔罪。”

说罢，徐徐倾盏一饮而尽。

朱明月没想到萧颜会做到此，片刻，扭身去招呼已经出了门的佩蓉。

“先别撤了，赶紧去西厢把两位军医请来，萧军师染风寒了。”

前脚跨出门槛的侍婢，闻言下意识地往回望了一眼。但见苑内男子面颊上晕着绯红，如桃花落雪，愈发清寂得出尘了，也不知是因喝了浓茶还是怎的；却不敢耽搁，连忙将手上的棋盘交给别的丫鬟，提着裙子急匆匆地出了中苑。

萧颜对朱明月少有的细致体贴，投之以感激一笑，而后又轻轻叹道：“我这副身体时时需要照顾，当真是累人不浅。”

朱明月从石凳上起身，将柔软的毡毯披在他肩膀上，“身体是自己的，其余都是身外之物，军师何必这么拼呢！”

本来就气虚体弱，偏要在晨曦风邪最厉害的时候出门。

萧颜抚额苦笑道：“我这个病秧子已经枉担了军师的名头，再不做些分内事，岂不是白费了王府里的水米。”

朱明月道：“王爷应该更希望军师安心养病。”

冰雕雪凿的面颊上是极尽精致的五官，堪比女子清美，一双眼眸却于漫不经心中透出冰雪似的清透。朱明月见他握着茶盏款款望着自己，半晌都不开口，不禁叹道：“好吧。萧军师有何要求，不妨直说。”

拖着病躯登门造访，还借故逗留，不光是替沐晟赔罪而来，必是有事相求。

萧颜面上没有丝毫被洞穿的窘迫，笑靥反而舒展开了：“萧某真是惭愧于沈小姐的开门见山。实在是因为晨曦时茶商围上门的事，萧某很想听听小姐的看法，又不知如何开口，但毕竟是关云南十三府的茶运，而小姐才是将要执掌云南茶运的正主。”

朱明月闻言微微一怔，即道：“不过是王爷的一句戏言，揶揄更多过取笑，萧军师怎的真当了小女是沈家当家人不成？”

萧颜道：“王爷的话虽不中听，却说得七分准确。沈家的长房一直人丁稀薄，传到明琪这代仅剩了他这么一个男丁，小姐是明琪的亲妹，又是沈家长房唯一的嫡女，沈家家业自然有小姐的一半。”

此时此刻假使是沈明珠本人在场，会不会因为萧颜这番话而激动得狂喜？朱明月淡淡笑道：“萧军师是不是太抬举小女了？”

萧颜搁下手里的香茶，微微笑着摇头：“这云南的茶运生意说大不大，说小却也有十三个府城共同支撑。而这次围上门来的这些茶商来自云南不同的府司、县城，有的更来自外省，地域跨度何止千里？却都在来曲靖的半路上、在马帮接管货物之前被阻劫。什么样的贼寇有这么大的能耐和势力？是冲着沈家还是黔宁王府，小姐难道没有一点好奇？”

原来还是来摸底的。

“听萧军师的意思，是觉得那些茶商有古怪。”朱明月拿起提璧壶，给他沏了一杯热水。

“沈小姐又是怎么看？”萧颜不动声色地接过来，抿了一口。

“军师这是非要小女接触此事不可，可小女恐怕没有兄长那样的能耐。”朱明月把话说到此，见萧颜欲要开口，又施施然接下去道：“但承蒙萧军师抬爱，若有用得到小女的地方，倒是愿为军师分忧解难。”

在这之前朱明月并不曾想到会有人将马钱子、藜芦那样的毒药用来当治病的良方熬制服用，但那日城垣下初见，轿内隐约传出的一股药石冷香，便让她知晓面前这谪仙似的男子已经病入膏肓。而今又染了风寒，无疑让原本孱弱的身体雪上加霜。

可他也是整个云南举足轻重的人物。云南第一任藩王沐英在镇十年，大兴屯田，劝课农桑，传播中原汉室文化。云南设立府、州等行政机构以后，沐氏仍保留西平侯世袭的爵位和西南军权。太祖爷甚至多次下旨，要求云南地方官员在处理重大政务时，务必征求黔宁王府的意见。燕王即位以后，更把云南军政两大权力都交予了嗣位的黔宁王沐晟。

云南所辖十三府司，其间州、县势力错综复杂，当地夷族居民杂而混处，几大土司家族各自为政，盘根错节。沐晟这样一个秉性倨傲、脾气恶劣的莽夫能够在云南王的位置上稳坐多年，必定不乏萧颜这位“贤内助”的功劳。

如今，这位贤内助疾病缠身，却硬撑着孱弱的身体赶到曲靖府。朱明月望着花白胡须的军医给他把脉，纤细的手腕，仿佛一掐就断了，上面青色脉络显得肌肤几乎透明。

“待会儿让王爷看到，定又要发怒。”

军医叹道。

萧颜躺在被衾里，抱歉地说道：“都是我这副病躯，不仅让你们跟着操心，还要借用小姐的卧房。”

朱明月因为避嫌去了外间，闻言道：“西厢虽安静清幽，却接触不到太多的阳光，萧军师不如也住到中苑来！”

她说完，就听到拿着针灸布出来的军医道："小姐此话甚是。军师这病最靠休养，多晒太阳、少见风。若住到中苑的东厢房，时时照到阳光也是好的。"

军医说到此，不忘朝着朱明月连连道谢。

其实该说谢谢的是她。是萧颜拖着病躯将茶商的事担待了下来，否则沐晟袖手旁观，她这个所谓沈家人被推到众人面前，恐怕难以招架，又如何能悠闲地坐在苑子里喝茶。

他什么都没说，她却不能当做不知道。因而此时他开口让她帮忙，她断不能置身事外。

等把两位军医送走，那厢，一袭黑金貂绒披毡的男子疾步匆匆而来。见到她，劈头第一句话便是："他怎么样了？"

然后是"他怎么会在你这儿？"

朱明月将石桌上的提壁壶挪开，连头也不抬，"萧军师刚喝了药，正在休息。王爷担心的话，何不自己去看看。"

沐晟看了她两眼，似想说什么，最终还是转身掀开门帘进了屋。

不知是朱明月的话起了作用，还是萧颜已经虚弱得不能多动，从那以后萧颜就真的搬到了中苑。

同在一处的还有那四个彝族护卫，外加两个军医。沐晟的书房也在中苑。一个在南厢，一个在东厢，两个人的住处与她的寝房只隔着一道东西长廊。因此在往后的数日里，她房前的苑落成了两人对弈品茶的常来常往之地。

盛夏时的苑落阳光充足，明媚而刺眼的光线透过雕花窗扉落进屋内，又投射到雪白的墙面，连红毡毯都被晒得一片温热。

萧颜坐在东屋窗前的软榻上，正捧着两本书册看，一本是《纪年表》，另一本则是《云南志》。这时候沐晟从外面进来，他不由放下书道："王爷去过府衙了？"

沐晟进屋就放下了遮帘，"这回的动静不算小，看来是要用老底子了。"

萧颜从他的眼睛里看到斗狠的光芒，不禁道："王爷已经为此等了这么多年，并不差一时片刻。稳扎稳打，一个一个解决才是。"

"我知道，可咱们能等，就怕人家等不及了。"沐晟负手站到窗前。

萧颜摩挲着手里的书，“冰冻三尺，非一日之寒。想要彻底揪出硕鼠，动作太大，恐怕会碎了玉瓶。只希望此次沈小姐的出面，能够带来一些缓冲。对了，王爷是怎么找到她的？”

自从沈明珠失踪以来，沈家几乎将苏州城翻遍了。后来朝局动荡不安，又打了三年多的仗，等沈明琪也来了云南，就再无半点音信。

“找她还真是挺不容易的。年节前本王进宫伴筵，顺便带了明琪一道过去，恰好姚广孝也带她进了宫。皇上在筵席上论功行赏，轮到西侧殿，才看清楚她居然跟着姚广孝坐在了公主席上。可见就算没有去找她，这几年她也过得相当好。”

“寄人篱下，几多孤苦。”萧颜轻轻叹息。

“寄人篱下？是高床软枕、好吃好住吧。后来更巴望着进宫做女冠，鱼跃龙门。”沐晟唇角微挑，些许哂然道，“这回带她回来认祖归宗，人家倒好，反倒觉得是妨碍她飞上枝头、享受荣华富贵。”

萧颜捂唇咳嗽了两声，道：“王爷如此固执冷硬，回来的路上，沈家小姐一定受气颇多。但王爷与沈小姐共过患难，该是更善待她些。”

“宁陵的事，你也听说了？”

萧颜看着他的目光中带着肯定的答复：“沈小姐年纪轻轻，却有着过人的胆识，又心思沉稳，可见姚公这几年功不可没。”

说到此，脸上露出惭愧道，“其实不该累及沈小姐的……她全不知情。”

“知不知情，也已经卷进来了。”

沐晟望向窗外的目光，透出几许萧瑟的苍茫，“那丫头自私冷漠，但好在胆大心细，经过宁陵县一场事，看得出对官场是非似乎又知之甚详。既然姚广孝已经将她培养得这么好，如今云南有事，又事关沈家，也该轮到她出些力了。”

在萧颜住到中苑之后，不长的时间里苑中的木芙蓉花就都开了。大片大片的粉色花团，花形如钟，重瓣嫩蕊，烂漫艳丽。阳光透过郁郁葱葱的花叶，洒在雪白的大理石台上，把上面的纹路晒得斑斑驳驳的。

到处弥漫着一股花香。

几根花枝顺着隔墙上的雕花琐窗伸进来，敞苑里的军医正捧着药罐在苑子里熬药。淡淡的药石冷香飘散在花草间，又顺着长廊弥漫到苑落其他几处，连那些攀爬的藤蔓也变得芬芳起来。

但此时此刻曲靖府的这处别庄，显然已经不是一个适合修养的好地方。因为不久之后，又一拨茶商将府宅围了个水泄不通。

这次不仅是茶商，还有曲靖府当地的马锅头。茶商们要趁着溽暑来临之前，将货物交给马帮，托付马队将布帛、茶叶和药材运到边藏之地去换取金银器具、马匹和动物皮毛，否则路途遥远，一旦耽搁至入夏，炎热多雨，很多货物都会因不易存储，不等走到半路就腐坏霉变。这样原本为了躲避朝廷课额、特地来云南走货的商贾们，忽然听闻有盗贼出没抢劫的消息，唯恐自己也会血本无归，专程赶来求助。至于那些马锅头，则是担心之前茶叶遭抢，若再出差错会影响马帮信誉，反被污蔑是监守自盗，特地来请求黔宁王府担保其清白。

曲靖府当地土官和流官没有办法，求助到曲靖的黔宁王府别庄。又因沐家军恰好来曲靖迎接藩主，茶商和马帮便声称迫切请求其沿途予以保护，自愿加纳茶税或上贡银。因此不论知府衙门派遣了多少衙差来驱赶，先是顶着太阳，后来又冒着大雨围在门口的这群人就是死活不走。当地官员也出面规劝多次，均是铩羽而归。

于是，黔宁王府在百般无奈之下，答应了这一请求。

骤雨过后的晌午，阳光正好。

沐晟跨进门槛时，敞苑里摆了满满当当的书：《诗经》《春秋》《左传》《周易》《论语》《孙子兵法》《鬼谷子》《黄帝内经》《神农百草》……厚重且庞杂，分门别类地堆放在石桌上、石凳下面，天井边，能放的地方都放了，却显得格外整齐。

那在花间埋头整理的少女，肤若凝脂，眸若春水，摘了那朵开得最大、最美、最艳的金黄色芙蓉，随意地别在右侧耳间。明媚的阳光落在她的发间，芙蓉花瓣颤巍巍，衬出一张精致美丽的面庞，窈窕纤细，袅娜多姿。

沐晟随手从石桌上捡起一本书，上面密密麻麻的小篆，纸张上还有一圈淡淡的晕湿痕迹。

“你这在做什么?”

明显是在晒书。

“王爷来得正好，柜子上层的几本书帖也受了潮，还望王爷不吝举手之劳。”朱明月自花间仰起脸来，伸手指了指屋苑的方向。

沐晟顺着她所指的方向，瞧见屋里那个下层空空唯留最上一层的架格。摆得不算太高，但显然超过她能够到的范围。

“昨夜的一场大雨没有毁了满苑子的花木，倒是把小女新买的书淋湿了，王爷这处府宅是时候修葺一下。”朱明月一边说着，一边把手里的书册摊开放在石台上。

这话若是让管家沐敬听到，必定要老泪纵横。

两年前才修建的高门大宅，到现在连廊柱上的红漆都是簇新的。分明是她打发了侍婢，自己还忘了关窗。

从来也没人胆敢指挥他做事，沐晟感到少有的新鲜，依言过去拿书。堆得一厚摞的书帖，被他一只手轻易抬在胳膊上，像是没什么重量似的。

“曲靖府里的互市多是夷族以货易货，想买几本汉书真是挺难的。而你索性连整间书店都搬回了府里？”

苑里摆着的光是《地方志》就有上百本，还有为数不少的经史子集，连些野史民间传奇都有。

“所以王爷将来送小女回沈家的时候，别忘了准备两辆车乘。”朱明月手上不停，一番话毫无客气之意。

换成任何一个人，绝不敢这么跟堂堂的云南藩王说话。然男子也不吝啬，勾唇回给她一个微笑，道：“一辆车就够了，因为你的书会先回去。”

朱明月诧异地道：“为什么？那小女呢？”

“你马上要根本王动身去茶马互市。”

黔宁王府已经答应了茶商们派兵护送马队去藏边互市的请求，于是作为云南十三府茶运总协办的沈家，自然要出一个人随行。这个人就是朱明月。在这个决定还没正式通知曲靖衙署之前，他首先就来告知她——云南府锦绣沈家的半个当家人。

“什么半个当家人，王爷何时认为小女是这个身份？”朱明月感到匪夷所思。

在无数沈姓族人为沈家鞠躬尽瘁的时候，她在京城安享荣华；在沈家商社苦寻她的下落时，她在费尽心思攀龙附凤，尽可能撇清自己跟沈家的关系。作为嫡系后代，她实在是太不孝了，有什么资格回来掌管大权，坐享其成呢。

“确实不够资格，但从现在扶持还不晚。”

扶持她做沈家当家？

“此事一旦由你出面，不仅是云南的茶商和马帮，就连外省的商贾都必然感念你的恩情，同时也向整个云南商道宣布了你这个沈家嫡长女的存在。”

他磁性清淡的嗓音，划出无限诱惑，同时给了她一个光芒万丈的前途。

而这就等于是趁着沈明琪不在，利用黔宁王府的势力，喧宾夺主、鸠占鹊巢。

“但是小女并不想去。”

朱明月伫立在花丛中，美眸中忽的一抹严肃，“而且小女也不认为这是一个明智的决定。”

“为何？”

朱明月道：“直到目前为止，纳西、大理、顺宁的茶商，一时间全都围堵到了曲靖府来。还有贵州安顺府、湖南凤凰厅、宝庆府，甚至连山东济南府的茶商都遭到了阻截，一并归流到了小小的曲靖。”

少女的容色淡淡，说的话却让人心惊，“从东到西，几乎横跨了整个大明疆域，如此广袤的势力范围，丝毫没有惊动地方的官衙，甚至连一贯消息灵通的马帮也未发现任何风吹草动，王爷真觉得，仅是茶运受到滋扰这么简单？”

萧颜之前的话说的对，什么样的匪寇有这么大的能耐和势力？又怀着什么样的目的？因此受到牵连的沈家固然不能袖手旁观，但是黔宁王府不一样。而他已经离开云南府司将近一年，才刚到曲靖就被茶商缠上，一时片刻都不得脱身，谁知道又会发生什么变故。

她也不想代替沈明琪的位置，然后再把拥有的半个沈家卖给朝廷。想要追查沈家后人，想探查锦绣山庄的底细，有很多方法，绝对不是占山为王这种无比漫长的方法。

“看来你并不像你表现得那么唯利是图，反倒是一心一意想回沈家。”

沐晟负手立在花下，轻薄的花瓣洒了他一肩，嘴角边有似明未明的笑，清隽而俊美逼人。

“小女是想回沈家，”朱明月坦然地看他，“但小女同样知道，如果王爷不能够解决这件事，恐怕沈明琪会一直‘水土不服’、‘染病’耽搁在半路，小女也就无法踏进沈家的大门!”

清冽冽的声音，让正从外面进来的几个人，眼底顿时有数道精光迸射。

被护卫搀扶着的萧颜不禁再一次侧眸，这位沈家小姐真是好玲珑的心窍。

将最后一层窗户纸捅破的少女，言罢便再不语，似乎是等对面男子的答复。

却见沐晟略微勾唇，不紧不慢地说道：“如果你觉得，仅凭三言两语就能让本王改变决定，本王只能说黔宁王府镇守云南，而沈家是云南茶运的总承办，全省的茶商货物都出了事，两家谁也跑不了。何况还牵连到曲靖和丽江的马队。要是茶商因此不再信任滇黔的马帮，不再将茶叶转到马帮手里中转，要是纳西族马帮就此迅速衰败一蹶不振，影响边藏互市的生意不说，对云南也会有很大打击。”

茶马的交易，在云南古来有之。洪武四年，户部确定以陕西、四川茶叶易番马，在各个产茶地设置茶课司，定有课额。又特设茶马司于甘肃的秦州、洮州、河州，四川的雅州等地，专门管理茶马贸易事宜。朝廷同时规定，严格控制茶叶的生产和运销，并严禁私贩。各级地方官员均有监督之责。

沈家云南十三府的茶道总协办就是这么产生的。云南被沐氏平定之后，朝廷未在当地设立监管茶马互市的官署，但凡云南茶商，需经川陕的茶马司进行易货。因路远烦琐，于是由一个沈氏全权负责——每年的课额都由沈家告知给各府、州、县茶商，然后再由沈家统一将茶叶归类、过秤，协助走货的马帮将文书呈给茶马司官署。

直到建文年间，民间的茶马互市逐渐兴旺起来，燕王登基以后，朝廷设立的茶马制度崩坏日甚，很多官员私下给予方便，将私茶放行，使得很多茶课司和茶马司等同虚设。沈家便从推举的接洽专员，变成名义上的协办，多年来已经几乎不插手其他茶庄的买卖。没有想到一向表面维持平静的茶马互市，会突然出这么大的事。

“现在不是一两个茶商的货物蒙受损失，而是全省的茶商被阻截。”沐晟静静看着她道，“阻截的地点，就在沐家军途径的曲靖。一旦黔宁王府听之任之，助长了匪寇的气焰，最后就会闹得不可收拾。”

朱明月看他良久，又听他说了良久，忽然不知该从何反驳。她不能说他讲的这些错了，可这些顺理成章且从大义出发的言辞，又让她隐隐地觉得哪里不对劲。

朱明月揉着因搬书而有些酸疼的手腕，半晌才道：“既然如此，王爷应该出兵剿匪才对。”

沐晟道：“敢在云南地界上杀人越货，黔宁王府断然不会留他们活路，但现在各府、州、县都没有匪寇的线索，想要揪他们出来，也不是那么容易的。而今更重要的却是余下那批茶商的走货。”

茶运是云南赖以生存的命脉之一，若断绝一时，不知要有多少商户家破人亡、多少赶马人丧失生计。

“那王爷能不能找沈家其他人？”

这么重的担子压下来，朱明月只好退而求其次，问道。

“来不及。”

沐晟将石桌上那本晒得暖烘烘的书阖上，“从云南府到曲靖府一来一回会耽误不少时间。而本王既然决定答应茶商们的请求，几日内就会带着队伍整装出发。”

就是说非她不可！

“王爷根本没打算征求小女的意见，反倒是将强加的这些，当成是对小女的恩典，但是一个云英未嫁的女子就这么随军上路，王爷有没有想过小女会落得什么名声！”朱明月气愤地说道。

带她离京是这样，随意转道去河南是这样，现在还是这样！一种前所未有的懊恼和沮丧，让朱明月不禁满腔愤懑，从曲靖去边藏的路途，比从应天府来云南更为遥远，如果她当真随军前往，不是意味着她对沈家所有的打算和计划都化作了乌有？

“这不是理由，”沐晟道，“你本就是商贾出身，平民的女子没有闺阁千金那些讲究，何况这里还是云南！”

云南当地多是夷族，不比汉人那般传统，而她只是商贾之女，士农工商，“她”的家世排在最末，养在成国公府，就连出身都忘了，变得娇纵又矫情？就算她矫情，也不代表她能抛却根深蒂固的规矩和约束，时刻受他的任意安排！

朱明月很想将手里的书都砸过去，或者搬出一些圣人云斥骂他的决定，于是下一刻她转身就走。

却被沐晟一把攥住，“本王心平气和地跟你说话，你这是什么态度？”

朱明月陡然转眸，“那用不用小女跪地谢恩？”

陡然僵持的两个人，横眉冷对，互不相让。

就在其中一个即将说出更伤人的话之前，倏尔，一声轻咳打破了凝滞的氛围，萧颜被两个彝族侍卫搀扶着走过来，后面跟着抱着棋盘的管家沐敬。一行四人看着满苑子堆放着的书籍，还有书堆里的两人，明显都有些傻眼。

“王爷原来与沈小姐在这儿晒书，难怪我去书房都没找到人。”

萧颜似是没察觉两人之间的争执，款款地走到花树下，随手拈来一根含苞待放的花枝，“瞧这木芙蓉开得多好。记得去年的这个时候，府宅里到处都是枯枝败叶，杂草丛生。想来是沈小姐的到访，才让此处花开满苑。”

沐晟看到萧颜，挑眉道：“你不在屋里好好歇着，又跑出来晒太阳？”

说罢，瞥了一眼萧颜身后的沐敬。

沐敬缩了缩脖子，抱紧棋盘。

“想找王爷下棋，但左右敞苑里都不见踪影，就猜测王爷肯定是到沈小姐这儿来了。”萧颜略显苍白的脸上，两片薄唇也没什么血色。

沐晟放开朱明月，“军医都交代你应该卧床静养，想下棋让侍卫过来说一声不就得了，何必非要自己出来折腾……”

他的话伴随着他的人，已经逐渐消失在月洞门外。管家沐敬抱着棋盘赶紧小碎步跟了过去，一路走还碰落了两旁花丛中新抽枝的花苞。

萧颜经过朱明月身边，仿佛是提点般，徐徐地说道：“王爷是个吃软不吃硬的性子，沈小姐非与之硬碰硬，不仅讨不到好处，反而还会吃亏。”

朱明月抬眸看了他一眼，后者又道：“何况沈小姐想回沈家，永远都绕不开黔宁王府的。”

当各处的茶商得知了黔宁王府答应要沿途护送马队去藏边互市的消息后，激动得悲喜交集，纷纷携儿带女跑来犒军；曲靖当地的彝族居民更是搭棚子，设烤架，好酒好肉摆了整整一条长街。很多沐家军都得到了百姓们送来的红巾，连战马脖子上都拴着红绣球和两串銮铃，锣鼓喧天，载歌载舞，简直比送亲还热闹。

而按照大明所实行的卫所兵制，曲靖府是卫城，有守军五千六百人；云南府是都司城，城内驻防着四个卫，再算上黔宁王府的原有兵力，有六万余人。从云南府司赶来迎接藩主的沐家军号称两万，其实只有不到三千。那么除却留守的士兵，沐晟能带走的只有四千余人。而颇具规模的草寇山寨，一般最多是千余人。一对一，对于沐家军是手到擒来，别说还是以一敌四。

但是沿途保护，说得容易！

朱明月翻阅过《云南志·地理》，云南的地形极为复杂，西北部是高山深谷，东部和南部是高原。互市之路将从曲靖一路往北，途径东川府，一百二十里过徐州府，一百三十里到达巴蜀境内，二百七十里至成都府，在朝廷专设的茶课司缴纳茶税和办理通货文书，再入藏境，在藏边进行互市易货。如此遥远的路程，只是云南境内的一个东川府，高山与峡谷相间，其地势雄奇险峻，盘踞在山峡之间的又多是草寇、流匪，还有部分土族居民，很多山寨因此连成一片。这样无论哪一处受到攻打，几处山寨都会出动。

所以，反之亦然。

除此之外，还有粮草辎重。这不是打仗，但浩浩荡荡的一行人，总要吃粮的。整件事来不及禀告朝廷，半路上会不会有地方官来接济？一旦遇到匪寇，很可能就是两败俱伤。当然，寻常流匪不会轻易与朝廷为敌。怕，就怕万一。

为此朱明月想过一百种拒绝的理由，但是萧颜有一句话说得对，不管她有多么抗拒随军远行，想要回沈家之前都必须通过沐晟的允许。而这次沐晟显然没给她拒绝的机会。

初十这日，是黄道吉日，彝家杀鸡宰牛。

赶到曲靖府来送行的队伍足足延续了十里长街，敲锣打鼓，鞭炮齐鸣，整装待发的是身着鸳鸯战袄、挎长军刀的沐家军骑兵，骑着威风战马，愈发显得声威赫赫。还有很多没穿军服的步兵，扎着纳西族的青蓝包头，穿着羊皮披肩大襟长衫，混迹在马帮的队伍里。

萧颜却病得更重，就连喝送行酒也坐在那顶皂帘暖轿里，瘦削的脸颊，眼眶深陷，隐约有几分不吉之相。

而沐晟就这么走了。等他再回来，也不知还能不能见到这位钟灵毓秀的军师。

冬日的云南温暖如春，湛蓝蓝的天，晴朗得万里无云。浩浩荡荡的一群队伍里，有四驾和两驾的车辆，有穿着披毡、骑着高头大马的马锅头，还有牵着马的赶马人。很多自愿随行的商贾，有人靠牲口供驮货，有人只能靠双手推着货车，徒步跋涉。

朱明月坐的车却是用来装军需被服的。里面不太宽敞，她就交叠着双腿，坐在外面的车辕上。

厚重的帷帘挂在车顶钩角，露出里面成摞的布帛，蒙在最上面的是葛布，整排的线穗子随着车轱辘滚动一掀一掀的。头顶上明晃晃的日头，迎面吹来的风凉凉的，夹杂着红土沙砾的味道。一切都仿佛回到了来云南的路上，烈日、风沙，还有陌生的官道，道旁寸草不生的盐碱地。

其实像朝廷军队护送马帮这样的事，从古到今闻所未闻；纳西族的马队走货，一贯使用滇马驮运，山路虽崎岖难走，但为减少行程会尽量避开官道。像这样又是车又是军队，还专挑平坦道路的走货，简直是匪夷所思。但事情偏偏发生了，还是由堂堂的云南藩王亲自护送。

朱明月摩挲着胸前佩戴着的一串麝香，很特别的玩意儿，雕镂成花球的形状，别具奇巧，就像这无奇不有的云南。

滚滚的车轮掀起漫天的尘土，这时从前面跑来一个头戴厚巾的小校，跑到车前，仰着脖子道："沈小姐，王爷让您过去一趟！"

靠着结实的车舆的少女，将黑缎面的包头往下扣了扣，遮住大半张脸："烦劳告诉你家王爷，小女腿脚不济，没办法过去。"

驾车的是个身体壮硕的纳西族妇女，闻言拉了拉马缰，让马匹缓下几步。她驾车的手法相当稳，朱明月却坐在车辕边上，这下不得不伸手扶了她一下。不禁道："阿曲阿伊，你这是要把我掀下去啊？"

戴着七星披肩的纳西族妇女咧开嘴笑，操着不甚标准的汉话口音道："帕吉美，您是玉龙雪山上最美丽的一朵雪茶花，东巴神会保佑您的！"

"帕吉美"是纳西语，纳西族人对云英未嫁少女的称呼。朱明月也跟着笑了，然后就听那小校满脸为难地说道：“可是王爷说，如果小姐不听话，王爷不介意亲自来‘请’。”

亲自过来的意思，无非是让前面的马车停下来。现在整个队伍排成一字形赶路，一辆停驻，后面的就都要停。这样大家都会知道是因为她一个人，导致所有人不得不拦马驻车、等待重新开拔。朱明月于是抿了抿唇，朝那纳西族妇女道：“没办法，让我下去吧。”

阿曲阿伊攥着缰绳，朝着马匹高“喝”了一声，用胳膊将缰绳拉紧。等朱明月稳当当落了地，又扬鞭继续前行。

走在队伍最前面的，是擎着黑色大纛的沐家先锋军。有少数骑兵断后，中间则是步兵，将马帮的队伍包围在中间。等朱明月提着裙子深一脚浅一脚地跑到前面那辆车舆，已经满头是汗。

扶着车辕上了车，坐在对面的男子递了一盏凉茶给她。

朱明月摘掉头上的缎翎包头，接过来抿了几口，不由得喟叹道：“原来是普洱小金沱。”

黑茶的味道甘醇，汤色透红，显得鲜活可爱。而她喝的这道是生茶，又因年头久远，甚有浓香。

“茶商拿来孝敬黔宁王府的，自然都是最好的。车厢后面还有很多，你若喜欢喝，可以都抱走。”

对于一个素来饮酒、从不喝茶的人来说，再名贵的茶都是一种滋味，又涩又苦。

朱明月道：“原来朝廷军队并非是分毫不取，早知黔宁王府如此不拘小节，当初不如拿了茶运课额，直接将商队送去边藏，又何必路远迢迢赶赴巴蜀。”她说到此，放下手中茶杯，“何况沈家就是卖茶的。以后小女成为半个当家，还能缺这几口金沱？”

她此刻穿着纯正的彝家黑裙，外面还套了一件雪白的兔毛坎肩，衬出一张巴掌大的小脸宛如银月堆雪。又因跑得额头细汗，脸颊红扑扑的，显得冰肌玉骨愈加剔透。

沐晟的视线落在她扎着的两根辫子上，不以为然地说道：“本王能扶持你上去，也能把你拉下来。你骄傲个什么劲！”

铜炉里熏着淡淡的草药香料，朱明月拄着梨花木案，扬眉看他，“王爷不知道吧，见缝插针一向是商人的拿手好戏。小女在沈家当家的位置上一日，便有一日威风，届时很多事木已成舟，王爷再想干涉，可就不那么容易了。”

不惜调遣沐家军一路护送马帮互市，也要为她“争取”沈家当家的名分。若传到坊间，定会以为云南藩王色令智昏、冲冠一怒为红颜。

沐晟却没看她。手中握着黄杨木做的茶杯，杏色的杯面打磨得很润，“你不用一直想着激怒本王，已经带你出来了，还能再把你送回去不成？一直负责伺候你的丫鬟呢？”

朱明月首先想的是红豆，然后想到是佩蓉，漫不经心道：“她不愿意来。”

沐晟“嗯”了一声，表示疑问。

朱明月摊了摊手，道：“小女已经跟她解释了很多次，此行只是护送马帮去藏边走货。可她始终声称自己不愿意跟着来送死，央求小女千万不要带着她。”

沐晟将那黄杨木茶杯放下，“这么说来，你跟你的丫鬟是一个想法，生怕半路有人劫杀，故而宁可去坐简陋的被服车，也不上本王的马车？”

这话乍听起来有些奇怪，朱明月却在对方的眼睛里看到一抹了然的嘲讽。

就算路上真出什么事，目标也一定是茶叶和粮草，没有人会去抢被服车。擒贼擒王，首先遭难的又肯定是最堂皇的车舆，也就是沐晟的这辆。到时候躲在被服车上的她则有时间逃命，不会被殃及误杀。

而被服车也有被服车的好处，军需被服怕潮、怕霉变，一定会保持绝对干爽，不能受雨淋，因此车辕车板严密厚实。驾车的纳西族妇女又是马帮出身，一手利落的赶车技艺，让她这一路上稳稳当当，不用担心遇到坑洼地被突然掀车。

何其聪明。

“怎么会有人来劫杀呢？”朱明月理了理额前的发丝，“王爷能出兵护送一次，两次，可能永远跟着？而马帮却不会因此而放弃走货的营生。既然如此，哪支匪寇会这么想不开，非要来跟朝廷军队硬碰硬。”

有能耐阻截商旅，并且行动迅速到不被附近的官衙察觉，必定有人暗中相帮。既然互市路上的这批货早晚都是囊中物，何必急在这一时。

从少女嫣红的唇瓣里，道出的话犀利而刻薄。沐晟却是一笑，笑得毫不在意，“所以，你觉得本王此行不仅没有意义，反而还是一件吃力不讨好的事。”

朱明月看了他一眼，点头。

“贪生怕死。”

沐晟一扬手，撞得案几上的茶盏直晃，发出清脆的声响。

“小女是怕死，但这世间又有谁是不怕死的？”

她在宫里做过多年策应，一直如履薄冰小心谨慎着，从不敢说过头话、做过头事，就是因为她怕死，更怕酷刑。她无法承受失败的后果。

朱明月望着窗外倒退而过的景色，思绪也跟着渐渐飘远。

这时候，一把精致的腰刀“咣当”一声扔在了案几上。

朱明月回眸看来，却是那日城南酒楼巧遇李景隆时，他带上楼的那柄漂亮弯刀。

“这是龙雀，景颇尖刀。”

从窗口投射进来的阳光，在刀鞘和刀身上折射出不同的光彩。刀鞘是红漆绯色，刀身也是绯红的，刀柄上雕刻着繁复花纹，薄而锋利的雪刃，刀尖略微上翘，带着明亮的流光。

朱明月好奇地问：“为什么这刀是红色的？”

沐晟道：“它还有个名字，唐时又称‘宝钿’。”

最后两个字出口，让朱明月的眼睛亮了一下。她记得《周礼·考工记》有言，“造百辟宝刀，以重柔铤，其彩似丹霞，名曰宝钿。”

久仰其名。

朱明月非爱刀之人，望着桌案上绯色流光的利器，也觉得异常夺目。小心翼翼地拿在手里，温润的刀背，刀身凉凉的，隐约泛着寒光，似蕴藏着一股凛冽的杀意。

沐晟伸手扶住她的手肘，另一只手就着她的手握住刀柄，道：“这柄龙雀是滇藏之宝，刀柄加刻了黔宁王府印记，寻常人见到它，都不敢轻易碰刀的主人。一旦遇到危险，它可以救你一命。”

给她的？

“赏你的。”

男子含笑道。

朱明月推了推刀柄，下意识就想开口拒绝。下一刻，他陡然抬手扯了一下她的腰带，猛地把她拽到自己跟前——车内的坐席又长又宽，两人原本坐得就不远，她被他这么一拽，连惊呼都来不及，直接就坐到了他的腿上。

陡然拉近的距离，使两个人最大限度地贴近。而他明明看上去颀长精瘦的身躯，此刻显得格外壮硕魁梧。那种专属于男子的阳刚气息，隔着布料强烈地侵入她所有的感官。

朱明月瞪大眼睛看着他，这回连话都说不出来了。

“你说得对，这世上所有的人都怕死，但并不是所有的人都有能耐决定自己的生死。”

淡然的声线，不苟言笑的脸色，仿佛是谈论天气般平常。朱明月瞪着近在咫尺的那张俊颜，若非这样的姿势、这么近的距离，她恐怕都要以为是自己想多了。

“虽然你没有底子，但手上力道不错。那日你朝本王掷飞刀的时候就能看出来。”沐晟望着她绯红的脸颊，也不知是羞的还是气的，他勾起唇角，道，“本王教你一个置之死地而后生的方法。”

朱明月难以置信地看着他，下一刻恼怒地问道：“王爷在军中难道都是这么教人的?”

强烈的挣扎也没挣开他的禁锢，反而被一把钳制住了双手。沐晟睨着她，眼底的神色隽永而倨傲，“不是谁都能得到本王的这把龙雀。而龙雀是把杀人的刀，出了鞘，就要见血。若你不懂得用，杀不了别人反而伤害自己。”

男子说罢，目光落在两人同握的刀柄上，“想杀人，最重要的就是快、准、狠，在恰当的时机下，一旦锁定目标，就毫不犹豫。”

伴随着尾音落地，他的手肘紧接着就制住她的肩，然后另一只手非常利落地撤腕——电光火石之间，朱明月只觉得整个人颠倒一旋，被他压在了身下。

刀尖儿，离自己的眼睛只有两寸的距离。

她都没看清楚他是如何把刀夺走的，已经在他的钳制下不能动弹。绯色刀刃寒气逼人，仿佛只要她反抗，就随时让她血溅当场。

“看明白了吗?”

朱明月的面颊已经红得滴血，不得不点头。

沐晟移开刀柄，禁锢着她的手肘却没拿开。整个人压在她的身上，脸凑近到几乎与她的鼻尖相抵，“看明白了，就给本王做一遍。”

低沉的嗓音落在耳畔，朱明月挣扎了一下，咬唇道：“先让小女起来。”

曛红的桃腮，连耳垂都染上了浅浅粉色。沐晟缓缓撒开手肘，揽着她的后背将她带起来——就在他移开力道的同时，不料身下的少女忽然猛地发力，背后的手腕陡然将他的胳膊拧过去；然后用脊柱的力量将他向另一侧反掀。

只听“砰”的一声，两个人同时狠狠地撞向坐席。

然后就变成截然相反的情况。

沐晟似是没有反应过来，好半晌怔忪之后，忽然放声大笑：“看来是本王走眼了。你不仅手上有功夫，同时专门受过这方面的传授。”

朱明月眼含薄怒，用手肘狠狠抵着他的胸膛，“王爷不觉得用这样的方式来试探一个女子，实在是欺人太甚了吗!”

被钳制住的男子没有丝毫的愧色，反而挑了挑眉，似笑非笑看着她道：“本王到现在才发现，你身上的秘密着实不少。要不是之前朱家的女儿进了宫，本王真得怀疑你究竟是沈明珠，还是别的什么人冒名顶替。”

少女近在咫尺的美丽面容，泛出一抹冷笑，“王爷现在才想起来怀疑，太晚了点儿吧。而且小女奉劝您一句，下回在试探别人之前，先想想对方是否真的没有还手之力，别聪明反被聪明误，反被别人杀了。”

朱明月说罢，腾地一下从他身上起来，将那柄龙雀狠狠地摔在桌案上。

“这刀削铁如泥，能轻易断人筋骨，更可穿透盔甲。多少人想要拥有它，你却丢之如敝屣。”沐晟从软榻上起身，整理了一下微乱的衣襟。

朱明月瞥也不瞥一眼，冷冷地说道：“小女练过箭术，就算用最普通的利器也能取人性命。王爷既然舍不得这个宝贝，那就自己留着吧。”

“你学过射箭?”沐晟若有所思地问。

朱明月转眸看他，“学两招防身的能耐，出门在外才不会吃亏。尤其是防止被居心叵测的人戏弄。"

她是将军的女儿，自然有一手弓马骑射的本领。

而她尤其刻苦学过箭术。要想写一笔好字，需要手上的劲道稳、沉，尤需臂力。练箭是最好的方法。当时为了防止手上长茧，练习时总会包上柔软且坚韧的绢帛。以至于她只有食指和中指的指腹有茧，那是常年练字磨出来的。

"本王把它送给你了，是丢是扔都随你高兴。"沐晟也不在意，说到此，抬眸深深地看了她一眼，"而且，本王还得感谢你那日的手下留情。"

在晌午开灶做饭前，朱明月回到了阿曲阿伊的被服马车上。等车帘从外面被放下，将绫罗花袖撸起来，看到自己有些青紫的手腕，肿了一大圈，生疼生疼的。

那把名叫龙雀的景颇尖刀也带回来了。厚重的刀鞘咯着她的后腰，这种触感让她忽然有了安心的感觉。

等整个队伍驻扎下来，马帮已经把所有的锅灶都埋好了。走货路上的伙食很简单，起灶落灶也甚为利索。曲靖当地的这支纳西族走马队比起沐家军来，反倒更像是一支训练有素、组织严密的军队。马锅头和赶马人按部就班，各司其职——歇梢时，先给马匹填料加草，让马先食，然后才轮到自己吃；马队朝哪个方向走，生火做饭的锅桩尖必须正对这一方向，烧柴必须一顺；开饭时，马锅头坐在饭锣锅正对面，也是面对要走的方向。大锅头第一个添饭，添饭时平平地盛添最上面一层。添完饭，勺子要放平，锣锅不能翻扑。

每顿的主食几乎都是干饼，还有风干的挂肉；大锅架在火上，熬着只放了盐巴和辣子的汤，香飘很远，喝起来却没什么滋味。

朱明月没有带侍女，阿曲阿伊自告奋勇地负责照顾她。当她将汤碗端到朱明月跟前，后者双手接过，毫不犹豫地喝了个精光。

极淡且辣的热汤，滋味不算很好，但阿曲阿伊非常开心地笑了，眼睛很亮很亮。这让朱明月感到很释怀，随即又喝了一碗。

从山谷平原吹来的风是冷飕飕的，从帐子上吹过，吹起原野上枯草如浪，又吹到每个人端着的碗里，汤气里的辣子热热的，熏得人睁不开眼睛。马帮称这样的露营为"开亮"，要在天黑前埋好锣锅、烧好饭，卸完驮子，打好帐篷，晚上还会点起篝火，木柴和干树枝噼里啪啦地响，浓黑的烟轻飘飘地升到苍穹中，直至不见。

入夜时分，朱明月坐在火堆边，抱着膝盖望着天幕的星星。

一颗一颗，一闪一闪。

西南边陲的夜色其实很美，天可以这么低，低到仿佛能擦着帐篷的顶儿；夜空中繁星灿烂，洋洋洒洒，就像是揉碎了一汪粼粼涟漪。

步履压断干树枝的声音，陡然响起，朱明月抬头见到沐晟，他手里还拿着一个皮革酒囊。

"想什么呢?"

他坐到她身边，将皮酒囊递给她。

拧开囊塞，里面扑鼻一股浓烈的酒香，泛着热气儿，显然是烫过的。只是酒囊粗糙的面上绣着简单图案，用粗线缝的皮革边缘已经磨得泛白，也不知用过多少年。

想她自小在京城长大，后来进宫伴读，平生用惯精致之物，尤其是在宫中的那段日子，稍不合意的东西，碰都不会碰一下。可不知从何时起，就这样一直跟着他东奔西跑，受尽颠簸；短短几个月的时间，几乎已经将半个大明疆域跑了个遍。现在更是随着马帮一路穿越高原、山谷，在荒僻无人之地扎营，吃这些干硬粗梗的饼子，天为被地为床。

"喝两口，暖暖身子。"

沐晟见她一直抱着酒囊发呆，半天也不动，又道："是本王的。"

话音刚落，朱明月端起酒囊仰头灌了一大口。沐晟怔愣了一下就抓住酒囊，夺过来，后者还是辣得直摇头，鼻尖泛酸。

"让你喝两口，没让你使劲灌。较什么劲!"

沐晟说罢，就见少女扬起脸，狠狠地瞪了他一眼。

很放肆的举止，但她忽然觉得很痛快，连带着长久以来郁结在心里的愤闷和委屈也散了不少。

沐晟拿着木柄拨了一下火堆，让里面烧得更旺些。火光照亮了那张年轻英气的俊颜，也照得那一双深邃黑眸很明亮，"待会儿你去本王的车上，今晚本王带人守夜。"

朱明月的脸颊被烈酒呛得泛红，连檀唇也是红的，但醇烫的酒液顺着喉咙淌入胃腹，连带着胸中蒸腾出一股融融暖意。

“不，阿曲阿伊都已经把帐篷搭好了。”

其实沐晟那辆车舆更宽敞更温暖，里面用貂裘和厚棉布裹得严严实实，还有厚席软枕，草药香炉，比宿在帐子里不知舒适多少，可那也是他的专属行辕。出门在外，有些礼数还是应该在意的。

这时候，阿曲阿伊拿着大氅走过来。朱明月就着她的手站起来，掸了掸裙裾，而后朝着篝火旁边的那个帐篷走去。

那里的地面已经被火堆烤热，再在上面架起帐篷，铺上干草和被褥，睡起来也相当暖和。

阿曲阿伊拉开束绳，进去之后再用力一拽，两边又紧紧地绷在一起。风一点也吹不进来。等朱明月宽衣躺下，阿曲阿伊拿来一张雪白的薄毯盖在她身上。

“是用小羊皮做的，裹在身上会越来越暖和，夜里受用得很。”阿曲阿伊说完，又补充了一句，“王爷特地让人送来的。”

火光将这个纳西族妇女的脸照得一片温暖的橘色，朱明月将脸埋在柔软的被褥里，心满意足地阖上了眼。

东川疑云

马帮的这条走货之路，从曲靖府出发，要一直走到巴蜀境内的成都府。四百多里的路程，需要途经其他两个府，过三条江，然后在朝廷专设的川蜀茶课司，缴纳茶税和办理通货文书；再入藏境，在藏边进行互市易货；最后会将换得的货物和钱帛带回来，交给茶商换取余下的银两。

云南本土的大多数商贾都是靠赶马帮起家，外省的茶商只要去藏边互市就会来云南进行中转，以避免课额，增加盈利。而通往藏边的官道很少，狭窄山路，凶险异常，所有货物的长短运输全靠人背马驮。马帮在进入思普之前，沿途一带山高林密，气候炎热，是有名的烟瘴之乡；路上又有峭壁深涧，山中有恶虎猛兽，河里有毒蛇蝎子，随时还会遭到土匪的骚扰。不知有多少赶马人和马锅头就这样弃尸荒野，连个收尸的人都没有。

沐家军护送的这一众队伍却要从成都府转道，军队随行，多有车乘，因此专挑官道和城镇走，虽然大大增加了行程，却相对平坦。其中，东川府是第一站。

一个月后，就在即将抵达东川的前夕，当地官员在没有任何知会的情况下前来迎接。足有百余人的队伍，浩浩荡荡，几乎倾尽东川府衙。这些当地官吏显然没打算在外夜宿，于是正准备在山谷间安营扎寨的商队和军队，不得不趁着夜色往府城赶。

朱明月一直随着被服车，直到夜色阑珊，闻着淡淡的熏香气息醒来，才意识到自己已经在沐晟的车舆上了。

纯白的丝裙，黑发如瀑，睡意蒙胧的面颊上，还有两道袖口压出的浅浅红印子。夜色阑珊，海棠春睡，衬得一张精致的面容明艳至美；眼角一粒浅褐色的泪痣盈盈，颤巍巍，若鲜活泪滴，愈加显出几许娇娆，很是动人。

“什么时辰了？”她揉了揉眼睛，问道。

“刚刚过了寅时，还有两个时辰到东川府。”

对面的男子拿着软布在擦拭佩剑，正襟危坐的姿势，举手投足间都是一股逼人的英凛之气。但显然是整宿未阖眼，眼底有淡淡的青色。

两个时辰之后，天也就亮了。朱明月掀开窗幔，外面漆黑的夜空下，那些随行的东川府吏打着灯笼火把，将两侧的道路照得一片明亮。

“这么兴师动众，又没有任何知会就急行军前来，假使让随扈士兵当成是沿途匪寇，引起冲撞，东川府可就弄巧成拙了。”

“穷山恶水出刁民，其治下的官吏必然也相对横行霸道，但如东川府这样拥兵自强的府城，在滇黔地界上却是不多。”

沐晟说到此，伸手将她后面的窗幔放下，道：“现在时辰还早，你可以再打会儿瞌睡。等天亮以后到了东川，给本王提起十二分精神来。”

朱明月并不明白沐晟话里的意思，而她实在是太困了，又困又乏，于是难得顺从地抱着锦衾再次和衣躺下。那厢，男子拿起火箸拨了拨熏笼，氤氲的烟气蒸腾而出，丝丝缕缕，让软榻上的少女逐渐进入了梦乡。

当晨曦的第一缕阳光顺着窗幔照进车内，马车已经行驶在东川府的官道上了。

沐晟早已离车，偌大的车舆内只剩朱明月一个人。席间备着盆盂和清水，妆奁也是现成的，还有桌案上堆叠整齐的崭新裙裳，外加一方装首饰的三重螺钿宝函。

彝族少女的衣饰非常华丽，热烈的色彩浓郁而奔放，极具民族特色。尤其是这一套，前襟、后襟和排襟以及袖口都用彩线挑有天河彩虹的纹饰，领口周围缀有纯银和珠玉的盘扣，另有彩色丝线缠绕的盘扣，下面是飞扬艳丽的百褶长裙——裙裾中部窄长的是红色，下节蓝色细褶均匀齐整，其下横间以红、蓝、黑细条纹，再下是青色，膝盖处百褶四散，轻盈飘逸。

自大明开国以来，因国姓始采用朱为正色，皂吏都穿青色布衣，平民女服用料皆不能以纻丝绫罗等，商贾之家更是要用绢布制装，只许用青、绿、桃红等色，以免与官府正色相混。像沈小姐这种身份，断不能穿这么艳色服饰的，倒是沾了西南诸蛮夷的光。

宝函里还有专门配的镶珠玉荷包，她取出两个挂在腰际，包面绣着奇异的花纹，下坠五色飘带，随着裙摆垂坠的璎珞撞击摇曳，一连串叮咚的悦耳脆响。

约莫她穿戴齐整，马车外响起随扈恭敬的声音，“小姐，王爷询问是否妥当。”

回答他的，是身后那道帘幔——

戴着雪白包头的少女探出半个身子，衣襟处缀着的是红缨和珠料的沿边，又以数百颗银泡镶绣而成，衬得一张巴掌大的小脸柔光若腻，肤白盛雪；弯弯的眉黛，点漆似的黑瞳，顾盼间眸光若月下湖泊，连浩渺星辰都不如她的一双美眸剔透。

马车在这时缓缓停驻，一袭甲胄的英凛男子利落下马，牵着马缰，到车辕前亲自扶她下车。

两侧的商贾和马队都齐齐等候在原地，三军俯首，肃整无声。

明媚的阳光让那一袭彝家彩裙愈加瑰丽，抖开的百褶裙裾，宛若大片盛放的花海；随莲足落地而激起千层粉浪，碎雪融冰似的，亮灿灿，明艳艳，流泻了一地的流光溢彩，更显得肤若凝脂，芙蓉照雪。美人如花隔云端，煞是引人注目。

“怎么让小女穿成这样？”

裙衫是准备好的，尺寸却似量身定做般合适。

除了衣裳还有首饰：腕上的金錾刻花纹银镯、耳珠上的银环坠子、脖颈上的层层叠叠的纯银项圈……周身能装饰的地方，佩戴得满满当当，直压得她抬起不起头来。

“不是挺好看的吗？”

他微微侧目，打量着她的精心穿戴。

“王爷这是恨不能让所有人都知道，小女是商贾出身呢。”朱明月抬了抬皓腕，上面银玉闪耀，一阵环佩叮当。

其实沐晟只命人去准备，并不知准备了什么、准备了多少，却也没想到她把所有备好的首饰几乎都戴上了，不由得轻笑道：“看在你如此配合的分上，本王会对你好些。”

脖颈上的银饰坠得沉甸甸，朱明月闻言抬眸看他，“什么意思？”

“此事结束后，就送你回沈家。”

朱明月不明白“此事”指的是何事，不由道：“茶马互市何止千里，结束之后，王爷自然要送小女回沈家。”

沐晟道："不用等到互市结束。"

低沉的声音，让她为之一怔。却见他眼含认真，朱明月道："除此之外，王爷以后不能再拿沈家的事处处指摘，与沈家有关的小女的一切事、小女回沈家之前的一切过往，王爷也都不能再插手。"

她的声音轻轻，语气却无比强硬。

沐晟睨了一眼，"得寸进尺。"

此刻一行人走在平坦宽阔的官道上，前面是鸣锣开道的东川府衙吏，中间是驾车赶马的马帮和商贾，然后是穿着红绒绦齐腰铠甲的沐家军。浩浩荡荡的队伍，放眼望去一片威武之色。引得东川府的沿街百姓无不争相观瞧。被簇拥着的赶马人第一次受到如此待遇，挺胸抬头，昂首阔步，连日来的疲惫仿佛都一扫而空。

待高矗的城门楼映入眼帘，身着官服的官吏们早已等候多时。

东川府位于曲靖府的北方，洪武十五年设立，属云南布政使司；又在十六年归于蜀地，最终脱离云南管辖。几年之后，朝廷再一次颁旨，要求东川府诸事皆报西平侯府，政归四川，军属云南。

洪武九年，朝廷改行省制为承宣布政使司以来，在疆域内设府和直隶州，形成了一个省、府、州、县四分等级和省、州、县三分等级并存的格局。设置都指挥使司、承宣布政使司、提刑按察使司，为各省军政司法权力体系，分管全省军政、民政、财政和刑法。

洪武十四年，西南地区纳入疆域，朝廷设置土司、宣慰司等，其中多有世袭土司家族，与朝廷直派官吏区分为"土官"和"流官"两种——云南府、曲靖府、澄江府、临安府、大理府、永昌府六个府，全设流官；楚雄、姚安、广甫三个府的流官任知府，以土官为辅，任同知、通判；寻甸、武定、广西、元江、景东、蒙化、顺宁、鹤庆、丽江、永宁、乌蒙、东川、芒部等十三个府以则土官为主，流官为辅。

所谓的"土官"，就是指当地的幕府土司，朝廷置其宣慰使、宣抚使、按抚使等武职，以及土知府、土知县等文职，由其家族子孙世袭。"流官"则是由朝廷派遣到地方的官员，有一定任期，期满调任。

东川府现任的知府孙兆康，便是这样的流官。

"下官参见黔宁王，黔宁王一路辛苦了！"

那正四品的府尹面朝沐晟的方向，一边拱手作揖，一边高声呼喝。

同时派出同知、通判两位正五品属官，又有衙署内百余衙吏倾巢而出。浩大声势，迎接的还是外省藩王，可谓做足了工夫。那孙知府揖完大礼，再次拱手道："王爷远道而来，东川府上下不胜荣光。下官没有躬亲去迎接，实在是罪过，罪过。"

沐晟虚扶了一下，"本王途径东川，叨扰之处，请孙知府见谅。"

面部线条硬朗的男子，却风度翩翩，举手投足间自成一股高贵；俊朗至美的面庞，一双深邃黑眸，唇间依稀含笑。这般气度和风范，让在场的东川官吏一阵啧啧赞叹。

孙兆康脸上笑意深深，连声道："岂敢言及'叨扰'二字。王爷亲自护送走货商队，不远千里赶赴边藏互市，让吾等为人臣者煞是自愧。而王爷年纪轻轻，抚民恤困，夙夜匪懈，颇有老西平侯当年之遗风，朝廷幸甚，云南幸甚。"

千里调军，分明是劳民伤财，却说成抚民爱民。

而一向冷硬倨傲的黔宁王不但没有不耐烦，反而全神贯注侧耳倾听。两人一唱一和，一个热情，一个尔雅，一颦一笑都像是事先商量好的。

"瞧下官，光顾着说话，王爷快请进城。"

孙兆康说到此，一挥手让城楼上的守兵将城门大敞，迎着身边的几个人往城内走。等后面的队伍呼呼啦啦随着进城，衙差早已在前面敲响铜锣，一声高过一声，吆喝着行人回避。

热情而喧闹的场面，隆重气派，筹备精心。从始至终，这位来自云南的年轻藩王除了之前一句客气却敷衍的话，其余都是孙兆康在自说自话，却进行得欢天喜地，不亦乐乎。

按照朝廷规定，县一级的官员上街，要鸣锣七下；府一级的官员出行，鸣锣九下。鸣锣十一下的，则代表省、道一级的官员出行；皇帝出行，要鸣锣十三下。此刻迎接沐家军进城，衙差每一轮敲响手中的锣鼓，却足足有十二下。

东川府的内城气派而繁华，高低错落的房屋连片而建，街巷通达，显出当地百姓安居且住户甚多。垒石铺路的街道，沿街高高挂着招旗，店铺里经营热闹。偶有小桥流水，两边是开凿出吃水的莲池，有妇人三三两两拿着石槌在池边浆洗。顺着陌白街一路往前，绕过常明坊，便是由衙差把守、专人负责洒扫的宽巷，直通东川知府的官邸。

专程在府门前迎接朱明月的，却是孙兆康的夫人孙姜氏。

一袭青、紫、白三色的短式百褶裙，挑花侗锦的面料，很是鲜艳华贵。脚下踩的是银丝镶边的翘头花鞋。发髻饰环簪、纯银钗，戴蝙蝠寿鹿的纯银冠，还有配挂着的多层银项圈、耳坠、手镯、腰坠等，均是银饰。华佩彩服，喜气洋洋，脸上隐约皱纹，显出已不年轻的岁数。

这么隆重的打扮，倒像是来迎亲的。

“车马颠簸，姑娘一路辛苦了。”

孙姜氏笑得一双眼睛眯起。

朱明月交叠着双手，朝着她款款揖了个礼。

“早前听闻黔宁王从京城带回来一位绝美的侍妾，就是这位?”

“听说还是锦绣沈家的半个当家呢，被那年轻的云南藩王引为知己红颜，十分宠爱。这不，为了给她立威，亲自率领沐家军护送商队过来了。”

……

那些细碎的议论声，孙姜氏没听太真切，悉数进了朱明月耳畔。

打扮得如此花枝招展，不是侍妾，又是什么？以至于不让她从正门进，要拐到这侧门来。但站在门口迎接她的是府里的当家主母，又显出对她这位“娇客”的重视程度，侧门台阶下的四抬平顶软轿也是早就准备好的，一侧丫鬟点头哈腰，礼数周全。

只是她这祸水，当得好生冤枉。

“说了半天话，却不知姑娘如何称呼?”

孙姜氏这般询问，客气而小心翼翼。

“小女沈氏。”

“原来是沈姑娘。”

孙姜氏领着她跨进门槛，经游廊，过垂花门，然后往内宅的西厢走。忽然间像是想起了什么，不经意地笑言道：“姑娘既是来自京城，知不知晓沈姓在滇蜀可是大姓呢，尤其是云南。姑娘也是沈姓，莫非与云南府的那个沈家是同宗?”

未等朱明月开口，后面紧跟着跑上来一个书吏，闻言忙道：“夫人眼拙，这位正是锦绣沈家的嫡长千金!”

“居然是沈小姐。”

这惊讶的表情太过明显，朱明月颔首道：“夫人实在客气。”

安排在西厢的这间客房，也是事先布置好的。锦帘绣缎，红毯铺地，宝器堆叠；外阁的花罩里特别搁置了一张美人榻，铺着名贵的雪色貂裘。隔着一道摇曳剔透的水晶珠帘，可见里面的镶嵌翡翠的四扇屏风，屏风旁是描金镶银的青玉案、妆奁宝镜。都是女儿家的用物，无一处不宝光熠熠，美轮美奂。

几个丫鬟在屋苑内进进出出，有的熏香，有的洒扫，见到她都是恭顺地问好。

孙姜氏让人给她奉了茶，才投来略略打量的目光，道：“早就听说，沈家锦绣山庄坐落在西山峰下、滇池之畔，坐拥天光云影、千顷碧波，原来更出落了一位神仙般的女孩儿，‘明珠’二字果真是小姐才配得。”

朱明月低下头，“夫人谬赞了。”

孙姜氏拉起她的手，脸上是一抹难以掩饰的欣赏，“小姐不必太过自谦。平生得见小姐这样一个人物，实在算是有幸。若蒙小姐不嫌弃，定要在府里面多住些时日，也是咱们府上蓬荜生辉的好事呢!”

这些话，即便对待系出名门的官宦闺秀都是极高的赞美，何况只是一个商贾之女。对方还是堂堂的知府夫人，当真是给足颜面。

朱明月道：“夫人如此抬爱，小女区区家世，实在是愧不敢当。”

“小姐此言差矣。放眼整个滇黔，谁人不知云南府的锦绣沈家——多年跟官府打交道，又承揽十三府城的茶运生意，虽为商贾，实则贵不可言。而妾身知道沈家的眼界绝不仅限于此。小姐如是有意，将来东川府的大门，可随时为小姐的商队敞开。”

孙姜氏涂脂抹粉的脸上，挂着跟孙知府如出一辙的笑容。

朱明月抬起眼，清澈的眸光若月下小池，“小女离家在外多年，不懂经商，亦无兵可带，又何来商队一说。”

少女般的愚钝和羞涩，让孙姜氏笑得花枝乱颤，“懂与不懂，有何要紧；现在无兵，更不要紧。有那猛虎之师的沐家军作为依仗，小姐想要怎样的商队要不来呢!”

孙姜氏含笑的一双眼睛，像是蜜糖般甜腻得透光，却是言尽于此，轻轻拍了拍她的手，便施施然离去。临走前还特地嘱咐那个站在苑中许久的丫鬟，在寝阁中贴身照顾，伺候周全。

晌午的阳光在浓绿的树荫下变成一片斑驳的疏影，打扮得喜气洋洋的当家主母扭着腰一步三摇地走了。经她吩咐的那个貌不惊人的丫鬟就站在树影儿里。过了好半晌，朱明月才抬头看过去，对方刚好也在望着她，视线一经接触，对方马上低下了头。

朱明月蹙了蹙眉，忽然间有一种似曾相识的感觉。

一直到酉时的时候，东川知府在府宅中厅前的琅台上设了接风宴。孙兆康作为东道主，其治下的正五品同知汪大海、通判李芳，还有东川府各县县官悉数到场，专程宴请远道而来的云南藩王沐晟。席间陈酿美酒，美味佳肴，来来往往的都是东川最体面的人物，衣着光鲜的侍婢穿梭在宽敞得可容纳百人的亭台间，到处是一派灿烂辉煌。

作为负责照顾的丫鬟，连翘不敢马虎，替朱明月绾了发，又拿来好几套簇新的衣饰。

团花嫣红的花冠罗裙，雕琢精致的金簪银佩，都是之前孙姜氏精心准备的。朱明月从镜子里看着那上下忙活的丫鬟，一张无甚特色的面容，配上毫不出奇的五官，掉进人堆里几乎找不出来。

这时候，阿曲阿伊从外面进来，后面还跟着两个抬着檀香箱子的随扈亲兵，进屋见到桌上摆得琳琅的裙衫，不禁愣了一下，“帕吉美，我把你的随身物都拿来了。”

朱明月看到箱子里的东西，道：“看来要辜负知府夫人的好意了。”

连翘有些犯难，“但是夫人那边？”

朱明月看着她。

下一刻，连翘咬了咬唇，道：“小姐若着实不喜，奴婢便与夫人说，准备的裙衫不太合身。”

这样既不驳了主人家的面子，也不会勉强客人。朱明月露出一抹微笑，“如此便多谢了。”

“奴婢分内。”

那丫鬟说罢，恭顺地伏了伏身，便抱着满桌子的东西下去了。

东川知府的府宅按照侗族的建筑风格，三坊一照壁，四合五天井，其间廊腰缦回，亭台水榭，九曲回廊绕着错落的屋苑，显得娟丽而堂皇。几处苑中都开辟出一道山水，堆砌叠石是清一色的青灰色太湖石，巧如云，如奇峰，近视则玲珑剔透。假山上有古柏，山下有池塘，碧绿的池水将整座山体衬映得格外灵秀。

朱明月由连翘引着抵达中厅前的琅台时，里面已经坐满了人。视线逡巡了一圈，文武官员按各自品阶依次而坐，高矮胖瘦，面目不一；间或土官知府，貂裘披毡，额戴毡帽，扎着辫子，各个满面油光，壮硕得膀大腰圆。

反观那坐在主座上的男子，一袭黑金暗纹束身蟒袍，胸前用羊脂玉扣串成对襟；黑白比照，越发显得周身英气逼人。鬓若裁刀，眉若墨画，斧凿刀刻般的五官轮廓，被一团灯火晃得三分阑珊，端的是丰神俊朗，出类拔萃。饶是席间人头攒动、华服晃眼，不用仔细去找，也能一眼得见。

他的话很少，经常一沉默就是一整天，又傲慢自持得很，拒人于千里之外的模样，看上去就很难接近。稍有觉悟的人，都会敬而远之，很少愿意去碰钉子。可这样的男子，偏偏生得一副甚是出挑的相貌。

满苑伺候的下人们来来往往，那些故意从他身旁经过、悄悄打量着他的侍婢，一个一个都微红着脸，就连一侧的小厮都巴巴地望过来，既仰望又羡慕。而那煊赫尊贵的男子，长眸含笑，手持美酒月光盏，脊柱挺直端正，在觥筹交错、气氛热烈的场面中自成一道风景。

“小姐原来在这儿，怎么不进去呢?”

这时候，孙姜氏从后面走上来。与晨曦时迎她的装扮也不一样，深青色绣花霞帔的品服大妆，用金线绣的云霞孔雀纹。

朱明月见到是她，不由道：“在座都是官员，小女一介商贾之女，如何当的。”

孙姜氏笑着揽起她的肩，“小姐可是咱们府上最金贵的客人，自然也就是这席间的贵客，小姐不当的，还有何人当的。”

说罢，稍稍用力，不由分说带着她往前，“何况今个儿是专为黔宁王接风洗尘，只谈风月，不讲身份。走吧，别让王爷等急了。”

一般内命妇在大红底色的大袖衫上披挂霞帔时，都要用深青色绣花霞帔。若有品级，其差别主要就表现在上面的绣纹。孙姜氏这身品服正代表着她是正四品的诰命夫人。

席间官员见她来了，纷纷起身拱手见礼。

朱明月被安排坐在沐晟旁边，也是主座的位置。等她步入琅台，四周投来一道道或惊诧或惊艳的目光，少数地方官员面上的表情更是羡妒交替，丰富多彩。

沐晟看着她款款落座，道："看来你跟知府夫人相处甚笃。"

"还不都是倚仗王爷的颜面。不过那孙夫人却是极周到、亦客气，没有一点命妇的架子。"朱明月绾着裙裾，身后的侍婢忙递来金心烫红团垫。

少女一贯清淡的脸颊上染着浅浅绯色，也不知是灯笼晃的，还是当真赧然，却映衬得眉目婉约，面如中秋明月，色若春晓之花；尤其是一双点漆似的瞳仁，眸色浩淼，泪痣盈盈。

桃花美人颜，恍若画里面走出来的。

沐晟望着她被灯火照红的侧脸，"怎么你也有伏低的时候？"

"人贵有自知之明。若非王爷悉心铺垫，小女怎会受此优待。"朱明月摩挲着琉璃盏。

沐晟听着她一语双关的话，不由得淡淡笑道："不然你以为本王为何要扶持你做这个沈家当家。若想得到，必要付出，何况此事对你来说并不吃亏。"

枉担了一个祸水红颜的名头而已。随之而来的身份、地位和颜面、底气，都是平凡商贾女儿可望而不可求的。

"王爷这一厢情愿的毛病，还真是改不了了。但小女不禁好奇，究竟是什么事让王爷这样的人如此谨慎刻意，非要用小女做挡箭牌不可？"

沐晟像是丝毫没把她刻薄的话放在心上，唇间泛起一抹微笑，"你真想知道？"

朱明月隔着额间纯银流苏去看他，那种狡黠而又揶揄的神色让他整个人都更亮眼，深邃眸底飞扬的是一种自信从容的神采。此刻席间所有的人都若有若无地注视着这边，竖着耳朵，瞪大双眼，像是恨不能从他二人的脸上戳出个洞来。而这时从对面孙姜氏投来的目光，更是别有笑意。

朱明月不由得轻轻叹气，"王爷非是姓沐，合该姓韩。"

沐晟提壶倒酒，“哪个韩？”

“韩信的韩啊，”她拿着银箸，夹了片乳扇放在玉盏里，“明修栈道，暗度陈仓，这招‘声东击西、假意诱敌’，难道不是深得韩将军的真传？”

两人比肩而坐，一个明艳，一个英凛，目光相错时，谁都没有先调开视线，像是心有灵犀，又似脉脉含情。

片刻，耳畔传来沐晟似笑非笑的嗓音，“这么说来，那你不就是‘项庄舞剑，意在沛公’，”

说者无心。

朱明月眼底刺芒闪过，片刻，淡声道：“好歹也是同坐一条船，若王爷能够时时照拂，小女怎吝处处配合，只是这配合却有条件。”

沐晟看着她，“适可而止吧！”

朱明月微微而笑：“小女的条件很简单，只跟王爷讨一个人情。”

沐晟挑眉等着她往下说。

“沈明琪，”朱明月提盏在唇畔，“只消王爷答应事成之后，将小女的兄长一并送回沈家，小女定当尽心竭力。”

先是她回沈家的机会，后来是他不能插手沈家家事的保证，现在又轮到沈明琪。同一件事，她却提了三个要求。

沐晟端着琉璃盏的手从她背后伸过来，绕过她纤细的腰肢，与她手里的酒杯碰在一起，发出清脆响声，“好，本王准了。”

蓦然亲昵的接触让朱明月脸一红，“王爷莫要趁机戏弄。”

沐晟继续揽着她单薄的肩，动作暧昧，面色仍旧淡淡，“做戏做全，何况本王也不能白让你提了那么多条件。”

朱明月抬眸看他，不怒反笑道：“王爷若是这么说，就别怪小女贪得无厌了。”

沐晟眼睛眯起，不动声色地放开她，“商人本色。”

随着席间官员不断前来敬酒，一杯接着一杯，桌下堆放的酒坛足足有七八个，主座上的男子已经有些醺然。等到夜色阑珊，桌案上灯烬酒残，杯盘狼藉，朱明月扶着沐晟先行离席，起身相送的官员满面含笑，一声声“恭送”走出琅台前的院落还依稀可闻。

唯有一个人，从始至终都未露面。

隔日，天边泛起第一丝红霞，已然巳时。待朱明月洗漱完毕，连翘已经将她要穿的裙衫熨好了，又熏了香，淡淡的栀子细芬。阿曲阿伊摸着考究的面料，操着不流利的汉话道："汉家装束就是讲究，这一件衣裳要好几两银子吧。"

月白缎的短褙子，外护袖镶锦绣，配着一件浅绯色宽褶玉罗裙，还有一双菱纹绮履。

那厢，连翘温顺地说道："对于大门不出二门不迈的千金小姐，这身衣裳的确是端庄体面，美则美矣，却不甚实用，还是咱们的挑绣粗麻别致大方。"

朱明月正从内屋出来，听到阿曲阿伊憨憨笑道："连翘姑娘真是说笑，那些粗麻料子用来糊窗屉都嫌碍眼，哪能给千金小姐做衣裳呢。"

"你懂得真多，可不像是常年在路上走货的。"

阿曲阿伊抓抓头发，"是这一路上跟着帕吉美，唯恐不周，生怕怠慢了她，来之前特地跟一个汉家嫂子做了些打听。"

踏青，赏花；论棋，品酒。

当地官员招待外来要员时，必要安排的几样行程。

东川府的时令刚刚到早春，万物复苏，料峭春寒，早晚仍有些微微的凉意，并不适合游园赏花。府城中却有一家极负盛名的酒楼，名曰"相思坞"，楼中有温室花坊、有雅间棋室，更储藏有百年陈酿。其中很出名的是一种相思酒，醇厚芳香，回甘醉人。

显然孙兆康是投其所好。

相思坞的掌柜早早地就将三楼腾了出来，等两辆马车抵达时，但见孙知府引领着一位清贵男子往里走，于是心领神会地吩咐伙计上菜、温酒。

一行几人皆是便服，除了孙知府夫妇，作陪的还有同知汪大海和通判李芳两位五品属官。东川府身份最高的人都在列，相当惹眼。孙姜氏拉着朱明月上楼时，也没错过从四周投射过来的视线，不禁些许感叹，青春少艾，占尽春光。

"王爷能够赏脸，下官真是不胜荣幸，这间相思坞更是蓬荜生辉。"

孙兆康一边领路，一边笑容可掬地说道。

沐晟走上三楼时，听闻这话，不禁道："据说这间酒楼是孙知府的私产?”

孙兆康一怔，连连摆手，“王爷可千万别误会。相思坞是东川府最出名的酒楼，尤其在川蜀之地极负盛名，下官只是略尽地主之谊。”

沐晟神色淡淡地落座，“但本王怎么听说，不仅是这间，府城中其他几处也都在孙知府名下。”

孙兆康额头上沁出汗来，“王爷容禀，小官真是冤枉得很。”

“王爷明察秋毫，此事必定是有人在背后嚼舌、泼脏水。要知道朝廷命官向来严禁入商、营商，孙知府身为地方父母，岂敢以权谋私，罔顾朝廷法纪。”那厢，李芳帮衬道。

汪大海道：“还是王爷在来东川之前，接到什么人的诬告?”

“自东川府脱离云南管辖以来，军归云南，政归川蜀，就算有人要状告孙知府，也告不到本王跟前。但是本王的确是收到了一些消息。”

沐晟面色清淡，有一种不怒自威的气势，“东川府的前一任五品通判，几个月前被调迁回京，而今已经有了委任，听说是一个闲职。”

对面的几个人齐齐抬头看他，须臾，坐在右侧的李芳道：“王爷说的可是于去年告老还乡的吴成海、吴公?”

沐晟点点头。

孙兆康有些奇怪地道：“吴公与下官同僚多年，亦是李芳、李通判的前任。都说他年老体弱，卸任之后一直在乡里养病，如何去了京城?”

沐晟把玩着手里的杯盏，“冬至的大朝会前有一批地方官奉旨进京待诏，过完年吏部就下了具体的委任。那吴成海自然就是病愈之后，谋到机会，重新出仕。孙知府的消息似乎不太灵通。”

孙兆康是地方四品流官，并没有进宫伴筵的资格，不由得讪讪地说道：“不知吴公被遣任到了何处?”

“他进了科道。”

话音刚落，孙兆康讶然地出声：“都察院?”

“其实像孙知府这样的地方任上，山高皇帝远，很多事往往都传不到京城，但偏偏京城流出的消息有些许跟孙知府有关。正所谓众口铄金，积毁销骨，倘若中间有什么误会，孙知府还是尽快说清楚才是，省得在这一两句议论上头吃亏。”

沐晟的面色淡淡，语气仿佛谈论天气般平常。

孙兆康却连脸色都变了，急急地问道："刚刚王爷提起下官私产的事，莫非就是应天府传出来的谣言诬告？"

酒尚未温好，煮茶的泉汤已沸。等侍婢沏了新茶，沐晟就着热气抿了一口，不置可否地说道："本王说了，就算有诬告，也不会告到本王跟前。"

言下之意是，地方官吏一旦被谪罪，朝廷不会等罪名落实就会直接贬官拿人。

然而像置办私产这样的事在官员中间比比皆是，孙兆康在四品任上多年，不求有功但求无过，一直顺风顺水。吴成海刚一调任到都察院，就出了这种传闻。而作为东川府最高一级的知府，孙兆康出事，下面大大小小官吏都撇不清关系。

李芳的心里咯噔一下，道："可王爷说吴公还是闲职，那他……"

"虽是闲职，却从属给事中，往后或有作为也未可知。何况能进都察院，可见吴成海其人颇得赏识。"

在场几个人面面相觑，谁的脸上都没有了笑容。汪大海沉不住气，刚想开口，却被李芳扯了一下，然后朝着孙兆康的方向努了努嘴。

一贯从容不迫的四品知府，此刻面沉似水；然只是一瞬，忽地又笑了："说起来这吴公原是咱们东川的属官，而今被提拔进京，也是东川的荣耀。同僚一场，咱们理当道一句'恭喜'。"说罢，扭头朝着李芳道，"是吧，李通判？"

李芳心领神会地说道："孙知府说的没错。吴公是下官的前任，给下官做了一个极好的榜样。但他又是耿直之辈，秉性执拗，难免清傲了些，心热却面冷，很难不得罪人。此番在京城出仕，也不晓得脾气改了没有。"

孙兆康道："李通判曾跟吴公多年，从前的吴公，的确不怎么喜与人结交。"

闻弦歌而知雅意。沐晟的视线从对面一唱一和的几个人头顶飘过，然后很随意地将手搭在朱明月身后的椅背上，"这么说，吴成海在任时，与三位相处并不融洽？"

"王爷有所不知，在东川府里，那吴公的倔劲儿可是出了名的。脸皮还薄。就在他离任之前不久，就曾因为户籍归档的事跟几个书吏发生过争执。

书吏因他官职高，不敢还口，吴公却硬是要革那几个人的职。事情闹到后来，也没分出个是非对错。”

说话的是汪大海，一口气说下来，连气都没喘。

李芳睨了他一眼，像是责怪他多嘴，解释道：“其实也不是什么了不得的大事。孙知府深知吴公的脾气，见那架势，只当是劝说几句，给了颜面，都好下台。事后那几个书吏都被吴公以不同的理由，罚了俸禄。再后来吴公离了任上，也就不了了之了。”

一段往事，三个人的描述。

一个心胸狭隘、善计较、犯口舌的狷介官吏，跃然纸上。如果从未接触过吴成海本人，仅凭前后的这些话，就已经可以盖棺定论了。

“科道”二字，属于言官范畴。科，是六科给事中；道，则是都察院下设的十三道监察御史，负责十三省监察之职。六科和都察院里的官职都很小，却行事自主，往往能够以小搏大。吴成海从堂堂的正五品一下子降到了从七品，看似贬谪，实际上却等同于升迁。

倘若这位前任通判当真是“心胸狭隘”又常“犯口舌”，此番掌握实权，就非常耐人寻味了：要知道都察院管的就是监察百官、巡视郡县，且不受地方牵制，是专门往下砸人的。官阶小，却连一、二品的大官都能弹劾，莫说是区区的地方官。

孙兆康的心里很不是滋味：他在东川府的任期马上就要满了。作为地方知府的流官生涯挨到了头，就等着朝廷新的任命通知。选官、授衔的事，自然要经过中央、经由吏部；但是像科道那种地方，同时能够参与的，恰恰正是官员的谒选和拔擢。

“吴公的性子是冷了些，但吾等同僚多年，即便在任时有什么，也不涉私情，是公务，是职责所在。想那吴公不会这么斤斤计较吧？”

孙兆康这般道。

他在阐明立场，替自己也替别人，要表达的意思却是：吴成海真的对东川旧同僚作出指摘，便是怀恨在心、公报私仇。

那厢，李芳道：“孙知府此言差矣。孙知府宅心仁厚，顾念旧情，殊不知这世道凶险，人心难测。历来官员都靠政绩说话，尤其像那等京畿之地，无人不想鱼跃龙门、争得赏识。吴公本就要强，再加上新官上任，政绩压人；别说之前还有过误会，就算没有，也难保证人家心里是不是跟咱们一样，顾念着同僚之情。”

李芳把话说到这儿，意思已经再明显不过。于是汪大海端着酒盏起身，面朝着沐晟道：“要不是王爷途经东川，咱们被人算计了还蒙在鼓里。但求王爷给咱们主持公道！”

铿锵的话音落地，举起杯盏一饮而尽。

其余两人同时投来殷切的目光，那坐在明媚阳光下的年轻男子扬眉一笑，双手对顶在一起，将手肘搭在扶手上，淡淡地说道：“原来孙知府不是请本王来喝酒的。”

站在原地的人尴尬地端着酒杯，也不知是该放下好，还是不放。李芳狠狠扯了一下他的后襟，让他落座。孙兆康讪讪地陪笑道：“王爷说的哪里话，自然是来喝酒的。”

“既然是来喝酒的，便应只品佳酿，不谈公事。”

孙兆康心想，想喝酒什么时候都行，把这间酒楼双手奉上都行，“王爷莫怪，汪同知是个急性子，言辞间冲撞了王爷。”

沐晟淡淡而笑，“冲撞谈不上，只不过汪同知拜错了庙。本王管的是东川府的军政，是都指挥使司，而孙知府隶属文官，归的却是民政，有什么事都应该去找四川承宣布政使傅行之、傅阁老。”

此趟出府名为体察民情，实际上是品酒踏青，安排的是相思坞的三楼，整层清空，虚位以待。通往三楼的楼梯也是独立出来的，从正门进，却不用经过一楼，彰显着客人的独特和矜贵，不可谓不花心思。只可惜事与愿违，不仅没有尽兴，还打了脸，让花了大价钱的孙兆康等人铩羽而归。

然而，吴成海的事已经在孙兆康的心里埋下了猜忌的种子，尤其吴成海在东川府供职多年，最了解的就是东川任上的这些事，上至文官知府，下至衙差小吏，会不会仍有把柄在他手上？吴成海又会不会制造一些把柄、用以成就自己的政绩？职权之内，公务之便，也该有冤报冤了。

同时孙兆康也是万万没想到，明明让他解甲归田，居然一下子把他排挤进了都察院。

于是在那之后的第三日，孙姜氏来找朱明月。

“还去？之前不是去过一次了吗？”

朱明月在屋苑内做刺绣，雪白的绷布上是莲叶田田的绣样。

孙姜氏拉住她走针的手，“明日刚好赶上相思酒起坛的日子，很多文人墨客都云集到东川府，专程来赴这场盛会，十分热闹。沈小姐好不容易来一趟，不如也去瞧瞧新鲜。”

朱明月道：“这不好吧？王爷只是暂时经停，平白流连在坊间，恐会惹人非议。”

“怎会呢，就算再忙也要偷个清闲不是。何况参与民间盛会也算是与民同乐，王爷又是爱酒之人，上次没喝尽兴，我家老爷心里很是过意不去呢。”

孙兆康想再次向沐晟发出邀约，又怕被拒绝落了面子，再无商讨余地，于是就让孙姜氏来央求沈家小姐。

孙姜氏说到此，又趁热打铁道：“何况从曲靖出发的这一路上，小姐和王爷跋山涉水，风尘仆仆，怎能不好好休整一番。”

朱明月面露难色，“但是小女一贯不插手王爷的事。”

“沈小姐这么说便是妄自菲薄。”孙姜氏压着嗓音道，“妾身当小姐不是外人便说一句直的。其实像朝廷军队护送走货这样的事，可谓是旷古烁今，王爷为了小姐却都做了。小姐在王爷面前，还不都是一句话的事吗？”

空穴来风这种事，一旦经由默认就会变假为真。朱明月望着孙姜氏笑靥如花的脸，犹豫着说道：“既然夫人都这样说了，那小女便试试。”

孙姜氏握着她的手，“就知道沈小姐是菩萨心肠。小姐只管去说，成与不成都由王爷。”

说罢，从腕上撸下来一枚通体油亮的玉镯，塞到朱明月手里。

孙姜氏踏着满地婆娑的树影跨出屋苑门槛，正巧沐晟正从外面进来，那张涂脂抹粉的面上挂着心满意足的笑容，迎面见到沐晟，急忙敛身道了个万福。而朱明月伫立在琉晶珠帘内，摇曳的碎光照耀在她的发间、肩上，待四目相对时，她抬起纤细的皓腕，摇了两下，腕上一枚鲜亮的镯子明晃晃的。

扑面而来的阳光明灿灿，连同玉镯油润的光晕一同投射在他的眼底。沐晟挑了挑眉，道：“怎的，一个镯子就把你收买了？”

“王爷在后面装神弄鬼，小女自然就在前面狐假虎威。何况这可是良渚玉镯，白果青色，晶莹滋润。王爷瞧，年头够久了，却没有丝毫的沁色，可见价值不菲。”

沐晟走上台阶，执起她的手端详了一下，神情还很认真，“你是不是觉得无论如何明日本王都会去，所以不介意跟孙姜氏做个顺水人情？”

朱明月转着腕上的玉镯，“假使王爷拒绝了孙知府的邀请，就意味着对吴成海的事袖手旁观，那样不仅伤了孙知府的颜面，还会跟曲靖府的文官们交恶。王爷是这么聪明的人，怎么会搬起石头砸自己的脚呢？”

在相思坞酒楼中提起吴成海的，是沐晟；而后甩手不管的，也是沐晟。这种抛砖引玉的行为，难道不是在等孙兆康这只鱼愿者上钩吗？

迎着刺眼的阳光，她微微眯着眼，两弯似蹙非蹙的笼烟眉，一双似喜非喜的含情目，泪痣盈盈，明媚胜却星华。沐晟望着她片刻，凑近了几分，耳畔低语道：“本王发现，你很擅长扮戏，每一次不用事先商量，都被你处理得妥妥当当。”

那一刹的寒冰消融，都化作了他眸中、唇瓣上的淡淡笑纹。朱明月却从他的眼睛里看到了一层薄薄的冰，就像是春日里封冻许久即将开化的湖面，看似一踏即碎，其实冻得十分坚硬，几可伤人。那是她再熟悉不过的东西。

朱明月仰起面颊，视线不离他那深邃的黑眸，“世人也都认为黔宁王是个不折不扣的莽夫，王爷真的是吗？”

《军形》中说，善守者，藏于九地之下；善攻者，动于九天之上。她一直以为这话形容李景隆再贴切不过，露拙藏巧，假痴不癫。如今看来能够决胜千里、克敌制胜的军中统帅，并非个个如她爹爹那般耿直憨厚，只懂拼命。实则更多的却是像当年的燕王、像李景隆，还有面前这位年轻的黔宁王。

若论扮戏，怕是彼此彼此。

朱明月忽然生出一种庆幸，庆幸自己生性谨慎，面对坦途仍步步小心。否则如身边这位，一旦先入为主，恐怕早已被拆穿了身份。

孙兆康的心思没有白费，早早预定了相思坞的位置，一掷千金的布置，然后成功地将贵客再次请进了门。却并非是因为吴成海的事，都察院的权力再大，总硬不过六科，上下打点一下，谁都别想只手遮天。所以孙兆康不担心吴成海公报私仇，而是怕黔宁王府落井下石。

当然，黔宁王能帮他美言一句，离任后的仕途则会更加顺风顺水。尤其这次黔宁王府护送马队走货，其间情由是不会不报到御前的，东川府作为途径的第一站，自然也会出现在奏疏上。

两日后的天气也是极好的。和风丽日，阳光轻暖，街巷边杨柳垂垂，叶落不沾地，又轻飘飘地落进了街道两边的莲池里。一路上乘马车而来，经过的街巷都很热闹，等到了相思坞酒楼前，沿街来往的都是慕名而至的酒客，一楼人头攒动，二楼雅间早已坐满。掌柜的拿出早已准备好的桌椅，沿街摆在外面，等到美酒佳肴一上桌，整条街都是醉人的酒香。

三楼的布置比上一次还要雅致清净，两道孔雀雕饰的花梨木屏门挡着，落地几座六扇屏风，隔绝了喧闹和嘈杂。从楼上凭栏眺望，能俯瞰到远近错落的屋苑、井然有序的街道，道旁小桥流水，花树烂漫。在外间一扇雪织锦美人绣的屏风后面，还安排了个唱曲儿的姑娘，怀里抱着一把琵琶，唱的是北宋范仲淹的《苏幕遮》：

碧云天，黄叶地，秋色连波，
波上寒烟翠。
山映斜阳天接水，芳草无情，
更在斜阳外。

黯乡魂，追旅思，夜夜除非，
好梦留人睡。
明月楼高休独倚，
酒入愁肠，化作相思泪。

珠玉般的唱词，婉转悠长，入耳颇有几分烟雨江南的味道，让人的心都跟着醉了。

沐晟手里拿着与上次一样的杯盏，盏中却是刚刚起坛的陈年佳酿，淡淡的绯色，盈盈流光，鲜亮可人。这便是相思坞的镇楼之宝。据说由一对情人在殉情前所创，酿制方法神秘独特，埋在合欢树下。每年起坛时，都会引得无数文人墨客前来凭吊品尝。

相思情，相思酒。酒入愁肠，化作相思泪。

端的是很应景儿。

此刻的席间也是静静的，伺候的侍女执壶，款款斟酒，举手投足间，让人赏心悦目。孙兆康手握酒盏，徐徐地说道："之前听有幸进宫述职的承宣布政使傅阁老说，那时的席上佳酿，有一款与这相思酒甚是相像，不知王爷可有品尝？"

沐晟将远望的目光调回来，淡淡地说道："傅阁老说的是西域的供奉，葡萄美酒。"

"葡萄美酒夜光杯，欲饮琵琶马上催。王爷曾随老黔宁侯征战多年，半生戎马，比起吾等文官，必是更加懂得这其中三昧。"李芳道。

汪大海起身，给众人斟了一遭酒，"依下官看，不仅是美酒醉人，美人更醉人，否则王爷也不会被羁绊住脚步，乐不思蜀。"

说罢，别有笑意的目光从对面两人的身上一扫而过。

看来不仅是转道河南的行程，就连之前沐晟奉旨留京改良火器的事，在西南地界上也仍是秘密。

朱明月抬眸看了他一眼，正巧对方也朝她看来，搭在她身后椅背上的手同时抬起，轻拂过她的耳梢，然后很自然地落在她的肩头，"美酒佳酿的确是让人流连忘返，但好酒无杯，总让人多少有些遗憾。本王听说前段时间孙知府正好收了一套周穆王时的夜光白玉杯，何不拿出来给大家一饱眼福？"

这样的姿势，朱明月被半搂进了他的怀里，很亲密。

孙姜氏笑盈盈地望着这一幕，款款道："王爷真是消息灵通，我家老爷素来喜欢宝器收藏，尤其是那套夜光杯。据传是周穆王时，西胡以鸳鸯白玉精雕细琢而成，杯壁薄而剔透，玉色透明鲜亮；以其盛酒，犹如月下对饮，照出盏中淡淡酒色。我家老爷自得到之后，爱不释手，简直要当成传家宝呢。"

孙姜氏说完，孙兆康咳嗽了一下，道："没规矩，王爷什么没见过，区区一套玉杯就拿到王爷跟前卖弄。"

那厢，孙姜氏悻悻地噤声。朱明月浅笑道："看来孙知府断是不肯轻易示人。"

“既说了是要传家的东西，自然奉若珍宝。”

那厢，男子淡淡地接口。

孙兆康急忙扯出笑脸，道：“王爷言重了。什么宝不宝的，既然王爷有这个兴致，那下官权当是献丑了。”

因为一套夜光杯，品酒的地点一下子从相思坞酒楼转换到了知府官邸。在回去的路上，李芳和汪大海都以有事为由告辞，于是品鉴的就剩余下四人。那守门的衙差像是早知道出行的马车会提前回府，已在府门口准备好了踏凳，等马车就近停驻，连翘跑上去将挂帘掀开，扶着里面的朱明月下来。

当然，东川知府孙兆康珍藏有春秋时玉杯的事，并不算什么秘密。

这位附庸风雅的知府老爷，极嗜收藏，除了夜光杯之外府里还有很多奇珍异宝。

以往朝廷每派京官来地方巡查时，当地官吏都会献上真金白银，或赠以良宅美妾。太祖爷时期贪贿之风甚重，惩治手段残酷，就演变到了后来投其所好，悉数成为官员们喜爱的金石玉器、古玩字画。于是挂起这样一道遮羞的珠帘，贪赃枉法、私相授受也变成一桩雅事。

谓之“雅贿”。

绕过府门后的影壁进府，直接就回了内厅。厅内少有伺候的随侍，就连苑中的洒扫仆从都打发了，体现出孙兆康的细心。同时也说明，孙知府做这种事已是轻车熟路，府里的下人们也早见怪不怪了。

锦盒是由孙姜氏拿进来的，上面还蒙着一层深红锦缎。孙兆康小心翼翼地接过来，当着沐晟的面将盒盖掀开，一道瑰丽的光晕扑入眼帘。

相思酒，夜光杯。

一个是绝世佳酿，一个是稀奇珍宝。

若是不懂酒的人，根本品不出那相思坞酒楼里的相思酒，其实正是御前供奉；如果不懂珍宝收藏，也断不会看出这精致的玉杯究竟有多重的身价。

当锦盒内夜光杯的宝光映照得众人的脸一片迷离灿灿，孙兆康低下头，掩饰住眼睛里的一抹意味深长：什么重若传家宝、不肯轻易示人，不过都是铺垫、是噱头，若这位黔宁王看得上眼，这件价值连城的宝贝，便是他酬神用的岁钱。

当然，沐晟就是那尊神。

孙兆康在心里打着如意算盘，面上却挂着几分舍不得，“这玉杯原有五只，不断的王朝更替，流传到现在只剩下这么两个。下官也是在不久前无意获得。”

圆润的杯身，吞口很大，薄而剔透的玉璧，自杯脚往上盘旋着雕刻虺龙。细致滑润的玉色使得那虺龙仿佛活了一般。

朱明月看了半晌，摇头道：“夜光杯诚然珍贵，可孙知府不愿意示人，推辞便好，不用拿个赝品来糊弄人啊。”

话音刚落，引得孙兆康和孙姜氏双双抬起头。

“小姐何出此言？这东西是下官真金白银买回来的，一直悉心保管。若不是王爷抬爱，哪里肯轻易拿出来。”

孙兆康吹胡子瞪眼，有些被冒犯的恼火。

朱明月道：“那便是货郎愚弄了孙知府，因为这盏玉杯根本就不是春秋之物。”

知府夫妇面面相觑，愈发感到荒谬之极。却见朱明月将那玉杯拿在手里，“孙知府且看，这玉杯的杯脚上刻着的是双线虺龙纹，昂首睁眼，两角后翘，通身鳞纹，的确是秦汉之前君王御用青铜器和玉器的代表纹饰，可这杯身的浮雕却有些问题。”

红袖添香的小小佳人，忽然摇身一变成了熟识古董的行家，让孙兆康一时错愕，“什、什么问题？”

“春秋战国时的龙纹雕刻特点是龙头似马头，上唇下卷，下唇上卷，似斧形或鱼尾形，口露厉牙，多用透雕结合细阴线刻的技法。”

孙兆康面沉似水，不以为然地说道：“春秋时期确是如此没错，直至隋唐时也一直沿用，可凭此就断言这东西是赝品，下官不敢苟同。隋唐时同样惯用的是镂空技法，龙头却相对较长，头上还有鹿角呢，丹凤眼，口大张。以上种种在这个夜光杯的身上并无体现。”

摆弄古玩多年，孙兆康自认眼力不差。

朱明月抿了抿唇，“正因如此，这东西不但不是隋唐的，反而还要往后。”

青葱似的一根手指，摩挲过剔透的杯脚，停顿在杯身雕刻着的纹饰的嘴上，“元朝时的龙纹，上嘴唇明显拉长，向上翻翘。当然五代时期也是如此。然而从元朝至今，玉器的雕刻用得最多的就变成了高浮雕，这样雕刻出的纹饰比普通的雕刻技法都更为凸出，雕纹鲜活，栩栩如生……”

她说到此，孙兆康的额头忽然沁出汗来。

“而高浮雕，是不作镂空的。”

随着那玉杯被重新放回锦盒中，孙兆康的脸色也跟着褪掉了一层。是啊，高浮雕的手艺直到元朝才出现，根本不可能出现在元以前更早的年代，更别说是春秋战国。

那厢，少女喟叹道：“玉是好玉，可惜虚报了年份。孙知府若花了高价，真真是不值呢。”

岂止是高价，他用了天价！

可这些话孙兆康没法说出口。花了冤枉银子倒在其次，重要的是他这个堂堂的知府竟被愚弄了——向来自诩眼力刁钻的人，居然看走了眼！孙兆康的脸色一时青一时白，气得哆哆嗦嗦，像是随时都能昏厥过去。孙姜氏急忙扶住他，拍着他的背替他顺气。

其余的两人在这时走出内堂，等跨出外院，沐晟看着她道：“让人印象深刻。”

朱明月道：“真的假不了，假的也真不了。事实证明那玉杯是赝品，就算王爷不要，恐怕也当不成传家宝了。”

沐晟立在花下，唇瓣一抹淡淡的玩味：“但是孙知府一心想巴结黔宁王府，即便不是白玉杯，也会再送来其他的好东西。届时你可以再帮他掌掌眼，也省得他拿假货来糊弄本王。”

朱明月望着他，“王爷好像真的不知情。”

轻薄的花瓣在他身后徐徐洒落，长身玉立，更显得卓然挺拔：“本王只是听说，除了这套夜光杯，孙知府府里还有两件战国时期的玉勾云纹灯和一块玉镂雕龙形佩。”

……

东川府短暂的经停，就这样在闹出了一段真赝玉杯的轶事后，变得引人入胜。而孙知府对待沐晟的态度愈加恭敬了，连带着驻扎在城外的沐家军和马帮也受到妥善的照顾，有城中官吏负责每日送饭送水、安排一切生活配备；偶有东川府的百姓出城犒军，馈赠些粮食土产，比出征打仗时还要受到爱戴。

孙姜氏则日日往返朱明月的寝房，恨不能把府里所有值钱的东西都搬来让她看一遍，顺便也让她选出几件称心如意的。且正如沐晟之前所说，孙兆康挖空了心思淘弄来的这些宝贝中，当真有他提到的那两件。于是在预料之中，朱明月忽然嗅到了一丝让她不安的气息。

时日又延迟了三个昼夜。直到临近沐家军离开东川的前一天，当地的土官姗姗而来。

鲜艳的红毯铺地，黑裙花帕的侍女洒着鲜花开道。紧跟着的是一辆八人抬的花梨木步辇，雕梁琐窗，装饰着颜色鲜艳的烟罗纱和琉晶帘，衬托出纯金打造的圆顶。步辇的两旁跟着数十名彝家打扮的奴仆，后面则是手执户撒刀的土司府护卫，赫赫声势，气派非常。

“禄老爷来得可真是时候，下官正想着如何为王爷送行。禄老爷要是隔日过来，或许还能看到沐家军离开的盛大场面。”

禄弘铭，东川府的彝族土官，禄氏土司府的现任当家。

亦是太祖爷时期朝廷钦定的世袭首领，曾由元朝统治者亲封为武略将军，又以军功授昭勇大将军，加资散大夫、云南行省左丞，配三珠虎符，领有东川之地。

这样的身份在东川可谓是位高权重，孙兆康却似乎并不买账，朝着来人略一颔首，连礼都没行。

那从步辇上下来、一路踏着红毡毯走近的男子，约五十多岁的年纪，两鬓已有白发，却虎背熊腰，双目生威，步伐铿锵有力。身上穿的是彝族正宗的黑色窄袖右斜襟上衣，多褶款裤脚长裤，头前部正中蓄小绺长发头帕，右方扎一钳形结，肩膀上还披着纯白羊皮披毡，腰间斜跨一把长约八寸的景颇尖刀。

“禄氏来迟，还望黔宁王见谅!”

双手一抱拳，嗓音里都带着彪悍的气劲。

来人说罢，不等对面的人做出反应，朝着身后的家奴一招手，即刻有人捧着木盘子上前，盘里是三个纯银酒碗。

“为了给王爷赔罪，禄氏老儿在这里先自罚三杯。”

禄弘铭说罢，端起中间的一只碗，仰脖就喝，待饮尽后，将碗朝下一摔，而后双手并用，又一手拿着一个碗，一口气连干三碗。

这时沐晟走上前，淡淡扬眉道：“早就听闻禄氏土司府里的藏酒出名，禄公饮尽三碗，可有留给本王的?”

禄弘铭朗声大笑，三下响亮的击掌，身后有彝族黑袍的奴仆端上红缎木盘子，“素知云南府的黔宁王嗜好美酒，今日一见，果然名不虚传。”

面前的银碗吞口颇大，寻常男子都要怯惧几分。沐晟从容不迫地端起，一连也饮下三碗。那禄弘铭见状，又陪了三碗。算上之前的痛饮，酒量甚为惊人。

站在后面的孙兆康撇了撇嘴，暗道了一句“粗鄙”。

豪饮之后，禄弘铭抹了一把下巴，道：“孙知府刚刚说禄某人来得及时，此话其实说得也对。之前禄某受人之托，而今总算是忠人之事，经过半月查访，整件事情已有了些眉目，特地赶来向王爷禀告。”

孙兆康听得三分糊涂，“禄老爷说的什么?”

“就是前段时间云南十三府的茶商被半路抢劫，滇黔之地各府、州、县的商贾一直人心惶惶，萧军师寝食难安，故此修书一封与禄氏土司府，托付禄某代为查探。”禄弘铭说到此，朝着孙兆康抱歉地拱了拱手，“应该提前跟孙知府打声招呼，但事关重大，禄某唯恐打草惊蛇。还望孙知府不要介意。”

一句话，激起了千层波澜。

在场众人的面色惊疑莫定，其中最惊愕的莫过于孙兆康。在东川府里查案，他这个四品知府居然半点不知！然而既是萧颜的授意，还能跨省调动东川的土官家族为之效命……孙兆康忽然感到是这位年轻的云南藩王沐晟。

“殊不知禄老爷查得如何了?”孙兆康不阴不阳地问道。

“在托付给禄某人以前，萧军师就曾做过严密的勘察，发现除了在来云南半路上被阻截的，部分的本地茶商遇袭之地，正好处于曲靖府和东川府的交界处。于是在接到手书之后，半个多月的时间，我禄氏的家仆前往附近的各个府城、州县，多时奔走，好不容易才找到了一个关键人物。”

禄弘铭说到此，摸了摸胡子看向孙兆康，“那个人，孙知府刚好也认识。”

禄弘铭的到来，实在是起到了一鸣惊人的效果。而他表明态度是拜会沐晟，没有要踏进知府官邸的意思。孙兆康也不愿意去禄氏土司府。既不能去衙署，也不便在大街，于是听禄弘铭叙述经过的地点选在了相思坞的酒楼。

这次是整个清空。酒楼的沿街都是把守的衙差，连商铺里做生意的伙计都不允许随意出入。手执撒户刀的彝家侍卫则在楼中严阵以待。

三楼宽敞的雅间里，摆着一座唐代锦绣花卉雕红木落地屏风，原是供娇客休憩之用，这下成了衙门断案的内堂。等跟着一行人走上楼来，孙姜氏直接拉着朱明月往屏风里躲。

寻访，查案。

一切似乎都回到了河南府。

这次不是人命案，却更加离奇。在各地的商贾们走了几十年的运货路上、在当地马帮都没发现任何风吹草动的情况下，所有来云南中转的茶商几乎在同一时间悉数遭抢。作为镇守云南十三府的藩主，黔宁王府责无旁贷。离奇的却是这查案的契机。之前一点蛛丝马迹也无，偏偏是刚刚经停东川府；一直以来也没有任何消息说黔宁王府要查，突然之间却都摆在了明面上。

原来不是不查，而是一切都进行得悄无声息，同时更让人措手不及。

上堂用的方端石梨花木大桌案和四把敞椅早就摆好了，两边的墙上还布置着大旗，一边写着“替天行道”，一边写着“忠肝义胆”，不像三堂会审，反而有些山寨里歃血为盟的味道。桌案前中间的地上，跪着一个人，五花大绑，被彝族家奴按着匍匐在地。

“王爷位高尊贵，还请上座！”

“不对不对，王爷理应坐在案首。”

孙兆康怎样安排都感觉不对，于是扭头瞥了一眼禄弘铭，没什么好气儿地问道：“人是禄老爷抓的，这案子是禄老爷审啊，还是下官来审？”

禄弘铭看了他一眼，“王爷在此，自然是王爷审。”

孙兆康被他噎了一下，又回头去看沐晟。那清贵而煊赫的男子坐在阳光的影儿里，一袭云纹蟒袍被照得泛着白光，却显得五官奇俊，眉目英凛如墨画；不说话也不笑的时候，有一种无形的威慑力，压得人透不过气来。

孙兆康咽了口唾沫："那王爷的意思是……"

"孙知府是主，本王是客。主审的位置自然是孙知府的，本王旁听即可。"

沐晟的话很客气，却让本就心里没底的孙兆康，蓦然感到一阵口苦。

在他即将期满离任的当口，忽然之间发生了吴成海的事，现在又多了一桩茶运要案，祸不单行，不由得万分后悔当初为何要留沐家军在东川经停。等片刻落座，才发现案上没有惊堂木，孙兆康幽幽一叹，索性以掌代替，"砰"的一声狠狠地拍了下桌案。

"堂下所跪是何人？抬起头来！"

地上那人哆哆嗦嗦，好半晌，道了句："小的张三。"

待那人把脸抬起来，淤青的眼眶、满是血的嘴角，还有高高肿胀起的颧骨，像是打翻了五味瓶，青紫红黄，几乎看不出本来面目。

孙兆康还是在第一时间认了出来：

"是你？"

孙知府张大了嘴，难以置信地道："怎么会是你！"

让禄弘铭说对了，这人他确实认得。正是那个用假夜光杯愚弄了他的走货商人。

"大、大老爷，小的可是正经的买卖商人啊。一不偷、二不抢，从来不做犯法的营生，青天大老爷要给小的做主啊！"

张三显然也认出是孙兆康，像是遇见了救星，一边号啕大哭，一边磕头作揖。

孙兆康冷笑一声，"这些年来，光是卖本府假货赚的银子，就够你置办不少田产的吧？"

地上的人颤抖了一下，噤声不语。孙兆康目光冷冷，又狠狠地一拍桌案，"大胆刁民，事到如今，还不从实招来！"

其实孙兆康更想说的是，这杀千刀的居然敢用假货诓他！之前几年里买入府的东西经他手的不少，到底哪些是真哪些是赝，还是大多数都是赝品？孙兆康一阵痛心疾首。

“大、大老爷，小的可是正经的买卖商人啊。一不偷、二不抢，从来不做犯法的营生，青天大老爷要给小的做主啊！”

“……”

孙兆康没话可说，那厢，禄弘铭冷冷地递去一记眼色。于是那彝家的奴仆上去就是一脚，又准又狠，直直揣在张三的心窝上。地上男子痛苦地呻吟一声，顿时蜷缩住身子。

紧接着禄弘铭大喝一声，“知道在你面前的是何人吗？云南十三府的藩主、列土封疆的黔宁王。还敢装疯卖傻！”

张三抬起头，这才从肿得眯成一条缝的眼睛里，认真打量着桌案后面的几个人。

“黔、黔宁王……”

彝家奴仆扬起手，又是狠狠地一巴掌，“知道是黔宁王还不快说！”

“大老爷要小的说什么？”

“那些假货都是从哪里来的！”

孙兆康忽然气急出声。

他更想问的是：究竟是谁在背后捣鬼，胆敢蒙骗堂堂的四品知府！？

而禄弘铭想知道的却是：明明是一个不起眼的贩货商，为何一出手动辄就是价值千金的稀世珍宝？

之前在孙兆康府宅中发生夜光杯的事，禄弘铭并不知情，但那玉的确是好玉，虽然虚报了年份，价值仍是不菲。而这件价值不菲的东西，恰恰就是这次云南十三府商贾遭到抢掠的一件赃物。

边藏互市，不仅以茶易马，还有药材、动物皮毛、丝绸和古瓷玉器。尤其是遭抢的这一趟，之前萧颜在曲靖府的衙署清点出来的货物劫掠清单里，就有一件元末的高浮雕虺龙纹白玉杯，价值连城。随后不久，坊间流传出东川知府近日又添了新宝贝，据说是秦穆公时期的鸳鸯白玉夜光杯。

事实证明，所谓的夜光杯，正是那件裹挟在遭抢货物中的元末白玉杯。

“伪造个年份，不仅将赃物洗白，还能卖个好价钱。倒是不愧为行家里手。但是你又有胆子把赃物倒手给朝廷官员，可见在你背后有足够厉害的势力作为倚仗。”

沐晟睨视而来的目光很淡，说的话却让在场的人心惊。

屏风后面一直在聚精会神听着外面情况的孙姜氏，闻言差一点没昏过去。

“真是吃了雄心豹子胆了你，居然卖给本府赃物!”孙兆康大惊色变，气急之下隔着桌案探出半个身子，“你说，之前那些云南茶商的货是不是都让你给抢了？胆敢隐匿，本府活剐了你!”

张三有些惴惴，却也不慌，“青天大老爷明察，小的就是个走货商，弄到些什么，自然就卖什么。什么年份，什么洗白，小的可不懂，也没有那么大的本事去行抢啊!”

“你的确没能耐抢掠，却参与了销赃。”

沐晟淡淡地开口，睨去的视线凉若秋雨，“这样的买卖不缴关税，不缴市税，净赚不赔，却有着相当高的风险。而且并非任何货商都有接手的机会。但那件东西偏偏流落在你手里。无疑说明，你不是中间人，就是那伙匪患的同党。”

一句话说得孙兆康瞠目结舌，而后愣愣地点头，“王爷深谋。”

地上那人却始终低着头，闻言哆嗦着肩膀，像是在笑。“青天大老爷容禀。小的常年在外，经手的货物不知过了多少人的手、倒卖几次才到了小的手上。不管是同党还是在中间对缝的什么人，小的都是最末梢的一个。大老爷最需要问的，应该是那些赶马人吧!”

那人说罢，张手匍匐在地，高声唱喏道：“大老爷若要查，小的一定知无不言、言无不尽!”

像走货这样的买卖，一向专门跟各地的马帮和藏边居民打交道，以贱价或是低于货物本身买进，回到城里再高价出售。赚的就是中间差额。一旦遇到自己消化不了的宝贝，就卖给途径较广的货商，这样不断倒手，货物本身的价值也在不断攀升，就看谁有更出得起银子的主顾。当然，有时也会做拉纤的营生，倒买倒卖的专是一些见不得光的东西。

一旦去追踪货物来源，拔起一个来，就会连带着好多。相互攀咬，查无可查，最后一定会落到曲靖府的马帮头上。等闹将起来，商贾们就会以为是马帮监守自盗，使所有的马队都会失去信誉。到头来损失最大的还是云南自身。

这张三显然精于此道，又在东川府里混迹多年，熟门熟路，有自己的一块金字招牌，否则不会接触到像孙兆康这类的四品大官。可饶是这样的人，却如此不小心地将赃物原地消化，还是在商贾遭抢之后的不长时间，可见是多么的有恃无恐。

“一件赃物是偶然。两件，十件？本王说你销赃便是销赃，如同说你参与抢掠，明日你的头颅便会悬挂在东川府的城楼上，以儆效尤。”

咄咄逼人的言辞，沐晟却说得甚为平淡，如同一件寻常事，“刚刚你说你是最末梢的一个？好，那你就把你所有的上线都交代出来。你说一个，本王即刻就去查一个，无论揪出多少个人，一旦发现有任何对不上的地方，你本人立刻身首异处。怎么样？”

用马帮来相要挟，的确是很聪明的做法。可惜他不过是区区平民。

地上的人陡然抬起头，龇牙咧嘴道：“黔宁王位高权重，小的无权无势自然是惹不起。但这里毕竟是东川府，是川蜀的地方！王爷恐怕不能想管哪儿就管哪儿吧。”

沐晟看着他恼羞成怒的模样，淡淡一笑，“这么说来，他是你的人？”

被他视线扫过的孙兆康，脑门上的汗刷的一下就下来了，“不不不，东川府民淳朴和善，从没有作奸犯科之辈。他绝不是东川的人！”

更不是他孙兆康的人。

“但是小人将那批货悉数卖给孙知府却是事实！”

地上的人显然也急了，大声喊道。

“你放屁！”孙兆康又急又怒，气得拍桌子大骂，“本府受你蒙蔽，花高价买的都是赝品，本府也是受害者！”

“倒买倒卖，罪不至死！但孙知府明明接手了赃物，却说是蒙在鼓里，那小人是不是也能说自己不知道那些东西的来历？”张三说到此，眼底一抹阴冷划过，“既然孙知府的命是命，小人就是贱命一条，咱们倒不妨好好说道说道。”

倒打一耙的行为，让孙兆康怒火中烧。

那厢，禄弘铭哼笑一声道：“小兔崽子，光脚的不怕穿鞋的，这是开始耍混了。行啊，你不是说你自己不归云南吗？在东川的地头上犯事儿，由我禄氏土司府来审你总没话了吧！”

说话间，即刻就有彝家侍卫上前来拿人。

地上那人见到这架势也骇了神，红着眼睛死命地扒住桌角不撒手，下一刻又被彝族侍卫堵了嘴，嘴里呜呜也不知喊着什么。正推搡间，沉默了片刻的孙兆康忽然伸出手，一把将人拦住："禄老爷，此事还应从长计议。"

"还有什么可计议的？"禄弘铭虎目圆睁，"这厮负隅顽抗，再问下去也问不出个所以然来。也不劳烦知府老爷操心了，就让我带回土司府去，不信他开不了这个口！"

禄弘铭自顾自地说着，孙兆康却忽然转身，朝着沐晟就是一拜，"王爷，既然禄氏家族已奔波多时，下官身为地方父母，理应负责审理此案！"

一直避之不及的态度，忽然就积极了起来。禄弘铭当时就想反驳，又被孙兆康抢白，"更重要的是，下官也深受其害。如此被人戏弄，却不能亲手惩治，往后下官还有何面目再面对东川的百姓！"

说罢，竟是掩面而泣。

晌午的阳光顺着琐窗照进来，晃得地面上的雕饰都有些花了。孙兆康也跟着晃了晃，像是要摔倒。禄弘铭不耐烦地推了他一下，就错过了说话的时机。再想开口争取，那厢，沐晟已经起身离开。

经此一场，东川府的流官和土官就算是在云南藩王的面前达成了一致，那名叫"张三"的走货商由禄氏的彝族家奴和衙署的衙差押着，出了酒楼，直接送往了东川府衙牢。而同一时间，相思坞酒楼里如此大的阵仗，有三位身份显赫的大人物驾临坐堂的消息，一时间在东川府小小的府城中传得沸沸扬扬。

回到府宅时，孙姜氏仍是气息恹恹。

朱明月扶着她下了马车，没见到伺候的奴婢，只好自己搀扶着她往府里走。等跨进主屋的内阁，有侍婢拿着披风过来接，孙姜氏始终攥着她的手，到底也没放开。

朱明月扶着她躺到软榻上，"夫人是不是有话要跟小女说？"

那打扮得贵气的妇人躺在软榻上，阮烟罗的丝绸也没让她的脸色好看些，片刻垂下泪来，"沈小姐善解人意，慧质兰心，又是菩萨心肠，这次一定要救救我家老爷！"

"夫人言重了，究竟是所为何事？"

自然是刚刚的事。

孙姜氏拿着绢帕，长吁短叹地抹泪道："小姐有所不知，像这次商贾被匪寇抢掠的案子，可大可小。但这毕竟是云南十三府的事，是黔宁王的事，现如今，却统统压到了东川府来，我家老爷，恐怕晚节不保……"

朱明月道，"夫人多虑了。既是黔宁王府的职责，孙知府不过是代为审理。"

"可那走货的商人看似平凡不起眼，实则大有来头，根本不是我家老爷能够招惹的!"

孙姜氏说到此，哭得满脸的妆容都花了。朱明月伸手帮她顺气，"那夫人可否与我讲讲，到底是这么一回事?"

等朱明月回到自己的屋苑，已经过了晌午。孙姜氏非要留她一起用膳，然而等侍婢将膳食端上来，她自己却食不下咽，连带朱明月也没了胃口。等她出了主屋，顺着抄手游廊走到西厢，没跨进门槛就感到腹内空空，感到更饿了。

西厢的敞苑里，飘来一股扑鼻的饭菜香气。

粉蒸肉!

朱明月顺着那气味望过去，正是她自己的寝阁，窗扉和寝门都敞开着，离远就能瞧见屋内的桌案上摆着精致的盘盏。尤其是那道粉蒸肉，由笼屉盛着，红白相间，显得嫩而不糜，五香味浓郁。待略略走近了，还能瞧见肉层下面是以老藕垫底，色泽分红，粉糯而清香。

屋内的男子侧坐在檀香紫檀木桌案前，英阔剑眉，双目炯然，半张脸的轮廓已是无可挑剔，褪去了初见时的张狂、蛮横，余下的瑰丽和庄严、阳刚和不羁都在他身上得到了最完美的融合。分明是拒人千里之外，却又引人入胜。

"有没有人说过，王爷其实很贴心?"

她迈进门槛，视线落在桌案上摆着的各色菜肴。

东安鸡、金鱼戏莲、腊味合蒸、姐妹团子、麻仁香酥鸭……清一色的湘菜，香、酸、辣，扑鼻浓香，勾人津液。

"本王知道你很辛苦，特地犒劳一下。"

沐晟说罢，将一副银筷摆到她跟前，"说说吧，这次又是什么?"

朱明月唇畔的笑靥淡若悠云，"孙夫人答应小女事成之后，往后的东川，沈家商队将会畅通无阻。”

沐晟挑眉看了她一眼：“孙兆康的任期马上就满了，再过不久孙家阖家就要离开滇黔地界，这么个酬谢法真是很便宜。”

“王爷说得没错，但下任的知府是孙知府的得意门生，只消孙知府一句话，东川府照样会对沈家大开方便之门。”

朱明月说到此，给两人盛了汤，“而且孙夫人也一再向小女保证，将来无论孙知府去哪里任职，都会时时照拂着沈家商队。”

这么诱人的条件，比起几样古玩字画来划算得多，而她也能够给那一直都未露面的沈明琪一个顺水人情。

夹了一块粉蒸肉，入口滋润，美味极了。

“孙兆康的意思就是，张三的事既不从他手里过，也不能交给禄氏土司府，待本王全权处理之后，与抢掠赃物有关的一切也都要与东川知府撇清关系。”

沐晟放下银箸，似笑非笑地看她。

朱明月道：“孙夫人许给小女的是重诺，自然就希望获得对等的答复。除此之外，孙夫人还说对黔宁王府这边的答谢，也必定不会让王爷失望。”

“那么张三的身份……”

“元江府的人。”

朱明月脱口而出，说罢看向对面的男子，对方显然没有丝毫惊讶的神色。

孙姜氏说，那看似不起眼的走货商，实则大有来头。他既不是东川府的人，也并非外省流民，而恰恰就是云南元江府的摆夷人。《云南志》中的《土司卷》对西南地区的土司家族有比较详尽的记载，尤其是元江府：

> 洪武十四年，那直率众投诚纳款，输赋于西平侯、沐英为奏；
>
> 洪武十五年，朝廷设置元江府；
>
> 洪武十七年，土官那直来朝朝觐，贡献大象，太祖皇帝任命其为元江府知府，钦赐官服、绶带；
>
> 洪武二十年，摆夷族作乱，太祖欲发兵剿之，未果；
>
> 洪武二十七年，知府那直等再次来京朝觐，纳贡。

……

云南管辖着大理、临安以下，元江、永昌以上。孟艮、孟定等处为司，新华、北胜等处则为州，或设流官，或仍土职。自元江府正式归于明朝管辖以来，已经过去了二十几年，那直死后，土司之位由其子那荣继承，一直至今。

与元江一样，滇黔地界上所有的土司府都由皇上亲自任命：广西、广南、姚安、武定、景东、镇沅、大理、丽江、永宁、永昌、蒙化、顺宁……土司与土司之间官职相当，其权力却有很大的差别：如有些土司官能够对所属的长官司、副长官司、守备、土舍、巡检等军事官员进行分封、授权，而其他很多土司官都做不到。而在这其中，元江府又是极为特殊的一个：罗必甸长官司、它郎甸长官司、马龙甸长官司的分封都是由那氏家族一手掌控的；甚至是周围的土司府官选任，那氏同样可以插手。又如普洱府、镇源府的使司和知府官，也都为那氏家族所控制。

只手遮天说不上，独霸一方却是事实。

之前姚广孝之所以会让她来云南，是因为西南边陲有一个沐家，坐拥滇黔；而在云南十三府中同样有个那氏土司家族，雄踞元江，地位超然。

“与此同时，孙夫人还提到一点，若论身份，那张三是元江府的人，无论他如何狡辩，都归云南管辖。而今虽在东川倒卖赃物，但审理定案的理应是黔宁王府而非东川府。”

放下碗筷，菜肴还余大半，她已相当饱足。

侍婢进来将盘盏都撤下去，又奉上一壶沏好的新茶。朱明月给自己倒了一杯，茶汤透着醇郁的褐红色，是专门用来销滞的普洱。

“照你说的这些来看，那孙兆康非但不敢招惹元江府，而且对元江的惧怕更甚过敬畏本王。这回宁愿花钱消灾，也要把黔宁王府推出去跟元江府死磕。”

沐晟眼含戏谑，哂然之余却并无过多恼意。

这也是她想说却没敢说的话。被他毫无芥蒂地道出，让朱明月略微怔了一下，继而道：“自打孙夫人从相思坞酒楼回府就一直长吁短叹，几乎是以泪洗面；而堂堂的正四品流官知府也是满面愁容，坐立难安。那副模样可不像是装出来的。”

她也有这个同感，但沐晟的话也很奇怪，东川是云南十三府之一，理应以黔宁王府马首是瞻，何来死磕一说？而孙兆康连东川的世袭土司禄弘铭都不放在眼里，居然会如此忌惮一个外省的土官家族。

“来东川之前，本王曾说穷山恶水出刁民，其治下官吏自然就相对横行霸道。还记得这话吗?”他道。

朱明月点点头，“但是东川当地甚为富足。”

“比曲靖府如何?”

沐晟的问题，让朱明月一笑：“自然是天壤之别。”

曲靖城里的屋苑大多古老陈旧，东川城里的却几乎隔年修葺一次。曲靖府街巷破败，垒石成堆、土块开道；一旦阴雨连绵，就会泥泞不堪，很难行走。反观东川，街道平整，台阶是用一水的端石堆砌，路面用的是青石板，随便一座石桥点缀的都是太湖石。

而东川府当地的蛮夷民族居多，城中屋苑除了部分砖瓦风格，大多是土木结构，没有钉子，全靠木桩和木扎，遇到天灾时会越摇越紧。然而沿街小楼楼柱的包绳都是半成新的。不像曲靖府里的年头久，长时间浸泡雨水和日晒，全都发霉开烂。这就说明那包绳是经常更换的，而更换包绳则是为了洗刷和重新铺设板条。一两座如此尚可说是富户居多，可几乎包括所有的住家小楼在内，包绳都不旧。

还有一点就是，像酒楼大街那等繁华之地，居然看不到行乞之人。即便是京城应天府，也做不到这一点。曲靖府与东川府，根本不在一个层次上。

“所以本王也说，像东川这样多有自主又拥兵自强的府城，在滇黔地界上可是不多，而这一切都是元江府的手笔。”

香茶的热气在他的脸上氤氲弥散，显出雕琢斧刻般的面容，一双黑若深潭的眼眸深处，隐有簇簇的星火。

朱明月难掩错愕地看着他，“元江府在资助东川?”

“不仅是东川，还有寻甸、顺宁、普洱府，甚至是乌蒙和芒部。”

沐晟拿着杯盖撇了撇末，凑到唇边喝了一口，“元江以一府之力，同时哺养六大府城，且触手广布云南的西南、西北，势力之广，就连相隔在千里之外的东川都囊括其中。要说孙兆康不忌惮害怕，连本王都不信。”

朱明月有些默然地看他，半晌，开口道：“那么王爷用吴成海的事带出了一套元末白玉杯，不久之后，禄公刚好就抓住了倒卖那玉杯的走货商人张三。而张三的现身，同时又牵出了两条线索：云南十三府茶商被阻截的要案，元江那氏土司府。”

让她猜猜，这才是他此趟护送马帮走货的真正目的。

外面的人因此都说云南府的黔宁王为博沈家小姐一笑，甘愿倾尽所有；认为他色令智昏，深陷温柔乡不能自拔，殊不知这其实都在掩人耳目。而她相信这是沐晟与萧颜共同布下的一盘好棋，布局的时间可能比沐晟离开云南还要早。两人一个在明，横冲直撞，招摇过市；一个在暗，春风化雨，润物无声。等到与之相关的人和事都被算计在内，又不动声色，一招一招杀人于无形。

在这其中，她充当的既是花前月下时最美的一幅画，也是混淆视听的一块挡箭牌。

“吴成海只是块引玉的砖，张三也只是钓鱼的饵。到目前为止，一切都才刚刚开始。而本王并不想强人所难，可惜的却是在这局棋里没有丝毫退路。每个人的扮相和戏词都是事先准备好的，怯场与否，只要堂锣一敲，都必须傅粉登场。”

所有蒙在男子眼底的迷雾散开了，露出深黑的瞳，以及瞳心处熠熠迸发的光束。而这微露的锋芒，裹挟着一种惊艳夺目的魅力，摧枯拉朽般趁势而来，所向披靡无往而不胜。

所谓欺世盗名，又岂止是她。

朱明月望着他良久，淡淡地说道：“小女说过从不与人对弈，而这不代表小女愿意成为他人手中的一枚卒子，行进停退，全凭他人指挥。”

“但是小女同样也知道，如此一来，王爷答应小女的那三个要求也都会悉数收回。由此关于沈家的一切也将变得不可估计，前途渺茫。可王爷就这么相信小女，甫一开场，便由小女这么一个不相干的人来挑大梁。”

哪里来的自信？

沐晟眼底一抹淡笑：“都说识时务者为俊杰。你极聪明，有城府，有心机，表面略显浮躁却内心坚定，本王也相信你有这个能力！”

其实朱明月很想说，她实在是怀疑他和萧颜的能力。但棋已开局，戏已拉幕，她再想要独善其身退避三舍，已经是身不由己。撒泼哭闹？任性离开？从她身在东川府的那一刻，沐晟就没给她安排悔棋的余地，亦如当初他带着她离开应天府时一样。

“王爷想让小女继续往下配合，也不是不行，但小女有言在先……”

沐晟示意她继续往下说。

“不作过河兵、不作沉底炮，不解杀，不应将；中局之前，全身而退。”

她说得极干脆且不客气，表明立场不参与两方争斗，作壁上观独善其身。对面的男子淡而平静，微笑着慢条斯理地说道：“很合理。而且你也放心，任何人在没有本王的授命之前都不能轻易加入战局，你永远在棋局中保持着最超然的身份，无论成败与否，本王都会遵守之前的约定。”

阳光中被风拂动的琉晶珠帘撞击出零零碎碎的轻响，抖落了一地盈盈的光影。朱明月坐在阳光影儿里苦笑，须臾，淡声道：“好吧！那么接下来，不知王爷想要小女如何走这棋。”

沐晟将那象牙箸往前挪了一下，“兵车行。”

“三进一，仙人指路？”

沐晟端起案上琉璃盏，与她手里的茶盏轻轻一碰，“祝你旗开得胜！”

明月如霜
水未遥 著
中
新世界出版社
NEW WORLD PRESS

目录

元江那氏 1
横生枝节 57
土司府宅 137

元江那氏

东川府的暮春三月，已经花开满树。

温暖中略带清寒的气息，催开了一树树的浮花浪蕊。花丛间暗香浮动，蔷薇蔓，木笔书空，棣萼铧铧，海棠春睡，绣球落。

巳时刚到，连翘引着朱明月顺着抄手游廊走过来。初生朝阳犹如轻纱一般的金光洒落湖面，又映照在红漆廊柱，廊内那白衫粉裙的少女，乌发如墨云堆砌，肌肤白皙胜雪，一双星眸莹莹生辉，显出眼角泪痣妩媚，莲步姗姗，正踏着阳光而来。

苑内正挎着竹篮采集花瓣的侍婢，见状忙迎上前。那少女伫立在垂丝海棠花下，浅浅微笑道："我有事来找你家夫人，不知她起了没有。"

孙姜氏此刻刚刚穿戴好正打理妆容，听闻通报，连头发都没来得及盘完就从主屋出来迎她。朱明月不由道："是小女来的不是时候，应该提前跟夫人打声招呼。"

孙姜氏一手扶着发髻，一手拉着她道："小姐可千万别这么说，是妾身一直在盼着小姐的消息。如何了？王爷怎么说？"

朱明月蔼然颔首，"小女未尝负夫人所托。"

孙姜氏心口一块大石落地，脸上是喜出望外的笑容："谢天谢地，菩萨保佑。来来来，小姐快随我进屋去，好生说说。"

那日在相思坞酒楼中提审张三，沐晟有言在先全权交给东川府处理，假如事后插手就等于出尔反尔，不好向禄氏土司府交代。于是孙兆康的请求，便在孙姜氏一来一往的斡旋中打了个折扣——由沈家小姐出面，倚仗的是黔宁王府，代表的却是沈家。毕竟被劫的是茶商，而沈家作为云南十三府的茶运总协办，从旁协助，顺理成章。

这样一来既不开罪土官，又把流官摘了出去，孙姜氏很高兴，孙兆康也很满意，之前被沐晟算计的事也就因此一笔勾销。

毕竟谁都不是傻子。沐晟在来东川之前分明就知道有张三这么个人，也知道孙兆康跟张三之间的关系，却故意做了一场故弄玄虚的局。而沐晟是不是有意经停在东川府已经不用明说。像这种明关照、暗陷害的做法，不是谁都能稀里糊涂蒙在鼓里，反过来还要感恩戴德的。但偏偏孙兆康置办私产是真，收受赃物也是真，现今有人要捅破这层窗户纸，就算是哑巴吃黄连他也吃得求之不得。

大家心照不宣。

“但是沈小姐毕竟是女儿家，亲自处理这种刑狱之事，实在有欠妥当。”孙姜氏拉着她的手，声音切切地说道。

“王爷在这件事情上是一定要避嫌的，而孙知府也不再方便出面，小女作为东川府中唯一的沈家人，代为处理是再合适不过。”

“说到底是妾身连累了小姐，否则像沈小姐这般矜贵的人物，怎么会去那等腌臜之地。”孙姜氏面露愧疚之色，一阵长吁短叹，“而那满嘴胡言的泼皮走货商，是个跑惯江湖的人，精明着呢，沈小姐年轻心思单纯，切不可被那厮反客为主给蒙蔽了。”

孙姜氏说罢抬头看她，双目闪烁着殷殷期盼的光芒。

朱明月怎会不明白她的意思，反将手覆在她的手背道：“夫人放心，小女去这一趟，不过是虚点卯数，走个过场。待将那人处置了，一切都会就此平息，再不会有人翻旧账。”

一番善解人意的话，直直说到孙姜氏的心里。后者满脸的愁容舒展开了，拉着她的手道：“小姐这么说，妾身便真真放心了。也请沈小姐放心，妾身之前的许诺作数，我家老爷将永远感念小姐的大恩大德。辛苦沈小姐了！”

孙姜氏依依不舍地将她送出敞苑，看着她的神情就像是在看一尊再造之恩的菩萨。

其实一点都不辛苦。

虽然她被沐晟摆了一道，也因此获得了提前回沈家的机会。东川这件事显然牵扯很广，谁知道沐晟会在他自己谋划的这出布局里面缠斗多久，届时他分身乏术，哪还能兼顾沈家？而等他的布局有了结果，说不定她在沈家的事情上也了结了。

府中派出送她的马车片刻都没耽误，出了府宅外的酒楼大街，直奔东川衙牢。之前孙兆康早就交代了上下官吏，李芳也亲自将衙牢的狱卒和看守打点好，等朱明月抵达，牢头已经翘首等候多时。

东川只有一座衙牢，就设在官署大堂的北角，离府城官邸有七八里路的距离。待她下了马车，牢头笑容可掬地迎上前，兜头就是一拜："这位便是沈小姐吧。小的李柱，之前李通判已经交代好，一切都听从小姐吩咐。"

头顶上的太阳很烈，朱明月眯着眼道："有劳李牢头，不知里面可都安排了？"

"小姐且放心。"

朱明月颔首道："请前面带路。"

咄咄逼人的青春，咄咄逼人的姿容倾国倾城。

李柱是个阅人无数的，又供职衙牢多年，很明白孙兆康准许一个外人来牢里意味着什么；之前又有李芳千叮万嘱，她的身份已经呼之欲出。但终究是个娇滴滴的姑娘家，任性逞能、贪图新鲜，等下进了牢内，别吓坏才是。

东川衙牢的监门内有一面照壁，朝外的一面平整干净，朝内的一面却坑洼得不成样子。等绕过照壁进了监门，潮湿的地面一侧是狭窄斑驳的墙壁，一侧则是关押犯人的铁栅，中间是逼仄的甬道。甬道的南尽头往东拐直角弯就是内监，专门关押死刑重犯。

"听说孙夫人之前来过一趟？"

李柱在前面领路，点头哈腰地答道："是啊，专程来给小姐打前站的。"

孙姜氏是出身极好的大户闺秀，哪里见过这种地方。拿着绣帕掩着口鼻，在两边丫鬟的簇拥下，仍有些瑟瑟。右侧铁栅内关押着犯人，尖叫一嗓子冷不丁扑到近前，撞在铁栅上的响动就把孙姜氏惊得一哆嗦，逃也似地顺着原路退出去，再也不敢踏回来半步。

李柱原想这沈家小姐也是如此，随着他一路往前走，遇到犯人往栅栏上扑就拿着狼牙棒狠狠一抡。那犯人叽里咕噜骂两句脏话，又缩回去，待看到李柱后面跟着一个小姑娘，故作狰狞地猛扑上前，发出吼吼的吓唬声。

"沈小姐别见怪，这些腌臜的破烂货，三日不教训就不老实了。"

李柱手里握的狼牙棒，精铁制成，转圈全是倒刺，光是看一看就够吓人的。此刻他在朱明月的跟前，却笑得满脸谄媚。

“李牢头在这衙狱内多年，职位低却责任重，劳苦功高。想来孙知府也是有心提拔的。”

少女肤若凝脂，在黑暗中似莹莹生辉。李柱咽了口唾沫，满面堆笑道：“沈小姐真是太客气了。小的就是劳碌命，实在不值一提。”

他顿了顿，然后用胳膊夹着狼牙棒的提环，“那咱们……还继续往前？”

朱明月点点头：“烦劳带路。”

“不劳烦，不劳烦。”李柱用另一只手提着油灯，乐颠颠地往前面走。

通过阴暗潮湿的外监，再往里就是四合院构造的内监，东西南三面都空着，只有北面关押着一个张三。顺着墙角拐了个弯，里面又旧又破的铁栅已经松动，露着光秃秃的铁毛刺，越往里还有股刺鼻的尿骚味。墙壁顶角的铁钩上挂着一盏煤油灯，昏黄的光亮，显得四周更加黯淡。

甬道里很静，等走得深了，那“呜呜”的声音就变得明显。

李柱又快走几步，在前面的墙壁凹槽里把烛火点燃。昏暗的光线一下照亮了铁栅，也照亮了一尺见方角落里铺着稻草的囚室，还有囚室内正剧烈挣扎的男子——

双脚悬空，双手被反绑在身后，双脚也捆上了，整个人似一只蠕动的肉虫。挂在半空中来回来去地扭动着身体。全部的着力点，只有脖颈上的一根麻绳。

投缳自尽。

像这样的死法很常见，但眼前的人却是被迫吊着脖子，嘴用破布堵着，一张脸已经涨红得发紫。

蓦然亮起来的光线源头，是一袭纯白的丝裙，裙衫的主人有着很精致的五官：檀唇不点而红，俏鼻柔腻若鹅脂，漆墨般的黑瞳，浓密的眼睫罩下一层淡淡的阴影，仿佛只须她轻轻叹口气，周围的一切就会变成清晨露珠、湖光水色，而她乌发白裙，身姿纤细，亭亭伫立在那儿，当真是姑射群仙邂逅逢。

“沈小姐，您看这……”

李柱摸了摸后脖颈，拧着眉头，有些心虚。

朱明月面对这骇人的场面似是毫无所感，反倒是安慰李柱道：“特地在牢里面做这样的布置，让李牢头为难了。但小女保证此事一了，绝不再给李牢头添麻烦。”

“小姐这是哪儿的话，能为小姐效劳是小的福气，您可千万别跟小的这么客气。”李柱陪笑道。

少女笑而不言，朝着那吊在半空的人望过去，一双眼睛凉而淡漠。这时李柱又在铜剔里添了些煤油，让灯盏更亮些。

“呜呜”的叫声，从强烈到微弱。

窒息感一波一波地涌上来，张三的瞳孔猛地紧缩，不断加深的痛楚和极度的恐惧，让他陷入深深的绝望。挣扎，死命地挣扎，直到悬挂在半空的身体扭得弱了，渐无生命迹象，那少女才摆了摆手，“行了，放下来吧。”

铁栅内被遮蔽的阴影里，即刻走出两个衙差，伸手擎着张三的下半身，像摘黄瓜一样，将他整个人扯了下来。片刻，李柱过去将栅门推开，朱明月略弯下腰，踏着地上的稻草施施然走了进去。

张三嘴里的布已经被拿掉了，涨得紫红的脸色，两只眼睛都有些往外凸，奄奄一息地躺在地上。其中一个衙差朝着他的胸腹狠踹一脚，再一脚，张三猛地佝偻起身子，像弓着腰的大虾，整个人从地上翻起来，然后是一声剧烈的咳嗽。

“作为一个走货商，你真是挺聪明的，知道为自己争取，三选一，你选了孙知府。”

张三睁开充血的眼睛，离他三尺远的美丽少女睨着视线，正居高临下地看着他。

此刻若是落在禄弘铭的手里，鞭刑、烙铁，断手断脚。换做是沐晟也一样，活罪难逃，生不如死。选择了孙兆康，结果却是一了百了。

地上的人捂着脖颈，两只手都遮不住一道触目惊心的血色淤痕，声音嘶哑地道：“你是谁？”

朱明月静静地看着他：“我姓沈，是来帮你的。”

“帮我？”

“没错，我是来帮你的。但是我不喜欢浪费时间，更不喜欢听废话，所以你那套‘青天大老爷’的说辞，还是留给别人去听吧。而这些衙差的脾气都不太好，我希望你能够乖乖听话。”

张三眼眦欲裂，那些冤屈的、狡黠的、算计的表情尽数散去，沉下来的面目露出一抹凶狠，“我只是倒买倒卖，还罪不至死，你们对我动私刑不说，还把我吊起来往死里整，现在反倒让我听话！”

朱明月淡淡地看着他：“孙知府平生最爱宝贝，你却卖给他一堆赝品！上一次不仅是赝品，还是赃物。倒买倒卖，的确不算重罪，你却犯了忌讳，更因此连累了孙知府。”

而后者在上当受骗之后，还忙不迭地将那件赃物当成宝贝要献给黔宁王府，被抓了个正着。

“我能救你这一次，救不了你第二次。沐家军护送马帮去边藏互市，路过东川府只是经停，不日便要启程出发，能够留给你的时间就更少。”

朱明月说完，张三眯起眼睛，“你是黔宁王府的人？”

“能在东川府的衙牢里把你救下来，你不应该质疑我的身份。”

既是回答，又不算回答。这样的说话方式，熟悉得让张三心惊：“小姑娘说得可真轻巧，我怎么知道你是不是孙兆康的人，还是其他什么人派来故弄玄虚的。我自知是个要死的人，也没那么多心思陪你绕圈子。说吧，究竟想要干什么？”

放肆的言辞让一旁的衙差瞪起眼，刚想去教训他，却被朱明月拦住，“我说过，我是来帮……”

话还没说完，就被张三龇牙咧嘴地打断：“我呸，就你这么个没长大的小丫头片子，还想学人家装神弄鬼、玩什么威逼利诱的把戏。我告诉你，想要从我嘴里打听出那套白玉杯的来路，你想都不要想。你问死人去吧！”

到底是姑娘家，骄矜脸皮薄，被这么驳面子指不定会尴尬地哭出来。李柱在旁边小心翼翼地打量朱明月的脸色，生怕她下不来台哭鼻子。下一刻，却见她抬起皓腕，不紧不慢地从箩袖中掏出一张绢帛。

薄薄的白绢，轻得似乎没有分量。待舒展开来，居然是一副画像：背光的角度，映衬得绢帛上面用素线勾勒的轮廓柔和而鲜活，一颦一笑都散发着淡淡的墨香。

也是在那一刻，原本嚣张不可一世的张三陡然瞪大了眼睛。

“都说汉家画工的手艺出类拔萃，其实侗族师傅也不遑多让，这不才一盏茶的功夫，就已然落笔成真。而且你要仔细瞧瞧，这上面画的，可是你妻子？在你妻子怀里抱着的，可是你刚刚满月的儿子？”

内监里静得出奇，少女淡淡的声线恍如一轮森寒靡音：“听说你常年在外面走货，即便是妻子临盆都没来得及赶回家中，连你刚出世孩儿的模样都没见上。我特地让人画了这幅画，就是让你好好看一眼，否则等你出了这间衙牢，再想看或许都没机会了。”

从天窗里透下来的光线，照得监牢地面一片茫茫的阴影，阴嗖嗖的风拂动了那张轻薄的绢帛，随着青葱般的手指毫无留恋地松开，扑簌簌落在了张三的脸上。

“你放心，她们现在很安全。可事有万一，谁也不敢保证她们会不会一直安全下去，为了你的妻儿，我希望你接受我的帮助。”

……

张三被押着走出内监，通道的门外是一片刺眼的白芒。他抬手挡了一下，刺眼的光线透过指缝照得他一张脸惨白，蓬头垢面，衣不蔽体，露出浑身上下的累累伤痕。

朱明月的马车已经先他一步到了衙署，等他徒步走到府衙大堂，戴着铁镣的双脚脚踝已被磨出了血泡。

三层高的台阶，上面是白砖黑门的衙堂。正面四根柱子立在鼓形柱石上，柱枝衔接间无雀替，正脊两端微微上翘；并无吻兽相衬，垂脊也无角兽的装饰，只有门口两座石狮子威武庄严。等衙差将张三带进堂来，在“明镜高悬”的匾额底下站了许久的朱明月，转过身来，吩咐衙差将其按坐在堂内西侧的一张梨花木官帽椅上。

铺了软垫的官帽椅很舒服，椅子背还有个蓝烫绒金心靠垫。张三有些局促，挪了挪脚，脚上的铁镣发出“哗啦”“哗啦”的声响。

“你把我带到这儿来做什么，我可没给过你任何答复。”

他阴沉着脸，双手攥成拳，就像一只濒临绝境的困兽。

“我知道，我只是带你来重温一下故地。”她施施然走到官帽椅旁，“之前因为倒卖赃物的事让孙知府恨你入骨，王爷担心把你的家人交给他以后，会不会被他当成是泄愤的工具，故此亲自过来接人。但是孙知府不依不饶，不愿意放人。你说这可如何是好？”

穷凶极恶的人，目光如狼，是那种恨不能生啖其肉的怨毒。就如此刻的张三：“那东西是从我手上出去的，要杀要剐，悉听尊便。我婆娘和孩子根本毫不知情，你不要牵扯到他们!”

朱明月微微笑着扶着椅背，“你现在坐的这个位置，就是你妻子刚刚坐过的。还有你儿子，整整三个时辰，不哭也不闹，安静乖巧得让人十分心疼。对了，还有这个长命锁……”她似忽然想起了什么，从箩袖里掏出一件物件。

“像这等成色的羊脂玉，必是要产于积雪覆盖的冰河中，出料稀少，异常名贵。你把它作为送那未满月孩子的生辰礼物，还打了一条那么细的颈链，想拿下来真是费了我不少事。”

油亮莹润的玉坠，颜色是纯正的白，玉质细腻无瑕。小小的一枚，雕刻成锁的模样，此刻正在少女的掌心里散发着动人的光泽。

张三瞪着双目猛然抬起头，一下子就认出她手里拿着的正是自从儿子出生就挂在脖子上的物件。

像他这种混迹江湖多年又深谙门路的走货商，深知货值这么好，货源有很多，也就意味着接洽的上线下线必然也不会少。有能耐接手到赃物的上线，会有什么样的来头还用问吗？而张三从那上线手中把赃物接过来，这种掉脑袋的买卖都敢做，无论是胆量还是狠劲都要比一般走货商强很多。

朱明月略略靠近，让他更清楚地看到那玉锁上一抹嫣红的血迹：“其实像投缳自尽这种死法，有相当漫长的过程——先是头脑会嗡的发热、耳鸣，知觉会逐渐模糊；然后全身痉挛，四肢抽搐。挣扎得用力过猛的话，脖颈才会脱臼，然后人会在痛苦中窒息而死。百般恐惧，不过如是。你方才已经感受过了，滋味如何?”

张三刷地一下睁开赤红的双目。

朱明月脸上的笑容在他面前得到了无限扩大：“我想你的妻儿一定也会很喜欢。尤其你那白白胖胖的小儿子，不知道在白绫勒住他纤细的小脖子时，是不是就像这条颈链一样，他会不会哭，会不会蹬腿挣扎……”

“啊——啊——”

张三在那一刻歇斯底里地狂吼、尖叫，双手双脚在铁链的束缚下疯狂挣扎，仿佛要将所有的怨恨和恐惧都发泄出来。

“你要什么？你究竟想要什么？我都给你！放过我的家人，求求你放过我的家人……”

张三终于崩溃，嘶力竭地喊完之后，委顿地瘫坐在椅子上，失声恸哭。

午后阳光照进衙堂内，将雪白的大理石地砖晃得一片斑驳。朱明月转过身来，看着一直呆愣在原地魂不守舍的李柱，淡淡地说道："行了，李牢头可以把人带回去了。劳烦这几日务必看好他，黔宁王府的人会很快过去提人。"

"是是是，沈小姐尽管放心。"李柱吞咽了一下，唯唯诺诺地答道，"小的保证在黔宁王府来人之前，一只苍蝇都飞不进内监。"

"我不是担心他被杀，而是担心他自杀。"

这句话是临走前对李柱说的。

李柱摸了摸发凉的后颈，忙不迭地点头，然后殷勤地把她送出衙署。直到来接她的马车带着人走远了，李柱仍呆呆地望着那离开的方向，久久无法回过神来。

回到府城内的孙家官邸是在未时两刻。烈日焦灼地烤晒着大地，街道两旁的树木郁郁葱葱地透着一股闷热。阿曲阿伊在府门口的老槐树下等着她，坐在栓马石柱上足足有一个时辰，一眼瞧见出府的马车回来了，揉了揉酸疼发麻的腿，急忙站起来去迎她。

"帕吉美胆子也太大了点儿，一个人就敢去监牢那种地方。怎么也不说一声，让我陪你一起去。"

被阳光晒久的皮肤呈现出一片红晕，壮硕的纳西族妇女脸上更显得黑红黑红的。朱明月扶着她的手下车，看到她满头薄汗，不禁道："你怎么在外面等我不在屋里？这府门口连个遮挡都没有。"

"我一直在树干阴凉底下待着，倒也不碍事。就是我心里头担心着急，又不好去衙牢找你，只好在门口等着。"

"……帕吉美是不是不相信我？"片刻，阿曲阿伊皱着眉道。

府门口两名守卫瞟过来几道眼光，朱明月跨进门槛的身形一顿，转身看向她道："你因何会忽然这么问呢？"

"帕吉美是养尊处优的富家小姐，却从曲靖随军千里去藏边互市，风吹日晒，翻山越岭，一路上啃的是洋芋，睡的是帐子，没嫌弃过也没喊过苦……就冲这点，我愿意跟着帕吉美、照顾帕吉美。但是去监牢提审犯人这样的事，根本不该帕吉美一个姑娘家去做，而帕吉美却是自己一个人去了……”

操着不甚流利的汉话，阿曲阿伊说得结结巴巴。

原来是因为这个。

而那些话从没有人跟她说过。

朱明月感动于她的体谅和直白，目光不由得柔软下来，“我一个人去，是因为并不是所有人都能理解刑讯逼供过程中的种种方式，会让人觉得无比残酷、冷血，以至于无所适从，但那其实只是为达到目的不得已而为之的一种手段。”

听说是一回事，亲眼所见又是另外一回事，没有必要让事情变得更复杂。

阿曲阿伊听得似懂非懂，却在这番话中明白了一点：“原来帕吉美并不是不相信我。”

朱明月蓦地笑了，原来是她想得太复杂，而她只需要自己的一个认可，“最纯粹的想法往往能够还原一件事最本真的面貌，世人却总是想得太多。是啊，我并非是不相信你才一个人去的，而下一次你若愿意，我求之不得。”

……

经过两日的沉淀和缓冲，等朱明月再次抵达东川衙牢，外监和内监显然是做了适当修缮，与上一次的破旧不堪大不相同。独自被关在内监里的张三待遇也提高了。别的犯人一日两餐喝的是馊水、吃的是发霉的馒头，张三却是白面肉包子，很大，两个就能吃饱，给他的是五个，外加一小盆荠菜汤。

以至于每次李柱端着饭盆进来，张三都以为是最后一餐，吃完就要行刑了。

“看沈小姐年纪这么轻，又一副月貌花容，跟那黔宁王是什么关系？”

“小的知道，那黔宁王少年得志清贵显赫，是西南边陲少有的位高权重的主儿。但有句话叫‘君子不立危墙之下’，元江府真的不好惹。”

隔着一道铁栅，里面的人翘着二郎腿坐在稻草堆上，大口吞咽着包子，吃得满嘴流油，另一只手端着那菜汤，嚼两下，又津津有味地喝起来。

铁栅外，一袭蓝裙白衫的少女就坐在梨花木敞椅上，足下踏着的是一方纯白的毡毯，衬得鞋履别致，莲足纤纤。埋头翻阅的姿势，只露出白皙若腻的额头，目不转睛地在看那本由张三口述、李柱代写的名讳册子，一页一页，唯有纸张沙沙作响。

跟她一道来的是阿曲阿伊，此刻就在衙牢外的马车里等着她，孙姜氏派给她的侍婢连翘也来了。一行三个女子来监牢这种地方，倒是相当惹眼。

“要小的说，还是沈小姐不清楚这里面的门道。别看走货是个下九流的行当，其实里面弯弯绕多得是。要不小的给沈小姐透一点儿内情，小姐得过且过，也让小的早早脱身怎么样？”

正滔滔不绝、自问自答的男子，捧着饭盆一边吃一边念叨，不亦乐乎。哪里还有之前在衙署时的狼狈和绝望。恢复了体力和精气神，也恢复了一贯的无赖痞相，三分调侃，七分狡黠。

半晌，却见少女阖上那本册子：“我对整件事的确是一知半解，但是我不想知道内情，也不关心这里面的门道，而你所谓的‘知无不言、言无不尽’，在这上面落笔成字，全部是废话！”

张三咬着包子的动作一滞，视线中的少女冲着他扬了扬手里的名册，眸似冷星：“两日的时间已经富富有余，可经你供认的这些名讳、这些事，看似详细，数量众多，内容精彩，与云南十三府商贾遭抢的事却没有半点关系。你是在浪费我的时间知道吗？”

张三在朱明月冷漠的目光中感到一丝胆怯，眼珠子一转，哭丧着脸道：“小姐实在是冤枉小的了，像小的们走货这种买卖，人多且杂，小姐让小的供认上线下线，小的能想到的、知道的，都老老实实告诉给李牢头了啊……”

李柱不知细情，两个白昼下来听得津津有味，等张三讲完了，还觉得意犹未尽。

朱明月轻笑一声：“如果你想将你在相思坞酒楼中跟孙知府说过的话，再跟我说一遍，大可不必了。我知道你的上线很多，也知道一件货物在落到最终买家手中之前，经手的人也很多。但那只是常理，仅针对一般物件。”

一般货物的追查，查出一个人，会牵出来一串人。常年经营在走货这条路上的马帮肯定是跑不掉。这对于正在调查的人来说无疑是一个死穴。但沐晟没有被要挟，反而表示黔宁王府不介意随便给他安一个罪名，更加不介意顺着他的供词往下查。

所以张三不敢跟沐晟死磕，在三人当中选择了孙兆康。

“白玉杯不是一般的东西，价值连城，却是赃物，见不得光，没有几年的走货经验、没有大门路，是不敢收的。一旦经手必然慎之又慎，会不会再轻易出手给别人，作为转，？你心知肚明。这回如果不是你直接与匪寇接洽，那么你的上线，就还有一个人，且只会是那一个。”

张三敢把东西卖给孙兆康，必有十成的把握不会露馅。实际上，若不是沐家军经停在东川府，孙兆康想要巴结沐晟，那套白玉杯不会出现在众人面前，也就没人知道那东西是件赃物。

张三的手里还剩半个包子，也不吃了，攥着那面团，半天揉捏得不成样子，“沈小姐这么言之凿凿，怎么不说我就是那伙匪寇的同党？”

她当然希望他是同党，这样事情会变得更加顺利。

“你与匪寇有关联，却关联不大。否则也不会活到我来审你的这日，连同你的家人在内早就去见阎王了。但这世上没有不透风的墙。你还是识时务些吧，别仗着那点小聪明耽误大家的工夫。”

沐晟说，张三只是鱼饵。

用来钓谁？

第一个要钓出的，就是那个将白玉杯从匪寇手里转出来给他的人。

张三低着头，好半晌才漫不经心地笑道：“好吧，就当沈小姐说的这一切都是事实。可你们如今抓了我，消息在东川府里传开，所有货商都销声匿迹、不敢再露面，就连货源都断了。就算小的上面真有人也早藏起来了，还让小的怎么去找？找得着吗！”

质问的口气让朱明月从梨花木敞椅上起身，在离铁栅半步远的位置，她亭亭玉立，一双美眸清冽如冰：“看来是我太客气，让你以为自己还有讨价还价的本钱。你怎样做，做不做得到，我都不感兴趣，我只要结果。如果你给不了我想要的结果，那么我也只能跟你说声抱歉了。”

说罢，她随手将那名册搁在敞椅上，然后毫不犹豫地迈开绣履——

张三也有死穴，这个死穴就是他的妻儿。待那道倩影眨眼间就要消失在拐角，张三激灵灵颤了一下，手脚并用地爬到铁栅前：

“你……你等等，你等等！”

他抓着栅栏朝外面大喊，却没有得到任何回音，这才着急了，扯着嗓子道：“好好好，我做、我做！但有一个前提，就不知沈小姐能不能办得到?”

最后几个音抻得很长。好半晌，拐角处传来一抹清淡的嗓音：“说。”

“放了我。”

……

三日后。

陌白街对角的一座茶楼里，人声鼎沸，喝茶的、听曲儿的，来往茶客络绎不绝。茶楼外，沿街都是高声叫卖的商贩，一声高过一声的吆喝，夹杂在油炸的“呲啦”声里，又被走街串巷的货郎的杀价声压下去。对街花楼前是打扮得花枝招展的姑娘，一下一下招摇着香帕，离老远都能闻到一股甜得发腻的胭脂气。

朱明月和沐晟两人坐在二楼的雅间，凭栏远眺，几条街上来来去去的人都收入眼底。从对面的歌馆楼上不时传出一两声唱词，婉转娇娆，端的是让人骨头都酥了。

“怎么选这么个地方?”

面北朝南坐的男子，端起桌案上的粗瓷茶碗抿了一口，一嘴的茶叶沫子，皱眉酝酿了半晌，还是咽了下去。

“王爷不是要钓鱼吗？水太清了，鱼也不敢上钩。”

越是下九流的地方，就越是不引人瞩目。何况像张三那种穿着打扮，这里再合适不过。

坐在对面的少女，正从碟盏里面挑着瓜子和红枣。沐晟仍皱着眉道：“让他带着人来投诚，弄得倒像是碰面交换情报。”

朱明月笑了笑，淡声道：“那厮狡猾得很，能不能把人带来，端的是看咱们给的威吓和好处，而不是他应该付出的诚意。”

她今日穿的是一件荷花绣百褶裙，外面罩着杏黄色的小坎肩，如瀑黑发用一支白玉簪绾着，几缕发丝坠在耳畔，露出小巧的耳廓以及两串珍珠耳饰。分明是一身小家碧玉的妆扮，硬是让她穿出了大家闺秀的味道。

沐晟闻言唇角挑起一些：“‘信守承诺’这四个字，在商人眼里一向是一文不值。像张三这种买空卖空、专门牵线搭桥走货的，又是商人中最低的一等，就更没有什么信誉可言。”他说到此，似是想起了什么，又道：“本王忘了，你也是商人。”

朱明月看了他一眼，低头用茶盖撇了撇茶末，片刻，无所谓地道："小女听说最近王爷正安排让沐家军继续启程，一点兵力也没打算留在东川。这么自信的做法，看来是一切成竹在胸，稳操胜券。"

沐晟微微一笑："本王不让他们走也不行了。城外军队加上马帮和商贾，五千多号人，再待下去，怕是要把东川府给吃空了。"

一行浩浩荡荡的队伍总驻扎在城外不是办法，光是每日的耗粮都惊人，于是沐晟让几个得力的副将带着人马先行上路。孙兆康得知后喜出望外，号召全城百姓在当日敲锣打鼓地去城外欢送。

"可小女听孙夫人说，知府衙门还要献出几百石的军粮，以表犒军之诚意。"

沐晟眼底里有淡淡哂然："孙兆康现在恨不能把本王也送走。名为犒军，实则意在打发咱们也尽早上路。你不会看不出来吧？"

朱明月淡笑道："起码孙知府将表面功夫做到了十成。不像王爷终于一尝所愿，也就不介意明明白白地告诉人家，护送走货其实是幌子，经停在东川府才是目的。"

当初义正词严为了云南茶运和纳西族马帮的兴衰存亡，这才亲率沐家军不远千里赶去藏边互市，一时间引来歌功颂德，赞誉无数。而她还记得当初他是如何大言不惭地跟她说，各府州县都没有匪寇的线索，查起来耗时费力，当务之急是安抚余下那批茶商，护送他们完成茶运。

现在看来，孙兆康是垫背的，而她这个冲冠一怒为红颜中的"祸水"，则充当了炮灰。

"你放心，在本王眼里茶商永远是重中之重，就算本王因匪寇的事绊在东川府，走货的行程也不会因此耽误。但现在离本王所求尚有十万八千里，'一尝所愿'的说法，实在言之尚早。"

沐晟说到此，搁下手里的香茶，"如果此事进展顺利，你功不可没，换成是别人，也不一定能做到如你一般出色从容。而这一切是本王在你毫不知情的情况下，强行加诸在你身上，于情于理，本王在感谢之余都应该说声抱歉。"

雾气从他的面前徐徐退开了些，一张阳刚俊颜突显出来。离着这么近的距离打量他，不得不承认，这男子拥有世间男儿少有的卓然气质，龙姿凤章，硬朗至美。

“王爷能把答应小女的事兑现，小女便别无他求。”朱明月剥完两粒花生，抬眸看他，“而且礼尚往来，黔宁王府不也扶持小女成为沈家名正言顺的半个当家人——”面子里子都有了，银货两讫，很公道。

最好以后再无瓜葛。

沐晟的目光停留在她的脸上，似沉吟着道：“其实本王一直在想，你这个当家是在茶商遭抢的情况下临危受命，一切都以茶运走货顺利进行为前提。倘若不顺利，你在十三府茶商心目中树立的威信就会荡然无存。”

朱明月听得一怔，即道：“什么叫‘若不顺利’？沐家军不是已经跟去互市了吗？”

难道由朝廷军队出面保护的走货生意，还会中途受阻不成。

沐晟微微笑道：“这回跟着，难保下回也能跟着，你不是也说过，本王不可能回回都派兵护送，你却要长长久久地待在沈家。想要坐牢沈家当家人的位置，仅出这一次力怕是不够的。”

原来他说的是这个。朱明月看了看他，道：“不这样又待如何，让小女帮着出兵剿袭匪寇？一举歼灭倒是一了百了，但小女没有这个本事不是吗？”而她并不会长久待下去，眼前小利才是她最想要的。

沐晟用茶盖撩拨着香茗，笑而未语。那厢，一直望着楼下的朱明月眼神忽然定了定，然后朝着沐晟示意道：“来了——”

张三来了。

他是从陌白街的北巷走出来，沿着坊间的墙根一直到南街这边。一身藏青色的庶民深衣，头顶上带着土黄色的方笠，看不清神色，脚步却不紧不慢。经过每个巷口时，几乎是三步一回头，等走到茶楼门口，张望了许久，才急匆匆地上楼来。

“噔噔”的脚步声，急促却不凌乱。

等绕过雅间的门扉，张三摘下头上的方笠，刚想要无赖地跟美人讨口茶喝，一抬头就瞧见了沐晟，讪然地道：“原来王爷也在啊。”

敞椅上的男子也不抬头，挑着茶叶末道：“怎的你是不想看到本王，还是觉得让本王等了这么久，你很有成就感？”

张三摸了摸下巴，悻悻地找了把圆凳坐在了门口，“小的一路上都怕被人跟踪，实在不敢马虎。王爷可千万别生小的气!”

他说罢就自顾自地找茶喝，桌案处传来一道清亮的女音：“因何就你一个？人呢?”

张三扭头委屈地看了朱明月一眼，搓着手道：“小的这几日一直提心吊胆、东躲西藏，原来惯去的客栈和酒楼连面都不敢再露，走在街上更是生怕被认出来，然后悄无声息被灭口。小姐一上来就直奔主题，横眉冷对，半点笑模样都没有，难道小的就这么不招人待见?”

朱明月终于用正眼去看他，未待她说话，那厢，沐晟开口道：“本王向来不介意动粗，对待不知天高地厚的泼皮，更是不吝啬。”

说话间，已经从座上离席。

此时张三正端着茶碗喝水，下一刻就被陡然拎住了衣领，男子颀长的身躯覆下一层压迫的阴影，“刚刚是问你为什么一个人来，你哪儿那么多废话。”

男子说完狠狠地扼住他的咽喉，那只手如铁钳一般，猛然将他整个人提了起来。张三惊得瞪大眼睛，一边“呜呜”地叫着，一边蹬踹着两条腿，涨红发紫的脸，双手不断地使劲抠抓。

对沐晟来说，一只手掐死他轻而易举，须臾，却松开了手。张三摔在地上，慌不迭地爬到屏风底座，用手捂着脖颈，惊惧地看着雅间里的两个人。

“现在可以说了吧，没把人带来的原因。”

桌案边的少女将茶盏放下，淡淡地睨过来视线。

张三筛糠似的点头，“人、人小的已经找到了，但是他不来……”

尾音拽住一抹哭腔。

朱明月跟沐晟对视了一下，前者道：“看来你不是没白听我的话，就是不见棺材不掉泪。”

张三几乎是爬着跪到朱明月跟前，“小姐您听小的说，您听小的说。那人小的确实是找到了，一直就藏在离东川府府城不远的一个小县城。小的使了非要命关头不得用的暗号，好不容易昨儿个夜里才与他联系上的。”

“那他现在在哪儿?”

张三颤巍巍地道：“小的怕被跟踪，把他安置在了一个稳妥的地方。此番过来就是特地跟沈小姐和王爷说这件事。小的可以带你们二位过去。”

前提是，先把他的妻儿给放了。

朱明月觉得这种一步一个要求、精打细算毫不吃亏的做法，实在是商人的通病，让她感到分外的熟悉。那厢沐晟挑着眉看过来，显然也明白了张三的意思，而这不正是她一贯用来对付他的嘛。

“知不知道你已经被跟踪了?”少女握着粗瓷茶盏，轻轻吹拂上面的热气。

过于平淡的语气，似乎是在述说一件再寻常不过的事。张三激灵灵一怔：“小姐说什么？什么时候?”

“就在刚刚，你出现在陌白街的那一刻。”

像走货这种营生，常年游走在三教九流之间，靠的就是识人断物的本事。张三又专门经营古物，眼力极毒，这么多年来走街串巷，最擅长蹲点儿、踩脚印，甚少被人察觉，怎么就被人跟踪了？

“小的方才一路小心再小心，可是连半个尾随的鬼影儿都没发现，跟踪的人在哪儿呢?”

看到张三狐疑而又不以为然的目光，朱明月淡淡地说道：“你混迹在东川府也不是一年两年了，对当地住户的了解想必跟巡街的衙差不相上下。你且仔细看看，这街头巷尾的百姓，可有一人是你见过的?”

茶楼门口，叫卖的商贩仍在吆喝，却生意冷清，无一人前来光顾。旁边油炸糕下锅的声音还在响，颜色不是黄澄澄的金色，像是油放少了，又像是炸得时间太长，老了，实则是已经下锅炸了一遍又一遍。而那原本走街串巷的货郎，分明没了主顾，还挑着扁担，徘徊在茶楼对面不肯走……

若留心观察，凡是沿街的商贩，都在时不时地侧目向楼上这边瞟来几眼。凡是街上行走的百姓，无不慢条斯理地从街北走过去，隔了半晌，又顺着去路走回到了街南。

所有人!

张三已经震惊得说不出话来，好半天，才慌慌张张地问道：“这、这些都是王爷的人吗?”

“沐家军带着马队和茶商都驻扎在城外，正在准备明日启程的事宜。”朱明月提醒他道。

“那、那他们究竟是什么人？小的可从未遇到过这种情况……”张三跌坐在地上，满头的冷汗。

“以前没见识过，是因为这样的阵仗绝不会用来对付一个无名小卒。如今都摆上了，针对的也不是你——”朱明月说到此，侧眸看了沐晟一眼。大动干戈地清空整条街面，可是不小的手笔。这是在向黔宁王府挑衅呢！

张三紧锁着眉，忽然将脸埋在膝盖上不吭声，不知在想些什么。

朱明月望着他的动作，不由淡笑道：“你想得没错。无论这帮人监视的是谁，都看到你偷偷摸摸地来见我们，就算现在我们把你放了，这些人看到从我们身边全身而退、毫发无损的你，会做何想？”

张三是什么身份？沐晟又是什么身份？在这个节骨眼上，没将他关押起来治罪，反而破天荒地任他在外面走动，总不会是因为可怜他吧！

“当然你也可以跑，从此隐姓埋名、销声匿迹。可你要往哪里跑？你本人是禄氏土司抓的，你的家眷是黔宁王府的亲随找到的。府城连绵，关卡数道，你自认有多大的本事，在两处朝廷势力的眼皮子底下，再携老带幼，躲过那些人的追捕？”

淡淡的嗓音，让张三骤然抬起头来，“沈小姐早就知道是不是？小的一直在尽心尽力为小姐办事，小姐却故意将小的引到此，让小的暴露身份，还将小的全家老小置于凶险境地！”

朱明月一笑：“尽心尽力？是阳奉阴违吧。”

张三眼眦欲裂：“小姐这么说是什么意思？”

“作为一个老江湖，你真的很聪明，又奸又诈，跟泥鳅一样滑不留手。多日前我在内监和衙堂里面的那些威逼、恐吓，或许起到了些作用，但是彻底地让你死心了？恐怕不仅没有，反而还让你找到了一线生机——”

“无奸不商”这个词，形容张三这样的货商再合适不过。而他能在走货行当里混得风生水起，靠的自然不是一套嬉皮笑脸、插科打诨的把戏——之前在东川衙署内他表现出来的悲痛绝望歇斯底里，其实多半是装的，都是演给她看的。这样表面应承下来，取得她的信任，才能另图他法。所以就有了后来说书一样的交代，却被她拆穿了，于是一计不成，又生一计。

“为了保护你的安全，我向孙知府借了几个人，你前脚刚出衙牢大门，就一直跟在你身后。没想到居然被你察觉了，轻而易举就甩掉了其中一个，而后又用‘仙人跳’的把戏甩掉了另一个，让我们再无法掌握你的踪迹。”

不得不说，他那几招花活玩得十分漂亮，在市井坊间更是如鱼得水，就连几十年的刑侦老捕快都让他蒙混了。

地上的人却绷着嘴角，表情是冤屈的悲愤，“小的冤枉。分明是那些衙差借故冤枉栽赃小的，给孙知府报倒卖赃物被连累的仇，小的对沈小姐和王爷的忠心，日月可鉴，绝无半点虚言！”

信誓旦旦的一番话，说得掷地有声。朱明月看着他片刻，淡淡地笑道：“不过是夸你几句，你就倒打一耙，怎么，真当自己那么有本事睁眼说瞎话！你在外三日，三日内你换了五个落脚地，用了三个不同的身份，接触了七个人。在这七人当中，有三个是古董店掌柜，两个是走马人，另外的两人，则是东川府城的守城士兵。用不用我把他们姓氏名谁也说出来给你听听？”

张三咬着牙抬起头，少女的一双眼眸黑似点漆，眼底刺芒让人不敢逼视，启唇又道：“你通过你的这些老关系，三日之内，打听到了你妻儿的下落，并对你留在东川的宝贝存货做了处置。就在来这里见我们之前，你却是在与守城士兵安排打点。让我猜猜，等明日沐家军带着队伍启程出发，你的存货也就能裹挟在马帮的货物里跟着一起离开，对不对？”

孙兆康早就说过，当日要率领全城百姓去欢送。届时城门口人头攒动，又是货物、又是军粮的，就算混出去什么人、什么东西也没人知道。至于他的家人，刚刚不是已经在用条件交换了吗？一旦她松口答应，他就会马上安排她们离开，另一边抛出些无关紧要的消息让他们去查，等他趁机打点好一切，连同自己在内都会逃之夭夭。

缓兵之计，金蝉脱壳。

一步一步，小算盘打得极好，可惜她向来谨慎，凡事总会留一手。跟孙兆康借的那三个衙差也没让她失望，教过一遍，连做戏都有模有样。

“看来小的是遇到对手了……”张三嘴抿成一条直线，自嘲着摇头，“不、不应该说是旗鼓相当，而是沈小姐技高一筹，让人惊叹。”

褪去了惶恐、忐忑、委屈和悲愤，张三的一双眼睛精光乍现，“小的混迹这么些年从未失过手，想不到王爷刚到东川就出事了。沈小姐更是了不得，年纪轻轻，老练得如同一个走惯江湖的老人儿。小的引以为傲的障眼法，在沈小姐眼中原不过是雕虫小技。”

可恨她又将计就计，让他自以为得逞而沾沾自喜，这样他才能够如约在这里跟她碰面，却怎样都料不到还有其他人在暗中盯着。

螳螂捕蝉，黄雀在后。到头来究竟是谁利用了谁，谁又被谁利用，原来人家一切都心里有数。

朱明月看了看地上的人，冷淡地说道：“我跟你说过，别仗着自己的小聪明浪费大家的时间，你偏偏不听话，一直上蹿下跳，装神捣鬼，却不知机关算尽损人不利己。你但凡存些敬畏心思，以你的眼力，也不会对陌白街上如此明显的布置全都视而不见。”

此时此刻，街上的行人还在来来回回地折腾着，也不知道应该换身衣裳、变个打扮。是啊，他这一路上光想着如何应付沐晟和沈明珠，一步三回头，根本是在做样子。心里还有些得意忘形，哪有心情去注意旁的什么人。

所谓作茧自缚。

一切都说开了，胆敢一而再再而三地哄骗堂堂的黔宁王，张三就算不去掉半条命，也理应被好好教训一下。但出乎意料的是，沐晟并没有动手的打算，冷冷瞥了张三一眼，吓得后者连打了好几个冷战，后怕地往墙角缩，沐晟却理都没理他，带着朱明月离开了酒楼。

张三后知后觉地想到一种可能，或许这两人早就洞悉了自己那点小把戏，权当是看猴戏了，半点情绪的牵动都没有，哪还会恼羞成怒教训自己？张三连连苦笑，巨大的挫败感让他感到无地自容的同时，又暗暗松了口气，也随着他全部计划的落空，真正的坦白，从这一刻开始。

……

回程的时候，已经将近申时。宽敞而气派的车舆，熏笼里已经点好了淡淡的香料。驾车的车夫是知府衙门的人，看到两人出来，恭敬谦卑的模样，连眼皮都没敢多抬一下，殷勤地将帘幔掀开。

朱明月扶着沐晟的手上去，转身的那一眼，茶楼的招牌在阳光中明晃晃的，楼里的那些茶客几乎不约而同地瞟过来视线。

“王爷不想去打声招呼？”

紧跟着上车的男子，直接坐进车里，然后没有任何迟疑地放下车帘——显然是不想。

朱明月无所谓地一笑，伸手敲了敲车辕，“走吧，回知府官邸。”

车夫甩起马鞭“喝”了一声，马车缓缓催动。朱明月放下两侧的窗帘，无意间发现车内的铺毯都是新换的，丝质的毯面，触手温且软，居然是一水儿的宣州造。

这时沐晟已经在小炉上煨好了一壶茶，朱明月挪了挪茶杯，底下的薄垫也是宣州造。

“想什么呢?”

茶好了，沐晟递过来，朱明月半晌才反应过来去接，“王爷听没听过红线毯的故事。”

“什么毯?”

“红线毯。”

朱明月从檀香木隔间里取出备好的糕点，揭开屉盖，格子里是蝴蝶酥、梅花凉糕、松子糖、燕窝酥……香香甜甜的气息，让人食指大动。

沐晟对她推过来一盘茉莉香糕敬谢不敏，又推了回去，“先喝些茶润润。”

席间若无人用膳，就该以帕掩口，或干脆不再进食，这是闺阁千金应恪守的礼数。像这样与外家男子共乘一车，既无隔屏也无挡帘，就更是大忌。她却在长时间的车马颠沛风餐露宿中，习以为常。此时腹内空空，便掰开一小块水晶饼，就着香茶细细地咀嚼。

沐晟看她吃了一会儿，唇角边沾着一点饼渣，想也没想就伸出手，用拇指的指腹抹了一下，“红线毯？唐时的那首酸诗?”

朱明月怔了怔，放下手里的糕点，用帕子拭了拭手指，片刻道：“那可是当时的翰林学士、一代诗王的作品。”

而那诗王作过一首《红线毯》，里面有这样的句子：

择茧缫丝清水煮，拣丝练线红蓝染。
染为红线红于蓝，织作披香殿上毯。

披香殿广十丈余，红线织成可殿铺。

美人踏上歌舞来，罗袜绣鞋随步没。

宣城太守加样织，自谓为臣能竭力。
百夫同担进宫中，线厚丝多卷不得。

宣城太守知不知？一丈毯，千两丝！
地不知寒人要暖，少夺人衣作地衣。

孙兆康安排的这辆车舆，里面铺的就是那声名赫赫的宣城红线毯。一丈毯，千两丝。比起太原毯的涩硬、蜀都褥的冷薄，宣州毯线厚多丝，无论冬寒夏暑都受用得很。

“上有所好、下必甚焉，容他什么翰林诗王的哼哼唧唧。”

自古吴王好剑术，国人就多伤疤；楚王好细腰，宫中就多饿死。那披香殿上不过就是多铺了几张毯子。

沐晟不以为然，其实朱明月也不见得有多感触。就如名门富户和贩夫走卒，官宦人家和平头百姓，身在其位，高人一等，为何不能心安理得地享受这种得天独厚。尤其所谓的盛世江山，民间百姓的贫疾苦病，从来都在所难免。

以此类推，反观到东川府。

东川的城中入眼之处几乎是处处规整、处处和乐，百姓安居，生业兴旺。府城之繁华，街道之气派，比之富庶江南也不遑多让。难怪孙兆康不过是区区地方官，其正室孙姜氏居然被朝廷封为正四品的诰命夫人。

“为官的优渥阔绰不难，难的是当地百姓也生活富足。”朱明月道。

沐晟将窗幔掀起来一些，慢声道：“一张毯子就引发你这么多感慨，连带还能与眼前所见扯上关系。接下来你是不是要说，且不论元江府为何有这样的实力哺养东川，对滇蜀的百姓而言，元江的贡献，都是不言而喻的？”

谁说他是莽夫。

朱明月淡笑道：“除了曲靖府和东川府，其余的地方小女都没去过。但仔细想一想，剩下的寻甸、顺宁、普洱府，甚至是乌蒙和芒部，比之眼前的东川府，也不会差到哪儿去吧！”

一切都是元江府的手笔，一切也都是元江那氏的功劳。

“不是这些的话，元江多年来屹立不倒，地位超然，你以为是因为什么。”沐晟瞟过来一眼。

朱明月道：“小女看王爷的架势，分明是冲着元江府去的，但元江有此等能耐，不得不让人投鼠忌器。王爷步步为营，步步谨慎，是否就是怕牵一发而动全身。”

既然怕，为何不继续忍。

元江府再骄横跋扈，起码让几大府城的百姓安居乐业。

“再难捕的鼠辈，也终究是鼠辈，时机成熟了，自然要除之后快。否则养鼠成患，终酿大祸。舍眼前小利，才有将来的长治久安。”

沐晟的几句话，像是品酒谈天一般不经意地说了出来，却道破了太多的殚精竭虑、深思远谋。

朱明月也没有想到他能说出这么一番话来，不禁抬眼看他。却见对方端详着自己半晌，下一刻，忽然俯身凑过来，在她的额头亲了一下。

“给你个奖励，算是多谢你刚刚在茶楼对张三的收服。”

“……”

朱明月吓得往后躲了一下，却没躲开。男子温热的气息拂在她的眼睫，然后额头上一抹柔软的触感，一吻即过，蜻蜓点水一般。

就这样，在陌白街上发生的事仿佛一场匪夷所思的梦，一觉醒来，不留丝毫声息。整条街上的人在一夜之间被全部更替，又在一夜之间全部换回来，隔日清早，各家各户，亦如往昔。这样的效率和手段，利落得让人生畏。

而不知从何时，东川府的街巷中已经流言四起：从最初沐晟冲冠一怒为红颜，不远千里赶去互市，英雄美人，良缘佳话，被津津乐道了好一阵子，然后变成孙兆康献宝不成，被当场逮到收受赃物。到了现在，元江府贱民大闹东川府衙，禄氏土官与流官知府打对台，土官禄弘铭与流官孙兆康面和心不合，元江府与东川府隔省勾结……

坊间闲聊，一件事会有几十种说法，传什么的都有。挑挑拣拣，总会出现这么三个关键词：茶商、沐家军、元江府。

与此同时，更引人震动的消息却是：在沐晟亲自护送马帮经停东川的时候，云南十三府的军师萧颜以病弱之躯率领一支仅有百人的队伍，剿袭了勐佑的一伙匪寇。勐佑在凤庆县西部，离云县不远，而那伙匪寇恰好也是摆夷人，盘踞在顺甸河畔的一个小村寨。有人因此说，这就是抢劫茶商的那一伙人；也有人说，云南地界上的很多匪寇其实都与那氏土司家族有关系。

元江府勾结贼匪？云南藩王要动手收拾那氏了？元江府凭借雄厚的势力，会不会拥兵自重、跟朝廷对抗……之前很多没有被提及的人和事，都渐渐浮出了水面，尤其针对元江府褒贬不一的争论更是甚嚣尘上。津津乐道变成了人心惶惶。就连这次沐家军的护送之行，都被人说成是暗中调兵的一种掩护。一时间，流言在整个滇蜀大地传得沸沸扬扬。

此刻与所有流言相关的那个人，却悠然地在石桌边下棋。

自己跟自己下。

张三蹲在石桌旁，两腿发麻。他被关在知府官邸的柴房两日，顿顿稀粥腌菜，连个馒头都没有。吃不饱，饿得腿发软、双眼冒金星。

“小姐，咱们究竟在等什么啊？”

当然是在等鱼上钩。

朱明月坐在藤桥一侧的缠枝木桩上，闻言转过头来，笑靥清淡地看着他：“自然是你的那位朋友。”

张三仰着脸，只觉得面前少女的一张脸都是金光点点，分外灿烂，“已经过了两个时辰，他怕是不会来了……”

他好饿，饿得头晕。

“他若不来，你全家就一起去跳红河吧。”

那厢，飘来男子凉凉的话。

“小的、小的……”张三整张脸都垮下来，委屈地蹲到一边。

这回与上回不一样，他不敢再折腾，尽了十分力、十二分的力，能用的老关系都用了，不惜代价地找，挖地三尺。以至于寻而不得，心焦上火，急得满嘴都是燎泡。

“有些事，不是尽力就行的。”这位天仙儿似的小姐，与他这么说。

而她还说：“但我不关心你怎样做，我只要结果。”

张三越想心里越苦，然后很自然地想到一直被关着当人质的婆娘和刚满月的儿子，忽地红了眼眶，悲从中来。

等他哭了一会儿，抹了把脸，又觉得没人搭理他，也没什么意思，于是肿着一双眼睛跟朱明月套近乎："沈小姐怎么不跟王爷下棋呢?"

阳光透过树梢筛下安静的树影，朱明月在树荫下正捧着一本线装书在看，忽地想到了什么，转身与他道："我对下棋没什么兴趣，我比较想知道的是……之前那幅唐代的《围棋仕女图》绢画，可是你卖给孙知府的?"

为了选一件名副其实的宝贝献给黔宁王府，孙姜氏几乎把官邸里的所有珍藏都拿来给她掌眼，那幅绢画是其中之一：高约四尺，托裱画心，卷轴镶覆，画工淡雅优美，栩栩如生。一眼看去，险些当成是真迹，然细细验看，才发现同样是赝品。

"是、是……小的。"

张三咽了口唾沫，心虚地别过脸。

"都说没有胆量，发不了横财。但你造假的手艺当真不错，与那白玉杯一样，孙知府自从买到手中，听说一直如珠如宝爱不释手。"朱明月淡笑道。

与寻找真迹比起来，仿制和造假有时候更难。尤其像假造绢画这样的工程，要仿人物、仿书法、仿图章，还要做旧。没有手艺不行，手艺不精不行，工序繁杂，相当费神。当然，做出一幅好的赝品，就会像张三这样一本万利。

地上的人咧开嘴，终于露出了几分笑模样，显然是提起老本行，本能地有种优越感，"每个时期的绢画都有自身特点，细看之下，总会有些小痕迹。外行人看不明白，内行人若马虎了也瞧不出来，像沈小姐这么年轻，又眼界宏阔识见精深，一定系出名门。"

张三是在捧她。可他并不知道面前的这位，是真真正正的名门闺秀，还是暂代过宫中六局一司的掌席女官。

朱明月有几分好奇地问道："那你是怎么造那幅画的？单是丝就不好挑，织成绢要透而薄，唐以前还一律用生绢……经纬粗细，还有光度……若要做旧，最起码你一定是见过真迹的。"

唐时用绢作画，唐玄宗以前都是生绢，到唐玄宗时才开始用半熟的热汤入粉，并把绢丝捶扁，到了宋朝就把绢煮熟加浆了。宋时的绢画经纬皆是单丝，经稍粗，似双丝。宋中期，经纬丝粗细相同，颜色与藏经纸相似——孙兆康手里的那幅既是生绢，丝线细而纹理稀，手感精润密致，年头也够，有鲫鱼口和雪丝，丝毫不像是伪造。不过是其中的一个字用错了，真真是美中不足。

朱明月想到此，琢磨着看他：既然做了赝品卖给孙兆康，必定不止仿造了这一幅，那么《围棋仕女图》的真迹十有八九是在他手上。

张三摸了摸脖子，讪讪地道："其实那幅画也不是小的仿的。单是看年头就不可能是本朝的东西，小的寻到后，也差点以为是真迹，却是其中一个假字被用成了真字。后来小的仿造着做了几幅，都没能盖过了原画去。不过沈小姐喜欢的话，小的自当把那幅真迹寻来送给小姐……"

价值连城啊。

张三说完，一阵痛心疾首。

朱明月的眼睛却亮了一下，"不是本朝的东西？"

张三点点头："绢画很难保存的，若通过新旧和光泽度来辨认真赝，也不对。装裱得当，存得时间会久些；保存不好，一定是没了韧性，变脆而脱落。小的转手给孙知府的那一幅，是元朝初年的画匠，仿了唐中期的东西。"

那便是了。

元朝的经纬也是单丝。辗转到本朝，年头久，绢色深入绢素，光泽暗，颜色深，丝上的绒毛逐渐褪掉，与真迹画作流传下来的模样，已无二致。

朱明月阖上线装书本，看着张三道："听说，东晋顾恺之的名画《女史箴图》也是在绢上作画的，古色古香，沁人眼目，曾一度被收藏于元朝的皇宫大内，后因战祸遗失。该不会……你恰好也知道那件真迹的下落吧？"

张三一听那名字，脑袋就耷拉了下来，要多委屈有多委屈。这时候，被一道忽然响起的声音给打断了：

"小姑娘年纪轻轻的，倒真是好大的胃口啊！"

明媚阳光下的落叶扑簌飞舞，又打着旋儿徐徐落在水面。那一道阴枭而冰冷的声音，随着飞叶沾水，凉凉地飘了过来。

来了。

朱明月抬眼，等的就是你。

与此同时，沐晟将那最后一枚白色棋子落在宫格里，手拈棋落，"啪"

的一声脆响。

张三不明就里，闻声脖子一缩，整个人都跟着哆嗦了一下。下一刻，就见来人的脚步也是一滞，然而周围除了落叶流水，既没见到意料之中冲将出来的随扈，也没有大批手执利刃的侍卫。让人不禁怀疑是不是看错了。

“黔宁王真是好气派！”

那人声似抽丝，语调阴阳怪气的，一步一摇地端着方步往这边走。

石桌前的男子挑着目光，淡淡地说道：“找你可是挺不容易的。千呼万唤始出来。”

是啊，一波三折。

朱明月侧眸看了张三一眼，后者笑脸一僵，讪讪地摸了摸鼻子。

来人约四十多岁，一身刻意的富贵打扮：红缎子长褂，外面蓝缎的开襟敞衫，腰带上吊着两枚斑铜的坠饰。高高瘦瘦的个子，微有些驼背，满是麻子的脸上，五官平平无奇。头顶裹着一圈巾帕，脑后留着一撮头发，扎成小辫。

这样一副打扮，无论在哪里都很扎眼。却透着古怪，让人看不出路数。一双眼睛且怪且邪，眯缝着，透出两分阴恻恻来。

那人闻言咧嘴一乐，道：“王爷神采艳艳风姿卓绝，果然是名不虚传。在下是何德何能，让您费心思。”

他走到半路，就被小碎步跑过去的张三拦住了，后者像是想拉一下他的袖子，又似不敢，“你这次害死我了，知不知道！”

“我害你？怎么不是你害我吗……”

那人似笑非笑的质问让张三胆怯，结结巴巴地说道：“你、你，我……可是当初你把那东西给我的时候，根本没说是赃物啊。”

话里有怒音，却是嘟囔出来的。

难怪在茶运遭抢风头正紧的时候，他还敢在东川府原地销赃。

“老三，常在河边走，哪有不湿鞋的！当初你收货验货的时候，怎地就没仔细问一下？现在想起来找后账。东西值钱不就行了，管什么赃物不赃物的……”

他还没说完，紧接着肩胛处剧痛，就是“嗷”的一声惨叫。

尖厉的叫声在耳边炸开似的，吓得张三一个趔趄。随后就见上一刻还拍着他肩膀称兄道弟的人，下一刻已经摔在地上，一只手捂着左边肩膀，疼得满地打滚。

在他的肩胛处钉着一把柳叶似的匕首。刀身整个没入，只留了半截花梨木缠枝刀柄，鲜血洇湿了内衫，染得那件蓝缎子短衫红不红、蓝不蓝的。

张三惊骇地转过头，正遇见沐晟冰冷的目光。

对方已经从石桌旁起身，走到跟前时俯下身，握住露在血肉外面的刀柄，像是削南瓜一样，使劲将那把刀从地上那人的膀子上横着一挑，刀出骨裂，顷刻间血涌如注。对方扯破嗓子不停地嚎叫，一声惨过一声，浑身疼得抽搐。

“知不知道现在所有的人都在找你，更多的人却希望找到的是一具尸体，而不是有气儿的活人。本王当时放出风声的时候，你首鼠两端、犹豫不决，现在走投无路送上门来，还拿腔作势的装模作样。”

沐晟不紧不慢地将刀刃抹了抹血，然后刀锋朝下，又狠狠插进他的右肩膀，“那咱们现在就好好清算清算。”

不仅是黔宁王府，还有孙兆康、禄弘铭、那氏土司府……所到之处，无不是对他除之后快的海捕文书。权衡利弊之下，他现身在了沐晟跟前，却没有痛改前非的觉悟，于是堂堂的云南藩王一定会给他个下马威。这也符合沐晟一贯的作风，直截了当，绝不拖泥带水。

地上的人痛得声嘶力竭，上半身浴血一般，触目惊心。旁边的张三已经吓傻了眼，两腿发软地坐在地上。而沐晟那两刀均是对着肩周的筋脉，刀进筋断，两条胳膊就这么都废了。

“王、王爷这么费尽心思引我出来，难道不、不是因为我有大用处么!”那人睁着通红的双目，青筋爆出。

沐晟冷笑着看他：“你活着的确有些价值。你死了，对本王来说一样受用。云南的茶商被阻截，不仅货物被抢，还有伤亡，死的都是十三府本地的本分商人。你说单是这笔账应该怎么算?”

“他们不是死在我手上……”

“就算人不是你亲手杀的，但你纵容手下去行凶，跟刽子手有什么区别?”沐晟这么说，眼底流泻出阴枭的目光，一脚踩在那人左肩的伤口上。

“名字。”

那人痛苦得面容扭曲，满头大汗，却死活也不吭声。于是沐晟脚下狠狠一蹉。

“啊、啊……李、李四!”

沐晟闻言眯了眯眼，脚底又用了几分力，那人疼得哇哇惨叫。

那厢，传来少女清淡的嗓音：

“是不是还有王五和赵六……”

这都是些什么名字?

沐晟不耐地皱眉。这时，就听张三带着哭腔喊道：“是是是，但他们几家都没迁到滇蜀。祖上传下来几代，现在就剩下小的们两家……”

沐晟朝她看过来，朱明月道：“李四是真名，他们俩是杭人的后裔。”

百年之前，杭州曾先后作为五代吴越国和南宋的都城，后历经战乱变迁，人口流动频繁。相传杭人只留下了张三、李四、王五和赵六，即所谓的“四姓十八家”，其余多是绍兴移居过去的。而今真正的杭人后裔少之又少，抓到一个张三，现在又出现了一个李四。

朱明月不由得多看了地上那人两眼。

“在下不过是在那氏府上讨口饭吃。王爷如何就这么咄咄逼人、赶尽杀绝……”李四疼得浑身颤抖，抻着脖子嚎叫。

沐晟冷笑道：“靠得大树好乘凉，可你贪心不足，明抢暗偷，这口饭，吃得有些牙碜吧!”

一句话就戳到了软肋。李四紧咬牙关，死撑道：“人为财死，鸟为食亡。这年头不论是马帮还是走货商人，无非都是刀尖儿上舔血的日子。投奔了那氏土官府，起码有个依仗!”

打狗还要看主人。

沐晟不怒反笑，从他肩上抬起脚：“这么硬气，那你来这儿作甚?”

李四得了些喘息，吐了两口血沫，道：“还不是王爷的计谋高啊……大张旗鼓地来了东川不说，立刻就抓了一个张三，利用他在东川附近的几个府城里到处的搅和。几日来，走货的老线儿不断地放出风声，在下不露面行么!”

东川府里无端出了一件赃物，还是不久前茶商遭抢的东西，这在走货行当里引起一片骚动。随后证明，东西是张三出手的，行里的人却都知道李四才是他的货源。于是在官府不分青红皂白地大肆搜查之下，不愿意被连累的同行们纷纷把人给供了出来。

而一直没再露面的禄弘铭，就是奉了沐晟的命，在全力抓捕川蜀的走货商。

“老三被抓了，然后知情的、不知情的走货人，全部被禄氏土司府的武士带走审问，一夜之间，走货行内被王爷搅得天翻地覆，任凭我狡兔三窟，也再没了容身之地。而元江府的人又一直在挖地三尺地找我，要杀人灭口。我成了众矢之的，现在是上天无路，入地无门!”

李四痛心疾首地说完，沐晟冷冷地笑道：“原来你不是来示威的，是来投诚的。可你这么心不甘情不愿，也就不必勉强了。”

沐晟说罢，冷冷的目光从他身上扫过去，“这样吧，你留下一条胳膊、一条腿，本王就放你生路，让你带着你这个同伴，从哪儿来滚回哪儿去。”

现在走，就是一个死。

张三吓得跪地磕头，痛哭流涕。李四捂着被扎出两个血窟窿的胳膊，挣扎着爬到张三身边，煞白着脸道：“行了，别磕了。老三，落到这步田地是我对不起你，你若想走，我就把这胳膊腿赔给黔宁王府，也算是对你的补偿。”

张三号啕大哭：“现在还说这些干什么！当初跟你说别给元江府做事，你偏不听，现在好了吧，把命都要搭进去了。”

李四喊道：“我不像你，我全家老小都在元江，不想做也得做，身不由己。我能怎样?”

这些话，明显是说给沐晟听的。

那厢，男子睨着视线，淡淡地笑道：“可真感人啊。但是雇你的那户人家，也知道你鼠窃狗偷，吃里爬外，用东家的好处来填自己的私囊吗？要是知道的话，第一个死的就是你‘全家老小’吧，那你还在这儿号丧，不赶紧滚回元江收尸去。”

那件白玉杯是怎么流到外面的？如果不是李四在抢完货物之后，手脚不干净，黔宁王府很难找到将匪寇与元江府连接起来的蛛丝马迹。而张三一直是安全的。因为被抢的货物多是由李四经手，分门别类，上面的人不会知道究竟有什么。以至于在白玉杯的事情发生之后，元江府没有贸然出动。可李四在闻到风声时就藏了起来，从此脱离元江的掌控，而今随着他的现身，元江那氏自然也跟着浮出水面。

一旁的张三听得直抽冷气。

李四紧紧地抿嘴，露出一抹阴森森的愤懑来，“没有小的吃里爬外，王爷怎会知道那伙所谓的匪寇，其实是那氏族人假扮的……没错，这回曲靖和东川交接处那批货，是小的领人去抢的，埋伏在半路，很顺利就得了手。事后货物分半，散货一批、值钱的一批。”

东西太多，路途甚远，不可能全部运回元江府。除了其中最值钱的器皿、皮毛、药材和绸缎被来接应的人取走，其余的像茶叶、马匹……有地方藏的就藏起来，没地方藏的都就地销毁。还有一部分也直接卖给了当地的走货商。

李四说到此，盯着地上的某一处，恶狠狠地说道：“除了部分散货，小的也有自己的藏货地。如果王爷能保我二人和家眷离开云南、远离那氏家族的势力范围，小的愿意把几处地点都告诉王爷。”

不仅是他的，还有另外几个头目的。

如此明显的分赃暗示，碰上刚强直理的廉官，早就火冒三丈、拍案而起，换成孙兆康之流，也要摆个面子，然后在心里默默地盘算同流合污。沐晟闻言，却说出一句连李四都没料到的话：

“好东西都进了人家嘴里，留下的不过是残羹剩饭。你以为黔宁王府就是这么好打发的？”

李四古怪地看着他，“可所有值钱的货都已经在元江府了。”

“本王知道，”沐晟睨着视线，“本王还知道，劫掠来的赃物一般不放在土司府宅，而是运到了广掌泊，在南弄河畔。”

“广掌泊”是摆夷族语的说法，意为“白象山”，与“南弄河畔”一样，都是那氏土司的家族禁地，一直被讳莫如深，就连那氏贵族都不允许随便进出。

李四一脸难以置信地问道：“王爷怎么会知道得如此清楚……”

沐晟意味深长地看着他：“所以，眼光要放得远一点。”

什么意思？不是要给那些被抢的商贾讨回公道吗？或者说给元江府一个狠狠的教训……

李四和张三交换了个眼色，前者道："王爷好大的胃口啊，不光是冲着那批东西，莫非还要把那氏土司府连锅端了？"

那氏一族雄踞在元江百年，百年经营，家底厚得吓人。若真将那氏连年积累的财富收入囊中，足够黔宁王府雄霸整个西南。可沐晟是云南的封疆大吏，而沐家军是朝廷的军队，这样的做法，跟土贼盗匪又有什么区别？

但转念一想，地方官兵出动剿匪一向不是因为这个吗，捉了贼，才好分赃。

"凡世间财路，多归于权门。纵容了几十年，也该好好管教一下了。"

阳光刺破水面万点波光如碎金，那临湖逆光而立的男子隐约含笑，乍暖还寒。

李四惊目："可是这么多年来，就算云南府也一样惹不起元江府。王爷又是新嗣位的藩主，拿什么跟人家硬碰硬？"

张三使劲拽了李四一下，示意他小心说话。李四却不听："几百年了，那氏土司府存在了几百年不是没有道理的。别人不知道，小的这两年在府里面担任一个守备武职，亲眼所见来府中纳贡的土司就不下七八个，更别说还有数量不少的幕府家族都与那氏一直交好。"

西南这个地方，几方土司府连成一片，伤一个，会连带着牵动很多个。而当今天子初登大宝，百废待兴，根本就不宜动兵，否则元江府假冒匪寇抢掠了十三个府城的茶商犯下此等大罪，黔宁王府早就请旨攻打了。

李四说完这些话，连一侧的朱明月都不禁侧目。

想不到在走货这一行里，还藏着一个韬光养晦的人。

"都说元江府不好惹，所有的人都避之而唯恐不及，有多厉害？"

沐晟转过身来，眸深如渊："那九幽的确是个人物，在他的经营下元江府日益强盛，却也胆大包天，肆意妄为到连朝廷都敢不放在眼里——正所谓物极必反、月盈则亏，一个元江能被分割为澜沧和勐海两大势力，其实就已经很说明问题了。而今的那氏土司府正处于极盛时，也意味着覆灭的时候就快到了，不是吗……"

那个名字，让四周陡然冷窒了下来。

写在朝廷诏书上、皇帝御笔钦封的元江府土司，是那直的长子，世袭土知府职位的那荣。从来都不是那个名字。然而"那九幽"三个字却似有无限的威压，张三吞咽了一下，大气都不敢喘；李四则是整张脸变色，绷着嘴角有些噤若寒蝉。

“王爷这是想做什么？”李四惶惑道。

沐晟负手立在近处，眼底淡淡含着的笑不带一丝温度，“你有一句话说得没错，人为财死，鸟为食亡。元江府坐拥金山，想要分一杯羹，是不是就得跟那氏土司府拼命？西南边陲的势力这么多，到时割据混战的景象一定会相当好看。”

……

李四究竟有多重要？能让沐晟、禄弘铭、孙兆康等人洒下弥天大网费尽周折去找的，其意义不言而喻。而这样的人对元江府来说，不能留为己用，便只能斩草除根。

东川府城的这处郊外，因人迹罕至而衰草连天、凫趋雀跃。两辆马车停在溪湖畔，赶车的仆从是知府府宅里的，除此之外连个随扈也无。几个时辰过去了，车顶满是林间筛下的落叶。

“你也挺有本事的，藏匿了这么久，居然没让元江府的人抓住。”

张三捂着磕出血的脑门，晕乎乎地说道。

李四咧了咧嘴：“藏得再久也没用，躲得过初一、躲不过十五。尤其躲不掉你的连累。自己没本事就算了，非要把我也拖下水。”

张三耷拉着脑袋，不知该怎么说。李四杵了他一下，阴嗖嗖地问道：“听说，还是栽在了一个小姑娘手上。就是她？”

目之所及，那少女伫立在马车旁。披着浅蓝斗篷的身影，露出裙摆的一抹纯白，乌发玉簪，纤细婀娜，盈盈动人。

“有几分姿色。”

李四的话刚出口，就被张三一把捂住，“你小声点儿。”

李四嫌弃地扯开他的手，恶狠狠地道：“你这么紧张干什么？眼看着连小命都快没了，还不能多说两句。”

张三眼皮一跳：“什么意思？”

李四哼笑着道：“当初你供认不讳的时候，难道就没想过，让我也跟着东窗事发会有什么后果？元江那氏那帮人心狠手辣，我一旦陷进来了，你以为他们在杀了我之后能放得过你？”

张三听得心惊肉跳，本就热，这下出了一身潮汗，“可是咱们都在王爷这儿，他是堂堂云南藩王，还有人敢来行刺不成?”

“黔宁王身娇肉贵，谁敢动他，咱们俩一介贱民，死了还不是白死。”李四瞥了一眼，冷冷地说道：“怕就怕不光是你我性命难保，还有咱们的全家老小跟着遭殃。”

张三跌坐在地上，傻眼道：“王爷答应我要保住我的妻儿，我现在什么都交代了，也没有退路了，他可不能食言啊。”说罢，一把拉住李四，咬牙道：“老四，要不咱俩现在跑吧。”

李四看了看两个手脚细长的车夫，又看了一眼四周静得只能听见鸟鸣的树林，“咱们现在跟黔宁王府拴在一起，撇都撇不清，还往哪儿跑，是死是活听天由命吧。只希望那黔宁王看在我还有可利用的价值，保咱俩平安过关。”

这时，沐晟已经从每辆车上卸了两匹马，四驾马车就都成了两驾。

李四两只胳膊都废了，只能坐在车里，于是朱明月坐另一辆，沐晟和张三两人骑马。

车舆行驶在不算平坦的林荫小道上，车轱辘磕磕绊绊，速度极快。赶车的车夫也很着急，一声声鞭响，一声催似一声。等经过了两道树林，拐个弯，往前再有五里，是东川附属的一个小县城。往常要一个时辰的路，眼下几乎只过了几盏茶的功夫。

偌大的林间只剩下车辙被碾出的响动，两辆车一前一后，车身在快速的驱使中剧烈地摇晃，像是随时都能散架子。两旁树叶婆娑的沙沙作响，不时还有鸟雀惊飞的扑棱棱声。

“嗖——”

凌厉的箭翎，刺破长空而来。

随着这一杆箭钉在前面那辆马车上，一刹那，无数道箭矢暴风雨一样射来。黑色箭身，银色箭头，眨眼之间，密不透风的箭雨把那辆马车射成了筛子。李四抱着双臂从另一侧的车窗跳出车外，在地上打了几个滚，大腿上被射中一支箭，扎了个对穿。

“箭阵，是箭阵!”

张三的走货经验相当丰富，一看之下连声尖叫，鞭策马匹要往前跑。

这个时候，前面的道路已经被不知何时出现的巨大树桩给挡上了，车夫赶紧往回一扯缰绳，勒马急刹，马匹嘶鸣几声，车舆打横骤然停了下来。忽然，又一根木桩从右斜方打过来，手臂合抱不了的粗大桩身“砰”地拦腰打在后面那辆马车上，只听一声巨响，后面的车舆直直地被撞翻出去。

车夫连同拉车的两匹马一起被掀倒在地。车内的少女死死扶着车辕，在那一刻猛地撞上车梁，又狠狠地摔在车窗的挡板上。

宛若凶狠的鹰隼般的黑衣人似从天而降，持刀蒙面，动作敏捷而强劲。落地之后又利落拔刀，迅速地将车舆围了起来。

明晃晃的刀锋，“噗噗”两声，那两名车夫就死在刀下，均是咽喉一刀毙命。张三扶着李四爬到车马不远处的地上，李四中箭的那条腿全是血。

“求求你们，别杀我们，别杀我们，让我们做什么都行……”

张三满脸惊恐，痛哭失声。李四咬着牙握住扎在腿上的箭，一狠心，“咔吧”折断了箭杆，顿时疼得撕心裂肺，“没想到居然要交代在这荒郊野岭，最后连个收尸的人都没有……可恨我两条胳膊废了，要不然就跟你们拼了。”

这时，为首的蒙面人已经提刀来到跟前，说：“人呢?”

张三呜咽着道：“谁? 谁? 你要找谁?”

“云南府黔宁王，沐晟!”

那人直呼其名，张三哆嗦了一下，下意识地往少女那边瞄了一眼。那蒙面人何其聪明，顷刻间攥着刀柄，走了过去，“你就是沈明珠，那黔宁王的红颜知己?”

此时此刻，说不害怕是不可能的。

她扶着车辕有些狼狈地站起身，“你们是什么人?”

“沈小姐，乖乖听话，告诉我们黔宁王的去向，免受皮肉之苦。”

那人的刀尖还滴着血，少女往后退靠紧翻倒的车舆，“王爷让我们几个先上路，就是为了引开追杀他的人，他自然不会跟我们在一起。”

“从郊外回东川内城，这是唯一一条必经之路。你还是别考验我的耐心。”

少女咬着唇，唇瓣渗出血丝，摇头道：“你别逼我，我真的不知道。”

蒙面人定定地看着她，片刻，扬起大刀。

“啊……”

比他的刀速更快的是箭，还有同伴中箭的闷哼声。

鸣镝的声音破空响起，周围寂静了一瞬，紧接着如刚刚被射成筛子的马车一般，漫天的箭雨从四面八方射过来。

那些蒙面人到底是训练有素，一见有埋伏，迅速朝着车舆和旁边的遮蔽物靠拢，然而面对他们的却是能装百支箭的连珠箭，不仅更快，也更多，根本不用轮换上箭，一波接一波密集如雨丝，为数不少的蒙面人已经在箭矢中丧命。

其中几个提着刀的蒙面人破出箭雨的包围，以极快的速度向发射的地方奔袭，旁边的同伴挥舞着刀柄将他们几个严密地护住，中间的人则卯足了力将手中的大刀掷出——钝器入肉的闷响，草丛中几个侍卫应声倒地。与此同时，蒙面人朝天扔出火筒，空中顿时爆出一串火焰。

“不好，他们还有后援!”

张三尖叫了一嗓子，扶着李四手脚并用地往树桩后面爬。与此同时，在另一边的树林中又涌出了更多的蒙面人。张三和李四躲避不及时，眼看刀锋就要朝着他们俩的人头落下。

一个卓然挺拔的身影踏着流箭而至。

“嗖嗖”。

只见他左臂擎着一柄造型奇特的弩箭，用闪电般的速度，以力挽狂澜之势，一箭将那人和他后面的蒙面人双双扎透，死死钉在地上。

“他有床子弩，快往两边闪，不要靠近他的射程……”

蒙面人显然也看出不好，朝着身边的同伴放声喊道。却见沐晟出手如闪电，用空着的那一只胳膊手起刀落，徒手砍削在他的脖颈，当场断气身亡。

与此同时，从南面的方向有大量手执刀戈的士兵冲了出来，他们身着黑色劲装，双肩披甲，抡着环刀与蒙面人厮杀在了一处。

没人知道这几百名士兵是从哪儿来的，尤其是沐家军早就带着马帮和商贾启程上路之后。然而堂堂的云南藩王身边若没有护卫，也说不通。可偷袭的蒙面人万万没想到，在沐晟的手里、在他的这批护卫中，居然还带着连珠箭和床子弩两样威力彪悍的战争武器。

黑缨锁子甲的士兵分三路，中间的一路里，裹挟着几匹膘肥体健的纯黑色烈马，马背上的士兵每人怀里都有一把床子弩，勒弦瞄准，顿时三箭齐发。

“嗖嗖嗖——”

这种专门用于战场的弓弩，原本能够并排放五只箭，每只箭有几丈多长，箭头是一个长矛，凭人力拉不开，需用绞车绞开。绞开之后，五箭齐发，人马俱碎。

黑甲士兵手里拿着的却是经由沐晟亲自改良过，有足够的臂力便能单人使用。而这种床子弩根本不是用来射人的，是用来射城墙，在射人时有着相当凶悍的力道，无论身穿多少层重甲都不管用。一箭，能连人带马钉在地上，拔都拔不起来。

面对床子弩的蒙面人，中一箭，当场就一命呜呼。

蒙面杀手的队伍很快被撕开了一个缺口。在沐晟周围躺着七八具尸体，他踩踏着那些人的尸身，脚下用足力狠狠一蹉，地上的人肋骨断裂，全然咽气。

那些冲将过来的大批侍卫趁势将余下的蒙面人制住，以三敌一，后者迅速溃败。

不消一盏茶的工夫，生还的蒙面人全部被擒获。

“王爷!”

侍卫统领拎着腰刀跑到近前，单膝跪地。

沐晟摘下右臂上的床子弩，淡淡地吐出一个字：“杀。”

话音落，侍卫们纷纷手起刀落，鲜血喷涌，那些被压制在地的蒙面人悉数倒地。

这时，一道浅蓝色的策马身影进入这片狼藉战场，到了车舆旁，朱明月利落地下马，一把扶起已经两腿发软的少女，“没事吧。”

连翘抹了抹脸上飞溅的血珠，艰难地摇头：“王爷和小姐来得很及时。”

这时，张三扶着李四从树桩后面出来。张三右胳膊被刀砍伤，李四大腿中箭，而他双肩之前又刚受过伤，浑身上下全是血，两人都狼狈得不行。

“都杀了？一个活口都没留，连他们是谁派来的都没法查……”

朱明月看着沐晟毫发无损，身上的一袭黑缎烫花的锦袍和玄色披风都染了血，衣襟、肩膀和袍裾上呈现出大团的暗红色，连缠枝富贵花的暗纹也浸得一片湿红，扑面一股血腥之气。

别人的血。

一双深邃的黑眸却也因此亮若星辰。

"还用查吗？能一下子派出百十个训练有素的杀手，目标不是别人而是本王，除了元江府，谁还有这么大的胆子！"

朱明月蹙眉，"可这些人，敢在距离东川府城不足十余里的地方动手，是胆子太大还是有人接应，王爷不应该仔细查查吗？"

沐晟的大手落在朱明月的发顶，用力抚了抚，"过家门而不入这种事，通常是心照不宣。既然人家特地选择在外城动手，而不是内城，就证明想跟东川府或者说是想跟孙知府撇清关系。既然这样，何必这么不识趣呢！"

况且他的目的已经达到了。

朱明月看到男子眉宇之间飞扬着一抹神采。没错，很兴奋，有一种人生来就属于战场，浴血而生的神采。她不禁摇头道："把危险放在身边，这本就是一种危险。"

沐晟望着她，淡淡笑道："有些事情急不得，一步一步来，在大菜上桌之前，先来些开胃小菜，也是相当引人入胜的。"

从树林中涌出来的这批士兵，在利落地处理了蒙面人的尸体之后，又如潮水般地退去了。一点声息也无。

张三扶着李四坐在马车里，那车舆的半个车门都掉了，车窗也被砸烂，拖着一个半轱辘勉强还能行驶，却比另一辆被箭矢扎成刺猬的马车要好些。连翘坐在车辕上拿着马鞭赶车，一路上静默不语。

"我说，那帮人还挺利索的。"李四咧着嘴，望着窗外。

张三正忙着用巾绢给他包扎伤口，闻言道："利索还不快点来，险些连小命都没了。"

李四想抬手砸一下他脑袋，却忘了肩膀上有伤，疼得龇牙咧嘴："要不是看在咱们都是杭人后裔，打断骨头连着筋的分上，真不想管你了。能不能有点出息，还比不上人家一个小丫头。"

张三撇了撇嘴道："你没跟那沈家小姐打过交道，不知道她有多厉害。尤其是一个养在深闺的小姑娘。凭我的本事你知道，可居然毫无招架之力，而且刚刚你看到没有，满地又是血又是尸体，连我都吓得跟什么似的，她连眼睛都没眨一下。”

李四听他这么一说，也暗道了声“是啊”，然后狐疑地往窗外看去。这时，马车忽然震荡了一下，这一下极狠，把里面两个人都往上抛。李四撞到车辕，张三则撞到李四身上，李四刚刚包扎好的伤口又渗出血来。

“不好意思，遇到坑洼，你们俩坐好……”

隔着车帘，传来那驾车侍婢很低的声音。

张三揉着脑门，嘟囔着埋怨一句，赶紧给李四止血。

过了林荫小道，前面就是平坦的官道，县城小小的一座城门楼已经在眼前。

沐晟与朱明月左右骑行在马车旁，沐晟用斗篷抹了一把手背上的血，朝着朱明月道：“经过前面的县城，再往北就是东川府内城，你说咱们的客人会不会在街市上面出现？”

朱明月远眺了一下，淡声道：“王爷不是说，就算孙知府参与其中，也断不会选择在府城里动手。还有客人的话，若是在前面一段不出现，就应该没事了吧！”

府城里的街市是市井热闹之地，若有意外发生，必然会殃及到当地百姓。

但她并不认为孙兆康会这么做。因为她总有种感觉，东川府大大小小的州县，每座城都很兴旺繁华，生业安乐。孙兆康在东川十余年，在他治下的这片土地也曾经历过战乱，却总是幸免未曾被滋扰。现在，他也不会去想破坏或者打乱这份安宁。

而对于东川府来说，其实他们才是不速之客。

李四有一句话说得对，在大明政权尚未建立的时候，云南十三府的土司家族就已经存在百年。百年传承，其间关系错综复杂，曾归顺过几个不同的朝代，多次反抗，被镇压，朝贡称臣。如此盘根错节的势力，往往同气连枝，一旦处理不好，几大家族很有可能携起手来，同仇敌忾。届时就不是云南内部的事，而是一场边陲动乱。

撇开利害关系不说，起码在这一点上，沐晟和皇上有着一样的烦恼。

沐家军的到来无疑是要打破固有的平衡，经停的第一站东川府就成了整个局势中至关重要的一处。但在不久前，萧颜又率领百人队伍，剿袭了勐佑的一伙摆夷人贼匪。“勐佑”也是摆夷族语的说法，其中的“勐”专指县以上的地方，隶属于元江的势力范围内。于是针对那氏家族的谣言，像滚雪球一样越滚越大，传到现在，元江府已经被萧颜和沐晟两人联手推到了风口浪尖。

那么与之相关的东川府，此时此刻应该出现在什么位置上？多年来受元江资助的孙兆康，又应该何去何从？

若换成是她，在这种情况下，恐怕也不会善待沐家。

“想什么呢？”

沐晟已经骑行到她身边，朱明月抬眸看了看他，摇了摇头。

沐晟道：“你似乎不是第一次见到死人。”

其实他想问的是，她不是第一次见识杀人。

朱明月拽着缰绳，却想到了别处，启唇淡淡地说道：“在小女十岁那年，镇子上大旱。同年七月，燕王府靖难发兵，开始兵连祸结。地里乡间都是疫病死尸，还有残缺不缺的肢体……在那个时候，想要活下来，并不是一件容易的事。”

“当时你在哪儿？”

“北平。”

“本王记得，你是在戊寅年于苏州府的嘉定失踪，壬午年，有你的消息出现在北平的燕王府，癸未年你又身在应天府……除了这些露于表面的，五年里几乎无法追查你的行踪……”

沐晟不紧不慢地提了提马镫，然后深深地看了她一眼道：“能做到这些，不是被保护得极好，就是有不能泄露踪迹的原因。那么本王好奇，你是怎么一直耗到现在的？”

“王爷别忘了之前答应过小女的话。”朱明月道。

只需她肯相助，对与沈家有关的她的一切事、她回沈家之前的一切过往，他便再不能插手。

少女的面色冷淡，沐晟却是一笑：“本王连问都不能问？”

“问也不行。”

……

一行五人顺利地回到东川府城是在一个时辰之后。等快要抵达知府官邸，那辆马车已经损耗得不成样子，仅剩的一个轱辘在陌白街上寿终正寝。于是张三只好扶着李四，从街巷一瘸一拐地走过来。

几人中除了朱明月，几乎个个身上染血，尤其李四几乎成了一个血人。在街上引得目光无数。

管家正在府门口安排守卫，远远瞧见了，吓得瞠目结舌，好半晌才想起来去请大夫。

而孙兆康不在府里。

等孙姜氏酬完神从城南的寺庙回来，已经过了酉时，天色还早。她没有直接去休息，连晚膳也没顾上，直接来到了西厢，却是领着几个侍婢，抱着熏笼、铺毯……还有很多女儿家的用物，带着满身的烟火味，亲自来叩门。

朱明月刚刚沐浴完，正在换衣裳。等应声开了门，门外一张笑吟吟的脸。

“孙夫人您这是……”

朱明月把人请进去，等一众奴婢将新捧来的物件布置完，孙姜氏道：“这两日小姐跟黔宁王早出晚归，也没有仔细休息。这么一个娇滴滴的人儿，怎么受得了呢！”

提也没提白日里的事，就像是根本不知道他们半路遇险，也不知这一行人浑身是血的回到府里。然而府里添了两个“新人”，没跟当家主母交代，也的确有些失礼。

于是朱明月道：“王爷为了追查商贾和匪寇的事，确是甚为劳心。不过王爷也觉得，多亏孙知府的鼎力支持，还慷慨地借出自己的官邸。虽然嘴上不言，王爷心里可是分外感激呢！”

只要他不帮着贼人去刺杀他们，或者亲自安排什么人深夜来动手。

那厢，孙姜氏笑呵呵地说道：“王爷为民间疾苦奔波忧劳，我家老爷也没出什么力，王爷不责怪就好。但是说起来，这件事似乎也挺棘手的，凭王爷那等俊才，都查了这么久。也不知查得怎样了……”

朱明月道：“夫人说得是，尤其这半月以来，越往下查，查出来的就越多。不过有一点倒是肯定，那件赃物孙知府当真是不知情。不知者不怪罪，王爷也不会追究什么，夫人且安心。”

说了这么多，却等于什么都没说。

孙姜氏悻悻地一笑，不禁暗道她怎么安得下心。

“那么接下来……”

“接下来恐怕还要在府里面叨扰一阵子，望孙知府和孙夫人莫见怪才是。”

孙姜氏热络地跟她客套了两句，片刻又道：“对了，听说最近萧军师正在禄老爷那里做客，不知何时会过府，妾身也好早作准备。”

朱明月略微一怔，即道：“萧军师在东川么？他前一阵子不是在凤庆县剿匪，路远迢迢，怎会在几天之内就赶到东川府？夫人想必是听差了。”

孙姜氏笑容滞了滞，恍然道：“那该是妾身听差了吧，或许不是在禄老爷那儿，而是其他土司府里。听人说，这段日子以来，萧军师一直在滇蜀几大土官家族里面连番做客呢……”

等孙姜氏施施然踏出寝房的门，连翘已经提着三层螺钿食盒在外间的太阳底下站了许久。盒内摆着清粥菜肴，分量相当重，晌午的阳光直直地照进窗间屋内，她一动不动地伫立在那儿，连姿势都没换，可见手底下是相当的稳。

“那两个人安排了？”

那侍婢低着头摆碗筷，“是的，就安置在王爷寝房外的一间耳房里，门外有侍卫轮班把守。”

“你可跟孙夫人汇报过了？”

“管家禀告过一次，奴婢也禀告了。”

意思是，她跟管家禀告的内容一致，而管家并不知道半路上发生的事。朱明月伸手接过她递来的银箸，“刚刚听孙夫人说，东川府像是有调兵的意思。”

连翘抬眸飞快地看了她一眼，而后低低地说道：“珠儿小姐，刚刚奴婢就在外间。”

朱明月一笑：“你就当我是猜的好了。但这件事我希望你能够帮我打听一下，毕竟住在孙知府宅上，东川假如有什么兵力上的需要，王爷府倒是愿意帮衬一把的。而且我们与孙知府夫妇之间，没有什么秘密可言。你懂我的意思吧？”

相貌无奇的侍婢抬眼去看她，须臾，点头道：“奴婢明白。”

隔日，清晨。

“官邸外面忽然多了不少人，连平时衙署的守备都被调过来了。可见孙知府这是防贼一样保护着王爷呢。”朱明月说道。

敞苑中的凉亭内，两人对坐。一人捧着书册，白衫粉裙，裙摆上是大团大团绽放的桃花；一人面对棋盘，雪裳佩刀，白绸缎袍裾顺着腿垂坠而下，露出云墨锦靴。

风吹起纯白的柳絮，漫天纷飞如落雪。

那男子一直注视着黑棋一方，像是在琢磨下一步怎样走，半晌淡淡地说道：“是保护吗？你怎么不说是变相软禁？”

半个衙署的兵力都镇守到官邸大街上，将偌大的府宅围成了铁桶。肃杀森严的气氛，连只鸟雀都不敢飞进府里。

“因为小女依然能够出府。”

“你是想回沈家了吧？”

男子抬头看了她一眼。

少女微笑摇头，“而今的确是到了小女功成身退的时候，可现在离开东川，前脚出了内城，后脚能不能活着到外城都不一定。”

她应该在三天前动身，也就是处理完张三、趁李四没现身之前。可那时也有风险。

男子拄着下巴，盯着棋盘皱眉凝思，“送佛送到西。元江第一拨派来的百人杀手，已经在对本王的围杀行动中全部被消灭，再想派人来补救也是在半月时间之后，刚好让本王腾出手解决东川内部的隐患。等这些障碍全部清除完，你才能平平安安地去云南府。”

说罢，用目光指了指九宫格，“来，先帮本王瞧瞧这局势。”

那少女瞥了一眼，淡淡地说道：“后马进七，将五平四！”

沐晟看了看，“嗯”了声表示疑问：“这样一来，‘车’首先就被吃掉了。”

“飞象平车，大刀才能剜心。四步之后，‘相’就被吃掉了。”

沐晟闻言挑了挑眉，随着她说的执棋连走，却果然在第四步，红棋溃败、黑棋一方转败为胜。

“原本红棋势雄、锐不可当，黑棋处处受制、略逊一筹。你这几步杀招，扭转乾坤。”他不禁摇头微笑。

朱明月翻了一页书，道：“原以为王爷是个中高手，没想到居然是初学。”

沐晟面不改色地说道：“萧颜是本王的弈棋老师。但学了许久都没精通，可见这位老师很不称职。”

难怪在曲靖的府宅，萧军师没事就抱着棋盘去找他。

“每一种博弈的棋类都有独特的规矩，比如黑白子棋，清白君子，多执白棋。楚河汉界，便是红黑搏杀：帅方红色，代表刘邦；将方黑色，代表项羽。中原逐鹿时，广武山红、黑两军对垒，楚汉相约鸿沟为界、中分天下，却是汉兵率先进攻，最终歼灭楚军于垓下。”

以棋面观局势，而今的东川、元江和云南府三方，也正处于这样一种维持表面平静的微妙状态。明面上是前两者步步紧逼，云南府处处被掣肘。可实际上呢？沐晟似乎把一切都预料到了，运筹帷幄，以逸待劳。颇有些讽刺。

男子摩挲着棋子，接过话茬继续道：“相传当年西楚霸王嗜黑，而汉高祖斩白蛇、喜红，世人因此都喜欢执红棋，代表‘成王’的一方……”

朱明月道：“故而那所谓的‘王不见王’，就是将帅不相照面，即对弈中，将、帅如果同在一条直线上，中间不隔着任何棋子，就规定走子的一方获胜。这就好比，先动手的一方把对方的主将一箭封喉。”

可这毕竟只是墨守成规的下棋，如当下的形势，先动手的元江府，反而吃了大亏。

“挽弓挽强，用箭用长。很多官吏在官场混久了，同样认准‘先下手为强，后下手遭殃’的道理，绝不会甘心任人宰割。”这一日的晨曦晴朗，天空湛蓝，迎着明媚的阳光，男子投来的那一眼浸润了霜寒般的通透。终于点到了谜面上。

朱明月轻声道：“王爷觉得……孙知府会在府里动手？”

沐晟道："在外城能动用援兵，是因为地方够大，足够藏人。这点同理于元江的那些蒙面杀手。此处是知府大宅，孙兆康就算有心也不会大张旗鼓地调遣衙差，但是网已经借由孙姜氏撒出去了，孙兆康现在一定是抓心挠肝。本王也很好奇，他会用什么方法……"

而他之前去跟李四碰面时，明知道很可能会有杀手来袭，还把她带在身边，也是因为孙兆康的这处官邸早就不安全了。

"这不，说曹操，曹操就到……"

孙兆康是第一次进这道敞苑。

先是在外墙墙根下面站了好半晌，隔着雕花窗，猫着腰，又是叹气、又是顿足，一副愁眉苦脸的模样。等他犹豫了好半晌，这才硬着头皮往里走，等进了月亮门，正了正衣冠，就迈起方步进了院。

西厢的院落开拓得相当宽敞，高檐圆顶的凉亭就筑在三层石阶上，位置偏北，凉亭的东西各连接着一道红漆长廊。孙兆康踩着南面那条鹅卵石路一路走来，到了凉亭下，朝着里面的人一拱手："下官见过王爷。"

"什么风把孙知府吹到这儿来了。这个时辰，孙知府不是应该在衙署处理公务吗？"石桌旁的男子放下棋子，慢条斯理地看过来。

孙兆康摸了摸脖子，有些心虚地答道："启禀王爷，下官到了衙署，又急急赶回府，是有要事特地来告知王爷。"

"何事这么急？"

孙兆康又一拱手，"曲靖有军报传来。"

千里加急的书信，过驿站而不入，不知跑死了多少匹快马。换马不换人，等传信官到了东川府衙，已是一身征尘，满面风霜。但云南早已无战乱可言，军报从何而来？而奏报没直接送到沐晟跟前，却送去了孙兆康的衙署……

朱明月与沐晟对视了一眼，前者忽然想起之前孙姜氏提到过的，萧颜正在几大土司家族中"连番做客"的事。

"传信官何在？"

孙兆康道："也跟着下官回来了。下官见他萎靡过劳，疲惫苍白，就安排他先去用些水米，说话间会过来跟王爷复命。"

沐晟片刻起身："请孙知府前面带路。"

朱明月跟着沐晟一道过去，两人一前一后随着孙兆康的脚步，出了这道院子就直奔主屋的偏厅。

偌大的长廊里，连一个伺候的下人也无。等跨进偏亭的门槛，一封用藏蓝的绢帛包着的手札，就摆在主座旁的桌案上。绢帛外面用红绳密密匝匝地捆得很紧，绳边磨得起了毛，显然是一直揣在内怀。

"王爷，下官是否要备车，送您过去跟萧军师会合？"

沐晟摆了摆手，"不必，待本王看完军报再说。"

孙兆康连连点头，又道："那下官这就通知驿站，给传信官准备快马。"

沐晟道："传信官暂时也不会回曲靖。劳烦孙知府先去衙署将知府官印取来，然后再通知东川府城外的卫所，集结所有衙差和守城士兵，本王要暂时接管东川府的军政大权。

一句话，粉碎了孙兆康的幻想。

地方上的兵马调遣外统于各省的都指挥使司，对朝廷则内统于五军都督府。调令一般经由御前首肯后下达到兵部，兵部送到五军都督府，最后示下给各省的都指挥使司、卫指挥使司、千户所、百户所……云南的都指挥使司听命于黔宁王府，按照疆域划分对内却隶属于右军都督府。

"王爷您直接绕开右军都督府，以都指挥使的权限调兵，是、是越权的……"孙兆康颤巍巍地说道。

沐晟笑了，淡声道："孙知府谨记朝廷法纪，本王深感欣慰。但是孙知府忘了，在地方的卫所中有一种单独驻扎在某处、直接归都指挥使司管辖的千户所，也就是守御千户所。临危之时，有'以武卫文'、先斩后奏的权力。"

孙兆康吓得一哆嗦，脸色紧跟着都变了。

"那、那下官只好听命行事，这、这就去衙署……"

好半晌，他结结巴巴地说着，一边说一边朝着右侧的楹柱靠近。下一刻，朱明月眼看着他伸手去摸楹柱后面的垂布，然后猛地使劲一拽，一张变得扭曲的面孔，钢牙咬碎，像是要与谁拼命似的。

只听"咔嚓"一声巨响，站在方端石檀香木大桌案前面正捧着军报看得入神的男子，脚下突然就是一空，随后整个人顺着敞开的空格一下子就掉了下去。

变故发生在一瞬间。

朱明月还来不及发出什么惊叫，就被不知何时冒出来的一道人影狠狠地往前一推，踉跄了两步就要跌倒，身后那人又使劲全力往前一扑，连反抗都不曾，她也被推下了暗格。

又是“咔嚓”巨响，所有的光线在头顶上戛然而止。

也许会是她这辈子摔得最狠的一次。

以前她爹爹教她骑术，没等跑起来，从这边跨上去，又从另一边摔下来，又因驱驰的速度太快，直接被那匹马给摔了下来。然后是建文元年，从几丈高的台阶上掉下来跌断了小腿，也因此成功躲过了宫正司的执法女官对皇廷内细作的严密搜查。

这回，怕是要摔断脖子了。

朱明月紧闭双眼，心里不禁这样悲惨地想。却在一瞬之后，整个人猛然着了地。或许不是地面，因为没有预想中重物落地时的闷响或者骨骼碎裂的“咔吧”声，反而还弹了一下。

等朱明月反应过来后，正被沐晟抱了个满怀。

身下的男子仰天躺在地上，而刚刚她是面朝着他掉下来，正好不偏不倚地砸在他身上。密室内没有光线，四目漆黑，身下的人只是抱着她，连声都没吭，或许他吭声了，因为她太害怕没听到。

朱明月挣扎着去推他，“你怎么样？你说句话！”

声音有些颤抖，却依旧没有回音。朱明月心里“咯噔”一下，不由得慌乱地在他身上摸索，以为会摸到一手的血，或是断胳膊、断腿……

好半晌，身下那人咳嗽着喘了一下，闷声道：“你可真沉。”

朱明月手脚并用地从他身上起来，然后跪到他身边，慌慌张张地去扶他的胳膊：“你是不是被我砸得骨折了？胸腹呢？有没有阵痛咯血……”

胳膊腿折了还不要紧，要是肋骨断了，刺破脏腑，不摔死也活不成。

她的紧张让沐晟咧嘴一笑，伸手摸了摸她的脸，“放心，本王是在战场上长大的，摸爬滚打，什么阵仗没见过。”

两人相互扶持着，跌跌撞撞地从地上爬起，这才后知后觉地发现哪里是地面，下面根本就是棉花堆。

“真不知道孙知府怎么打算的。煞费苦心布置了一个密室，下面居然铺着厚厚的稻草，稻草上面还垫着铺毯和棉絮。”

足足铺了三尺多厚。

沐晟半个身体的重量都倚靠在她身上，用手环着她的肩，“要不然，你以为本王为何掉下来没事，等你笔直地砸下来，还能稳稳把你接住。刚刚是你自己跳下来的？”

朱明月一只手扶着他，另一只手摸索着探路，“怎么可能。连多高都不知道，里面什么情况也不知道，万一底下是荆棘利刃，也跟着往下跳，不是当场被剁成肉糜了。”

她是何其无辜。沐晟站的地方正是孙兆康布置好的陷阱。她离着两丈远，却是被推下来的。

朱明月说到此，不禁一叹：“这就是王爷说的‘先下手为强’？堪堪摔得狠些，王爷或许还受了内伤。但孙知府这招未免太过怀柔……”

而现在又怎么办？

外面还有一个张三、一个李四呢。

说话间，两人已经走到了一片开阔空地。

几串风灯无风而动，晕出一团朦胧的烟霭。前面不远的墙壁的搁槽里，一只小小的蜡烛幽幽发亮。朱明月扶着沐晟到一侧的石桌旁坐下，取了一小截石蜡，用微弱的火焰将其他搁槽里的蜡烛点燃了，又将钩角上的灯盏也点上。

“孙兆康是想让我们做长期被困的准备，过来瞧瞧，连打发时间的东西都安排了。”沐晟说罢，闷闷地咳嗽几声。

逐渐亮起来的光线，照得密室内极为开阔。

而他面前的石桌上摆着两张棋盘，连棋子都码得整整齐齐。

朱明月失笑道：“可是这里没水没粮。”

她又往周围看了一圈，心道这地方真是够宽敞的。方方正正的空间，四周密封，且深入地下，别说是窗户，连一道小小的天窗都没有，底下又与上头相隔甚远，两边墙壁打磨得滑不溜手，倒是颇有些像说书人讲的故事。不知道待会儿两边的墙壁会不会向中间压来，还是说得等他们误碰了什么机关，才会有暗器射出来。

朱明月拿着蜡烛，试着敲了两下光滑的墙壁。

“说不定待会儿就有人做好送来了。”

沐晟扶着桌案，起身去旁边的搁槽里拿了一根蜡烛。倾斜烛身，往桌面上滴了几滴蜡油，然后将蜡烛固定在上头，“这封军报让孙兆康狗急跳墙，先让本王看看上面到底写了什么。”

从怀里掏出那绢帛包着的手札，被压得有些褶皱。

朱明月见他不紧不慢的神色，不禁道：“那绢帛外面的绳捆包扎得严实，根本就没有拆开过的痕迹。分明是王爷故意唬喝孙知府，让他误以为这就要对元江府发兵了，不得已才出此下策。”

沐晟那样的调兵安排，无疑是对孙兆康权力的架空，而这份军报是萧颜从曲靖送来的，还特地直接送去府衙，很容易让人以为是沐家军的请兵令。不害怕才怪！

但需要提到的是，孙兆康藏得很深，陌白街那日整条街的替换，其实是他的手笔，既是示威，也是警告，警告沐晟适可而止。但沐晟忍下来了，一直装作不知情。小不忍则乱大谋，沐晟是个人物，但表面上唯唯诺诺的孙兆康，也并非那么不中用。如果他知道张三会连带着扯出一个李四的话，打死他都不会把人交出去。他一定悔不当初。

可陌白街上整齐划一的行动，训练有素如同军队，当街百姓全部听命行事，事后又一律三缄其口。这是一种同仇敌忾的力量。

借着跳跃的烛光，男子在阅看手札。

少女则在密室四处走走看看。过了一会儿，她怀抱着一鼎鎏金小香炉，施施然走了回来。

薄荷的香气浓郁得刺鼻，沐晟打了个喷嚏，抬起头，就看见少女的整张脸都笼罩在一团纯白的烟气后面，勾勒得眉黛弯弯，点漆似的眼眸盈盈，朦胧颜容，如幻似梦。

“你从哪儿找来的？”

朱明月指了指右面墙壁的拐角。墙角处摆设得整整齐齐的不仅是香炉，还有银质香箸、薄荷熏料……孙姜氏是相当细心的一个人，而这种细心有时就会出卖她曾经安排这一切的事实。

“王爷相不相信巫术？”

她眉眼含笑，呵气如兰。

沐晟挑了挑眉，将那军报手札揣进怀里，“要不要本王再给你配一桶竹签？”

朱明月嗔了一眼：“又不是要算卦。”

“那是用来干吗的？”沐晟抱着双臂。

熏死他？

朱明月抱着鎏金香炉，径直走到没有置放蜡烛的搁槽的一侧墙面前，掀开铜盖子晃了晃，“这间密室四面都是墙壁，却唯独这一面没有光源、也不正对着光亮，显得格外晦暗。王爷不觉得这样的布局有些奇怪吗？”

宽敞得可容纳百人的空间里，三面墙上放置蜡烛的凹槽位置凿刻得很特别，不是正对正，而是各分距离依次排开，高低错落，使得西北方向格外明亮，东南面却黯淡无光。很像西南边陲纳西族、白族等家中三坊一照壁的建造风格。

沐晟提起一串风灯，也跟着走过来。

“咚咚咚——”

“咚咚咚——”

沐晟收回手，道：“实心砖。”

朱明月转身望了他一眼，然后将手里的香炉捧起来，出烟的镂空一侧紧贴着墙面，“实心砖墙不代表不是出路。如果这面是承重墙壁的话，即使有缝隙也敲不出来看不出来，但是外面流动的风，则会把熏炉里的烟丝给吸进去。”

袅袅的烟气，散发着刺鼻的薄荷味。

雕花镂空小孔里透出来的成团白雾，氤氲在两人的周身。沐晟给她提着灯：“你是说，这面墙既无搁槽，也无石蜡，因为隐在暗处，一般都会被人给下意识地忽略。但是风从何来？”

“上面的挡板啊，”朱明月指了指他们掉下来的方向，“这里既然是密室，就一定会另有出口，否则也不会让我们从上面下来了。”

隔着满目烟火，沐晟仔细地凑近看过来：“可这面墙和隔壁的屋子是共用的话，怎么可能有密道？”

她抿唇一笑：“那就是扇密门。”

这么煞费苦心修建的隐蔽密室，下口却设在了小小的偏厅。为什么？因为偏厅设在廊庑的最上面，按照整座府宅的布局层次来看地势最高，与中苑和西厢都足足相距着一座假山的高度。而下面这么大的空间，延伸开去，通道外的布局不是在敞苑，也应该是一间格外宽敞的屋子。那么这堵墙的背后若非孙兆康的主屋，就是连接着府外的街道。

风灯朦胧的光线，照得她俏鼻白腻、檀唇绯红。沐晟深深地看了她一眼，缓缓开口道：“你好像是很有经验。”

“王爷应该感谢小女的经验，因为再没有比这更好的方法。”

张三和李四还在外面，守卫他俩的不过是几个侍卫，且都是孙兆康的人。

就在这个时候，风灯的亮光动了一下。密室里四面封闭，连一点儿风都没有，却是连周围的蜡烛都黯了黯。也是在那团朦胧的光线里，她怀中的鎏金香炉升腾出的一抹烟雾，升到半空时，缭绕了一瞬，突然间就被那墙壁吸了进去。

少女仔细去探索，墙壁上连一点缝隙都摸不出来。

熏笼里的香料发出“啪啦啪啦”的燃烧声，将出烟孔和墙面贴近了，刚刚冒出来的一丝烟气，转瞬间又被墙壁吸了干净。

找到了！

朱明月回眸与沐晟对视了一下。

惊诧向来是男子脸上不常见的表情，但此刻他目露讶异，有些惊叹道：“居然真的让你找到了。”

朱明月将香炉放在地上，从后腰抽出一把短刀来，压着刀尖儿一寸寸去划。待锋利而尖细的刀锋绊了一下，她立刻将刀柄递给身后的沐晟：“现在轮到王爷了。”

极尖极薄的刀刃，刀身闪烁着流动的绯色光芒，是那把他当初给她的景颇尖刀。

沐晟握住龙雀，一边去撬墙面，一边略带玩味地说道："想不到你第一次用这刀不是救自己的命，反而是救本王的命。本王是不是得庆幸当时亏得把这刀送给了你?"

朱明月给他举着风灯，款款而笑道："王爷应该先去感谢把小女推下来的人。同时，小女也相信王爷获救之后，绝不会恩将仇报。"

两人这厢说话，沐晟手里的刀在接触到墙壁裂缝时忽然磕绊了一下。下一刻，他紧紧握住刀柄，手腕灌足了力，用刀锋去反撬。

随着一声闷响，那堵墙忽然就动了，然后整个一翻，说时迟那时快，伏在墙壁的两个人一下就被旋到了另一面。刺眼的光线随之扑面而来，朱明月差点儿没被甩出去，沐晟牢牢地搂住她的腰，等两个人站稳了，才发现墙壁后面，正是孙兆康的书房。

原来真是一扇旋转暗门。

"本王想说，比起你的直言不讳，其实本王更欣赏你的聪明才智、胆大心细。而且托你的福，咱俩应该是这机关里被关时间最短的两个人。"

男子说罢，利落地转身挡在她身前，拿着刀的手猛地举起，刀尖朝外。

书房里还有别人!

堂皇气派的官袍，勾勒得银丝彩线的鸟雀图章，是从五品的文官佩戴。却不是孙兆康。矮胖的身材，头顶油亮，面生得很。

"你、你、你们……"

书房里的这个人，显然也没想到他不过是在这间书房里小坐，那面挂画的墙忽然就动了，还一下子翻出俩人来！此刻被沐晟手里明晃晃的利刃一指，那人一屁股跌坐在椅子上。

危险解除。沐晟转身撩开她后腰的小衫，手腕一翻，刀柄在他掌心中悬了个弧度，就利落地插回到她拴在腰间的刀鞘里。

"莫、莫非您就是……是、是、是黔宁王?"

好半晌，那人哆哆嗦嗦指着沐晟，像是随时能哭出来。

"好像是来仰慕王爷的。"朱明月道。

沐晟挑了挑眉，“你是来仰慕本王的?”

那人一听他的自称，眼睛一翻，差点没昏过去。这时外面响起脚步声，人未到话先到：“来了来了，让赵同知久等了。下官刚刚有些急务要处理……”

孙兆康后面的话没等出口，前脚进门一眼就瞧见了屋里面的几个人，险些没跪下。

“王、王爷……!”

沐晟掸了掸袍袖，不紧不慢地道：“孙知府刚才处理什么急务去了，怎的，看见本王很奇怪?”

孙兆康已经肝胆俱裂，下一刻，扑通一下跪在地上，朝着他咚咚地磕头：“王爷，下官有罪，下官有罪啊……”

孙兆康这厢伏地叩首，椅子上的官员也摸爬滚打地跪过来，“下、下、下官……普洱府五品同知，赵、赵、赵鼎文……拜见黔宁王。”

原来是普洱府。

她记得沐晟提过的受元江哺育的六大府城中，普洱府也是其一，与东川不同的是，普洱府隶属于云南十三府管辖。但是地方五品同知，居然会不认识黔宁王府的当家。

另一边，孙兆康已经懵了。他并没想要沐晟的命，他也不敢。之前在府城外元江派武士来刺杀，那是元江府的事，与东川无关。而沐晟是堂堂封疆大吏，如果无故死在地方任上，朝廷会要了他的命！他不过是想困住沐晟，然后按照元江那氏的要求，除掉那个李四。可他还没来得及处理，普洱府的官员就上了门。他也尚未应付这个新上任的赵鼎文，掉进密室的两个人居然在没有外援的情况，自己出来了！

事情怎会变成这样?

“擅设密室、囚禁朝廷命官，孙知府知道会有什么后果吗?”

男子幽淡的嗓音，轻飘飘地落在头顶。

孙兆康吓得魂飞魄散，趴在地上声泪俱下：“王爷饶命啊，饶命啊。下官只是不敢得罪任何一方，最好是撑到下官离任。但这已经是下官的奢望，元江府那帮穷凶极恶的人不会给下官这样的机会，他们以下官全家人的性命相要挟。下官真的是没有办法……王爷饶命啊……”

“孙知府觉得不遵照元江府的命令，会阖家性命难保，就没想过一旦让本王的苦心经营功亏一篑，黔宁王府会饶了你？朝廷会饶了你？除非孙知府一不做二不休，把本王也给除掉。可惜，现在你已经错过这个机会了。”

下一刻，沐晟一把将孙兆康拽了起来。

后者捂着脑袋，“啊啊”地惊声尖叫，骇得像是要昏厥过去。却见沐晟只是扶着他站好，“本王带回来的两个人呢？”

孙兆康哭得鼻涕都下来了，哽咽着道：“还在，还在。”

幸亏还在。

“本王的处事原则很简单，谁襄助黔宁王府，本王会百倍赏赐；谁对黔宁王府不利，本王会千倍奉还。而今对于元江的一切，本王势在必行，孙知府是负隅顽抗为虎作伥，还是识时务弃逆归顺，相信东川府的判断不会让本王失望吧？”

这番话是不用回答的，却同样送给普洱府。

一侧的赵鼎文抹着眼泪嘤嘤哭泣，也不知是听进去了，还是在悔恨自己跑到东川来蹚这浑水。

那厢沐晟松开手，孙兆康呆愣愣地两腿发软，没站稳，一个趔趄倒在赵鼎文身上。两人摔成一团，都是又惊又骇，不由得抱头哇哇痛哭。

“对了，还有这位赵同知，既是远道而来，那就不用走了，留在东川让孙知府好好招待招待。”

沐晟说罢，无甚留恋地带着朱明月离开。身后留下的两个人，一个跪在地上，一个趴在地上，不停地磕头作揖，痛哭声一片。

……

朱明月回到西厢时，苑中凉亭的石桌上还放着摆了半盘的围棋。

几枚棋子散落在地上，也没人去捡。那两碟凉果动也没动，就连她临走时放在石凳上的书也在……什么都没变，仿佛什么也没发生。但是她被孙姜氏推下密室时摔得红肿的手肘，还有沐晟掉下去后又被她砸得胸闷咳喘，清清楚楚地提醒着每一个人，防人之心不可无。

“王爷觉得孙知府会因此倒戈，跟黔宁王府站在一处？”

沐晟掸了掸袍裾上的灰尘，“有人求财，有人求权势，孙兆康最爱惜的却是命，其次才是权。如果他不站过来，别说是调任，能不能平安待到离任都不好说。”

他说到此，抚了抚她额前的碎发，“折腾了一晌午，回去休息吧！待会儿你还有客人呢。”

朱明月迎着头顶上的阳光，仰头眯眼看了他一下，“王爷又欠了小女一个人情。”

军医是稍后被请来西厢的，身后还跟着两个府里的郎中。三个人背着药箱一路小跑从主屋那边过来。显然孙兆康是生怕沐晟被摔坏了，赶紧命人来诊脉。

而两盏茶之后，孙姜氏连滚带爬地跪到她面前。

“您可是堂堂的四品诰命夫人，小女何德何能，担得起孙夫人如此大礼。”

朱明月去扶她，对方却不起来。

“沈小姐，是我们老爷对不起你，更对不住黔宁王府、对不住王爷……”

满脸的妆容哭花了，发髻凌乱，显得狼狈不堪。朱明月微叹，扶着她道：“孙夫人你先起来，有话慢慢说。”

刚刚进门跑得急，被门槛绊得崴了脚，稍微一动疼得直掉眼泪。孙姜氏被朱明月扶坐到案几前，拉着她的手却不松开，“沈小姐，这回我家老爷是迷了心窍，求你在王爷跟前说说情，一定要宽宥我家老爷啊!”

朱明月道：“前一刻王爷才跟孙知府说得很清楚。夫人与其来央求小女，不如回去好好劝劝孙知府。”

孙姜氏抹着眼泪，悲戚道：“可是我家老爷何其无辜，离任在即，却不幸成为黔宁王府和那氏土司府争斗下的牺牲品。我家老爷眼看就要离开东川了，王爷能不能行行好，放过我家老爷……”

水漫金山似的哭法，不仅哭湿了自己的手帕，连带着还有朱明月的衣襟和袖管。而孙姜氏的这些说法，应该也是孙兆康想跟沐晟说却不敢说的心里话。

“孙夫人，事到如今不妨打开天窗说亮话。无论东川是不是一直由元江府资助，无论孙知府在这里面曾经扮演着什么角色，而今敢挑战黔宁王府权威的，元江是第一个，东川是第二个，夫人认为王爷会在大战到来之前，做出妇人之仁、姑息养奸的事来吗？”

就算损了一个沐晟，还有一个萧颜，还有那十万沐家军。孙兆康这回病急乱投医，结果是大错特错。

啜泣的声音一滞，孙姜氏怔怔地抬起头：“难道就不能退而求其次，让东川府保持中立？”

“强扭的瓜不甜，但是以卵击石真的不是聪明的做法。尤其黔宁王府现在正需要一个全狮搏兔的借口，不介意给任何反对沐家的势力一个下马威。”

褪去了少女般的愚钝和单纯，一双眼睛宛若夜星般明亮淡然。盈盈泪痣，似悲似喜，孙姜氏却在那双眸子里看到了足以让她退却的锋芒。

“可、可是……”

“别可是了。回去好好劝劝孙知府，识时务者为俊杰。”

少女起身，轻轻拍了拍孙姜氏的肩膀。

横生枝节

如果朱明月能够早一日动身离开东川府，也许她就会很顺利地踏上前往沈家锦绣山庄的行程。或者说，若是从云南府赶来报信的传信官晚些时候再抵达东川的驿站，等她在百户卫所士兵和禄氏武士的护送下离开东川府，彻底脱离黔宁王府和那氏土司府的缠斗，也就不会有后面加入战局时无穷无尽的麻烦和困扰。可惜事不如意者十之八九。

这都是后话。

次日，朱明月早早就起了，让阿曲阿伊收拾好行装，去主屋跟孙姜氏告别。

孙姜氏自从知道就算向沈家小姐求情也没有转圜的余地，彻夜未眠之后，愁眉苦脸唉声叹气。可她没想到对方紧接着就要离开，意外之余，多少还有些庆幸——毕竟是她亲手将她推下密室，朱明月当时在乱中没看清楚她的脸，却不代表事情没发生。两人谁都没提，不过是互留余地、心照不宣。

整整准备了三日，将能准备的东西都采买了。孙姜氏领着十几个丫鬟打理犹恐不周，表现出的是大有恨不能亲自将她送回云南府的架势。

二十一这日，迟来的行程终于要启程出发。

赶路的马车在辰时天没亮时出发，城楼因宵禁还关闭着。阿曲阿伊拿出门禁牌让守城士兵予以放行。随着厚重的城门"吱呀"一声开启，百户卫所的士兵已经在城门口列好阵，整装待发。

沐晟坚持要陪朱明月走一段。

东川的天还是蒙蒙黑沉，"哒哒"的马蹄声在寂静的官道上尤为突兀。隔着一掀一掀的窗帘，朱明月望见车旁边骑着高头大马的男子，玄色大氅下是一袭银黑缠枝鸱吻锦袍，腰间佩刀，衣袍下露出一双长筒黑履，简约的装束却透着精悍的威武之气。

眼下并不是独自上路的好时候，可她没办法，而这也是他答应她的。

阿曲阿伊挥舞着手里的鞭子，在官道尽头的小土坡放慢车速，扭头朝着遮帘道："帕吉美，往前就到城外了。"

朱明月道："好，先在这儿停一下。"

沐晟勒住缰绳，随即利落地下马，然后在她下车时扶了她一把："本王就送你到这儿。出了外城直接顺着官道走，沿途的卫所都会照应。"

"诚如王爷所言。之前来东川袭杀时元江府派来的武士倾巢而出，后面再有行动，等他们赶得上行程，小女已经到云南府了。"

而云南府是黔宁王府藩邸所在地，是沐家的地界，没有哪支势力敢靠近。眼下孙兆康又已经被迫投诚，内忧外患暂时解除，她的行程短期内便是很安全的。

沐晟望着她半晌，不禁摇头笑了笑："本王怎么看你倒像是归心似箭，只差生出双翼，一眨眼就要飞到云南府去。"

朱明月道："今日复明日，归期总是未有期，而今终于能够功德圆满，小女自然是着急的。"

"小心驶得万年船，本王将这话转送给你。你这趟最快也要一个多月，路上自己万事当心。"

晨风拂起她额前的乌丝，朱明月抬手挡了一下。这回随行的有卫所训练有素的官兵，还有沐家军中一等的高手，而她在风餐露宿的赶路中已经习惯，一个月的时间足够去沈家。但她还是答道："好，小女会当心。"

两人这厢话别。

就在这时，忽见远处的山丘上尘土飞扬。

黯淡的天边乌云东坠。从山坡北面飞驰而来的是一匹驿马，马背上是个身披轻甲的士兵，灰褐色大氅鼓鼓生风。等离得近了，还能看出马头上挂着沐家军的标志。

是传信官。

从曲靖怀揣军报一路赶来的传信官，昨日刚刚抵达东川府城，据说带来的是萧颜的消息。仅仅隔了一日，居然又来了一个。

马上的人显然也看到停驻在土坡上的车舆，下一眼认出车旁的沐晟，急忙勒住马缰跳下马背，疾跑了两步到沐晟跟前，"王爷，云南府有奏报到！"

话音落，解下绑在腰上的布囊双手呈上。

其实不是云南府，确切来说应该是楚雄府。传信官阿普居木在向沐晟汇报时，还特地提到，这手札上的消息不仅从楚雄府送去了云南府、由云南府送来东川府，同时也手抄一份送去了曲靖府萧颜那儿。可传信官抵达曲靖后没碰到萧颜，于是只好又从曲靖出发快马赶来东川。

“照理说第一份消息应该在十日前送到王爷手里，末将的是第二封，与第一封内容相同，原是要呈给萧军师的。可末将在东川附近的驿站换马时，听驿站守卫士兵说，根本就没见有从云南府来的传信官。”

阿普居木道。

沐晟皱了皱眉，“本王也的确没收到任何来自云南府的消息。”

怀揣着奏报自云南藩邸出发的这两个人：一个往北，去了东川府；另一个往东，去了曲靖府。结果第一个人在来东川的半路上莫名失踪，从曲靖绕道过来的却平安无事。阿普居木沉声道：“末将有理由怀疑，从云南府到东川的这条路上，已经不太平了。”

沐晟拿着布囊的手紧了紧，须臾，若有所思地说道：“不仅是元江那氏，看来还有其他人在跟着凑热闹。”

但是即便没有阿普居木去给萧颜送信，云南藩邸一日收不到派出去的传信官有回音，还会派出第二个、第三个……源源不断。直到确认两边的消息畅通为止。

此时此刻，百人队伍还在马车不远处等候命令出发，外城的守城侍卫也已打开城门等待，沐晟看向朱明月道：“你怎么办？”

不得不承认这个消息很及时，可她不想耽搁行程，“小女也可以绕道。”

阿普居木早就看到朱明月了，不认得她的面却大概能猜出她的身份，见状不由道：“末将敢问，是否有要去云南府的行程？”

沐晟道：“正是要送她去西山。”

“末将建议最好不要现在上路。既然有人想阻截王府藩邸与外界的消息来往，云南府周围恐怕已经布满了眼线，想进想出都很危险。而且……”

“而且明琪被抓了。”

沐晟看罢手札上面的内容，面沉似水地说道。

沈明琪被抓了。

由楚雄府送出来的这封手札内容很简单，寥寥几行字，说的就是沈明琪连同云南其他二十三名商贾，齐齐被元江府武士抓走的事。

一袭百褶团花绣彩蝶绸裙，上身是雪白缎对襟小衫，一双浅粉色底的矮底绮履，外面还罩着浅紫色的薄羊皮大氅——这样层叠的裙衫，是闺阁中大门不出、二门不迈的千金小姐的惯有穿戴。美则美矣，出门在外并不方便。裙衫的主人却放弃了舒适的车舆，选择了骑行，骑的还是一匹膘肥体健的红棕色藏马。因驭马飞驰的速度，水色的裙摆荡起一道道粉浪，紫色的氅衣在风中烈烈飞扬。这般风采，是病怏怏、娇弱弱的大家闺秀少有的飒爽英姿。从后面望去乌发如墨，身影窈窕，一声声娇喝中，马蹄飞踏，沿着宽阔笔直的街道疾驰而来。

通明街的街南巷一直通向知府的官邸，由专人负责洒扫，甚少有闲杂人等经过。马蹄铁一下下践踏在青石板上，在空旷的宽巷中发出“哒哒”的声响，频率急促，回音震震，足见骑速之快。

府门前本就守着为数不少的士兵，闻声不知发生何事，纷纷握住腰刀踮脚来看，却见驰骋而来的是一个少女。随着马蹄轻扬，藏马嘶鸣一声，已经在台阶前停驻。马上的少女绾着裙裾，略一抬腿就下了马，利落的动作没有丝毫的拖泥带水，连繁复的裙衫都没让她有任何拖沓。

怎的又回来了？

不仅是门口的侍卫，连闻声而至的管家都认了出来。这不是晨曦离府的沈家小姐吗？就在这时，紧接着骑行而至的是沐晟，还有一名身披轻甲的传信官，两人的速度也很快。在他们身后，一辆卸了匹马的车舆跟着驱使到了府宅大街上，巨大车轮载着宽阔的车身，在石板路上轧出“嘎吱嘎吱”的闷响。

“你站住，听本王说话！”

沐晟下了马，快步追上少女的步伐。前者已经迈进门槛，被他从后面一拽，没站稳往后跌了一下。

沐晟一把揽住她的腰身，下一刻却被朱明月甩开：“王爷还想说什么？”

“都是为了你好，你发什么脾气！”

一向琴瑟和鸣的两个人，从没在外人面前红过脸，这厢争执不由得引来府门口的侍卫和把守衙差的注目。沐晟扫了一眼身后的众人，拉着她道：

“你冷静一下，进去再说。”

此处明显不是说话的地方。

朱明月看了他一眼，不再挣扎，随着他绕过照壁往西厢走。

府中的侍婢见到去而复返的朱明月，不由得面面相觑。后者直直地穿过九曲回廊，跨进敞苑后，就往那间寝房走。沐晟拦了她一下，“你自己先过去，本王稍后就去找你。”

朱明月默然低着头，转身离开原地。

从辰时她离开东川城到现在回到知府官邸，前后不到半个时辰。推开虚掩的门扉，寝房内还没来得及收拾，一切都是走时候的样子。

朱明月摘下薄羊皮大氅，随手搭在一侧的椅背上，就这么怔怔地伫立在那儿。过了片刻，连翘端着一盅银耳莲子燕窝炖品进来，后面还跟着两名抱着铺毯和香炉的二等丫鬟。

“动作轻些，不要打扰小姐。”

连翘嘱咐着，那厢朱明月道，“不用麻烦了，你们先搁着吧。”

丫鬟们看向连翘，后者会意地摆了摆手，丫鬟们就倒退着出去了。

“这甜品少说要炖上一两个时辰，孙夫人在府中?”

朱明月看着连翘放在桌案上的炖盅，问道。

连翘道：“夫人她送小姐出了府城，就没有直接回府，而是去了通判李芳的府上，跟李家夫人去游园了。”

那这炖品……

“小姐起得早，晨时风又凉，先喝些补品养养神，稍后奴婢再把膳食端过来。”连翘说罢，又麻利地摆好瓷碗和汤匙。

朱明月每膳吃得不多，因此很容易饿。这个小习惯被前来伺候的连翘谙熟于心，于是每次只要逢她出府就会特地在马车里面给她备些点心。一贯安静的侍婢在细致周到这点上很像孙姜氏，却从未表过功，但这不代表对方没察觉。

“我有没有说过，你很面熟?”

淡淡的嗓音，让正要迈出门槛的侍婢脚步一滞。

“奴婢姿质鄙陋，小姐抬举了……”

她转身屈膝，卑微至极。说完再次行礼，就退出了寝房。

刚炖好的甜品散发出香甜的味道，朱明月望着那道离开的背影，久久没有回神。

那侍婢不是让她觉得面熟，而是一种说不出的熟悉感。她是孙姜氏派到她身边跟着她、监视她的，却从未多嘴多舌，更没坏过她的事。无论为人处世还是举手投足，都表现出一种训练有素从容不迫的气质，让她感到某种异样的熟悉。

等连翘把小膳送来，沐晟还没出现。

朱明月走到琐窗前面，伸手将花梨木的窗支支上。

苑里桃花纷飞如雨，洋洋洒洒地弥漫出扑鼻的香息。待那一袭锦衣黑袍的男子顺着红漆回廊走过来，正有侍女进门将桌案上未动的盘盏拾掇下去。苑里洒扫的丫鬟纷纷朝着他行礼，沐晟摆摆手，吩咐一应伺候的人都下去。

"本王知道你一定有很多疑问，想问什么就问吧。"

他走到花架前将身上的大氅除了，略显深沉的嗓音，眉目间含着凝重之气。

少女伫立在窗前，保持着背对的姿势，浸在阳光中的一抹身影仿佛随时消失。

"小女的兄长是因为王爷被抓的，对吗？"

好半晌，她才开口道。

他曾跟她说，沈明琪因水土不服染病耽搁在半路。

结果一耽搁就是几个月。几个月之后，他的消息忽然出现在楚雄，被那氏土司府给抓了——就在沐晟和萧颜用尽浑身解数要对付元江的节骨眼上。

"那封奏报具体写了什么小女不清楚，可兄长他区区一介商贾，名字和事迹能被写在军报上面由卫所传信官亲自快马送来，就证明他从京城回云南以来从未露面的这段时间里，一直是在为黔宁王府做事，而今王爷则把他牺牲了。"

轻飘飘的语气，让沐晟眼神一凛，他走到她身边一把拉过她的胳膊，"谁跟你说本王要把明琪牺牲了？"

有些重的力道，让朱明月疼得蹙起眉。沐晟抓着她的手不由得一松，

"本王知道明琪的突然被抓让你很难接受，本王心里难道就好受吗？何况不仅是明琪，同时被抓的还有云南十三府中最有地位也最财大势雄的二十三个商贾——他们对本王来说都很重要。"

他破天荒地在向她解释。

朱明月复杂地看着他，却许久都没有说话。

她其实很想说她并不关心沈明琪的死活，也不关心什么人被抓了、怎么被抓的……她只想去沈家，想去履行来云南所要担负的却一直都没法施行的使命。而当她以为自己做完了原不该她去做的很多事之后，以为她即将就要去沈家时，他却告诉她：不行。因为沈明琪被抓了，因为一直以来在为黔宁王府做事的沈家，是地方土司家族的眼中钉，而她作为沈家的半个当家人和云南藩王的红颜知己，这样敏感的身份也成了众矢之的，只能暂时待在他身边等待危机解除。

她所有的打算，就这样再一次化为灰烬。

可她也想问，还要让她等多久？她离开应天府已经大半年，大半年中跟着他在河南府、在曲靖府，又从曲靖府来了东川府，大半个滇蜀都让她跑遍了，云南府的锦绣沈家却离她越来越远。而今一场几可预见的大战即将到来，难道要让她等到一切尘埃落定边疆太平？密谋篡位、靖难之役，前前后后她等了整整七年，黔宁王府筹谋的这场边陲动乱呢？一年、两年……还要多久？而他费尽周折找"她"回来，真的只是为了让沈家嫡长一脉团聚吗？

"难道送小女回曲靖都不行吗？"

就算云南府周围遍布埋伏，也不代表云南十三府的府、州、县都是危险的。

沐晟深深看着她："随着传信官一路从曲靖绕道来东川府，这段路的行程也跟着暴露了。而且你认为在云南府到东川之间阻截传信官的人，是那氏家族派出来的？元江府就算再厉害，也不可能将眼线抛得这么远，更多不可估计的力量已经逐渐加入了战局。"

跟元江府交好的土司府不占少数，而那些土司府盘踞在官道、村镇的周边，根本无法做到一一防御。

"可小女只是沈家流落在外又被寻回的女儿，什么元江府，什么黔宁王府，这一切原本就与小女无关。而小女已经离家太久，真的想回去了……”寥落的话音，从檀唇滑落。

她低下头，眼底是心灰意冷的失望和哀伤。

其实沐晟和那个传信来的校尉说得都没错，现在这个形势谁擅自在云南行走就是自找麻烦。待在东川府、待在他身边才是最安全的。就算她不怕死，正要毕其功于一役的沐晟，可能再派兵力分神护送她闯过重重包围去沈家吗?

可她想她的爹爹，在铁马金戈血雨腥风的战争之后，还要让那么耿直的人周旋在波诡云谲的庙堂官场。她担心他会不会被同僚挤对指摘，她担心他会不会忙于公务就忘了用膳，会不会又彻夜饮酒伤了身体……而她的爹爹还一直心心念念盼着她回家。

这些，面前的人不会懂。

她也永远都不能开口跟他讲。

就在这时，门外忽然响起叩门声。

沐晟想要抚摸她发颤的手，停在半空中，半晌，转身去开门。门外是传信官阿普居木，站得笔直，目不斜视地说道：“王爷，东川府卫所的几位将军到了，均在议事厅等候。”

“好，本王即刻就到。”

沐晟从梨木架上拿起大氅，在临出门前看向她。

朱明月始终站在窗前，泛白的阳光斜斜地洒在她身上，勾勒出一道弱不胜衣的落寞背影。

在议事厅等待召见的四个人，均是驻扎在东川府城外的卫所武官：卫指挥使廖商、指挥佥事傅东屏和卫镇抚白珈，还有之前负责护送朱明月的百户长孟廉生。他们一个是正三品武官，一个是正四品文官转调武职，余下两人中白珈是从五品，孟廉生是正六品，而前两者的官阶比孙兆康还高。

当一行四个人身着威武甲胄踏进府宅时，门口把守的侍卫惊得跟什么似的。

“都说文人附庸风雅、最喜好奢华享受，眼见上一任知府在时，这处府宅还不是这样，孙知府到任后一经修葺，却是让人认都认不出来了。”

傅东屏摸着下巴，从厅内望向外面的亭台楼阁、假山池塘、廊腰缦回，山山水水尽收眼底，显得气派雅致，美不胜收。

孟廉生惊讶道："上一任？傅镇抚十年前就是东川驻军了！"

白珈道："他这个卫镇抚啊，以前是干土匪的，在湖广一带打家劫舍，好勇斗狠，无法无天。后来遇到廖头领兵去围剿，结果老傅遣散了那伙匪寇，自己投到了廖头麾下。"

孟廉生对傅东屏不可思议的背景感到惊诧，那厢傅东屏咂着嘴道："谁让我一直仰慕廖头的忠勇武略、刚正端直，打从遇见那天就一直死心塌地追随他，从湖广到滇黔，又到川蜀，后来就在东川这个鸟不拉屎的地方一待就是十几年……"

说到后来，傅东屏感到很郁闷。

"这么说，你和廖头也算是黔宁王府的老部下了。"孟廉生"嘿嘿"笑道。

傅东屏挑了挑眉毛："从老西平侯到嗣位的黔宁王沐春，再到现在的小沐王爷，沐家在滇二十年，而咱们在滇蜀卫所也已经驻扎了十五年。你说是不是老交情？"

他说完，侧面有一记眼神瞟过来。后者即刻改口道："不不不，是以黔宁王府马首是瞻，始终在王爷的带领下恪尽职守、奋勇杀敌！"

傅东屏在说这话时，沐晟刚好前脚踏进门槛。

孟廉生心道，这就是所谓的千穿万穿，马屁不穿，傅佥事的脸皮可真厚。

一直没再搭茬、似在观赏墙壁上挂画的白珈，在这时忽然大喝一声："说得好，算我一个！"

……

沐晟后脚踏进厅内，傅东屏等人也收起了嬉皮笑脸的神色，四个人一同肃然起身，恭恭敬敬地行了个军礼。

"几位请坐。本王将几位请到这儿来，是因为收到了来自云南府的消息，有二十几名商贾在楚雄府被那氏的武士劫走，至今生死不明……"

大明的卫所兵制，在洪武七年已经增加至都司十七，行都司三，留守都司一，内外卫三百二十九，千户所六十五。洪武十四年以来，最多时就曾在云南设二十卫、三御、十八所，总共是一百三十三个千户所。这些卫所遍布云南全府各县，如云南府为都司城，曲靖、临安、楚雄、蒙化为卫城；陆凉、平夷、越州也是卫城；宜良、安宁、易门、杨林、武定、马隆、木密、凤梧为千户所城；通海为御城。其余府、州、县亦有卫所兵分驻，负责城防，就是所谓的“以武卫文”。

东川府也是卫城。卫所指挥使廖商驻派在此有十五年之久，一直隶属于黔宁王府管辖。这也是沐晟能够放心经停在东川的原因。而廖商等人作为老西平侯沐英的门生、黔宁王府的心腹之将，也知道沐家军的这趟互市之行，其实是醉翁之意不在酒。

西南边陲的茶运商人货物遭抢并不是第一次，多年来云南十三府走货的行当总会受到不同程度的滋扰，起初是小打小闹，当地衙署的官差出来吓唬一通就会有所收敛，后来随着地方势力日益膨胀、土官与流官的矛盾凸显，逐渐演变到现在的一场场大肆抢掠。

在沐晟之前，当时嗣位的西平侯沐春曾亲自出兵去匪寇出没的地方剿袭，出兵前特地知会了周围几个府城的流官和土官。想不到不仅遭到几大土司家族的强烈反对，还一状告到了御前，结果发兵不成，反而更加助长了当地土官的气焰。那时候元江府超然的地位便逐渐显现出来。

从那开始，黔宁王府也学会了谨慎，学会了韬光养晦，开始以迂回而秘密的方式，为铲除那氏土司府、削弱地方土官势力进行一系列周密而细致的筹谋。这其中，东川府作为互市的第一站，也是计划中的第一步——元江那氏以一府之力同时哺养六座府城：普洱、顺宁、东川、寻甸、乌蒙和芒部，使得当地流官在多年深受其大恩、享其优渥利益的情况下，跟元江府紧密地站在一处，成为那氏家族除却土官势力之外的另一道保护屏障。一旦黔宁王府要动元江，这六大府城必然第一个跳出来反对。

于是沐家军一路护送马帮来到了东川府。

浩浩荡荡，大张旗鼓，打着“互市”的幌子把所有人的视线都吸引过来。一来，是试试这表面平静却内藏波澜的走货行当的深浅；二来，就是为了击破流官和土官之间看似无懈可击的同盟关系。随着张三的落网，孙兆康的东川府就成了黔宁王府的囊中之物。与此同时，寻甸、乌蒙、芒部和顺宁的流官知府，均被驻扎在当地的卫所指挥使请去军营“做客”。余下的普洱府，黔宁王府一日收不到普洱知府周汝训的投诚，他的属官赵鼎文就会一日留在东川，与诸位将领一道参与整个计划的实施。

这样一来，在东川率先倒戈，寻甸等四大府城的文官被武官扣押，各府城之间又与元江消息隔绝的情况下，以利益构筑的同盟以及与元江府多年的默契，很容易就分崩离析。至少沐晟坐镇东川一日，元江府所拥有的流官势力屏障，有便等于无。

这是第一步。

翻手覆手间，樯橹灰飞烟灭。

然而元江那氏的厉害之处，还在于百年屹立，同气连枝、一损俱损的几大土官家族。所以接下来的第二道杀手锏，就轮到了萧颜。

作为沐晟身边的第一军师，萧颜以黔宁王府的名义，已经跟川、滇、黔的多个土官家族接触了很多年。而今元江那氏的势力大到足以让每一个土官家族惧怕，不得不屈于人下，听其差遣。可元江也拥有着让所有人眼红的家底。于是萧颜向地方的土官家族提议，趁元江府羽翼未丰，由黔宁王府亲自出面，一众土司或在旁协助、或保持中立，众人联手一起把元江府“瓜分”。

以一个那氏幕府的消失，同时壮大其他多个幕府，往后大家平起平坐，谁也不用再看谁的脸色，再不用向谁纳贡。这就是沐晟跟李四说过的“捉贼分赃”。在足够丰盛的财宝面前，很容易让人摒弃所有的交情和誓约，再稳固的关系也会随之土崩瓦解。尤其这次云南十三府的茶商遭抢，受损失的货物中就有部分是几个土司府的经营。那氏的一家独吞，给了黔宁王府一个操戈的理由，也等于在那牢不可破的百年关系中造成一道不可愈合的伤口。而地方权力一旦进行分割，就意味着滇黔地界上再没有任何势力能够称王称霸、威胁朝廷。

孙姜氏曾经跟朱明月提过，有传闻说萧颜在川蜀的土司府里轮番做客。不是做客，正是在进一步的游说撺掇。那谪仙似的男子以病弱之躯，一招纵横捭阖，使得百年传承不攻自破。

这便是沐晟和萧颜二人联手打造的这出完美棋局：一个负责流官，威逼为主；一个负责土官，利诱为上。双管齐下，谋奇人妙，可谓是机关算尽。待两人各自事成，御前传旨的传令官也恰好从应天府赶到了东川府，针对元江府的剿袭行动就此出师有名。

但就在这个时候，楚雄府出事了。

“这次去抢人的百余那氏武士，听说有半数以上都是一等一的高手，经过严密部署，打了楚雄府一个措手不及。两边遭遇后楚雄府的伤亡相当惨重。但元江府公然杀害驻守士兵等同于犯上作乱，是要以忤逆罪论处的。那些被抓走的商贾一旦给不了他们想要的，恐怕凶多吉少。”

傅东屏不无担忧地说道。

“平生最恨商贾以次充好、囤积居奇。俗话都说‘无奸不商’。这回更因保护他们损失了那么多人，他们就算死在了元江，大不了将来战场上多杀几个那氏武士，让老子替他们报仇。”

孟廉生的话，惹来白珈的一声斥责：“商人怎么了？商人也是西南边陲的百姓，身为戍卫疆土的地方军队，有什么理由置他们的生死于不顾？”

孟廉生扁了扁嘴，有些不服气地说道：“末将说的是事实。远水解不了近渴，要想现在去救人几乎是不可能的事，尤其圣旨将至，大战在即。说句不该说的，为了顾全大局，弃卒保帅，牺牲小我，才不至于让苦心筹谋的这一切付之东流……”

孟廉生的话，让在场的几个人陷入沉默。

片刻，廖商开口道：“王爷说过，由沈家当家出面集结的这股商贾势力，是针对元江府计划的第三道杀手锏。但这道杀手锏已然落在对方手里。不知那沈家当家可有办法自救？”

……

沐晟与几位武将在议事厅一直商讨到夕阳西坠，两个时辰的时间，孙姜氏在东厨忙得不可开交，恨不能同时将连着几日的食谱都安排好。

等到次日晌午，庖丁和厨娘以及采买的小厮们更是提前一个时辰就开始准备，孙姜氏则到前厅亲自张罗。

“轻点轻点，别把那套琉璃盘盏给打碎了！”

“这个先不用。这个是专门解酒用的，等酒过三巡再端上来。”

孙姜氏特地在议事厅旁边的四角凉亭里布置了一大桌子的菜，还从相思坞酒楼里定了几坛子好酒。然而庖丁忙中出错，忘了吩咐采办烹制冷炙的鹿肉。这下可急坏了孙姜氏，一边数落庖丁，一边赶紧招呼小厮去外面买。

“那东西要到府城外面跟猎户定，现在让小的上哪儿去买?”

小厮苦着脸道。

孙姜氏两道柳眉倒竖，“买不到就去其他府上借，借不着就去猎一只来！总之没有鹿肉就不行。你赶紧去想办法!”

朱明月经过廊前的时候，刚好就听到孙姜氏斥责的声音。

其实什么鹿肉，但凡不拿马肉下厨，其余都能够将就。武将不比文官讲究精致、精细，很多时候好吃就行。

“奴婢看得出来，夫人真的很高兴。这也是她这段时间舒展愁容的少有几次。”

连翘低声道。

她自然是高兴。沐晟将此地作为暂代的中军大帐，意味着决定西南边陲未来命运的决策，即将诞生在孙兆康的府宅里。而后者在必须参与的情况下，能够成为第一见证人，面上不仅倍有光彩，将来奏报到御前的奏疏上面他还能成为一定会被提到的人，算是黔宁王府对强迫东川加入战局的一种补偿。

与之前的退避三舍犹恐不及相比，孙知府夫妇已经欣然接受。

这时，连翘已经把朱明月领到假山旁边的凉亭里。游廊对面的庖厨里，仍不时传来孙姜氏的数落声。隔着一道回栏，远处的雕梁画栋、亭台水榭，都倒影在清澈的水面上，水岸两侧垂柳依依，莺啼婉转。

“有什么话不能在寝阁里说，非要来这么一个居高临下的地方?”

朱明月凭栏远眺，对面的偏厅矗立在假山上，与此处凉亭遥遥相望。而那假山的位置，不正是孙兆康当初企图拘禁沐晟的密室吗?

“小姐的那个忠仆，叫阿曲阿伊的，一直跟在小姐身边形影不离。奴婢想要找小姐说说话，可是不容易呢!”

一向话不多的侍婢，居然越矩地提起她的私事。朱明月道：“你似乎很关心我。”

“奴婢是孙夫人派来伺候小姐的，关心小姐是奴婢分内。而奴婢瞧着小姐从昨日到现在，一直郁郁寡欢，是否是因为与王爷发生的争执……”

“你想问什么?”

那侍婢垂眸道：“奴婢想问，可还好吗？月儿小姐……”

檐角的风铃在风中撞击，发出零零碎碎的轻响。扶着雕栏的少女微微而笑："我总觉得在你身上有一种分外熟悉的感觉，想不到，你竟然是亲军都尉府的人，"她说到此，自己就摇了摇头，道："不对，亲军都尉府在建文之后就裁撤了，现在应该称之为'锦衣亲军都指挥使司'。"

连她的真实名讳都被告知了，看来这侍婢的身份也不低。

"月儿小姐有礼，奴婢的确是北镇抚司的人。"

连翘挽手道。

北镇抚司，锦衣亲军都指挥使司下设机构之一，负责传理皇帝钦定的案件，曾一度拥有自己的诏狱，可自行逮捕、刑讯、处决，不必经过三法司，仅对皇帝一人负责。在燕王被封到北平时，藩邸里也有专属于皇子的侍卫亲军和仪仗队，就是亲军都尉府。随着燕王登基，燕王府的亲军都尉府编入了原属于建文帝的锦衣亲军都指挥使司，特隶属北镇抚司，令其掌管刑狱，巡查缉捕，拱卫皇权。

当初在北平藩邸所建立的亲军都尉府，是太祖爷亲设的，多选取体貌雄伟、有勇力者充任为藩邸卫士，彰显皇家赫赫威武的仪态。姚广孝却在那华而不实的仪仗队基础上，兼设了暗卫、细作、死士和清理者。这四个机构均是见不得光的，其中特别培植的一批士族闺秀，如洪武年间进宫的许多少女，就是专门收集情报、侦查消息的细作。而东川知府官邸里的这个侍婢连翘，则是死士，司职保护和刺杀。

在建文时期，几乎每一个来往都城与北平之间的死士，都是一个恐怖的存在。这些死士不仅来源于燕王府，更多的是来自皇宫，两相渗透，不知有多少宫闱、王府里的人悄无声息地消失了。当年朱明月的进宫，就是以三十二名死士的牺牲为代价，最终争取到兵部侍郎齐泰的信任。随后在宫中伴读，她身边无所不在的也是那些效忠于太祖爷和建文帝的死士，最终多数又被保护她的死士除之而后快。

朱明月从袖中取出一张薄薄的桃花笺，笺上一小角和一偏角的折痕，是之前在建文宫中的一种特别暗号，而那折痕上的一点漆墨，用的就是"士为知己者死"的典故。

"是你放在我屋里的？"

连翘点头。

“谁派你来的?”

“姚公吩咐奴婢，要全力配合月儿小姐。”

朱明月松开手，任那张桃花笺从凉亭上扑簌簌落下，落在水面上被浸湿，最后半点痕迹都不见。这是晨曦时她在枕头下面发现的，而一向负责照顾她、细心收拾她寝阁的，不正是这个侍婢吗?

“单靠这张纸就想证明你的身份可不行，还得给我凭证。”

连翘背过身，徐徐从内怀里掏出一块小小的令牌。

“这是奴婢的凭证。”

纯铜打造的令牌，用的是朱文古玺的铸法，正面朱砂，背面錾刻着钟鼎文——殷商时青铜器上的一种铭文，细丝缠绕，繁复难辨，不似文字。

朱明月对它却再熟悉不过，上面的字是：悦者不哀。

那还是洪武三十一年进宫时的那个冬天，还有建文四年的那场大火，无数这样的令牌随着其主人的香销玉殒在焚烧中被毁，无数的生命在酷刑的折磨中含恨而终……没人能在那样尸横遍野的血腥杀戮之后，对过去完全心无余悸，但那也证明着她们这些人曾经侥幸生还、逃出生天。能活下来，实在是不幸中的万幸。

“我不知道姚公是怎么跟你说的，但现在的情况你也清楚，我没办法立刻去沈家。”她叹言。

“奴婢正是因此带来姚公的吩咐。暂时不需要月儿小姐去沈家，而是要小姐能够确保沈家当家沈明琪的安全。”

连翘的话，让朱明月怔住：“什么意思?”

“沈家当家连同其余二十三名商贾，在楚雄府被元江那氏的人劫走，已经押送到了曼景兰山寨。姚公唯恐沈家当家有失，故此让月儿小姐务必护他周全。”

朱明月扶着玉砌雕阑，许久，淡淡地问道：“姚公知道云南沐氏要发兵攻打元江吗?”

“是的，黔宁王府的奏请已经上报到御前。”

“皇上可批准了?”

“奴婢不知。”

“姚公又怎么说?”

"奴婢不知。"

朱明月在此刻转过身，淡然地开口道："你什么都不知道，那么我来告诉你。黔宁王府的奏请送到朝堂，作为御前的第一谋臣，不论姚公是什么意思，都只会有两种可能：一是朝廷不准，那么按照沐家和沈家的关系，沐晟一定会用条件去交换沈明琪；二是朝廷准许了，在发兵之前，沐晟也一定会将此事妥善处理，而绝不会让沈明琪以及那二十三名商贾成为兵临城下时的谈判筹码。"

她说到此，无所谓地看着她："不管是哪一种可能，沈明琪都有云南的黔宁王去保全、去搭救，远在千里之外的姚公不觉得自己太多管闲事，自作多情了吗？"

姚广孝一向喜欢多管闲事。

但是连翘作为藩邸里从小养育的孤儿，经历过残酷而惨烈的竞争最终成为一名死士，等于是专为了效忠而生，从不敢有半分忤逆和越矩。此时听到朱明月这般不逊，不禁有些被冒犯的触怒："月儿小姐似乎总不喜欢按照命令做事。可奴婢只是代为传达姚公的意思，至于姚公的想法，恐怕也不是奴婢等卑贱之人所能揣度和思量的。"

她说自己卑贱，何尝不是在暗指她。

朱明月淡淡地说道："你跟姚广孝的时日应该很长，该明白既然是代为传话，就应把我的反馈原原本本地带回给他。"

"可那不是反馈，而是无礼的指责。"

她的直呼其名，更让连翘生出一股无名火。

"你自去送你的信。只是路途迢迢，经过批复再传回来，说不定沈明琪的坟上已经开始长草了。你记住，这耽搁的责任与我无关。"

连翘难以置信地看着她，"小姐怎敢这么刻意延误时机还推卸责任？但恐怕要让小姐失望，三日之内回信就会送回来，届时月儿小姐还会不会再故意刁难？"

一语毕，她忽然由微怒转为懊恼。

作为死士，自小受到训练的她一直保持着高度的使命感和戒备心，做事从来都中规中矩，不说过头话、不做过头事，一刻都未尝松懈过。此时此刻却犯了一个永不该犯的致命错误。连翘死死咬唇，通红着眼眶瞪着她。

"看来姚广孝真的不在应天府。"

朱明月却没看她，轻轻道出了她早已猜到的事实。沈明琪被抓的消息连沐晟都是时隔一个月才知道，远在应天府的姚广孝又怎么会及时收到消息，还因此做出了让她去补救的决策？

朱明月将目光望向远方开阔处，距离东川一来一回需要三日的地方：会泽、乐业……府城与府城之间的距离都不算近，而民间有句话叫"私凭路引官凭印"，想要在各府城间行走，必须出示官凭印信或府衙开具的路引，当地的官署不会不被惊动。

"东川附近的州县小镇，哪一个？"

连翘知道再瞒不住，愤愤地别开脸，道："嘉洋。姚公说离开都城处理些事，在川蜀途经，并不打算久留。小姐有事还当早做请求。"

朱明月淡声道："我要你亲自去一趟，告诉姚广孝，就说我想要他一个理由。"

连翘不解地抬头："理由？"

"你自去问便是，他会明白的。"

其实根本不用三日，隔日的傍晚，连翘就带着姚广孝的回馈来了。

朱明月站在窗前的紫檀木桌案旁，正拿着狼毫笔在练字。风吹动宣纸上的墨香四溢，亦如少女一张淡妆精致的面容，乌发雪裳，衣袂翩跹，衬托得身姿曼妙。几瓣桃花被风拽落在她的发间，不及她唇瓣一抹胭脂色。

"不用敲了，进来吧。"

连翘的手一顿，而后推门迈进门槛。

"奴婢刚刚在敞苑遇到王爷了……"

朱明月连头都没抬："连翘，我希望你明白自己的身份。"

那侍婢咬唇，半天才道："奴婢把姚公的话带回来了。姚公问：月儿小姐，是不是害怕了？"

朱明月拿笔的手很稳，等着她往下说。

"姚公说，月儿小姐真的很聪明，只听前半句，便知道这便是要去元江搭救沈家当家。而元江府的确厉害得很，百年家史，手握重兵，同时拥有其他土司家族不可相比的两处强悍力量。但世人都说元江那氏如何厉害，究竟怎么个厉害法，小姐难道不想亲自去领教一下？"

“当然，月儿小姐会说，就怕自己有命领教、没机会活着离开。但偌大的一座宫殿小姐尚且游刃有余，现在怎么了？情怯还是胆战？若小姐已不复当年，大可量力而为，但是沈家之路也将会因此遥遥无期。月儿小姐一片孝心，难道就不想早日回归王都，承欢膝下，让国公爷以享天伦吗？”

连翘将那番话无甚表情地说完，偷眼观察朱明月的脸色，却见对方毫无所动。等她写完最后一行字收笔，才淡淡地问道：“只有这些？”

连翘迟疑了一下，抿唇道：“只有这些。”

朱明月徐徐搁下笔，“我让你不假他人之手、亲自过去一趟，是因为有些话需要面授机宜，越少的人知道越好。而不是听这些挖苦的、讨巧的废话。”

连翘怔怔地看着她，那些不甘的愤恨，又似有些自愧不如的不是滋味。好半晌，缓步走上前，凑到朱明月耳畔说了几句话。

窗外的树叶沙沙作响，带动没有木支的琐窗一开一阖，发出“吱呀”的响声。连翘说完，又低声补充道：“姚公还说，此事之后，国公府里那棵香樟树旁恭候小姐佳音。”

……

朱明月来找沐晟时，对方刚跟指挥使廖商议事结束，正带着傅东屏、白珈和孟廉生一道从中苑回到西厢。

阿普居木从回廊的另一侧过来，稳健的步伐铿锵有力，让几个人不约而同地抬起目光。

二进院里栽植着几垛半人高的水蜡球，郁郁葱葱，间或还有几株低矮的桃树，随着飞花逐水，飘来几缕媚气的芬芳。沐晟在看到阿普居木的同时，一眼也看见了凉亭内的少女，就伫立在两层台阶上，轻薄的花瓣落在她的肩上、衣襟上，一双清澈平静的美眸，正隔着满苑的翠叶繁花望过来。

两人的目光交汇在一处，良久，她不由得调开视线。

阿普居木向沐晟禀告了两句话，就退下了。这时白珈捅了捅身边的傅东屏和孟廉生，那厢傅东屏正惊艳地踮脚去瞧，他们几个也识相地告辞。偌大的敞苑里唯剩下两人。

片刻，沐晟走向她，“你肯见本王了？”

朱明月低下头：“小女有事想跟王爷商量。”

但没想到他不是一个人。

沐晟朝着她伸出手。

朱明月在原地怔了怔，须臾，跟着他走下凉亭的台阶。

沐晟拉着她走到二进院后面的天井边，缠着藤蔓的花架斜倚着院墙。花架下，三个石凳一张石桌，桌上落了满满的花叶。

自从那日不欢而散，几日来她始终拒绝见他。沐晟并不知道原因，却不想再起争执，只好耐心等着她消气。此刻两人相对而坐，而她坐在花下，垂丝海棠的花枝弯曲下垂，随风摇摇摆摆，似彤云瑰丽，她一袭纯白霓裳，乌发雪簪，眉目如画。

“小女听说，昨日御前传旨的传令官抵达东川府城，可是带来了准许发兵的圣旨？”

她淡淡地开口。

沐晟望着她片刻，道：“不仅是准奏的旨意，还带过来一个消息，奉旨钦差率领着二十六卫羽林军，已经从应天府出发，正在赶来的路上。”

大明的卫所军制，分为直属于皇帝的“亲军京卫”和“五军都督府”下辖的卫所。“二十六卫”就是皇帝的亲军上直，有“羽林左卫”“羽林右卫”和“羽林前卫”——连御前亲军都派过来了，可见对黔宁王府的圣眷隆宠，同时体现出皇上对这次剿袭的重视程度。

“小女能不能问，一直以来兄长他在为黔宁王府做什么？”

“以商贾的身份结交商贾。”

沐晟毫不避讳的回答，让朱明月微愣，须臾道：“代表什么？”

“如果将整个计划的实施分成两个方面，一方面是对流官和土官的威逼利诱；另一方面就是利用商贾的力量，蚕食鲸吞。”

朱明月一眼不眨地看着他。

沐晟不急不缓地说道：“云南的商人在各府州县行走，买卖做得越大，往往跟当地的关系就越密切，所以商人是最大的消息来源。他们做生意，也收集情报，其中的商贾高手，就最懂得乱世中的生财之道。沈家多年经商已经积累下很多人脉，像这次楚雄府那些财大势雄最有地位的商人，就是明琪召集去的，代表黔宁王府跟他们商讨一桩‘商旅结军旅’的买卖。”

黔宁王府对所有愿意参与的商贾和商社都许以了重酬，更降低或免除今后他们在云南经营的商税、市税。商人们则要利用经商之便，为黔宁王府打探元江那氏的消息。除此之外还有成群结队常年行走的商队和商社，黔宁王府的人会混迹在这些商队和商社里，利用商家的身份，深入元江腹地。等他们在元江府站稳脚跟，立刻就会以商人的手段，在元江府哄抬市价，恶意造市，逐渐使元江的民间经营崩溃……

好一个釜底抽薪之法。

“可朝廷不是批准对元江发兵了吗?”她仍有些不解。

沐晟道：“朝廷的确准许了黔宁王府的奏请，但是这场仗会耗时多久，没人估计得出来。如果能利用商贾的本事让元江府内部自行消耗，就会使边陲的这场战火加速消弭，从而大大降低兵连祸结给云南造成的损失。”

一切的筹谋其实围绕着三个人：沐晟、萧颜、沈明琪。每人一个方向，三管齐下，比两人的掎角之势更稳固、更周全，也更狠毒。届时三方发力，一面是暴风疾雨，一面是小火慢炖，让元江府在战争的巨耗之下，得不到任何喘息的机会。

“商贾们齐集在楚雄的消息，原本被封锁得十分严密，是其中一个商人随行带着的小妾跟小厮通奸，被发现后小妾被逼着跳了井，那小厮遭到一顿毒打，却逮到机会给逃了。他怀恨在心，一路跑一路散播谣言，商贾齐集的消息也就不胫而走。”

千里之堤，毁于蚁穴。

如果不是楚雄府出了事，或许连元江府都要为黔宁王府拍手叫好，因为这一系列的布局实在是近乎完美。然而元江府终究是元江府，能够百年独霸不是没有道理的，选在最薄弱的商贾一环下手，等于是在这完美的布局中撕开一道裂口。

旗鼓相当的两个人，隔着遥遥府城，已在棋局两端彼此相望。

“小女听说在唐时有个员外名唤张璪，画山水松石名重于世。尤以画松甚有意像，能手握双管一时齐下，一为生枝，一为枯干，势凌风雨，气傲烟霞。那么在王爷的计划中，兄长这一支究竟是生枝，还是枯干?”

朱明月说话时，一眼不眨地看着他。

“你想问什么?”沐晟良久开口。

“王爷会不会去救他们?”

也许这样的关心来得有些晚。但若结果已经毫无悬念，还有必要去纠结吗？朱明月曾用话诈连翘说，黔宁王府一定会出面保全那些商贾，从而引出了姚广孝的行踪。真实的情况却是，沐晟跟她说过：养虎为患，不除不行。

怎么除？

自古成大事，不死几个人怎行。成大事者，也必然不会将人命放在心上——这是姚广孝跟她说过的。他是僧人尚且如此，自古慈不掌兵，一个凭借累累白骨功成名就的将军，又怎么会在乎人命呢。朱明月并不怀疑沐晟与沈明琪之间的交情，但是跟大局相比，那二十几个人的性命又显得不值一提。

“在你眼里，本王是不是冷血到为达目的不择手段，就算牺牲无辜之人也无动于衷？”沐晟迎上她的视线，些许哂然地苦笑。

“两日前，也就是三月二十七那天，永昌府的驻守卫所传来消息，前去搭救的士兵设关卡在半路上拦截那氏武士，双方拼死抢人，中途却在哀牢山下遭遇了元江府的又一批武士骑兵。景东厅的卫所驻军闻讯赶去增援，也被那氏的骑兵伏击。永昌府指挥使辛珈和景东厅卫镇抚宋兴廉双双受重伤，两府驻军死伤两百余人……”

他的嗓音沉静，讲述的却是地方将士九死一生、血染黄土的惨烈经过。

朱明月听得心惊，不由道：“地方卫所一直都在保护他们？”

元江府来劫人的行动相当突然，等消息传来给沐晟，再下令去救人已是来不及。那么楚雄府、永昌府、景东厅的驻扎守军就是在没有调令的情况下直接去救人。是沐晟给了他们便宜行事的权力吗？

“不仅是地方卫所，还有部分黔宁王府的心腹流官和土官。但是包括明琪在内那些因为替黔宁王府卖命而被生擒的商贾，已经被五百名那氏武士、三百骑兵以伤亡九成为代价，转移进了元江府城，再想去救他们已经是不可能。所以……”

“所以本王不会再分派兵力去元江府了。”

零落的花叶，在沐晟起身走到藤架时，萧索地飘落下来。朱明月望着他的背影，淡声道：“王爷这算是回答？”

“是回答。本王不会救他们。”

有些决定即使再难，也必须去做。这是一旦动手去根除西南边陲的这块顽疾，所要付出的巨大代价之一，即使这样的代价，意味着在责任和多年友情之间取舍。他不会让那些将士去白白送死。

朱明月从他的声音里听到了一抹沧桑的悲恸，让她在恍惚的同时，心里涌出些细碎的叹息："那么，让小女去吧。"

沐晟蓦然转身，"什么？"

"与其让元江用那些商贾做人质，在兵临城下时当成筹码一个一个杀掉，不如让小女在朝廷的二十六卫羽林军到来之前，去一趟元江府。"她清淡的眸中透出坚定。

"你说……你要去元江府救人？"

沐晟的怔愣落在她眼底，显然是她的这番话，惊世骇俗到让他一时都没反应过来。朱明月的神情却不像是逞能，也不像是开玩笑："王爷，小女自问没有那个本事比过那些骁勇善战的士兵，能够单枪匹马地闯入元江，再以一人之力毫发无损地将那二十几个人带出来。但是小女知道一个不用动干戈的方法，不仅能进到元江内城，还能进入那氏土司府。"

她终究不是沈明珠，无法做到对即将失去兄长的心情感同身受，也不能完全体会沐晟做出这样的决定究竟有多艰难。可唯有这样，她才更冷静、更公平，做到旁观者清。

孙姜氏曾给她透露过：往年能够进出东川府的外族人，唯有一种——供那氏的继任土司那荣狎玩享乐的美貌少女。这些少女来自川、滇、黔不同的府、州、县，均由当地土官秘密挑选，不定时地送到土司府宅的所在地曼腊山寨，以换取丰厚的酬谢。

"元江府水泼不入犹如铁桶，非摆夷族人想要靠近，难若登天。但若是小女混在那些女孩子中间，就有接近那氏土司府关键地带的机会。届时，从旁打探那些商贾的下落，即可便宜行事。"

她说得条理分明，显然是将一切都打算好了。

沐晟的眼神瞬间沉了下来，眸子里似酝酿着风暴一般："不行！"

沉浸在思绪中的少女一怔，"什么？"她没听清。

"本王说，不行。"沐晟声线平直，一字一顿地重复道。

"为什么？"

“你根本就不知道元江府是什么样的地方！这些年，你以为黔宁王府派到元江的人还少吗？多少人进得去，却再出不来。你认为你是谁？”

没有成功，是因为没见过昔日姚广孝麾下原燕王藩邸以及亲军都尉府的厉害。

朱明月不能跟他说实情，只能进一步解释道：“自古英雄难过美人关。都说那氏土司贪恋美色，不惜与土司夫人反目，多年来不断在各府、州、县搜罗美貌女子。这对于小女而言，实在是一个再好不过的机会。”

“什么机会，用你自己去交换的机会？本王怎么不知道你竟然大义凛然到了这种地步，宁愿把自己搭进去，也要去救一个与你仅有数面之缘、前一刻还不愿意相认的兄长，还有那些与你根本毫不相干的商贾！”

男子忽然而生的怒意，让朱明月蹙起眉，却不答反问道：“对于救人，地方的卫所驻军是不是已经无计可施？那么在黔宁王府不得不放弃他们的情况下，在那些商贾根本无法自救的情况下，派一个人去元江获取消息是唯一可行的方法。”

何况不管能不能救出来，趁双方交战之前，在对方的阵营里安插一个眼线，也是对商贾被抓所造成损失的一种补救。

“那也不行！”

“王爷怎的如此不讲道理！”

“本王现在跟你讲的就是道理，”沐晟从藤架前走过来，“如果元江府是任人随意进出的地方，黔宁王府也不会苦心孤诣地筹谋这么久，朝廷更不会忍痛应允西南边陲重陷战火……你想要进去很容易，可你是沈家的女儿，就凭这点一旦被发现身份，会有什么后果你想过没有？”

一旦被发现身份，战前被拿来祭旗的，恐怕就是她。

朱明月平静地答道：“小女是自愿的，此去，死生由命。”

“但是本王绝不会同意！”

沐晟再次给了她一个不可违逆的答复，他走到她面前，深邃锐利的眼睛与她直视：“沈明珠你给本王听好，不管你是什么原因，在开战前都不会再有任何人去救他们。他们生，本王会用条件去交换；他们死，沐家军将一战到底不死不休。而你，本王绝不会让你用那些可笑的、幼稚的想法和打算去送死。类似这样的说法以后也不许你再提！”

他说罢，离开原地。

这是他第一次叫她的“名字”。而他的声音不大，却饱含着无限的威慑和决绝，也是第一次，让她感到面前这个男子是不可撼动的。

“如果小女说，非去不可呢？”

沐晟的脚步在那一刻顿住，没有回头，嗓音却冷了下来：“没有本王的允许，你以为你能跨过四座府城去元江？没有本王的允许，连这座府宅你都出不去，更别说还想出东川府！”

少女坐在石桌旁，气急地望着男子离开的背影。晚霞在她身后拖拽出一道橘色的影子，四周逐渐静下来，一直到连翘拿着薄披肩过来，给她轻轻披上。

“黔宁王的态度如此强硬。那姚公的吩咐……”

“你放心，我会让他答应的。”

朱明月淡淡地开口。

连翘低声道：“要不然，小姐便把身份告诉给王爷吧。”

身份？

什么身份？跟他说，她是以锦衣卫的细作身份，代表皇上而来，来查探沈万三的余孽？还是跟他说，皇上对黔宁王府不放心，让她一路随行试探底细？

就算她什么都不说，姚广孝没有给她任何实权，而她是沈家明珠，必须是沈家明珠，那么一介商贾之女是如何摇身一变，成了锦衣亲军都指挥使司的人？

朱明月无法跟他解释这一切。

当初为了让她成为沈家小姐，成国公府连同半个宫闱、连同徐皇后在内，做了一场戏，才让沐晟对此深信不疑，她不能走错一步、不能说错一句话，稍有纰漏，都会让事情变得无法收拾。

“这样的话，以后不要再说！”连翘不知内情，朱明月没有怪她，却也不让她说下去，“好了，你这就去着手准备吧，准备前往元江府的一切事宜。”

连翘见劝不动，且根本不给她开口的余地，咬了咬唇，有些讪讪地答道：“是，奴婢知道了。”

四月的首夏，也被称作“槐月”，万物枝长叶茂青翠欲滴，百花芬芳斗奇相继吐艳，芍药相于阶，木香上升，杜鹃归……苑中几棵槐树恰好都开了花，黄白色的花瓣在风中纷纷扬扬，到处是芬芳的香气。也是在这样绿荫浓密、百花争艳的盎然中，迎来了巴蜀的雨季。

四月初二，沈家小姐忽然病重，卧床不起。

初三日，被孙姜氏请进府内诊治的五位东川府郎中束手无策。孙姜氏亲自去庙中为其祈福。

“沈小姐，这样下去真的行吗？”

床榻上的少女，面颊苍白得近乎透明，病恹恹地躺在被衾里，“夫人无须介怀。小女的身体小女最清楚，老毛病罢了。”

孙姜氏不无担忧地说道：“可是一连请了几个郎中，始终也查不出小姐的病情，都说似是顽疾又似食物相冲，抓了几服药始终也不见效果。怎么看都不像小姐说得那么轻呢！”

这是她病倒的第三日，而孙姜氏几乎将东川府的郎中请遍了。

朱明月刚想说几句安慰的话，阿曲阿伊挑开门帘走进来。

“帕吉美，孙夫人，王爷过来了。”

孙姜氏也从窗户瞧见顺着回廊走过来的男子，不由得替朱明月掖了掖被角，“那妾身便先走了，不打扰沈小姐和王爷说话，过会儿再来探望小姐。”说罢，嘱咐着屋里的两个奴婢道：“你们要好好照顾沈小姐。”

苑中的花都开了，沐晟踏着满地香尘迈进门槛，后面还跟着一位军医。而军医的手里端着一个药碗，黏稠的药汤，黑乎乎的。

朱明月不愿见到外人，因此事先让阿曲阿伊放下了床幔，却被进来的男子蛮横地一把掀开。

入目是一张极为出众的俊颜，斧凿刀刻般的五官轮廓，似被窗外的花光耀得分外阑珊。一双深邃的黑眸，看着她时的目光明亮深刻，似透着如银月光。

她将头转向内，拒绝见他。

“给你的药煎好了，起来把它喝了。”

男子的面上说不出喜怒，却没有任何笑模样。这让旁边伺候的侍婢都低下头，阿曲阿伊也退到一旁，连大气都不敢出。

榻上的少女没动静，也没回应。

沐晟将最后一道薄薄的遮纱也给撩开，伸手去扶她的肩膀，很干脆利落的动作，力道却相当的轻。朱明月没有余力挣扎，很轻易就被他半扶半抱地靠在团垫上。

“趁热把药喝了。”

他从军医手里接过药碗，拿到她嘴边。

扑面一阵刺鼻的苦味。

朱明月嫌恶地躲开，“我不喝。”

沐晟哪里会让她使性子拒绝，又把碗端回来，这次用一只手钳制着她的下颚：“这是军医专门给你配的，足足熬了两个时辰，不想死就赶紧都喝完。”

她的唇已经沾到碗里黑乎乎的药汤，却躲无可躲，不由气急地去推他，“那么多郎中都瞧不出所以然，王爷这药就是大罗仙丹，喝了就能药到病除？”

沐晟闻言果真将药碗放下，却让开位置，朝着军医道：“过来给小姐诊脉。”

花白胡子的军医依言走过来，略一颔首，就探出两根手指，搭在少女被沐晟硬扯着伸出来的皓腕上。

不似那些郎中左瞧右看也无法确诊，军医只诊了须臾的脉，便收回了手。

“告诉小姐，她生的什么病？”

军医道：“启禀王爷，沈小姐得的不是病，而是因为吃了红茴香的根。”

沐晟挑眉：“会引发什么症状？”

“头晕、惊厥，甚至是抽搐，内服过量还会导致死亡。”

军医说到此，又补充道：“但是小姐的剂量控制得极好，还特别加了一味黄酒，药性转为行气、阵痛，因此只会轻微头晕厌食而已。”

说罢，眼观鼻、鼻观心，站到一旁。

“你给本王的酒里下曼陀罗和生草乌时，本王就知道你很熟悉药理和药性，可你这些小把戏根本对付不了黔宁王府的军医。沐家军在征战西南的时候，别说是随行的军医，就连普通士兵都识得这遍地生长的花花草草。”

沐晟端着药碗坐在床榻边，不由分说揽住她的肩膀，亲自喂她。

这药汁的味道格外苦，他几乎是捏着她的鼻子灌下去的。旁边的一个侍婢见状，赶忙去三连橱里翻出一包蜜饯，战战兢兢地递过来。

朱明月捂着唇直咳嗽，一连吞咽了几颗蜜枣儿，嘴里的苦味仍然浓郁。

“苦肉计装病这招对本王没用，只能平白折腾你自己的身子。有闲工夫去找什么红茴香，不如多看看医书，或许能找到一种让本王的军医都瞧不出来的生病法子。”

说罢，犀利的眼神从榻边那侍婢身上一扫而过。

连翘低着头不禁一颤，恨不能把头垂到地面上去。

朱明月默不作声，片刻道：“小女只是想去元江府。”

少女一张面庞消瘦了几分，显得点漆似的眸子更大了，黑嗔嗔，宛若一泓秋水，也衬出肌肤剔透如雪，单薄衣衫，伶仃孱弱，愈加楚楚惹人怜惜。

沐晟转身把药碗放到案几上，然后将黏在她脸颊上的发丝撩拨开，动作一点都不温柔，却强势得不容她拒绝。

“本王说过不想再听到类似的话。此事已成定论，没有任何商量的余地。你趁早死了那条心！”

他半坐在她的榻边，几乎是从后面抱着她的姿势，让屋里的几个侍婢都羞红了脸。朱明月挣扎了一下，沐晟给她多盖了条毯子，抬头朝着军医道：“这几日你就留在西厢，时刻注意小姐的身体。倘若她再吃错了什么东西，本王拿你是问！”

军医微微一笑：“王爷放心，交给老朽。”

沐晟坐了小片刻，就离开了屋苑。

朱明月半靠在团垫上，因药效发作有些昏昏欲睡。那军医嘱咐了几句，也跟着告辞。阿曲阿伊出去送他。

寝房里静了下来。朱明月闭着眼睛，须臾开口：“丽江府那边的消息何时会到？”

连翘低声道：“五日之内。”

“你去跟孙夫人说，关于我所要用到的路引和身份户籍，请她务必帮我尽快准备。”

"但是王爷那边……"

刚刚那一眼，让连翘莫名胆战。

朱明月睁开眼睛，淡淡瞥过来："即使他生疑，也暂时不会怀疑到你头上。最忌做贼心虚。"

"是，奴婢知道了。"

四月初六日，沈家小姐的病情忽然愈加严重。

初七日，孙姜氏将府宅北苑空出来，特地用作修养之地，闲杂人等均不能前去打扰。

"不是给她吃过药，怎的没治好反而更严重了？"

沐晟站在西南防御图前，手里拿着指挥使廖商递上来的部署策略，皱眉看向军医。

军医背着药箱，低头道："老朽之前给沈小姐配的方子，确实是红茴香的解毒药。但是跟小姐内服的半夏相杀，小姐可能又用了相冲的药材，因此更添病情。"

药理相畏相杀，相畏者，取其药性就能制约另一味药材；一旦相冲，同时服用则彼此相克，产生毒性。

"沈小姐定是料到了老朽会配什么方子，因此才事先在红茴香根里加了半夏。"军医捋着花白的胡须，眼睛发亮，"年纪轻轻，就如此精通药理，倒是不失为一个可造之材。"

明显是激赏之意。

"胡闹！"

沐晟转过身来，眉宇间含着咄咄之气，"阿普居木！"

始终面无表情站在廊外的校尉，闻声走进来："王爷。"

"你去告诉她，要是再这么没事找事瞎折腾，别怪本王把她关起来，让她别说是那些乱七八糟的药材，半个能帮她的人都见不到！"

说罢，又道："还有那个负责伺候她的侍婢，让她自己去领二十个板子。打不死就送回去给知府夫人，看她调教的什么好奴才！"

一侧的傅东屏见状，不禁杵了杵白珈："什么情况？"

白珈端着下巴："恃宠生娇吧。"

沈家小姐重病的事，也不算什么秘闻。原以为是由于沈家当家被抓，急火攻心一病不起，岂料不是生病，而是自己给自己下药。

“传闻都说黔宁王是为了沈家经办的茶运遭抢一事，冲冠一怒为红颜，特地派出沐家军护送马帮互市，还因此迁怒到元江府。实际上这一切只是掩人耳目。那沈家小姐自知被利用，眼下兄长被抓，黔宁王府又不打算派兵去援救，势必是要闹一闹。可现在正是部署兵力的关键时刻，这么添乱未免太不识大体。”

白珈摇头道。

傅东屏啧啧笑道：“依我看，就凭那一副花容月貌、我见犹怜，王爷好福气才是真的。”

白珈瞥了他一眼，“色字头上一把刀，越是美人，就越是祸水。王爷向来深明善断，是个做大事的人，怎么会被这些儿女情长羁绊住脚步。”

两人正说得起劲，刚走出回廊的阿普居木忽然去而复返，在他身边还跟着一个风尘仆仆的传信官。

帘幔从外面掀开，一身纳西族打扮的传信官跨进门槛，满面胡茬，浑身尘土未洗，拱手朝着议事厅内的众人行礼道：“丽江信使沙安，见过黔宁王、见过诸公。”

丽江来的?

白珈等人面面相觑，都感到有些意外。却见那传信官从怀里掏出一封布囊，用蓝银苦布包裹得结实：

“启禀黔宁王，小的奉丽江土司府家主木初老爷之命，特带来消息，关于沈小姐身份的安排已经完成，除了将沈小姐的名讳、家世等编进丽江府衙的簿籍中，还有其亲眷、乡邻，都悉数打点好。这是与黄册对应的表册手抄本。”

传信官说完，将那布囊双手呈上。

所谓的“黄册”也叫赋役黄册，是洪武十四年朝廷在户帖的基础上，为核实户口、征调赋役而制成的户口版籍。共造四份，上送户部，承宣布政使司、府、县各留一份。朝廷规定发给各户的表册，必须由本人填写，或本户自报请人代写，如有隐瞒作弊，家长处死、家属流放。上面的记载以户为单位，详细登记了乡贯、名讳、年龄、丁口、田宅和资产，并划定户籍为民、军、匠三大类。其中的民籍除一般应役的民户外，还有儒、医、阴阳等户。

丽江信使沙安带来的这一份，便是民籍中的医户。

“洪武十八年，丽江府的沈博文通过考选成为太医院的医丁。沈博文之后，其嫡派子孙沈兴祖前去告补，中试后获准补役，于洪武二十七年被卓拔进了东宫典药局。沈小姐便是作为沈兴祖沈医丁的庶女，被登记在了丽江府的赋役黄册上面。”

那传信官说到此，又压低声音道：“木初老爷说，沈小姐只消凭借这个身份，过府城的时候就不会太为难，进入元江后更是会被酌优对待。而与沈小姐一批被送进元江府的少女，将在不久后抵达东川府，带着丽江土府开具的路引，来与沈小姐会合。还请沈小姐早作准备。”

一番话说完，在场的众人更愣了。

什么黄册、医户，怎么还跟沈家和元江府扯上关系？

沐晟眯眼看着他递上来的布囊，眼底有风暴在逐渐聚集：“你说的，是哪个沈小姐？”

“云南府锦绣山庄的千金。这是之前沈小姐以黔宁王府的名义，派人送到土司府的信物。”

传信官说罢，从怀里拿出一柄绯色的景颇尖刀。

巴蜀的雨季几乎有一半的时间都在下雨，连续几日的暴风骤雨，将敞苑里的藤架和木栅洗刷一新。苑中的花木谢了又开，到处都是湿漉漉的残红枯叶。

一场夜雨过后，晨曦时初生的朝阳格外热烈。朱明月推开寝房的门，在扑面而来的清新泥土气息中，一眼就见到站在檐下的男子。

刺眼的阳光在他身上泛起一层白茫茫的光雾，而他整个人宛若雕刻斧凿的一尊完美泥塑，俊美威武英气慑人。眼底却是一片冰冷的锐利，仿佛有肃杀之气笼罩全身，让人不敢靠近。

“王爷怎么在这儿？”

他在她的屋檐窗下站了多久？

“你的病好了……”

他的声音很轻，却字字成冰。

朱明月抿唇道：“小女根本没生病。”

利用几味相生相克的药材，就能造成一种病入膏肓的假象。但是药三分毒，不宜服用过多，尤其那军医乐此不疲地给她开方子，让她不得不早早就停了用量。

“你现在是不是觉得很得意?”

“什么得意?”朱明月蹙眉。

“丽江府的传信官，昨日把你的医户户籍送过来了。”

男子的薄唇紧紧抿着，声线轻得不能再轻。朱明月却感受到他身上按捺着的滔天怒意，像是下一刻就会如风暴雷霆乍现，摧毁燃烧一切。

“怎么不说话？本王问你现在是不是很得意！还是你觉得伺候你的那个侍婢被打了板子还不够，非要让本王要了她的命!”

说话间，沐晟大跨步从台阶下走上来，孔武颀长的身躯覆盖下大片阴翳，原本宽敞的廊前，顿时显得狭窄压抑起来。

朱明月跟着后退，直到后背撞到廊柱上，不得不仰面看他。

“说话!”

最后一句，几乎是怒吼出声。

朱明月咬唇道：“王爷何必迁怒别人，一切都是小女的主意。”

“你的主意？你指的是哪个，刻意生病，还是让孙姜氏给你准备过府城用的路引、城门令牌？还是丽江府给你安排的新身份!”

沐晟一把抓起她的手腕，拿到她面前的是那柄景颇尖刀。

从她卧病在床，孙姜氏几乎把东川府的郎中都找遍了，也因此将她病重的消息宣扬得人尽皆知。与此同时，从丽江府来的传信官怀揣着黔宁王府的信物，带来了木氏土司为她精心安排的一个身份……一切都说明，她早就开始了去元江府的准备。而她之前还煞有介事地跟他商量有意去救人，这算什么？先礼后兵!

“本王可真是小瞧了你的本事，一直以来本王都认为你装病闹一通就罢了，想不到居然敢擅自去调动丽江府的土官！你知不知道本王把它给你是用来护身，而你就是这么用它的？谁给你这么大的胆子!”

当初他跟她说，这刀的刀柄上加刻了黔宁王府印记，寻常人见到它，都不敢轻易碰刀的主人，一旦遇到危险它可以用来救命。而今，她却当做是调令地方官的印信。

朱明月低下头："王爷也可以把它收回去。"

"砰"的一声，那柄景颇尖刀连同刀鞘一并被他扎进柱子里。红漆木屑炸开，赫然被扎出的窟窿，显示出男子的手劲有多大。

"你是不是忘了本王跟你说过什么？大战之前，不会再有任何人去元江救人！"

手腕如同被捏碎一般疼痛，朱明月咬着牙，抬起头来看他："王爷的确是说过，王爷也说过若是没有你的首肯，小女连这座府宅都出不去。但是现在所有与剿袭行动有关的心腹将领，包括萧军师一直笼络的丽江土官家族在内，都知道了小女要作为黔宁王府的眼线去元江救人的事。在这种情况下，王爷还想阻拦吗？"

丽江的木氏土司府是跟元江府长时间交好的土司家族之一，却也是萧颜最早结交的土官。黔宁王府经过数年的拉拢和维护，已经成功地使其归顺。眼下黔宁王府针对元江那氏正在进行一系列的筹谋，丽江在收到那柄錾刻了黔宁王府标志的龙雀后，没理由不出一份力。

她的身份是丽江府安排的，与她同行为她作掩护的那些女子也是丽江土司从府内的各个州县精挑细选的。而木氏的这些动作，也惊动了丽江和东川当地的卫所驻军。当所有人都在为黔宁王府的计划而津津乐道，所有人都认为这不失为一个好计策、纷纷着手准备接应和帮忙时，如果他再阻拦，旁人会认为堂堂的黔宁王是在护短、色令智昏，舍不得把自己的红颜知己派去元江府，从而对他产生质疑，在大战来临之前动摇军心。

她的布置，没有给他留一丝反驳的余地。

沐晟忽然怒极而笑，眼底厉光却冷冽生寒："你是不是觉得这样就能让本王妥协，不得不接受你已经安排好的一切？本王告诉你，别说是区区一个丽江、西南卫所，就算你告知了整个云南十三府，本王不让你去，你也休想跨出东川府半步！"

朱明月直直抬眸："是吗，但是王爷连那二十几个商贾都放弃了，不就是因为要在剿袭来临之前在卫所军中铺出一条立威的血路。以这么大的代价换来的众志成城，王爷想要轻易将其摧毁！"

"你是本王的女人，是未来云南藩邸的女主人，本王让其他人代为去元江，难道不是理所当然？谁敢来质疑半句！"

沐晟一把将她抵在廊柱上，让她动弹不得、挣扎不得，两人之间更毫无缝隙可言，朱明月气急道："什么女主人，那只是掩人耳目的一个权宜之计，没人会把做戏当成是真的！"

"如果你非要去，本王不介意把假的变成真的！"

他的话没说完，唇就狠狠压了下来，却不是亲吻，而是撕扯啃咬。朱明月瞪大双眸，慌乱地拼命去挣扎，沐晟强悍地扣住她的后脑，根本不容她挣脱。

"你放开、我……"

一种力量上的悬殊，使她生出前所未有的挫败和慌乱，而从未跟女子亲近的男人更是不知道温柔为何，满腔的怒意和愤懑，都释放在了她的唇齿间。直到血腥在两人的口中弥漫，沐晟钳住她的下颚，却吻得更深，似乎是要让她清清楚楚地知道，他所说的话并非是开玩笑。

"唔……沐、晟……！"

迷乱的吻已经无法遏止，逐渐从唇瓣到了脖颈、锁骨……力道没法控制，"嘶啦"一声裂帛，她的罗衫硬生生被他扯开一块。

男子也是在这样的声响中，从她的颈窝里抬起头。

下一刻，朱明月毫不犹豫地甩了他一巴掌。

"你怎么能这么对我？我曾经救过你，你怎么能恩将仇报！"

朱明月捂着左肩上的衣料，已经红了眼眶，被咬破的唇瓣红肿生疼，雪白的脖颈上出现了片片吻痕。

两人的争吵声，惹来苑外的奴婢过来观瞧。跨进月洞门却瞧见屋檐下的两人，居然是这种姿势，不由得都红着脸退出去。

沐晟的脸被打出一个红手印，两片薄唇上染着点点血丝，也不知是她的还是他自己的，"不管你是否曾经救过本王，本王都不会让你去送死！你知不知道，一个女子只身去那种地方，究竟会发生什么可怕的事！"

而她还是要以那样的身份。

朱明月死死咬唇，"就算小女原本不知道，可王爷的身体力行，也告诉了小女被人欺负是什么样子！"

水雾蒙蒙的眸子，眼底却含着愠怒。

"你觉得那就是欺负？那本王告诉你，一个男人要想对付一个女人，要做的远远比刚才过分得多，而你根本无能为力。”沐晟按着她的肩，黑眸迷离微乱，“如果你连刚刚都受不了，怎么去元江府勾引那氏的土司？你什么都不懂，就还指望着去邀宠献媚、讨取对方的欢心？”

他每说一句话，就靠近她一分。朱明月羞恼地扬起手，却被他用另一只手攥住：“说不过就想打人！”

“放开我！”

“不放！”

因他的拉扯，使她肩上的缎料撕得更开。朱明月发现连里衣都被扯破了，露出彤色花绣的兜肚一角，更加悲愤难抑，也不听他在说什么，往他手上狠狠咬了下去。

沐晟冷不防手上一疼，下意识地松开了手，朱明月抱着裙子就往屋里跑，沐晟再想去拉她已然来不及。

门扉“砰”的一声从里面关上。

沐晟抬手扶着门棱，复杂地望着她离开的地方，忽然很想砸开那扇门却久久都没有动作。

“王爷。”

这时候，在苑外站了许久的阿普居木走进廊内。

苑外还有来来往往的侍婢，无不偷偷地朝苑中瞥过来目光，羞涩而胆怯。那站在苑中的校尉却面色如常，像是根本没目睹刚刚发生的一幕，“启禀王爷，廖将军和白将军他们来了，已经在议事厅等候。”

风里的花瓣透着轻媚的香息，簌簌落在男子的肩头。

沐晟走出屋前的月檐。在他迈下台阶的那一刻，蓦地回头，“你想回沈家也好，回曲靖府也好，待朝廷的兵马抵达之后，本王都可以答应你。但如果你还想着去元江，你记住，本王永远都是那句话，绝不可能！”

这些话，明显是对屋里的人说的。

朱明月怔怔地坐在软榻上，一种巨大的失落和挫败感几乎让她沮丧到了极点。她想过那蛮横倨傲的男子一定会很生气，也预料过他知晓后的种种反应，可她万万没想到当她布置好所有事，他还会这么固执毫不让步。

他之前总是说，她流落在外多少年，沈家的人就找了她多少年；在她高床软枕、锦衣玉食的时候，是沈明琪以一己之力担下了沈家所有的责任。

现在她回来了，将功补过也好，良心不安补偿也好，难道不应该在沈明琪最危难的时候为他做些事吗？何况，一旦她成功地进入那氏土司府，等于是给即将到来的大战补充了一个可靠的消息来源。

朱明月不能理解也无法接受。而她所有的准备、所有的计划，一旦遇上那个蛮横的男子，便全部走了样……

此刻的议事厅里，廖商坐在椅子上，傅东屏和白珈站在旁边窃窃私语。

“这回可是峰回路转吧。”

“……你是说沈家小姐？”

傅东屏咂着嘴道：“你还说沈小姐装病跟王爷闹，是痴心错付、因爱生恨。其实这又是王爷偷梁换柱的一个策略。”

白珈道：“有人以为她是病入膏肓，有人以为她是胡闹不识大体，却不想是在为了改变身份去元江府做准备。那么娇滴滴的一个女儿家，有此等勇气和魄力倒也难得。只不过为了集结商贾已经损失了一个沈家当家，现在连他的嫡亲妹妹都要被送进去，一旦有失，沈家嫡长一脉可就是再无人了。”

傅东屏也唏嘘道：“多年来以此为名头送进元江府的女子也不占少数，没一个有好下场的，何况还要被糟蹋。王爷也当真舍得……”

“霸越亡吴计已行，论功何物赏倾城？沈家做出的牺牲，并不输于战场上拼杀的将士。”

沐晟跨进门槛之前，正好听见白珈吟诵的那句诗，隐在宽大袍袖中的手不由得攥成拳。转过身来，他朝着身后的阿普居木道：“本王交代的事，你速去办。三日之内一定要有结果。”

“是，末将领命。”

等沐晟走进议事厅，里面的三人齐齐朝着他行礼。傅东屏抬头看了一眼，顿时瞪圆了眼珠，惊讶得跟什么似的，“王爷你、你这是……”

云南府的黔宁王是何等煊赫高贵的人物，又一向是冷静端肃，简直如战神一般的存在，可此刻脸上很明显的一个掌掴红印，嘴角也破了。

傅东屏又忙不迭地摇晃白珈的肩膀，示意他去看沐晟的手。

白珈倒吸了一口冷气，在男子右手虎口处的伤痕，居然还是咬痕！

两人对视一眼，心照不宣地想到，看来沈家小姐也不是那么心甘情愿去元江府。

那厢，廖商咳嗽了一声，似在提醒两个失态的下属。白珈回过神来，又见傅东屏的一双眼睛还始终停留在沐晟微肿的左脸上，不禁往前挪了挪椅子，挡住他的视线："王爷今日找末将们来，可是为了元江府的城防？"

沐晟面沉如水，一抬手，从门外叫进来一个人。

随着帘幔掀开，飘进来几片伶仃的花叶。随之跨进门槛的，是个一身绸缎富贵打扮的中年男子，高高瘦瘦的个子，微有些驼背，满是麻子的脸上，五官平平无奇。头顶裹着一圈巾帕，脑后留着一撮头发，扎成小辫。

屋内几个人原本锁在沐晟脸上的注意力，一下子都转到了来人身上。

"呦，这不是李四么！"

傅东屏很是怔愣了一下，然后眯起眼睛，似笑非笑地打量着他："这几年在元江府混得可好？听说你当了一个守备武职，很受器重啊！"

来人的一双眼睛且怪且邪，眯缝着，透出两分阴恻恻来，却含着笑音儿道："小的给廖指挥问好，给傅佥事问好，给白镇抚问好。"

"好？老爷们可不好，"傅东屏玩味地看着他，"五年前东川百户所出了一个逃兵，到现在人还没抓到，听说他是跑到元江府给摆夷人当狗腿子去了，正想趁着这次剿袭那氏的机会，逮了他就地正法以证公允。没想到他今儿个居然自己送上门来。"

李四在投奔元江府之前，正是东川府卫所里的一个小校。

大明的军队来源于世袭的军户，由每户派一人为正丁至卫所当兵，军人在卫所中轮流戍守以及屯田，屯田所得以供给军队及将官所需，其目的在于养兵而不耗国家财力。士兵们远离家乡在外戍边，很多便在当地娶妻生子，但是屯田的驻军生活十分艰苦，戍兵越多，逃兵也就越多。朝廷针对逃兵的惩罚手段相当严苛，却止不住那些熬不下去的士兵逃跑。

可再怎么逃，都没有像李四这样的，携家带口跑到了元江府不说，还堂而皇之做了武职军官。

"许久不见，傅百户，哦，现在应该称呼为'傅佥事'，您还是这么疾恶如仇。"

李四的嬉笑怒骂，让那厢的白珈不怒反笑道："李四啊，那氏土司府敢收留你，是因为仗着元江的底子厚有恃无恐，但你只是小小的一个守备，按照朝廷规定，若军户全家死绝或者逃亡，必由官府派员到原籍勾补亲族或贴户顶替。听说你的婆娘很争气，一下子为你生了三个儿子，让他们千万别在东川府露面，否则‘勾军’的规矩，可不管你是三岁孩童，还是八十耄耋。”

听到对方居然威胁到了他的子嗣，李四渐渐沉了脸，阴阳怪气地道：“小的知道，诸位痛恨小的卖主求荣、替元江那氏卖命为虎作伥，但小的已经投到黔宁王麾下，诚心实意为黔宁王府效力，过往的一切也就都该烟消云散。诸位得饶人处，何必咄咄相逼！”

傅东屏和白珈闻言都怒了，这时，指挥使廖商睨过来视线，“如果你是来将功补过的，可以姑且允许你跟几位老爷共处一室。但你要注意你的态度……”

廖商是个沉默寡言的人，却无限威慑戾气内敛。

李四禁不住眯了眯眼，明显是忌惮几分。傅东屏哼笑着说道：“不仅是态度，还有说话的语气。咱们廖头是什么人你最清楚了，千万别惹他老人家不高兴。”

“王爷，你看他们……”

李四气恼地看向沐晟，后者瞥了他一眼，淡淡地开口道：“本王带他来，是因为他现在不仅是元江的武职守备，还是那氏假扮匪寇抢掠茶商的头领之一。”

在李四现身之前，沐晟就对他在东川府的过往有过耳闻。但李四是在走投无路之下露面，在沐晟眼里只有将功补过的份儿，却不会被优待。

傅东屏闻言，顿时眉毛倒竖：“什么？你竟然就是那伙匪寇的头领！你还真敢！”

冲将上前的动作，被白珈一把拦住。那厢，孟廉生拍案喝道：“王爷，这样的人应该在战前拿来祭旗！”

几人恶狠狠的态度，吓得李四缩了缩脖子。

廖商忽然开口道：“他既能成为那氏劫掠商贾的头目，就说明他在元江府深受重用也很得信赖，对元江的城防布置应该是有所了解，王爷是不是正因为这点，才把他找了来？”

沐晟颔首：“不仅是元江的城防，他曾在南弄河做过一阵子看守，多少还知道些关于养马河的情形。”

一句话，让群情激奋的几个人顿时冷静下来。

元江府为何如此厉害？姚广孝曾让连翘给朱明月带过一句话，元江那氏不仅拥兵自强，还拥有两处其他土司家族都无法想象的强悍力量。其中之一便是养马河，也就是西藏战马的秘密饲养之地。

早在茶马互市之前，西南边陲有很多当地居民用铜钱向番邦买马匹，而番邦牧民则用那些铜钱来铸造兵器，很大程度会威胁到王朝的安全。因此早在宋时便有规定，禁止以铜钱买马。由于藏民对茶叶有着一种特殊的依赖，自以茶易马的互市开始之后，藏民滋扰事端便少有发生，而王朝也得以满足对战马的需求。另外还有以绢易马，沿袭至今，已经逐渐变成用丝绸、布料、铁器等，换取藏区的皮革、黄金以及虫草、贝母等珍贵药材。彼此丰足，皆有便利。

朝廷因此规定茶课司和茶马司，对一应互市商贾“随市增减，价格不定”：马源充裕时，一百斤茶可换一匹马。后来茶价下滑，要二百五十斤茶才能换一匹马。而马分九等，良马三等，纲马六等，良马上等者，每匹折茶二百五十斤，中等者二百二十斤，下等者二百斤。纲马六等，最高等者折茶一百七十斤，依次列减十斤。

而朝廷买马也分两种：一曰良马，用于战时，主要来自甘肃、青海的土著；二曰羁縻马，产于西南诸蛮，体型短小而不及格。买这种马的意图有二，一是从羁縻马中挑选一部分良健的为战马，以补充朝廷战马来源的不足；二是安抚西南蛮夷，使他们不至于荒饥少食而侵犯边塞。所以朝廷会如此重视茶马互市，很大程度上是为了边疆的安定。

这种深思熟虑的考量，却给了元江府居心叵测、谋取利益的机会：元江府在大肆抢掠茶商的货物之前，一度强行命令茶商们将茶叶直接卖给元江，元江负责去跟藏民进行互市，以抬高茶叶价格换取大量的藏马。但元江府给出的价格过贱，同时又不符合朝廷规定，茶商们宁愿用马帮走货。于是一直以来纳西族的走马队总会受到来自那氏武士的迫害和侵扰，越来越多的商贾不敢得罪那氏，不得已将茶叶送到元江去贱卖。

元江府利用那些贱价买来的，以及自己种植的茶叶跟藏民换取马匹之后，便开始在南弄河畔自行养殖和培育藏马，短短几年的时间，已经具有极大规模。但是元江府的藏马既不用来买卖，也秘而不宣，不让外人知晓，久而久之，就成了黔宁王府的一块心病。尤其那氏武士肆无忌惮地劫掠互市的货物，已经严重威胁到马帮的生计，更使得云南十三府赖以生存的茶运混乱不堪。

当拥兵自重成为一种隐患，元江那氏便不能再留。

故而沐晟找到了李四，也等于是找到一把打开元江府的钥匙。

等廖商几个人从府上告辞，已经月上柳梢头。

西厢的灯点亮了，柔和的光辉照耀得廊前一片明亮。沐晟坐在敞苑的石桌旁，目光沉静，却仿佛有看不见的咄咄戾气笼罩全身，让人不敢靠近。

阿普居木从外面回来，即刻就过来禀告。

“找到合适的人了?”

“回禀王爷，之前……几位将军都认为去元江的将会是沈小姐，末将不敢声张，只好让几个小校去附近的几座村镇，物色长相出众的女子。但是时间仓促，眼看丽江的衙差就要把用作掩护的人送过来了，末将担心……”

“本王问你的是，有没有找到合适的人?”

阿普居木一震，即刻道：“末将办事不力，还没有。”

沐晟视线幽然，“再命人去找。合适的、不合适的，最主要是身份简单、没有拖累。你明白本王的意思吗?”

“是，末将明白。”

一转眼，到了四月十一，寒食节。

当日要禁烟火、吃冷食，更有拜扫祭祖、踏青郊游等活动。

此时此刻以东川府为中军大帐，连同云南十三府的各地卫所驻军和流官府衙在内，都在紧锣密鼓地准备着即将到来的剿袭行动，其余都成了无暇顾及的小事。然而对于西南边陲的平民百姓而言，战事却仍是秘而不宣的一种传闻，寒食节作为缅怀先贤的重要节日，家家蒸制寒食，户户竖秋千插柳，都在热闹而欢喜地筹备着。于是市井坊间为期三日的庆祝，成了大战到来之前粉饰太平、安稳民心的一种手段。

初九日，孙姜氏让府里面提前蒸了寒燕，即用面粉捏成大拇指一般大的飞燕、鸣禽及走兽、瓜果、花卉等，蒸熟后着色，插在酸枣树的针刺上面，装点屋苑亭阁。初十日，又祭扫了孙氏的宗祠，在祖坟致祭、填土、挂纸钱，然后将寒燕、盘蛇兔撒于坟顶滚下，用柳枝穿起，至于主苑房中高处，意沾先祖德泽。

待到十一这日，多日的阴霾过去，难得碰上个好天气。碧空如洗，暑热的气息，在烂漫的花叶间弥漫开来，催得街巷两边的槐花开得热热闹闹。

一行几辆马车从通明街缓缓行驶出来，车轱辘压着青石板路面“嘎吱”“嘎吱”响，后面还跟着为数不少的侍卫和衙差。行至酒楼大街上，街道上多是出门踏青的轿子和马车，或是扶老携幼的行人，见到知府家的车马，纷纷投来或好奇或羡慕的目光。

风掀起窗幔，坐在马车里的少女一张侧脸淡妆精致，凝肤胜雪，红唇如玫；羊脂玉簪别在乌发间，衬得青丝如墨。一袭绮罗百褶襦裙裁剪如削，勾勒出盈盈身姿，春韵桃花，光艳逼人。

傅东屏骑着高头大马，行至车舆旁边，又勒了勒缰绳落后到白珈一侧。

“当真是可惜、可惜。”

白珈瞥了他一眼，“可惜什么？”

“绝世佳人啊。”

傅东屏朝中间那辆梨花木做辕的车舆指了指，阳光洒在紫檀的车顶，雕花錾刻被晃得一片灿烂的金色，亦如刚刚惊鸿一瞥时，少女莺妒花惭的容颜。

“本应捧在手心娇宠呵护，却偏偏要送到虎穴狼窝，岂不是可惜可叹。”

白珈没理会他的发酸，片刻道：“对了，咱们这是去哪儿啊？”

“郊外的莲湖。苏知府特地请王爷和咱们几个，去他的别庄饮酒赏花。”

莲湖在东川府的外城，其实是一片通阔的庄子，依山环水而建，雕栏玉砌，亭台楼阁，围绕着堆砌出莲叶田田的湖水。四月半的时节，菡萏未开，岸畔的牡丹却是绽放正好。郁郁葱葱的槐树栽植在通路两侧，开得沉甸甸的纯白色槐花，一行人走到林荫间，一阵扑鼻芬芳。

等到了庄子门口，金环红漆的大门敞开着，内里花木影绰，蒸腾的水汽似能从影壁后面弥漫出来。有老管家早早地出来相迎，奴婢们撑起大竹伞为女眷引路，仆从们则跑过来牵马。

赏花，饮酒，踏青，作诗。

几艘兰棹画船泛舟在莲湖上，阳光揉碎在湖面，荡漾出一圈圈粼粼的波纹。亭阁席间已备好佳宴，隔着一道回栏，还有抱着琵琶唱小曲的女子。

傅东屏看着那些穿着碧衫粉花襦裙的侍婢，各个眉清目秀，乌发间都别着一朵牡丹花，不禁道："瞅瞅人家孙知府，连个郊游也要弄这么多名堂。"

白珈摸着下巴道："热闹雅致，闲情意趣。恐怕这也是西南边陲之地最后的一次繁华胜景。"

男宾和女眷是分开而坐的，两边被九曲回廊隔出一道水阁，中间位置用于表演水傀儡。离开席还有些时辰，孙姜氏拉着朱明月走到凉亭下的花圃。圃内盛开着品种繁多的牡丹、芍药、木香……倒映着远处的湖光山色、烟波浩渺，近处的翠阁溪楼、清风池馆，大片大片的姹紫嫣红，绽放得浓郁热烈。

"沈小姐你看，这牡丹花开得多好。要是移植到府宅里去不知是否还能生长得这般艳丽。"

自从沈家小姐"大病初愈"，便被沐晟不知何原因禁足在了西厢寝房，像这般出府踏青散心却是少有。孙姜氏便不遗余力地荐景，想让她开怀些。

朱明月在花前轻嗅，细芬扑面，"孙夫人也是爱花之人。"

孙姜氏笑眯眯道："哪里是妾身。我家老爷除了喜好古玩，就最爱摆弄这些花花草草。妾身倒是听说沈家的锦绣山庄临着滇池而建，庄内更有山茶名花，花期一到，摧枯拉朽般开得漫山遍野。'锦绣'二字故此而得。"

朱明月对沈家的事从不多言，只浅浅笑道："小女瞧这庄子也是极好的，是难得的世外桃源。"

孙姜氏笑靥如花道："小姐有所不知，现在才正值暮春初夏，是东川的花初时令，待到七八月，湖面上的莲花都开了，一时胜景美不胜收。届时小姐再来庄上，才知是不虚此行。"

"若有机会，本王定会再带她来。"

话音响起，一袭墨锻暗花纹锦袍的男子走了过来。颜若春晓之花，色若泼墨漆画，一双清淡深邃的深眸，眼梢略微弯着，端的是卓然出众俊美无俦。孙姜氏见到是沐晟，忙轻轻点了一下朱明月的手背，笑容款款地说道："王爷若肯赏脸，便是再好不过，妾身和老爷定要好生款待。"

那个午后阳光明媚，站在花下的少女随之转过身。花光照得满眼，美眸顾盼，使满苑的芬芳都黯然失了色。

“妾身先过去看看准备得如何，王爷与沈小姐聊。”

孙姜氏微笑着一欠身，很善解人意地先行离开。那厢朱明月也想跟着一块走，却被沐晟伸手拉住，“你留一下。”

朱明月像是被火燎到，下意识地往回一缩。

“前方宾主都在，王爷就这么过来，实在不合礼数。”

不待她脱身，沐晟将她的另一只手也握住，“还在生气？”

朱明月正对上沐晟深邃含笑的黑眸，眼底的光芒，灼热得像是要融化冰雪，偏开头道：“只要王爷不生气便好。”

人在屋檐下，不得不低头。整整关了她三日，苑内苑外都把守着侍卫，不知道的还以为是防贼。

“只要你乖乖听话便好。”

朱明月低头不语，这时，就见他俯下身来，抬起她的下颚，用拇指轻轻揉了一下她的唇瓣：“本王想你……”

朱明月怔怔抬眸，下一刻，却见他薄唇微启接着道：“想你这唇上的伤，该是好了……”

低柔的嗓音含着隐隐笑音，似戏似逗，朱明月却想起那日屋苑前两人凶狠而纠缠的深吻，脸顿时烧了起来，一把推开他，转过身去，又往花圃前移了移。

沐晟缓缓地从后面踱步上来，属于男子的阳刚气息混合着花香扑入鼻息，又似萦绕在她周身，不断地靠近……朱明月不由得随手拈起一根花枝，手指收紧。

“‘竞夸天下无双艳，独立人间第一香’，如今一见，却是不及某人……”

沐晟抬起手，用手指勾勒着她手中的那根牡丹花枝，一寸寸，一缕缕，像是结成了网将她生生套牢。朱明月垂眸，有些不以为然地说道：“王爷定是没见到亳州的牡丹，有记载云‘亳州牡丹，尤在孟季之间’，是牡丹花中的魁首，让人见之忘俗。”

“本王倒是曾有过耳闻，这么说你见过？”

她自然见过，亳州牡丹是皇宫贡品，每年都有新花枝栽植到宫中的御花园。像他这般粗心的男子，即便经常入宫，也不会留意。

“就因为无缘得见，才更为吸引人。”

沐晟一笑：“就算再好，也不过是观赏之物，无法长久。况且在本王眼里，姹紫嫣红，都不如本王采撷的这一朵……”

朱明月的目光落在他手里的花枝上，“宋白？”

在她话音出口时，纯白花苞的花枝从他的手中滑落，沐晟捧起她的脸，俯身吻上了才刚食髓知味，思念已久的樱唇。

微凉的触感，他轻轻含住她的唇瓣，辗转磨吮。才不过是一次，便熟练得能够撬开她的贝齿，卷起柔软的小舌。

后面的花圃修建得比亭台那边矮很多，花丛掩映，使得莲湖岸畔的人看不清楚这边。饶是这样，也不代表光天化日之下就能如此，朱明月也没想到他竟然如此大胆和轻薄，怔愣了一下，慌忙挣开他的手，往后猛退了几步，捂唇难以置信地瞪着他。

男子的一双眼睛亮若朗星：“这一朵。”

一股从未有过的感觉在心里蔓延，让朱明月的心弦猛地一颤，面颊烫得红透，却仍是十分羞恼他的轻佻之举：“王爷在胡说什么……”

“本王没见过亳州牡丹，可凡间俗品迷人眼，在本王眼中却不如敝屣。尤其已经见过了最好的，其余的，就再不值一提。”

朱明月攥着的手不禁紧了紧，她从未听过有人这么胆大露骨的表达，更没见过他像现在这样直白语出惊人，不由道：“王爷又岂知何为最好？”

沐晟抚着她的头发，“原本是不知道的，直到那一次的初遇，某人一副盛气凌人高傲不凡的模样，指使着婢女鞭打本王的挚友。本王当时就在想，骄矜的女子素来让人生厌，却居然有人一身傲慢也能这般美，美得惊心动魄、美得让人不可忽视……”

“后来，本王把她带回了云南。短暂的交锋，长时间的相处，本王从来不肯善待她，只当她是悖族弃宗、认贼作父的不肖女。可是，她有着让本王刮目相看的聪慧和机智，她熟悉大明的官场，她深谙世故洞察力惊人；她帮本王彻查了吴高的死因，冒着性命危险独自等本王回来；她替本王摆平了张三，也将自己被迫卷进战局……”

萧颜因此曾说，不该让她参与进来，因为她毫不知情。

他早已后悔。

“或许那不是强迫，”朱明月深深吸了一口气，轻声开口，“或许，那是她自愿的，自愿为了王爷的安邦大计，献出绵薄之力。”

“那本王该怎么办？为了那所谓的安邦大计，本王已经失去太多。而今想要竭力留住的，却让本王感到捉摸不定无法把握，本王能做的就只有把她牢牢困在身边。但是本王从来没问过她为什么，为什么会一反常态地揽祸上身，为什么不惜代价明知是送死也要去涉险……”

苑中的花枝在风中摇曳纷纷，有一片叶子从枝头飘下，落在他的脚尖上。

“王爷为何没问？”

“你会给本王答案？”

朱明月一哽，心里本已准备好的那些说辞，忽然不知该如何开口。

“无论如何，本王都会让你留下来，本王不需要你的答案。”男子背过身去，一袭卓拔俊朗的身影，在她面前却是退而求其次的无奈和纵容。

为什么要去？

为了还债吧……

沈明琪或许很重要，那些商贾或许很重要，但是从来都不在朱明月的考虑之列。而他不会明白，她有一个非去不可的理由。

“小女……会留下来。”

她轻声道。

沐晟猛地转过身，“什么？”

朱明月低下头，又轻又细地说道：“我本将心向明月，奈何明月照沟渠。本就是一桩搏命的差事，既然王爷如此不领情，小女何苦揽祸上身。”

“你只消好好待在本王身边，余下所有事，本王自会承担。”沐晟伸手捏了捏她的下颚，“还有，诓骗封疆大吏是什么罪名，你可知道？”

“流刑，发配充军。”

“记住自个儿说的话！”他的眼眸深亮，静静地看着她，下一刻，执起她的手凑到自己唇边，在上面狠狠咬了一口。

朱明月有些疼，却没有躲开。待他松口，腕骨已经被咬出浅浅的牙印。

“本想咬得重些，给你也留一个痕迹。”沐晟摩挲着那略微泛红的印子，声似轻叹。

用来握着她的那只手，刚好是被她咬过的，虎口上的伤痕结了痂，却相当明显的一道弯弯牙齿印。都说女子是樱桃樊素口，想不到她一时情急，居然咬得那么狠。

“王爷的军医不是很厉害吗，一帖药就敷下去了。”

朱明月想起那位花白胡须以开药方为乐的老者，不禁抿唇道。

沐晟唇角弯起一抹弧度，只望着她微笑，没有说话。

这个时候，阿曲阿伊过来唤他俩。

“王爷，帕吉美，前面要开席了。”

两人离席的时间不算短，最重要的主客缺席，自然逃不过众人的眼睛，开席的时辰也因此特地往后延了延。待两个人一前一后走过去，宴席两侧的人纷纷笑着抬起头，像是心照不宣，又像是无比艳羡。

朱明月在团垫上落座，连翘给她斟了一盏梨花酿。

“小姐，都安排好了。”

朱明月扶着桌案的手一滞，余光掠过坐在旁边的孙姜氏，对方正笑吟吟朝着奴婢吩咐什么，轻声开口道：“何时？”

“申时。”

申时正好是筵席结束的时候，孙姜氏安排的是先品酒、赏花，然后在莲湖上面泛舟，兰桡画船上的酒席也是备好的，清一色从相思坞酒楼抬来的陈酿。女眷们则去凉亭里面纳凉休憩，果盘和团扇都摆在厅内的石桌上。

然而晌午一过，天便阴沉了下来，乌云汇聚，闷热得连一丝风都没有。

而后不到黄昏，就下起了瓢泼大雨。

豆大的雨点落在湖面，击打出蒙蒙的水雾。艄公摇着橹将画舫靠近岸边，已喝得醺醺然的文官和武将们从船上下来，走起路来一步三摇。

“好端端怎的下起这么大的雨，本来是想好生款待各位，这下非要淋病了不可。”孙姜氏又是失望又是抱歉地说道。

那厢，通判李芳的家眷道：“这哪里怨得孙夫人，夫人也是好心邀请。”

同知汪大海的妾室也跟着道：“是啊，倒是咱们不好意思，如此叨扰孙夫人和孙知府。”

亭中，少女拥着浅紫色的大氅望着那一湖烟雨迷蒙。

雨里远处的山峰烟霭缭绕，如泼墨点洒。湖面上画舫挂着两串风灯，晕出一团绯色的烟霭，照亮了艄公黝黑的脸。同时在那朦胧的光晕中，一个男子负手站在船舷的雨遮底下，任漫天风雨倾洒而下，却安之若素。

蒙蒙的雨水遮蔽了湖光山色，也模糊了她的视线。朱明月却觉得那身影的主人，正朝着自己遥遥望过来，含笑深眸，眼底仿佛倒影着一蓑山川烟雨。

原本没想要留宿，却不得不被滞留在此，好在孙兆康的这个别庄宽敞得很，客房足够容纳一行多人。奴婢们打着大竹伞将在座的人送到屋檐下，孙姜氏亲自安排了寝房，这便一直忙乎到了酉时。

外面的天黑沉下来，雨点如同断了线的珠子，噼里啪啦打在窗纸上。连翘从屋外进来，掸了掸裙摆上的雨水，道："真是老天都在助我们。下起了雨，不得不留在别庄上，就更容易离开了。"

不是老天，而是朱明月跟姚广孝学过一些夜观星相的本事，大约预测到四月十一这一日会有大雨。

"你安排的那些人手……"

"奴婢瞧着变天，就让她们把东西放进了每一间屋里。至于路引、户籍文帖和钱粮给养之物都准备好了，就在庄子外面的马车上。"

之前孙姜氏给朱明月置办的，早都被沐晟一一搜缴走。连翘因此又被打了一通板子，至今伤口未愈，走起路来还有些不方便。

连翘说到此，低声道："不知月儿要何时动身？"

"不急，药力混着酒劲发作，还有半炷香的时间。"

朱明月说罢，取了把竹伞，推开屋门往外走。

"小姐这是要去哪儿？"

连翘有些莫名地问道，却没得到对方的回答。连翘不敢擅自追出去，只好在原地跺了跺脚，又牵动伤口钻心的疼。

滂沱的大雨将本就漆黑的回廊遮蔽得一片迷蒙。朱明月打着伞走在有些泥泞的土道上，走过花圃，再穿过一道月洞门，东厢最中间的那个屋子里，烛火还亮着。

跳跃的火光将屋子的窗纸照得昏黄，倒映着一个身影。屋内的男子坐在桌案旁，捂着额头似有些头疼的模样，待听到推门声，摆手道："把醒酒汤放下就行了，再去打盆凉水来。”

“都快到戌时了，王爷该早些安置，为何还要喝醒酒汤?”

沐晟抚额的动作一滞，抬头看去，朱明月笑意盈盈地站在门口。在她手中还握着一柄竹伞，雨水顺着伞面滴滴答答淌下来，很快在地上化开一摊水痕。

“不知孙兆康准备的什么酒，后劲大得厉害，凭本王的酒量居然也会晕眩。”沐晟坐直了身子，唇角不禁泛起一抹笑意。

凭他的酒量只是晕眩，其余的官吏大多都醉倒了，此刻正在各自的屋里鼾声大作。

檀香案几上燃着熏笼，散发出轻轻浅浅的香气。朱明月收了伞放在墙边，走过来坐到他旁边，“看王爷好像心绪不宁?”

“不知怎的太阳穴突突直跳，本王总觉得像是有什么事要发生。”

朱明月拿起桌上的井栏紫砂壶，一手轻扶着茶壶上端的盖子，缓缓注入面前的茶杯中，然后将茶盏递给他，“不过是偷得浮生半日闲，又是在孙知府的别庄，这么多卫所将官都在，能有什么事。”

她还穿着那件百褶罗裙，衣襟和袖口处都是珍珠镶滚，愈加衬着乌发似墨，肌肤如雪。沐晟心里莫名地就一阵柔软，握住茶盏的同时，也将她的手包在掌心里，“许是因为本王觉得你会飞走。”

“王爷说的哪里醉话，小女又不是鸟儿，怎么会飞走。”

沐晟执起她的皓腕，粗粝的手指抚在上面淡淡的牙印，是他咬的，似还缠绕着他的气息。摩挲片刻，忽然低下头将薄唇覆在上面，重重吮吻下去。

唇舌间的触感柔软烫暖几乎不真实，却弥漫着陈酿的醇香，而她手上原本浅淡的咬痕，被他吮吸得发红发痒。朱明月下意识地躲了一下，脸颊泛起微红。

“这下好了，就算你飞走，本王也能凭这记号把你捉回来。”

熏笼里缭绕出纯白的烟气，丝丝缕缕，宛若缥缈而悠长的梦境。而他浓深的黑眸恰似一潭蒙蒙沼泽，亮灼灼、沉醉醉。

朱明月垂下眼眸，良久道：“王爷有没有想要守护的东西?”

“怎的忽然问这个?”

“小女只是觉得，王爷这云南藩王做得很不容易。”

大多数男子终其一生不过是渴望建功立业、光耀门楣。而他方及弱冠，像这样的年岁，正是京城的公子哥们忙着斗鸡走狗寻欢作乐的光景，他却肩负着西南边陲的兴衰安定，在云南藩王的位置上坐了整整四年。可他分明蛮横倨傲、心在武略战场，却需收敛脾气终日周旋在官吏混斗、地方政权倾轧，心思缜密，能屈能伸，无一日懈怠。

这样的男子，很难不让女孩子动心。

“本王自然有想要守护的东西、想守护的人……”

沐晟用手撑着头，困顿的双眸忍不住半睁半阖。

“那么王爷一定明白，想要使那些重要的人免遭流离迫害、远离世事纷扰的心情。而小女也有自己想要守护的东西。”

“你想守护什么……？”

“家人。”

“本王替你守护。”

他以为是云南府的锦绣沈家，她说的却是十二柱国之一的成国公府，想要保住一个朝廷钦犯的后裔已然不易，她要保护的却是处在风口浪尖、伴君如伴虎的贵胄门庭。眼下不管京城中是如何暗潮汹涌，只要她一日身在云南，成国公府、爹爹，就能在各方势力的回护中独善其身，而她已走到这一步，没有后退的路可选。

当初阴差阳错的相遇，朱明月从未想过会发生后面的种种情形，她取代了沈明珠的身份，却得到了这个煊赫高贵男子真挚的感情，就像她一直无法理解他为何非要阻拦她去元江府，现在她懂了，原来不仅是为了沈家，也不是觉得她难堪大任。

朱明月望着男子浸在灯火中的俊美面容：“每个人都有必须去做的事，无法选择更不能逃避，我也是一样……我们都有自己的责任。”

也许是醉得厉害，她的话音未落，沐晟已经整个人歪倒在她身上。

薄唇擦在她的脖颈，呼出绵长而温热的气息。

夜色弥漫上来，朱明月扶他起来的一刻，男子低微的嗓音忽然喃喃响起：“本王……愿为你披荆斩棘、抵挡千军万马，为你守护西南边陲长安永宁……”

他分明没用上半分力，在那一刻，朱明月却再也无法推开他。

外面的雨早就停了。水滴顺着瓦当“滴答”“滴答”落下来，又在屋檐窗下汇聚。一院子雨水，亮晃晃的，小湖一样。

叩门声，轻轻地响起。

朱明月起身去开门，连翘有些复杂地看着她：“小姐，是不是应该启程了?”

屋内的男子因为酒力和熏笼里的迷香，已然伏在案上沉沉睡去，迷离的烛火将他的侧脸晃得一片安静。

朱明月捡起墙边的竹伞。

“走吧。”

她没有回头，只感到心底一声苦涩的叹息。

她终究不是沈明珠。而时间最终到了这一刻，她不知道自己的身份还能扮多久，她希望将来会有人懂得珍惜这个男人。

时已子时。

更鼓敲响过一下，莲湖岸畔的大小屋苑跟着鼓声进入了酣然梦乡。回廊里的灯笼熄灭了，连湖畔的篝火都抽去了焰石，空旷的廊庑里一人也无。黯淡下来的寂静夜色中，唯有一轮圆月静静地照耀着别庄。

朱明月穿着一件灰褐色大氅，匆匆从偏门走出别庄，庄外土道上的大柳树下，有一辆小小的马车等候多时。

“奴婢没想到仅是要离开东川府，就已然这么费波折，原以为那黔宁王会欣然接受小姐的提议，不想竟是这般难缠，平白耽误了许多时日。”

朱明月将车上的行囊查了查，轻声道：“庄内屋苑都安排妥当了?”

连翘颔首：“是的。”

“城门守卫的士兵?”

“打过招呼了。”

朱明月看着连翘道：“辛苦你了。”

“奴婢不能亲自护送月儿小姐去元江府，实在是对姚公吩咐的违背……”从小被教育成为一名合格的死士，让连翘无论对朱明月是什么印象，都会尽心办事。此刻满含愧疚，说得真心。

“你已替我承担了两次杖责，而此去元江需要星夜兼程，你新伤旧伤都未愈，勉强跟着赶路反而会拖慢行程。”

连翘咬了咬唇，道：“奴婢知道，月儿小姐这么说，不过是想让奴婢好过些。”

这两个从一见面就开始互相试探、揣度的女子，出身不同，立场不同，却有着相似的经历。其间有过不快，却不过是立场不同，并没有利害关系。朱明月轻叹了一声，苦笑道：“留下来，你将要面对的也会很多，你想好了吗?”

连翘点头，脸上没有一丝迟疑：“奴婢绝不会辜负姚公的栽培。”

朱明月也不再多言，只轻轻拍了拍连翘的肩膀，道了声“珍重”，就挽裙上了马车。

车夫扬起鞭子轻喝了一声，拉车的马匹便拖着厚重的车舆摇摇晃晃地上路。马蹄声踏在土道上，飞扬起尘土，一路轻微的“哒哒”声。

连翘目送着马车离开的方向，略微地有些出神。此一行的目的地乃是世人眼中穷凶极恶、龙潭虎穴般的元江府，是足以让每个从未涉足过的人望而胆怯的地方。而对方居然就这么走了，不慌不乱安之若素，透着一股见惯大场面的从容大气。

连翘不禁想起自己刚到东川孙氏府宅的时候。那一年她方十二岁，陌生的环境、陌生的人，而她终日提心吊胆、惶惶不安。转眼六年过去，六年后被唤醒的一刻，没想到要接应的居然是一个过分年轻的少女。那少女出身显赫、举止不俗，也拥有大多女子为之艳羡的倾世颜容。这样的人，怎么会适合当细作呢？后来短暂的相处，几次针锋相对，却让她真正明白了什么是“山外有山、人外有人”。

或许只有这样的人才能堪当姚公的重任。

连翘自嘲地摇了摇头，扶着有些疼痛的后背，一瘸一拐地迈进门槛。廊内廊外黑漆漆一片，到处都静悄悄的，似乎连满苑的花木都在那熏香的气息中睡去了。

夜，还深着。

走的人就这么走了，留下的却需要收拾残局。

当明媚的阳光顺着琐窗照进屋内，已经是次日的巳时。武将们醒来的后的第一件事，便是困惑自己身在何处，等庄上伺候的奴仆端着洗漱的铜盆进来，这才想起来昨日被孙兆康邀请来外城赏花踏青，而文官们则大多睡过了晌午，宿醉未醒，昏头昏脑地不知今夕何夕。

沐晟坐在桌前，仍感到沉沉头疼。

有侍婢捧着醒酒汤进来，校尉阿普居木紧随其后，进门便吩咐服侍的下人都下去。

“你怎么来了？”

沐晟揉了揉额际，觉得口干，又给自己倒了杯茶。

素来面无表情的校尉，此刻一脸的凝重：“王爷，沈小姐不见了。”

沐晟皱了皱眉：“什么叫‘不见了’？”

“早上有奴婢过去收拾沈小姐的寝房，推开门却发现屋内没人，就慌慌张张地去禀告知府夫人。孙夫人吓了一跳，忙让下人去找，在各处找了一个多时辰，却都寻觅未果。”

阿普居木说到此，压低声音道：“当着众多官员家眷的面，孙夫人不敢声张，急急找到末将，让末将赶紧来问问王爷。”

沐晟像被人打了狠狠一闷棍，一股凉意从心底里蔓延开来，让他的头脑顿时清醒大半，起身即刻就往屋外走。

男宾们和女眷们的住处有些距离，九曲回廊里来往的都是侍婢，见到是他，纷纷敛身行礼，却被男子铁青的脸色吓得纷纷往旁边躲。孙姜氏站在敞苑里都快急疯了，指着面前的几个侍婢，骂也不是喊也不是，直到沐晟跨进苑落，这才心急火燎地迎上去。

“王爷来了就好了，妾身要急死了。”

沐晟身上散发着生人勿近的气息，面色更是难看得吓人，“事情是怎么发生的？”

孙姜氏顿时有些僵，吞咽着道：“妾、妾身也实在是不知道。本以为沈小姐起得早，到庄子各处去散步，可花圃、凉亭、湖畔……妾身都领着人去找了，丝毫没见到小姐踪影。眼看着都过了晌午，还不见沈小姐回来，妾身真是怕她是不是失足掉进了湖里，赶紧让小厮划船去湖面上找，到现在也没有个结果……”

孙姜氏说到此处，急得直抹眼泪。

“庄外呢？”

“庄外是一片树林，五里处就是外城，也派人出去了。但是沈小姐怎可能独自一人出庄啊!”孙姜氏拿巾绢抹着眼睛。

阿普居木听到此话，心里忽然咯噔一下，却见自家王爷的脸色已然阴沉得可怖。

“夫人最后见到她是什么时辰?”

沐晟咬牙切齿地问道。

孙姜氏哽咽着道：“就、就是在给众人安排寝房的时候。当时雨下得太大，妾身亲自送沈小姐来到南厢小苑，便离开了，随后又将几位官吏和他们的家眷都安置好，就早早回屋睡下。真不知道仅是一宿的时间，这人好端端的，怎么就突然不见了呢……”

这个时候，从船上下来的小厮满头大汗地跑过来，“夫人，小的在湖里找了，没人!”

孙姜氏不禁狠狠松了口气，又不放心地问道：“你可找清楚了?”

那小厮抹了把脸，也不知是湖水还是汗，“小的们五个人找得很仔细，有三个艄公还下水去找了，没在湖里见到有溺水的人。”

孙姜氏揪着的一颗心，总算是落了地。

“王爷，依妾身之见，还是赶紧派人再出庄去找找。万一是被歹人给掳走，或者在外面迷路遇到什么危险，再耽搁下去恐怕生变。”

如果不是坠湖，那么掳走、迷路，便是对沈家明珠失踪的最合理的两种解释。

沐晟阴寒的脸上已隐约有怒气，转过头来看向苑里面的侍婢，“你们有没有人见过沈小姐?”

五个不大的女孩子都低着头，闻言面面相觑，而后纷纷摇头。

沐晟走到其中一个个子略高、穿蓝衫碎花襦裙的侍婢跟前，“你呢?你也没见过?”

连翘被那裹挟凌厉的目光一看，肩膀不由自主地颤抖，将头垂得更低：“昨、昨夜奴婢伺候小姐安寝，小姐说还不困让奴婢先去休息，奴婢不敢懈怠，便在外间略略睡下，却不想一下子睡过了头。待一觉醒来，再去看内间，就发现居然没有小姐的踪影……”

首先来向孙姜氏禀告的沈家小姐失踪的，也是连翘。

沐晟的黑眸如渊，“你睡在外间，她想要出屋，必然会惊动到你，你却说你毫无察觉！”

“奴婢当时睡得格外死，真的没听到响动……”

她“扑通”一下跪在地上，尾音拽出一抹哭腔。

沐晟转身看向阿普居木。后者即刻会意地上前，一把将地上的侍婢揪起来，“在王爷面前，容你信口雌黄！是不是你故意把沈小姐放走的！”

孙姜氏在旁边听得既糊涂又心惊，什么叫“放走的”？

“没有，奴婢没有，奴婢真的没有！”

那侍婢哭了出来，瑟缩着身子，显得十分害怕。

“其实说来也奇怪，妾身昨夜也睡得格外安稳，更没听到外面有一丝响动……”孙姜氏不禁有些迷惑地说道。

那厢，沐晟突然转身朝着廊前主屋走去。

女儿家的闺房向来不容男子入内，沐晟却一把掀开帘幔，大跨步迈进寝阁的门槛。

南厢的这间寝阁格外宽敞雅致，隔着一道水晶垂帘，外间还没收拾，显得有些凌乱。里间却是整整齐齐，床榻上帘幔半遮着，被褥都是铺好的；一侧的铜盆里盛着清水、巾架上搭着帕子。

沐晟摸了摸没有一丝余温的软榻，平整的床铺显示出根本没有就寝的痕迹，又看向桌上沏好了茶，却没喝的冰裂釉碧色茶盏。目光最后落在檀香案几上一座鎏金紫葡萄熏笼上。

“阿普居木！”

苑中的校尉闻声，跟着走进屋：“王爷。”

沐晟把熏笼盖子揭开，取出里面的香屉递给他。阿普居木凑近鼻端闻了闻，忽然就是一震，低声道：“王爷，是枫茄花。”

晌午的太阳晒得热烈，直直投射下来的阳光，将苑内的花花草草都烤得了无生气。被风雨摧残了一夜的花圃，萎谢了一地的残红，又被晒得干枯发蔫。

东厢，二进院前院里。

那侍婢跪在院中央的青石板路面上，低着头，满头热汗，却咬着唇一动都不敢动。

最中间的屋苑，两道红漆梨花木门扉大敞着，正对着门坐在桌案前的男子面容冰冷，在他周身弥漫着一股从未有过的戾气和阴枭，让人感到心口阵阵的发凉，望而却步。

直到阿普居木再次从外面进来，他才开口：“如何？”

“不仅是沈小姐的那间寝房，庄内大大小小的屋苑里，全部熏了枫茄花。”

“还查出什么？”

“阿曲阿伊也不见了。”

阿曲阿伊和沈家小姐的寝房都没有就寝过的痕迹，很明显，两个人是一起趁夜离开的，且阿曲阿伊必是充当了沈家小姐的车夫。

阿普居木抬头瞥了一眼男子寒到极致的脸色，而后飞快地低下头：“此外，末将还去查看了昨日宴席上喝的酒，又发现了缇齐和千日醉。”

之前阿普居木一觉醒来时，觉得头昏脑涨，连喝了两碗醒酒汤都不能缓解。忽然想起昨日不过喝过几盏，实在不该这般宿醉，于是便让庄上的奴仆去窖里抬出剩下的酒坛，发现是相思坞酒楼中的相思酒无疑。但是刚刚他去画舫上检查了未来得及收拾的酒壶，在酒壶的残酒里，发现除了相思酒，还有缇齐和千日醉。

缇齐是浊酒之一，酒液呈丹黄色；而千日醉又叫千日酒，酒性极烈。两种酒混合，跟绯红色的相思酒颜色差不多，特地布置在兰桡画船上，以假乱真，让酒过三巡的众人无一品尝得出来，却喝得酩酊大醉不省人事。至于所谓的“枫茄花”，就是曼陀罗，点燃之后有淡淡香味，不细闻跟熏料无二，一贯用于迷魂香。

都是迷药。

“枫茄花、千日醉……好，很好……”沐晟眸中暴戾横生，攥着杯盏的手发出皮肉勒紧的声响。

“王爷，是否要末将现在就派人去设关卡拦截？”

此时此刻，阿普居木已经不知道能用什么来形容座上那男子的心情，他只知道若只有枫茄花，或许沈家小姐是在被迷晕的情况下，被什么人给掳走的。但是连阿曲阿伊都一并消失，只能说明正是沈家小姐放倒了庄子上所有的人，逃之夭夭。

但是换酒，下药，出城……说起来容易，想要利用一夜的时间做到，必是事先做了充分而周密的安排，且蒙蔽过在场的三个文官、七位武将，连沐晟都中了招。如此利落干练的行事手法，已经不是逃跑这么简单，倘若当时有人借机在庄里痛下杀手，或者一把火烧了庄子，也不是不能办到。

阿普居木忽然脖颈发凉，感到阵阵的后怕。

沐晟浓黑的眼眸一点点转深，“去，把那个奴婢带过来。”

连翘被拎到沐晟跟前，被晒得头晕眼花、口干舌燥。

“还不肯说，是吗？”

堂上，男子冰冷地开口。

“奴婢不知道，真的什么都不知道，求王爷饶了奴婢吧……”连翘虚弱地伏在地上，连连磕头。

“本王看你是不想活了。”沐晟给了阿普居木一个示意。

后者走过去，陡然抬起脚。下一刻，那侍婢发出一声惨叫。

叫声凄厉而刺耳，把院外隔着老远的侍婢都骇了一跳。而阿普居木那一脚结结实实揣在了连翘的腰上，并没因对方是女子就收敛半分，直接把她后腰的腰椎骨给踹折了。

“以为打你两次板子小惩大诫，你就能识时务不敢再犯，想不到竟然敢变本加厉，给众人下迷药。本王还真是小看了你！”

连翘疼得汗和眼泪都下来了，连声哀嚎道：“奴婢不知道什么迷药，奴婢冤枉啊……”

“冤枉？”手中茶盏被沐晟“咔”的一声捏个粉碎，他陡然站起身，“本王将她禁足在屋内整整三日，出府踏青却是临时起意，如果没有人暗中相帮，她绝对无法做到这些。只有你！”

只有负责伺候她的这个奴婢，能够随意进出知府大宅，能够去跟孙姜氏提议在寒食节这日出府，也能够事先到别庄来安排打点，还能够去外城城门买通当地看守。

“千日醉、枫茄花、缇齐，寻常人想要找齐都不容易，而你不仅找齐全了，还用得得心应手。”沐晟看蝼蚁一样居高临下地看着她，一字一句都好像从牙缝中挤出来的，“本王不管你是什么人，也不关心，本王只问你一件事，她究竟去元江干什么？”

一种不寒而栗的冰冷，让连翘狠狠打了个哆嗦，却咬唇含泪道："奴婢只是奴婢，王爷找不到沈小姐，就来拿奴婢开刀，可奴婢不过是听沈小姐的吩咐做事。"

沐晟倏然凉笑："居然还是不说。"

"奴婢不知道……"

不等沐晟发话，那厢，阿普居木狠狠踏在连翘的后腰上。

"啊……"

撕心裂肺的疼痛让她凄厉地大叫。

阿普居木却一丝怜香惜玉的心都没有，"说还是不说？"

连翘已经直不起腰，趴在地上，疼得直发颤："就算王爷问一百遍、一千遍，奴婢也是不知道！但王爷不觉得这个问题问得太晚了吗？也许沈小姐根本不是去元江府，而是受不了王爷，自己找借口跑了。也许小姐她不愿意待在王爷身边！"

"你找死！"

凌厉的杀意在男子眼底划过，他盛怒之下抬起手。连翘尖叫："杀了奴婢，王爷尽管杀了奴婢！王爷找不到沈小姐，便是杀了奴婢也一样找不到她！"

沐晟眼底闪烁着残忍的戾气，却将手扣回腰间的佩刀上，恶狠狠地说道："你放心，你罪不至死，本王不会杀你。但是死罪可免、活罪难逃。"

连翘被人拖下去时，已经疼得失去了知觉，险些死过去。而一个人的腰椎骨如果折了，便再没法站立行走，下半生只能躺在床上度日，这个人等于是废了。当真是活罪难逃。

"王爷，从别庄到外城的城门需要半个时辰，丑时一到，就是城门侍卫换班的时间，在那个时候安排马车进出，最不引人瞩目。末将觉得，沈小姐应该就是在那时出的城。而从她失踪到现在足足过去了六个时辰，足够再次改变身份、更换马车，若想去拦截，只能先她一步，抵达下一个府城的卫所和驿站。"

阿普居木低头道。

当然，他说的是军中惯用的方法，没受过特殊训练的人不会有那种本事。但沈家小姐在一夜之间神不知鬼不觉地迷倒所有人离开，根本让人不敢小觑。而那样一来，也就意味着要对她发下海捕文书，全省缉拿。

阳光下男子的面容冷得似无温度，“派役兵快马前往东川府到元江的每一个府州县卫所、衙门、土府，带去本王的军令，全城搜捕元江摆夷族人，平民者一律收押；凡遇元江武士，就地格杀勿论！有元江匪寇出没地，各卫所将官更可自行领兵剿之。凡姑息养奸者、玩忽职守者，便视与跟黔宁王府为敌！”

话音中充斥的决绝和冷酷，连阿普居木都为之冷怵，“那沈小姐那边……”

“告诉沿途的驿站、卫所，打开城门等着她！”

阿普居木领着沐晟的命令下去了，东川府的驿站里养着数十个役兵，一下子就要派出去七成。两百里加急，沿途换马不换人，直到把黔宁王府的军令源源不断地带到各处的府、州、县。

花圃里的花经过一夜的风雨，仍旧开得凄凄烈烈。昨日花前的对话犹言在耳，而今花仍在，却人去楼空。原来她所谓的许诺、所谓的温顺服从，不过都是虚情假意的敷衍，是她计划中的一部分。甚至是出府踏青的这一应部署，也都是她提前安排好的。

他平生极少失策漏算，现在居然一次又一次地栽在她手里。

沐晟攥手成拳，“嘎嘣”一下，拇指上的绿玉扳指被捏碎成两半，“既然你这么想去，好，本王就给你这个机会。前提是你有那个本事到元江府。”

沐晟曾跟朱明月说过，没有他的允许，她不可能跨过四座府城去元江。没有他的允许，连这座府宅她都出不去，更别说还想出东川府。而今她利用寒食节出门踏青的时机，已然顺利离开东川，接下来，就是如何成功地抵达元江府。

朱明月很难不因此生出埋怨，她的目的地是那氏土司府，眼下仅是逃离沐晟的掌控，就需过五关斩六将煞费苦心。但是如果她连这都做不到，又如何能在元江府那种地方站住脚跟。沐晟终究是太低估了原燕王藩邸亲军都尉府的能耐。

东川府与元江府之间，隔着武定州、楚雄府、云南府和景东厅。

千山万水一样的阻隔，让朱明月跟阿曲阿伊两个人弃掉了马车，选择骑快马，昼夜轮班兼程赶路。从东川府六十余里到甸尾，过普渡河，一百三十里再到屏山，又七十余里到远青县——仅仅用了四日半，就抵达了第一站——武定州。亦如阿普居木估计的那样，两人一路上两次改变身份、装束，用了不同的身份户籍和路引，只为掩人耳目。

因为大明地方设置实行的是“里甲制”和“保甲制”，以一百十户为一里，推丁粮多者十户为长，余百户为十甲。甲凡十人。岁役里长一人，甲首一人。《大明律·户律》规定：凡百姓远离居所百里之外，须由当地府衙开具“路引”，若无路引或与之不符者，要依律治罪。

朱明月怀揣的是三份截然不同的户籍和路引，分别来自应天府、丽江府和云南府，无一与东川府有关。然而就在两人风尘仆仆地在武定州的城门出示路引时，未等进入内城，武定卫所的百户长郑虎已经带着士兵等候多时。

“末将郑虎，奉黔宁王之命，特在此恭迎沈小姐！”

那膀大腰圆的武将声音高亢、中气十足，身边仅跟着为数不多的士兵，却准确无误地在人群中，一眼就认出了她们俩，引来周围百姓的好奇观瞧。

阿曲阿伊攥着手里的户籍帖，惊得脸色都变了。心道这下可坏了，好不容易出了东川府，刚到武定州就被王爷的人给拦下。要是被抓回去，再想出来便是难若登天。

下一刻，又听那郑百户道：“沈小姐一路颠沛，实在是辛苦了。不如先在末将安排的行馆里稍作休息，待末将把小姐的给养和马匹准备好，再行上路。”

郑虎也曾参与过靖难之役，从军中一个默默无闻的小兵，荣升到百户长，正是春风得意。而他不明白的是，堂堂的黔宁王府为何要兴师动众调遣当地卫所军队，只为捉拿一个女子。眼见不过是娇滴滴一个小姑娘，又因赶路显得疲倦不堪，能有何本事？还真怕她跑了不成？

在对方的盛情之下，朱明月当日宿在了武定州的别馆里。

驿站的三层小楼，布置很简单，但连日来的风餐露宿，有这样一个地方落脚相当难得。而她两人是晌午到的武定，吃饱喝足之后，便回屋拥着被衾沉沉睡去。一直到黄昏时分，送晚膳的侍婢过来敲门，见屋内两人仍在酣眠未醒，没敢打扰就走了。

直到夜月阑珊，阿曲阿伊被朱明月轻轻推醒。

“帕吉美……”

阿曲阿伊揉了揉眼睛，“现在是什么时辰了？”

“丑时。”

阿曲阿伊哈欠了一下，迷迷糊糊地问道：“帕吉美怎的不睡了？”

“该走了。”

她轻声道。

阿曲阿伊这才见到她一袭夜行装束，身挎背囊，不由得清醒了大半，“帕吉美是说，现在就要出发？”

朱明月点点头，帮她把外衣拿了过来。

阿曲阿伊挠了挠脑袋，不解地问道：“可那郑百户不是答应，让咱们休息两日，就送咱们离开吗？”

“他是说过，但不是去元江，而是回东川。”

阿曲阿伊一惊：“什么？”

朱明月竖起手指，示意她轻些。阿曲阿伊赶忙压低嗓音道：“帕吉美的意思是，他要把咱们抓回去？”

“不仅是武定州的这个郑百户，沿途的府、州、县想必都得到了消息，一旦遇上咱们俩，便要把人拦住遣送回东川府。”

她之前对他先礼后兵，现在他就给她来了个以逸待劳。

但是如此大动干戈的安排，无形中也暴露了她这一路的行踪，不等她接近元江，那氏族人便会收到消息做好防备。届时她再想混进去便是难上加难。沐晟这是在强迫她回头，让她知难而退。

阿曲阿伊懵懵懂懂地点了点头，起来迅速穿好衣裳。

两人休息了整整六个时辰，无论是精神还是体力都恢复过来。待到丑时五刻，漆黑的夜里分外静谧，只有更漏滴滴答答的声音。

楼下看守的士兵不多，都倚着楼梯鼾声震天。

“他们怎么睡得这么死？”

阿曲阿伊不小心绊倒一个人的腿，吓得跟什么似的，却发现那人根本没反应。

朱明月唇角微弯：“大概是喝多了吧。”

两个人小心翼翼地绕开这些人，趁着夜色摸到驿馆的马厩，几匹上好的千里马正在吃夜草，可见喂草的役兵刚刚来过。

朱明月挑了其中纯黑色的一匹，摸了摸马头，解下拴绳，将马牵了出来。

另一边，阿曲阿伊也牵了一匹枣红色的，马蹄铁踏在地面上发出“哒哒”声，等走出驿馆前的陇道，外面的官道两侧的田地里，几头吃完草的牛正待耕田，那牵着牛的老农见到两个一身夜行衣打扮的女子，不禁惊讶地张大了嘴。

“驾——”

随着马鞭甩起，马上的两人一前一后绝尘而去。

等天大亮了，驿馆里已经乱成一团。

“什么？跑了！”

郑虎在听完士兵的禀报后，惊愕得久久都没回过神来。

之前来传信的役兵千叮咛万嘱咐，说一定要留住沈家小姐，并把人毫发无损地送回来。他以为是黔宁王的哪个红颜知己，闹脾气一怒之下跑到了武定州，还想把人接到驿馆休息几日就送过去，岂料仅是一晚上，就跑了！

“怎么跑的？不是让你们派人看着了么！”

那小校缩着脖子道：“小的们确实去看守了，足足有七个兵丁呢。”

郑虎气得想骂娘，“混账，你们七个大老爷们，看不住一个小姑娘！”

“郑头儿你也知道人家是个姑娘，小的们只能在楼下守着，也不敢上楼啊。原以为她俩一定累狠了，睡上两日两夜也不会醒，想不到倒是小的们后半夜实在太困，迷迷糊糊地睡着了……等一觉醒来，发现那沈家小姐连同她的纳西族的奴仆，在驿站马厩里偷了两匹马跑了。”

“还偷了两匹马！”

“可不是嘛，”小校哭丧着脸，“是咱们武定驿馆里最好的两匹千里马呢。这下非得把小的屁股打开花不行！”

朝廷规定，驿站的驿马若有死损，役长负责赔偿，而役丁则要杖责一百。

郑虎跌坐在椅子上，傻眼道：“现在还管什么驿马，王爷那儿可怎么交代！”

东川府，知府大宅。

“王爷是说，就算沈小姐在武定州被认出来，也不会被留下？”

“在武定当地负责拦她的是百户长郑虎，眼见对方是个手无缚鸡之力的女子，一定会掉以轻心。她会很轻易过关。”

而她在别庄时用了枫茄花，在武定州还会如法炮制，因为对方实在太轻敌了。

自家王爷的断言，让阿普居木愣了好半晌，问道：“那您为何不提前嘱咐一下那个郑百户？”

桌案前的男子目光冷直，脸上神情却是莫测：“传信官送到的只是本王的命令，具体如何行事会因人而异。何况，没走多远就被抓回来，她会很不甘心，一定还要伺机逃走。”

这就好比一盘胜负已分的棋局，输赢已然注定，还用再去担心结果吗？既然她这么想试试，他不介意让她在外面折腾一下，只希望到时候她能承受住欺骗他的后果。

阿普居木低着头，没看到男子眼底划过的一丝吊诡微笑，却对自家王爷的说法着实是消化了好一会儿，而后又揣测着说道：“那接下来……就轮到了楚雄府。”

沐晟摇了摇头：“不，不会是楚雄，而是云南府的某个州、县。”

“沈小姐会敢靠近云南藩邸？”

阿普居木有些讶然。

沐晟唇边一点凉笑：“正因为是黔宁王府的藩邸所在，才更没有人想到她会自己送上门。”

这道理等同于武定州。

越是不可能，就越是疏于防范，给了她可乘之机。而她实在太聪明，深知循规蹈矩不如出奇制胜。

阿普居木仍是困惑地说道：“但是走楚雄府是最近的一种走法，往西南去云南府的话，反而是大大增加了路程！”

“即便如此，后面的行程也必须改道。”

朱明月放下手里的茶壶，轻声说道。

两人此刻正在官道旁边的茶寮稍作休息。经过一夜披星戴月的赶路，都有些疲倦困顿，却因这样的昼夜不停而保持了相当快的速度。

她应该感激之前被迫随军的一段跋山涉水，否则依她自小锦衣玉食、娇生惯养，根本无法适应野外的颠沛和粗糙，更别说一切从简，在风餐露宿之余，忍受精神和体力上的双重疲惫。

因为她们二人骑的都是驿马，不得不女扮男装，阿曲阿伊壮硕高大，黏上两片胡子，倒也几分形似。朱明月长得纤瘦娇小，穿一身灰褐色袍子，怎的看也不像男子。但是她腰间一柄绣春刀，让任何官差见到，都不敢上前问话。

“帕吉美之前不是说，这趟要尽可能的快，现在为何要改道呢?”

阿曲阿伊不解地问道。

朱明月给她倒了碗黑茶，轻声道：“你忘了我也跟你说过，东川府那边已经把消息送出来了。此刻楚雄府的卫所军官一定也在等着咱们。”

她们两人维持着每日一百二十里以上的骑行速度，已然达到了极限。然而从东川紧跟着派出来的役兵，居然先她们一步把消息送到，说明沐晟用的至少是两百里以上加急的“马上飞递”。役兵传信而不入，接下来的楚雄府、云南府、景东厅，都会相继收到拦截她的命令。而她再怎么快马加鞭，也赶不上役兵的报信速度。

阿曲阿伊听她这么一说，不由得担忧起来：“依王爷的做事风格，恐怕不仅是那四座府城，沿途能途经的、不能途经的，会一并带去消息。接下来无论怎样走，都等于是自投罗网。”

“没错，但是咱们从武定州逃走的消息，紧接着会传到下一站楚雄。却不会被云南府知道。”

郑虎把人看丢了，是因为大意轻敌，如果楚雄府不想重蹈覆辙，再拦下她就一定会加派人手，届时想要脱身就费事了。云南府不同，云南府不在沿途的路线上，又是黔宁王府的藩邸位置，按照常理，当地的卫所军官不会想到她在那里中转绕道。

从武定外的驿道出发，沿途最少村镇城池的便是三日路遥的禄丰县。途经两座荒僻的村落，顺着绿汁江一路往南八十余里……从江水澄碧如玉、凝滞成潭的缓流，一直到汹涌湍急的奔泻急流，过平滩、山麓、栈道，又行六十余里过大洼村、花脚山。

当然，如是仅凭着吃苦耐劳的体力和毅力，就能在任何奇山险路上畅通无阻的话，每年茶马互市的路上，也不会有那么多经验丰富的赶马人有去无回。沿途大大小小的势力，光怪陆离、花样迭出的算计和伎俩，两人又是如何一一避过和化解，不再赘述。

当她们过了花脚山，再次有惊无险地抵达与绿汁江毗邻的禄丰城时，待穿过外城官道，远远就瞧见城门前设有一道路障关卡，一群群的人挎着筐、顶着碗在排队，像是在例行检查。

“军爷，什么事儿啊，怎么突然不让进城了？”

“上头有话要例行检查，等着吧，等千户长来了才能放行。”

“怎的又例行检查，昨天不是刚检查过吗？”

“哪儿那么多废话。爷还告诉你，以后每日都要查三遍，所有人揣好自家的户籍，出城的不管，想要进城，一个一个查清楚身份再说！”

正午的阳光已经将影子投射得最短，直直地照耀在头顶。

阿曲阿伊将头上的遮帽往下拽了拽，压低声音道：“这下可糟了，王爷的军令真送到云南府来了，排查得好像比武定州还严呢。”

两人一高一矮，一壮一瘦，还是女扮男装，往人堆里一站甭提有多显眼。朱明月朝着她做了个安心的表情，牵着马径直往城门下走。

“哎哎哎，我说前面那两个，站住！”

没排队就往城门里走，立刻就被排查的士兵叫住。

来人还是个总旗小官，甩着手里的马鞭，一步三摇地走过来，“所有人都在这儿排队等着，你们什么人，就敢往里闯！”

毫不客气的话音儿，唾沫星子乱飞。

阿曲阿伊心里咯噔一下，心道这可是往枪口上撞了。

朱明月头也不抬，转过身，冷声道：“官差办事，也需要你置喙！”

那总旗小官“呦呵”了一声，一挥手，他身后的士兵顿时冲将上来，将两人团团围住。

“官差？瞧你们两个不男不女的，衣着打扮都不像是本地人，一看就不是什么好东西。”那总旗小官眯着眼上下打量一番，又看了看二人牵着的马，歪着脖子道，“瞧瞧，居然还真是驿站专用的驿马。千万别跟军爷说，你们俩是役兵传信官，一没身份信物，二没军中手札，这马分明就是偷来的！”

“你们大动干戈的，就是要抓偷马贼？”

阿曲阿伊哆哆嗦嗦地问道。

总旗小官眯眼笑道：“偷马贼还能劳烦咱们堂堂的藩主？军爷们在这儿守株待兔，是要拦截两个从东川府逃出来的人。我看你们刚好也是两个，打扮又这么古怪，倒是挺像王爷军令里面提到的！来啊，把他们俩头上的帽子摘了，让军爷瞅瞅到底是雌是雄！”

说话间，就有士兵横着膀子走上来。

阿曲阿伊哪里见过这阵势，眼看要露馅，吓得两腿发软。

那身形瘦削的灰袍小生，忽然掀了掀大氅，寒声道：“放肆。瞎了你的狗眼，连这东西你也不认得了么！”

暗纹的灰色缎袍被一根犀带扎着，略显宽大，被这么一掀，露出里面藏青色的袍裾，还有别在他腰间的一把长柄薄刃的佩刀。

那一刻，压抑之气扑面而至。

“这、这是？”

那总旗小官倒吸了一口冷气：“您是、您是锦……”

“闭嘴。”

她厉声打断了他。

“是是是，小的闭嘴……”总旗小官浑身发抖，慌不迭让周围的士兵把刀放下，朝着城门前的士兵扯着脖子喊，“开栅，赶紧开栅，让这两位来客过去！”

“可是千户长说不查不让放行。”

守城士兵为难地答道。

“可是什么，可是，”总旗小官扬起手，狠狠地抽了那小校一巴掌，“你个不开眼的混账，没看见两位来客不是一般人，要进城办事，还不赶紧着点儿！”

两个人在众人瞩目的视线中，直接上了马，而后更是骑行进了禄丰城，竟无一个士兵敢过来阻拦。马蹄飞扬起的尘土，扑了那总旗小官满脸，后者点头哈腰，恨不能把脸低到地面上去。

两人两马畅通无阻地穿过外城，直到进入内城的西南街，便在一间酒楼前停下。

“没想到帕吉美这把刀恁地厉害，吓得城门口那帮士兵屁滚尿流，连户籍和文书都没顾上查验。”阿曲阿伊又惊又叹地道。

锦衣卫办事，自然没人敢盘查。

这把刀也不是普通的刀，是锦衣卫专用的绣春刀，除非御赐，否则不能擅自佩戴。它代表着其主人在锦衣亲军都指挥使司中拥有相当高的身份，比锦衣卫令牌更让人惧怕三分。别说上来盘查，便是找后账都没人敢来。

“我也发现，武定州丢了驿马的事，真的没有传到云南府来。”

阿曲阿伊偷笑道。

朱明月道：“去休息吧。只能短暂睡一下，明日天不亮便要出发。”

她说到此，很是抱歉地说道：“真的是辛苦你了，让你跟着我颠沛劳顿、夜以继日地往前赶路。”

阿曲阿伊不以为然地摆手道：“常年跟着马队出来走货，这些早就习惯了。我就是担心帕吉美你的身体会吃不消。”

从东川府直接前往元江尚且有千里之遥，如今又是半路遇截、又是转道云南府。这个时令正好到了滇蜀的暑热之季，急行、暴晒……而她是在未经沐晟允许的情况下，与她私自离开，又背负着违抗黔宁王府的罪过。

朱明月望着对方被太阳晒得黑红的脸，不禁轻声道：“我是何德何能，蒙你这一路无怨无悔地照料。”

阿曲阿伊被她说得有些不好意思，挠了挠头，憨笑道：“我虽然不知道帕吉美为何非要去元江府，但是我愿意跟着你，保护你，就算王爷要责怪，也没办法。”

她这般说着，说得心无芥蒂。

就在朱明月再次离开禄丰城的时候，丽江土司府送来的女子抵达东川。这些容貌姣好的女儿家，大多出身不差，一路上又是草行露宿、又是车马劳顿的，病的病、逃的逃，耽搁了许久，等被送到东川府，已经面黄肌瘦、狼狈不堪。

“王爷，要如何处理她们？”

阿普居木有些犯难。

“按照她原来的计划，让她们休息两日就继续上路，以献给那氏土司的名义送去元江府。”

东窗炕几前的男子面无表情地翻阅着从楚雄府、云南府加急送来的奏报，隔了片刻，才凉凉地开口道。

阿普居木道：“王爷的意思是，要促成沈小姐的计划？”

“不是促成，而是依旧用作掩护。”

沈家明珠从莲湖别庄离奇失踪的事，除了孙姜氏和少数几个伺候的奴婢，成了讳莫如深的一个秘闻。后来这个消息传递到了沿途的几个府、州、县卫所，但是包括东川府、丽江府在内的所有人，仍然以为沈家小姐是跟那些女子一起被送去了元江。

“可是护送的队伍再隐秘，也阻止不了消息的外泄。万一那氏武士听到这件事，提前派人出来劫杀或者是封了城门，那沈小姐那边……”

沐晟放下奏报，“就算不送她们去，丽江府为她安排身份的事，也不能保证永远不会走漏。”

世上没有不透风的墙。如果元江府封了城门，她进入那氏的机会就又减少了一分；假若那些女子在半路遇到危险，无法完成后面的行程，她的危险也就随之降低了一分。此消彼长，按照原定计划行事，就是对她最好的保护。

能瞒一时，便是一时。

“那不知……王爷可查到沈小姐的消息？”

阿普居木低着头，深知自己不该多问，却是鲜有产生了强烈的好奇。

“查不到。”

沐晟阖上那几份手札。

阿普居木一怔：“楚雄府和云南府都没有？”

“楚雄府听说人从武定州走脱了，加派了三倍兵力；而云南府自从接到役兵带过去的命令，更是接连几日设关卡排查。还有武定州，郑虎把人看丢了，还丢了驿马，觉得对不起本王，奏请亲自来东川负荆请罪。”

几封手札无一提到沈明珠的行踪，显然是一无所获。

沐晟眯着眼，面色有些阴晴不定，拿着手札的右手一下一下敲击着桌案，似在回忆又似在思考。有那一瞬，阿普居木像是从他的深眸里看到了难以言明的迷惘，然而那情绪只是一闪而过，就又恢复一贯的冷持漠然，让人还以为是看错了。

没有人能想到，沈家小姐摇身一变，已然从费尽心思乔装改扮的平民百姓，变成了锦衣亲军都指挥使司的高级将官。

沐晟用的是张良计，朱明月也有她的过墙梯。

东川卫所，议事厅。

“这盘棋真是越来越好看了。”

白珈手执一枚白子，会心地笑道。

“末将倒真是奇怪，这沈家小姐究竟是什么人?”站在旁边观棋的孟廉生，摸着下巴道。

“什么人？美人啊。红妆千里为和亲，甘心玉骨葬胡尘。”

傅东屏将黑子稳稳地落在棋盘上，发出“啪”的一声。

自从沈家小姐在莲湖别庄神秘失踪，几个人才后知后觉地知道了其中的因由。原来不是黔宁王的主意，而是沈家小姐自动请缨。这可就耐人寻味了。

“听说，王爷那边是一点消息都没有。”孟廉生咂着嘴道。

“王爷为了阻拦，可谓是煞费苦心。那沈家小姐深藏不露，不动声色便能一一化解，不仅可以稳守，还能反攻。你说这回是不是棋逢对手啊!”

白珈闻言，抬头看了傅东屏一眼，“你可别是也管闲事，让人去楚雄府查了。”

“不仅是楚雄府，”傅东屏耸肩，长叹了一声道，“还有沿途的各府，但是哪里结果都一样，无可查。”

从东川府到武定州，还有踪迹可寻，从武定州再往后，那沈家小姐连同那个纳西族妇女，就如同凭空消失了一样。

白珈皱眉道：“难道说已经……”

白珈的尾音儿拖得很长，傅东屏一眼斜过去，“死了?”

“真的假的?”

孟廉生的声音拔得极高，吓了傅东屏一大跳，“当然是假的，我这不是顺着他的话往下说么。”

如果是遭遇不测，反倒是有消息了。

然而这一路上的危机也确实存在。除了元江那氏，还有与之交好的很多土司家族：武定凤氏、景东陶氏、红河彝族、广南侬氏、孟定刀氏……别忘了之前从云南府来东川的传信官被半路截杀的事情。沈家小姐这一路等于是过关斩将、披荆断棘，不免让人为那个娇滴滴的小姑娘担心，同时也为她的果敢和胆略惊叹。而她到底是聪慧如斯，临走还带着一个叫“阿曲阿伊”的纳西族马锅头。

在云南的这块土地上，有谁能够比常年在各地行走的纳西族赶马人更厉害？想要融入到地方，光是乔装改扮还不够，而她不是当地人，地方志上面的记载与实地实景很难结合到一起。纳西族的走马人有足够丰富的江湖经验，没有人比他们更了解云南各府、州、县的地形、风土，也没有人比他们更擅长与黑白两道的人打交道。

那厢，白珈忽然断言道：“肯定是改道了。”

傅东屏翻了个白眼：“改道是一定的，但是目的地不变，再如何变着法儿绕道，也总要从必经之路上走，不能凭空飞过去吧。可我都问了，各府各处，在路线上面的、偏离路线的，结论均是一样，哪里都查无此人。”

“会不会没走官道，而是走了纳西族最擅长的山麓险坡？”

傅东屏摇了摇头：“你以为王爷没想到吗？之前军令上提到的，各府城卫所可领兵剿袭辖区内的匪寇土寨，而不用报备黔宁王府，就是在防着这个。”

黔宁王的军令传到西南各地，一时间讨伐流匪之声尘嚣甚上，到各处排查和搜剿的军队又密又严，那些成规模的土寨眼见惹不起，纷纷坚壁清野，小股残余势力就更不敢再露面。这招雷霆手段，就是怕她铤而走险，孤身走山麓小道遭遇不测。但是有些事，是防不胜防的……那沈家小姐若是明智，也不会去做羊入虎口的糊涂事吧。

孟廉生道：“那就是守城的士兵马虎了……”

“绝不可能，”傅东屏再次摇头，“咱们这儿或许没那实力，但王爷的命令一到，各处卫所均不敢懈怠。何况都知道大战在即，这么紧张的时刻，谁敢跟黔宁王府作对啊！”

三人思来想去，都没有个结论。

好半晌，白珈道：“看来，是有人在暗中替沈家小姐安排打点，同时也一直不动声色地为她消弭危机。”

傅东屏眉头一紧："谁会违背王爷的命令？谁又有那么大的能耐？"

白珈摇了摇头，表示自己也不知，却是眯眼道："我对那沈小姐的身份，始终保持着怀疑态度。"

要阻拦的人纷纷忙着设关卡排查，本该疲于应对的人，却一直在马不停蹄地赶路。

从禄丰城出发到鄠县，越过两道山峰再到妥甸，一百二十里到礼社江，渡江后奔赴哀牢山……等绕过了这座当时景东卫所军队与那氏武士两相遭遇、拼死抢人的山峰，再走六十余里，阿墨江的支流便映入眼帘。澎湃的江水流到哀牢山脚下已然缓和许多，潺潺地往南奔流，在扑面的水汽中，对岸的景东厅的外城楼已然在视线之中。

这是离开禄丰城的第七日。

也是她们翻山越岭前往元江府的最后一站。而此地距离那氏的府城，只剩下不到七天的行程，对于已经在路上昼夜不停赶了半个多月路的人来说，无疑是黎明前的一缕曙光。颠沛劳顿的日子即将到头，胜利在望的喜悦就是巨大的，随之而来的危机也变得异常凶险。

很多人都在这里等她。

两人在进入景东厅之前已经换了马，两匹普通的羁縻马，拉着一辆简陋的单辕马车。阿曲阿伊甩着鞭子在外面驾车，朱明月穿着一袭朴素的裙衫坐在车内。透过一掀一掀的窗帘，景东厅不逊于元江府的街道和房屋，在面前展露了真容。

洪武十年，明军攻下楚雄时，景东土司俄陶派通事姜固宗和家臣阿哀，向明军交出元朝所授的金牌印鉴，并向朝廷献驯象两只、马一百六十匹、银三千一百两。从那开始，景东划入大明疆域内，俄陶任土知府，隶属云南承宣布政使司管辖。

洪武十七年，思伦发大军直逼景东厅，俄陶率领两万余众奋起抵抗，却败退白崖，朝廷为表彰其忠心，乃赐以白金文绮，并刻镌着"诚信报国"四字的金带一条奖给俄陶。直到洪武二十二年，西平侯沐英用火攻破思伦发的象阵，大败思伦发，景东厅收复，俄陶回任土知府。

而今十几年过去了，摆夷族陶氏土司府的主人从俄陶变成了陶赞，黔宁王府的藩主也从西平侯沐英，变成了嗣位的沐晟。

进入景东厅的内城，到处弥漫着一股不寻常的气息。

街巷里的百姓并不算少，来来往往，行色匆匆，沿街的酒肆茶坊里伙计忙活着招揽生意，叫卖声此起彼伏。阿曲阿伊却发现有数十双眼睛似有似无地盯过来，都是平民打扮，神色略显古怪。

“帕吉美，我怎么感觉有些不对劲啊。”

隔着车帘，阿曲阿伊对着车里道。

“怎么了?”

“一路走来，唯独是这景东城没有关卡排查，城内到处又古里古怪的，好像有很多人都在看咱们。”阿曲阿伊挠了挠头发，又道，“而且好端端的，为何要换回原来的装束呢。”

昼夜接连不断地马背驰骋，让俩人腰酸背痛，又唯恐突然遇袭或是被有心人算计，从来不曾妥善休憩过，时时刻刻处于一种疲惫不堪的紧绷状态。此刻一个坐在车辕上，一个在车内靠着软席，颇有些来之不易的感觉。

许久，帘内传来少女清淡的嗓音：“你不觉得倒是咱们那个穿法，实在是怪异了些。”

阿曲阿伊甩了甩鞭子，笑着说道：“怪是怪了点，却很管用啊。一路上女扮男装也穿惯了，换回来反而觉得有些不自在。”

阿曲阿伊不知道的是，并不是那身装扮，而是连翘从姚广孝那给她带来的这柄绣春刀和绣春刀背后的锦衣卫身份，才使她们一路相对顺利地抵达了景东厅。这样的顺利是阿曲阿伊做梦都没想过的。

而她们几乎专挑平坦的官道走，尽量避开了高山峡谷，也就避开了很多流寇和土寨，直面的是各处的官府和卫所，却在对方的严密排查下，横跨整个西南地界犹入无人之境。直到刚才瞧见景东厅高高的城楼，阿曲阿伊都没反应过来，她们竟然就这么一路过来了。

菩萨保佑!

“我猜，王爷他一定也没料到。”

阿曲阿伊有些偷笑，又有些揶揄。

也没有人会想到，一个年纪轻轻的小姑娘居然有这样的能耐。而谁又会把沈家小姐和锦衣卫联系在一起呢!

马鞭在纳西族妇女的手中一摇一摇，驱赶着拉车的马匹缓慢前行。

待进了景东的内城大街，顺着笔直宽阔的街巷一直往前走，那种奇怪的感觉愈加强烈了。刚在街角拐了弯，下一刻，街对面忽然涌现了大批身披轻甲的武士。

“早就听说，滇西四府的卫所收到消息，要拦截一个从东川府来的少女。想不到居然能连过数道关卡，来到了景东厅，看来你很不简单哦。”

一道清亮的女音，悠然响起。

也是在那一刻，敞阔的街道上陡然肃静了下来，那些从四面八方大量涌出来的武士，身着威凛银甲、手执户撒刀，眨眼间就把小小的马车围了个水泄不通。这阵势与前几日在禄丰城相比，光是人数就多了五倍，骇得沿街百姓纷纷逃窜，生怕被无辜殃及。

武士手中明晃晃的刀锋被太阳一照，晃到马身上，拉车的马匹当时就惊了。

素来胆小的羁縻马嘶鸣一声，前蹄高高扬起，车内的人冷不防这一摇晃，狠狠地撞到车板上。亏得这马身形矮小，阿曲阿伊又有一手纯熟的驭马技巧，急忙一把勒紧马缰，把马匹使劲往回拉，另一只手架着车辕，才堪堪让车舆停住。

“许久不见，你还是这么不知礼数。”

朱明月揉了揉撞得生疼的手肘，从马车上下来，目光清冷地看向来人。

为首的那个高挑女子，众星捧月般被数百个家奴簇拥着。艳若桃李的面容，一双丹凤眼描着金粉，穿的是藕荷色直筒长裙，腰肢曼妙如水蛇，举手投足间，尽显妩媚。

“真的是好久不见了，珠儿。”

她抿唇，一笑娇娆。

阿曲阿伊却不知发生了何事，眼见这些人手执刀戈，一脸凶神恶煞，明显是冲着沈家小姐而来，也顾不得害怕，冲过去挡在她面前。

这下，更惹得那女子“呵呵”媚笑，“真不知道你怎的这么有本事，无论走到哪儿都有人护着。就连云南府堂堂的黔宁王都对你极是上心，不惜千里调动各处卫所、衙门、土司府，只为了给你保驾护航，可真惹人羡慕！”

“有些人天生命好，不需做什么，便有人鞍前马后，照顾周到。有些人一生命运多舛，任凭再如何努力，也摆脱不了低贱的家世、卑微的身份。”

朱明月施施然走过来，无视周围一把把雪亮煞气的刀锋。累日的劳顿让她整个人瘦了一大圈，巴掌大的小脸，却愈加衬出精致若画的五官，很美，美得冰肌玉骨，欺霜赛雪。仅是一袭简约的黄衫襦裙，已是莺惭燕妒，遗世独立。

那女子眼角一抹冷光，“许久不见，珠儿你也还是一样的张狂。”

“你用这么大的阵仗欢迎我，我是不是应该感到受宠若惊？还是先要恭喜阿罗你，终于一偿心愿，飞上枝头当凤凰？”

锦罗，或者说玉锦罗，建文初年进宫的摆夷族宫婢。后被调入司乐司成为一名乐人，由司乐掌率专为演习乐阵，在建文二年的万寿节一舞成名，被赐给了当时进宫伴宴的景东厅土司陶赞。

“你确实是该恭喜我，因为我现在已经是世袭土司的正室夫人了。而你千不该万不该，不应该来打扰我好不容易平静下来的生活，更不该给景东厅带来无妄灾祸！”

赏赐的时候还只是个卑贱的舞姬，一转眼三年过去，当年的小妾已经被扶正。

朱明月望着她眉眼间褪去了青涩，却挟势凌厉，凤凰涅槃欲火而出般不顾一切，不禁道：“阿罗，你应该知道我为何而来。别忘了自己的本分。”

也别忘了，当初是因何嫁进陶氏土司府的。

“我当然没忘，因为我的本分便是保护陶氏土司府的安危！强龙不压地头蛇，你知不知道元江府我们是惹不起的，就算黔宁王府想要对付他们，等你的那个黔宁王路途迢迢率兵打到这儿来，说不定那氏土司府早就把小小的景东厅给铲平了！”

“所以你就要背叛同门？”

玉锦罗掊唇一笑，面色却冷得不能再冷，“燕王藩邸的亲军都尉府已然改变编制，我也离开了多时，如今的身份早就今非昔比。身为陶氏土司府的女主人，为了陶氏百年基业不被毁于一旦，我能有什么办法？珠儿，千万别怨我，要怨就怨派你来的人！”

阿曲阿伊听她这么说，感觉大事不好，慌忙从腰间抽出一把匕首，比划着喊道："你们想干什么？"

玉锦罗被逗笑了，眼底却有杀机一点点浮现出来。"螳臂当车，自不量力。来啊，还不把人给我抓起来！"

"阿罗，你当真不念旧情？"

玉锦罗像看傻子一样，倏尔笑道："听听，这居然是当年建文宫中的第一女细作说的话。旧情？别傻了，咱们现在各为其主，谁也不会跟谁念旧情！"

"那你也别怨我。"

朱明月忽然退后一步。

"死到临头，还在故弄玄虚。我倒要看看，你怎么以两人之力对抗我陶氏百名武士！"

玉锦罗仰天而笑，仿佛是要把长久以来压抑在心底的自卑和嫉妒，尽情宣泄。

然而她的笑声戛然而止，"嗖"的一声，鸣镝破空而来，一支箭直直钉在了她的胸前。

大片鲜血晕湿了那身鲜艳的衣裙，那一刹的变故。玉锦罗难以置信地低下头，下一刻，第二支箭射来，又是一箭当胸，把她整个扎透。

那些手拿户撒刀的陶氏家奴都不知道发生了什么，等他们反应过来，再躲已经来不及。从两侧楼阁高处射下来的利箭，也没给他们任何闪躲的机会。箭矢如同漫天花雨般射下，亮黑色的箭头，裹挟着尖锐而凛冽的戾气，箭无虚发。

哀嚎声，惨叫声，被一道道利箭穿破血肉的声响所掩盖。

箭雨里，那少女孑然而立。无数的箭矢从她身边擦过，又射进那些四散逃窜的陶氏家奴身体里，而她不闪不避，天地间仿佛只剩下了那唯一的一抹亮色。

乌云遮蔽了阳光，空中涌动着的血腥气，像是一张巨大的黑色网覆盖住了景东城。

等陶氏的土司府武士赶来，等当地卫所军队赶过来，宽敞的街道上一具具尸体，都被扎成了刺猬，血肉模糊。而那个千娇百媚的女子，心房的位置被十多支箭扎出一个可怖的血窟窿，钉在地上，拔都拔不起来。只有一双美眸还圆睁着，保留着临死前的惊恐和不甘。

那些不知何时出现的弓弩手，就像是从来都没出现一般，又凭空消失了。

一切只发生在极短的时间内。

景东厅城外，朱明月和阿曲阿伊骑着高头大马，在外城官道外的树林间疾驰，后面的几十人队伍均是一身黑缨锁子甲，背着半空的箭囊，整齐划一地骑行尾随。

马蹄在土道上踏起尘土飞扬，待穿行在前方的一片低矮树林，几十个人齐齐低腰伏在马背上，娴熟的动作就似做过几千几百次般，速度丝毫不减，竟无一人落马。阿曲阿伊是老赶马人，在这种地方最是游刃有余，余光中瞥见后面的一幕，都不禁被震慑得瞪大了眼睛。

他们究竟是什么人？

常年在西南边陲走货，把各府各县都走遍了，除了沐家军，还从未见识过这样狠绝精悍的角色。尤其刚刚那血腥残酷的一幕，光天化日之下血洗内城街道，简直把她骇得三魂不见了七魄。她真怕他们这厢杀完人，又去血洗陶氏土司府。

可这些人能够在景东厅这样的卫城重镇来去自如，是怎样强大的背景，才给了他们这样的权力？而他们在面对沈家小姐时，又是那样的谦恭沉静，从始至终都未尝抬头直视。

“自从两年前，玉锦罗将前任土司夫人毒死，自己坐上正室的位置，便再也不踏出土司府门半步。少有的几次祭祖，也是有重兵层层把守，想要靠近她难若登天。倘若不是小姐的到来，她也根本不会出现在内城。”

“玉锦罗是在害怕。假如陶赞先抓到我，她怕我会说出什么不该说的话，不得不亲自出马。”

“没想到不过是短短四载，她便忘记了来到景东厅应该做的事，转而背叛了原亲军都尉府。属下早就想着清理门户的这一日，亏她还巴望着稳坐陶氏土司府女主人的位置，殊不知阎王想让她三更死，绝不会留她到五更。”

早在进入景东厅之前，沈家小姐就跟这些黑衣弓弩手碰面了。在她与那黑衣首领说话时，并没有刻意背着阿曲阿伊，那些她听不懂的言辞，便一字不落地传入她的耳朵。

佛偈说，平生莫做亏心事，举头三尺有神明。

景东陶氏的前任土司夫人刀依兰是个心地善良的人，乐善好施，经常接济城中的穷苦人，想不到居然被毒死。而两年后的今天，罪魁祸首被乱箭穿心，悲惨地死在景东厅大街上。天理循环，报应不爽，不过是来迟与来早罢了。

一行几十人的队伍肃然无声地疾驰，俨然如军队般肃整利落，裹挟着让人不敢阻拦的凌厉气势。

待离开了景东厅的地界儿，再往西便是通往元江府的路径。穿过之前的大片树林，前方是一望无尽的荒芜黄土道，在不远处的小土坡位置，隐隐有阳光折射在甲胄上发出的光亮，在黄土尘沙的掩映下，熠熠闪烁。

由于骑行的速度太快，勒住马停下来时，烈马不堪疼痛发出一声嘶鸣。马前蹄高高地扬起，马背上的少女拽着马缰，在翻腾起的滚滚黄沙中，就这样将马停驻。

在她身后的黑衣死士也跟着停下，大队人马的动作使得尘土乱飞。

土坡前，正是大明卫所的军队。

景东厅的卫指挥所，也早就接到命令要拦阻一个正值芳龄的少女，然对方能横跨三座府城一路来到景东，可见是相当不简单。却没想到等来的竟是一队黑衣弓弩骑兵，那为首的少女，咄咄逼人的美丽容颜，却也凛冽如霜，一双冰雪般清透的美眸，让人不敢直视。

毕竟是久经沙场的老将，虽然场面有些意料之外，仍是面不改色地说道："沈小姐，下官景东厅卫所指挥使武千勋，在此恭候小姐。"

武定州的百户长，云南府的千户长，到了景东厅，居然出动了最高长官卫指挥使。

朱明月忽然很想抚额长叹，她是何德何能，让滇西四府的一应卫所军官倾巢而出。

"武指挥使是想要阻拦小女？"

此情此景，叙旧是再不可能了。朱明月也没说客套话，直截了当地问他来意。

待她这厢略略走近，武千勋才发现在她胯下的藏马，居然没有脚蹬。

这样在上马时不仅没有可供的借力，骑跨在裸马的背上，唯有抓住缰绳并用腿夹紧马腹，才能在马匹飞驰的时候不致摔落。换做寻常男子都是不敢，更别说还能马上直立。可她刚刚那一手驭马的手法，已经不逊于身经百战的骑兵。

“在此之前，下官给沈小姐带来王爷的话。”

他咳嗽一声，朗声道。

朱明月等着他往下说。

“回来吧。”

什么?

少女些许的怔愣没有逃过武千勋的眼睛，而让他当着两百卫所将士的面，说出这样的话，也颇有些臊得慌。清了清嗓子，他绷着老脸继续道：“玩够了，就回来吧。本王既往不咎。”

铿锵的话音，复述起来没有丝毫的语调起伏。朱明月却忽然有种感觉，在沐晟的眼里，她似乎就是一个胡闹任性的小孩子，等她在外面玩累了、闹够了，他便要把她领回家。

面前是精锐骑兵、滚滚黄沙，身后则是凛凛弓弩手、挟势凌厉，然而前一刻还浸润在血腥和杀戮中的心绪，蓦地就回到了阳光明媚的那一日，莲湖岸畔花圃苑中，他一袭锦缎黑袍泛着蒙蒙白光，花间相遇，短暂的独处，他眼底眉间一片霸道却分外温柔。

再多的利弊权衡，再冷静的思虑和考量，在此时此刻仿佛都要因为那一句话而烟消云散。不存在任何猜忌和谋算，也没有家国大业、社稷安危，只有那日的烟雨湖畔，他负手立在船头时的衣袂翻舞，风满袖襟，与她遥遥相望。

朱明月的心里忽然一酸，可她转瞬又想起了爹爹满是胡茬的脸，想起多少个漆黑冰冷的夜晚，被宫正司抓出的死士为了保护她，宁可服毒自尽；想起皇城被围、兵临城下时的那一夜宫闱大火……她一直诚心感谢老天，让她能够平安出宫，让她的爹爹在靖难之役中幸存下来，让成国公府在改元永乐之后建立不世功勋。但是太多太多的人，因此付出了生命，而她欠下的债，终究是要还的。

“武指挥使把话带到了，便请回吧。”

朱明月拉了拉缰绳，让出道路。

武千勋一怔，似是没想到她这般干脆地拒绝，有些不悦地说道："王爷的话是带到了，但是王爷的军令，下官无法不从。"

朱明月攥着缰绳的手收紧，"武指挥使真想要拦小女？"

黄杨大弓沾了人血，似带着腾腾的煞气。武千勋的目光从她身后的几十个弓弩骑兵扫过，朗声道："沈小姐身后有三十二人，下官却带着两百人，人数上小姐已然不占优势。这里离景东厅也不远，五千卫所军队，难道还拦不住小姐这几十来人！"

"武指挥使，不能放了他们！"

未等武千勋说完，从对面又上来一拨士兵。最前面的是个哨卫，骑着骏马飞驰而至，人影一晃就跳下马，大喊道："武指挥使，不能放了他们，这些人刚刚把土司夫人给杀了！"

后面的士兵也是景东厅卫所的，与陶氏土司府的武士兵分两路，寻着踪迹来追踪这批黑衣弓弩手。倘若不是武千勋一队人拦住了他们的去路，越过前面土坡，朱明月便要与之分道扬镳。两边队伍化整为零，也就神不知鬼不觉地消失了。

武千勋闻言虎目一瞪，"什么？"

那哨兵把景东内城发生的事，言简意赅地向武千勋汇报了一遍。后者眼底怒火顿起，大吼道："沈小姐真是好大的胆子，居然敢跑到我景东厅来杀人！"

下一刻，"刷"的一声，武千勋身后的两百人马齐齐拔出雪亮的马刀，将朱明月及身后的三十几个人团团围住。

对阵的气势，让气氛顿时紧张了起来。

少女从始至终都没有做声，面上更不再有情绪波动。一侧的阿曲阿伊已经吓得肝胆欲裂，张大嘴说不出话来，却见朱明月在马上转身，给了那个黑衣弓弩手的头领一个示意。

那领头的黑衣人一直在后面静候着朱明月跟武千勋说话，此刻提了提缰绳上前来，却是从腰间摘下一块象牙牌，扔了过去。

"武指挥使，你可认得这个？"

武千勋接在手中，一看，雕刻着双龙吐珠纹饰的牌子，上书：锦衣卫校尉·张晓谶。

“你是北镇抚司的缇骑!”

武千勋做梦也没想到，这拨人居然会是锦衣卫。然而校尉只是锦衣卫缇骑中比较低等的军官，品阶等同于差役，在他堂堂一个正三品卫所指挥使的跟前，是要下马行礼的。但是来者面色穆然沉敛，不卑不亢，显然没有任何拜见长官的意思。

“就算你是北镇抚司的人，缇骑所负责的是侦察、缉捕，有何权限在我景东厅当街杀戮无辜!”武千勋将那象牙牌扔回去，一张老脸黑似锅底，手按在腰间的佩刀上，是随时出鞘的动作准备。

“武指挥使，那些人并非无辜。”

来人在马上双手一抱拳，面不改色地说道：“事先没有给武指挥使消息，擅自进入景东厅府城，是在下等人鲁莽唐突。但事出突然，北镇抚司得御前首肯，亟须清理门户。”

他说得极是客气，但武千勋心知肚明，锦衣卫直接对皇上负责，北镇抚司又专理诏狱，可自行逮捕、侦讯、行刑和处决，连三法司都管不了，根本就不用跟谁打招呼。

然他不为所动，更有些怒不可遏地说道：“御前首肯、清理门户？御前让你来景东厅杀害堂堂陶氏土府的女主人!”

张晓谶叹了口气，又从怀中拿出一件东西，高高举起，“皇上御赐印鉴在此，见者如面圣上。”

他的声音不高，却清晰地传进了每个人的耳朵。武千勋满腔的愠怒和质疑，在那一刻都化为了错愕和震惊。这个身份煊赫的武将，急忙从马上跳下来，一掀前襟单膝跪地。在他身后的两百人队伍齐齐下马，同跪俯首。

“吾皇万岁!”

张晓谶手里的这方印鉴是改元永乐后，皇上亲赐给姚广孝的，代表着至高无上的皇权，也证明姚广孝御前第一军师的无上尊荣。而姚广孝居然让人把这个带出来了，看来这一趟不仅是来办她的差，还有其他更重要的事。

此时此刻，所有人都需跪地叩首，但沈家小姐并没有下马。武千勋心里忽然就是一紧，这代表什么？莫非这沈家小姐也是北镇抚司的人？

“原来张校尉是办皇差而来，下官岂敢阻拦。但是玉夫人好歹是进过陶氏宗祠的土司夫人，倘若是陶氏土司府追究起来，还请张校尉出具一份文书证明。”

武千勋的态度明显缓和了一些。

“武指挥使请放心，在下回京复旨时，自会禀明一切。”

武千勋闻言点了点头，随后，目光很自然地又落到了沈家小姐身上。

他不知道自己还能不能去阻拦她，而黔宁王传来军令的时候，并没有提到她居然是这样的身份。他该怎么做？他还能做什么？堂堂的正三品卫指挥使，面对着这些连皇亲国戚都奈何不了的锦衣卫，忽然有种无法宣泄的怒意，却又说不出指摘的话来。

那厢，张晓谶忽而开口道：“武指挥使，在下有个不情之请。”

“你说。”

“在下恳请武指挥使对小姐的身份守口如瓶。”

武千勋心中的疑窦更重，“那她究竟是……”

那身份低微的校尉静静地看他，没有任何回答，只是拱手道：“武指挥使，若无其他事吾等便要就此告辞。多谢武指挥使的体恤，多谢景东厅卫所的成全，锦衣亲军都指挥使司必定感念于心！”

张晓谶说罢，又朝着他抱了抱拳，便提着缰绳绕道。那厢，朱明月也跟着离开。

“沈小姐！”

武千勋在她离开的那一刹，忽然开口叫住她。

“沈小姐难道没有话要带给王爷吗？”

鬼使神差的，武千勋忽然喊了这么一句。

在硬闯了景东府城之后，在杀完人之后，难道她就没有什么话要跟王爷说？

西坠的夕阳余晖，将马背上的少女勾勒成一道绝美身影。然而对方并没有因此而停下，而是高高扬起马鞭，随着一声娇喝，胯下的藏马便载着她绝尘而去。

黑衣弓弩骑兵几十人的队伍，在黄土道上带起扬尘滚滚。武千勋望着那一队人马离去，心想大概在他有生之年，再也不会想见到这些人。

而他怎么也不会想到，那个看似娇柔的少女有着怎样高贵却复杂的身份，还有那个护送她的校尉，就是这个身份低微的差役官，三年之后坐到了锦衣卫指挥使的位置，一度权倾朝野，当世无二。尤其在后来对纪纲的诛灭中，也起到了关键性的作用。

土 司 府 宅

景东厅的事，后来还是在云南十三府掀起了轩然大波。

等那桩消息送到东川府沐晟手上，朱明月已经先一步抵达了元江。这是在她与张晓瓛分别之后，策马夜行的第六日晨曦，等瞧见临沧驿站的影儿，前后途径了五座府城、跋山涉水风尘仆仆地赶路整整一个半月的两个人，疲惫不堪，也狼狈至极，却仍有一丝见到曙光般的狂喜。

而这一座濒临澜沧江的州城，世代生息繁衍着摆夷族、佤族、彝族、拉祜族和景颇族等西南少数民族，也是西南的丝茶古道所在，灿烂无比的民族风土、神奇的远古遗迹原貌依然。这里也是元江府的门户，过了临沧再往南，才算是元江那氏真正的府城。

阿曲阿伊远眺着远处的巍峨雪山，初升的旭日一抹金光照在山巅厚厚的积雪上，眨眼间，满河谷突然也跟着明亮了起来，不禁发出连连惊叹。

朱明月含笑侧眸："你之前也没有来过？"

阿曲阿伊憨憨地笑道："赶马的队伍走南闯北，元江那氏的地界儿却是不敢靠近的。只是偶尔听那些老的马锅头讲过，这里是最靠近天边的地方，充满着危险，却也神秘诱人。"

阿曲阿伊说到此，挠了挠头道："帕吉美，你真的要去那氏土司府啊？"

朱明月道："我是必须去的，却是一个人去。"

阿曲阿伊以为她觉得自己是害怕了，不由得连连摆手道："不不不，我不是那个意思。我只是想说那对你很危险，希望你能再考虑考虑……"

不甚流利的汉话，一着急更说得磕磕绊绊，朱明月松开攥着缰绳的手，抚了抚她的肩膀："我明白。但是我千里迢迢来到这儿，就是为了那氏土司府。"

这个壮硕的纳西族妇女已经一路陪着她到此，这份情谊对她来说难能可贵，她不会让她跟着自己去送死。

阿曲阿伊被她这么一说，面上更犹豫了，欲言又止地看着她。

朱明月轻声道："你若有话想对我说，不妨直言。"

阿曲阿伊有些焦虑地搓着手，憋了许久，终于脱口而出道："帕吉美，我要带你去见一个人！"

这座距离元江那氏仅有百里之遥的州城，拥有凤庆县、永德县、镇康县、云县和沧源几处大县城，当地居民之中就属摆夷族和彝族最多，随处可见的是两大蛮族的巡逻兵在各县各镇巡查。然而就是这通往元江的必经之路，在碧罗雪山的其中一座主峰——永德县大雪山，却住着一位不速之客。

阿曲阿伊把她领到永德大雪山时，午后的太阳刚好照耀到白雪皑皑的山峰，连绵壮阔的雪山在阳光中呈现出一圈迷离的金色。积雪最薄处的半山腰，是一望无尽的茫茫的林海，依稀可见成片成片的杜鹃花，在山间林海开得火红欲烈。

这里也是唯一一处只见彝族却没有摆夷族人的地方，蜿蜒的山道上，来来往往的是手执户撒刀的彝族侍卫，有几个人的面目还是她曾见过的。

"原来你是萧颜的人？"

朱明月有些自嘲地摇了摇头。

阿曲阿伊的脸憋得通红，好半天才讷讷地答道："帕吉美，我不是有意要瞒你的，是军师他说过要暂时保密。"

"你陪我离开东川府，也是之前萧军师的吩咐？"

阿曲阿伊的脑袋垂得更低了，却老老实实地点头，"从曲靖出来时，军师就让我好好照顾你、保护你。后来你跟王爷说要混进元江府的时候，军师第一时间从王爷那儿收到了消息，就让人给我传来口信，说若是帕吉美你执意要来，让我一定要跟着你，把你安全送到。"

"那他又是怎么知道我到临沧的？"

"军师也不知道帕吉美是否真能到元江府，只是在最初就说过，假如帕吉美当真能够抵达，一定先要到大雪山来找他。"

朱明月有些失望也有些释然，"或许我应该感谢萧军师，是他把你送到我的身边。"

阿曲阿伊抿着有些干裂的嘴巴，有些难受地说道："对不起，帕吉美，是我骗了你。对不起……"

“我不会怪你的。”

朱明月没有说任何责备的话，也没有刻意地安慰，只是安抚地拍着她的肩。一双点漆似的眼睛里，含着几分温和的郑重之色，“我不会怪你的。”

没人能在无数次的背叛之后，再做到全盘信赖。如果说，她从一开始就没相信过这个纳西族妇女，便不能苛责对方是否是全心全意对她真诚。而她有些失望，却并不感到惊讶，在这世上本就没有无缘无故的付出。

但是朱明月始终记得无数个雷电交加的夜晚，是这个纳西族妇女在滂沱的大雨中搭起帐篷；翻山越岭时，多少处险峻的山崖峭壁，也是她始终走在最前面探路。在她险些滚落山涧的一刻，是她牢牢抓住了她的手；更是她省下最后两张干饼，在她冷热交迫的病中给她用荷叶捧来清水……

一个多月的朝夕相处，甘苦与共，阿曲阿伊对她的陪伴照料，跟着她奔走风尘，夜行露宿，吃尽了苦头，却毫无怨言，早已抵消她之前并不单纯的动机，更让朱明月心存感激。

阿曲阿伊的眼底浮出水雾，下一刻，狠狠抹了抹眼睛，“帕吉美，我带你进去见军师。”

朱明月望着屋苑竹栅栏两旁的彝族侍卫，轻声道：“还是我自己去吧，想必萧军师已经等候我多时了。”

若是猜得没错，萧颜已在临沧住了半月有余。半个多月的时间里，为了把危险降到最低，必须与世隔绝，不跟外界有丝毫联系，故而他应该并不知道，她已经一路过关斩将到此。然而他又仅凭揣测，就预知了她会到来。

“沈小姐比萧某预期的时间要早到得多。”

萧颜拥着被衾，半躺在软榻上，腿上还盖着一件厚厚的毛毡毯。

在他榻前的火炉里，烤着炭火。

六月初的时令依稀有暑热的气息，纵然是雪山山脚，阳光满满的屋苑里也没有半分凉意。然而一踏进半敞的屋内，扑面而来的却是袭人的滚滚热浪。

“没想到小女想要进入元江府，最大的阻力不是元江那氏，而是王爷设下的重重关卡。这最后的一关，居然还是萧军师。”

萧颜让阿曲阿伊跟着她离开东川，绝不是为了让她进元江府。而他在这里等她，却是为了阻拦她无疑。

榻上那瘦弱得过分苍白的男子，阴柔至极，凋零至美，依旧像是阆苑仙台里的一株冰雕莲花。离得近了，闻到的也还是那股淡淡的药石冷香。

萧颜捂唇咳嗽了两声，款款地说道："沈小姐到底是一颗七窍玲珑心，冰雪聪明。萧某住在永德县的这段时间里一直在想，如果沈小姐真的来了，萧某究竟要说些什么，才能让小姐改变初衷。"

"军师想到了吗？"

"没有。"

男子微笑着直言不讳，让她也淡淡一笑："那么在萧军师规劝小女之前，不妨先替小女解惑。萧军师为何要待在临沧？"

沐晟曾跟她说过，针对元江府的剿袭行动，萧颜是第二道杀手锏，多年来负责交好和撺掇各地的土府，以防将来在开战时，沐家军要在多个战场对付不同的土司家族。而萧颜在领兵围剿了勐佑的一伙匪寇之后，一直在各府城的土府里面做客，如今又逗留在离元江府不远的临沧，绝对不是专程为了拦截她。

萧颜轻声道："临沧是元江府的门户，却也是红河彝族的一个分支。萧某是为了纳楼茶甸土司、普氏而来。"

普氏？

早在唐宋之际的后晋天福元年，通海节度使段思平借助东爨三十七部兵力，建立大理国时，纳楼部就是三十七部之一。洪武十五年，明军平定云南，纳楼茶甸土官普少缴历代印符归顺，朝廷授其为纳楼茶甸世袭长官，境域辽阔，实力雄厚。

纳楼普氏曾经是临安府九土司之首。在元江那氏壮大之前，纳楼还曾地跨澜沧江、红河两岸，声威显赫，不可一世。临沧州城也有一半是纳楼的势力管辖。后来普氏家族内部嫡派几大子孙争权，内耗严重，使得纳楼分崩离析，再不复昔日之声威，普氏更是从澜沧江东岸一直退到了景谷，后来盘踞在红河的黄草坝，固守庄严伟华的回新村。

朱明月不禁道："如是为了纳楼，萧军师怎么不去红河，反而跑到了澜沧？"

"因为在纳楼的前任土司普少之后，除了那个嗣位的普琪东，其中落败的嫡系子孙之一——普绍堂就在永德县。”

朱明月不是云南当地人，并不十分了解各大土司家族内部的事，听萧颜这么一说，更有些许讶异：“难道萧军师是想要助一个落败的弃子，重新夺回土司之位?”

以利相诱，和参与人家的内部家事，可是两码事。

萧颜手里握着暖炉，面上一抹飘渺的淡笑：“瘦死的骆驼比马大，假若纳楼能够改旗易帜，转而与黔宁王府站在一处；或者说，在沐家军与元江交战之时，纳楼茶甸普氏土司府陷入内战，自顾不暇……无论是哪一种，对如今的形势来说都是极好的。”

男子如莲般出尘脱俗的面容，在那清透笑容的掩映下，恍有丝丝乍暖还寒的冷意，让人蓦地感到心口发凉。

朱明月知道问到此，便不用继续下去。

纳楼茶甸世袭长官司与元江那氏土司府毗邻而居，一个是雄霸西南边陲的“小朝廷”，一个是昔日叱咤风云的大土府，一个盘踞澜沧江，一个固守红河，两大家族的势力不可估量。而唇亡齿寒的关系，又让普氏与那氏百年同盟，荣辱与共，用来对付其他土府的那一招威逼利诱，是不足够将其拆散的，于是萧颜便从纳楼的内部下手，化整为零，逐个击破。

可明明是行将就木的残弱之躯，却一路从曲靖到勐佑，又从凤庆县去往各府各州的土司府，最后又冒着危险回到了临沧的永德县。其间的辛劳和困难是一个身体健硕的人都受不了。那么萧颜真的病了吗?

久病成良医，她也曾“病”过一阵，又师从太医院的正六品院判，对萧颜用以续命的几味药材：马钱子、藜芦、钩吻……她再熟悉不过，都是毒草药。以毒攻毒，无疑是回光返照一样的作用，萧颜为了辅佐沐晟，连命都不惜，当真是在元江的事情下了相当大的决心。

朱明月忽然感到一种喟叹的钦佩，为他强于常人百倍的忍耐力和熬过漫长病痛的意志力。

“说完了萧某的事，现在是不是该轮到小姐替萧某解惑?”

萧颜抬起眸，看着她的眼睛里一抹温笑。

“萧军师想问什么?”

“沈小姐此去元江府，究竟为何?”

萧颜问了一个沐晟从没问过她的问题。

也诚如沐晟所言，她无法给出一个让他满意的答复。而那些所谓的搭救沈明琪、为战事获取消息的话，或许能敷衍得了沐晟，却哄不住萧颜，对方也不会相信她会因为愧对于沈家，才不惜有所牺牲。

“萧军师可认得这个?”

那把象征着锦衣卫身份的绣春刀，朱明月没刻意摘下来，一直配挂在腰间。打从她一进门，萧颜就看见了，此刻见她摘下来，毫不介怀地递到了他手上。

长柄薄刃的绣春刀，刀身微弯，刀锋削铁如泥，犀利无比。整体比刀长、比剑短，便于携带和中距离攻击。即便是马上作战，一刀砍下，也足以把整只马头砍断。

拿在手中，威压之气透鞘而出。

“不知是谁给沈小姐的?”

萧颜找不到合适的理由，只得这般猜问。

“绣春刀除非御赐，否则绝不能擅自佩戴，萧军师认为小女有几个胆子，敢忤逆皇命。”

少女的面色很淡，嗓音也淡淡的，萧颜却从这份淡然自持中，看到了一种不属于寻常闺秀的高贵从容，不禁有些怔然又难以置信地问道：“御……赐?”

这么说来，她真的是……

可这怎么可能?

萧颜在永德大雪山住了半个多月，自然不知道景东厅发生的事。而事到如今，朱明月的这个身份已经没有必要再隐瞒——她既想要去元江府，就必须摆平萧颜；阿曲阿伊作为萧颜的人，一路跟她到此，萧颜也不可能蒙在鼓里。

“小女没有锦衣卫的象牙牌，却拥有御赐的锦衣卫绣春刀，说明小女的身份在锦衣亲军都指挥使司中，是见不得光的。”却又有不世之功，论功行赏，这绣春刀便是她的应得。

“你……真的是锦衣卫?”

一向水波不兴的男子，第一次有这种错愕到震动的表情，再也无法维持云淡风轻的姿态，以至于连手中的暖炉都没拿住，“啪”的一声掉在地上。

陡然的声响惊动了外面的侍卫，忙进屋来探看，却发现自家军师抓着一柄狭长弯刀，呆愣愣地看着榻前的少女不知所措。

然而萧颜毕竟是萧颜，惊愣了半晌，便恢复如常，却又是许久的沉默。

那厢，朱明月淡淡地说道：“小女并不算是锦衣卫，只能说，小女是原燕王藩邸亲军都尉府的人。”

且身份极高。

很少有人真正见识过锦衣卫的绣春刀，只闻其名、只知其形的原因，不仅是由于锦衣亲军都指挥使司直接对皇上负责，身份神秘而超然，更是由于拥有绣春刀的锦衣卫，除了极个别是仰赖非富则贵的家世，其余则大多是专为拱卫皇权而存在的秘密人物。

“沈小姐是在被带离嘉定城之后，才……”

良久，萧颜怔怔地抬起头看她。

朱明月轻轻摇头：“小女无法回答。”

“明琪知道吗？”

“兄长他不知。”

“那王爷他知道吗？”

“也不知道。”

他自然是不知道的。等沐晟再从萧颜的口中得知，就算他再恼怒她的刻意隐瞒，事分轻重缓急，大战当前，他也会暂时放下一切不予深究。这就是她宁肯过五关斩六将地来元江，却没有在最初告诉沐晟的原因。这样一来，不消她任何解释，事后，所有人只会认为她瞒住的是锦衣卫这个身份，而没人会对沈家小姐的真实性上心，同时，也顺理成章地掩盖了她此行针对沈家、针对黔宁王府的真实目的。

朱明月到底是太过清醒，走每一步时都留有余地，都经过谨慎严密的计算。

萧颜显然有很多话想要问她，一时又不知该从何问起，好半晌，才有些艰难地问道：“那么，沈小姐的这趟元江府之行……”

“小女不远千里跋涉到此，便是为了那氏而来。”

萧颜又是一怔，这势在必行的话里，究竟包含了多少含义？不由道：

"沈小姐可知，届时大军兵临城下，就算是王爷也没法救你！"

少女的目光淡而沉静，"小女知道。可小女还知道，除了小女的兄长和那二十几名商贾，已然成为黔宁王府的掣肘之外，届时你们还会遇到另一个无法克服的难题，而那个难题，足以使这次倾尽西南边陲兵力的剿袭行动，功亏一篑。"

朱明月跟萧颜进行了一次深谈。

萧颜说，她或许是第一个让沐晟悔不当初的人。

那个骄傲的男子若是知道她能一路来到元江府，若是他知道她的身份，不管她是否身负皇命，他都会亲自在武定等着她。可谁又能料想到，原来在沈家小姐的元江府之行背后，藏着这么深的因由。萧颜一向自诩为算无遗漏，竟也没想到，当日曲靖大宅中那个心智早熟的少女，会是这样一个人物。

而他最初笃定自己能够帮助沐晟拦下她的想法和打算，在这样的谈话之后，全然失去了立场。他的心里有些惘然也有些复杂，同时更隐隐有种感觉，在这场与元江那氏力量均衡的较量中，或许会因为沈家小姐的加入，充满了无限变化与可能。那么沈家小姐的到来，对云南十三府、对黔宁王府来说，究竟是意外，还是巧合？

翌日，当晨曦的太阳落在雪山的顶上，朱明月在彝族侍卫的护送下，离开了永德大雪山。

从高高的山麓往下，能眺望到一衣带水的澜沧江。雄踞壮阔的横断山脉，隔出一道源远流长的江水，深谷间是参差不齐的大岩石，岩缝还间或开着桃花，笼罩着晨曦淡淡雾霭的宽阔江面，一汪澄碧的江水蜿蜒地往南奔流。

这条西南边陲最大的河流，从巍峨的唐古拉山发源，流经青海、西藏、云南，上游是冰川和永久积雪，中游穿行于高山深谷，下游湖沼分布，一路哺育了彝族、白族、纳西族、摆夷族、佤族、苗族、瑶族、哈尼族等二十多个蛮族居民。不同的民族同饮一江水，相互依存，相互融合；同时也描绘出三江并流的灿烂文明和独特风土画卷。

朱明月俯瞰着奔涌不息的江流，视线又逐渐地望向对面山巅，终年不化的积雪在阳光中若金山灿灿，断面岩层滚石阵阵，愈加显得险峻而大气磅礴。元江府，就坐落在这山川江域的径流两岸，摆夷族人又称其为“南兰章”，意为百万大象繁衍的河流。据说城内的各个村寨和村落在山间盘旋错落，坐拥险滩深谷、平川冰峰，更有沼泽遍布，地域辽阔，景致万千。

从永德县到镇康，再到孟定县，一路往南经过神秘而古老的沧源崖画，再往前便是直通元江府的一段少有的官道。

这一日，是六月初三。

晌午的太阳已然烈烈暴晒，刺眼的阳光照耀着这片尚未开化的土地，也照耀着这座洪武十四年投诚于明王朝的府城。

待遥遥望见了那高耸的城楼，以及城楼上刻着的“元江府”三个大字，朱明月不禁在想：前后一千七百余里的路程，横跨三座府城、两座州城、十二个县、二十一个村落、八个驿站……花了一个半月的时间，过五关斩六将。如此折磨人的一段行程，千万别让她失望才好。

然而不等她走到城门下，首先映入眼帘的却是让人悚然的一幕。

城楼下，悬挂着一颗颗人头。

女子。

都是女子，垂坠的长发遮住半边脸，断颈处的血已经干涸。依稀可见的是每一张都是精致美丽的面容，一双双空洞的眼睛，仍保持着临死前的表情，或惊恐、或痛苦、或绝望，栩栩如生。

是丽江府为替她作掩护，从各州、县挑选出来准备献给那氏土司的女子！

朱明月忽然打了一个冷颤。这些从丽江赶到东川去与她会合的少女，没碰上她也继续上路了，居然都死在了那氏武士的屠刀下，头颅还被带回来高高挂在元江府城楼上。这说明了什么？是惩罚，还是对她来到的一种警告？难怪沿途都没看到元江那氏派出来阻截她的人。

而她转瞬就又发现，元江府封城了。

厚重的城门封闭得森严，没人能再从这里来往通过，也就不用任何巡查的守城士兵。只剩下黑色的大纛在箭楼上迎风招展，还有城墙上悬挂着的一颗颗头颅，孤零零地在风中摇摇荡荡。

以丽江土府的名义献给那氏土司的这些少女都死了，表示丽江府彻底从元江那氏的同盟关系中除名，丽江木氏给她精心安排的身份就成了一道催命符，再不能拿出来示人。而她更不能再用锦衣卫的身份。眼下想要进城，怕是要另辟蹊径。

没等她拿定主意，身后突然响起一道脚步声。朱明月拽了拽马缰，转过身来，却是一个小和尚背着筐远远地从官道上过来。

在元江的城楼与官道之间，隔出一大片空地。现在封了城门，偌大的地方并无一人逗留，显得格外空旷冷清。

午时的太阳格外刺眼，那小和尚用袖子挡着脸，一边走嘴里还一边嘟囔。等离近了才听清楚："又封城门、又封城门，想进去还得绕到东面，真是平白让小僧多走了冤枉路。"

那小和尚长了一张讨喜的脸，叨叨咕咕的，说话间就来到了近前。朱明月略弯下腰，挡住他的去路："请问，从东面就能进城吗？"

小和尚似是才看见她，愣了一愣，须臾道："你是外族人！"

朱明月点了点头："但是我的亲戚住在元江府里。"

"你是来寻亲的？"

"对。"

"那你有户籍和路引么？"

"当然有啊。"朱明月从挎囊里掏出户籍，朝着他晃了晃。

少女的年岁也不大，却生得极美，檀唇启阖，呵气如兰，不由得让小和尚脸红了红，有些结巴着道："北、北城门三日前就封了，府城东面的小城门开着，有四个时辰允许通行，你可以从那里走。"

朱明月指了指头顶上的日头，"现在可以吗？"

小和尚点点头。

"你能不能带我进城？"

小和尚听她这么一说，面色忽然大变，连连摆手嚷着："不行不行，土司夫人说了，最近总有贼人想混进元江府，下令各个村寨的村民都不得私通和包庇来历不明的外人，否则那人一旦犯事，包庇的人也要依族规处罚，全家、邻里都要连坐的！"

朱明月略一蹙眉："怎么是土司夫人的命令，土司老爷呢？"

小和尚歪着头，伸手指了指挂在城墙上的头颅："因为她们，土司老爷把刀曼罗夫人给得罪了，夫人一气之下封了三大城门，还把土司老爷给关了起来。”

小和尚说完，又道：“你是不是要进城啊，跟我一道走吧，我领你过去。”

朱明月有片刻的晃神，闻言“嗯”了一声，缩了缩缰绳道：“不知道城东的小城门和这北城门相隔多远，要不我载你一程。”

小和尚看了看她，又飞快地瞅了一眼她的马，红着脸摇头：“再走一炷香的时间而已，小僧早就习惯了。对了，你来我们元江是想要找谁?”

“玉娇。”

小和尚“啊”了一声，表示知道。提起村里面的人，话也跟着多起来，“我叫岩文，你也可以叫我帕文。因为村里面已经给我举行了升和尚的仪式，佛爷还给我取了法名，叫坎加!”

摆夷族信仰勐神，也信仰佛教，除了勐神祭和寨神祭，几百年来元江府几乎村村建寺庙、月月过佛节，男孩子在七八岁时更要入寺为僧，学习古老的傣泐文和佛经教义。初入寺受戒的小和尚，摆夷族语里就称为“帕”。

帕文的脸上洋溢着骄傲，显然是刚刚入寺不久。

两人一马顺着砖砌的城墙走了一段路，绕过潮湿的土道，大片大片的浓绿扑入了眼帘。雨热之地的奇异绿植生长得郁郁葱葱，铺天盖地般遍布在城垣周围，有些高大参天，有些根茎粗壮，树上还结着硕大的果子，散发着甜蜜的味道。

穿过一片浓密的芭蕉林，帕文抬起手，指了指掩映在盎然绿意中呈半圆形的城阙，“你看，前面就是东城小门了!”

说是小城门，不如说是瓮城。

城门的两侧与外城墙连着建在一起，上面居然还设有箭楼、门闸、雉堞等攻防工事，且小城门与内城门不设在一条直线上，以此防御攻城槌的打击。巍然耸立的城门前设置左右双阙，距离阙楼不远筑起的是大敌台，相隔五丈则挖出宽约十余丈的护城河，河面上架设可容四匹马同时通过的连锁吊桥。

如此强悍的防御工事，就算是放在险隘关口也不为过。

朱明月牵着马跟着小和尚走过护城桥，桥对面的百姓正站成三排队伍，在例行检查的哨岗前面等着进城。

“干什么去了？”岗楼处传来哨兵的问话。紧接着，站得最靠前的那一个挎筐的妇女道：“拉扯着个孩子，还能做什么？上山了啊！”

“上山做什么？”

“当然是填补生计，难道是去赶大象啊！”

一句话，引得后面的百姓哈哈大笑。

那哨兵摸摸鼻子，似不愿意跟个妇人计较，吆喝一句：“笑什么笑，过过过，下一个跟上！动作利索点儿！”

后面紧跟着的是个商贾打扮的男子，在他牵着的两匹马背上驮着分量不轻的包袱。

哨兵看罢户籍，又看了看路引，“来元江府做什么的？”

“进……进城做生意。”男子结结巴巴地答道。

“什么生意？”

“织锦和陶器。”

哨兵打量了他一下，下一刻，把手里的户籍往地上一扔，“就你这副贼眉鼠眼、闪烁其词的模样，一看就不是什么好东西！说，你到底是干什么的？”

“军、军爷，小、小的可是正当生意人！”

那男子吓得连连摆手，急忙要争辩。哨兵上去就是一巴掌，打了他一个七荤八素，“正当生意人？也不瞅瞅你那路引和户籍上面的日期，庚辰年的印信，甲申年还敢拿出来用，你当军爷的眼睛长拧了！不老实交代是吧，来啊，把人抓起来！”

那男子一见这架势，货都不要了骑上马掉头就跑。

“快，拦住他！”

到底都是训练有素的，那哨兵一声大喝之下，旁边的武士抡起手里的狼牙棒扫过去，矮小的羁縻马吭哧一下跪倒在地，马背上的男子像箭似的飞了出去。

“跑，看你还跑啊！”

那哨兵叉着腰走过来，扬起手一鞭子抽在那男子身上，又一鞭子甩在他脸上，顿时皮开肉绽，满脸是血。那人抱着脑袋嗷嗷惨叫。

“土司夫人说了，最近总会有像他这样的，以各种名目混进咱们元江府图谋不轨。不严密排查不行，错漏了一个也不行！凡是被抓住还敢负隅顽抗的，下场都逃不过一个死！还有，谁敢包庇贼人，别怪族规无情，同等惩罚论处！”

那哨兵颐指气使地嚷完，就让左右把那男子捆了起来。

城门前排队的百姓对这样的场面像是司空见惯，朝着男子投了一两个注目礼，有些同情也有些唏嘘，便再没有过多的理会。朱明月此刻站在队伍中，眼看就要排到她，下意识地往后退了两步，却被一双手从背后给扶住了。

“这是我家侄媳妇儿，便不必查了吧！”

细腰、细胳膊的摆夷族女子，生得高挑而窈窕有致，有一种与生俱来的优雅，却不由分说地拉着她直接插队到最前面。

那哨兵被她唬得一愣，紧接着就怒道：“什么你侄媳妇儿，外地人？还是个外族人！”

朱明月穿着一身白坎黑裙，扎成双辫，白流苏头帕下只露出一张美丽的面庞。此时把缰绳绾了绾，从挎囊里掏出一份户籍和路引，又被那女子接过来拿在手里，往哨兵的怀里一推，“看见了没？红河彝族给开具的证明。人家啊可是从黄草坝来的，跟咱们摆夷族也不算是外人吧！”

那哨兵不耐烦地推开她的手，一边看一边道：“岩笙那小子真进陶府了？”

原来是认识的。

“那还能有假。武职守备，已经做到了第六阶，明年就要升五阶了。”

女子的脸上满是得意。

哨兵“哼”了一嗓子，“那她来元江府做什么？”

“都说了是玉娇姑姑的侄媳妇儿，嫁到她们家，当然得回来啦！阿卢你就通融通融，放行吧！”

一旁的帕文仰着脖子说道。

原来都是认识的。

那哨兵瞥过少女的脸，有些狐疑地说道：“户籍和路引倒是没问题，就是你这侄媳妇恁地白净了些，看着怎么也不像是红河彝族的人……”

玉娇上前一步，挡住哨兵的视线，“阿卢你可要瞧清楚，我这侄媳妇不仅会爨文，还会讲摆夷族语。除了咱们元江那氏和红河彝族，还有谁会这些。要不，先让她说两句给你听听?”

“是啦，阿卢你别疑神疑鬼的，玉娇姑姑你还信不过啊!”

帕文不满地撅起嘴，又拽着那哨兵的胳膊，使劲摇了摇。

那哨兵皱眉看着面前一大一小两人，片刻，有些烦躁地摆了摆手，“算了，过吧过吧，反正是玉娇你作的担保，出了事你们全家都别想跑!”

帕文欢呼一声，一蹦一跳地往城里走去。

那厢，玉娇拉起朱明月的手，“咱们也走吧。”

元江府内城不比东川的繁华热闹，也不似曲靖府的大气古朴，浓绿的雨林，明媚的阳光，精致的竹楼，金顶的佛寺……氤氲潮湿的气息漂浮在半空中，将近处的村落、寨子，还有远处的河流都蒙上了一层神秘而迷人的面纱。

听说这里终年无雪，阳光充足，居住着古老的摆夷族人，是百越后代，先民在贝叶上写了很多动人的传说。这里的人信奉孔雀，一种美丽而迷人的禽鸟……摆夷族的民谚说：寨前渔，寨后猎，依山傍水把寨立；无山不狩猎，无河不建寨。于是几乎所有的村落都在平坝近水之处，还有小溪之畔大河两岸、湖沼四周，凡竹翠围绕绿树成荫的处所，必有摆夷族村寨。当地居民开水田种稻，赖以生存，摆夷人更是泼水为节，一日几浴。

村寨和村寨之间到处可见的是浓绿葱茏的大树，终年常绿的乔木、灌木或藤本，多是中原地区不可见的真稀奇木，奇花异草，奇形异象，引人入胜，也让人啧啧惊叹。

建在浓绿之间的是一座座恢弘瑰丽的佛寺，金顶金身，金砖开道，满心满目都是一片辉煌灿烂。有些佛寺旁还建有佛塔。佛寺和佛塔大多是坐西朝东，屋顶坡面由三层相叠而成，中堂较高，东西两侧递减，交错起落；屋顶正脊及檐面之间的戗脊，排列着各种瓦饰，正脊上的瓦饰呈火焰状，而戗脊首端大多竖有凤的形象。

午后强烈的日光晒在头顶，将潮湿的土地烤得烘热，这样一路行走在村寨间，到处都有村民打招呼，似乎所有人都彼此相熟。偶尔有好奇的目光，是孩童嬉闹着跑过来，一双双纯真无垢的眼睛，笑得露出一排整齐的小白牙。

顺着山麓一直往上走，两侧依地势而建的是大大小小的精巧竹楼，以粗壮的大竹子支撑，悬空铺楼板。屋顶用茅草排覆盖，竹墙的缝隙很大，既通风又透光，楼顶两面的坡度比较大。整座竹楼分为两层，楼上住人，楼下饲养畜生、堆放杂物，也是舂米、织布的地方。

在东川府也有土木建造的小楼，像这种干栏式的方形竹楼倒是少有，看似简单却极其精巧。石阶堆砌而起的路曲曲折折，再往上的深处便是村寨里的佛寺。

“玉娇姑姑，我要去庙里喽!”

玉娇摸了摸帕文的脑袋，从背篓里挑出几串黄澄澄的芭蕉，“刚从山上摘的，拿回寺里跟小和尚们一起吃。”

帕文咧开嘴，“都说玉娇姑姑不仅人美，心地更好!”

告别了帕文，玉娇领着朱明月来到半山腰的家中。隔着一大片桫椤树林，竹楼修建得尤为宽敞精致，从二楼向远眺望，整片村落笼罩在蓝天白云之下，佛塔寺庙与摆夷竹楼、翠竹古木交相掩映，一派神圣的宁静景象。

“是不是跟想象中的不一样?”

玉娇拿着一杯竹筒，递给她，内盛清凉而甘甜的河水。

朱明月接过来抿了一口，“我以为披荆斩棘、刀山火海。却想不到河溪清澈、阳光艳丽，一片祥和。”

让西南当地的百姓都当之为豺狼虎豹之地、烟瘴蛇蝎之乡，却不知不过是民风淳朴、尚未开化的村寨部落。在内城少见的是街巷大宅、店铺和酒肆，也没有衙门和监牢。多的是连片而建的村寨，大寨子有二三百户人家，小村落有一二十家，依山傍水，聚族而居，相对保守闭塞，也单纯朴实。

玉娇面上一抹笑容，“‘问今是何世，乃不知有汉，无论魏晋’。美则美矣，沈小姐可不要被眼前的‘良田美池桑竹之属’给骗了哦。”

摆夷族的女子大多美丽，尤其是面前花信之年的女子，一颦一笑都带着一股妩媚的味道，很耐看。朱明月淡淡而笑道：“哪里敢小瞧。听说黔宁王府培植了多年的势力，在这看似简朴的村寨中却是水泼不进，均未成大气候，可见元江那氏之厉害是实至名归。”

玉娇道："沈小姐能这么想我便放心了呢。就在小姐来之前，军师已经给各寨子里的老底子发了消息，大家都知道有一个身份秘密的人要进来，只是想不到年纪这样轻。"

也没想到，小模样居然是这般绝色出众。

"沈小姐是官家人吧？"玉娇轻声问她。

少女点漆似的眸子，在阳光里映得一片清浅，画样精致的眉眼，肌肤更是白皙剔透、晶莹如雪。这么明显的江南汉女特征，如何妆扮怕是都能看出跟夷族的姑娘们不同，玉娇不禁有些苦恼，在心里琢磨着如何替她遮掩才是。这时，就听少女道："之前听帕文说，元江府的三城门是这几日才被封的，而我来的消息如此突然，没进城之前还一直头疼如何进来，你怎么会恰好在东面的小城门等着我的呢？"

"不仅是我，还有其他的人。"玉娇看着她，柔声道。

玉娇的意思是，是黔宁王府多年前在元江府城内发展的一个内线，也是地道的摆夷族人。当初萧颜在得知了沈家明珠要混进元江那氏的打算，就提前派人把关于她的部分消息，秘密传给内部几个牢靠的眼线。随后这些散落在元江的沐家眼线，便在通往元江内城的几条必经之路上守着，以各自的方式等待接应她。

玉娇只是其中之一。

朱明月听懂了，对这种毫无保留的照应，在感激之余却觉得甚是诧异。她此行是在为黔宁王府铲除障碍没错，可她的出发点与此根本无关，对方在对她的立场不甚明朗的情况下，将这些年来苦心经营、硕果仅存的眼线全部提供给了她，不得不说，实在是一种近乎冒险的信任。

正当此时，楼下传来了一抹孩童的稚音：

"阿妈，阿妈！"

随着"噔噔噔"的上楼声，一个身着短衫花裙扎着花苞头的小娃娃跑了上来，趺趺撞撞的步子，直直跑到玉娇面前，一下子扑进她的怀里。

"阿妈……"

柔软的嗓音，仿佛含着糖块一般，甜滋滋。小女孩儿扬起娇憨的小脸，一双黑葡萄似的大眼睛，分外讨喜。

"是你女儿？"

朱明月有些好奇地问。玉娇搂着小娃娃，笑着道：“是我的小女儿，今年已经五岁了。”

“取名字了吗?”

玉娇笑着摇头：“还没呢。”

朱明月伸出手，摸了摸小娃娃嘟嘟的脸儿，不禁心生怜爱。玉娇搂了搂小娃娃，忽然想起了什么，道：“差点忘了去给沈小姐弄一套衣裳，来了寨子，穿这样一身外族的服饰可不行。暂时就委屈沈小姐待在楼上，我没回来之前，可不能乱跑哦!”

朱明月点头：“好。”

玉娇拉着小娃娃的手，慢慢往楼下走。

朱明月到晒台前目送着母女二人的背影，一大一小两个女子有说有笑地顺着楼前的小路，往寨子西面而去。

从她们俩身边经过的三三两两的村民，都背着竹篓，衣着朴素不起眼。走到竹楼下面时，其中一两个状似不经意地抬头朝着楼上看来。

二楼的少女将一串风铃挂在檐下，微风拂过，风铃发出零零碎碎的轻响。

等玉娇领着小娃娃回来时，带回来了很多奇异甜蜜的水果。玉娇手里还捧着一件金线滚边的金葵色高腰筒裙，外套浅色对襟窄袖衫，做工相当讲究；另有莲纹的银腰带、银发簪、银项圈……无一不显出别样的简约和雅致。

朱明月不禁赞叹了一声。

玉娇笑吟吟地说道：“咱们摆夷人不像你们汉人重男轻女，对女子的规矩也多。咱们是喜欢女儿的，在族里女孩子的地位总要比男子高些，一应衣饰用物也必是精而细之。将来男孩子心仪哪个女孩儿，想要嫁给她，还要亲手打造银饰讨她欢心。”

“男嫁女?”

玉娇“嗯”了一声，笑着道：“所以村里的人都说我们家是好福气，一连生的都是女儿!”

中原汉室生女孩是弄瓦之喜，生下男孩儿才是弄璋之喜，在摆夷族的传统却刚好反了过来——平民无姓，女子便以“玉”代姓，男子则是

"岩"，矜贵之别，明显是重女轻男。男子将来还要嫁到女子家中，为其家里从事生产。朱明月看过《云南志》，上面对于西南边陲诸夷族民众的不同习俗介绍，大多是让人闻所未闻。

朱明月摩挲着纯银打造的小碗，轻声道："在那氏的土司府里，也遵循这样的习俗吗？"

玉娇笑着摆手道："土司府可不同。那氏土司是朝廷钦封的世袭土官，沿用汉人传统，父位子承、兄终弟继，土司老爷是一府之长，在土府里便是以男子当家。"

"既是如此，那为何这次的封城，是土司夫人的命令呢？"

她还听帕文说，土司老爷那荣被土司夫人刀曼罗给关了起来。

玉娇捂唇笑了笑，"谁让咱们这位土司老爷色迷心窍，非要瞒着刀曼罗夫人从外面的府城找漂亮女孩子回来寻欢作乐。刀曼罗夫人是孟琏刀氏嫡出的二小姐，娘家势力极硬，就连元江那氏都要给些面子，而那荣老爷又是个极度畏妻的。出了这种理亏的事，便是堂堂的土司也要让三分。"

朱明月有几分恍然地点头，又道："除了那些女孩子，三个月之内，元江府还有没有其他的事？"

玉娇迷惘地看她："……沈小姐想问什么？"

她想问的太多了：那二十几名商贾的被抓；元江武士公然屠戮朝廷士兵，又与卫所军队在哀牢山下拼死血战；黔宁王府的御前请旨剿袭；沐晟率领沐家军亲临东川；萧颜多方游说撺掇土府家族……短短三个月的时间，实在是发生了很多事。流言早已在云南十三府传得沸沸扬扬，足以让整个西南为之震动，可是元江府却太平静了，平静得就像是与世无争的世外桃源。

"最近，是不是经常有其他府城的土官和流官前来拜访？"

朱明月挑选其一，问道。

玉娇点头道："其实以前各土府的老爷们也会来此。像丽江府、普洱府、武定几处的土司，还有大理、顺宁的知县也会经常派人来……但是自从商贾被抓，土司老爷便开始闭门谢客，就连九老爷都没出面。无论谁来，一律拒之门外。"

朱明月对这个答案有些意料之外，又问："那元江府城内近期可有调兵的动作?”

玉娇想了一下，摇头道：“土司老爷的曼腊寨子和九老爷的曼景兰寨子隔着一条曼听河，假使有调兵的行动，两处府上的家奴、远近几处寨子里的武士早就在河两岸厉兵秣马了，还有内城的守军也应该开拔到外城，不可能一点动静都没有。可我一直在留意，除了挂人头、封城门之外，并无其他。”

这就更让人费解了。

一不缓解冲突，利用土府家族的从中调解，化干戈为玉帛；二不准备反攻，反而是眼睁睁看着对方调兵、备战。而同样是等，沐晟不着急，是因为黔宁王府谋划几年，并不急于一时，是按部就班、胸有成竹；元江府也不急，不但不急，更给朝廷二十六卫羽林军的抵达提供了充裕的时间。

这分明是一种等死的状态，却像是自投罗网，又有恃无恐。

朱明月陷入沉吟，良久，开口道：“你可知道那些商贾被关押在哪里?”

“九老爷的曼景兰寨子。听说，都被关在南览河以南，西岸的水牢里。”

朱明月道：“你说的这个‘九老爷’，可是那九幽……”

话音刚出口，最后的几个字就被玉娇捂在了嘴里。

玉娇的脸上是惊慌的表情，四下张望了一下，见没什么动静，才嘘声道：“不能直呼其名的。寨子里的村民都只敢称呼其为‘九老爷’或是‘九爷’，若是哪个人随便说出九老爷的名讳，便是不尊，要被丢进曼听河里喂食人鱼的!”

那是一个光想一想，就让人心生畏惧的男子。尚不到而立之年的岁数，排行第九，辈分极高，连土司那荣都需称呼其一声“九叔”。一手掌握元江府的兵权，一人之下万人之上，也掌握着西南大片土地上生命的生杀予夺。

朱明月没想到当地的摆夷族人也惧怕他到如此地步，刚想说些什么，这时候，楼下响起对话声和脚步声。玉娇一惊，赶紧到晒台去看，却是丈夫和两个姐夫垦田归来。

……

东川府。

就在朱明月进入元江内城的前一日，东川府迎到了姗姗来迟的朝廷二十六卫羽林军。

此时此刻距离先遣传令官送来朝廷准许发兵的口谕，足足过去了两个月的时间，沿途接到通知的卫所和驿站盼星星盼月亮地等，终于在两月之后六月初一的这日，接到了御前钦差即将抵达的消息。

初二日，东川府的城门口张灯结彩。

衙署的官吏身着官袍、守城的士兵身披甲胄，排成整整齐齐的两道队列，中间是敲锣打鼓、欢天喜地的百姓，簇拥成一团翘首等候。这几乎是比迎接沐晟更隆重、更热闹的场面，由孙兆康亲自领着东川全体军民，专程迎接从应天府远道而来的皇家亲军卫队。

第一拨传信官，在巳时一刻将消息送到府城。

紧接着是第二拨。

等到未时三刻，第三拨传信官骑着快马而至，不久之后，城楼下的军民远远地就瞧见官道尽头有一队人马而至。

飞羽缨枪，红巾宝铠，浩浩荡荡的队伍仿佛笼罩在一片明灿灿的光彩中。等离得近了，还能听到马脖子上銮铃发出动听的响声。

在马蹄踏地激荡起的飞扬沙尘中，每个将士身上都披着抹金甲、青织金云纻丝战袍，胯下烈马也是清一色的锁了头盔、火漆钉护腿，被阳光这么一照，连地上的尘土都是亮的，直晃得人睁不开眼睛。放眼望去，简直是腾云驾雾的天兵天将一般。

率队行在最前面的，是一匹雪白的骏马，马背上的男子身着一袭惹眼的深紫色锦袍，风驰电掣，急速驰来。

东川府的外城城门下还搭设着简单的榄架，作为遮阳，也为烘托迎接的场面，上面特地绑着五色彩旗；架子下是敲锣打鼓的彩衣队，专等着御前禁卫军一到，就锣鼓喧天、热烈欢呼。不料这样的一行飞骑队伍踏着滚滚黄土疾驰而来，尤其是前面的几匹马，因速度太快，连马上坐着的人长什么样都看不清楚。

眼看就要冲到城门下，却丝毫没有勒马减速的意图，铿锵的马蹄声一瞬间扑面而至，越来越近、越来越近……

众人顿时就傻了眼，也不知是谁喊了一声，下一刻，原本捧锣、打鼓的人“轰”地一下就开始四散。

那架子是全靠人扶着的，中间的百姓乱跑乱撞不要紧，一下子就撞到了扶架的衙差身上。十几个人怎的也挡不住百来人，只听“砰”的一声巨响，榄架轰然倒塌；什么锣鼓、彩旗，悉数撒了一地，人仰马翻，一阵阵的哭爹喊娘声。

场面顿时混乱不堪。

也是在乱飞的灰尘中，训练有素的亲兵卫队在十步之内已慢了下来。紧接着，为首的那一人一马已来到跟前。

“这位便是孙知府吧，迎接的方式好特别！”

一袭缠枝宝相花纹织锦的锦袍，彩绣玉带，锦袍的面料还是织“宝相花”纹样的织金锦。这纹饰一度是帝王后妃的专用图案，与蟒龙的图案一样，为民间所禁用；在袖口和襟口还烫染着大团紫箩花，更绣有寿字花纹，金线银丝，熠熠生辉。

仅是这一身衣裳就显出其人尊贵煊赫的身份。而衣饰的主人，有一张堪比阳光更明媚艳丽的面容，眼梢略微上翘，带出些许媚气，不笑亦有三分笑意浮在眼底，却不仅是那眼，还有他的人，似乎都氤氲着醉人的桃花气息。

风华绝代，岂止女子。

孙兆康呆愣愣地张了张嘴，连下句话想说什么都忘了。

但见那人伸出手一把将他从地上拉起来，然后朝着城门下望了望，拧起秀气的眉，道：“怎么就孙知府你们几个，其他的人呢?”

李景隆问的是朱明月，孙兆康却很自然地想到是云南藩王沐晟，不由得结结巴巴地答道：“黔、黔宁王在莲湖别庄等候，还请国公爷移步……”

别庄?

这么说珠儿跟那姓沐的待在一处，都在别庄等他。

俊俏的男子撇了撇嘴，又上了马，领着一众队伍往城里走。

平日鲜少有百姓的外城官道上，此时聚集着府城半数以上的军民，无一不踮着脚，瞪大眼睛瞧着这足有三千人的羽林卫。宝铠红袄，鲜衣怒马，英姿飒飒，队列里的将官无不是浓眉大眼，唇红齿白，放眼一望，赫然皆是美男子。

尤其是骑着高头大马行在最前面的，一袭华贵肆意的紫袍耀眼，更耀眼的是他明媚至美的颜容。多情最是桃花眼，一顾流转生辉似嗔若笑，端的是比桃花更艳美、比春光更迷离，仿佛只需他招一招手，就能召回草长莺飞的灿烂春天。

官道两旁的姑娘们红着脸不敢看，却在后面争相追随。那些半老的婆子啧啧称奇，瞅瞅这个又瞅瞅那个，怎么看怎么一个俊。

“国公爷一路颠沛劳顿，着实是辛苦了。”

此时，孙兆康也骑着高头大马，穿着一身倜傥贵气的云雁官袍，在这男子的身边却成了单调的陪衬绿叶，毫无存在感。

男子勾唇一笑，道：“孙知府太客气了，下官身负钦命，岂敢说辛苦。只不过……此次带来的羽林卫可是皇上的宝贝疙瘩，孙知府要妥善安排才是。”

孙兆康闻言，忙不迭地点头：“是、是、是，下官知道。”

他自然是知道，比不得之前护送走货的沐家军，尚且能跟着货商和马队一起驻扎在城外，来东川的这些羽林骑兵，乃是一支专属于皇上的亲卫军，各个金贵得很，只能像供菩萨一样供起来。而内城的府宅没那么大地方，于是把人都领到外城的这处别庄。

还有眼前的这位奉旨钦差，更是了不得——永乐元年被钦封的“奉天辅运推诚宣力武臣、特进光禄大夫、左柱国”，还是嗣位的曹国公，朝廷有大事，必以他为首主议。年纪轻轻，却权倾朝野，他跺上一脚，半个朝堂都要抖三抖。

于是孙兆康在这种战战兢兢的被迫接待中，又颇是受宠若惊，与有荣焉。毕竟在他府宅里住着一位堂堂的云南藩王，而即将入住孙氏别庄的，又是御前红得发紫的人物。

通向别庄的是一条幽长宁谧的林荫道，树叶在风中婆娑摇曳，不时有清浅的细芬飘入鼻息。等一行人来到林荫尽头的开阔处，修葺百里的偌大别庄临湖而建，隔着半人高的镂空琐窗，还能隐约看到内里碧波荡漾的湖面、姹紫嫣红的花圃。

那卓然倨傲的男子，已经在别庄门前等候多时。

“许久不见，黔宁王别来无恙。”

李景隆一抬腿就利落地下了马，向对方拱了拱手。在他身后，三千羽林军勒缰下马，军容整齐地一致下马列队。

“能让本王在外城迎接的，除了皇上，曹国公还是第一个。”

平淡的语气，让男子的面色看不出喜怒。

李景隆的笑容明媚不改，目光从沐晟身边几个正朝自己揖礼的武将一一扫过去，寻觅未果，又调回到沐晟身上，声调轻快地说道：“下官哪有那么大的颜面。黔宁王迎接的是皇上的圣旨，而下官恰好是传旨的钦差，带着这些御前亲卫军来拜见黔宁王府的当家人。黔宁王刚好说反了。”

说罢，特地抬了抬手里的明黄手绢。

“曹国公可知传信官在三月末便到了，而今已然六月初。”

李景隆“哦”了一声，不甚在意地耸肩道：“都过去这么久了吗？一路上山山水水的，风光无限，可能是稍作停留，耽误了些时日吧。”

“曹国公比预期整整晚到了一个多月。”

沐晟的脸色有些不善。

李景隆弯起唇角：“再晚也是圣旨，黔宁王也得等不是吗？”

若说举世无双，这两个男子便是当之无愧。一个是少年将军，凛寒如雪；一个是少年权臣，灼灼其华。浑然天成的风度和气度，是世间大多数男子都无法企及的，截然不同，却在伯仲之间。

然而两人一见面便不客气的态度，让孙兆康呆愣地瞪了瞪眼睛，却见沐晟一贯没什么表情的面上浮出一丝微冷的笑：“拖慢整体行军的速度，就等于是延误战机，若是军情紧急，这样的行为则要被军法处置。曹国公担待得起，本王可担待不起。”

李景隆挑着凤眸，笑容里含着戏谑道：“黔宁王莫不是忘了，皇上之所以让先遣役兵来传口谕，既是对黔宁王府的信任，也是因为深知兵贵神速。黔宁王若有军事调动，依照口谕即可便宜行事，根本不用等待朝廷的亲卫军。但黔宁王府在这两个月内都没有任何动静，不免让人怀疑，针对元江府的剿袭行动，是否真如呈递到御前的奏报上写的那样刻不容缓……”

李景隆不紧不慢的一番话说完，原本漫不经心的眼睛一点点变得明亮，褪去了吊儿郎当的纨绔和不羁，连周身的气场都变了。

原来还是个深藏不露的。

而那分明挑衅的话茬，让旁边的几位将官骇吓了一跳，不由得互相对视了几眼。

沐晟冷而淡然地看他，道："本王只知道曹国公是传旨而来，不晓得还是来当监军的……如此倒是甚好，本王稍后会让人将之前针对元江发兵而产生的一切兵力部署和调动，呈报给国公爷审阅，届时还望给出意见，以便本王和诸位将领参考修正。"

男子的下颚微抬起一个略高的弧度，目光中几分固有的倨傲，看在旁人的眼里却仿佛是别有一些意味。毕竟这位曾经是建文旧部的败军之将，而在场的卫所将官都是靖难之役的功臣，这样的说法以及其他人默认的态度，无疑是对这位远道而来的手下败将一种无声的藐视。

况且李景隆并非监军，根本没有督查将帅的权力。

气氛有些凝滞。孙兆康的脸色变了变，缩着脖子，吓得大气都不敢出。

那明媚俊俏的男子眯起眼，优容的面色有一点点变冷的迹象，须臾，唇畔一抹凉飕飕的微笑："承蒙黔宁王看得起，下官岂敢不竭尽所能？只是下官很好奇，等到将来战场上，究竟是黔宁王你的兵法厉害，还是你的口才更厉害？"

说完，抬起捧着黄绢圣旨的手，"黔宁王准备好接圣旨了吗？"

那威凛的男子一掀前裾，单膝跪在地上，肃整的神色透出恭敬。在他身边的一众文官武将也跟着含胸垂首，伏地听旨——

"吾皇万岁。"

"吾皇万岁。"

明黄绢帛上面的意思，与之前传令官送来的口谕大致相同。当今皇上在荣登大宝之前，有长达三十多年的戎马生涯，能征善战，最懂得"兵贵神速"的道理，让口谕先行，钦差押后，就是担心千里之隔会延误战机。或许再过个几年，这样的懂得和担心，会因为帝王心而发生根本的改变，但现在是永乐二年，战祸刚刚消弭，边陲动乱仍在，元江府的不断做大是黔宁王府多年来的一块心病，而今，对于初登大宝的皇上来说也成了一个隐忧。

六月的时令，菡萏为莲。

一望平阔的百里湖面上，铺天盖地的阔叶莲花已开得正好，红的嫣然如烟霞，白的冷艳似霜雪，黄的灿烂若蜀锦，晶莹的水珠在莲叶上滚动，泛出剔透的光泽。有几艘兰饶画舫荡漾在莲花荡中，船桨一圈圈划开浸满阳光的金色涟漪，宛若揉碎的美丽梦境。

这便是当初孙姜氏跟朱明月提过的胜景。现今景致依旧，曾说过要来赏景的人，已然身在千里之外失去了踪迹。

阿普居木顺着九曲回廊走过来，就看到沐晟独自一人负手伫立在湖畔，阳光在他身上镀了一层没有温度的白光，平添了几分拒人于千里之外的疏冷气息。

“王爷。”

男子保持着背对的姿势，“查得怎么样？”

阿普居木低声道：“别庄外面的确有几双眼睛，从李国公到东川之前就跟着了。末将按照王爷的吩咐，没让人动他们，只在暗中跟着，看看他们会接触什么人。”

“若查明他们仅是元江府派来的……”

“末将知道，一律就地格杀勿论。”

阿普居木的话音刚落，身后忽然传来一阵脚步声。

却是李景隆被孙兆康扶着，一步三晃地顺着九曲回廊过来，一边走还一边呵呵地笑道：“都说武将爱酒、文臣嗜茶，孙知府却偏偏惦记着这些花花草草。让本钦差也瞧瞧，到底是什么稀奇品种，比宫里面的还好了？”

离老远就闻到一股醺醉的酒气。阿普居木撇了撇嘴，真当自己是游山玩水来的，这才刚到东川居然就喝高了。

“呦，黔宁王也在啊！”

或许是真醉了，刚刚门口发生的一幕不快烟消云散。李景隆一见到湖畔的人，一把拨开孙兆康扶着的手，握着酒盏晃晃悠悠地朝着他走过来，“黔宁王在这儿正好。下官特地过来观赏孙知府养的花，刚好……跟黔宁王一起品评品评。”

“本王对花无甚研究，不打扰曹国公的雅兴。”

沐晟淡声说着，便要离开原地。

“别这么冷淡嘛，好歹也跟下官喝一杯！”

李景隆伸手一拉沐晟的袍袖。

沐晟的目光落在他攥着自己襟袖的手上，李景隆讪讪地松开手，却在对方迈出脚步的同时，开口道："黔宁王可听过亳州牡丹?"

他这么问不过是碰碰运气，不料沐晟脚下果真一滞，倏然转过身来。

还真是让他猜对了，李景隆扬起醉醺醺的一张脸，朝着沐晟笑呵呵地道："亳州牡丹啊。黔宁王肯定听说过对吧，刚刚孙夫人还在说，没机会带沈家的小姐再到此地赏花，只瞧了牡丹却错过了莲花，真真是可惜、可惜……"

李景隆的话有些颠三倒四，让一侧的孙兆康听得丈二和尚摸不着头脑。沐晟却再没迈开脚步，好半晌，薄唇启阖道："她的确曾来此赏过牡丹。"

李景隆羊脂般的脸颊上，晕着一团淡淡的红晕，有种超乎于男女之别的妩媚，"那就是了。如果珠儿来过，肯定会提起亳州牡丹，那花品可不一般，向来是宫中供奉，比起这些庸脂俗粉不知出众多少。"说罢，伸出一指戳了戳孙兆康的脑门，"孙知府假若有幸瞧见，肯定宁愿把这一园子花圃给铲了，也要求得亳州一株!"

"看来曹国公与沈家明珠，真的很熟络。"

那厢，男子冷冷开口。

李景隆自顾自地举起酒盏，仰脖一饮而尽，"可不是嘛，在这天底下，没人比我更了解珠儿，也没有人比珠儿更了解我……"

称谓变了，本人却毫无察觉。嘴里一口一个姑娘家的闺名叫着，这样的不拘小节，在外人听来无疑是两人的关系非同一般。

孙兆康瞧着沐晟看不出表情的脸，忽然有乌云盖顶的不妙感觉，扶了扶李景隆的胳膊，赔笑道："要不国公爷在这儿跟黔宁王说话，下、下官过去招呼众将士，先失陪一下。"

李景隆迷蒙着醉眼，摆手道："去吧去吧，好生招待他们啊!"

孙兆康点头哈腰战战兢兢地走了，阿普居木也被沐晟示意退下去，偌大的湖畔花圃，只剩下他和李景隆两个人。

"人都走光了，曹国公想说什么，说吧。"

花叶在静谧的风中簌簌颤动，男子冷漠的视线仿佛是在看一个唱戏的跳梁之人。李景隆很久没被人用这种目光看过，嘲弄地挑了挑眉，虚晃着脚步走到汉白玉雕栏前："确实有件事想问，这么半天，为什么没看到珠儿?”

他指的是朱明月，也是沈明珠。沐晟的眸色动了动，深邃的眼底没有半点温度，“如果曹国公能够在一个半月前准时抵达东川府，或许还有机会见到她的面。”

李景隆一怔：“什么意思?”

“她去了元江。”

或者应该说，她现在人就快到元江了。

沈家明珠的离开已是众所周知的一个事实，但是知情者中的大部分人都没想过，她真能在黔宁王府的阻拦下越过重重关卡，并最终彻底在沿途驿站和卫所的视线中销声匿迹。而前后整整一个半月，差不多够时间让她抵达目的地，与此同时，丽江府用以贡献给那氏土司、实则为沈家小姐作掩护的那些少女，绕路来东川府后再次启程的途中，被一伙蒙面武士全数屠杀，尸身被丢弃了一路，头颅却都不见了。惨不忍睹的场面，骇人听闻，在几个府城传得沸沸扬扬。

那么当她也了解到这一情况后，是仍旧执意不改，还是会悬崖勒马……沐晟从未有过这么强烈的念头，让他希望她能选择后者，他希望她能回来。

“你说什么? 元江，是你让她去了元江!”

最激动的莫过于李景隆，闻言上前一把抓住沐晟的衣襟。

湖畔的花圃与前面的敞台有些距离，隔着丛生的花木，琅台那边的宾客看不到回廊这边的情况。沐晟抬起眼，冷冷地看着面前这个看似醉得不轻、实则眼神清明的男子，“本王尊你一声‘国公’的称呼，还请你自重。”

最后的两个字含着无限警告。李景隆的脸因怒不可遏更红了三分，拧紧眉头咬牙切齿地说道：“下官也尊称你一句‘黔宁王’，劳烦黔宁王你把刚才的话再说一遍，什么叫‘她去了元江’?”

“四月十一寒食节，她用枫茄花、缇齐和千日醉，放倒了一同来庄上的所有人，还拐着一个纳西族的女锅头，动身去了元江府。”

李景隆错愕地瞪大眼睛，“什么?”

树叶被风拂过发出沙沙声，男子的眼底却仿佛沉积着终年不化的积雪。李景隆不禁松开了手，有些难以置信地问道：“怎么可能呢? 元江那氏是个什么地方，她为什么去那种地方送死？”

为什么？

他也想知道为什么。当初沈明琪被抓她都没着急，忽然有一日，她便开始费尽了心思要求深入敌营，他驳回了，她又偷偷地去调动丽江的土官，最后的这次，更是不惜虚与委蛇，又是烈酒又是迷香……

那时他让阿普居木向各府州县发出严查的军令，自以为放任她在外面胡闹一阵，便能够轻而易举地把她带回来。可惜到底是低估了她的能耐，而他之前所有的自负和笃定，也都成了笑话……或许最初她背着自己擅自调动丽江的土官，就应该把她关起来，再不让她跨出府门半步。

“难道不是黔宁王默许她去的吗？”

李景隆见他久不出声，不由似笑非笑地嘲讽道：“毕竟只要珠儿进了元江府，就能够充当你在敌营中的眼线，黔宁王府想得到什么情报，她都能随时随地为你去探听。这对于即将到来的剿袭行动，可是天大的好事。”

就像当初姚广孝让她去建文宫中那样。

沐晟抬起头，“如果有可能把她留下，本王会不惜折断她的翅膀。”

那一刻男子眼底流泻出的狠绝，让李景隆都不禁为之一愣。转瞬又像是想到了什么，默声不语地眯起眼，眼底的神情变幻莫测。

“黔宁王真的不知道原因？”

半晌，李景隆有些审视地看他。

“如果曹国公真想知道，不妨去问一个人。”

孙姜氏并不知道连翘是因何得罪了沐晟，才被下这么狠的手，被抬出来时几乎只剩下了半条命。但是作为贴身伺候的侍婢，唯一的主子无故消失，有推卸不掉的责任，却怜她在府中伺候多年，在外又无依无靠，带回府宅后便一直养在后院。

“说吧，你是锦衣亲军都指挥使司的人，还是原亲军都尉府的人？”

床幔半遮的榻上躺着一个五官平凡的侍女，脸色苍白得过分，骨瘦如柴的身子，像是随时都能断气似的。再一眼看过去，在她腰间缠着厚厚的绷带，连带着绑住后背一整块锻造的又长又宽的精铁，不细看还以为她背着一块门板。

李景隆毫不客气的问话，让连翘捂唇轻轻咳嗽了两声，即使这样，也扯动了伤口，疼得她鼻尖泛酸。

“你怎么了？”

李景隆皱眉道。

“奴婢的腰……被黔宁王的侍卫踹折了。”

饶是李景隆，也不禁倒吸了口凉气：“因为什么？”

“因为奴婢放走了不该放的人。”

李景隆的眉头皱得更紧，“你还没回答我的问题。”

连翘苦笑道：“锦衣亲军都指挥使司也好，原燕王藩邸的人也好，有何区别吗？反正奴婢现在是废人一个，无论是哪一处，奴婢都再也回不去了。”

李景隆隔着轻薄的床幔看她，就凭这副样子，仅是喘一口气就足以让她疼得死去活来。

“你是姚广孝的人？”

连翘咬唇，点了点头。

李景隆轻嗤一声，道：“姚广孝也称得上是无遗漏了，居然把眼线安插到了一个毫不相干的地方知府大宅里。这么说，就是你把去元江府的命令带给她的？”

“带给谁？”

“朱家明月。”

连翘道：“看来国公爷很了解内情。”

“姚广孝为什么让她去元江府？”

连翘这回没动也没做声，李景隆见状冷哼了一下，哂道：“你没跟她一起走，甘愿留下来承受黔宁王的怒气，就应该想到，关于她的事你瞒不了多久。”

连翘垂下眼帘，抿了抿快被她咬烂的唇瓣：“奴婢宁肯受此等重罚也守口如瓶，国公爷认为，还有什么会让奴婢松口屈服？”

死，她不怕。

否则不会成为一名死士。

李景隆眯了眯眼，显然也知道面前这个奴婢所言非虚，有些烦躁地扯了扯衣襟，在屋内踱了几回步子。却听那侍婢幽幽地说道：“但若是国公爷真想知道，奴婢会说。”

李景隆转过身，“你敢耍我！”

连翘轻轻摇头，“奴婢只是谨遵姚公的吩咐。”

李景隆朝她睨去一眼，凉凉地道：“说，你的条件！”

或者是姚广孝的条件。

跟那个僧人打过多年交道，李景隆怎么会不知对方装神弄鬼、请君入瓮的本事。可他必须弄清楚，究竟是什么让那个一向怕死怕得要命的丫头，甘愿冒着生命危险去元江那种虎狼之地。作为原燕王藩邸的心腹，李景隆与姚广孝的地位相当，从来只对皇上一人负责，朱明月作为姚广孝麾下、原燕王藩邸亲军都尉府的细作，却曾与他在建文宫中互相扶持走过五年，两人是青梅竹马，也是刎颈之交，她更是这世上仅剩不多的懂他的人。

李景隆干脆利落的话，让连翘勾唇露出一个微笑，轻声道：“国公爷开门见山，那奴婢便放肆了……请国公爷靠近些……”

不甚宽敞的寝房里，除了微风带动窗扇摇晃的吱呀声，只剩更漏滴滴答答的响动。待连翘低语罢，李景隆面容有些古怪，却还是道：“好，本国公答应。”

连翘道：“下面轮到奴婢给国公爷解惑，月儿小姐此去，是因为一个人。”

“什么人？”

那孱弱的侍婢抬起头：“在元江府，有一个很特别的人，让姚公放心不下，也使得月儿小姐非去不可。那是一个……国公爷跟月儿小姐曾经都很熟悉的人。”

李景隆从后院的厢房出来的时候，一张俊脸阴沉得几乎能够渗出冰来。

“你问到原因了？”

静谧的敞苑，沐晟站在月光的阴影里。

“问到了。”

“是什么？”

面对男子的追问，李景隆忽然一笑：“姓沐的，你到底还是不是男人。这么久的相处，就算没有交情也好歹是你把她带来的，她这么莫名其妙地跑去元江府送死，到现在你连个理由都不知道！你就是这么照顾沈家长房遗孤的？”

这句话直直戳到沐晟的底线。

“收回你的话。”

李景隆挑着凤眸，像是丝毫没察觉对方阴沉至寒的目光，仍自顾自地啧啧道：“看着倒是挺像那么回事，实际上也不过是个贪生怕死的孬种。这几年让元江府给吓破胆了还是怎的，临阵不敢自己出头，却无耻地让一个女人去替你打头阵，早知这样何必在御前请旨，讨什么发兵的圣谕，干脆窝在云南府当你无能的黔宁王不是更好……”

话音未落，一股强劲的拳风自他右后方陡然而至，让他来不及反应就硬生生吃下这一拳。

“再给你次机会，收回你的话。”

李景隆踉跄地往后退了好几步，一抹嘴角，满手是血沫，“收回？黔宁王在别庄喝多了吧！”

男人之间很多事都是心照不宣的。就比如此刻，仅是这样一句话就注定了无可避免的动手，而两人谁都没有退一步的意思。

出拳只在一刹那。

裹挟着凌厉的刚猛拳风迅猛而来，却被沐晟刚稳稳地躲过，紧跟着李景隆又是扫堂腿，捭阖开难以遏制的暴戾。沐晟一个后跃，转过腰背，抬腿灌足了劲力踹向李景隆的腿窝处。

铺地的青石板在李景隆躲开的一瞬，被踩得碎石崩裂，发出“咔嚓”一声响。

像后院这种地方，平时本就少有人来，此刻又是夜半阑珊，连翘在屋内听到响动想出来也动弹不了，两个伺候的丫鬟瞧见这架势，早就吓得躲进了屋。

拳风和掌风，在寂静的夜空中飒飒作响，随之被毁的是天井边的藤架，以及晾晒用的搭台……两人难分难解的打斗中，李景隆蓦地以手触地，单腿劈向沐晟的肩胛骨，沐晟抬手臂硬是接下了这一腿，却同时狠狠踹向他的右膝盖下方，又飞起一脚铲在他的小腹上。这一下，让李景隆猛地摔在地上，再也爬不起来。

李景隆趴在地上，一口气没喘上来，险些没因为腿上和胸腹的剧痛死过去，小腿的胫骨好像被沐晟踹折了。却见沐晟扶着小臂，额头上冒出汗来，似乎也好不到哪儿去。

“老子早就看你不顺眼，如今把你的桡骨踢折了，也算是够本！”

李景隆说话带喘音，说完捂着胸腹想挣扎着起来，却疼得丝丝抽气。

沐晟站稳了，右手一扭左臂的关节，“嘎巴”一声，骨折处又被扭回来，“本王劝你闭上嘴，别不识抬举。”

李景隆见他面色如常，似只是崴了一下并没什么大碍，一时气急攻心，直接爆了句粗口。

沐晟走到他跟前，居高临下地看着他，“如果你不愿意说出你知道的，本王也不强人所难。但之前发生的一切，都是本王与她之间的事，若本王再从你嘴里听到一句，可不敢保证曹国公还能平安等到战事结束，无恙地回京交差。”

李景隆被这样的不屑彻底激怒了，眼底怒火大盛，“姓沐的，你真当自己是云南藩王就了不得是吗？胆敢威胁钦差大臣，你这个云南藩王还想不想当了？功高震主，骄横跋扈，只需本钦差一句话，你小心你的脑袋！”

这是足以让任何封疆大吏都为之震颤的话。

沐晟勾唇露出一抹很冷的笑，几分瘆人，“本王不怀疑曹国公你的能耐，但是本王怀疑，国公爷有没有机会去说。”

李景隆恶狠狠地瞪着他，“你还敢怎样！”

“放心吧，毕竟，你也是她的旧识……”男子的面容浸在一片漆黑的夜里，疏淡的月光落了他满肩，“看在她的面子上，本王也不会对你怎样。”

远在元江府的朱明月，并不知道这次负责率领二十六卫羽林军的钦差，就是李景隆。

盛夏的时令，也是西南边陲多雨之际，尤其是元江府摆夷族居住一带，雨水甚多，积雨集中，常会发洪水。摆夷族的竹楼因此下层架空，墙又为多空隙的竹篾，楼板和墙面用竹篱或木板制作，一防潮湿，二散热通风，三可避虫兽侵袭，四可避洪水冲击。

竹楼的第二层则设有走廊、凉台、堂屋和寝房——堂屋设火塘，是烧茶做饭的地方；外有开敞的前廊和晒台，既明亮又通风。寝房是一个大通间，男女数代同宿一室，席楼而卧，仅仅是用黑布蚊帐作为隔挡。室内陈设简朴，几乎是竹制品，壁多无窗。

朱明月是官家小姐，又是宫里出来的，再怎么跟着沐晟在外颠沛劳顿地赶路，住的也是单独宽敞的大帐，睡的则是小羊皮铺热火烫过的暖地铺，哪里见过这种席地而卧的竹板屋——仅隔着一道竹门，里面是主人寝房，睡着玉娇的一大家子。

阳光和风从竹片缝中透进来，几乎一宿未合眼的少女揉了揉酸疼的脖颈，听到竹楼外传来的一两声鸡鸣。

寨子里已经有村民早起耕作，从竹楼上下来，外面的小径上随时可见背着竹篓、拿着竹棍的妇女。清晨的阳光照耀在她们的脸上，略黑的肤色，纤瘦而高挑的身材，三三两两，相携交谈而笑语盈盈，显得恬淡而安逸。

朱明月略显娇小，穿着一身摆夷族女子的服饰，却极显身量：明艳的金葵色筒裙长及脚踝，上身的衣衫刚好齐腰，紧紧裹住身子。束腰的是一条纯银腰带，衬得腰肢不盈一握，走起路来婀娜多姿。

“这位邵多丽是外乡人吧！”

有抓着渔网的摆夷族妇女从旁边经过，见她一直冲着芭蕉树上的果实瞧，就笑着踮脚去摘了一串鲜黄的芭蕉给她。蕉身极小，皮上斑点似芝麻粒，煞是可爱。

“邵多丽”是摆夷人对已成年尚未婚配的美丽少女的称呼，朱明月听得懂摆夷族的族语，有些不好意思地接过黄澄澄的芭蕉，朝她点头道：“阿玉家的。”

那妇女闻言一笑，“邵多丽这么说，可知道不仅是咱们寨子，其他村寨里的平民女子也都姓‘玉’，那你是哪个玉家的呢？”

朱明月也跟着笑了，回手指了指那半山腰的竹楼，“玉娇家里的。”

那妇人恍然了悟，带着羡慕的神情道：“寨子里都听说玉娇家的岩笙娶了一位孔雀般美丽的新媳妇，这次特地回来探亲，还打算上门去道声恭喜呢，想不到果真出落得跟天仙儿似的，玉娇家可真有福气。不知邵多丽是哪个族的？”

“彝族。”

“黄草坝过来的？”

朱明月点点头。

那妇人感叹地说道：“路可不算近呢。”

朱明月微笑以对，片刻，轻声问道："我想打听一下，土司老爷是不是住在曼腊寨子里？"

那妇人一怔，道："是啊，怎么了？"

"早就听说元江的土司老爷威名，更听说曼腊寨子里住着四百多户人家，气派非常，想去见识见识。不知道曼腊寨了怎样走？"

妇人笑道："曼腊寨和咱们曼听寨离着不远，顺着这条路一直往北走，过了曼听河的浮桥，再经过一座坝，瞧见椰树最茂盛的地方，就是曼腊寨子了。"

"那曼景兰寨子是不是就在曼腊寨旁边？"

那妇人闻言脸色陡然一变，"你打听这个做什么？"

朱明月眨着眼道："听人说，曼景兰寨子比土司老爷的曼腊寨子更气派、更漂亮。"

妇人抓了抓渔网，像是有些紧张、又有些疑惑地道："邵多丽初来乍到，可别乱走乱闯呢。假若觉得闷了，就让玉娇带着你上山去转转，且是曼腊寨子也无妨的。这样吧，赶得早不如赶得巧，我先带你过去瞧瞧。"

这妇人也不管对方是否要拒绝，就先行带路往前走，顺着小路七拐八拐走过一段，不多时，就来到了一处又长又宽的河湾。由北向南流的河道，宛若一个天然的屏障，将河流两岸的土坡和湿热绿植阻隔开来，几棵大榕树生长在河边，散落在树下的石块被冲刷得浑圆光滑。

"就是这里了。"

那摆夷族的妇女抬起手，给她指了指对面，"过了这条曼听河，再翻过那道土坡，就是土司老爷的曼腊寨子。"

辰时刚过，河两岸阳光和暖。

朱明月望着那镜面一般清澈无澜的河流，近滩处的水几可见底，隐约可见游鱼，通体鳞片鲜亮，被阳光一照斑斓多彩。

还有那所谓的浮桥，是在几条并列的竹筏上面铺设竹板而造成的。正逢多雨时节，河面溢涨，浮桥多处几乎与水面平齐，河道最深的地方水已然漫过了桥面，且边缘遍布青苔，稍不留神就可能刺溜一下滑进河里。

"这真的是去曼腊寨子的必经之路？"

那妇人"呵呵"笑道："那还能有假，村里人去曼腊寨子，都是从这里走的呢。”

“可我怎的听说，这曼听河里养着食人鱼呢。”

少女巴掌大的小脸，一双黑眸点漆似的，眼皮微抬往河水里一撩，道：“喏，就是那些。看上去艳丽无比，却尖牙利齿，凶残得很。若不是处置犯了错的人，平常很少有村民会来这里……”

……

那妇人愣了片刻，倏然就冷了脸，挥手“啪”的一下将朱明月手里的芭蕉打落在地上，“都说你们外来的人没安好心，瞧你这么白的面皮，根本就不像是西南边陲的住民，还骗我说是什么‘红河彝族’、不认得村寨里的路！赶紧老实交代，你到底是什么人？来干什么的？不说清楚我就把你推进河里去喂鱼！”

朱明月看着这变脸比翻书还快的妇人，不禁道：“我真是玉娇家的呀，新媳妇刚过门。”

那妇人呸了一口，“什么见鬼的新媳妇，刚一进城就想往土司老爷的曼腊寨子闯，还敢打听九老爷的曼景兰寨子！我看你分明是憋着什么坏心，想使坏！”

摆夷族的妇人一边说，一边比比划划，唾沫横飞。

朱明月有些哭笑不得地说道：“怎么会呢。我一个人从红河来到澜沧，人生地不熟的，好奇四处看看也属正常。再说，九老爷位高权重，深得村民的敬仰和爱戴，我去瞧一瞧曼景兰寨子，说不定还能有幸看到他老人家的真颜呢。”

“你这么说，恰好就证明你根本不是红河来的，”那妇人叉着腰，脸上满是拆穿对方的得意，“与咱们摆夷族交好的土府谁个不知道，在曼腊寨子行走或许还有活头，但凡擅自靠近曼景兰寨，别说是瞧一眼，光是露一露面，就要被林子里面埋伏的武士给一弩射穿了心，有命进去绝对没命出来！你还妄想去窥探九老爷的真容？真是不想活了！”

“这么凶啊。”

小小少女露出一丝怯意，咋舌道：“可外面传闻都说元江府好客，眼下又是箭弩，又是食人鱼的，真真是闻所未闻、见所未见。”

那妇人哈哈笑了两声，有些张狂地说道：“这算什么？你还没见那万蛇坑、毒蝎池，还有养着硕大蚂蚁的小叠峰呢！在曼景兰寨子里啊……”

妇人的话语刚说到此，突然自己就闭了口。她转过脸来，凶恶恶地瞪着朱明月道：“不对，你打听这么多做什么？”

朱明月摊了摊手，“不是我打听的，是你自己忍不住说的。”

那妇人一听这话，顿时火冒三丈，扔了渔网，撸起袖子就往朱明月这边撞过来。

两人挨着河岸，朱明月再往后退就是浮桥，那妇人这么一撞，显然真是想把她推撞进河里。然而还没等碰到她的肩，就听头顶上传来一声几不可闻的叹息。

眼前陡然罩下一片阴影，赫然间，却是一个精瘦的男子从旁边一棵大垂叶榕树上跳了下来，横身挡在这摆夷族妇人和少女中间。

那妇女骇吓了一跳，就听那小小少女在男子背后道：“快拦住她，别让她把别人招来!”这才回过神来，后知后觉地扭头去喊人。男子一记手刀砍在她后颈上，那妇人脖颈一疼，顿时两眼一抹黑，瘫软在地上不省人事。

“好不容易偷闲在树上面睡个觉，却给打搅了，真真是扫兴!”

从树上下来的这个男子，穿着一身摆夷族男子的无领对襟袖衫、长管裤、白布和蓝布包头，背上还背着一个鼓囊囊的背囊。身量不甚高大，皮肤黝黑，一双乌溜溜的眼睛湛亮。

他说罢，将那妇人拖到一旁的垂叶榕树底下，然后从怀里掏出一包药粉，抖出来洒在那妇人的脸上，又折了几根满叶的枝条盖在她身上。

“村里面的人都说，曼听河两岸严禁平民靠近，你在这里的树上睡觉，身份不一般哦。”

男子的动作一滞，转身看了朱明月一眼，笑得几分漫不经心道：“属下还以为小姐会说，属下出现得很及时，理当嘉奖呢。”

事实上，打从她昨日进城他就有所察觉，却又发现已经有另一拨人在接应，便没有贸然露面与她相认。随后在她落脚的那座竹楼下面徘徊，看到她挂的风铃，这才知道她的意思是让他们蛰伏静待，等着她主动来找。

而依她风铃上传递的时辰，他又特地调了班，候她到来。

“你那是什么药粉，能不知不觉害人性命?”

男子的笑容来不及收回就僵在嘴边，摇头道：“只是蒙汗药，会让她睡很久。那个……摆夷人淳朴善良，小姐可别欺负老实人哦!”

老实人?

“别忘了，是她想害我在先。而且若是她醒过来的话……”

“小姐的意思不会是要直接把她扔进河里喂鱼吧……”

朱明月静然看着他。

男子挠了挠头发，有些悻悻地说道：“小姐昨日才刚进城，次日就在寨子里闹出人命，似乎不太好。”

朱明月不置可否地答道：“刚进来就暴露身份，更不好。”

“其实……小姐之前套了她那么多的话，如果她把你供出去，不仅自己不会好过，全家还都要跟着遭殃。”男子半吊着肩膀，又瞥了一眼在树下酣睡的妇人，“等她一觉醒来，发现小姐不见了，只会当自己是做了场梦，不会多事的。”

朱明月听他言语间多有袒护之意，也没再坚持。那厢，男子又从怀里掏出两包药粉，将其中一包递给她，“属下名叫岩吉，是这曼听河两岸的守卫。小姐先把这个洒在鞋面上，待会儿过河的时候，走哪儿洒哪儿，那些小鱼便不会靠近。”

这曼听河当真是通往曼腊寨的必经之路。

朱明月不禁有些咋舌。

搭在竹筏上的浮桥本就不稳，踏在桥面上，等于是一脚踩进水里，摇摇晃晃的。朱明月撒完药粉，就挽着裙摆，小心翼翼地在浮桥上淌水，每一步都走得格外仔细。越往前走水越深，脚底下就越滑，浮桥两侧都是彩鳞的游鱼，摆着鱼尾游得优哉游哉，却都游到她近处又摆摆游开。

“曼腊寨子是土司老爷住的地方，周围多是这样的河流，几乎每条河里都养着食人鱼，有些还专门养着杀人的鳄鱼，普通的村民是不允许擅自接近寨子的。”岩吉在前面为她引路。

“难怪那妇人会认定我是歹人。进城来的外地人，怕是很少有打听土司住处的吧。”

“不是很少，元江府的内城村寨向来不收纳外面来的人，尤其是澜沧往南、土司府附近。九老爷住的勐海一带就更是了。”

朱明月目光一动，轻声道：“你听说过‘广掌泊’吗?”

岩吉闻言唬得扭过头来，动作幅度有些大，连桥面都跟着左右晃了一下，“小姐要去广掌泊啊？”

朱明月急忙伸手扶着他，在摇晃的浮桥上稳住身体，“暂时不会去，但是我想知道，广掌泊究竟是在什么地方？与勐海的几处村寨、与南弄河又有多少距离？”

之前沐晟跟李四都提过，那氏的武士将云南十三府茶商的货物抢掠之后，带不走的就地销毁，能带走的则统统运到了勐海的广掌泊，储藏在了南弄河畔。而李四又说，那两个地方是那氏家族的禁地，即便是宗亲贵族都不得入内。

“在澜沧以南的勐海八大寨中，与九老爷的曼景兰寨子隔着一大片桫椤树林，桫椤林之外的近水处，就是南弄河。”岩吉半蹲着帮她稳住浮桥下的船舷，声音低得不能再低，“南弄河西面的开阔地，咱们摆夷族称作是‘广掌泊’，也叫做‘白象山’，是那氏家族首领召海饲养战象的地方。”

养象？

“规模有多大？”

岩吉摇头：“属下也不是很清楚，没有外人能够靠近那里，那是那氏家族的禁地。”

这个时候，两个人已经淌河走到浮桥的尽头。顺着土坡往上走，翻上小坝，前面不远是一片茂密的椰林和竹林。密林深处，如花似锦的村寨扑入眼帘，一座座摆夷家竹楼隐现在翠竹雨林之中，不时还飞过几只美丽的禽鸟。

“小姐请看，那里就是土司老爷的曼腊寨子。过了椰林会有守卫，这是通行的腰牌，里面都安排好了。”

岩吉说罢，从背囊里取出一块小小的竹牌给她。

朱明月看着上面錾刻着的繁复的傣泐文，不禁道：“这便是我的身份？”

“眼下这个时候，外族人想在曼腊土司寨行走很难，唯此能保小姐一时无忧，却少不得要小姐受点委屈。”

岩吉有些抱歉地看着她，朱明月也没说什么，接过对方递来的白色斗篷，轻轻一抖，轻薄垂坠的料子刚好裹住双肩。

“我还需要你做件事情。”

朱明月将风帽带上。

岩吉道："小姐尽管吩咐便是。若是小姐想先去勐海、去广掌泊的话，属下会……"

"不，不是说这个，"朱明月轻声打断了他，"我是希望你能连同与你一拨的另外两人，退出这次的行动计划，转而去帮我保全一户人家。"

岩吉一愣："啊？"

但转瞬他就想到了什么，几分莫名几分惊疑地问道："小姐说的，莫不是那个……接应小姐进城的玉娇吧？"

朱明月道："是玉娇全家。能办到吗？"

岩吉搔了搔下巴，琢磨着道："如果在东窗事发之前，想办法护送那一家子出元江府的话，当然是越早越容易。毕竟……她和她的家人都是地地道道的摆夷族人，而小姐又刚进城来，什么端倪都没有。但是这样一来……"

"你放心，我有你们所有人的名单，即便中间断了，按老规矩，我会自己去找下一拨死士。"

岩吉皱起眉，"话是这样说没错。但是小姐刚以玉娇侄媳妇的身份进来，后脚玉娇全家就全部失踪，小姐岂不是很被动吗？"

朱明月道："红河彝族的背景，用过那一次，在曼腊寨子里就再不能用了。其间的细情，我无法与你一一道明，但目前在村寨里见过我的人不少，立刻改变家世身份，相对来说也更保险。"

而玉娇是帮她通过关卡的人，还曾将她留宿在家中，无论怎样，玉娇第一个跑不掉。

岩吉听她这么说，也不好再说什么，低头思忖了片刻，有些迷惘又有些唏嘘地道："属下本就是小姐的死士，一切按照小姐说的办。只不过刚刚看小姐对待那妇人是恁地狠心肠，如今又……看来小姐之前会那么做，其实是意在试探属下了。"

"你不用多想。护送玉娇只是举手之劳，能则能，不行，也无需枉送性命。"

男子拱手道："属下定当尽力而为。"

在外人看来刀山火海般的元江府，只要安排得宜，部署周密，其实并非如铁桶一样不得其门。就如萧颜能够在当地摆夷族人中，发展出一批像玉娇这样的内线；姚广孝能将精心培养的死士逐一安插进元江各个村寨，甚至是土司府内部；也如她，此时此刻在几拨势力的照应下，于澜沧那氏土司的几大寨中行走。

这是她到元江府的第二日，六月初四。

像秘密渗透这样的事，仅凭一人之力是无法完成的，尤其这次高效而危险的行动。朱明月自问并非神通广大，也没有点石成金的能耐。所谓各司其职，每一个高明的细作背后都有很多力量来支撑，他们需要的不仅是天衣无缝的身份，还有万无一失的内部和外部接应、默契的衔接配合、干净利落却悄无声息的危机处理和善后事宜。想要“百万军中斩上将首级”，可以去明刀明枪的战场，即便是再厉害的杀手，在没有任何外援的情况下想要独自完成任务，也几乎是不可能的。

当初姚广孝出入燕王藩邸时，就在北平亲军都尉府的基础上，设置了暗卫、细作、死士和清理者：其中的暗卫，改元永乐后大多编入了锦衣亲军都指挥使司，就像之前在临沧接应她的锦衣卫校尉张晓谶；细作，如她，秘密渗透到一个地方，专门司职侦查、打探，搜集情报；死士，如连翘等，司职保护、刺杀、政治夺权；至于清理者，则负责危机解除、造假和善后工作——她和阿曲阿伊两个女子能够孤身顺利跋山涉水来到东川府，除了阿曲阿伊丰富的走货经验、锦衣卫唬人的身份，更多的，其实是仰赖了清理者的暗中配合——秘密地清除障碍和危机。

上述的每一个人都是独立的存在，每个人都保持着相对秘密的身份，通过严谨且严苛的层次下达，以保证不会有养虎为患的后虑。变节那样的行为，在原亲军都尉府中绝对不允许发生，但萧颜麾下呢？这些效忠于黔宁王府的人，这些已经在元江娶妻生子的人，是否还能一直保持最顽强精悍的素质和身手？在面对屠刀落下的一刻，又会不会后悔？

朱明月曾在建文宫中遇到过很多死士，那些死士也因为这样的遭遇而付出生命。玉娇不是她的死士，但当她出面接应自己的那一刻，就注定了她的命、她家人的命，都走到了尽头——她会后悔吗？

朱明月没有问一个娇儿绕膝、生活美满的女子，为何会选择这样一条不归路，但是不怕一万，只怕万一。趁着一切都还来得及，她让岩吉护送她们一家远离这个是非地方，既是对那户人家的保全，也是给萧颜以及他在元江内部的所有内线，发出的一个口信：各负其责，勿再多事。

浓密椰林和竹丛的后面，湿热的土地上是临水而居的四百多户人家。单栋的竹楼，宛若开屏的孔雀，又似翩然起舞的少女，四周开辟出空地，各自成院落；合在一处又是奇巧繁丽的村落。在靠近山石台阶的地方，还矗立着典雅庄严的佛寺和佛塔，金光满眼，烁烁迷离。

朱明月走出竹丛的一刻，就被甲胄武士给拦住了。她拿出岩吉给她的竹牌，其中一个武士看了又看，随后用摆夷族语道："跟我来。"

曼腊土司寨的村口有一棵古老的菩提榕，挂着湘色和冥黄色的丝带，看样子像是村寨里的神树。粗壮的枝干七八个人都合抱不过来。菩提榕的旁边还有一口神泉，泉眼就在隔着陇道不远的一片湖沼附近，不时地咕嘟冒出一两股水柱。

那名武士领着她走进寨子的时候，靠近一间作坊的小楼外，有工匠正在修葺屋顶。架着竹梯，一拨一拨的人推着车把烧好的瓦送过来，离着不远便是一个烧窑坊，里面传出浇水转釉的声响，还有铲沙的声音，热烘烘的气息离远也可见。

摆夷族人自己能烧瓦，瓦如鱼鳞，三寸见方，薄仅二三分，每瓦之一方有一钩，于屋顶椽子上横钉竹条，将瓦挂竹条上，如鱼鳞状，不再加灰固定，极尽巧思。

一个搬瓦的工匠经过朱明月身边时，撞了她一下，胳膊一抖，捧在手里的瓦掉在地上，成摞的瓦块顿时摔得无一幸免。

"哎哟，我的瓦！"

在后面推车过来的老瓦工，见状，不禁含怒嚷道："怎么回事儿啊，刚烧好的瓦片，你还想不想干了！"

"都是这个臭丫头，走路不长眼睛，故意撞了我！"

那搬瓦的年轻工匠心慌，把责任一下子推给了朱明月。

吵闹的声音，惹得周围的村民纷纷投来视线。朱明月揉了揉肩膀，还没等开口，那年轻工匠就要上前来推搡她，可还没等碰到她的胳膊，旁边的武士一把抓住他，反剪双手拧了过去："放肆，祭神侍女也是你能触碰的！"

那四个字出口，连周围看热闹的村民都退后了几步。

年轻工匠疼得直撇嘴，又惊又怕地结巴道："小、小的有眼不识泰山，不知是祭神侍女，还请恕罪……"

武士松开手："滚！"

年轻工匠连地上的碎瓦都顾不上捡了，慌不迭地逃开。武士又面无表情地扫视了一眼旁边的村民，大家吓得都别开目光，武士扶了扶腰间佩刀，朝着朱明月道："走吧。"

傣历八月初八，是元江摆夷族的勐神祭。每隔三年举行一次的祭祀仪式，以祭拜"色勐"和"披勐"为主。届时会事先去请四排山的佤族头人来参加，那氏土府的贵族也会悉数到场祭拜，由大巫师亲自主持屠牛大祭，十二位祭祀侍女辅助，庄严神圣且相当隆重。

这是岩吉给她安排的身份，也是她进入那氏土司府唯一的机会。

以一个汉女的身份进那氏土府，还是待选的祭神侍女，不会有什么问题吗？朱明月没问。她再怎样妆扮，也不可能融入到当地成为一个本土姑娘，何必画虎不成反引人猜疑，而外敌环嗣、战祸将至的敏感时候，整座府城的防范和戒严比以往都要谨慎了几分。事实上越是这样，某些环节就会比以往更薄弱，反倒是个很好的切入点。

就快到晌午吃饭的时候，村寨里各家的竹楼到处炊烟袅袅，有摆夷族妇女挎着筐和铜盆走在村子里，绯色、鹅黄、浅绿、天青色的筒裙配着一水的齐腰小短衫，衬出或清秀或浓丽的妆容，仿佛打碎了一千种琉璃的光泽。

朱明月跟着那个武士走在曼腊土司寨，发现村寨占地甚大，过了几片聚居的竹楼，顺着山麓间的小道往上，再穿过大片浓密的藤蔓雨林，一座宏丽雄伟的土司府映入眼帘——高耸的牌楼后是百丈台基，侧砌着汉白玉踏道，朱红金钉的府宅大门前，矗立着两根黑漆楹柱，以及门前蹲坐在须弥座上两头怒目圆睁的石狮……巍峨宏丽的土司大宅仿佛就矗立在云中，烟霞蒸腾，让人望而生畏。

台基下面早有侍卫把人给拦住，闻讯而来的管事带着满腔的不耐烦，刚想以无故迟到不守规矩为由，就这么把人给打发了，一眼瞥见雪白风帽下那亦如冰雕玄女的颜容，顿时晃了晃神，难掩一脸惊艳之色。

"这位是？"

领她来的武士，凑过去耳语一阵，又往他袖筒里塞了什么。耳语罢，那管事的脸色变了变，摆手道："这可不行，你这属于是谎报身份！"

那武士杵了杵他，压低声音道："原先选中的那个姑娘，突然因病来不了了，四排山那边怕耽误事儿，特地把一个头人未过门的妾室送了过来。这……四排山的妹子，不也算是本家不是？"

"那她是佤族人？"

那武士面有难色："自然不是。"

管事的拿着手里的册子一抖，道："既不是佤族的，更不是摆夷族的，还想充任勐神祭上的祭神侍女？一旦被发现，要被斩手斩脚浸鱼塘的，连我都要受连累！"

说完，急急地将武士刚塞给他的银锞子推回去。

那武士反手一挡，又从怀里掏出几枚分量不轻的银镯子，"您别着急啊，这姑娘原籍虽不在西南，却久居沧源，对佤族习俗了如指掌，还难得会讲一些咱们的族语。况且四排山头人送来的，不看僧面看佛面，谁都知道岩布管事您直接管这个，好歹给通融一下……"

拇指粗的银饰，拿在手里沉甸甸的。岩布被银光晃得眼睛一眯，转怒为笑地哼着道："你小子倒是出手大方，对方是不是也给了你不少好处？"

那武士无甚表情的脸上，浮出一抹讨好的讪笑："不敢欺瞒岩布管事，这姑娘家里正是在丽江看管银矿的，像这种纯度和成色的雪花银，要多少有多少。"

岩布闻言皱了皱眉，疑道："你不是说，她是佤族头人的妾室？"

"……未过门的。"

那武士说到这儿，朝管事的挤了挤眼睛，道："能攀枝头便不嫌高。假若借着这次祭祀的机会，一步登天鱼跃龙门，不仅是这姑娘家里会重重酬谢，就连四排山的头人都会感激您老的大恩大德！"

岩布倏然抬起头，两人的视线交汇在一处，岩布"吭哧"一声笑了，"还真是挺敢想的。"

"这年头不就是撑死胆儿大的，饿死胆儿小的？这姑娘的模样您也瞧见了，待她真了得了，将来也能为岩布管事分忧解难啊！"

岩布眼神往那白斗篷少女瞟过去，安静乖顺，美得如同一个没有生气的瓷娃娃，这样的姑娘，也不知能不能讨得土司老爷欢心。岩布思考了一瞬，索性摆了摆手，笑讽着道："往日没见你这么会说话。行吧行吧，让她跟我来。"

那武士忙推了她一下，朱明月跟着岩布走上前去。

一袭雪白斗篷勾勒得身姿楚楚的少女，跟着管事的从右侧踏道徐徐走上台阶。那武士望着两人一前一后的身影，前一刻还堆笑的脸，逐渐又变得面无表情。

高约百丈的台基，笔直地通向元江那氏土司府。

朱明月由管事的领着，从侧面小门入，迈过门槛，但见通敞开阔的廊道外，连接着一座又一座的亭台楼阁，水榭花坊，雕梁画栋，高低有致，层层叠叠，在眼前一点点露出了真容。在楼台往南的地势低处，数座开屏孔雀般的竹楼临湖而建，环绕成莲花形状，拱卫着湖中心错落而建的殿室——竹丛为篱笆、碧湖为玉带，临高俯瞰过去，还有劲秀挺拔的椰子、树干高大的柚树、果实累累的芭蕉、甜津津的木瓜和婆娑苍翠的竹丛……

这仅是前苑，会客和下等奴仆住的地方，隔着一道高砌的金雀漆画大照壁，再往南是中苑和后苑，土司老爷和土司夫人住的地方。可单是这几道长廊，就横跨了大半个湖面，将远近山水雨林都囊括在内，处处飞扬的是堂皇奇伟的神采，彰显的则是皇恩浩荡泼天富贵。

"来了那氏土司府便不等同于其他处，又尤其是你们这些精挑细选的祭神侍女，代表着无上神圣的勐神，一举手一投足都要顾及着身份颜面。知道吗?"

岩布慢悠悠地往前迈着步子，嘴里絮絮地吩咐着。

少女跟随其后，垂眸称"是"。

"要多听少说，多学慎行，更要一心一意地想着如何奉神敬神，切不可有任何杂念。"

"是。"

"若是侥幸被选上祭祀的侍女，是你几辈子都修不来的造化，是勐神保佑。记着千万谨慎仔细，否则冲撞了神祭堂，污了神明，你一个人身死是小，连累了……"

一切似又回到五年前。

独自一人由老太监引路，顺着朱红宫墙从西华门进宫时，那完全陌生而惴惴不安的场景。五年过去，而今她也不过是刚及笄的年岁，眼前这片荒蛮的地域、神秘的风土、稀奇的异族人……那氏土司府，看似宁静绮丽与世无争，却危机四伏吊诡暗涌的深宅大院，带给她的又将是什么？

穿过九曲回廊，径直来到最西面一座由椰林围绕掩映着，三面靠树、一面临水的竹楼前，小楼周围种了几棵芭蕉、几株海棠。靠近篱笆墙还有一棵大大的樱桃树，一个妆容不俗、衣饰鲜艳的女子站在树下，正对着前面三个侍婢交代着什么。

"玉罕啊，这儿还有一个，也交给你了！"

隔着老远，岩布提高嗓音朝那女子打了个招呼。

对方抬起头，目光从白斗篷少女半遮半掩的面颊上扫过去，"这也是要送进楼里来的？"

"正是待选的祭神侍女。来的路上耽搁了，迟到了些时辰。"

这名被唤做"玉罕"的女子，年岁已经不轻，用冷眼看了看岩布，开腔道："三管事，您可知土司府中收纳外族人已是破例，这次的祭祀侍女除却咱们摆夷族，便只得是红河彝族、沧源佤族，除此之外皆不允许接近勐神祭坛，否则就是亵渎色勐和披勐大神，您却领来了一个汉人。我看您别是越老越糊涂了吧！"

说罢，一甩箩袖，居然是毫不给脸的架势。

一副和气态度的岩布，像是早料到她的反应，撩起眼皮，不动声色地笑了："玉罕姑娘这是教训谁呢？我知道你是土司夫人身边的红人，夫人特地把这些待选的祭神侍女交给你管教。但是别忘了，你只是教习姑姑，而我是这土司府里的三大管事之一，同样有权力决定谁走谁留。更何况，这姑娘还真就是沧源佤族的人！"

玉罕扭过头来，本就不美的脸，满是讥讽和冷嘲："三管事睁眼说瞎话的本事是越来越溜了，这丫头白面白皮的，你说她是佤族人！"

"四排山头人亲自送来的姑娘，不是佤族妹子是什么？咱们土司老爷都没说半个'不'字，何时轮到你来指手画脚，还是你自以为得了夫人的宠，就能凌驾过所有的人！"

玉罕怒极瞪大眼睛，索性连"管事"的称呼都免了："岩布，你这般疾言厉色，是为着什么？得了人家好处，还是另有想法？别说我没提醒你，就怕领一个外族人进来出了什么差错，你这条老命担待不起！”

岩布眼底一刹那冷光闪过，却快得让人捉摸不到，转身瞥了一眼身旁的少女，笑了笑道：“行了，也别在这儿看戏了，我说你能留下，你就能留下。去吧，其余的姑娘都在这楼上，以后你也住这儿，等到选拔祭祀侍女的一日，记着千万争口气，别让这些狗眼看人低的给看轻了！”

玉罕紧绷着脸，眼睛里顿时露出凶狠目光。

可她具体是什么回应，两人接下来又是怎么个闹法，朱明月没有机会看到。在岩布话音落地的一瞬，一个冷面的侍婢挡在她面前，摆个手势：“姑娘请吧。”

临水而建的竹楼十分精巧别致，是专门用来安置待选祭神侍女的，举架比其他几座竹楼都要高。朱明月脱了鞋，扶着竹墙拾级而上，还没等走上二楼，就听见上面传出一阵嘤嘤哭泣的声音。

声音不算小，也不像是一个人在哭。那领路的侍婢早已见怪不怪，瞟了朱明月一下，后者也没有什么特别反应，不由得撇了撇嘴角。等两个人在二楼的晒台前面站定了，朱明月回身与她道谢：“还不知这位姐姐怎的称呼。”

“不敢当，姑娘叫我玉双就好。”

朱明月唤了一声“玉双姐姐”，又道：“不知府里何时会甄选祭神侍女？”

玉双看了她一眼：“姑娘倒是挺心急的，等着吧。”

“那我们平时可以出楼吗？”

玉双蹙眉道：“在姑娘来之前，三管事没教过规矩吗？”

三管事，便是指岩布。

朱明月轻轻摇头：“时间仓促，说得不多。”

“如此的话，奴婢便僭越在这儿跟姑娘说几句，”玉双清了清嗓子，煞有介事地开腔道，“这座土司府很大，除了姑娘所看到的前苑，中苑和后苑都不允许擅自进出。但不论是前苑还是中苑、后苑，无一处没有看不见的眼睛，只要谁敢乱跑乱撞，某一双眼睛的主人就会取之性命。死都不知道是怎么死的。奴婢奉劝姑娘还是听话为妙，老老实实待在这楼里，不要动太多歪脑筋。”

玉双略抬高的下巴，显示出高人一等的优越感，少女垂下眼帘，“多谢姐姐的提点。”

玉双“嗯”了一声，视线从她的头顶掠过，心道美则美矣，终归跟往年楼里的无二致，都是些愚昧无知的乡野小户，脸薄面浅好摆弄。

“对了，来到咱们那氏土司府做祭神侍女的备选人，便不能再用以前的名讳。待见过族内的大巫师，便会为你们每人赐新名，安心等着便是。”

朱明月从善如流地答道：“我知道了。”

她说罢，忽然一把拉住玉双，“承蒙姐姐照顾，初来乍到，给姐姐一个见面礼。”

少女的声音轻而带怯，玉双盯着她，脸上泛出一抹了然的笑，“你是府里的三管事领进来的，而我是玉罕姑姑的人，你这心思可动错地方了。”

嘴上这么说，手里却一刻不停地打开少女递过来的绢帛。

提花的丝织物，一摊手便流泻开来，一枚小小的银顶针在掌心中露出真容。老旧的银，箍圈外的密麻的凹痕极尽磨平，只有内圈一个模糊的雕刻纹饰……玉双的手颤了一下，猛地抬眼看向面前少女，“这是？”

“东西不算贵重，姐姐千万别嫌弃。”

……

西南边陲的雨季，时不时地就会大雨倾盆。

天快要放明的时候，突然阴云密布，雷电交加起来。几道银光撕裂了晦暗不明的天际，照彻得永德大雪山的上空烁烁雪亮，刮起的大风卷进雪山脚下一座半敞小屋里，吹得桌案上的宣纸七零八落。

软榻上的男子抱着暖炉，望着窗外还未明朗又黯淡下来的天空。一个彝族的武士进屋来禀告，看到满地的宣纸，即刻走过去将窗支撤了，阻隔住屋外呼啸的风势和雷声。

“有事吗？”

“军师，玉娇一家……都被送出来了。”

榻上的男子闻言抬起头，略显苍白的面容上一抹疑惑，“送出来了？”

彝族武士帕所点头道：“就在昨儿个傍晚。”

四日前，他按照自家军师的吩咐护送沈家小姐至沧源为止，分开后又另派人悄悄跟着她，一直到元江府东面的瓮城小城门，亲眼看着玉娇接应她进的城。谁知隔了不过三天，毫无征兆的情况下，玉娇全家忽然被撤出元江府。

“据玉娇说，出面护送的人很小心，也很周全，在元江府城允许进出的最后一个时辰，将玉娇及其家人分成三拨，从北偏门和西小门两处撤离，动作极为利落。”

萧颜摩挲着手边一柄微弯的刀，轻声问：“可知道来历？”

“也是摆夷族人，有一个好像还是曼听河的守卫。”

帕所说到此，视线不由得落到军师手中的绣春刀上，正是沈家小姐临走前托付军师保管的，代表着锦衣卫显赫神秘的身份，更是一件削铁如泥的上好兵刃。

“军师，沈家小姐这么安排，莫非是她知道即将有变化，故而担心玉娇和她的家人被连累？”帕所迟疑地问道。

玉娇说，沈家小姐在她家竹楼只住了一宿，翌日晨曦便不告而别。玉娇不敢声张，小心翼翼地四处寻找，整整两天均无消息，在沈家小姐失踪的两日后傍晚，有人突然上门以沈家小姐的名义，半强迫半规劝地把她一家人送了出来。

那么沈家小姐失踪的这两日，去了哪儿？她一个外族人，在元江府目标极大，就算另有人接应，可既要将她自己妥善安置，又要兼顾玉娇全家，是如何避过那些摆夷族卫队巡查的？

“没猜错的话，沈小姐现在人已经在那氏土司府了。”

仿佛是猜到帕所的疑问，萧颜轻声道。

火盆里的炭火氤氲出的亮光，照得男子脸上一抹红晕。帕所怔愣了一下，跟着有些恍然地点了点头，还没等由此惊叹两句，又见自家军师扬唇露出一抹淡笑，接着道，“而且，她这么做并非仅是担心玉娇被连累，也担心她自己被连累。”

担心自己被连累？

帕所顿时皱起眉毛，有些莫名又很是忿忿道：“什么啊？军师为了战事亲自发展的内线，如今因为一个沈家小姐几乎倾巢出动，这般大义助她，怎么对方非但不领情，反而还嫌咱们拖她后腿不成……”

就算再有本事，接应她进城的是黔宁王府的势力不是吗，转身就翻脸不认人，真是不识好歹！

萧颜靠着金心烫绒的靠垫，一双眼睛清透得仿若不食人间烟火，却是略含笑道："给所有的内线传口信，一切行动取消。在没有我的命令之前，谁都不准擅自行动，更不准给沈小姐添麻烦。"

"还有，收拾一下，这几日我们也离开。"

闪电惊雷又过了数道，捱到天色大亮的时候，雨点终于噼里啪啦地落在了元江村寨的上空。

滚珠般大雨敲打在茅草屋顶，像是恨不能将这竹架支撑的竹楼敲成齑粉一样，雨丝随着冷风从竹片缝隙中扫进楼里，将靠近墙面的竹板地面弄得一片晕湿。凭栏而望，外面椰树和蕉树的叶子在狂风急雨中被吹得左右摇晃，厚厚一片水雾结成屏障，唯见浓绿弥漫，天地茫茫。

听楼里面有个彝族的少女说，在元江只有旱季和雨季之分，没有四季。雨季时尤其像这种很急的雨势更是寻常，往往早晨晴空万里，不消一个时辰就黑云沉沉，雷声阵阵。在大雨来临之前，也是毒蛇毒蝎出没的时候，竹楼架起两层，竹柱支撑，刚好避开那些毒物。

此时此刻，在曼听寨子里，成批那氏的族内武士正冒着大雨挨家挨户搜捕一个来自红河彝族的少女，听说，是四日前才刚进元江府城的。住在山脚下的村民们不明所以，眼看着身披蓑衣的武士搜完一家又一家，打听了才知道，原来昨日半夜里，半山腰有一户人家突然起了大火，竹楼整个烧毁，等灭了火，才发现那家人全部不知所踪。

大多数村民都不知道抓人跟起火之间的关系，只是被告知东面的小城门就此封闭了，仅存的南城门每日通行的次数减少为一次。还有各大村寨中凡是来自红河的人，无论是哪个族的，一律被捉拿起来问责。

然而一切都与身在曼腊土司寨中的朱明月无关。同是待选祭神侍女的姑娘们，在竹楼中围坐在一处，一边望着外面的倾盆大雨，一边长吁短叹。

"也不知这么等下去，要等到什么时候。"

"八月初八是祭祀仪式，七月前便要选出来，也就剩十来天的工夫了吧。"

"十来天！我真的受不了被那些人呼来喝去、动辄打骂，尽是些折磨人的招数，我连一天都不想过了！"

说着说着，眼圈一红又掉下泪来。

在这楼里的这些少女，算上姗姗来迟的朱明月，刚好是二十一个。从二十一人中选出十二个来，不仅要样貌出挑，更重要的还是祷文的诵读，玉罕带着几个侍婢一起教她们，凡是背不下来的人、出错的人，都没少挨打。

但摆夷族又有族规：除本族进寺庙修行的男子，均不得学习傣泐文。冗长而拗口的祷词姑娘们看不懂，仅靠着寺中小僧一句一句诵读，姑娘们按照口型来背，对于根本连说都不会的佤族和彝族妹子难乎其难。这段时间所有人又都住在竹楼二层一个大通间里，除了被褥和凉席，连换洗的裙衫都不多，日子过得实在不舒坦。以至于朱明月刚来两日便知道了，楼里的哭声不是闹鬼，而是挨打后的委屈。

“咱们进了这里，在甄选之前就都不能回家，更不能轻易被外面人看到容颜，否则就是玷污了神明，要受处罚的。忍吧，忍忍也就熬过去了。”

“怎么忍啊，你看我这浑身上下，哪有一处是不带伤的？你们倒好，看不懂起码听得懂，而我明明是红河彝族的人，会也只会彝语，哪里能背下那些！”

那姑娘说罢，一撸袖子，麦色的肌肤上遍布青紫的伤痕，是竹条抽出来的。

当地的几个摆夷族少女们互相看了一眼，有人小声道：“其实我们也不太懂，就像是那些经文和奥义，族里是不允许女孩子学的……”

原来都是靠死记硬背。

“况且就算咱们忍过了这关，轮到见巫师的时候也不太好办。要是雅莫巫师也就算了，若是召曼大巫师的话，说不定比现在还惨呢……”

最后说话的那个，是摆夷族曼弄寨子里的姑娘，穿一套葱绿色短衫筒裙。话说完，就引得其他人发问：“召曼巫师怎么了？”

那姑娘耸了耸肩，煞有介事地叹道：“在我来之前阿妈跟我讲过，在三年前的勐神祭，我们村里有个长相极美的姐姐，作为祭神侍女的待选人被召进土司府，后来没选上被送回家中。好端端一个人，却变得疯疯癫癫，谁都认不得了，整日躲在家里见不得阳光，更容不得别人碰，一碰便连撕带咬的……”

她说完，楼里的姑娘们面面相觑。

“那这跟召曼巫师有什么关系？”

那姑娘一副恨铁不成钢的样子，道：“三年前的勐神祭就是召曼大巫师主持的啊。那个姐姐回家后，嘴里一个劲不停地喊着‘召曼’‘召曼’两个字，像是有什么深仇大恨似的。要我说，肯定是那召曼大巫师凶神恶煞，比玉罕姑姑还厉害，才把那个姐姐生生吓傻的。”

一番话说得姑娘们唏嘘不已又惊又怕，这个时候，在靠墙的东南角忽然响起一道不冷不热的嗓音：“我要是你们，可不会想得这么简单。”

声音的源头是个身着银色长裙的少女，绾着花苞髻，露出一张浓丽的瓜子脸。

红河彝族的。

“还有什么不简单？”

那花苞髻的少女捋了捋额前的碎发，道：“勐神祭三年一次，往年被选进来的人，淘汰的那些固然被送回家里，却疯的疯、傻的傻，无一是正常的。而选中的那些呢？”

“选中的那些，听说要留在神祭堂里奉神，直到十八岁。但是听阿妈阿爸讲，好像从未见到那些女子再露过面。”

一个姑娘接茬道。

那花苞髻的少女笑靥更深，道：“是啊，因为她们再也没能从土司府里出来。”

她说完，姑娘们“啊”了一声，满眼写着疑问，“难道是一直待在神祭堂了？”

“或许被留在了土司府里……”

“还是直接送到山上神庙中去了？”

姑娘们七嘴八舌地议论开，那个被提问者却垂了眼睫，面颊上一抹似悲似喜的笑容，喃喃地摇头道：“留在神祭堂？那么多的姐妹，怎么可能都被留在神祭堂或者土司府、神庙呢。等到见大巫师的那日，一切都会清楚的。”

楼中的姑娘们并不太明白这红河彝族的少女是什么意思，多次追问，对方却再不肯开口，姑娘们无奈之下又凑到一起，不迭地抱怨诉苦。朱明月有一搭没一搭地听着，也不接话，只望着外面忽晴忽阴的天静静地出神。

能进到土司府里的人，哪个心里没有衡量，又哪个没有盘算——刚刚姑娘们的那番对话她没太去细想，只暗自思忖着，自她进入那氏土府，这些时日，土司村寨外面在发生什么，府城外又在发生什么？朝廷的二十六卫羽林军应该已经到了东川府，那氏收到消息了吧！接下来，澜沧和勐海几大村寨很快就会有所应对，那么各地的卫所军队在黔宁王府的命令下，也纷纷赶到元江来会合，一触即发的大战会以怎样的面目展开……

眼前忽然掠过一张英气逼人的俊颜，戎装铠甲，金戈铁马，会是怎样的一副睥睨天下的嚣狂架势。

朱明月对于阴谋算计，向来有种与生俱来的天赋，唯独面对他，她试过横眉冷对，试过虚与委蛇，甚至试过面对面斗智斗勇，拼个你死我活，却常常是秀才遇到兵，落得个铩羽而归的结局。最初挖空心思地接近，后来费尽周折地逃离，那个倨傲如斯的男子，会恼怒成什么样？是不是也像她当时被他一次次打乱计划，满腔愤恨发泄不出的感觉？

朱明月忽然回想起在帝都的初遇，宁陵县的耽搁，一路互相挤对冷脸、挖苦试探，好不容易到了曲靖，又大起争执，再后来，从曲靖来了东川……她后知后觉地发现，原来他也有目的、有打算，可她自认参与得越少，就越不参与。这样知道得寥寥，离那个漩涡中心就远，退避三舍，毫不留心，才能全身而退。如果可以的话，她曾一度希望自己能一直视而不见。谋划这一切的布局者，是她并不知根知底的两个人，无法做到全盘信赖，也就没有决胜的胆气。而她从不做没有把握的事。

可是从什么时候开始，这种习惯发生了改变？

尤其一想到他此刻正率领着东川的卫所军队，跨越千山万水，路途迢迢奔赴元江府而来；一想到，有那么一个人也为着同样的目的，夙兴夜寐、枕戈待旦，时刻浸润着阴霾和紧张的一颗心，她就会变得异常宁静。

在兵连祸结之前，在即将到来的无妄之灾前，并没有太多时间给她做准备。暴雨之前的这段宁静，却恰恰给了她准备的余地——很多事，就要发生；有些关键人物，也要渐渐浮出水面了。她既已身在此地，锦衣亲军都指挥使司的力量，既已加入战局，不妨在这场即将发生的边陲动乱中，助他一臂之力。

楼中的日子终究并未持续太久，三日之后，六月初十的午后，有神祭堂的巫姑来领人。

接连不断的瓢泼山雨过后，雨后初霁的晴空一片蔚蓝。几只飞鸟从雾霭缭绕的林间穿梭而过，淅淅沥沥的水从瓦当上淌下来，像是整个府宅山庄都在下雨。

身披着雪白斗篷的少女们，婀娜多姿的二十几个人，行进在莲形的九曲回廊上，蔚然成为一道惹眼的风景，却都低着头，任宽大的风帽遮挡着脸，谁也不敢交头接耳，更不敢东张西望。

女孩子们由那巫姑领着走过藤桥，隔着两道恢弘的红漆竹廊，再往前就是阻隔着前苑和中苑的金雀漆画大照壁。顺着廊柱拐了个弯，又离那道影壁渐渐远了，待在一座漆皮的大门前停下，厚重的推门声过后，一股混合着熏香的烟气扑面而至。

那花苞髻的少女并没说错，往年被留下来奉神的祭神侍女，并不在神祭堂。

从侧门往里进的时候，隔着琉璃大插屏隔挡，隐约能看到中间那个明亮堂皇的祭神阁，阁内对烧的香烛长燃，正中间是红锦缎铺设的祭案，还有案上三座五尺多高泛着金光的神龛。阁内空无一人。

“你们待会儿要在东侧的汤池中沐浴洗尘，以涤荡身上的晦气，驱邪净心。”那领路的巫姑说罢，朝前面的两个侍婢摆了摆手，“这就领她们过去吧，沐浴完之后，再带到后面暖堂里去。”

侍婢应了声，走过来道：“姑娘们请跟奴婢来。”

一行人又跨过月亮门，鱼贯往东面的抄手游廊走。

在神祭堂的东侧，是一座开山凿出的温泉汤池，修建得气派别致，美轮美奂。绕过曲径通幽的竹丛小径，过了叠桥，偌大汤池宛若一颗莹白明珠，氤氲的水汽就弥漫在雨林间。

姑娘们多是村寨里土生土长的，哪里来过如斯美妙之地，无不惊讶地瞪大眼睛。却见粼粼的水光照耀在玉砌雕栏，缭绕的白气自水面上蒸腾飘起，一朵一朵，恰似盛开的白莲。几只仙鹤穿梭在山石岸畔，钟灵毓秀，让人感觉恍若仙境。

池边有很多负责伺候的侍婢，端着沐浴用的澡豆、面药和口脂，还有擦身用的大块锦帕子。在这穿梭不停的身影中，朱明月看到一抹眼熟的。

玉双。

此时此刻，等候沐浴的姑娘们被眼前的稀罕胜景晃花了眼，三三两两地簇拥在池畔，只顾着观瞧称奇。玉双趁着没人注意，赶紧将朱明月拉到了一旁。

“奴婢不能多说。只能告诉姑娘，洗尘茶不要多喝，入汤后更要找视线不明的地方！”

玉双有些不甘也有些恼怒，更多的却是忌惮，显然是上回那个银顶针起了作用。

她说完这些就要走，又被朱明月一把拉住，“讲清楚点。”

玉双有些急躁，想要挣脱却没挣开，不由得跺了跺脚低声道：“姑娘既拿住了奴婢的把柄，奴婢是绝不敢出卖姑娘的。姑娘且放心，奴婢刚刚所说，姑娘只要照做便可无忧，等入夜了，奴婢自会去暖堂里的厢房找姑娘！”

玉双囫囵地说到此，就端着木盘子急急地走开了。

那厢，掌事的侍女招呼众人在池边集合。等所有姑娘都褪去了衣衫，仅披着一层薄薄的白色轻纱站在池边，有侍婢捧着竹筒走过来。

“这是洗尘茶，在沐浴之前饮下，再香汤净身，以此对勐神的敬肃。”

女孩子们在莲花形的汤池前环绕而站，刚好站满了二十一个人。每个人面前都有一个侍婢，五个身材魁硕的掌事侍女来回逡巡，各个面色不善，颇令人有种不得不顺从的压迫感。

乳白色的洗尘茶入口，微涩，一口、再一口……面前的侍婢瞪大眼睛瞧着，一点掺假也容不得，全部咽了下去。玉双站在对面看得直着急，却也只能眼睁睁看着。

待姑娘们喝了茶，掌事的侍女才让侍婢伺候着下水。二十一位少女拥着轻纱踏入汤池，烫暖的温水涌上来，恍惚间有一股甚是惬意的熨帖感，连带着将数日的辛苦和埋怨都蒸泡去了大半。

朱明月记得玉双的话，特地挑了一处假山旁边坐着，堆叠的太湖石凹凸不平，在朦胧的水雾中，刚好起到遮掩的效果。热气逐渐上来了，眼前是姑娘们撩起的水花，入耳是说笑打闹的声音，还有一股澡豆的腥气，晃得人有些昏沉沉。

“姑娘，姑娘……”

有人推她肩膀。

朱明月抚额抬起头，面前是玉双焦急的一张脸，“姑娘，赶紧把这个吃了。”

玉双递过来的是一颗褐色药丸。

蒸腾的温度让她有些头晕目眩，人多眼杂，容不得她多想，只能接过来含在口中吞了。而不论这是什么，香汤蒸润着肌肤，都会加速药效的发作。

渐渐地，姑娘们也不笑闹了，恹恹地趴在水面上。纤长双臂，丰臀细腰，曲线玲珑……缭绕的水汽中，少女们的胴体如一朵朵花儿般恣意舒展，娇态显露无遗。耳畔蓦然响起玉双的话：洗尘茶不要多喝，入汤后更要找视线不明的地方，朱明月背对着凸起的岩石，忽然有种作呕的感觉。

夜色渐渐弥漫上来，汤池水面上只剩下一层淡淡笼着的轻雾。周围的篝火内抽去了焰石，连竹林里挂着的灯盏都掐灭了，唯一的亮处，是暖堂前挂着的一盏猩红色灯笼。一晃一晃的光晕，亮亮的，幽幽的，在夜色中散发出一抹别样的妖娆。

伺候的侍婢走出暖堂的西厢房时，浓云刚好遮住了月光。

天幕瞬间黯淡了下来，在沉沉的夜色掩映中，一道黑黢黢的人影，悄无声息的，钻进了这只供女子休憩的暖堂香闺。

房门没落锁，“吱呀”的一声被推开，扑入眼帘的是一张锦衾竹榻。榻上，青丝铺开、玉体横陈，竟是一个玉柔花软的少女，曲卷着的双腿，轻薄的白纱根本遮不住胸前的风光。

男子嘴边噙起一抹邪笑，直勾勾地望着那具罗裙半褪的胴体，时辰刚刚好。

他并不急着上前，先去把房门掩上，又将桌案上的灯盏吹熄了。冷淡的月光顺着窗棂流泻进屋内，照在少女每一寸光裸的娇肤上，光裸的藕臂，不堪一握的腰肢，高耸的胸脯……这焚心的景象让男子顿时把持不住，粗喘一声就扑上了竹榻。

触手的肌肤很凉，也不是想象中的柔嫩滑腻，有些硬。男子的动作下意识地僵了一下，猛地将侧躺在榻上的女子翻过来，这一下，连身下的被褥都跟着卷起来。却见月色中的佳人，仍直挺挺地保持着半蜷的姿势，胸口的位置，豁然插着一把刀。

死人！

男子被吓得头皮发麻，一下子从榻上跳起来，“噔噔噔”地向后退了好几步，险些栽到地上。

怎么会是死人？

若换成一般的人见到尸首，尤其是被凶杀的场面，早就惊骇得面无血色、失声尖叫，然而这男子上一刻还对着竹榻上的少女尸身又摸又揉，若不是尸体冰冷僵硬，半天都不做反应，他还兀自沉浸在温柔香里不能自拔。

而他终究不是一般人。

取来火折子，重新将案上的蜡烛点上，欲明欲灭的光晕照亮了那具尸体的面容——玉双。

男子走回到榻前，举着烛台，在玉双的尸身上晃了晃。又探手捏了一把，面颊和脖颈已经变硬，掀开遮在她右肩的白纱，可见暗紫色的尸斑。

约莫是三个时辰之内死的。

男子紧皱着眉脸色阴沉，不禁想起三个时辰之前——

“今年这批颇有几个出挑的，出身也不错，据说还有两个是头人的女儿，保证让您满意。”

折枝山水的花梨木大屏风旁，彩画铜盆放在披缎小锦杌上，落满阳光的北面落地罩挂着一道长长的琉璃珠帘，锦幔遮掩。正在铜盆里净手的朱袍男子，闻言瞟了瞟身后一脸谄媚的奴仆，不咸不淡地问道：“这么好？有多少人？”

“二十个。”

那奴仆说罢，忽然想起了什么，又道，“不不，应该是二十一个。迟了几日，三管事亲自送进来一个，说是四排山头人未过门的小妾，顶替之前病重来不了的。”

男子抬起头来：“岩布什么时候也开始管这些了。”

“要不小的去把后进来的那个，先跟其他人分开？”

“暂时都搁一起吧，搁一起才看得出好坏……对了，玉罕那边说了没有，什么时辰送她们过来？”男子净完手，跪在他脚边的侍婢拿来锦帕，仔细地擦拭着他的每一根手指，连指甲缝都不放过。

那奴仆“嘻嘻”笑了两声，“晌午一过就会领来，汤池那边都安排好了。”

男子“嗯”了一声，阖上眼，像是要陷入假寐。

这个时候，外面响起一个男音：“召曼大巫师，有个侍婢要见您。”

摆夷族的大巫师都是世袭的，与德行无关。

但身为族内的唯一的大巫师，又是历年勐神祭仪式的主持者，召曼在曼腊土司寨是亦如神祇一般的存在。尽管这位神祇并非传说中的那样，不沾红尘烟火，但在摆夷族众的眼里，精通医术和巫术，且能与勐神寨神通灵的巫者，神秘而神圣，威严不可侵犯。

那个侍婢被带进来的时候，低垂着头颅，连大气都不敢出，像是恨不能把腰弯到地上去。

“启禀召曼大巫师，玉罕姑姑把第一个人挑好了，让、让奴婢来问你，要安置在暖堂的哪间厢房里?”

她颤巍巍地问道。

“挑的是哪个族的?”

“沧源佤族。”

召曼“嗯”了一声：“就放西厢最里头的那间。”

“是。”

召曼说完便不再理会，侍婢也应该下去了，片刻却发现她迟迟没动地方。召曼撩了一下眼皮，见她低着头站在那里，头发垂在一侧，露出光洁的后颈，柔和得就像是水鸟汲水时垂下脖子的姿态。

不由得挑眉道：“你叫什么?”

那侍婢仿佛这才回神了一样，飞快地瞄了一下朱袍男子，咬唇嗫嚅着道：“奴婢玉双。”

对，他记得她叫玉双。

他也记得每一年选拔祭神侍女时，都要将那些待选的少女送到神祭堂的暖阁，让他这位德高望重的大巫师逐一地、仔细地“调教”一番。可是这一次，在最初的一夜，不但没有少女来荣享他的雨露恩泽，负责安排的人还死了。

到底是谁？谁又有这样的能耐，在那氏土司府里、在神祭堂杀了人，还能全身而退？

次日的晨曦，天色有些欠佳。在巫姑的三声铜铃响起之后，宿在暖阁里的二十一位少女洗漱齐整，到北角的小苑里候着，由掌事侍女训完话，于巳时一刻用过早膳，又被领到神祭堂的穿香殿。

依旧是背诵祷文，焚香，沐浴。

也不知是不是泡了温泉的缘故，饶是睡惯了竹楼的大通间，从未见过屋宅寝房的姑娘们，均是一夜好梦，此刻坐在席间，神清气爽。

没有人察觉在西厢的香闺中出现了一具尸体，也没有人将此事声张出去，像是什么都没发生过一样，少数知情的掌事侍女举止如常，连一丝特殊的表情都不曾有。以至于姑娘们只晓得少了一张颐指气使盛气凌人的面孔，眼不见心不烦，反倒是巴不得再少几个凶悍的侍婢。

未时，外面又下起了雨。

潮湿的气息弥漫上来，有侍婢推开窗支，雨丝裹挟着一丝丝花香斜斜地扫进殿里来。

坐在最前面的小和尚一直在咿咿呀呀地念着祷文，席地而坐的姑娘们鹦鹉学舌似的跟着重复，也不知究竟能背下来多少。朱明月有些昏昏欲睡，目光不经意间扫向北墙的位置，堆放着几张矮杌和半扇山水背屏的旁边，挂画的地方用金粉朱漆勾勒出锦雀的纹饰，被烛台上的亮光一照，流光溢彩活灵活现。最中间的那只却有一双乌溜溜的眼睛，似会说话般，正对着姑娘们坐席的位置。

玉罕拿着戒尺在席间来回逡巡，发现谁敢打瞌睡，就会一尺子抽下去。即将走到身后时，朱明月用掌尾揉了揉眼睛，将身子坐得更正些。

姑娘们大多是插科打诨心不在焉，却迫于玉罕的厉害，又怕被掌事侍女呵斥，敢怒不敢言。当然，也有个别人一心想要被选上，表现得极为认真勤奋，就比如那个花苞髻的少女。

昨日在汤池中，朱明月是听了玉双的话，找到一个隐蔽的地方遮住身体，当时同样这么做的，恰是那个花苞髻的少女——月卓拉。两个女孩子不约而同的做法，让朱明月的目光一动，忽然有种心照不宣的意味在心里蔓延。

“多少日了，总是磕磕绊绊，你到底用没用心！”

被掌事侍女用手狠狠戳着额头的姑娘，名叫叶果，沧源佤族人，此刻红着眼圈，也不知是疼的还是吓的，泫然欲泣咬唇不敢吭声。

“我看你就是贪玩耍滑成心怠惰，罢了罢了，你也别在这儿耽误工夫了，收拾收拾东西，今日就滚出土司府吧！”那掌事侍女越说越生气，宽大的袍袖一挥，将案上的器皿全部掀翻，香炉书简散了一地。

这一下，叶果“哇”地大声哭出来。

席间的女孩子们噤若寒蝉地低着头，无人敢出面求情。待听到“淘汰”两个字，每个人脸上的表情不一，惊讶、同情、唏嘘……更多的是羡慕。早知道背不下来就会被打发出去，干脆都不背了，早早离开这鬼地方了事。

玉罕像是洞悉了众人心里的想法，视线扫过去，冷冷笑道：“别以为这么轻易就能放过你们。凡是落选的人，就代表着对神明的心不诚，都要受到族规的处罚。还有你们的家里，也要为之受过！”

什么样的族规和处罚，能让在场这些族内的、族外的女孩儿们都变了脸色？尤其那个被掌事侍女扬言要赶出去的佤族姑娘，怔了一下，脸上露出惊恐的神色，跪在地上抱住掌事侍女的腿，号啕大哭地求饶。

“现在知道怕了？晚了！”

那掌事的侍女略抬起腿，嫌恶地将叶果甩开，又朝着席间的姑娘们道：“还有你们，玉罕姑姑说得没错，哪个还敢插科打诨不服管教，大可跟她一样，退出祭神侍女的选任！”

没得到任何回音。

姑娘们心惊肉跳地看着叶果被拖拽出去，任凭她痛哭流涕、再三乞求都无济于事。死记硬背虽然难，教习姑姑虽然可恨，但总比受摆夷族的族规处罚、连累全家要好，忍吧，继续忍吧，忍过了祭祀仪式就好了。

原本还心存侥幸想蒙混过关的人，都卯上了劲。没人想被筛下去。可名额是有限的，淘汰了一个，还剩下二十个，二十选十二，注定还要有八名少女落选。女孩子们一直以来同仇敌忾相依相伴的关系，在这一刻，不禁发生了微妙的变化。

朱明月与众人一样抬头目送着那佤族姑娘被拖走的惨状，余光略扫过坐在她斜前方的月卓拉，花苞髻的发式，只露出侧脸，一双眸子里泛起的却不是担忧或同情，而是一种难以名状的悲悯或者说是恐惧。

这种复杂的表情，被朱明月捕捉到了，也没有逃过玉罕的眼睛。

总算熬到了申时五刻，又到了每日的香汤沐浴。跟昨日一样，入浴前先喝洗尘茶，又苦又涩的味道，依旧是在掌事侍女和侍婢的多重监视下，喝了个干净，这回再没有人来给她送药丸。

朱明月裹着白纱下水，眼见着月卓拉又坐在了昨日用以遮蔽的位置，环抱着双臂，将身子紧紧地贴在打磨得光华的池壁上，隔着弥漫的水雾，只能看到隐约裸露的香肩。

姑娘们在互相笑闹，朱明月则背靠着池边给一个年纪很小的女孩子搓背，很开阔的位置，却有了恰到好处的遮挡。或许她也该提点那个少女一下。但就像对方分明知道这香汤沐浴里面的一些猫腻，却连同村寨来的姐妹都没告知，人总是在保全自己之后，才有余力想起别人，并非谁都有义务在明知危险的情况下去舍己救人。

在汤池外伺候的侍婢比昨日少了，多了几个体格健壮的粗妇，手执棍棒，凶神恶煞，不知是在防范些什么，不善的目光徘徊在池中姑娘们的脸上，仿佛是要盯出窟窿来。

这时，一个掌事的侍女从小径那边走进来，扬声道："从今晚开始，你们所有的人要轮流在祭神阁里守夜了，每人一夜，隔五夜换一人。"说罢，指了指池中的一个少女，"今晚是你。"

月卓拉猛地抬起头，"我？"

掌事的侍女居高临下，睨视着她道："待会儿沐浴完，就不必回暖堂了，自会有人来领你。"

"不，我不要！"

月卓拉的脸色剧变，也顾不上遮掩身子了，"哗"地一下急忙从池里站起身，"我不要去守夜，不应该是我，我背诵那些祷文如此流利，姐姐应该再换一个外族的姑娘，她们中的很多人都背得不好，求姐姐去换一个！"

白日里不是有个姑娘惹怒了掌事侍女，已然落选了吗？怎的还要挑人去祭神阁！

月卓拉的神色又惊又恐。

突生的变故，让池中泡得无比惬意的姑娘们纷纷调过来视线。不就是去祭神阁里守夜么，跟背诵祷文有什么关系？其中有几个跟月卓拉一道从红河村寨来的彝族妹子，就算有心想跟她调换，听她这么说，也气愤地收回了想法。

“守夜的安排，是一早就定好的，岂能容你抗拒！”玉罕喝道。

月卓张开咬着惨白的嘴唇，带着哭腔道：“玉罕姑姑，求您换一个去守夜，我不要这么快被安排去祭神阁，我不要这么快就被选下去！”

“住口！”玉罕怒目而视。

在月卓拉话里泄露更多秘密之前，玉罕上前来一脚重重踹过去，直直踹在月卓拉的肩胛。月卓拉跌进水里，扑腾了两下，还没等再站起来，就被拿着棍棒的粗妇一把从水里捞了起来。

“这丫头不服管教，先把她带到东厢去！”

玉罕怒道。

“不，不，我不要去东厢，别送我去东厢，不要！”

月卓拉拼了命地挣扎，歇斯底里的尖叫声有些骇人。姑娘们面面相觑，都不知发生了什么，玉罕面尤带怒容，转而朝向池边余下的几名粗妇道：“你们两个留下，其余的都跟着过去，留下的，把人给我看好了！但凡有什么差池，我让你们都去喂鱼！”

月卓拉被推进东厢最里面的一间屋子。

床榻上的血迹还没干，隔了一昼夜，洇成暗红色，榻边站着一抹朱袍背影，是个男子。

供奉着族内神明、一向是宝相庄严不可亵渎的神祭堂，在选拔祭神侍女的期间，不允许任何男子涉足，谁知道这暖堂里的女子香闺，居然出现了一个男人。

几乎是在转过身来的第一眼，召曼就认定，这并非他要找的人。

“说说吧，你都知道些什么？”

她不是他要找的人。能在初到神祭堂的第一夜，杀死府内的侍婢，且不动声色安排好尸身的人，就算身份败露，也不太可能这般歇斯底里没有分寸。但是召曼能理解玉罕送她来的原因——宁可错杀，也绝不放过每个人，一向是玉罕的行事准则。

“不、不……我什么都不知道，我不知道……”

月卓拉已然瘫在地上，嘴唇颤抖，吓得魂不附体。

召曼轻笑一声，走到月卓拉面前抬起她的下颚。月光从窗外洒进来，被水浸湿的发梢黏在她的额头上，显露出浓丽的瓜子脸，一双泛着泪光又惊又恐的大眼睛，让人陡然生出想要痛惜抚慰，却又更加想欺侮凌虐的冲动。

“真是个美人啊。红河彝族将你这样的美人送进来，显然是对你寄予厚望，缘何要这般不识抬举？”召曼说话间将腰弯得更深，把头低到月卓拉的颈窝，似在轻嗅着她的体香，“要知道，能受到摆夷族大巫师的青睐和调教，是多少女子求都求不到的‘福分’。”

月卓拉猛地哆嗦了一下，眼泪就顺着两颊滑下来，“别这样……求求你，别这样……”

“哪样？”

手指徐徐勾勒，引起少女不住地战栗。

“我、我是箩西村寨头人的女儿，是红河贵族，你不能像对待她们那么对我！”

召曼一把扣住月卓拉想要反抗的手腕，那一下力道颇狠，让月卓拉挣扎不得，反而痛苦地仰起头，“看来玉罕并没有送错人。可怜的小姑娘，你还真是知道得不少。”召曼抚摸着她的脖颈，收拢手掌，蓦然掐住她的咽喉，“告诉我，谁告诉你的？”

是谁？谁泄露了大巫师的秘密？

“住、住手！”

月卓拉挠抓着召曼的手，惊惧得死命挣扎。

“我知道，你的身份比那些女孩儿都要高一些，但那又怎样……你已经是祭神侍女的待选人了，这是何等神圣而又荣耀的头衔？相反的，一旦你落选，就会成为整个家族的耻辱，根本逃不过族规的惩罚。还有你的家人，因为你而受到全族的指责和笑话，还会再接纳你、护着你吗……你没有其他的路可走，你只能被选上。而你想要中选，也唯有巴望着作为大巫师的我，接纳你这副卑贱的身体。”

还在幻想什么？

幻想着就算被送进来也会区别对待？可是在召曼大巫师的眼里，都一样。

男人的声音很轻，穿耳而过就像是让人不寒而栗的魔音，手上的力道却在一点点的加重。召曼扣着月卓拉的手忽而转向扶上她的肩，抓着她本就轻薄的襟口一扯，狠狠握在她的胸脯上。那一刻，月卓拉想要尖声嘶叫，却被扼住喉咙发不出半点声音，心里极度恐惧的情况下，她瞪大一双泪眼，使劲踹着双腿。

直到她脸色憋得发青发紫，约莫快要窒息而死了，召曼才松开了手。月卓拉似抽干了浑身力气，瘫软在地上，惊恐的脸上满是泪痕，蜷缩着抱住身体不住地战栗。

“怎么样？选择的机会只有一次，我的耐心可不多。”

召曼笑眯眯地看她。

“我说，我说……是三年前落选的一个祭神侍女，是她跟我说的……”月卓拉脸上的泪未干，又扑簌流下。

再聪慧骄傲，也不过是个十五岁的小姑娘，哪里禁得住这样的羞辱和折磨。

召曼眯起眼，“哦？哪个？”

“阿、阿施朵。”

召曼显然对那个名字没有了印象，脑海中搜罗过一具具或丰满或纤瘦的美丽酮体，仍是理不出头绪。但既是红河箩西寨子出来的人，又是在三年前，自然就有所查。可是大巫师多年以来的秘密，至此恐怕是瞒不住了。召曼想到此，不禁眼神一厉，“你进来之后，还告诉过谁没有？”

凌厉的声音让月卓拉一颤，浑身止不住地战栗起来。她此刻绝望极了、也恐惧极了，说什么奉神、侍神，其实都是送来给这个猥亵的男人采阴补阳的玩物，她姐姐如此，现在又轮到了她……月卓拉不知道为何自己的家族要惧怕和讨好这个那氏土府，可她知道若是她说只有她一人知道这内情，这个男人一定会毫不犹豫地杀了她；就算她一时死不了，事到如今，也不会有什么好下场了……

“有、还有一个女孩子……挺古怪的，好像知道些什么……”

“叫什么？”

月卓拉哽咽着摇头，“我不知道。”

召曼抓住月卓拉的头发，不顾她痛苦的喊叫，将她从地上拽到身前，“可别撒谎哦，撒谎的坏女孩儿，都是要喂蟒蛇的……”

浓云遮蔽了月光，许久之后男子离开了屋苑，门扉虚掩的屋内，响起了女子歇斯底里的尖叫声。撕心裂肺的叫声撕扯着耳膜，仿佛要划破夜空，一直传到了曼腊寨子西面那座建在荒芜干涸小溪边的乱坟岗。忽而一阵冷风刮过，吹动了乱坟岗里亮幽幽的火光，森森得让人脊背发凉。

月卓拉的事，就像是一粒石子投到湖心荡漾出的涟漪，传不出神祭堂，对府里也构不成任何影响。在召曼眼中，一道涟漪是掀不起大浪的，历来这些踏进神祭堂的人，红河彝族也好，沧源佤族也罢，都翻不出他的手掌心。故而召曼默默地在心盘算着，一旦抓到那个胆敢在暖堂东厢行凶的人，要使用什么样的折磨手段，才能供他享乐，泄他心头之恨。

可他忘了，这里毕竟还是土司府，不是他的一言堂。

翌日，府里面突然有命令宣布，这次勐神祭祀的大巫师人选要更换。

接到这个消息的时候，召曼还在被窝里睡觉。元江府还不属于大明疆域时，召曼就是族里的巫师，从巫师到继承的大巫师，二十几年来，主持过多次勐神祭、寨神祭，还有每年的求雨、拜月、祭战神……唯我独尊惯了，除却族里几个要命的人物，几乎不把什么人放在眼里。这次撤他职的人，恰恰是那几个要命人物之一——土司夫人刀曼罗。即将取代他主持祭祀的，变成了女巫师——雅莫。

召曼惊呆了。

整个神祭堂哗然。

“雅莫，不要以为我不知道你打的什么主意，别以为有土司夫人撑腰就能为所欲为!”

叮叮咣咣的砸东西的声音在屋里响起，吓得守在门口的奴仆缩了缩脖子，都退到了回廊之外。

“前前后后我光是准备就花了整整一年，又一年选人，再一年观天象，否则为什么祭祀会三年一次？你倒好，等我全部做完了，你二话不说就找刀曼罗夫人抢了个现成的。你的良心让狗吃了，就不怕接不下来砸手里!”

“咣”的一声，摆在案上的粉釉大花瓶被召曼举起来，重重往地上一摔，顿时破碎成几块。

那矮胖的女子坐在北窗前的官帽椅上，像是老僧入定般正喝着茶。等召曼砸完了也骂完了，才将茶碗放下，慢悠悠地说道：“你说这届的祭神侍女中有奸细？”

……

他刚刚说的，她一句都没听。

召曼冷冷地看着她：“祭神阁的事情要是传到外面了，你我谁都脱不了干系。咱们是拴在一根绳上的蚂蚱，互相捏着把柄，我奉劝你千万别把我惹急了！”

“放心吧，是你的东西我一样都不会拿走。”

召曼斜睨着官帽椅上的女子：“什么意思？”

“只消你能举荐我坐上大巫师的位置，我可以保证，将来在我所有主持的祭祀仪式下，你想做什么便做什么，我绝不干涉。”

“你做梦！”

召曼知道雅莫指的是那些祭神侍女的归属，但是想让他再举荐一个人与自己平起平坐，这绝不可能。大巫师的位置向来是世袭的，因为这个身份，才让他在土司府里要风得风、要雨得雨，凭什么她说想要就能要！

“召曼，如今刀曼罗夫人的一句话，就能把你给撤了，有这一次就会有第二次……又不是只有大巫师才有资格主持勐神祭祀，等年头久了，谁还会记得你这个昔日的大巫师？我现在并不是与你争什么，只是要一个头衔。”

都开始觊觎第一把座位了，这还不叫争？召曼强压着满腔怒火，不阴不阳地说道：“雅莫，不是我不同意，族规就是族规，就算是土司夫人，也凌驾不过族里几百年的传统！”

“族规如何不用你操心，但凡你肯松口，我自然有办法。”雅莫挥了挥手，像是不愿意在这上面多言，又将话茬扯回去道：“对了，你还是跟我说说东厢房里死的那个侍婢吧，究竟是怎么回事？莫非……真有什么居心叵测的人混进了府里来？”

召曼鼻子里发出一声冷哼：“怎么回事你去问玉罕啊，她负责那些姑娘。”

雅莫连看都没看他一眼：“是要去问她的，不过她终究是你的人，我提前来打声招呼，省得你又得理不饶人，弄得鸡飞狗跳的。”

“原来你还知道这先来后到的规矩！”召曼咬牙切齿地瞪着她一副事不关己的模样，攥紧了手，恨不能将她手里的茶连带茶碗一起扣在她头上。

有些人相信直觉，也凭借着与生俱来的敏锐直觉，在深宅大院这种地方安身立命。而有的人靠的不是直觉，是怀疑一切的态度。玉罕就属于后者。宁枉勿纵的处事作风，让玉罕在没有任何证据、仅凭一己武断猜测的情况下，就毫不犹豫地将月卓拉送到召曼的面前，算是一种考验。可惜，月卓拉并没有通过考验。

此刻一直在门外听着召曼和雅莫两人说话，听完雅莫的最后一句话，玉罕就放弃了敲门进去的打算，不动声色地离开屋前的长廊，径直朝着穿香殿走去。

姑娘们一直在穿香殿中重复着每日祷文的背诵。

推开殿门走进去，玉罕扫了一眼殿内的众人，指着其中一个姑娘道：“你，跟我出来。”

在神祭堂待了整整三日，待选的祭神侍女谁都没看到传说中的大巫师，于是作为教习姑姑，玉罕的话无疑跟圣旨一样。朱明月跟着玉罕一直走到穿香殿北面的耳房里，不算宽敞的地方，只有两个身体壮硕的粗妇守在门外。

“知道我为何要找你来吗？原本前日要去神祭堂守夜的人，应该是你，如果不是月卓拉那丫头神情古怪，我不会做出那样的安排。”

把人带进屋内后，玉罕就以一种犀利而了然的神情，跟对面的少女这样说。

“月卓拉不是因为不服管教，被驱逐出府了吗？”玉罕的话中透露了很多重点，朱明月却不懂是什么意思。作为第一个忤逆教习姑姑的人，关于月卓拉的下场早就在姑娘们之间传开了，很多人还因此幸灾乐祸地想，又少了一个争名额的。

玉罕哼笑了一声，“被逐出府？哪有那么便宜的事，她可是奸细。”

“奸细？”

那两个字显然更让少女惊诧，玉罕将她的表情收在眼底，有些轻蔑地说道：“元江府一向都不欢迎外族的人，尤其不允许外族人接近内城村寨，就是防着那些阿猫阿狗混进来捣乱，这次为了勐神祭接纳了红河彝族和沧源佤族，没想到还是被钻了空子。就在昨夜，月卓拉已然招认，她进府乃是别有目的，同时还咬出一个人来……你猜猜是谁？”

朱明月仿佛是感觉到了什么，不由得低了低头，苦笑道：“玉罕姑姑该不会想说，月卓拉咬出的人，是我吧？”

“你觉得呢？”

“没记错的话，月卓拉是彝族人。”跟月卓拉一同来自红河黄草坝的，还有三个姑娘，月卓拉再怎么乱咬，都没理由咬到她头上。

“月卓拉的确是彝族人，可我也调查过你的背景，你根本不是四排山头人未过门的妾室，更不是来自沧源佤族。你的身份比她更让人怀疑。”玉罕一瞬不瞬地盯着朱明月的脸，丝毫不放过她的表情。

朱明月对玉罕的说法报以怀疑态度，她确信自己每的一个身份都绝对无懈可击，但自己是不是四排山的人，有没有歹意，根本没有区别。似乎只要玉罕想，就能利用月卓拉的嘴，给她盖棺定论。

“就因为我是三管事岩布领进门的？”

进府的那一日玉罕和岩布两人的针锋相对，让很多人记忆犹新。玉罕吃了口头亏，不能拿岩布怎样，对付一个待选的祭神侍女是易如反掌。而岩布把玉罕得罪了，也是间接给朱明月招了麻烦，可岩布在将她领进来之后，就再没管过她。

“你很聪明，比往年那些跟在岩布身边的都要聪明，”玉罕掸了掸袖口，微微笑着道，“可惜你跟错了人，为此我替你感到很惋惜。”

正午刚过，苑外日光和暖，朱明月却感到后背隐隐发凉。

“玉罕姑姑能否给条生路，我会……安分守己。”实际上，她一直都很安分守己。

“我喜欢聪明的人，更喜欢听话的聪明人，这样吧，你也别急着撇清，先回答我一个问题，你通过岩布进到那氏土司府，到底做什么来的？”被沧源佤族下过聘的女子，居然顶替祭神侍女的身份进了土司府宅，这是意欲何为？玉罕没诈出这丫头的话，反而愈加感到好奇。

“我其实也是身不由己，而且，我与岩布管事并不熟悉……”朱明月实话实说。

“咱们明人不说暗话，你进府，是不是为了土司老爷？”

朱明月怔了怔，蹙眉道："是岩布管事跟玉罕姑姑说的？"若说接近土司那荣是整个计划中的一环，玉罕的话也不算是说错了。

她羞于启齿的默认，让玉罕露出一抹了然的神色，嗤笑着道："凡是来到土司府的，没有几个不想接近土司老爷，瞧你这身段、这相貌，安排你来的人也算是打得一副好算盘，可他们送你绕过土司夫人，直接走了神祭堂这一步，却真真是自作聪明。"

朱明月愣愣地问道："姑姑何意？"

"来到神祭堂，不出意外的话，要么选上，要么被淘汰，无论哪一种，你的下场都与你所想的相去甚远，但有一点是肯定的，你永远都不会有接近土司老爷的机会。"岩布是掌管外事的，哪里知道神祭堂内的细情，随便应承下来，打算借此沾光，殊不知会偷鸡不成蚀把米。但巧就巧在，意外偏偏发生了，主持勐神祭的大巫师忽然要被撤掉，换成一个女巫师，对于这些祭神侍女来说，可是有着天壤之别。

玉罕想到此，嘴角牵起一抹古怪的笑，"你既要活命留下来，我亦不是赶尽杀绝的人。看你也算老实乖觉，我给你一个机会，你帮我做件事，我不去告发你，还可以保你通过祭神侍女的选拔，这样一来你就是召曼大巫师的人，跟神祭堂站在一起。"

也就是说，若她不帮忙，便是跟神祭堂为敌，马上会落得如月卓拉一般下场。

"是召曼巫师让姑姑来跟我说的？"

"在这土司府里，你认为谁还有这个权力？"玉罕似笑非笑。

"那我、我还有没有机会见到土司老爷？"朱明月有些为难地看着她，"倘若无功而返，我真的不好交代……"

玉罕一笑："表现好的话，不乏这种可能。"

"那好，但凭玉罕姑姑安排。"朱明月像是下了决心，目光坚定地答道。

两人的约定，就这样敲准了。

临时更换主持巫师的事，在土司府里还只是一个传闻，元江府城内的几大村寨中却起了不小的骚动。每隔三年的勐神的祭祀，主要为了祭拜色勐和披勐：色勐，指的是善者，是远古时战胜部落首领的亡灵，这些亡灵会保护本部落人畜的安全。披勐，指的则是恶者，是战败或在争斗中阵亡的原部落首领，暗中起着危害获胜部落人畜安全的作用。

摆夷族那氏作为战胜部落百年之后的传承者，为祈求善者保佑，讨好恶者，对盛大的勐神祭祀相当重视，为期三年的准备更是慎之又慎，鲜少有这种临阵换人的情况。就在撤换巫师的消息流出来之后，村寨里的牲畜突然起了病，紧接着有几个身体弱的村民病倒了……披勐作恶的流言，开始悄悄地在各大寨子里蔓延滋生。

但是这一切都不妨碍拥有巫师身份的雅莫，在六月十四的这日，强势入主神祭堂，鸠占鹊巢。

“她和蔼极了，刚刚还摸我的头来着呢。”

从神祭堂的弱水阁走出来的少女，良久还回不过神来，绯红的脸颊醺醉了一样，晕晕乎乎的。

殿外的姑娘们纷纷围上来，听她这么一说，更好奇了：“那她给你赐名了么？有没有问你什么问题？”

那少女低着头，腼腆地说道：“雅莫巫师只问了我的生辰……”

至于赐名，那是选拔之后的事。只有被选上的祭神侍女，才有资格受到神祭堂巫师的赐名，但刚刚那慈蔼的笑容、温和的话语，还有摸骨时赞不绝口的夸奖，都让她既敬畏又生出无限的孺慕之感。

“听说，初次拜见表现好的话，会直接中选呢！”

“那我一定要好好表现，给雅莫巫师留个好印象！”

“我也是……”

姑娘们七嘴八舌地议论着，就在这时，屏门打开，一个侍婢从里面出来，指着女孩子们中的一人，“该你了，跟我来。”

朱明月踏进弱水阁的西侧，隔扇罩的后面，是一个布置得颇为雅致的小室，檀香袅袅未熄，锦杌案几不染尘埃。镂空琐窗下的酸枝大画案前，那矮胖的女子一袭朱袍玉带，正襟端坐，却半阖着眼儿，一副飘飘欲仙的假寐状。

这就是那位极富传奇色彩的女巫师——雅莫。

“坐吧。”

那侍婢给她安排了位置，就退出去了。

朱明月依言走上前，坐在离主座不远的矮杌上。

这时，雅莫方才睁开眼皮，抬眼看向她时，有些沉湎的目光很明显亮了一下。

“多大年岁了？过来坐。”

矮胖的女子朝她招了招手，朱明月依言往前坐了一些。雅莫蔼蔼一笑，又道：“再近些。”

“刚刚及笄。”

“再近些，坐到我身边来，莫怕。”

雅莫的语气像是在哄自家宠溺的小辈子孙，很难不让人放下戒备，心生好感。一直到朱明月坐在雅莫跟前的小锦杌上，嗅到那股檀香的味道，才看清楚面前年纪已不轻的女子，眼皮垂坠，眼底略有乌青，松弛的皮肤略显老态，正笑眯眯地打量着自己：“……十五岁，是个好年岁。”

雅莫说罢，执起朱明月纤细的手腕，将手伸进她的袖子里，以手相覆，沿着关节一寸寸地往上揉捏，一边揉还一边品味着。

朱明月知道雅莫这是在给她摸骨，说起来，摸骨算是玄门道学中算命的一种手段，可她有种说不出的怪异感，被触碰的肌肤起了一层鸡皮疙瘩。雅莫像是完全没注意到她身子的紧绷，眼神儿半明半寐，略显粗糙的手指不急不缓地沿着朱明月的手臂往上，好半晌摸完了，把手从她袖子里伸出来，又徐徐抚上她的后脑、眉心、耳垂……

“不错不错，碧玉品字骨，天性敏而慎细，灵慧之根。”

雅莫的话朱明月很熟悉，同样的话姚广孝也跟她说过。

“你的骨骼可是极好的，年岁合适，模样也生得让人见之喜爱。若是我许你通过祭神侍女的选拔，你可愿意随我一处，侍神奉神？”

雅莫笑容可掬地望着她，眼角眉梢是说不出的慈爱和欣赏。要知道摆夷族的巫师世代享有族内的供奉，非是世袭不可，雅莫的话，无疑是有留下她的意思。

朱明月露出惊讶的表情：“……我？”

“是啊，我的乖孩子。”

“可是……”这可太突然了。

“没有可是，现在我就给你赐名，叫玉恩，可好？”

玉恩，即像莲花一样的少女。

朱明月现在用的身份并不是摆夷族人，对方却连问都没问，就直接给了她一个摆夷族平民女子的名讳。朱明月的余光瞥过案上袅袅的檀香炉，略垂下眸，似怯非怯，似喜非喜地说道：“若、若蒙不弃，玉恩愿追随您左右。”

雅莫像是喜出望外，一把将她搂进怀里，摸着她的头道：“真是个好孩子……”

檀香的味道忽然重了，氤氲的烟丝飘过来，雅莫眯着的眼睛忽地一垂，话说到半截像是被掐断了一般，蓦然就没有了声音。前一刻还拘谨赧然的少女，伸手一把稳稳地扶住她歪倒的身子，将她摆好姿势扶靠在椅背上，然后探手去解挂在她腰间的一串钥匙链。

跟预料的一样，没遇到任何抵抗。可朱明月仔细一摸，才发现，雅莫腰带上的几十枚钥匙都串在一起，串联方式居然是九连环……

朱明月的到来，让这位摆夷族有史以来第一个有资格主持勐神祭的女巫师如获至宝，当场就点了她入神祭堂的资格，同时赐名白莲玉恩。有侍婢出来宣布之后，朱明月随之走出弱水阁，下面等着被召见的姑娘们，投向她的目光都略带敌意。

但是朱明月并没有停留，跟着领路的侍婢出了弱水阁前的抄手游廊，就直奔暖堂的东厢而去。

一路都没人拦她。

直到拐角处转弯，朱明月回身瞧见四下里无人，推门进了靠北的一间屋苑。

“拿到了吗？”

玉罕见她进来，急忙迎上前。朱明月掩上门扉，从袖中掏出一枚钥匙。

铜铸的钥匙，形状酷似香阁的窗阁，上面还有一个带锈的环扣，显然是从整串钥匙上摘下来的。玉罕眼中狂喜，道：“我就说那老妖婆一定能对你瞧上眼，想不到这么顺利！”

“你呢？你是不是像我跟你说的那样，在她昏倒之后，掐碎了香丸，又掺了少许进熏笼里？”

朱明月点点头，“雅莫巫师昏睡的时间还挺长的……”说罢，又不无担忧地小声道：“真的没问题吗？刚刚雅莫巫师从迷香中醒过来，好久都没说话，过了一会儿，直接就让我出来了。”

玉罕一笑：“你放心，我既然敢让你带着香丸进去，就敢保证她即使当场被放倒了，也不会觉得有任何异常。”

原本在她那檀香里面，也没掺什么好东西，再加一味迷药又能如何？那香丸不过是加重药效。而且所有姑娘的身上都放着香丸，雅莫每召一个进去，间歇昏睡上一次，也就不奇怪了。可笑雅莫自以为揽下主持巫师的位置，就能在她操持多年的神祭堂里为所欲为，高兴得未免太早了。

“对了，她还有没有旁的反应，有没有跟你说过什么话？”

朱明月道：“……雅莫巫师赐我新名了。”

玉罕一怔，随即脸上笑意更深，“恭喜你，你被选上了。”

被选上，也就意味着暂时是安全的。

“……姑姑似乎早预料到雅莫巫师会选我，这又是为何？”

玉罕哼笑了一声，颇为志得意满地说道：“那老妖婆一向喜欢长相出众的年轻女孩子，你生得一副花容月貌，自然是合她的眼缘。”

还有一个原因玉罕没说，朱明月明白，西南边陲阳光又毒又烈，摆夷族的女孩儿家多是以黑为美，雅莫却偏生喜好中原女子的白，肤若凝脂，欺霜赛雪。当初岩布送朱明月进来后，玉罕没再因身份的问题过多纠缠，也是由于这一点。

“行了，东西拿到你便回去吧，离开久了恐被人怀疑。”

“万一雅莫巫师发现钥匙不对劲……”

“这个你不用担心，”玉罕拿着那铜铸的钥匙，眼底流泻一抹精光，“且不说她能不能发现，就算她察觉了钥匙有问题，也绝对怀疑不到你头上……这就叫自作孽不可活，怨得了谁呢……”

十九个待选的祭神侍女中，除了朱明月，还有另外三个姑娘也被雅莫直接点了名留下，其余的仍需要进行每日的祷文考问筛选。被点名留下的人，从暖堂的西厢搬到了弱水阁北面的小苑，配有专门的侍婢伺候，一应吃穿用度也是专人安排。

玉罕说得对，钥匙的事，雅莫一点都没察觉。

日子以一种诡异的平静，飞快溜走。

负责照料朱明月的侍婢是阿縈，三管事岩布特地从身边拨过来的，像是蒙尘的珍珠终于绽放了光芒，岩布觉得朱明月的破格入选给他争了脸面，开始重视她的存在，又十分庆幸自己之前的决定，并没有拘泥于她的来历而将其埋没了。当然，这些话是不能对外人说的，故此特地让阿蓉悄悄地给她带口信，让她好好表现，说是用不了多久，她进府的愿望一定能实现，让她届时别忘了他对她的知遇之恩。同时，也特别捎来一罐茗子蜜，说是怕她吃不惯舂米，让她拌在饭里吃。

朱明月对西南边陲的饮食习惯至今不甚习惯，也不知道花蜜拌饭是怎么个吃法。但阿蓉一脸艳羡地跟她说，这茗子蜜又称雪脂莲蜜，雪脂莲生于云贵高原，开花时，值百花萧杀，唯其独芳，吸日月之精华，沐四时之雨露，故而用其酿出来的蜜晶莹剔透，结晶细腻如脂，十分名贵。跟佤族擅养蜂制得的土蜂蜜，不能同日而语。

女儿家多喜欢这些护颜养肤之类的甜品，朱明月听阿蓉这么一说，当即赏给了她。阿蓉欢喜得两只眼睛放光，千恩万谢之后，言说每日必要喝上一碗。

当然，能捎东西进府这种独一份的优待，并不是谁都能享有的。其余三个姑娘跟朱明月住在一个苑里，抬头不见低头见，阿蓉被赏了茗子蜜的事，很快就被负责伺候三个姑娘的侍婢知道了，三个侍婢又告诉了自家主子，于是姑娘们整日凑在一处，忿忿不平地编排东屋那朵小白莲的不是。

朱明月住的就是东屋，玉恩也好，白莲也好，赐名，只代表着她们这些人短时内有资格留在神祭堂。姑娘们却因此沾沾自喜，原本好端端的相亲相爱的关系，不过短短时日，就变成了互相猜忌互相排挤。还有仍在暖堂西厢的那些，听说昨日有人因一言不合，在穿香殿内大打出手，真真是相爱相杀。

不用每日去穿香殿听祷文，连香汤池都不用去了，日子忽然闲了下来，除了阿蓉每隔三个时辰就雷打不动地端来羊乳给她沐浴洗身，没有其他事让她们做。

晌午，在后苑的花圃中，汉白玉堆砌的池塘里是穿梭游动的锦鲤，朱明月掰开饼子丢下去，争抢的锦鲤摆动着大鱼尾，溅起水花。

拂过的微风卷着一片叶子从枝头打着旋儿落下，又轻飘飘地落在她的脚尖上，朱明月看着那片叶子仿佛出了神。

就在这时，院墙外忽然响起少女娇憨的嗓音：“快，给人家摘下来！”

隔着一道灰砖围墙，墙外面是前苑的走廊复道，作为与中苑、前苑间隔的那道锦雀大影壁就离着不远。院墙回廊外的一棵大树上，一个身着短粗布裤的奴仆，整个人都趴在树杈上，两条腿跨着梯子，手臂往上伸得老长。

树冠上挂着一只彩绘蝴蝶风筝，那奴仆扒着树干使劲去抓，可他的手离树冠上的风筝，有不短的距离，连边缘都没碰着。

“不行啊，太高了。”

树下站着一个少女，任花瓣洒在她脸上，嘟着嘴唇，一个劲儿地跺脚：“你敢不听我的话！”

那奴仆一听，脸更苦了，“可是小的真够不到……”

朱明月闻声走到院墙前，透过墙上的漏花窗看去，忽然笑了，猜猜她瞧见了谁？

“叶果，怎的是你？”

是那个在穿香殿中惹怒了掌事侍女，被硬生生拖出侧殿的佤族姑娘。

叶果这时也瞧见了她，“咦”了一声，同样很惊诧地说道：“是你，你怎会在这儿呢？”

该问这话的应该是她吧。说起来，叶果算是这批待选的祭神侍女中，第一个被淘汰的人，应该早被遣送出府才对。

“距离勐神祭还有不到一个月，几个姐妹被送到这儿来另做准备。”

朱明月没打算说太清楚，叶果也没多问，笑嘻嘻地接过话茬道：“整日面对那个凶神恶煞的玉罕，你们还有那么长时间要烦，可真够受的，我可是早早解脱啦！”

解脱？解脱到了只有土司老爷和土司夫人才能住的中苑去？

不等朱明月继续说，叶果扬着明媚的脸，道：“对了，你好像也是从四排山来的，对不对？”

朱明月点头：“我是四排山头人未过门的妾室。”

“头人啊……哪个头人？”

肌肤微黑的少女，娇小玲珑的身段，一张天真烂漫的面庞，却有一双黑葡萄似的大眼睛。这是一个地地道道的佤族姑娘，正是来自四排山。

“竹山村寨的阿曲术老爷。”朱明月道。

叶果歪着头，“你是说，你将会是竹山村寨未来的新娘吗？”

“可我离家的时候，怎的没听说阿曲术伯伯要娶妾呢……而且阿曲术伯伯在娶了花裟婶婶之后，在神庙中立过誓，此生永不纳妾。这件事整个竹山村寨都听说了，一旦违背了誓言，是会触怒寨神的，就算阿曲术伯伯肯，族中的长辈也不会答应吧……”

叶果似笑非笑地说道。

朱明月看了她片刻，略带疑惑道：“花裟夫人……不是在去年过世了么……”

叶果目光一闪，状似才反应过来，轻轻拍了一下自己的额头，有些懊悔地说道：“我太久不去竹山村寨了，居然连花裟婶婶过世都没去拜祭，真是该死！”

朱明月淡淡地说道：“叶巴老爷和阿曲术老爷多年不来往，也难怪花裟夫人的丧讯没传到南溪寨子，若是阿曲术老爷知道你有这份心，一定会很欣慰的。”

叶果笑了笑，“我也很挂念阿曲术伯伯，对了，竹山村寨里那棵古槐神树还好么？我小时候很喜欢那棵树，不知道如今还在不在……”

明媚阳光下的少女穿着桃红色筒裙，神态俏皮灵动，眼角略上翘着，衬得一双眼睛更是亮若朗星。

两人的目光交汇，这时候，一个侍婢从走廊复道跑过来，“小主子，小主子！”

“真是的，才刚出来一会儿，”听到那侍婢的唤声，叶果的小脸一垮，有些头疼地回头看了一眼，才朝朱明月道，“看样子我得回去了，有机会再来找你聊天吧。”

“小主子，原来您在这儿啊，让奴婢好找啊。”

朱明月躲在院墙后面，那侍婢没瞧见她，有些埋怨地看着叶果。叶果扁了扁嘴，伸手一指挂在树上的风筝，还有那苦苦攀爬的奴仆，“都是他，连个风筝也够不下来，那可是我最喜欢的。别扯坏了啊，你可赔不起！”

最后一句是对那奴仆的警告。

奴仆满头是汗，顶着一张苦瓜脸连声称“是”。那奴婢却顾不上什么风等，扯了扯叶果的衣襟，小声道："小主子，中苑的人找您都快找疯了，谁想您居然跑到了前苑下人处，被老爷知道了可不得了，您赶紧跟奴婢回去吧。"

叶果被那侍婢领走了，离开的一刻，扭头看向院墙漏花窗内的少女。见她闪身出来，微微一笑，摆了一个无声的口型。

"放心。"

放心，你的事，我不会说出去的。

……

中军大帐。

星夜兼程的急行军对于李景隆来说并不陌生，打了长达三年的靖难之役，就算是勋贵王族的纨绔子弟，也会磨得骄横全无。但在山岩崩塌和泥石流的恶劣环境下，顶着滂沱大雨在野外搭帐篷，还要保持整体队伍不散、马匹不惊，实在不是一件能让人舒坦的事。

好不容易驻扎妥当，李景隆早就被浇透了，浑身又是泥又是雨。一名小校从被服车里掏出两件干爽的衣衫，搭在屏风上，木桶里的水却是冷的。荒郊野岭，又是大雨天，能打来干净的地底泉水就不错了，上哪儿起灶烧煮呢。

李景隆抄起巾绢擦了把脸，随手把衣襟一扯，就听到外面禀报声。

"进来！"

身着甲胄的校尉掀开帐幔走进，拱手道："启禀曹国公，王爷说前方的山体都坍塌了，得等雨停了，才能判断是否要排开路面，还是绕路。请国公爷暂时委屈一下。"

头发湿哒哒黏在额上，那明媚俊俏的男子恹恹地点点头："知道了。"

在校尉退出帐子时，李景隆又叫住他："若是整修排路，需要多长时间？"

"暂时还不清楚，但目测坍塌得严重，能走人过马车的地方全堵上了。"

"绕路呢？"

那校尉想了一下，道："此处正好是功山的南麓，若要绕道，只能按原路返回，再过德隆河到丹桂。但现在正好是西南边陲的雨季，德隆河涨水，流逝迅猛，大军又是车马又是粮草辎重，如果要渡河，恐怕也得等晴时才行。”

李景隆烦躁地抓了抓头发，一扬手道：“好了，本国公知道了，你下去吧。”

外面的雨像是开了闸一般，噼里啪啦砸下无数指头大的雨珠来，砸在帐篷上“铮铮铮、噔噔噔”地作响。黑云沉浸在急风暴雨中，天幕几乎已经一色如墨。

李景隆走到帐篷门口，望着帐外飘摇的黑色大纛，“珠儿，你在哪儿呢……”

……

德隆河在涨水，千里之隔的元江府也是大雨倾盆，轰隆隆的雷一声声在天空炸响，像是要将远近的山峦拦腰劈开。雨声仿佛断了弦的铜琵琶，打在房檐上铮铮作响，让人感到隐隐不安。

刚刚伺候完姑娘沐浴的侍婢，正提着盛着羊乳的木桶走下台阶，一手打着伞，另一只手拖拽着桶，颇有些吃力。就在这时，敞苑的门“哐当”一声被踹开了，外面出现的几个黑色人影，在滂沱的大雨中显得格外煞人。

阿蓉“啊”的一声惊叫，脚下一滑，连人带桶跌倒在地。白色的羊乳洒了满身，又被雨水冲刷稀释，弄得狼狈不堪。

敞苑外的人已经走进苑来，一步步踏着雨水，在青石板上溅起水花。经过阿蓉身边时，阿蓉抹了一把脸，仰头看去，这才透过大雨看清楚领头人的模样，“玉、玉罕姑姑……”

面容铁青的女子理也没理她，走上去直接用伞柄杵开虚掩的门扉，踏进了屋。屋内的少女仅穿着一件贴身筒裙，听到响动拿起屏风上的外衣披在身上，等裹好了，不慌不忙地转过身来。

“玉罕姑姑，你这是……”

“带走!”

不等朱明月做出反应，玉罕一声令下，身后的粗妇就蛮横地走上前来，左右抓起朱明月的胳膊，将她往屋外拖拽。

阿蓉不知道发生了什么事，眼瞧着朱明月被五花大绑地带走，不由得瑟缩地迈进门槛。孰料玉罕转过身，照着她的脸就是一巴掌，怒喝道：“贱婢，让你过来弱水阁不仅是只伺候她，还要你时刻注意她的一举一动，你是怎么办事的!”

阿蒙被打得一个趔趄摔在地上，满嘴冒血，“玉罕姑姑，我守着小姐了，她、她一直在我的视线中啊……”

玉罕一把抓着阿蒙的脖领，将她提起来，“还敢狡辩，昨夜你在哪儿?”

“昨、昨夜……”

昨夜她就在屋苑里，跟朱明月在一起。自从几日前被派到弱水阁，伺候这些被巫师点了名的祭神侍女，她除了打水伺候她沐浴，几乎寸步不离朱明月身边。而在岩布和玉罕各自不同的“嘱咐”之下，阿蒙一度庆幸自己跟了一个好脾气的主子，安安静静，本本分分，三日来不是在屋里背祭祀祷文，就是到后苑喂鱼赏花，连苑门都没出去过，让她省了不少心。不像其他几位姑娘那么骄横挑剔，整日吵着想在前苑转转。

“姑姑，我看着她呢。”

阿蒙有些委屈，眼泪噼里啪啦掉下来。

“你可知道，昨个夜里，有人闯进了祭神阁，”玉罕睨下视线，眼里的冰冷和狠绝让阿蒙颤了一下，“你确定你一直跟她待在一处?”

“我……”

“想清楚了再说，别到时候给别人当垫脚石，害死自己。”

此时此刻，同苑住的三个姑娘都听到响动，见到玉罕一行人凶神恶煞地闯进来，有心凑热闹也都吓得没敢露面，纷纷隔着琐窗张望外面的情况。却瞧着玉罕径直奔着东屋去了，松了一口气的同时，不知道那小白莲犯了什么事，惹得玉罕冒着倾盆大雨过来抓人。

北屋的少女扶着窗棂，一直到外面没动静了，招来伺候的奴婢，“玉腊，出去打听一下怎么回事?”

外面的雨势一阵强过一阵，斜扫着地面，将青石板冲刷得一片清寒。隔了许久，北屋的寝阁门扉被推开，小奴婢将伞收了，走进了屋。

翘头案前，月弥拿着花剪，对着大蓝瓷瓶里的花枝修剪。

玉腊上前悄悄道：“打听出来了，是祭神阁出事了，现在里里外外围着人，看样子事情不小。”

月弥没出声。

玉腊接着道：“东屋的玉恩姑娘被带到了穿香殿。”

“咔”的一下，月弥将一根花茎掐断，轻轻一抖，上面的花瓣落下来几片。

朱明月被带进穿香殿后，那两个粗妇一撒手，直接把她扔在地上，手肘磕在石砖上，疼得她鼻子发酸。厚重的殿门“吱呀”一声打开，又阖上，有些晦暗的光线中，朱明月抿了一把额头的发丝，身上被雨浇得湿漉漉，裹着的外衣上也蹭了几块泥。

等玉罕走进殿来，殿内的少女正坐在地上绞头发。

“你倒是一点都不害怕。”

“谁惹玉罕姑姑不痛快，外面大风大雨，姑姑怎么也不去歇着。”

玉罕眼中露出凶狠之色，“歇着？我倒是想歇着，偏偏有人不安生！”

“那姑姑为何把我抓来……”少女抬起头来，有些疑惑又有些猜测地问道，“……才不过短短几日，您不是要过河拆桥吧？”

点亮的烛火照在她脸上，满身狼狈，却无损那精美的面容。青丝如瀑披在肩上，凝肤胜雪，红唇如绯，一双美眸盈盈清透，整个人犹如一株雨打过的海棠花，无辜而无害，纯美得令人屏气凝神。

玉罕看了她一会儿，发出冷笑道：“我这个教习姑姑向来一言九鼎，我说过不去告发你，就绝不会食言，但你果真是混进府中意图不轨之人，我也不能放过你！”

“姑姑这话从何说起？”

“昨夜，祭神阁遭到了严重破坏，千万别跟我说，与你没有关系！”

若不是有巡夜的奴仆听到响动，跑过来查看，见到祭神阁内有火光，当即砸开了门锁进去将燎着的帷幔扑灭了火，说不定整个祭神阁乃至神祭堂都会被大火蔓延。等她带着人急急赶到，就见祭神阁里犹如暴风过境，帷幔烧掉了大半，神龛里的供奉都不见了，祭案上，只剩下三座光秃秃的神像，脑袋掉在地上，其中一颗头还被砸碎了。

“祭神阁遭毁，神龛被盗，神像斩首……无论哪一条都是触犯勐神的大罪，杀你一千次都不够！而你还敢纵火烧屋，真是好大的狗胆！”玉罕咬碎银牙，满腔怒火像是随时会汹涌而出。

朱明月一怔，“……昨夜？昨夜我没出过房门。”

少女懵懂的面容，让玉罕嗤之以鼻地厉笑，眼神愈加恶狠狠地盯着她：

“伺候你的那个侍婢刚刚已经招认了，昨日夜里她不知何因睡得很死，根本无法为你提供一直在屋内的证明。你在不在弱水阁？是不是趁着那侍婢打瞌睡的时候，匆匆出门又匆匆回去，谁知道！”

“那么也就没人知道其他几个姑娘，会不会这么做。”朱明月从冰凉的地面站起来，不紧不慢地抚着裙裾上的褶皱，“比弱水阁离这里更近的，是穿香殿、是暖堂西厢，西厢里住着那么多人，玉罕姑姑为何一口咬定就是我呢？”

除此之外，还有很多伺候的奴仆下人，谁规定出了事，就一定是待选的祭神侍女做的。

“可只有你偷了钥匙！”

玉罕一指朱明月，那几个字如同牙缝中挤出来的。

天幕中蓦然几道银光撕裂了静寂，紧接着半空里突然落下一个炸雷，巨响炸裂，劈碎了穿香殿外的几串风灯。外面顿时响起奴婢受惊的尖叫声，几个胆小的，更是哭爹喊娘抱头鼠窜。

雪亮的闪电在一刹照亮了屋内对峙的两人，朱明月唇角微弯，轻轻摇头道：“玉罕姑姑贵人多忘事了吧……那枚钥匙，我不是已经交给姑姑了吗……”

玉罕听到她的话，脸色陡然变得更加难看，大怒道：“你还敢说，贱人，我是让你去偷雅莫的钥匙，可你却背着我，不止拿了一把！”

涂着丹蔻的手指再近一寸，就会戳到朱明月脸上。

朱明月却像是丝毫没察觉对方的凶狠杀意，低了低头，道：“姑姑可别冤枉我啊，那钥匙明明就是玉罕姑姑让我去偷的，在我拿到之后，自然是交到姑姑手上。否则……没有玉罕姑姑的提点，我又怎么知道哪一把该拿，哪一把不该拿，哪一把，又是能够打开祭神阁大门的呢？”

由祭祀巫师掌管的钥匙，有十八枚之多，串联在一处，每三把钥匙的形状相同，钥匙柄上既没有錾刻也没有任何标记，除了累年主持过神祭的男巫女巫，外人根本分辨不出来哪枚钥匙开哪里的锁。如果不是有玉罕这个内鬼，事先铸造了一枚形状相似的钥匙，让朱明月在迷晕雅莫之后，以假乱真偷偷换掉，雅莫马上就会发现钥匙丢了。

玉罕被戳中了软肋，脸色顿时铁青，怒吼道：“你胡说八道，我让你偷的是那窗扉形状的钥匙，根本不是祭神阁的，而是专门用来开启神庙石窟的!”

她安排了机会胁迫她去偷钥匙，她可倒好，给她来了一招黄雀在后。

尖厉的手指，十根指头狰狞地张开，显然下一刻就会扑上来掐住她。

眼见着玉罕要行凶，朱明月往后退了几步，冷静地站到矮案后面，不轻不重地说道：“……全都听仔细了吧，她可是不打自招了呢!”

伴随着少女的话音，殿门突然“砰”地一下被撞开，从外面冲进来两个持刀武士。玉罕的动作被打断了，一个怔愣之后，怒不可遏地斥道：“你们是哪儿来的不谙事的狗奴才？这里也是你们能进的吗，都给我滚出去!”

裹挟着冰冷的雨丝，两名武士状似未闻般，两三步逼到玉罕跟前，不由分说反拧着她的手，一左一右把她给架了起来。

“这是干什么，你们……竟敢对我动手……”

“蠢货，不认得我是谁了吗？应该抓的人是她……赶紧放开我、放开我，听见了没有!”

在殿外守着的分明是几个粗妇，是她玉罕的人，怎的忽然间会有武士进来？还直接冲自己来了！玉罕厉声怒骂着，与抓着她的武士揪扯在一起，满是被冒犯的惊愕和愤怒。须臾，却见北墙的位置忽然亮光一闪，那半扇山水背屏的旁边，墙面开了一扇小门，一个美艳绝伦的女子，从里面施施然走了出来。

这是一个艳到了骨子里的女人。

美得蛊惑，媚得绝望，却恣意嚣张咄咄闪耀，像是一望无尽的荼蘼，带着自身的傲气，盛放得火红欲烈。略黑的肌肤，是极端紧致的细滑，一双妩媚凤眼，在夜中似莹莹生辉；一袭洒金镶滚的高腰筒裙，贴身宝蓝色小锦衫，勾勒得丰胸细腰，长腿翘臀，几步走来摇曳生姿。

“……夫、夫人!”

玉罕脸色刷的变得惨白，怎么会是刀曼罗？

玉罕猛地看向朱明月，目光几经变幻，蓦地大喊道：“夫人，您别听这小贱人胡说，她是为了洗脱自己毁坏祭神阁的事实，才刻意往奴婢身上泼脏水，奴婢从不敢忤逆您、背叛您!”

玉罕说罢，张嘴狠狠咬在武士拦住她不放的手，趁机甩开了武士的禁锢，扑通一下扑跪过去。

两个侍婢搬着一张铺雪裘背雕的太师椅，跟着从北墙的门扉中出来，然后摆在殿中的位置。女子斜着身子在太师椅上坐下，高高地翘起一只薄如金箔的尖头绣鞋，以慵懒至极的嗓音道："来，我的教习姑姑，亲吻我的脚趾。"

玉罕几乎是手脚并用地爬过去，卑微而虔诚地匍匐在女子脚边，双手捧起她的纤纤小脚，没有丝毫的犹豫，张口含住腻如温玉的大脚趾。

啧啧的吮吸声，在殿内响起。

作为在场唯一一个外人，朱明月被这一幕给镇住了。玉罕还是那个玉罕，梳得一丝不苟的发髻，妆容不俗、衣饰鲜亮，显得冷面高傲不假辞色，却没人想象得到这样的她，居然跪在地上，捧着一个女人的脚趾吻吮着。哪怕这个女人是整个元江土司府的女主人——刀曼罗。

像是被这样的顺从取悦了，刀曼罗抬起手，抚摸着玉罕的脸，"乖——"

那一个字妩媚悠长，像是哄小动物的语气，说不出的高高在上。玉罕吻吮完，小心翼翼地给她穿上尖头绣鞋，保持着跪拜的姿势，眼巴巴地望着她："夫人，您要为奴婢做主啊。"

"哦？是谁欺负了咱们的玉罕姑姑？"

玉罕转过头来指向朱明月，立刻变了一副面孔，狼一样凶狠的目光，"是她，就是这个心怀不轨的小贱人，当初也不知道她用什么法子，迷惑了三管事岩布的心窍，让他非要将她弄进府来，奴婢为此还跟三管事大吵一架！"

玉罕说道此，抖着肩膀，状似抽噎了两下，"奴婢只是神祭堂的教习姑姑，哪里敢置喙三管事的决定，一看劝不住，就只得作罢。但自从这小贱人进了楼，奴婢就让底下的人一刻不停地盯着她，一旦发现她使坏，即刻来通报。可是不知怎的，雅莫巫师居然也特别青睐她，不仅破格选她为祭神侍女，还破天荒的赐了名……奴婢越发觉得不对劲，不敢声张，因此故意说服这小贱人去雅莫巫师那里偷钥匙，为的是让她自己露馅，谁知这小贱人一口答应了，并且偷到了手。这就足以证明了奴婢的怀疑，这小贱人不仅觊觎着爬上土司老爷的床，更藏着不可告人的可怕企图！"

掷地有声的一番话，顺理成章扯出了另外两个人：岩布、雅莫。

岩布是领朱明月进府的人，朱明月有嫌疑，岩布就是引狼入室、居心不良；雅莫赏识朱明月，并且让她破格中选，就是以权谋私、与她狼狈为奸。那么偷钥匙的事就很好解释了——雅莫故意放水，朱明月心怀鬼胎，两人里应外合，为的就是一举将庇佑那氏土府世代昌荣的祭神阁毁掉，破坏即将到来的勐神大祭。而玉罕，不仅没有任何罪过，反而成了赤胆忠心、忍辱负重的忠仆。

教习姑姑终究是教习姑姑，先是被朱明月一连串反客为主的话激怒了，那些冲进来的武士又冒犯了她，眼下面对突然出现的土司夫人，尽管又惊又怕满腹狐疑，仍能够很快调整过来随机应变倒打一耙。

“你想爬上土司老爷的床?”

刀曼罗别的没听，单截了这一句出来，似笑非笑地看向朱明月。

女子的嗓音妩媚动听，却不禁让人想起那些丽江少女没有头颅曝尸荒野的尸身，还有挂在元江府东面瓮城下，一颗颗长发血污的人头。朱明月也没有忘，那个喜乐腼腆的小和尚帕文，曾指着那些头颅跟她说：“因为她们，土司老爷把刀曼罗夫人给得罪了，夫人一气之下封了三大城门，还把土司老爷给关了起来。”

蜷伏在地上的玉罕嘴角勾起一抹笑。那笑中，带着透骨的寒意。

“嗯？怎么不说话?”

上挑的音调，娇娆慵懒，又含着无比威严。

“自然不是。”

朱明月摇头。

刀曼罗眯起眼，眼底闪过一丝刺芒，“那是什么?”

朱明月认真道：“土司老爷地位尊崇、深受族众敬仰，小女一介平民，自问高攀不起。”

“地位尊崇？妹妹难道不知，那其实是个又老又丑的家伙!”一双美丽的凤眸，瞪得老大，刀曼罗的态度比朱明月更认真。

朱明月：“……”

“自古红颜多舛、女儿命薄。”刀曼罗将手肘搁在膝盖上，身子斜靠着太师椅往前倾，右手撑着脸庞，摆出一副惆怅状，“妹妹年纪还小，不懂姐姐的哀愁。”

“夫人……”

玉罕难以置信地看着刀曼罗。

这还是那个以折磨年轻女孩子为乐，别说是敢勾引土司老爷，便是有那份心都要用最残忍的手段将其置于死地的那氏土司女主人吗？看见这么一个狐媚之相的小贱人，不即刻痛下杀手，反而任由她忤逆乱语，还有一搭没一搭地陪着她闲话？

“夫人，她可是破坏神祭堂的元凶啊！”

刀曼罗叹了口气，将目光投到玉罕身上，“早就跟你说要注意保养，看吧，总是这样迷迷糊糊，跟不上我的思路。”

玉罕讷讷地缩着肩，“……”

刀曼罗朝着身后招了招手，即刻有侍婢拿出一个寸长的檀香木盒，递到刀曼罗的手上。刀曼罗拿着盒子在玉罕眼前摇晃了一下，慵懒地说道：“别说夫人我不疼你，瞧，这里面可是好东西。接着！”

盒子丢下来，玉罕哪里敢不接。她战战兢兢打开盒盖，丝绒红绸软布里，裹着一颗鲜红色的香丸，“这、这是……”

玉罕认得，一旁的朱明月也认得，正是那日弱水阁中，朱明月去见雅莫之前，玉罕给她的迷香药丸。

是非曲直，还用再说吗？

玉罕呆呆地拿着檀木盒，忽而眼眦欲裂，暴戾腾腾地瞪向朱明月，果然是这个臭丫头搞的鬼！她本来还奇怪呢，一向不理前苑是非的土司夫人，怎么忽然插手神祭堂的事来了？如今这香丸居然都在土司夫人手上了！

“夫、夫人，您听奴婢解释，这只是一般的安神迷药，是权宜之计，奴婢从没想过伤害雅莫巫师，您相信奴婢，奴婢没有恶意的！”

她太大意了，也太过自信，为了让朱明月成事，当日在每个待选祭神侍女身上都放了一粒香丸。可这也是雅莫的秘密。玉罕洞悉了雅莫的秘密，自以为雅莫为了保密，就算看出些什么也不会声张，不料发难的竟会是土司夫人。

“安神的？”

玉罕急不迭地点头，“是啊是啊，奴婢使计让那小贱人去雅莫巫师那里偷钥匙，为了不让那小贱人怀疑，奴婢万不得已才用到这香丸，听说是……能让人昏迷却对身体有益!”

亲疏有别，她到底是刀曼罗最宠信依仗的教习姑姑，刀曼罗一向最听信她的话不是吗？而依照刀曼罗一向不爱管事的秉性，应该还没去查这香丸的药效，那么这粒香丸究竟是哪一种，是不是她以为的那样还不一定……玉罕满怀希冀和真挚地说完，只见刀曼罗勾了勾唇角，媚声道：“哦，既然是这么好的东西，不如——”

“你尝一尝吧。”

玉罕脸上的血色刷地褪去，肝胆俱裂地扑到刀曼罗脚边：“夫人，奴婢当牛作马在神祭堂这么多年，从来对您忠心耿耿绝无二心，奴婢冤枉，奴婢真是冤枉的……”

“瞧你，哭得心都碎了。”刀曼罗怜惜地看着她，“这么冤枉的话，不妨证明给我瞧瞧。”说罢，抬了抬手，朝左右武士递去一个示意，“伺候玉罕姑姑。”

玉罕“啊”的一声尖叫，下意识地就想扒住刀曼罗的腿，却被两名武士粗暴地往后拖拽，三两下死死地按在地上。一个侍婢走了过去，捡起掉在地上的红色香丸，掐住玉罕的下颚，使劲掰开她的嘴，将香丸往里塞。

玉罕被勒着仰起脖子，捏着两腮，“呜呜”地发出悲鸣的叫声，嘴里的香丸却不受控制地从喉咙咽了下去。两个武士扳着她的肩膀不容她挣扎，好一会儿，才放开了手，玉罕直挺挺地跌在地上，拼命抠着喉咙，一边剧烈地咳嗽，一边干呕。

怎么会这样，怎么会？她是玉罕，是神祭堂里一人之下万人之上的教习姑姑，是深得土司夫人信赖的大红人！土司夫人因何会听信了一个外族小贱人的蒙蔽，连一点辩解和求饶的机会都不给她，直接就让她吃这不辨所以的东西！

玉罕眼睁睁地看着那铺着雪裘的太师椅上，媚眼如丝的女子，慵懒自得无动于衷的模样，脑中放空，突然像是明白了什么，双目赤红嘶声喊道：“刀曼罗，你是不是根本想利用这个机会，将我置于死地？为什么……我辛辛苦苦为你操持神祭堂，你不念我功劳，反而因为一点小错让我去死？你这个下贱胚，我不会放过你，我做鬼都不会放过你!”

旁边的侍婢面色一寒，就想上前堵住玉罕的嘴，却见她忽而癫狂地大笑，叫道："召曼、召曼，你这个淫棍、色魔，没用的废物，墙头草，枉我跟了你，你却一点都帮不上我！活该你被雅莫那个吃人的老妖婆取代……贱人、恶鬼，你们都该死，你们都会遭报应、遭报应！"

这歇斯底里的癫狂煞气，与刚刚跪地求饶一副奴颜媚骨的样子，判若两人。玉罕喊到一半，面容痛苦地掐住自己的脖子，佝偻着身子不停地抽搐……不一会儿，就躺在地上不动了，一股甜腻的香味从她的口鼻中弥漫出来。

"呵，还真死啦！"

刀曼罗瞪了瞪美眸，像是有些不可置信，但转瞬就扬了扬唇角，颇有些无辜地说道："哎，我只知道这玩意儿用来熏香，不知道吃下去竟会是这样……"

朱明月望着地上那具七窍流血的尸体，面色青紫，眼神已经涣散，只有瞳孔里还残留着一丝濒死前的不甘和怨毒。强烈而令人心醉的神药，具有那种让世人沉湎在醉梦中的沉迷，让女巫雅莫深陷其中不能自拔，却又不知道，玉罕因此死于非命。

即刻有奴仆手脚麻利地将玉罕的尸体拖出了殿外，又擦了血迹，在上面撒上一层薄土。

"好了，这地方刚死了人，实在晦气。妹妹跟我来，咱们去里头聊聊。"刀曼罗很是嫌恶地扬了扬手，从太师椅上施施然站起来。

死了人，跟谈论天气一样平常。

朱明月亦步亦趋地跟着刀曼罗走进那扇开在墙上的门，这是一道暗门，穿香殿的这一面，彩绘着大片锦雀的图案，流光溢彩的色泽，恰到好处地遮掩住了开阖的缝隙；一双双乌溜溜的雀瞳，是凿空的暗窗，从外面看，看不出任何端倪。等走进内里，布置得极其雅致华丽的暗室，四面封闭，出口显然也是一道暗门，保证了整间暗室的密不透光。

谁会想到这座用于教习待选祭神侍女的殿阁，在不易察觉的暗处有一双眼睛，时刻窥视着殿里面的每个人。只是出乎朱明月预料的，藏在暗室中鬼祟的人不是大巫师召曼，不是土司老爷那荣，而是土司夫人刀曼罗。

看来这那氏土府的人都有偷窥的癖好。

室内靠西面墙壁是红木矮桌，北面的墙上则嵌着三个琐窗，窗外却是结结实实的砌砖，嵌着掌灯的凹槽。在南面摆着一张檀香紫檀木贵妃榻，壁悬漆画屏风，贵妃榻上竖摆着云腿贴金箔的炕桌。

炕桌上，搁着一枚鱼形的钥匙。

玉罕猜得没错，在朱明月迷晕雅莫时，确实不止偷了一把钥匙：除了神庙石窟的那把，还有祭神阁的。但是破坏祭神阁、盗空神龛、斩首神像的人，并不是她，在偷走钥匙的当日傍晚，朱明月就让人将另一枚鱼形钥匙送到了土司夫人刀曼罗的手上。

堂堂的土司府女主人，会去毁坏象征着那氏土府百年信仰、供奉着伟大勐神的祭神阁吗？当然，就算刀曼罗有这个心，也不会亲自动手，然而神像斩首这种事，颇有些天地不仁、毁神灭佛的嚣狂架势，并不是谁都有胆量这么做的。

四目相对了良久，两人谁都没有先开口，直到刀曼罗伸出纤纤玉指，轻佻地勾起朱明月的下颚，后者退了好几步，清咳了两声道："……夫人刚刚出现得很及时，小女深表谢意。"

"若不是妹妹你将那把钥匙送到我那儿，姐姐可是至今都不知道，神祭堂里居然出了一只硕鼠。说到感谢，应该是我感谢妹妹才对。"刀曼罗撑着脸颊，一双妩媚凤眼勾魂摄魄，"好妹妹，你想跟姐姐要什么打赏？"

朱明月忽然想起方才玉罕吮吻刀曼罗脚趾的一幕，顿时感到不寒而栗。

"夫人若是能不追究小女迷倒雅莫巫师，擅自盗取钥匙，便是对小女最好的打赏。"

刀曼罗一脸"你真冷淡、你真没情趣"的表情望着朱明月，失望的神色毫不掩饰，"是玉罕威逼利诱在先，就算妹妹你是被迫的……姐姐分得清是非黑白，自然不会在这件事上追究你。只不过……那九连环却不是谁都能解下来的，来，跟姐姐说实话，妹妹你到底是什么人？"

神祭堂的钥匙之所以会被雅莫挂在腰上随身携带，是因为那一十八枚钥匙，以九连环的方式全部串联在一个大环上，想要开任何一个地方的锁，必须拿着整串钥匙大环；若意图拆下其一，必须一一拆开——这可不像闺阁女子们平素玩儿的把戏，是由摆夷族的木工精心打造的，内行人也没有把握在第一次，用短时间就能解开。

玉罕根本没打算偷雅莫身上的钥匙。

弱水阁那间雅室里的熏笼，早就被点燃了迷香，玉罕让朱明月事先服下迷香的解药，又给了朱明月一粒红色香丸，让她在恰当时间把香丸捣碎了，利用檀香和香丸的双重混合药效让雅莫一睡不醒。但在那昏迷的整整一炷香时辰里，也绝对不够时间将整串钥匙拆解开来，再一一串接回原貌。这样等雅莫迷迷糊糊地转醒，就会当场发现这个意图偷她钥匙的贼。

如此，顺理成章地借由雅莫的手来捉奸——朱明月一旦被擒获、百口莫辩，跟着遭殃的就是领她进府的三管事岩布。倘使朱明月反咬一口，没有关系，雅莫不想那檀香里的秘密被揭发的话，即便猜忌玉罕，投鼠忌器也不敢深究。小小的一个手段，既可除掉处处与她作对的人，同时让雅莫对她这个前任大巫师的心腹忌惮三分，玉罕最初的如意算盘，其实就这么简单。

可她怎么也没想到，居然偷到了。

神庙石窟是什么地方？作为供奉历代那氏祖先亡魂的陪葬地，里面存放着大量价值连城的稀世珍宝。于是更复杂的谋算，在玉罕心里酝酿开来——既然得到了钥匙，索性神不知鬼不觉地进去盗宝，给她自己，同时嫁祸给雅莫。雅莫从召曼的手上抢了祭祀巫师的身份，却财迷心窍，监守自盗，这罪名假若坐实了，恐怕她后半辈子都要在土牢里度过。

如意算盘打得相当好，可玉罕忘了，雅莫是土司大人刀曼罗保荐上去的，陷害雅莫，等于是打土司夫人的脸。亲疏有别，她比得过朱明月这个外族来的，却怎么也不比上雅莫在刀曼罗眼中的分量，何况她还对那氏的财宝有所觊觎！朱明月用偷来的钥匙，给玉罕打开了一扇梦寐以求的贪欲之门，同时也利用这扇门，将计就计，亲手将她送上了断头台。

此时此刻，刀曼罗却不是在想这些，在朱明月要说话之前，刀曼罗忽然伸出一指，制止了她开口。

“或许姐姐说得不全面……不仅仅是会解九连环这么简单，还要算计迷香的时间——”刀曼罗端着下颚，满眼都是新奇和兴奋，一副求知若渴的模样，“当一个人在昏倒之初，模糊的感官仍然存在，需要很仔细地拿捏时间，动手的时间，还有事后打开窗户挥发迷香的时间，才能保证神不知鬼不觉。没经过训练的人是做不到的……”

还有那把用以替换的钥匙呢！

玉罕让她偷的是神庙石窟的钥匙，窗阁形状。她偷走的却是两把。至于为何是祭神阁的钥匙，是因为够分量吧。然而除了玉罕事先私下铸造的那把，另一枚鱼形的替换钥匙，是从哪儿来的？又是谁告诉她的？连刀曼罗都认不全那些钥匙哪个是哪处的，除了玉罕，除了几个大巫，这神祭堂里谁有那么大的本事，一眼就在三枚同样形状的钥匙中瞧出属于祭神阁的那一枚，还将辨认的方法告诉给了她……

能将以上做到天衣无缝，可不是碰运气这么简单。

刀曼罗想到此，眼中兴奋的光芒越来越烈，似嗔似娇地说道："好妹妹，你快给姐姐解答，姐姐真要急死了！"

朱明月道："夫人不怪我？"

这一切都说明，府里有内鬼，朱明月心怀叵测。

"姐姐我在这府里头太多年了，府中人见到我就跟耗子见猫一样，相当没趣，好不容易遇上一个冰雪聪明又十分有来历的妹妹，这死水一样的土司府才算有了乐趣。"刀曼罗舔了舔唇瓣，眉梢眼角皆是撩人的媚笑，"妹妹放心，若妹妹能逗得姐姐高兴，姐姐会少用些折磨的手段，保证不让妹妹太过痛苦……"

对她还真是仁慈。朱明月低了低头，须臾间像是想起了什么："听说在曼腊寨子西面，有一座建在荒芜干涸小溪边的乱坟岗，里面葬着无数女子的冤魂，那些……莫非都是夫人的杰作？"

刀曼罗斜斜倚着炕桌，挑着一双勾魂媚眼儿，笑道："妹妹知道的可真不少。既然说到此，姐姐索性也不瞒你，我玩死的那些，的确都扔在那儿，但若说都是我弄的，可冤枉了呢……"

"……是土司老爷？"

朱明月蹙着眉道。

刀曼罗露出一个更惊诧的表情，然后捶着炕桌，笑得花枝乱颤："看来，妹妹果真是喜欢那个又老又丑的家伙！要不这样好不好，妹妹便留下来，让他伺候咱们姐妹俩快活一阵子！"

她这么说，让堂堂的那氏土司情何以堪。

暗室里还有两个伺候的奴婢，眼观鼻、鼻观心地伫立在角落，听到这种惊世骇俗的言辞，仍似充耳不闻一般，没有任何反应。

"妹妹既不愿意为姐姐解答，没有关系，妹妹想见土司老爷，也没关系，但必须先跟姐姐开诚布公哦——妹妹到底是什么人，来土司府做什么的？姐姐不喜欢拐弯抹角，更不喜欢被敷衍，妹妹若回答得好，姐姐会考虑把土司老爷送给你几日，若有一句假话，姐姐可就不饶你了……"

徐徐朝自己走来的女子，身若无骨，媚意横生，每一步都有说不出的风情。朱明月却没错过刀曼罗眼中一闪而过的嗜血杀意。这么小的一间暗室，贵妃榻和矮案的距离能有多远？眼看着刀曼罗扭着水蛇似的腰肢，即将走到近前，朱明月从袖中拿出一样东西。

像是驱鬼的符咒一般，刀曼罗的脚钉在原地。

"……这，你怎的会有这个？"

一手握着青铜环，另一只手背在身后，朱明月的手心里渗出潮汗，面上却不改颜色："夫人容禀，刀依兰夫人临死前嘱咐，将这东西带给那氏土府的刀曼罗夫人，小女忠人之事，也算是不虚此行，不负所托。"她说罢，将青铜环交给一侧的侍婢，让其转递给刀曼罗。

刀依兰，刀曼罗。

孟琏刀氏家的嫡出小姐，同父同母的姐妹花儿，一个嫁到了临沧陶氏土司府，一个嫁到了元江那氏土司府，都是尊贵的土司夫人，却有着截然不同的命运。

朱明月带来的这枚青铜环，与刀曼罗脖子上的那枚一样，来自同一柄银错青铜大环刀。那银错青铜大环刀是孟琏刀氏的传家宝，两姐妹相继出生后，刀氏现任土司把青铜刀上最小的两枚刀环截了下来，送给姐妹俩佩戴。

刀依兰的这枚稍大一些，刀曼罗抚摸着青铜环上斑驳的锈迹，从绣衫里拿出自己那枚略小的，凤目里划过一抹黯色，"这的确是我姐姐贴身的配饰，上面刻着夔纹和刀氏族文，内圈还有一处细小的缺口，不仔细是摸不出来的。"

"可据探子回报说，自从我姐姐身死，连同她的陪嫁丫鬟和随身侍卫，都被玉锦罗那贱人赐死了，无一生还。我姐姐身边也根本没有一个汉人女子。说，你究竟是谁？又是怎么得到这青铜环的？"

所有拿捏做作的表情褪去，一张颜色艳丽的面颊上，陡然浮现出一丝冰冷和狠厉，眼底的杀机毫不掩饰地显现出来。

如此之快的变脸，前后简直判若两人，朱明月却似浑然未觉般，略垂下眼帘，道："夫人说的那个玉夫人，小女倒是略有耳闻……但作为四排山叶巴头人未过门的妾室，是不会跟陶氏土府勾结在一起的。至于这枚青铜环……其实是小女在来的路上遇到一个人，他把这青铜环交给小女，还跟小女说，不到万不得已，不要将这东西拿出来，但只要小女将它带给土司夫人，土司夫人就会保小女一命；若还不行，就让小女向夫人转述一句话——"

刀曼罗眯起凤眸，"……什么话？"

"那人说：夫人若想知道刀依兰夫人两个孩儿的下落，请到碧罗雪山，找一个叫萧颜的人。"

胆敢一个人来土司府，可能没有准备吗？朱明月给刀曼罗备了三份极有深意的见面礼：祭神阁的钥匙，刀依兰的青铜环，陶氏土府两个嫡子陶佑和陶贾的下落。

可事实上，只要是西南夷族的居民就会知道，刀依兰的两个孩子早就死了。那是刀依兰仅存在这世上的骨血，也是迄今为止，陶氏土府唯一享有嗣位资格的嫡出子嗣。

当年玉锦罗在大朝会上一舞成名，被陶氏土司陶赞惊为天人，为抱得美人归，陶赞当着席间文武百官的面，当着皇上的面，许给玉锦罗进入陶氏宗祠的资格，那个时候，孟琏刀氏还只是一个名不见经传的小部落。后来刀依兰的娘家势力越来越大，玉锦罗感到了威胁，又被陶氏土府安逸奢靡的生活养得食髓知味，便动了取而代之的念头。

玉锦罗在进宫前，服用过原亲军都尉府的绝子药，这辈子与子嗣无缘。于是趁着刀依兰缠绵病榻之时，下手毒杀了她的两个孩儿，刀依兰因此悲痛欲绝，病情加重，玉锦罗索性又给她喂了毒药，母子三人就这样相继命丧黄泉。

那是建文三年发生的事，原燕王藩邸的亲军都尉府还只是个小小藩王亲随的时候，已然发展得眼线遍布、神通广大，但那时姚广孝忙于辅助燕王篡位夺权，一直腾不出手来处理这个远在西南蛮夷的叛徒，这才让玉锦罗在陶氏土司夫人的位置上，坐了两年之久。

可玉锦罗直到死的一刻都不知道，当年陶氏土府给那两个嫡子隆重发了丧，棺椁埋在陶氏的祖坟，刀依兰的孩子却仍活在世上，活得好好的。玉锦罗自以为斩草除根的，只是两个替死鬼，正主被萧颜派人秘密转移出了景东厅。锦衣亲军都指挥使司获得了这一消息，多方查探之下，只查出有可能藏在了碧罗雪山的某一处主峰，却得不到实际的下落。萧颜之厉害，不得不让人惊叹。

两年后的而今，玉锦罗却死了，乱箭穿心，横死在了景东厅的内城大街上。

刀曼罗因此曾咬牙切齿地恨道："千万别让我知道是谁这么多管闲事，擅自杀了玉锦罗！那贱人要是落在我手里，我有一千种死法，让她后悔来到这世上……不，她一定会落在我手上，用不了多久，就连陶赞那个贱男人也会由我处置，届时我让他求生不得，求死不能，再让他眼睁睁地看着整个陶氏土府去给我姐姐殉葬……"

陷入回忆的刀曼罗，一脸癫狂的煞气，握着青铜环的手也跟着收拢，发出皮肉勒紧的声响。

毫无疑问，不仅是玉锦罗、陶赞，不仅是陶氏土府满门，甚至那个自作主张收拾了玉锦罗的人，一旦被刀曼罗逮住，都会用最残忍的方法将其置于死地。那么，勾结黔宁王府混进那氏土府的人呢？

"萧颜……！"

黔宁王府的军师？

惊疑、莫名、震惊等种种情绪，那一瞬在刀曼罗的眼底交错碰撞，她当然知道那个人对于现在的那氏土府意味着什么，在个人玩闹与生死存亡之间，这是开不得玩笑的。可是当朱明月主动提起那个人，反而将刀曼罗下一刻的猜疑和杀念，生生打乱了。

刀曼罗忽然觉得自己的心跳在慢慢变快，一股很奇异的感觉从心里涌出，不知是忌惮还是其他的什么感觉。

凤眸倏尔变得凌厉看向朱明月，刀曼罗想从她脸上看出些什么，却见她保持沉默，对那个名字似乎一无所知。

"那么这东西，果真是半路上有人交给你，而不是在你来之前，就准备好的？"刀曼罗言语间满是试探，"你没骗我？"

“夫人这样说法，不是想象玉罕姑姑一样，过河拆桥翻脸不认人吧……”朱明月有些奇怪地抬眼看她，见她面容阴晴不定，不禁往后退了小半步，仿佛是被她的神情吓到了，又像是暗自懊悔自己的轻信。这样的举止落在刀曼罗眼中，让刀曼罗想起几年间黔宁王府安插进来的那些女子。

可若真是黔宁王府安排的人，犯不着拐这么大一个弯，又何必仅为了送一个口信就送她羊入虎口？但她不是萧颜的人，那些绝顶聪明的巧思和手段，又是从何而来……听说，她是四排山送来的，是最后一个进府的待选祭神侍女，路上耽搁的时日，难道就是因为遇上了萧颜？

随手摆弄小人物，不管对方如何挣扎都无力反抗，这些年来，刀曼罗已经感受不到这种游戏地刺激了，朱明月的出现，无疑让她找到了一个新的玩弄对象，很特别，也够聪明，明知道扑腾不出猎人的掌心，却依旧不愿服输负隅顽抗。而今，更是跟她两个侄儿跟她扯上了关系……

“妹妹别担心，姐姐这么喜欢妹妹，疼你还来不及，怎舍得让妹妹受苦呢。”如安抚宠物一般，刀曼罗抬手摸了摸她的头发，露出一抹妖娆的笑，那笑意却不达眼底，“来，妹妹先与姐姐说句实话，托你给姐姐带青铜环的那个人，长什么样，多大年岁，有什么体貌特征……”

朱明月被送回弱水阁小苑的时候，背后的衣衫早被冷汗打湿了，雨后的凉风一扫，浑身涔涔的冷意。

原来不是不怕的。

胸臆里怦怦作响的心跳，让她的面色有些发白，单薄的肩膀在风中瑟瑟发抖，然而在朱明月眼底几不可见的，不仅仅是惊险过关的后怕和惶恐，还有亢奋，一种踩在生死深渊随时丧命的刺激和亢奋。很显然，刀曼罗根本不会放过她，更不会相信她说的话，之所以留着她，也不是忌惮刀依兰的两个孩子，而是她已身在那氏土府，还有机会逃出去吗？看她垂死挣扎，岂不是很好玩？刀曼罗只是给自己留下了一个以供慢慢消遣的新鲜玩物。

可谁说，玩物是不会反扑的呢？

整个弱水阁乱作一团。

之前朱明月刚被玉罕带走，后脚就有大批掌事的侍女带着人进来搜屋，这些掌事侍女不是穿香殿中负责教导的那些，而是一些生面孔，横冲直撞地闯进来，不由分说就将各个寝阁里里外外乱翻了一通。其余三个祭神侍女又惊又怕，眼看着偌大的小苑被翻得乱七八糟，不敢阻拦，但也不知道对方究竟要找什么。

等朱明月跨进苑门槛，扑入眼帘的就是这样一幅七零八碎、满地狼藉的景象。

自然，先搜的就是她的东屋。

阿蓉缩着身子，战战兢兢站在抄手游廊里，等那些蛮横的掌事侍女从屋里出来，又朝着南面、西面的屋子过去，这才狠狠松了一口气。她是生怕被迁怒，一个不留神也被带走，但好在这些人没为难她。想来，是玉罕姑姑留着她还有用吧……阿蓉想到此又是一叹，或许她马上就会派上用场了。

转过身的一刻，阿蓉愣住了，“小、小姐……”

她回来了？

“看阿蓉的神情，好像是早知道我回不来。”朱明月挽着裙裾施施然走上台阶，“还是说，阿蓉不希望我回来……”

雨早就停了，积存在屋瓦上的雨水连成晶莹的细线，在檐下滴落出一挂玲珑剔透的水晶帘。

阿蓉的脸色变了变，她的确没想到她还能回来，不仅是她，院里所有目睹她被带走的人，都认定她肯定是回不来了，哪知道……阿蓉有些急切又有些尴尬地摆手，解释道：“小姐说的哪里话，奴婢正担心小姐的安危，还想着、想着等那些人走了，奴婢就出去打听一下小姐的境况，怎么会不希望小姐回来呢……”

“别慌，我只是说的玩笑话。”朱明月挡了挡顺着瓦当淌下来的残雨，微笑着缓步走进寝阁，“折腾了这些时辰，帮我准备一桶热水，你就下去歇着吧……哦，对了，要清水，不要羊乳，今后的羊乳也都不用再泡了，记着跟那些奴仆说一声。”

阿蓉愣愣地应了声，见她一副淡然安静的神色，心里不由得更没底了，忍不住道：“小姐，这……”

“放心，玉罕姑姑不会有意见的。”

朱明月背对着她，似笑非笑地说道。

阿蓉愣愣地说道：“那小姐刚刚……”

“土司夫人赏了神祭堂一些稀奇的玩意儿，刚刚，玉罕姑姑让我也过去见识一下。这不，见识完了，就送我回来了嘛。”

朱明月这番说辞，显然是睁着眼睛说瞎话。什么了不得的玩意儿，能让玉罕这个教习姑姑在电闪雷鸣的大雨天亲自来“请”？而且朱明月分明是五花大绑地被抓走的，没见那些粗妇有半分客气的意思。

阿蒙不辨所以，或许待会儿玉罕姑姑来寻她，会跟她说个明白……心里这么琢磨着，也就释怀了，朝朱明月弯了弯腰，退出去准备热水。

“怎么，你就这么放过她了？”

阿蒙离开后，回廊内，一个亭亭玉立的少女从北屋过来。

朱明月站在敞开的琐窗前，正在擦拭微湿的发梢。两人隔着一道雪白的窗纱说话，朱明月的目光，很自然地落在对方手里的一根芙蓉花枝上，“不然还能如何？问她出卖主子的大罪？”

阿蒙本就不是她的奴婢，临危自保，不得不向玉罕低头。

月弥望着窗下挂着的几株吊兰，轻笑着摇头，“我看你还真是挺好说话的。将心比心，若我换成是你，绝不会放任身边的奴婢跟自己不是一条心。姑息终会养奸，与其防备着随时被落井下石，你不想换个人吗？”

“这府里不光阿蒙是有主子的，”其余的奴婢也是。换谁来都一样，不如留一个还算老实本分的。朱明月放下手里的帕子，将搭在肩上的长发拢起来，“……月弥，我不像你，有那么大的能耐，我也没多深的居心。”

月弥是红河彝族最尊贵的小姐，被当成祭神侍女送进府来，与其余那些平民姑娘不同，她一直都享受着超然的地位，连玉罕都在背地里敬她三分。当然，这些不会为外人道。与月弥有着相同地位的，是那个沧源佤族叶巴头人的小女儿——叶果。两个来自不同地方的少女，用了不同的手段，只为了达成一个相同的目的：勾引那氏的土司老爷那荣。

这座土司府也的确值得无数女子前仆后继，何况很多头人都希望借由那氏的力量壮大自身，联姻无疑是最好的途径。想要堂堂正正地进府，充任祭神侍女就是唯一的机会，至于神祭堂的秘密，以叶果和月弥的出身，轻而易举就能置身事外。唯有月卓拉，她知道一些，却一知半解，又不够聪明，最终没能逃脱召曼的手掌心。

叶果是极聪明的，月弥却比叶果更聪明、更有心机，可是这么多年来，那氏土府从没有一个正经的妾室，不是没有原因的。纵然土司老爷一直贼心不死，在各府、州、县搜罗年轻少女。很多土官流官为了讨好那荣，不断地往元江府秘密运送美人。不少侍婢自恃貌美，总是妄图勾引争宠……可惜，对手是刀曼罗，孟琏刀氏的嫡出二小姐，那个不能以常理估量的女子，每一次都用实际行动告诉这些人——爬床，是要付出惨痛代价的。

如今，叶果已然买通了府中下人，登堂入室；月弥仍待在神祭堂里韬光养晦，静观其变。一向眼里不揉沙子的土司夫人，是洞若观火，还是仍蒙在鼓里？朱明月想起那个让人不寒而栗的女子，又想起自己进府那日，三管事岩布跟她说的一句玩笑话："这府里，水深，慢慢来吧。"

月弥像是听出了朱明月话中有撇清之意，慢慢地笑了："哦？那你是因何而来？可别跟我说，你当真是来奉神的。"

"能住进神祭堂，不是为了奉神还能是什么……勐神祭迫在眉睫，咱们被点了名留下，也算是得了恩典，比那些仍留在暖堂西厢的姑娘不知幸运多少。做人要知足。"

月弥显然没想到她会这么说，蹙了蹙眉，颇有些可笑地说道："知足？说得好听些咱们是祭神侍女，那是外面的人不知内情，经过这么些时日，你就一点都没察觉？再退一步讲，就算能顺利度过祭神仪式，最后还不是要留在神祭堂里奉神一直到十八岁，最美好的年华都要虚度在这里，不应该为自己争取更好的吗？"

何况能不能平安待到十八岁，还是两说。

少女伫立在雪白窗纱后，隐约轮廓，却能想象出究竟是怎样一位绝色佳人。西南夷族的姑娘并不乏出众的相貌，且素来以黑为美，与中原汉家衡量美人的标准不大一样，但月弥不得不承认，眼前的这个汉人少女，真的很惹眼。

可月弥也是难得的美人，更是堂堂的红河彝族贵女，一次次地放下身段来向她示好，岂料对方非但不领情，还拒她千里。攥着花枝的手不由收紧，掐断了上面的花团仍不自知，月弥索性也不客套了，直截了当地说道：

"我会来与你说这些，也是好意。听说刚刚祭神阁出了事，你是不是因为这个被带走的？虽然你毫发无损地回来了，但那么多姑娘，为何偏偏把你带走？你淋了一身的雨，又被推搡来推搡去，现在被放回来，你就没有一点不平？你在府中没有任何倚仗，越往后就越会举步维艰，我不想你等到寸步难行的时候，才后知后觉……”

显然月弥理解错了，她以为朱明月能安然无恙地回来，是因为有雅莫的关照。这样的人，就是她必须要拉拢的，而作为一个没有任何依仗的平民女子，红河的贵族小姐能来示好，难道不应该感激涕零地争取吗？可惜，她不知朱明月真的不是为此而来。

次日，整个神祭堂就被封锁了。

这一天，是六月十九，雅莫顶替召曼作为祭祀主持巫师的第七日。

封锁神祭堂，是为了将祭神阁遭严重破坏的事，禁锢在土司府之内，严禁扩散到整个元江府。这是防止谣言流窜小事化大，以争取内部消化处理的最稳妥办法，情理之中。然而也正是这段时间，府外的几大村寨中，牲畜不断死亡、族人不断病倒的事，愈演愈烈，在局部的小骚乱没有演变成大范围的恐慌之前，雅莫既要小心翼翼地处理和消弭祭神阁的事，还要分神派遣巫医们去各村寨里查诊，一时间忙得焦头烂额，分身乏术，不再有时间召见神祭堂里的待选祭神侍女。

摆夷族的巫、医不分家，这么紧要的关头，德高望重的大巫师召曼却病了，病得人事不省，诸事一概撒手不管，等于是给本就忙乱的雅莫雪上加霜。两日之后，更混乱的场面终于发生了——不知什么人将祭神阁被毁、神龛被盗、神像斩首的事，传到了府外，一下子引起轩然大波，曼腊土司寨陷入了空前的祸乱，连久不出面的土司老爷那荣，都给惊动了。

二十三这日，那荣忽然亲临神祭堂。

闻讯欣喜若狂的待选祭神侍女们，并未因此瞧见地位尊崇的土司老爷，数十名身披轻甲手执景颇尖刀的那氏武士随之而来，在一向不允许男子出入的神祭堂内横冲直撞，先是替换了原有的那批人，又逮捕了大批堂内的下人。已经选上的、正等待被选的祭神侍女们被困在各自的屋内，只听外面一阵阵人声嘈杂，甚至还伴随着刀剑交鸣声、打斗声、喊叫声……

神祭堂，似乎要变天了！

然而正当屋内的姑娘惶惶难安，生怕有人闯进寝阁时，外面忽然静了下来，铿锵的脚步声由远及近，又由近及远渐渐消失……谁也不知道究竟发生了什么，谁也不知道在这一个时辰的工夫里，神祭堂有多少人消失了，几个面容肃寒的陌生奴婢在廊内，分别把守着暖堂西厢、弱水阁别院，仿佛两道强硬的屏障，阻隔了外界的一切打扰。

直到第二日的早晨，沉寂了一夜的神祭堂迎来土司老爷的命令：女巫师雅莫因玩忽职守、触怒寨神的大罪被撤职。召曼仍在病重，万不得已之下，忍痛割爱，从巫医中挑出一个人暂时充任大巫师，并命其用最短的时间控制住局面，处理好一切。

这一日是六月二十四，消息被传送到府外，所有元江摆夷族村寨为之哗然。

但是可以想象，勐神大祭在即，作为摆夷族最高权力代表的那氏土府，却陷入内忧外患的空前危急关头，两名呼声最高的大巫一个卧病在床，一个束手无策，致使象征着摆夷族信仰的神祭堂一片混乱。这时，有一个名不见经传的巫医，临危受托，用了短短不到五日，竟以一人之力治好了几大村寨里的疫病，力挽狂澜，成功阻止了疫情蔓延，又雷厉风行地整顿了神祭堂，抓住了之前破坏祭神阁的真凶。

三万摆夷族众为之折服！

土司那荣满面含笑地拉着这位巫医的手，走上元江府最高的那座城楼，用高亢而激动的声音朝着城下聚集的几万族众宣布：弥陀莎，当之无愧地成为摆夷族的大巫师。

半月时间不到，一切都发展得飞快，等众人惊觉之时，一切又都飞快地解决了，就像是做了一场荒唐的大梦。可代表着神圣勐神、在族内有着超然地位权力无二的大巫师，非是世袭不可充任，这样一个素日里默默无闻的女巫医，又是在近乎草率的仓促情况下，却没有人质疑那荣的决定。土司夫人呢？如此重大的变故，土司夫人怎么会允许？

土司夫人出城了，就在出事的前一日，领着一队心腹武士，去了碧罗雪山。

弥陀莎被任命的这一天，是六月二十八。当然，这段时间所发生的一切都在土司府外，在摆夷族的各大村寨里，与土司府神祭堂中的待选祭神侍女无关，姑娘们战战兢兢地过着每个一成不变的日子，她们只关心自己能不能被选上，只关心谁留谁走，丝毫不知神祭堂外发生过怎样惊心动魄的变故。

直到弥陀莎作为祭祀大巫师，在修缮好的祭神阁偏殿召见她们，姑娘们才后知后觉地发现，原来雅莫巫师真的被撤了！祭祀巫师的一再换人，在历年的勐神大祭从未有过，有些女孩子不禁幸灾乐祸地想，既然祭祀巫师都换了，那么，已经选上去的那些祭神侍女，是不是也要换人了呢……

朱明月见到弥陀莎，恰恰是在六月二十八，弥陀莎被任命的一日。而在隔日，午后，朱明月见到了那氏土司那荣。

终于可以收网了。

明月如霜
水未遥 著
下
新世界出版社
NEW WORLD PRESS

目录

白雀九幽 —— 1
图穷匕见 —— 114
终章 —— 247

白雀九幽

土司老爷其实不老也不丑。

作为那氏土府中受大明朝廷钦封的第二任那氏土司，洪武二十六年，朝廷置元江府儒学之后，受中原汉家文化的吸引，摆夷族的很多贵族都开始接受儒学、崇拜儒学，那荣尤甚。

据说那荣嗣位之时，曾经一度在摆夷族的村寨中推行汉字，让族中改穿汉人服饰，并开设儒家学堂教化广大族民，允许族中平民与汉人通婚等，一时间，士女沾教化，黔首仰风流。可惜这些举措推行不过一年，一个贵族打着仰慕汉族文化的旗号，与汉人高门大户联姻，竟勾结那一家门阀意图反叛。

那场祸乱持续了将近半年，被内部武力镇压后，族内民众的仇恨情绪被激起，以极为粗暴过激的行为驱逐了村中的汉人先生，本就不多的儒家典籍被聚在一起大肆焚烧，修建的学堂也被拆毁付之一炬。至此，元江府蛮夷不受教化的恶名在西南边陲传扬开来，凡是汉人无不是对元江那氏嗤之以鼻，畏而远之，关于那荣大力推行的汉文化传教，最终也就不了了之。

一向不允许外族人擅进的元江府，想不到也曾大兴儒学。以至于在这座土司府宅，至今处处能见到仿造江南风格的亭台楼阁、游廊水榭，堂室内宅极富汉古韵的雕饰、彩绘，无一处不花了心思。还有城门处修建的几座兼具防御工事的高伟城楼……而在府宅外的各大村寨，仍是朱明月所见的尚未开化的原始模样。

朱明月跟着领路的侍婢，经过那一座用以阻隔前苑和中苑、后苑的金雀漆画大照壁，走进中苑，首先映入眼帘的，是两座建在平湖之上的恢弘殿阁。

殿堂是明间开门，青砖琉璃瓦构筑的斜面殿顶，六根圆柱和两头墙壁支撑着穹顶，描画錾刻着色彩斑斓的图案，显得十分庄重。殿北连檐通脊庑房，与后罩房相接，殿前出月台，台前出两层台阶，中间整块大理石上的莲花纹饰栩栩如生。菱花槅扇格子窗和花梨木屏门各三扇，面朝北的大门敞开着，隐约露出里面的红漆雕梁、叠落的穿堂琉璃门，堂皇大气，古意盎然。环绕着殿阁的宽阔廊庑一路往北逶迤铺展开，摧枯拉朽般架成了高台。隔着玉砌雕栏，盈盈的几丈池水相隔，数座小阁亭亭玉立。

侍婢领着朱明月顺着廊道，走进湖心的其中一座亭阁。

偌大的平台，犹如少女散开的裙裾，脚底下是水磨的石砖做底，再往前，则一概用些色彩斑斓的毡子铺成。纹饰精致的窗阁散散开着，阁顶搭着紫藤和海棠花的架子，蜿蜒的花枝横斜而下一直垂到窗阁前，浓浓密密的浅粉、藕色、绛红……水天相接，玲珑繁花，让人恍若置身仙境。待上了二楼，重重珠帘垂地的花罩后，一团身影坐在明媚的阳光里。

那氏的土司老爷，那荣。

千呼万唤始出来。

亭阁里的男子穿着一袭织锦团云的右衽曳撒，大襟、宽袖，袍裾下长过膝，用银线及浅蓝色盘绣寿字花纹，腰间锦带上还挂着一块玉佩、两只绣囊。正襟危坐的姿势，腿抵在酸枝大案前，背后是一面半开的梅花水墨屏风，衬得他一身儒雅不凡，气质清贵，更兼具几许倜傥风流。

这样的装扮，不像是一府土司，倒像是江南大户之家的富贵闲人。如果，在他的膝上不是抱着一个少女的话。

斜坐在那荣左膝上，用双手环着他脖子的少女，正是叶果。此刻的她小衫襟口微敞开，露出里面的鹅黄色肚兜，还有大片柔嫩的肌肤。男子的一只大手搂在她的腰间，另一只手隔着肚兜揉捏着她的嫩胸，而她勾翘着媚眼，一张俏脸泛着红晕，仰着头，一下一下啄吻着男子的嘴角。

朱明月没想到进来会撞见这样一幕，即刻转身，撩帘子就要退出去。

两名侍婢却一左一右守在门槛外，朱明月刚有动作，两个侍婢伸手一拦，又将她逼退回来。

“嗯……讨厌，怎么还有外人在啊……”

叶果听到一连串珠帘的撞击响，这才发现朱明月的存在，一把推开那荣的手，跳下他的膝盖。也因这动作，胸前的两只小兔子弹荡了几下，从肚兜里呼之欲出。

那荣的眼睛一黯，往前倾身像是想要把她捞回来，叶果早已经拢着衣襟跑到了格子架旁。酡红的脸颊，像是能滴出血来，却弯翘着嘴角，一双闪亮的星眸隐隐含着得意，气息微喘，直勾勾盯着朱明月。

朱明月垂着的眸色沉了沉，脸颊禁不住有些发红发烫，是尴尬，更多的是羞恼。这那氏土司学了再多汉人的仪容装扮又如何，没学到半分的规矩礼法，这叫什么？沐猴而冠，穷极龌龊之能事！这样的场面，敢带她过来就是结仇了。

“咦，这不是玉恩姐姐吗，居然在这里见到你了！”

叶果后知后觉的称呼，让朱明月一怔，片刻想起这还是之前拜见祭祀巫师时，雅莫给她赐的名。很好，叶果用一个名讳就提醒了那荣，她这个已选上的祭神侍女该撤掉了。

“叶果小姐，你好。”朱明月略一颔首。

叶果抿了抿垂落的发丝，一张俏脸上满是风情，娇憨中透出妖娆，眸子里却盛着满满的戏谑和挑衅，仿佛一只骄傲自得的孔雀。紧接着，却见朱明月将手轻叠在另一只手上，搭于右腰间，双眸视下微微弓身屈膝，朝着那荣行了一个汉人的万福礼。

“土司老爷，金安。”

亭阁外开着千万朵清雅芳香的莲花，硕大莲台，叶圆如盘，花色绚丽。她伫立在随风荡起的纱帘前，无论心里是怒是喜，这是最基本的礼数，一张脸却若冰雪剔透，眸若点漆弯弯，裙摆伴着行礼的动作微动，恰如一朵欲绽的菡萏，不染半分俗尘，盛放在了那荣的眼底。

制荠荷以为衣兮，集芙蓉以为裳……佩缤纷其繁饰兮，芳菲菲其弥章……

那荣情不自禁地从太师椅上直起身体，脑中恍然浮现的是读过辞赋中的句子，却不足以描述此女之美。府里何时多了这么一位天仙下凡似的小姑娘？埋没在神祭堂将近一月，居然谁都没发现！

叶果一眼瞥见那荣眼睛里迸射出的惊艳，不禁咬了咬嘴唇，立刻抓着裙裾走过去，伸出小手推搡了一下那荣的肩膀，“老爷，人家腿疼！”

那荣转过头来，睇着叶果俏丽的粉脸，勾唇一笑，揽着她的小腰半搂进怀里，“乖，哪儿疼？老爷给摸摸！”说话间，大手落在她的小腿上，作势要撩起她的裙裾。

叶果俏脸一羞，忙伸手止住他的动作，嘟着嘴唇，又娇又嗔地说道："老爷，你就会欺负人家，还有外人在呢！"

那荣望向廊柱一侧的少女，低垂着头颅，恰好掩盖了眼底的情绪，让人看不出她在想什么。那荣眼里的笑意不禁更浓，声音专为戏谑道："呵，他们的孔圣人不都说'饮食男女，人之大欲存焉'，圣人之言，总不会错吧。"

朱明月有恨不能马上甩手离开的冲动，有如此断章取义为无耻找遮掩的吗！

"怎么，本老爷说得不对？"那荣的眼睛一眨不眨地盯着朱明月，那只手却一路往上，最终还是探进了叶果的裙底。

"啊……"叶果面飞红霞，不自然地扭动着娇躯，眸子里像是能滴出水来。

"回禀土司老爷，'由礼则雅，不由礼则夷固僻违，庸众而野。故人无礼则不生。'"其实朱明月想说的是，凡人之所以贵于禽兽者，以有礼也！

叶果攀着那荣的脖颈，贝齿轻咬着唇，一双眼睛满含情欲，又迷惑地望着那荣，像是在问：她怎的还不走？她在说什么？

"她说，咱们粗鄙没教养。"

岂止。简直是不知廉耻！

叶果怔了怔，小脸唰地一阵红，又一阵白，心中顿生的恼意更甚。那荣却在下一刻推开了叶果，一双含笑的眼睛，笑意却不再抵达眼底，"行了，不给她看戏了，你，先下去吧。"

叶果的裙子还挂在腰上，露出匀称纤细的大腿，上面隐约有青青紫紫的吻痕和掐痕，昭显着昨夜的颠鸾倒凤。冷不防被那荣推开有些诧异，叶果也有些不满，却不敢对那荣有意见，于是拢了拢裙摆，面色不善地瞪向朱明月，"老爷说了让你下去，怎么还不动，耳朵聋了吗？"

"我说，让你下去。"

那荣撩眼看了叶果一下。

"我……"

叶果委屈地咬了咬唇，巴巴地揪着袖子，半天没动。

"怎么，老爷的话不管用？"

那荣的话音上挑，透出一丝不耐烦。

叶果觉得那荣是想跟朱明月独处，才要支开自己，一颗心瞬间跌落谷底，瞅了一眼朱明月，又瞅了一眼那荣，垂下的眸子里燃起把怒火，跺了跺脚，故意大步从朱明月身边经过，用肩膀狠狠撞了她一下。

看到朱明月晃了晃，叶果露出些许得意的笑容，“哎呦”一声，“玉恩姐姐怎也不站个好位置，好狗还不挡道呢?”

朱明月淡淡地看着她，没反驳也没应承，只侧身让开道路。叶果以为她是不敢当着土司老爷的面与她起冲突，又或者……是怕自己泄了她的底细，眼底不由得泻出轻蔑，这才趾高气扬地甩了她一个白眼，扬着头出了亭阁。

其实叶果不知道在朱明月眼里，妻妾争宠的这些不入流手段，有人自甘堕落不以为耻，她没理由为了口舌争锋去奉陪，自降身价。

许是叶果的举动太幼稚，而朱明月的反应又太过无趣，等叶果顺着长廊走出了湖心小阁，坐在酸枝木大案的那荣才挑了挑眉，将一条腿搁在桌案上，闲闲地开口道：“今儿个初几了?”

亭阁里没旁人，这话显然是在问朱明月。

“回禀土司老爷，六月三十。”

“啊，明天就是七月初一啦。”

盛名之下，其实难副这样的形容，在见到刀曼罗之后，那荣又用实际言行给了朱明月一个深切而难忘的体会。然而堂堂那氏土府的土司，辈高位尊，头衔显赫，就算他还不是元江府的唯一掌权者，名义上也坐拥澜沧，统领数万族众，跺一跺脚，恐是整个滇西之地都要为之震动，却怎会是如此面目!

朱明月不禁思忖：这样的人，真能堪得重任吗……

“听说……你是雅莫亲自选上的祭神侍女?”半晌，那荣终于不再说废话。

朱明月敛身：“是。”

“还赐名了?”

“雅莫巫师抬爱。”

那荣用手撑着下颚，另一只手敲击着桌案，一下一下，懒洋洋地说道：

"这么早就赐名，看来雅莫很看重你，刀曼罗那婊子也挺喜欢你吧！"

……

"那么，我是应该叫你'白莲玉恩'呢，还是该唤你一声'明珠'呢？沈小姐。"那荣笑着道。

风吹动荷叶荡漾，扑鼻却是一阵露珠水气，清冽而芬芳。始终低着头的少女抬起眼，正对上一双促狭睨笑的眸子，眸子的主人露出的这个笑容十分明亮，使得一张脸都跟着亮起来，驱散了周身满满的颓废气息。

"云南府，锦绣山庄，沈家明珠，"那荣弯着眼梢，似笑非笑地望着她，"听说你早年一直流落在外，黔宁王府的小沐王爷为了找你，硬是一路寻到了应天府去，离开云南藩邸长达多半年之久未归。为了讨你欢心，又亲率沐家军千里护送马队互市……啧啧，看不出来，咱们这位小沐王爷居然还是个情种。"

"不过你也当真有趣，好好的锦绣山庄不待，也不老老实实在黔宁王身边受他庇护，偏偏跑到我那氏土府来了……"刚进城那会儿，还是从红河彝族来元江探亲的新媳妇儿，一转眼工夫，就摇身变成了沧源佤族四排山未过门的妾室，现在穿着一身摆夷族的服饰，行的却是汉礼！这姑娘路子挺野的啊！

朱明月有片刻的静默，然后朝着那荣再次敛身。这一回，她行的是万福大礼。

一整套连贯的动作繁复优雅，令人赏心至极，在西南荒蛮之地可难得一见，也变相承认了那荣的指认。那荣眼中的戏谑戛然而止，饶有兴味地盯着朱明月一举手一投足的姿态，阳光洒在她身上，一层濯濯泛白的辉煌，竟使她看起来有些高不可攀。

那荣禁不住连声叹道："好看，好看！"

这姑娘的姿态，比她的脸还好看。

行完了礼，朱明月才开口道："实不相瞒，土司老爷，小女冒昧前来，是为了兄长和那些一同被抓的滇黔商贾，小女想救他们的性命，还望土司老爷不要为难。"

沈小姐的兄长自然是锦绣山庄的现任当家人，沈家长房的嫡孙沈明琪。话说这沈家当家连同那二十三名商贾被抓，已经是早几个月前的事了，如今小半年过去，竟然单枪匹马来了一个救人的？还是个小姑娘！当然，人不独亲其亲、不独子其子，沈小姐能为了自家兄长，也能为了那些商贾以身犯险，倒是让人钦佩。可笑的却是，这小姑娘当真混进了铁桶一般水泼不入的那氏土府……

那荣听到她说救人的话，语气如谈论天气一样平淡，不禁笑了起来，究竟是进府的过程太容易，让她无知者无畏，还是根本没把堂堂的元江那氏放在眼里？

“救人，就凭你？”

朱明月眼睫半垂，淡淡地摇头道：“凭小女一人断是没可能，但土司老爷能够借力打力不吝帮忙，必定是事半功倍。”

“帮忙？我？”

那荣慢慢地站起来，惊讶的表情就像是听到了天大的笑话。府里混入一个居心不良的外族人，还是被选上的勐神祭的祭神侍女，此事若传出去，那氏的脸面就不用要了！他没让人把她剁胳膊卸腿，扔进湖里去喂鱼，已是破天荒的恩典，她还敢大言不惭地让他帮忙救人！

见朱明月低头不语，那荣就走近她，把脸凑到她的耳边，语气动作极是暧昧，“让老爷帮你，也不是不行。老爷我从不做亏本的买卖，这样吧，拿你自己的身子来换，若你在床榻上把本老爷伺候得欲仙欲死，让老爷玩儿美了，老爷就放了你兄弟和那些商贾，怎么样？”

一双毫不掩饰淫欲的眼睛，近在咫尺。这么近的距离看来，那氏的土司也算是一张出众俊脸，高颧骨薄嘴唇，有些刻薄相，但气质儒雅，一双眼睛里隐含着丘壑，若不是恬不知耻地污言秽语，颇有种道貌岸然的书卷气。

“都说英雄难过美人关，若小女答应了，土司老爷就会释放小女的兄长他们？真是如此的话，这买卖不算亏……”

朱明月抬起头，瞳仁清透，眸下的泪痣颤巍巍，衬得肤若凝脂更白，唇若胭脂，花儿一样娇艳可人。那荣的眼神儿有些发直，抻着脖子就要一亲芳泽，却见那两片唇瓣轻启，又道：“土司老爷用不用先跟九老爷商量一下，再答复小女？”

九老爷，那九幽……

那荣的笑意一僵，脸上依旧是那副少廉寡耻的垂涎相，却一把攥住她的皓腕，将她扯到身前，笑得三分阴冷道："怎么，你觉得本老爷不够分量?"

"小女只是听说，小女的兄长他们被关在九老爷的曼景兰寨子，并不是老爷您的曼腊土司寨，那里是勐海，不比澜沧，故而小女才说——恳请土司老爷帮忙，而不是直接求老爷您放人，土司老爷难道不应该跟九老爷商量一下?"

手腕上的力道一点点加重，骨骼传来的剧痛，朱明月却隐忍着不去挣扎。她说到此，略一停顿，又继续道："何况，若非土司夫人离府去了碧罗雪山，老爷您……怕是都没有机会放开手脚处理神祭堂的事，一来一往，小女就算没有功劳也有苦劳，土司老爷总不会恩将仇报吧。"

那荣是那氏土司不假，但是元江一府之主这种头衔，只不过是虚的。大家心知肚明。在元江，除了一个刀曼罗，更有一个那九幽，自那荣嗣位至今，三足鼎立的局面，已经维持了整整五年。以那荣的权力撼动刀曼罗，尚且是一件不容易的事，何况是用澜沧的势力去干涉勐海。

买卖，他凭什么跟她做买卖?

那荣若不是个酒囊饭袋只好女色的草包，不会活到继承土司位置的一日，也不会在土司的位置上稳坐这么久。可那荣若真是个酒囊饭袋只好女子的草包，他就会成为第二个召曼，或是像陶氏土司一样直接被架空，孟琏刀氏、澜沧十二寨、勐海八大寨这三股势力，不可能至今一直维持在平衡状态。

刀曼罗这次能离开土司府亲自领着人去碧罗雪山，仅是由于朱明月带来的那些消息?不，很大一部分原因，是那荣这几年来装傻充愣，在刀曼罗面前扮猪吃老虎经营得好。否则没有这层铺垫，要让生性多疑的土司夫人轻易离开巢穴，还真是不太容易。

可朱明月实在无法苟同他用无耻做遮掩，这种下作的把戏，更不想见识他接下来更无耻的行为，只好先一步打开天窗说亮话。

"可若本老爷说，只想要你呢?"那荣愈加凑近她，仿佛对她的一番话毫不动心，眼底闪烁的是浓浓欲念。

这厢说着，另一只手已然搭在她肩上，倾身向前的姿势，整个人无赖又勾缠的气息扑面而来。朱明月垂下眼帘，“温柔乡是英雄冢。土司老爷，小女的到来，让您等了很久吧。”

迎合的话音，逆来顺受的神情，这架势落在旁人眼中，还以为这就算是答应委身了。那荣的脸色却陡然变了变，攥牢她手腕的大手松开一些，拇指摩挲着被捏红的肌肤，像是流连又像是痛惜：“你所知还真是不少。既然你什么都知道，怎么这般不解风情……两全其美，岂不更好？”

朱明月没再说话。两全其美？再把西南藩王的位置让给他坐好不好！本已色迷心窍，欲罢不能的土司老爷却并没有更近一步，下一刻就放开了对她的钳制，张着双手半摊开，退后了好几步，“不过还是算了，强扭的瓜不甜。”

那荣又变回最初那一副不羞不臊的无赖模样，觍着笑脸，像是天塌下来都与他无关。是啊，这里毕竟不是中原，这里是西南蛮夷，规矩礼教有时会被视为无物。而朱明月曾待在宫中，除了勾心斗角、虚与委蛇，见得最多的就是声色犬马。

这恐怕就是那荣安身立命的方式。

“生气了？”

那荣坐回到太师椅上，见朱明月半天都没说话，不由得挑眉邪邪一笑，“男女之防，在你们中原汉人眼里，甚是严重吧！老爷我摸了你的手，又差点抱了你、亲了你，怎么算？要不这样，只消你能把刀曼罗那个婊子斗倒，土司夫人的位置老爷我不介意为你争一争！”

毕竟是及笄的大姑娘，养在深闺，本应天真烂漫，受尽娇宠。如今，却在这里被一个素昧平生的男子任意轻薄。怎能不恼怒？不悲愤？

那荣一直盯着她的脸，像是在观察什么，又像是隐隐期待着什么。但见朱明月抬眼望过来，正好对上他一副不怀好意的笑，一张俏脸却无甚表情：“改变棋局的机会可遇而不可求，土司老爷却一再试图扰乱小女的心神……是试探？是考验？小女的表现，有没有让土司老爷失望？”

打从她踏进这座亭阁一直到现在，你来我往，见招拆招，一切都是试探，更是考验。可无论朱明月怎么抛出引子，那荣就是不接茬，反而以越来越无耻的言行撩拨她、激怒她。毕竟男女之间，女的总是比男的吃亏一些，对付一个矜持少女的最好办法，就是击溃她可笑的矜持。但那荣还是失望了，他没能看到她失掉理智，或者不堪折辱拂袖而去，当然，他做得并不过分，可以说，他根本还没做什么，比起他对待叶果的行为，朱明月真应该对他感激涕零。

那荣因此更是惋惜，若她不是这般冷性淡定，若她一直采取隐忍态度，他倒不介意过分些。此等面冷心傲的绝色佳人，浑身散发着高贵不可侵犯的禁欲气质，更让他有种将她压在身下好好调教，征服她，蹂躏她，让她向他哭泣求饶的冲动。

可那荣毕竟是那荣。他要的如果只是聪明的玩物，太多工于心计且美貌至极的女子等着被他宠幸、供他驱使，譬如叶果、月弥，或者是第二个玉锦罗。江山美人，孰轻孰重，咱们的土司老爷心中有数。

“胸有激雷而面若平湖者，可拜上将军。不错不错!”

那荣忽然很高兴自己失望了。

“既然你这么有诚意，本老爷也不妨开诚布公一下。”那荣从桌案上拿起一叠手札，“想不想知道，是谁泄露了你的身份?”

自然是丽江土府。

“是丽江土府。”那荣道。

“你好像一点都不惊讶?”那荣盯着她的脸，没看到她有表情变化，不由得有些皱眉，“怎么，你早知道是丽江木氏会泄你的底?”

她怎么可能不知道?滇黔地界那么多府、州、县，想要几份当地的户籍身份，任何与黔宁王府有关系的流官、土官都能办到，为何她偏偏挑了一个丽江的木氏土府?

“说起来，小女其实应该感谢丽江土府，否则从临沧到此的一路沿途哨卡和布防，小女不会那么轻易通过。”朱明月忽而答非所问道。

为何是丽江木氏?萧颜亲自拉拢到黔宁王府的木氏土府，明面上与元江那氏交好，私底下却一直在为黔宁王府办事，在收到那柄錾刻了黔宁王府标志的龙雀后，木氏土司按照她的要求更是办得相当周到——不仅给她安排了一个天衣无缝的身份，还精心挑选出十几个美丽少女，打着献给那氏土司玩乐的名头，实际上是为了给她作掩护，一并送到了东川与她会合。

但是谁说丽江木氏不会为了自保，两面三刀、黑白通吃呢?

事实证明，从沈家小姐调动木氏土府的那一刻，那荣就知道了她的计划，但是那荣没阻止，不但没阻止，还有意替她排除了一些障碍——明知道黔宁王府对元江的大量调兵行动，府城外围怎可能没有一点布防？尤其是临沧这个大门户，她一路绕到永德大雪山去见萧颜，又从沧源绕回来，这么大一段路，竟然没遇到任何困难。还有，当她到了元江府外城，误走了北面城门，怎么就那么巧碰上了一个绕路的小和尚！

朱明月说到此，又道："其实不止那个叫岩文的小和尚，小女猜，三管事岩布——也是土司老爷安排的吧？"为了银子就能放任一个外族人进府，还是待选的祭神侍女，后来更因此跟教习姑姑玉罕发生了争执，堂堂的管事未免太好糊弄了。

可土司老爷在这边不遗余力地大开方便之门，另一边，土司夫人的拦截仍然奏效。例如，那些挂在城楼上面的女子头颅，再如上这么多年来，各府、州、县不断有美人进贡到元江府，却大部分死在半路上，余下一部分很快死在府里，又被埋到乱葬岗——这些进贡到内宅的美人，是除了每三年一次的勐神祭所需的祭神侍女之外，唯一能够进入元江的外族人，土司夫人就算错杀一百，也不愿意误放一个。但咱们土司老爷当真如此好色吗？不，想要美人，摆夷族内什么样的没有。土司老爷是在等机会——打破僵局、浑水摸鱼、里应外合的机会——不过终究是等到了，在即将兵连祸结之际，等来了沈家小姐。

一个引狼入室，一个严防死守，这一对包藏祸心、各怀鬼胎的夫妇，当真不是冤家不聚头。

夫妻如是，丽江土府在与黔宁王府交好的同时，一直都没放弃跟元江的勾结，这在势力盘根错节的西南官场，就更是不新鲜了——当然，若是朱明月冤枉了丽江木氏，对方没有把她的消息泄露出来，那荣同样会从另一个途径知道。

那荣不知道朱明月心中的千回百转，闻言，磨了磨后槽牙，颇有些恨铁不成钢地说道："不，绝不是你太聪明，而是我身边的这帮人素质太差，让人一下就能瞧出破绽。寒碜，真是寒碜……"

"倒是你，够让人惊艳啊，锦绣山庄的大小姐，黔宁王的红颜知己，孤身一人就敢来元江府。啧啧，找死也是一种胆量。"那荣一边说，一边掂量着手里的书札。"但无论如何，你到底还是进来了……既然你通过了考验，又一切了然于心，老爷我也不多废话了。老爷并不是吝啬的人，这样，咱们重新来谈一桩买卖，大买卖，如何？”

那荣一双眼睛里透出的企图太过明显，又饱含诱惑，让朱明月略一怔愣，良久都没说话。事先预备好的解答和释疑，随着这两句轻飘飘的话，似乎全省了——可她甚至想好当他问起刀依兰、问起神祭堂里的事，或者问起关于沐晟、黔宁王府的备战，包括她的来历……她都能一一给出完美且无懈可击的答复。但那荣没问，他什么都没问。

“土司老爷请说。”她道。

“很简单，我帮你对付你要对付的人，你帮我对付我要对付的人。”

朱明月蹙眉：“小女只是来‘救’人的。”

那荣脸上一副“大家都心知肚明，你就别再欲盖弥彰”的表情，摆了摆手，道：“好好，就当你是救人。”

朱明月：“土司老爷能信任小女？”

什么都不问，就跟她做买卖？

“当然不能，”那荣龇牙一笑，“对于老爷我来说，事若成，则成；若不成，也没有任何损失。就算不是你，也还会有别人。至于沈大小姐你嘛……”

至于她，除了依靠那荣，在这偌大的元江府里她没有第二条路可走。而她一旦败露，那荣不会怎样，她自己连同她兄长他们在内，二十五条人命，却悉数会葬送于此。

“是啊，最坏不过现在这种情况。您是朝廷钦封的那氏土司，只要您活着，您永远是那氏土司。”朱明月半垂眼帘，有些意味不明地说道。

“没错，所以老爷我不管你是真来救人也好，有什么旁的目的也罢，就算你是沈家的人，就算你是黔宁王府的人，老爷我也不在乎！把水搅浑了，把火烧旺了，才好趁机图谋不轨。”那荣说到此，身体往前倾，朝着朱明月邪气一笑，“倒是你，老爷我好不容易盼来一个，悠着点啊，虽说以澜沧的实力想要保住一个你是绰绰有余，但意外总是不可避免的，千万别被人弄死了，让老爷我白白浪费感情。”

这么说的意思，就是要将勐海献出去……

“土司老爷难道不跟小女说一下，澜沧的态度？”朱明月索性问了出来。

“态度？什么态度？”那荣有些耐人寻味地看她，“世人都道元江土司是个昏庸无能之辈，得清闲且清闲，只爱做快乐事，不问其他。我可没什么态度。”

一直以来萦绕心头的疑问，似乎在这一刻都迎刃而解，却又在迷雾中陷得更深了。以至于到嘴边的问话，没有机会出口——比如说，在明知朝廷要用兵的情况下，元江府却没有丝毫备战的动作，堂堂的土司老爷更像是没这个打算，反而要将全部精力投入内耗。那荣哪来的底气？

再比如，勐海作为可与澜沧匹敌的第二大势力，一旦有失，势必唇亡齿寒，那荣为了一己之私就祸水东引，殊不知也会害到自身？而且，勐海财大势横，蕴藏无尽，前前后后经营十几年的所得，足够那荣亲自统领元江府称雄整个西南蛮夷，到嘴的肥肉，那荣当真舍得？

这些谜团，自打朱明月进府的一日，就在她的脑海中盘旋，苦心筹谋了这么多，终于见到土司的面，达成谅解，朱明月忽然觉得谜团越滚越大，而答案离她又远了……

朱明月跟着侍婢走出亭阁的时候，一个穿着对襟袖衫、长管裤，用蓝布包头的男人，顺着悠长的红漆廊庑走过来，是二管事西纳。

朱明月跟他碰了个照面，敛身问了个好，西纳一脸笑眯眯的，对她寒暄了几句，这才两厢告辞。

等到西纳迈上二楼，那荣坐在太师椅上，手指有节奏地敲击着桌面。

“瞧见她了？”

西纳一愣，半天反应出来是刚刚遇见的小姑娘，“啊”了一声，“见到了。”

“觉得她怎么样？”

“嗯，够漂亮的。”

那荣动了动嘴，拿起桌上的一份手札，递给西纳：“念。”

六月初三，抵达元江府；

六月初四，进入土司府；

六月初六，曼听寨有一户人家神秘失踪；

六月初十，进入神祭堂，一名唤“玉双”的侍婢死；

六月十一，玉罕将一名待选的祭神侍女送给召曼，红河彝族；

六月十二，召曼被撤，雅莫充任祭祀巫师；

六月十四，雅莫入主神祭堂，召见待选的祭神侍女；

六月十五，祭神阁遭破坏；

六月十六，玉罕死……

不急不缓的声音在亭阁里响起，念到最后，西纳眼皮一跳："嗬，原来老爷您早就越过夫人，开始插手后宅的事了！"

"不是让你说这个，"那荣翻了个白眼，"这些都是那丫头进府后才发生的情况，精彩吧。"

对于一个女子来说，朱明月实在太过年轻，对于一个内应来说，她更是太过貌美，起码那荣手底下培养的那些影卫，绝对都是扔在人堆里找不出的长相。可这样一个绝色少女，待在神祭堂那种虎狼之地，竟然将近一个月之久——没人注意她极为出众的相貌，没人深究过她引人怀疑的来历，甚至在最好色的召曼眼皮底下，在最排斥外族人的玉罕手里，她一直安然无恙。

但也正是这一个月里，先后死了一个侍婢、一个教习姑姑，废了一个最受土司夫人宠幸的女巫，病了一个最德高望重的大巫，最后连土司夫人都出府了。

一件一件毫无关联的事，一日紧跟着一日，原来不是没人注意，而是她没给他们机会。

那荣简直想为她鼓掌。

"要真是事事跟她有关，不简单，真是不简单。"西纳说完，又补充道，"当然，老奴不是在给岩布找借口，岩布那老家伙至今感到愧对老爷的栽培。"

那荣又翻了个白眼。

"但这么一看，老奴忽然觉得，这位沈小姐恐怕不仅仅是沈家小姐而已。"西纳道。

"嗯？"

"老爷您忘了，关于她流落在外的这五年，岩布亲自去查过，却查不到一点情况。若单纯是寄人篱下，或者在外漂泊，不可能有这等本事，老奴是说，不可能在神祭堂悄无声息地做到这些……现在来看，查不到她的情况，反倒是情理之中了……”西纳说到此，端着下巴眯起眼，眼底一道精光乍现，“如果沈小姐不仅仅是沈家小姐，那她就不单是来救人的，或者说，根本不是来救人的。”

风拂窗扉，吹进来一丝凉意。

“不是来救人的，那就当来杀人好了。”那荣伸懒腰将后背靠在椅子上，跷着二郎腿，嘴角浮现出一抹森寒的笑容，“反正都是借刀杀人，还省得咱们沾一身血，有什么比这更让人惬意的。多派几个得力的，跟着她过去，千万别让咱们的这位小姑娘过早喂了鱼。”

“您觉得她能成事？”

“成算不大，却也不是没成算。”

西纳“嗯”了一声，片刻，道：“那夫人那边……”

那荣顺手折了一根从窗口攀进来的紫藤，大手罩着花骨朵一揉，花瓣碎了满地，“她人都出府了，就别让她回来了吧。”

西纳猛地抬起头：“这……万一孟琏刀氏追究起来，不好交代吧？”

“交代什么？咱们刀曼罗夫人不是找人去了么，碧罗雪山啊，绵延几百里，谁知道是哪一座主峰！若她又那么巧的经过了永德大雪山，谁能说清楚她究竟是找侄子去了，还是跟什么野男人厮混去了？统统推到黔宁王府头上，反正要打仗了，虱子多了也不嫌咬。”

“那大管事要是问的话……”

“呵呵，大管事将叶果那小丫头送到老爷身边的时候，可没半分顾念咱们土司夫人对他的恩情哪！”

没头没脑的话，闻言，西纳也笑了。把叶果安排给那荣的，正是大管事酡筝，酡筝是刀曼罗的人。叶果与雅莫有血海深仇，而雅莫也是刀曼罗的人。这就已经很说明问题了……

“是啊，夫人没了，大管事也还是大管事。”

“瞧你说的，大管事可不还是大管事。”那荣抬起头，似笑非笑地睇了西纳一眼，“但是咱们大管事身体一向不好，你这个跟他称兄道弟的，就不知道多替他分担分担？”

西纳一怔，随即低了低头，笑道："是啊，大管事该歇歇了……"

"嗯。就这么着吧。"

作为一个心狠手辣、鲜耻寡廉、不择手段的土司，那荣并不吝啬。在打发朱明月回到神祭堂的时候，这位不吝啬的土司，本着他一如既往的慷慨品德，后脚就派了心腹的掌事侍女，给她送过去一个额外的恩典。

祭神阁出的祸乱，在新任大巫师弥陀莎的铁腕整治下已经被摆平，神祭堂又恢复了往日的平静，府内府外也在有条不紊地准备着迎接八月初八的勐神大祭。但出了事，总要有人背黑锅的。弥陀莎不能去追究土司夫人，于是就找了上一任主持巫师、上上任大巫师，来负这个全责。

那荣的恩典，是将祭神阁的善后事宜，也就是怎么让人背这个黑锅，全权交给了朱明月来处理。

这一日是七月初一，在其余已选上的祭神侍女被新官上任的弥陀莎尽数撤掉的时候，作为仅剩的唯一一个祭神侍女，又受到土司那荣的青睐，"白莲玉恩"的身份犹如雨后的富贵竹，一下子在神祭堂里节节蹿升了起来。与她一同被选上的三个姑娘，就远没她这么好运，除了月弥被发还回暖堂西厢，剩下两人都被弥陀莎赶出了土司府，毕生再没有成为祭神侍女的资格。

七月初二，晌午。

阴霾了几日，难得露出了一抹阳光。

神祭堂，暖阁西厢。

推开门，屋内被五花大绑的男人在地上倒着，嘴巴也被堵上了。

一袭湖蓝高筒长裙的少女款款走上前，踩着地上那人的胸膛，俯下身，以一种低柔得让人不寒而栗的声音道："想不到堂堂的召曼大巫师也有今天，怎么样，还舒服吗？"

地上的男人发出"呜呜"的叫声，眼眦欲裂，想说什么又说不出来。

少女一把拿掉塞在他嘴里的破布，召曼破口大骂："贱人！臭婊子！谁给你的胆子？"

他刚骂两句，蓦地反应过来，抻着脖子朝着外面叫道："来人，快来人啊，有人要在神祭堂造反！"

"都死光了吗——怎么不来人，快来人！"

一连几句声嘶力竭的呼喊，却无人相应。召曼瞪着一双眼睛抬起头，就见屋外守着的那些武士和仆从，始终各就各位，一脸漠然麻木，对眼前之事视而不见。召曼有些惶恐地张了张嘴，像是明白了过来，此时此刻的这些人，根本都不是他的手下，而是跟这小贱人一伙的。

养尊处优惯了，在发现根本无人可护他时，召曼的心一下子坠入了冰窟，四肢发凉。

“我告诉你，我是大巫师，我是摆夷族世袭的大巫师，知不知道？你没有权力这么对我！你赶紧放开我，否则我让你生不如死！”召曼咬着牙，色厉内荏地道。

“生不如死？您这个大巫师……曾经的，不是早就让我生不如死了吗？”

少女愈加俯下身，一副姣好的面容上满是隐含的怨毒。

这就是白日里道貌岸然，德高望重的大巫师！谁会想到居然是满腹男盗女娼，卑鄙下作的大淫棍？每个夜晚，那些引诱艳惑的少女身体，在没有任何反抗能力的情况下，任他无情地采撷、摧毁……多少女子在清醒之后，哽咽下屈辱和怨恨，敢怒不敢言，其中美貌些的，便是永坠泥淖，再也无法走出噩梦的深渊。

无人知晓为何往年落选的祭神侍女，被送回家中后，疯的疯、傻的傻；被选中留下来奉神的那些，又为何再也没从土司府里走出来。召曼的秘密，一直牢牢地锁在这表面神圣高洁、实则内里肮脏不堪的神祭堂内，甚至从来没被人怀疑过！

那段时间，他是不是就站在这几扇窗前，看着外面茂林修竹中、汤池暖水里一具具香汤沐浴的赤裸胴体……一边在心里想着龌龊的男女之事，一边品头论足，把自己当成是高高在上的君王，精挑细选着哪一夜哪一个女人给他侍寝暖床。何其快活！

月卓拉想起那几个夜晚，她卑微无助地躺在他胯下，而他举着蜡烛，将那滚烫的蜡油滴在自己身上，任凭她哭喊求饶，不但没有丝毫怜悯，反而更加兴致高昂在她身体里驰骋。她为了活命，不得不屈辱地臣服任他予取予求，他却又找来那两个跟她一同来自红河彝族的待选祭神侍女……

当时她跪在榻边，听着帷帐里传出的男女激烈、粗重的喘息声夹着夜风灌了一耳朵，然后他光着身子将自己抱上床，贴在她耳边道：“小贱货，这么就湿了……”

月卓拉的眼睛里弥漫出无限的痛苦和恨意，搭在楠木雕花栏上的手，缓缓收紧，指甲刮在清漆上发出刺啦刺啦的微声。

召曼被她流露出的扭曲表情惊得一哆嗦，不住地扭动着身体，爬着连连往后退，“……我警告你，千万别乱来，别乱来！”

月卓拉斜睨着他，缓缓地勾起嘴角，轻声似呢喃：“放心吧，我的大巫师，我是不会杀你的。”

她怎舍得杀他呢？

何况那个汉人小姐跟她说，死了一个侍婢，谁也不会多问什么，死了一个前任祭祀主持，还是世袭的大巫师，恐怕整个那氏土府都会掀过来。她给她机会报仇，却不是让她来翻江倒海惹祸生事的，而有些折磨，有时比死更让人难受……

“都进来吧——”

月卓拉抬起手，朝着门口击了两下掌。

几个赤裸着上身、浑身肌肉纠结的精壮男人，应声走了进来，朝着月卓拉恭恭敬敬地弯下腰。

“今晚、明晚，他都是你们的了……”月卓拉侧过头，目不转睛地望着召曼，看着从他眼睛里一点点渗出的惊恐、绝望，“好好享用，只记着，别给玩死了。”

月卓拉踏出门槛之前，强忍着恶心的感觉，回头望了一眼。

原来男人惊恐起来，也是会高声尖叫的，那声音一点都不比女子的叫声低沉。

好好享受吧！

过了明晚，就不是这些男人了，或者说，就不是“人”了……

当复仇成了活下来的唯一目的，尤其是女人，就会将自己化身为青藤，时刻跟对方紧紧地缠缚绞杀在一起，处心积虑，静待时机。一旦机会来临，那双纤细单薄的小手便会疯狂地勒住对方的脖颈，拼尽全力，不死无休。

朱明月也曾在神祭堂。对于汉人女子来说，被一个男子看到身体是奇耻大辱，对于汉人未出阁的闺秀来说，这更是绝不可饶恕的，那荣将对召曼的处置权力交给朱明月，这个顺水人情相当讨人欢心。

但被人欺侮了，就要亲手打回一巴掌？不，他们没这个资格。朱明月觉得，把仇人送到他们的仇人手里，远比亲手处置他们更能让他们刻骨铭心。

月卓拉的仇人，正是夺去她贞操和尊严的召曼，那么叶果呢？

娇憨俏丽的少女，恰如一朵含苞待放的花儿，仿佛除了让人呵护，任何事都不该由她来做。可这样娇憨的女孩子，却形同一个下贱的娼妓，匍匐在那荣的脚下，以一种女子能做到的最卑贱最臣服的姿态，极尽媚惑之能事，引诱那荣贪恋上自己刚刚成熟的身体。以至于为了争宠，在亭阁里，叶果甚至当着朱明月的面意图与那荣欢好。为了争宠，叶果还跟朱明月发生了一次极不愉快的龃龉，临走时，故意用肩膀狠狠撞了她一下来泄愤，同时，趁机将一张小纸条悄悄塞到朱明月手里。

那纸条上写着两个字：雅莫。

雅莫，雅莫……

当一边抚摸着叶果的娇躯，一边觍着脸笑的那荣说："饮食男女，人之大欲存焉"，叶果觉得这句话说得真是太好了。尽管玉恩姐姐表示，土司老爷这是断章取义，她却认为，这话用来形容神祭堂里的两位大巫，再恰当不过：人之大欲，召曼好色，雅莫贪吃。

昔日有齐桓公言："寡人尝遍天下美味未食人肉，倒为憾事。"于是有擅烹者易牙，烹子献糜，将自己的小儿子蒸成一道鲜嫩无比的肉汤，以满足齐桓公的口腹之欲——玉恩姐姐如是给她讲。但叶果想，齐桓公算什么？雅莫吃得更独特，她喜欢吃活珠子。

被那荣宠幸住进了中苑之后，叶果曾让侍婢取了几颗没有完全孵化的生鸡蛋给她，蛋里面已经有了头、翅膀、脚的痕迹。据说，这就叫活珠子。用冷水小火慢煮开以后，吃时敲破蛋壳轻吸，吸唶中小鸡的胚胎会随汁流进口中，不用加任何的佐料，原汁原味。吸吮完了汁水，再剥开蛋壳，那肉质别提多鲜嫩爽滑。

雅莫也喜欢吃这东西，吃的却不是鸡，而是人。

叶果想起三年前的勐神大祭，被选进府的阿姐叶社，就是先被召曼糟蹋之后，怀了身孕，那可怜的孩儿还未出世，阿姐就被召曼送到了雅莫那里。

配合得多好啊，一个蹂躏少女的身体，一个享用她们腹中的胎儿。

可雅莫多年来吃掉的，都是召曼的亲骨肉啊！

神圣庄严的神祭堂发生这种天理难容的事，居然谁都不管！谁都不理会这些打着奉神名义，被送进神祭堂来的待选祭神侍女！多少年，那些仆从侍婢知情不报、助纣为虐，眼睁睁地看着那些无辜的女孩子，就这么屈辱地死去，以人世间最悲惨的方式！

冰凉的刀片贴着裸露的皮肤，泛起一层密密麻麻的鸡皮疙瘩，俯身凑近的少女呵气如兰，一张纯真无邪的俏脸，眼睛里却闪烁着幽幽的光，像是能吞噬人的黑洞。

“剖开她们肚子的时候，雅莫巫师在想什么？啃嚼那团胚胎的时候，雅莫巫师又在想什么……真的很好吃吗，什么滋味？”

雅莫望着近在咫尺的叶果，眼里渐渐浮现恐惧，“你在说什么？什么胚胎，什么好吃，我根本不懂！我也不认识你！”

她自然不认得她。

在雅莫入主神祭堂之前，叶果就离开祭神阁去中苑了，成了土司那荣一名见不得光的侍妾。可叶果怎么都没想到，自己心心念念想着的人，居然升了一阶，成了祭祀巫师。叶果绝望了，只要有刀曼罗的存在，她就不可能长久地待在中苑，而她再受宠也动不了祭祀大巫师。就在叶果以为一切都完了，自己不但报不了仇还可能在被刀曼罗发现之后，重蹈覆辙沦为雅莫的盘中餐时，祭神阁突然就出了事，紧接着，祭祀巫师又换人了……

熏笼里轻烟袅袅，暗香浮动。

叶果俯下身，又扯了一块布条在雅莫的手腕上一圈一圈地缠绕，低垂的眼帘，掩饰不住骨子里的骄傲，缓慢而决然道：“我本是沧源佤族最最尊贵的女孩儿，我的阿爹是四排山的头人之一，我的娘亲是竹山村寨的大祭司，我的身份尤胜你们土司夫人三分。我阿爹阿娘娇惯我、宠爱我，我原也应该无法无天不谙世事，可这一切，都因为你被毁掉了。”

“你知道吗？我进府的时候，并不知道神祭堂的这些猫腻，我只是来找我阿姐的。可当大管事告诉我这一切的时候，我所有的期盼、所有的美梦都破碎了。我身上担着祭神侍女身份，不能出府，留在神祭堂就意味着不是落在召曼手里，就是你……我吓坏了，六神无主之下，只好央求大管事，让他安排我到土司老爷身边。我想，这样的话，我起码还能为我阿姐报仇。”

曾有那么几次，她怕得几乎要退缩，可转瞬就有一张如花明媚的笑脸，蓦地在眼前浮现，她记得这张脸的主人在即将离家时，摸着她的头，很温柔地说：“阿果别怕，要等着阿姐回来啊。”

叶果因此诚心感激老天，她即便是屈辱地苟活，也还有机会报仇，让她将这个人当初加诸在阿姐身上的一切，千倍百倍地还回来！

轻纱帷幔低垂，雅莫被固定在床榻上，两只手高高拉起拴在头顶，两条腿被大大分开，一左一右被绑着脚踝拴在雕花床柱上。身上被扒得只剩下肚兜，上面绣着可笑的鸳鸯纹饰，单薄的布料遮挡着臃肿隆起的肚腩，大腿的肥肉耷拉下来，白嫩嫩。

“不不不，你在说什么！这一切都与我无关，是召曼指使我的，我只是女巫，召曼才是大巫师……你去找他，去找他！”因为太恐惧，眼泪从眼眶里疯狂地淌出来，雅莫扭动着肥硕的身躯，下垂的胸脯晃得波涛汹涌。

“呵呵……玉恩姐姐说，召曼那儿，自有人。”叶果面含微笑地望着她，天真烂漫，“而我，只要你就好了。”

玉恩！

白莲玉恩，那个汉人小姑娘！

还等不及雅莫多想，叶果手里的匕首就靠了过来，“我听说，汉人有一种刑罚叫‘凌迟’，又叫活剐，是说用刀将人身上的肉一块块割片下来。”叶果握着刀柄，冰凉的刀刃贴着雅莫的脸，慢慢滑动，“第一刀，是先切头面——”

“啊，啊……”

撕心裂肺的尖叫声在西厢里响起，“求求你，你放过我！你要什么我都答应你！你放过我……”

雅莫满脸又是鼻涕眼泪、又是鲜血肉末，染在铺着雪绸的竹枕上，一大摊肮脏的猩红，衬着雪绸更白，血色更加刺眼。

“才第一刀就受不了，往下你可要怎么办……”叶果脸上的笑容不变，声调却有些颤抖，通红着一双眼睛，咬了咬牙，手里的匕首手起刀落，又狠狠剜向雅莫的手腕。

第二刀，手足。

“第三刀是什么来着？哦，双乳。”

第四刀，小腹；第五刀，大腿；第六刀，小腿……

“杀了我吧，杀了我！啊……啊！”

“呵呵……杀你？呵呵……好啊，好啊！”

床榻上的人只痉挛地动弹了两下，就再也一动不动，瞪着双眼，张大了嘴，涎液从嘴角流出来，眼瞳里是临死前刻骨铭心的痛苦和恐惧。

叶果再也忍不住，翻身趴在地上呕吐，一边呕吐一边伴随着剧烈的咳嗽，咳得眼泪鼻涕一起淌出来。

阿姐，你看到了吗？

我为你报仇了！

我活剐了雅莫，我为你和你未能出世的孩儿报仇了！你看到了吗？

叶果跪在地上，她的前襟被雅莫的血晕得大片殷红，她的手也满是血污，却捂着脸，止不住的眼泪从指缝中滑下，呜呜哭泣得像个孩童。

七月初三，女巫雅莫被查出与祭神阁遭破坏一事有重大关联，处死。

初四，大巫师召曼在焚香的时候，不慎被线香烫瞎了双目，自请辞去巫师资格，因他无子嗣，由族内另选人世袭。

金乌西坠，朝霞满天。

群山之中，一片宁静的湖水犹如镜面，山峦叠翠夕阳橙红尽数倒影在湖面上，袅袅云雾挨着湖面飘过，偶尔有小鱼跃出水面，打碎一小圈涟漪。

一个纤细柔美的身影站在雕栏前，面对着粼粼闪烁的平湖，似在静静地出神。浅紫色的短衫，藕荷色的高筒长裙，扣着一根纯银腰带，从腰带上坠下的流苏长及脚踝，在绚烂妩媚的霞光中，衬得身姿婀娜，楚楚动人。

不多时，从廊庑另一端走过来一个女人，披着灰褐色的大氅，匆匆的脚步，一直走到她身边才停下。

“你怎么能让她杀了雅莫！”

第一句话就是质问。

雕栏前的少女转过脸来，略微弯起的眸似新月，眸下一点泪痣，盈盈如坠，“你来了。”

女人沉着脸，厉声道：“我在问你话。为什么让她杀了雅莫……回答我！”

少女的目光犹如秋水，显得清澈见底，仿佛安抚般徐徐地开口道："出了这么多事，神祭堂里的秘密，早晚会瞒不住，必须有一个够分量的人出面承担。雅莫是个很好的替死鬼。不是吗？"

玉色的指尖轻轻搭着雕栏，一根一根手指，青葱般白嫩柔腻。都是前几日羊乳泡出来的。这样白嫩的手，吃起来，别有滋味吧。朱明月想起雅莫给她摸骨时，说她是天生的"碧玉品字骨"时，一脸垂涎向往的表情。

"再说，召曼不是还活着？"她又补充道。

女人绷了绷嘴角，有些悲愤地说道："你这么个说法，就是这一切都是因为我了？用不用我跟你道声谢……"

召曼是活着，可这样活下来，还不如去死。

多狠！

仿佛听出她话音里的讽刺，朱明月微微笑着摇头，轻声道："不是因为你，他们也不是断送在我手上，是他们自己作恶太多。"作恶太多，终会自食恶果，何况犯下那等罪行，死一百次都不够。

女人见她一副再淡然不过的神色，是淡然，也是对人命的冷漠，不由感到阵阵心寒，一时却又找不出什么来反驳，不由得咬了一下唇，不死心地道："好，就算你认为雅莫是死有余辜，玉双呢？玉双不过是个小小的奴婢，她又碍着你什么？为什么要杀了她？"

朱明月看了她一眼，笑着问道："不是你把玉双的把柄给我的？"

是她给的，但那只是为了让她在神祭堂里有个保障，没让她杀了她！

面对女人一脸的懊恼又愤怒的表情，朱明月摊了摊手，有些无辜地说道："其实就算你不问，我也打算要告诉你的。原本我没想过杀她，可你知道吗？第一日在香汤池，她就给了我一粒催情药丸。"

催情药丸！

"什么？玉双她……"女人惊愕地瞪大眼睛。

深宅大院到底是个历练人的地方，连最卑下的奴仆都能被养得心黑手狠，即使表面再温顺听话，冷不防也会咬上你一口。就像玉双，就算被拿住把柄，也会贼心不死，会琢磨着反击——朱明月给了玉双那枚能够证明她出身的银扳指，原本是打算让玉双帮她在祭神侍女的选任中顺利过关，不料玉双利用职权之便，暗地里安排她去给召曼侍寝。

那还是进入神祭堂的第一日，玉双的手脚多快！

若不杀她，她就会生不如死。

“所以你索性顺水推舟，在杀了玉双之后，干脆将她的尸体送到召曼的榻上去，有意打草惊蛇，也等于是给土司老爷发出了一个信号……”弥陀莎思忖片刻，心情复杂地说道。她一直以为玉双的死，不过是她轻视人命到了用其做诱饵不惜痛下杀手的地步。

“从竹楼到神祭堂，已经浪费了我太多时日。更何况，玉双是自己送上门来的。”

不是玉双，也还会有旁的人、旁的事。可那日为了除掉自己这个威胁，连玉罕都没请示，玉双就擅自在召曼跟前做了安排，以至于当晚整个暖堂里连个守卫都没有。这不是自作孽不可活是什么。玉双的死，就正好成为一个引子，就如一滴水掉入了油锅，使得本就暗潮汹涌的神祭堂更加不太平，各种矛盾纷纷浮出水面：惹了召曼，惊了玉罕，也让土司那荣知道，她要开始动作了。

紧接着，雅莫毫无意外地借助土司夫人刀曼罗的力量，在神祭堂里堂而皇之地篡位夺权，使得新旧矛盾愈加激化——召曼是个墙头草，只痴迷男女之事却没本事自保，玉罕终于坐不住了。朱明月这个由岩布亲自领进门的人，在玉罕心中早就结成一个死疙瘩，找上她是迟早的事。

一切都是意料之中，土司那荣则作壁上观，冷眼看她一步一步布局、走局、拆局，直到她哄得刀曼罗离府，所有的事暂时尘埃落定，这才心满意足地出面召见她。

弥陀莎垂下眼没有言语，手指却愈加紧了紧，片刻，瓮声瓮气地说道：“玉双是有错，却错不致死啊……雅莫入主神祭堂却是料定之中，你敢说你不是为了加快各方面的躁动，才下狠手一了百了先要了玉双的命！还有玉罕，她意图利用你来打击岩布，确实是居心不良，有意损害你在先，但你将那枚祭神阁的钥匙送给土司夫人的时候，她就再没机会回头了……”

不管玉罕有没有擅动神庙石窟中的财宝，打不打算嫁祸给雅莫，被查出胆敢私铸钥匙，都是一个不可饶恕的罪过。她在玉罕还没反应过来之前，就事先布下了杀机，这做法实在是太绝。

或许是因为一连串的震惊和错愕，弥陀莎的情绪稍稍缓和了下来，已没了最初悲愤声讨的气势。朱明月暗自松了一口气，不动声色地避开玉双不提，只不失时机地解释玉罕的事，道："你知不知道，若我没有将那钥匙提前送到土司夫人那儿，接下来会发生什么？玉罕绝不会放过这敛财的机会，一旦神庙石窟被盗，雅莫就是替罪羊。且不说这样的诬陷能否站得住脚，雅莫会不会因此获罪，玉罕又会不会过河拆桥将我推出来，哪怕雅莫侥幸过了这一关，她丢失钥匙的责任却是真，同样会毫无悬念地使她从祭祀巫师的位置上被拉下来，随即被殃及的池鱼，就是由她亲选的我们这些祭神侍女。作为被雅莫赐名的唯一一人，我更是在劫难逃——"

朱明月说到此，侧眸看向弥陀莎，喟叹般吐出最后一句话："从头到尾，玉罕根本没打算放过我。"

偷不到钥匙，她和岩布死——这个缘由，她已经在刀曼罗跟前阐明过，这里不再赘述。

偷到钥匙呢？玉罕反咬一口，她、雅莫、岩布死；玉罕没过河拆桥，雅莫死，她连坐、岩布被牵连。

不管哪一种情况，她的下场，唯有死路一条。

弥陀莎惊愕地猛然抬起头，像是再次被震住了，张了张嘴半晌都说不出话来。是这样的吗？会是这样吗？如果朱明月的这些言辞都是真的，自己的那些坚持和不忍就变得无比苍白、无比可笑……弥陀莎忽然感到心里一阵阵发堵和气闷，紧咬着唇肉，不禁有些挣扎又近乎幼稚地说道："那你……你当时也可以不答应啊！"

不答应？

从玉罕找上她的那一刻，再天花乱坠的承诺，都不过是虚假的利诱，若她不答应，恐怕玉罕马上就会威逼了。既然早晚都得接受，何必敬酒不吃，吃罚酒。可玉罕不知道，敏锐的直觉和谨慎的后手，一直是她安身立命的方式，否则身在陷阱而不自知，也轮不到她来元江府了。

看到弥陀莎的面容从郁郁到震惊，再到迷惘复杂，显然是一时间无法全盘理解和接受。朱明月低了低头，鸣金收兵轻叹一声道："无论如何，作恶多端的人，死有余辜的人，都得到了相应的报应，枉死的冤魂也该就此瞑目了。倒是你，我还没跟你道声恭喜，听说你在府外这段日子，不仅成功根治了各大村寨的疫病，还保住了神祭堂在摆夷族众心目中的威信，作为元江府百年来第一位由巫医升任为大巫的人，你会流芳后世的。”

六月十七，神祭堂被封；

六月十八，土司夫人秘密出府；

六月十九，祭神阁遭严重毁坏的消息传到府外；

六月二十，土司老爷亲临神祭堂；

六月二十一，女巫雅莫被撤，巫医弥陀莎暂时顶替……

六月二十五，弥陀莎被任命大巫师。

能将计就计紧锣密鼓地做到此，那荣可谓煞费苦心，而弥陀莎，真是被保护得太好了。

听着朱明月恭维的话，弥陀莎从迷惘中回过神，却露出个不辨滋味的笑意来，又苦又涩，那些一直纠缠着她的情绪又在心底蔓延，让她蓦地感到悲凉难抑。

流芳后世吗？天知道村寨里的那些牲畜和村民是如何染上疫病又迅速被治愈的，这一来一回，又死了多少无辜的村民……是啊，自己为了玉双的死、玉罕的死、雅莫的死，一直在指责她，却忘了，正是自己亲手把玉双的把柄给了她，也是自己替她铸造了那一枚用以替换的祭神阁的鱼形钥匙，更是为了扶自己坐上大巫的位置，土司老爷才会任由神祭堂的威信被刻意地一再动摇。

若她犯了杀孽，自己又何尝无辜？

“从一开始，你就知道我是土司老爷的人，对不对？”弥陀莎咬着唇，苦笑地道。

既然上述那些疑团她都能不动声色地一一洞悉破解，这等心境，这种手段，又岂会看不出当初自己的那点小谎言。

不是质问的口气，让朱明月心里一松，轻声道：“你忘了，你我虽说从一开始就有接触，但为了掩人耳目，接触的时间并不多。若不是有土司老爷，你我怎会毫无芥蒂、互相信任呢……”

是啊，若不是土司老爷告诉自己朱明月的存在，让自己依仗她、照应她、紧跟着她的步骤，听她安排，自己早就冲出来指认她这个杀人凶手，哪里会忍到现在？反过来，朱明月也是如此吧……

弥陀莎低下头，有些恍然顿悟的同时，又为自己的鲁莽感到深深的愧疚。却不知道，其实无论朱明月说什么，都会在那荣那里得到一模一样的答复。

朱明月说罢，又徐徐道："土司老爷在中间穿针引线，如此煞费苦心，不过是不想眼睁睁看着本该纯净神圣的神祭堂，由于人为变得愈加污秽不堪，可这一切终究过去了。今后的神祭堂有你，只是你。这岂不是应了那句话：否极泰来。"

否极泰来……弥陀莎心情复杂地抬起头，蹙紧的眉头微微一松，脸上也逐渐露出希望的神色来。说得对，再坏不过是最初那种情形，所有厄运逆境过去，往后只会一点点好起来。

"她的心情似乎好了很多。"

夜色渐渐弥漫上来，望着一点点远去的身影，西纳摸着下巴，笑眯眯地说道。

"弥陀莎巫师只是有些事想不开，等想开就好了。"

"还是沈小姐会说话。"只说人家想听的话。

西纳说罢，又笑道："沈小姐不妨就多陪她说说话吧，要不，沈小姐也干脆住进中苑来。"弥陀莎就住在中苑，两人刚好可以住一个苑子。

朱明月诧异地看了西纳一眼："二管事确定？"

西纳扬了扬眉，笑睇她道："怎么就不确定了？"

"小女只是在想，土司老爷应该不喜欢弥陀莎巫师与小女有过多接触。"朱明月弯着唇角道。

当初会让弥陀莎来找自己，不过是以她为借口，让弥陀莎逐步参与到神祭堂易主的事情中来，勾心斗角、杀人越货的事都由她出面，弥陀莎则作为一个被保护者、施与者，只在关键时刻给予她帮助。这样一来，朱明月无论做什么，只要还想安然待在神祭堂，只要她想有所作为，就必须事事先为弥陀莎考虑打点。

玉双为何必须死？

玉罕的那些香丸又是从哪儿来的？为何燃在熏香里没事，吞服下去就让人七窍流血而死？

雅莫迷恋嗑药，在迷幻的香雾中一遍遍体会升入极乐的致命快感，又因掏空了身子常年贪食胚胎。弥陀莎禁不住雅莫的淫威，私下里替她炼制了大量含有微量曼陀罗和米囊花的迷香药丸，供雅莫挥霍。玉罕得知这个秘密以后，再三胁迫弥陀莎，本就无权无势任人欺凌的小巫医，为了自保，不得不又将一部分香丸转送了玉罕。这其中，玉双一直在中间互通有无。

当日玉罕安排朱明月去偷钥匙，给她的就是这样一粒迷香药丸，让她趁着雅莫被熏香迷倒之时，将这香丸碾碎了，再掺少许进熏笼里，对她解释说是加重迷香的药量，延长昏迷时间。其实玉罕早就偷梁换柱，换成了含有剧毒的香丸。

所以当时的真实情形应该是：雅莫昏睡后，又吸进大量含毒的香料，人事不省之际，朱明月偷钥匙——不管偷不偷得到，雅莫必死无疑，朱明月在偷钥匙的过程中，也会被当场毒死或毒晕，被逮个正着。谋害祭祀巫师和偷窃钥匙两项大罪，朱明月是帮凶，三管事岩布则是指使主谋，如果再有人去追查香丸的来源，矛头自然会直接指到弥陀莎头上。

一石二鸟，还有一个替罪羊，玉罕的打算其实是这样的。

但玉罕不知道，朱明月又将那香丸换了回来，故而雅莫只是昏迷，没有被毒死。玉罕还以为是吸入的熏香不够，而意外得到了神庙石窟的钥匙之后，贪念迷惑了心窍，偷盗成为头等大事，对朱明月的处置，就延后到了神庙石窟失窃的事东窗事发、雅莫让玉罕背黑锅的一日。

后面发生的事就顺理成章了，玉罕自然没有心想事成，朱明月却将那一粒含剧毒的香丸，连同祭神阁的钥匙，分两拨送到了刀曼罗手上，以至于玉罕在被强行吞下那粒香丸后毒发身亡——刀曼罗原是打算小惩大诫，不料亲手毒死了玉罕，而玉罕却误认为刀曼罗有意下杀手，临死前连辩驳都不曾。如果刀曼罗事后想起来再去追查那香丸的来源，唯一经手人玉双早就死了，怎样查都会被引到其他巫医头上。

所有人都以为自己获得了事情的全部真相，其实那只是真相的一部分。而这些，作为当事人的弥陀莎，就更不用知道了。

月色笼罩的湖面上，仿佛打碎了一片银色。

西纳望着月色下少女一张美得让人惊叹的面容，笑容可掬地说道：“不会不会，就这么定了，沈小姐今晚就搬到中苑吧，老奴做这个主。”朱明月的几句话，弥陀莎心情就变好了，弥陀莎心情好了，土司老爷的心情也就好了。反正她们两人也接触不了几日了。

朱明月没拒绝，也深知拒绝不了，于是略一敛身，欣然接受了西纳的安排。

事实上，她跟弥陀莎真的接触不了几日。

七月初八，朱明月以祭神侍女的身份，奉土司那荣之命出使曼景兰村寨。

唯一的祭神侍女是汉人，还要代表土司府去曼景兰！

族内的民众都有些哗然。

然而，连一个籍籍无名的小巫医都能坐上大巫师的位置，在英明神武的土司老爷治下，还有什么是不可能的。

六月初四进曼腊村寨、那氏土司府，七月初八，朱明月才得到机会被安排去曼景兰接近那九幽，一个月零四日的时间，足够六百里加急的役兵从东川赶来元江了。但大军跋涉终究不比送信官的速度，算算时日，卫所军队和朝廷的二十六卫羽林军集结起来的沐家军，应该还在半路上。

朱明月心里稍安，时间仍够，而她离着自己的目的又近了一步。

启程的这日，风和日丽，弥陀莎特地来送行。

祭神侍女穿着那一日进府时的雪绸披风，伫立在高高的台阶上，风拂起裙摆翩跹，只见乌发雪裳，身姿纤细，显得高贵而自持，遗世独立。

“很美，是不是?”

“嗯，的确挺美的……”男子说罢，见怀中的女子仰起头，眼睛里不禁闪过一丝笑意，俯下脸飞快地在她唇上啄了一下，“但老爷我偏就不喜欢美的。”

女人先是面容回暖，又因着这个亲吻心里发甜，随即却觉得不对，咬了咬唇道：“我、我确实是不美的……”

那荣一愣，有些哑然失笑道：“好吧好吧，是老爷我说错了，美不美，老爷都不在乎，老爷我只喜欢心地善良的。”无奈的表情中带着浓浓的宠溺。

笑容终于在弥陀莎脸上绽开，明亮起来的双目，将目光投向朱明月，只见她走下台阶，一步步优雅地朝着马车走去。在她身后跟着四名侍婢，还有大批武士、奴仆，众星拱月一般，簇拥着这位代表勐神的祭神侍女。

弥陀莎依偎进那荣的怀里，心中满是慨然，当时才刚进府的沈小姐，是连性命都掌握在别人手中，随时可能沦为玩物的待选祭神侍女；自己呢，则是族内最年轻的女巫医，神祭堂最没有地位任人呼来喝去的奴仆。不过短短一个月，天差地别的改变。

“都过去了，对吗？”

那荣也望着马车的方向，脸上的神情却淡淡的，闻言，亲了亲弥陀莎的额头，意味深长地叹道：“是啊，都过去了。”

过去的，都过去了；开始的，才刚刚开始而已。

跟朱明月一起出使曼景兰村寨的，是四个打扮得花枝招展的侍婢，二管事西纳亲自安排的：玉里、玉腊、埋兰、阿姆，均是摆夷族人，那氏土府的家奴。

朱明月看着这四个燕瘦环肥、各有千秋的小美人，土司府中的仆下中不乏姿容优秀之辈，但眼前几个又显然是个中翘楚。这哪里是来伺候她，不知道的还以为那荣从自己的侍妾中精心挑出几人，借此机会专程送去给那九幽。

“没记错的话，你是月弥跟前的丫头？”

上了马车，朱明月望着对面一个体态玲珑的姑娘，问道。

玉腊低垂着头，用生涩的汉话道：“回禀玉恩小姐的话，是的，当时是玉罕姑姑把奴婢从中苑调出来，让奴婢来弱水阁小苑伺候月弥姑娘，但后来月弥姑娘祭神侍女的头衔被撤了，发还回暖堂西厢，奴婢就跟着又回到了中苑。”

“你说族语就好。”

玉腊闻言长出了一口气，立刻换成摆夷族语道：“是。”

“月弥还好吗？”

“奴婢不太清楚。奴婢自从回到中苑，就再没去过前苑。这次也是二管事吩咐说，奴婢毕竟算是玉恩小姐眼熟的人，就让奴婢过来了。”

垂在额前的发丝遮住一张小脸，只能看到浓密乌黑的发顶，平直的嗓音听不出一丝情绪。这是玉腊。坐在玉腊旁边的三个侍婢听在耳里，各自的脸上却泛起一丝异样。在神祭堂那种地方，像玉腊口中那位月弥小姐的遭遇，已经算是不幸中的万幸，如这位白莲玉恩一般好运的，又能有几个？

然而先后在三届巫师手下幸免，又相继被土司夫人、土司老爷青眼有加，若说这里头没什么，谁信？

不管这几个奴婢抱着如何暧昧的想法，此刻朱明月心里想的却是，月弥曾经信誓旦旦地说：“将心比心，若我换成是你，绝不会放任身边的奴婢跟自己不是一条心。”玉腊最初在中苑伺候，是玉罕身边的？西纳身边的？刀曼罗身边的？无论是哪一个，都不应该是月弥的人。可月弥并不是个好糊弄的人。

不一会儿，车夫驾着马车上路，四轮马车在地上碾过两道清晰的车辙印，碾碎了路边的绿苔青草，车身随之轻微地摇晃，挂在马车四角的铜铃发出清脆的响声。

“那你们几个呢？”

朱明月似是一听一过，很快将目光转向另外三个侍婢。

“奴婢也是中苑的。”其中一个珠圆玉润的姑娘，笑嘻嘻地抢先道。

坐在这姑娘旁边的，是一个身量略高、手长脚长的女子，长相很是秀丽，也显得略稳重，接过话茬道：“奴婢也是中苑的，名唤玉里。她叫阿姆。”指的是刚刚抢着答话的姑娘。

“奴婢埋兰，后苑的。”剩下那个侍婢道，一把娇娆的好嗓音。

略略打量一下，玉腊玲珑小巧、沉默寡言；阿姆生得珠圆玉润、活泼讨喜；玉里身姿高挑、模样娟秀、成熟稳重；埋兰则妩媚绰约、一举手一投足都别有风情。四女本就是绝顶出众的颜色，又特点鲜明，放在一处，让人极为赏心悦目。

朱明月靠在软席上，这时，就听对面一个侍婢俏生生地问道：“玉恩小姐，可以问你个问题吗？”

是那个名唤阿姆的讨喜小侍婢。

玉里正撩开窗幔挂起来，闻言，杵了阿姆一下，示意她不得无礼。沈小姐和颜悦色地答道：“无妨，你说。”旅途漫漫，聊胜于无。

“小姐似乎对那个女巫者，极有耐心啊。”

“是大巫师。”朱明月反应了一下，猜到阿姆说的应该是弥陀莎。

夏雨刚过的空气中，散发着淡淡的草香，阿姆吸了吸鼻子，小声嘟囔道：“奴婢觉得她太幼稚、太无能，哪里配当咱们的大巫了，也不知土司老爷是怎么想的!”

除了玉腊始终面无表情，埋兰闻声惊诧地看了阿姆一眼，那意思像是在说：“这话你都敢说！这话是你一个奴婢能说的?”

朱明月没有表态。如今她也算是神祭堂的人，神祭堂的过往，她知之不详，但弥陀莎这位新任命的祭祀大巫师，先前在土司府里的身份一定很低微，低微到连一个奴婢都习以为常地不把她放在眼里，以至于刚刚弥陀莎拉着她话别，四个姑娘面上恭顺，实则连行礼客套一下都不曾。

“弥陀莎巫师那叫心思单纯，你别乱说话——”玉里见朱明月一直没做声，急忙嗔怪地瞪了阿姆一眼，然后伸手按着她的小脑袋向朱明月鞠了个躬，有些抱歉地说道：“玉恩小姐别见怪，她就是这死性子，口无遮拦的。”

阿姆瘪了瘪嘴，不以为然地哼道：“心思单纯的人除了好收买，还有什么用? 我只不过是实话实……唔……”

阿姆的话被玉里捂在手心里，玉里又用手指弹了一下阿姆的额头，佯怒道：“越不让你乱说话，还越说！等到了曼景兰寨子，你再这样，给玉恩小姐惹了麻烦，看我饶不饶你!”

朱明月看着两人的互动，阿姆那句话也不知是有心还是无意——她对弥陀莎的确很有耐心，因为那荣对弥陀莎有耐心。堂堂那氏土司的耐心，可不是什么人都能得到的，弥陀莎是少有之一，或者说是绝无仅有的一个，那么弥陀莎就是一个绝不能得罪、最好是能与之交好的人，哪怕她再不谙世事、再幼稚无知。

不过心思单纯的人，的确是很好收买。

曼腊土司寨和那九幽的曼景兰村寨隔着两河三道丘陵，坐马车是小半日的路程。

沿途过去的景色在眼前不断变换，朱明月分不太清那些雨热植物，却能辨析到愈往南深入愈加弥漫起的袅袅雾气。

勐海的地势西北高、东南低，四周高峻，中部平缓，囊括了摆夷族古老的八大寨、六小寨，雨水极为充沛频繁，土地潮湿，再加上其间的雨热植株茂而密，大而阔，艳而奇，致使终年笼罩在一片缭绕的雨雾烟瘴之中。那九幽的曼景兰寨子，就位于勐海的西南处，奔流不息的打洛江从村寨西侧流过，形成了一条神秘而绮丽的天然屏障，江水对岸是缅族东吁王朝。

自洪武十四年，元江府归顺大明以来，那氏土司先后于洪武十七年、二十七年，来朝纳贡，以表示那氏土府对大明土司制度的恪守和对朝廷的效忠。洪武十九年，缅东吁王侵扰边疆，太祖爷又曾命元江府出境招降，以示朝廷对元江府戍边的倚仗和所掌兵力的信任。

那个时候，元江府还是元江府，澜沧十三寨、勐海八大寨这两股势力尚未像现在这般泾渭分明。而今土司老爷的澜沧十三寨，又一分为二，土司夫人刀曼罗掌管着土司府后宅，以孟琏刀氏的强悍娘家势力做凭借，拥有其中四座山寨的绝对支持。但朱明月相信，在刀曼罗离府之后，那荣必定是一刻不停拼了命地往回揽权，以求在最短时间内达到与勐海抗衡的地步。

勐海曾是摆夷族的放逐之地，那九幽苦心经营八年，莽莽荒原的勐海坝子被开垦出良田万顷，野兽出没的地方变成人烟稠密的村寨，又有广掌泊和养马河，勐海才有了今日雄踞的势力，勐海八大寨的地位在摆夷族中也变得举足轻重。对比以勐神寨神为主神、又因汉家儒学存在过而大受影响的澜沧十三寨，在勐海的村寨里，看不到太多的神树、神庙、勐神寨神的供奉，更看不到仿造江南风格的典雅建筑，唯有那些掩映在巨榕和翠竹中的寨子、水坝、河塘，离远望去，幢幢竹楼像绿波中的一颗颗宝石。

马车经过的村寨里随处可见的是鳞次栉比的佛塔，有钟形佛塔、金刚座佛塔、亭阁式佛塔、八角密檐佛塔……千姿百态，金光普照，各自舒展着绚丽的色泽，每座小塔塔座里都有一个小佛龛，龛里有泥塑的凤凰凌空飞翔。摆夷族别具一格的金顶佛寺，平静，无言，雍容华贵，波澜不惊，成群坐落在林海深处、高山云端。在澜沧也有这样的佛塔佛寺，大多数却是遵循惯例的摆设，不像这里虔诚的信徒众多，全民朝拜，香火鼎盛。

因有土司老爷的令牌，一行车乘在几条通途中畅行无阻，等驶到曼景兰寨近前，才赫然发现，哪里是村寨，简直可以称得上是一座独立结构的城池！

马车在这座名为“村寨”实则为“城”的大寨前面放缓了速度，便有一个披着轻甲的武士策马靠近，朗声叫道：“来者可是曼腊土司寨的祭神侍女白莲玉恩?”

外面自有领头的家奴打招呼。

又往前走了一段，车夫勒住缰绳，“吁”地一声将马车停住。埋兰撩起帘幔，阿姆先跳下了马车，由玉里和玉腊两人扶着轻纱罩面的沈小姐走下来，就看到前方迎接的管事那释罗，以及紧随其后的十来名武士。

寒暄几句之后，那释罗亲自为一行人引路，眼前的曼景兰：一大寨，实则是由上、中、下三城和芒色、芒允两小寨组成——三城分上、中、下的分布，严格按照了天、地、人来布局；再加上两寨，整体合在一处又列为金、木、水、火、土的五行阵，俨然是布置机巧、易守难攻的坚固堡垒，磅礴大气又不失精致，城上城下黑色大纛迎风招展，肃杀之气扑面而至。

“居无椅凳，席地而坐，脱履梯下而后登，甘犬嗜鼠。妇人衣短衫长裙，男子首裹青花蜕，衣粗布如缔，长技在铳，盖得之交趾者，刀盾枪甲，寝处不离；日事战斗，号称善战，诸夷之中最强者”—— 朱明月想起之前看过的记载，倒是所言非虚。

为期十日的“出使”，便是要在这里度过。

“在曼景兰，上城又称为‘赫罕’，是九老爷居住的地方，中城是佛寺佛塔，下城则是勐海八大寨的头人的住所。至于芒色和芒允两寨，住的都是摆夷族平民，为三城保护森林和打猎，负担提供野味和山珍鲜品的职责，也要负担徭役。”

那释罗不厌其烦地介绍到此，又笑呵呵地说道：“祭神侍女若不嫌弃，这几日，老奴就吩咐奴婢带着诸位在三大城中转转，也让祭神侍女好好熟悉一下咱们勐海的曼景兰大寨。”

朱明月有些意外那释罗的热情，按理说，她的身份明着是出使曼景兰的祭神侍女，实则是为那荣过来探听消息情况的，相信往年里那荣和刀曼罗一定以同样的手段，打发很多人来过。莫非用以对付的方式都是这么……客气、周到？那就不难想象那些人的下场了。

“不知我家小姐住在哪儿？”

最为沉稳干练的玉里，在此刻开口问那释罗，态度是挑不出毛病的礼貌恭顺。

“祭神侍女是奉神祭祀的关键人物，身份不比旁人，原本应该住在中城，不过在咱们曼景兰佛塔佛寺居多，勐神的神庙极少，少不得要委屈住在上城了。”

上城，也就是跟那九幽住在一处？

朱明月身后的几个侍婢一听，面上不约而同地露出喜色。这哪里是委屈，简直是求之不得！

“这恐怕不太好。临来时，土司老爷一再交代，务必不要将这次的出使成为曼景兰的负担，更加不要打扰到九老爷。土司老爷还说，摆夷族不分家，勐海的南上座部佛教，就是澜沧的勐神、寨神，奴婢以为，既然都是族内高高在上的神明，一定会体谅众生团圆和睦的心愿，不会介意的。”

玉里说罢，又朝那释罗敛身鞠了一躬。

这番话说得极好，更一气呵成，没给对方回绝的余地。那释罗被她的态度弄得一愣，而后就笑开了，理所当然地把这当成是祭神侍女的意思，再看一眼那白纱罩面的少女，只能看清大概轮廓，却依稀是个美人，也不深究，从善如流地说道：“不愧是在祭神侍女跟前伺候的人，说的话都别有慧根，让人听了心里真是如沐春风。不过这事老奴做不得主，待老奴回禀了九老爷之后，自会另作安排，现在，请诸位先跟老奴往这边来。”

非有要事不得开启的内城大门，随着“吱呀”的捻转声，在主仆一行人的面前打开。

曼景兰。

朱明月面上的罩纱被风吹动，她仰头望了望城门楼上那髹漆的三个傣泐文，固若金汤让外人靠近一步都难若登天的曼景兰村寨，在眼前如同花朵般静静舒展开。她不禁再次想起了一句话：只要选对时机，在得当的安排下，任何人，能够进入任何地方。

那释罗给一行人安排的落脚地，是下城的一座议事厅。

这是最靠近内城门的地方，在整个曼景兰的最北端，步行将将三里路就到了。

三重檐歇山顶干栏式建筑，由六排四十七根对称排列的木柱支撑，砖墙和雕栏上描画的居然是犀牛望月、丹凤朝阳、鹬蚌相争这些汉族寓言传说，宝象升平则来自佛经故事。斗拱上方的象鼻舒展，无压脊兽，彰显着勐海八大寨对于大象情有独钟的喜爱和崇拜。

进了用以休憩的小苑香阁，朱明月步入内堂，几个侍婢留在外堂。

阿姆将包袱放置妥当，揉了揉肩膀，看着领路的侍婢退出去，这才埋怨道："姐姐怎么跟那管事说，咱们要住中城啊。上城多好，最是繁华热闹，就算是下城也好过中城，听说中城除了佛寺没有别的了，怪枯燥无趣的！"

埋兰也道："是啊，人家管事的事先都安排好了，咱们又另提要求，会不会嫌咱们麻烦，往后不待见咱们、不管咱们了。"

"啊，那岂不是一直要住在佛寺里，暮鼓晨钟，吃斋念佛？"阿姆的脸垮下来，一副如丧考妣的模样，"我听见管事说的话，还以为能在城里好好玩玩、见见世面呢！"

"又胡说八道了不是，咱们可是陪着玉恩小姐来出使的，怎是来玩的！丢了曼腊土司寨的脸，让西纳管事知道，瞧不打断你的腿！"埋兰伸出青葱似的玉手一指，娇嗔道。

"好姐姐，你们是来'出使'的，我却是滥竽充数的，饶了我吧！"阿姆搂着玉里的胳膊，朝着埋兰挤眉弄眼道。

埋兰听那"出使"二字被故意加了重音，眼波流转，有些羞恼剜了她一眼，又急又气地作势要扑上来："死丫头，谁听不出你这不怀好意的调调，敢取笑姐姐们，讨打！"

阿姆飞快地往玉里身后一躲，笑嘻嘻道："哪里是我不怀好意，分明是姐姐心里春思荡漾，一刻不停地想着见正主，也难怪会惋惜错失了住进上城的机会。不过姐姐也别恼，等玉恩小姐被召见的一日，咱们都不去，独独把机会让给姐姐，到时候姐姐就一偿心愿啦！"

埋兰像是被说中了心事，脸颊腾地红成一片，更显出几分妩媚多情，咬了咬唇，跺脚道："谁要你来自作安排，我可不像你说的那般！"

"呦，兰姐姐害羞啦！"

玉里无奈地看着两人一来一往，拦着埋兰要揪向阿姆的手，哭笑不得地劝道："你们两个，都赶紧给我都消停消停，小心打扰小姐休息！"说罢，又朝着从进屋后就一声不吭的玉腊道："你也别做闷葫芦了，快过来，把她俩拉开！"

玉腊低着头，闻言"哦"了一声，上前抓住埋兰的肩膀。

埋兰被玉腊这么一扯，没法再动手去抓阿姆，不由得跺着脚干着急。阿姆在玉里身后朝埋兰做了个鬼脸，还吐了吐舌头，气得埋兰使劲去推玉腊。

外堂里欢声嬉闹一团。隔着一扇窗扉，矮小的身影在墙根底下蹲着，窥听了好一会，才撇撇嘴，又悄无声息地离开了小苑。

这是在曼景兰的第一日，除却今日还有整整的九天要度过。主仆几人并没因玉里的“多事”被打发留宿在议事厅，而是在稍后不久，连同跟来的二十几名家奴、武士在内，都被客客气气地请进了中城的曼短佛寺，算是正式的入住。

建在巍峨高耸的半山腰的佛寺，一条灰白的石阶在葱茏草木的掩映下直通而上。暑热多雨，山峦被蒙蒙的雾气遮蔽，看不清楚其中究竟，却让人愈发敬畏。

比起澜沧，勐海以南传上座部佛教为主要的信仰，八大村寨中耄耋之年的老人，大部分都会参加受戒修行，不再杀生，并且参加每年三个月的关门节，摆夷族语叫“进洼”，意为佛祖入寺，即到佛寺安居，诵经赕佛，直到过世。族里的男孩子们年少时被送入寺庙，剔去头发，披上袈裟，在诵读经书、受习教义中长大成人。而那些没有当过和尚的，在勐海被称为“岩百”“岩令”，即没有知识、不开化的愚人。

沿着高高的石板拾级而上，朱殿、金瓦，瑰丽的佛寺俨然如一朵莲花中的蕊心，在静谧安详的茂林修竹之中绽放。榕树掩映下的寺内庭院，八角亭玲珑剔透，走廊纤尘不染，建在正中的两府塔显示佛的神圣，夕阳西坠，橙红色的金光投射在状若锦鳞的黄色、绿色、白色浮雕，珠光闪烁，宝相庄严。

朱明月走进金殿，一座涂金粉的巨佛趺坐，就是巍峨万能的释迦牟尼。与中原寺庙中的佛像塑身不同，身材瘦削，眉清目秀，流露出一种平静神秘的气息。

透过面纱，她凝视着佛祖悲悯的面容。

据说，虔诚的信徒辞世以后不会下地狱受苦，而是借助长幡升天，进入信徒心目中的西方净土。

“吱呀”的一声，厚重的殿门被推开，一个人踏进殿来。

“小姐，晚膳备好了。”

是玉里。

“怎么就你一个，她们呢？”朱明月不经意地问。

玉里走过来，轻轻扶起她，“玉腊在斋堂里帮衬，阿姆和埋兰刚收拾好咱们的行装，待会儿都会到斋堂去会合。”

“若是淡素斋，告诉她们不要挑剔，更不许另辟小厨房，”朱明月说到此，语调逐渐缓下来——“咱们是来出使的，不是做客，让她们记清楚自己的立场，不要做任何无谓的、会横生枝节的动作。”

一语双关的话，让玉里不禁皱眉：“小姐，奴婢只是……”

玉里欲言又止，犹疑了一下想再次开口，朱明月按住她的手腕，玉里抬眸看来，朱明月几乎不可见地摇了摇头。

斋堂在寺院的最北侧，堂前的小苑很宽敞，中央放置着一个防止走水的大水缸，四角落里还有四个小缸，东墙则是一个架着葡萄和牵牛花的架子，之前下了几场雨，从藤架上滴下来的水坠入小水缸里，发出曼妙的音色。

阿姆和埋兰等人用完了晚膳，就坐在水缸旁边的石凳上唉声叹气，愁眉苦脸的模样显然是没吃好也没吃饱。玉腊洗了一盘香梨和枣子，要送到后山客堂去给朱明月，经过石桌旁边时，玉里站起来，从她手里接过果盘，道：“还是我去吧。玉腊你去僧舍找一下帕沙瓦小师傅，问问他那些剩下的素包子，咱们能否热几个来吃？”

斋堂里准备的饭菜都是淡素斋，即无盐无油烹制的素菜，清淡爽口，却没味道，初尝几口尚可，越吃越觉得难以下咽。阿姆一听“包子”两个字，眼睛顿时一亮，转瞬又黯了下去，垂头丧气道：“那些包子是白菜馅儿的，连点油星儿都没有！”

“你忘了，咱们可以跟阿努他们要点咸腌菜。”玉里一手端着果盘，一手点了点阿姆的额头。

“对啊，”阿姆跳起来，“虽然玉恩小姐说不能开小厨房，但咱们可以自己‘加菜’，也不算是违背了小姐的吩咐！我这就下山门去一趟，跟他们要些回来，裹在包子皮里就着吃！”

祭神侍女奴仆一行人住进了曼短佛寺后山的客堂，与前面的佛殿和僧堂隔着一定距离，那些随行来的奴仆和武士则都住在山门下面的寮室。玉腊和阿姆兵分两路，一个往僧院去，一个往山下走，埋兰百无聊赖地趴在石桌上，看着玉里又独自一人去照顾祭神侍女。

“小姐，吃些果子润口吧。”

玉里回到后山客堂，朱明月正在放生池边喂鱼。从下马车起就一直戴着的面纱，从没摘下来，此刻随手从果盘里捡了几个枣子，撕碎果肉丢下去，引得几尾锦鲤使劲摇尾巴。

“又是你一个人？”

玉里低下头道：“她们几个还在斋堂。”

“刚刚在大殿里，你想跟我说什么？”

朱明月头也没回地问道。

像这样四周清净，又撇开余下三人的独处机会并不多。玉里抿了抿唇，索性放下果盘，凑到朱明月耳畔，压低声音道：“沈小姐，奴婢是萧军师的人。”

萧军师？朱明月扭过头来，有些不可置信地看着玉里，以为自己听错了。玉里面容认真，又强调了一遍，道：“沈小姐，奴婢是萧军师的人，萧军师担心沈小姐您的安危，特让奴婢来照顾小姐！”

听到玉里的话，朱明月的眉越蹙越紧，“你知不知道自己在说什么？”

“沈小姐，请您相信奴婢。”

放生池的周围生长着茂盛的阎浮树，晚霞的余晖铺了一地，静得只剩下树叶沙沙作响。朱明月有一刻的沉默，俄而，才道：“……我凭什么信你？”

关于她的姓氏、来历，以及来元江府的目的，想必临来前，西纳在经由那荣的授意下，已经与这四个安排来的贴身侍婢一一交代过。包括她引土司夫人出府时，曾打着黔宁王府军师萧颜的名义的事。就算玉里说出她姓沈，又故意提到萧颜，也不足为奇。

玉里用更低的嗓音道：“沈小姐，你之前离家五年流落京城，又曾与黔宁王逗留河南府、私底下查抄宁陵县的事，萧军师都告诉奴婢了……”

垂下眼帘，朱明月的唇角微微绷了起来，“看来萧颜还挺信任你的。”

“小姐千万别生萧军师的气。”玉里见朱明月终于有回应了，松了一口气的同时，又急忙解释道，“奴婢知道小姐的身份特殊，不该就这么轻易就说给旁人听，但军师他也是担心奴婢一时间无法取得小姐的信任，这才……请小姐放心，奴婢一定会守口如瓶，死也不会出卖小姐！”

该不该说，也都说了。

朱明月轻叹一声，淡淡地问道：“既然是萧军师让你来的，除了‘照顾’我，还有没有叮嘱过你什么？”

“萧军师让奴婢一切遵循小姐的吩咐做事，保护小姐、为小姐助力，必要时刻以命换命。”

玉里的话字字千钧，说得极是郑重。朱明月看她一眼，再次叹道：“我不需要你以命换命，想必你也知道，我主要是为了救我兄长他们而来，至于能不能打探出关于元江府备战的消息，只能听天由命却无法强求。我也很希望自己能帮到萧军师的忙，但我好不容易来了曼景兰，事事更要倍加小心，一步都不能踏错。可是，像你方才居然要在大雄宝殿里与我相认，那等隔墙有耳的地方，让我很难不怀疑你作为内线接应和配合我的能力。”

饶是一向稳重、喜怒不形于色的玉里，被这么一说，脸顿时有些发烫。她低头咬唇，很是愧疚地说道：“小姐，是奴婢太不小心，以后不会了……”

“你还是继续安安分分当你的侍婢吧，仅作为土司老爷派来伺候我的人，其余的，我并不需要。”

“小姐！”

玉里猛然抬头，面色发白。

“还有，若非有了不得的事，以后不要再刻意甩掉其他人，独自来见我。”朱明月转过身来，将两颗香梨递到玉里手上，“你们四个都是土司府来的，却各有身份，互相牵制，谁打破这个平衡，都会造成不必要的麻烦。这里是曼景兰，比不得曼腊土司寨，各种利害关系想必你比我更清楚，一个人出错就很可能造成大家的有来无回。记着我的话。”

玉里怔怔地接过香梨，难怪在大殿里时，沈小姐会说，不要做任何无谓的、会横生枝节的动作……原来她早就察觉到自己的意图，也看出那三个侍婢的身份各不寻常，可像这样深入虎穴孤军奋战，她哪来那么大的把握和胆量，还有萧军师那边……

“是，奴婢知道了，奴婢会牢记小姐的话。”以后，她也定会打起十二分精神。

玉里不再争辩，只在心里暗暗下决心，行了个礼就下去了。

黄昏之后，姑娘们顶着吃饱喝足的肚子，心满意足地回到了后山的客堂。

一个斜裹着绛红色袈裟的小少年，亲自送她们回来，等到了客堂前的小苑，小和尚合掌打了个问讯，道："几位初来乍到，若无他事，夜里关起门来，就不要再出外走动。"

埋兰打了个呵欠，摆着手道："我知道你们僧弥临睡前要燃灯击磬，在佛坛前拜佛诵经，还要聆听高僧宣讲清规戒律什么的。放心吧，咱们都懂规矩，不会去打扰你们。"

闻言，小和尚脸上的笑容似有深意，摇着头道："佛坛在殿里，离后山这边很远，有声音也听不到。所以，一旦入夜，几位还是不乱走的好。"

绛红色袈裟的小和尚渐渐消失在林荫道上，几个姑娘面面相觑，都在对方的脸上看到"他这话是什么意思"的疑问表情。阿姆挠头看向玉里，道："姐姐，为何入夜不能乱走？"她们可都是土司府调教出来的，谁也没想乱走啊！

"大概是夜里雾大，怕咱们迷路吧。"玉里琢磨道。

埋兰点头，表示赞同："我也听说，勐海这地方容易起大雾。"

"那也不至于不让出门啊。"

"晚上不老实睡觉，你出来乱溜达干嘛？"

"我只是说说。"

"还是去跟玉恩小姐说一声，毕竟人家特地来嘱咐过……"

人就是如此，越是被强调，就越是容易有逆反心态，越是生出好奇。

原本，谁也没想过入夜后要出门，可阿姆素包子和咸腌菜吃多了，临睡前不免喝了很多水，这样睡到半夜，捂着肚子从榻上坐起来，伸手去推睡在自己身边的埋兰。

"姐姐，姐姐，我想如厕。"

埋兰睡得迷迷糊糊，翻了个身，咕噜道："如厕你去净房，推我作甚……"

"我害怕，你、你陪我去……"

要不是玉里陪着祭神侍女睡在里屋，她们几个都睡在外面隔间，她也不用憋到现在，实在憋不住了，才找埋兰。可埋兰显然没打算起来，闭着眼睛，喃喃道："这么大的人，自己去，我困着呢。"

阿姆急得快要哭出来了，还想继续央求，这时，就听对面下榻传来一个小声音："我陪你去吧。"

玉腊从榻上起来，披了件衣裳下地。阿姆满心感激地看了她一眼，暗忖这个平素不善言辞的人，原来心地这么好，道了声谢，也跟着抓了件小衫，趿拉着鞋出门。

夜晚的后山，清冷孤寂。

浓浓的大雾弥漫在林间，遮蔽了月光，净房在客堂的北面，隔着一条小径，阿姆跟在玉腊的后面，天黑湿气重，青石板路有些湿滑，两人深一脚浅一脚地往前走。

"姐姐你慢点，等我！"

一来一回的路，来时是如何走的，往回走时自然是按原路。阿姆去净房解决了三急，浑身都松快了，她亦步亦趋跟在玉腊身后，一边走，嘴里还一边嘀嘀咕咕念着埋兰不讲义气。

走到一个小斜坡，玉腊后知后觉地发现身后听不到阿姆的声音了。玉腊回头看去一眼，浓密的夜雾弥漫在林间，小径上却没有半点阿姆的身影。

"阿姆？"

"阿姆！"

玉腊以为阿姆跟丢了，急忙转身回去找她。

这时候，身旁树顶上突然一个黑影蹿过去，玉腊一惊，本能地往后退了一步，就被脚后的树根绊了一下，整个人往下坡下面的小河里跌去。

噗咚。

河水并不深，玉腊直接倒栽着身子坐进了小河里，淙淙流水浸了夜晚的冷意，她腰身往下都被浸湿了。玉腊打了个哆嗦，赶紧手脚并用地从小河里站起来，狼狈地抿了抿发丝，踩着湿透的鞋子往斜坡上爬。

黯淡的月光下，光秃秃的坡面露出遒劲纠结的树根，玉腊抓着一截树根，蹬着凹凸的石块费劲地攀上去。这时，头顶上蓦地传来一阵窸窸窣窣的声音，玉腊抬起头，却见在斜坡上，不知何时站着一个黑黢黢的人影，那人有一对明亮的眼睛，正一眨不眨地盯着她笑。

玉腊一口气没喘上来，手指已经松开，整个人再次摔进小河里……

阿姆蹑手蹑脚地推开房门，就瞧见宽敞的外屋里，埋兰拥着被衾半趴着窝在榻上，东窗前的炕桌旁则是裹着一件薄披肩坐在烛台边的玉里。

阿姆用询问的目光看了看玉里。

玉里点点头，低声道："睡着呢，睡得很熟。"

阿姆松了口气，转身把门关上，然后一屁股坐到炕桌另一边，"每次遇上这种事都让我去，下回好不好换个人！"

"就属你长了一张无害的脸，不让你去让谁去。"埋兰打了个呵欠，笑讽道。

阿姆翻了个白眼，刚想说点什么回嘴，就听身侧的玉里道："处理掉了吗？"

阿姆"嗯"了一声，伸手撩拨了一下烛焰："我把她埋在小河边上了。"

"临死前，她跟你说什么没有？"

"没有，"阿姆歪着头，"就算想说，她也没有开口的机会。"

讨喜的娃娃脸上挂着近乎纯净的笑靥，却隐隐地让人从心底发凉，埋兰啧啧道："又是一刀毙命？你手底下可是越来越狠了。"连句遗言都没让人留下。

"我不狠难道还让她叫两嗓子，把守夜的和尚招来？"阿姆又翻了个白眼，顿了一下，脸上笑容褪去，看着埋兰的眼神变得严厉起来，"倒是你，我还没说呢，你不好好看住自己的东西，让她无意中发现了端倪，若不是我及时察觉，得惹多大麻烦！真不明白挑来选去怎么会派你过来！"

埋兰本就有些心虚，被阿姆这么一呛声，难得低下头没还口。阿姆又道："明日玉恩小姐问起来，咱们怎么说？"

"不会问吧。"

"咦？"

面对阿姆的疑问，埋兰闲闲地挑了一下指甲，看到阿姆不善的脸色，又撇撇嘴讪讪地说道："反正我觉得那个玉恩小姐不会主动提，你要不信，问问你玉里姐姐，她最清楚了！"

"好端端的，扯到我身上做什么？"玉里拢了拢衣襟道。

"不是专挑没人的时候、就是故意支开其他人，这一白天，你可没少找机会跟她独处……"埋兰笑，"照我看，现在在咱们那位祭神侍女跟前最吃得开的，非是你玉里莫属了吧。”

不知是说者有心，还是听者有意，埋兰说罢，阿姆也抬起头看向玉里。面对两双眼睛齐刷刷地透出刺芒，玉里淡淡地低下头，直接绕过埋兰的话，回答上一个问题，道：“不问更好，一旦问起来，就按照事先预备的说法——玉腊领着一部分奴仆，一大早就出发回曼腊土司寨复命了，留下我们三个来照顾她。”这样的解释，也同样适用于曼景兰的人。

玉里说罢，就披着外衣，回里屋了。

阿姆耸了耸肩，表示无所谓，起身也往对面的床榻上爬。埋兰盯着玉里的背影，哼笑着没说话。

翌日的晨曦。

第一缕曙光穿透云层照射在佛塔金顶上，中城里数百座寺庙的晨钟被撞响。此起彼伏的钟声，分别由各寺院的钟楼依次跟进，随着逐渐喷薄而出的朝阳，从城南到城北，洪亮悠远的声响一波波撞击传开，回荡在山涧幽谷，回荡在偌大的曼景兰，唤醒了准备上早课的僧侣们，也唤醒了整个勐海八大寨。

都说“南朝四百八十寺，多少楼台烟雨中”，想不到“晨钟报晓”的盛况居然在勐海看到。

沈小姐听着这浩荡钟声的时候，正坐在镜台前对着妆奁隆精心修饰，准备去上城“赫罕”拜见那九幽。

至于睡了一夜后为何自己的一个侍婢消失不见，沈小姐果然没有问，因为玉里在伺候她梳洗时，先行跟她报备了玉腊的“行程”，沈小姐夜里睡得深沉，醒来也没什么精神，心不在焉地听了几句，便不疑有他，此事就揭过去了。

寺内钟楼的撞钟声罢，主仆一行人去斋堂用早膳，然后就准备下山门，可还没等知会山门下的随行武士，管事那释罗突然派人来寺里通知说，上城的事务实在繁忙，九老爷分身乏术，为了不至于怠慢祭神侍女，预计在隔日，也就是初十日，再另行安排。

传话的奴仆把话说完，几个人面面相觑，心里不禁都在想：什么事务那么忙？又有谁会忙到一早就安排的召见，仅隔了一夜，忽然有了变动！白莲玉恩来自曼腊土司寨，还是勐神祭的祭神侍女，就算看在那荣的分上，曼景兰也不至于在这上面打曼腊土司寨的脸，除非……

除非昨夜不仅是这曼短佛寺的后山，上城那边也发生了什么变故，才让九老爷分身乏术，连召见祭神侍女这么重要的事也不得不往后推。

埋兰和玉里互相交换眼神的时候，朱明月已经打发阿姆，让她客气地送来传话的奴仆走了。据那奴仆说，稍后那释罗还会派一拨人过来，会陪着祭神侍女在中城里头好好逛逛。

“中城有什么好逛的，不是佛寺就是佛塔，咱们去下城吧，听说那里卖什么的都有，特别热闹！”

阿姆一脸垂涎的样子，朝着朱明月央求。玉里掐了阿姆胳膊一下，嗔道：“有中城可以给咱们走走，已经很不错了，你别给小姐找麻烦！”

“不麻烦，一点都不麻烦，”闻言徐徐走过来的那释罗，一张脸依旧笑容可掬，“莫说是下城了，就算是上城，也去得！”

“怎么是您来了，不是说待会儿另派人过来？”朱明月缓步迎上前，对他一揖礼。

罩面白纱换成半遮的流苏软烟罗，露出额上的肌肤似雪白皙，更衬得一双笑眼弯弯，泪痣盈盈欲滴。

“祭神侍女可千万别这么客气。”那释罗像是受不起她行的礼，赶紧伸出手做搀扶状，“是啊，原本是要派两个稳重的掌事姑姑来，又怕她们照顾不周失了礼数，索性还是老奴来作陪，祭神侍女别嫌弃老奴上了年纪没趣儿就好！”

“这么说，咱们真的可以去上城吗？”

阿姆耐不住性子，期期艾艾地看着那释罗道。

那释罗笑眯眯地捋着胡须，颔首道：“自然是能去的。但在三大城中，最热闹的当属下城，城里有很多商贩，五花八门，都是澜沧十三寨里见不到的玩意。”

“上城不热闹吗？”

“上城是九老爷住的地方，也是十分繁华。”

“还有两寨呢？”

没人能拒绝天真烂漫的小姑娘，尤其这小姑娘还生得一副花容月貌。阿姆顶着一脸求知若渴的模样，爱娇又讨喜，把那释罗看得满眼喜爱，不禁摸了摸她的头发，笑着道：“两寨远远比不上三大城规矩气派，只有劳作的平民、鱼塘、耕地，跟普通的寨子没什么区别……”

“您千万别纵着她瞎折腾，咱们待在曼短佛寺里就好，至于游玩观赏一说，实在是有些不合适。”玉里走上前，将阿姆领回到身边。

那释罗见正是昨日代表祭神侍女上前来要求住在中城的那个姑娘，高挑匀称的个子，娟秀的五官，一举手一投足都显稳妥，打扮也中规中矩，不像阿姆这般活泼跳脱，也不像旁边那个姑娘，衣饰鲜亮惹眼，一看就是娇娆妩媚的撩人姿态。

“九老爷有事缠身，这才推迟了召见祭神侍女的时日，所以派老奴过来更要好生款待一番，否则这山寺清苦，几位娇滴滴的姑娘住不了几日，恐怕就要迫不及待地回澜沧了！”

最后这句话道出了众人的心声。

阿姆捧着脸，有些激动地说道：“是呢是呢，两顿淡素斋吃下来，奴婢这才发现原来肉是那么那么的馋人！”

埋兰揪了一下阿姆的头发，娇媚着嗓子教训道：“小姐都还好好的，我们也不觉得什么，就你毛病多！”不知道的，还以为曼景兰待客不周，委屈了祭神侍女。

阿姆撅了撅嘴：“也不知昨儿个，是谁让我下山门去要咸腌菜，还吃得最多，今早上，又抱怨稀粥和水煮菜吃不饱……”

阿姆说到一半，就被埋兰捂住嘴，埋兰一张娇颜酡红，咬唇看着那释罗，“您、您别听她胡说，奴婢们只是一时还不太习惯，并不敢有抱怨的意思……”

那释罗哈哈大笑，摆手道：“阿姆姑娘天真可爱，童言无忌，童言无忌！”

阿姆得意地看了埋兰一眼，小脑袋轻晃，两根辫子也跟着一翘一翘。那释罗越看越觉得可爱，于是在心情格外好的情况下，亲自领着主仆四人下了山门，一人骑马，三人坐车，又十几名武士，一行浩浩荡荡直奔下城而去。

通衢敞阔，六街内士女骈阗，井邑繁华，九陌上轮蹄来往。

来自曼腊土司寨的众人目光所到之处，无不是眼花缭乱、目不暇接。

“看他的神色，不像是发生了什么事。”走进一家银饰铺，阿姆挑了个旁人不注意的工夫，凑到玉里和埋兰身边道。

“你怎知不是装出来的，故意要让咱们放下戒心？”埋兰道。

“可我刚刚提起去上城，他并没反对。”

“没反对，也不代表一定会带咱们去，就不能是以退为进？”玉里说到此，用手戳了戳阿姆的额头，低声道，“这才是出使的第二日，着什么急，倒是你说话时需注意着，什么该说，什么说了会过头，记得拿捏分寸，当知过犹不及。”再天真烂漫不谙世事，曼腊土司寨也不会安排一个失礼的奴婢来曼景兰。

阿姆撇了撇嘴，用眼神瞟过去一下，嘀咕道：“你当我喜欢跟那老家伙插科打诨，还不是你们一个个装腔作势，谁也不愿意出面，还有咱们那位祭神侍女，心如止水八风不动的，仿佛一针扎下去都不会吭一声……干嘛，我说的可是实话，你别这么看着我……好吧好吧，我不抱怨就是了，下回说话我也多收敛就是了！”

阿姆高举双手，一副无可奈何的投降姿势。玉里扑哧一笑，再绷不住脸色，嗔道：“你啊，装疯卖傻的把戏，居然用到我这儿来了！”

埋兰也笑：“她要不是看咱们都吃这一套，才不敢这么没皮没脸的！”

正陪着祭神侍女观瞧的那释罗，听到笑声探过头来，兴致勃勃地问道：“什么事这么开心？要说跟你们这些活分的年轻人在一处就是好，平白让人年轻好几岁！”

埋兰将阿姆推出来，笑道：“您问这死丫头！”

在阿姆的插科打诨嬉笑讨巧中，一行人将下城最热闹的几条大街逛了个遍。晌午临近时，众人在城北的一座别庄歇脚用膳，据说是某个头人的宅子，为了迎娶新夫人特地大兴土木，那位新夫人来自丽江，是地道的摆夷族人。于是，饶是土司府来的几个侍婢，看到这种三坊一照壁、四合五天井的纳西族大宅，仍感到甚是新鲜好奇。

那释罗领着众人走进庄内，一进两院，扑面是浓郁的花香：红桐花，白玉簪，紫丁香……满院子的花卉，百媚千娇，试问哪一朵不美？花枝纤长的迎风摇晃，花瓣团簇的娇嫩欲滴，花期正盛的灼灼其华，花时较短的开败了，又绿叶成荫子满枝。

伺候的奴仆排列两边，低眉垂眼，规规矩矩地行礼，从东厢鱼贯而来的则是捧着盘盏的侍婢，盘里是刚烹制出锅的丰盛佳肴……

与此同时，中城，若迦佛寺。

长长的青石板山道上，一个背着藤篋的胖和尚，步履蹒跚地踱石而上，还没等走到一半，就已经喘粗气大汗淋漓，坐在旁边的矮石上歇脚。

“请问这位大师父，是否知道这附近哪儿有洗眼明目的山泉？”

头顶的太阳很大，胖和尚抬起头，从山门走下来的是一个少女，明眸善睐，齿白唇红，穿着一身藕荷色的高筒裙，一张巴掌大的小脸，浅铜色的肌肤珠光若腻，仿佛是在那种最上好的胎骨，髹漆出了吹弹可破的肤质。

“姑、姑娘是问斛泉？”

少女闻言一喜，点头道：“正是，家中有老者眼盲，听闻中城的某座宝刹中，有一口专治此疾的仙泉，素有‘洗眼神泉’的盛誉，故此来求一碗泉水拿回寨里去给老者医治，却苦于不知究竟是在何处。”

胖和尚抹了把头上的汗，哈哈笑道：“你说的那座宝刹，不就是你刚出来的若迦佛寺？”胖和尚指了指她的来处，“但传言不可尽信，所谓的‘洗眼神泉’，不过是若迦寺中法堂北侧的一眼活水，清澈甘洌，最宜烹茗，却与洗眼明目无缘……”

少女拧起娥眉，“难怪我刚刚上去，跟守庙门的小和尚打听，刚提一句就被打发了出来，原来正是身在宝山不知有宝。”说到此，她有些不悦地嘟囔，“即便佛家自度，却也以离贪爱为根本，可怎么恁的吝啬，连口泉水都遮遮掩掩，还拿假话糊弄我。”

最后这一句，显然是暗讽眼前这个胖和尚。

胖和尚一愣，忙打了个问讯：“出家人不打诳语。虽说若迦寺自建寺以来香火鼎盛，跟那斛泉不无关系，可真实的传言其实是——此泉水不溢不竭，断不可填废，否则周围的住户就会患眼疾，与小施主的说法刚好相反。”

少女故作糊涂道：“大师父说的，我好像是也有耳闻，但‘取此泉水洗眼，可明目去疾’的说法，在中城甚是整个曼景兰也流传甚广，大师父缘何故意只提其一，隐瞒其二？”

桑勐是新晋的四级桑弥，负责打理藏经楼，在若迦寺的地位不低，却性情温和素来不与人争，被小姑娘一阵抢白，顿时有些哭笑不得，却并无恼怒，温声问道："小施主不是曼景兰寨里的人吧？"面皮略黑，却不像是在地里做惯农活的样子。

"嗯，我来自北允寨子，离中城可不近呢。"说完，像是担心胖和尚要赶她，又煞有介事道："对了，关于'洗眼神泉'的说法，我就是听寨寺中的曼苏河小师父说的，出家人不打诳语，曼苏河小师父也不会说谎的！"

寨中寺庙的规模都较小，往往是开荒造林后有了新的村子，才在村中建起新寺院，寺中不专设斋堂之类，僧侣们的饮食都是由村民供给，因此宣扬一些神乎其神的神迹让村里百姓更信奉、更虔诚，也不是没有过。

桑勐心下有些了然，又听她说起自己的来处，心知见不到斛泉她定是不会死心，于是道："既是远道求泉水而来，让小施主空手而归，却是大大不妥。这样吧，贫僧这就领小施主过去取水，如何？"

少女惊喜地看他："大师父此话当真？"

"小施主一片孝心，贫僧岂能不成全。"

若迦佛寺是中城百座佛寺中的之一，除了一眼斛泉，并不算多有名，比起香客如织的索达佛寺、高僧辈出的曼遮佛寺、宏伟壮丽的曼惹佛寺，甚至是僧侣众多的曼短佛寺，若迦佛寺实在是不值一提，然而若迦寺也是通往般若修塔的必经之路。

桑勐领着少女走十阶歇一阶，足足半炷香的工夫，才走上山门。午后的太阳正盛，炽热得如同一个大火球，桑勐又热又累，面色赤红，后背的粗布衫都被热汗打湿了，袈裟半披在肩上下摆扎在腰间，露出半个膀子，却见少女神清气爽，大气都不喘一下，不由暗暗羡慕年轻人的体力就是好。

"怎么又是你啊！"

守山门的小和尚，见少女俏生生地站在石阶上，不耐烦地皱眉。

桑勐咳嗽了一声："不得无礼。"

"都说咱们这儿没什么'洗眼神泉'，还一茬接一茬地来，真真是愚昧又无知……"小和尚的声音不大，却也没刻意地压低。桑勐尴尬地看了少女一眼，见少女低头不语，不由瞪向小和尚，佯怒道："还不赶紧把门打开，请这位小施主进去。"

若迦寺的空间开阔，除了雨热长青的藤蔓植株，寺内还种了很多萝芙木和夜落金钱，几大殿建得虽不像曼短佛寺那么金碧辉煌，入眼处也都贴着金箔，在浓绿中隐隐藏藏，无一不金光闪闪屋瓦生辉。

桑勐领她进了寺来，交代了那守门小和尚一些话，就让小和尚领着少女去法堂，自己则朝着藏经楼去了。

少女也不计较，拿出一只随身揣着的小壶，跟在小和尚身后。

此时正是午休刚过，寺里的僧弥们都跟着佛爷在大殿里打坐、诵经，院中看不到太多僧人行走。二道院的两侧摆着几座香鼎，烟气袅袅，后面还有一座大殿，从廊柱到梁架到处布满飞天、人物禽兽浮雕，从门窗到斗拱处处是壁画彩绘、金银饰物。

北法堂就挨着大殿，顺着长廊往南走，拐个弯是一片开阔的土地。在经过北鼓楼时，廊庑的尽头似有人影闪过，少女抬头看去时，只来得及瞧见一袭宝蓝色的衣袂。

少女的步子突然一滞，那个身影……

“快跟上，别东张西望的！”

小和尚有些不耐烦，呵斥了一句。少女快走几步跟上来，道：“小师父刚刚说，不止是我来贵寺求神泉，还有其他人？”她没错听，小和尚之前那句“一茬接一茬地来”。

“都说了不是什么神泉，就是普普通通的山泉水……”吉珂小和尚挠了挠光秃秃的头，他在寺中看守庙门地位算最低等，平常也没什么人找他说话，少女一句“小师父”显然对他很受用，又难得有人向他请教，心下虽不耐，却也开了话匣子——

“最近也不知怎的了，慕名而来说是找什么‘洗眼神泉’的人忽然多了起来，每每叩响山门，都要追着小僧问长问短，亏小僧还解释半天，那些人却听不进去半个字，非要进来舀一瓢水才罢休。就说今日，算你在内，小僧都遇上了三拨！”

少女奇道：“难道之前关于神泉的传说，是假的不成？”

“可不是啊，建寺之初，香客们对这神泉一度趋之若鹜，可后来阿戛牟尼已经证实了‘洗眼神泉’之说子虚乌有，来的人越来越少，渐渐也就淡了。”吉珂说到此，撇了撇嘴道，“事隔几年，这神泉之事又被提起来，不是你们这些乡野平民愚蠢无知，又是什么？”

少女自然也在这“愚钝无知”之列，闻言，不禁苦笑道：“若非图个心安，恐怕大家也不会舍近求远，来这座建在高高山巅上的佛寺求什么泉水，要知道这三千八百磴石阶，可不是所有善男信女都能吃得消的。”这也为若迦寺扬名、增添了香火不是。

“你们不想来，谁还求着你们来不成？当年正因为很多人来求泉水，斛泉险些干涸了。”吉珂一瞪眼，没好气地道，“好不容易那荒唐的传闻就此打住，谁知你们这些人又来凑热闹，要是再次引得百姓追捧，蜂拥而至把泉水舀干了，不是要生生毁了若迦寺！”

少女疑惑道：“不过是一眼泉水，缘何说得如此严重？”

刚刚那胖和尚桑勐倒是与她提过，此斛泉不溢不竭，却断不可填废，否则周围的住户就会患眼疾——可这种说法比起“洗眼神泉”的传闻，岂不是更玄更荒唐，实在让人难以相信。

吉珂张了张嘴，像是想说些什么，却终是把话咽了回去。这个时候，两人已经来到法堂北侧。

“那儿，你要找的泉水！”

周围古木参天，树影浓密，一眼望去全是郁郁葱葱的绿色，深的浅的，浓的淡的，绕着一弯浅溪覆盖过去，泉眼就在浅溪的旁边，南侧还有个井台，泉水从一个方孔里汩汩流出，水柱很细，却格外清澈。

少女走到那水汽氤氲咕嘟咕嘟正往外冒的出水处，拧开壶盖，灌了少许，然后将小壶拎起来，晃了晃又揣回怀中。

“好了，泉水也取到了，算是得偿心愿了吧。”吉珂抱着双臂，站在井台边。明显是送客的意思。

少女站起身，道：“这不是真正的斛泉。”

吉珂闻言一瞪眼，大声叱道：“你要泉水，我们桑勐师父念你一片孝心，破例让你来到法堂取，别人还没这么好的待遇，你竟然说我们诓骗你！”

“小师父别急，虽说这不是真正的斛泉，我也取了，不是吗？”少女摸了摸壶身道。

吉珂一张小脸儿愈加往下沉，忿忿道：“真是不识好歹，如此好心不得好报，就算让你取了泉水又如何？对佛祖不虔诚、不尊敬，只怕你所求不仅不能得偿，还会适得其反！”

这话说得多狠，少女都愣了：“小师父身为出家人，身上的戾气好重。”

吉珂冷哼了一声，却不理她，扭头就走。

两人一前一后，吉珂心中有气走得僧袍翻飞步速极快，走到藏经楼的抄手游廊里，顺着廊柱拐了个弯，少女快走几步，扯住小和尚的衣袖，“这条路好像不是出寺的。”

吉珂站在游廊的石阶上，阳光透过树梢打在他的半张脸上，另外半面刚好掩映在遮檐的阴影里，一双眼睛明明灭灭，“施主刚刚不是还说嫌那三千八百磴石阶辛苦累人，小僧带施主走另一条下山门的道。”

“可这一路上看着好偏僻。”

吉珂抱着双臂，“若迦佛寺的僧侣本就不多，而且这个时辰，佛爷们还领着小僧弥们在共修，听，南面还有诵经声，施主难道是耳朵不好使吗？”

耳畔拂过的风带动发丝拽动，少女捋了一下，也不生气，道：“我是远路而来，敢问能否在贵寺借住一宿？”

“什么，借宿？”吉珂略顿下脚步，有些诧异又有些好笑地看她，“佛寺中向来轻易不留女香客，这天也还早，施主真的只是来求泉水的？”吉珂似笑非笑地反问。

少女耸了耸肩，仿佛这请求只是临时起意，更没将小和尚的不友善放在心上。

“喂，你别瞎走！”

吉珂望着少女先行一步往前走的背影，顿时生出不耐，跺了跺脚，追了上去。

“还没问小师父，别的那些来求泉水的人，都得偿心愿了吗？”少女又缓下步子，等他。

“又不是斋戒日和赕佛日，你以为但凡是爬上石阶来叩响山门的人，就能被允许进寺？”吉珂被她的忽快忽慢一惊一乍弄得不胜其烦，再想起她好歹是桑勐领进来的，斜睨一眼，明褒暗讽道。而后又问：“对了，说了半天，不知施主怎么称呼？”稍后桑勐问起来，他也好有个交代。

少女转过身道：“哦，我叫玉腊。”

……

恢弘的殿阁，錾花屏门半开着。

铺地磨石光滑得几可照人，砖面描绘有开屏的孔雀、巍峨的宝塔、锦簇的花卉、栩栩如生的乐舞……威严庄重，奢华绚丽，又彰显着主人家的地位。在殿前主座上却摆着一张硕大的酸枝木围屏六足软榻，榻上设有由蛇蛙鸟鱼盘结而成的彩绘透雕小座屏。

一个衣着华丽的男子半卧在榻上，手底下抚摸着一只花斑畜生。

“你这么兴师动众、风尘仆仆地赶来，害我调动了半个上城的武士，连最重要的召见都推了，就是要跟我说一件我早已经知道的事？”

柔顺的动物皮毛，在午后刺眼的阳光下泛着光泽，一看就知道喂养得很好。再一细细看去，瘦长的形状，圆滚滚的脑袋，两只小耳朵，赫然是头幼豹。

“从别人口中听到的永远都是传闻，我亲自来知会你，不是更彰显了我的诚意？”

“诚意？真有诚意才好啊。”

榻上男子宛若女颜的面容，衣袍不羁地敞着，一手随意地架在曲起的长腿上，本就未拢紧的襟怀因为这样的姿势露得更开。一副慵懒恣意的模样，那双眼瞳更是似雾非雾无欲无情，恰似自月宫而来的仙君，下红尘邀凡夫俗子共赴九天。

“事到如今，咱们就是一根绳上的蚂蚱，你还在琢磨‘诚意’的事？”

与榻上男子说话的人整个笼在阳光的阴影里，让人看不清他的面目，却隐隐让人觉得不好接近。

榻上男子闻言冰冷一笑：“如果我说我觉得还不够，还需你再拿出些‘诚意’来呢？”

“我卖了那么大一个破绽给你，做人，贪心可不是好习惯。”

“不够。”

“哦？那你想要什么？”

“一颗人头怎样？”榻上的男子半坐起身，雪白的绸缎随着他的动作微微荡漾，花斑幼豹也跟着他起身弓起背发出低吼，却在他纤长手指的抚摸下，眯着眼懒懒地趴下去，很舒服的姿态表现出一种依赖的臣服。

“你也知道，我是个疑心很重的人，总不能我在这边破釜沉舟，你却一直留有余地态度暧昧——所谓肝胆相照、兄弟齐心，这不是你们汉人常挂在嘴边上的吗？向我展示你的真心和实意，否则，我可是不会拿出你想要的。”榻上男子道。

那人发出一声嗤笑：“你怕了？”

“怕？算是吧，越是紧要关头越要仔细提防，我既不想给敌人可乘之机，也要随时留神不要被兄弟临时拆台反咬一口，不得不慎之又慎……”

“你是想要彻底斩断我这个‘兄弟’的退路吧？”几分揶揄，又带着一点耐人寻味。

榻上男子耸耸肩，“随你如何说。怎么样，答不答应？”

“如你所愿。”

“好，别说我这个做‘兄弟’的小气，你难得来一趟就多享受几日，需要什么我都尽量满足你。”

……

若迦佛寺和曼短佛寺恰好建在毗邻的两座山峰上。

都是矗立在山上的寺庙，若迦寺的位置更高些，与曼短佛寺隔着一条幽谧如渊的深谷，中间有两道狭长危立的索桥相连接。其中一条索桥的入口，就设在曼短佛寺和若迦佛寺的后山。桥两端分别立着一块界碑，界碑往前便是摇摇欲坠的藤索，有粗绳索若干根平铺系紧，再横铺木板，狭窄得仅容一人通过，且因年久失修，隔几丈就有些破损。终年缭绕的烟瘴弥漫在山谷里，桥面又湿又滑，愈加险要难走。

少女站在界碑旁，临高下眺，浮云从山间掠过，只能隐约瞧见两侧山腰上一片片雨热绿意，更显得险谷幽邃索桥危悬，深不可测。

天险沟壑，许是多少年都不曾有人从这里走过了。

在曼听里寨时她曾偶遇一个妇人，三言两语就把她领到养着食人鱼的曼听河。若迦寺里的这个吉珂小和尚更狠，说是要带她下山，实则给她引了这样一条不归路——“防人之心不可无”这句话，在元江摆夷族里，真是让她一再领教。

“小姐，人安顿好了。”

一道黑影窜出来，单膝跪在地上道。

少女“嗯”了一声，道：“你再去送封信，就写：今晚亥时北法堂，亲自来领吉珂的尸首。”

地上的人微愣，低声道：“这……”

“你放心，在咱们眼里不过是一个小和尚，没什么价值，在人家那儿就不一样了。”对方一定会因此现身。

“可那样会不会惹怒了他们？”

少女道：“人在咱们手上。”

意思是：投鼠忌器，对方暂时不敢轻举妄动。

地上的人沉默不语，却也没反驳。

少女瞥过一眼，又道：“我这里发生的任何事，你都可以汇报给土司老爷，但你谨记一点，在别人的势力范围里，一来一往难免出现纰漏，我不想出师未捷就暴露身份，连你们也跟着一锅被端掉，所以，不妨暂缓或者事后再向土司老爷汇总禀告。”

地上的人大吃一惊，迟疑道：“这跟临来时二管事的吩咐，不相符。”

西纳的吩咐是，事无巨细，一一来报。这样才能让远在曼腊土司寨的那荣随时知晓她的一切，从而判定她这个祭神侍女在脱离澜沧所辖之后，是否在为自己筹谋的同时也在帮土司老爷做事，而不是阳奉阴违，或是正在做什么危害元江府的行径。

“我们汉人有句话，‘将在外，君命有所不受’，你们跟我来了曼景兰，我的一言一行，随时在你们的眼皮子底下，还能翻盘不成？更何况，只消最终结果完成得好，土司老爷就会体谅大家的苦心。”结果不能尽如人意，抑或半路打草惊蛇前功尽弃，中间过程汇报得再详实，下场又会好哪儿去？

见地上的人有些被她说动了，朱明月趁热打铁，轻声道：“大家同坐一条船，我还指望你们帮我全身而退，只要你们护着我，我也会护着你们的。”意思是：消息传递不出去，很可能是条件不允许，而非知情不报，但凡彼此心照不宣，说法一致，外人不会知道内情。

地上的人犹豫片刻，沉下一口气，道：“好，若小姐您能把握有度，属下等一切听命行事。”

朱明月满意地点点头：“另外，去帮我查查最近有什么人来曼景兰没有？”

地上的人抬起头，疑问地看她。

朱明月道：“在这若迦寺的北法堂，我看见一个熟悉的人影。”

“是小姐认识的人？”

“我不确定，你去探查看看，有消息尽快告诉我。”

太阳逐渐在西山落下，一片火烧云将山巅云层照得红彤彤，寺中传来晚修的鼓声。

傍晚悄然来临。

中城的各山寺都开始下钥，一座座山门关闭，隔远，仿佛还能听到传来的一阵阵厚重“吱呀”声。

然而若迦佛寺的风里还夹杂着脚步声、人声嘈杂，一哄而起，就像是被水滴进的油锅，噼里啪啦一阵沸腾炸响。直到第二拨喧嚣声传来、第三拨、第四拨……外面不知来来回回经过了多少人，月亮升起来了，夜色渐浓，偌大的若迦寺却亮若白昼。

“找到了吗?”

“佛堂大殿里没有!”

“戒堂里也没外人!”

“斋堂呢? 还有寮室!”

“走，再去看看!”

各种声音纷至沓来，又依稀渐远，不知在找些什么，就连每日例行的晚课都耽误了。又过了半个时辰，最后，整个山寺忽然沉寂了下去，仿若一个人回光返照之前的垂死挣扎，一度顽强拒绝着死亡，却终究叹息一声溘然长逝。

亥时一刻。

少女信步闲庭地从藏经楼走出来，在北法堂前站立了整整一个时辰的老和尚，赤红的双目瞪得滚圆，一脸难以置信地看她，像是随时能气得窒息炸肺。

“你一直都待在寺中?”

“不经过山门，后山就只有两条悬空索桥，小女不想坠落山崖，还能飞檐走壁不成?”

披裹着暗红色僧袍的老和尚听着她的话，脸色愈加铁青，长久的沉默之后，重重地吐出一口浊气。他早该猜到，出了这么大的事，寺中一定有内鬼，只没想到，居然是他一直器重倚仗的桑勐。

“吉珂呢?”

老和尚开门见山。

“布达高僧勿要这般急切，小女都还没追究您的擅自妄为，收了书信，居然还敢在寺院里大肆搜捕。”朱明月面色平淡，啧啧笑道，“怎么样？可搜到人没有？”这个“人”自然指的是小和尚吉珂。

老和尚又一阵怒发冲冠，差点没把手里的火把扔过去，肝火一旺，赶忙默念着《长阿含经》，须臾缓和了些许，这才抬起头，冷冷地看她：“小施主又是装神弄鬼、又是故弄玄虚，不知对我若迦佛寺有何指教，还是受了什么人的蛊惑挑唆来生事？姑且念在小施主年纪小不懂事，便将吉珂交出来，老僧可以保证小施主完好无损地下山门……”

“哦？若是不交呢？”朱明月一侧头，噙着笑，“难道就不让小女下山，或者……让小女断胳膊断腿以偿？”

出家人岂会随便见血杀生！老和尚刚想开口争辩什么，然他甫一张嘴，少女就抬起手，唬得老和尚退后一步，心里不禁暗暗后悔为何独自一人在这里，没带几个武僧在身边。索性朱明月只是撩了一下发丝，轻声道：“别怕，布达高僧，小女没有伤害吉珂，自然也是不会伤害你的。”

七个武僧守在法堂外，还有一十八个二级佛爷，这位七级的阿戛牟尼真真怕死得很。

布达的脸已经黑似锅底，在接到那封信的时候，上面说是让他来收尸，他险些骇吓得昏厥过去，但仔细一想，既然能约在若迦佛寺内见面，吉珂的性命定是无虞，同时他也猜到人八成还在寺内。可惜他派出半个寺庙的僧弥在全寺上上下下地搜找，竟是一无所获，他不敢再妄动，生怕惹恼了暗处的人，鱼死网破。

可是，吉珂！居然抓的是吉珂……

“老僧身在这寺中，怎的还会怕小施主不成？老僧劝小施主还是莫要纠缠，赶紧放人，否则后果恐怕不是小施主能承受的！”提心吊胆一气，对方居然是个小姑娘，布达对此十分恼怒，更觉得让人戏耍了，再去想这背后的用意……老和尚眯起眼，面色阴晴不定。

“小女既然敢一个人来见布达高僧，就代表绝不会有什么后果。”朱明月面不改色地看他，浅笑道，“至于吉珂小师父，他如今在一个很安全的地方，但会不会一直安全下去，还要看布达高僧您是否愿意渡些福泽给他了。”

每个人都有这么一处软肋，某个死穴会使人摒弃所有的原则。

朱明月对南上座部佛教所知不详，但也知道仍在寺的和尚还俗之前是不允许娶妻生子的，尤其还是七级阿戛牟尼这样最高级别的高僧。可布达·阿戛牟尼作为精通佛法、德高望重的一代高僧，不仅有儿子，还有了吉珂这个孙子——放在寺门负责看守和洒扫，亏他能想到这种掩人耳目的办法。

法堂外那些武僧和二级佛爷没有冲将过来，立时将她五花大绑，身为七级阿戛牟尼却始终对她再三忍让"以礼相待"的原因，也在于此。布达的秘密，至今仍是秘密，一旦不小心宣扬出去，很可能整个若迦佛寺就毁了。这就是朱明月之前跟那个土司府影卫所说的"投鼠忌器"。

少女如此胆大妄为有恃无恐的态度，又洞悉了那个从未被外人知晓的秘密，让布达的心里一沉，有些心慌意乱，可到底是心境通透的老佛修，一个晃神间，布达忽然就想到了什么："你是澜沧那边派来的？是……二管事的人？"

果然早有勾结啊。

"小女不是西纳的人，也不是那荣的人。"

"那你、你是大管事的人？"布达面色更难看。

朱明月摇头："小女也不是土司夫人派来的。"

"那你究竟是谁？来若迦佛寺做什么？"布达觉得自己额上青筋直跳，有隐隐绷不住的势头，三十几年的潜心苦修几乎要被这胡搅蛮缠的小丫头毁于一旦。

"布达高僧，小女是来救你命的。"

不想让人知道的事就是秘密；隐蔽不为人知的事，也是秘密。很巧的是，在高僧布达的身上，这两种秘密兼具。前一种是他破了戒生了两个儿子，其中一个儿子在寺修行期间又破了戒，给他生了个孙子——对于被奉为信仰存在的得道高僧而言，这是毕生难以抹掉的污点，也是绝不可被原谅，是足以摧毁他的致命伤。至于后一种秘密，并非发生在他身上，仅是为他所知。

后一种，也是朱明月来到元江府的真正原因。

"小女是来救你命的，布达高僧。因为小女知道你的秘密，你们的秘密。”

“什、什么……”

在朱明月说出这两句话的时候，布达的瞳孔猛地一缩，浑身的毛孔都战栗了起来。也是在那一刻，他挺直了脊背，脸上是不敢相信的呆愣，像是听到了这世上最可怕的事情，仿佛比亲孙子吉珂的性命安危更重要，比他的声誉、若迦佛寺的声誉更致命。

然而紧接着高僧的眼瞳就暗了：“小施主说什么？你再说一遍？”

浓云遮蔽了月光，竹叶在风中摇摆得哗哗作响，黯淡的月色透过树梢洒在少女的脸上，随着叶片摇曳而欲明欲灭，浅铜色的肌肤被衬得有些透明，一双眸子黑嗔嗔，看得人一阵心惊。

沉默地对峙半晌，布达忽然笑了。

“小施主还年轻，不知道有些话可以说，有些话不能说，而有些话一旦说了，真是会死人的。”

朱明月略低头：“布达高僧这是在威胁小女？怎么，这么快您就不在乎吉珂小师父了？还是您认为吉珂的人跟小女一样也在这寺中？”她抬了抬手，很随意地往周围一指，“不妨挖地三尺找找看，小女可以保证，就算寺中僧侣将整个佛堂掀起来，都找不到他。”

有恃无恐的侥幸心思被毫不留情地戳破，布达恼羞成怒的面容沉浸在月光里，看起来有些骇人。须臾，他从牙缝里挤出一句话：“小施主，老僧实在不明白你究竟想要干什么！至于吉珂，如果小施主不交出来，莫非今时还想从我若迦佛寺全身而退不成？”

朱明月抿唇，微笑道：“用小女一条命来抵偿吉珂小师父的命，这笔买卖划算与否就看布达高僧怎么算了。”顿了顿，她的眸光流转，又意味深长地说道：“小女倒是听吉珂小师父说过，最近似乎有不少‘有心人’冲着‘洗眼神泉’而来，可有此事？”

布达霍然抬头：“什么有心人……若是说那‘洗眼神泉’，分明捕风捉影、荒诞不经，老僧早已辟过谣，小施主孤陋寡闻不觉可笑？”

“是么，但小女怎觉得这里面另有文章，而其他人似乎也是这么认为的。”

“小施主到底想说什么……”

朱明月似没看见布达眼底流露出的危险，自顾自道："沉寂两年又被旧事重提，布达高僧心里很不好过吧……也是，再缜密的布局也终有暴露的一日，有些事情就要瞒不住了，布达高僧，您莫非还要苦苦支撑，妄图力挽狂澜于既倒？"

布达脸色骤然一变，双肩不受控制地颤抖，但他还是很快就强自镇定下来，冷冷笑道："小施主的话，老僧怎么半句都听不懂。而你再巧言令色故弄玄虚，不外乎是图谋什么，老僧虽不觉得这小小的若迦佛寺有什么值得旁人觊觎，但还是与你坦言一句，无论小施主你意在何为，都不会在老僧这里得偿所愿！"

最后半句说得极郑重，言下之意，就算是以吉珂的性命相要挟，也没用。

一下子就失去了威逼的筹码，还被反将一军，少女也不生气，只淡淡地笑了笑，道："布达高僧，你还真是固执。可是你的固执，不仅会让你自己身败名裂，使你的至亲骨血死于非命，就连苦心经营数年的佛寺都会跟着一并赔进去……"她说到此，声线幽幽又道，"可即便是付出这些代价，那个秘密你也瞒不下去。"

"你！"

闻言到此，布达的面容剧变，大惊失色之下禁不住连连倒退了好几步，"小施主这话说得好生歹毒！又什么秘密来秘密去的，小施主倒是把话讲清楚，老僧一介出家苦修之人还能有什么事不可对人言？"他怒气冲天地大声质问。

"何必明知故问呢。"朱明月眼光直视他道，"今时今日小女能站在这里绝非偶然，更何况，整整两年的相安无事，布达高僧就以为谁都不知道是你把人藏起来了？还是你当真认为，这勐海的主人素不理事，自始至终都被蒙在鼓里？"

最后的一句，像是咒语幽幽撞击开来，布达猛然心神巨震。

她不是在故弄玄虚，她知道他的秘密，她知道若迦佛寺的秘密！

这怎么可能？她怎么可能会知道——不仅是吉珂的存在，更有那个讳莫如深的秘闻？最近突然冒出来的那些人又是怎回事？还是说，这一切都是她的故意安排搅乱一池春水！

勐海的主人……勐海的主人……

“说，你到底是谁派来的？你都知道些什么？”布达眼眦欲裂，语调陡然升高尖声道。

他的面容有些扭曲，强烈的恐惧和不安在一瞬间充满了胸臆，也是在那一刻，某种不顾一切的想法忽然从内心深处疯狂地蔓延出来，像是一团火焰在烧——这是她露面的第一日，这里是中城，是若迦佛寺，这个小姑娘再信誓旦旦，也是独自一人在这里狐假虎威。如果她从未出现过，如果她就此消失，是不是所有的烦恼都将迎刃而解，他的秘密、若迦佛寺的秘密就会继续隐瞒下去……

布达直勾勾地盯着面前的少女，紧咬牙关默不作声，神色开始变幻莫测。

朱明月却将他的表情变化看在眼里，忽然笑起来，道：“布达高僧在想什么？莫不是在想此时月黑风高，此处又鲜有人来，倒是不失为一个不错的杀人埋尸地点，或者干脆扔下后山一了百了。”

布达闻言又是狠狠一震，脸上褪去血色，他艰难地抿着嘴角，有些苍白地辩解道：“什、什么杀人？埋尸……你在胡说些什么！老僧身为出家人岂会妄动杀念！”

少女似笑非笑地睇着他，那目光无声无息，却仿佛能洞悉他所有的意图。高僧布达心中一恸，死死地攥手成拳青筋直露。的确，他刚刚在想什么？想他虔诚修佛三十余年，因何竟会萌生杀意更有要置人于死地的念头！罪孽，真是罪孽……

看他面目绷紧恨恨地咬牙，看他眼底露出痛苦挣扎却又隐忍地将头埋在阴影里，半晌都不说话，朱明月道：“有没有那想法都好，小女想说的是，既然小女能到这里来，其他人也会很快找过来——活命的机会稍纵即逝，换成别人，就不会再给若迦佛寺留考虑的余地了。珍惜小女提供的机会，布达高僧，别做出得不偿失又追悔莫及的事来……”

她说罢，揖礼转身，翩然离去。

“想走！”

刚迈出两步，手执降魔杵和戒刀的武僧和二级佛爷就蹭地上前，凶神恶煞地拦住了去路。

"让她走。"下一刻，高僧布达道。

"阿戛牟尼，不能放她走！"

"是啊，不能就这么轻易放她离开！"

"我说了，让她走！"高僧布达有些颓然又有些愤恨地呵斥了一声，然后垂下头将脸掩在双手里。若迦佛寺不能拦她，也拦不住她。

十几个武僧和佛爷面面相觑，僵持半晌，都恨恨地一垂手，让开了道路。

"布达高僧，我们很快会再见面的。"少女临走时道。

回到曼短佛寺，已经是子夜。

寺门早就落锁下钥，朱明月不能进山门，而是来到山寺外的寮室。

在黯淡的月色下踽踽独行，她的心绪忽然有些复杂。任何人都有秘密，有不想让外人窥探的私隐，某些秘密私隐一旦被戳开，每个人都可能不堪一击甚至足以致命。而且说到底，那老和尚根本不是为非作歹之人，甚至大体是个德高望重值得人敬仰的得道高僧。

似乎从很早之前，她就习惯了趋利避害，习惯了为达目的不择手段。

可就在高僧布达崩溃的一刹那，她忽而有种兔死狐悲的感觉。

夜已阑珊，天幕中黑沉沉的连星星也不见几颗，只有一轮孤零零的月牙。阿姆和玉腊在门口等候多时，见到一抹纤细的身影出现在石阶上，两人才齐齐松了口气。

"小姐。"

"小姐。"

玉腊并没有死。早在阿姆跟玉里、埋兰两人商量要除掉玉腊之前，阿姆就将此事告诉给了朱明月，并且在朱明月那里得到了相反的授命。

阿姆为何会这么做？因为阿姆的真实身份是原亲军都尉府的人，是朱明月的死士。

朱明月又为何要保下玉腊？因为玉腊是黔宁王府的人。

跟随沈小姐来曼景兰的这四个奴婢，各有身份，关系复杂，身为死士的阿姆混迹其中，是计划之内毫无悬念。可就连朱明月都没料到，另外三人里面居然有一个是黔宁王府培养的内线——玉腊原是因着红河彝族的小姐月弥进土司府事先安插进来的一枚棋子，利用其在府中当差的便利，辅助月弥在神祭堂里站稳脚跟，并逐步达成勾引土司那荣的目的。但在那之前，玉腊之所以会在红河彝族黄草坝，又是因为她本是萧颜为了攀交纳楼普氏特地送进回新村的一个帮衬。

黔宁王府的人、纳楼普氏的人、那氏土府的人——玉腊的三重身份，在阴差阳错的安排下，就这样一直在土司府里有条不紊又错综复杂地悄然保持着。

没想到朱明月的到来，让原本表面平静的神祭堂突然翻天覆地，月弥被剥夺了祭神侍女的头衔，玉腊也因此回到中苑做回一个再普通不过的侍婢。三股势力的精心谋算再一次被打乱。直到后来，二管事凑巧安排玉腊随行跟来伺候，朱明月让人去查她的底细，这才发现，一个身份无比复杂的人最终又一波三折来到了她的身边。

而玉腊在收拾行李时，无意之中发现了埋兰作为土司府影卫的竹牌，这让同为影卫的玉里和阿姆起了杀心，若非朱明月的暗中授意，玉腊这个内线不会在阿姆的设计下逃过灭口的一劫。

无巧不成书。

折腾了一日，浑身又酸又疼，朱明月抹了把脸，蹭了一手的脂粉，浅铜色的。

支起妆奁，宝镜里立刻映出一张巴掌大的小脸——小片白皙的凝脂肌肤，其余都是大片的浅铜色，镜子里的少女再一抿嘴，更显得几分诡异。

不知曼腊土司寨的那几位大人物见到她这副模样，会是如何表情。

如果是土司那荣见了，或许会顿时火冒三丈，然后又是哭笑不得。

“奴婢听说，从小姐你进到元江府的内城，被人接到曼听寨子，再从曼听寨子出来，半路遇上无数本地的人，而后又进了曼腊寨子、进了土司府，见过了土司夫人，最后见到土司老爷，小姐你一直都是地地道道的汉人面貌，从未有过一点妆扮的意思。”

阿姆竹筒倒豆子似的一口气说罢，又咂嘴道：“小姐你知不知道，你这样让多少人感到苦恼，又让多少人觉得纳闷啊！”

的确，那些费尽心思把她弄进元江府的人，都无不为此苦恼，譬如玉娇、岩吉；那些一眼就看穿或者事先就洞悉她有企图的人，则又奇怪又纳闷，譬如三管事岩布、二管事西纳，也包括土司那荣。但是没人猜到，沈小姐始终刻意保持这些汉人特征，其实是为了来曼景兰做铺垫。

“不也正因为如此，肩负出使之命的唯一一位现任祭神侍女是汉女这个事实，不仅土司府的人知道，咱们知道，怕是曼景兰的人也都心知肚明。”

玉腊递过来一块帕子，被水浸过，温热正好。

阿姆扑哧一笑，“是啊，任咱们这位祭神侍女再如何粉饰，这雪白的肌肤、纤细的身段、出众的容貌、一举手一投足的姿态……都是无法掩盖的，就算她穿再地道的摆夷族高筒裙，说摆夷族语，都没法让她变成本地的姑娘，不能真正地融入当地。”

阿姆每说一句，手里的帕子就仔细地擦拭一下朱明月的脸颊和脖颈，铜色褪去，白皙浮现。

“于是这种先入为主的想法，以及以貌取人的习惯，就自然而然地让本小姐钻了众人‘有眼无珠’的空子——”朱明月学着阿姆的腔调，接过话茬道。比如说，在她一早领着几个武士离开曼短佛寺时，寮室的小和尚果真把她当成了不善言辞的婢女玉腊；再比方说，吉珂见到她时，听了她有些奇怪的口音，却压根没想过她不是族里人。

而最主要的妆扮手段，还要归功于阿姆给她精心准备的铜色脂粉。

“事实证明，小姐你之前那些汉家闺秀的拿捏，也不过是鱼目混珠的障眼法。”阿姆帮她拆头发，又挤眉弄眼道，“府里好些侍婢私下里议论，说祭神侍女的姿态多么多么曼妙，总带着一股子说不出的优雅，让人只见一抹背影就能知道是本人，云云。”

她的确有够拿捏，尤其在见到那荣之后。

“事实证明，事出反常即为妖，如果不是要勾引一个不知廉耻的色中恶鬼，就是另有图谋。”朱明月起身走到铜盆边洗脸。

“事实证明，对于谋算人心，小姐似乎与生俱来就有着某种天赋呢!”阿姆嘻嘻笑着道。

她跟她的时间并不长，却不得不佩服，在面对一些必要的人时，沈家小姐的一举一动，甚至是每个表情，都像是事先算计好的，她知道什么时候用什么样的口气说话，知道什么时候摆什么样的表情，也知道怎样表现才会把对方引得钻进自己预先设计好的圈套。

“小姐，奴婢到你身边可真不容易呢。”阿姆想起之前在土司府里的日子，有些怅然也有些慨叹，也甚是庆幸，是她。

这个时候，玉腊端着铜盆出去换水，门扉半掩，脚步声渐远去，阿姆抓紧时机凑过来道，“月儿小姐，那老和尚招了没有？”

“见过这一面后，可以完全确定，他不仅是知情人，更是参与者。”朱明月低声道。

“倒是得来全不费工夫。”阿姆松了口气的同时，又道，“对了，还有那个玉里……”

玉里和埋兰都是二管事安排的，自然要时刻听从朱明月的安排行事。今日，就是按照她的“计划”，三大侍婢陪着一个假祭神侍女，跟那释罗在中城里逛了一天。

见朱明月疑惑，阿姆道：“奴婢是指，之前她好像总找机会往小姐你身边靠，她会不会是别有所图？”

阿姆的表情有些拈酸，朱明月莞尔：“你暂时不用去管她。”

阿姆“哦”了一声。

“东西带在身上吗？”

阿姆自然知道朱明月指的是什么，起身走到窗前，驻足凝神细听了一会儿，确认外头没有丝毫动静四下无人，这才小心翼翼地从里怀贴身的小兜里掏出来。

是一个小布囊，里头裹着不大的一个物件。

递到朱明月手里之后，阿姆觉得这可能是要有大动作了，不禁有些迟疑地问道：“小姐，现在就要用到这物件了吗？奴婢发现在这曼景兰好像不只咱们这一支，还有其他人在跟，是不是要再等一等……”

朱明月拿着小布囊的手一滞，压低声音道：“今日之前，我一直有种很不安的感觉，总觉得哪里不对劲。今日之后，这种不安的感觉更甚了。”

这样的感觉很不好，尤其是在如履薄冰踏错一步很可能付出极大代价的情况下。像她们这样的秘密渗透，保持身在暗处很重要，静观其变固然会在稳重取胜，但现在的情况已经时不我待，万一错失机会或者发生变故，整件事就会立刻全面溃败，一发不可收拾。

朱明月凝重的神色触动了阿姆，阿姆不由得有些紧张地问道：“小姐，是不是出了什么岔子？”

朱明月摇头，“我也说不好，但有些事似乎不像预想的那样，某些地方，也怕要出纰漏。”事实上，她的直觉一向很准，宫中那几年除了谨慎仔细、处处留心之外，很多时候，正是她的直觉救了她。

阿姆咬了咬唇，却见玉腊端着换好水的铜盆进来，刚到嘴边的话又咽了回去，“不知小姐打算何时再去一趟?”

朱明月不动声色地将小布囊收起来，“明日夜里。”

“这么赶?”

再不赶，恐怕就没机会了。

阿姆跟着朱明月在次日天不亮从后山摸上了山门，卯时刚到，埋兰和玉里一个等在侧门外、一个等在屋门口，四人会合之后，玉里又动作利落地给沈小姐梳妆打扮。

这日，是去见那九幽的日子。

这也是主仆几人来到曼景兰的第三日，七月初十，值得庆幸又有些奇怪的是，安排召见的地点不在上城赫罕，而是设在了中城的曼遮佛寺。

曼遮佛寺是个高僧辈出的寺庙，建在中城的最南端，寺庙的半个后院紧挨着茫茫雨热深林，林子的另一端，就是曼景兰两小寨之一的芒允寨子。

据传，数年间曼遮佛寺中接连有高僧驾鹤西去，在荼毗场的化身窖中经久未腐，肉身不死，被供奉在寺中石塔为前来祈愿的善男信女们带来福祉恩泽。所以，芒允寨中劳役的平民和奴隶，总会在斋戒之日特地穿过浓密树林，不畏林间瘴气毒虫，来曼遮寺里祈愿上香。

还是那释罗亲自来接，主仆一行人下了山门，就坐上了华丽而宽敞的辇舆，在前面拉车的也不是马匹，而是十二个身强力壮的家奴，粗绳勒在皮肉上发出的闷声，夹杂在整齐划一的哨子声中，整个车身缓慢而平稳向前。在遇到坑洼或泥泞地时，家奴会将辇舆架起来扛在肩膀上。

巳时出发，短短的一段路，因走得慢，晌午还未抵达。

一路上，又是红毯铺地，又是侍女洒花引路，隆重而热闹，惹得万人空巷，倒是让中城的百姓透过半遮半掩的纱帘，仰视到了来自曼腊土司寨的祭神侍女的无双姿容。

然而到了曼遮佛寺，却没见到那九幽。

因为半个时辰以前，中城的某座佛寺走水了。

消息禀告给那释罗的时候，后者怔了一下，与那侍者耳语几句，才转过身来，无比抱歉地跟沈小姐道：“祭神侍女勿怪，这中城之中多是木质结构的楼宇，一旦走水，很容易祸连到周围，燃起熊熊之势，九老爷大抵是忧心城中的那些佛殿佛塔和千百僧侣，前去探看情况了。”

那九幽是在接到消息后，即刻领着几个随扈离开的，连山门下的侍卫都没带走，可见走得很急也相当仓促。与祭神侍女一行人的到来刚好相差两炷香的时间。这可是在众人的意料之外，闻言，主仆四人又感到分外奇怪，佛寺走水，多派些武士奴仆去救火就是了，缘何尊贵的九老爷还要亲自去这一趟？

“那释罗管事，不知遭殃的是哪座佛寺？”不会就是她们下榻的曼短佛寺吧。

玉里没问后面，那释罗也能猜到，忙摆手道：“不是不是，走水的那座寺庙距离曼短佛寺隔着一道山谷，火势再大也蔓延不过去的。”

隔着一道山谷，那不就是若迦佛寺！

知道祸不及自身，玉里、埋兰等人无不松了口气，阿姆一直在看那释罗的表情，瞧见他的脸色有些阴霾，就像是恨不能即刻也飞到失火当场一样。正巧这时玉里也抬起头，与阿姆的目光撞上，两人对视一眼，都微微点了下头，表示对这件事的发生感到蹊跷。

“那咱们……”

“哦，都这个时辰了，午膳就在曼遮佛寺用吧。”那释罗反应过来，伸手招来一个小和尚，吩咐道：“去斋堂准备准备，一切还按照九老爷交代的规格来。”

没见到那九幽的本尊，一行人在曼遮佛寺享用了那九幽留下的三位庖人亲手烹制的午膳，不是寡淡的淡素斋，而是色香味俱佳、食材精贵的斋菜佳肴，这让吃惯了土司府膳食的玉里等人，俱是眼前一亮，尤其还有几道精致的点心，蝴蝶酥、梅花凉糕、松子糖、燕窝酥……香香甜甜的气息，让人食指大动。

阿姆将一颗松子糖丢进嘴里，立刻捧着脸颊眉眼儿弯弯：“好甜喏……”

埋兰也夹起一块蝴蝶酥，咬了一小口，但觉浓甜馥郁，齿颊留香，“这里好些都是汉人的吃食吧，在咱们土司府里都真真是见所未见，尝所未尝。”

那释罗陪着用膳，一筷子一筷子地夹，有些心不在焉："是啊，九老爷特别让庖人去学着做的，用以招待远道而来的客人。"

埋兰闻言朝沈小姐的方向眨了眨眼，神色颇是暧昧。玉里也感叹道："九老爷体恤至极，如此费神，倒是劳烦了。"

她们这位祭神侍女的汉人身份虽说未曾拿到明面上来公布，却也心照不宣，原以为素来对汉人有敌意的九老爷会因此刁难苛责，想不到竟然心细善待若此，倒是她们奴仆几个跟着沾了光。

一顿膳食足足用了半个时辰，席间谁也没多提关于若迦佛寺走水的事，而玉里原本还打算问是否要待在曼遮佛寺里等九老爷回来，眼见那释罗明显不欲多留，便乖觉地先行提出返回曼短佛寺的请求。

正合那释罗的意。

酉时四刻，主仆一行人回到曼短佛寺。

对面山上的若迦佛寺起火大抵是扑灭了，又像是刚熄灭不久或者火势原就不小，已经过去了这么大半天，途经山脚时还能瞧见山巅冒起的黑色残烟。

"小姐，若迦佛寺怎么会突然起火了呢？"阿姆问朱明月。

此时此刻，玉里下山门去送那释罗了，埋兰则在院中安排奴婢们将一筐筐从曼遮佛寺带回来的水果放置在何处，屋内，只留下一个吃多了的阿姆捧着肚子消食。

"据说是一个小和尚不慎碰掉灯烛，烧着了帘幔，帘幔又把殿内堆放着的大量干草和柴火燎着了，最终引致大火。"朱明月说的是玉里刚刚从帕沙瓦小和尚处得来的消息。

"小姐你前脚才刚跟布达老和尚说过话，翌日这若迦佛寺就着了大火，是不是太巧了点？奴婢觉得这火一定有问题。"难得有顺理成章的独处机会，阿姆赶紧多说两句——"但是也不对啊，小姐你去若迦佛寺的时机乃是临时起意，是因为九老爷推迟了召见祭神侍女的时间才会选在昨日，比原计划恰恰要早了许多，不应该这么快就露出风声去。"

阿姆在脑海里一遍遍筛选那些有可能泄露秘密、有机会泄露秘密的人，"莫非……是土司府跟来的那些影卫有了二心？"

"不会，"朱明月摇头，"而且假使是他们，第一个出差错的也应该在吉珂那边，不应该大动干戈烧掉若迦佛寺。”

那荣能派到她身边跟她来曼景兰的影卫，必是忠心得力之人不用作他想，那荣也必定有牢牢控制住他们的办法，让他们即便脱离自己的眼睛也绝不敢背叛。这一点，在那荣跟朱明月摊牌决定互相辅助互为利用的一刻，朱明月便心中有数。

“无论如何，还是小姐有先见之明，早早做了准备。”阿姆有些欷歔又有些后怕地说道。

要是让若迦佛寺就这么付之一炬，等于苦心经营许久却给别人做了嫁衣裳，还要面临功亏一篑的恶劣局面。当真好险。

朱明月有些静默，“这场火一烧起来，倒是那九幽的行为足以说明一切。”

身为堂堂的勐海之主，有什么了不得的让他急不可耐地亲自前去查看火势？或者说，在若迦佛寺里有什么让他放心不下，不得不去亲眼看看才能安心？

朱明月直呼其名，让阿姆吐了吐舌头，刚想说什么，这时候，埋兰擦着额头上的汗，推门进来。

“热死人了，这午后都快过去了，太阳还这么大。”

阿姆笑嘻嘻地跳下软榻，给埋兰倒了杯茶，“姐姐，数了没有？是菠萝蜜多，还是龙眼多？”

埋兰接过来喝了一大口，娇嗔道：“就你喜欢那些甜津津的东西！菠萝蜜有八个，龙眼两筐，芭蕉和香庵波罗果最多，还有一些我也没见过的，大多是刚摘下来，掸了水，新鲜得很，够你吃到晚膳都吃不下！”

阿姆欢呼一声。

正在这时，玉里也从山下送完那释罗回来，手里还捧着一盘剥了壳的龙眼……

傍晚来临之前，暮色沉沉，天空淅淅沥沥下起了小雨。

勐海之地本就多雨，又雾气迷蒙，几乎常年都缭绕在雨雾之中。此刻浓云遮蔽了天光，微雨细细，土地的潮气泛上来，小片沼泽地里还插着削尖的老竹，浑黄的泥水不断从竹管中汩汩冒出，浊气缭绕，更给山寺增添了一抹烟迷和孤寂。

一抹纤细的身影撑着一把黑色的竹伞，独自走在山间的小径上，没有提灯笼，以至于每一步都走得缓慢小心。

那抹身影在山门的南侧小偏门停下，拿出早就揣在身上的钥匙，悄无声息地开锁。

“小姐还真是心诚啊，半夜来这里，是要拜佛?”娇媚的嗓音忽地从身后传来，朱明月的动作一滞，转过身来，见到了埋兰。

埋兰没有打伞，抱着手臂斜靠在偏门遮檐下的一块小地方，半个肩膀微湿，显然是等候已久的样子。

朱明月看了她一眼，继续手上的动作。

埋兰脸色一沉，走过来挡在她身前，“沈小姐，你最好听奴婢的话!”

连表面的工夫都不在乎了，“沈小姐”三个字脱口而出。

锁在“咔嚓”一道轻响之后，应声而开。朱明月将钥匙揣回到怀中，这才抬眼道：“没记错的话，你们都是受土司老爷之命跟着来‘伺候’我的，如果有任何不满意，你可以立刻回去曼腊土司寨，当然，你也可以选择在日后告状，但希望你现在不要在这里妨碍我。”

闻言，埋兰咬唇冷笑，压着嗓音不阴不阳地说道：“沈小姐真是伶牙俐齿，奴婢伺候您是土司老爷吩咐的，岂敢有什么不满的？奴婢只是不想沈小姐你一意孤行、打草惊蛇，破坏了土司老爷的好事!”

昨日甩开她们奴婢三人，独自一人行动尚且能说成是探路，但具体探到了什么、接下来又打算怎么做，总不能一直绝口不提吧。埋兰一想到自己不仅是来襄助她的，更身兼监视之责，就越发觉得不能放任这个“祭神侍女”在曼景兰里独来独往。

朱明月笑了笑，她忽然觉得那荣布置这些影卫的手法，跟原亲军都尉府有些相似之处，互有来往，却互不交叉，彼此都是相对独立的存在，以保证不会有勾搭连环、养虎为患的后虑。

“你放心，我的所作所为一定是在土司老爷的计划之内，只会办好事而绝不会坏事，但是你最好确认自己的指手画脚，不会耽误我办好事，否则我不敢保证你的下场会不会跟玉腊一样。”妨碍计划延误时机的责任，可不是一个小小的影卫能够承担得起的，而是否妨碍计划延误时机，在这些影卫们各自为政的情形下，还不是朱明月一张嘴说了算？

当然，在玉里和埋兰的认知里，玉腊早已经被阿姆除掉了。可玉腊的“死”是在朱明月熟睡时做的，她应该一直被蒙在鼓里才对，怎么会……埋兰也没想到在这个时候她竟会这么不客气地威胁自己，是威胁，肆无忌惮。

“沈小姐，咱们主仆一行五人，现在被授命办事的主要力量就只剩下四个，理应通力合作齐心一致才是，沈小姐该不会以为凭借一己之力，就能在曼景兰横行无忌，还能救出沈公子吧！”埋兰眼中露出怒意和不满、又带着浓浓轻蔑。

“埋兰，你想要什么？”朱明月忽然反问。

埋兰乍然被问，倒是一怔，而后更加义愤填膺：“奴、奴婢还能要什么，奴婢不过是小姐的身边人，忠于土司老爷，是以小姐作何打算，有何进展，总要带着奴婢一起不是吗？”

“你是我身边的人，这一点我不怀疑，”朱明月将手轻轻搭在埋兰肩上，“但玉里也是，阿姆也是，甚至还有那些平时看不见的影卫，都是。可在我眼里，你们就只分为两种人——敌人、自己人，埋兰，你是哪一种人？”

埋兰被她略带审视的目光看得有些头皮发麻，比起刚刚的威胁，这句话显然更让人胆颤心惊。

埋兰脸色发白，咬碎银牙道：“沈小姐这是在怀疑奴婢的忠诚？就算小姐你是主子，别忘了，奴婢等也都是‘奉命’来的，你没有权力擅自处置奴婢等人！”

“我不会亲自动手处置你的，但如果你继续碍手碍脚耽误我的事，无需我出面，自会有人处置你——”朱明月说罢，抬手指了一下身后那浓密的树林，黑黢黢一片，像是隐藏着什么吃人的野兽。凉风拂过，埋兰禁不住打了一个哆嗦，下意识地抱住双臂。

“想活得长久，须知要乖乖听话。多跟玉里学学，不该有的心思别有，不该插手的事少做，这样的话我还能带着活着的你回曼腊土司寨，而你也还有机会去土司老爷面前告状，否则……”

朱明月没说下去，只拍了拍埋兰的肩，随后翩然离开。

后者僵立在原地，眼睁睁看着她下了山寺，好半晌，紧咬朱唇恨恨地跺了一下脚。

戌时刚至。

经过白日里的一场大火，若迦佛寺几乎毁于一旦。

顺着那三千八百磴石阶上山来，但见金漆寺门大敞着，左右不见守门的小和尚，寺内更是漆黑无声，静得有些不同寻常。

一路经过殿前佛堂、钟楼、寮室，偌大的前院空空荡荡的。照壁上灯油燃尽，廊前的灯盏黑蒙蒙一片，院中没有守更的佛爷，也无晚课的诵经声，似乎全寺上下的僧侣因这一场大火尽数离迁，连半个人影都不剩。

除却前院的这座大雄宝殿，后院的殿堂和僧堂、戒堂……都已在大火中被烧得面目全非，墙垣倾颓，木梁坍塌，殿内摆设更是焚毁殆尽。黑漆漆的天幕，黑漆漆的寺庙，庙内又是一片片烧得黑漆漆的炭灰焦木，说不出的寂静森然。

朱明月往北法堂的方向走，不大一会儿就来到后山，经过那汩汩往外冒水的泉水，她未多作徘徊，跨过浅溪，直接顺着石子小径往南面的竹林里去。

竹林的深处，是若迦佛寺的荼毗场。

此时微雨初歇，浓云散去少许。朦胧的月光照在浓茂的修竹上，满眼只有泛着萤光的翠绿，还有竹林间一座座砖红色的化身窖。

佛寺内六级以上的高僧在圆寂之后，要送到荼毗场中，摆成盘坐的姿势放进化身窖内，等待几日甚至数年后，至尸体腐烂发出臭味，再于化身窖底点火。届时，熊熊大火舔舐着砖红色的殓缸，高僧坐化，留下遗骨舍利。另有身体经年不腐者，肉身存留下来，是谓肉身不死，多被供奉殿中或者地宫塔墓。

朱明月走到其中一座化身窖前，扬手做了一个动作，下一刻，就从竹林深处窜出来两道黑影，无声地跪立在她面前。待她再一示意，两人起身，伸手去抬那沉重的化身窖缸盖。

随着粗瓷捻转的声响，半人高的缸盖被抬起来，一个老和尚盘坐在缸内，手中拿着朱红色念珠，口中喃喃念着什么。

正是高僧布达。

不过一日的工夫，原本精神矍铄的高僧便面色颓然灰败，奄奄一息，仿若突然间苍老了好几岁。

“布达高僧，你这又是何苦。”

朱明月叹道。

布达掀开眼皮，眼底一片血丝，“是你？”

“小女说过，我们很快会再见面的。”朱明月示意两个影卫将布达从化身窖里扶出来。

若迦佛寺里的这场大火是怎么烧起的？

小和尚碰掉了烛台，烧着了帷幔和殿内稻草？不，这场火是高僧布达亲手放的。

遣散在前，放火在后，待寺中的百余僧侣散尽，就只留了一个武僧，扶着他坐进这座殓缸里，再在下面点火焚烧。这就是高僧布达最初的打算。却不料缸盖一扣上，外面突然传来一阵嘈杂的脚步声和打斗声，再去唤那武僧，没半点回应。

布达很想掀开缸盖看看外面的情况，怎奈力气不够用，等了许久，也不见化身窖下面有火星点燃，而任他如何呼喊，都听不到一点声响。就这样在又闷又窄的殓缸内盘坐了整整一个晚上，水米未沾，心力交瘁。

“布达高僧心存死志不要紧，不该在见过小女后一日就引火自焚，平白让小女担负了逼死高僧、毁掉佛寺的罪责，就算佛祖不怪罪，小女这良心恐怕也难安。”

朱明月递给他一囊水。

高僧布达抿了抿干燥的嘴唇，却没接她的水囊，只捻着佛珠打了个问讯：“奈何老僧大限已至，与小施主无由。”

“若真是大限已至，何故生殓？”朱明月冷笑一声，“布达高僧，你怀揣秘密一死了之，可想过余下那百众僧侣？即使你提前将他们遣散暂时保住他们性命，那些来找秘密的人却发现你已死，一气之下难道就不会去找他们泄愤？”

她说着，硬是将水囊推到布达怀中，有心激怒他，“身为七级阿戛牟尼，却自私若此，布达高僧，你就是这么秉承佛祖宏愿参修佛法大德的？”

接连四个质问，换成昨日，高僧布达闻言早就暴跳如雷与她理论得唾沫横飞，现在却只是摇头，再摇头：“老僧心意已决，小施主不必出言相激。”

哀莫大于心死。

“布达高僧忘了，小女曾说过是来救你命的。既然是要救你命，自然送佛送到西，又怎么会让你死在眼前!”

“原来真是你。”布达深深一叹，颓然泄气。

没错，是她。

是她在他自焚前救了他，也是她安排他安然在化身窖中呆到现在。

可身为七级高僧的布达为何突然做出如此激烈又决绝的举动?

大厦将倾，独木难支，是选择力挽狂澜于既倒，还是识时务者为俊杰随波逐流？当身负重托的高僧布达意识到秘密无法隐瞒下去，他走了第三条路：宁向直中取，不向曲中求。他选择以身殉道。

在情理之中，也是她最坏的打算之一。

而朱明月到底没有估错这出家人执拗倔强的脾性，在她昨日离开若迦佛寺时，就防备着事情生变，留下了一部分影卫。于是，这些依照她的交代和布置，悄然藏于暗处严防紧盯的影卫们，在晌午太阳最盛的时候，亲眼见证了若迦寺中突然着起大火的全过程

眼见着一众僧侣莫名离迁，眼见着布达指使放火，随后又跟着布达和那个武僧一起来到了后山竹林深处的这座大葬场。在布达坐进化身窖之后、武僧点火之前，影卫们方知沈家小姐所言非虚，即刻现身，干净利落地放倒了武僧后，又抽走了缸底的石灰和柴草。

但是影卫们并未将高僧布达移出化身窖，而是将缸顶的气孔打开了。

因为若迦佛寺的大火，引来了其他人。

那九幽亲自带着人来了，这是朱明月没料到的。火光冲天的佛寺让望烟赶来的百姓和僧侣迅速投入到了手忙脚乱的救火中，跟着那九幽来的几个随扈也不例外，当然，他们的主要目的是在灭火后在寺中大肆搜找，可就算他们将整座寺庙翻个底朝天，也找不到要找的人。

事实上，按照朱明月之前推测过的，无论是谁都不太会找到荼毗场，或者，就算找来，依循摆夷族的南上座部佛信仰，也绝不会去碰化身窖。而谁又能料到，会有僧侣在活着的时候坐进化身窖，要被活活生殓!

高僧布达就这样被悄然藏到了现在。

待朱明月道明始末，布达又是一声长叹，合掌道：“小施主你小小年纪，却聪明绝顶，不仅能料得先机，还能根据无端的变数做出应对之策，

逐一将计就计，渡过危机，老僧自愧不如。”

不是她聪明，而是她谨慎，习惯留有后手。

“布达高僧可愿听小女一言？”

两人的对话没继续在竹林里的茶毗场，而是移步到了佛寺大殿。

这是大火之后保存完好的唯一一座佛殿。

整座大殿的殿基高约一丈余，清一色石砌，殿基之上紫红色的漆柱支撑起精巧的宇厦，殿厅南面是供奉佛像的两座台基，台基座的正中，是释迦牟尼佛金像。金像的左右及前面，又供奉着十四尊高不过半丈的诸佛，基座下面，大小佛像又九座。

殿内只有两扇天窗，很小，透进来的月光微弱，将成百上千盏油灯一一点亮，火光摇曳，闪烁欲灭，映照着佛像金身、佛龛莲花，营造出一种光怪陆离、幽邃神秘的气氛。昏暗中高大的佛像四肢匀称，面容和谐，雍容华贵，嘴角微翘，流露出高高在上的悲悯和洞察一切的睿智。

屏退了两个影卫，整座佛殿，甚至连同整座院落内，只剩下布达高僧和朱明月。

两人对坐良久，跳跃的烛火打在身上，映衬得布达的一袭僧袍红得神秘，片刻，他开口道：“小施主想说什么，老僧坐化之前，洗耳恭听。”

朱明月道：“布达高僧，小女之前曾说小女知道你的秘密、你们的秘密，并非弄虚扯谎，实际上，小女也知道这座佛寺的秘密。”

布达道：“老僧不信。”

“是不信，还是不愿信？”

“小施主不妨直言，向老僧来证明。”

朱明月仰面看向释迦牟尼金佛，轻声道：“若迦佛寺修建的时间不超过七年，建寺之初，寺内就流传出‘洗眼神泉’的传言，这也是引来山下众多善男信女香客的重要原因，鼎盛时期，若迦佛寺的受戒和尚就曾达到千余众。然而不知为何，几年之后，身为阿戛牟尼的布达高僧你突然对外宣称，‘洗眼神泉’一说纯属虚假，若迦寺因此一度衰落，香客们失去了精神依托，终因那三千八百磴石阶望而却步，致使若迦佛寺香火惨淡至今。”

布达道：“这虽是事实，却不算是秘密。”

朱明月道：“那么小女换一种说法，关于若迦佛寺这七年间由盛入衰的始末，只消前后一细推敲就会发现，若迦寺始建于洪武三十年，香火最盛时是建文二年，逐渐衰落则是在两年前，也就是建文末年、永乐元年。”

一阵天旋地转的眩晕随之而来，高僧布达霍然抬头，火光照耀下少女的面容宛若一只鬼魅，檀唇如血，声若靡音，“至于那所谓的‘洗眼神泉’，又称为‘斛泉’，并非是北法堂外的那一处，真实地点应该在后山荼毗场西侧的小筑旁边。之所以不再对外开放，是因为在那泉眼一侧、两棵菩提树的中间，立着一块碑，上书：有梦难圆，尘世着魔迷木性；无风易醒，洞泉悟道静凡心。”

低柔的声音犹如撞钟一般响在耳畔，高僧布达的心蓦地被狠狠刺穿，在那一刻，他以为自己已经死了。

然而，并没有，当少女后面的话再次娓娓道来，他觉得又死了第二次。痛苦而悲怆。

是的，斛泉，石碑。

还有石碑上的文字。

那是建文帝的亲笔。落款，是癸未年六月。

永乐元年六月。

这就是若迦佛寺的秘密。

在朱明月的认知中，建文四年的那一场大火，让一个年轻的帝王从此消失，江山改朝，又成就了另一个踌躇满志正当盛年的新帝。但是民间对于那场皇权政变、宫闱大火的传言，却附加上了太多传奇的色彩——比如，洪武三十一年，太祖就预知建文不能善终，赐给他一方锦盒，交代他非到危难关头，不能打开；比如，建文四年六月，燕王篡位夺权，兵临城下时，宫中莫名燃起大火，马皇后不幸葬身火海，建文帝在无计可施的情况下，打开太祖当年交付的锦盒，赫然发现盒内放有度牒、剃刀、袈裟、僧袍等出家人之物，度牒也填好了法号，建文帝于是剃发披上袈裟，从地道潜逃；再比如，据说，当年陪伴建文帝出逃的，还有两个身边近臣……

空穴来风，未必无由。

没人知道当年皇城被围四面楚歌时，那位年轻的帝王是如何九死一生最终逃出生天的，正像永远不会有人知道，一个小小的女官在这其中曾经推波助澜起到过怎样关键性的作用。但是作为这一切的见证者，朱明月也不曾想到，早在太祖爷还在世时，远在西南边陲一度被放逐在勐海的那氏九幽，就打起了某些主意，而这些主意在后面几年中又阴错阳差，最终促成了建文帝一路逃难来到了勐海。

佛堂大殿的壁画上描绘的是善恶报应，是天道、人道、阿修罗道、地狱道、恶鬼道、畜生道这“六道”之中的升降沉浮、生死相续、轮回不已；也刻画着白象投胎、树下降生、离家出游、禁欲苦修，以及禅坐、降魔、说法与涅槃“释迦八相图”。

佛陀说：修行正念，知苦断集。一个人如果没有足够的智慧去普度众生，那么就独善其身度化自我，如果连自我都无法救赎，苦难只会因循往复，凡人堕入泥淖挣扎不息。所以，佛陀告诫善男信女们要作为佛的虔诚信徒，这样才能渡过苦海到达彼岸。

彼岸，究竟哪里才算是彼岸？

良久之后，朱明月从怀中拿出一个小布囊，展开来，里面裹着的是一柄小小的桃木梳子。

朴素的錾刻，梳齿处摸起来很圆润，原主人应该时常梳发，很爱惜自己，上面还髹了一层清漆，在幽幽烛光的映衬下温润生辉。

桃木梳心。

“这是……”

高僧布达见少女轻缓而珍视地将桃木梳子拿到他面前，不禁微怔。

这是当年建文帝从密道离宫前，亲自交到她手上的信物，又被她在离宫后原物奉还给应天府城南胭脂铺的掌柜。朱明月不知道在那时候自己就急于将这桃木梳子归还是不是个错误，乃至于误打误撞碰到了姚广孝，遇见了沈明珠，这才造成了后来这一连串的颠沛坎坷。

但是当连翘将建文帝身在勐海的消息从姚广孝口中转述给她，当张晓谶在临走时给她留下了一块锦衣卫象牙牌，当阿姆告诉她，这柄桃木梳早已被取回又从应天府辗转送来了勐海，朱明月终于了悟，靖难之役后的宫中初遇，姚广孝为何会跟她说——皇宫只是其中的一个劫，她的路，恐怕还长着。

原来这本就是她的债，她终是要为她一手造成的这些后果负责。

“这是当年旧主离宫之前，交给小女的信物。烦劳布达高僧将它再送到旧主手中。”

朱明月将桃木梳子连同裹布一并交到高僧布达手上。

布达闻言愣愣地抬起头，好半天都没反应过来，表情是愕然的无措，“小、小施主是说……当年，旧主他，你……”

布达懵住了，以至于他都忘了说，他不知道她说的那位旧主身在何处，他只是守住若迦佛寺的秘密，守住那位旧主的秘密，他甚至还没来得及出声拒绝！可他又突然明白过来，她其实早就知道他知道；突然明白了，她为何会对若迦佛寺的这些秘密了然于胸；也突然明白了，昨夜她说会再见面的缘故——原来她竟是有这么重要的东西，而这么重要的东西，当然不会在第一次见面就带在身上。

一柄桃木梳，堵住了高僧布达的口，揭示出他心中的所有谜团，更硬生生地将他从赴死的路上拽了回来。

事实上，高僧布达永远不会知道，在昨日之前，朱明月并不确定他当真知晓内情。

“为什么？小施主就如此信任老僧？”东西很轻，却又仿佛千斤重。

“布达高僧不惜让若迦佛寺的香火衰败，如今更是以灭寺为代价，以死明志，小女想，布达高僧是一个足以托付的人。”朱明月说罢，又轻声道：“但是在那位愿意见小女之前，小女不会强求，小女会一直等，只希望布达高僧帮小女带去一句话——”

“什么话？”

“石湖居士的诗，君可还记得否？”

与当年之事有密切关联的高僧布达，忽然有很多话想问她，更有心去拒绝，但他是方外之人，清楚地知道作为守护的力量存在，不应置喙太多，更不能凭一己之念让事态变得更复杂。尽管他曾一度自持，自以为这个秘密会因为他的离世而相安无事地隐瞒下去。

就是这么一个少女，一出手就将他逼到绝路毫无招架之力，然后在看似两败俱伤的残局下，又以收势不动声色地攻破了他的心防，让他不得不怀揣秘密继续苟活于世。

后生可畏。

“至于吉珂小师父，”朱明月道，“在目前的情形下，他在小女身边会远比跟着布达高僧安全许多，布达高僧放心，小女会负责护他周全。”

在以绝对优势完全掌握了主动的情况下，朱明月并没有强行要求高僧布达将建文帝的下落告诉她，更未尝凭借影卫的存在蛮横逼迫高僧布达将人交出来，或是直接命令他带她去见那位，反而对布达照顾有加，因为对于一个连死都不在乎的大德高僧而言，威逼只会适得其反，让他宁可牺牲一切也要带着秘密下黄泉，却绝不再对她透露一丝一毫。

更重要的是，其实朱明月仍不能断定，勐海的这位，是否真的就是建文帝。

根据锦衣亲军都指挥使司设下、北镇抚司的缇骑在这半年内查到的消息，针对从洪武年间一直到改年号为建文之后、又改元永乐之前将近十年来的线索分析，建文帝身在勐海的可能性很大。

这一切的缘由，都要从一个大乘教的老和尚说起。谦禅师，福鼎人，曾在昭明寺出家，洪武十六年奉钦命任灵谷寺主持。与太祖私交甚笃，曾收徒洪正映，号洁庵。

洪武二十七年，那九幽跟随那氏土司那直来朝觐见，在应天府逗留期间，以南传上座部佛教的受戒高徒身份，结交了当时的应天府外城神乐观主持王升，通过王升，很快结交到了高僧傅洽。后经苦心钻营，再一次通过傅洽的关系，如愿以偿又结识了谦禅师的爱徒洪正映。这样的交往直到那九幽离开帝都回到元江府，建文登基后傅洽荣升为主录僧，几人以书信的形式来往一直都不曾断绝过。

洪正映因为谦禅师的关系，对建文帝一直照顾有加，而高僧傅洽又是建文帝的主录僧，君臣三人之间关系很不一般。建文四年七月，北军兵临城下时宫中起火，洪正映不顾个人安危匆匆赶来，替建文帝作了僧人打扮，在朱明月的襄助下，从密道出了皇宫，又在北军兵力最薄弱的地方突围，趁夜出了应天府。作为宫外接应的王升，在乱军中不幸被箭矢射中，身死；傅洽则在燕王入京后被捕，拘禁至今。

当时跟随建文帝一起逃出应天府的，除了洪正映，的确还有两位近臣——钦天监少监王钺，御史叶希贤。无心插柳柳成荫，因为那九幽当年结交了洪正映，洪正映又对西南边陲的南传上座部佛教有过很深的印象，在走投无路之下，洪正映、王钺、叶希贤三人带着建文帝，颠簸辗转一路来到了元江府，后被那九幽收留在勐海。其间，洪正映在勐海有过短暂停留，为了引开追兵，也为了不引起那九幽的怀疑，洪正映很快就离开元江独自一人不远千里去了福州府。据传，他曾在雪峰寺待过一段时间。而叶希贤和王钺则削发为僧，立下誓言常伴在建文帝左右。

当然，洪正映并没有将建文帝的真实身份告诉给那九幽，而是将这三人托付给了若迦佛寺的七级阿戛牟尼，也就是高僧布达。

朱明月无法想象，如果那九幽一直都知道建文帝流落来了勐海，却始终对此不闻不问，采取睁一只眼闭一只眼的态度，甚至还在暗中故意封锁消息施以保护，究竟是怀揣着怎样的图谋和打算？她只知道，关于建文帝仍在世的只字片言一旦流出去，就会使天下大乱，甚至令大明王朝再度沦陷于无休无止的战祸。

可若迦佛寺的这一场大火之后，有些事终将要瞒不住了。

“月儿小姐，奴婢不懂，你为何不干脆告诉那老和尚，其实小姐已然知道皇上的藏身地点就在般若修塔呢？他若不肯合作，咱们也有的是办法自己去找皇上。”

阿姆是后到若迦佛寺的，就在山门外等着朱明月。此时的天又下起小雨，阿姆见她出来，赶紧将竹伞撑起来，上前几步罩住她头顶。

“噤声！如今皇上尚且在位，那一位只是旧主。”

再次听人提起对他的称呼，朱明月几乎有一种透不过气的感觉。她在伞下静立了一瞬，环望四周凝神细听，直到确定周围除了细雨淅沥，再没有丝毫动静，这才稍稍松了口气。

阿姆讪讪地抿唇，有些懊悔自己嘴快。

“你以为仅凭三言两语，就能说动一介高僧？”片刻，朱明月叹道。

“不然呢……”阿姆不懂。

不是已经让那老和尚松口了？再稍微强硬一些，就不信他不就范。何况除了跟她们合作，若迦佛寺别无出路。

“一个将生死置之度外却将信诺看得比什么都重的人，是不会轻易妥协的。”朱明月道，“而布达之所以松口，是因为你带来的那柄桃木梳子，证明了我曾是那位身边的重要之人，于情于理，他都会在将东西交给那位之后，让那位亲自来决定是否见我，却绝不会自作主张。”

事实上，高僧布达也没有权力在这件事上做主。

对朱明月而言，除了将桃木梳子托付给高僧布达等待消息之外，亦没有第二条路可走。否则，般若修塔只会成为第二个若迦佛寺，被一把火烧掉，宁为玉碎，不为瓦全。

很多利害关系都不用挑明来说，彼此心照不宣。

“可如果不是小姐先找到人，无论是谁，若迦佛寺也好，那老和尚也好，甚至是那位旧主，都没有好下场的……”阿姆喃喃道。

“等吧，”朱明月一叹，“只能等。”但她有预感，等不了多久。

坐落于中城之南的曼遮佛寺，东配殿内，此时此刻梵音袅袅。

僧人们裹着绛红袈裟，趺坐在大殿中央，四周都是莲花灯、红烛盏，围成十二品莲台盛开的形状。幽簇簇的火光照亮了大殿的雕梁画栋以及释迦八相图的丽彩绘饰，也照亮了这些殿内做晚课的僧侣。随着一下一下地木鱼敲动，庄严悠长的梵呗回荡在偌大的寺院上空。

大殿的中心位置，是一方蒲团。

蒲团上半跏趺坐的男子，合掌闭目，形相端严，宛若女颜的面容，如富贵牡丹悬枝旖旎，乍看之下，叫人有一种荡气回肠的惊艳，正与众僧一起敲打木鱼，唱诵梵呗。

派去外面打探的随扈在这时回来了，进了寺门，又穿过前面两道院落，一直走到东配殿前的广场。广场左右有高高的髹漆牌楼，牌楼前站着把守的武士，另有家奴小僮侍立，绝对的门禁森严，外面纵然有香客踏错一步误走近都难。

随扈们出示了竹牌，得以穿过牌楼后来到殿前，就在门槛外等候，没有人敢出声，更不敢出面打断。谁都知道，在这固定的早课、晚课时辰，除非天要塌下来，否则天王老子都不能来打扰。

直到晚课毕，一众僧侣走出配殿，随扈们这才跨进门槛。

那蒲团上的男子睁开眼，一双狭长双眸如星辰璀璨，眼梢微翘，在莲花灯的映衬下熠熠流光。

“你们回来得很早。”

“也是那人去得早，离开得也早，而且不出您所料，果真是她。”

打头的那名随扈俯下身道。

“看样子，咱们的这位娇客恐怕不是第一次去若迦佛寺。”

蒲团上的男子就是那九幽，被誉为摆夷族的“白孔雀”。

这只白孔雀没在上城的府宅，而是到现在仍留在中城的曼遮佛寺。自从曼腊土司寨来的祭神侍女出使曼景兰以来，那九幽一直都住在中城，之前因为有位重要友人忽然到访，让他来不及回上城，临时推迟了接见祭神侍女的时间，而后又是若迦佛寺的一场大火，倒是令他想回上城都不能够了。

“还是您有先见之明，早就派奴下等在山门外守着，眼见她只带了一个随行的侍婢，看步伐身手，应该就是曼腊土司府的影卫不假。”

随扈说到此，有些暗恨，前几日一个不查，居然让祭神侍女那一伙人钻了空子，这回可不一样，毕竟整座寺庙都险些烧没了，怎么可能不留下人戒备呢？即使白日里搜寺一无所获，也不打紧，一无所获就证明人还在寺中，只要守着山门，不怕对方不来自投罗网。

随扈的自信，源于曼景兰的实力，更由于无数看不见的家奴身处各个角落，形成一条无比巨大的锁链，足以胜任对城内上百佛寺乃至整个中城外围的全面布防。

“不过那祭神侍女倒也狡猾，让人把布达老和尚藏在了化身窖里。”随扈摇头，不屑地道，“还真是澜沧来的，连这都做得出来。”

那九幽一笑：“早与你说过，别小看她，能在那释罗眼皮子底下搞鬼，她本事也不小。”尤其，还是得到那荣青眼一顾的人。

随扈道：“那释罗管事办事不力，奴下已经按照九老爷的吩咐，给了他一些小惩。”

“那释罗还需要出面招呼那些人，不要在他身上留下露于表面的伤，至于其他，你看着办就是。”

那九幽似是没听清随扈的话，或者没理解“已经给了小惩”的意思。但随扈听懂了，低头道：“是，属下稍后就去办。”小惩恐怕还不够，而且不能留伤，也就意味着要从那释罗的家人下手的意思。

那九幽因过于妖娆的面容，且生辰八字冲撞了勐神，打从一出世就遭到澜沧族里人的猜疑和厌弃，养成了古怪而偏激的性子，孩童时期又被扔到勐海这曾经的放逐之地多年，荒蛮的环境、残酷的生存条件使他比普通人更暴戾、更多疑，也更残忍。

但他凭借自己的实力在勐海摸爬打拼，前后十余年的时间，终于在这一片莽莽荒林中开辟出良田沃野，在野兽出没的湍流险滩建出人烟稠密的村寨，也就是现在的勐海八大寨，然后又买马、养象、种茶叶……逐渐经营出了规模浩大的广掌泊和养马河。

时至今日，勐海的势力，在整个元江府都不容小觑。

对于西南边陲而言，那九幽却更像是一个传说，从坐拥半个元江，到雄霸各大土府，再到横行无忌成为云南诸蛮夷中的最强者，恃强凌弱、劫掠茶商、屠戮卫所军队，狂妄嚣肆无所不敢为，已然不将大明朝廷放在眼中。

当前，他更是做起了一个惊天大梦。

梦里的人，不是他，而是两年前被自己的嫡亲叔叔推下皇位的建文帝。

那九幽并没见过建文帝，虽然他曾跟随那直去帝都觐见，但大朝会之上，皇帝临朝时的庄严肃穆、百官叩首时的盛大气派，让他根本无暇去注意那个腼腆的少年。他只有一张建文帝的画像，画像和本人之间有不小的差别，仅凭画像辨认出一个人，尤其这个人或许还剃了光头被乔装改扮，按图索骥一击即中的把握实在不算太大。若一击不中，打草惊蛇又反而不美。但是，在永乐元年那场空前盛大的赕佛日，那九幽还是在人群中第一眼就找到了朱允炆，或者说，他第一眼认出的是王钺。

洪正映可真狡猾啊，足足瞒了他大半年，要不是他与王钺有过数面之缘，恐怕他还不能在蓦然回首时赫然发现，原来自己一直身在宝山。

在那之后，那九幽沉浸在巨大的惊喜和惶恐之中，焦虑难安，患得患失，煞费心血十余年才将勐海经营至这般模样，假如因为一个建文帝引来朝廷的百万雄师，勐海面临的就是灭顶之灾。但随即他又想起在大明皇宫里见过的巍峨殿堂，殿堂内一派钟鼓礼乐之声，皇室宗亲们美衣华服，各地使臣官服位列，诸蛮夷土司头人跪拜致贺……睥睨天下享受人间极致，那是怎样一种感觉？或许，这就是他潜心修佛十数年的因果。又或许，这本就是一个富贵险中求的良机，是佛祖对他半生凄苦挣扎的一种变相补偿……

几乎用上了比开辟勐海时更多的心力，也更隐蔽、更审慎，那九幽终于还是开始了疯狂而又周密的准备和筹措，与此同时，他亦不曾忘记小心翼翼地去为建文帝三人在中城的栖身之所粉饰太平——他从不敢派武士驻守，不敢让家奴靠近，更不敢安排僧人去监视，不曾阻碍山下的香客去庙中祈福，因为他没有把握去承担让建文帝身边的那几个老和尚察觉的风险，让他们感到压力而迫使他们带着建文帝仓皇出逃，节外生枝。

至于若迦佛寺，在那九幽的欲擒故纵的放任下，在布达老和尚的故意为之下，两年时间，“洗眼神泉”的传说散去，佛寺香火逐渐惨淡，受戒的和尚由千人渐渐缩减到百余，寺内僧侣吃斋念佛的修行生活一切仍旧按部就班，寺庙后山下面那座般若修塔从此荒无人迹……

建文帝果然安然住了下来，除了不宿在僧舍、不外出化斋乞食，跟中城里千千万万的出家僧侣一样，每日在石塔中诵经礼佛，禅定持戒，茹素苦修。那九幽以为诸事皆在计划之中，但是，就在他等着那位友人再添一把火便会心想事成的紧要关头，可恨那荣忽然来搅局。

莲花灯盏火红，烛泪流淌，那九幽望着那明明灭灭的火光，在他的衣袂上映出一团小小的阴影，眯着眼仿佛出了神。

这时，随扈低声道：“九老爷，既然那祭神侍女已然给咱们指出了布达老和尚的下落，也就没有存在的价值了，何不……”

随扈说罢，手横在脖颈间，做了个“杀”的动作。

那九幽回过神来，纤长的手指抚了一下灯盏的莲瓣，拈花含笑道：“那可是我的好侄儿送来的祭神侍女。现在还不到跟澜沧撕破脸的时候，维持表面的平静依旧很重要，你们只管盯住她，等八天后这所谓的‘出使’结束，还得完完整整地把人送回曼腊土司寨去。”

“可她毕竟是冲着般若修塔而去，不管她知不知道、知道多少，属下担心，万一……”般若修塔里那三个和尚，连他们的人都不敢去打扰，假若被一个小丫头贸然行事坏了计划，就算以后血洗整个澜沧，都不够赔的。

“该来的迟早要来。我那侄儿忍不住了，这次又让那一拨人无功而返的话，后面不知还要打什么鬼主意。”那九幽道，“与其日夜防贼，还不如放任这一个折腾。况且咱们手里不是还有一个沈明琪吗？”

事已至此，捅破窗户纸是迟早的事。

既然人都在曼景兰，不管是谁，一个都别想在他的五指山中翻出花样……

早在来曼景兰之前，朱明月宿于玉娇的曼听寨子时，曾听当地的村民说过一句话：不到勐海，不知草木苍翠、大雾漫天；不到曼景兰，不知佛寺百座、佛塔千余。其实不尽然。

在勐海的八大寨中，除了佛寺佛塔，除了马匹、大象、茶叶之外，还当属雨热果树最多：莲雾、蒲桃、波罗蜜、龙眼、香庵波罗果、芭蕉、多依果……新鲜饱满，奇异甜蜜，好些是人见所未见。澜沧的四季鲜果就多是勐海供应的，但这些鲜果真正送进曼腊土司寨的却不多，能留在土司府的就更少。

当晚回到曼短佛寺，阿姆在饱食了各种鲜果之后，又抱着水晶果盘，心满意足地进入了甜梦。然而，等她次日一早醒来，脸上忽地又疼又痒。

"快帮我瞧瞧，我的脸上怎么了?"不仅又疼又痒，还一阵阵的发烫发肿。

埋兰闻声揉着眼睛翻了个身，等一瞧阿姆的脸，大惊失色："你、你的脸……"

玉里交代完早膳，从花厅走寝阁里，就瞧见阿姆和埋兰两个人大眼瞪小眼地在沈小姐的花梨木宝座镜台前，一个站，一个坐，那晕着一团光影的妆镜里，照出一张又红又肿的脸，密密麻麻布满了红疙瘩，看上去很瘆人。

"这……怎么会这样?"

是阿姆的脸。

"我也不知道，昨晚还好端端的，睡了一觉就变成了这样!"阿姆两只眼睛红肿如桃，明显是哭过了，但那张脸显然更红，结结实实肿了两圈。

玉里急忙走过来："是不是被什么毒虫蛰了，或是毒草碰了？还是吃错了什么东西?"

"呦，你倒是门儿清。"

那厢，埋兰冷不丁地说道。

玉里充耳不闻，用手小心翼翼地抬起阿姆的下颚，端详着道："勐海这地方卑湿水热，本来就多毒蛇虫蚁，可我瞧你更像是吃错了什么东西，昨晚，我记得你睡前吃了不少的鲜果。"

玉里一语中的，阿姆哭丧着脸道："不能吧，大家都吃了啊！"

"可不是，那些鲜果大家都吃了。"埋兰抱着双臂，"不过，最后那一盘，好像只有阿姆吃过，其他人都没动。"

埋兰的话似意有所指，这个时候，朱明月拿着浸过井水的巾帕走进来，"冷水打湿过了，你且敷一敷。"她将帕子贴在阿姆脸颊上，"我跟寺里的小和尚说了，待会儿会有个巫医过来，给你好生看看。"

一侧的玉里赶紧接过巾帕，"哪里要劳烦祭神侍女，奴婢等照顾她就好。"

说罢，又要给朱明月搬椅子。

"还真是主仆情深呢。"埋兰冷冷看着玉里和朱明月两人的互动，"不过，可别是贼喊捉贼吧。"

埋兰的态度很不友善，不仅针对朱明月，更多的是针对玉里。两人在土司府时就面和心不合，来了曼景兰，玉里在祭神侍女面前处处讨好、事事卖乖，她早就看不上；昨晚朱明月话里话外又提及玉里比她更贴心、更懂事，埋兰的心里愈发不好受。她不好受，自然也不会让别人好受，于是一早起来就借着阿姆的脸，将满腔怒火发泄在了对玉里的尖酸刻薄上。

"你这话是什么意思，难道说阿姆的脸是有人故意为之？你觉得是祭神侍女做的，还是在暗指是我做的……"玉里也不是好惹的，当即冷声挑明道。

埋兰道："你别事事都拉着祭神侍女一起，我分明说的就是你，要不是你，难道那些水果自己生出了毒，害得阿姆一夜之间长了满脸的疙瘩？"

"简直是荒谬，我为什么要这么做？"

埋兰妖妖娆娆地靠在炕桌边，似笑非笑道："我们三个之中，就属阿姆的身手最好，其次才是你，阿姆若是病倒了不能出门，不就轮到你陪在祭神侍女身边？玉里，想争宠，说出来就是，也不用使这种下三滥的手段吧！"

玉里的脸彻底沉下来："埋兰，你别血口喷人，昨晚我可没碰那些装鲜果的筐，是你领着底下那些侍婢收拾的，你忘了？"

"你是没碰那筐，可是你亲手洗的水果！"言下之意，不是你在果肉上动了手脚，还能有谁。

"都别吵了，吵得我脸更疼了！"

阿姆抱着脑袋，哀怨道。

埋兰掐了一下阿姆的胳膊，“死没良心的，我给你出气，你看不出来?”

“也不一定就是玉里姐姐啊。”

埋兰怒其不争地瞪了阿姆一眼：“你没看见，你亲爱的玉里姐姐有事没事就往祭神侍女身边凑？你陪着祭神侍女外出的两晚，你玉里姐姐可是翻来覆去彻夜难眠的……”

随着埋兰的话，玉里憋红了脸，像是被戳破了什么心事；须臾，却是笑了，“啪”地一下，不轻不重地将手里的巾帕扔在桌案上。

“什么彻夜难眠，说的是你自己吧，”玉里道，“也不知道是谁昨个黄昏提前跑到山寺侧门，冒着雨眼巴巴去等人家，结果却被撵了回来，真是好没脸面!”

底下人越不和，做主子的就越高枕无忧。

朱明月此刻面对的就是这样一个局面。当然，宁得罪君子，勿得罪小人，从坚固壁垒中寻找微不可查的薄弱点，既要分而化之，就像对付那些影卫；还要因势利导，就像对付埋兰。

推开门扉走出屋舍，朱明月捧着水晶果盘来到院中，身后是争吵不休且愈演愈烈的互斥声，而她已经没必要去面对屋里那三个奴婢之间的勾心斗角。

将果盘里仅剩的一些鲜果丢进天井里，再抬起头时，就瞧见那释罗拖着一条有些跛的腿，一瘸一拐地跨进院门。

“您这是怎么了?”

天光初开，朱明月未戴面纱，一张面庞笼在霞光中若芙蓉绽放，且清且艳且娇柔。十几岁的小姑娘，居然有这般风姿仪态，令人忍不住侧目。

“老奴来的时候，不小心摔了一跤。”

那释罗的脸色有些不好看，强打着笑容，眼底下却是一片乌青，像是整夜都未合眼的样子。

朱明月关切道：“若是身子不爽利，您大可派一个家奴过来，何苦亲自跑一趟。”

那释罗摇头道：“那些粗手粗脚的蠢奴才，哪里能将祭神侍女照顾周全。老奴已经在山下安排了马车，这就要去孔雀湖，烦劳祭神侍女去准备准备。”那释罗说到此，往她身后瞧了一眼，奇道，“对了，怎么不见玉里姑娘她们?”

玉里正在屋里忙着跟埋兰吵嘴。

“那释罗管事说要去孔雀湖?”朱明月问。

那释罗点点头：“那是芒色寨子西面的一处湖泊，风景秀丽，湖畔更散养着上千只孔雀，芒允也由此被戏称为‘孔雀之乡’，出名得很。祭神侍女难得来曼景兰，务必要去瞧瞧!”

让她看孔雀……

在元江府，那九幽就素有“白孔雀”的美誉，可见摆夷族对孔雀的尊崇和喜爱。但那释罗日日来她跟前报到，一连推迟了两次领她去见那九幽的机会，拖到而今已然七月十一，不但不再提，还专程安排她去芒色寨子看孔雀……看来那九幽短时间内是不打算召见她这位祭神侍女了。

阿姆的脸肿了，身边离不开人，于是，因为阿姆跟玉里吵得不可开交的埋兰，理所应当留下来照顾她。今日也不需要假祭神侍女替朱明月出面，那个体貌特征与朱明月有着八分相似的婢女被打发下了山门，跟玉腊待在一处。

只带着一个玉里，朱明月在随后跟着那释罗走下山门，主仆两人坐上了去孔雀湖的马车。

“小姐，其实奴婢跟埋兰……”

车上，玉里看着朱明月欲言又止。

“埋兰不太喜欢你?”朱明月问。

玉里有些尴尬：“是、是啊，她的确跟奴婢有过龃龉。”当面闹翻却是头一次，也不知那埋兰发的什么疯。

埋兰不是发疯，而是昨晚被朱明月的话刺激到了，罪魁祸首就坐在这里，轻描淡写地对玉里道：“你是因何到我身边的，我心里有数，放心，我会护着你。”

立场鲜明的话让玉里所有的解释都省了，也安慰了她有些不快的心绪，玉里在松了口气的同时，不禁想起临出门前，朱明月说要带着她而非埋兰的时候，她可没错看，埋兰咬牙愤恨的模样，连眼圈都红了。玉里又想起阿姆那张红肿不堪的脸，要不是阿姆突然出了事，眼下恐怕也轮不到她独自一人陪同朱明月。

玉里心中第一次冒出此般想法：若阿姆以后都出不了门，其实也挺好的……

芒色寨子离中城不算太远，绕着寨子往西而行，五里路外就是孔雀湖。经过昨夜的小雨，这一日的天气格外晴朗，暴晒的阳光投射在湖畔的一排排的桫椤树、垂榕树、棕榈树上，叶片鲜亮，泛起蒙蒙的白雾，明媚得有些不真实。

宽阔澄净的水面，也被阳光晃得一片灿烂，粼粼的波光中倒映着两岸的绿株、花卉，还有美不胜收的亭台水榭和精巧竹楼，恰似一幅浓墨重彩的绚丽画卷。

远处传来"嗷喔——"的鸣叫。

朱明月曾在宫中见过孔雀，正是由元江那氏的土司那直亲自进献的，蓝、绿二色，均为雄性，拖着又长又大的尾羽，头顶还有簇高高耸立的羽冠；一旦开屏，尾羽抖动沙沙作响，展示出五色金翠线纹的大羽扇，以及尾端的一颗颗暗蓝色镶绿边的圆圆眼斑，吉祥华贵，美丽夺目。

这一处湖畔，却散养着上千只孔雀。

成群结队的绿孔雀、蓝孔雀、白孔雀，还有黑孔雀，在盛满阳光的水岸边踱步，恣意舒展着自己的羽毛。有几只从栖息的树顶窝棚里滑翔下来，双翅展开，如一抹绚烂的星坠，划过浓密的雨热林间，让人恍若以为瞧见了凤凰于飞。

朱明月没见过凤凰，却在湖畔一间屋舍前，看见了一个蹲在地上为孔雀投食的男子。

七月的勐海，熏风日暖，鸟语花香。波光潋滟的湖畔团簇似锦姹紫嫣红，怀揣着一个笸箩，白衣翩翩的男子站起身，数百只孔雀在他身后随着他亦步亦趋，一人，百雀，从花丛边迤逦而来，在那一刻，仿佛有和煦的花香随着男子衣袂上的熏香撞入了她的鼻息。

那男子的笑容，却比花香、熏香还暖三分。

朱明月也在这时走近，待真真切切瞧清楚了那人的模样，不禁有些诧异地瞪大眼睛，却恰好与男子的视线对了个正着，"你是……"

"你是……武定州的凤氏于绯?"

两人同时开口道。

男子“咦”了一声，将笸箩端在右胳膊上，“你认得我？”

同样是问话，后面这一句等同于上面那一句的回答。

越过地上的低头觅食的孔雀，朱明月径直走到湖畔的雕栏前，目光却不离男子的脸，注视片刻，禁不住摇头，叹笑：“……真是得来全不费工夫。”

那男人一愣，然后皱眉：“不妙，不妙。”

能被这么漂亮的小姑娘认得，身为男子都会生出欣喜和优越感，而面前之人眼底冒出一抹惊艳却又骤然而逝，须臾就变成了懊恼。朱明月道：“什么不妙？”

“区区在下应该与小姐素未谋面，今日乃是萍水相逢，对否？”

他不答先问。朱明月点头：“没错。”

“那小姐可是元江府的人？抑或是武定州的人？”

“都不是。”元江府唯摆夷族人，武定州多是彝族人，朱明月不知他为何有此一问，也没打算在这一点上做文章。

却见男子一拍手掌，呼道：“那就对了！”

朱明月一脸莫名的表情，对什么？

“这个地方可是勐海，而你却是汉人。”男子端着下颚，一脸审视地看她，“我还从未见过一个人汉人能在勐海出入，更别说是曼景兰，你的身份肯定不简单。尤其不寻常的是，你在第一眼就认出了我……再凭你刚刚那一句话。”

他咂了咂嘴，以一种笃定的口气道：“我几乎可以断定，你的到来，即便不是跟我有关，也十有八九是跟……我们这些被抓的商贾有关系！”

由于所处环境所迫，会让某些人居安思危，时刻不放松警惕。面前的男子提到的，就是那些因为商旅结军旅，对元江府蚕食鲸吞计划而被抓走的云南二十四名商贾。

那是黔宁王府对付元江那氏三大杀手锏之一的败笔，朱明月虽不是真的为救这些商贾而来，但抵达元江之前，她曾让锦衣亲军都指挥使司中的“清理者”，去帮她调查了包括沈明琪在内，这二十四个人详详细细的身家背景，包括他们的姓名、家世、产业、三族亲属等，其中最主要的是他们每个人的面貌画像。

朱明月会做这些功课，是秘密渗透之前的惯用手段，以防不时之需。但是当某一日那些画像里的其中一个人站在她面前，跟她说，他就是大半年之前被元江府武士抓来勐海的商贾，他还活着，活得好好的，他一直等着有人来救的时候，朱明月难免有种哭笑不得的感觉。

尽管是她先认出的他，可这个凤氏于绯的心思实在够机敏。

少女的默认态度，让凤于绯露出一副“你看我就知道”的表情，啧啧道：“一句话就让人听出了破绽，下次跟别人见面的时候，小姐可不能这么说了。”

朱明月道：“那我要怎么说？”

凤于绯故作疑问道：“如果你同我们一样也是被抓进来的，认出我之后，难道不是应该说，同是天涯沦落人？如果你是来救我们的，或许会说，柳暗花明又一村；又或许说，为山九仞功亏一篑。可你说的却是，‘得来全不费工夫’。”凤于绯摇头，哂笑，“这就代表你不是来害我们的，就是有可能来图谋我们的。”

不愧是商人。

“你怎么不好奇我为何会认出你来？”朱明月别有兴味。

“好奇什么。”男子潇洒地一掀袍袖，直接坐在地上，“要知道包括沈家当家的在内，被那氏这帮野蛮人抓进来的商贾巨富里头，只有在下一个不是汉人，而在这西南边陲之地，不是汉人的商贾巨富，又非武定凤氏于绯莫属，你若认不出我，才真真是奇怪！”

男子分明仰着头，却一脸的得意洋洋理所当然。朱明月不禁哑然失笑。

的确，凤氏于绯，富甲西南。若说云南府锦绣山庄的沈家是汉商中的巨贾，武定州的凤氏彝族，则是当之无愧的诸蛮夷里的翘楚。

这时，又听凤于绯急吼吼地催道：“说话呀！”

“说什么？”朱明月被他瞬间的变脸弄得一怔，奇道。

“说你到底是被抓进来的，还是来救我们的？”

朱明月道：“你刚刚不是已经说了，我不是来害你们的，就是有所图谋。”

“我那只是跟你开玩笑……”凤于绯板着脸，噘着嘴道：“毕竟都过去这么许久了，好不容易来个元江府之外的人，我心里其实更倾向于你是来救我们的……”

朱明月没有对他的话表态，而是反问道：“但是在我看来，这里景致优美、房舍精致，你过得优哉游哉、乐不思蜀，不像是被囚禁的样子，更不像怀揣着随时离开的打算，不是吗？”

凤于绯站起来，居高临下地“怒视”她：“谁说我乐不思蜀、优哉游哉了？我随时随地想要离开，也随时随地做着逃跑的准备！”

大半年已然过去，再好的地方也早就待够了，何况他还要平白扔下日进斗金的生意，还有他的娇妻美妾、陈年佳酿……凤于绯越想就越憋屈，越憋屈就越抓心挠肝地想离开。

“这地方就你一个人？”沈小姐忽而问。

言下之意：光顾着自己跑，其他人都不管了？

凤于绯挑了挑眉，冷哼道：“商人重利轻情意，难道你没听过？何况能将我一个人带走已经算你本事大，还想将勐海的战利品一锅端了，小心贪多嚼不烂！”

倒是理直气壮，一点都不觉得羞愧。

“带你出去不是不可以，但若是就你一个，不行。”

沈小姐斩钉截铁地拒绝了他。

“你觉得我不够分量？”凤于绯气急说罢，盯着她的眼珠一转，蓦然间像是明白了什么，长长地“哦”了一声，“我知道了——你不是冲着我来的，而是冲着除我之外的其他人、或者某个人来的……”

朱明月眸光微漾，低眉笑道：“你觉得呢？”

“我觉得又被我说中了。”

朱明月像是在等他这句话，不紧不慢地接下去道：“可你能独自一人在这里，倒是让我觉得，要么说明你们被抓进来的这些人没有被关在一处，而是分开‘拘禁’；要么说明，对于勐海来说你也是特殊的，能够享受到最‘优越’的犯人待遇；又或者，你根本不是被抓来，反而是被请来的。”

她以同样审视的目光回敬他，“以上三种，不知道凤公子你属于哪一种？”

凤于绯被这么一问，乍然愣住了，等回过神来，不由又好气又好笑：

“还真是现学现卖，没等我再发问，你就已然反击了。在下忽然很好奇，小姐究竟是什么人？”

“能带你出去的人。”

凤于绯一哽，目光动了又动，旋即就笑开了道：“行吧行吧，咱们都别绕圈子了，为了表示诚意，凤某先来回答小姐的问题——区区在下是第一种。”

也就是说，被抓来的商贾们被分开关在不同的地方。

朱明月道：“其他人也都像你这么‘自由’？”

“自然不可能。”凤于绯有些骄傲，扬了扬脸道：“咱们这二十四人当中，唯有我一个不是汉人，而且还是武定凤氏的嫡孙，那九幽再厉害也要顾及着我背后的凤氏土司府，不会拿我怎么样，既不能放了我，那就只能好吃好住地供着我。”

在整个元江府，恐怕凤于绯是除了朱明月之外，第二个敢直呼那九幽其名的人。

他也的确有这个资本——从彝家摩崖石刻上的世系来看，罗婺凤氏代代传承，保持着最纯正的贵族血统，因人丁稀少，嫡子嫡孙都分外宝贝，牵一发而动全身。

“你可知其他人都关在哪儿？”

“不知道。”

朱明月转身便走。

“诶，你——”凤于绯怎么都没想到她不由分说掉头就要离开，且丝毫没有回头的意思，不由得在她身后气得跺脚，“我只知道一部分！可你也要先告诉我，你究竟是什么人？是不是来救我们的？又能不能救得了我们？”

朱明月停住脚步，回眸：“凤公子先告诉我他们关押的地点。”

“你先回答我的问题！”

朱明月对面前男子的逼视和坚持视而不见，两人对峙了片刻，朱明月继续迈开莲步的一刻，凤于绯终于明白了她真的不是为自己而来，而自己对她来说根本是不值一提，不得不妥协，咬牙切齿道：“好——我告诉你我知道的那些人被关押在什么地方！”

“我只想知道沈明琪的下落。”她直截了当地说道。

“原来你是为沈家当家来的……”凤于绯恍然大悟之后，又紧紧抿唇，不忿地喃喃自语道：“早就听说云南府锦绣沈家跟黔宁王府的所交匪浅，这第一个能进来勐海来捞人的，果然也是冲着沈家来的……如此假公济私、厚此薄彼，黔宁王府当真是太不将旁人放在眼中！”

朱明月没承认自己是黔宁王府的人，也没否认，只看着凤于绯，等他的答复。

顷刻，凤于绯道：“我可以带你去找他，但我有一个条件！”

带她去找他……

朱明月看着凤于绯的目光又有些不同了，“凤公子是想说，事成之后，让我送你回武定州？”

凤于绯瞪了瞪眼睛，咧嘴笑开了道：“小姑娘挺自信的啊，不是说救我出勐海，或者带我出元江，而是直接说送我回武定。”他忍不住啧啧两声，“你要真有这么大本事才好，可别空口说白话来哄我。你凭的是什么？”

“就凭，我一介汉人能在勐海出入。”

凤于绯听出她这是拿他之前调侃她的话反过来揶揄他，又有些恼恨她半分不透露，扬眉冷笑道：“那好，你如果真能送我回武定州，凤某自当带你去见沈家的当家！”

在朱明月跟这个湖畔男子说话期间，玉里一直在水榭外面的凉亭里等着，偶尔看过来几眼，又不时地踮脚往四周看看有没有其他人。直到瞧见朱明月话别了男子，朝着自己这边走来，这才松了一大口气，拿着披风迎了上去。

“小姐你可过来了。奴婢生怕那释罗管事这会儿回来，小姐你又还没跟他说完，那释罗管事问起来，奴婢不知道该怎么说。”玉里松开攥着裙角的手，手心里全是潮汗。

“那释罗管事还没回来？”

朱明月有些奇怪。

玉里点头：“被那人叫走的时候，奴婢就瞧对方的脸色不好，像是挺着急的，别是出什么事了吧。”

玉里顿了顿，又道：“对了，那边那位公子是什么人啊？”

她的话刚说完，之前一直跟朱明月说完话的白衣男子顺着水榭走了过来，也随着他的脚步，几十只孔雀踱着优雅步伐紧跟其后——长长的尾羽拖拽出斑斓的色彩，衬托得男子一袭白衣愈加出尘，整个人犹如九天坠下的仙君一般，遗世独立傲然花丛。

“在下与这位小姐一见如故，不知可否同行出游，也好有个陪伴。”

阳光和煦花香芬芳的晌午，盛雪白衣被风拂动送来淡淡的清雅熏香，男子眸光轻暖，眼波流动，光是这微笑如水的模样就让人如沐春风，而他轻柔舒缓的嗓音更是怡人心脾更甚春风。

玉里腮晕泛红，怔怔地看着他走到沈小姐面前，飞快地低下头，咬唇羞涩不语。

“凤公子想在今日出游？”朱明月看着又回到一副翩翩佳公子姿态的凤于绯，轻蹙眉道。

她刚刚分明说可以给他两日的时间准备。

凤于绯道：“就在今日。”

“凤公子想要去哪儿？”

“不远。听闻在芒色寨子的南面还有一个金湖，湖边有一座公主亭、一座王子亭，相传是几百年前勐班珈王子召树屯与孔雀公主南穆娜相遇定情的地方，小姐可愿陪在下前往一‘观’？”

南面，金湖？

原来沈明琪与凤于绯的“囚禁”地点，只隔着半个村寨……

朱明月忽然有种他是故意的感觉，心下又泛起丝丝迷惘，未等表态，玉里凑到她身边，低声私语道：“小姐，这样不太好吧，咱们到底是跟那释罗管事一起出来的。而且面前这位公子是……”

“在下凤氏于绯。”

凤于绯朝着玉里兜头便拜。

连汉家儒生的礼仪都拿出来了，举手投足间将优雅和风流之姿拿捏得十足，不遗余力地向玉里卖弄风情。朱明月不由得顺水推舟，低笑着介绍道：“这是我贴身的侍婢，名唤玉里。”

“原来是玉里姑娘。”

玉里身为土司府里的一等侍婢，又兼任影卫，自然知道武定凤氏，有些惊诧之余，赶忙敛裾道：“凤公子有礼，奴婢久仰大名。”

一个低眉含羞，一个款款凝望，两人仅说了两句话便流动出暧昧的情愫。

朱明月似置若罔闻，只轻声问玉里道，“知不知道那释罗管事去哪儿了?”

玉里回过神来，想了一下，道：“奴婢也不晓得，之前小姐在小竹舍里纳凉的时候，那释罗管事就被人叫走了，临走只交代说去去就回。那来人也分外眼生，看穿着却不像是那释罗管事身边的。”

玉里的意思是，叫走那释罗的人，不是在上城给那九幽当差的奴仆。

朱明月愈加感到了疑惑，眼波不经意从凤于绯脸上划过，却见对方似笑非笑盯着自己，好似在求证，又像是嘲讽刚刚她口口声声说“送他回武定州”的话，究竟有没有把握。

“既然那释罗管事是自己走的，将马车留给了咱们，金湖与孔雀湖相隔不远，便跟公子走这一趟也无妨。”

朱明月似在给自己找回底气，如是道。

若说玉里刚才还甚是犹豫，现在面对一个清俊男子的诚挚相邀，还有自家小姐的坚持，想要阻拦的话也说不出口了。况且她毕竟是奴婢，奴婢就应该事事以主子的意愿为主，这是本分不是吗，况且她也尝试过劝阻了。

一行三人并没坐马车，是徒步走过去的。

玉里给朱明月撑起了一把竹伞，朱明月走在伞下，她仍旧不习惯西南过于毒辣的阳光，照在脸上不是暖意微醺和煦明媚，时间稍长，就灼得肌肤火辣辣地疼，再加上勐海的天气晴空万里多过于云卷云舒，遮阴的竹伞就成了必不可缺的东西。

顺着羊肠小道往南走了几里路，过了长长的藤桥，沿着寨前小径往深处去，远处碧水环绕的一座小榭映入眼帘。绿荫环抱之中，还有沿湖畔而建的一排鳞次栉比的竹舍，两座金顶华丽的亭阁，就在湖的另一端，隔着一道长廊遥遥相对。

孔雀公主的传说在摆夷族中流传甚广。据传，在千年前的澜沧江边有一个富饶美丽的孔雀国，国王有七个女儿，生得一模一样，她们每次飞到金湖，都会在湖中沐浴。有一日沐浴后，最小的妹妹孔雀七公主南穆娜的羽衣不见了，姐姐们找遍周围草地也未果。原来，是勐班珈的王子召树屯为追逐一只金鹿来湖边时，看见孔雀七公主在湖中沐浴，一下子惊若天人，一见钟情，在好友神龙的出谋划策下，王子特地等到公主们再次来金湖沐浴时，悄悄取走了七公主的羽衣，借机将七公主留下，向其表达爱慕之意。

在金湖的湖畔也散养着为数不少的孔雀，像是在呼应那孔雀公主的传说，然而摆夷族的这个古老故事却让她想起汉人的牛郎和织女。

且不说在姑娘家沐浴时偷窥是否于理不合，再趁机将姑娘的衣裳盗走，姑娘被迫留下后，居然芳心暗许。有意思的是，召树屯是王子，牛郎只是一个庄稼汉子，以至于两个故事的结局截然不同：王子偷了孔雀公主的羽衣，最终与公主喜结连理、厮守终生；牛郎偷了织女的仙衣，从此银河迢迢、金风玉露，只有每年一次的鹊桥相聚。

看来不论是俗世还是仙尘，终是要讲究门当户对的。

三个人顺着长廊走进公主亭，在宽敞的竹廊中，远眺金湖，但见湖面上空缭绕着一层轻薄的雾气，在阳光照耀下似泛着金色，宽阔无比的湖面，一片幽幽碧波，像一面镶嵌着宝石的明镜，倒映着蓝天白云、鲜花绿叶。

“小姐，你看这湖中的锦鲤好大，比土司府里的还鲜亮呢!”玉里指着湖中悠然摆尾的鲤鱼道。

朱明月凭栏一瞧，果然是硕大无比，白的如银，红色若锦，黄的灿灿，蓝的艳艳……色彩瑰丽，花纹交杂，像极了一只只小兽，体型大得有些吓人。

“奴婢瞧着这些鱼再长长都能去跃龙门了!”

玉里啧啧称奇。

“能长得这么肥美，属实不容易。”凤于绯摸着下巴笑道。

玉里听到他打趣的话，不由腼腆道：“奴婢听汉人有‘鱼跃龙门、过而为龙，唯鲤或然’的说法，在咱们元江，鲤鱼却多，并无龙门可跃，倒是它们生不逢地了。”

“没有龙门，就安安心心做鱼，岂不快哉?”

玉里捂唇笑：“庸庸碌碌一世，怕是鱼也要不甘心。”

凤于绯摇头晃脑地道：“鲤鱼出游从容，是鱼之乐也。怕只怕再等上一时片刻，想要庸碌从容一世都不能够了……”

玉里没听懂，倒是一侧的朱明月开口道：“怎么还要等?”

“不可心急。”凤于绯望着对面，翘首以待的模样，“是咱们来得早，还差些时辰。”

“公子确定是这里？”

“凤某从来不做没把握的事。”

玉里在两人中间略靠后一些的位置站着，听得云山雾绕，两人这是在说鲤鱼？

玉里的目光一直在朱明月身上，时而状似不经意地瞧向凤于绯，那端庄的举止显得娴静美好，恰似一朵解语花。可惜凤于绯的全部心思此刻都在对面的王子亭处，玉里这一番不着痕迹的表露，丝毫未得他的关注。

又过了一炷香的时间，未时一刻正，对面的王子亭里出现了一个扛着钓竿的男子，一手提着鱼篓一手拎着竹凳，是从湖畔的一座竹舍里出来的，看样子倒像就住在这金湖边上。

凤于绯眼睛一亮，挥舞着双臂朝那钓鱼的人示意。

“沈兄，沈兄！”

对面的男子也是一袭白衣锦缎，风姿翩然中展现几分儒雅的书卷气，与凤于绯不同的是，这男子是个地地道道的汉人。

此刻扛着钓竿的手还搭在肩上，望向这边的一刻，白衣男子瞪圆了眼睛，一张嘴张得老大，就像是被什么黏在了原地，动也不会动了，看上去有几分傻气。

这个时候，公主亭的三个人顺着宽阔的藤桥从侧面绕了过来。

“沈兄，能见上你一面可不容易啊，不过瞧你在这里过得倒是比小弟我还悠哉，又出来钓鱼？”凤于绯抱着双臂，故作玩世不恭地道。

沈明琪的目光一直不离那个高腰长裙的少女，以至于都没听清凤于绯在说什么。等他看清楚少女的面容，脸上的惊愕之色更是无以复加，原来他没看错、更没错认，真是——珠儿，他的妹妹沈明珠！她怎么会出现在这里？

当然，沈明琪还没傻得把她的名字叫出来，只是直勾勾地盯着，有些复杂，更有些慌张，连鱼篓从手里掉在地上都没注意。

他不会知道此时此刻在朱明月的心里更讶异，而她想的是：真的是沈明琪……

实际上，在朱明月与沈明琪有限的接触中，除了第一次相遇，这痴傻的男子险些被红豆抽了鞭子，再有，就是茶楼外沐晟强行将她掳下马车，三人间并不愉快的交谈。而朱明月始终记忆犹新，当时她与他解释身份，对方充耳不闻，全然陷入一厢情愿的认亲中的场景。

“沈兄，沈兄，回神啦!”凤于绯伸出一只手在沈明琪眼前摇了摇。

“啊，是、是凤贤弟啊……”好半晌，沈明琪才反应过来，吞咽一下掩饰道。

凤于绯扑哧一下笑了，饶有兴味道：“沈兄，多时不见，怎么好像都不认得小弟了。”

沈明琪嗫嚅道：“哪里。”

凤于绯将沈明琪的神色瞧在眼中，更确定了这姑娘跟沈家当家是相识的，于是一摆手，示意朱明月的方向，“沈兄，给你介绍一下，小弟刚刚结识的一位姑娘——”他话到嘴边忽然皱眉，“哎哟，在下真是糊涂，还一直不曾问这位小姐……”

“我姓沈。”

简单的三个字从朱明月的口中吐出。凤于绯一愣，然后就懵了。

姓沈，沈!

凤于绯缓缓转过头来，有些难以置信地看她：“你姓沈？那你……”

换成是别人，或许会想当然认为天下沈姓之人多如过江之鲫，这小姑娘姓沈也不足为奇。凤于绯不一样，实际上，在他将这主仆二人引来金湖之前，心里就存有几分戏谑和试探的心思，但没料到不光是他别有他想，人家显然也在蒙他。

当即笑容再无法维持，沉下脸质问道：“原来小姐也沈姓，不知道沈小姐跟沈兄的关系是……”

“凤贤弟，这是舍妹……”沈明琪也没想到沈明珠会这么坦白，见她不打算隐瞒，索性上前一步温吞吞地解释道。

凤于绯心里气炸了，深吸一口气，脸上反而笑得愈发明媚：“原来是沈小姐——失礼失礼，在下真是被小姐瞒得好苦啊，若沈小姐早说你是我沈兄的亲妹，刚刚在孔雀湖边，在下怎会不好生招待‘沈小姐’一下……”

最后那“沈小姐”三个字像是从牙缝里挤出来的，既怨且愤。但朱明月偏偏在思虑别的事，根本没将他的怨愤放在心上，轻描淡写地敷衍道：“凤公子现在知道也不晚。”

不晚，不晚。

凤于绯皮笑肉不笑道：“时隔大半年，沈小姐才出现在这里，沈兄还活着，倒也真真算是不晚。”

“为兄还要感谢凤贤弟将舍妹珠儿带来，为兄感激不尽！”

这时，沈明琪将渔竿放下，朝着凤于绯端端正正地行了一个礼。

此处不是说话之地，凤于绯有心想挤兑朱明月几句，又有沈明琪夹在中间护着，凤于绯更受不了沈明琪这一副酸儒样子，甩了甩袍袖，道：“沈兄还要垂钓吗？这儿太阳太大，不若交给仆从，沈兄和令妹好不容易相见，总是要说说话的。”

所谓的仆从，是竹廊外两个短襟长裤打扮的壮汉，从一开始沈明琪扛着钓竿踏进王子亭，俩人就在外面守着了，此刻亦如雕像般岿然不动。

沈明琪顺着凤于绯的视线望过去，目光又下意识地看了看朱明月，刚想开口，凤于绯抢先高声道：“愣着作甚？你们家主子想吃鱼，还不赶紧过来钓两条新鲜的，给你家主子烤来吃！”

沈明琪的确就住在这金湖边上。

这从朱明月此刻所处的一座小屋舍就能看出来，竹篱笆栅栏围出屋前一块空地，栽种着一株垂叶榕，紫藤花架旁边挂着一串串玉米和晒着的红辣椒；篱笆的角落处还点缀着大片的玉簪花，花叶娇莹，苞如簪头，显得冰姿雪魄，清芬宜人。

沈明琪引着三个人走进屋内，屋子不算大，花厅隔出两处寝阁，正榻处又另有内置的隔扇罩，跨进门槛，就瞧见中央的一张竹制的花藤大圆桌，转圈摆着小矮杌。北侧有两座雕花的乌木柜子，旁边还有一个精致小巧的紫檀木书架，零星地摆着几本书……正是麻雀虽小，五脏俱全。

朱明月禁不住若有所思。

进来后就直奔花厅的凤于绯显然不是头一遭来，坐到圆桌前，端起茶壶给自己倒了一盏茶。

“你们兄妹俩有什么体己话想说就趁早，等那俩汉子钓完了鱼，可就没机会了。”

不用凤于绯提醒，将门扉虚掩上，沈明琪转过身来时已然是一脸的焦灼，拉过朱明月的胳膊，急急地道："珠儿，你怎么会在勐海的?"

抓着她的手用了很大劲，另一只隐在袖中的手也攥得死紧，朱明月见沈明琪的眼睛都红了，轻轻掰开他的手指，稍稍退后一些道："一句两句也说不清楚，但你放心，我很安全。"

沈明琪明显不信："珠儿，你跟为兄说实话，你是不是也是被抓进来的……"

在沈明琪的认知中，沈明珠被带回云南后就应该跟黔宁王在一处，或者安安稳稳地待在云南府，怎么都不能出现在勐海！可如今她就站在这里，在曼景兰，不就意味着她也被抓了进来当做筹码？沈明琪忽然觉得自己这个兄长太不称职，好不容易找到了失散多年的妹妹，又连累她蒙此大难，不禁悲从中来——"珠儿，兄长对不住你!"

"沈兄，你轻声些，不要以为那两个仆从离着远就听不到你说话。"凤于绯一边喝着茶，一边提醒道。

同样是作为旁观者，玉里从进屋就始终静立在一侧。可她比不得凤于绯这般淡定，眼见着沈小姐的兄长、云南府传奇一样的富商沈家当家突然出现在金湖湖畔，眼见着兄妹俩相见，玉里惊诧之余忍不住一再打量。可惜，眼前的场面并不像想象中那么感人，朱明月甚至不热络，只有沈家当家一脸要哭不哭的样子，看得出心中实在悲戚难捱。

与此同时，玉里也在心中因着朱明月没有刻意避讳自己，而暗暗欣慰。到底是萧颜派过来的人，比起阿姆和埋兰，都要近着一层。

"是啊，哥哥，你冷静一下。"

朱明月见沈明琪自说自话的毛病又犯了，不禁有些头疼。

"珠儿，你、你叫为兄什么?"

沈明琪哆嗦着肩膀，满脸激动又欣喜地看着她，"五年了，不，六年了，整整六年了！你终于肯认为兄！为兄实在是、是……"

喜极而泣的男子，几乎话不成句。

六年前还是如花苞一样稚嫩娇小的姑娘，扎着两个羊角辫，总喜欢抱着他的腿，央求着他带她上街买糖吃。沈明琪又想起沈明珠更小的时候，那么大一点儿，粉嘟嘟的小脸，玉雪可爱，在母亲的膝盖上一边吐泡泡，一边数花瓣……时光荏苒，已然六载春秋。

“哥哥，现在不是历数过往的时候……”朱明月的目光掠过屋里的另外两人，对沈明琪表现出的热切也有些尴尬，“方才凤公子说得对，趁着外面的两个人被绊住，哥哥，你还是赶紧与我说说，我怎么做才能救你出去？”

沈明琪从回忆中被拽出来，满眼复杂和酸楚地看着她，好像怎么都看不够，不无怅惘道：“咱们沈家的掌上明珠真的长大了……珠儿，为兄不需要你救，为兄只希望你能一切安好，就足够了。”

朱明月微微蹙眉，直接道：“哥哥，这半年来你是否一直都住在这里？”

一句切中要害。

凤于绯有些好笑地看着兄妹二人，又有些幸灾乐祸地看着朱明月，任她再犀利又如何，陷入对往事无限追忆和怀念中的沈明琪，可不是那么容易能绕出来的。

果然，沈明琪又拉住她的手，殷切地说道：“珠儿，为兄已经失去了你六年，如今好不容易将你寻回，绝不会让你再出事！等会你就跟凤贤弟一起离开，不管你现在何处落脚，回去后赶紧收拾收拾，哥哥就算拼尽力气，也会将你送离勐海！”

沈明琪的话音刚落，未等朱明月开口，一侧的凤于绯惊呼道：“沈兄，你有办法离开勐海？”

沈明琪道：“虽然这里是那九幽的地方，但是被囚禁在曼景兰这么久，沈家的人已经有好几拨来寻过我，目前在元江府乃至勐海的村寨中，应该有他们留下的可供联络以及撤离的方式——凤贤弟，若你能护着珠儿离开，沈某会送凤贤弟一起离开！”

护着她离开的意思，就是不管沈明珠是因何身在勐海，自愿与否，凤于绯都要为帮助她脱身而负责。

凤于绯眼睛先是一亮，随后眼帘眯起来，咂嘴道：“沈兄，这买卖倒也合算，但不是小弟不信你，既然有办法离开，你之前为何不用？非要等过了这么久，等到令妹千里迢迢寻到曼景兰，你才肯拿出来？”而且还仅是让他和朱明月走，他自己仍要留下。

屋外淡淡的焦煳味道飘了过来，看样子两个奴仆手脚很利索，这么快就钓上了鱼，又架起火堆烤了起来。

沈明琪抓紧这仅有的一点时间，道："凤贤弟你多虑了，沈某决计不会害你，更不会让舍妹受到一丝一毫的伤害，关于逃走一事，还望贤弟你不要犹豫！"

还是没回答凤于绯的问题。

凤于绯尤想说什么，朱明月伸手一拦，低声道："今日并不是做决定的好时机，具体如何，还要另做商讨。不过今日之后，哥哥，你还会在此处吗?"

朱明月担心的是，在凤于绯引着两个"外人"来这里之后，沈明琪会被转移到其他地方。

"珠儿，你拿着这个——"沈明琪转身走进寝阁，从床榻上一个滕箧底层摸出一块髹漆小竹牌，貌似不起眼，手触摸上去却有一个篆体的"沈"字，繁复笔画，是古汉字，这样即便是汉人没有一定学问也很难认得出来。

"今日之后，珠儿不要再来找为兄，拿着这块牌子，或者让凤贤弟替你拿着这块牌子，去下城的乌珂赌坊找一个叫赤次的人，把这牌子给他看，他会安排你们离开。"

沈明琪叮嘱罢，又紧紧攥住朱明月的手，"珠儿，我的妹妹，六年前为兄把你弄丢了，六年后就算用为兄的命，也定要护你周全……"

这个时候，外面传来脚步声。

鱼烤好了，齐整整四大条，正是金湖里再长长就能跃龙门的肥美鲤鱼，串在竹签子上，鱼皮烤得酥脆，滋滋冒着油，浓香弥漫。

除了沈明琪的、凤于绯的，除了朱明月的，玉里意外地发现还有自己的一份，百般推辞之后，只好从那面无表情的仆从手里接过来，当着凤于绯的面，十分不好意思地一小口一小口用手撕着鱼肉吃。

朱明月的目光从两个五大三粗的奴仆脸上看过去，在两人退出房门的一刻，沈明琪注意到她一直面色不善，不由低声安抚道："他们俩是哑的，不会说话，这段时间一直负责照顾为兄。不过珠儿放心，你今日来金湖的事，为兄会想办法不让他们跟外人说……"

日薄西山的时候，凤于绯以及主仆二人与沈明琪告辞。

一身书卷气的男子站在屋舍前，橙红的夕阳照得他衣衫也有些泛红，显得形单影只些许伶仃孤单。而他目不转睛地望着一行三人渐渐离去，直到最终消失在视线还久久不能回神，一双眼睛里含着难以割舍的伤感，那神情，就像是生死永别。

“凤公子再不注意看路，小心摔下河沟。”

返回孔雀湖的路上，在凤于绯不知第几次将目光投到她身上，朱明月终于开口“好言相劝”。

“在下就是觉得……你们兄妹二人倒是挺有趣的。”

凤于绯故作漫不经心地说道。

一个千辛万苦混进勐海来救人，一个费尽心思也要将人送出去，两人都是自说自话，谁也没跟谁想到一块去。

“对了，还有关于那‘六年’是怎么回事？”凤于绯又道。

朱明月走在玉里给她撑着的竹伞下，挡住的是仍然刺眼的夕照日头，闻言，捋了捋额前碎发，不咸不淡地答道：“凤公子生长在西南，又因生意与云南府的锦绣山庄诸多来往，该不会不知道沈家女儿一直流落在外的事吧。”

凤于绯眸光一动：“你真是沈家大小姐啊。”

沈家明珠，沈家嫡长一脉唯一的女孩儿。

“现在也是锦绣山庄的半个当家。”

“可是我对你的身份还是挺好奇的——”凤于绯摸了摸下颚，道：“你是沈家的千金，却能在曼景兰随意走动，同样是行动不受限制，我倚仗的是凤氏土司府，还仅是在芒色寨子里不受限制；而你是从寨子外面来的，就算不是来自上城，最起码也得是中城或下城……你倚仗的又是什么？”

倚仗沈家？莫说是沈家的半个当家，就算是沈明琪这个堂堂的家主，不也被结结实实关在曼景兰。凤于绯也没错听，之前这个侍婢玉里提到的——“那释罗”管事，仔细想想，不就是在上城赫罕、那九幽身边伺候的管事之一吗！

在凤于绯旁敲侧击的当口，远处陇道上来了一辆马车。

等离得近了，看清楚那驾车之人，正是那释罗。

玉里先行快步迎上去。

“难道凤公子没听说过，这届从曼腊土司寨出使来曼景兰的祭神侍女是个汉人？”

朱明月接过竹伞，随后徐徐往马车的方向走，临别前，给凤于绯留下这一句话。

脚步一下子停滞在原地，凤于绯有些愣愣地望着少女离去的背影，望着那一头大汗的管事从车上跳下来，与走上前的沈小姐说着什么，然后就掀开帘幔，朱明月在侍婢的搀扶下，施施然上了车。

凤于绯在呆愣的一刻也还留意到，在马车绝尘而去之前，帘子忽然掀起一个角，那个叫玉里的侍婢，透过帘幔含羞带怯地往自己这边投来不舍的一眼。

作为陪同招呼的管事，那释罗消失了整整大半日。作为出来游玩的客人，在那释罗消失的这大半日中，祭神侍女主仆二人消失了整整一个半时辰。

这是她们来曼景兰出使的第四天，前三日当中，无一时不惊心，唯独这第四天，收获最丰。

“玉里姑娘，你带着祭神侍女去哪里逛了，可让我好找!”

不能苛责主子，只好质问做奴婢的，那释罗擦了擦满头的热汗，被晒得有些通红的面皮和有些蓬乱的头发，显示出他一直在找她们主仆，找得心急火燎。

玉里此时一同坐在车辕上，说话前先朝身后的帘幔瞅了瞅，小声嗫嚅地道：“奴婢和祭神侍女瞧着您一直没回来，祭神侍女又嫌独待在孔雀湖边上太闷，索性在周围四处走走逛逛，刚刚还在附近农舍吃了些烤鱼。”

“烤鱼？哪一处的?”那释罗警惕地问。

“奴婢也不知道那地方叫什么，反正是在芒色寨子里的一处湖泊，湖畔有一户人家支着钓竿，架着烤架和竹签子……”玉里不好意思地说道，“后来，奴婢要给他们些钱银，人家说什么都不要，倒是祭神侍女过意不去，将随身戴着的一个香囊送给了那家的孩子。”

作客人的不能问主人家为何离开、离开去哪儿，作主人的却可以问客人去了何处、都做过些什么，玉里说完这些话，那释罗在心里暗暗记下，思忖着过会儿就让人去附近湖畔找找有没有那户人家，而后又扯出一抹笑脸道：

“也不是我要拘着玉里姑娘和祭神侍女，只是这芒色寨子到底是乡野村民的住处，风景再好，也恐怕会有冲撞。何况您二位这样娇滴滴的姑娘，一看穿着贵气，就知身份定是不凡……这往后，千万别再乱走乱闯，万一出点什么差错，我这一把老骨头真是担待不起！”

“是的，奴婢谨记了。”玉里一脸惭愧地道。

“我瞧玉里姑娘是个妥帖的，比另外两位姑娘都要稳重，就算祭神侍女初来乍到贪新鲜，玉里姑娘作为随行的贴身侍婢，也要随时随地规劝着点……”

“是……”在那释罗一路上苦口婆心的警示和嘱咐中，在玉里不断的赔笑脸道歉中，不多时，马车回到了曼短佛寺的山脚下。

沉沉的暮色笼罩中的山寺一片寂然，待祭神侍女主仆二人告别了那释罗，顺着台阶走上山门，就见埋兰和阿姆双双等在寺庙大门口。两人一见她们俩，赶紧迎上前来，一把将她们拉到僻静处。

“小姐，事情不好了……”

阿姆还是一脸红肿，但敷过药，显然消了不少，不像早上那么严重。

朱明月看看阿姆，又看看埋兰，“怎么了？”

“吉珂小和尚不见了！”

朱明月与玉里对视了一眼，均是面色大惊，朱明月蹙眉道：“怎么不见的？”

阿姆急忙将埋兰推到前面来。因着早上跟玉里大吵一架，埋兰此刻面对朱明月时还有些尴尬和别扭，阿姆使劲拽了一下她的衣袖，埋兰撇撇嘴，与朱明月解释道：

“你和玉里跟着那释罗走后，约莫半个时辰，曼短佛寺里来了一拨凶神恶煞的人，倒是没往咱们下榻的后山来，却将整个殿前佛塔和佛院搜找了一通。奴婢陪着阿姆在屋里，不知发生了何事，待那群人走了，刚想出去寻个小师父打听打听，谁知后脚一名影卫悄悄上了后山，说是关押吉珂的地方被人给掀了，包括吉珂小和尚在内，负责守着他的两名影卫均不知所踪！”

一波未平，一波又起！

吉珂的事甚至是若迦佛寺的事，虽没带着玉里和埋兰一起，却也没瞒着她们，朱明月道：“来送信的影卫可还在山上？”

阿姆道："为了掩人耳目，奴婢没敢让他多呆，让他等到入夜了再过来。"

朱明月点点头，正要进寺，阿姆拉住她，低声道："小姐，今晚是否要再上若迦佛寺一趟，或者……"

或者干脆直接越过布达老和尚，去般若修塔见正主！

这也是埋兰和阿姆等在山寺门口的原因。时不我待，若是朱明月打算在出事后去若迦佛寺，此时此刻就是最好的时机——真的祭神侍女前去若迦寺，假的祭神侍女则带着玉里在告别了那释罗之后，高高兴兴地从外面游玩回来。而若迦佛寺那边，眼下这个时辰正好有大批的木工下山门。

"布达高僧那边，没有消息送来吗？"朱明月想起另外一件事，问阿姆。

"没有。"阿姆不自觉摸了摸自己疙疙瘩瘩的脸，就因为要留下来等般若修塔的消息，这才在昨晚吃了大量相冲的鲜果。

"小姐，要去吗？"

"不，今晚哪儿都不能去。"朱明月想了一下，道。

闻言，埋兰撇着嘴道："别说奴婢没尽到襄助主子的本分——吉珂是晌午被人劫走的，已然过去了一个白天，是生是死犹未可知；那若迦佛寺的阿戛牟尼又是否知道了，知道以后会不会迁怒到沈小姐头上，更加不知道。现如今最好的办法就是赶紧去一趟，与那老和尚当面说清楚，或是索性将他除掉，以防他因恨变卦节外生枝，都比这么干等着强。"

一番话软中带硬，态度也不是很好，埋兰不知道还有般若修塔这一层，但是为了趋利避害而杀人灭口这种行径，对于她们这些影卫来说是稀松平常的。

朱明月听出埋兰言辞里面的中肯，道："你说的没错，但此时的若迦佛寺必定布下了天罗地网，除却为了修缮寺院而羁留在山上的僧侣，除却搬运木材、砖瓦的劳工和木工，任何一个在这个时候妄图接近若迦寺的人、接近高僧布达的人，都会被扣下或者一律就地格杀。"

能找到吉珂的藏身地点，并大张旗鼓地来搜寺对她们进行警告，怎么会不防备着对方狗急跳墙、前来夜闯呢？去了，就怕回不来。

埋兰和阿姆闻言都是一怔，不禁各自暗道自己心急坏事，更恨眼下的举步维艰，重重地叹气。玉里咬了咬牙，道："要不然，奴婢们想办法送一个影卫进去探探消息，就冒充那些寺里的僧侣或是后厨送菜的挑夫!”

朱明月知道玉里这是以牺牲单个人来成全大家利益的做法，拿到消息最好，一旦失手被擒，也不会出卖她们，更不会暴露她们的身份。

“先回寺里吧，等那个报信的影卫来了再说。”

没有应承的意思就等同于否定，朱明月说罢，率先迈进寺门。

玉里三人互相看看对方，埋兰有些埋怨这祭神侍女太过妇人之仁，做不成大事，跺了跺脚有些泄气地跟了上去；玉里不知怎么突然想起在孔雀湖畔遇见的那个凤氏贵公子，思绪有些乱，也随之亦步亦趋地往里走。

阿姆顶着一张满是红疙瘩的小脸，像是一堆西瓜子密密麻麻撒在了瓤上，依旧惨不忍睹。落在三人身后的同时，阿姆朝着一侧的密林看了一眼，然后悄无声息地摆了个手势……

朱明月说要在曼短佛寺里等那个报信的影卫，实际上，在那个影卫趁夜过来后山客堂屋舍，将埋兰复述给朱明月的话，又一字不差地跟她说了一遍之后，根本没提供任何更有价值的消息。

负责吉珂的两名影卫在与其他人联络以前就失踪了，事后再去查，用来藏身的这处地点被整个捣毁，余下的人不敢有太大动作，纷纷以隐匿为主，于是在短时间内，根本难以得到什么情况。

“小姐，夜很深了，你还是早些歇着吧。”

送走了那名影卫，玉里拿着一盏灯走过来，朱明月正披着单衣坐在炕桌前看《长阿含经》。

“什么时辰了?”

“子时刚过。”

朱明月“嗯”了一声，又翻过两页，“再等等。”

在外间打瞌睡的埋兰，闻言顿时气不打一处来。她认为朱明月这是心系若迦佛寺那边，夜不能寐，在心里暗讽活该的同时，又觉得她一个人睡不着，却要连累她们三个一起熬夜陪着，真真是坑人不浅。还是阿姆命好，由于脸上起疹子，在山门下面的寮室跟巫医在一处，现在恐怕已然呼呼大睡，跟周公去下棋了吧。

这时，忽听玉里道：“小姐秉烛夜读，莫不是在等什么人?”

等人?

埋兰精神一抖擞，竖起耳朵。

朱明月抬眸看了玉里一眼，笑了笑道："要不，你先去歇着吧。"

说话的同时，她往花厅的方向指了一下。

昏黄的烛火照得屋子里一片亮幽幽的，打在窗纸上，映出一团柔和的光影。外面是漆黑寂静的夜，屋里是朦胧昏沉的光，从亮处走到黑暗，更使得人双目不能视物，然而花厅最靠门的一扇窗扉上，悬在内侧窗棂的一挂风铃，在这时，忽然响了一下。

这一声，很细小，却在安静的环境下显得格外突兀。

玉里和埋兰两人的耳力都极好，闻声，两个人的心蓦地提了起来。

窗外有人！

子夜的后山荒无人迹，除了她们主仆几个住在这一处客堂里，余下的几间都是空房。佛寺里守夜的和尚为了避嫌，从不轻易靠近客堂前，僧侣们更不可能在后半夜摸到后山来。

玉里下意识地将手放到别在后腰的匕首上，死死盯着窗扉的位置，凝神仔细聆听。

除了屋内几人微不可查的呼吸声，只有山风呜呜地吹。

会不会是风声？

埋兰用狐疑的目光询问玉里。

玉里摇摇头。

埋兰不知，她却知道，挂在窗棂上的每一串风铃都是由纯铜打造的，分量极重，再大的风也难以将其吹动。这是入住之时朱明月为了防止有外人偷偷钻窗子，让她亲手悬在窗扉内侧的，一旦窗支被撤，窗棂被抬起，屋里的人就会立刻通过风铃的响动察觉。

埋兰等不及了，也不待玉里的示意，操起立在墙角的一柄竹伞就冲了出去。

玉里没顾上阻止，正在犹豫是跟着出去，还是在屋里守着祭神侍女，就在这时，屋外响起一声惨烈的尖叫。

之前负责照顾她们的帕沙瓦小和尚曾跟她们说，入夜之后最好不要出门，而后山离前面的佛殿极远，再大的声音也传不到前面去。事实证明他的话是对的，当埋兰用一柄竹伞将来人撂倒，又将绾发的簪子插进那人肩胛的一刻，无比刺耳的几声惨叫也没能引来前面禅舍里的僧人。

“说，你是什么人？”

地上的人捂着肩膀，疼得满地打滚。

玉里将灯全部掌上，又提着一盏灯笼过来。埋兰这才将绣鞋从那人的脸上抬开，一张覆着鞋印的脸庞很稚嫩，身上穿着绛红色的袈裟，赫然是这寺里的和尚。

“我是好人，我是好人！”

“好人？三更半夜不老老实实睡觉，跑到女香客的闺房外面偷窥，还敢说你是好人！”埋兰又一抬脚，狠狠地碾在小和尚的手背上。

小和尚发出“哇哇”的惨叫：“留情，女施主脚下留情啊！”

玉里有些埋怨地看了看埋兰，示意她太冲动了。

埋兰也没想到对方居然是曼短佛寺的僧人，脚底松了松力道，却是半俯下身，恶狠狠道：“大半夜的，姑奶奶没工夫跟你废话，赶紧从实招来，你究竟干什么来的？窥伺？偷东西？还是要放火烧房子？你敢说一句诳语，姑奶奶打断你的腿！”

埋兰一脸的凶神恶煞，却只字不提来者很可能是劫走吉珂小和尚那一伙人的同谋，或是上城那边派来的密探、杀手之类的事，话里话外只当这小师父是见色心起、抑或见财起意的小毛贼。

朱明月满意地看了埋兰一眼，披着单衣走过来道：“你别怕，有什么话不妨直说。”

“小、小僧桑翟……”

小和尚咧开嘴，哇的一声哭了出来。

“夜游症？”

埋兰和玉里在听到桑翟小和尚说起自己也不知怎么会跑到后山来，更不知道为何会走到人家窗根底下，只说自己有夜游症的毛病时，不由得面面相觑。埋兰明显不信，冷笑道：“什么夜游症，离魂倒是听多了！少跟姑奶奶扯谎！”

“真的真的，出家人不打诳语，小僧没撒谎……”

桑翟红着眼睛，表情委屈极了。在他脸颊上蹭着一块鞋印，肩胛被发簪扎了个血洞，右手手背也被踩得破了皮——生得一副娇娆模样的埋兰，此刻在他的眼里就跟地狱里的恶鬼没什么两样。

玉里瞧着他小小年纪又这般惨兮兮的，不由得放下手里的灯笼，将他从地上扶起来，“既然是场误会，咱们屋里有跌打药，我给你包扎一下？”

“不不不。”小和尚往后连退好几步，险些没再次坐地上，面上露出惧怕，“我……小僧不敢劳烦几位女施主，小僧这就告辞、这就告辞……”

说罢几乎是逃窜似的往院外跑。

玉里不放心他一个人回去，提着灯笼也跟了出去。

望着桑翟小和尚跌跌撞撞的狼狈身影，埋兰抱着胳膊走到朱明月身边，哼笑着道：“看他那样子八成做和尚也没两天，怕得要命的时候，连‘我’字都冒出来了——”

“以‘桑’开口命名的僧人，是四级桑弥吧？”朱明月问。

她记得桑勐就是若迦佛寺的四级桑弥。

“这倒不一定。但明日奴婢上前面佛堂打听打听，就知道咱们这位桑翟小师父，究竟是何许人了。”四级桑弥在寺里的地位可不低，夜游症？好巧不巧地在今晚游到了祭神侍女的住处？埋兰眼底的冷意一闪而过。

“对了，奴婢方才听玉里说，小姐要等人，就是等他？”忙活了大半夜，等来一个假和尚！

“小姐要等的人恐怕已经来过了。”

说话的是玉里。

将桑翟小和尚送到半路就折回来的玉里，跨进院门时，一手提着灯笼，另一只手则捧着一个雕红漆盒，没有盖子，上面只蒙着一块朱红织锦，勾勒出一个圆咕隆冬的轮廓。

这东西就放在院子外面，看样子来人根本没靠近屋舍，放在院外的墙边就直接走了。若不是那小和尚半夜闯过来，恐怕明日一早才能发现。

进了屋里，雕红漆盒被搁在桌案上。

埋兰和玉里望着那织锦蒙布一直都没说话。

最终还是埋兰没耐性，一把将那红布掀开，霎时，血腥味道扑面而来——干涸的血迹染得盒内一片褐红色的黏稠，漆盒中央摆着一颗孤零零的人头。

一张很年轻的脸，湿漉漉的头发黏在脸颊上，双眼被剜下来，只剩下一对黑洞洞的窟窿。

玉里松了口气，她还以为会是吉珂。

“这是什么意思？先是劫走吉珂，端掉咱们的一个地方，然后来咱们下榻的佛寺大肆搜找，眼下大半夜的又送来了一颗人头！他们到底想干什么？”埋兰狠狠一拍桌案，激动地道。

这颗人头属于负责看守吉珂的其中一个影卫，朱明月在他活着时没见过他的面，等玉里仔细看了一下人头面部的创口，轻声道：“他的眼睛是在活着的时候，被挖下来的。”

埋兰“砰”的一声砸向格子柜，震得上面的瓷器作响。

玉里面色也有些复杂，看向沈小姐道：“小姐，看来对方不仅猜到咱们这次出使别有目的，更知道这几日以来小姐去过若迦佛寺，跟高僧布达有过来往，但是对方直到现在才出手，怕是跟今天咱们遇见的那位凤公子有关系……”

玉里的话没说完，朱明月却明白她的意思——不是跟凤于绯有关，而是跟沈明琪有关。

在玉里和埋兰的角度，通过若迦佛寺去找般若修塔、通过布达老和尚去寻觅建文帝下落这一连串惊心动魄的秘事，她们并不知晓。她们只知道这或许是土司老爷授命给朱明月的一桩计划，计划的目的在于勐海、在于那九幽，至于计划的主旨和具体内容，不是她们两个做奴婢的应该问的，只能去尽力襄助朱明月促成。

此刻，埋兰听玉里提起白日里她一个人陪祭神侍女出门的事，气就不打一处来，“什么凤公子、凰公子的，你说清楚点，你们今天究竟遇到谁了？”

埋兰的无礼态度朱明月并没放在心上，而是示意了一下玉里，玉里就把白天游览孔雀湖时与凤于绯的见面，包括之后与沈明琪的见面，跟埋兰简单说了一通。埋兰显然也没想到在曼景兰这种地方竟会让朱明月和沈家当家碰上，咂舌之余又连连称奇。

“可是，你们都不觉得不对劲吗？”

唏嘘过后，埋兰皱着眉道。

玉里闻言怔愣了一下，神色黯了。

她之前的确没有多想，只因被那释罗唠叨了一路，没等抽出工夫去仔细琢磨，刚回曼短佛寺就被告知了吉珂失踪的事。可一等侍婢毕竟是一等侍婢，到现在还看不出蹊跷就太不称职了——从清晨那释罗来接祭神侍女去孔雀湖，湖畔偶遇凤于绯，再到金湖寻沈明琪……这一整天都透着匪夷所思。

两人的视线齐刷刷投向朱明月："……小姐你怎么想？"

"沈小姐，你倒是说句话啊！"

玉里和埋兰两个人一副"你不说出个子丑寅卯来、我们就誓不罢休"的样子，不禁让朱明月一叹："我也不瞒你们，其实今日能见到我的兄长，在意料之外却也在意料之中，这件事说来话长。至于吉珂、若迦佛寺……还有今晚给我们送人头来的客人。"

她指了指桌上漆盒里的人头，"还是先把他埋了吧，其余的，明日我会一一与你们说明。"

图穷匕见

扑朔迷离的棋局，谁是执棋者？

在揭晓答案之前，朱明月说，她还需要等三个人。

第一个人，自然就是元江府的无冕之王那九幽。

翌日，也就是有人给她们送来人头之后的晨曦，悠远洪亮的寺中晨钟撞过之后，那释罗亲自领着一队武士来通知：未时两刻，勐海的主人那九幽将于上城召见祭神侍女。

这是祭神侍女出使曼景兰的第五日，七月十二，等待了许久才姗姗来迟的召见，并没让主仆四人喜出望外，正相反的是，除了罩着面纱的朱明月看不到表情之外，伺候她的三名侍婢均是一副如临大敌的凝重神色——窗户纸即将要被捅破，等待她们的、等待澜沧的，将会是什么？

阿姆的脸在经过山下的一夜好眠之后，很神奇地痊愈了，也不知巫医给她敷了什么药，褪掉红疙瘩的肌肤如剥了壳的鸡蛋，光滑水嫩，比原先还白皙了许多，本就讨喜可爱的容貌，因此更显出几分俏美。

四人同乘一辆车，一路上，玉里和埋兰都忍不住对阿姆的脸上下其手，也惹得埋兰大呼可惜，早知道她也病一场了。

与建有百座佛寺的中城不同，中城通往上城的路上，设着层层关卡，几乎每隔一段路就有武士拦住去路，上来例行排查。那释罗骑着高头大马行在最前面，护送的奴仆队伍跟在最后，中间是载着祭神侍女的一辆奢华车辇，车身四敞，只在转圈挂着高高的纱帘，最外面两层均被绑着挂在四角的勾了上，极尽宽敞的车内几乎一览无余。

直到来到上城的城楼前，那释罗出示腰牌，守城的武士予以放行，随着车辇穿过高耸逼仄的门洞，尊荣而神秘的上城赫罕扑入眼帘：

作为那九幽专属的住处，城内到处都彰显着一股鼎盛之气，两边街衢整洁，屋舍也是十分气派，越来越往城内走，距离内城门五里处出现一条内护城河，三座大理石拱桥架在河上，桥面宽阔得可供车辇直接通过。过了桥，再往前不远是环绕而建的殿宇楼台，高低错落，秩序井然，磅礴大气之中又不失精巧，极富摆夷族传统的孔雀雕饰、大象彩绘随处可见。

炙热的太阳在远处的大殿上淌下一片片光辉。

相较于宝相庄严的中城、繁华热闹的下城，面前的这座上城，无一处不煊赫，无一处不贵气，几乎让朱明月以为自己见到了缩水的皇城！

可这天底下只有一座皇城，为了拱卫皇权和体现皇家尊严，修建得既富丽堂皇，又壁垒森严，不仅宫殿重重，楼阁栉比，还围以十丈多高的城墙和宽余五十丈的护城河，哨岗林立，戒备森严，平民百姓不消说观赏一眼城内的亭台楼阁，便是靠近一步，都是绝不允许。

至于宫城，那更是皇室贵胄居住的地方，除了宫婢、太监、侍卫之外，唯有被召见的官员以及被特许的人才能进入，外人不能逾越一步。

而今那九幽将他自己住的曼景兰上城修建成这般模样……

车辇行至城内最深处，在一座殿阁前面停下，那释罗翻身下马，主仆四人也跟着相继走下马车。

殿阁前矗立着两道孔雀彩绘的影壁，用以组成隔挡，影壁中间是两扇红漆铜环大门，大门打开，一条青石板铺就的道路在面前铺展开来，直通主殿。有白衣的侍从站在道路两侧恭迎，站在最前面的，则是一位三十多岁、神色倨傲的男人。

“乌图赏管事。”

“那释罗管事。”

上城中地位同等的两个男人互相见礼，然后那释罗向乌图赏介绍了祭神侍女一行人。

“还不晚吧。”那释罗笑呵呵地说道。

“时辰倒是刚刚好，只不过那释罗管事忽略了来上城要进行排查的事宜。而且，但凡外人到来必要在城门外驻车歇马，从内护城河桥上徒步通过——”乌图赏说到此，扬眉淡笑道，“若不是我提前知会那些守城武士，那释罗管事以为能这么畅通无阻在召见时辰之前抵达吗？”

也就是说，祭神侍女乘车而来已经是坏了曼景兰的规矩，如果没有乌图赏的有意放水，不仅有那释罗办事不利的罪责，万一被守城武士拦在半路，延误时辰不说，从曼腊土司寨来的这一行人还要承担怠慢勐海主人的责任。

在场的都是聪明人，不可能听不出这里面的味道，但那释罗也是上城的管事，岂会不懂规矩明知故犯？那释罗的笑脸已然僵住，咬着牙刚想争辩一句，乌图赏抬起了手——“你无须多言，九老爷已经在修勉殿内，你知道的，老爷他最不喜欢等人。你既已将人领到，此处便没你的事了。”乌图赏说罢，看也不看那释罗，朝着祭神侍女主仆四人一摆手，道：“诸位，请跟老奴这边来吧。”

高傲自持的乌图赏管事，说一不二的铁腕手段在此刻显露无遗，主仆几个也没言语，从面色铁青的那释罗身边经过，走上三尺多高的台基，就顺着踏道亦步亦趋地跟上了乌图赏的脚步。

明净而通畅的殿前长道视野极为开阔，在两排仆从簇拥着的中间一道青石板路上徐徐穿过，步至修勉殿前的丹陛下，鲜红色的厚绒菊花纹毡毯，从丹陛的第一层行云流水般一直铺到五丈多高的最后一层，镶滚的金红色绢帛包裹着两侧的浮雕柱。若于顶端回望眼，仿佛是将一汪辽阔红浪踏在脚下。

每隔几层台阶，又伫立着艳色长裙的美丽侍婢，手捧着雕红漆盒，蒙布下是美轮美奂的器皿，仅是掀开一角，在阳光中散发着迷离的光泽。

玉里等跟着祭神侍女一步步拾级而上，没留意那些价值连城的器皿，倒是觉得侍婢们手中的方形盒子格外刺眼，还有上面的朱红织锦蒙布。

朱明月此刻穿着离开曼腊土司寨时的那件雪绸披风，也是她进土司府时的装扮，步履翩跹走在为首的位置，偌大的殿前丹陛上，唯见这一抹乌发雪裳，勾勒得身姿袅娜，披风宽大的后摆翻飞如云，整个人似要随风而去。

兜帽遮盖着大半张脸，在丹陛上站定时，她抬眸，正对上殿内主座上那个华美锦服男子的目光。

“神祭堂白莲玉恩，奉土司老爷之命特来谒见。九老爷康福安顺。”

朱明月朝座上人行了一个摆夷族的拜礼。

已是盛夏时节，上城里栽种着极多的紫薇树都开花了，尤其是在这主殿广场，花期正盛开得团团簇簇，圆锥花序，瓣多皱襞，艳丽如霞。熏风拂来，花枝在风中颤巍巍地摇落，飘洒了漫天的花瓣。

霓裳羽衣，冰肌玉骨美人颜。

而她用以绾发的也是一圈淡蓝色的紫薇花，还有额间一抹纯银华胜。随着兜帽脱下，巴掌大的一张雪玉脸颊，弯弯眉梢似新月，一双点漆似的黑瞳，檀唇若花瓣；眸光牵动时，眸下一颗浅褐色泪痣盈盈，鲜活欲滴。

“免礼吧。”

好半晌，主座上的男子道。

这次祭神侍女来曼景兰的出使，一是遵循惯例带来远在澜沧的土司那荣对这位小叔叔的问候；二是邀请那九幽在八月初八的时候来曼腊土司寨，参加三年一次的勐神大祭，朱明月将这些一一禀告罢，又徐徐道：

“勐海之地伶仃偏远，土司老爷言‘小叔固守元江门户，与缅族东吁王朝邻；又率民数载耕读，以事稼穑，丰五谷，功在摆夷族内而表于西南’，土司老爷心系九老爷之身，甚为顾念，故此输百石粮、千匹帛，聊表酬赏和勉励。”

最后的半句说得缓慢，朱明月言罢，一侧的乌图赏上前，很自然地接过话茬道：“土司老爷仁心宽厚，心忧勐海之民，实乃元江之幸、摆夷族众之幸……”

乌图赏这是代替那九幽，向祭神侍女表示勐海对澜沧的感激涕零。

但是实际上，从曼腊土司寨运来的钱粮和绢帛，早在祭神侍女抵达曼景兰的第一日，就一并交给了那释罗的掌理。东西无多贵重，却也不算少，然而根本没往上城这边运，直接送去了下城和八大寨，以土司老爷赏赐的名义给寨民们分了。

或许这样的赏赐曾经有过很多，每一次由专人送来，都会当着那九幽的面朗声宣布一番土司老爷的恩典与厚爱，也一次次变相地提醒着那九幽，澜沧永远是勐海的归属，曼景兰作为元江土司府的一个下设，只是替土司府守卫着最南端的门户。

这种耳提面命式的警告和示威，不知那九幽是否早已听得耳朵出了茧子，但是今时今日朱明月站在这里，除却这一件，还有一桩事要说：“另外，土司老爷希望九老爷能在此给出一个承诺，待小女回到曼腊土司寨，会将此承诺转述给土司老爷听。”

话音落地，座上男子抬起头，“哦？什么承诺……”

磁性的嗓音拖拽出一抹慵懒，无端地让人心痒。朱明月垂眸挽手道："土司老爷希望——九老爷能答应在之后的八月初八日，准时出现在澜沧，出席曼腊土司寨的勐神大祭！"

谁都知道那九幽自从被放逐到勐海，十几年来从未再踏足澜沧一步，别说是勐神祭、寨神祭，就算是族内的节日也不例外。起初是因为他身份不详，在族内遭忌，后来勐海日益强盛了，那九幽就更没有理由离开自己的地方去别人那里讨嫌。

如今忽然来请他……

"土司老爷的挂怀之心，便是奴等也不胜心悦感动——"又是乌图赏。他说到此，话锋一转，"但祭神侍女有所不知，九老爷身兼守卫之责，尤其南面的东吁王朝一向虎视眈眈，觊觎之心未死，导致散兵游勇侵扰不断，还有不少落草筑寨的流匪和贼寇，数征数抚却是屡教屡犯，九老爷如今以一人之力掌八寨之武，万万不能因一时享乐而擅离职守。"

乌图赏这一席话，说得言辞肯肯有理有据。那九幽夙兴夜寐、劳苦功高的形象跃然眼前，与之比照的，就是土司那荣的不通事理、不合时宜、不分轻重。

"这位是乌图赏管事，是吧。"朱明月像是才注意到他的存在。

乌图赏一拱手，"祭神侍女有礼。"

"临来时，土司老爷特地跟小女说，勐神大祭三年一次，乃是摆夷族的重中之重；又说到，眼下在曼景兰有一些不肖的外族人，总是借机肆意对别人族内的大事蛊惑挑唆。"朱明月说到此，微微一笑道，"当然，乌图赏管事一定不是这样的人，即便您是，九老爷也定会有自己的判断，不会任由外人将手伸到族里面来。"

乌图赏是羌族人，而沈小姐则是汉人，同样来自外族，由土司那荣亲自委任的朱明月却能够站在摆夷族的立场上，对另一个外族人大肆抨击和斥责。

乌图赏哪里听过这样的指摘，当下气得冷笑连连，"这届祭神侍女倒是有一张利嘴，字句如刀，将老奴的一番拳拳之心歪曲得面无全非——老奴觉得祭神侍女不是来出使的，倒像是仗着土司老爷的势来曼景兰欺人的！"

好大一顶帽子扣下来！朱明月道："乌图赏管事，你可小心说话……"

“怎么祭神侍女还要威胁老奴!”

“不敢。”朱明月温温地说道。

一个强横，一个阴柔，看似闲话实则针锋相对的两人，使气氛顿时陷入了僵持。朱明月身后，玉里、埋兰和阿姆三个人并排站在台阶下一层，深深埋着头噤若寒蝉，连大气都不敢喘一下。

须臾，一声轻笑打破了僵局:

“咱们的祭神侍女的确有一张利嘴，但依我看，倒是毋庸讳言，直肚直肠。”那九幽侧眸看来，脸上的笑容如缥缈的雾气般清淡，“祭神侍女的一番肺腑之词我收到了，至于出席勐神祭的事——乌图赏的话不无道理，恕我不能给你这个承诺。”

乌图赏露出一抹得意之色。

这时，就听朱明月道:“九老爷既然这么说——小女知道了，小女自当将九老爷的意思带给土司老爷。”

这就完了?

乌图赏眼底蹿火。

这算什么?刚才她的据理力争，难道就是为了专门羞辱他!

不待乌图赏愠怒地出言相驳，那九幽将双手对顶在一处，笑意深深地接下去道:“既然如此，就要烦劳祭神侍女了——好了，说了半天都是索然无味的正事，还没将我给土司老爷的回礼拿出来，乌图赏你去，将准备好的东西拿来给祭神侍女瞧瞧。”

接到那九幽的这个示意，乌图赏嘴角不禁一挑，拱手称“是”，转身就下去了。

正是午后太阳极盛的时候，站在暴晒的阳光下，少女肌肤的白皙若腻，唇色近乎剔透，更显得乌发如墨般漆黑——黑与白，截然鲜明，又浑然天成，映衬出无与伦比的美丽。而在她的脚下是摧枯拉朽般铺开的红毯，还有殿前广场大片大片浅紫色、淡蓝色的紫薇花海，串串花穗迤逦交叠……美人，美景，实在是一副令人赏心悦目的画卷。

可惜画卷中的美人有些消受不起，在毫无遮挡的大太阳下站了整整半个时辰，此刻又迎着折射而来的阳光，直晃得睁不开眼睛。

索性，乌图赏在离开半炷香的时辰后就回到了殿前，身边领着一行端着红色松木盒的侍婢。

又是这种雕红漆盒，没有盒盖，上面蒙着朱红织锦，赫然勾勒出一个圆咕隆冬的轮廓！

这是……

一列五人的侍婢们端着漆盒经过玉里、埋兰等人身侧时，玉里的瞳孔缩紧，脸上的血色霎时褪去，埋兰更是瞪大双眼，用手掩住嘴，生生地止住惊愕的呼声——在经历过昨夜，见过一模一样的东西之后，她们不会天真地认为那只是普通的松木盒子，而蒙布下面盛着的又或许只是一些名贵器皿。

可昨夜还是暗地里来送，今日怎么敢当着众人的面就这么端了出来！

玉里和埋兰两人难看的表情把不明就里的阿姆吓了一跳，阿姆询问地看向朱明月，却见她的脸色也变了。

敞阔的殿前弥漫起一丝丝微寒的气息，那气息来源于五个侍婢擎在手上的雕红漆盒，等侍婢们在丹陛上站定，乌图赏煞有介事地挽了挽袖子，亲自上前将朱红织锦蒙布一张张地掀开——五方漆盒，五颗头颅。每颗头颅上都挂着一层薄霜，散发着凉凉的白雾，每颗头颅的眼睛也都被挖掉了，徒留下黑洞洞的窟窿。

斩首，剜眼，是另外的那五名影卫。

头颅被砍下后就一直被镇在冰窟里，才能保持尸肉的不腐不臭。

朱明月认不全他们的长相，玉里等人却认得，其中的一个还是昨晚将吉珂失踪消息送来后山客堂的那个影卫。熟识的同伴如今变成了这般模样，三女一瞥之下都惊骇得花容失色，互相扶着对方，腿软无力面露无限的恐惧和悲怆。

微风拂动花枝纷纷摇落，隔着一道金漆门槛，朱明月和那九幽面对着面，一个站，一个坐，仿佛无声的对峙，谁都没有先出声。

俄而，朱明月抬起头，第一次以正视的目光看向殿内主座上的男子："这就是九老爷要给土司老爷的回礼？"

"不，这是送给祭神侍女的。"

男子的相貌甚为艳丽，五官是堪比女子的精致，让人很容易联想到国色天香的花王牡丹，冶艳贵气，张扬浓烈，旖旎至美……又含着盛气凌人的傲慢，徐徐吐芳，媚意横生，正是富贵风流拔等伦，百花低首拜芳尘。

然而这样的颜容，曾在太多人眼中被视为一种罪过、一种不祥——长得太过美丽，本身就是一种罪过，更何况还是男子。

“小女不明白。”

朱明月冷冷道。

乌图赏抱臂站在一侧，冷笑着道：“祭神侍女别着急，不只这些，后面还有呢。”

说话间，又一名侍婢擎着木盘子走上丹陛来，这回摆着的东西很简单，是一枚莲花纹饰的香囊。

“祭神侍女还眼熟吧？”

乌图赏笑着问。

“这种配饰小女多得很，尤其在小女被赐名为‘白莲玉恩’之后——”朱明月道。

“先别急着否认，且瞧瞧上面的络子，这可是祭神侍女亲手打的？”

乌图赏说这话时，那端着木盘子的侍婢走上前来几步，朱明月扫过一眼，却是连碰都不碰，“乌图赏管事到底想说什么？”

“看来祭神侍女的奴婢在送香囊的时候，忘了将东西拿到主人面前过过眼啊。”乌图赏笑着咂嘴，道：“这是昨日祭神侍女在湖边吃罢人家的烤鱼，当做打赏专程送给人家孩子的……不过这么短的工夫，昨儿个发生的事今日就不记得了？”

“不记得也不要紧，反正那户人家因为收受了银钱好处，而为祭神侍女主仆二人的行踪作伪，已经被老奴给惩罚了——”乌图赏眼睛里含着一抹让人寒彻心扉的笑，“如果祭神侍女还有机会，不妨去那户人家的屋前瞧瞧，烤鱼？他们家一共有五口人，其中包括那两个不满五岁的孩子，一个个都被烧成了焦炭，身子插在屋前一片削尖的竹笋上，那通体焦黑、面目全非的模样……啧啧，跟烤糊了的鱼很像呢！”

不等乌图赏说完，玉里胃里一阵翻江倒海，再忍不住扭头干呕起来。

朱明月没见过那户人家，她却见过，还是她亲手将那枚莲纹的香囊送给了其中一个小女孩，那孩子甜美纯真的笑靥犹在眼前，想不到、想不到……

仿佛是没看到玉里的激动反应，乌图赏说完，朝端着木盘子的侍婢招了招手。侍婢来到他面前，乌图赏不慌不忙地从盘里拿起香囊，解开绳结，将囊口朝下抖了抖——“啪啦”一下，从里面掉出两根烧焦的小孩指节。

“这东西就送给祭神侍女权当做是纪念吧，以后祭神侍女再突发奇想要吃什么烤鱼，可别忘了在咱们曼景兰尝过的滋味……”

一番天晕地眩的感觉，对面的乌图赏笑得就像一只恶鬼。他说完自己先回味了一下，然后当着朱明月的面再次举起双手，连着两下击掌，丹陛下又走上来第三拨侍婢——

这拨侍婢是两个人，一人手里一方雕红漆盒，还是朱红织锦蒙布，下面分别罩着一个圆滚滚形状的东西。

“若是祭神侍女对前面两份礼物都不满意，再看看这个！这也是为祭神侍女精心准备的!”

两个侍婢走上丹陛就径直端着雕红漆盒来到朱明月身前，不用去掀蒙布，一股浓郁的血腥味已然扑鼻而来。身后的玉里、埋兰、阿姆三人此刻俱是脸色煞白，玉里涕泪横流，面色如纸，埋兰更是半个身子靠在阿姆身上，一张脸惊恐万状，似是濒临崩溃的边缘。

这一次，乌图赏没有去碰蒙布，也没打算这么做，显然是让朱明月自己动手的意思。

两方漆盒，就证明是两颗人头。

除了跟在朱明月身边伺候的这三个近身女婢，一同来曼景兰的影卫一共还有六个——眼前的这五颗人头再加上昨晚上送来的一颗，刚好就是六个，代表了那些隐在暗处的土司府影卫全军覆灭。那么面前这两颗人头又是……

朱明月直直看着雕红漆盒上的织锦蒙布，此时此刻，她感觉到了自己的心跳加快，气息不稳，隐在袖中的手也不由自主地攥紧成拳。

会是谁?

在这曼景兰还有谁跟她有关联……

殿内主座上传来一声嗤笑。

仿佛是呼应那个笑声，雕红漆盒里潮湿的血腥味一丝丝渗透出来，以至于分明是艳阳高照，却让人感到不寒而栗，又像是在嘲讽她的迟疑和胆怯。

良久之后，朱明月缓缓抬起手，逐一地掀开朱红织锦。

的确是人头。

一个面容苍老，一个面容稚嫩。

失神的眼瞳还在，神色惊恐地大睁着。断颈处的鲜血尤温，两张嘴都半张开，一小截鲜红的舌头耷拉出来，从嘴角淌下来的血还隐隐冒着热气。

斩首，拔舌。

是高僧布达和他的孙子吉珂。

栩栩如生的面容，还有鲜红欲滴的血污，表明他们刚死不久，或许，方才那九幽让乌图赏下去准备之前，他们还活着；而乌图赏的准备，就是对他们施以最后的极刑。难怪整整一日两夜过去，高僧布达都没给她消息，若迦佛寺更没有任何东西送下来。

朱明月仿若听到一声凄厉的尖叫。

那是吉珂小和尚临死前的求救声，还有高僧布达睁着一双血红的眼睛，亲眼看着年幼的孙儿被活生生拔舌，砍下头颅，刻骨铭心的恨意和痛苦。

我不杀伯仁，伯仁因我而死，朱明月闭上眼睛。

“伤心吗?”那九幽的嗓音轻飘飘地响起。

“作为这届勐神大祭唯一一位祭神侍女，你很厉害，就算是我也不能拿你怎么样，否则就是亵渎勐神，故意破坏即将到来的祭祀大典；再说严重些，更有意图与澜沧为敌之嫌，到时候别说是曼腊土司寨，就算是整个元江府都会对勐海、对我进行大肆的声讨和问责。所以，尽管你才来了曼景兰五日，却没有一天不在汲汲钻营、东走西窜，更让你的人到处见缝插针，无一时一刻消停。你所仰仗的，就是这点让你有恃无恐的原因。”

朱明月相当聪明，明明志在勐海，却先行去争取澜沧——有了土司府、有了那荣作为依靠，壁垒森严、铁桶一样的曼景兰就水到渠成地向她敞开了大门。这在其他人而言，简直是想都不敢想的。

那九幽也不是傻子，更不是那种一怒之下就即刻下脚把人踹的人，就算他发现有人胆敢算计到他头上，也绝不会做让亲者痛仇者快的蠢事，顺了那荣的心。

但是——“但是在留你一条性命的同时，难道我就不能去动其他人?

你是祭神侍女，你的命是矜贵的，可那些人不一样。”那九幽扬起下颚，笑得高贵而冰冷，“当然，他们这些人的命跟你又有什么干系？死了，怎么死的，对你来说都不痛不痒。但是总有人的命，跟你有干系——”

当七颗头颅齐刷刷地摆在眼前，当芒色村寨中一家五口人被活活烧死在自家屋舍，小孩子枯焦的指骨摆在眼前，当德高望重的高僧和他的孙子就在刚刚的一刻悲惨地死去，他们的舌头被割掉摆在眼前……那九幽的话无疑是最后一根压弯骆驼的稻草。

朱明月抬起头。

笼罩在交错的光影中，男子的细眸是剔透乌亮的黑，像浸染了水墨，漫不经心的杀机丝丝缕缕地透出来，美得令人心惊，更让人彻骨地发寒。

在所有的极刑中，斩首最具有审判的意味，而审判的权力又多来源于高高在上的皇权授予，譬如朝廷的三法司、锦衣卫的诏狱……喜欢斩首这种极刑的那九幽，却不是单纯地在草菅人命，而是一种生杀予夺、唯我独尊的宣泄和展现。可他的这种行径并不是被谁授予的，是由他本人来发号施令、充当着万物主宰的角色。

至于剜眼、拔舌，影卫们看到了不该看的；吉珂和布达说了不该说的，这是对他们的惩罚。

这两种刑罚来源于佛教传说中的地狱道，是说罪人死后堕入无间地狱，因罪孽深重而永生受刑受苦，不得超脱。那么充当着掌控行刑之人的那九幽，将自己摆在上位者的位置上，动辄诠释的都是诸天神佛的旨意，视一条条人命如卑贱的蝼蚁……他这是将自己当成了无所不能、超然众生之上的佛祖！

死死攥着的指甲抠进肉里，朱明月的脸色发白，哑着嗓子道：“九老爷不是不知道，是土司老爷让小女成为神祭堂的祭神侍女，也是土司老爷让小女出使来到曼景兰的！”

“我当然知道，否则你以为现在摆在你面前的就是区区这三份薄礼？”那九幽唇扬淡笑，“你以为勐海是什么地方，你以为我又是什么人？虽然我不会动你的原因不仅仅是你如今有祭神侍女的身份、你代表土司府而来，可就算是如此，有幸在曼景兰来往一遭安然无恙的你，就以为能在土司老爷的庇护下一直这么安然无恙下去？想要处置你，已经不需要我的人来动手——可能你还不知道吧，在你离开曼腊土司寨的第二日，咱们的土司夫人就回来了。”

刀曼罗回来了。

冲破重重关卡，几乎是九死一生地从碧罗雪山回到澜沧的土司府女主人，如今正在府中针对趁着她离开的这段时间在后宅做动作的人，大肆清算。

“事到如今，我不需要知道你究竟在神祭堂做过什么，才引得咱们素来深居简出防备心极重的土司夫人亲自领着几个为数不多的武士，毫不犹豫地去了临沧，不得不说，能做到这一点你很了不起，但事实证明你做得并不完美，或者说，咱们的土司老爷还不够狠心，最终没能成功地将土司夫人留在府外，还是让她捡了一条命，有惊无险地归来——”

那九幽说着，将双手对顶在一起，手肘搭在两侧扶手，“听说土司府那边已经有不下十个一等侍婢被乱棍打死，府里的两个管事也受到牵连，甚至是拯救过澜沧无数村民性命、治好了疫病的那位新晋女巫，好像也被发落了……连自己的心腹和挚爱都保不住，土司老爷可谓是焦头烂额自顾不暇，你觉得等你完成出使之任再度回到曼腊土司寨时，土司老爷会不会有余力管你？而土司夫人又会如何对待你这位一手促使她离府的‘大恩人’？”

想起那个性如烈火却嗜好诡异的女子，朱明月禁不住打了个冷战。但是那九幽竟然连神祭堂里的事、连她与那荣之间的秘密约定都一手掌握，让她备感惊愕，有种感觉猛然在脑海中一闪而过，却快得让她抓不住。

然而不只是朱明月，听完那九幽的这番话，玉里和埋兰也都悚然色变。是朱明月算计了土司夫人？这么说来，土司夫人固然不会放过祭神侍女，授命跟着祭神侍女来曼景兰的她们等人，不是也在即将到来的清算中吗？

往前是龙潭虎穴，往后却是火海刀山……一抹绝望和悲凉不期然地爬上几个人的心头，冒着性命之忧来曼景兰，为了不负重任，也避免兔死狗烹，夙兴夜寐步步拼命，到头来却要沦为土司夫妇二人争权夺利、互相仇视的牺牲品！

就在这时，那座上男子又道：“不过我不介意你变成我的人。”

朱明月霍然抬眸：“九老爷是要……保小女？”

或者说，是拉拢她。

“有何不可呢?”那九幽的语调依然是慵懒的凉，却微笑着道：“与澜沧分庭抗礼的向来只有勐海，效忠澜沧与土司府为伍的人自然是勐海的敌人，澜沧想要对付的人却也可以是勐海意图保下的人。失去你这个曾经的自己人，土司老爷就等于断掉了一条左膀右臂，无奈土司老爷无力回天，既然注定了要失去，何不如将你这条小命的作用发挥到最大，怀揣着土司府的秘密、神祭堂的秘密，加入勐海为我驱使?”

这是再直白不过的理由，也相当现实，见朱明月脸上露出动容之色，那九幽轻笑着抿唇，又道：“杀掉你身后其中一个奴婢，想必她们也是土司老爷安排在你身边帮你、监视你的，只要你能亲自动手杀掉土司府的人，你与土司老爷之间再稳固的信任也会丧失殆尽，而这也是对我投诚的最好证明。届时你成了我身边的人、勐海的人，就算将来你不得不再次回到曼腊土司寨，你所面对的情形也会跟现在一样，刀曼罗再强横，也不敢对你动手!”

此言一出，主仆四人皆惊!

没错，在曼景兰，因为朱明月是那荣的人，那九幽碍于澜沧的势力，不能动她；同理可鉴，回到土司府，也可以因为朱明月是那九幽的人，那荣和刀曼罗碍于勐海的势力，都不能动她!

“不要听他挑拨离间!”事到如此，纵然是以下犯上，玉里等人也不得不向朱明月大声疾呼。

“是啊，我们可是土司老爷派给小姐的，你千万不能听信他的一面之词!”

生死攸关的时候，再坚强沉稳的人也会害怕，尤其当她们易地而处，发现如果牺牲一个人的性命就能成全自己，虽然很抱歉，但确实是以最小的代价换取了最大的利益，仍旧是件合算的事。

“只要杀掉一个，”仿佛对三个奴婢的无礼言辞置若罔闻，那九幽声似蛊惑，“只要你杀掉一个人，你就算是我的人了，以后勐海就是你的靠山……”

“为何只是一个?”

朱明月忽然质问。

那九幽笑道：“我这也是为你着想。无论如何你还是要回去一趟，如若都杀光了，到时候连我都不好跟土司老爷交代。”

显而易见的鬼话。除却那些不知情的武士和随扈，藏在暗处的影卫已经都被他杀了，眼下就只剩下她们三个，杀一个和一个不留又有多大区别？

然而那九幽提出的条件实在是太过诱人，如同即将堕入悬崖，忽然有人放下来一根救命的绳子——峰回路转、死里逃生的感觉，让朱明月有些动心了。这三个人与她相处毕竟不过短短的五日，就算现在留住她们的性命，等回到土司府她们也不会有好下场，与其大家抱着一起死，为何不让个别人的死更有价值一些……

“汉人有句话说得好，人不为己天诛地灭。祭神侍女，若是你实在不敢自己下手，不如这样，由你来指一个，老奴代劳，也是一样的！”乌图赏忽然很贴心地道。他不知从何处掏出一把匕首，除去了刀鞘，拿在手里旋来旋去地摆弄。

唯一一条出路摆在眼前，还有其他办法可选吗？

乌图赏握住匕首微微而笑。那灿烂的笑容中，是残忍的了然。

“也好。”

朱明月轻声道。

丹陛下的一层，三个侍婢抱在一处，正用惊恐失措又悲痛哀求地目光看着朱明月。当她说出这两个字的时候，都瞪大了眼睛，似是不能相信朝夕相处的主子，竟会狠心要杀掉她们中的一个！

“你们不能这么做！”

“小姐不要啊！”

乌图赏一声讥笑从鼻子里哼出来：“哪一个？”

哪一个？

玉里、埋兰、阿姆……

朱明月将复杂而迟疑的目光投向埋兰的一刻，乌图赏已然悄无声息地站到埋兰身后，在他手起刀落的刹那，旁边的玉里和阿姆甚至都来不及反应，乌图赏手中的匕首就一把抹到埋兰的脖颈前，顺势割开了她的喉咙。

“你……”埋兰满脸的不可思议，她怎么都不明白，怎么会是她？她的命怎么会终结在这里？

大量猩红的鲜血喷出来，埋兰用手拼命捂着自己的脖子，她想大喊、想尖叫些什么，然而都无济于事，最后只能发出“嗬嗬”的声音，在她意识极为清醒的情况下感觉着自己正在死去。

玉里和阿姆都惊呆了，前一刻还娇娆媚笑、嬉笑追逐的同伴，就在眼前苦苦挣扎，死到临头仍流着眼泪不肯咽气。她的血喷溅在她们脸上还是温热的，这样看着她，就像是看到了自己临死前的一刻。

朱明月也低头望着地上死去的女子。

为求自保去亲手杀人，和因利害关系牺牲掉别人是不一样的。埋兰不是第一个这样死在她手上的人，也不会是最后一个，但是同时死去的，还有她的良知。

此时此刻，就站在尸体旁边的乌图赏，一丝不差地将众人的表情看在眼里，包括祭神侍女的失魂落魄，挑了挑嘴角，乌图赏不动声色地朝着殿内主座的方向投去一抹笑意。现在正是摧毁她的意志、攻破她心防的最好时候——

“不用为了不相干的人难过。”高座上的男子高贵地开口，道：“好了，既然你成为我的人，下面与我说说，除了出使之外，土司老爷究竟让你来曼景兰干什么？”

问罢，那九幽弯起细眸，露出了目前为止第一个发自内心的笑容。

……

每个人的内心都是一座尸横遍野的战场。

那里没有光明也不需要光明，只有无边无际的暗夜，为了某一样东西或者一个执著很久的欲望，去争、去抢、去掠夺，未达目的不择手段，不断滋养着那里的土壤。

然而去算计别人谋害别人的时候，不会想着手下留情，轮到自己，原来也是一样。今日造下的罪孽，必将在明日原数奉还。

当晚，朱明月宿在了上城。

极尽宽敞布置华丽的三层楼阁，窗扉敞开着，从寝阁里透出的昏黄烛火，照亮了窗扉上孔雀开屏的斑斓纹饰，也照亮了一抹单薄的身影，就静静地伫立在窗边。

今夜里应该有月亮，但云层太厚，透过层层浓云筛下来的，就只剩下黯淡的光线。

少女抬头望着天幕。

负责送衣饰的侍婢临来前被交代了一番，暗暗在心里提醒自己无论楼阁里住着谁，都不要多看、更不要多问，谁知推门进来的一刻，不由得被眼前少女的容颜惊住了：

她的肤色本来就极白极浅，夜色浓黑，细腻而修长的脖颈，白皙如瓷的脸颊，唇瓣嫣红，有一种玫瑰映雪般的惊艳夺目；一双眼睛却如乌漆漆的黑洞，眼神是不染纤尘的淡漠，唯有眼角泪痣盈盈，似悲似喜，如泣如诉。

真美啊！

梅罕目不转睛地看着，她感觉少女的眸色仿佛静止的时光，幻如隔世，波澜不惊，又像是不可诉说的沉默。这样的姿容就算是在她最沉溺的梦境都不曾出现过，让人难以企及、高不可攀，却又让人渴慕，让人又羡慕又嫉妒。

她是谁？原来这世上竟有如斯绝色……

一个晃神间，梅罕将掌事姑姑叮咛她的话都忘在了脑后，捧着手里的东西呆愣愣地站在门口，仿佛是误闯的凡夫俗子，屏住呼吸，不愿意打扰这一刻的静谧。

窗前的少女没在意她的注视，更不知道等在楼下的掌事半天不见送衣饰的小侍婢下来，还以为楼上的人是什么洪水猛兽，将那蠢丫头强行绊住了，急忙蹑手蹑脚地走上楼来，却发现一手调教的侍婢傻子一样呆立在门口，顿时气不打一处来，揪着她的耳朵，让她放下东西就把她拽下了楼。

“疼、疼……”

梅罕龇牙咧嘴地道。

“还知道疼！告诉你多少遍，不要在主子的地方随便逗留，更何况还是主子的客人！被那几个老不死的管事知道了，我可保不住你的小命！”琅姆露纳一直将梅罕领到楼阁外面的花园里，这才气急败坏地数落道。

梅罕吐了吐舌头：“姑姑知不知道楼上住的是什么人啊？”

琅姆露纳没好气地道：“告诉你这小丫头也无妨，是澜沧来的，这届的祭神侍女。”

梅罕嘴唇张大，“祭神侍女啊——难怪生得那么好看！”

“你知道什么，祭神侍女可不是生得好看就能当的，上两届的我都见过，模样还没咱们上城的一等侍婢好呢。”琅姆露纳说到此，又道：“但不管长相好看还是不好看，总之都是吃人不吐骨头的妖精，专门来咱们勐海兴风作浪的！”

“啊？”琅姆露纳看着梅罕一脸明显不信的表情，不由得抬起手，再次狠狠揪她的耳朵，“我可跟你说，画虎画皮难画骨，知人知面不知心，你别被那一张艳皮给骗了，小心回头死都不知道是怎么死的……”

“哪有这么严重！”

“怎么没有？你不知道，那祭神侍女才刚来，她身边伺候的侍婢就被她害死了……听说，死得那叫一个惨……”

奴仆二人一边说着话，一边顺着廊庑而去。

等走得远了，玉里和阿姆才从花丛后面出来，玉里望着那两人的背影，脸上的神色是难掩的复杂。

“你在想什么？”

玉里低下头，看到阿姆的面色也不好，不由得问。

“我害怕。”阿姆道。

“我也怕。”

玉里叹息一声。

像她们这种身份，原本是风风光光地在土司府伺候，不仅是一等侍婢，还是土司老爷身边的影卫，比之府里普通的管事都要高着；谁知道来了曼景兰，这些优越的身份竟都变成了催命的符咒，随时随地会因此丧命。

“玉里，我觉得咱们也应该为自己想想了……”

阿姆第一次叫玉里的名字，语气严肃。

玉里一惊：“阿姆，你在说什么？”

“白日里发生的一幕一幕始终在我眼前挥之不去，还有他们说的那些话。”阿姆抬起头，“且不论回到土司府会面临怎样的命运，咱们能不能回去还是两说，玉里，来曼景兰出使的影卫现在就只剩下你我两个，我不想自己也重蹈覆辙。”

“阿姆，你千万别冲动！”

玉里觉得自己的声音有些大，向四周看了看，确定没有旁人，这才抓住阿姆的手，声音微颤地说道：“阿姆，我知道埋兰的死对你的打击很大，还有那些同伴的惨死……我心里又何尝好受？但是已经到了这一步，咱们的命时时刻刻都跟祭神侍女拴在一处，你觉得没有了祭神侍女，咱们俩就会有什么好下场吗?”

“那也总比我们先死的好。”

“阿姆!”玉里急红了眼，呵斥了一声，道：“忘掉今天发生的事，忘掉那些话，你还是祭神侍女的贴身侍婢，襄助她、看着她，但是绝不能伤害她！你记着了!”

玉里从未用过这种严厉的口气，阿姆一怔，眼圈也跟着红了，“你说咱们到底是为了什么？我真后悔当时去西纳管事面前请缨，我真后悔自己跟着来这一趟……”

“我也不知道咱们这是为了什么……”玉里面容哀戚地摇头。

夜色渐渐地深了，疏淡的月光照耀着楼阁。

阿姆端着打好水的铜盘走上楼来，推开门扉，窗棂前的少女一动不也不动，不知站了多久。

桌案上摆着两个盛着糕点的高足盘盏，还有一个百合金菊的炖盅，均未动过。阿姆将铜盘放到盆架上，就看到了搁在软榻上的雕红漆盒，盒盖放在一侧，盒里整整齐齐叠放着崭新的华丽衣饰。

这地方用以盛放东西的似乎只有这一种松木盒，装衣饰也用，放人头也用。

“奴婢试过玉里了，她暂时是可靠的。”

阿姆一边说着，一边将盒里的衣饰拿出来在软榻上摆好，然后抓起一侧的盒盖，连同那雕红漆盒一起顺着三楼扔下去，不知砸到什么上，先后发出“砰”的两声巨响。

阿姆并不知道玉里早就跟朱明月表示过，她是萧颜派来的人，因此会有刚刚花园里的那一场试探。毕竟做主子的才刚从她们三个奴婢中间挑了一个替死鬼，玉里会不会觉得心寒，又会不会因此生出背叛，都需要第一时间确定。

朱明月道：“即使她心有怨愤也是情有可原，在这种情况下，任是谁都会怨愤。”

阿姆咬了咬唇，道："如果奴婢发现她有二心，会立刻除了她！"

事情到了这种地步，任何一个不起眼的变数都可能导致全局的溃败，要么解决，要么输掉，而她们，承担不起妇人之仁的后果。

阿姆明白这个道理，朱明月又何尝不明白？但朱明月一直都没说话。

"小姐在自责？"

少女静得像岁月一样的眼神，让阿姆有些难受，好半晌，阿姆忍不住问道。

自责？

朱明月摇头："活下来的人踩着死去之人的尸骨继续活着，却在事后轻描淡写地沉浸在自己的怅惘中不能自拔，这不是有些可笑吗？"

阿姆听出她话中的自嘲和悲意，拿着帕子的手攥了攥，沉下脸看她道："如果月儿小姐要抱着这种伤春悲秋的念头，或是将心思浪费在自怨自艾顾影自怜中，奴婢只能说，埋兰今日的下场，就是日后我们每个人的下场！"

好狠的话！然而少女的目光依旧没有波澜："我没有自怨自艾，我只是觉得无论再怎么筹谋缜密，到头来，似乎总是这种以命换命的代价……这一次、上一次，每一次都是这样。"

这情景是如此的熟悉，一年前皇上下令诛灭那些建文旧臣以及旧臣亲眷的时候，她也是站在很高的地方，目送着街上长长的送葬队伍，翻飞的白幡，满地洒落的纸钱。

无奈并不是害人性命的理由，一将功成万骨枯也不能被拿来当做牺牲别人的借口，总是这样，她的手总是在还没有洗干净之前，就又沾满了鲜血。

"小姐……"

阿姆忽然有些心酸。

"奴婢、奴婢能够理解月儿小姐的感受……"阿姆低下头，道："毕竟不是所有人都会面对生死存亡的选择，但是……但是这样的情形，从月儿小姐来到元江府，或者说，从小姐离开应天府来到云南的时候，就应该想到了……"

咬咬牙，阿姆不得不硬下心肠，道："尤其是在这毒蛇巢穴一般的曼景兰，月儿小姐不是应该比谁都明白，往前的每一步都等于踩在薄冰上，稍有不慎就是万劫不复？这本来就是一场你死我亡的较量，在这场较量中，埋兰作为一枚棋子，利弊权衡的时候因为最为无用，被牺牲掉了而已，与人无尤。”

多么绝情的言辞，但是说出这番言辞的阿姆，却红了眼睛——“而我们，”阿姆忍着哽咽，“至少我们应该庆幸，直到如今我们的脑袋还完好无损地长在我们的脖子上！”

埋兰，聪慧妩媚的埋兰，泼辣张扬的埋兰。

比起这五日与祭神侍女的短暂相处，阿姆与埋兰相处了整整五年！从最普通的下等奴婢，到中苑的一等侍婢，再到土司那荣跟前的影卫……五年的时间，阿姆记得曾经发生过的点点滴滴，记得那些朝夕与共患难扶持，那些不为人知的辛酸和苦痛、欢笑和眼泪。

这世上没有谁生来就注定面对这样的阴谋诡计、争斗杀戮，没有哪个女子不希望被养在深闺，被当成掌上明珠，被娇宠呵护不谙世事。就像这位国公府的千金大小姐，她千里迢迢来到西南蛮夷，最终又来到被人视若蛇蝎唯恐避之不及的元江府，可能很多的人要因为她的到来付出极大的代价，更有很多人会为了保护她、辅助她而献出生命，但如果没有少数人来背负这些阴谋诡计、争斗杀戮，没有这些人付出的代价和生命，哪来得多数人的不谙世事、平安娇宠？

阿姆不懂什么大道理，可她知道，自己小小的一条命，微不足道，如果今天被牺牲掉的是她，一定也会怨、会恨，但她还活着，背负着那些死去之人的怨恨和不甘活着。

许久都没有动静。

朱明月转过身来，就看到阿姆一副要哭不哭、形容悲壮的表情，分明难过得要死，却倔强地咬着唇，不由得长叹一声，抬手抚了抚她的发顶：“原本不是要安慰我的吗，怎么反倒更伤心了。”

“奴婢没有……”

阿姆一开口说话，眼泪掉了下来。

埋兰死了，没有人比阿姆更伤心。这就如同看戏的动了真情，唱戏的就一定是入了戏，整整五年互相扶持的时光，说没有感情是假的。

原本要隐瞒的事，在这一刻，朱明月忽然觉得有必要告诉她知道。

"埋兰的死，其实从一开始就'被决定'了。"

朱明月将阿姆半拥到怀里安慰的一瞬，在她耳畔轻声道。

什么？

阿姆抬起头，泪眼迷蒙地看着她。

知道阿姆一时还反应不过来，朱明月轻声道："我说这话是有根据的。你还记得……当时在修勉殿前，那九幽让我投靠勐海的条件是如何说的？"

阿姆点点头。

她记得。

他说："杀掉你身后其中一个奴婢"。

"那个时候我又是怎么说的？"

阿姆垂眸，"当时小姐问，'为何只是一个'。"

说不怨，其实也是假的。

蓦然间，阿姆似有所感，刚刚她进屋时，月儿小姐那一句"即使她心有怨愤也是情有可原，在这种情况下，任是谁都会怨愤"，其实也是在说给她听吧……

"对，当时我问，为何只是一个，"朱明月道："那九幽听后，又是如何回答我的？他紧接着就回答说：'我也是为你着想。无论如何你还是要回去一趟，如若都杀光了，到时候连我都不好跟土司老爷交代'。"

当人处于一种焦灼和惶恐的情绪中，又被步步紧逼没有喘息之机的时候，很容易失去平时的冷静和判断。那时候的阿姆就是如此。但现在朱明月将这些话前后细细一梳理，阿姆一下子就发现了端倪——"他这根本是前后矛盾!"

是啊，杀掉一个，跟杀掉三个并没多大区别。

那么，那九幽是临时起意才会那么说，还是他觉得杀几个无所谓，只要杀了就能让祭神侍女心神崩溃，才随口那么一说？与此同时，会不会是朱明月太敏感多疑，说者无心听者有意？

回到当时的情景：那九幽先是让乌图赏给她展示了那精心准备的三份"薄礼"——影卫们被剜眼的头颅；一枚香囊背后那桩耸人听闻的惨剧、小孩子烧焦的指节；高僧布达和吉珂小和尚被拔舌后的人头。那九幽用这些血淋淋的事实向在场的每一个人证明，这几日在曼景兰她们的所作所为他都知道，嚣张如土司府的影卫等人，只要他不高兴，即刻身首异处毫无反抗之力；由影卫们庇护的她，若不是因为祭神侍女的身份，在他手里就如同碾死一只蚂蚁一样轻而易举。

然后，他又告诉她，土司夫人回来了。

土司夫人回来了，祭神侍女的身份也就保不住她了，一旦回到曼腊土司寨，一干人等落在刀曼罗手中，下场会比土司府影卫在勐海遭受的命运还要悲惨、恐怖百倍千倍——攻心为上，不得不说那九幽一连串的威逼打得她措手不及，一直引以为凭的身份，也在那一刻被他击溃得支离破碎。于是，在将她从云端一下子拽落泥淖之后，也是她最茫然无助、最心力交瘁的时候，那九幽突然话锋一转，又将她妆扮成一份来之不易的礼物，让她转而投靠勐海、栖息在他的羽翼庇护之下，条件是，她必须亲手杀掉剩下那三个侍婢中的一个。

把她逼到绝路，然后再以一种救世主的形象自诩，让她不惜为了自救而亲手葬送另一条无辜的性命，再感恩戴德地向他献出自己所知道的一切，却只会怨恨时运不济、命运的不公。

这一套玩弄人心的伎俩，那九幽一气呵成简直让人叫绝。

但是工于心计的九老爷，在掌握了绝对主动即将收网的一刻，偏偏只让她杀掉一个，而不是三个——真是他的临时起意，对这几只蝼蚁满不在乎？还是他忽然间生出了恻隐良心发现，愿意多留下两条无辜的人命？

朱明月从不心存侥幸。

“那九幽当时会故意那么说，事实上，他也不得不那么说，因为他想要留下你们其中的一个人，又必须让我对土司府的影卫痛下杀手，总不能摆明了说，除了某一个，杀掉另外两个人吧。”朱明月道：“那样的话就太明显了，无异于直接告诉我，你们中的谁是他安插在我身边的内奸。”

朱明月把话说完，阿姆大惊失色。

内奸！

“小姐是说……是……是玉里？”按照朱明月的话反复一推敲，不难得出这个结论。

但是，玉里会是那九幽布置的内奸？

阿姆彻底被震住了，沉浸在对朱明月一番言辞的回味中，久久不能回神。

假设月儿小姐的话都是真的，鉴于最后死的是埋兰的情况，玉里无疑就是那九幽的人——为了保下玉里，那九幽才一反常态让祭神侍女从三人中挑一个来杀，而不是全杀掉。但是那也不对啊，那九幽怎么知道只挑一个的话，朱明月就一定不会挑到玉里头上呢？

阿姆将她的质疑说了出来，朱明月道："我一直没告诉你，来曼景兰的第一日，玉里就悄悄跟我说，她是黔宁王府的军师、萧颜派来保护我的人。"

"什么？"

阿姆更震惊了，反应了好一阵，心里的困惑却也不断滋生，"那……玉里她……她到底是黔宁王府的人，还是那九幽的人……"

她都被搞糊涂了。

朱明月道："玉里自然不是萧颜的人。"

少女从容淡然的神色感染了阿姆，让她从一团乱麻中逐渐冷静下来，开始在心里细细琢磨：如果玉里不是萧颜的人，却跑去跟朱明月说她是萧颜的人，肯定是有古怪。但是从另一个角度，月儿小姐又是如何确定，玉里是在撒谎？

不管玉里是不是萧颜的人，她首先还是土司府的影卫，想要确认玉里的身份，少不得要绕开土司府的人，用到锦衣亲军都指挥使司的死士，可阿姆不记得月儿小姐曾让她送过消息出去给外面什么人，更不曾派其他死士去找那个萧军师打探过。实际上，除了自己，月儿小姐来勐海之后甚至没调动过任何一个死士。

想到这里，阿姆又禁不住一头冷汗，勐海是什么地方，死士们就算再厉害，也不可能肆无忌惮到将消息传来传去。而且，即便万不得已需要冒险去确认，一时之间又上哪儿去找萧颜？那么，无论玉里的话是真是假，她们都不可能有机会去求证。

阿姆觉得自己又钻进死胡同了，一双眼睛写满了纠结和疑问，仰脸看向朱明月。

朱明月笑了。

答案很简单，还是得益于她的谨慎。

"一个多月前，我刚进元江府时，出面接应我的人是个名唤'玉娇'的摆夷族女子，她是萧颜多年前安插在曼听寨子的内线。托她的福，我在元江府内城村寨中安然度过了第一晚。随后，在曼听河畔我遇见了我的第一个死士，他叫岩吉，是曼听河的守卫。在给我指明了去曼腊土司寨的路后，我交给岩吉一个任务，也是他在元江的最后一个任务：护送玉娇一家出城。”

对秘密渗透的细作来说，每一个死士都相当宝贵，可刚进元江府，就不惜“牺牲”了一个死士。阿姆大为不解：“小姐为什么要这么做？”

朱明月道：“你觉得奇怪，当时的岩吉也觉得很奇怪，毕竟玉娇那时候并未有任何身份泄露的迹象，我做这决定的出发点，担心黔宁王府的人一旦在日后被抓，会连累我的行踪是一方面；更重要的，我需要借此给远在临沧的萧颜发出一个信号——”

那就是：撤掉所有意图接应她的黔宁王府的内线，以防给有心人可乘之机。

原亲军都尉府，或者说，现在的锦衣亲军都指挥使司，但凡被派出来的暗卫、细作、死士之间，自有一套行话切口，保证了彼此衔接的隐蔽性和绝对性。没有经过专门训练的人贸然插手，不仅帮不到忙反而添乱——因为那会让她无法确定，究竟哪一个是萧颜派来的，哪一个又是冒充的。

而朱明月相信，萧颜在收到她的信号后，一定能够明白她的意思，从而配合执行。

将上述一一阐明后，朱明月道：“在没有收到我的求助之前，萧颜绝不会自作主张，更不会将我的底细擅自透露给旁人——所以，当玉里来跟我说她是萧军师的人，并准确地说出我来云南之前的一些私隐行踪作为凭证的时候，我就知道，她要么是土司那荣用来做连环计、引我上当的；要么，就是另有人安排她来我跟前取得我的信任的。”

朱明月说完这些，阿姆也有些恍然大悟，心有惊叹的同时，不住地点头道：“难怪月儿小姐一直不跟奴婢说这件事，原来从最开始，小姐就怀疑了玉里……”

四个侍婢本就是互相依存又互相提防的微妙关系，“损失”了一个玉腊之后，更没有必要打破这种平衡。另外，既然早就有人对她势在必得，贸然拆穿玉里得不到半点好处，还会适得其反惹人怀疑，莫不如顺水推舟，看看到底是谁在搞鬼。

“直到来上城之前，我一直都不能确定玉里的真实身份。可笑的是，恰恰就是今日在修勉殿前，那九幽亲自为我揭晓了谜底。”

无论玉里是不是那九幽的人，土司那荣能够获悉她是沈家小姐的来历，坐拥勐海的半个无冕之王，那九幽十有八九也早知道了。但那九幽并不知道还有一个阿姆。他以为，那种情形下，如果是挑两个侍婢来杀，依旧有可能挑到玉里头上；挑一个的话，玉里作为“萧颜”的人，朱明月在可以选择的情况下，就会顾及与黔宁王府的情分，把玉里留下，从剩下的埋兰和阿姆当中选。至于哪一个死，就不重要了。

智者千虑终有一失。那九幽一定想不到，早有朱明月怀疑在前，当他说出那句“选一个杀掉”的话，就等于彻底向她表明了他就是玉里主人的事实。

这个时候玉里没跟阿姆一起上楼来伺候，应该也是玉里主动跟阿姆商量之后的结果。那九幽还等着她去禀告呢。

阿姆听完这番话，却忽的脸色大变，一个念头从心底里冒出来，让她的心被猛地揪紧——“原来……原来埋兰真的是被牺牲掉的！原来她竟是替我而死的……”玉里是那九幽的人，而她则是朱明月的死士，只剩下埋兰，死的只会是埋兰！

朱明月看到阿姆两行清泪刷地淌下来，痛不欲生的模样，轻声叹息：“傻姑娘，你又错了。”

阿姆失声恸哭不能自已，却听她不无萧索的声音飘过来：“那九幽让我来做选择，后来乌图赏亲自操刀子——但是没看错的话，乌图赏的动作跟我视线投过去的时间是一致的……”朱明月拿出巾绢替她擦拭眼泪，道：“我的意思是，我看向你们的一瞬，乌图赏不偏不倚正好站在了埋兰的身后，还没等我说话，乌图赏就已然先动手了。”

阿姆睁着泪眼，不住抽噎：“奴、奴婢不明白……”

这是在说，乌图赏早就知道朱明月会选择埋兰？

朱明月道：“乌图赏的动作来源于玉里的暗示，所以他才会未卜先知。我会如此推断，是因为那九幽安插到我身边的人是玉里，所以，今日死的就必须是埋兰。”

这很好理解。

死的如果是阿姆，依照埋兰和玉里一贯面和心不合的关系，玉里根本拿不住埋兰；由于阿姆的死而孤立无援的埋兰，还会不顾一切地去拉拢朱明月。这就会危害玉里在朱明月身边的位置。但死的是埋兰的话就不一样了，与埋兰关系要好的阿姆会伤心欲绝，或许更会因此去怨恨朱明月，玉里只要在这时稍加安慰，便会虏获阿姆的心。

稍稍一权衡，玉里都会让埋兰去死。

这也是她最开始说，埋兰的死，是早就被决定的原因。

“话虽是如此，我终究是无法置身事外……”朱明月看着阿姆。

是她决定要选择，是她做的选择，不管死的是谁，她都是那个亲手葬送别人性命的人。更何况，即便没有玉里、乌图赏的从中作梗，结果也还是一样。

阿姆眼里含泪，“小姐……”

“我知道这很残忍，但我还是要跟你说，玉里是‘萧颜’的人，我不可能去选她；你是我的死士，对我有大用，我也根本不会选你，如果乌图赏当时要对你下手，我还会出面阻止。只有埋兰……”仿佛经历过太多次而逐渐习以为常的无奈，却终是不能成为推卸罪孽的理由，埋兰的死，朱明月难逃其责。

夜已经很深了。

阿姆一震，泪眼婆娑怔怔地望向面前的少女，她正面朝着夜幕，一双漆黑的眼睛仿若融入了夜色，无悲无喜，却又含着浓得化不开的苍凉。

在众人蒙昧在最表层的假象中，当阴谋谎言改变了本来的面目，总是冷静地站于彼端、视线穿透一切迷雾淡然而望的，似乎只有她。就像今日修勉殿前的那番场景，换做任何一个人怕是早已当场崩溃，就算是她们几个影卫，也无不惊恐难抑、心神大乱；也唯有她，将所有人的动作、表情一一看在眼里，还能据此揣摩出对方最真实的意图。

她怎么能一直这么清醒？她哪来的勇气？

但是，清醒的人，也注定要背负更多。

玉里沉浸在噩梦中。

深夜，荒山。

浓浓的大雾遮蔽了月光，空寂无人，她赤着脚在山间湿滑的陇道上奔跑，在她身后是一双如影随形的眼睛。这时，前方不远出现两条岔道，她的脚步一停，然后跌跌撞撞朝着相反的方向跑。

这是哪儿？

是曼短佛寺的后山……她怎么会独自一人在这里？

“做奴婢就应当安分守己，觊觎不属于自己的东西就会死得很快！”

“阿姆！”跑了不知多久的玉里猛地抬头，一张讨喜的俏脸就贴在自己身后，目光冰冷，不带丝毫情绪，那是看着将死之人的目光。

“玉里，你洞悉了我们的秘密，我可不能留着你祸害我们。”

“我没有，我……”玉里的话没有说完，胸口猛然一痛，眼前陷入一片永久的黑暗。

不对，死的怎么会是她？这也分明是曼短佛寺的第一晚，死的应该是玉腊！是玉腊无意中发现了埋兰的影卫腰牌，她们三个这才决定除掉她！那晚也是阿姆在客堂外的小土坡杀了她，将她的尸体埋在了死水边上！

玉腊没有死，玉里死了。

在梦中。

然而玉里的噩梦还在继续：场景一转换，眼前是白日里堂皇华贵的修勉殿，高高在上的九老爷难得有耐心地在等候，朱明月经过好一阵挣扎后，满眼复杂而迟疑地望过来，目光从她们三个侍婢的脸上一一划过，先是埋兰，然后是阿姆，最后……是自己！

“汉人有句话说得好，人不为己天诛地灭。祭神侍女，若是你实在不敢自己下手，不如这样，由你来指一个，老奴代劳，也是一样的！”

是乌图赏的声音。

玉里急忙向乌图赏使眼色。

乌图赏没有看她。

他始终看着朱明月，然后不知从何处掏出一把匕首，除去了刀鞘，电光火石之间，乌图赏忽然来到她身后，将冰冷的刀刃一把插进了她的胸膛。

“啊——”玉里猛地从床榻上坐起来，满头大汗。

捂着胸口，被刺穿的痛楚仿佛还在，似在提醒着在那个梦中，自己已然死了两次。

不，她没死。她还活着，还活着……

玉里浑身止不住地战栗，或许是那梦中的感受太过真实，又或许是玉腊和埋兰阴魂不散，以至于那些场景都发生了颠倒和扭曲。玉里攥紧了手揪住身下的被褥，没错，都是她的梦，真正死的是她们，都死了，难道自己还会怕两个死人？

玉里浑浑噩噩地起身下床，去格子架上拿自己的衣衫，却发现一块小小的竹牌子摆在案头。她随手拿起来一看，却在牌子背后看到了埋兰的名字！

她的手一哆嗦，“啪”的一声，竹牌掉在了地上……

在赫罕上城中听不到寺庙的晨钟报晓，却有外侍不间断地逡巡报时，凡殿内更漏夜尽，鼓鸣则起，钟鸣则息，卫士甲乙徼相传，甲夜毕，传乙夜，一直相传尽五更。

朱明月是在天光微明时起的。

西南边陲天亮得晚，勐海的天亮得则最晚，旭日初升冲破一切阴霾，云蒸霞蔚，辰时已过。辰时两刻，玉里伺候完朱明月梳洗，端着盆盂迈出门槛的时候，迎面碰见阿姆领着两拨侍婢从楼下走上来，都是来给祭神侍女送东西的。

前一拨侍婢才刚出去，捧进来的那三重宝钿珍珠金函，就端端正正地摆在镜台上。现如今居然又来了两拨。

玉里有些咋舌的同时，不禁又暗暗羡慕。

刚刚揭开金函盖板的时候，她探头看了一眼，里面摆满了琳琅名贵的首饰，交相辉映，金函的内壁和底部也都填满了细小的金珠，浮光细腻，变幻不定，如同水波映泛阳光。

为了拉拢祭神侍女，曼景兰可是出了大手笔呢！

就在这时，阿姆不小心打翻了最里侧的那个金函，首饰“哗啦”一下倾倒出来，洒满了桌案。阿姆弯腰捡起一枚滚落在地的，正是摆在最上层的一对莲瓣纹金装白玉镯的其中一枚。

“这是……是……杨贵妃的红粟玉臂支！”

阿姆惊叫道。

共分三段的臂环，羊脂白玉两端裹纯金合页，互相衔接，其中一对合页做成活轴。玉是晶莹油腻，金是厚重莲瓣纹，瑰丽华美到了极点。

玉里哪里听过什么红粟玉臂支，但看阿姆的神情，也定是一件了不得的宝贝；再一看那臂环的模样，一颗心险些从胸膛里蹦出来，怦怦直跳。

朱明月倒是在宫中见过不少好东西，能博得欢心的越来越少，此时见身后的侍婢一个个难掩钦羡和渴慕，无不直勾勾地盯着阿姆手里的东西，不由得从镜台上拿起另外的一枚白玉环，乍看之下，爱不释手之意亦是油然而生。

确实相当惹眼。不过这玉环不是阿姆口中的物件，杨贵妃的“红粟玉臂支”，顾名思义，是以红玉为胎、带有金粟工艺装饰的臂环。正品现藏于应天府宫城中的尚宝监。

不过这么草草看过去，金函里的首饰，不光是这仿制得精美绝伦的白玉臂一件珍品，金镶玉掐丝昙花步摇、金粟掌梳、金筐宝钿鱼子簪、镶嵌宝石的鎏金杏叶、金錾玳瑁花篦……叫得上名字的和叫不上名字的，价值千金自不必说，倒是都颇有唐时的雅致奢靡韵味。

还有昨晚上送来的一方雕红漆盒，再加上现在送来的两方百宝嵌描金漆盒，里面盛着的裙衫应该大多是天马锦、鸳鸯绮的料子。其中两件熏了苏合香的罗衣，格外华贵夺目，阿姆拿过来给她一看，襟口和袖口的镶滚上竟然覆了金泥花纹，在烛光照耀下隐映不定。

融金为泥，那是圣旨、诰命书上才用得的装饰！

朱明月想起那时跟着马帮的队伍刚到东川府，沐晟也给过她这样一个三重宝函，却不是金就是银，满满当当，分量十足，像是恨不能将整座金山堆在她身上。

而今，那九幽不只砸了重金，更可谓是让人花尽了心思。也对，在精神的恫吓和折磨过后，还有什么能比名贵的首饰、华丽的裙衫，更能安抚女子脆弱敏感的一颗心呢？

但是那九幽的这些好东西又是从哪儿来的？在东川府城外李四落网的一刻，曾供认不讳，这些年来那氏武士从货商那里半路劫来的东西太多，因路途甚远，不可能全部运回元江府。除了其中最值钱的器皿、皮毛、药材和绸缎等等被来接应的人取走，其余的像茶叶、马匹……有地方藏的就藏起来，没地方藏的都就地销毁。还有一部分也直接卖给了当地的走货商人。

沐晟也说过，劫掠的赃物一般不放在土司府宅，而是运到了勐海的广掌泊，在南弄河畔。

此时此刻，朱明月站在镜台前，打量着经由玉里的一双巧手，给她精心搭配这些穿戴、配饰，恐怕还有一些赃物就在自己的身上。

朱明月这一番神情看在旁人眼里，就成了志得意满的欣喜和炫耀。玉里面上没什么，将一腔觊觎深深藏在心底；阿姆拾掇好桌案，见状，却是将手里的巾帕不轻不重地摔在透雕灯擎上，撞得灯罩前后晃了晃。

只听“啪”的一声微响，在安静的房里有些突兀。

朱明月似是没有察觉，从头上拿下一根金錾刻点翠步摇，放回金函里，“经过昨日一晚上的工夫，你们都是怎么想的?”

玉里嗔怪地瞪了阿姆一眼，扭过头陪笑道：“小姐说得哪里话。奴婢等是奴婢，小姐是主子，但凭小姐的差遣。”

“除了听我差遣，不是还有监视我这一项吗?”

玉里和阿姆闻言，不由得对视一眼，阿姆道：“以前是有，现在未必。”

“哦?”阿姆也没客气，不咸不淡地道：“奴婢等原不过就是一介卑贱下人，既然土司老爷把奴婢等交给祭神侍女，理应一切听由祭神侍女的吩咐做事；何况事情已经到了这个份上，奴婢等想自保、想活命，自然是祭神侍女怎么说，奴婢等就怎么做。”

朱明月已听出她的生分之意，道：“你过誉了！我不会出卖土司老爷，虚与委蛇，也不过是想竭力为土司老爷扳回局面罢了。”

“是吗?难得祭神侍女的一片苦心啊!”阿姆的语气有些像在挖苦。

“你这是取笑我?”

“不敢。”阿姆冷冷地说。

见气氛僵了下去，玉里忙打圆场道：“小姐别怪阿姆说话口气冲，毕竟昨个儿‘她’刚刚殁了……”玉里没提埋兰的名字，只用一个“她”代替，“阿姆心里难受，奴婢心里也不好过，但逝者已矣，活着的人总还是要继续活着。”

“好一句‘活着的人总还是要继续活着’，你们要真能这么想才好……”朱明月声似叹息，“该做的我都做了，不该做的，被逼着我也做了，至于往后，你们若是心口如一地跟着我，我自不会不念旧情；反之，你们心里有数。就这样吧，东西都在这儿，你们也来挑一挑。”

朱明月往镜台的方向指了指，三方满载的金函并列在妆镜前，盖子打开着。

玉里眼底的光一闪而过，却见镜子中，映衬另一张少女的脸，充满了悲愤和不屑的冷嘲。

是阿姆。

玉里杵了阿姆一下。

“我说的有错吗？用我们的命去换取她的荣华富贵，难道连句抱怨都不能说？”

下了楼，阿姆咬紧了唇瓣，眼圈通红。

“那你想让她怎么做？向我们道歉或是去埋兰的坟前忏悔？阿姆，你清醒一下，死都死了，你在这里怀揣怨愤打抱不平，有用吗？”

玉里还揣着才刚从沈小姐手上领的赏赐，自然不敢当真上前去挑，但那三方金函里的配饰大多是她没见过的，随便拿出一件来都能让她做梦笑醒。想不到沈小姐毫不吝啬，一口气赏了她和阿姆每人五件。阿姆不愿意拿，东西现在还都在她怀里。

玉里有些不想将这些头面分给阿姆，但转念一想，来日方长，朱明月这不过是借花献佛，说到底都是九老爷的恩赐，往后还多着呢。

保持着背对的姿势面向花枝站着的阿姆，始终倔强地低着头不说话，玉里见状不禁一叹，道：“阿姆，你一向聪明伶俐，又是我们中身手最好的，你倒是与我说句实话，你心里是怎么琢磨的？我的意思是，如果祭神侍女真的选择反水，你会怎么样？”

阿姆跺脚，气急败坏：“你问我，我问谁？还是你对我不放心？说到底我不过就是个奴才，我能怎么样！”

玉里扯过阿姆的手，咬着牙沉重地说道：“如果是让我选，我会跟祭神侍女站在一处！”

也就是说，朱明月转而依靠勐海的话，玉里也会照做。

“你……”阿姆的心里像是被锥子刺了一下，木讷了好久，仰面大笑，“玉里，我怎么没看出来，你对她还真是忠心！”

“这与忠不忠心无关，你怎么还不明白？阿姆，我只希望咱们俩能好好活下去——”玉里激动地扣住她的肩膀，歇斯底里地喊出来，怀中的首饰“噼里啪啦”掉了一地。

到底是同府为奴几个寒暑，如果是昨日玉里说这样一番话，阿姆的戒备心再重，难免触景伤情百感交杂；可惜现如今这个言辞切切的玉里，在她眼里就像是一个跳梁小丑。

“我明白的……”

玉里抱着阿姆，看不到阿姆脸上变幻莫测的冷意，阿姆低着头，却也能猜到玉里表面悲戚实则一脸得逞的表情。

“对了，这东西是你放在我衣物上的？”

半晌，玉里松开阿姆，然后从袖中掏出那块小竹牌子。

阿姆“嗯”了一声，摩挲着竹牌，刚平复的神色再次难过下来，“埋兰也就留下这唯一一个物件，我想咱们应该好生保留着，又怕自己毛手毛脚弄丢了，就放你那儿了。”

玉里用两根手指捏着接过来，脸上有一丝难以察觉的厌恶，“那就我替你收着。你别想太多，但是……像今日这种态度万万不能了，不管你真心也好、假意也罢，在她面前至少还是要做做样子！其余的，咱们俩私底下怎么合计都好。”

连“小姐”都不叫了，玉里说罢，就俯身去捡散落在地上的各色头面。见到上面沾了尘土，有些心疼，急忙用手去拂拭。

“这些你好生收着，你比我知道它们的价值，不要跟银子过不去……”玉里说罢，分拣出五件来。

“我不要，”玉里刚伸手往这边递，阿姆就反手一把推到玉里怀中，“这都是用埋兰的命换来的，我才不要这些沾满血腥的东西！”

玉里的面容有些尴尬，转瞬，抿唇干笑一声道：“那……好吧，跟那块竹牌子一样，我都先替你收着。好了，你赶紧上楼去，别把她一个人晾着，我还要去灶房看看早膳好了没有。”

“不，你去伺候她，我去准备膳食。”

“别胡闹！你根本不知道地方，何况你总不能一直不见她吧！”玉里说罢，抱着满怀的首饰，用空出来的一只手推了推阿姆。

玉里顺着廊庑往南面去了。然后，阿姆也扭头往楼上走，转身的瞬间悉数表情都从她的脸上消失。

“玉里呢?”

镜台前，朱明月正从妆奁里拿出一方小瓷罂。

“去庖厨了。”阿姆说罢，补充了一句，“奴婢看她那样，倒更像是急不可耐找地方试戴那些头面去了。”

“女为悦己者容。”

“嗯?”阿姆一愣。

朱明月轻笑一声，没说话。

揭开小瓷罂的盖子，里面是玫瑰膏。她拿起细簪子挑了一点儿在手心里，用一点水化开，抹在唇上，剩下的则涂抹在腮边。

“会不会太艳了些。”阿姆在一侧看着，皱眉道。

“就是要艳。不艳，怎么显得出沈家小姐的诚意?”

“可是经过昨日一场大变，不是应该孱弱些、苍白些吗……”

“那是常理。”朱明月又取了眉笔，在眉梢淡扫，“这些兰膏香脂、翠翘宝钗，堆金叠玉一样摆在面前，没有哪个女子会不动心，若是刻意地妆扮太素，反而显得心里有鬼。”

在这个世上，多得是精于算计的人，比起那些或争名或逐利将欲望流于表面的人，这些人更厉害更可怕，也更懂得玩弄人心——刀曼罗、那荣已然是个中的翘楚，那九幽，比他们更厉害。

不惜堆宝塔于她一人之身，安抚收买是其一，另外，变相的试探也开始了——这种奢侈而又熨帖的招待，足以让任何一个漂泊伶仃的女子心生眷恋，让其甘愿画地为牢，做他的笼中之鸟；反之，能抵挡得住此般诱惑，不就恰恰说明，她怀有更深的目的?或者说，还有比这更优越更可观的贪图?哪怕她只是欲拒还迎、故作姿态，也会让那九幽认为，这女子的城府太深，不好掌控。

较量早已开始，步步都需小心。

阿姆不知朱明月考量的这些，心念一动，琢磨到了别处：“小姐，奴婢想经过昨日的一场，那九幽手段之残忍自不必说，但从另一方面看，由他出面除掉了土司府来的全部影卫，也就省得咱们再花费精力去防着那些人将这边发生的细枝末节送到曼腊土司寨，拖这边的后腿。奴婢以为，现在是不是可以把咱们的人从中城外围调回来了?”

放出去的风筝，能不能收得回来，往哪儿飞，在一双双如影随形的眼睛监视下，朱明月在曼景兰的所作所为，那荣还是可以放心的。可惜，那荣不知道自己遇到的是一个厉害的对手，不仅能够顺势说服影卫们改变初衷，还能层层布控严防死守——

中城的外围不仅有那九幽的武士，还有朱明月的死士，逐层包围之下，朱明月身边任何一个影卫都无法在背地里做小动作。

不得不说，那九幽的无心插柳，反倒是成全了朱明月的双管齐下。

“千万不要，”朱明月闻言将眉笔放下，抬头看她，“到目前为止，那九幽还以为我只是土司老爷派来曼景兰搅局的，对于其他依旧毫无所查，在这个时候贸然调动咱们的人，反而会自曝底细。”

一旦那九幽洞察了她来曼景兰的真实目的，祭神侍女的身份就再护不住她们了。

见阿姆还有些不明白，朱明月又道：“你忘了，最初我为何将所有的死士都调到了中城之外？除了一个有着土司府侍婢身份的你，我在这里所有的事，又为何无不是经由玉里、埋兰的手，以及其余那些土司府影卫的手来做?”

“是为了隐藏身份……”

“没错，主要就是为了隐藏身份，当然了，也是在万不得已的时候多条退路。”朱明月多说了一句题外话，言归正传道，“那九幽之厉害，比之刀曼罗、那荣更甚，之所以能让咱们钻了空子，不过是轻敌之故。但是再轻敌也会留一手——眼下这个节骨眼，正是祭神侍女最孤立无援的一刻，也是意志力最薄弱的时候，按照常理，如果还有后援或是底子，一定会在这个时候想方设法放消息出去，或是将其都围拢到身边来。”

朱明月把话说到这儿，阿姆一刹那就明白了，“小姐是说，咱们住处的守卫之所以如此松懈，并不是那九幽没将咱们放在眼里，而是正在暗处等着咱们做动作?”

这句话想想都吓人。

“我不知道那九幽是不是有这个想法，但换作是我，就一定会这么做。”

若论多疑，朱明月觉得，一旦那九幽正视她这个对手，定是比她有过之而无不及。

都说人靠衣装、佛靠金装，在朱明月穿着一件雪绸披风的时候，已然惊为天人；当盛装打扮后的朱明月，再佩戴着巧夺天工的华丽头面出现在修勉殿前，镂玉梳斜云鬓腻，缕金衣透雪肌香，颇有一种夺人心魂的震撼和惊艳。

当然，她并没选那套金泥花纹的纱罗裙衫。洪武十四年，朝廷早有规定凡是平民的女服，即便是礼服都禁止用金绣，更禁用大红色、鸦青和明黄等浓艳的色彩。那九幽敢给，她可不敢穿。

众人的目光齐刷刷地投到她一个人身上。

高座上的那九幽对顶着手，面露微笑，也在看着朱明月，就如同看待一尊精磨细琢的美人雕，而这美人雕正是出自他自己的手笔。

"跟曼短佛寺的客堂相比，我的小楼，是不是更舒适些？"

片刻，他慵懒地开口。

岂止是"舒适"二字！

动辄金樽银盏、宝鼎彝香，佳肴珍馐道道精致，醴酪琼浆无一不贵，下榻的则是鲜花怒放、香气袭人的三层楼阁——仅仅这半日时间的豪奢款待，即使是出生富贵之家长在大明宫廷的朱明月，也不禁心生喟叹。

"九老爷待小女，以及小女的侍婢恩如再造，吾等自是要知恩图报，倾尽心力为九老爷您效劳。"

朱明月向座上的男子俯下身的一刻，身侧不远，忽而传来一声轻嗤。

"祭神侍女的态度转变如此之快，倒是识时务，就不怕土司老爷寒心！毕竟，是曾经那么提拔重用过你的家主，祭神侍女一点都不愧疚吗？"乌图赏似笑非笑地说道。

"良禽择木而栖，有什么好愧疚的？"

"良禽确要择木而栖，祭神侍女又有何建树？"乌图赏抱着臂。

朱明月道："乌图赏管事一声'祭神侍女'的称呼已然说明问题。何况又怎知小女不是囊中之锥，未露锋芒？若露锋芒，其末立见！"

乌图赏一愣，而后哈哈大笑："祭神侍女倒是真看得起自己！"

座上男子也笑了，扬唇道："昨日说得匆忙，有些事还要再问问，你曾说起，土司老爷让你来勐海实则是为了找一个人、找一件东西，你可找到了？”

少女想了一瞬，摇了摇头：“小女遵照土司老爷提供的方向，按图索骥找去了若迦佛寺，见到了高僧布达，在挟持了吉珂小和尚的情况下，高僧布达让小女给他几日时间考虑。然而若迦佛寺一场大火，小女再去找他，他心神俱丧，直到现在也没给小女任何答复。”

朱明月说的这些，与暗处监视她的随扈们所获悉的内容，几乎无二致。

再往后，就是藏匿吉珂的地点突然被铲除，吉珂和负责看守他的影卫失踪。朱明月来不及去若迦寺找布达老和尚，就被请来了上城，然后在修勉殿前看到了所有人的尸首。

许是昨日的经历太过惨烈，朱明月说罢，低着头久久都没有再出声。

那九幽道：“你很聪明，火场之上将他藏身在了化身窖内。”

“是土司府的影卫们聪明。”

那九幽道：“既然要找的人你没找到，那么东西呢？”

朱明月道：“土司老爷说过，要找到那个人，才能得知那件东西的下落。”

“什么东西？”

“传国玉玺。”

若说那九幽对沈小姐还有一丝顾虑，在今日她这样一袭佩授绣裳的穿戴出现在他面前，又在此刻将寻找“传国玉玺”的打算毫不犹豫与他和盘托出，那九幽的一颗心安稳了。

“哦？什么是传国玉玺？”

所谓“传国玉玺”，自然是秦以后历代帝王相传之印玺，乃奉秦始皇之命所镌。其方圆四寸，上钮交五龙，正面刻有李斯所书“授命于天，既寿永昌”八篆字，以作为皇权神授、正统合法的信物。嗣后，历代帝王皆以此玺为符印，奉若奇珍，是国之重器，得之则象征其授命于天，失之则气数将尽。

传国玉玺取材于和氏之璧，由赵入秦，再完璧归赵，后又为大一统的秦所得，自此，随江山易主而几经流离坎坷。直到元至元三十一年，世祖忽必烈崩，传国玉玺忽现于大都，叫卖于市，为权相伯颜命人购得。伯颜曾将蒙元搜缴各国之历代印玺统统磨平，分发给王公大臣刻制私人印章，传国玉玺亦恐在其中而遭不测。

元至正二十八年，大明建立，改元洪武，蒙古元廷弃中原而走漠北，太祖遣大将徐达入漠北穷追猛打远遁之残元势力，主要便是索取传国玉玺，然最终无功而返。

那九幽饶有兴味地询问，朱明月煞有介事地讲解完，又道："土司老爷说，传国玉玺失踪久已，前一阵却忽有传言流落到了勐海，流落到了曼景兰，还说……九老爷公器私用，将知晓传国玉玺下落的人扣在了身边，想必已经得到了玺印，又或者是知晓了其下落，却小人贪利秘而不宣，实乃……居心叵测遂蓄反谋。土司老爷不想元江那氏百年传承毁于一人之私心，故此，让小女以勐神大祭出使之名，来曼景兰寻觅并加以甄别……"

说到这儿，朱明月像是又怕他迁怒，解释道："九老爷容禀。小女出身商贾之家，鉴宝乃是家学渊源，对金石玉器略有精通，土司老爷正是看中了这一点。"

前后一番话，真真假假，虚虚实实。

作为勐海的主人，那九幽应该早有这个觉悟——关于建文帝在曼景兰的事，瞒得住外人，却瞒不住元江府的堂堂土司那荣。

但是，来曼景兰找般若修塔，并不意味着找建文帝。

那荣授命让沈小姐来寻传国玉玺，也不意味着那荣会将建文帝有可能幸存于世，且身在勐海的这个惊天大秘密告诉她。

传国玉玺早在元末就已然失踪，历朝历代，有市井乡民在城邑田间发现传国玉玺下落的例子数见不鲜，知情人能够流落到勐海，也不是不可能的。但私藏传国玉玺乃是"十恶"中的"大不敬"，身为一府土司，那荣怎么能坐视这等目无君上的忤逆之事发生？当面质问，又恐叔侄猜疑引致萧墙祸乱，于是，煞费苦心地给勐海送来了一个奸细。

这样一来，朱明月被委以重任却又一知半解，让土司老爷避免了搬起石头砸自己脚的危险。而通过探听找寻传国玉玺的过程，无论朱明月一干人等如何折腾，必定会惊动当年的那些知情者，建文帝的踪迹也就随之露出端倪。

一个聪明狡黠，一个自以为是，两人互相利用又互为隐瞒的关系——

朱明月给那九幽讲了一个很好的故事，符合所有人的性格和做事手法，也最能让人接受。

此时此刻她不能抬头，无法看到座上男子的面目表情为何，好半晌，才听他道："你出身商贾世家?"

朱明月心头一松又一紧，将头垂了垂，挽手道："回禀土司老爷，小女来自云南府的锦绣山庄沈家。"

此事在场之人都心知肚明，由朱明月亲口说出来，还是让一侧的乌图赏倒吸了口气。

那九幽一笑："锦绣山庄?那可巧了，在我这里有个客人，正好就是锦绣山庄的人。"

"是、是小女的兄长。"

朱明月有些嗫嚅地说道。

"是啊，你的兄长，也是沈家当家。"那九幽似在轻轻惋惜，"听说锦绣山庄与同在云南府的黔宁王藩邸惯有来往，沈家当家也跟咱们的小沐王爷私交甚笃，你既是沈家的嫡长千金，应该也是认得小沐王爷的吧?"

对方毫不掩饰对她的底细来历的洞察，这让原本打算好一通解释的朱明月面上一震，又是一哽，好半晌，有些神不守舍地答道："回禀九老爷，小女流落在外多年。"

"你不认得黔宁王?"

朱明月抚了抚耳边的发丝，道："黔宁王是沈家的恩人，也是小女的恩人，小女漂泊多年得以归家，正是托了这位黔宁王的福。但若说更多的，恐怕小女高攀不上。"

这一番话，仍旧是真真假假，虚虚实实。

那九幽闻言挑了挑眉，不置可否道："但我怎么听说，曾经为了找你，堂堂的小沐王爷离开藩邸，羁留京城一年之久；更是因为你，冲冠一怒为红颜，亲自领着沐家军护送马帮互市不惜千里去了边藏?这么深的交情，还说什么高攀?"

那九幽刻意忽略了之前那氏武士抢掠沿途茶商，激起沐家军义愤，又公然杀戮朝廷卫所军队，抓走二十四名云南商贾的这些起因，单挑出一些结果来说。

朱明月心里不免一阵唏嘘，又想起来元江府之前，在曲靖府、元江府的那些沸沸扬扬的事端，仅隔了几个月而已，却遥远得就像是上辈子的事。

“九老爷说笑了，黔宁王是谁？那是世袭罔替的封疆大吏！小女又是谁？区区一介商贾门楣，哪敢跟那等权贵高户扯上关系。”

话里话外，不无忿恨之意。

闻言，旁边的乌图赏“咦”了一声，故作疑问道：“那等家世清贵不凡、相貌俊美无俦的男子，更兼位少年得志、位高权重，可是统于整个西南的大人物！便是蒙他一顾都会令寻常女子趋之若鹜，而他竟是纡尊降贵这般待你，岂不是前世修来的造化，还有何不甘不愿的？”

不提这个还好，朱明月猛然抬眸，一张俏脸染上愠色，道：“不消乌图赏管事提醒，小女深知自己与黔宁王乃是云泥之别，尤其沈家早已不是当年巨商，但凡沾了‘商贾’二字，连书香门第都不愿与之结识，更别说还是高攀皇门贵戚！小女亦不想委曲求全，为了一介负心凉薄之人，就将嫡亲兄长、将我沈家偌大家业都赔进去……将来九泉之下有何面目见沈家的列祖列宗！”

仿佛是积攒了太久的委屈，一刻不停地说完，沈小姐满脸涨红，眼圈也跟着红了。

她本就化了浓妆，又盛服鲜制，衬得面颊嫣红氤氲、透骨生香。这么一激动，更有些点滴红酥半雨烟，夺取梅魂斗雪妍的娇媚，恰如十月盛开的红艳海棠。

乌图赏却敏锐地截取了她话中的深意，“委曲求全……负心凉薄，还要毁掉沈家家业……这些都是从何说起？”

朱明月含泪冷哼一下，没吭声。

乌图赏道：“说不出来？依老奴看，是祭神侍女言过其实吧。”

朱明月还是不语。

“有心欺瞒可不好……不知道的，还以为祭神侍女做了什么对不起人家黔宁王的事！”乌图赏出言相激。

朱明月的眼睛更红了，紧咬着唇埋下头，一滴眼泪掉在鞋尖上，“不惜利用小女的名节做挡箭牌，却丝毫不允诺名分，这不是让小女委曲求全？不顾小女的安危屡屡置小女于险地，难道不是负心凉薄……”两声质问罢，朱明月目露悲愤，“当前关头，小女的兄长更是为了成全他的大业奋不顾身，乃至身陷囹圄，他却背信弃义意图牺牲无辜。说句不好听的，这不是卸磨杀驴、过河拆桥吗？何况桥还没过，他已然决定要弃卒保帅了……”

沈明琪若是没了，沈家就会因此群龙无首，沈家的富贵产业恐怕也要尽数落到黔宁王府的囊中——这话朱明月没说，在场诸人却听出了这层言外之意。

一件件，一桩桩，皆是血泪。

倘使沐晟在场，听到这些不仁不义罄竹难书的歪曲评价和指责，恐怕整个修勉殿都要被他砸了。

朱明月一边说着，一边在心里不禁这样暗忖。以至于心有所思，竟真的感觉在这大殿之上，有一道注视的视线，饱含戏谑，又略带苦笑和无奈，若有若无落在她身上。

若非逼问至此，应该没有哪个女子会将这些难以启齿的话道出。少女这般梨花带雨地说罢，连高座上的那九幽都愣住了，须臾，哑然失笑道："都说宁得罪君子莫得罪小人，又唯小人与女子难养也，近之则不逊、远则怨。那位小沐王爷真该后悔得罪了你!"

更应该后悔当初没有派重兵救回她的兄长，否则也不会让她心生怨恨，不惜千里迢迢来到元江府，与土司老爷结盟。

那九幽眼底一抹冷笑划过，又道："既然小沐王爷辜负你至此，你不妨说说看，土司老爷让你来曼景兰之前，又答应你什么了?"

"土司老爷说，会襄助解救小女的兄长!"朱明月抽噎着，拿出巾帕试了试眼角。

"只是如此?"

攥着的手蓦然一紧，帕子上的丝绦被她缠在指尖绞了又绞，朱明月道："九老爷问这个做什么?"

那九幽也没在意她有些无礼的反问，轻笑着道："只有知道了土司老爷允给你的好处，我才能给出比之的更优越的，而无不及。"

朱明月低垂着头，发梢在额前拂过，脸颊泛起一抹奇异的红晕，也不知是刚才哭的，还是怎的，"土司老爷答应小女的，恐怕九老爷给不了。"

"哦？什么是连我都给不了的?"

"土司老爷曾经允诺说，一旦小女功成，往后的曼腊土司寨……没有了土司夫人，唯有……唯有小女和弥陀莎巫师平起平坐……”

试问，什么能让一个女子义无反顾死心塌地？

一人之下万人之上的土司府女主人，足够了。

而朱明月的这句话恰恰呼应了昨日在这个地方，那九幽跟她说，刀曼罗回府的消息——美梦破灭了，连性命都可能因此不保，她还会为土司老爷卖命吗？

那九幽对这个心照不宣的答案付之一笑。

“照这么说来，我也需要给你个名分才是？”

男子戏谑的嗓音轻飘飘地传来。朱明月腮晕粉红，有些羞涩：“此一时彼一时……小女是在何种情形下投入到九老爷麾下的，小女分寸自知。况且，能够为勐海效力、为九老爷分忧解难，小女荣幸之至，不敢奢望其他……”

不敢奢望其他？

一侧的乌图赏挑起嘴角，笑得耐人寻味。

探问到此，已然差不多了。对于朱明月知无不言、言无不尽很满意的结果，就是要给她一些奖励做甜头——那九幽在这时侧眸，向乌图赏递了一个眼色，乌图赏会意，即刻朝着丹陛下面的一个侍婢招了招手：“拿上来！”

捧着一方五彩稠漆堆花方盒的侍婢，应声走上丹陛来——之前对那雕红漆盒的记忆实在血腥，朱明月乍然看到这种不一样髹饰的盒子，仍是难免心有余悸。

这时，听高座上传来那九幽的声音：“这就是土司老爷让你来曼景兰找的东西，为了让你不虚此行，回去的时候你拿给他吧！”

让她来曼景兰找的东西……

传国玉玺！

朱明月禁不住脸色微变，目含惊愕地看向面前的那方漆盒——盖板打开，红呢裹布里面方方正正的一块：方圆四寸，上钮交五龙，印面朝着右侧而摆，露出那刻着的“授命于天，既寿永昌”八篆字！

“这、这是……”

到底是身经百战的人，面色一顿之后，她缓缓将盒盖扣回去，而后转身，面朝正殿敛下身，挽手道："谨遵九老爷吩咐。"

朱明月的脸色很难看。

这是在离开修勉殿之后，顺着廊庑一直走到下榻楼阁前的花园时，送她回来的两名侍婢转身走远了，才显露出来的。

这种难看的脸色把阿姆吓了一跳，压低声音问："小姐，你怎么了？"

莫不是刚刚在修勉殿前遭到了什么恶意刁难？

朱明月去见那九幽的时候，阿姆和玉里都没跟过去，还是玉里特意提出来的，说是避免让那九幽看到她们再起杀心。此时此刻，在楼阁前等了将近半个时辰的阿姆，总算看到人被送回来了，却是这样一副凝重微沉的面容。

"玉里怎么没跟你在一处？"朱明月问。

阿姆道："据说是来客人了，玉里被叫过去领路。"

客人？玉里去领路？

一丝讶异刚在朱明月的眼底浮现，便一闪而逝。是了，能让玉里躬亲去迎接的客人，必定是来找自己的，这也就是说，那九幽刚刚与她说的第二个奖励——特地让人给她送来的两个男人，已经到了。

"先上楼吧，我换件衣裳。"

"哦。"阿姆点点头，又努了努嘴，指着抱在怀里的五彩稠漆堆花方盒，"小姐，这次又是什么？"

阿姆以为还是送给朱明月的裙衫首饰，或是文玩器皿之类，却听朱明月道："比人头更要命的东西。"

阿姆的手一哆嗦，差点没将方盒扣在地上。她在原地狐疑地盯着堆花描金的盒面一阵，掂了掂分量，才发现小姐已然上楼了，忙小跑两步跟了上去。

在修勉殿前不过短短一个时辰的问答，面上镇定自若的朱明月，实则冷汗直冒，薄薄衣衫早就被浸透了，回来的路上又吹了风，浑身都黏津津的。

等她换过一身裙裳，玉里已经将客人请到了二楼的小厅。

沈明琪和凤于绯两个人是坐着十六抬的肩舆，被"请"进上城来的，然后又被直接送进那九幽所居住的殿前，两人都不由得满腹狐疑。等他们在其后见到了玉里，又被领到了这座繁花团簇的小楼阁，已是惊讶得无以复加。

这种惊讶在朱明月从三楼下来，迈进小厅门槛的一刻，就变成了惊愕。

“珠儿?”

“你……沈明珠!”

沈明琪和凤于绯齐齐从桌案前站起来，最吃惊的莫过于凤于绯，连手里的茶盏都没拿住，掉在地上“啪”的一声打碎了。

其实朱明月也没被告知，这所谓的奖励其中之一，就是她对黔宁王血泪控诉中的受害者：沈家当家沈明琪。但是朱明月没表现出惊讶，只是略一颔首，表示问候。在小厅里伺候的玉里自然也不惊讶，跟在朱明月身后进门的阿姆则早已见怪不怪了。

这时，闻声的侍婢即刻拿着扫帚进来打扫，然后又有几个掌事姑姑领着侍婢进来送香茶、糕点……

看着一屋子的奴才对朱明月毕恭毕敬，以及这三层精致楼阁分明只住着一个她的架势，此等无尚的待遇羡煞旁人，直接让沈明琪和凤于绯都说不出话来了，两双瞪大的眼睛也一直没眨过。

“稍安勿躁。”朱明月道。

此时的她，换掉那一身盛装华服、钗带环佩，一身素净的模样，宛若雨打芭蕉、烟雨梨花，又别有一番清丽之姿。坐在桌案前，喝了两盏热茶，她揉了揉眉心，难掩疲惫。

“珠儿，你还好吗……”

沈明琪心疼地看她。

“别光顾着叙旧，先长话短说，我们是怎么来上城了?你又是怎么来的?”

凤于绯急不可耐地问道。

沈明琪面有不悦地看了凤于绯一眼，回护之情毫不掩饰，“凤贤弟来都来了，着急问这些作甚?何况沈某也一并在此，天塌下来，沈某担着!”

闻言，凤于绯笑了笑：“沈兄，别嫌小弟说话难听，你们二人兄妹情深，同甘共苦，为何拉着小弟一个外人作陪!天塌下来?若真塌下来，谁能扛得住?沈兄慷慨言辞，也不怕风大闪了舌头!”

"你……"沈明琪一急，站起身正要争辩，却被朱明月拦住，道："都是做生意的，以和为贵，凤公子如此疾言厉色又是为哪般?"她淡淡地说到此，又道，"想知道你二人缘何来到上城?原因很简单，自然是因为我在这里；而我又为何在此?因为传国玉玺在这里。"

"传国玉玺?"

沈明琪和凤于绯齐齐惊呼出声，不由得对视一眼，又各自冷哼地别开脸。

好的时候称兄道弟，现在又冷嘲热讽彼此恶语相向，朱明月没工夫理会这两人之间的是是非非，朝阿姆一招手，道："拿过来吧。"

五彩稠漆堆花方盒，外面包裹着一层锦缎，正是那九幽在修勉殿前让侍婢交给她的。阿姆走上前，剥开外面的裹缎，轻轻掀开盒盖，放在一侧。盒内，方方正正的一块映入眼帘。

在场诸人皆表示出震惊!

此前已经由朱明月向那九幽解释过了，历经风风雨雨的传国玉玺，几百年中数隐数现，扑朔迷离，后在元末那一场政变，终是彻底消失在了历史的长河中。但这其中不为人知的是，被太祖爷授命寻找玉玺的大将徐达，在漠北征战归来之后，直至病故之前都未尝放弃对传国玉玺的寻找。

徐达临终前，将查到的玺印下落告知了一个亲随，亲随秉承家主遗志，继续踏上对传国玉玺的找寻之路。而在建文即位后，亦曾数次悬赏。这样多方面的搜罗直到建文四年，帝都沦陷，建文帝被燕军推翻，才逐渐消弭。

但又有传言说，建文四年五月，有农夫耕田时发现一块疑似传国玉玺的玺印，徐达的亲随将其从农夫手中购得，一路辗转带回京城，将玺印献至建文帝手中，但是靖难之役的战祸让建文帝尚未来得及将此消息公之于世，就被推下了帝位。随着宫中的那场大火，建文帝离奇地失踪，那块玺印也随之消失。

燕王的嫡妃徐氏，也就是现在的皇后殿下徐仪华，正是大将徐达的嫡女。传国玉玺现世又失踪这一消息，很快从徐达亲随的转述中被徐皇后得知，并告知给了后来践祚的燕王，即当今皇上，皇上又将此事告诉了姚广孝。

于是深知内情的姚广孝有理由怀疑，传国玉玺很有可能还在世上，并且随着建文帝从皇宫出逃来到西南边陲，被带来了勐海。

朱明月会来元江府，一则为找建文帝，二则就是来找传国玉玺。这是事实。然而那九幽不应该知道。而且，刚刚殿前一番寻觅并甄别传国玉玺的言论，乃是她混淆视听的托词，是在编故事，那荣并没有这么跟她交代过，实际上，那荣怕是连传国玉玺是什么，是否存于世都没概念。

那么也就是说，那九幽会提前准备了这样一块似模似样的传国玉玺，绝不会是因为澜沧那边走漏了消息。

朱明月想到此又是一身冷汗。

不是走漏消息，那九幽怎么会未卜先知她会抬出传国玉玺的借口？这么一桩讳莫如深的事，连阿姆都不知道，那九幽又为何会知道？如果自己当时在修勉殿前没提"传国玉玺"这茬，而是说了另外一套言辞，会发生什么？那九幽还会在随后将这玺印拿出来给她吗？

谜团在心里面不断翻滚，让她有种不寒而栗的感觉，而渐渐明晰出来的结论，更让她冷汗连连：除非……早在很久之前，那九幽便跟她想到一块去了！

"不是吧，这真的是传国玉玺？"

这时，凤于绯的一声惊呼打断了朱明月的思绪。

半蹲着凑在桌案边，凤于绯直勾勾地盯着这块下衬红布的玺印，被端端放置在桌案上，一股威慑的庄严之气扑面而来。

玉里看到凤于绯的这种神情，不禁扑哧一笑。

方才趁着朱明月上楼去换衣衫时，玉里特地对着朱明月妆奁前的宝镜，又仔仔细细打量了一下自己的妆容：身上穿的是洒金描花的高腰长裙，扎着银腰带，手腕和脚踝都带着银饰；如云乌发梳成髻，发间佩戴的正是晨曦时朱明月赏赐的金镶玉步摇，外加一对银镶琥珀双蝶钗，正是蝉鬓轻盈、双颊秀媚。

这种不俗的妆扮，在她去接凤于绯和沈明琪两个人时，凤于绯眼中的惊艳之色就没逃过她的眼睛。在临回来前，她又悄悄地在园中摘了一朵新开的姚黄，插在左髻，花瓣层叠摇曳，衬得一张本就出众的颜容更加鲜润娇艳。

笑声引得凤于绯看过去，这一眼，果然掉不开视线，又是一番惊艳之色。

玉里却似没留意到他的注视，微垂颔首，安安静静、温温柔柔地伫立在一侧。风轻抚过她额上的碎发，仿佛也抚在了凤于绯的心尖儿上，那一丝悸动的涟漪，酥酥、麻麻、痒痒的。

阿姆将这两人的你来我往的目光交汇，一丝不差地看在眼里，不由在心里啧啧，先前月儿小姐在寝阁时说的那一句“女为悦己者容”，原来确有其事。

“凤公子倒是挺敢想的。且不说那九幽怎么可能把真的传国玉玺给我，再让我带回去给土司老爷，就算他愿意，他也得有啊。”

朱明月道。

这不会是真正的传国玉玺，她忽然心生笃定。

一来，在靖难之役的最后一刻，是她以文华殿女官的身份一直陪在他身边，从未见过什么徐达将军的亲随来献宝；二来，在皇宫失火的当晚，她也没看到从密道逃生的几个人，随身怀揣过什么特别的物件。但是空穴来风未必无由，或许在建文帝出逃的过程中，无意中得到了传国玉玺也说不定。

但是那九幽不会得到。

换句话说，即便是那九幽得到了，藏之唯恐不及，哪里会将这东西明晃晃地摆出来，还让她带回曼腊土司寨？

凤于绯从朱明月的话音里琢磨过味来，咽了咽唾沫，不禁有些失望：“赝的啊！”

“的确是赝的。”

说话的是沈明琪。

用软布垫着手，沈明琪端起这块玺印，前前后后再三端详过一阵，得出了结论。

凤于绯轻嗤了一声：“沈兄能断言？”

沈明琪正色道：“秦末战乱，高祖率兵先入咸阳，秦亡国之君子婴将‘天子玺’献给高祖，此后传国玉玺一直珍藏于长乐宫，成为皇权象征。西汉末年王莽篡权，玉玺由孝元太后掌管，王莽命安阳侯王舜逼至长乐宫迫太后交出玉玺，太后怒中掷玺印于地时，传国玉玺被摔掉一角，后以金补之，从此留下瑕痕。”

沈明琪说到此，将手里的玺印高举至阳光能照到的地方，“可是你们看，我手里的这块，色绿如蓝，温润而泽，毫无瑕疵。”

莹润光洁的玉玺，在阳光中呈现一种半剔透的靛色，似绿似蓝，绝美无暇，上面盘旋的五龙更是形态逼真、栩栩鲜活。

即便明知是假，也禁不住让人心生惊叹。凤于绯道：“那九幽能让人造得这一块，也算是巧夺天工，几可乱真了！”

朱明月正喝茶，闻言道：“仅是看年头，这东西也不是新造的。”

沈明琪以一种赞许的目光投过来，颔首道：“确实不是新造的。我没看错的话，这块玺印的来头也不小——应该是宋绍圣三年，咸阳人段义声称修房舍时从地下掘得；实则，是翰林学士蔡京等人为欺哄媚上所伪造之物。”

也就是说，是蔡京他们拿来哄着宋哲宗高兴玩的。

沈明琪甄别出的结论，与朱明月的看法不谋而合，也奠定了她心中的猜测——那九幽故意让她拿一块假的传国玉玺回去，哄土司老爷玩。

连猜两次都没中，一侧的凤于绯扁了扁嘴，嘟囔道：“我又不是倒弄古董的，怎么知道这些旁门左道？倒是你们，这么明白，没少在背地里做这见不得人的买卖吧……”

沈明琪将玺印放回漆盒内，然后拆开包手用的软布，一边拆一边道：“哪里比得上凤贤弟，无知也就算了，偏将未雨绸缪的工夫做得无所不用其极，生怕稍一疏忽别人就会坑蒙了你。殊不知，凤贤弟其身不正，却要歪曲旁人，以小人之心，度君子之腹！”

一向温文尔雅的沈明琪，居然说得这么不客气。

朱明月用很奇怪的目光看向他们，不明白前一阵子还热络的两人怎么忽而这般反常。她不知道的是，就在那日金湖分别之后，凤于绯拿着沈明琪给的那个信物——刻着篆体“沈”字的髹漆小竹牌，越过沈明珠，私下里去了下城的乌珂赌坊找到那个叫赤次的人，并让他赶紧安排他离开勐海。

结果赤次先行派人来询问沈明琪，得到此消息的沈明琪大怒，痛斥凤于绯的背信弃义。两人言语不合大吵一架，这才导致了彼此的龃龉。

凤于绯不会自曝其短，沈明琪是谦谦君子，也不会说短道长，两人互相挤兑又不挑明，惹得一侧的玉里想从中调和也无从下手。

玉里将求助的目光投向朱明月，朱明月又喝了两口茶，然而开口，简单地向两个男子讲述了一下方才修勉殿前的情形。

“珠儿，土司老爷怎么会知道传国玉玺在勐海？”

听罢，沈明琪沉默了一晌，若有所思地问。

那荣自是不会知道，而她更好奇那九幽是怎么知道的。

“与其关心这个，倒不如先问问你这个娇滴滴的好妹子，土司老爷是如何会派她来勐海找传国玉玺的吧！”旁边的凤于绯半是调侃半是戏谑道。

这的确是很让人费解。涉及元江摆夷族内的秘辛，说得严重些，藏匿传国玉玺这种行为，是掉脑袋的大罪，与整个元江府的兴衰存亡休戚相关，朱明月一介外族人当上了唯一一位祭神侍女不说，居然被委以如此重任。

“还能是因为什么？都是我这个做兄长的不中用，珠儿为了搭救我，才会不惜以身犯险！”沈明琪说到此，满眼酸楚地看过来，“珠儿，都是兄长对不起你……”

“以身犯险？不能够吧……”凤于绯哼笑着将话接过去，暧昧的目光上上下下从朱明月身上扫过，“我倒是想以身犯险，土司老爷怎么不让我进神祭堂，或是让我来勐海找传国玉玺？挑来挑去，偏偏这么巧就挑到了沈小姐头上？”

土司那荣喜好女色，这是众所周知的事，为此，各府、州、县没少给这位土司老爷进贡美人。让一个喜好女色的男人出面帮忙，原因无外乎就是那么简单。

凤于绯自以为洞悉一切的神情，彻底惹怒了沈明琪，狠狠一掌拍在桌案上：“你在胡说什么！”

凤于绯耸耸肩：“说事实。”

“先是搞定了土司老爷，现在连那九幽都对她‘百依百顺’，啧啧，你这个妹妹可不简单。”凤于绯拿起茶盖，闲闲地撇沫，“要小弟说，沈兄你也别苦苦在这鬼地方捱着了，依靠你的亲妹子，别说是逃离囚笼，就算让那九幽将你风风光光送回云南府的锦绣山庄去，恐怕也不是难事！”

凤于绯话音未落，沈明琪已经操起案上一个茶托朝着凤于绯的额头砸过去。

亏得玉里惊呼一声，阿姆又眼疾手快猛地一步窜上前，从后面勒住沈明琪的肩膀，沈明琪手里的茶托将将擦着凤于绯的鼻尖落下去，撞碎在桌脚上。

“姓沈的，你要干什么?”

凤于绯从椅子上惊跳了起来。

“向我妹妹道歉!”

“道什么歉？她做都做了，还怕我说!”

“你还敢说!”

“哥哥，你别急。”

朱明月头疼地看着面前两个剑拔弩张的男子。

“珠儿，他、他……诋毁你的名节!”沈明琪被气得浑身颤抖。身后拉着他的侍婢长得娇小玲珑，岂知手劲奇大，竟然让他怎么都挣脱不开。

名节，对于一个无论是何出身的女孩子，都一样重要。

朱明月从地上将摔成两半的茶托捡起来，朝着在场唯一能分身的玉里摆了摆手，示意她出去备些新茶来。等她下楼走远了，才转过身，淡淡地说道：“哥哥误会了，凤公子哪里是在诋毁我的名节，他这分明是想要套我的话。”

处于恼怒中的沈明琪哪里听得进去。

凤于绯闻言，却是挑了挑眉，冷笑道：“沈小姐这是狡辩什么？纵然你倒打一耙，也休想撇开你自己!”说罢理了理衣襟，坐到东窗前的罗汉床边。

“撇不撇得开都没关系，倒是凤公子打从进门就冷嘲热讽恶语相加，方才更是不断地将话题往我与土司老爷之间的关系上引，凤公子是希望我与眼下的兄长一般，恼羞成怒气急攻心？然后再矢口否认，出于对名节的维护，尽说些好话为自己辩解——”朱明月说着，微微一笑，“可惜，你那些话对我真的不管用。”

她随手一扔，将半块碎茶托丢在炕桌上。

“叮叮”的两声，刚好弹着摔在凤于绯的肘边，锋利的茬边向外，吓得他缩了缩手。

“别以为你们兄妹身边的人多，就能仗势欺人！我告诉你们，就算如今你们有那九幽撑腰，也别想凭着男盗女娼为所欲为!”

凤于绯又提起这茬，越说还越难听。沈明琪顿时怒不可遏，被阿姆拽着无法上前来，脸红脖子粗地怒道："张口闭口男盗女娼，你……简直有辱斯文!"

不管朱明月身份如何，沈明琪这个做兄长的，对妹妹的维护之心倒是很真切。

朱明月安抚地拍了拍他的肩，然后面朝着凤于绯道："还是别再扯开话茬了吧，刚刚说到……哦，对，说到为自己辩解——所谓言多必失，一个人在失去理智的情况下什么话都能说出口，越狠越是解气，就像我哥哥刚才那样。但与此同时，也会一不留神冒出些平时不会说的真言。"少女的目光里划过一丝冷意，"凤公子故意这般咄咄逼人，不知又想从我的嘴里知道些什么?"

凤于绯被她看得一哽，脸色难看下来："沈小姐在说什么？凤某听不懂!"

此时的小厅里，除了一个默不作声蹲在地上收拾碎茶托的阿姆，唯有沈明琪、凤于绯和朱明月三个人。朱明月道："是听不懂，还是装不懂。事到如今还用我说得再明白一点？凤公子今日能跟着我兄长一起被带来上城，真是全不知情被强迫来的？还有前日你会出现在孔雀湖，在恰好的时间等着我，也都是事有巧合?"

"不然呢?"

"难道不是那九幽在你背后指使的?"

此话一出，沈明琪大惊失色，"珠儿，这……"

被直指的凤于绯反倒是很冷静，抱着双臂，冷冷笑开了道："沈小姐真是会开玩笑，什么指使？什么特地等你，凤某为什么要这么做?"

"因为那九幽答应你，事成之后，就放了你。"

那荣知道她是沈家明珠，那九幽又岂会不知？那荣不知道这个"沈小姐"，还有一个锦衣卫的身份，那九幽未必就能知道。在那荣的眼中，朱明月很有可能是代表黔宁王府而来；在那九幽眼中，朱明月却是代表曼腊土司寨而来。

朱明月为了维持好两人对她的"认知"，可谓是煞费苦心。

以至于在玉里和埋兰的面前，她是为了搭救兄长不惜以身犯险的妹妹；在那九幽的那些眼线监视下，她是与虎谋皮跟那荣利益互换的一枚棋子。

甚至在玉腊面前，她也不曾透露过。所以，朱明月才会“光明正大”地去若迦佛寺、找般若修塔。

那九幽心里跟明镜儿似的，在外人面前色令智昏、庸碌无为的土司老爷，并不真的是个庸人。正相反，那荣很狡诈，能屈能伸，最懂得韬光养晦。他是顺理成章嗣位的土司府嫡子，从一降生就注定了尊贵与煊赫，这样的人，按理说应该被骄纵得无法无天，长于妇人之手而昏昏无能可是，那荣偏偏对阴谋诡计有着与生俱来的天赋，最擅长分辨什么对他有利、什么不利，除了他自己除了那个幼稚、无知、无貌、无才的女巫医，万事不萦于心。

但正是这个万事不萦于心的土司老爷，一直以来都在暗地里谋划着“收复失地”，巴望着“一统山河”。可是冰冻三尺，非一日之寒，想要得到不属于自己的东西，也要有那个本事才行——不仅勐海不能跟澜沧撕破脸，家底不厚的澜沧也不敢贸然出面触动勐海，就算那荣有心将那九幽剔除掉，也只能在暗处一点点渗透，一点点蚕食。对此，那九幽采取的是兵来将挡、水来土掩的策略，将勐海和澜沧的关系维持在貌合神离的状态。不是那九幽没有野心，恰恰是那九幽的野心太大，目前他还有比吞并澜沧更重要的事要做。等他的事都做完了，腾出手来，澜沧的末日还会远吗？

在上述种种利害关系的促使下，那九幽不但不会动祭神侍女，还会想方设法地拉拢她、策反她，于是，安排人将与朱明月利益相关的沈明琪送到她面前来，就成了重要的手段之一——七月十一日，孔雀湖畔看似巧合的初遇，并不是朱明月先认出了凤于绯，而是凤于绯先认出了她。

“当日在孔雀湖的时候，还记得我问凤公子的那个问题吗——‘你能独自一人在这里，要么说明你们被抓进来的这些人没有被关在一处，而是分开“拘禁”；要么说明，对于勐海来说你也是特殊的，能够享受到最“优越”的犯人待遇。又或者，你根本不是被抓来，反而是被请来的’，‘以上三种，不知道凤公子属于哪一种？’”

“凤公子说你自己是第一种，但是你后面的所有言行，却都在向我表示，你根本是第三种，或者说，那三种情况兼而有之。这让我不能不怀疑，你原本就是那九幽的人，甚至可以由此推定，当初在武定州安排的商贾秘密定盟，并非那个商人的小妾和仆从引起的乱子，根本是你向元江府走漏了消息，才导致了整个计划的失败，更让那二十四名商贾齐齐被抓。”

“你、你凭什么这么说！”

凤于绯脸色大变，猛地从罗汉床边跳起来。

“你用不着狡辩。”朱明月的话音里带着张扬的笃定，“现在的我对于曼景兰有怎样重要的作用，凤公子心知肚明。如果你不肯承认，大不了我直接去问乌图赏，去问那九幽，我相信对方一定会给我这个面子，给出肯定的答案。”

背后的指使者已然直言不讳，被指使的人还想隐瞒吗？

朱明月与很多聪敏之人打过交道，有的人看似温文尔雅实则绵里藏针，有的人表面风流浮夸其实机锋暗藏，有的人木讷本分却又心明眼亮事事了然。眼前的这个凤于绯，让她想起的是几年以前的李景隆，一样的装傻充愣，一样的贪乖讨巧，在嬉笑怒骂之间将别人玩弄于股掌之上。

可惜，比起李景隆，他还远远不够。

没猜错的话，金湖其实才是名副其实的“孔雀湖”，否则，跟孔雀公主传说有关的公主亭和王子亭，不会建在金湖岸畔而非孔雀湖畔，然而那释罗却将她领到了凤于绯屋舍外的湖泊……还有玉里，朱明月是汉人没听过摆夷族的传说，玉里不该不知道。

所以说，可不就是女为悦己者容吗——像玉里这种沉稳性子的女子，会对一面之缘的男子表示出肆无忌惮的好感，可能性有多大？最可能的原因，是他们之前就见过。

“早在商贾定盟以前，或者说早几年以前，武定州就跟坐拥宝山的勐海牵扯不清，以利为重的你，却还同时与西南边陲的其他汉人商贾保持着亲密往来，若非如此，黔宁王府针对铲除元江那氏的军旅结商旅的计划，不会贸然找上你。而你能将武定州的买卖做得风生水起，自然有一套胆大心细的生财之道，对于黔宁王府提供的这笔巨大商机，自然是不会错过，但这并不是指针对元江，而是反过来靠出卖黔宁王府从勐海捞取好处。”

“行了，别胡说八道了！”凤于绯高声怒喝道，“谁准许你将这些子虚乌有的帽子扣到我头上，还胆敢冤枉我们武定州？”

朱明月面色淡然，继续道：“跟黔宁王去东川府之前，因着茶运商人们在距离曲靖不远的地界上遭抢，我看过一些关于西南商道的记载，其中对武定凤氏的描述不可说不精彩：你所经营的赌坊、妓楼、酒馆……无不是一本万利的营生，三教九流，鱼龙混杂，都是游走在民不举官不究的边缘，但是往往一个地方的生意渐有起色，你就会马上将其盘出去，再于另一处开新铺子，或是投身于更新奇的买卖，这使得你日进斗金却一直无法将自身做大。这说明你本性贪图小利，很容易蠢蠢欲动，却又不愿意承担风险，没有长性。这不仅表现在你经商的手腕上，还有平时的为人处世，因为从你与我遇到的第一日就足以证明。

“你受那九幽的指使而来，本应该放长线钓大鱼以免过早打草惊蛇，但是你转念一想，又怕我临时变卦，在约定好的两日后不来找你，你也就因此失去了对那九幽的价值，所以才会临时起意，在见面的当日就将我引去了金湖见我兄长。殊不知正是这样的行为，让我对你产生了更深的怀疑。

“你如此急功近利，又不懂得耐心筹谋，若是守着家业安于现状也没什么，可你偏偏自负能耐，一心想着富贵险中求，这于经商来说可是大忌，注定了你虽拥有凤氏和勐海的雄厚支持，能凭此做到西南商贾中的翘楚，却永远无法成为首屈一指的巨富；如果没有了凤氏的家底和那九幽在背后的援持，你的生意还会一落千丈，甚至禁不起一点风浪迅速衰败。所以，说到底，你也不过是一个贪利忘义的寄生蝼蚁罢了！”

不能正视自己的毛病和短处，还自认为完美得无懈可击。当朱明月毫不留情地戳穿了这种自以为是的完美，一股滔天的暴怒直冲脑门，凤于绯从原地跳将起来，大吼道：“屁话，你说的都是屁话！你给我把这些话统统收回去！”

沈明琪也被朱明月这一连串的话惊呆了，“珠儿，你这都是……都是从哪听来的……”

听来的？

一直沉默侍立在旁边的阿姆，对此嗤之以鼻，那你是没真正见识过自家小姐的厉害。

从没有人这么当面指责过凤于绯，尤其是女人。

然而沈家明珠的话却如同一把锋利的匕首，狠狠剜开他的皮肉，让他颜面尽失、尊严扫地。她凭什么这么中伤他？凭什么羞辱他？凤于绯用通红的眼睛恶狠狠地瞪着朱明月，像是恨不能把她吃了。半晌之后，却是怒极反笑，眼含恨毒地道：

“真不愧是连元江土司都青眼有加的人，确实不同凡响。我承认自己是低估你了，但那能怎样？你再厉害还不是一样俯首在那九幽的跟前！而你跟我说这些，又能证明什么？证明你们兄妹的不幸遭遇都是我一个人造成的？太可笑了！简直太可笑了！你就不怕我转头将这一切都告诉那九幽，将你好不容易在他面前建立的信任毁掉！”

凤于绯穷凶极恶的威胁，让阿姆眼神一厉。

朱明月却笑了：“用不用我再提醒你一句，只要我一日还是祭神侍女，那九幽就一日不会动我。”元江府到底是土司老爷的，勐海再厉害也是其中的一个分支，没人敢恭然挑衅土司老爷的权威。

“那你到底是什么意思？”

凤于绯怒目圆睁地大声问。

“我会说这些，是希望凤公子不要再装神弄鬼浪费我们的时间。你心里很清楚，在我完全归顺那九幽的情况下，你没有任何可利用的价值；反之，如果那九幽能从你的口中证实我是两面三刀、别有他图，会即刻采取手段，但也不会痛快除掉我。对于那九幽来说，你的存在只是锦上添花，可是，现在就算你做到了所有事，你也不可能离开勐海了。”

“你说什么？”凤于绯咬紧牙。

朱明月的目光落在桌案上，确切地说，是桌案上那一块方方正正的玺印，“见过了它，你还想走吗……”

凤于绯顺着朱明月的目光看去，那一刻，他的脑袋如被重锤轰击，一阵阵剧痛昏胀，脚步踉跄着，他跌坐回罗汉床边，“你……你……怎么敢……”

“传国玉玺”即使是赝的，也是玉玺，代表皇室之威神圣不可侵犯。

凤于绯是西南蛮夷，骨子里没有多少对皇室的敬畏之心，但如今已经不是元末的时候，他的无知，正是他的可悲之处。而他被囚禁在勐海的时间虽长，终究还是有离开的可能；现如今却见到了元江府这么一个大秘密，还想活着离开吗……

这道理不用朱明月说，凤于绯用脑子想想也知道了。满腔的期待在陡然间被击得粉碎，更兼有之前被羞辱、诋毁的余恨，凤于绯的理智彻底失去了，他哆哆嗦嗦地抬起手，指向沈明琪和朱明月的方向，破口大骂道：

“你们这对下作坑人的贼兄妹，不要脸的混账东西，居然这般害我！”

沈明琪一拍桌案就要站起来，被朱明月拦住：“凤公子这话错了，哪里是我们害你——那九幽让你来上城见我，分明就是没打算放你走的意思。”

是那九幽将“传国玉玺”交给她，又在同一时间把凤于绯叫来，让他去朱明月面前套话。朱明月不可能不将传国玉玺的事透露给自己的兄长，凤于绯又跟沈明琪在一块，注定是跑不掉。

朱明月一语惊破梦中人，凤于绯眼眦欲裂，面色铁青怒斥道：“那九幽毫无信誉可言！你们兄妹俩也好不到哪儿去，一样都是无耻小人，可憎！可恶！更该死！”

“你自己还不是一样。”那厢，沈明琪轻哼道。他说的是凤于绯绕过沈明珠自己去下城找人的事。

有道是害人者终害己。凤于绯瘫坐在罗汉床的踏脚上，心中巨恸，整个人失魂落魄颓丧地将头埋进手掌中。

这时候，朱明月的嗓音轻飘飘地传来——“在那九幽眼中，凤公子是锦上添花，可有可无，但是对于我和我兄长而言，却无异于大雪天里的一盆炭火。如果凤公子能够弃暗投明、出手相助，我兄妹二人断不会像那九幽这样，定然是不会亏待凤公子的……”

“你想让我帮着你对付那九幽？”凤于绯笑了，然后用看疯子一样的目光看着朱明月。

“不是对付他，而是虚与委蛇，就像一直以来凤公子对我们这样。”

凤于绯仰面大笑：“我给那九幽卖命，可不仅仅是因为他能让我离开……帮你？别做梦了！”

“凤公子别忘了，我也可以带你离开这里，送你回武定——”朱明月不以为然道：“除此之外，沈家还会因此欠你一份情，黔宁王府也会感念你的相帮，这样即使凤氏的生意在将来失去了勐海这个雄厚的后援，也一样在西南地界上立于不败之地，这不比鱼死网破更好吗？”

凤于绯想要的，是平平安安离开勐海，回到武定。

朱明月想要的，则是凤于绯在那九幽面前，给她做一个担保。

多诱人的一桩买卖。

凤于绯猛然抬头：“‘将来失去勐海这个后援’——这话是什么意思？”

“罄所有出之，谓之孤注。凤公子是生意人，不会将鸡蛋都放在一个篮子里的，不是吗？”

就这么简单？

凤于绯的脸上写满了忌恨和狐疑——“可你真能办到？”带他走？

“说请凤贤弟帮忙是客气，殊不知凭珠儿现在的地位，就算去跟那九幽讨一个面子，即刻杀了你，也不是不可能。还说什么后不后援、相不相帮！”沈明琪不冷不热地说道。

凤于绯喉头一哽，面现愠色，表情却是悲愤的羞恼。

朱明月微微笑道：“凤公子放心，我说到做到。”

玉里端着新茶具，身后领这一行提着新茶水的侍婢上楼的时候，小厅里的三人正围坐在桌案前叙旧，阿姆则站在一侧侍奉。桌案上还搁着两本《茶经》。其乐融融的场面，丝毫看不出方才的一番面红耳赤，激烈争执。

“小姐、沈公子、凤公子，这是勐海当地产的普洱，你们尝尝。”

别怪玉里离开的时间太久，要去储物库挑一套稀奇又恰好名贵的茶具，再挑茶梗，用上好的雪山水煮茶、滤茶……与此同时，玉里还整理了一下自己的妆容：裹着的帕巾随意却不致掉落，因煮茶而微汗的额头、发丝不能太乱，被热气熏的脸蛋泛红又不能狼狈……

等玉里将这些都准备好，使自己满意了，这才施施然领着侍婢们捧着一个石瓢茶壶上楼来。

“这是……从古茶王树采摘的，勐腊红梗绿芽茶。”沈明琪抿了一小口，赞叹道。

朱明月也淡淡地品了品，微微皱眉道：“浓了。”

玉里一愣，浓了？

这时，就听沈明琪道：“的确是多加了几叶，珠儿真懂茶。”

她也懂茶，却从未这么造作矫情地品过。玉里微不可知地撇了撇嘴，将期待的目光投向一直没言语的凤于绯。

凤于绯附庸风雅的兴致，早被一个茶托给砸没了，此刻坐在这里也是强颜欢笑，囫囵喝了两口，道：“还成吧，这东西我喝都一个味道，苦得很，不如酒来得醇香浓烈。”

不如酒……

朱明月记得曾经也有一个人跟她说过类似的话。

就这样，凤于绯和沈明琪在上城住了下来，被安排在靠南面萝芙木开满的位置，是拥有两座抱厦的五间正房，离朱明月住的楼阁不算远。

凤于绯借口观赏正房北面园中的果树，留下沈明琪一个人在屋里，就让玉里领着他去修勉殿东侧的小暖阁找那九幽。当着玉里、乌图赏的面，凤于绯指天画地说了一番朱明月对勐海死心塌地的假话，然后眼巴巴地问那九幽，是否要安排他回武定州了——

那九幽的回答："不急。"

的确是不急，一切都不妨等祭神侍女完成出使，回曼腊土司寨后再说，或者，永远都不用再说了。

此时此刻，却不仅是凤于绯一个人心神俱丧，在沈明琪和凤于绯离开小楼后，躺在软榻上小憩的朱明月也不好过，她并没有因为摆平了凤于绯而松口气，而是陷入到一种纷乱的思绪中不能自拔——思绪的关键，都围绕着那九幽给她的这块"传国玉玺"。

在她心中有三个巨大的疑团：

那九幽怎么想到传国玉玺的？

那九幽为什么让她把传国玉玺带回曼腊土司寨？

那九幽打算怎么让她跟那荣说，这传国玉玺是真还是假？

如果朱明月告诉那荣这传国玉玺是真的，不就等于直接将建文帝身在勐海的事实暴露给了那荣？那荣在确定了这一惊天大秘密后，会怎么做？上报朝廷？隐匿不发？还是……同流合污？而朱明月又怎么自圆其说这块玺印的来源？还是说，跟那荣说这玺印是假的？那她带回去的目的又是什么呢？

不，不对，等她回土司府的时候，她的身份就不再单纯是祭神侍女了。那荣如何狡黠，也不会想到朱明月来曼景兰一趟，居然摇身一变倒戈了！

事实上，连朱明月自己都觉得这很可笑——如果那九幽这么做的目的是借此告诉那荣，往勐海送奸细这个计划失败了，直接将祭神侍女一行人软禁起来，或者遣送回曼腊土司寨，不是更能说明问题吗，何必费这么大周折？还几乎杀掉了所有土司府来的影卫，将勐海与澜沧的关系闹僵。

朱明月也不会天真地以为，那九幽这纯粹是要戏弄那荣玩，并以此为乐。要知道这个时候的澜沧土司府，那荣和刀曼罗一定正闹得不可开交，一旦朱明月以投靠勐海的这种身份回去，很可能让这两夫妻暂时放下仇恨，携起手来，一致对外。

还是说，那九幽这么做，是因为即将要有什么大动作？而那荣也将因此无暇他顾，威胁不到勐海？

会是什么呢……

朱明月枕着靠垫在软榻上辗转反侧，然而除了那些之外，还有另一件与她关系不大，却又不能不去想的事，同样在困扰着她——曼景兰太平静了。

从她七月初八来出使，今日是七月十三，五天的时间，说长不长，说短也不短，可据她在中城、芒色寨子、上城这一路的所见所闻，除了沿途有武士把守森严之外，几乎没有任何调兵防守的筹措。

这不对劲！

黔宁王府发兵在即，从东川赶赴而来的朝廷二十六卫羽林军也将不日抵达——面对着来势汹汹的兵力，澜沧那边事不关己、作壁上观也就罢了，首当其冲的勐海又在耽搁什么？这是一场几可预见的亡族之祸！那九幽曾经不遗余力地让人大肆抢掠茶商，又公然杀戮朝廷的卫所军士……种种恶行在前，勐海势必要有足够的底气和胆量才能面对接踵而至的重罚，难道还心存侥幸，希望朝廷对其宽大处置？

还有，前段时间在澜沧，土司府的神祭堂出了大乱子，又有十三寨中的村民、牲畜感染了瘟病，祭神阁内地位崇高的大巫师更是几经替换，其间连土司夫人都离府了……澜沧发生了这么多事，勐海却丝毫没有什么表示！

有什么比削弱澜沧更重要？有什么比备战更重要？

从她来到曼景兰，一直就有种不安，随着时间推移，这种不安在加剧。到底是什么让她产生了这种感觉？又是哪里出了问题？

无数个疑问，胶着在她脑海里，不仅睡不着，反而愈加清醒了。在外间伺候的玉里听到她频频翻身的动静，不由得隔着帘子问：“小姐，怎么了？”

“没事……”

“是不是天太热？要不……奴婢给你倒杯凉茶，或者给你打扇？”

勐海的暑季的确很热，大大的太阳，潮湿闷热的空气，但寝阁内搁了三个冰盆，凉丝丝的气息还泛着白烟儿，受用得很。

“不用，你歇着吧。”

“哦。”玉里应了这一声，便没再说话。

忙活了一上午，又刚伺候用完午膳，她的确是困顿得不行。要不是阿姆不愿意来守着，她一定要回自己屋里好好补个觉。

午后的时光在主仆二人的小憩中，静静地过去。

晚膳是跟沈明琪和凤于绯一起用的，酉时三刻，奉命而来的仆人们拎着八抬提盒，顺着楼下的廊庑穿堂而来，络绎不绝。待一道道摆上了食案，精致讲究、独具特色的佳肴自不必说，所盛菜肴之盘盏居然多半是金银器。

凤于绯心情怏怏，落座后也没留神太多；朱明月住了一日，已是见多不怪。唯有沈明琪瞠目结舌地坐在案前，半天都没敢下筷。

按照大明的礼制，食器自君王至庶民，分别使用金、银、锡、瓷、漆等料，若有违反禁令者，罪及匠造工人。而宫廷中又因延承元代旧制，日用器皿多见金银器。如今那九幽待客用的是金樽、银碗、玉盏、玛瑙盘……主人家自用的定是比这更豪奢几分。

其实也对，劫掠了那么多好东西，卖也不能卖，又无人可送，与其都储藏起来，倒不如自己来用。

那九幽在这些抢来的珍器重宝中，就这样一直做着骄奢淫逸的富贵梦。所谓饱暖思淫欲，唯一让人奇怪的就是，除却伺候的奴婢，偌大的上城见不到一个女子，不是他们这些外人无缘得见，是根本没有，这在朱明月临来前，土司老爷就曾意味深长地跟她提过。

“珠儿，这段时间……你……你受苦了……”

沈明琪很想找机会跟朱明月单独说说话，当着一众下人的面，又不好将凤于绯支开，憋了半天，憋出这么一句话。

“结束了这次出使，我就会回到澜沧，回土司府去，倒是哥哥，你有什么打算？”朱明月问。

“我……”沈明琪不知该怎么说。

“还能怎么办？干等着。”凤于绯挑了一根酸笋，扔进嘴里。

“九老爷没说何时会释放你们这些商贾？或者没提出什么交换的条件?”大半年过去，没人来救他们，也不像是要大肆迎战的样子，按照那九幽敛财无忌的一贯作风，用他们这些商贾置换产业也不是不可能。

沈明琪低着头，不吭声也没表态。凤于绯哼笑了两声道：“其实我们也想知道，倒不如你替我们去问问九老爷，看看他老人家到底什么意思?”

“胡闹!”

沈明琪忽然喝了一声，又觉得自己的嗓门大了，忙拿起酒卮抿了一口，却呛了，止不住的咳嗽。

玉里连忙上前来帮沈明琪顺气，纤长的手指一下下揉着沈明琪的后背，软语安抚。坐在一侧的凤于绯看在眼里，不轻不重地哼了一嗓子：“说句玩笑罢了，沈兄恁地紧张做什么？再说，就算沈小姐去问，还能当真问得到不成？左右是贪图咱们的家产，等把咱们养肥了，也该宰杀吃肉了。就像过年时农夫家里圈养的猪羊。”

凤于绯的话让人瘆得慌。

沈明琪的脸憋红了，喘着气道：“有些话断不可乱讲！万一珠儿当真了，果然去找九老爷追问，反遭连累，凤贤弟拿什么赔我的妹妹!”

“沈兄怎么说话的？怎么就不能问？白日里你妹妹还说什么一日是祭神侍女，就一日……”

“住口!”

“姓沈的，你呵斥谁呢!”

凤于绯摔了筷子……

一顿晚膳吃得鸡飞狗跳，而沈明琪和凤于绯两人针尖对麦芒一般的争执，几句话下来，连平时没什么计较心思的阿姆，都隐隐觉得不对劲起来：“小姐，奴婢怎么觉得这沈家当家有些奇怪呢。”

俯身给朱明月布菜的时候，阿姆悄声道。

不只是她觉得，凤于绯也觉得。

仆从们默默收拾碗碟的时候，沈明琪坐在一旁生闷气，凤于绯跷着二郎腿靠在炕几消食，却不动声色地将视线投过来，瞟了朱明月一眼。后者则还给他一记警告的眼神。凤于绯翻了个白眼，摸摸鼻子没做声。

“好了，时辰不早了，哥哥和凤公子早些回去休息。”

黄昏渐近，朱明月起身送客。

"珠儿，我……"沈明琪有些踟蹰，又有些难过地低下头。

怎的这么快，他还有很多话没说呢。

"行了行了，她还要待上整整五天，你们兄妹有的是机会叙旧。"凤于绯收到朱明月递来的示意，忙伸手推了推沈明琪，作势要拉他走。

沈明琪还没忘记之前的不快，很是抗拒凤于绯的接触，挣了两下，没挣开，又看到满屋子端茶倒水的下人，嗫嚅道："那珠儿，你、你多保重……为兄明日再来看你……"

在凤于绯不耐烦的再三催促下，沈明琪恋恋不舍地走了。

自从京城一别，细数下来几乎连句话都没说上，而今终于有机会倾吐，一时却又不知从何说起。沈明琪满腹心事地走下楼来，又回望二楼窗扉亮簇簇的烛光，不禁万千惆怅：失散多年的妹妹就在这儿，他很想问问她过去那五年过得好不好？都是怎么过的，有没有人照顾她？问她记不记得当年的事，是不是还在怨他……他还想问，她孤身一人来元江府，王爷知道吗？她有什么打算？她跟澜沧那个土司老爷之间又到底有什么来往，她能不能自保，能不能全身而退……

说句心里话，他对凤于绯白日里的那些诋毁、污蔑的言辞，不是不在意，他很心痛，更愧疚得要死，但他没有立场去说教，更没有立场去指责她。他觉得这个妹妹虽然离他很近，却又很远，远得让他感觉近乎不真实。

"小姐，有没有觉得沈家当家似在隐瞒什么。"

玉里下楼去送客人了，主仆二人站在二楼的窗扉前，目送着一行三人渐行渐远。

"你觉得会是什么让他连嫡亲妹妹都不能开口？"朱明月反问道。

"一定是什么天大的事！"

说了等于没说。

"或者是……说了可能会连累小姐的事。"阿姆补充道。

"又或者，是说了我可能会连累他们的事。"朱明月道。

阿姆迷惑地仰头看她。

傍晚昏暗的天色从四周笼罩过来，晚霞渐染，余晖在少女的侧脸罩下一层轻媚，"下午是玉里伺候的，晚上也就该轮到你值夜了吧。"她忽而提到别处。

"嗯，奴婢特地跟她调换的。"一个下午换一整个晚上，玉里喜不自禁跟她换。

"准备准备，子时一刻正，咱们出去探探。"

"啊?"阿姆张了张嘴，"小姐不是说……咱们在这上城不适宜有动作吗?"

"此一时彼一时了。"朱明月的眼底划过一抹凝然。

子时一刻正，第二班轮值守夜的护卫交接。

深夜的上城，大雾，微凉。

月亮已经升至了夜幕的最高处，朦胧的月光弥漫在浓重的雾气中，氤氲出闪闪烁烁的银色。花园小径两旁都是浓密粗壮的棕榈树，晚风拂过，叶片婆娑摇摆，传来一阵沙沙的声响。

廊庑下的灯笼还亮着，投射得花园里一片亮幽幽的碧色，白日里长势茂盛的灌木丛和绿株，在夜晚时宛若一头头吞噬生命的野兽，舒展手掌，又簇簇聚拢，静静地等待着自投罗网的猎物。

两道黑影从花园中悄无声息地穿行。没有光线的地方，双目不能视物，这两道身影却异常利落，毫无声息地从空地处一掠而过，就闪身进了树丛，不仔细看还以为是自己看错了。然而他们的一举一动，殊不知早已被人收进眼底。

"小姐，什么人啊?"

顷刻后，花木掩映的矮丛后面，主仆二人走出来。

朱明月摇了摇头，总之不会是那九幽的人。

看那两个黑影所去的方向也不是她们的小楼，却直奔了东南面的游廊，倒像是冲着沈明琪和凤于绯住着的屋舍位置。

"走吧。"

朱明月轻声道。

斑驳的树影沿着石子铺就的小路洒下，两人顺着石阶往下走了两里，步至拐角处时，阿姆脚步微顿，忽然伸手拦了一下。

"有人来了——"阿姆做了个动作，朱明月随即跟着她转身，两人悄然隐匿进一侧的椰林里。

半晌，一对掌灯的巡视守卫从小径上穿过。

等眼见着那一行人从面前走远了，光源渐渐消失，主仆二人又静待了一刻，确定四周再无声响，这才要从椰林里出来，“一个目能夜视，一个耳力惊人，你们俩的配合倒是默契！”

戏谑的声音从背后传来，同一时间，阿姆的手已经在猛地朝后，这一下动作奇快，出手凶悍，身后那人来不及惊呼就被锁住了喉咙。

“嗬嗬……”

那人挥舞着双手不断地挣扎，却再发不出一点声音。

“是、是你！”

借着蒙蒙的光雾，阿姆辨认出了来人的面目轮廓——凤于绯？

“说，跟着我们作甚？”

阿姆眼神一厉，手底下更狠。

凤于绯被她这么狠狠一掐，脆弱的椎骨发出咯哒声，疼痛难忍，险些没死过去。

他双眼暴突，高高抬着手，伸直食指，拼了命地指向一侧的朱明月。这时候，少女才低低开了口，“放开他吧。”

阿姆应声一松手，被解开桎梏的凤于绯捂着喉咙，慌乱地连连后退，面露惊恐地看着这主仆两个人，“你们……你们……”

“凤公子怎么来了？”

少女的靠近，仿佛是身有瘟病般，骇得凤于绯也跟着倒步，“不是你……你……让我来的吗？”他的嗓子火辣辣地疼，声音嘶哑。

见少女一瞬不瞬地盯着他，凤于绯急忙道：“晚、晚膳的时候，你让侍婢上了三种香茗：勐腊小叶茶、柳叶茶、绿梗绿芽茶，冲泡好以后，推到我面前非要让我先选！我胡乱拎出来一壶，你却让人将另外两壶都撤了下去——去二留一，难道不是三更一刻？”

凤于绯说完，捂着脖子又有些委屈。亏他大半夜的不睡觉，特地跑这儿来等她。

朱明月不置可否道：“凤公子确定不是自己想多了？”

“如果是我想多了，刚刚你就不会出声！而是直接让她掐死我——”凤于绯恨恨瞪了阿姆一眼，又咬牙切齿地看向朱明月，道：“我就知道你没安什么好心，绕过沈兄神神秘秘地给我暗示，原来是要陷我于水火！”

朱明月一笑：“就不能是救你脱离苦海？”

凤于绯冷哼一声，脸上是“你可得了吧”的表情，压低声音道：“救我？要是你真打算安排人趁夜撤离，第一个救的也是你哥哥，而你之所以先找上了我，八成是要做什么危险的动作，不舍得连累沈兄，却不介意搭上我的小命！”

到底是心明眼亮的凤氏于绯，朱明月道：“凤公子一贯是料事如神，可你毕竟还是来了。”

凤于绯眼睛一翻，他倒是不想来，如今人为刀俎，他不来行吗？

“痛快说，到底让我干什么？要是事关生死……我……我不可干！”凤于绯穿得不多，勐海的夜风微凉，他抱着双臂打了个哆嗦，又下意识看了看四周，对黑暗和未知的恐惧让他更冷了。

朱明月看出他的惧色，淡淡地说道：“凤公子应该对上城很熟悉吧。”

“马马虎虎。”

阿姆一脸“你果然跟那九幽早有勾结”的表情，凤于绯看在眼里，颇是得意地哼笑道：“那是因为我长了一张忠厚老实的脸，连那九幽那样多疑的人都能信我，从来不曾限制我在上城的出入，以前来做客时，我总会到四处转悠转悠。”

并非信任，而是觉得毫无威胁力可言。

朱明月道：“凤公子知不知道，在这城中哪里是平时不允许人进出的？或者，有没有某些地方表面看着寻常，却偏偏周围有大量武士把守，不让任何人靠近？”

“有啊，修勉殿！”那九幽住的地方。

“除了修勉殿。”

凤于绯想了一瞬，狐疑道：“你说的该不会是蕉林荒山吧？”

“种着蕉林的，还叫荒山？”阿姆奇道。

凤于绯没好气地答道：“我怎么晓得！就知道那儿方圆几里地都没有殿阁楼台，也没铺砖石，只栽种了大量的芭蕉树，与堂皇绮丽的主殿这头显得格格不入。没人去过那里，连上城的奴仆都不曾，据说过了蕉林，往深处走是上城的尽头，是一大片烧焦后的土地，好像还有坟茔……”

凤于绯说罢，莫名地浑身发凉。

“还有没有其他类似的地点？”

凤于绯道：“在我所知道的范围内，你形容的那种地方，就是蕉林荒山了。”

朱明月道：“从这里怎么过去？”

“你……你要去蕉林荒山……你去那里做什么？”

凤于绯这才细细打量起主仆两个人的装束，均是一袭夜行的打扮，短衫劲装，束腰，连半件首饰也无，月光暗处，几乎能融入了夜色。尤其那小侍婢一张讨喜的俏脸，隐隐透出戒备的肃杀，加上刚才那凶残的身手，哪里是白日里的机灵单纯。不禁顿时让人联想到一个成语——心怀鬼胎。

“不简单啊，一个是平日里道貌岸然的大小姐，一个是装傻充愣扮猪吃虎的小丫鬟，听说你们平时的关系不太合，看这样子也不像啊！土司老爷究竟安排了两个什么样的人来曼景兰？那九幽知道你们的真实身份吗……”凤于绯端着下巴，啧啧揣测道。

“凤公子成了自己人，往后的所见所闻会更多。但凤公子又是个聪明人。”朱明月意有所指地道。

“所以呢？”

“所以我希望凤公子能够选择性的——装聋作哑。”像是警告又像是威胁。

凤于绯面容一滞。

“现在可以告诉我们了吧。”那俏婢提醒道。

凤于绯撇了撇嘴，伸出手，给两个人指了方向，还一并描述了下沿途的标记。

“多谢。”

“喂……等等，你们真要去啊？”

在主仆二人转身而去的一刻，凤于绯叫住了她们。

“怎么了？”

面对朱明月投来的疑问，凤于绯嘴角勾起一抹诡异的笑：“夜晚的上城与白天不同，想要活命，最好不要乱走。”

朱明月道：“如果我不能活着回来，凤公子就好自为之吧。”

说罢，就带着瘦小伶仃的侍婢，转身朝着石阶下面走。凤于绯咬着牙望着两人的背影，使劲跺了跺脚，愤愤地跟了上去。

“凤公子怎么也来了?”

“送佛送到西!”

这是要送她们上西天?阿姆道：“凤公子不是很怕死嘛!”

“怕，但你们一定不会让我死。”

花木扶疏的小道上每隔几段就有一座石灯笼，点着石蜜，微弱的光团中晕出丝丝缕缕的香气。越往深处，黑暗中的幽径曲曲绕绕，岔路众多，又间或有绿植茂密、藤蔓勾缠，长得足有半人多高，使得每一条路看起来都极为相似。

凤于绯领着主仆二人七拐八拐，以一种奇怪迂回方式，从南面斜插着往西北的方向走，踩着暄暄软软的泥土，在层层的雨热花蔓中穿行，两盏茶的工夫，总算是走出了让人眼花缭乱的园子。

“怎么样!要是没有我，别说去蕉林荒山了，你们连这里都出不去!”

“凤公子显然不是等闲之辈。”阿姆夸了一句。

凤于绯得意地一哼道：“好了，送你们到这我就不奉陪了，你们折腾自己的吧，我要离开这是非之地回去睡觉了!”

“等一下。”

“怎么……”

凤于绯转过头来，有些戒备地盯着这主仆二人，黑暗中两个少女的眼睛明明灭灭，凤于绯一愣，似是想到了什么，“把你们领出来了，不是要……卸磨杀驴吧?我……我可警告你，你们答应过我要带我离开!要是敢灭我的口，我即刻大喊，大不了鱼死网破，大家同归于尽!”

正当凤于绯连连后退的工夫，朱明月笑了：“凤公子想到哪里去了，我只想说，回去的路上多加小心。”

“不用你提醒!”

凤于绯毫不领情地一甩袍袖，掉头就钻进了花丛里。

“小姐，为何不干脆……”

阿姆望着凤于绯消失的方向，歪着脑袋，神色阴晴不定。

方才她分明感觉到了来自于朱明月身上的杀机。

“在我们几个人里面，除了他，除了玉里，没有一个人熟悉上城的路。我想了想，觉得留着比杀了有用。”留下凤于绯在身边，也是对玉里的一种变相牵制。

按照之前凤于绯所指的路线，主仆两人一路穿过了殿前长廊，顺着内巷道径直往西走，穿过内仪门旁边的小角门拐了个弯，过穿廊，再通过开满了虞美人的幽深花径，从生长着长叶轮钟草的苗圃穿出来，子时六刻，走到了所有殿阁楼台的尽头，上城的极北之处。

为了避免沿途巡守的侍卫，两人几乎是踏着花泥拨开拂膝的花枝，一路猫着腰匍匐过来，甜腻的花香沾满了衣角。

阿姆扫了扫鞋尖上蹭着的花泥，抬起头来，但见土道的尽头果然没有了青石板的路面，也没有水磨石的砖砌，浓雾漫天的夜色中，唯有一大片黑咕隆咚的密林，黑黢黢，寂寂的，横向蔓延开去望不到边际。

“小姐，应该就是那儿了吧。”阿姆道。

这时，朱明月一把抓住阿姆的肩，将她拽着蹲下去，并竖起手指做噤声的示意。

对面有人！

两人蹲在花丛里，隔着扶摇的花枝朝土道的尽头定睛瞧过去，几道黑乎乎的人影从蕉林中走出来，正踏着月色往这边来，似乎……还拖拽着一个东西。

阿姆的手攥紧了匕首的鞘。

那几个人逆着光而来，根本看不清面目，也没有任何交谈，步履不停朝着花丛的方向走。风穿林而过，空气中弥漫开一股奇怪的腥臭，夹杂着蒜臭味，还有烧酒的烟熏味。

黑暗之中，阿姆视物不清，这让她的嗅觉异常灵敏，随着越来越近的距离，那腥臭的味道也愈加清晰，时隐时现；阿姆仔细分辨了一下，嗅出了雄黄、雌黄、酒糟，还有一种让她很熟悉的味道：是……死尸的腐味。

在他们身后拖拽着的，好像是一具尸体！且死了许久。

这个时候，那些人已经来到跟前。

鞋底碾过花枝的声响，和几下急促的脚步声，其中一个人小跑了过来，然后在她们前面不远的位置，莫名地顿住了脚步——头顶上那颗清清冷冷的月亮被云层遮住，开满团簇花朵的矮丛上罩着一层蒙蒙的烟霭，如同一道无形的屏障。窸窸窣窣的声响，随后是间断的水流声，时停时止，一股刺鼻的尿骚味随之飘来。

“老三，好了没有?”

“马上马上，你们先走，等老子解决完再回去!”花丛前的男子挥了挥手，大声喊道。

“别等了，咱们走吧，他就这毛病，有人在旁边看着，他就更尿不出来了!”

拖着尸体的那些人笑着骂了两句脏话，就勾肩搭背地往前走了。

老三提着裤带，晃着胯骨使劲抖动着，尿声还是断断续续。他龇牙咧嘴地啐了一口，索性将半个裤腿都扒下来，竖着小鸟憋气。

那几个人已然渐渐走远，在这时，朱明月朝着阿姆打了个手势。阿姆会意，即刻猫着腰转身，利用浓密花枝的障碍，屏住呼吸一小步一小步绕到了男子的身后。

云层拂开月光透射下来的一刻，阿姆猛然窜起，动作奇快，绑在手上的缎带向上一套，勒住了老三的脖子，陡然往后一个拖拽，七尺身高的男人竟被这娇小玲珑的姑娘一个猛子拽倒，裤子都来不及提，狠狠后仰摔在地上。

阿姆将这个高她足足两个头的汉子直直往后拖，一直拖进荆棘遍布的花丛里，整套动作完成得相当迅速。老三双手使劲扣着勒在咽下的缎带，剧烈地挣扎，阿姆又缠了一圈，老三喉咙中发出痛苦的呜咽。阿姆双手在他喉前交叉，横向勒紧，老三身子一瘫，在濒死过去的一刻，失禁了……

老三并没死。

一只小手按住他的人中，又将他掐活了过来，随后就被人整个翻面朝下，两条腿反向扳到肩膀处捆成一个弧形。只听腰椎骨和大腿骨嘎巴几声，老三整个人呈现出倒蜷缩的姿势，只剩下两条胳膊在泥土地上徒劳地抓挠。

然而他发不出声音，嘴巴里被塞上了东西，刺鼻的尿骚味熏得他直翻白眼，是他扒下来被揉成一个团儿的裤子，塞不下还有大半截拖在嘴外。阿姆嫌恶地在他的衣襟上蹭了蹭手背，方才捆缚他的时候也不知沾到什么了，黏糊糊的。

“接下来，我问你一句，你便要答一句——答得不好，我断你一根手指，不回答，我也会断你一根手指。听清楚了吗？”

老三光着两条腿倒扣匍匐在地上，使劲往后扭脖子，黑漆漆的矮花丛里面，两个少女蹲在他身前，看不清长相，美妙的嗓音吐出的话却比咒语还恶毒。

“呜呜——”

微弱的叫声，空旷的土道，听起来就像是风的呜咽。

“第一个问题：是谁让你们来这里，来做什么？”

少女开口询问的一刻，阿姆取下他嘴里的裤团，老三张嘴就要大叫，第一个音还没发出来之前，那裤团又被狠狠塞了回来，同时他的右手小拇指传来剜心的剧痛，让他瞬间双目暴突，若非嘴里被塞满，只怕会疼得咬掉自己的舌头。

少女柔软白皙的手正攥着他的三根手指，在她手里还有一枚长筒状的墨玉扳指，却比任何扳指都要长。刚刚少女就是将长长的墨玉扳指套在他小拇指上，然后狠狠往手背的方向一撅，他的小指骨“嘎巴”一声，就耷拉下去，软塌塌的没了知觉。

“再给你一次机会，是谁让你们来这里，来做什么？”

波澜不惊的语调，从头顶上飘下来。老三觉得自己快疯了，又痛又害怕，却无法动弹，急得涕泪横流。在他嘴里的塞团再一次被拿出去之前，少女将那枚墨玉扳指又套在了他的无名指上……

第一个问题：是谁让他们来这里，来做什么？

答：乌图赏，掘尸。

第二个问题：谁的尸体？

答：梅罕。

第三个问题：梅罕是谁？

答：一个小侍婢。

……

最后一个问题：蕉林深处是什么地方？

这一回老三就算把自己的舌头给咬烂，也再不吐半个字。显然这蕉林荒山是个禁忌的所在，涉及上城的什么秘密，如果他透露了只字片语，即便能在她们手里活下来，乌图赏也不会放过他。

“不说?”少女看着他，“很好。”

朱明月朝阿姆点点头，起身走出花丛。阿姆将裤团又一把塞进老三的嘴里，老三惊恐地瞪大眼睛，发出呜呜的悲鸣，被捆成团的身体拼了命在地上扭动。

阿姆居高临下地看着他，然后就将他摆回倒扣的姿势，一只脚踩在他的背上，揪起他的头发将他头颅最大限度地往后弯曲；另一只手握着刀柄用嘴剥掉软鞘，冰凉的刀锋朝内往他脖子上一抹，割开了老三的喉咙。

温热的血咕噜咕噜往外冒，男子痉挛着四肢，身下逐渐蔓延开一大滩嫣红，再不动弹。

“他脖子有致命伤，身上又有多处淤痕，这尸体不能留。”朱明月道。

阿姆想了想，取出火折子，还没等把盖子拔掉，就朱明月拦住。

朱明月指了指蕉林深处，“还是搬到那儿去吧!”说罢就迈步往前走。阿姆转身又回到了弃尸原地，一把拎起捆缚大汉的缎带，将他倒拖着走出花丛，跟了上去。

人对黑暗和未知总有着与生俱来的恐惧，两个十四五岁的少女，一个少女的身后还拖着一具尸体，忍受着黑夜带来的这种未知和恐惧，面朝着蕉林的方向走过去，身影渐渐又没入了密林之中。

丑时将近。

林间的落叶铺了一层又一层，踩在上面暄软而潮湿。透过枝杈筛下来的光线所剩无几，斑驳的树影随风摇摆，老松盘虬，桠疤深陷，四周寂静得似能听到叶落的声音。

“小姐，很奇怪这附近都没有武士把守。”

“是挺奇怪的。”朱明月的视力极好，在前面领路，“但我想凤于绯应该不敢说假话……看刚刚这些人走出来的方向，大抵就是这一带，找找说不定还能发现掘尸的土坑。”

“小姐的意思是，要把他埋在他们刨开的坑里?”阿姆拖着尸体，深一脚浅一脚地跟着。

朱明月“嗯”了一声。

阿姆道：“那敢情好呢，省得咱们费力气去挖了!”

随着两人不断地往深处走，从小土坡上往低洼地走，又踩着枯枝败叶从小土坳里上去，越走光线就越暗。大概半盏茶的工夫，忽然有一阵古怪的声音交织着传来——

两人的脚步随之顿住。

“什、什么在响?”

阿姆的耳力惊人，一下就听见了在周围不断涌起的密密麻麻地窸窣声，还有像蚕咀嚼桑叶的沙沙声，小虫摩擦翅膀的声响……似是正不断地朝着这边靠拢，这动静在静得出奇的密林里，格外清晰。

“快放开你手里的尸体!”

朱明月一声娇喝，就拉着阿姆连连后退。等两人慌忙退出了好几丈远，朱明月掏出火折子一吹，朝着尸体的方向投掷过去。

微弱的火光在半空中划过一道光焰，就栽进了层层密密的树叶里，点燃起一小簇火苗。借着红色的亮光，但见老三的尸体保持着反向蜷团的姿势，侧卧在空地上，暴露在外的脸部、大腿等处因在地上的磕绊和磨蹭，很多地方破皮出了血，从他喉咙涌出的鲜血染出一条细细长长的血路。

就在这时，那些窸窣声更近了。

阿姆定睛向四周一扫视，不由大惊失色。

虫子!

身披黑甲的虫子每只都不大，却成群结队，密密麻麻，如黑色的潮水一般从四面八方朝着尸体聚拢过来，然后很快就找到了尸体的出血点，凑过去，又爬到尸体身上……一层又一层，直至将老三的尸身整个包裹成茧，厚厚的虫衣带着尸体阵阵抖动。

“这、这些都是什么东西?”

奇形怪状，还一下子来了这么多!

阿姆的脸已经吓得惨白，朱明月也好不到哪儿去，浑身起了一层鸡皮疙瘩。

“是什么我也不知道，但它们应该不会过来……”朱明月道。

阿姆都快哭出来了，“小姐……”

“咱们有加了雄黄的酒糟……”朱明月道，“刚刚你将他身上的酒糟和雄黄、雌黄取了下来，没有了保护，这些虫子才一窝蜂地爬过去，肆无忌悼地啃噬他的躯体。”

阿姆打了个哆嗦，紧紧攥着朱明月的手，“奴婢只听说雄黄可以驱蛇，想……想不到竟然还能驱虫……”

也幸亏方才听了月儿小姐的话，从那汉子身上拿了这些东西，否则现在遭到虫海围攻的说不定就是她们了！

使一具尸体逐渐地干瘪下去，需要多久？

答案是，不消一刻钟的工夫。

那层虫茧正以眼见的速度一点点萎缩、再萎缩……一刻钟后，外层裹得像囊衣一样的黑甲虫子，还有那些从尸身的眼、耳、口、鼻钻进钻出的，又潮水一般渐渐地退了下去。但见原地只剩下一副雪白的骨架，保持着反蜷的形状；叶子从树梢落下，飘在骨架上，骨头还是白的。

被吃掉了……

“都说勐海这地方邪性得很，花草虫蛇多而奇、毒而艳，引来一只往往就能有上百上千只……”阿姆抱着双臂，浑身发冷道，“想不到居然是……是凭借血肉养着的！难怪刚刚那些人要将尸体扔在这里……埋都不用埋，直接就被吃得精光！”

这哪里是什么蕉林荒山，分明就是一座大葬场！

也难怪在这附近没有守卫。

有了这些东西，哪里用得着守卫！

“他们就不怕这些虫子沿着这片蕉林，爬到殿前去吗？”阿姆想起她们下榻的小楼前，花园里团团簇簇，就没来由地发疹。

“敢养这样的东西，又一直毗邻而居相安无事，必定是有应对的法子，”朱明月道，“刚刚进林前，你没注意到这中间隔离出来的大片土道，土壤不是砖红色，而是微微泛黑，或许就是洒下大量拒虫的药所致。”

“这太邪门了。”阿姆道。

“对了，之前那具尸体分明不是骸骨，那人也说，他们是来掘尸的。”朱明月忽而道。

埋在这里，却没被吃掉，还要挖出来带走？

阿姆心有余悸地道：“奴婢觉得那具尸体已经死了许久，因为尸身已然严重腐烂了，那味道，像现在这种闷热天气，至少也要三四天……就是不知道为何没被那些虫子吃掉。”

“刚刚那人供认，尸体的名字是梅罕……”

朱明月细细回忆起来，而后，说了一句稀松平常但细细一想又让人毛骨悚然的话：“我记得昨个傍晚，有个名唤‘梅罕’的侍婢还来给我送过东西。”

就在主仆二人犹豫着，是否要在今晚往蕉林的深处探寻的时候，林外突然响起一阵脚步声，并隐隐有火光攒动。

她们连忙躲到一侧的芭蕉树后。

然而刚一躲起来，朱明月就暗道：“糟了！”

“你说这大半夜的，老三不好好尿尿，到哪鬼混去了？”

林外传来一个男音。

“要我说，他说不定已经尿完回去了！”

火把燎烧着，在来人的手中一下一下地来回挥舞，像是照亮前路，又像是在利用火光驱赶什么东西。

走在他旁边的人也举着火把，做着一样的动作，道：“放屁，屋子里黑洞洞一片，根本就没人！咱们来的这一路，也没见到半个人影儿……”

“老五、老六快来，这里有具尸骨！”

这时，往另一边去的人喊道。

“这地方到处都有尸骨，一具两具又有什么可大惊小怪的！”

“不是，你们快来！”

躲在芭蕉树后的主仆二人不由将心提了起来——阿姆此刻也反应过来了，那具尸体被缎带绑着，虫子吃掉了血肉，整副骨架还维持着蜷缩侧扣在地上！

“老三，是老三！”

首先上前探看的那人，定睛一瞧，不禁呜咽着大喊道。

闻声而来的人，一把推开他，“你怎么知道？”

“老三左脚有六指，这骸骨的左脚就有六指，是老三！他被虫子给吃了！”

来搜林的人一共有四个：两个五大三粗，一看身形步态，就知道都是练家子；其余两个，一个干枯瘦弱，一个身短五寸。

然而先前五大三粗的老三，就是被瘦瘦小小的阿姆给撂倒了：一对四，毫无胜算；二对四，没有任何兵器的情况下，依旧毫无胜算。一旦身上出了血，还可能引来大堆大堆的虫子！

像这种空寂的林子里，稍一有动作，脚踩树叶的声响根本瞒不了人。如果静止不动，等到对方搜林，地方总共就这么大，她们躲得又不远，只要围着尸体向四面发散一找，藏也藏不了多久。

就在朱明月要站出来投降时，忽然从密林的西南角窜出来一个黑影。那黑影的动作快且狠毒，裹挟着雷霆之势直击林中擎着火把的第四个人，在他手中握着一柄铁杵样的东西，罩着那个壮汉的头颅砸去，一声闷响，那壮汉应声倒地不起。

变故发生得太快，围着尸体的另外三人这时才反应过来，其中那个膀大腰圆的汉子从腰间抽出一把户撒刀，怒喝道："看来就是他杀了老三，都给我上，拿下他剁碎了，给老三和老六报仇！"

其余两人也嘶吼着冲了上去。

此时此刻，树后的阿姆被来人那利落的动作惊呆了，脑中开始飞快地思索此时趁乱带着自家小姐逃离，可能性有多大——还是不行，不知道对方会不会反过来对付她们！

阿姆咬了咬唇，一刻不停地注视着外面的情况，暗暗期待那些人两败俱伤，与此同时，又不免替那个人揪心：有道是行家有没有。只看这一出手，一下子就放倒了最壮的那个，还剩下三个，其中干枯瘦弱的明显最厉害，还有那个身高五寸的矮冬瓜，出手招招狠辣。

却见来人一个展臂，脱手出去的铁杵重重砸在壮汉的头上，将他天灵盖"噗"地打出个洞，倒地的瞬间，脑浆淌了一地。

近身肉搏铁杵这种笨重凶器有些累赘，来人扔掉铁杵后，从短靴里抽出匕首，一割一劈之间，全身着力，气场全开。正是这一对二、刀对刀的厮杀，一个错身间，就听那五寸身材的汉子发出凄厉的惨叫，握着短刀的右手被迫向回弯曲，掌中的刀刃连同刀柄，一起捅进了自己的肩胛骨里——

随即，那瘦小干枯的男子也很快地被来人抹了脖子。

干净利落！

要不是此时敌我不明，阿姆真想给他拍手叫好。

撂倒了四人后，来人用脚勾起地上的一个火把，拿在手里用手柄那端在地上画了一个大圈，扫开圈外的落叶，隔离出小片空地，然后将四个人的尸体堆放在一处，又将积得厚厚的落叶拢到尸体周围，在上面点燃了一把火。

熊熊的火焰燎了起来，燃起腾腾的呛人黑烟，火舌舔噬着刚刚死去的人——烧成灰，也比被虫子啃食了强。

亮灼的火光也照亮了来人的脸，是一个很年轻的男子，一袭黑色暗纹的劲装，头脸微微薄汗，衫子半湿的贴在身上，勾勒出颀长却精壮的身段。他的长相极是俊美，刀刻斧凿一般的轮廓，双眉上挑，薄唇微抿，带着拒人千里的冷漠和凌厉，看上去不太好接近，亦如阳光碎裂下的雪原冰层。

这时，他将匕首收回刀鞘，阿姆才发觉，居然是绯红色的刀刃，流光熠熠。

"你还准备在树后面待多久？"男子用树枝勾了勾火堆，道。

被发现了！

阿姆心里一根弦绷了起来。

这下可好，死了豺狼，来了虎豹，可自己分明不是这虎豹的对手！

就在阿姆准备拼死一战时，年轻男子已经扔了手中树枝，大步朝着这边走过来——阿姆刚伸手去反击，就被对方一招轻而易举地化解。对方又伸出手，一把攥住自家小姐的手腕，将她从树后的阴影中拽了出去。

两人俱是一袭黑衣，一个英武俊朗，一个纤细娇美。身姿纤细的那个，正用无比惊愣的目光看着他，好半晌都说不出话来，却也没有任何反抗。

阿姆这才收回了要捅出去的刀，默默退回到树后面。

"才多久，就不认得本王了？"

沐晟见那个小侍婢很自觉地退下了，攥住朱明月的手，将她一把提到身前，微弯着薄唇似是微笑，咬牙切齿的声音却透露了些许怨气。

"你、你怎么在这儿……"

她艰难地说道。

在他刚一现身的时候，朱明月就认出是他了，但是怎么可能？他怎么会在这里？

朱明月想破了头都想不出来，堂堂的云南府黔宁王、三军统帅，缘何会在大战在即的紧要关头，孤身一人出现在敌方的老巢，还是在曼景兰、在上城！

沐晟却不言语，只是上前一步，靠得她更近了。朱明月的身子不由得往后一倾，抬眼对上男子的双眸，映着火光，他双瞳似冰似焰，显得灼灼慑人，却又缱绻着说不清的低柔。

“你……”话未说完，沐晟张手将她一拥，她整个人就被揽进了他的怀抱中。那一刹的压迫感令人窒息，她甚至能听到他的心跳之声。

“我来了。”

朱明月的心狠狠一颤，忽然有些发酸。

很多柔软却陌生的情绪，直到这个时候，似乎都要在同一时间后知后觉地在心底里泛滥开来。

她从来没有像现在这样漏算过一人的存在，也从未像现在这样，隐隐期待过一个人的出现，不是因为他刚刚在危难关头解救她于险境，也不是他的出现及时避免了她暴露身份……而这感觉实在太陌生，让她心跳怦然，百感交集。

此时此刻，最目瞪口呆的莫过于阿姆了。

究竟发生了什么？原来她真没错看，自家小姐不仅仅与这年轻男子相识，两人之间还“关系匪浅”！这还是她认识的那个朱家明月吗？她可没见过她如此外露的一面！

“此地不宜久留，”他抱着她，将下颚抵在她的发顶，轻轻磨蹭，“这些火把上的药料有限，一旦被挥发掉，那些虫子很可能会主动对活人发出攻击……”如果不是在这种危险地方，他忽然很想一直这么抱着她，将分开的这段时间都补回来。

朱明月蓦然回神，也想起来还有阿姆在场，脸上一热，从沐晟的怀中挣脱出来，转头朝着躲在树后有些拘谨的小侍婢招了招手：“来，见过黔宁王。”

黔宁王！

阿姆张大了嘴，难以置信地看了看自己小姐，又看了看那年轻俊朗的男子，这竟然那位堂堂的封疆大吏、世袭罔替的小沐王爷！

“奴、奴婢……阿姆。”

阿姆走过去行了个礼，磕磕巴巴道。

沐晟的目光从阿姆的身上一扫而过，转眸，用询问的目光看向朱明月。

朱明月道："是小女在土司府结识的，可托生死之人。"

沐晟点了点头，拉起她的手要往林外走。朱明月拦住他，道："如果要穿过这片蕉林，王爷能不能办到？把握有多大？"

"你想到林子的另一面？"

朱明月点头。

沐晟蹙眉道："那里有什么？"

"小女也不知，"朱明月道，"只是觉得，勐海的秘密很有可能就在这林子的后面。"

沐晟一怔，看着她有些复杂："所以你才会深夜到此？"

朱明月道："来都来了，龙潭虎穴也要闯一闯，我主仆两个人身上都有拒虫的药酒，还有这些泡了火油和药料的火把，问题应该不大。"

事实上，就算有问题她也得去。

沐晟攥着朱明月的手紧了紧，眼底有些说不出的情绪，忽而轻轻一叹，道："那好吧，既然你想去，我带你过去。"

朱明月拉住他，"王爷只身一人？"

从他露面到现在，似乎唯有他一个，连个亲随护卫都没有。

沐晟挑眉："怎么，觉得本王不够分量？"

朱明月道："一切要以王爷的安危为先。"

"一切以你的计划为先。"他捏了捏她的下颚。

宛若冰山雪原消融了一般，面前男子唇畔流泻出的笑纹，是他对她近乎迁就的妥协，这让阿姆甚为讶异。阿姆迈着小碎步跟了过去，双眼冒起了小星星。

这片林子的确是不宜久留。不仅有吃人的虫子，接连死了五个人，又焚尸点燃了一场火，火光和尸体的焦煳味，随风飘出林子外，迟早会引来上城的守卫。

几乎没有什么时间给这两个久别重逢的人更多叙旧的机会、解释的机会以及解惑的机会……但昔日培养出的默契，又让这两个人很快就进入了状态。

踏着堆得厚厚的落叶，男子一手拿着火把，一手拉着少女，将她小心翼翼地护在身后，两人劈山开道一样，一路穿林过丛，在愈加浓密漆黑的密林中，驾轻就熟，犹入无人之境，走道却不是笔直的路线，而是迂回斜着往深处穿插，跟之前凤于绯领路的方式很像。

跟在最后面的阿姆很佩服他们适应黑暗的能力，又想问一问这是怎么个走法，却害怕那答案自己接受不了：万一黔宁王说，这些落叶下面就藏着甲虫，而他们正从满是虫卵的叶子上面踩过之类……阿姆悚然了一下，还是决定闭嘴，老老实实地在两人后头跟着。

“王爷对这里怎会这么熟悉？”

“不是本王熟悉，像这样的密林在勐海实在有很多，不是生长着毒死人的艳丽绿植，就是遍布毒虫蛇蚁，不小心碰一下或者被咬了，很可能会命丧当场。”说罢，他转身看了一眼她火光映衬下，楚楚动人的娇颜，“就像你这种没有当地生活经验的人，跑到这种地方来乱撞乱闯，纯属是不要命的做法！”

朱明月抿了抿唇，想说些什么，却对这样关心的指责没有回嘴的借口。

勐海之地多丛林、湍流、险滩……她早就在书中看过，在神祭堂也听一些姑娘提起，勐海的某些地方，莫说是被什么不知名的毒虫蛰了，便是有些外表冶艳绚丽的花草，稍微触碰一下上面的露珠、花蜜，就会引起大片肌肤红肿，乃至全身中毒。刚刚那些吃人的黑甲小虫，只怕是冰山一角。

“别说小姐，便是奴婢这地道的摆夷族民，也不知道呢……”

阿姆在后面，轻声细气地替自家小姐辩护。

沐晟不咸不淡地瞥了一眼，却是看向朱明月，那意思像是在说：才相处多久？就对你这么回护！

朱明月道：“现在离天亮还有足足三个时辰，咱们要不要先找个地方歇一下，天亮之后再上路？”夜晚的丛林最是危险，这不用当地经验，她也晓得。等到天亮太阳出来了，会相对安全些。

沐晟道：“你不用在天亮之前赶回去？”

说罢，他又低哼一声：“本王知道，你就是元江府这一届大名鼎鼎的祭神侍女，唯一的。”

澜沧的祭神侍女来曼景兰出使的事，恐怕大半个西南边陲都知道了。

朱明月见他面色不善，忙轻声道：“原本今晚就是想来探探路。但既然王爷来了……小女想，也就不必回去了……”

朱明月和阿姆都不是勐海的本地人，不熟悉上城的环境不说，更不知道这片蕉林荒山究竟是个什么所在，刚刚那一番惊险，说明了贸然深入不仅无所得，一个不小心还会把命搭进去。可这也变相证实了她的猜测——勐海的秘密、那九幽的秘密，十有八九就藏在这后面。

朱明月这么一说，沐晟的脸色果然稍缓，道：“你说的也不无道理。那就先找个地方窝一窝，等黑夜过去了再上路。”

实际上，不仅朱明月没料到，便是沐晟都没预料到，选择在夜间停留、白天赶路的这一决定，实在是再明智不过，几乎是救了他们三个人的命。

地面上都是堆积的树叶，厚厚几层，夜里雾气很大，沾了潮气又很湿。纵观四周除了树还是树，却连一棵粗壮些露出树洞的都没有，阿姆苦着脸，正以为后半夜八成要坐在地上度过时，就见黔宁王三两步攀上树，从上面扯下一根藤蔓。

“唰唰”几下，沐晟用匕首将上面的败叶削掉，然后三根拧成股，共两股，从两棵距离较近的树中间缠了一圈，结头挂在较粗的树杈上。

“你真该庆幸这林子里不止芭蕉树，还有一些古槐和垂叶榕，有低矮些的枝椏可供悬挂。”说话间，沐晟又将单根藤条交叉着，从两股藤条中间绑过去，最后成栓，在边缘处打了个死结——“否则，你今晚就只有半生不熟的芭蕉可以吃，然后等着跟一地的毒虫、毒草睡一起吧。”

沐晟说着，随手摘下一串绿中泛黄的芭蕉，朝着这边抛过来。阿姆准确地接住，再一眼看过去，就被眼前由古藤绑成的类似吊床一样的东西惊呆了。

居然是个网兜！

同样的东西，沐晟又扯下几条古藤做了一个，动作之快，过程之熟练，像是之前曾做过几十遍。而新做的这个，就在距离上一个不近不远的树下，离地面大概五寸，位置较低。

主仆二人瞠目结舌地看着男子利落的动作，以及完成的惊人作品，欣喜和敬佩之情油然而生。

其实朱明月很想说一句：“要不是你来了，我根本不会选择在这种深山老林里过夜，哪怕是先回下榻的小楼，明天白日里再找借口过来。”

但看到男子满意地看着自己做好的网兜，还不忘伸手扯了几下，以确定其结实的程度，然后又去树下捡拾枯枝和落叶，拿出打火石，在很短的时间内就点燃了一堆篝火……她很自觉地什么都没说。

“小姐，王爷的那把刀好漂亮啊!”

阿姆一边扒开蕉皮，一边钦羡地道。

沐晟全程使用的这把匕首极为锋利，削铁如泥，比阿姆的这把不知厉害多少。

闻言，朱明月还没说话，倒是架着交叉树枝烤火的男子，似笑非笑道：“那应该感谢你家小姐，要不是她临离开东川时，将这把匕首扔在本王的桌案上，现在还没有这么好用的利器来削藤蔓呢!”

绯色流光的刀刃，正是那柄名唤“龙雀”的景颇尖刀。

阿姆张大了嘴，如此称手的兵刃，原来是小姐的！可怎么舍得扔了呢。

朱明月走过去，试着往低矮的网兜上坐了坐，不仅结实，因着削掉了败叶，斜下方又升起了篝火，烘干了上面的潮湿，在条件艰难的野外不知有多受用。

她递给他两根撕掉了一条皮的芭蕉，自己也拿了几个，“……王爷还在记恨小女呢。”

沐晟就着她的手咬了一口，“记恨？太便宜你了，记得本王当时说过什么吗？胆敢诓骗封疆大吏，罪名是什么，流刑，发配充军！你就等着回头黔宁王府找你兴师问罪吧。”

“那小女戴罪立功可否？”

沐晟抬起脸，明亮的火光照彻得俊颜一片轻媚，“你怎么不说以身相许!”

旁边的阿姆扑哧一下笑了。

“王爷!”

朱明月低声嗔了一下。

沐晟从地上站起身，眼睛里有一丝难得的捉弄和得意，拍了拍裤腿，道：“行了，吃饱了就赶紧歇着吧，将就三个时辰，日出后就要继续上路。”

朱明月“嗯”了一声，转身要将外衫垫在网兜上，却被沐晟一把拉住，

“你跟我走。”

他不由分说地将她领到另一处较高的网兜——“这才是我们的！”

原来低矮的那个是专门给阿姆准备的。

个头瘦小的侍婢看着黔宁王和自家小姐，笑得有些羞涩和暧昧的同时，又不禁一阵暖心，这位王爷看着不太好接近，想不到没有架子不说，还很细心。可人家是堂堂的黔宁王呢，那么尊贵，居然亲自动手，更反过来兼顾了她这个奴婢……

沐晟说话间，已然脱下自己的上衣，只穿着一件薄薄的里衫。朱明月的脸腾地一下红了，“王爷在胡说什么？”

“什么胡说，你没看这个用的是三股藤蔓，那个用的则是两股！虽说这种藤条的韧性很好，但你们俩的分量再轻，挤一个也容易睡着睡着掉下来！”

好吧，是她想多了。

阿姆满心的感动一瞬间就消散了。

朱明月道：“那王爷去睡那个，我们主仆睡这个！”

还没等她说完，沐晟将外衫放在里面铺好，抬手一举，就将朱明月抱上了网兜，然后自己也撑着双臂躺了上去。

本就不宽敞的网兜，又因为没有梁架的支撑，找不到任何借力点，完全随着躺在里面之人的体形——瞬间变窄的空间拥挤而来，使得两具身体亲密无间地紧紧挨着，朱明月连一句惊呼都没来得及叫出口，他就将她牢牢禁锢在了怀里。

朱明月又急又气，伸手去推他，却听到沐晟低哑的嗓音：“乖乖躺着，别动。”

“你又欺负人！”

“到底是谁欺负人，”他合身压下，将她欲挣扎的双手死死按住，“当初哄骗本王的时候，你何曾想过要受到惩罚？不听管束擅自离开东川的时候，你又想没想过后果？还有本王让人在半路上拦截你，你不但不回头，还敢刻意藏起踪迹……”

暗夜之中，他的双眸灼灼，宛若燃烧一切的火，“两个月，整整两个月，后来听到你的人进了土司府的消息，知道我心里当时有多着急？多想要马上也来元江府，抓你回去吗？”

“小女在离开临沧之前，让萧军师给王爷带口信了……”朱明月挣扎道。

“什么口信？说你是朝廷的锦衣卫，说你代表朝廷而来，不是本王能阻止的？”

沐晟恶狠狠地说罢，朱明月蓦然抬眸，却见他俯下脸，陡然狠狠吻住了她，然仅是一瞬，就离开了她柔嫩的唇瓣，“现在本王也告诉你——不管你是谁，你首先是本王的人，你的去留只有本王能说得算！”

两个人的身体紧密贴在一起，彼此严丝合缝，而他上身只着一层薄薄的衫子，精壮的身躯散发着源源不断的热度，透过衣衫熨贴着她的肌肤。

“你这简直是……胡搅蛮缠！”朱明月脸颊红得滴血，想要推开他却被束缚着不能动弹，气恼得瞪他，“既然王爷知道了小女的身份，就该明白很多事都不一样了……”

她的话还没说完，就被他吞噬在了口中。

“唔——”朱明月大惊，用挣脱出来的一只手捶打着他，却如击顽石，隔靴搔痒。

“嘘，别出声。”沐晟在她的檀口中肆虐，唇舌交缠——“别让人听见了。”

难怪他会特地将网兜架在两个地方，原来就是等这个机会来与她算账！而阿姆睡在低矮的位置，又是黑夜，根本看不太清楚这边的情况。可是孤男寡女如今就躺在一处，不用看也知道了！

朱明月羞恼得要死，更怒他的霸道与强迫，扭着脖子想要偏开头，却被他死死挽住了后颈，手也被拉高到头顶上，只能被迫仰着脸承受他凶狠的啃吻。沐晟的另一只大手揽在她后背，撩拨般一下一下揉捏，似在她身上点燃了火，渐渐逡巡往下的时候，朱明月又羞又急，猛地咬了过去。

“我忘了，你的牙一向比你的手更有劲。”

沐晟抿着嘴，内唇肉被她狠狠咬破了，铁锈的味道顿时在口腔中弥漫开。沾着血，他舔了舔她的鼻尖，忽然又坏心地想到，若是自己这伤口露在外面，看她明日如何向她的小侍婢解释！

朱明月双颊火烫，扶住藤床的边缘就要下去，又被沐晟反手一把给搂了回来，“好了好了，我不惹你了，”他从后面将她紧紧搂在怀中，低下头，吻了吻她的脸颊，“就当是陪我待一会儿，就一会儿，我很想你……”

被禁锢在一个狭小空间中的感觉并不好，但两个人的体温互相温暖着对方，在更深露重的荒林中，却比任何御寒的衣物都要管用。

而这短短三个时辰的休息时间弥足珍贵，哪怕明日还不知要面对什么，此时此刻难得的平静，也给了几个人来之不易的缓冲。

朱明月重重地叹了一口气，此情此景换在平时，非将她爹爹活活气死不可，而他倘若不打算娶她，她不抱着大石头去投江，也跟什么名门闺范、良缘佳偶再无缘了……

算了，不是说江湖儿女不拘小节吗，反正荒郊野外的也没人知道。

原以为要干瞪着眼睛到天亮，想不到保持着这样的姿势，没过一刻，便沉沉地进入了黑梦。前半夜经历的种种恶遇，仿若是一场糟糕的噩梦，之前的那些惊慌和紧张，还有浑身的疲惫，也都随着这场梦逐渐地烟消云散了。

当黎明的第一缕阳光穿过树梢，投射在脸上时，朱明月睁开眼睛，网兜里只剩下她一个人。

两棵树的距离之外，是阿姆睡着的地方，斜下方就是篝火，因里面埋着两截火把的头，一直烧到天明还没熄灭。热烘烘的，让阿姆着实安安稳稳睡了一个好觉。

各自从网兜上跳下来，主仆二人活动了一下四肢，都有些腰酸背疼。

“王爷呢？”

阿姆奇道。

“不是打猎去了，就是找水源去了。”

这位看似“养尊处优”的黔宁王，竟还是个野外生存的好手，看他昨夜干脆利落、驾轻就熟的劲儿，定是没少在这种荒无人烟的地方待过。想来行伍出身，常年随军打仗的将士都曾在最艰苦的环境中求生，而他毕竟尊贵煊赫，居然也习惯了自力更生不输于普通兵丁，能干得让人想叹气。

阿姆骇吓了一下，捂唇道：“奴婢该死，都是奴婢起晚了，居然让王爷亲自去……”

朱明月道：“你不熟悉环境，容易迷路。”

“小姐，奴婢一点都没帮上你……”阿姆低下头，愧疚难当。

“没有谁会万事精通的。”她轻声安抚。

“这话说得倒是没错，”就在这时，被猜想去打猎或者取水的男子回来了，身后还拖着一根满是绿叶的树杈，“你家小姐最大的优点，就是有自知之明。”

“哇，好多野果啊！”

阿姆定睛一瞧，那拇指粗的树杈上不止有树叶，还夹杂着好些果子。

朱明月走过去，蹲在树杈边，“王爷确定这东西能吃？”

金锈色的长串，粒粒很小，有些像沙棘。但现在是七月份，还不到沙棘的果实成熟期，而沙棘果成熟时，叶落果出，也不会有这么多绿叶交杂。

“没找着水源，只有这东西能补充些水分了！”

沐晟说着，放下枝丫，从怀里掏出一个皮毛灰秃、长尾巴的东西。

阿姆一见，顿时跳出去几丈远。

老鼠！

朱明月也被骇得一跳，险些没跌坐在地上。却见沐晟无比淡定地从枝杈上摘下一粒果子，递给掌心里的灰色小东西，“你看，它都能吃，说明这野果没毒。”

“王爷就为了这个……捉它回来？”

灰不溜丢的小身体，抱着那枚果子，露出两颗又长又弯的大门牙，“咔嚓”几下，一个果子就吃完了。红莹莹的一对小贼眼，还往阿姆的方向瞅了瞅，然后朝她露出森森的小牙齿。

“它、它看奴婢了！”

阿姆战战兢兢地道。

沐晟拎着小东西的后颈，将它提起来，朝着朱明月晃了晃，“我发现这地方不仅绿植很奇怪，虫蚁很奇怪，连小动物也生得很奇怪——它不是硕鼠，是松鼠！”

小东西在他手中一晃一晃，小爪子使劲抓挠，张牙舞爪。

朱明月惊诧地看他：“松鼠？”

松鼠怎么长成这个样子？谁见过松鼠拖着一只无毛的尾巴，又细又长，尖脸大耳朵，还有肥胖短小的身体！

“的确是松鼠。因为它住在树上。”

朱明月更奇：“可这林子里好像没有松树。”

没有松树、没有松果，它以何为生？

沐晟耸了耸肩："我看到它的时候，它的确是在树上。"

吃果子、栖息在树上……

朱明月想了一下，稍稍恍然道："有种硕鼠在树上营巢，以果实、种子、茎叶和嫩枝为食，也食昆虫和鸟卵，体腹面灰白、污白色，尾扁而细长。说的应该就是它了。"

"小姐你知道得好多哦。"

虽然没听懂几句，而阿姆从朱明月口中确定了，这小东西的习性再像松鼠，说到底也还是只老鼠！

沐晟也听明白了，不由道："那问题就来了——这片林子里一年四季芭蕉常绿，无嫩芽茎叶，也无鸟雀，它以何为食？"

"不就是那果子吗？"朱明月指了指沐晟身后，那坠满了金锈色果串的枝杈。

沐晟摇头道："这种果子是我找了足足半个多时辰，才寻到这么一株低矮灌木丛。可我仔细看过，上面没有任何被啃食过的痕迹，枝丫完整，果串饱满。"

朱明月一愣，意思也就是：这硕鼠若是以这种稀少的金锈色野果为食的话，早轮不到他们去找，就被硕鼠给吃光了。被留下来的原因，要么是这野果有毒；要么，就是这种硕鼠的食源很充足，远比这种野果更受它们青睐。可又不是嫩芽、鸟卵之类……

"另外，我也看过，它们也不吃芭蕉。"

结在树上的芭蕉都还是绿色的，皮厚，果肉也很硬、微涩，两个月之后才会慢慢变黄。想来这东西个头这么小，也拨不动没成熟的芭蕉梗。

猜来猜去也没有结论，沐晟又摘了几串芭蕉，主仆二人就着那又涩又苦的野果，将其当水，又把芭蕉果肉当干粮嚼了，三人这才简单收拾了一下，继续上路。

白日里的这片密林与夜晚时候很不一样，明媚的阳光从树梢筛下来，将斑斑驳驳的树影拽落在地上，与那些堆积的落叶交相辉映，就像是一道又一道望而无尽的浅绿色波浪。几乎每一棵芭蕉树上都结着成串的果实，粗大的主脉，两侧是码得整整齐齐的针状长叶，仿若是碧绿的大蒲扇，扶疏似树，质则非木，高舒垂荫。

走过低矮的灌木丛时，偶尔会刮住衣襟，带起一小片花叶抖落。

有些潮湿背阴的地方，还能见到红紫珠、长柄异药花、红火麻、犁头尖……形态各异，更多则是叫不出名来的绿株，颜色艳而鲜亮，格外张扬。

朱明月分外庆幸临来时没穿夹脚绣鞋，也不是汉人的菱纹绮履，否则走在这样的山间是极为不讨好的。与此同时，要不是沐晟拿着一根粗树枝在前面开道，凭她们主仆两个一路上磕磕绊绊，衣襟裙摆又是刮刮蹭蹭的，别说是穿过林子到另一面去，在这里面能不迷路都算庆幸。

“小心跟着我的脚步走，不要走偏了，更不要去碰那些奇形怪状的花草。”

沐晟一边前行，一边沉声嘱咐道。

“王爷，前面还有多远?”

“按照地图描绘的路线，应该还有不到一个时辰就能走到林子尽头，”沐晟道，“至于尽头有些什么，似乎还没有人去过。”

地图?

朱明月想的是，这片林子可真大！而黔宁王府的人居然已经将上城的环境和路径，摸得如此详细。阿姆想的却是，勐神保佑，这一个时辰内，千万别爬出什么稀奇古怪的东西了！

“小姐，奴婢忽然想到一件事——你说玉里一觉醒来，上三楼伺候，却发现祭神侍女不见了，她会怎么做?”

阿姆揪着袖子，小心翼翼地避免那些伸出来的枝杈。

朱明月闻言一笑，现在这个时辰，小楼那边的人也该是发现她们人去楼空了。

“若是玉里，她肯定不会马上声张。”

阿姆“咦”了一声，道：“莫非她对九老爷也有保留?”

“不是她有保留——”

朱明月跨过一根横木，然后转身，扶着阿姆从上面跨过来，“既然她是那九幽引为重用的心腹，就该了解主人家的脾性。弄丢了我们，还是在她自己全然不知的情况下，这事要是让那九幽知道了，你说她会有什么下场?”

“难怪小姐会放心‘夜不归宿’，原来是笃定她会给咱们瞒着！”阿姆偷笑道。

“要不然，你以为为何修勉殿的那位，会放任咱们这些外人住在上城？”玉里的作用不仅是在关键时刻，在平时也是最好的一双眼睛。朱明月道，“但是，瞒也是一时的，如果玉里在凤于绯的‘帮助’下，到明天一早还是找不到咱们，估计纸就包不住火了。”

“凤公子会帮咱们吗？”

阿姆说完，赶紧快走了两步。

“他不会，但他会顺水推舟。”

“啊？”朱明月抬手拢了拢额前的碎发，“凤于绯那个人，凡事先想到自己，再去顾虑别人。昨晚上他会帮咱们指路，应该早就料到咱们会在这里‘迷路’，很可能无法在天亮前赶回小楼。那么翌日一早，紧张万分的玉里，第一时间找去的地方必然是沈家当家的住处，然后惊动到同住一个屋檐下的凤于绯。意料之中的凤公子，这时就会以一种安慰者的姿态出现，帮助玉里仔仔细细地分析。”

“分析什么？”

“自然是分析在这上城中，哪里是能藏人、哪里又是能供人逃跑的。”

说话的是沐晟。

朱明月和阿姆的对话，并没有避讳沐晟。当然，她们说的也是能给他听的部分。

“是啊，凤于绯心心念念想着逃出勐海，最关心的必然是逃跑的路线，哪怕一时用不上，也会未雨绸缪，借机从玉里口中套出些什么。而玉里迫切想要找出沈小姐的下落，她对凤于绯又素有好感信任有加，气急之下很容易被凤于绯的循循善诱迷昏了头脑。”

那么一个自私又胆小的男人，突然破天荒地主动伸出援手，什么原因？有句老话说得好，无事献殷勤，非奸即盗。

朱明月能想到这些，是由于她跟凤于绯有过接触，但沐晟仅凭着只字片语，就猜度出了结论……

“你们说的这个凤于绯，是武定州的凤于绯？”

这时，沐晟随意地问道。

“嗯。”

“想不到你来勐海一趟，还跟他碰上了。”沐晟哼笑。

朱明月也笑：“哪里是我们碰上他，是他主动碰上我们的。”

沐晟回头瞅了她一眼，但见少女的眉眼弯弯，黑瞳透亮，怎么看都是别有意味。沐晟挑了挑眉，抬手将挂在她头上的一根细枯枝摘下来，“……离他远点儿。”

这时候，有淙淙的声音传来，前方不远似乎是有溪流。

循着时断时续的流水声，三个人越是往前面走，藤蔓缠绕得也越密了。这种生命力顽强的绿植，缠缚在一棵树上就会疯长一气，与这棵树生在一起，直到将树的养分吸光，变成死树。在勐海的山间林中，这种绞杀的现象很是常见。

沐晟拿出龙雀，划开藤蔓，硬是从中间破开一条路。

主仆二人在后面跟着，小心翼翼地从这些半人多高的藤条和荆棘丛中间穿过，手指粗细的花蔓上，不时还有艳丽的小虫飞过。

因着雄黄、雌黄和酒糟一类的东西，那些虫子没有靠近，但是时不时就在眼前钻来钻去，相当瘆人。阿姆起了浑身的鸡皮疙瘩，也不再说话了，紧紧跟着朱明月的脚步；脚底下踩过某些地方的时候，偶尔会有“噗”的一声，黏黏腻腻的。那根本不是树枝或者石子，分明是踩死了什么东西！

三个人摸索着走过了藤蔓密集的老树丛，好不容易来到开阔的地方，还没等他们松口气，就被眼前的一幕惊呆了。

的确有溪流，却是……黑色的。

黑的也不是溪水，而是附着在水面上一层层黑乎乎的蚂蚁。

这些蚂蚁的数量庞大，个头也很骇人，每一只足有半个指节长，也不知是在觅食还是搬家，铺满开来如同一条流动的黑色绸带。它们甚至不畏水，从浅滩前的湿地上一直到对岸的缓坡，连溪流都看不出本来的模样。

阿姆狠狠打了个哆嗦。

“这里，应该就是曼景兰很有名的‘小叠峰’。”沐晟道。

朱明月也想起来了，在曼听村寨时，的确是曾听那个引她去曼听河的妇女提过，在曼景兰这地方，有万蛇坑、毒蝎池，还有养着硕大蚂蚁的小叠峰……

“看，那里是蚂蚁窝。”

沐晟指向的位置，是坡下的近水处，偏下方有一个黑森森的窟窿，源源不断的蚂蚁就从那里往外爬，又有部分在爬进爬出。

“天啊，咱们这是到了什么地方啊……”阿姆哭丧着脸道。在澜沧可万万少见这种吓死人的东西！澜沧只有食人鱼，最可怕的，是人。

“这些蚂蚁会主动攻击吗？”朱明月问。

“看这架势像是不会，”沐晟道，“但是能被养在这里，作为一道天然的屏障，应该也不可能是无害的。”

怎么办？

不能干等在原地，好不容易从布满毒虫的藤蔓中间穿了出来，再原路回去？还是大胆往前走？必经之路都被蚂蚁占据了，直接从上面踩过去的结果，怕是要引蚁上身！

改从两侧绕路？在这小片空地的左侧生长着大团大团的红火麻，成簇生长得一人多高，中心漩出一个黑涡，绿叶层叠得密密匝匝，根本走不通；右侧则是长满了带刺乌袍子的低矮灌木，一直沿着土地横向蔓延开去，伸脖子张望也看不到尽头……

到此，似乎没有路了。

朱明月却忽然感到哪里奇怪。

“能不能用火？”

这时，阿姆提议道。

用藤条和荆棘捆绑成一个大火把，在蚂蚁堆里，烧出一条路来。

这是最直接而有效的方法，沐晟也不是没想过，但是很快就被他否决了，原因是——

“你们看，在咱们身后这片荆棘丛的末处，还有左右两侧高矮绿植丛的最外围，都分别插着一排小竹片，好像是故意隔离出来的一道藩篱。”沐晟用手指了指。

朱明月和阿姆闻言，一个走到红火麻前面，一个来到乌袍子前面——不甚明显的边缘，满是细碎土粒，还有拱出地面的根须。阿姆用手扫了扫地上的枯枝败叶，“咦，真的！这土里埋着竹片子！”

朱明月也在红火麻丛前看到了同样的东西，大半截都埋在土里，只露出尖尖的头。她蹲下，使劲拽了拽，削得极薄的竹片纹丝不动。

“不仅是竹片，这底下应该还打着两道很深的木桩。”朱明月道。

阿姆诧异地道：“这是种苗圃呢！”

“跟种苗圃也差不多了，”沐晟道，“有了这些竹片和木桩的存在，周围的绿植跟中间的空地和河滩，障眼法一样被分隔开来，一则是防止其长势过盛，占据到蚂蚁窝；二则……我猜，应该也是要保护它们的生长。”

阿姆更愣了。

朱明月看着脚下的地面，蓦地想到了什么，她俯下身捏起一小撮泥土，凑到鼻尖闻了闻，突然神色一变。

这是……

朱明月有些难以置信地看向沐晟，“这坡上被浇了火油！”

沐晟的脸色也不太好，沉声道：“不仅是坡上，还有坡下的湿地、蚂蚁覆盖着的溪流——中间空出来的大片地方，应该都被多次淋洒过大量的火油。”以至于，土壤常年呈现潮湿的漆色，除了这种通体黑亮的大蚂蚁之外，连根野草都不长。

后梁时贞明年间，吴王就曾派使者给契丹主送去过这种东西，“攻城，以此油燃火焚城橹，敌以水沃之，火愈炽”。此后的历朝历代，在各大攻防战役中也偶有用来纵火攻击敌军，或在城下掘地做大池，蓄此火油，防御外敌侵扰，比薪柴膏油的威力大得多。

阿姆闻言立刻用手撑着地面，俯下身去将脸贴近——“天啊，真是火油！”

此时她终于明白了黔宁王不同意用火把的原因。

这东西不仅能在水面上燃烧，且水浇不灭。别说是用火把烧路，连着河滩在内的整个地方沾火就着，一点火星下去，瞬间就会成为一片火海。而这种三面包围着野蔓荆棘的环境，一处着火马上会殃及周围，到时候风助火势，怎么跑都跑不了。

沐晟和朱明月对视了一眼，都在彼此的眼中看到了凝重。

“要不然，试试从这片乌袍子上踩过去。”须臾，沐晟道。

他选了一条看似能走的路。

沐晟迈开步子就要往上踩，朱明月一把拉住他的胳膊，“不要！”

“别怕，不会有事。”沐晟道。

朱明月摇头："这条路看上去最是无害，但这地方又是蚂蚁又是火油的，决不会那么好心留下一个出口？"

红火麻、乌袍子……朱明月擦拭了一下额上的热汗，让自己沉静下来，在脑海中细细地搜罗书上写的内容：一个喜阴，向来生长在山谷湿荫处；一个喜阳，被太阳照射着温度升高时，才会开出星星点点白色的花朵，最后结出黑色的果球。

是的，如果不是人为，这两种绿植绝不会天然长在一处！

对方精心营造出了这种奇怪的"景致"，换成其他侥幸一路到此的人，又在这里"穷途末路"，要么一不小心引火自焚，要么就是跟沐晟的选法一样——冒险去蹚长着大片乌袍子，仅比脚面高出盈寸的低矮绿植丛。

朱明月沉默着，面色变幻莫测。

这时，阿姆从地上搬起一块长满了青苔的大石头，要向乌袍子丛扔掷过去——投石问路。朱明月拦下她，摇头。

万一里面真有东西，又是对付不了的活物怎么办？

这也不行，那也不行，阿姆不由得有些着急。朱明月想了想，从沐晟手中拿过那根探路用的粗树枝，然后走过去，弯下腰将树枝伸进了乌袍子丛。

有尘埃在叶片上乱飞，几只小蜘蛛爬过。朱明月索性蹲下身，撩开蛛网，再将树枝从中插过去，轻轻地向两边挑开——

潮湿的泥土中，似有什么在阳光下一闪而过。朱明月定睛去看，空隙太小，绿叶太密，根本看不真切。这时，沐晟也蹲下来，"我来。"

他将粗树枝抓在手里，两端弯成一个扁弧形，竖着朝密叶里面捅，再将枝干倒向一侧。乌袍子根茎的韧性不错，被压住的一瞬，就又覆盖了回来，恢复成原貌。

但有这一瞬就够了。

朱明月和沐晟对视了一眼，都是齐齐出了一头冷汗。

"是捕兽夹！"

右侧这片乌袍子丛里，放满了大大小小的捕兽夹！

两人站起身来，朱明月心有余悸地长出一口气，下一刻就被沐晟拥进怀里，"你又救了我一命。"

少女的双肩微微颤抖，男子的身躯却挺拔如松，岿然未动。她没有挣扎，将头深深埋进他的胸前，闭着眼睛道：“我很庆幸。”

可以预见，如果沐晟贸然走进了灌木丛，一旦被捕兽夹钳住了脚踝，会发生什么。

带着锯齿的捕兽夹会刺穿衣裤，狠狠扎破他的腿，哪怕上面没有淬毒，一旦出了血，血腥的味道很有可能就会引来那些大蚂蚁，然后，就会上演在密林中黑甲虫子吃人的一幕。

而他没有地方可逃——往左走不通，往右有无数个捕兽夹，只会让他不断受伤，又流血不止，最终体力衰竭倒在地上。若是从来路往回跑，那半人多高的藤蔓丛里有数不尽的彩色毒虫，见到血，也会来凑热闹？豁出去往前，他拖着一条受了重伤的腿，能跑多快？一只蚂蚁爬到身上，钻进皮肉，就会有上百只、上千只……

活生生地被蚂蚁湮没，会是何等恐怖的感觉——朱明月和阿姆就算拼了命要救他，也没办法，这地方也没有足够深的水，不能用以湮掉它们——她们只能眼睁睁看着他狂奔着倒下，痛苦地挣扎，逐渐被黑色的大蚂蚁爬满全身……

表面看上去藤蔓丛生，花繁叶茂，实则处处都是杀机、处处都是陷阱。

布置这一切的人，可见心机之深，又歹毒至极！

朱明月攥着沐晟的衣角，良久都回不过神来。沐晟将她揽在怀里，用手抚着她的后背，“别怕，我们一定能走出去，有我在你身边……”

安慰人的话是他不习惯的，说来僵硬无比。

朱明月紧咬唇瓣，半晌才道：“是我在你身边才对！要是没有我，王爷刚刚就喂蚂蚁了！”

像他这样的大块头，估计一时半刻还吃不完，说不定要被拖进蚂蚁洞里。

沐晟露出一个比哭还难看的笑容：“我也是第一次遇到这个，谁知道还有这么邪性的玩意儿，回去后定将画地图的那个斥候抓起来，狠狠抽他几鞭子！以泄本王险些丧身蚂蚁之腹的仇恨！”

饶是阿姆都被逗乐了。

朱明月道：“亏你们还笑得出来！”

沐晟抚了抚她的发顶，又在她的额头亲了一下，“小军师，给本王出出主意。”

“王爷倒不如在心里默念三声‘萧军师’。”

还小军师！

朱明月嗔怪地瞪了他一眼。

如果不是她执意要穿过这片蕉林，到尽头处一探究竟，其实他不会陷入现在这种进退两难的局面，甚至一路上没有他的帮助和照顾，她们根本没办法走到这里。朱明月不难想象一旦昨夜贪黑赶路的话，他们将要面临怎样致命的危险而无法自知。

朱明月为自己的鲁莽感到深深的愧疚和自责。

“王爷。”深吸一口气，她踟蹰着要不要劝他回去，怎么样才能劝他回去。

却听沐晟道：“对元江本王筹谋了这么久，不会轻易退却。”

“王爷的筹谋分明在战场，”她一句话就戳穿了他的借口，“冲锋陷阵这种事也不需主帅躬亲上阵。王爷，小女身在后方，即便帮不上忙，也不希望成为你的累赘。”

一旦沐晟在这里出了事……朱明月想都不敢想。

“你这是要与我分道扬镳？”

后面的话她都不用再说，沐晟就猜到了。抬手给她挡住炙热的阳光，他看着她被晒得泛红发肿的鼻尖，轻笑道：“还没到山穷水尽的时候，你就先气馁了。这可不像你。”

说罢，忽然将手中的树枝一扔，闪身就绕到了她身后，搂住她的腿，就将她整个人给举了起来。

陡然升起的高度，让朱明月大惊失色，还没来得及反应，下一刻，大腿处就被沐晟托着往上一撑，身体陡然前倾到半空，两腿就改成跨坐在了他的脖颈上！

“你做甚！”

朱明月几乎是尖叫出声，强烈地反抗却没能胜过他，等结结实实跨坐上去了，她想挣扎都不能，不是怕会从上面掉下去，而是这样的姿势……她就像是小时候跨坐在爹爹身上一样，全身没有借力点，为了保持平衡，不得不本能地牢牢扶着沐晟的头。

朱明月感觉自己的所有矜持、冷静、自持……在遇见他之后，总是会濒临崩溃，而那些泯灭了的窘迫、羞恼……又起死回生一样疯长。

“你干什么，你快放我下去！”

朱明月羞得面红耳赤，窘得要死，也气得要死，她是个大姑娘，怎能这么骑跨在一个男人的脖子上！

“老实点，别动。”

沐晟大概也觉得这姿势有些不雅，还很……狎昵，但是抱都抱上去了，还能再把她放下来不成？清咳了两声，他故作镇定道：“这在军中叫叠罗汉……斥候们目测远距离目标时，都是这样的。你不要大惊小怪。”

朱明月快疯了，叠罗汉……还是她大惊小怪……

一侧的阿姆也被这样大胆的黔宁王吓呆了，好半晌的怔愣后，才强憋着笑走了过来，帮着扶住自家小姐的腿，让她更稳地坐在王爷的脖子上。

“好了，你说位置，本王来移动。”

沐晟一本正经地道。

男子丝缎般柔顺的黑发，在她掌心中被揉成一团。朱明月此刻羞愤欲死，然而在极目远眺的一刻，她满腔的怒火渐渐被浇灭了——这的确是个好方法。

前提是，如果坐在上面的不是她。

“往西北方向。”

她咬牙切齿地道。

沐晟抱着她的腿，慢慢地朝西北方向转过去——

“停！”

朱明月用双手按着他的头，眯起眼睛——居高临下的视野极为开阔，几乎是将方圆几里的环境尽收眼底：大片大片的浓绿、浅黄、砖红、污白……霎时扑面而来。刚刚一眼扫过去，若是他们能够顺利穿过蚂蚁占据的这条浅溪，再往前就是一小片棕榈林了；棕榈林之外，有一道灰蒙蒙的边际线，与天相接，看样子就是上城的最北端、蕉林荒山的尽处。从这里再往右看去，在乌袍子矮丛的尽头，是一道平坡，坡上还是芭蕉树；坡面很陡，足有两人多高，怪石嶙峋，光凭他们肯定是攀不上去，即便从右面走最终也是死路一条。

随后，沐晟以正面朝向了红火麻这边，朱明月看见在这一人多高的绿植丛之外，是一大片连绵起伏的空地，大抵十几里范围的砖红色土壤，坑坑洼洼，绿植也很少——如果不是面前挡着红火麻，往左倒是不失为一条可走的路。可惜不能用火。

抬手遮住正当头的暴晒太阳，朱明月又格外注意了一下砖红色峭坡上，侧面开口的那些坑洼密集的地方，一个又一个的凸凹，不像是天然形成，倒像是被刨出来的……

“但凡世间之物，相生相克，煞费苦心弄出这些东西的人，不会不明白这个道理。”

这时，沐晟道。

他的眼前是层叠密集的红火麻绿叶，生长得跟小墙一样，却不妨碍他的思量随着朱明月一起，投向绿叶墙的背后，“我觉得，走出去的答案或许就在这里。”

朱明月明白，沐晟的意思是：对方将这地方布置成这样，算计他们这些擅闯到此的人是一方面，还会刻意将真正能自救的方法藏起来，让人一叶障目。

朱明月忽然心中微动。

是了，右面是一大片平坡，坡高无法攀登，本来就是条死路，却在中间栽种了大量的乌袍子，下面藏上捕兽夹。左面是可供行走的空地，一旦能绕路而行，很容易就能避开这些大蚂蚁，却仅是种了几层红火麻当屏障，遮挡人的视线。

按照常理，左右两侧似乎弄反了。

但若是有意为之呢？

朱明月陷入思考中，却听下面传来男子的清咳声——“珠儿，本王的头发快被你揪掉了。”

朱明月一回神，这才发现他的鬓发已被她攒得凌乱，网巾歪了，束发冠几乎扯下来……

“王、王爷可以把小女放下来了。”她有些窘迫的同时，不知怎的，又忽然想狠狠地再去揪扯两下。

“都看好了?”

沐晟抬了抬头。

“嗯。”

沐晟两手托着她的腿，又是往上一撑，身子半蹲。阿姆小心翼翼地在旁边扶着，朱明月就从他脖颈上恢复了自由。

下地后，少女背过身去，埋头整理自己的裙摆，而沐晟也负着手，对着红火麻故作沉思，不知在研究什么。这样的场面，让阿姆忍不住轻笑，看得出，两人都有些尴尬。

“怎么样，有没有收获?”

片刻，沐晟转过身来，就见她耳垂红红，低着头跟自己的衣襟较劲。他忍俊不禁地上前来拉她，被甩开，又上前来拉她，将她的身子扳向自己。朱明月整个人都是僵硬的，低着头，双颊像是沁上了胭脂，一点点地晕染开。

“好了，本王给你赔不是。”

听他低低落在耳畔的轻哄，朱明月咬唇暗恨。每次都是这样，事前想怎么样就怎么样，从不考虑别人的感受!

“时间紧迫，小女也没有那么小气——”事实上她真的很生气，但此刻又不是使性子的时候。朱明月心中有气撒不出来，忿然低下头，闷闷地说道，“右侧是条死路，左侧有空地和峭坡，但小女觉得王爷说得对，往前走的出路应该就在左侧!”

阿姆“咦”了一声，小姐最后这句话好似有些矛盾呢。

朱明月道：“左侧看似能够走通，但这条浅溪水脉由东往西，一路蜿蜒过去，不知尽头；要是绕路的话，离开食源充足的地方，贸然深入荒芜贫瘠的西面，又恐怕得不偿失，”何况怎么铲平这片红火麻还是问题，“但是左侧那片坑洼地里，好像活着一些小东西。”

她没看错，从那数不清的小坑洞里，时不时冒出来的小脑袋，还有堆积在穴外的风干粪便。

“什么小东西?”沐晟问。

“王爷最熟悉了，就是那不爱吃野果的。”

阿姆掩唇道：“那不就是……”

老鼠。

朱明月道："我们的左侧，也就是西面的位置，是鼠穴。"

到此，答案已经很明显了：那种尖耳扁尾的硕鼠不是栖息在树上，而是住在坑洼的土穴中，平时偶尔去树上觅食；它们不吃金锈色的小野果，因为它们真正的食源来自小叠峰，是这些湿地和溪流上的硕大蚂蚁。

与自己的天敌毗邻而居，并不是什么新鲜的事。但问题也出来了：那些硕鼠白日里都躲在穴中，应该是到了晚间才会出来觅食的习性，且只是去流经空地上的溪水边，不会穿过红火麻的绿植丛来蚂蚁窝这里——在整片湿地和坡道上都看不到一点老鼠粪便。

朱明月将自己的想法简单说了一下，沐晟也陷入思索。同时，两人又不约而同地失笑，事到如今，已然变成了对方摆出困局，他们来破局，一个接一个。

此时此刻，三个人身上除了一些避虫用的雄黄、雌黄、酒糟，以及火折子、打火石，除此之外再无其他可用的东西。周围有数不清的藤条、荆棘、灌木，还有一个巨大的蚂蚁窝……

想要继续往前，怎么做才能突破眼前的困局？

沐晟提出一个很大胆的想法：引鼠出洞。

这法子与朱明月的不谋而合。

"万一反而引祸上身怎么办？"朱明月把自己的担心说了出来。

沐晟道："欲将取之，必先予之，不得不冒点儿险了。"

"小女还是坚持认为，王爷应该考虑回头。"

"你跟我一起？"

朱明月摇头。

"那本王只好舍命陪君子。"

朱明月凝目注视向他，不到万不得已，她很少会用这种豁出去的方法，又有多少次险中求胜，都是她独自一人。

阿姆在旁边眨着眼睛看两人，一脸的茫然——两人一人一句，她半分都没听懂，但这种尽在不言中的默契，却让她感到不由自主的羡慕。

就在这时，自家小姐的视线投了过来——"接下来，咱们要走一步险棋。"

阿姆道："愿与小姐并肩作战！"

想要打开局面，就要引鼠出动，前提是必要有诱饵，朱明月将自己和阿姆身上的酒糟都拿了出来——两个小瓶，瓶口系着绳结，之前一直挂在腰上。阿姆搜找了一下，又意外地从绣袋里掏出几颗半化了的松子糖。

"这还是当日在曼遮佛寺，跟着那释罗管事吃席，奴婢特地装起来的呢！"

事后居然给忘了，阿姆有些痛心。

将黏腻的松子糖分出两拨，投入盛酒糟的小瓶里，阿姆一手拿一个，使劲晃了晃，让其更快地化开。差不多的时候，沐晟那边，小心翼翼地从乌袍子矮丛里勾出了几个捕兽夹。

随后，沐晟用龙雀划开最外面的一层荆棘丛，从里面抽出几根藤条——动手之前，朱明月将自己内裙的裙摆扯下来一大片，然后撕成一条一条，让沐晟缠绕在掌心中，她自己也缠了几圈。等沐晟将抽出的藤条削掉毛刺和枯叶，再首尾相连地一一绑好，阿姆递过来两个小瓶，里面松子糖的糖浆和酒糟已经完全融在了一起。

朱明月拿过其中一瓶，拧开瓶塞，里面散发出一股甜甜腻腻的味道，并伴有酒的醇香和松子的焦煳香味——酒糟本就是一种甜酒，这么一调和，如蜜一般芳醇诱人。

沐晟挑了一个半大的捕兽夹，朱明月将瓶口稍微倾斜，瓶口对着捕兽夹的钳口，褐色的酒液淋在上面，不多，只浇注了稍稍一层。等掺了糖浆的酒液在捕兽夹上慢慢凝固，沐晟在捕兽夹的另一端绑上藤条——十字花的形式在钳圈中间绑了两道，拉拽几下，确定其固定结实了，沐晟就走到空地上，摆出一个扎马步的姿势，半蹲下身子。

朱明月站到他面前，道："委屈王爷了。"

沐晟道："你不委屈就行。"

在这种进退无路的时刻，朱明月也顾不得矜持和羞涩，她伸手扶在他的肩膀，绣鞋踩在他弓起的膝盖上，借力往上一攀。沐晟用两只手扶着她的腰，等她身子稳当了，举着使劲往上托——朱明月再一次跨坐在了沐晟的脖子上。

这次的力道没掌握好，朱明月身子狠狠一晃，险些从上面栽下来。沐晟急忙反手托住她的后背，“你稳着点来，一次不行，多几次没关系。”

这时，阿姆将绑着藤条的捕兽夹高举着，递到朱明月手中——她的两只手都缠着布条，这避免了因被藤条拖拽而受伤，主要是防止不慎擦破出血。在眼下这地方，他们谁的身上都不能破皮出血。

将绕成绳捆一样的藤圈握在左手，朱明月用右手拎起绑着捕兽夹的藤条，“王爷怎知道小女一击不中？”

沐晟弯起唇瓣：“那好，扔准了，本王重重有赏！”

沐晟的话音刚落，如同套马索一般，朱明月抬起右手，在半空中将捕兽夹抡成半弧，一圈一圈。

别的武艺她不行，唯有射箭是百步穿杨。朱明月的手稳若磐石，瞄准了红火麻丛外那一片空地，鼠穴的位置，捕兽夹被抡得发出呼呼风声。

曾经多少艰辛，才将原本一双柔软孱弱的手，百炼成钢。

找准时机的一刻，她果断脱手，沉重的捕兽夹拖着藤条，如同一支离弦的箭，直直朝着对面飞去。

“啪”的一声。

底下的两个人只听其声，看不见那边的情景，但阿姆仰头看见朱明月笑了，不由得欢呼一声，跟着绽放了大大的笑容。沐晟随之也知道了，那捕兽夹定是稳稳落在了某一处鼠穴的洞口。

“接下来就只有等了。”

阿姆看着大太阳暴晒下男子的额头满是汗珠，身上的衫子早就被热汗浸湿了，不由得分外感叹：这真是黔宁王府的藩主？就这么任劳任怨地撑着小姐，这得多累啊！

朱明月也有些担心：“王爷……”

汗淌下眉骨，沐晟不得不快速擦一下以免刺眼，“你老实在上面坐着，别分神。我顶得住。”

事实证明，老鼠的嗅觉是相当灵敏的。

两刻钟的时间，坑洼的穴口冒出几个毛茸茸的小脑袋——这是堆积着风干粪便最多的一处鼠穴，朱明月猜测里面住着不下三窝耗子。

果然，其中一只抖动的胡须，一点点朝着捕兽夹的位置靠近，然后又一只……

朱明月见洞穴里的硕鼠被捕兽夹上面的酒液和糖浆吸引了，纷纷出了洞，抬起手，缓慢而小心地往回拖拽藤条。荆棘丛里的藤条比较脆，万一不小心拽断了，就白费劲了。

沉重的捕兽夹随着拖动，在土道上发出“坷垃”“坷垃”声。尾随而来的老鼠因着其不时的移动，发出一阵阵骚动，然后又凑上来，围成团。

朱明月尽可能地抬高手臂，直到藤条的末端挂在红火麻的绿植丛最上面，不堪捕兽夹分量的藤条从叶冠上往下坠，一直坠在枝杈上，再也拽不动。朱明月使劲一扯，藤条没断，倒是红火麻的枝杈折了，悬在半空的捕兽夹又往下落了落。

这个力道对下面的沐晟来说，冲击力也不小，幸亏有阿姆在后面顶着，否则这叠罗汉的两人很可能双双跌在地上。

“怎么样?”

沐晟关心地问。

朱明月将藤条牢牢地缠在手腕上，示意沐晟放她下去。

等朱明月在地上站定，沐晟已然像大雨淋过一般，前胸后背都被汗湿透了，一张俊脸也涨得通红。朱明月将藤条交给阿姆，拿着袖子给他擦了擦额头和脸颊，心里有些不是滋味，“另一端被勾住了，捕兽夹掉在红火麻丛里面，靠中间的位置。”

这时，阿姆已经将藤条绑到先前掰开又咬合在荆棘根部的一个捕兽夹上，这样两端抻成一条绷紧的直线，沾着糖浆的捕兽夹牢牢悬在红火麻满是枝丫的绿植丛中，让那些老鼠闻得到，够不着。

另一边，朱明月拧开两个酒糟小瓶，在距离红火麻丛前不远的地方，将瓶内大量混合了糖浆的酒液倾倒出来，一字线的浇法，在地上倒出三条厚厚的糖线，错落分隔开，使第二条离第一条很远，第三条又在第二条的偏上……做完这些，朱明月迅速退了回来。

正午的太阳已经升到了最高处，火辣辣晒在头顶，黏渍渍的糖线在阳光的折射下泛出一道道亮光。

万事俱备，只欠东风。

三个人齐齐站在乌袍子丛前面，与对面大概七八丈远的距离，但见从未涉足过浅滩这边的鼠群，在半盏茶的工夫后，从叶片叠密的红火麻丛中，一个个露出了头。

然而，寻着甜味来的不只是这些老鼠，还有湿地下面的大蚂蚁！

一只蚂蚁发现了厚厚的糖线，就有一百只蚂蚁，然后是成百上千，直到将每一滴糖浆搬走——眨眼间的工夫，无数黑色的大蚂蚁顺着土坡往上爬来，然后井然有序地搭成一座黑桥，直通坡上面红火麻丛前面的糖线。

这厢的三个人面面相觑，都不由得暗暗焦急，若是那些酒糟被蚂蚁吃掉，不但白费工夫，还失去了最后可供突围的凭借。

就在这时，红火麻丛里面的老鼠总算动了，一只体形较小的窸窸窣窣地钻出来，抖动着胡须凑近第一条糖线。当然，它必定也嗅到了糖线上沾满的蚂蚁。

这只老鼠是如何享受盛宴的，不得而知，只听到它发出了“吱吱”几声，后面躲在红火麻丛中的老鼠群，一窝蜂地窜了出来。

“乖乖，居然还有那么大的！”

阿姆掩住嘴，将惊呼声捂回嘴里。

大如脱兔一般的硕鼠，拖动着肥胖的身躯，寻着味道往第二条糖线的地方去了，在它旁边还有很多老鼠跑向第三条糖线……

“啪！”

“啪！”

“啪！”

……

“噼里啪啦”的声响在红火麻丛前响成一片，是捕兽夹！

空出来第一条糖线的位置，在第二条和第三条糖线的附近，摆满了大大小小的捕兽夹。鼠群已经在刚刚见识过了这样的捕兽夹，那上面沾着甜甜的酒液，没有危险反而任它们舔食——因此不但不惧怕，反而欣喜若狂地往上冲。捕兽夹纷纷被触动，有一些大捕兽夹，原地跳起来半尺多高，钳住的老鼠血肉模糊。

这就造成了一连串反应：

来吃甜酒的大蚂蚁，身体太小，触动不了捕兽夹，在其间穿行自如。随着被捕兽夹钳死的老鼠越来越多，大蚂蚁嗅到了血肉的气息，又互相传递信息，纷至沓来，爬到死老鼠身上将其啃噬掉；个头小的老鼠，又被分尸，纷纷往蚂蚁窝里搬。然而，这些老鼠又是大蚂蚁的天敌，活着的老鼠发现了满地的猎物，又开始疯狂地捕食大蚂蚁……

弱小生命之间的相互残杀，一样充满着血腥与残酷。在乌袍子矮丛前的三人，此时此刻看得胆战心惊，阿姆更是被这触目惊心的一幕骇住了，止不住浑身发冷。

老鼠的尸体已经有很多，收到同伴错误信息的鼠群，却还在一刻不停地从鼠穴中钻出，朝着这格外新奇的浅滩过来。有不少体壮的老鼠又窜到了小坡下面的湿地。而那些本性凶悍的大蚂蚁不要命地往老鼠身上爬，拼死抵御这些侵占家园的敌人——这样一来，老鼠在享受蚂蚁大餐的同时，又被成堆的大蚂蚁活活咬死……

眼见着湿地上的老鼠不断倒下，又有新的补充上来，原本附着在溪流表面的蚂蚁开始纷纷往这边聚拢，很多地方都被空了出来。红火麻丛下面的湿地上，逐渐形成了一座座堆积着大蚂蚁的老鼠坟墓。

阿姆紧张地咬着手，突然欣喜地指向坡下一个位置："快看，空出来了，空出来了！"

溪流的末端，已经逐渐显出了本来的面目，虽然还是漆色的，那是附着在水面上的一层火油，上面的大蚂蚁已经所剩无几了。

阿姆的这个动作，引得红火麻丛前的一只老鼠激灵了一下，然后竖起耳朵，睁着两只红色的小眼睛直勾勾盯着阿姆。

一只是这样，它旁边的几只老鼠也跟着立起身子，朝这边看过来。

"跑——"沐晟低吼出声，三个人在那一瞬，撒腿冲了出去。

"快跑，别让那些老鼠追上！"

"小姐！"

阿姆尖叫的声音，随着她一路没命似的跑，响彻耳鼓。

此时此刻也顾不上那些大蚂蚁有没有退干净，三个人疯了一般从浅滩上空出来的地方踩过去，踏着溪流往对面的坡上跑，追在他们身后的是吱吱叫着的老鼠。

起初并没有很多，然而三个人的目标太大，引得几只老鼠好奇地跟了上来。它们速度窜得太快，长得也吓人，阿姆尖叫一声，直接将追到她脚边的一只给踩扁了。死鼠的肚肠黏了阿姆一鞋底，这便惹怒了鼠群，受了刺激一般，横冲直撞地往上蹿。

这些以蚂蚁为食的老鼠看似无害，但这种秃皮毛的小动物扎堆一样赶上来，肯定不是什么好事。因此窜上前一只，就狠狠踩死一只，绝不让其近身。

沐晟的裤腿上沾满了很多死老鼠的血肉，他回身的一刻，又猛地踩死好几只。他从怀中取出火折子，吹燃了，将手中那个用荆棘和藤条绑成的简易火把点起来。火把头被燎成一个火球，沐晟甩手一把扔向坡下的湿地——“轰”的一下，被火把碰到的地方顷刻被点燃，火势又迅速向四面扩散；黑亮的溪水横向起火，向两边散开烧成一道亮灼的火线；边缘挨着浅溪的红火麻丛被引着，从下至上被大火舔舐……眨眼之间，整个浅滩瞬间变成了一片火的海洋！

那些大蚂蚁已经看不到踪影，老鼠们的身体就像浪花一样在大火中翻滚，吱吱惨叫着。有些烧着的老鼠疼得四窜，皮毛上的火星又溅到了荆棘丛、乌袍子丛……藤蔓被烧着、高矮绿植丛被烧着，无数的虫子乱飞，那些被触动的捕兽夹啪啪地在火海中弹跳起来，浓浓的黑烟冲天。

历经这一切的三个人，跌坐在对面的坡上。

阿姆捂着嘴，一阵阵恶心地干呕。沐晟汗流浃背，在他的膝盖以下，又是泥又是老鼠的血迹，裤腿和短靴上更是黏腻一片。朱明月的情况也不比两人好多少。在此之前，她从来不相信，有朝一日自己会披头散发地在荒无人烟的地方，像个疯子一样往死里踩老鼠。

想必沐晟也是如此想法，堂堂的云南藩王，亲自上阵布置陷阱，费尽心机，只为了引出老鼠，杀死蚂蚁……

“这火会不会一直烧过去?”

朱明月抿了抿散乱的发丝，喘着气道。

“这林子里不是草就是树，火势会蔓延得很快，一旦前面的守卫发现腾起来的黑烟，会迅速往这边赶。但是越往后就越难扑灭，尤其湿地这一处，水浇不熄，只能搬运大量的土来掩埋。恐怕他们要忙活好一阵子了。”

火油燃烧的味道极为刺鼻，还有大量鼠尸烧焦的烧灼味……沐晟将朱明月从地上拉起来，阿姆也站起身，三人继续踏上前行的路。

浅溪外的这道土坡外，是一小片棕榈树林，坡上的土壤是砖红色，间隔出三里多的土道，土道的尽头是横向生长的棕榈树。这也是沐晟敢于点火的原因，不用担心火势会蔓延过来。

从紧绷的情绪中放松下来的结果，就是身体的疲惫、饥饿，以及后怕；他们如惊弓之鸟，对接下来的所到之处充满了忌惮和防备。三个人现在最需要的就是停下来整顿、休息和吃东西。但是沐晟说：不能停留。因为天空已经开始阴沉下来，眼看着山雨将至。

勐海这地方天气多变，一旦下雨往往就是瓢泼之势，来得急去得也快，赶紧找个地方躲雨是关键。

可是他们并没有这个机会。

鼠群来了。

对面山坡的位置地势很高，从上面往下俯瞰，几乎是一览无余。在红火麻丛外那大片的土道空地上，栖息在坑穴里的老鼠没有为了那混了糖浆的酒糟倾巢而出，还有很大一部分窝在洞里——那是等待着小老鼠猎回食物的大老鼠。

然而小老鼠们一去不返，随即整个浅滩都陷入了火海，红火麻丛烧着的黑烟随风散到了西北面，钻进了斜坡侧面的大大小小的土坑，使得洞厅里的大老鼠纷纷钻了出来。

它们本能地窜到不会被大火蔓延的地方，然后直立起身子，围在一起吱吱地叫着。皮肉烧焦的味道弥漫在空中，丝丝缕缕，那是来自同类的血肉气息。大老鼠们开始骚动，一双双小如绿豆的红眼睛发出凶残的光。

沐晟几乎是在转身的一刻，就发现了西南面一大群乌泱泱的灰影在峭坡下面不断地移动。它们似乎是被那浓浓的焦煳味刺激到了，甚至不畏惧正在熊熊燃烧的浅溪，几只体形大如脱兔的老鼠在过溪流时，瞬间就被烧成了火球，却有更多的大老鼠拼命地扑上去，身体被烧着，下一拨又继续往上扑……

朱明月顺着沐晟的视线望过去，脸色唰地变了。

“怎么还有这么多!”

“看那架势，它们正在用身体搭桥。”沐晟攥紧了朱明月的手，“等老鼠尸体堆积得足够高，漫过火焰，后面的大老鼠顺势攀援，就能从燃烧的溪流上面窜到对岸，再沿着那片皲裂的低洼地一绕，不消一个时辰就能过来。”

而他们几个所在的小坡处在上风口，每个人身上都沾满了新鲜的死老鼠血，那股腥臭的味道随风而去，根本瞒不过嗅觉灵敏的老鼠。

后面的话不用谁说，三个人都意识到了危险的来临。

“时间够用了。”朱明月的声音有些颤抖，咬牙道，“只要咱们在一个时辰之内跑到棕榈树林的深处，一旦下雨，雨水冲刷了咱们身上的血迹和腥味，说不定就会有生机！”

她说罢，看向已然浑身哆嗦成一团的阿姆，“待会儿一直往前跑，不要回头！”

“小姐，奴婢在你后面！”阿姆哭着道。

“别怕，我们一定会跑出去！”

沐晟说罢，抬手指了一个方向，三个人扭头就跑。

永远不要低估卑贱生命的仇恨。

大老鼠群早就发现他们三个了，否则它们不会发了疯要穿过燃烧着大火的浅溪，以自杀为代价非要到对岸。它们要来报仇。

顺着坑坑洼洼的土道，三个人没命似的往棕榈树林的方向狂奔，此时此刻也顾不得林子里有什么危机，只顾着往前跑，一直往前跑。沐晟在最前面带路，他的速度最快，没有一丁点缓速，更没有回头看朱明月主仆二人有没有跑丢——这种时刻，只要作为方向的他不停，她们就会拼了命地跟上来。

每个人的心里都只有一个念头：跑，绝不能让那些大老鼠追上！

不知在林子里疾奔了多久，天空开始打闪，然后是轰隆隆的雷声。天空已经完全阴沉下来，浓荫密布的棕榈树林中黯淡一片，沐晟在前面开路，林间枝杈勾连，藤蔓遍布，时不时就会阻断他们前行，沐晟几乎是在第一时间避开，再绕到最近的路继续往前。

刚刚经历过火烧浅溪的三个人，在这种长时间玩命似的狂奔中，身体都逐渐达到了忍耐的极限。朱明月感觉自己的心跳剧快，口干舌燥，像是随时都会窒息倒下。周围的枝丫刮在脸上不觉得疼，耳畔也听不见声音，她的眼睛里只有前面那一道身影，那道身影一直往前跑，那道身影没有停！

求生的本能让一个人超越极限。天色已然阴沉如墨，无数豆大的雨点砸下来，跑了整整半个多时辰，三个人终于来到了棕榈树林的尽头。还是一大片荒芜的土道，往前延伸了七八里远，土道的尽处有一片塌陷的断崖。

三个人疲惫不堪又满怀希望地跑到断崖边，却发现断崖与对面的崖壁之间有一道深深的鸿沟，如同被大斧硬生生地劈开，两边相隔着不可跨越的距离，中间则是深不见底的山谷，碍着雨势，根本看不清下面有些什么。

“有桥，那边有座桥！”

大雨浇得她睁不开眼睛，朱明月抹了一把脸，指向坍塌延伸向北的岩壁方向。

沐晟拉着她往那边跑，来到那道桥边，这才发现串联着锁链的界碑也坍塌了，碎石坠下去一丈多深，几个大石块压在凸出来的桥面上，界碑和连锁铁柱都被埋在了下面。唯有一条木板横铺的窄桥桓撗在半空中，在浓重的雨雾中，摇摇欲坠。

又是这种索桥！

朱明月曾在曼短佛寺的后山、若迦佛寺的后山都见过，粗绳索若干根平铺系紧，再横铺木板，狭窄得仅容一人通过，临渊而起，非常之险。

滂沱的大雨中，三个人站在断崖处遥望着对面，几乎是面如死灰。两边的距离太远了，跳是肯定跳不过去的，等在原地的话，又极有可能被追上来的鼠群被生吞活剥。

“怎么办？”

“走桥！”

沐晟此言一出，朱明月拉住他道：“可是整个桥头都塌下去了！不知道还能不能撑住一个人的重量，万一走到中间，桥面又塌了……”

这桥一看就是年久失修，整体完好无损的都极为危险，何况还是这种天气！

“如果不走桥，鼠群上来，咱们就只能齐齐跳崖。”

“万一追不上来呢！”

雨水将几个人浇得湿透，水顺着脸颊往下淌，小溪一样。沐晟捧住少女的脸，大声道：“珠儿，你听我说，我们没有第二条路可走。走桥尚有一线生机；否则一旦鼠群追上来，到时候我们跑再快也赶不上老鼠的速度。”

老鼠不会顾及这是不是天险，一定会跟着窜过桥面，届时大量的老鼠如跗骨之蛆随之而至，就算三人能平安抵达对岸，还是要面临被吃掉的结果。

这个道理她何尝不知道。朱明月的心像是被狠狠刺穿，将下唇咬得出血："沐晟，对不起，都是因为我……"

要不是她，他不会来，更不会濒临死境！

沐晟一把将她拉进怀里，狠狠吻了一下她的唇，"相信我，我们不会有事！"

时间紧迫，下定决心就要付诸行动了。

沐晟扶着断崖边缘的岩壁，双腿先着地，跳下了一丈多高的坍塌桥头，然后伸手扶着朱明月跳下来，朱明月又扶着阿姆跳下来。

界碑压在大石块下面，被雨洗刷得一片清寒。

孤零零的索桥在雨雾中摇摇晃晃。

"咱们一个一个过，体重最轻的先来。"

单人过桥，桥面承担的重量会大大减轻，他们活下来的机会也就会加大。

阿姆一把抓住朱明月的手，"不要，奴婢最后一个过，小姐先过！"

朱明月断然呵斥道："我们三个中你最轻，如果连一个人都过不去，剩下的两人除了跳崖别无他选。"她说罢，紧紧扶着阿姆的肩，"如果换成是我，这桥面万一因不堪重量塌了，咱们三个人的生路就都断送了。阿姆，能活下来一个是一个！"

"小姐，奴婢不要！"阿姆几乎是哭着嘶喊道。

朱明月红着眼眶，硬是将她一把拽到桥边，"你必须先过！"她说完，在阿姆耳侧，用决绝的话音道，"如果只剩下你一个了，记着去完成我没做到的事……"

阿姆心中大恸："不，没有主子死，奴婢独活的道理！"

"我以北镇抚司的名义命令你！"

两个少女的脸庞上湿漉漉，分不清是雨水还是泪。阿姆死死咬着唇，咬出一道血痕，头也不回地迈步往桥上走。

月儿小姐，就让奴婢去给你探路！

矮小的侍婢浑身湿透，衣衫贴在身上，显得格外瘦弱可怜。

她张开手扶着两侧的凭栏，刚一踏上，桥面就开始摇晃。这种摇晃随着她越往中间走，就晃得越厉害，眼前黑黢黢一片，脚下就是无底深谷，说不害怕是不可能的。

朱明月和沐晟在断壁边无比紧张地屏气凝神，一瞬不瞬地盯着阿姆的身影。直到一炷香左右的时间，那瘦小的姑娘逐渐隐在了雨雾中，隐约好像是走到了对面的崖壁上，然后朝着这边使劲地摇晃手臂，大家不由得松了口气。

“该你了！”

“鼠群追上来了！”

两人几乎是同时出声。

沐晟顺着朱明月所指的方向看去，一丈多高的断崖上面，隐隐约约隆起一层黑压压的小圆点，如潮水般正朝着崖壁的方向涌来。

原本此时雨大天黑，又离着不近的距离，应该看不出来。但是那些老鼠实在太大了，最小的也如脱兔一般，大堆大堆地横冲直撞而来，竟引得地面微微震动。

怎么会这么快？

沐晟的瞳孔猛地缩了一下。显而易见，当那些锲而不舍的老鼠漫到断崖，还没过桥的人会有什么下场！

“快走！”

他焦急地推了她一下。

这个时候，朱明月却一把甩开他的手，冷不丁地抽出别在他腰间的龙雀，一个转身跳到了石碑的另一侧。

“珠儿，你这是做什么？”

沐晟探手要抓她。朱明月将龙雀的刀刃对准自己的脖颈，“不准过来！”

“沈明珠，你要干什么！”

沐晟大吼。

“你先过这桥！等你过去了，我再过！如果你不听，我就立刻死在你面前！”雨水迷蒙了少女的双眼，清丽的脸颊白得没有了血色，却面容坚决，目光如铁。

已经没有时间了。

鼠群眨眼而至，怕是连一个人过桥的时间都没有。如果是沐晟，如果桥面撑得住他的重量，如果他能在后半段跑过去，哪怕跟着窜过去一部分老鼠，他也能对付得了。

朱明月这样想。

“等我过去了，你再过？”沐晟忽然大笑，眼底冰寒到了极点，“你要怎么过？跟着那些老鼠一起过桥，还是跟着那些老鼠一起坠桥？”

当一个人被老鼠包围的时候，心里该是多么的恐惧？

湿滑油亮的皮毛在地上蹭来蹭去，拖着长长细细的尾巴，黑压压地都聚拢到她跟前，用湿润的尖鼻子嗅着她裙摆和鞋面上同伴尸体的味道，一双双红色小眼睛里泛出贪婪而仇恨的光芒，然后成群结队地窜上前……

不管他能否走到对面，她都不会再有生的可能。

见沐晟还站在原地不肯动，朱明月急得跺脚大喊：“我不是跟你开玩笑！要么我现在就死在这，要么你先过去！”

冰凉的雨水打湿他的发丝黏在脸侧，沐晟朝着她一步步走过去，“我不会把自己的女人留下。”

朱明月咬碎银牙心急如焚，恨不能立刻绑他过去，“你怎么还不明白！你是西南的黔宁王，你不能不明不白地死在这，你必须活着回去！”

在今日之前，朱明月从未想过她这样的人会将活下来的机会留给别人。或许她会后悔。但此时此刻她做了，毫不犹豫……一切都是因为他，因为自己面前这个男人。

“我活着回去，然后看着你喂老鼠！我绝不会让你这么做！”

沐晟怒吼的声音未落，已经动作如电，直接跨过界碑逼近她跟前。他手掌就扣在刀刃上，硬生生阻断了她要抹脖子的动作。

鲜血顿时涌了出来。

“沐晟——”

朱明月像是被蜇到，尖叫着放开刀柄，扶住他血流如注的手，“你干什么！你疯了是不是！”

雨水很快就将刀锋上的血冲刷掉了，沐晟将龙雀重新别回腰间，一把将她拽到跟前，死死攥住她的手，“珠儿，咱们一起过！”

鼠群已经近在眼前，断崖上面，几乎看得到打头一排的轮廓。

沐晟毫无迟疑地拽着她走上了摇晃的索桥，狭窄得仅容一个人通过的桥面，两人一个在前一个在后，一踩上去即刻轻微地下沉。

朱明月心里又急又骇，使劲挣扎却怎么都挣脱不开，而他是用割伤的手攥着她，她越是挣脱，血流得越多。

身后是硕大的老鼠群，脚下是万丈深渊。

“相信我吗?”

沐晟回首，朝着她露出一抹笑容。

朱明月的眼泪刷的一下淌了下来，“放开我!”

“不放!”

说罢，他就拉着她一步一步往前走。雨越下越大了，被雨水浇过的桥面格外湿滑，两边各有一根铁锁作为简陋扶手，却与桥面隔了足足半丈多高，中间悬空，只要一脚踩不稳，很容易就从空隙间掉下去。

两人的重量使索桥产生剧烈的摇晃，每一步都像踩在随时沉没的船舷上。从天上落下来的豆大雨点，噼里啪啦地砸在他们的脸上、身上……两人危立在半空，身体跟着桥板摇摇欲坠，视线周围都是断了线似的雨幕，看不到前路，也看不到希望，就像是置身于无边无际的深渊。

朱明月回望眼，忽然从头到脚一寸一寸地冰冷起来。鼠群已经漫上了断崖，好些还顺着崖边爬了下来，有一些是摔下来的，一两只掉在石碑上，滚了几下就掉下了崖壁。

果然还是跟过来了。

索桥上的负重在加剧。

就在这时，脚底下蓦地感受到了索桥的颤抖，朱明月惊恐地咬住唇，一颗心霎时坠落谷底。她的手还被他牢牢地攥在手中，她感觉到他攥得更用力了，像是紧张，又像是要借此传递给她力量，而他的脚步没有任何的停顿。

“沐晟。”

她冲着他的背影轻轻唤了一声。

铁锁拖动石块的巨大声响随即传来，夹杂着藤条崩断的闷响。几乎是一眨眼的速度，连一声惊呼都来不及出口，两个人的脚下就塌了下去，身体急剧下坠没入了深渊。

“小姐——”

头顶上是阿姆撕心裂肺的尖叫声。

玉里并不像朱明月之前估计得那样，一直等到翌日的早上，还没有朱明月消息的话，才会将她和阿姆两人双双失踪的消息禀告到修勉殿。

事实上，她是被乌图赏派来的人抓过去的。

人来的时候，玉里就坐在沈明琪和凤于绯住的主屋前的花厅里避雨，两个男子一个心急如焚，一个老神在在，三个人正争执着什么。

“拓索哥哥，你就告诉我，好好的，九老爷为何要抓我？”

玉里跟为首的侍卫统领有些交情，不禁哀声求他。

拓索冷冷瞅了她一眼，反问了一句：“你多少年没回勐海了？”

“七、七年……怎么了？”玉里疑惑道。

拓索哼笑了一声，“原来都已经这么久了，难怪阿都哑那小子以前总说，都快记不住你长什么样子了！”

玉里表情一僵，“拓索哥哥，阿都哑……还好吗？”

“他死了。”

玉里猛地抬头，“什么！怎的死的？什么时候？”

“就在昨晚，你那位好小姐失踪的时候，”拓索眼底露出一抹凶光，“不仅是阿都哑，还有莫连、岩烙、岩乞和姑铛，都死了！就死在蕉林荒山！”

玉里闻言大惊色变：“蕉林荒山，那不是……”

那不是上城的禁地吗？

这时，就见拓索转过脸来，恶狠狠地道：“一夜之间死了五个人，一个只剩下一副骨架，其余四个人被烧成了灰，待会你可要好好向乌图赏管事交代，绝不能有一丝隐瞒，否则，我第一个拿你的人头去给他们陪葬……”

被带到修勉殿西面的小暖阁时，有侍婢先行进去通报。门前的帘子半掀着，一边被挂在门顶的勾角上，跨进门槛，走过两道打帘子的落地罩，来到帷幔重重的小阁内，阁内地上烧着一个小火盆，里面“噼里啪啦”烧着两小截儿石蜜，浮动的热浪中散发着一股香气。

那九幽侧卧在罗汉床上，背后竖着一座透雕棂阁状围屏，一双有些瘦削的手懒散地托着脸颊，乌丝如黑瀑般旖旎而下，半遮半露地披散在身上。青色织金的薄衫子敞开着，挡不住的肌理细腻、骨肉匀称，胸前大片若隐若现，引人遐想。

“九老爷，人带来了。”

那侍婢跪在地上，垂首道。

“乌图赏呢？”

“回禀九老爷的话，乌图赏管事刚刚领着人从后殿那边回来，正在殿前安排人善后。”后殿，即是蕉林荒山。

一下一下抚摸着手底下的花斑小豹，男子慵懒地道：“火扑灭了？”

“是的，乌图赏管事说，稍后就亲自来向九老爷您禀告。”

“嗯。”那九幽摆了摆手，地上的奴婢匍匐在地磕了头，就跪在地上退着出去了。

这时，那九幽又道：“让她先在外面等着，等乌图赏回来，叫他即刻来见我。”“是。”

衣襟湿透的乌图赏跨进门槛，抖了抖浑身的雨滴，悄悄地探头望过来，就瞧见自家主子一身妖娆地靠在水晶枕上，面朝着窗外帘幕一样的大雨，不知在想什么，还是想起了什么，唇边挑着一抹萧瑟的冷笑，静静出神。

平素在殿前伺候的人看到这架势就会知道，表面似很平静的男子，其实正处于盛怒之中。

乌图赏的心里咯噔一下，咽了咽唾沫，道：“老爷，老奴回来了。”

那九幽转眸，乌图赏的狼狈样映入了眼帘——裤脚被烧破了好几处，露出里面红肿起泡的皮肤，真是触目惊心，手肘下面也是破的，脸上黑糊糊几块，左眼角蹭破了皮，露出鲜红的嫩肉，就连半绺头发都被烧焦了。

那九幽轻嗤一声：“你以为故意弄成这副可怜相，我就不舍得追究你了？说，到底怎么回事？”

乌图赏面上露出一丝悲意，哭丧着脸道：“老爷，都是老奴无能，昨晚上老奴安排人去后殿那边将梅罕的尸首拖回来，不料那几个人居然都死在了芭蕉林里。要不是刚刚小叠峰着起了熊熊大火，老奴领着人去救火，还不知道他们都死了！”

乌图赏说了两件事：五个老奴之死；小叠峰的大火。

那九幽眯起眼：“昨夜有人死了？”

乌图赏一个劲儿点头，面上几分难过：“是阿都哑他们，老奴先是在林子不深的地方发现了岩乞一副光溜溜的骸骨，又在旁边找到了阿都哑他们四个的随身物件，这才确认，五个勇士都死了！”

在修勉殿前伺候的，除了一批调教有素的奴婢和仆从，还有十二名身手了得的勇士，负责贴身保护供其差遣，很是受到倚重。这十二个人也只听那九幽的命令，别人没有权力调遣他们。如今一下子就死了五个……

那九幽眼眸陡然大睁，冷光乍现，心里恼意更甚，“查到没有，是什么人干的？”

乌图赏猛地打了个哆嗦，身如筛糠一样地道：“老爷息怒，老奴觉得能一连杀害五名勇士却全身而退，有此能耐的，莫、莫说是咱们勐海，就算是在澜沧也不多见……老奴怀疑行凶之人，跟小叠峰的大火不无关联……老奴已经派人追过去查了，一有消息即刻来报……”

一下子死了五名守卫勇士，出了这么大的事，为何直到小叠峰着火，乌图赏才得知？

是他这个管事不称职？

不，就是因为他太称职了，将上城一应奴仆的分工细化到最细，才导致了中间的阴错阳差——

昨日一个叫梅罕的侍婢死在了修勉殿，阿都哑等五名守卫勇士奉那九幽之命将尸体处理掉，照例是直接扔到蕉林荒山，让尸体喂虫子。然而因为某些原因，虫子没有碰梅罕那具尸体，乌图赏知道后，通知了阿都哑等人，五个人又不得不趁夜过去将其拖回来。

这就出现了问题，梅罕的尸体被带回来之后，交给了专门负责处理善后的奴仆，阿都哑等人完成了分内，就离开了。隔日一早，乌图赏收到的禀报是梅罕的尸体已经被妥善处理掉，而他并不知道阿都哑等人在随后都遇害了。如果不是小叠峰起火，恐怕直到阿都哑他们几个在当差之日缺席，才会被人发现他们失踪的事实。

“老爷，阿都哑几人能将梅罕的尸体送回来，说明他们在后殿那边掘尸的时候，并未遇到危险。但是他们又死在了后殿……”乌图赏皱着眉，“这岂不是说明，他们是在掘尸之后，再次回到了后殿。可好端端的，他们去那种地方做什么呢？”

后殿不仅是禁地，在知情人眼中，也是能不去就不去的地方。

那九幽是何等玲珑心窍之人，闻言睨下目光，“你什么意思？你是说，阿都哑他们背叛了我？”

乌图赏弓着腰道：“老奴绝不敢怀疑老爷您的判断！但是防人之心不可无，尤其最近咱们曼景兰来了不少外人，假使有内鬼，不正好到了他们四处活动的时候？当然，老奴也不是说阿都哑他们有不可告人的秘密，只是三更半夜，还是后殿……”

若非不可告人，何必偷偷摸摸？

若非去见谁，何必选在蕉林荒山那种让人忌讳的地方？

乌图赏用两个反问，欲言又止地引起了那九幽的疑心。

那九幽本就是个疑心极重的人，修长的手指在小豹的后背一下一下抚摸，似是沉默又像是在思考，好半晌，才徐徐地道：“这件事就交给你秘密去查，不要大张旗鼓，更不要兴师动众，一旦查到任何蛛丝马迹，立刻来报，能内部消化的，就内部消化……”

“老奴明白。”

“行了，你出去吧，把玉里叫进来……”

“是。”乌图赏俯首叩了一下，弯腰退了出去，低垂的脸上一抹笑意忽现忽逝。

等玉里进去的时候，里面伺候的侍婢全部被清除，就连领她进来的乌图赏都被屏退了。

撩开帘子跨出门槛，乌图赏走到抄手游廊中，抬手摸了摸蹭破的下颚，疼得龇牙咧嘴。他要去亭子里避避雨，这时，就见迎面走来一道身影，“乌图赏管事留步——”

“拓索统领，”乌图赏打了个招呼，“怎么，有事？”

拓索面色有些不善，道：“乌图赏管事，在下有一事不明，想向你讨教讨教——昨夜带着尸体过去复命的，分明只有阿都哑、莫连、岩烙和姑铛四个人，没有岩乞，你为何知情不报？”

乌图赏神色一紧，下意识地往身后暖阁看了看，又四处张望了一下，然后没好气地瞪了拓索一眼，“拓索统领有什么事，不妨跟我到亭子里去说！”

这场雨下得很久，就像是开了闸一般，噼里啪啦砸下无数铜钱大的雨珠下来，天地间结成厚厚的一片水雾。

“你是不是疯了，暖阁一共几道门，你在阁前的抄手游廊里大呼小叫，生怕自己脑袋长多了是不是？”

乌图赏背着手教训道。

拓索冷哼了一声：“乌图赏管事别扯开话茬，阿都哑他们到底是怎么回事？你为何又要混淆视听？”

面对拓索一脸审视和质疑的神情，乌图赏忽然笑了，道：“你不会是怀疑我杀了阿都哑他们吧？”

拓索道：“我当然知道不是你。昨晚上是我负责东西两面的巡守，你若是擅自出门，我必然知道。”

乌图赏道：“你知道就好。还有，这不叫混淆视听，我只不过是适当地筛选出了一些该报的，筛掉了一些不该报的。九老爷日理万机，不是什么事都要事无巨细。”

拓索道：“你不用跟我在这儿装腔作势，昨晚上阿都哑他们去后殿取梅罕的尸体，去时五个人，回来时四个人，再后来，就全死了。刚刚你去救火，在那芭蕉林子里发现了一具骸骨，已经证实是岩乞的。这些难道还不能说明问题？”

“说明什么问题？”

“阿都哑他们四个会去而复返，很可能就是找岩乞去了，却在林子里发现了岩乞的尸骨。当时行凶的人恰好没走，几个人动起手来，阿都哑他们不敌，被打死后尸体被焚烧！”拓索说到此，满眼是愤怒的目光，“上城出现了一个武功高强又行迹叵测的人，应该立刻全城搜捕才对，乌图赏管事却故意将此事隐瞒下来，到底是什么居心！”

面对拓索咄咄逼人的质问，乌图赏面色不改，摇着头不无嘲讽地道：“侍卫统领编故事的能耐不错，但这是不是事实，不是你红口白牙几句话就能下定论的。我告诉你，东西可以乱吃，话不能乱说……”

“你威胁我？”拓索怒目而视。

“我不是威胁你，而是给你指一条明路，”乌图赏拨开拓索指向他的手，“原本在这殿前有我、有那释罗、有拓索侍卫统领你，以及合巴统领，已经够多了，后来又冒出来十二守卫勇士……整整十六个人，各自为政，权力分散得一塌糊涂。如今一下就死了五个，变成了十一个，不是清静很多吗？”

乌图赏说到此，又道：“对了，应该是十个，那释罗早就被踢出殿前了，他不算。”

拓索道：“你跟我说这些到底要表达什么？我怎么听不明白？”

“一人之下万人之上的权力，理应掌握在少数人手里，而不是多个人。”乌图赏背着手，望着亭外渐渐变小的雨，“拓索统领是个顶顶忠心之人，但并不是个愚夫。我知道，你与阿都哑他们情同兄弟，他们死了你比谁都伤心，但逝者已矣，拓索统领难道不应该为自己多考虑考虑？”

拓索直直地盯着乌图赏，片刻，冷笑道：“说得好听，乌图赏管事不过是害怕因为阿都哑他们几个的死，九老爷治你一个渎职大罪，才故意要隐匿不报！还想要扯我下水与你一起分担罪责？”

“你要这么想我也没办法，反正对这件事我是不打算深究的，最好是让剩余那七个守卫勇士自己查去，或者……九老爷疑心之下，将他们都……”乌图赏抬起手，在脖子前摆出一个手势。

拓索心底发凉：“我真是不明白，凭乌图赏管事今时今日的地位，难道仍不满意？”

乌图赏转过身来，以一种意味深长的目光看着拓索，道：“地位？你我二人，现在只能站在这亭子里候着。不是很说明问题了吗？”

冰冰凉凉的水晶枕，地上热气腾腾的火盆，两个季节的用物，却在同一时间、一间屋子里见到。包括玉里在内、曾在修勉殿前伺候过的人，对那九幽这种怪异的癖好，早已见怪不怪。

跪在地上，玉里的膝盖如同一万只蚂蚁在钻，又麻、又疼、又痒。

足足一盏茶的工夫，头顶上才传来男子的话音：“你在曼腊土司寨一待就是七个年头，可是辛苦你了……”

原以为要被狠狠责罚的玉里，满腔的恐惧在这一句话中烟消云散，她匍匐着磕了个头，嗓音微颤道：“回禀九老爷的话，能为您鞍前马后，为您赴汤蹈火，都是奴婢前世修来的福分，奴婢不苦……”

“土司老爷还好吗？”

“土司老爷一如既往，倒是奴婢离开之前，土司府里遭了大变故，短短时间内，神祭堂风云变幻，几经易主……土司老爷趁着土司夫人离府的短时间内，可是没少下功夫。”但凡是土司府发生的事，事无巨细，每隔半月玉里都会写成密函让人送回勐海，但说到前一段的种种事端，玉里难免心生唏嘘。

“你若是以为那只是土司老爷的侥幸，可就大错特错了，”男子轻笑着，“为了能在那‘短时间’内一蹴而就，土司老爷前前后后不知铺垫了多少，又花费了多少心思。”

玉里道：“土司老爷纵然是机关算尽，也不及九老爷您半分，一出手就轻而易举地瓦解了土司老爷的经营——奴婢等有幸在您跟前效劳，为回报您的赏识大恩，必是鞠躬尽瘁，百死不悔！”

土司夫人能够有惊无险地回到曼腊土司寨，玉里觉得，这中间自家主子必定是“功不可没”。

刚刚略抬起头的一瞬，但见榻上男子明艳不可方物，半卧在那里犹如一朵妖娆盛开的罂粟花，又如一只艳丽骄傲的孔雀，徐徐吐芳，媚意横生，照得满室皆是融融春意。而身前不远就是一个燃着石蜡的火盆，暗香氤氲，透入鼻息，令人不禁心旌荡漾。

七年时间，这男子居然已经生得如此模样。

玉里心神一惑，只觉得一股很奇异的感觉从心里涌出，不知是惊艳还是其他的什么感觉。

罗汉床上响起男子的笑声，“哦？既然是鞠躬尽瘁，为何沈明珠失踪一事，你不来禀告给我，反而先去了沈明琪和凤于绯那里……”

还是提到这儿了。

玉里心中骇然，伏倒在地连连磕头道：“九老爷容禀，祭神侍女和她那个贴身侍婢不见了，奴婢原以为……她们是去了沈家当家的住处，赶紧过去找。谁知道又被沈公子绊住，说什么沈小姐一早就被乌图赏管事的人带走了，不用奴婢操心……奴婢一想不对，就要告辞离开，岂料沈家当家和凤公子两人强行扣住奴婢不让走！奴婢不敢在他二人面前亮出身份，只好假意被他们困住，一直想找机会脱身……”

夫妻大难临头都各自飞，何况只是朦朦胧胧有好感的男女。

玉里说的这些话一半是假，一半却也是真。

朱明月之前的猜测没错，当晚凤于绯回去后，果然像什么都没发生一样，甚至不曾跟沈明琪透露一句，只是在翌日清晨早早起了，特地等着送上门来的玉里。沈明琪起得也很早。等玉里慌慌张张地找到两人住处，向他们俩打听朱明月的下落，跟凤于绯一顿诉苦，又一顿厮磨后，正待离开四处去找找，就被沈明琪扣住了。

玉里觉得，这沈家当家肯定是早知道朱明月会失踪，而他扣下自己，无非是替朱明月拖延时间。

玉里对此嗤之以鼻，想从上城这样的地方逃跑，无异于痴人说梦。之前跟凤于绯讨论过的那些脱身之法，不过是哄他的罢了，十几年来，她就从没见到有人成功过——最后的下场，不是喂了虫蚁，就是丧命在蛇鼠腹中。

玉里沉浸在自己的思绪中，有些沾沾自喜，又有些趾高气扬，仿佛这一切都是她的杰作，这时候，就听头顶上传来男子的声音："玉里，你还是姑娘吗？"

什么？

玉里脑子里忽然嗡的一下，以为自己听错了。

这时，一双手伸过来，落在她头发上。

微凉的手指从她的头发，缓缓抚摸到了她的耳朵、脸颊、下颚，最后又流连在了滑腻而紧致脖颈……玉里心中大骇，惊慌得不行，她一动都不敢动，更不敢抬头，只觉得心跳加速，连呼吸都灼热起来。

"我问你话呢，怎么不回答？"

"奴、奴婢……"

"嗯？你说什么，靠近点儿……"

玉里跪在地上，用膝盖慢慢往前蹭。她已经不习惯这样的姿势。在曼腊土司寨是不兴这种跪礼的，而在曼景兰，在上城，凡是近身伺候的奴才无不如此卑贱而恭顺，仿佛天生卑微如蝼蚁一般。

玉里原本跪得也不远，一直跪爬上了罗汉床的脚踏，那只轻揉着她脖颈的手，就顺势滑向了她的锁骨。薄薄的短衫圆领，领口还绣着浅绿色的花簇，男子修长的手指落在她脖颈上佩戴着的一串珍珠，然后伸进了衣领里。

玉里忽然身子一颤。

低垂着的眼睫，半眯半阖之间，她见到自己的胸前隆起一只手的形状，正肆意地在上面爱抚、揉捏。

玉里闭上眼睛。是的，她早就不是姑娘了，土司府里的侍婢，只要稍有姿色的，十有八九就被土司老爷采撷过了。可她从来未有过这种感觉，她感到恐惧，却无可逃避，让她兴奋，让她湿润，让她受宠若惊，又让她从灵魂深处发出战栗。

玉里轻轻喘息着，不由自主地挺起上身，将傲人的浑圆乳房往男子的手掌里送。就在这时，忽听头顶上传来一声厉斥："滚!"

玉里惶惑地睁开眼睛，不由得往床榻上看了一眼。男子以一种奇怪的姿势趴在罗汉床上，美艳绝伦的面庞一片潮红，呼吸粗重，压抑而痛苦的神色让他的面容略微扭曲，额头青筋暴出。玉里想伸手去扶罗汉床的边缘，抬起手的一瞬，虎口上就是狠狠一痛。

"啊——"玉里的惨叫声在暖阁内响起。

守在外面亭子里的乌图赏和拓索两人齐齐一惊，快步走到抄手游廊里。乌图赏站在东屋的窗扉下面，隔着厚厚窗纱，朝里面轻声问了一句："老爷?"

好半晌，里面传出话音："没事！进个人来把她拉出去!"

玉里被抬了出来，身上没有伤，只有虎口上有两个深可见骨的牙齿印，鲜血淋淋。

朱明月是被疼醒的。

漆黑不见五指的地方，睁开眼睛，与闭着眼睛的时候没有什么两样。脸上隐约能感到凉凉的湿意，是淅淅沥沥的小雨打下来的感觉，还有草木似有似无拂过的微痒。

她身上很疼，也非常冷，能感到浑身从里到外都湿透了，又薄又湿的衣裳紧紧黏着身子，凉风一吹顿时引起了她止不住的冷战。可她刚刚一动，四肢百骸犹如被碾过一般的剧痛传来——尤其是两条腿，肿胀充血的疼痛让她颤抖。

这是哪里?

他们……没死?

“沐、沐晟。”

朱明月张开嘴，喉咙沙哑得厉害。

沐晟就躺在离她不远的地方，周围没有光，无边的黑暗似吞噬了一切，但她凭借手指的摸索，在地上摸到了他衣袂的一角。少女用手肘支撑着身体，慢慢地朝着他的方向爬过去，一点点，一寸寸，直到爬到了他身边，“沐晟……”

无助的小姑娘像一只孤单的雏鸟，拼命地呼唤着鸟巢里面的伙伴。

男子没有丝毫回应，一动也不动地躺在冰冷的地上，风吹动他的衣摆微微掀起，而他安静得就像是永远地睡去了。

“沐晟。”朱明月又唤了一声，眼泪一下子涌了出来，吧嗒吧嗒掉在他的襟口上，晕开一个个小圆点。

需要多少勇气，才能直面死亡?

真正难得的不是慷慨赴死，而是明知生路渺茫，也要在万分艰难的情况下活下来。

当麻木的痛楚随着意识的清醒逐渐回笼，沐晟下意识地动了动手指，模模糊糊的神智支配着感官，让他觉得自己仿佛置身在一个闷热潮湿的洞里，空气窒闷，还有一股动物腐尸的味道。

“你怎么还不醒呢……刚刚又下雨了，很大，我就把你搬进了这个蝙蝠洞里，或许，也是老鼠洞……”

“这里似乎是废弃了许久，除了一些又腥又臭的稻草，没看见其他的……可能是因为现在天亮了，蝙蝠都在我们的头顶上睡觉吧……”

有少女轻微低柔的话音，时断时续地在耳畔响起。

“如果到了晚上你还没醒过来，蝙蝠醒了，我们就会成为一顿便宜晚餐……不，我会在那之前再把你搬出去……但是我很累，我怕我撑不到晚上了……”

温热的气息拂在手指上，“你真的很贪睡，我都睡了两觉，每次醒来都发现你还在睡，一点动静都没有……其实我也很困，掉下深谷的那一刻，我以为自己就这么死了……以前我想过无数种自己可能的死法，从来没想过，会是跌落索桥摔死在深谷里。”

“沐晟，如果你醒过来，我就原谅你之前欺负我的事。”

“沐晟，如果你现在醒过来，我还会告诉你一个秘密……”

“好。”男子低沉喑哑的嗓音，轻飘飘地响在头顶。

朱明月抬起头，正撞进男子一双黑沉清透的眼眸里，眼底满是血丝，眼神却固执清澈，一瞬不瞬地盯着她。

“你醒了！”

她眼中露出狂喜。

沐晟想要抬起手，抚摸一下她的脸颊，然而抬不起来。

“我真没用……”他朝着她笑。

朱明月的心狠狠一痛，刹那间，不知怎的就委屈了。

止不住的眼泪夺眶而出，犹如断了线的珠子顺着脸颊往下淌。害怕、无助、恐慌……这些被死死压抑在心底拼命忍着的情绪，忽然纷至沓来，将她打击得溃不成军。

沐晟凑过来，用尽了力气将脸依偎在她头顶，“珠儿……别哭……”

天光已开，投入洞内的阳光照在两人身上。男子的脸色灰白，浑身上下的衣裳都破破烂烂，头发上满是碎石和泥土，左耳朵一大摊血，凝固在脖颈上，深红色一片。

伏在他身上的少女，脸颊被蹭破了好几块，发丝凌乱，狼狈不堪。她想抬手抹掉眼角的泪，一双手却糊满了血污，指甲根根折断，甲缝里又是泥又是血。

“我很怕你醒不过来了，但是我知道，你一定会醒过来，可我更怕自己坚持不到你醒来的一刻……”朱明月无力地将头靠在他胸前。

“我醒了，别怕，有我陪着你。”

朱明月觉得疲惫不堪，她想闭目养神，或者是再睡一会儿。沐晟却不许，一刻不停地引着她说话：“珠儿，你是怎么发现这个崖洞的？”

他的声音很虚，一个字一个字却极为坚定。朱明月倚靠着他的肩膀，喃喃地道：“我醒过来后，天很黑，什么都看不出来，等我找到了你，我身上实在是太疼了，就迷迷糊糊地又睡了过去。等我再醒来，天刚刚擦亮，我发现……”

“发现什么？”

“发现咱们是跟着后半截断桥，摔在了半山腰的一个凸出来的残壁上，头顶上都是树……在身后不远还有一个洞厅。但是你的双腿被埋在了大石头下面……等我把你挖出来，我不敢动你，只好趴在你身边等，等着你的腿稍微消肿……”

周围除了大树、断壁，没有任何水源，擅自移动被掩埋过的伤者，很容易使其在获救之后短时间内丧命。危难关头，朱明月还记得爹爹曾经跟她讲过的这些话。沐晟是行伍之人，自然也知道这种情况下除了饮下大量的水，就是切开局部放血。可她只有一个人，浑身是伤，她甚至无法站起来……

沐晟感到鼻翼发酸：“后来呢?”

“后来……我不知等了多久，好像是天都大亮了。天又开始下起大雨来，我抱着昏迷不醒的你，一点点地朝着洞口的方向，爬啊爬，爬啊爬……不知怎的，最后就爬到洞里来了……”

少女的话音逐渐微弱下去，沐晟的心狠狠揪紧，汹涌而来的心痛几乎让他肝肠寸断。为什么他不能早点醒过来?为什么留下她一个人?那种情况下，她又是凭借着多大的毅力和勇气，才在站都站不起来的情况下，将他从石堆里挖出来，然后硬是把他拖进了洞里。

难怪，她的两只手会成了血肉模糊的样子……

“珠儿，别睡过去，陪着我……”

沐晟想伸手抱住她，然而他试了几次都抬不起来，胳膊上的肌肉是触目惊心的紫红色，软绵绵的没有力气。他想撑着坐起来，可他的腰部往下早已没有知觉，双腿肿胀麻木得就像不是自己的……

沐晟从没像现在这样痛恨自己的无能，他只能拼命地用下颚蹭她的额头，“别睡，珠儿，跟我说话……”

以两人目前的状况，每一时每一刻都很危险。他们都受了严重的伤，尤其是沐晟，负担着两个人的重量从高处狠狠摔下来，下肢又被砸在大石块里，失血过多，很可能五脏移位。而朱明月发烧了，在筋疲力尽之后，身上穿着又湿又冷的衣裳，再加上出汗、受风……

“沐晟，我想家了……”朱明月觉得眼前发花，神智也开始不受控制地溃散，“如果我死在这儿，不要把我送到沈家的锦绣山庄……”

“你不会死，我也不会让你死!”沐晟几乎是大吼着。

“我相信你，可是我真的很累……沐晟，我想睡一下，我的身上好疼……”

朱明月的身体如火炉一样发烫，开始说胡话。

这个洞里又闷又热，空气不流通，没有任何食物、水源……沐晟的心一点点沉下去，想要大声呼喊将她唤醒，急火攻心，加之流血过多身体极度虚弱，使他蓦地感到一阵阵剧烈的晕眩。

残存的意识逐渐抽离他的脑海，沐晟半睁双眼，死死撑着不让自己昏迷过去，就在这时，模糊的视线中，一抹穿着红色僧袍的身影出现在了洞口。

朱明月刚刚还跟他说，他们是在半山腰的一个凸出来的残壁上，洞口斜着朝外，很可能是个蝙蝠洞。而他们俩是从上面掉下来的，除了蝙蝠、飞鸟这些长了翅膀的，此时此刻，不可能再有第三种活着的东西出现在这里，可现在洞外偏偏站着一个老和尚！

他当然希望是来救他们的，这或许是他们活下来的唯一希望，可沐晟不敢抱以侥幸。

咬着牙，男子以巨大的意志力抓起手边的一块石头，手臂传来的剧痛让他浑身不受控制地痉挛，他不知道自己能不能抬起胳膊，但他要试一试。

然而那老和尚进洞后，也不走近，先是朝着他打了个稽首，然后道：“施主不必惊慌，老僧是来救你们的！”

一句话声似洪钟，格外嘹亮。

惊雷般的回音在洞内一波波回荡开来，沐晟只感到脑袋“嗡”的一下，天旋地转，就失去了知觉。

老和尚的确是来救他们俩的。

虽然只有他一个人，但身为七级武僧，这位德高望重的布施阿戛牟尼，仅凭一嗓子就将沐晟震晕了过去，然后又凭着一己之力将两个人依次扛出了洞窟，装进大竹筐里，顺着垂直的绳索一点点顺下了山谷的深处。

沐晟在一股刺鼻的药味中醒来，发现自己躺在一张石床上，朱明月就躺在他旁边不远，也是一张石床，盖着又轻又薄的被子，安安静静地睡着。

一颗心才算是落了回去。

“我佛慈悲，施主醒了。”

这时，一道洪亮的声音响起。

沐晟觉得很熟悉，应该是那个出现在洞口的老和尚，听声音很像。

“请、请问……”他的喉头肿得老高，说话犹如火燎一样疼。

“老僧法号‘布施’，此处是崖底石窟，有草药、有僧人，也有吃食，施主什么都不用担心……”

说到此，布施老和尚像是想起了什么，又道：“对了，跟你一起的那位女施主也很好，她的烧退了，刚才还喝了药，但她的身体似乎经受了过度的疲劳，需要长时间的睡眠休息，一时半刻还不会醒。还望施主你也要好好养病才是。”老和尚正在捣药，一下一下，手腕极用力，将石杵撞得砰砰作响。

沐晟躺回去，眼睛望着头顶的石壁。此处应该也是一处洞穴，像是宫殿一样宽敞，四壁都被打磨得光滑而圆润，上面描绘着多彩而神秘的佛家壁画，最中央悬着一朵巨大的石刻莲花，花瓣层叠舒展，极为艳丽。凹槽里有灯盏，一团团亮幽幽的光簇，将整个洞厅辉映得光影交错、光怪陆离。

在两个石床的中间还架着一口大锅，底下烧着柴薪，锅里咕嘟咕嘟煮着什么，上面盖着一个竹篾。刺鼻的药味就是从这锅中发出来的。

“要不是遇到老僧，两位施主就算没喂蝙蝠，也要活活饿死在里面。救人一命胜造七级浮屠，老僧今日的功德很圆满。”

老和尚一边捣药，一边自言自语。

“多谢大师出手相救……”

沐晟咽了口唾沫，艰难地道。

“不谢不谢，你们若死在洞里，老僧还要给你们收尸，然后费劲扛到山上去掩埋掉。同样是积德行善，老僧更愿意跟活人打交道。”

“敢问高僧，她、她的伤重吗……”

“那位女施主只是皮外伤，来石窟做客的比丘尼给她处理过了。”布施老和尚从石碗里抓出一把捣出浆汁的碎药末，揭开竹篾，均匀地撒进锅里，“倒是你，比较麻烦……”

沐晟的身体的确比较麻烦，除了多处擦伤、手上的刀伤之外，他左腿的小腿胫骨折断、趾骨断裂两根，右手的桡骨轻微受伤，另有肋骨断了一根，内脏也有轻微出血……

这或许不是他有生以来最重的伤，却是最惨的一次。但是老和尚说：“老僧进洞前，看到悬在洞窟上方的一大截断桥，支离破碎的……啧啧，只差一点，你俩就跌进深渊万劫不复了。可是从那么高摔下来，却也足够让你们粉身碎骨，好在上面有树干做了缓冲，顶多让你成为一个半残。”

半残？

好吧，活下来已经很庆幸。

“不过嘛，”老和尚话锋一转，“你双腿很及时地做了伤口切压，是那位女施主给你弄的吧……小姑娘够勇敢的，也真是很厉害，换成一般人，不是吓得昏过去，就是早哭死了。”

她的确很厉害。

沐晟望着石床上少女的安静睡颜，心里蓦地一片柔软。

久别重逢，却又九死一生，他险些失去她了，如今失而复得，让他感谢苍天的同时，对面前这个老和尚更是产生了深重的报答之意。

这时，老和尚又道：“因为有了及时的处理，虽然局部伤口有些发炎，但是好在你遇到了老僧。”老和尚背对他坐在石桌边，每说一句，就从桌上分拣一种药材出来，也不知在捣鼓什么，“待会儿，等这一锅药下去，老僧再给你接骨，不出半月，保准让施主你生龙活虎、活蹦乱跳的。”

这就是说，不用成为半残了。

沐晟仰面躺在石床上苦笑。

“但是老僧很奇怪，受了那么重的伤，你俩是怎么跑到洞里去的……”

老和尚嘀嘀咕咕一句，站起身，将菜刀上的药末都投进锅里。

跳跃的烛火欲明欲灭，沐晟这才看清楚老和尚的模样，不由得倒吸了一口凉气。半张脸皮！并不是戴了什么面具，而是这老和尚只有半张脸是完好的，另外半张脸坑坑洼洼一片，甚至看不出来五官，呈现红褐色的皮肉，纠结在一起，甚是可怖。

仿佛感受到沐晟直勾勾的目光，老和尚一愣，恍然道：“啊，不好意思，忘记戴面罩了！”

老和尚说罢，转身从石桌上拿起一块黑色罩子，从上往下套在脸上，可也只罩住了鼻子往下，额头和发际线仍然泾渭分明。

沐晟猛地咳嗽起来，道：“布施高僧是世外高人，有缘得见，在下姓沐，在家行二，高僧叫在下沐仲便是。”

“沐仲。”

半脸老和尚砸了咂嘴，点点头。

等到锅里的药材煮好了，偌大的洞厅里满是氤氲的苦味，闻得久了，也不觉得太刺鼻。揭开竹篾，热气腾腾的，老和尚一勺一勺地往面前的石碗里舀，盛了满满一碗，才递到沐晟跟前。

漆色如墨的药汤，浓郁的苦涩直钻鼻息。

沐晟眼睛都不眨一下，用伤稍微轻些的左手端着药碗，一仰头就喝光了。

老和尚接过空碗，笑着道：“沐施主就不怕老僧在这药里下毒?”

苦涩的药汁入喉，却是舒服了许多。沐晟无法施礼，只好单臂平举，握拳道：“高僧救了我二人的性命，大恩无以为报，若高僧要在下的命，在下自当拱手相送!”

老和尚又是一笑：“好，这话老僧先收着。”

沐晟道：“高僧为何不问我二人的来历?”

“问什么，你们掉下来的地方，可是赫赫有名的上城赫罕的后殿，除了大蚂蚁就是大老鼠，要不就是大虫子。昨天听石窟外的小僧弥说，大雨下着下着，突然从天空中噼里啪啦掉下一堆一堆的老鼠……就是你们俩的杰作吧!”

老和尚揭开竹篾，拿起勺子又盛了一大碗，道：“但你们两个都是汉人，肯定不会是曼景兰的人——老僧在这石窟中多年，还从来没见过安然无恙从后殿活着闯出来的外人。当然，你们一定也因此九死一生，但你们肯定不会是那白孔雀的客人或者友人，否则何用如此狼狈还险些送命。”

白孔雀，就是那九幽。

沐晟道：“假使我二人是那九幽的客人或者友人，布施高僧便不会出手相救?”

“救，众生平等，当然要救。但老僧会再喂你们喝几帖特别的药。”

老和尚说罢，咧开嘴，露出一抹不怀好意的笑容。这笑容因那红褐色纠结的皮肉，显得格外诡异，昏暗的烛光下让人头皮发麻，沐晟咳嗽了一下，接过药碗道：“敢问高僧，可知那索桥通向哪里?”

老和尚道："你们拼了命也要过桥，居然不知道目的地？"

沐晟摇了摇头，据实相告道："我二人是误打误撞进了那片地方，退无可退，不得已一路硬着头皮往前闯。"

老和尚直直地看着沐晟，好半晌，才道："这么说来，你们俩果真是那白孔雀的客人或者友人？"

沐晟道："实不相瞒，在下算是'友人'，而她，则是'客人'。"

占全了。

原以为老和尚当时就要发作，却见他愣了一下后，呵呵地笑道："沐施主可真诚实，可你为什么要告诉老僧？就不怕老僧翻脸不认人？"

沐晟道："我二人的身份并不难查，尤其在这上城、在曼景兰，只消出去仔细一打听，布施高僧自当了然，根本瞒不住。"

他的身份或许能瞒住，可她不能。

作为这届从曼腊土司寨来曼景兰出使的唯一一位祭神侍女，可谓备受瞩目，而她的汉人身份就是最大的破绽。

老和尚拿着勺子一下一下搅着锅里的药汤，像是在思考，又像是在纠结，片刻，有些为难地说道："有道是出家人慈悲为怀，可老僧平生最恨跟那白孔雀有来往的人，你二人老僧救是救了，但老僧也不愿意违背自己的心意。这样吧，救你，或者救她，你来选一个——若救你，我就给她喝那种特别的药；若救她，我不给你喝那药，但也不会再医治你，你下半辈子恐怕就要在床榻上度过了。"

沐晟像是就等他说这话，道："救她。"

毫不犹豫的一句话，老和尚一笑，道："年轻人，说话之前多考虑考虑，别追悔莫及。"

"请布施高僧救她。"

沐晟道。

"既然是这样……"老和尚握着木勺的手一下一下敲击着勺柄，"这可让老僧更为难了……不成，还是不成！老衲决定既要救你们，也要给你们喝那特别的药！就这么定了！"

老和尚自顾自地说罢，又兀自松了口气。

沐晟哑然地看着他，心下又是焦急又是懊恼，刚想要解释两句，药力上来，让他头脑一阵发昏发沉。他甩了甩头，感觉神智开始不清楚，只得苦着脸叹息道：“无论如何，还是要多谢高僧的一片……‘厚爱’。另外，在下刚刚那个问题……”

“沐施主真想知道？”

“还请高僧赐教……”

“告诉沐施主也无妨，索桥的对面，有一座石塔，名唤‘般若修塔’。”

玉里此刻怕极了。

这种暑热发汗的天气，却缩在床榻上抱着被衾仍不住地颤抖，她面如白纸，眼下一大片青黑色，显然是整夜没睡的样子。

凤于绯坐在她的床榻前，一个劲儿地轻哄安慰。他也不知道她是怎么了，昨个午后去了一趟那九幽跟前，就变成了这副样子。

“莫不是九老爷为难你了……罚你了……”凤于绯道。

玉里使劲地摇头，而后吞咽了一下，用颤音道：“奴、奴婢被豹子给咬了。”

她说罢，伸出右手，急急地要拆掉包扎在虎口上的绢布。

凤于绯赶紧拦住她。昨日她被抬回小楼的时候，凤于绯也过去了，在她虎口处那两个深可见骨的牙印，血淋淋的，还撕下一块皮肉，惨不忍睹。

“傻姑娘，我只是关心你，又不是让你向我证明什么，你这么紧张干嘛，”凤于绯说到此，又面有不悦道，“倒是你，我不是跟你说过，在我面前，无须自称‘奴婢’。”

“公子……”

玉里听得耳热，抬眸，泪水涟涟地望向凤于绯。

见状，凤于绯改坐到床榻上，伸手将玉里的肩膀揽在怀里。玉里顺势将头靠在凤于绯胸前，“公子，你在我这儿，将沈公子一个人晾在那边，合适吗？”

“沈兄？沈兄倒是巴不得看见我呢。”提起沈明琪，凤于绯意兴阑珊，不咸不淡道：“再说了，刚刚在我出门之前，有侍婢过来禀告说九老爷要见他，估计这会儿正在修勉殿西侧的暖阁呢。”

他可别一言不合，也被九老爷豢养的那只小畜生给咬了。

凤于绯坏心地想。

修勉殿前。

阳光照耀着丹陛上的描金红毯，金浪翻滚，一片片荡漾灿烂的辉光。

沈明琪面色极不好看地站在丹陛上，连乌图赏笑呵呵的招呼都没回一个，冷着一张脸。

“你觉得是我将沈小姐藏起来了？”

那九幽背靠在冰凉凉的玉座屏风上，两侧是给他打扇的侍婢。

“九老爷，舍妹一介清白无辜的女孩子，还是澜沧的祭神侍女，好端端待在小楼那边做客，突然间莫名其妙地失踪。九老爷作为勐海之主，难道不该给沈某一个交代？”沈明琪义愤填膺地反问道。

他心里急死了，一听玉里说起朱明月失踪了，他心里就有种不好的预感。而到现在将近两日过去，一点消息都没有！怎么可能失踪了呢？还是在上城这种地方！

“沈当家这话说得可不对，就算要交代，也是向我们土司老爷交代，与沈当家何干？”

乌图赏话说得极不客气，面上却是笑着的，“再说，沈当家在第一时间得知了沈小姐失踪，不但不坦言来报，反而私自扣下沈小姐身边的奴婢，意欲何为？岂不是沈当家早知道沈小姐的打算，偏袒她趁夜逃离小楼在暗处做什么手脚……九老爷还没追究你们兄妹二人狼狈为奸、意图对勐海不利，沈当家居然还恶人先告状！”

“这简直是……血口喷人！”沈明琪怒极道：“说话要讲究凭证，乌图赏管事污蔑沈某可以，断不能污蔑舍妹！”

“后殿昨日出事了，沈当家不会不知吧？”乌图赏道。

沈明琪怒目而视：“出什么事了？这又与舍妹何干？”

“沈当家别急，你听老奴说啊。”乌图赏道：“前日晚上在后殿的位置，死了我上城的五个守卫勇士；昨天上午，后殿芭蕉林深处着起了大火——那林子是我上城的一处禁地，凡没有老爷的准许，一律不得靠近。沈小姐和伺候她的一个侍婢，在前天晚上失踪。”乌图赏说到此，轻笑两声，“这上城之中，眼下除了沈当家、凤公子，还有哪位，就沈小姐这么一个外人，随着她的失踪，后殿一下子发生了这么多事，说与她无关，会不会有人信？”

沈明琪眉头皱紧，片刻，冷冷道：“你们死了人，有可能是你们自己的内斗，也有可能是这上城中有人通了内鬼；至于那什么林子着火——这种闷热风燥的天气，密林那种地方最容易起火。而舍妹失踪，更有可能是被坏人掳走的！出了事，乌图赏管事不想着去查，反而往舍妹身上栽赃，岂不可笑？”

乌图赏没想到沈明琪会这么抢白他，顿时噎得说不出话，“你、你……竟然如此狡赖！”

这时，就听宝座上飘来一声优雅之极的嗓音：“沈小姐已是伶牙俐齿、巧舌如簧，想不到沈当家也是不遑多让。你们兄妹两个倒真是一家人。”

沈明琪面色冷淡，毫不客气道：“多谢九老爷夸奖。”

乌图赏甩了甩袖子，对沈明琪的回答满脸讥讽。

“这样吧，既然沈当家一口咬定沈小姐是无辜的，那么大家各退一步，此事就先按下不提。我还会派人去找寻沈小姐的下落，以免她真是被掳走的，好及时救她脱离苦海。沈当家觉得如何？”那九幽忽然很贴心地道。

沈明琪狐疑地抬起头：“九老爷此话当真？”真有那么好心？

那九幽道：“我从来一言九鼎。”

“那好，沈某在此多谢九老爷，也代替舍妹多谢九老爷。”

沈明琪拱手一拜。

那九幽摆了摆手，表示无需多礼，“我只有一个问题想问沈当家。”

“九老爷请讲。”

“黔宁王去哪儿了？”

沈明琪面容一滞。

“黔宁王在上城做客已有多时，就算不用日日招呼，我这个做主人的也不应该失去客人的下落。”那九幽唇畔一点笑意，“沈小姐是代表澜沧而来的，她失踪了，看在土司老爷的面上我可以暂时既往不咎。但黔宁王不见了，这罪过我可担待不起，尤其咱们之间还有一笔大买卖，作为合伙的盟友，我不应该被蒙在鼓里，不是吗？”

那九幽的意思再明白不过：沈家明珠，不是因为沈明琪的关系，而是因为祭神侍女的身份才被那九幽重视。

“沈某只不过区区一介商贾，只提供给九老爷和王爷财力上的支持，至于其他……您二位之间孰是孰非，不是沈某能够参与的。”沈明琪不咸不淡地说道。

那九幽何尝听不出沈明琪的话音，道：“沈当家可不只是一介商贾这么简单。当年的巨富，更兼资助大明朝廷修筑城墙的惊世壮举，才留下那一句‘沈家万三，富甲天下’的美誉。随着当年接二连三的大祸，沈家凋敝殆尽，传奇富商消失了，随即出现的却是云南府富甲西南的锦绣山庄——作为沈万三的后人，沈当家是当之无愧的‘系出名门’。”

沈明琪瞳孔一缩，抬起头来，看着宝座上的男子：“九老爷究竟想说什么？”

“我知道黔宁王想要什么，自然也知道你想要什么，沈当家，为了恢复家门昔日的荣光，为了祖上能够平反昭雪，沈当家殚精竭虑不惜冒着掉脑袋的危险，跟着黔宁王一路到此，应该也不希望最后功亏一篑，或是被李代桃僵吧？”

沈明琪道：“九老爷说什么？沈某怎的不明白。王爷乃是沈某的大恩人，更是沈家的大恩人，难道还会坑害沈某不成？九老爷莫要枉做小人！”

那九幽将双手对顶在一起，不以为忤地道：“你可别误会，我并非是要挑唆你与黔宁王之间的关系。事实上，我跟黔宁王站在一处，他的敌人，就是我的敌人，我又怎么会搬起石头砸自己的脚？”

“那九老爷是什么意思？”

“打仗即是金银铺路，兵马未动，粮草先行，怠慢一点儿都有兵败之忧。我勐海的财力虽不及锦绣山庄，却也富庶可观，尤其两处重要力量，都是这其中必不可缺的一环。沈当家若是能跟着那余下二十三名商贾，统统投到我的麾下，我们拧成一股绳，再去跟黔宁王合作，届时付出的代价一样，最终收获的可就不同了……”

“九老爷真是会说笑，勐海的财力？”沈明琪按捺不住愤怒，连连冷笑道：“勐海的财力，大多还不是来源于我们这些云南的巨贾！”

乌图赏眉毛一竖，当即就要发作。那九幽一摆手，道：“我知道，你们素来恨我劫掠你们的货物，欺压你们的商价，但你们要想想，此一时彼一时，你们过去所有的损失都将在往后得到千倍万倍的补偿——这前提是，我们的事，能成；若不成，千金散尽徒劳无功还是万幸，满门抄斩怕是逃不掉了。既然赌的是命，想要得到的多些，不应该吗？”

沈明琪道：“九老爷这是趁着王爷不在，要违背当时的盟约！”

那九幽摇头：“不，我只是要加码。”

沈明琪道：“王爷不会同意！”

“不管他同不同意，反正其余的商贾们都同意了。”那九幽摊手一笑，“商人本来就重利轻情意，何况这是他们应得的。”

“你——”沈明琪大惊，道：“九老爷居然背着王爷，跟那些商贾私底下有来往！九老爷就不怕因小失大，得罪了王爷！”

那九幽道：“大家各取所需，唯有沈当家一个人是死脑筋。至于黔宁王，他可是个聪明人，对已成定局的现实不会反驳，他也不能反驳。否则撕破脸，谁都不好看。”

前前后后这一番压倒性的言辞，让沈明琪已然是无言以对，他很想抗争些什么，但是他又不得不承认，那九幽的这些话句句都是事实，一针见血。沈明琪陷入了长久的沉默，脸色比刚来时还难看。

这时，又听宝座上的男子道：“我知道沈当家重情重义，一时之间可能还接受不了，不着急有结论，你可以慢慢想。”

“如果沈某不答应呢？”

沈明琪咬着牙道。

“除非沈当家不在乎你妹妹了。”

说话的是乌图赏。

“这……你们刚才还说珠儿的失踪不是你们捣的鬼！无耻！卑鄙！”

沈明琪顿时怒不可遏。

那九幽颇为无辜地道：“令妹的事当真是与我无关。只不过……令妹这个祭神侍女的身份，在勐海游刃有余，回到澜沧可就不一样了，难道她没跟你说过？”

沈明琪一愣，皱着眉没有说话。朱明月没说过，事实上，两人什么都还没来得及说，她的人就不见了。但是那九幽的话又不像是危言耸听。莫非，真是因为澜沧发生了什么事，珠儿才失踪的……

那厢，乌图赏道：“沈当家，做人要懂得知恩图报。九老爷看在沈当家的面子上，给了沈小姐一个天大的恩典，让她在回去曼腊土司寨时，有足够的分量去对付土司老爷和土司夫人。要不然，沈当家以为九老爷为何要多此一举搭救一个外人，还一并将‘传国玉玺’交给了她!”

乌图赏的话，让沈明琪整个人一震，“什么?”

上城的做客，传国玉玺……

这些都是那九幽故意安排的？

那么澜沧果然是出事了吗？珠儿引以为护身的唯一一个倚仗出了问题？

沈明琪的心里忽然大乱，太多是他始料未及，却又不甚了解的事，他为什么没能在有限的时间内抓住机会好好问问珠儿，又或是当机立断在见面的第一日就安排珠儿离开？这就是他这个做哥哥的对妹妹的照料？沈明琪一阵阵追悔莫及，此刻恨不能立时就找到沈明珠，或是替她去承受这些磨难。

而一边是自己的妹妹，一边是黔宁王，手心手背都是肉——黔宁王是他沈家的大恩人，恩同再造，绝不能辜负；珠儿是他曾经亏欠过、发誓要用毕生去弥补的亲人……沈明琪心乱如麻，只感到前所未有的挫败感和无助。

乌图赏上前一步，伸手扶住沈明琪的肩，让他不至于恍恍惚惚地从丹陛上跌下去，而后抬头看向宝座上的男子。

那九幽注视着那书生模样的柔弱男子，片刻，漫不经心地抬了抬手，示意乌图赏可以将沈明琪送回去了。

终　章

布施老和尚所在的石窟，就内嵌在深谷之底的山壁间，窟外四面全是郁郁葱葱的青山，极目远眺，只见千万沟壑，重峦叠嶂，翠绿如海，云雾重重。

白日里迎着天光，可见对面陡峭崖壁上开凿出的成百上千的洞窟和佛像，山间的光阴轻歌曼舞，洞窟历久而斑驳，佛像凌空飞架、层层相叠，宛如一个巨大的轮回，宿命往复，生生不息。隔远望去，唯觉佛之巍峨，山之险峻。

朱明月和沐晟摔下来的那个凸出的残壁，则是在一座大佛的肉髻上面，与下面的栈道足足有二三十丈的距离。布施老和尚是顺着悬崖峭壁徒手攀援而上，又在蝙蝠洞外的树顶打了个绳套，将他二人装在筐里，系着绳索摇摇晃晃地顺下了石窟。

如果两人当时不是处于昏迷状态，也要被这一上一下的惊心动魄吓晕过去。这么比较起来，横过天堑索桥就可以说是小巫见大巫了。

洞窟口的栈道上，少女拥着一件薄披风倚着栏杆，仰头静静望着对面悬崖的佛像。

那是一尊巨大的卧佛，整座佛像开凿于陡峭岩壁的西南端，从下往上这么看去，勉强可以看到卧佛的全貌，卧坐十二品莲台，骨秀清俊，睿智庄重，目光似乎是凝固的，面容之中有大彻大悟之后的平静和悲悯。

“两位施主不惜生死也要到对面去，莫不是就为了那座佛像?”

一个洪亮的声音在背后响起。

少女拢了拢襟口，像是身后长了眼睛一样，温笑着开口道：“布施高僧何以见得?”

“从女施主你醒过来到勉强能够下地走动，不知有多少回来这里朝着对面的山峦出神，每次看的又独独是那一座佛像。”戴着黑色面罩的老和尚走到栏杆前，也跟着她一起仰头望去，摸着下巴道，“老僧对着它三十几年，也没看出有何特别，难道女施主悟出什么来了？”

少女轻笑不语，片刻问：“他醒了吗？”

“方才醒过来一会儿，看你不在就又睡了，老僧那药效果很好，美中不足的是后劲儿奇大，不让人昏睡上一两个时辰都不够。”老和尚扯了扯脖子上的黑罩，山间的潮气大，出汗后黏黏腻腻很不舒服，可这么一扯，露出大半张脸来，一半完好，一半残破，诠释了地狱与极乐的碰撞和融合，触目惊心。

“还是要多谢布施高僧的慈悲为怀，仗义相救，否则我二人性命休矣。”

朱明月昏迷了整整一天一夜，睡得相当沉稳，也是打从她来元江府后，两个月以来的唯一一个安稳觉——无需枕戈待旦，也无需提心吊胆，抛却了一切阴谋算计、思虑心防。待她一觉醒来，浑浑噩噩，不知今夕何夕。

当然，前一刻还身在湿热窒闷的蝙蝠洞，睁开眼睛却是幽光深邃的洞厅，面前还站着一个疤痕遍布惨不忍睹的半脸人，朱明月恍惚了一下，还以为自己是到了阴曹地府。

“先前沐施主谢过无数次，女施主要是再这么客气，老僧真不知要以何面对了！”老和尚调侃地道。

朱明月道：“布施高僧冒着被牵连的危险，救我二人于岌岌危难，并加以悉心医治，使我们最终得以保全。为了让我们能更快痊愈，更是不吝拿出了千年肉灵芝。此情此恩，岂是一个‘谢’字能够表达的。”

“什么千年肉灵芝、百年肉灵芝，那是什么东西？”布施老和尚故作不解地摸着脑袋，道：“老僧一介苦修武僧，可不会有什么太稀罕的宝贝。”

朱明月微笑道：“难道不是那特别的药？”

关于布施老和尚要喂他们俩吃药的事，沐晟跟她说过了，还说奇人异士的秉性多古怪，开玩笑也说不定，倘若有心加害也不会救他们，说完又连连叹气，满面愁容。朱明月被他说得云里雾里，索性去看了一下那煮药用的大锅，一掀开竹篾，隔着团团热气，赫然看见了吊在中间的一朵硕大“香菇”。

哪里是香菇，朱明月在宫里见过这东西，是肉灵芝！

“《始皇本纪》里记载过，始皇帝统一六国后，听闻东方有一种仙药，食之能够长生不老、得道成仙，于是派了方士名医徐福倾尽人力、物力去寻找，最终找到的就是肉灵芝。”人手形状，肥厚且润滑，色微红，状如肉；黄者如紫金，失一片复一片，乃是历代帝王才能享用的圣品，久食能轻身不老，延年益寿。另外，它还有一个名字：太岁。

“布施高僧不惜在‘太岁头上动土’，却非要让我二人误以为高僧与勐海的主人有仇有旧，会迁怒加害我们用以泄愤……这等良苦用心，岂不是故意要让我二人蒙在鼓里，以免觉得受此大恩于心有愧?”

肉灵芝这种东西，宫中仅存一朵，还是太祖爷时期传下来的，轻易不舍得拿出。先懿文皇太子缠绵病榻期间，太祖怜惜之，特命内侍取来撕出小片熬药，用以吊着续命，足可见是无价之宝，万金难求。布施老和尚却切下来其中的一个朵！这要是换成太祖时期，发现民间擅自食用更挥霍无度，不被杀头才怪。

老和尚又扯了扯面罩，嘿嘿笑着道：“女施主真是见多识广。不过老僧乡野之人，无意间在山间采得，只当那是一株长得过大的蕈子，平时也没什么机会熬汤尝鲜，你们来了就权当是招待一下，总比留着发霉强。”

哪里会发霉？若保存得当，那东西吃掉一片，自己还能长出来的。

朱明月哑然失笑，不知是该说他暴殄天物，还是心性豁达才好。

就在这时，远处的山峦间响起了梵音。起初声音很微弱，随着谷风飘飘渺渺地传来，时隐时现，到了后来，像是更多的僧侣加入了吟唱，声音逐渐变得清晰起来：

第一大愿：愿我来世得菩提时。自身光明炽然。照耀无量无数无边世界。以三十二大丈夫相八十随行，庄严其身。令一切有情，如我无异。

第二大愿：愿我来世得菩提时。身如琉璃，内外明彻，净无瑕秽。光明广大，功德巍巍。身善安住，焰网庄严过于日月。幽冥众生，悉蒙开晓。随意所趣，作诸事业。

……

第七大愿：愿我来世得菩提时。若诸有情，众病逼切，无救无归，无医无药，无亲无家，贫穷多苦。我之名号一经其耳。众病悉除，身心安乐……

深谷中雾霭如烟，给山间的千百佛像蒙上了一层薄薄的面纱。

当年悉达多太子在树荫下端坐静思，慈悯之心顿生，放弃锦衣玉食的生活毅然出家，苦修跋涉访求道法。经过很多年，太子放弃苦行，历尽艰辛来到迦耶山，在菩提树下禅定，当一日星辰照耀大地，终于豁然大悟，完成了无上正觉，此后世人尊称他为佛陀。

佛陀是四身五智的无上智慧者，奉献所证心得给世人，帮助众生解脱苦恼，是无量功德、大彻大悟的圆满，透过障眼浮云，看到苍茫的大地，发现彼岸的曙光；也是给予，是度化，是慰藉，是春风化雨，是普度众生。

布施老和尚很丑，甚至可以说是貌陋骇人，不得不终日戴着一个黑色面罩。他的脾气也很古怪，力大无穷，声似洪钟，偶尔发脾气还会吼着骂人。但是石窟中的僧侣们都知道，深谷外的村民都知道，他有一颗佛之心。

他经常赤脚穿梭在山上的密林间，徒手攀援在悬崖峭壁上，采集大量的草药，经过他的配制，这些草药往往会有奇效，因此医治好了深谷外的很多村民。他时常会在高危的栈道间穿行，随手捡回一些受伤的小动物，治好了再放生。

昨日的晌午，他去蝙蝠洞投食，发现了躺在里面奄奄一息的两个人，顺便也将他俩捡了回来。他给沐晟接上了好几处断骨，彻夜不眠熬了两大锅药。他冒着大雨顺着栈道出山，从山外的佛寺请回来比丘尼给朱明月的外伤涂药。

在他眼里，那肉灵芝就是一株大蕈子，能让这两个身受重伤的人很快就生龙活虎、活蹦乱跳的大蕈子。

人们无从猜测他脸上的伤从何而来，很可能是在采药时，不慎被毒蛇咬的；或是在河边救治濒死的野兽，反被撕掉皮肉。他有高超的医术，为何没能自医？也许当时他正赶着去村里给老人和小孩救命，也许他是孤身一人昏倒在荒郊野外……

他什么也没说，迈着蹒跚的步子回来了。伤了脸，他就给自己缝制了一个粗糙的黑面罩，套在脖子上，遮住大半张面容，然后继续穿梭在山间、栈道。村里的孩子有时开玩笑地叫他“鬼脸佛陀”，他总是呵呵笑着打一个稽首，“佛在汝心，何管是鬼是神?”

响亮的梵唱飘荡在深谷之间，仿佛是滋润的微雨，仿佛是安详的春风，让人感受到了温暖和精神的皈依。少女听着听着，忽然顺着栈道走了下去，直至走到离那梵唱最近的地方，面朝着那个方向，一双眼眸似能望断秋水——

这是《药师琉璃光如来本愿功德经》，在南传上座部佛教的石窟和石塔中，能唱诵出这种经文的，就只有……

“女施主，沐施主醒了，叫你呢！”

上面传来布施老和尚洪亮的嗓音。

几乎全身被包扎起来的男子，如一个大蚕茧般半躺在石床上。额头上也缠着一圈巾子，将左耳包得严严实实，脸上的蹭伤都结了痂，一块浅，一块黑，将好端端的一张俊颜弄得有些滑稽。

朱明月蹲下身伏在他床榻前，问道：“好点了吗？”

“好多了，就是觉得头重脚轻，一闭上眼睛又天旋地转的。”沐晟一只手固定在胸前，用另一只手按着额角，无奈地苦笑道。

“布施高僧说这种药的后劲大，反正你也要躺着养伤，多休息才能好得快。”朱明月拿起一个打蒲扇，一下一下地帮他扇凉。

沐晟握住她的手腕，止住她拿蒲扇的动作。她的两只手也包扎着，包得很仔细，几乎每一根都被单独缠裹起来，露出光秃秃的指尖，上面的皮肉刚长好，红红嫩嫩的。

“新肉刚长出来，正是碰哪儿哪儿疼的时候，小心别给弄破了。”

沐晟小心翼翼地将她的手放在石床上，像是什么易碎的稀世珍宝，然后轻轻抚上她的脸颊，那些晒伤、被树枝划伤、磕伤的痕迹仍在，一张巴掌大的小脸跟花猫似的，“也不知道会不会留疤。”

石窟里没有妆镜，能用以照影儿的就只有脸盆，朱明月对着水面照过，却看不太清楚，被他这么一说，不由得下意识地偏开脸。

沐晟捏着她的下颚，又将她的脸扳回来，“我瞧瞧。”

朱明月仰起脸来，男子的一双眼眸深邃而低柔，眼底似有绵绵密密的网，一丝丝，一缕缕，将她团团包围。他的下巴长出了胡茬，略显沧桑的脸弱化了几分俊美，多了几分硬朗的阳刚，此时此刻凝眸专注的目光，像是星辰般明亮，又如同月光般缱绻。

"很难看？"

朱明月被他看得有些不确定，不由得想抬手遮一下脸颊，沐晟却不许，"怎么会难看？底子好，想要难看恐怕也不容易……但是难看些倒也无不可，省得别人觊觎。"

朱明月闻言哭笑不得，道："这世间女子盼望容貌出众的多，还没谁会以无盐而沾沾自喜，我可是万分庆幸只是轻微的擦伤，否则不是要哭死了！"

沐晟微微一笑："忒俗。"

"本就是俗人。"

沐晟捏了捏她的鼻子，笑道："但是俗得可爱。"

世间女子是否都生得如她这般出色，他不知道，眼前的这一个着实是百色俱全，聪慧大气。她从容、自信，骨子里也相当嚣张，以一种很低调安静的姿态，绽放得肆无忌惮、亮烈张扬。最引人的却不在美貌，看得到她的柔软娇媚，不会想到她的临危不惧、沉稳老练；看得到她的伶俐狡黠，不会想到她的步步为营、足智深谋。

她如一枝芬芳夺目的春花，一步步地映入他的视线，又恣意盛开在了他心间。

"此事过后，跟我回云南府吧。"

沐晟低头摩挲着她的手腕，道。

朱明月道："怎么忽然想起这个来了……若是能在这里平安地全身而退，自然是要回云南府的。到时你可不能再食言了。"

少女垂着眼眸，投射进来的阳光照在她的侧脸，明眸善睐，眼底剔透而明澈。沐晟不禁想起，多少次因为去沈家的事她跟自己据理力争，次次败下阵去，直到现在她连锦绣山庄的大门都没见过。

"我的意思是，回云南府，王府藩邸。"

朱明月疑道："什么王府藩邸？应该是沈家的锦绣山庄。"

沐晟轻咳了一声："你收了本王的东西，还想反悔？"

也不知是情急还是紧张，一开口连"本王"的自称都出来了。朱明月想捂住他的话也来不及，往后面四周看了一眼，偌大的洞厅内并无外人，洞窟外的栈道上也空空荡荡的。她松了口气，又不免迷惑道："什么东西？"

"那些首饰。"

男子说到此，像是怕她想不起来，特地补充了一句，“到元江府的第一日早晨，我让人放在马车里的那些。”

元江府、马车……朱明月闻言这才恍然了，是那些分量颇重的金银头面。她忍着笑意，压低声音道：“小女怎不知堂堂的黔宁王，恁地小气，一方宝函也要斤斤计较！”

“还有裙衫。”

男子一本正经道。

朱明月又好气又好笑看着他，道：“你怎么不说还有那几个香囊！”

就在这时，却见男子俊朗英凛的面容起了变化，双颊像是染上了醺意，一点点地弥漫开，居然是脸红了，“对，还有香囊。”

金银、裙衫、香囊……

朱明月前后略略一想，不由怔住了。

何以致拳拳？绾臂双金环。何以道殷勤？约指一双银。

何以致区区？耳中双明珠。何以致叩叩？香囊系肘后。

何以致契阔？绕腕双跳脱。何以结中心？素缕连双针。

何以结相与？金薄画搔头。何以答欢欣？纨素三条裙……

是那首定情诗。

朱明月感到心里怦怦直跳，瞬间有些面赤耳热，她抬头望向他清俊逼人的脸，有迷惘、有诧异，也有疑问，她并不确定会是自己想的这些。这时，就听他道：“那些定情信物你全收下了……虽然你没带走，但都给你留着。当时你也的确是收了的……”

他整个人紧绷绷的，僵硬得如同一段木头，一个字一个字却说得极为认真而坚定。

朱明月的脸红成一片，道：“什、什么定情信物……你起初明明说，那都是对我的酬谢！”她可没记错，那时候因为沈家的事仍有不快，而他为了向外人彰显她这个“新欢”的地位，特地将她妆饰得贵气华丽，如同宝塔一般。

“是酬谢，更是定情信物！你收了也戴了……就算是定下了，再想反悔断然是没可能。”沐晟双目的视线灼灼，透出侵略和霸道，像是不容她有任何置喙。

这如抢亲骗婚一般的架势，顿时让她啼笑皆非，却见男子坐直了面朝向她，深眸中含着一抹郑重，庄容正色地道：“不过我还差一句话没问——”

“什么?”

沐晟又咳嗽了一下，好半晌才扬起头来，一板一眼道：“我已媚卿姿，卿可悦我颜?”

这一句本该是情人间最狎昵的轻喃，又或是花前月下最动人的倾诉，他却说得倨傲而铿锵，仿佛无需她的回答，也不用她答应。而眼前既没有风花，也没有雪月，他一身狼狈甚至连站都站不起来，却理直气壮地朝着她念情诗，那双如渊似潭的黑眼睛亦如盛满了阳光，咄咄晶亮，炽热迫人。

我已媚卿姿，卿可悦我颜。

这句的原话是“我既媚君姿，君亦悦我颜”——人家说的是两情相悦。

绾了绾额角的碎发，她偏过头去，唇角却随之轻轻地牵起：“你这是以公谋私、强取豪夺。”

“我乃整个西南边陲的藩主，我说的话就是理所当然！谁敢反驳?”说完，他意识到自己嗓音有些大，忙降低几分道，“当然，如果你能成为黔宁王府的女主人，你就可以反驳。”

说罢，他就正襟危坐般摆正了姿势，等着她回答。那意思像是：怎么样，条件还不错吧。

那话听起来的确是很顺理成章，但仔细一想却不对。朱明月小声道：“王爷这是换汤不换药，其实最终的意思都是一样的。”

聪明的姑娘可不是那么好糊弄的。

沐晟抿着唇，垂下眼帘像是在思考，片刻，轻描淡写道：“现在整个西南的人都知道，沈家小姐是黔宁王的红颜知己，无论你走到哪儿，他们都只会认为你是我的人。而且……抱也抱了，亲也亲了，还曾经……不是我也不会有别人，也不能有别人!”

前一句还占些道理，往后越说就越离谱。

朱明月通红着脸，气得站了起来，“你在胡说些什么？曾经什么?”

“曾经睡在一起。”

朱明月瞪大眼睛，跺脚道："你别胡说！"

"夜宿在林间的一晚，我们确实是睡在一张藤床上了……"男子无辜地仰头看着她。

藤床、夜宿……朱明月有种抓狂的感觉，咬牙切齿道："那也不能说……"

沐晟若有所思地看着她，倏尔弯起唇瓣，一双眼睛如夜的星辰透亮，"珠儿，你害羞了。"

朱明月转身就要出去，沐晟急忙一把抓住她的手腕，自然是不敢用力。他拦住她后就倾身过来，用手轻轻碰了碰她的手肘，"你背对着我做什么？"

朱明月扭过头来，就见男子满眼都是笑意，一瞬不瞬地看着她。

见她不说话，男子的俊脸又往前凑了凑，身上凌厉而温柔的气息扑面而来，"考虑好了吗？"

含着笑音儿的话语，磁性动听得不可思议。朱明月只感觉自己的心脏跳了一下，支支吾吾道："考、考虑什么？"

沐晟抬了抬下颚，"刚刚那个问题。"

我已媚卿姿，卿可悦我颜？

褪去的红晕又有回暖的趋势，朱明月咬了咬唇，用小小声线道："王爷不是说以貌取人忒俗？媸妍美丑不过一副皮囊，更何况——"她的目光从他身上来来回回扫过去。

沐晟道："何况什么？"

"王爷眼下这副姿容，实在……惨不忍睹，小女真是看不出有何'颜'可'悦'！"少女说完就退后了好几步，沐晟闻言再想去捉她，却是不能。

一只手臂吊在胸前，两条腿都绑着竹板固定成"一"字——浑身上下包扎得严严实实，的确是要多狼狈有多狼狈。沐晟坐在石床上，隔着不近不远的距离，他直勾勾地看着她，亮灼而清冽的目光滑过她的脸庞，"过来。"

朱明月站在原地。

"你怕我？不敢过来？"

朱明月牵起唇角道："激将法可不管用。"

男子抿着唇看她，不发一语。此刻他的侧脸正迎着轻媚阳光，一双黑亮亮的眼眸湛然清澈。的确，他现在的模样很狼狈，可能从来没这么狼狈过，却抹不去那俊朗卓然、气质隽永，倨傲的笑容，隐含热切的视线，都让人无端沉溺。

朱明月的心跳仿佛一滞，双颊也烧起来。但她很快就镇定下来，偏着头道："我要去给你端药了，布施高僧说，今天你的药量要增加。"

提起"药"字，男子的眼睛瞪了一下，然后皱起两道浓眉，"晌午不是喝过了吗……"

"良药苦口利于病，这可是布施高僧说的。"

"可我总觉得那药里不是加了苦瓜、就是黄连……"沐晟眉头紧锁，低声道。

这时朱明月已经走出了洞厅，迎着阳光，扑面而至的光照投射在她的脸上，连着她的心也暖洋洋的。走到外面她抬手挡了一下，视线不由得又落在对面山崖上的那一座巨大的卧佛，那一刻，在她心里有什么似乎更加坚定了。

在随后的时间里，布施老和尚果然又从谷底采来了一筐药材，在下面熬制成一大锅药。沐晟连喝了三碗，又喝了些肉灵芝热汤，已然是苦得双眼冒星星。

布施老和尚很贴心地准备了小半碗波罗蜜，给他解苦，刚端过来就被朱明月拿走了。男子卧在石床上，眼睁睁地看着少女坐在对面的石桌旁边，一颗一颗吃下去，不一会儿就剩了个空碗底，不禁暗恨这丫头真是记仇，然后神智越来越迷糊，很快就昏昏沉沉地睡过去了。

刺鼻的药味弥漫在洞厅里，朱明月走过去给他盖被子。

"女施主要是就这么走了，沐施主醒来之后怎么办？"

布施老和尚的声音响在身后。

掖被子的手一滞，少女的目光望着石床上男子安静俊美的睡颜，道："这药能让他睡多久？"

"一两个时辰左右，等他醒过来，再喝一次药，两相混合的药力，怎么也能让他一觉睡到第二日的清晨——"布施老和尚说罢，又补充道，"不过女施主放心，老僧配的这药方绝对无害。"

朱明月道："时间足够了，有劳布施高僧。"

给他掖了掖被角，她的声音轻轻，又道："自从我们再次相遇，他什么都没问，我也什么都没说，这几日以来就像是什么都没发生过一样。但是我们心里都清楚，我们的身上肩负着各自的责任……等我再回来的时候，我希望我能将一切都告诉他，也希望……他也能将一切都告诉我。"

这话不知是对布施老和尚说的，还是对沉睡着的男子说的。

稍晚些的时候，布施老和尚从山外的比丘尼那儿借了一套干净的僧衣，另有一双芒鞋，并不算很合身。朱明月换上后，在裤脚、腰间都扎了带子；又在芒鞋里面套上自己原来那双棕麻鞋，两层严严实实。

沐晟的那柄龙雀很好运地没有丢，朱明月也将其揣在了身上，同时，拜托布施老和尚准备了两卷白绢、飞抓和百练索，一些拒虫的草药、干粮、水囊、火折子、两根石蜡……

等这些东西都准备好，天也黑了。夜晚的深谷星光熠熠，虫鸣声四处可闻，还有风拂草木引起的沙沙轻响。谷中弥漫着浓浓的大雾，借着淡淡的星光，石窟外的千百佛像笼罩在一片朦朦胧胧中，格外不真实，顺着栈道往下一望，深渊幽邃，宛若一团巨大浓厚的黑云，吞噬了周围的一切。

历尽艰难险阻才捡回一条命，朱明月在无比庆幸的同时，也诚心感谢上苍，感谢不仅让他们俩侥幸活了下来，还遇到一位菩萨心肠的高僧，避免了让人抱恨终生的后果。可是活下来之后，必须去面对的事依旧要去面对。

朱明月无法忘记自己来蕉林荒山的原因——那九幽给了她一块传国玉玺，让她带回曼腊土司寨给那荣，不管是真心还是假意，也不管他是出于什么目的，她来了上城就意味着没有时间了。距离七月十八祭神侍女的出使结束，日子所剩无几，届时澜沧就会来人接她回去，可她不能回去，因为她不是来出使的，而是来找建文帝的。

但是随着她进到上城，住进小楼，在她回澜沧之前都不会被允许离开。那九幽的人也会死死地盯住若迦佛寺，不再让任何人有机会意图靠近般若修塔。而她为此想过种种借口，譬如跟祭神侍女一起来的随扈和武士，都住在曼短佛寺山下的寮室，她带着侍婢住在上城似乎于理不合，但那九幽若是死咬住不放人，她又有什么办法？

不，她有办法，来上城前她早就留出了后路，但是在修勉殿前的两次经历，最终改变了她的打算。她决定留下。因为她忽然想到，像那九幽那样的人，绝不会将秘密放得离自己太远，最重要的秘密，一定就在自己身边。

朱明月带着阿姆趁夜外出密探蕉林荒山，最终选择不惜代价穿过蕉林抵达上城的尽头，正是这个原因。除了其间遇见沐晟在意料之外，其余的事实证明她没有猜错，在蕉林荒山的尽头，索桥的另一端，就是般若修塔。

实际上，按照几处的地理位置来看，般若修塔在上城后面的可能性很大，曼短佛寺与若迦佛寺建在两座紧挨着的山峦上，中间隔着一道深谷，般若修塔在若迦佛寺后山的底下。而上城赫罕在曼短佛寺的西南角，上城的城门与曼短佛寺距离虽然很远，看似毫无关联，然而上城方圆广阔，更囊括了大半座山，后殿往北延伸过去的位置，刚好与曼短佛寺的后山连成一线。

历尽千辛万苦才来到这里，此时此刻朱明月就在般若修塔的对面，与那个人只隔着一道深谷。她所能做的就是去找到他。

“其实，对面山崖上的那座石塔跟这里一样，是供奉历代高僧舍利的地方，里面有几个僧侣修行。女施主确定就是要去那里?”布施老和尚摸着自己那张损毁的脸，有些不解地问道。在他眼中，般若修塔就跟对面那座卧佛一样，他从没觉得有什么特别。

朱明月道：“如果卧佛上面的石塔叫般若修塔，那么就是它。”

她曾经以为他们跟着断桥掉到了对面的某处，但是后来才发现，他们还在上城这边。

这一点让她分外惋惜。

沐晟在傍晚的时候醒过来一次，喝了药，很快又睡了。

待到亥时一过，夜色深沉，朱明月就挎上背囊，跟着布施老和尚出发。

两个人顺着岩壁上对折迂回的栈道，一直往下走，走到了山谷的最深处，那里杂草丛生，怪石嶙峋，最底下是一条奔涌不息的河流。正值汛期，河水暴涨，冰凉的河水发出哗哗的声响，听得出水流十分湍急。朱明月提着一盏灯，昏黄的光亮照出一团幽幽的光，但见布施老和尚攀着大石块，如一只灵活的猿猴般，利落地跳到两个岩石中间，探手进去摸了摸，从下面拽出一只小船出来。

“咱们要渡河到对岸?”朱明月道。

力大无穷的布施老和尚将绳捆咬在嘴里，然后双臂举起小船，将船头顺着岩壁的方向横着放置下去，又将绳捆拿下来，道：“怎么可能？咱们坐着船一下水，还没等划桨，整只小船就顺着湍急河水直接冲到下游去了。”

朱明月点点头，深以为然。这时就见布施老和尚将船舷的一端，牢牢拴在岩石打孔的缝隙中，然后将绳子的另一端绑在自己身上，又将绳捆背在后背，“待会儿，等老僧游到对面，施主就下来坐进这只小船里。老僧拉绳子，把船拽过来，施主莫要害怕才是。”

游过去!

朱明月望着那深不见底的湍急河水，不由倒吸了口冷气。

这时候，布施老和尚挽起了袖子和裤腿，“扑通”一头扎进了河里。

夜晚的河水有多刺骨，朱明月无法想象，但周围漆黑一片的景象就真切地摆在眼前，黑暗使人不由自主地产生恐惧，而那河里会不会有暗礁，河道中间水流会不会过猛，将他冲下去……朱明月伸着胳膊使劲将灯盏抬高，半个身子吊在栈道外面，让光照尽可能地投射过去。尽管她知道这点光亮对河水中的人来说，根本无济于事。

布施老和尚在河中奋力游动，河面足足有二十多丈宽，在奔流的浪花中，隐约能看见布施老和尚两条粗壮有劲的胳膊，一上一下地拨着水。朱明月眼睛一眨不眨提心吊胆地看着，就见他动作连贯片刻不停，速度极快。游到中间时，忽然栽了一下，朱明月整颗心都要跳出来，几乎是一刹那，布施老和尚又稳住了身子，继续往前游……等布施老和尚游到了对面，爬到一块大石头上，抖了抖身上的水，朱明月一颗心才算放下来，浑身都是冷汗。

布施老和尚将背上的绳捆拿下来，拴在岩壁下面一个大铁环上，这铁环有两只手掌宽，打进岩层里几寸深，经久长了些绿锈。布施老和尚将绳子在上面绑紧了，挥舞着手臂，扬声一喝道：“好了！施主可以下船了!”

洪亮的嗓音犹如一道指路的明灯，让人感到分外的心安。然而对朱明月来说，真正的考验才刚开始。她所在的栈道，距离下面的小船有两丈多高的距离，下面是大岩石、小船、河水……船舷上只扎着一根绳子，河流太急，小船因为水流的冲击在水面上不停地来回摆动。

将绳子牢牢系在腰上，另一端绑在栈道的勾栏上，拽了拽，确定牢固了，朱明月双手抓着勾栏，面朝着岩壁，双腿踩着栈道最外面的边缘，身子往下一跃——她一只手抓着绳子，一只手扶在腰间的绑扣，整个人呈弓形，足尖踩踏着岩壁上凸起的地方，顺着绳子，一点点，一寸寸，笔直地顺了下去。

这一套动作很灵巧也极连贯，布施老和尚在对面看得啧啧称赞，也很欣赏这小姑娘的胆量，却不知朱明月坐进小船里时，额上全是冷汗，她手上包着的巾布也湿透了，满手是血。

“坐稳了吗?”对岸，布施老和尚喊道。

“坐稳了!”

朱明月的回应声一出口，布施老和尚就开始拽那根绳子。小船的船舷一左一右在河水中间系着一个环形的扣结，随着布施老和尚的拽动，对面的绳子也被抻着往这边走。

朱明月坐在小船里，双手紧紧地抓着船帮，哗哗的河水不时地溅上来，冰冰凉凉的。小船越往河道中间走，船身发出剧烈的摇晃，就像是时刻会翻倒一样，朱明月咬紧了牙关，死死盯着自己的膝盖，尽量不去看船下湍流奔涌的河水。

直到小船被布施老和尚拽到了对面，朱明月从里面站起来，双腿有些颤抖，不光是吓的，小船仍在河面上，她要踩着船舷爬上岩壁上的栈道。但是这一面相对来说容易些，岩壁外面有几道大铁条凿出的脚搭，凸出岩布三四寸，一阶一阶，一直通向上面的栈道。

布施老和尚站在大石头上，帮她稳着船身，朱明月从船中走到船尾，每一步都几乎要往河里栽。等她惊险异常地顺着脚搭爬上了最底层栈道竹板，布施高僧已经将小船固定在了岩壁下面的铁环上，也跟着爬了上来。

前后用了整整一个时辰，仿佛做梦一样。

朱明月抬手擦了擦额上的汗，然后将双手的裹布拆下去，从背囊里取出干净的巾绢，再次包上。刚长出来的新鲜皮肉很嫩，稍微一磨就钻心似的疼，然而她的两只手已然再次皮开肉绽，裹布跟血肉粘连在了一起。

随着裹布一层层地拆开，豆大的汗珠从额头滴下来。朱明月狠下心，使劲全部剥了下来，五层厚的裹布几乎被鲜血浸透，手心和十根手指的内侧，鲜血淋漓。

她扔了旧的裹布，抖开一卷巾绢，用嘴咬着巾绢一端，另一端缠绕在手上，却只缠手掌，露出五根手指，缠了几层最后打了个结。另一只手也是如此。

布施老和尚见状，不禁皱眉叹道："女施主这双手以后就算是长好了，手上的皮肉也不会平整，恐怕要跟老僧这半张脸一样了。"

朱明月脸色有些苍白，抿唇笑了笑道："那小女定要回来找高僧您医治。"

布施老和尚看着少女的目光中，含着满满的激赏和喟然，一甩手，豪气地道："成，老僧负责到底！"

两人简单几句，就顺着栈道开始往上面走。寅时一刻，夜最深的时候，用竹板铺设而成的栈道一层叠一层，往复迂回，凌空架在万丈峭壁之上。白日里从上面经过都不免胆战心惊，此刻的黑夜湮没了一切可视的东西，却加剧了感官的敏锐，更为惊心动魄。

这一处就是若迦佛寺的那座山，他们在山峰的最下面，壁立千仞，若迦佛寺在高耸入云的山巅。脚下的栈道年久失修，很多地方出现了坍塌，岩壁表面也被鸟雀虫蚁入侵，土块松动，中部山崖已经完全崩塌陷落，北崖相对来说完好些。朱明月和布施老和尚几乎是以半走、半攀登的方式，一路磕磕绊绊，有惊无险地来到了那座卧佛的下面。

换做是平时，朱明月简直不敢想自己会在悬崖峭壁上攀爬！

然而有了布施老和尚的陪伴与襄助就不一样了，他从容不迫地从一处断道，跨越过另一处断道，又领着她熟练地攀上爬下。仿佛只要有他在，任何险要之地都成了囊中之物，只要有他在，她不仅不会掉下去，还会一个目标一个目标地爬上去，最终顺顺利利地抵达般若修塔。

朱明月不知道究竟走了多久、爬了多久，中间停了七八次，精疲力竭。在布施老和尚挑选的相对安全的地方，两人又有数次坐下来休息，喝水、吃干粮。这样一直到黎明之前最黑暗的时候，两个人已经坐在栈道上等待日出。

从深谷仰望天际，仿佛是从深渊仰望光明。戌时五刻左右，天空开始弥漫着霞气，透过丝丝缕缕的晨雾，一阵阵微凉的风拂面而来，朱明月扶着栏杆坐在栈道竹板上，双脚悬空在外面，仰起脖子，看着天际微微露出橙黄色，然后越来越浓，逐渐成为深紫……

旭日喷薄而出，一时间云蒸霞蔚，雾霭四散，天际瑰丽光彩，灿若锦绣。

北侧的山峦半遮着日出的景象，朱明月只能看到大半个金色橙红，然而万丈光芒投射到了对面北崖，一点点照亮了上面成百上千的佛像。佛祖慈悲的面容笼罩在金色中，又如染上了片片胭脂色，红光满面，神采奕奕，就像是随之苏醒了。

这时，山崖间传来石塔晨钟的声音，一下一下撞击，在整座山谷中回荡。

在深沉悠远的钟声中，阳光一点点投射过来，逐渐照亮了巍峨的山巅、苍翠的谷峰，也照亮了布施老和尚身上绛红色的袈裟，照在那张一半完好、一半损毁的脸上。而他阖着双目，面朝着旭日初升的方向，捻着胸前的佛珠，用古老的摆夷族语，诵起了《长阿含经》。

箴言不绝于耳。

朱明月仰面望向对面，望着峭壁上的释迦牟尼佛造像，想起了一口佛钟上铸有这样的铭文：

钟声闻，烦恼轻，智慧长，菩提生

离地狱，出火坑，愿成佛，度众生。

天完全大亮，栈道上的路就好走多了。朱明月抬头目测了一下距离，此处就在卧佛的脚趾处，一片大大的脚趾甲上面生长了厚厚的苔藓，顺着脚趾甲斜右方的栈道一路迂回往上，大概四十多丈，就到了佛像耳垂的位置。

般若修塔，就建在佛的耳洞里。

朱明月转过身来看着绛红袈裟的老和尚。

“去吧。”

布施老和尚道。

朱明月朝着布施老和尚深深行了礼，“深恩难报，小女在此拜别。”

“女施主万望珍重，老僧会代为照顾沐施主。”

两人在卧佛下面分开，那一袭绛红袈裟的身影顺着栈道往下走，穿着僧衣的少女则往上走。抿了抿凌乱的发丝，她抓着上面的勾栏，将飞抓甩到卧佛的衣襟处，又将百练索绑在身上，攀着绳索一点点爬了上去。等她稳当地站在了卧佛的衣襟浮雕上，再往上的栈道就平整好走多了。

这座卧佛造像的面容丰满而细腻，也是凿刻最精美的一部分，宽大的耳垂仿佛凌空翱翔的羽翼，上面的石窟和石塔密如蜂房，窟内多为佛殿式而无中心柱窟。朱明月经过其中的几处，看到里面几个红色袈裟的身影，正在细心擦拭和清理窟内大大小小的佛像和佛龛。

般若修塔这一处是石塔，造型最为别致精巧。七间八柱廊庑式结构，面阔三十余丈，八棱大立柱，覆盖莲瓣形的柱础，左外侧并列七个四角攒尖式帐形龛帐。幔层层重叠，壁画上面还保留着北朝时期的西方净土变、涅槃变、地狱变等佛教故事。

朱明月顺着敞阔的石塔前廊走进去，步之所及，泥塑、浮雕、绘画以及薄肉塑几种形式的飞天造像，栩栩如生。在最后那座薄肉塑飞天像的旁边，还有一座绿釉人顶灯，上面是九头凤鸟绿釉陶瓷盘。灯油燃尽，灯盘里一层薄蜡。

前廊与后室只隔着一扇石门，朱明月走到石门前，伸出的手停留在半空。

这后面，会是他吗……

会是怎样一副场景？他身披绛红色袈裟，盘坐在蒲团上面诵经；还是单薄的身影站在佛龛前，闭目燃香；抑或是像石窟中那些清苦修行的僧侣一样，自力更生，正拿着扫帚清理地上的香灰。那两个跟着他剃度出家的人，一直在他身边吗……

山间的日子宁静而枯燥，青灯古佛，坐定参禅，身若琉璃，心如古井，仿佛历经千百年都不会改变。佛的目光寂寂无波，佛的沉思静静流淌，是否会听见？这个由皇帝一夕之间变成僧人的少年，那些平静却哀伤的诉说。是否会看见？这个国破家亡的少年人，无言的悲欢和寂寞。

距离建文四年七月宫中的那场大火，到现在还不到两年的时间，她却如同经历了几辈子，艰辛而漫长。朱明月记得她进宫的那一年，熏风吹得花飞，拂落在少年清隽而安静的眉宇间，波澜不惊；而他腼腆笑着，朝自己伸出手，一双清澈的眼睛宛若春水。

早春，他在明黄案几前作画，她推开殿阁的窗扉，和暖的春风吹进殿内，拂散了沉滞的笔墨气味，带来雨后的清爽空气，也飘来了殿外塘边的嫣然桃花。

仲夏，他在水榭上摇扇纳凉，盈盈几丈池水围绕，她端着一盘凉果从长廊走过去，半路却被黄子澄拦住。那有些迂腐的酸儒，抢了她几颗果子，还文绉绉地说是试吃。齐泰和方孝孺则齐齐站在水榭台阶上微笑。

金秋，九陌上轮蹄来往，六街内士女骈阗，皆到灵谷寺赏菊花。他在方丈室与谦禅师的高徒洪正映对弈，留下一个齐泰在里面陪着，方孝孺则偷偷带着她和黄子澄跑到山寺里，观赏那盛放满山的菊花。随后他也会借口出来，不声不响地站到她身后，在她发间绾一朵金英。

隆冬，暖炉燃着石蜜，熏笼里烧着龙涎，外面是寒天冻地皑皑白雪，殿内却是融融春意，他倚靠在雕花窗棂前读书，她在一侧红袖添香。在香茗煮沸的缭绕白雾中，两人透过拢翠纱窗赏着殿前的雪景，或是静静听着雪落下的声音，抑或是谈几句朝中诸大臣的趣事。

皇帝的墨宝何其珍贵？他给她写过很多，其中最简单的是一个扇面，上面御笔题着石湖居士的诗：

愿我如星卿如月，夜夜流光相皎洁。

那时年幼青涩，她只觉得他改得巧妙，又暗暗惊心，诗中似乎合了她的真实闺名。为此她曾百般试探，提心吊胆地捱过一段时日。却不知，他的无心，反成了她的有意；而他的有意，她却不懂。

时间无情碾过，五年宫中朝夕相对，宛若一场迷离大梦，梦中的繁花胜景、岁月静好，尽数破碎在了战败城破、兵临城下的那一刻。宫中燃起熊熊大火，殿前丹陛上被鲜血染得嫣红，宫殿和廊柱不断地在火中倾颓倒塌，黑烟滚滚，无数宫女、太监四散奔逃，哭喊声、抢砸声交织成一片。

宏伟堂皇的文华殿，殿门半敞开，年轻的皇帝仿佛还没从兵败的事实中回过神来，呆呆地坐在龙椅上，手中举着奏折。叔叔领兵打到了皇城，武将反了，文臣降了，甚至连几个心腹都不知所终，四年兢兢业业、勤勉忧劳，就换得个众叛亲离！

“朕……大势已去了。”

那时，他喃喃地对她说。

短短的几个字，却如泰山压顶般猛然让她喘不过气来，以至于后来离开皇宫时的日日夜夜，她每每午夜梦回，总是会在耳畔回响。她无法忘掉他那时绝望而悲怆的神情，更忘不掉当她打开皇宫密道，告诉他逃离京城的出路时，他震惊而艰难地看着她，好长时间都说不出话来。

总要有一个寄托仇恨的对象，在靖难之役后的很长一段时间，她始终沉浸在深深的愧疚中不能自拔，所以她对姚广孝极尽刻薄之能事。然而看似平息的怨和恨，在心底里打成了死结，既不能触碰也无法忘记，更得不到释怀。

风吹着线香的轻烟飘进洞窟里，朱明月望着面前那扇石门，曾经的场景一幕一幕从眼前掠过，清晰而真实。

闭了闭眼，她深吸一口气，按下了开启石门的机关。

只听得“刷”的一声，石门在眼前打开，一团滞涩的烟火气息扑面而来。朱明月睁开眼睛，凿刻得宽敞的后室在她面前展露了真容：横长方形的平顶窟，映入眼帘的是正壁中龛泥塑一佛二菩萨，高髻宝冠，秀骨清像；旁边还有两尊高大的菩萨像，一个右手扬掌作施无畏印，一个作与愿印，悬裳庄重。

在洞厅的最里面，高大菩萨像的右后方，负手站着一个清瘦的红色袈裟身影，穿着朴素的芒鞋。

朱明月一步一步缓慢地走进来，发现紧挨着那抹身影的左面，是一座莲花须弥座，巨大的莲瓣向上徐徐展开，莲心上结跏趺坐着一个飞天神女，披帛、长裙，显得安详而端庄。曲蔓分支莲花缠绕在她的腰间，她的面容和灯盏的一团烛火相衬映，仰着脸，面朝着那红色袈裟的清瘦和尚，保持着微笑，肌肤细腻，柔润如生。

这尊飞天神女像，是阿姆……

阿姆死了，死在了般若修塔。塔中后室还有一具尸体，就是那个身着红色袈裟的年轻和尚，保持着背对站立的姿势，被吊死在了绿釉人顶灯下面。

这个和尚的面容年轻却也陌生，灯盏上的石蜡燃着幽幽光簇，年轻和尚的袈裟被照得一片艳红，他的双脚稍稍离地，悬挂着的尸身侧头朝向莲花须弥座上的长裙少女，一双眼睛睁着，嘴角竟像微微勾起，泛着一丝莫名而诡异的笑。

朱明月还发现，在阿姆的手中，握着一封信笺。

朱明月从般若修塔又回到了上城。跟她上一次隆重而铺张的进城方式不同，这一次她是徒步走进去的。一路上没有任何守卫和武士阻拦她的道路，也没有人对这位祭神侍女从外面回来、身上还穿着一身有些褴褛的僧袍，表现出丝毫的惊讶。

乌图赏在内城石桥上等着她，看见她，竟然投以一笑。

“祭神侍女能活着回来就好了。”

“让乌图赏管事失望了？”

乌图赏哈哈笑着道：“自从曼景兰三大城建城以来，十几年的时间，还从来没有人从后殿的蕉林闯出去过！更没有人活着从上城逃跑！祭神侍女可是开了先河，让老奴不佩服都不行！”

少女面色淡淡：“不是我厉害，而是对手实在分量太轻。”

乌图赏笑容一滞，眯起眼睛道：“祭神侍女的口气不小啊，分量太轻？好吧，接下来就让祭神侍女好好见识一下，省得到时候说咱们勐海‘待客不周’，”乌图赏露出一抹透寒的笑，“不过祭神侍女最好次次都能像上回这么好命，平安渡过难关，否则可就不好玩了。”

朱明月抬起头来，“乌图赏管事放心，既然我跟着索桥摔下山崖都没死，就没有那么容易死了。”

乌图赏微笑，声音阴冷地道：“但愿祭神侍女能一直这么嘴硬。”

朱明月被关进了上城的水牢。

潮湿发霉的味道，混合着青苔和杂草的腐朽气息，还有一股动物腐尸的腥臭气味，浓郁得刺鼻。头顶上是生锈的铁栅栏，下面是泥黄色的水，昏暗得几乎不见光的狭窄水道内，来回穿梭游动的是皮毛油亮的硕大的水耗子，长长的黑尾巴，“吱吱”地叫着，像是饿极了。

少女抱着双肩，站在水里面瑟瑟发抖。

她的大半个身子都浸泡在发腥发臭的污水中，水面不断上升，一直没到了她的肩膀处，她的身体在水中一晃一晃，像是随时脚底一滑就湮没在水里。她的头发黏腻得贴着脸颊，眼睫上全是污渍，黏黏地粘在眼皮上，还有她的一双手，上面皮肉几乎全部溃烂，因为浸泡了污浊的脏水，又导致伤口处化了脓，手心和手背上肿起了脓疮。

在她面前不远处是一道铁栅栏，栅栏周围是坚固的石墙，石墙最上端留有小孔，再往上则是蓄水池和排水通道。每隔一个时辰，上面的人就会往下层牢房中注水，冰凉的污水兜头浇下，躲无可躲，使得些许腥臭的水灌进口鼻。看守的奴仆时不时还会朝着下面撒尿，一边尿，一边说，之前被关进来的很多人都因为水面上升而窒息，有的是活活淹死，有的则是生生吓死，如果她想好过些，不妨让哥们几个摸一摸，他们会去上面替她说几句好话求情。

朱明月闭着眼睛，感觉到一个冰凉湿滑的东西蹭到了她的脖颈，粗糙的皮毛，不时地扫过她脖颈上的肌肤，游过去了，又游回来，尖尖的小鼻子紧挨着她的锁骨，似在轻嗅，又似在判断是否能下口。

这只老鼠离她很近，几乎要钻进她颈窝里。

朱明月浑身止不住地战栗，这不是蕉林荒山的那种吃人的老鼠，因为它们闻到了她手上溃烂皮肉的味道，没有任何反应，但这不代表她能跟它们亲近！恐惧、无助、绝望……无以复加地袭上她的心头，让她浑身发冷，也让她阵阵地眩晕。

可她必须站着，绝不能倒下去，倒下去就再也站不起来了。

她开始强迫自己习惯，习惯污水腥臭的味道，习惯双手让她痉挛的剧痛，也习惯这些老鼠。可是她一次又一次地失败，一次又一次地崩溃，每当那秃皮长尾巴的老鼠游到她身边，她就张开嘴发出歇斯底里的尖叫，拼命地尖叫。

直到她的嗓子嘶哑，再也发不出叫声，眼泪淌了满脸，流到脖子上，跟腥臭的污水混合在一起。眼泪流干了。她意识到可能没有人会来救她，或许她会死在这里。

如果没记错的话，昨日是七月十七日，她从般若修塔回来上城，直接就被关进了这座水牢。过了整整一夜，现在天亮了，也就是七月十八，是祭神侍女出使结束的日子，澜沧会派人来接她回去。但是她依旧身在水牢，她从上面的天窗看着天空一点点地变亮，看着太阳升起来了，水牢外面除了看守奴仆猥亵下流的脏话，听不到一点要放她出去的声音。

一直以来那九幽都忌惮着朱明月祭神侍女的身份，哪怕杀掉那些土司府的影卫，也没动她一根汗毛。那九幽不想因小失大，不想跟澜沧正面敌对，他更想反过来利用朱明月为他所用。那么就算现在的土司府乱成一锅粥，土司老爷和土司夫人各自为政，就算她回到曼腊土司寨的下场是死，可她身上担着祭神侍女的名号，她还要去参加八月初八的勐神大祭——在这之前，她的命都是值钱的。

那九幽却将她关起来，动用私刑。等她一身是伤地回到土司府，土司老爷追究起来，那九幽要如何解释？他不怕得罪澜沧吗？或者是……那九幽不打算让她回去了？

朱明月心寒，忽然有种可怕的预感。

事实上，她猜对了，那九幽的确是不打算让她回澜沧了。

自打发现朱明月失踪的那一日，七月十四，那九幽就让乌图赏放出消息去——祭神侍女来勐海出使的过程中，做了一些不好的事：不尊重佛寺、怠慢僧侣，肆意指责勐海的村民……当然，这些并不能够说明什么，最多是让远在澜沧的摆夷族众，对这位祭神侍女的印象大打折扣。

除了颠倒黑白，那九幽随后又让乌图赏散播了一个意味深长的流言——祭神侍女在勐海四处打探那些被抓商贾的下落。她一介汉人，谁知道是真心为了勐神大祭而来，还是打着什么鬼主意？那荣对朱明月的身份心知肚明，但澜沧十三寨的村民不知道，沈家当家被抓，朱明月成了祭神侍女，这本来就是一件荒谬至极的事。那九幽的杀手锏就在这里。

“澜沧的人对咱们虽有敌意，但好歹是一族人，若是外人想见缝插针也不容易。老奴将流言放出去后，澜沧那边是轩然大波，沈家小姐的身份被挖了出来，很多子虚乌有的事不用咱们去编故事，他们自己就传开了。土司夫人也借着这个由头，跟土司老爷闹得不可开交。这不，今日原本要来接祭神侍女的马车，迟迟未到，老奴觉得，澜沧那边是要放弃她了。”

乌图赏弓着腰，在宝座前笑呵呵道。

枉费土司老爷自作聪明，没想到朱明月的身份成了一个最大的把柄，让他赔了夫人又折兵。

“既然不能为我所用，那么只好将她留下了。真是可惜。”

明媚的阳光洒落在男子的发间、肩膀、衣襟上，映衬出宛若女颜的面容，迎着明艳花光，他抬手间，雪白的衣袍随着熏风微微荡漾。

乌图赏以为自家主子这是在怜香惜玉，不禁笑呵呵道：“这个沈小姐的确是生得一副花容月貌，遭了这么大的罪，也确实是可惜。”

那九幽看了乌图赏一眼，没说话。

她遭罪有什么可惜的，可惜的是白费了一枚棋子，亏他将“传国玉玺”交给她。

“你觉得她还能挺多久？”

乌图赏道：“不好说。她身上带着伤。”

“表现怎么样？”

乌图赏嘴角一勾，道：“还以为有多了不起，跟那些以前被关进去的人一样，哭天抢地，撕心裂肺。都不用人费劲去上刑，再关上一时片刻她就得崩溃了。”毕竟是个十五岁的小丫头，再有能耐，撑得住一时，也撑不了几天。

那九幽不咸不淡道：“关废了不要紧，别给弄死了。她没用了，她哥哥还有用。”

乌图赏道：“是、是，老奴让底下人掌握着分寸，估摸着再过会儿也就放出来了。”若是死了，沈明琪还不得哭天抹泪要死要活的。想起那个懦弱的书呆子，乌图赏一阵嘲笑。

“不，先不要放她。”那九幽道。

乌图赏愣了一下，有些踟蹰地道：“但是……底下人来报说，她身上的伤都开始化脓了，又关了一天一夜，水米未进。倒是还强挺着，但明显就差一口气儿了。”

那九幽道：“让梨央去审审她，审完了再放也不迟。”

乌图赏闻言微怔，俯下身道：“是，老奴这就去办。”

梨央是修勉殿前的十二守卫勇士之一，唯一一个女子。那九幽的近身侍婢。但是这个能在那九幽跟前伺候的女子，生得虎背熊腰、皮肤黝黑，力气跟男子不相上下，下颚生着胡子，穿着裙子往那儿一站，活脱脱一只母大虫。

这只母大虫却有着娇柔的嗓音："沈小姐还好吧。"

朱明月抬起头，头顶上刺眼的阳光让她一阵恍惚，黏腻的眼皮睁了睁，勉强看清楚来人的模样，不由往这人的身后看了一眼。说话的声音明明是个女子，面前却站了一个男人。

"奴婢问你话呢，沈小姐听见了吗？"

那声音又关心地道。

朱明月这才确定那声音的确是面前这"男人"发出来的。

"你是谁？"

她一开口，嗓音嘶哑如破锣。

"奴婢名唤'梨央'，是九老爷跟前的近身侍婢，拜见沈小姐。"五大三粗的女子朝她行了个礼。

朱明月不记得这个名字，也没见过她的人，吞咽了一下，艰难地问道："是九老爷让你来的？"

梨央捂唇笑道："难怪九老爷常常夸赞沈小姐聪慧，果然是冰雪聪明。正是九老爷让奴婢过来看你的。沈小姐感觉怎么样？可有什么不舒服？"

顶着一副熊瞎子似的脸，却偏做出少女娇羞的动作，说出的话似不谙世事，却最是恶毒无比。朱明月闭上眼睛，疲惫而喑哑道："什么条件，才放我出去？"

梨央咯咯笑了起来，"奴婢真是喜欢沈小姐的直截了当。"

对浸泡在腥臭污水中的少女来说，眼下多一刻都是煎熬，但是对方显然不着急，慢慢熬着她。如同一只慵懒的猫，用爪子饶有兴味地撩拨着面前垂死挣扎的老鼠。

朱明月觉得眼皮沉重，但她半睁着眼睛，保持沉默。

似是觉得她的这种反应不好玩，梨央怏怏道："好了好了，沈小姐不愿意多说话，那奴婢来说好了。奴婢来问你，沈小姐是不是去过般若修塔了？"

朱明月依旧没说话。

她若是没去过般若修塔，又岂会回上城？

梨央却也没等她回答，自顾自地又道："沈小姐一定是去过般若修塔了，在石塔后室看到了那个小侍婢端坐莲花的尸体，还有搁在她手中的一封信笺。那封信笺是九老爷让奴婢放那儿的，说是沈小姐看到上面的字，不一定会回来。但是如果回来了，就说明沈小姐根本不是来救沈当家的，或者说，不仅仅是来救沈当家，而是怀揣着一个大秘密。”

那信笺上写着：石塔中人，在上城。

什么人？

建文帝。

沈小姐已经在修勉殿前接受了勐海主人的收买，并且发誓鞍前马后地效忠，这才得到了一块“传国玉玺”，然而沈小姐转眼就背弃了誓言，带着一个侍婢夜闯蕉林荒山。蕉林荒山的尽头是般若修塔，是建文帝和两个随从修行的地方，那片芭蕉林子也因此成为除却养马河和广掌泊之外，曼景兰的第三大禁地。

但是沈小姐去般若修塔做什么？她找建文帝又是做什么？

那九幽派出余下的所有守卫勇士去查这个沈家明珠的底细，除了那些流于表面广为人知的，沈小姐在失踪之后，一直到跟着黔宁王回云南之前，中间这五年时间的行踪，居然丝毫查不到！那九幽的心里开始不安稳了，但他又觉得这个沈小姐既然是黔宁王带回云南的，来元江府这一趟也是黔宁王在背后的授意，也说不定。

这可就有意思了。

梨央说完之后，污水中的少女睁开眼睛，然后缓缓地抬头看过来：“阿姆是你杀的？”

梨央没想到她答非所问，反应了一下，愣愣地答道：“阿姆？沈小姐说得是那个小侍婢……”咧开嘴，梨央露出一抹笑，“那小侍婢的姿势怎么样？是不是很美？奴婢最喜欢飞天神女的造像了，但当时那个小侍婢做不来结跏趺坐的姿势，奴婢就只好打断了她的腿，奴婢还想让她一直保持看向那和尚的状态，扭断她脖子的时候，特地从颈椎下面第三节下手——”

梨央的声音轻柔，甚至还带了点娇羞，说出来的话却让人毛骨悚然，“原本一下就能死掉的，但是那小丫头骨头太硬，脖子都折了，还没咽气。奴婢不想破坏美感，只好将蛇毒涂在那些分支莲花的藤蔓上，磨尖了从她的肚子上插进她皮肉里，这样过了大概半个时辰，她的身子就凉了。”

一抹难以遏制的巨大悲怆让她浑身发颤，朱明月只觉得五内俱焚，脑袋嗡嗡作响，耳际轰鸣。她将手攥起来，肿得如莲藕的手合拢不到一起，掌心上的脓疮却被挤破了，淌出血水。

阿姆，阿姆……

梨央后面絮絮叨叨又说了些什么，朱明月已然完全听不到，剧烈的晕眩一波一波袭来，她头痛欲裂，呼吸窒塞，身上一阵冷一阵热。恍惚间，似是听到头顶上“咔嚓”的一声，然后轴承启阖的巨响，紧接着，她就被一双大手从腥臭的污水里捞了出来。

“沈小姐这是何必呢，奴婢好心陪你说说话，还没说完你就要晕了。真是，奴婢还有很多话没问你呢……”

朱明月眼前陷入了黑暗。

然后是持续三天的高烧。

朱明月的身体滚烫得犹如一个大火炉，脸颊泛着病态的红晕，双目紧闭，嘴唇咬合，整个人无声无息地躺在床榻上。几拨的巫医来问诊，开了很多药方，熬好的汤药灌不进去，伺候的侍婢只好掰开她的嘴，又将药汁往鼻子里灌。折腾了两天两夜，高烧始终不退，人也没醒，最后巫医们都束手无策，再烧下去也就该准备后事了。

乌图赏来了又走，从最初的不耐烦，到焦急，再到失望，这样直到第三日的晨曦，床榻上的少女居然奇迹般地退烧了。安排的两个侍婢衣不解带地在榻边守着，给她换巾帕的时候，惊讶地发现她额头不那么烫，呼吸也渐渐变得沉稳，都惊喜地直掉眼泪。

“好了好了，这下不用陪葬了！祭神侍女又活过来了！”

“别吵着她，还没醒呢！”

“反正是不烧了，你在这儿看着，我去禀告乌图赏管事！”

绿衫子侍婢说罢，提着裙子就跑出去报信儿了。留下来的那个侍婢双手合十，朝着头顶一直念“佛祖保佑”。

朱明月做了一个很长很长的梦。她梦见了她的第一个死士，那是个婉约素雅的女子，名唤珍宁，比她大很多，有着长姐般的温柔和体贴。有一次宫里面抄检各大殿，宫正司查抄到了东宫侧殿耳房中奴婢处，一概箱物皆要抄检。宫规严苛，凡内廷女官、宫娥等，均不得结交外臣。宫嫔女谒私通外臣，或私通书信，或纳其贿赂者，一律要受其谪罪，重则致死。

当时她年方九岁，刚刚进宫，身上留着爹爹给她的几封信函，在宫正司的人进屋之前，她正惊慌地拿着那些信函不知所措，珍宁一下子冲过来，将那信函撕碎了，然后就往嘴里塞。宫正司管着纠察宫闱、戒令谪罪之事，骄横跋扈惯了，一个女史跨进门槛，见状，不由分说就操着戒棍狠狠打过去。那一下打在珍宁的肚子上，珍宁顾不上躲闪，只抓着信函碎纸一刻不停地吞咽。女史斥骂着，下手更狠，一下一下，直到打得珍宁的下体见了血，鲜血顺着两腿淌下来，晕湿了她的亵裤，她还在拼了命地往嘴里吞。

后来她才知道，珍宁有孕了，是西华门一个羽林卫的。

晨曦时，珍宁站在妆镜前给她梳头，檀木香气还残留在她的手指间。珍宁倒下的时候，用手捂着肚子，躺在地上痛苦地哀嚎，那双手上沾满了血。

珍宁跟她说：别怕，奴婢会一直保护你。

珍宁跟她说：咱们都要好好活下去。

宫正司没搜到什么东西，却误打误撞地查出一个犯宫规的，几个女官很高兴，让奴婢将珍宁的尸体卷在一张破草席里，抬至西华门外的净乐堂焚烧。净乐堂有东西二塔，塔下有眢井，犯错的宫娥死后都要被烧了葬在那里。

那一年，是洪武三十一年的冬天，那一年娇憨明媚的少女失去了笑容，变得沉静，变得战战兢兢谨小慎微，再也不敢做半点过头事、说半句过头话。后来她陆续遇到了很多死士，不同的面貌，不同的秉性，她在她们身上寻找珍宁的影子，她渐渐忘记了珍宁。深宫的时光艰辛而寂寞，她跟她们相依为命，也跟她们学了很多东西：机关解锁、华容道、九宫格、弈棋、煮茶、香道……

她记得有一个叫宝珠的侍婢，生得很美，樱桃樊素口，杨柳小蛮腰，让人见之忘俗。

宝珠很爱惜自己的颜容，喜欢采集露珠和花瓣研磨成香膏。她下得一手好棋，已臻化境。宝珠教她调香、制香，教她博弈之术，两人时常在黑白子的棋盘中苦中作乐。建文元年的五月，逢太祖爷忌日，在北平戍边的燕王称病未出，同时派遣三个儿子来京祭奠。那时的建文帝已经有心削藩，欲将三人扣押为质子。

宝珠怀揣着腰牌急急去送口信，申时正一刻宫门下钥，一个提铃的宫婢发现了她。宝珠顺着宫墙往前跑，慌不择路，一下子迎面撞见了巡城的羽林卫，火光照亮了她美丽的面容，宝珠还来不及拿出腰牌，就被为首的一个羽林卫抡过来的火把烧到了脸。

宝珠捂着脸，发出撕心裂肺的尖叫，揣在她袖兜里的棋子撒了一地。那羽林卫一脚踩在棋子上，上前揪住她的头发，将她提起来，宝珠的脸被烧焦了，整张面皮都烂了，双颊很快就起了鸡蛋大的水泡，她半边头发也被燎烧了，脑袋焦煳一片，像个恶鬼。

宝珠跟她说：今年的桂花长得好，奴婢要摘下来做香脂敷面。

宝珠跟她说：这些棋子奴婢要揣着，等奴婢回来，用它们杀你个片甲不留。

后来朱明月才知道，那晚提铃的侍婢与宝珠有过争执，她对宝珠怀恨在心。当时那个羽林卫拿起火把要照亮，那个侍婢在后面狠狠推了宝珠一下，宝珠整个人就扑向了羽林卫手中的火把。

毁了脸的宫婢不能再留在宫里，没有诊治、没有汤药，隔日就要被赶出宫去。宝珠被抬回来，人事不省，当夜发起了高烧，不到半宿的工夫就没了。

要有多少苦难才能让人心如顽石？从那时起，朱明月不再与人对弈，不再与身边的死士亲近。她逐渐习惯了冷酷的厮杀和欺诈，习惯了在黑暗中踽踽独行，习惯了放弃别人以及被别人放弃。只是每年七八月桂花开满的时候，她会想起一个桂花树下的娇俏少女，被阳光晃得睁不开眼睛，却仍嘟着嘴、踮着脚尖采摘花瓣的样子。

宫中五年的策应，数不清的人来到她身边，又以各种原因消失，曾经那些行事败露的、被刑讯逼供的细作们，都以为最终留下来的那一个，一定是刀枪不入、视死如归，却不知她其实很怕死，更怕疼，而她无法承受失败的后果。

她不能犯错，她的每一个失误，都可能让身边的人陷入危难；她的每一个疏漏，都有可能让那些保护她的人悲惨地死去。

珍宁、宝珠……还有无数为了她死去的人，她们的音容笑貌，点点滴滴，在她的眼前一一闪过。还有阿姆，她穿着一件宝蓝色的高腰长裙，俏丽讨喜，站在不远处冲着她笑。

朱明月睁开眼睛，雕花架子床的楣板在赭色的帘幔遮挡下，透出木质细腻的光，朦朦胧胧；两侧是轻薄的帐子半遮半掩，外深内浅，光线打在上面一团月影儿似的撩人。宽敞雅致的香闺里，一张紫檀圆桌正对着北窗前的罗汉床，就在雕花架子床斜右方的位置，中间隔着一道人物山水透雕的花罩。

罗汉床上还坐着一个男子，胡子拉碴满脸憔悴，用胳膊拄着云腿炕桌假寐。

是沈明琪。

朱明月动了动，浑身的伤痕是难以名状的痛楚，疼得她想发出呻吟，四肢更是没有一点力气。她身上很明显被清洗过了，每一寸肌肤、每一根头发都是干净的，穿着崭新的内衫，躺在干净舒适的床榻上，盖着干净的被衾，双手也被包扎得严严实实。

她抬起眼皮，这才发现在床头还站着一个人。一张皮肤黝黑的脸，下颚长着胡子，虎背熊腰的身材又高又壮，却穿着一件荷叶镶滚的浅粉色裙衫，腰间坠满了五彩的香囊，表情是一副少女般的娇憨，正居高临下笑吟吟地看着她。

“沈小姐醒了？”她道。

朱明月没回答，倒是这声音惊动了在中厅罗汉床上打盹的沈明琪，他茫然地探头看过来，看到里屋床榻上的少女，眼睛猛地一亮，急忙从罗汉床上站起来走到阁内，“珠儿，你醒了！你觉得怎么样？你知不知道你昏睡了整整三天，吓死我了！”

沈明琪连珠炮似的说完，眼圈都红了，哽咽道：“你饿不饿，我这就让人给你准备些吃的……”

“水……”她哑着嗓子道。

沈明琪赶紧去紫檀圆桌前拿水壶，往茶盏里倒得满满的，端着茶盏走到床榻边，这才发现朱明月还躺着，一时间不知如何是好。这时候，一个伺候的侍婢走过来，小心翼翼地扶着朱明月坐起来，接过沈明琪手里的茶盏，将盏口送到朱明月嘴边。

她连喝了三盏，还是觉得渴，抿了抿干裂的唇瓣，用微弱的嗓音跟那侍婢说，“烦劳再倒些来。”沈明琪在一旁看着，眼睛越来越红，鼻翼酸涩地道：“珠儿，都是兄长没用，让你受了大苦。”

梨央让出床头的位置，站在螺钿髹漆格子柜前，随手拿起上面一件剔透晶莹的琉璃摆件，闻言，娇滴滴道：“是啊，沈小姐可真是不容易呢，在糟污腥臭的水里浸泡了一天半，头顶上还有不谙事的奴仆随意撒尿，那些水耗子就在她身子上蹭来蹭去的……啧啧，换做是奴婢，早就恨不能咬掉舌头自尽了。”

梨央的话唤起了朱明月最不愿回想的一段记忆，她只觉得脏腑内翻江倒海，“哇”的一下，俯身伏在床边就吐了出来。连着四日没进食，只靠着补药吊着，这下连胆汁都呕出来，剧烈地咳嗽，鼻涕眼泪横流。

沈明琪疯了，只感觉一团暴怒的火焰在心里燃烧，这个书生模样的柔弱男子，操起圆桌上的瓷壶，整个人扑上去就要跟梨央拼命。

梨央却比他更快，一伸手就拽住了沈明琪的衣领，同时狠狠地扣住沈明琪的胳膊。瓷壶“啪”的一下在地上摔得粉碎，梨央像是拎小鸡子似的，将沈明琪整个拎起来，双脚离地，不停地蹬踹。

“你这个……人不人鬼不鬼的恶婆娘！你放开我，我要跟你拼了！”这或许是沈明琪对女子能说出的最恶毒的话，他憋红了脸，怒不可遏。

梨央咂嘴道：“就沈当家这两下子，还是省省吧。奴婢怕手下没个轻重，一不小心将沈当家的胳膊腿儿掰折了，到时候九老爷怪罪下来，奴婢可吃罪不起呢！”

沈明琪屈辱而愤怒地说道：“我要杀了你，我一定要杀了你！”

梨央不但不生气，反而面含娇笑，道：“这可有些困难。沈当家倒是可以考虑考虑其他方法，置奴婢于死地……”

沈明琪不知道她在说什么，心中满满都是怒火，也没顾上问。

梨央却回答了，她盯着沈明琪一张儒雅清秀的脸，饱含羞涩地说道：“奴婢更喜欢芙蓉帐中，醉生梦死……”

沈明琪瞪大了眼睛，难以置信又羞愤欲死，道：“你、你……身为女子居然说出这种话！简直是……不知羞耻！”

朱明月浑身疲惫，只感到头脑沉沉，她听见梨央好像又说了些什么，沈明琪想要大声喊，又怕吵到床榻上的少女，涨红着脸低吼着斥责。朱明月困倦地阖上眼睛，不久，就又进入了黑沉的睡梦中。

等她再醒过来，已经是晚上。伺候的侍婢都在外屋，阁内只有一个沈明琪，一脸委顿地坐在圆桌前。

“珠儿，你醒了。”

沈明琪也很疲倦，他的嘴唇干燥，眼底血丝满满，脸色蜡黄。显然是她昏睡了多久，他就守了她多久，一直不曾好生休息过。他从圆桌前站起来，脚底下晃了晃，然后道：“喝点粥吧，我给你盛，刚刚热过一遍，还很烫。”

舂得稀烂的米，熬完格外软嫩，里面调了雪脂莲蜜。朱明月喝了小半碗，就喝不下去了，两刻钟后，又喝了药，半卧在床榻上，这才觉得整个人活了过来。

“我并非沈明珠，你早就知道了，对吗？”

拥着被衾，她轻轻地问道。

沈明琪正在圆桌前收拾碗碟，闻言手一哆嗦，装栗子的高足盘盏没拿住，摔在了地上，栗子撒了一地。外屋的侍婢闻声赶紧进来收拾。片刻，等外人都退出去了，沈明琪坐在小矮杌上，呆愣愣地低头看着自己的脚尖，一直都没说话。

少女正对着他，脸颊瘦得削尖，眼眶略微陷下去，显得一双眼睛更大了，“你不说话，我是不是可以当你是默认了？”

沈明琪眼底浮着一抹复杂，复杂而悲凉，“你不是珠儿吗？那你是谁？珠儿又在哪儿……”他摇头，像是喃喃自语道，“不，你是珠儿，是我妹妹……如果你不是，王爷怎么会把你带回来……”

一连串的自问自答，不知是在问她，还是在问自己。

事实上这也正是朱明月想问的，别说她与沈家明珠原就有六七分相像，沈明珠离开沈家整整五年，五年时间，足以将她改变得面目全非。不用刻意模仿音容笑貌，不用去揣摩秉性和喜好，出现在沈家人面前的，是朱明月，也是沈明珠，绝不会有任何瑕疵。

但是这连黔宁王都笃信的“事实”，沈明琪偏偏拆穿了——破绽在哪里？

“如果你没有怀疑我身份的真实性，不会在来上城之前，特地去了一趟下城的乌珂赌坊，给那些留守在曼景兰的沈家商社的人下达命令，让他们或者他们中的某些人离开勐海，去外面继续寻找沈小姐的下落。”朱明月顿了顿，又道：“你不用问我身在上城是如何知道你的行踪的。我只想知道一点，你是怎么确定，我并非真正的沈明珠？”

沈明琪去了乌珂赌坊的事，朱明月在随后就知道了。她还知道，凤于绯越过她拿着沈明琪给他的信物独自一人去找那个叫赤次的人，让赤次安排他离开——这件事会被沈明琪知道，不是赤次派人去通知的，而是凤于绯在乌珂赌坊跟赤次说明来意的时候，恰好被后脚赶到的沈明琪听见了。

一面是对朱明月的身份产生质疑，甚至可以说是洞穿，一面又对其照顾有加、倾心相互，甚至还为了保全她的性命，被那九幽胁迫不得不答应他提出的条件——直到现在朱明月的人还待在曼景兰，就说明澜沧已经放弃她了。一枚弃子却活了下来，如果不是沈明琪，朱明月相信自己真的会死在水牢。

沈明琪的这些行为，很奇怪。

朱明月说罢，沈明琪抬起头来，道：“珠儿生下来小臂上就有一块浅青色的胎记，梅花形状……你、你能不能让我看看……”

男子挣扎的神情朱明月看在眼里，她眯着眼有些狐疑地看着他，片刻道：“身份都能是假的，胎记自然也能够作假。沈公子何必自欺欺人。”

这句话已经很明显了，尤其一个“沈公子”的称呼，等于是她亲口告诉他自己不是沈明珠的事实。

沈明琪浑身狠狠一震，呆傻了一般怔怔地说道：“你不是珠儿、你真的不是珠儿……”

朱明月道：“说起来，我们只有数面之缘，从最初你一心认定我是你妹妹，到后来，直截了当单方面地否决。我猜，这个中原因一定是跟沈明珠本人有关，或者说是跟她当年的走失有关？”

沈明琪张了张嘴，表情变得有些痛苦。

朱明月继续道：“沈公子猜出我的身份是假的，却依旧如故，甚至愿意为了救我去向那九幽投诚——沈公子这种矛盾的行为，我想是不是可以解释成，对沈明珠本人的愧疚和情怯？”朱明月看着他，“你把我当成沈明珠的影子，对我好，就觉得是对沈明珠好，是对她的变相补偿。但是为什么？

莫非……沈公子曾经对沈明珠做过什么不可原谅的事？或者，当年是沈公子的责任才使沈明珠失踪的？更甚者就是沈公子亲手造成了沈明珠的失踪？”

不堪回首的往事使得兄妹二人结下了深深的心结，也使得朱明月与沈明琪一碰上面，就被看出了端倪——沈小姐对沈明琪的态度，就是她的破绽。

闻言沈明琪的脸色大变，猛地抬头看她，脸上是悲痛欲绝的神情："你、你不可胡说……"

朱明月看到他这副面容，觉得自己应该是猜得八九不离十，轻轻叹了一下，道："不管是以上哪个原因，我不关心也没有立场深究，我只想说——真正的沈小姐，很安全。"

"珠儿在你们手里？你是……姚广孝那贼和尚的人？"沈明琪握紧了双拳，脸色苍白失神地看她，"为什么？难道珠儿她这些年一直都在你们那儿？她过得好吗？到底什么时候才能让我见她？怎么样才能让我见到她，让她回家……"

说到后来，沈明琪已经站了起来，语调激烈而哽咽。

朱明月看着他："这些问题我都无法回答你，我能告诉你的是，如果沈公子想要沈明珠今后过得好，如果你还想见到她，必须对我开诚布公。"

已经发展到这一步，很多事都无法遮掩了。

一直以来朱明月始终都没问过：

死士岩吉跟她说过，沈明琪以及那二十三名商贾，都被关在南弄河以南的西岸水牢，就在芒允寨子旁边，紧挨着勐海两大禁地之一的养马河。然而凤于绯在那九幽的暗中授命下，引着她去见沈明琪的时候，沈明琪分明一直住在金湖旁边的屋舍。

一个被掳劫的犯人因何享受到这么优厚待遇？

那九幽也曾说，在上城除了她，除了沈家当家，还有一位很特殊也相当尊贵的客人。

那个客人是谁？

还有她去若迦佛寺找"洗眼神泉"的一日，经过北鼓楼时，廊庑的尽头一闪而过的身影。她只看到了那人的半张脸，可她看清楚了，跟她认识的一个人非常像：沐晟身边的那个传信官，阿普居木。

什么了不得的事，阿普居木会出现在曼景兰？

或者换一种问法：什么了不得的事，需要堂堂的黔宁王亲临？

从她离开元江府，过去两个多月，其间发生了大大小小的事——她从东川府来元江的整个过程，她在澜沧土司府里的种种作为，她来到曼景兰后的遭遇……朱明月遇到了很多人、经历了很多事，几乎是步步盘算，过关斩将一般惊心。这段时间内，沐晟都在做什么？

照理说，他应该在东川府等着迎接远道而来的朝廷二十六卫羽林军，然后整肃军备，领着大军一路朝着勐海这边开拔，紧接着就是一触即发的大战。在这其中，对沿途粮草辎重的安排、途经府、州、县的安抚与调度，还有各大卫所将士的驰援与整编……太多太多的事需要他去亲力亲为，中军大帐中更需要他去坐镇统帅。

所以，她从没想过会在元江府的任何一处地方遇见他，更没料到会有危难关头不期而遇的机会——但是不可能发生的事偏偏都发生了，她有很多话想问他，想跟他说，两人见面的时机却正处在危险境地，不是急需休息夜宿在密林，就是在紧张万分的情况下赶路，而后，又在进退两难的关头以身犯险，再然后，两人齐齐掉下悬崖，险些死在蝙蝠洞里……

被布施高僧搭救后，两个人待在石窟中养伤，朱明月面对着浑身重伤、昏睡不醒的男子，心中追悔莫及，她甚至在想如果没有那个凸出来的残壁，如果布施高僧没有出现，或是他不懂医术也没有草药，他们两个会是什么结果？

但是他们活下来了。活下来之后，一直刻意逃避的问题一点点浮出水面。

朱明月在来上城之前，曾说，如果这是一个迷局，揭晓答案之前，她需要等三个人。第一个，是元江府的无冕之王那九幽。第二个，是沐晟。她等到了。

朱明月感到一种前所未有的恐惧，她觉得自己在拼命博弈的时候，又陷入到一个巨大的阴谋里。这个阴谋的缔造者，很可能就是这个为了她毫不犹豫身陷险境的男人。为了她，他差点送掉性命，让她如何再去怀疑他、试探他，甚至是出手对付他？

石窟中两日朝夕相处，朱明月不只一次想去问他，她希望他能够给她一个答案。但是她忽然想到，如果易地而处，此时他来问自己来元江府的真实目的，问她一心要去般若修塔的原因，她会不会回答？

多么可笑！在断崖时，他们能够将活下来的唯一机会让给对方；在蝙蝠洞中，他们能够同生共死。活下来了却无法敞开心扉，甚至连半句都不能吐露。

此时此刻同样陷入激烈挣扎的不只床榻上的少女，还有扶着雕花架子床，久久都不能回过神来的沈明琪。

良久，他才开口道："你想让在下开诚布公什么？从最初遇见一直到现在，沈某自问任何事都没有欺瞒你。反倒是……"他哽住，他都不知道该如何称呼她，"反倒是小姐刻意隐瞒身份，代替了舍妹的位置。能将王爷蒙在鼓里并且天衣无缝，小姐的身后一定有着难以想象的巨大势力，沈某想不出还有什么是小姐想知道而无法知道的……"

沈明琪的面色颓然，身体的疲惫和内心的痛苦，让他感到心力交瘁。床榻上的少女却不为所动，道："沈公子的确从未有欺瞒，因为你什么都没说过，一切秘密都被你藏在心里；甚至在你以为我是沈明珠时，依旧对我三缄其口。但是事已至此，我不希望你再敷衍我，或是对你与黔宁王之间的事继续守口如瓶，否则……"

"否则什么？"

"沈公子的顽固，一定会让你、沈明珠，乃至整个沈家，陷入比沈家先祖沈万三在世时，更加悲惨的境地。"

沈明琪心神巨震，他用无比恐惧的目光看着面前的少女，与此同时，又有一种恍然大悟的感觉——今日她之所以跟他摊牌，不是因为她知道自己看穿了她的身份，而是今日她要跟他摊牌。

多可怕的一个人！

又何其工于心计冷酷无情！

拥着被衾倚靠着软枕的少女，面色苍白，面容憔悴，单薄的身子纤瘦不堪，显得弱不胜衣。沈明琪却感到悚然，但是他也有种被看穿一切的心虚。

"小姐到底想知道什么？有什么事你居然要抬出我妹妹、抬出整个沈家作为要挟？你不觉得迫害无辜之人太残忍了吗？"

的确很残忍。

但是她没有选择。

朱明月定定地看着他，道："沈公子这么说的意思，是不合作？"

沈明琪被她的直截了当激得浑身发抖，攥紧了双手，他咬着牙道："好，小姐你问！只要是沈某知道的，知无不言，言无不尽！"

对方攥着他的身家性命、他的把柄、他的软肋，沈明琪的胸膛中有一团火在烧，不甘而折磨。却见她垂下了眼帘，好半晌什么也没说，就在沈明琪以为她改变主意的时候，她又抬起头来，一双点漆似的眼睛如暗夜。

"告诉我，黔宁王，是不是叛国了……"

此言一出，偌大的寝阁陷入死一般的寂静。

"这个问题，你不如直接问我。"

无比熟悉的声音，透着一如既往的倨傲和清冽，就这样毫无征兆地闯入了她的耳畔。朱明月愕然转眸，朝着声音的源头看去，那拄着拐杖、右手吊在胸前，一条腿包扎着的男子，赫然出现在了外厅里。

沐晟！

沈明琪的目光中也不无惊诧，却在转身看到他的那一刻，惊诧变成了震惊："王爷！你这是怎么了！"才多久不见，怎么重伤成了这样！

男子喘了口气，拄着竹杖一瘸一拐地走到阁内，道："几天前受了点伤，现在好多了。"

走几步路已经满头大汗，沈明琪赶紧过来扶他。几乎没把全身都包裹上，却是"好多了"，那不好的时候岂不是要命了。

沈明琪想得没错，之前的确是差点要了他的命。

沐晟被沈明琪扶着坐到紫檀圆桌前，卸了拐杖，他抬眼看向床榻上的少女，黑眸定定，道："来之前我都知道了。放心，是谁把你伤成这样，我将他碎尸万段。"

朱明月怔怔地看着他，心里忽的乱作了一团，同时还有一种极度无力的挫败感。这就像是原本胜券在握的一盘棋，就等着屠龙，岂料对方一子落，整个局势急转直下。她所有的镇定自若、步步为营、攻守谋算，在遇见他的这一刻，全部灰飞烟灭。

"你怎么出现在这儿？刚刚的话你都听见了？"

朱明月想起自己刚才对沈明琪的咄咄逼人，为了让他就范，不惜恩将仇报，利用他的身家和亲眷为胁迫。他是不是一直在门外？看着她一句句地攻讦别人，听着她跟沈明琪摊牌，同时也暴露了自己最大的秘密。朱明月突然感到烦躁，有即刻从这间寝阁里出去的冲动，但是她没力气下床，唯一的出口还被他挡上了。

这时，圆桌前的男子道："是布施高僧送我回来的。"

轻描淡写的一句，让朱明月笑了："'回来'？看来王爷之前就在上城，那九幽口中那所谓很特别又相当尊贵的客人，就是堂堂的云南藩主！"多可笑，好比一个是官、一个是贼，却住在同一个屋檐下。

她猜过他会来，没想到偏偏是这个时候。

沐晟却不接她的话，只直直看着她："刚刚你说的，都是真的？"

朱明月道："王爷指什么？"

"你不是沈明珠，你来云南、来元江府都是一早设计好的——"沐晟说话间站了起来，拄着竹杖，身体颤巍巍，却拒绝了沈明琪的搀扶，一步一步朝着她缓慢地走过来。

阴影逐渐笼罩在头顶，朱明月刚想偏过头，就被他一把钳住了下颚，被迫仰起脸朝向他，"说话！"

朱明月疼得蹙眉，在被衾中的手不由伸出来去拨他的胳膊。她的手还包着，厚厚一团，刚举到半空就牵动了上面的伤口，钻心的疼痛，让她不由得咬唇闷吭了一声。

沐晟忽然感觉自己也很疼，心尖儿上说不出来的疼。

他松开手，改成攥着她的手腕，却发现袖子从手臂上滑落，露出的肌肤上面遍布着鞭痕。一道一道，在雪白的藕臂上，触目惊心。

"谁打的？"他双眸厉色乍然。

朱明月将脸扭过去，"与你无关。"

沐晟扔掉拐杖直接坐到她的床边，一把将她搂进怀里，"该死的，谁让你自己一声不响就跑掉，还让布施高僧灌了我整整三天的迷药！你这是第几次从我身边逃走？我上次不追究是因为你重伤，这次你还是一身的伤，还挨了打！这下好受了？"

朱明月在他怀里挣扎，想要用手去推他，却被他固定住了双手，不能动弹。沐晟将她推到软枕上，俯身压下来，微凉的唇狠狠吻住了她。

这个吻霸道而又气势汹汹，像是一团压不住的怒火，又像是暴虐的热情。随着他的舌长驱直入，攻城略地，他用他的唇舌，使劲地禁锢着她，纠缠着她，像是要将她生生吞下腹中。

突如其来的一幕，遭到了朱明月剧烈的反抗。因为这寝阁里不仅他二人，沈明琪还在！他怎么能在外人的面前对她这般！

朱明月又羞又怒，拼了命地挣扎，更咬紧牙关，推拒着他不让他肆虐。于是沐晟狠狠地咬她，她怕痛，嘴唇不由得张得更开，被迫让他的舌探得更深。

其实沈明琪早就离开了，当沐晟从圆桌旁站起来朝着床榻这边走，沈明琪就本着“非礼勿视、非礼勿听、非礼勿言”的圣人言，不着痕迹地退了出去。整间寝阁里，就只有他们两个。

不知过了多久，朱明月头晕目眩，男子炙热的吻让她窒息，让她无力逐渐放弃了抵抗。沐晟这才离开她的檀口，舔吻着她的嘴角，一下一下，意犹未尽，他的黑眸深沉如夜火，眼底写满了诱惑和危险。

“珠儿……”

他在她耳畔轻轻呼唤。

朱明月咬着唇，用残存的力气喊道：“别叫我，我不是沈明珠！”

“那你是谁？”

朱明月抬眸，两人的脸颊近在咫尺，而他温热的躯体就在她身上，他右胳膊上的绷带有些松动，仅有一只手完好，却仍是将她压制得死死的。从他眼底，她还能看到自己酡红的双靥，还有红艳欲滴的唇瓣，微微肿着，就像是等着人去采撷。

朱明月羞愤难抑，挣扎道：“你先起来！”

“你怎么就是学不乖……”他薄唇紧抿，用单手握住她的双腕，直直拉高到头顶，低下头，在她的耳垂咬了一口，“我上次说了，你要是再敢跑，我会让你知道后果。”

沉哑低柔的声音，却带着冷意，唇齿从她的耳垂啃吻到她的脖颈，又缓慢地蹭到她的锁骨……在这之前朱明月一直躺在床榻上修养，又是侍婢伺候她穿的衣衫，身上只穿着一件薄薄单衣。因为沈明琪在，外面多披了一件披风，原本裹得严严实实，与他这么一纠缠，披风散开，内衫的襟口也敞开了，露出凝脂般的雪肤，还有上面一道道伤痕。

此刻，男子正用牙齿将襟口咬得更开。

“住手！”她慌乱地怒喝道。

“你骗了我那么久，一直都在骗我。难怪你对沈家是那个态度……如果我之前把你送回了云南府，或者没来元江找你，你是不是就要逃之夭夭了……嗯？”随着衣襟敞露，里面竟是连一件贴身肚兜都没有，饱满的雪峰一点点地露出了真容。男子眼睛一黯，俯下脸就吻了上去。

朱明月整个身子僵住，这毫不迟疑的动作透着男人的惩罚与占领，如洪水猛兽一般，极致地蛮横而嚣狂。她也不知道他今日是怎么了，就像完全变了一个人，征讨打仗一样的肆意侵伐，毫不留余地，让她羞耻，更让她害怕。

“沐晟——你混账！”

她眼眸里涌出泪光，被桎梏着不能动地无助与羞耻心，让她恨不能立刻死去。男子的唇齿在这柔软雪白的肌肤上，轻轻啃吻：“说不说……”

“你放开……啊！”他用下颚拨开了最后一点遮挡，薄衫褪开，大半个浑圆彻底露了出来，雪峰红缨，亮晃晃的雪白，他张口含住，舌尖在上面打转。

最后一点清明的理智彻底崩溃，少女哭泣道：“我说，我说，你放开我……”

男子从她胸前抬起头，眼底浓浓的欲火得不到宣泄，却被硬生生地克制住。只听少女抽泣地道：“我不是沈明珠……我是……我是成国公的女儿……”

沐晟眼神一凝，“继续说。”

此时此刻她的罗裳半褪，被他牢牢地压在身下，而他的脸就伏在她裸露的胸前——十五年来从未经历过的事，让她眼泪止不住地往下淌，“我本来是被授命来云南查沈家余孽的……却一直被你困着，几次想去锦绣山庄都不成……后来，后来我又奉命来了元江府……”

说着说着，她泣不成声。

沐晟看到少女一张巴掌大的小脸，消瘦不堪，衬得一双眼睛更大，眼角泪痣盈盈，这雨打梨花的模样，凄凄的，却媚极了。

“谁派你来的？”

他感到气血上涌，躁动不息。

朱明月咬着唇，眼睫上泪珠簌簌。

沐晟眯起眼，“又不说？”

还没等他有所动作，朱明月尖叫一声，然后道：“我是锦衣卫，还能是谁派我来的！”

男子的黑眸锁在她的脸上，目光冷冷，像是陷入了沉思。少女的眼泪又涌了出来，恨声呜咽道：“还不放开我！”

她的一双眼睛已然肿得像桃子，委屈、挫败、惶恐……哭得上气不接下气。沐晟放开她的手腕，缓缓地坐起来，他想帮她把衣襟拢住，却被她用胳膊一把推开，她慌忙缩进了被衾里，蜷缩起身子背对过去。

沐晟依旧坐在架子床上，看着她只露出半个头，一头乌黑的长发不绾不束，绸缎一般披散开。这一刻，满腔的愤怒忽然就消散了干净，他心里柔软成一片，顿生爱怜；伸出手，一下一下地轻抚她的青丝，“你倒是挺有本事的，这么长时间，让我一点都没察觉出来。”

他不是没有察觉，而是整个皇室的力量，让他不得不打消了疑虑。

折腾了这么许久，身子本就极虚的少女，又将所剩无几的体力哭了个干净。她蜷缩在被衾里，头晕得厉害，不一会儿，就陷入了沉睡，根本没听见他说什么。

沐晟发觉了她绵长而平静的呼吸，知道她是累极睡着了，俯下身，在她的头顶吻了一下，“不管你是谁，不管你有什么特殊身份，你都是我的。”

自打沈小姐回到上城以来，关押进水牢、被放出来、重病昏迷，再到她现在好不容易苏醒，一连五日以来，作为跟她一起来自澜沧曼腊土司寨的侍婢之一，硕果仅存的玉里，一直都没露过面。

直到七月二十二，沈小姐卧床养病的第二日，晨曦时，玉里过来伺候她。

还是之前住的小楼，玉里捧着刚摘下来的花束，另一只手拿着缠枝牡丹瓷瓶，轻车熟路地走上三楼来。玉簪花上面还坠着露珠，娇艳欲滴，映着那铜红釉彩瓷的瓶子，一下子整个寝阁都跟着亮了起来。

玉里将花瓶放置在紫檀圆桌案中央，转过身来，却是一张满是伤痕的脸，额头和眼角都破了，嘴唇下面也满是淤痕，显然是被打过一顿。

“小姐此番受了大苦，奴婢未能替您承受，更未能在您身边服侍，请小姐责罚奴婢。”

玉里跪在雕花架子床前，眼中蓄满了泪水。

朱明月刚醒来，见到玉里这副我见犹怜的模样，伸出手，拂开她高高擎过头顶的软鞭，“是我擅自起意，与你无关。况且你也因此受到了连累，是我对不住你才是。”

她说的是玉里脸上的伤，还有不能回澜沧的事。

玉里掩面而泣道：“自从那日小姐跟阿姆一夜失踪，奴婢就被带过去问话。那乌图赏管事凶神恶煞的，好生不讲道理，非逼着奴婢说出小姐的下落，奴婢日日受他拷问，终归是将小姐盼回来了……”

玉里说罢，抽噎了两下，又道：“小姐，今日已是二十二，按说土司府早就该有人来接您回去。这其间是不是有什么误会？否则土司老爷怎么会将咱们主仆几个扔在勐海不闻不问。又或者是土司夫人……小姐千万宽心才是，奴婢觉得咱们迟早还有机会回澜沧……”

这是让她宽心，还是来堵她的心。

朱明月让她起来说话，自己也从床榻上坐起来，叹道：“就算现在回澜沧也不一定有好结果。你也放宽心，事已至此，能捱一日是一日，往后我到哪里，必定要把你带到哪里。”

玉里闻言咬了咬唇，踟蹰着道：“小姐，那你究竟因何会去后殿？又怎么会……跟阿姆一起？”

到现在玉里如果还是看不出朱明月跟阿姆之间的关系，那她就太蠢钝了。可玉里不明白的是，自己才是“萧军师”派到她身边的，没道理比不过一个外人；而朱明月间接导致了埋兰的送命，这是事实，阿姆身为土司府的影卫，非但不计前嫌，反而为了朱明月赴汤蹈火？

除非阿姆的身份也不简单……玉里开始认真地回忆跟那个小姑娘相处以来的点点滴滴，很后悔自己居然一直被她哄骗。但是阿姆如今已经死了，这些猜忌和怀疑也就没什么意义了。

朱明月听到玉里提起阿姆，心中就是一阵刺痛，可她面上不露，道："即便土司夫人回府了，澜沧还是土司老爷的，土司夫人再厉害总越不过摆夷族的祖宗礼法。对于土司老爷交代的事如果我能完成，你说土司老爷会不会看在我尽心尽力的分上，保住我的位置？"

玉里道："奴婢觉得不无可能。"

朱明月道："勐海再好，仍要在澜沧站稳脚跟，我也觉得争取土司老爷远比依靠九老爷更稳妥，也更长久。至于为何是阿姆与我同行，她显然比我对般若修塔更上心。"

接近般若修塔如果是土司那荣的授命，一切就都能说得通了——阿姆很可能比她们几个同来的侍婢知道得更多，担负的使命也更重；而沈小姐还是抱着一线希望，不愿意放弃土司府女主人的地位。相同的目的，让两个不同路的人走到一起，拼死拼活。

玉里听完沈小姐说的一番话，顿时就恍悟了。

"那小姐可曾以偿心愿？"玉里问。

朱明月苦笑一声，道："要真是以偿心愿的话，受这一身伤倒也值了；偏偏我刚到地方却发现人去楼空，还害了那小侍婢一条性命。"

那是因为你太小瞧曼景兰了。

玉里不禁在心里暗讽。

玉里低着头也没瞧见朱明月眼底的恨意，朱明月的视线在别处没留意玉里在想什么。

这个时候，忽然听见亭外一道脚步声。玉里扭过头来，就瞧见一个拄着竹拐的男子，步履蹒跚地走进朱明月的这间寝阁，他身上包扎着，脊背却挺得很直，显得气势慑人。然而这儿是三楼，是女子闺房，除了朱明月病重时，沈当家来过，根本不能让其他男子涉足。

玉里怔了一下后，就想开口斥责。

却见男子的一道凌厉眼神射来，"滚出去！"

男子有着一张极为年轻的脸，斧凿刀刻般的五官，轩昂桀骜，更因容颜俊美而甚为出众。两颊虽然有伤，却平添了几分阳刚，薄唇轻抿，眉宇间的凛寒生生的逼人。

玉里还来不及对男子的面容表示惊艳，就被他冷厉的目光看得一哆嗦，下意识就咬唇站了起来，“小姐，这……”

玉里将求救以及询问的目光投向朱明月。

朱明月见到沐晟招呼都不打一声，径直登堂入室，当着玉里的面也有些尴尬。

但见沐晟已然走到了近前，居高临下的面容冷冷，睨视着玉里道：“本王再说一遍，滚出去。以后没有允许，不得来这座小楼。”

玉里浑身一颤，不知怎么心里忽然慌得不行，敛身告了个罪，就提着裙子下去了。

等玉里逃也似的出了寝阁，沐晟用左手拄着竹拐走过来，直接就坐到了朱明月的床榻上，将一条腿伸直，竹拐立在雕花架子床边。

“什么乱七八糟的人都往身前凑，她是哪儿来的？”

男子这自顾自地态度显得很亲密，朱明月不自然地别过脸，更下意识地将被衾往上面拉了拉，将自己肩膀以下全部裹住，“她曾跟我说，她是萧军师派来的人。”

晨起洗漱时，朱明月让侍婢帮她换了一身衣衫，内衫、里衣、中衣……汉人的穿戴和摆夷族的装束，都在她身上，里三层外三层，还好寝阁内摆着冰盆。

沐晟见她发丝微乱，很自然地伸手过来，手指挨近到她的面颊时，朱明月猛地往床榻内侧一躲。

沐晟的手臂悬在半空，没动，眼睛却眯了起来，透出丝丝缕缕的危险。

朱明月咬了咬唇，有些气恼地低下头。任由男子粗粝的大手落下来，贴上她耳际的肌肤，顺着耳垂又滑到她雪白的脖颈，将她襟口上的盘扣一颗一颗地解开。

“喂！”朱明月怒极出声，抬起胳膊挡住他。却见他解开了两颗扣子，就将手收了回去，“这么热的天，你捂得严严实实，也不怕中暑？”

中暑也比被欺负强。

朱明月咬牙切齿地腹诽，又蓦地想起昨晚荒唐的一幕幕，双颊不由得有些发烫，还真是燥热了起来。

这时，就听沐晟道：“如果那奴婢说自己是黔宁王府的人，断然没可能。我都听说了，王府安插在元江的各个内线，因为你之前的一个口信，全部按兵不动，不会有人敢违抗命令。”

这在朱明月的意料中，沐晟的这种说法却让她感到一丝奇怪，不由道：“她名叫‘玉里’，是这次我来勐海的随行侍婢之一。”

言下之意，是土司那荣的人？

沐晟蹙眉道：“既是派来伺候你的，昨日怎么没看她在你身边服侍？”刚刚他在外面也听得分明，句句都是试探，哪里有关心的意思。

朱明月暗道堂堂一个王爷，居然喜欢听壁角。朱明月抬起头，说了一句意味深长的话：“从小女再回来上城，这也是小女见到她的第一面。”

玉里为何没来照顾她？澜沧放弃了朱明月，朱明月对那九幽也就没用了，玉里断不用再为一个弃子费心思。然而仅作为一个交换筹码，那九幽答应沈明琪不杀她，不代表对她夜闯蕉林荒山、踏足般若修塔的行为不予追究。

之前梨央会一次次来刺激她，险些让她怒火攻心病死过去，就跟朱明月会从沈明琪下手，逼迫他说出关于沐晟的事一样——那九幽希望在她最虚弱和无助的情况下，突破她的心防，探得她的底细和她来曼景兰的真实目的。可惜她昏迷的时日居多，梨央也没跟她说上几句话，随着黔宁王的出现，任何一个人又不能再靠近小楼。于是那九幽派来了玉里。

硬的不行，来软的。这也是玉里一场苦肉计的原因。

与此同时，问题就出现了：为什么沐晟在勐海有这么重的分量？

这个时候，朱明月的目光落在圆桌上的那个铜红缠枝牡丹瓷瓶上。玉里拿来的，里面插着一把新摘的玉簪花。

居然是釉里红……

沐晟察觉床榻上的少女半晌都没说话，两道秀气的娥眉拧着，像是在思考又像是在斟酌什么，眼眸不由得深了深。

一直以来徘徊在她身边的人，每个人的身份似乎都不简单，而她必须时刻记着他们的身份，记着他们背后代表的势力，要谎话连篇，见人说人话、见鬼说鬼话，更要时刻记住自己说过什么，小心翼翼地平衡这些人之间的关系。

她活在谎言、诈欺和阴谋诡计中，孑然一身，如履薄冰。

一只大手落在她的发顶，打断了她的思绪，朱明月只感觉头上一沉，就听男子道：“想什么呢，这么认真？”

朱明月抬起眼：“想怎么除掉你这个封疆大吏，替朝廷除害。”

恶狠狠的一句话，让男子怔了怔，而后换来了他的笑声。沐晟磁性明澈的声音震动耳鼓，宛若春柳拂冰，碎雪融冰：“你且说来听听，一转眼工夫，本王怎么就成‘害’了？”

要回答这个问题，就不得不继续昨日跟沈明琪没说完的那些话——

朱明月紧抿唇角看着他，却话锋一转道：“王爷是怎么来上城的？”

沐晟道：“昨晚不是跟你说了，布施高僧送我回来的。”

“因为什么来？”

“你受了伤。”

对方灼热而真切的视线，宛若穿透阴霾的一束阳光，直直照在了朱明月的心间。她不免有些耳热，轻咳了声，道：“那王爷又是怎么知道小女受伤的？”

沐晟道：“自然是我在这上城里有人。”

“也就是说，是王爷的随扈知道小女在水牢中受了伤，将消息送到了山谷石窟？”朱明月似恍然一般，却不等他回答，道：“要真是如此，只能说黔宁王府的人实在是神通广大，不仅能在第一时间得到最秘密的消息，还能在人家的地盘上来去自如——”比锦衣亲军都指挥使司的人可厉害多了。

“你讽刺我？”

“不敢，”朱明月垂下视线，静静地说道，“小女只觉得很费解，王爷怎么会在曼景兰？怎么会成为那九幽的客人？”

沐晟看着她，“就因为这两个问题，你觉得本王叛国了？”

终于还是挑开了说。

朱明月深吸了一口气，目光再次落在摆在圆桌中央的铜红缠枝牡丹花瓶上，那釉色仿佛晃了她的眼，让她逐渐平静而淡漠了下来。

“不只是这两个问题，”她开口，“小女更感到好奇的是，自从黔宁王府在御前奏请发兵攻打元江，云南藩主打算集结兵力毕其功于一役的消息，在整个西南地界传得沸沸扬扬的时候，元江摆夷族的土司反而很平静，偌大的澜沧十三寨一点紧张的气氛都看不到。首当其冲的勐海八大寨，更是完全置之不理。”那荣和那九幽一门心思只忙着内斗，甚至包括土司夫人刀曼罗在内，事不关己——这些都是她在元江府的亲眼所见。

什么原因让即将面临灭族之祸的人，稳如泰山？

朱明月一直不能理解。

直到蕉林荒山中，沐晟的出现。

“我们跟着断桥掉下山崖，被布施高僧救了之后，就待在石窟中安安静静地养伤——不觉得奇怪吗？般若修塔那么重要的地方，有两个外人闯了过去，就算没有成功，那九幽总不会放任其在上城为所欲为。可偏偏没有一个人来搜捕我们。”

除非，那九幽已经知道了她在哪儿，知道她暂时到不了般若修塔，更知道，就算她去了般若修塔，也找不到建文帝。

事实上阿姆会死在般若修塔的后室，正是因为那九幽让梨央领着人，在朱明月去般若修塔之前，先一步将建文帝强行转移到了中城。而梨央发现了在般若修塔内等着朱明月的阿姆……梨央将阿姆的尸体，连同一个年轻僧人的尸体，摆好姿势留在般若修塔的后室，就是在告诉朱明月，她的一切意图早被洞穿。

那九幽怎么会知道得这么清楚？若说沐晟在这其中全然无辜，未免太自欺欺人了。

熏风拂动窗扉发出吱呀吱呀的轻响，一身娇弱的少女跟坐在床边的男子静静地对峙，似有淡淡的杀机开始在寝阁里蔓延。

“般若修塔是什么重要的地方？让你拼死拼活也要去。这就是你从应天府来云南，又从东川府来元江府的原因？”

沐晟忽然反问道。

般若修塔似一道咒言，让朱明月有种窒闷的感觉，她抬起眼帘看他，良久才道：“王爷真不知道般若修塔的缘故？”

“如果你说的是两年前的般若修塔，据我所知那只是一座供奉高僧舍利的石塔；至于两年后的般若修塔，似乎来了一个人。”

朱明月眼睫微微一颤。

沐晟将左手搁在膝盖上，上身略微往前倾，“也是在大概两年前，勐海派出武士开始大肆抢掠西南之地走货的商贾、走马人，而勐海养马河豢养的大量马匹，原本会高价易货给当地的商人，也是从那时开始终止了。养马河和广掌泊变成曼景兰的两大禁地，不再让外人踏足一步——这一切，据说都是因为那个人。”

朱明月凝眸看他，“王爷可知那人是谁?”

沐晟将手放在床榻上，手指在上面缓缓写了两个字：

建文。

原来他真的知道。朱明月闭上眼睛，心底里落下一声叹息。

“一直以来小女都觉得王爷领着沐家军护送马帮千里互市，是一件吃力不讨好的事，后来才发现王爷志在元江，发现王爷在御前请了旨意，要发兵剿灭西南边陲的这一个毒瘤；等小女来到元江府，却突然发现好像又不是那么一回事——这一切，似乎都跟旧主在勐海的秘密有关，围绕着这个秘密，与之相关的所有人、事都变得不合常理。时至今日，小女据此得出了一个大胆的猜测。”

男子卓拔的身影被阳光镀了一层金光，气质凛然，轩昂逼人，清隽的目光投射过来：“什么猜测?”

“小女猜，澜沧和勐海之所以会这么有恃无恐，对本该是敌人的黔宁王礼遇有加、奉如上宾，是不是因为土司老爷那荣和那九幽都心知肚明，原本要赶赴元江来的几路卫所大军，在黔宁王府的暗中关照下，一直按兵不动?而这些军队的目的地，也不是元江府，是在朝廷的二十六卫羽林军到来之后，再齐齐开拔至都城应天府?”

两个质问，犹如炸雷一般平地起了波澜。

或许沐晟曾经真心要攻打勐海，或许他也想过为西南之地清除祸害，但是后来他改变主意了。他跟那九幽站在了一起。

那九幽有战马、战象，有大量劫掠来的财宝，除此之外，还有一个建文帝。

而沐晟，有整个滇黔之地的调兵权。

这世上有什么是让人倾尽所有、不惜赔上一切身家性命，也要积极争取的?当年的燕王回答了这个问题。如今的云南藩主，拥有比当初的燕王更多的军队、财力，包括契机——他知道了建文帝在勐海，只要振臂一呼，普天之下必是震惊哗然，平民百姓大多会受其号召，回过头来改拥建文为正统；残余的建文旧部，会借此良机，揭竿而起，大肆反抗永乐朝廷；当年被削藩的诸王余留势力，贼心不死，在暗中蠢蠢欲动；因皇上的法统遭到置喙，被煽动的鲁莽将官纷纷举起义旗，密谋起事；边陲之地终年不服教化的诸蛮夷，趁势打劫，列土封疆……

届时天下就会大乱，朝廷疲于应付各地的反叛，又要防止各府、州、县卫所的兵变，一时间会忙得焦头烂额。一朝天子一朝臣，永乐才刚践祚不久，地方官员多是太祖时期和建文年间的选任，再遇这种皇权内部之争，唯恐殃及自身，怕是会作壁上观，睁一只眼闭一只眼。因为有靖难的前车之鉴，朝廷必不会征调太多卫所军队来驰援，谨防其打着“清君侧”的旗号，浑水摸鱼，致使京畿城防空虚；地方上的都指挥使司即便有心奔赴护持，没有朝廷的调兵令，也不敢擅自行动……大明疆域各地，陷入焦灼的混乱，而一路秘密赶赴应天府的沐家军，正好在此时大举攻打皇城。

多么可怕的一个局！

又是多么的精妙缜密，天衣无缝。

那九幽和沐晟私下里勾结，表面上却互相仇视，实际上是想利用这次的剿袭，在御前获得调兵的首肯，集结西南边陲的全部兵力。

沈明琪等人的被抓，更是事先预谋好的——商贾们会提供财力上的巨大支持，尤其是沈家。沈家与大明朝廷有仇，沈家祖上还是戴罪之身，有什么比参与谋朝篡位更大的功劳，更能让沈家彻底扬眉吐气，在将来平反昭雪的呢？

军队、钱粮、名目——万事俱备。靖难之役才刚结束两年，尚未恢复元气的国家，再次陷入战祸，会不堪一击。到了那个时候，那九幽就不是勐海之主了，作为拥立建文帝重新坐上帝位的肱骨之臣，他就是整个西南边陲的主人，或者，他会在西南自立为王，开辟出一个小朝廷！至于黔宁王，从一个封疆大吏变成一人之下万万人之上的摄政王，执掌生杀予夺大权，何其辉煌！

“那九幽曾经给小女一块‘传国玉玺’，虽然是赝品，但也是‘传国玉玺’，意味着无上皇权。他让小女将这玺印带回澜沧，交给土司老爷，小女当时也不甚明白，而今方才顿悟了，那九幽是要给那荣一个保证，也是许诺——大事之后，勐海必不敢违背誓言。让小女再猜猜，这誓言一定跟西南边陲的分割有关，跟勐海和澜沧将来的命运有关。”

朱明月在床榻的内侧，取出一方五彩稠漆堆花方盒，“那九幽曾在来朝时见过旧主，但是当年跟随元江府原土司老爷那直，一起来朝觐见的不只那九幽，还有那荣，那荣也见过旧主。旧主来到勐海后，那荣获取了这一消息，而后，他又知道了王爷跟那九幽之间的这个惊天密谋，于是也想分一杯羹。”这就是澜沧一直以来毫无战备调动的原因。

“实际上，小女觉得就算那荣被蒙在鼓里，那九幽也会告诉他，因为那九幽知道，勐海和澜沧不能同室操戈，会一亡皆亡。与此同时，一旦将来大军开拔到了应天府，云南府藩邸空虚，勐海无主，如果那荣在这个时候乘虚而入，你们将会腹背受敌，后果不堪设想。那九幽还要倚靠那荣，所以他处处忍让、时时示弱，并将这块意义非凡的‘传国玉玺’交给澜沧保管。”

那九幽也算得上能屈能伸，但是表面昏庸实则精明的土司老爷，会被那九幽这么轻易笼络吗？

那荣的心里应该清楚得很，勐海对澜沧表现出来的诸般臣服，不过是暂时稳住他，等到将来大事已成，那九幽这样的人能不反过来对付他？那荣不会坐以待毙，更不会让那九幽夺了他的地位，于是他也跟黔宁王府私下里有了来往——朱明月能在神祭堂脱颖而出，最终成为祭神侍女来了勐海出使，土司老爷可是没少帮忙。朱明月最初以为他是想让她来那九幽身边做什么，但是他什么都没说。

土司老爷什么都没说，也没有任何态度，却帮了她。为什么？因为土司老爷以为朱明月是黔宁王府的人，是奉了黔宁王的命令混进了土司府。而这一点，不正是萧颜给他递的消息吗？

那荣跟萧颜之间的来往，不外乎是互通消息、互相帮衬。这样一来，功成，那荣就可以居功，来个列土封疆，或者让那九幽永远没机会回来；兵败，那荣远在元江府，再向朝廷投诚也不迟。进可攻、退可守——土司老爷稳坐钓鱼台。

但是对于黔宁王府来说，原本无懈可击的计划，突然多了一个变故——沈家明珠自告奋勇要深入元江府打探。沐晟应该没有想过她真能到元江，萧颜在临沧截住她的时候，更是被其锦衣卫的身份吓了一大跳——这说明什么？朝廷有意让沈小姐来，是对黔宁王府的不信任还是早就知道了建文帝其人在勐海？无论哪一种可能，绝不能阻拦，更不能贸然干涉。否则整个计划都会面临暴露的危险。

“王爷怎么就没想过借刀杀人呢，利用那荣的手、那九幽的手，干脆将小女除掉？从此一劳永逸。王爷只是在上城的外围、中城的外围，甚至是元江府外，布下层层眼线，让小女的消息一点都送不出去……”而她险些命丧在蕉林荒山后的断崖，却是他将她的命从深渊捡了回来。

浓郁的阳光在雕花窗阁间显得斑斑驳驳，投射在阁内的地上，还有几片被熏风拂进来的树叶。

过了良久，沐晟抬头看向她，“说完了？”

“王爷觉得小女说错了？”

沐晟摇了摇头，“很精彩。”

从澜沧到勐海，从那荣到那九幽，更从云南府到元江府，从他到萧颜，每一句话，几乎都踩在了关键点上，精准而完美。甚至连他让那九幽封锁了从上城通往中城的路，又派人固守在元江府外各个通途上的事，她都知道，让他既惊且叹。

“那王爷就是承认了？”

朱明月话音出口，就见男子突然倾身过来，整个人凌厉而强势的气息咄咄而至，“你是相当聪明的，如果你站在我们的对立面上，鹿死谁手还真是未可知。”

男子的阳刚气息逼近于她，温热的拂在她的脸庞上，却带着异乎寻常的冷冽。朱明月的视线对上他的眼睛，“怎么，被戳穿了阴谋，杀人灭口？”

“你不怕吗？”

“怕？”朱明月看着他：“小女既然敢来，就没想过活着回去。”

“死还不容易，你现在浑身是伤，连下床走走都费劲，本王就算是要杀你也是易如反掌。只不过……”他的大手流连在她雪白细腻的脖颈，像是思量着从何处下手能够将其扭断，“既然本王之前没杀你，就证明本王舍不得你，与其再让朝廷派其他的人来，本王更心悦于你。”

他如守着猎物般一瞬不瞬盯住她，眼底涌着似有似无的危险，薄唇几乎要吻上她的鼻尖。朱明月眯起眼，道：“王爷就那么自诩算无遗漏，笃定小女会被困死在上城，半点无法跟外面联系？”

“怎么，你的人还没死光?”

他的话让朱明月一下子想起了阿姆，所有的悲伤、不甘和恨意在这一刻尽数涌上了心头，“你不要逼人太甚!”

“究竟是谁逼人太甚?”他一把攥住她挥舞起的手腕，并抵住她意图挣扎的动作，“朱家明月，你就没想过整件事，还有另外一个版本!”

在朱明月将所有的内情分析出来之后，在她给他判了一个谋反大罪之后，沐晟给她讲了另一个版本。

上奏朝廷请兵剿袭元江府是真，各个卫所军队按兵不动也是实情；将来兵发应天府是密谋，但只是密谋而已——

在那九幽知晓了黔宁王府要对元江发兵的意图后，即刻就将建文帝的身在勐海的秘密透露了给沐晟，同时提出一个谋朝篡位的惊天密谋。诚如朱明月所分析的那样，军队、钱粮、名目——万事俱备，靖难之役后的大明朝廷亟待休养生息，根本无力面对再一次的倾国战祸。

极致辉煌的功业和看似唾手可得的权位，就这么无比诱人的摆在眼前，两人一拍即合很快就达成了共识，并订立盟约，条件是：云南二十四名巨贾做人质，留在勐海，将来给大军提供财力支持；等朝廷的二十六卫羽林军一到，将其统统斩杀，随即粮草开路、兵发应天府，共襄盛举。

这些事，有沐晟和那九幽的来往书信为证。

可他不想当篡权的王莽，也不想当黄袍加身的赵匡胤。他与那九幽虚与委蛇的目的，一是为了确定建文帝的真实性，这也是最重要的，原因就像朱明月的分析。二是那九幽的养马河有上万匹战马，广掌泊有上万头大象，一旦交战，很可能两败俱伤、损失不可估量；若是久攻不下，战线拉得如此之长，粮草接济会成为大问题，届时唯恐要面临进退两难的尴尬境地。战祸引来地方上的动荡不安，本就荒蛮不可教的诸蛮夷，因此被迁怒或是遂蓄反谋，黔宁王府会在多个战场上受到重创，首尾不得兼顾，整个西南边陲将从此陷入无止无休的祸乱。

“那位……旧主身在勐海，这件事不过是那九幽的一面之词，是否真有其事根本未可知。”沐晟索性也跟着她的叫法，“当年的靖难，滇黔地界没有参与。做臣子的也不应该妄言皇家之事，但是据闻当年宫中着起大火，帝后双双在火中殉难，如今怎么又出现了一个活生生的……旧主？那九幽说，旧主其人就身在曼景兰的佛塔中，但是他不可能让我去确认，我也没有办法确认，可是无论真假，关于旧主的流言一定不能传开，否则后果不堪设想。”

“护送马帮互市，包括在东川府大肆捉拿走货商人张三、李四，表面上是做给朝廷看，实际也是做给那九幽看。我要让他相信，黔宁王府的的确确是在为了那件‘大事’在努力经营、在造势。这一切也是为了等待朝廷的二十六卫羽林军到来，等待勐海最终放下全部戒心，朝着黔宁王府打开大门，或者那九幽能让我去见上那位旧主一面。”

这就是沐晟、萧颜等人的全部筹划。

沐家三代受太祖爷天恩，世守云南，沐晟还是在建文元年封的侯。然而一场靖难之役，太祖亲选的接班人被篡位，永乐年号的更替，使得“建文”这两个字永远成为了过去。两年后的今天，被推下帝位的皇上突然再次现身，黔宁王府处在一个极其尴尬又孤危的境地。

欲酬明主惠，当尽使臣能。勿以王阳道，迢递畏崚嶒。

沐晟当机立断，元江府打还是要打，那九幽不臣之心必当除之后快，至于黔宁王府的兴衰、个人的荣辱，将来功勋卓著也好，还是鸟尽弓藏，反成孽子孤臣，那都是以后的事。

但是谁也没想到，多出了一个沈小姐，现在也可以说，多了一个朱家明月。

萧颜在很长一段时间内，都有被沈小姐冒失的行动连累打草惊蛇的担忧。但是这个年仅十五岁的小姑娘，无疑让所有人大感惊叹。她削弱了刀曼罗在土司府的势力，让那荣争取到了跟那九幽一较高下的机会，同时也将那荣推向了黔宁王府这一边——事实上，那荣一直以来并不确定倒向黔宁王府，那荣是在确定了沈小姐之后，才主动找到了萧颜。

这对黔宁王府来说，是意外的惊喜。

随后，借由土司府的力量，朱明月很顺利地来到了曼景兰，在中城、在若迦佛寺，她朝着建文帝的藏身地点一步步靠近。于是所有人都在想，如果朱明月能确定建文帝下落的真实性，更有甚者，直接找到建文帝，她将替整个西南边陲兵不血刃地挖出那一颗不知何时就会炸裂的惊雷，黔宁王府至此也可以放开手脚，一鼓作气地对付勐海。

可他还是来了，作为黔宁王府对勐海最大的诚意，只身一人来曼景兰“做客”——这看似顺理成章的筹谋背后，充斥着多少不顾一切却又无法言说的深情？而她不知道，他透过安插的内线一直在看着她，看着她在土司府、在曼景兰的几乎每一件事，他看到她独自一人在暗无天日的神祭堂搏杀，看到那些可怕的、险恶的人和事一刻不停地围在她身边，而她一点点冲破阴霾，用柔弱的肩膀撑起了一切艰险和苦难。

“这就是我的版本，跟你的刚好相反。”

沐晟将上述说完，转过头来看她，“珠儿，相信我吗？”

珠儿，相信我吗？

这句话何其耳熟，在断崖间的索桥上，生死一线，他也是这么问她。

朱明月想起当时他一直握着她的手，明知道再往前一步也许就会踏入深渊，却坚定而执拗，给她力量，也给她勇气。

“若真是王爷说的那样，证据呢？”她问他。

“没有证据……”沐晟摇头，“我没有将这件事禀告到御前。”

自然是不能禀告的，否则针对元江府的剿袭计划会举步维艰，还会横生枝节，后患无穷。

朱明月能够想象出这其中的艰难和无奈，每一步都如同走在刀尖上。不被理解，不被信任。

她闭了闭眼睛，心底里忽然蓄满了哀凉，可她还是抬眸看向他，一字一顿地问他道：“既然如此，要小女凭何相信？”

“你不信我？”

朱明月咬唇道：“如果小女说不信呢？”

“是吗，”他低下头，“如果是这样的话，此时此刻，你的密报就会快马加鞭送到应天府去，或者根本不用送到应天府那么远，只消将先前你分析的那些，让你的人送出到滇黔之地的某个守御千户所，我的云南藩邸就会顷刻面临覆巢之祸。”

沐晟说到此，苦笑着看向她，“包括那九幽在内，以及黔宁王府的人都在进出曼景兰的必经之路看守，然而斥候禀告过来说，三大城和两寨中，不仅见不到一个在附近鬼祟游走的外人，反而是不少城内的人、族内村民时不时地在固定的地方走动——这些蛰伏在暗处又蠢蠢欲动的人，恐怕都在等着你的命令，等着彻底倒算反攻的时刻。”

当萧颜告诉他，她是锦衣卫，她代表朝廷而来，他就已经有了有朝一日对立的觉悟。而就像她所说的，他笃定她会被困在上城，却阻止不了她跟外面联系。

“后悔吗？”这时，朱明月看向他，静静地答道，“如果小女没有闯过蕉林荒山，或者掉下索桥没有生还，那么不管黔宁王府是忠是奸，都不用面对这种随时可能被倾覆的威胁。”

“那你后悔吗？后悔在断崖上将唯一生的机会留给我，后悔用双手将我从石堆里挖出来、冒着大雨将我拖进蝙蝠洞。”沐晟的眼底燃烧着一团沉默的火，深沉而炽热，“我知道，在那个时候，你就已经开始怀疑我了。如果当时你没有救我，我根本等不到布施高僧来，就会死在残壁上。”

朱明月浑身一震，他的字字句句都如同重锤敲击在她心上，让她蓦然想起黑暗中他身受重伤，一动不动地躺在冰冷雨中的情景。

可他怎么能这么说？

她有所怀疑，是因为立场不同，在那样的时刻又怎么会见死不救？

某些激动的情绪在心底翻涌，朱明月别过脸，用尽量平静的语气道：“王爷太高看小女了。无论小女是什么身份，不可能随意处置一个封疆大吏。王爷的生死不是小女能决定的。”

“不，你没有正面回答我的问题。”男子一瞬不瞬地看着她，步步逼问，“你是不是后悔了，告诉我。”

“现在问这个有什么意义？”她挣扎。

“有意义，”男子执拗地看着她，“我要知道答案。”

朱明月的心一刹那像是被什么揪紧，难以抑制的钝痛。她怎么会后悔呢？她无法想象他如果真的出事她会怎样，但她很清楚，若是再让她选择一次，她还是会毫不犹豫那么做。

“小女不后悔。”她看向男子清俊逼人的面容，像是豁出去了一样，紧咬下唇道，“但是，不到最后一刻小女都无法相信你，也不能。正如你有不臣之心，小女会亲自手刃你一样！”

在断崖上她将活下去的机会留给他，他坚定地拉着她走上随时坍塌的索桥，选择同生共死。可事后他也毫不留情地封锁她的消息，而她在跟他彻底摊牌之前对黔宁王府布下杀招。

假如时间能够停留在断崖的那一刻，或是在那一刻结束，也就不用面对现在这种泾渭分明的立场。她终究不是沈明珠，她背负着皇命而来，除了去怀疑、去审视，别无选择。尤其是姚广孝让她在黔宁王府即将对勐海发兵的一刻来到元江，这本来就是一种不信任，唯恐沐晟在建文帝的事上有二心。

而他作为黔宁王府的主人，在对勐海虚与委蛇、苦心经营的时候，还要时时提防来自朝廷内部的掣肘，自古未有权臣在内，而大将能立功于外者。其自身性命尚且不能保，何况成功？他首先要保证黔宁王府不在这场几可预见的浩劫中被无辜牵连。所以，哪怕他问心无愧，也必须用尽手段将她的这些猜忌和质疑，遏止在曼景兰之内。

他们两两相对，却也注定背离。

他们可以为彼此舍弃性命，同样会置于对方死地。

此时此刻，距离朝廷的二十六卫羽林军，以及东川府的千户所将官等人最终抵达元江府，还有不到七八天的工夫。在那之后，就是图穷匕见的关头，黔宁王府是忠是奸，沐晟究竟有没有忤逆造反之意，都会在那一刻见分晓。

在那之前，朱明月必须找到建文帝。

夜晚的上城的确是不能乱走，有吃人的虫子、蚂蚁、老鼠，还有其他各种诡异而凶恶的东西，朱明月曾经吃过大亏。但是有一个轻车熟路的人领路就不一样了，这个领路人是凤于绯。

“我跟你去。”

“不行。”

沐晟用左手抵在门口，用身体阻挡住她的去路，“珠儿，你独自一人，就不怕再发生后殿蕉林荒山那种事？”

朱明月道：“跟王爷说过，别再叫小女‘珠儿’。”

“你幼时的闺名难道不叫‘明珠’？”沐晟挑眉，眼神冷极，“怎么，李景隆能叫，本王就叫不得？”

朱明月抬眸看他：“好端端的，怎么提起曹国公来了？”

“他是这次的奉旨钦差。”

朱明月的眼睛瞪大了一下，反应了好半晌，还是难掩惊讶地问道：“领着御前的二十六卫羽林军来云南的人，是阿九?”

“阿九?”沐晟的眉头锁得更紧，往前一步，欺身向她，“你跟他似乎关系很亲近？对了，我想起来了，你俩曾在应天府城南的茶楼中‘相谈甚欢’。”

最后四个字含着似有似无的酸意，男子又往前逼近了少许，饶是他拄着拐杖，行动不便，压倒似的姿势，也逼得她不得不步步后退。

直到她的后背靠上门扉旁边的墙壁，他一只手撑在她头侧，俯下脸凑近她，看似在审视，实则禁锢一般让她不能脱身。

自打几日前两人说开，他又恢复到了最初那一副蛮横霸道。屡次遭遇几乎皆是不欢而散。就像此时，朱明月对他突如其来的怒气感到无所适从，不得不用小臂挡在他胸膛前，别过脸躲开他咄咄逼人的视线，“……小女跟他是旧识。”

“什么样的旧识?”

“患难与共。”

沐晟的眼眸更寒：“也就是说，李景隆是你最后的杀手锏?”

说话间，男子又挨近她几分，像是细细描摹她的每一个表情。

朱明月气急瞪他：“小女刚刚也是从王爷的口中得知，曹国公是奉旨钦差这件事。怎么可能事先跟他有牵扯？再者说，小女是朝廷的人，曹国公也是朝廷派来的，我们本就是一路，就算联起手来，这也不是王爷能够操心的!”

沐晟眼睛危险地眯起，眼底流泻出丝丝缕缕的冷笑，道：“你跟他是一路？那我是什么？我可以允许你对我存有戒心，甚至你也可以怀疑我，但是如果你想连同他人一起对付我……”

沐晟说到这忽然埋下脸，在少女的脖颈重重地咬了一口，趁着她还没来得及惊呼出口，伸出舌缓慢地来回舔吻，“珠儿，记得你是我的，离其他男人远一点。”

“黔宁王!”朱明月怒极低吼出声，“……莫要再欺侮小女!”

“珠儿，本王疼你、怜你，还来不及，怎么会欺你、侮你……”

“住口!”

朱明月一张脸颊酡红，用手肘推搡着他，要从他的桎梏中挣脱。于是男子更加深了在她脖颈上的吮吻，更近乎凶狠地啃噬了一下。颈边传来的刺痛，让朱明月"啊"地叫出声，沐晟却在下一刻就放开了她，然后拉着她的手腕走出寝阁。

"你要带我去哪儿？"

少女往后伸着手，挣扎道。

"带你去找你要找的人。"

今晚的夜色很亮，满天都是繁星，可见明日是一个好天气。北方天幕有一颗又大又亮的星辰——帝王星。在它的周围，还有天枢、天璇、天玑、摇光等七星，围绕着它四季旋转。斗柄指南，天下皆夏，而帝王星则是众星主宰，唯我独尊，能够逢凶化吉、消灾度厄。

卜卦之人常说，想要坐拥帝位，没有那逢凶化吉的本领，不如早早战死沙场，否则就算紫微坐命，最终也只落得个生不逢时、成王败寇。

而今，这颗帝王星又是为谁而亮？

朱明月走到花园中就不走了，只怔怔地望着天幕出神。

沐晟问道："怎么了？"

朱明月道："小女忽然在想，小女能出来夜探，是因为那九幽已经知道小女对般若修塔里的人有所觊觎，做些什么过分的举动，也会被看在沈当家、王爷的面子上，得过且过。眼下王爷跟着小女一起，不是摆明了告诉人家，王爷也别有居心？"

沐晟道："那九幽不会怀疑我。"

朱明月疑问地看着他。

沐晟道："他跟我索要了一颗人头，作为成大事的筹码，我答应他了。"

朱明月微微一怔，忽然就有不好的预感，"谁的人头？"

"奉旨钦差的。"

朱明月大惊失色，那不就是李景隆的！

但是她一瞬间就又冷静了下来，那九幽会让沐晟这么做，无疑是让他自绝于朝廷，不得不跟着他一起踏上谋朝篡位的不归路。沐晟不会这么做，做了，等同于自掘坟墓。可他又不得不这么做，否则那九幽不会真正向他敞开心扉，等朝廷的二十六卫羽林军一到，那九幽稍有不安，还是有可能将建文帝的事传扬出去，或者倾尽养马河和广掌泊的力量反戈一击。

但是沐晟至今未曾将李景隆的人头拱手送上，至少现在没有，那九幽却稳稳当当地坐在修勉殿里，沐晟也安然无恙地在上城，被奉为上宾。

尤其这几日她在寝阁中养伤，不仅梨央没再出现过，玉里也没再出现过，真就像他之前说的，以后没有允许，不得来这座小楼，而她甚至都没再见过那九幽。

这很奇怪。

少女的面容冷静沉默，夜风吹动她额前几缕青丝曳动，白瓷若腻的脸颊，眼角一颗泪痣盈盈若坠，在夜中显得格外妩媚而惊艳。

“口是心非的小骗子。”

这时候，他磁性浅浅的、略带倨傲的笑音儿，蓦然落在她的耳畔。朱明月抬眸，就瞧见男子笑睨着她，一双眼睛在夜色中分外撩人。

“什、什么?”她没听清楚。

“显然你是相信我的，而你的心也偏向我。”沐晟微微笑着道，隐有得意之色。

朱明月忽然就明白了，他是在说，他提到李景隆的人头，她并没有焦虑；而她察觉到了周围种种奇怪的表象，也没有往他与那九幽之间的关系上联想。

她很想告诉他，别小瞧李景隆，更不要小瞧他领来的那支二十六卫羽林军；她也想告诉他，她在这上城中并非孤立无援。

“伤筋动骨一百天，王爷如今这副模样，连战马都爬不上去，遑论领兵打仗？小女只是觉得就算是最坏的情况，也不足为惧。”朱明月轻描淡写地道。

少女说罢，男子的脸就黑了。

就在这时，一声扑哧的笑声在花丛中响起。

两人回望过去，穿着锦缎白衣的男子周身倜傥，挎着一个行囊，从半人多高的美人蕉花蔓中走了过来，是凤于绯。

“沈小姐如今也是一身病弱，跟王爷不相上下，凤某觉得两位倒是都该速速离去才是正经。”凤于绯一不小心将实话说了出来。

朱明月闻言蹙了蹙眉，看着凤于绯这身打扮，而后看向沐晟，像是突然明白了什么，不禁有些愠意、更有些可笑地问道：“速速离开？王爷要怎么安排小女？今晚就送小女撤离曼景兰？”

说什么带她去找她想找的人，不过都是借口。她之前跟他摊牌，是事到如今不得不说开，而他跟她交了实底，则是早有了送她离开的打算！

朱明月感到无比的荒唐，几日前她刚刚能下地走动，哪怕想要出小楼晒晒阳光，他次次都以她身体虚弱为由，禁止她的行动。而今他终于破天荒地答应了，原来是要送她走？

凤于绯自知说漏了嘴，噤声站在一旁。

沐晟伸手拦住她想要往回走的动作，“珠儿，听话。”

朱明月直直抬眸：“王爷没有权力替小女来做主。王爷不记得了？”

“你错了，这件事你必须让步。”沐晟见她毫不退让，眸色微敛下来，道：“我知道你在想什么，也知道你留下来的目的，但是上城不是你能独自一人擅闯的。你想找的人，我会替你找。”

替她找？

“王爷就这么安排小女出去，上城的主人知道吗？”朱明月突然反问。

“你离开，我才会留下。这是条件。”

沐晟说罢，就扬手做了个动作，几道黑影从椰树后面的小径走了过来，“王爷。”

“把小姐安全送到军师那儿。”沐晟吩咐道。

连人都找好了。

朱明月看着男子拄着拐杖，挺直了脊背卓然如松，一张清俊至美的脸上，是不容置喙的断然与清凛，心里不由气急，更有几分复杂。

“王爷明不明白，一旦小女出去了，所了解到的消息与实情若有一星半点的差距，会有什么后果？”她如今身在上城，在他身边，尚且无法全盘信任，何况还是相隔两地。

男子的大手落在她的头发上，轻轻摩挲着道：“我相信以你的聪慧，一定会做出正确的判断。”

“王爷要将黔宁王府的存亡，压在小女的一念之差上？”她恨声威胁他。

沐晟道：“有军师在，他会看着你，不让你胡来。”

这么说是毫无挽回了？

朱明月急得在原地打转，心中暗恨，面上更是咬牙切齿，道：“你欺人太甚，居然这么逼我！你怎么能轻易替我做这样的决定！”

“珠儿，这次必须按照我的意思来。”

沐晟说着，伸手一揽，也不管她是不是愿意，不管周围还有别人在场，一把将她紧紧地搂进怀里，“记得我说过的话……照顾好自己，等着我去找你。”

他挺拔高大的身材覆盖下来，能将她整个罩住，内敛的气息萦绕在鼻息间，她的脸紧靠着他的胸膛，耳畔就是他沉稳有力的心跳。

三个随扈眼观鼻、鼻观心地垂手而立，像是泥塑一样八风不动。凤于绯露出一抹意味深长的眼神，暧昧又有些若有所思的视线，不住地在两人身上打转。

就这样朱明月被三个随扈强行带走了，还有一个凤于绯。

她从没想过会以这种方式仓促地离开上城，更没想到会是被沐晟强迫着离开。在她就要接近目的地的时候，让她功亏一篑。

凤于绯是兴高采烈的，期盼了许久的愿望终于要达成，他几乎是迫不及待要见到他的赌坊酒肆、娇妻美妾，以至于走这一路，一直在心里美滋滋地计划着离开曼景兰后，是自行启程回武定州，还是通知凤氏商社的人前来接他。

然而他们不光出不了曼景兰，连上城都不可能。原本在殿前小径上巡夜的武士和侍卫，此刻齐集在了内城内的水桥前，火把照得雪白大理石的桥面一片雪亮，身披轻甲的队列，清一色户撒刀，威凛迫人。为首的是两个人：乌图赏、梨央。

“深更半夜，凤公子和沈小姐这是要去哪儿？”

乌图赏扬着下颚，居高临下地望着这一行几人。

凤于绯见到这阵势惊愕失色，这个时候，忽听“铮”的一声利器交错，从旁侧冲出来一道身影，手持板斧的男子，就与三名随扈打到了一处。

沐晟派来护送朱明月和凤于绯的，都是行伍中的高手，然而这个拿斧头的男人招式凶悍，下手更是毫不留情，一挥一砍，举斧径直横劈对方的脖子。

四个人打得触目惊心，吓得凤于绯赶紧往一侧躲。

乌图赏在桥上兴致勃勃地观战，扶栏的梨央嘴角抿着，一副望眼欲穿、跃跃欲试的架势，像是随时等着上前助阵。

但是根本不用她插手，不过两盏茶的工夫，两个随扈倒下了，剩下一个僵持了不到半刻，就被砍在脑袋上，只听得“啊”一声惨叫，鲜血喷射，半个头颅飞出去，整个身体还保持着直立。

拿斧头的男子抬腿一踹，随扈就委顿地倒在地上，半颗人头骨碌碌滚到了朱明月的跟前，脑浆流了一地。

凤于绯见此惨状，也跟着大叫了一声，眼前一黑就昏了过去。

这时，桥上的梨央拍着手笑起来，咯咯的清脆小调子，还带着一丝丝的羞涩，“拓索哥哥太了不得了，好有男儿气概!”

拓索用衣襟抹了抹斧头上的血，抬起头，嫌恶地看了桥上那黝黑高壮的女人一眼，杀意未褪的目光，又往朱明月的方向瞥了瞥，沉默地走回到侧旁。

除了脚前的那半个头颅，还有一截胳膊，满地的鲜血。

朱明月低头看着前一刻还为她引路的人，眨眼的工夫，就变成了三具冰冷的尸体。其中一个还曾在凤于绯不小心绊倒时，腼腆地扶住他，跟他说“当心脚下”。

“沈小姐真不是一般人，凤公子都吓晕了，沈小姐居然面不改色。”

乌图赏抱着双臂，似笑非笑地从桥上走下来。

朱明月抬起头，一双眼睛冷如冰封：“黔宁王说过，跟九老爷达成了谅解，才要送我离开。怎么，乌图赏管事这么大阵仗，是要亲自把我送回云南府?”

乌图赏哈哈大笑道：“沈小姐可真会开玩笑，云南府？不，沈小姐还是继续留在上城吧，让吾等以尽地主之谊。”

朱明月忿然：“堂堂的勐海之主，也要出尔反尔?”

梨央娇声道：“不，这叫兵不厌诈。”

兜兜转转，朱明月还是被留了下来。

当然不可能送她回小楼，也不是那个肮脏腥臭的水牢，而是上城最北端的一座地牢。说是地牢，不如说土坑，平地挖出五六丈深的露天地窖，里面又有沟壑纵横，间隔出一个一个小坑。每个小坑都不同，有的摆着巨大的铁笼，有的充斥着气味呛人的不知名的浆液，还有的，是……蛇。

满天星辰的银色光辉，透过叶脉斑驳下明明灭灭的流光，又投射在土坑附近蔓生遍地的野蔷薇上，花期刚过，萎谢了满地的白色花瓣，风一吹，似有细芬卷过。

朱明月和凤于绯被押着来到土坑前，正是子夜最浓时，一时间万籁俱寂，能很清楚地听到，坑里面成千上万条蛇翻滚身子的滑腻声音。

凤于绯被掐人中，醒过来后，又见到这一幕，顿时惊骇得面无人色。要不是有侍卫架着他的肩膀，早就跪下了。

梨央站在朱明月旁边，见到她面色发白，浑身战栗，梨央嘴角挑起了一抹笑，娇滴滴地道："这里是咱们上城的'万蛇坑'，说是有一万条蛇，但长久下来，这些小东西互相撕咬吞噬，好像也只剩下不到几千了。不过没关系，应付他们倒是够用。"

梨央刚说完，就见乌图赏笑着一摆手，抬着三具随扈尸体的侍卫走上前几步，将尸体高高地抛起，三人的尸身就落进了盛满蛇的坑中。

蛇的身体像麻花一样交缠着，光滑斑斓，还有雪白冰凉的肚皮，不断翻卷着包裹上来。尸身在坑里浮浮沉沉，不时还露出一颗头颅、半条腿……不一会儿，就渐渐隐没在了里面。

凤于绯惊恐地睁大了眼睛，弯下腰"哇"的一下就吐了。

朱明月的脏腑内也是一阵翻涌，只觉得全身的血液都冲到了喉咙，令她头皮发麻忍不住发颤。

"行了，把他俩带过去吧。"

乌图赏朝一侧架着凤于绯的侍卫扬了扬下颚，两个侍卫就擎着他要往中间走，梨央也面朝朱明月摆开手，道："咱们也走吧。"

凤于绯疯了，哇哇大叫着"不要"，拼了命地挣扎，哭天抢地。

乌图赏走到跟前，睨视抱着侍卫的裤腿不撒手的男子，啧啧两声，不耐烦地道："凤公子你冷静点儿，不是要将你喂蛇。"

凤于绯满脸涕泪，呜咽道："不、不要……"

的确不是要将他们喂蛇，而是要将他们囚禁在蛇坑中央。

在这个巨大的露天地窖中，有三个蛇坑，均挖在了靠近坑壁处。坑上面搭上一张木板，人从板上走过，发出"吱吱呀呀"的声音，木板下面就是交缠在一起的蛇群。走到地窖的最中央，有一个大圆坑，下面放着五个大铁笼，两个是空的，剩下三个，里面蹲坐着人，挤挤挨挨。

要不是有两个侍卫架着往前走，凤于绯根本迈不开步。垫着的木板也极薄，缝隙还大，看上去就像随时都能翻下去一样。

等被带到地窖中央，凤于绯泪眼迷蒙地看过去，赫然发现大铁笼里囚禁的人，一张张都是熟识的面孔："赵兄？铁兄？李大哥！"

是被抓的那云南二十几名商贾。

朱明月这时也走了过去，她肩膀紧绷着，强自镇定下来，目视一扫，没有沈明琪。

像是猜到她心中所想，梨央在她后面笑着道："沈当家不在这儿。九老爷说了，沈当家与黔宁王的交情匪浅，黔宁王交代过要好生照顾沈当家、不得慢待，这会儿他还在南面的屋舍里睡大觉呢。"

梨央此话一出，蹲坐在坑底大铁笼中的商贾们，齐齐露出悲愤的面色。

朱明月面容苍白，咬着唇用颤音儿道："我兄长住在屋舍，我却要在这里。我们兄妹二人都为人质，待遇却如此不公，到底是黔宁王的意思，还是九老爷故意所为？"

闻言梨央笑脸一僵，冷哼着看她道："到了这时候，沈小姐还不忘辩解。"

乌图赏道："沈小姐素有一张利嘴，你是说不过她的。"

铁笼子是上翻盖，"哗啦"一声，铁锁打开，朱明月和凤于绯就被推了下去。奴仆再将铁盖扣上，锁上大铁锁，朱明月和凤于绯被分开囚禁在了那两个空笼子里。

"同样是笼中鸟，待遇还是会有不一样的。"梨央将钥匙揣在怀中，拍了拍手，居高临下地看着坑里笼内的少女，"沈小姐还满意奴婢的安排吧，是单人间呢。"

"有劳费心。"朱明月冷冷地道。

乌图赏和梨央又嬉笑热讽了两句，就带着侍卫走了，临走之前，抽掉了蛇坑上面的木板。

坑中的五个大铁笼摆成一个梅花形状，两两相挨，朱明月和凤于绯所在的笼子，与蛇坑就隔着一道土壁。另外三个笼子，有的正对着蛇坑，有的紧挨着充斥着蓝绿色浆液的深坑，黏黏稠稠，咕嘟咕嘟冒着泡，气味极为刺鼻。

这应该是……绿矾油？

《黄帝九鼎神丹经诀》中有炼石胆取精华法：煅烧石胆获白雾，溶水即得浓镪水。据说使白发人变黑发人，冒滚滚呛人白雾，顿时身入仙境，十八年后返老还童。实则，一滴接触上皮肤，即刻腐蚀，皮开肉烂。

不知怎的，朱明月忽然就想起在蕉林荒山，那几个人从密林中拖出来的那具尸体，全身腐烂，散发出恶臭，连虫子都不吃……

"凤某到底是倒的什么霉啊，明明可以走掉，又被捉回来，还被关在这种鬼地方！"

凤于绯的哀嚎声，打断了朱明月的思路。

这时，就听旁边笼子里一个男子道："凤贤弟你别哭了，到了晚上你才来已经是偏得了，我们几人是早上就被带来的，眼瞅着那坑里面万蛇翻卷，起初也都以为九老爷要将我们喂了蛇！"

"可不是！好吃好住招待了大半年，如今怎么突然又变卦了？"

"我们好歹是滇黔地界有头有脸的巨贾，连黔宁王都要给几分薄面，在勐海居然被如此对待，传出去哪儿还有颜面！将来再莫想让我出力出财！"

"要我说，那帮人简直是丧心病狂，弄的这都是什么？又是蛇，又是大坑，将咱们当成畜生一样囚禁起来，还把人家一个小姑娘也扔在了这里！"

众人见到朱明月，生得清清丽丽一身娇柔，双手还包扎着，一看就是受了伤，不禁都有些怜惜。又得知了她是锦绣山庄还君明珠的大小姐，遭遇至此，更是唏嘘不已。

其中有几个中年商贾，见状，顿时生出了男子汉大丈夫的豪情，拍着胸脯，中气十足地道："沈家妹子莫怕，你兄长不在，咱们就是你兄长，天大的事，哥哥们会护着你！"

其他商贾闻言，纷纷点头附和。他们光顾着展现自己多有胆气、多仗义，却忘了白日里被押着从蛇坑上面走过时，一个个吓得腿肚子转筋，有的更险些尿了裤子，并不比凤于绯好多少。唯独眼前这个少女，面色苍白，却是咬着牙自己一步一步走过来的。

荒郊野外的夜晚很难熬，风凉雾重，寂静无声。虽然这里是上城的前殿，在土坑中却比荒郊野外还糟，冰凉潮湿的土地，四周无遮挡，且因为太过寂静，时不时还能听到一壁之隔的蛇坑里，蛇身翻动的声音，好像还有吞咽声，咕唧咕唧，要不就是那绿矾油的深坑，泛起一两个黏稠泡泡……

“沈小姐，沈小姐。”

凤于绯敲了敲铁笼。

朱明月坐在地上，抱着双肩，整个人小小的一团，显得格外娇怜。埋首下去的时候，一双眼睛却亮若冷月。

“沈小姐，你说，王爷会派人来救咱们吗？”

凤于绯蜷缩着身子紧挨着铁笼一侧，离土壁那边远远的，他满怀希冀地问了一句，却见朱明月扭过头来，淡淡地答道：“负责护送咱们的那三个随扈若是能活着跟随出城，返回来复命最快也是明日晚上。”

也就是说，沐晟最快也要明日晚上才能知道他们被扣押的消息。

沈明琪大失所望，耷拉着脑袋委顿地坐在地上，“这破地方，凤某一时一刻都不想待，还要等那么长时间！”

“能活到那时候已经很不错了。”

“什么？”凤于绯大惊，扒着笼子看她，“沈小姐这话什么意思？为什么不能活？”

朱明月看向他，反问道：“凤公子不如先想想，为什么能活。”

凤于绯道：“当然是因为王爷跟那九幽的密谋，需要咱们二十四位商贾一起提供财力支持啊！否则他们将咱们这些人高床软枕、奉若宾朋似的滞留在勐海这么长时间，意欲何为？但是凤某实在不明白，好端端的，怎么突然大变样来这么一出……”

果然是知情的，只是这番话若被外面的人听到，黔宁王府跳进黄河也洗不清了。

“什么密谋？你们不是被抓来的吗？”

朱明月故作疑问地道。

凤于绯一愣，惊讶地看她：“……怎么你不知道？”他说完就掩住口，意识到自己说漏了，扭捏两下，不自在地道，“也没什么，凤某的意思，就是……就是……”

见凤于绯“就是”半天，也说不出个所以然来，朱明月很好心地问道：

“谋朝篡位？”

朱明月直截了当的一句话，让凤于绯激灵灵一颤，整个人都僵住了。好半晌，他干笑两声，道：“沈小姐听谁说的？”

“凤公子且回答，是或否。”

凤于绯咽了咽唾沫：“沈兄是如何跟你说的？”

“兄长他就是这么说的。”

“那王爷呢？”

“王爷能将我先行送出去，在这之前，凤公子觉得他会跟我说什么？”朱明月问了凤于绯一个他自以为心知肚明的问题。

闻言凤于绯果然松了表情，连声道：“是啊是啊，瞒着谁也不会瞒着沈小姐，沈小姐不但是沈兄的嫡亲妹妹，更被王爷引为……”红颜知己四个字，凤于绯没说，但彼此心照不宣。他呵呵笑了笑，又道：“这想来想去，凤某觉得那九幽这次不过是在故弄玄虚，除了沈兄，咱们余下二十三个人都在，还有一个举足轻重的沈小姐，不会对咱们怎么样的。”

凤于绯说这话也不知是在安慰朱明月，还是在安慰自己。

“真是那样的话，怎么会连一声招呼不打，就将大家关在这种地方？这可不像是对待客人的态度，倒像是……”朱明月说到此，眼波从凤于绯脸上滑过，见他竖起耳朵听，就卖了个关子，再次反问道，“凤公子还记得在金湖屋舍里，跟小女说过些什么？”

凤于绯怔了怔，问：“什么？”

“凤公子让小女去那九幽面前询问将诸位商贾扣留在勐海的原因，还说，左右是贪图你们的家产，等把你们养肥了，也该宰杀吃肉了。就像过年时农夫家里圈养的猪羊。”

凤于绯听她这么一说，不由得尴尬了。自己有意欺瞒挑唆在先，如今被旧事重提，当时倒是颇有些欺负人家小姑娘的意思。凤于绯摸了摸下巴，悻悻地赔笑道：“沈小姐莫不是还在记恨凤某先前的口误？其实那不是凤某本意，是沈兄他……他让大家伙守口如瓶，说不能跟任何人提起此事，否则……”

凤于绯抬起手，煞有介事地做了个“抹脖子”的动作。

凤于绯的“知情”，不在朱明月的意料之外。不仅凤于绯知道，沈明琪也知道，其他二十二个商贾应该都知道，否则他们不会优哉游哉、听之任之地长久待在这里；凤于绯也不会心心念念想着离开——居功至伟，毕竟是人家的功业，自己赔上了身家，一旦不成，就是满门抄斩的结果。

但是朱明月奇怪的是，谋反这种事，不是谁都敢干的。那九幽是野心滔天的亡命徒，沐晟是……到目前为止，他暂时可以算是以身饲虎、假意投敌，可商贾们并不知道，他们以为黔宁王府和勐海要合起来攻打朝廷——倾尽家产犒叛军，这是什么行为？是资敌，等同于谋叛，是要诛灭九族的。

朱明月将自己的疑问说给凤于绯听，对方长叹了一口气，一个劲儿摇头苦笑道："沈小姐以为我们想？我们难道不知道这是要掉脑袋、遗臭万年？不信沈小姐问问那三个笼子里的老哥哥们，他们会齐齐告诉你一个答案：不得不。"

不得不。不得不资敌。哪怕是触犯"十恶"的重罪。等将来黔宁王府和勐海成功了，像太祖爷当年那样回过头来对商贾清理倒算，他们也不得不将脑袋拴在裤腰带上，跟着一起拼命。

"别说我们的身家都在滇黔，跑得了和尚跑不了庙，我们所有人名下产业、经营产业的契据，都在武定州被尽数缴了公。这还不算，如果我们中有谁宁肯舍弃万贯家产也不合作，那么好，黔宁王府不会要我们的命，只会将我们所有人，包括三族之内，在黄册上除名。"

在黄册除名，他们就不属于大明子民了，既不是民户，也不是儒、医、阴阳等户，而他们又身在大明疆域内，下场就是家长被处死、家属遭流放。

"我们武定凤氏虽然是其后才归顺大明，但我也知道，那黄册共造四份，上送户部，承宣布政使司、府、县各留一份。如果黔宁王府的力量已经大到能干涉到黄册之事，还有什么是做不出来的？"这简直让人悚然，不老老实实合作，就是求生不得、求死不能。

"我还有一个问题。"朱明月道。

凤于绯扁了扁嘴，有些不耐烦，但是看在黔宁王这么重视她的分上，凤于绯决定还是要讨好她。

"你问吧。"

"既然黔宁王府已经将诸位的身家性命都掌握在手中，黔宁王安排我今晚离开勐海，为什么会带着凤公子？而不是其他什么人？”让凤于绯走，就等于放了凤氏商社一马。

凤于绯斜着眼睛看过来：“沈小姐这是什么话，瞧不起凤某？”

“我只是很好奇。”

凤于绯翻了个白眼，下意识地往四周看了看，见三个铁笼子里的人睡成一片，鼾声大作，捂着嘴压低声音道：“因为我们武定凤氏对黔宁王府有大恩，王爷是决计不能扔下凤某不管的，一旦有什么安排，自然要先捎上凤某。”

凤氏的确对沐家有过恩情。

洪武十四年，沐英奉太祖之命率兵攻云南，人困马乏之际，与贵州府水西土司奢香夫人齐名的武定州女土司商胜，备粮千石，特地到云南府金马山接应明朝大军。待沐英得胜后，商胜又以彝族最高的礼仪，在金马山下数百里搭棚拦门敬酒，大摆筵席，三日三夜，灯火通明，歌舞不绝。

沐英将武定州的义举写在奏疏中，曾请示朝廷予以嘉奖，太祖爷特赐商胜“金带一条，授中顺大夫，武定军民府土官知府”，对其赞誉极高。洪武十六年以后，凤氏家族又先后多次进京朝觐。

凤氏土府的前一任女土司，对黔宁王府的第一任家主有恩，而今商胜已逝，沐英也过世多年，两家的恩德落在了小一辈人的头上，于情于理，黔宁王府都不能对流落在勐海的凤氏嫡孙置之不管。

凤于绯想到此又撇了撇嘴，若是真念着当年的恩情，为什么这种事要找到他头上？满口假仁假义，到头来还不是觊觎上了凤氏商社的财力。

“好了好了，凤某讲了这么许多，沈小姐也该回答凤某之前的问题了吧？”凤于绯说到此，差点忘记初衷，在夜风中哆嗦了一下，抓了抓衣领道：“沈小姐倒是说说，为什么咱们活不到黔宁王来救咱们的时候？还是，沈小姐的意思是说，勐海将即刻要对咱们不利？”

一口一个“咱们”，凤于绯将厄运分摊到了每一个人身上，就以为轮到自己头上会轻些？朱明月有些失笑地低了低头，轻声道：“没猜错的话，最近会有大动作。”

“什么动作？”

“不知道，”朱明月道：“但是这动作一定是跟黔宁王府与勐海之间的这个密谋有关，而我们，很有可能就是他们的筹码。”

“这话什么意思？”

“筹码是怎么回事？”

“那个密谋不是早就讲好的，现在要出尔反尔？”

“还是要突生变故？”

这个时候，三个大铁笼子里装睡的人，纷纷都起来了。

凤于绯呆愣地看着众人，“你、你们没睡着啊……”

其中一个上了年纪的商贾捋着胡须，啧啧几声道：“凤老弟你该回炉炼炼了，还比不上一个小姑娘心明眼亮。”

另一个道：“是啊，这种时候，我们能睡得着才怪！”

原来都没睡，原来都在偷听。

凤于绯忿忿地扭过头去，一脸吃瘪的模样。那他刚才那些话，他们岂不是都听见了。

“小姑娘，你是不是知道什么？”这时，有商贾问朱明月。

“瞧她那样子，八成是知道些什么！”

“就是，人家可是沈当家的妹妹，听说，还是小沐王爷的红颜知己呢……”

“有这事？我怎么不知道？”

众人七嘴八舌地小声议论开了，声音不高，但也没有太多避讳她的意思。先前叫她“妹妹”的那些商贾，都不太相信这样一个年纪轻轻的少女，能知道太多内情；年长的过来人却持保守态度，愿意听她怎么说。

就在这时，少女抬起头来，静静地说道：“诸位都是商道之泰斗人物，尽管被困勐海多时，但是外面的局势应该都装在各位的心中。无论这所谓的‘密谋’是不是真如表面所见一般，密谋内情毕竟过大，导致变故瞬息而至，诸位将要面对的遭遇，或许就会在那些变故中发生逆转。就如当下——”

“当下如何？”一个年长商贾扬眉问。

朱明月没有理会他有些刻意的、似乎是“老师考校弟子”的态度，直接说道：“大半年的宾至如归，怎么一转眼就天差地别？小女伤病未愈，正是修养的时候，黔宁王为何非要急着送小女离开？那九幽答应王爷在先，怎么后脚又让乌图赏管事截住了我们？这三件事累加起来，很容易猜测到，变故或许即在不久的将来，而逆转就在当下。”

“不错不错，继续说下去——”商贾们直点头。

“小女听闻朝廷的二十六卫羽林军不日即将抵达元江府，诸位都知道密谋的事，那么举事也就是这一时片刻的工夫，但是朝廷派来的这位奉旨钦差，地位有些重，是十二武勋中的右柱国、嗣位的曹国公，御前红得发紫的人物。这样的人到来，往往身边前呼后拥，侍卫心腹眼线无数，绝不可能让人轻而易举就伤害到他。黔宁王也就不能贸然对他下手了。所以，这场御前请旨的仗，恐怕还是要打。”

打谁？怎么打？

黔宁王在御前请旨剿袭元江那氏，如今朝廷的羽林军来了，双方必要摆开阵势，在奉旨钦差的面前演一演。奉旨钦差不知道黔宁王府与勐海之间的猫腻，上来一定是要猛打，但是黔宁王府与勐海只想拖延时间，寻找除掉奉旨钦差的机会，并不想自相残杀损兵折将。

怎么办？

为了防止打起来，那九幽只能用羁留在勐海的这些商贾作为人质，一天杀一个，一天杀两个？奉旨钦差拿着煌煌圣谕而来，一门心思迫切想赢；想赢，就会不择手段、不惜牺牲无辜，断是不会在乎商贾们的死活。但是黔宁王是西南边陲的封疆大吏，是地方父母官，怎么能如此草菅人命？

当双方起了激烈冲突的时候，也就是分道扬镳的时候，机会也就来了。

但是在那之前，注定要牺牲一些人——“在明面上，诸位都是元江府的俘虏、是人质，一旦兵临城下，作为谈判的筹码就会被推到两军的阵前。届时奉旨钦差愿意退，便罢；不退，元江府势必要先杀掉一两个，或者两三个，作为下马威。”

奉旨钦差会退吗？

自然不会。

杀谁？

没有人愿意被白白牺牲。大家都是冒着巨大的风险走在谋反的路上，谁都只有一颗脑袋，凭什么到最后，你活着，而我死了？

朱明月的话就跟油锅里掉进了一滴水一样，引起了众人强烈的反应。

这里的每一个都是商道上摸爬滚打多年的人精，朱明月不用说多，里面的弯弯绕，众人一想也能明白。尤其，眼下像畜生一样被锁在大铁笼里，又是蛇群，又是地窖土坑，不正好说明了勐海要对他们不利的事实？

这可如何是好？跟着谋反，可能会死，不跟着，生不如死，眼下却又遇到了跟不跟，都可能会死的局面。局面已然与最初的设想大相径庭，原本被捧在手心里的，一瞬间就成了被牺牲的踏脚石！

众人蹲坐在大铁笼子里，开始焦躁不安起来。

这时，有人提议道："要不然，咱们跑吧？"

众人骚动了一下，但很快这个提议就被否定了：怎么跑？这里是守卫森严的上城，就凭他们这些手无缚鸡之力的商贾，没等跑出去几步，就都交代了。

又有人说："跟勐海谈条件，要是不放我们，拼死也要推翻誓约！"

众人也纷纷摇头，被关在这种地方，连个能传信儿的守卫都没有，叫天天不应、叫地地不灵，人家摆明是要将他们困到奉旨钦差领着二十六卫羽林军到来，大军兵临城下的时候。

"还是等沐家军来救吧，说不定能来救咱们。"

会救吗？

跟大局比起来，恐怕不太可能。黔宁王府和勐海都需要这些商贾充当人质，为密谋的大事拖延时间。

就在这个时候，开锁的声音，哗啦啦地响起。

是朱明月。

她手腕上的镯子，簪发的钗，还有揣在香囊中的一些小物件，都可以用来解锁，何况还是这种年头很久的三簧锁。

不知何时，少女手上包扎的巾布已经被解开了，露出里面刚长好的皮肉，伤痕累累，沟壑纵横——这么精致清丽的少女，居然有这样一双不完美的手，众人一阵唏嘘，都不禁暗叹惋惜。然而少女低着头，神情专注在手中的铁锁，许是被包裹了很久，十根手指不太灵活，但她不慌不忙，从容沉稳，透着一股让人既羡且叹的惊艳劲儿。

两炷香的时间，锁开了。

"喀吧"一声，在万籁俱寂的时候格外清晰，也仿佛响在了每个人的心头，让他们眼巴巴地看着，又为之一颤。

“我要跟着你，你得带着我一起！”这时，凤于绯扒着铁笼子，急吼吼地说道。

“逃跑可是九死一生，凤公子想清楚了？”

少女歪头睨着他，似是想拒绝。

此时此刻，凤于绯在心里笃定她肯定是有后招，或者黔宁王之前对她有过什么叮嘱，忙不迭地点头，道：“想清楚了，凤某跟沈小姐一起逃！”

少女想了一会，才颔首，表示勉强可以接受。于是又将头上的发簪拔下来，给凤于绯的铁笼子开锁。

朱明月的这根发簪，不是银不是金，因为质地很硬，但弯曲的角度刚刚好，尖头处包锡，可以折成任意形状。

朱明月的手很疼，每一次根据锁芯去改变撬锁的簪尾，都小心翼翼，有时还会用贝齿咬开。

其他三个笼子里的商贾们见状都开始骚动了，他们望眼欲穿地盯着朱明月开锁的动作，又面面相觑，想从彼此眼中得到一些拒绝或者鼓励的答复。然而谁都没说话，谁也没表态，这样一直到凤于绯所在的铁笼外锁被朱明月打开，终于有人绷不住了——

“敢问沈家妹子，可有逃离此处的万全之策？”

闻声朱明月抬起头，一双点漆似的眼睛，如夜的星辰，“万全之策不敢保证，但小女有办法尽量保全。”

“什么办法？”

朱明月唇角上翘，轻轻地吐出四个字：“里应外合。”

问话的那人眼睛里一瞬就燃起了亮光，他挺直了上半身，朝着她殷殷地道：“那……那沈家妹子可吝再带上一个累赘？”

只要有一个人跑，就会带动其他人。

留下来的人越多，跑的人就会越安全——每一个商贾对现在的勐海来说，都是宝贵的，就算被守城侍卫截住了，也不会对他们痛下杀手。

留下来的人越少，注定留下来的人要被牺牲——万一跑的人跑掉了呢？那么留下来的人即便心有侥幸，也不能生还了。因为数量太少，一定会被牺牲掉。

不跑，就等着被阵前祭旗。届时全部身家还是一样要贡献给黔宁王府。跑，哪怕再被抓回来，或许能争取到一线转机？

众人你看看我、我看看你，终于一咬牙，齐齐地道：“沈小姐，我们都跟你一起！”

这么多的人，怎么跑？

且不管最终能不能跑出去，首先要解决的问题是，如何在没有木板的情况下，从满是蛇的大坑上面过去，脱离这个露天地窖。跳过去？太远了，也没有用以助跑的条件。从土壁上踩过去？太窄，一个不慎，不是掉下万蛇坑喂了蛇，就是掉进绿矾油的浆液中，被活活腐蚀掉。

朱明月告诉众人，将关押他们的铁笼子一个个搬到蛇坑上面，搭起一座镂空的桥——蛇坑很大，但铁笼子也很大，两个铁笼子几乎足够了，余下的空隙，迈过去即可。朱明月还说，必须在蛇坑上面搭桥，不能往绿矾油里面搭，否则等不到所有人从上面走过，绿矾油就会把铁笼子给腐蚀化了。

说做就做。

土壁很高，商贾们撸起袖管、挽起裤腿，扶着土壁边缘叠罗汉，一个踩着一个。三个人叠成一摞，下面的人用身体顶着铁笼子往上递，上面的人小心再小心，将铁笼子搬上去，再往蛇坑里面放。

刚开始试了两次都没成功，要不就是商贾体力太弱，罗汉没叠起来，要不就是上面的人刚接住铁笼子，下面的人就倒了，有一次，险些没将最上面的人摔进蛇坑里。

这样一连摸索了几回，第一个铁笼子总算是放下去了。众人松了口气的同时，问题又来了，谁站在那个蛇坑上面的铁笼子上，去放第二个铁笼子？朱明月说，这是需要胆气的，于是一个中年力壮的商贾自告奋勇——镂空的铁笼子放在蛇群的身体上，随着蛇群的翻动，铁笼子也跟着摇晃。蛇会不会顺着铁笼子往上爬？蛇会不会从铁笼子的空隙中往里钻，使得笼身逐渐下沉？

众人群情紧张而忐忑，加快速度——蛇没有顺着往上爬，而铁笼子的确在下沉。但是时间足够了，当蛇群不堪负重，纷纷往铁笼子的空隙中钻，笼身越来越不稳、逐渐往坑里面坠时，最后一个中年商贾在铁笼上的人抓扶和帮助下，攀爬上了土壁，两人一前一后踩着摇摇晃晃的铁笼子，走过了土坑。

大家跌坐在生长着野蔷薇的花丛前，满身是汗，每个人的脸上却含着喜悦和骄傲，就像是刚刚打赢了一场胜仗。

这个时候，是卯时正，还有不到一个时辰，天就亮了。

众人擦了擦汗，稍作修整，就跟着朱明月，或者说是凤于绯，朝着上城西北面唯一一座小偏门走。

上城通往外面的出口只有两座城门，都开在北面。西北面的这个是很久以前建城时，特地留出来搬运砂石和木料的，很少有人知道。但是玉里知道。而在朱明月失踪之后的那天，玉里跟凤于绯耳鬓厮磨的时候，曾经跟他讨论过从这座小偏门出入的可能性。

结论是：可能性很大。

尤其有人帮他们撤掉了沿途看守的侍卫。

梨央站在小偏门前等着，直到远远瞧见了一群人的身影，松了口气的同时，转身使劲将封存已久的门扇推开。

那面皮黝黑、虎背熊腰的女人，生得一把男人力气，有些锈蚀的门扇在“嘎吱”一声后，缓缓开启。

众位商贾踩着小步子一个跟一个往偏门这边走，在见到梨央的时候，怯生生止步，脸上露出惊恐。这不是那九幽跟前的那个守卫勇士吗！她怎么会在这儿……

“别担心，她是来帮你们撤离的。”朱明月道。

商贾们回过头来，无不是惊愕地看向她，又看了看那笑意盈盈的粗壮女子——她，帮他们撤离？其中又有人听出了朱明月话里的歧义，道：“沈家妹子，你不一起走？”

朱明月道：“小女要回去找黔宁王。”

众人顿时唏嘘不已，有年长的商贾劝道：“小姑娘别犯傻，留得青山在，不愁没柴烧。”

凤于绯也道：“王爷之前就让人安排你出城，没成功而已，现在好不容易有了机会出去，你怎么还要往回走？”

朱明月没有再解释，只是跟众人告别。

大家见状也知道多说无益，抹了抹头上的汗，望着近在眼前的小城门一时喜悦，又有些茫然不知所措。刚刚闯过一道难关，越往后岂不是越困难、越危险？而他们这些平素养尊处优的人，连兵器都不会使，要怎样穿过后面的层层布防，最终逃离曼景兰？逃离勐海？

这时，就听朱明月道："放心吧，土司夫人会在外面接应你们。"

土司夫人——哪个土司夫人？刀曼罗？

朱明月接连不断抛出的惊喜，让商贾们在震惊之余，都不胜惊喜喟叹。这时候，就见一只手从外面扒住门环，然后一点点地将门扇掰开——但见是个精瘦矮小的男子，面容阴柔，一身粗布短打，力气也大得很，与梨央的长相刚好相反。

"哪位是沈小姐？"

来人探头问道。

朱明月走上前："我是。"

那精瘦矮小的男子朝着她行了个礼，"奴才穆迩昙，奉了夫人之命在此接应沈小姐，酡筝管事已经准备好了两拨油桶车和水车，一切就绪。"

朱明月与他道了谢，然后就朝着商贾们道："送君千里终须一别，诸位多保重。"

此时此刻，众人已经听出来了，这是让他们藏身在往庖厨运菜的车上，跟着土司府的人混出去。梨央、土司夫人、还有那个澜沧土司府里的大管事酡筝……果真是里应外合，早有准备！

商贾们对朱明月千恩万谢，就跟着穆迩昙走了。

这时，梨央再次将小偏门关上，又将遮掩的草堆扒拉过来，盖在门槛下面，回过头来，笑盈盈地看着朱明月道："咱们也走吧。"

"辛苦你了。"

五大三粗的女人捂住唇，娇里娇气地说道："不妨事，土司夫人交代过，让奴婢要好生担待沈小姐。奴婢襄助沈小姐做事是应该的。"

梨央是那九幽的十二守卫勇士之一，在修勉殿前伺候多年，深得其信任，比乌图赏都更近着一层，也比乌图赏知道得更多。但梨央是刀曼罗的人。

朱明月在神祭堂里，用一枚青铜环和刀依兰两个孩儿的下落，哄骗得刀曼罗领着人离开土司府，这让土司老爷争取到了掌控神祭堂、辅助弥陀莎坐上大巫师之位的机会。可刀曼罗最终又回来了。土司老爷怎么会给她这样的机会？土司老爷心软了，还是太无能？

不，那荣对刀曼罗下了死手。

但是土司夫人根本没去碧罗雪山，那荣派人在临沧除掉的，只是土司夫人的替身。真正的土司夫人一直在澜沧十三寨中的某一处，等着祭神侍女出使曼景兰，土司夫人再携势归来——这是朱明月与刀曼罗之间的约定，随后，刀曼罗为她在曼景兰的行动提供帮助，而朱明月则许诺，事成之后，给出刀依兰的两个孩子的下落，以及给刀曼罗一个额外的，却相当对等的好处。

“他们不会有问题吧。”

朱明月问。

梨央道：“沈小姐安心，这个时辰刚好是两寨的村民往上城送菜的时间，今日又比较特殊，稍后会有一场大筵席，灶房里所需的食材、水、油料更多，混进混出一些人最是容易。”说到此，她又歪着头道：“沈小姐也真是挺厉害的，你究竟怎么说动那些商贾跟着你一起逃跑？”

朱明月苦笑道：“其实我也捏了把汗，如果他们不能跟我一起，我自己是没有办法出那个蛇坑的。”

一则，朱明月营造出的气氛实在太好，每一步都很紧凑、精准，从抛出疑问到释疑，再到危言耸听，而后是开锁——开了锁，人就要跑，商贾们心弦紧绷，根本没有太多时间去考虑。二则，朱明月的身份注定了她是特殊的，那一句“里应外合”，也就不会有人去怀疑。

游说众人这种事，宜早不宜迟，迟了，等大家纷纷想明白过来，就不会这么积极了。

梨央笑道：“这就是你们汉人所谓的‘交相利’。而那些商贾也应该万分庆幸，要不是刚好跟沈小姐在一处，他们真是要遭大殃的。”

梨央是少数知道内情的人之一。她没听见朱明月跟商贾们说的会被当成人质、两军阵前祭旗的话，但是如果黔宁王府有心谋反，那些捏造的言辞就会成为现实。而眼前的情况是，黔宁王府没有谋反，商贾们也要遭殃了。

今天的确是个不同寻常的日子，因为黔宁王府要在今日对勐海动手。

朱明月在昨晚才听沐晟提起李景隆，又听他提起那九幽想要李景隆的人头，她忽然就想起了一件八竿子打不着的事：在碧罗雪山遇到萧颜。

萧颜说，他在争取红河彝族、纳楼普氏土司府。

纳楼是昔日叱咤风云的大土府，固守红河，本身就有不可估量的势力；唇亡齿寒的关系，又使得普氏与那氏同气连枝，百年来坚守同盟，荣辱与共。而萧颜提到，在纳楼的前任土司普少之后，除了现任嗣位的普琪东，其中落败的嫡系子孙之一普绍堂，藏匿在永德县，一直贼心不死。于是萧颜选择从纳楼的内部下手，意图辅佐一个落败的弃子，夺回土司之位，目的是让普绍堂感恩戴德，统领普氏土府改旗易帜，转而投靠黔宁王府。若是夺权不成，也希望利用普绍堂在纳楼内部搅乱一池春水，在沐家军与元江交战之时，纳楼茶甸普氏土府陷入内斗，再无暇他顾。

算算时日，离她在临沧跟萧颜道别，至今已有将近两个月的时间。

萧颜成功了。

今日，就是普氏土府的新土司普绍堂来元江府拜见那九幽的大日子，而李景隆的“人头”，也会在今日由沐王府的人亲自送来。

别问朱明月是如何确定前者的，她有梨央这个内线，第一手的消息远比沐晟知晓得要早。

而沐晟非要昨晚趁夜送她离开，让她一下子猜出了后者。

像沐晟这样深入敌营，跟他们的秘密渗透大同小异，彼此间消息的传递往往是单线、单程——如果萧颜是在昨日晨曦发出的消息，沐晟大概会在晌午收到，但是萧颜不会在傍晚收到沐晟的回信。因为这是单程的通知，不是商量。他们也没法商量。于是沐晟仓促地决定让朱明月趁夜撤离。

萧颜发出了什么消息？

普绍堂来上城拜见那九幽的时候，李景隆的“人头”被送来，一旦城门大开，即刻动手。

一箭双雕的机会可遇而不可求，有利的战机更是稍纵即逝，包括沐晟在内，上城的这些关键人物几乎都是在最后一刻，才获知了反攻倒算的到来，勐海一定会被打个措手不及。

但那九幽是个很有城府的人，他也留了一手，将散落在中城的商贾们秘密集齐到一处，囚禁在荒芜人际的万蛇坑。他还将朱明月抓来了。

可惜，他不知道“沈小姐”不是沈小姐。

眼下这个时辰，来自红河回新村的普氏土府队伍也快到了，而沐晟、萧颜、李景隆他们，也该在准备秘密攻城。

为了迎接普氏的新土司，还有二十六卫羽林军的“尸首”，眼下所有巡守的侍卫都集结到了城门那边，这也给朱明月领着商贾们逃跑、土司夫人在外接应提供了相当大的便利。

此时此刻，朱明月要做的，就是趁着上城最空虚的时候，找到建文帝。

梨央从澜沧来勐海十二年，熟悉这里的一花一草、一砖一瓦，可以说是闭着眼睛都能背出上城的路线。两人此时走到曲水阁的抄手游廊里，雕栏斜角的对面，就是堂皇富丽的修勉殿，红毯铺地，锦绸飘荡，绛红色的走马灯在殿前廊中挂了两排。五丈多高的丹陛上，十几个红裙侍婢手执团扇，亭亭玉立，入眼之处，无不是一派隆重而热闹的场景。

那九幽似乎格外喜欢用红，这与太祖爷的喜好一致，太祖以火德，五色尚火，连将士战袄、战裙、壮帽皆用红色。从瓷器的釉色看，洪武二年规定了祭祀用青、黄、红、白四种色釉，禁止民间使用。其中，釉里红，更是宫中才能见得到。

玉里来小楼看她的那一日，偏偏给她拿来了一个铜红色缠枝牡丹釉里红瓷瓶。

朱明月很确定这不是官窑，是私窑仿的，但那瓷瓶的下面却刻着一个记号：锦衣亲军都指挥使司的记号。

阿姆没死！

瓷瓶是梨央让玉里拿到小楼来的，也是在那个时候，朱明月才知道了梨央的真实身份，也知道了当日在般若修塔中，莲台上结跏趺坐的少女，其实还活着。

顺着红漆回廊拐了两个弯，沿着长长的窄巷一直往前走，经过垂花门，就是修勉殿的后大殿。后大殿再往东，是两道照壁和一座偏殿，这就密密实实地堵上了道路。但是在照壁和偏殿的夹角处，又隔着一道双人并行的间隙，从中间穿过去，再往后是一个南传上座部佛教的佛塔。

素日里这座佛塔的周围一律禁止外人靠近，但今日不一样，今日佛塔前有二十几个手执户撒刀的武士把守。

“确定在那里吗?”

梨央道:“奴婢在般若修塔救下阿姆的时候，阿姆说，她在后室里根本没见到要找的人，却碰到了三个假和尚，各个身手不凡。她跟那些人交了手，还险些中招。”

梨央的及时赶到，使得阿姆在般若修塔中逃过一劫，梨央救下阿姆后，帮她处理掉了两个和尚的尸体，又将余下一个吊死在绿釉人顶灯下面，成功瞒过了那九幽，也使得朱明月信以为真。

朱明月不禁蹙眉，这也就是说，建文帝并不在般若修塔。

可是若迦佛寺里的布达高僧不是这么说的，锦衣亲军都指挥使司打探到的消息，也不是这样。朱明月相信布达高僧不会诓骗她，内部的消息也不会故意去误导她，那就意味着，所有的人都被骗了。

这时，就听梨央道:“如果要找的人不在般若修塔，不在蕉林荒山，那么整个上城也就剩下这一处地方，既是戒备森严，又是参禅礼佛的地方，而且，内里诡秘，就连奴婢都没进去过。”

从厚厚的照壁探出小半个头，朱明月望着对面那个八角密檐佛塔，莫非……那九幽一直将建文帝安置在自己眼皮底下?

这倒是说得通。

但是她们要怎么进去确认?

硬拼肯定不行，对方有二十几个人……

正当朱明月在心里思量暗暗发愁的时候，忽然就听得“轰隆”的一声巨响，从远处的殿前传来，震得鸟雀扑簌惊飞。

开始攻城了?

朱明月惊愣了一瞬，又想到不对。还不到时候。而这一声巨大的轰鸣，守在佛塔前的二十几个武士置若罔闻，纹丝不动。

“是城门前的青铜火炮，黔宁王送给九老爷的，说是可以用来迎接普氏的新土司，彰显咱们勐海的实力。”梨央道。

用火炮迎客?朱明月忽然感到一丝异样。就在这时，又是一声“轰隆”，声音更大，似乎离得很远，又似乎很近，震耳欲聋，却见守卫在佛塔前面的一个武士，应声倒地。

说时迟那时快，斜角处，一支身穿粗麻衣、长裤，包头巾的奴仆队伍，陡然出现在了视线之中，但是他们并不露面，跟朱明月和梨央一样，他们也藏身在照壁的后面，因为中间隔着偏殿高高的殿基，他们没看到这厢的两个女子。

每个奴仆都面容紧绷而冷肃，手中拿着一根长管，管口对准了对面佛塔前面的守卫武士。

守在佛塔前的武士们骚乱了起来，面面相觑，没人知道发生了什么，只听得一声巨响，还没等弄明白是怎么一回事，一个同伴就已然一命呜呼，只有胸口处留下的一个血窟窿。

武士们纷纷"刷"地一下拔出腰刀，刀尖朝外，等了片刻，却不见空地上出现半个人影。

原本佛塔这个地方的布置，就是一夫当关，万夫莫开，不管是谁敢来擅闯，无不是从照壁与侧殿的空隙中穿过来，一次最多穿出来两个，这样只要武士们守在里面，来一个杀一个，来两个砍一双。偏殿与佛塔之间相隔的距离又超出了弓弩的射程，对方除了送死别无他法，可以说是易守难攻。

然而，那九幽不会想到，沐家军有火铳。

这种比任何的刀枪剑戟杀人的速度更快、比弓弩的射程更远的火器，曾是太祖爷打江山南征北战时，随身不离的东西。而当年的洪武手铳，经由三代沐家人的悉心钻研，已经被改良得杀伤力更大、射程也更远。

此时此刻，手执火铳的奴仆们没有动。

他们在等。

等城门口的青铜火炮声。

震耳欲聋的火炮，再一次蓦然炸响。

"轰隆隆——"

"轰隆隆——"

有两个奴仆用小臂搪着火铳长长的管身，在炮声响起的同时，朝着佛塔前的武士一起射击。火炮的巨响掩盖了火铳的声音，两颗弹丸例无虚发，一个武士被打中了胸口，另一个则崩在脑袋上，脑壳破碎而死。

守在佛塔前的武士彻底傻眼了，开始慌张起来，之前有人奉了九老爷的命令来告诉他们，为了迎接远道而来的客人，城门口要放火炮助兴，让他们不要为之慌乱。可是没人跟他们说过，一声炮响就会要一条命，现在还是一声炮响、两条命！

情势眨眼间逆转成了压倒性的局面，随着城门口的火炮一声接一声响，频率开始急促了起来，奴仆们手中的火铳也跟着不断开火——武士们一个接一个地倒下，有的被打中胸臆，有的被打中额头，而他们毫无还手之力。

不到一刻的工夫，二十几名武艺高强的武士全部倒地而死。

这时候，照壁后面的奴仆立刻排成小队，动作利落地顺着中间的缝隙穿过去，后面还跟着一个卓然拔挺的身影，他没有拄着拐杖，步履还有些蹒跚，但他走得沉稳而凛然，气势迫人。

“是黔宁王！”

梨央掩口惊呼了一声。

朱明月也有些讶然，在那一瞬心里忽然生出某些喜悦，让她心安，更让她有些激动。

一行队伍很快就进入了佛塔。

这时候，就听梨央拍了一下大腿，急道：“遭了，奴婢听说那佛塔里面埋着火雷呢！”

话音未落，少女已经提着裙裾冲了过去。

从照壁与偏殿的夹缝中跑到佛塔前，再跑进后室，有多远？那抹纤细的身影没入塔门之时，突然“哄”的一声爆裂传出，佛塔的内部整个炸开了。

梨央瞳孔猛地一缩，就被巨大的冲击掀翻在地，眼睁睁看着飞溅起大量碎石，灰尘罩天，佛塔就这样在眼前塌了……

……

“你七岁离开北平回徽州府的怀远老家，九岁生病去了苏州的嘉定修养，可本王怎么发现，嘉定城里好像也没有你的踪迹。”

“王爷就没想过，为何朝廷会派小女来元江，而不是其他人？”

“为什么？”

“小女曾是旧主跟前的女官。”

“过去的五年，你在宫里？”

“是不是很了不起？”

……

“有件事小女是不是一直没跟王爷说？”

“什么？”

“小女怀疑……那九幽是个瘫子。”

……

“我们曾经掉下断崖却生还了，都说大难不死必有后福。”

“后福就是被布施高僧救了，还吃掉了一大朵肉灵芝。”

“没有布施高僧，哪来的生还？”

……

炸裂后的佛塔后室，顷刻间就成了废墟，却露出一条塌陷下去的地道，地道的出口掩埋在了大量的瓦砾碎石里，一片狼藉。

应该庆幸，如果这次领着朝廷二十六卫羽林军、来元江府的奉旨钦差不是李景隆，而是别人，掉进地道里的人，绝对不会在随后就被挖出来，即便没有被炸死，也会被大石块活活压死。

也应该庆幸，埋在佛塔四壁下面的火雷药量不对，引线又长久潮湿，导致最终只引爆了西南角的一处，后室下面中空的地道一下子塌陷，整个佛塔都随之掉了下去。

还应该庆幸，那九幽低估了朱明月，也低估了奉旨钦差，更加低估了那二十六卫羽林军——这些皇帝的亲军上直，作为殿廷卫士，也是御前的侍卫亲军和仪仗队。其中，校尉掌管卤簿、伞盖，力士举持金鼓、旗帜。

可以说，除了好看，这些人并无可用之处，更遑论是打仗？尤其奉旨钦差还是建文时期的败军之将，太平子弟，素不知兵，是众所周知的降臣。于是，二十六卫羽林军，在暗地里都被称为“李家军”，意思是：跟李景隆一样不中用。

但是李景隆带来的这些唇红齿白、轩昂貌美的羽林军，却是锦衣卫。

那九幽最想不到的是，沐家三代家主的心血，以及沐晟羁留在应天府，耗费了将近一年的时光，改良出来的种种火器，最终成为勐海的一场噩梦。

建文二年，靖难之役的白沟河之战，“藏火器于地中，人马遇之，辄烂”。这次针对勐海，大量的火器就藏在运送羽林卫“尸首”的六驾车辇上。不仅仅是火药车，还有手铳、神机铳、梨花火箭枪、火蒺藜……其中轻便一些的火器，无需炮架和车辆，藏在每一个跟随普氏土司来上城的奴仆身上，这些奴仆就是二十六卫。

当上城门口的青铜火炮轰起第一响后，普氏新任土司普绍堂领着十几个奴仆，衣冠楚楚地走进了上城的内城石桥。但见上城内的武士、侍卫各个手执户撒刀，分立在两侧列队欢迎，乌图赏管事神情倨傲，在为首的位置翘首等待。

紧接着是第二声炮响，运送“尸首”的车辇，从旁边城门进来了，那九幽的几个守卫勇士正等在那里……

无论接下来上城中是如何的喊杀声震天，剧烈的炮轰中，双方的武士如何遭遇到一处，激烈地战斗。在上城之外的两寨，广掌泊和养马河同时遭到了沐家军的伏击，用来对付战马和战象的，不仅有火器，还有床子弩、抛石机、拒马……身披盔甲的铁浮图死士，分两拨夹击，流矢像大雨般从天而降，另有一拨满载着铳炮弓弩、轮流仰射的沐家军，乘船从打洛江上来了，顺着风向摇橹，远距离地射击，让偌大的养马河畔陷入了一片火海……

无数的眼睛从半空中浮起来：若迦佛寺的布达高僧、小和尚吉珂、土司府的影卫们、埋兰、黔宁王府牺牲的眼线……他们注视着勐海的上空，冥冥之中，他们给予着拼死血战的沐家军以无形的力量。

熊熊大火烧着了骇人毒虫、毒蛇……曾经悲惨死去、无法瞑目的人们，从焦土中一个一个站了起来，不顾一切地回到阳光下，发出寥落而悲怆的叹息。原本恢弘的殿堂在叹息声中倾颓，那些充斥着罪恶的亭台、楼阁纷纷坍塌，砖瓦不断地塌落……

修勉殿也塌了，殿基造起三丈多高，殿前五丈高丹陛，却在“轰”的一声巨响中，大半个殿室成为齑粉。废墟中的男子仰面躺在宝石镶嵌的鸾座上，一张宛若女颜的面容苍白，他缓缓睁开眼睛，眼底是刻骨铭心的痛与恨。

永乐二年，七月，元江那氏勐海支，欲犯上作乱，钦命黔宁王府抄袭之。胜。

七日后。

阳光溢满的午后，熏风从栈道上拂进了石窟中，但见偌大的洞厅内，并排摆着两张石床，石床中间架着一口大锅，盖着竹篾，咕嘟咕嘟的沸腾声，还有一股刺鼻的苦药味。

一个半张脸的老和尚，在石桌旁对着一堆药材忙活着，旁边有一个小侍婢，给他搭下手。

“阿戛牟尼，我家小姐什么时候才能醒过来？”

老和尚头也没抬：“她能捡回条命，就是不错了。再说，老僧这药劲儿很大。”

捡回那俩人的时候，比上回更糟糕，毫无生气地躺在支架上，一堆身着甲胄的将官围着他们，死也不肯散去。这些战场厮杀的七尺男儿，一个个都红了眼睛，有的还在抹眼泪。

等布施老和尚踩着芒鞋，挤进人堆里一看，惨是惨了点，不过还好没有缺胳膊断腿儿，也没有血肉横飞，就是局部的地方血肉模糊了些……

“阿戛牟尼的药不光是劲儿大，还很苦呢。”小侍婢撇了撇嘴。

老和尚拿起药草根敲了一下她的头：“良药苦口利于病！”

阿姆吐了吐舌头，道：“阿戛牟尼，那你要准备怎么用这些药，来医治我家小姐的手……”阿姆说着，歪头看向桌上满满当当的药材，一阵苦恼。

布施老和尚拣出一根细细长长的根须，使劲扯断，被炸飞的草木四溅，“汉人有一本医书，好像还是从北宋时期流传下来的，名叫《圣济总录》，里头有用玉磨治疗面部瘢痕的事例。”掰断成四截，再拢起，又扯了一下，扔在木盘子里。

“太好了！”阿姆欣喜道。

布施高僧道：“但是老僧没有那本书。”

“……阿戛牟尼一定是知道那疗法。”

布施老和尚歪了歪头，咧嘴笑道：“不太知道。”

阿姆一脸菜色地看着老和尚，道：“阿戛牟尼你拿奴婢寻开心！”

“老僧虽然没看过那本书，但玉磨既然是一种可行的方法，就说明此路可通。”布施高僧端起堆得高高的木盘子，从石桌前站起来，走到大锅前揭开竹篾盖子，然后将木盘子上的药材“哗啦”一下都倒进锅里，“死马当活马医，老僧姑且来试试手。”

“原来阿戛牟尼也没有成算。”阿姆撇嘴道。

“凡事从无到有，化腐朽为神奇，皆是如此。小施主居然对老僧的医术没信心……”布施老和尚扯了扯脖子上的黑罩子，“罚你再喝苦药三大碗！”

“不要……”阿姆拍着石桌大叫。

朱明月就是在这样嬉笑吵闹的氛围中，逐渐转醒过来的。

轻媚的阳光投射在石床边的地上，她睁开眼睛，一一映入眼帘的是头顶上巨大的莲花凿刻、洞厅内的庄重美丽的大小佛像，还有四壁的瑰丽佛教壁画……都笼罩在一片白蒙蒙的光雾中，纯净得近乎不真实。

山间的光阴在苍山翠崖、鸟语花香中静静地流淌，朱明月从石床上缓慢地坐起来，鼻息间是一股空山新雨后的草木气息，夹杂在药石苦香中，袅袅沁人。她深吸了一口气，感觉疼痛在四肢百骸游走，让她浑身酸软、头昏脑涨，整个感官却也都活了过来。

朱明月扶着石壁缓缓走到石窟的洞外，看到栈道上沐晟伫立在阳光中的背影。

这次是他先苏醒过来的。

原本包扎着一条腿，右胳膊的伤势也渐好了，经过偏殿佛塔的这一次爆炸坍塌，伤上加伤，现在额头、腰腹都包起来了，却不妨碍他挺直的脊背，只穿着雪白单薄的单衣，如墨的长发很随意地披散下来，侧脸映着暖阳，衬得气质愈加清冽，俊美逼人。

沐晟正远眺着对面的山崖，听到脚步声，转头看过来，见到少女的一刻，唇角微牵，朝着她伸出一只手。

“过来。”

朱明月微低着头，略显苍白的脸颊在阳光中呈现一种剔透，划伤处处，略有瑕疵，唯有一双点漆似的黑眸清澈，眼角那粒泪痣，桃花一般绽放。

她挪着步子走到他跟前。离得稍微近些，衣袂掀动，就能闻到彼此身上淡淡的药香。

“王爷是何时醒的？”

火雷爆炸轰鸣的一刹那，她记得清清楚楚，是他将自己压在身下，然后两个人就随着塌陷的地面直直掉下了中空的地道。那时候的脑海一片空白，只感到仿佛置身无间地狱，除了恐惧还有无边无尽的迷茫、惊慌。而他把她紧紧搂在怀中，用自己的身体挡住了四溅的碎石。

沐晟拉着她的手腕，将她带到自己身边，朱明月这才看到他的大半个肩胛都被包扎着。

“在你梦呓的时候，我就醒了。”他含笑道。

在她梦呓的时候，他醒了……

这话往细里想很有些许旖旎。

朱明月小声道：“小女从不说梦话。”

沐晟捏了捏她的下颚，“谁说的。你梦里，一直叫着我的名字。”

朱明月先是一怔，而后面颊腾地一下就红了，转过身去，“别胡说……”

两人俱是一袭白衣，而她短衫白裙，绸缎服帖地勾勒出一段纤弱的身姿，太娇，太美，仿佛是一泓春水，又独有几分胭脂雪瘦熏沉水的皎洁。

男子注视着她片刻，就从背后轻轻拥过去，颀长的身躯完全将她娇小的身姿拢住，“珠儿，咱们又捡了一条命，这次你还不从了我，跟我回云南府?”

属于男子的阳刚却低柔的气息包裹着她，密密匝匝，让她有些透不过气来。少女挣扎了两下，垂眸道：“此事结束以后，小女也该回家了。”

“先跟我回云南府，然后咱们一起出发去都城。”

朱明月转眸看他，“王爷也要去应天府?”

“西南边陲打了这么一场大仗，还虏获了一个勐海的主人、元江府的无冕之王，本王自然要北赴都城，亲自押解着他去御前复命。”沐晟将她额前的发丝别到耳后，“届时，正好带着黔宁王府的聘礼，去成国公府提亲。”

最后那两个字很自然地说了出来，朱明月的心狠狠颤了一下，然后如擂鼓一般，怦怦跳动，双耳面颊都止不住热起来。

提亲?

去成国公府提亲!

还没等她说话，却是男子将手臂环在她胸前，微微收拢，低头凑到她耳际道：“怎么心跳得这么快，又害羞，嗯?”

微凉的薄唇从她的耳垂轻轻蹭到了酡红的脸颊，而两人这样严丝合缝地拥在一处，鸳鸯交颈，并蒂莲花，契合得完美无瑕。若不是他们皆是浑身带伤，一身狼狈，恰似一幅隽永美好的水墨风景，只羡鸳鸯不羡仙。

“可……小女已经不是国公府的千金小姐了。”

须臾，她轻声道。

沐晟不太明白，“什么？”

朱明月松下双肩，让自己倚靠在男子结实安稳的胸膛，感受着从他身上传来的好闻味道，“成国公府的嫡长女，早在一年前就进了宫，代替几位公主殿下出家祈福，现在其人就在柔仪殿北侧的大佛堂。王爷忘了？”

沈家的女儿进了宫，国公府的小姐来了云南，这一出李代桃僵，才使得堂堂的云南藩王都被蒙在鼓里。而今“朱家明月”仍在宫中，沈小姐，只是“沈小姐”而已。

“宫里的那个，难道不是……”

“是她。”真正的沈家明珠。

“这样等你回去，不就能够消弭？”沐晟还是不懂。

朱明月静静地道：“进了宫，就是宫里的人，何况还是以那样的头衔，她怕是这辈子都不能再出来。”

而她离开应天府的那一刻，也就意味着从此放弃了成国公府独女的身份，哪怕是再回去，她也只是沈小姐了。

朱明月抬眸看着沐晟，“王爷会不会觉得，就这样平白牺牲了一个女子后半生的青春年华，至此青灯古佛、孤寂伶仃，这很残忍？从而替沈当家、替锦绣山庄抱不平？”

沐晟有片刻的沉默，而后道：“如果本王说是呢？”

少女垂下眼睫道：“那小女只能说，这是皇室的决定。”

沐晟长叹一声，将下颚抵在她的发顶，搂着她道：“正因为如此，你以后才要对沈明琪更好一点儿，知道吗……他其实是个可怜人。”

之前她针对他在元江府的真实原因，步步逼问沈明琪的情景，仍旧历历在目。

朱明月眼睛有些黯：“王爷不生气吗？”

“生什么气？气你将本王骗得团团转，一次次从本王身边逃跑，气你睁着眼睛说瞎话，为达目的不择手段？还是气你的聪慧、善谋，从不畏艰难挑战、危机陷阱？”

他俯下脸来看她，却是勾起唇角，半是无奈半是宠溺道：“我是很生气，但是将心比心，换作是我在那种立场上，会更狠、更不留余地，而你，不过是要自保而已。”

承载着整个皇室对西南边陲的怀疑而来，肩负着寻找建文帝这个惊天大秘密，背井离乡，茕茕孑立，她没有人可以倾诉、商量，再艰难也不能后退一步。可她也才十五岁，这里不是她的家，一旦有个闪失，应天府中与家人的告别就成了诀别。没人知道她，没人记得她，宫里的那位替她活着，她生也好、死也罢，连个身份都不会有。

想到这里，沐晟的心里泛出一种疼，很酸很涩，他抱紧了她，低声道：“没有身份就算了，回不去也不要紧，黔宁王府主母的位置是你的，我也是你的，将来整个滇黔就是你的倚仗。”

男子眼底的深切疼惜，宛若是一股炽热的岩浆，触不及防而来，很霸道，嚣肆，却温暖，纯粹，也正直，阳刚，融破开弥漫在她心间的阴霾和寂寥。

这是个见识到她最多不堪的男人，看过她要心机、施诡计，看过她巧舌如簧、两面三刀，与她一路相互扶持走来，福祸相随，生死相依。

朱明月的心里忽的溢满了丝丝缕缕的酸，也是极致的甜，让她感到喜悦，也让她颤然。“但是小女的事情办砸了……”她按捺着上扬的嘴角，故作耸听地道，“用了将近整年的时间，一没见到旧主，二没寻到传国玉玺，回去后莫说是功劳全无，恐怕是要难逃责罚，王爷不怕被连累?”

“那我只好与你一起面见皇上，陪你接受责罚。”沐晟啄吻了一下她的脸颊。

“不怕黔宁王被连累?”

“珠儿，我相信皇上是明理的皇上。”他抱着她，“就如同这次剿袭勐海，如果内朝对黔宁王府的怀疑占了上风，或是稍有一点忌惮之心，都不会调拨过来数量这么庞大的火铳，以及那些重械火器。同样的，旧主是否真在勐海这件事未可确认，事实也证明，那两处所谓的流落地点：般若修塔、上城的偏殿，一处安排的是假和尚，一处空空如也，哪里有什么旧主的影踪?”

朱明月听他毫不避讳地说起这次剿袭，心里忽然百感交集，沐晟有报效朝廷的拳拳之意，更有一颗干净纯粹的赤子之心。

“珠儿，你确定给你消息的人，来源可靠？”沐晟问她。

怎么会不可靠？别说是锦衣亲军都指挥使司，姚广孝也不敢拿这件事打马虎眼，“小女的消息来源王爷也知道，不仅如此，还有土司老爷，甚至是土司夫人。如果所有人都认定了这件事，那么一定是八九不离十的，只不过是没找对地方而已……”

随着黔宁王府对勐海的大肆发兵，偌大的曼景兰几乎被毁于一旦，事后她又重伤昏迷至今，就算建文帝真的在此，也早就悄然离去了。

朱明月叹气，觉得一直以来的悉数努力全部付诸东流，同时又隐有所感，如果他真的不在这里，也好，如果他从这里再次逃脱，也好……

沐晟见她不说话，伸手捏了一下她的鼻子，道：“连元江的土司夫人都与你早有默契，珠儿，你总是这么出人意料。说说，你救了我云南二十几名巨贾，免除了滇黔商道覆灭倾颓的危险，想让本王怎么感谢你？要不……”

“给岳父的聘礼再加一倍、两倍？你说，他老人家会不会一高兴就点头答应？”

朱明月这才反应过来，又好气又好笑地答道：“我爹爹哪里是个贪财之人，又不是要卖女儿……不对，谁是你岳父！”

她红着脸气急跺脚，想要推开他，却又被他一把揽在怀里，男子的笑声溢了满怀。

“对了，这段日子只看到黔宁王府的亲随到石窟里来，怎么始终没看到阿九？”朱明月忽然想起来。

沐晟挑眉，睨视过来：“什么阿九阿什的？”

“奉旨钦差，曹国公。”

“本王打发他回家种地了。”

……

“以后见到他，不许跟他说三句话以上。”沐晟板着脸道。他说完，想了想，又道：“好吧，四句话。这次对元江府的剿袭，他也功不可没。”

说完，一脸“我很大度”的表情，看着她。朱明月忍不住道：“王爷别忘了，那九幽还是被阿九生擒的。”

沐晟闻言哼笑着道：“当时修勉殿被火炮轰塌了，大半个宫殿倾颓，那九幽一个瘫子，根本想跑也跑不掉。”

再说，所有的火器都是经过他的手改良的，没有火器助阵，双方交手不可能造成一面倒的形势。他倒是觉得李景隆应该回过头来感谢他才对。

朱明月不知他心中想什么，却有些唏嘘不已，连梨央都不知道那九幽在半年以前，变成了残废。但是那九幽从来没站起来过，他一直坐在修勉殿前的宝座上，要不就是在暖阁的罗汉床上，就连做早晚课的时候，也是端坐蒲团，从来没有人看见他站起来。

那个叫梅罕的侍婢，可能无意间撞破了这件事，否则她不会被扔进了绿矾油的浆液中，被活活腐蚀致死。腐烂的尸体又被丢弃在了蕉林荒山。可惜，那些黑甲虫子也不敢接近沾了绿矾油的腐肉，于是乌图赏不得不让那几个殿前的守卫勇士将梅罕的尸体捡回去。

同时朱明月也觉得，玉里或许也洞悉了这件事。但是玉里在打起来之后被流弹误伤，死在了乱阵之中，已经无法验证了。

等沐晟和朱明月两人的伤势好些了，可以启程上路的时候，沐王府的将官对勐海的善后也做得差不多了，萧颜领着部分人马则一直驻守在养马河畔，规整那些战马和战象。为此，朱明月戏称沐晟为“甩手掌柜”。某人却不无骄傲地说道：“本王知人善任，各尽其能。”

离开的这日，阿姆和布施老和尚齐齐来送。

“你真的不跟我走？”

阿姆看着朱明月，眼中满满地不舍，“奴婢很是舍不得小姐，但是奴婢长在土司府，已经习惯了。”

朱明月想挽留几句，忽然想起这时候的元江土府已经不一样，过不了多久，元江那氏就是刀曼罗的天下了，而她与刀曼罗之间的来往，可保阿姆一世平安顺遂，留在土司府也不失为一个好归宿。

“我回去便去御前请旨，你跟土司夫人说，刀依兰夫人的两个孩儿，将会有一个回到陶氏土府认祖归宗，继任陶氏土司之位；另一个，她是想要过继也好，还是要培养做接班人，将书信送来应天府即可，我会竭尽全力。”

阿姆点点头：“小姐，谢谢你……”

“你要保重。”

“小姐也是……”阿姆眼圈红了。

“放心，她还会回来，你可以去云南府看她。”

拄着竹拐的男子，在一侧好心地说道。

闻言，朱明月面上微红，嗔怪地看了他一眼。阿姆扑哧一声，捂唇破涕为笑道："王爷这话不对，届时应该是奴婢过去道贺才是!"

沐晟仰着脸想了一会儿，忽然勾起嘴角，面色变得春风和悦，"有道理。"

什么就有道理?

朱明月正为这两人自顾自地言辞跳脚，这时，布施老和尚道："明月女施主，可否借一步说话?"

布施老和尚和朱明月顺着栈道往上面走了一段，一直走到最上面的位置，面朝着对面绝壁上卧佛的巨大造像，居高临下望去，更显得山崖苍翠巍峨，栈道上的两人渺小得如同蝼蚁一样。

"高僧有话想对小女说?"

老和尚没戴那个黑罩子，露出一半完好、一般损毁的脸，他面容狰狞，他的眼睛却很慈和清澈，朱明月永远记得那个漆黑的夜里，从湍急的河流中穿过，又在壁立千仞的栈道上攀爬穿行，是这个看似脾气古怪却心怀悲悯的七级武僧，让她从黑暗走到光明，也让她在绝望中找到了希望。

她铭刻于心。

"女施主是否一直在找人?"布施老和尚问。

朱明月颔首，坦言道："是。"

"找到了吗?"

朱明月轻轻摇头。

"有一位故人，在临走之前，托付老衲将一件东西交给明月女施主。女施主看过后，或许就会放下这个心结。"布施老和尚从袖中取出一个小物件，拆开裹布，递到她手中。

山顶的大风吹起白裙翩跹，少女低下头怔怔然，道："这……"

布施老和尚给她的，是一枚精致小巧的桃木梳子，上面刻着：

桃木梳心。

"其实，他一直就住在石窟下面。"布施老和尚道。

朱明月猛然抬眸，愈加怔愣地望着老和尚，"布施高僧的意思是说，一直以来都是高僧您……"她有些难以相信。

老和尚笑着点头："是布达那老家伙托付老僧的。"

布达高僧……

朱明月到这一刻终于恍然大悟。

原来当年洪正映果真将建文帝君臣三人领来了勐海，布达高僧为了保密，煞费苦心布置了一个般若修塔，却是将他三人托付给了布施高僧。布达高僧骗过了所有人，以至于就连那九幽都没找到他，不得不在偏殿中设了一个陷阱似的空佛塔。

原来，她曾经离他那么近……

相近，却不得知。

"他……好吗……"朱明月颤声问。

"他很平静，也很安静，有时也喜欢站在底层石窟中，仰望着这座卧佛出神，一看就是大半天。"

"就在五日前，老僧亲自送他们一行三人离开。"布施老和尚伸手，指着深谷中那条奔涌不息的河流，"就是这个方向。顺着河水一直流出去，就是打洛江，是缅族东吁王朝，再往前就出了大明疆域。临走，他将这柄桃木梳子留下了，让老僧交给施主。同时还有一句话。"

朱明月复杂地看着布施老和尚，"什么？"

老和尚摸着下巴，举目远眺江水奔流的方向，眼神平静而辽远："他说——

僧为帝，帝亦为僧，一再传，衣钵相授，留偈而化；

叔负侄，侄不负叔，三百载，江山依旧，到老皆空。"

山间的清风吹拂着对面卧佛的造像，佛大彻大悟的容颜笼罩在阳光中，目光仿佛永远凝固了下来，一首无字的真言，在山谷中静静流淌，那是前世今生的诉说，诉说着生生世世的悲欢，都化作了一阵轻烟，随风而散。

"小姐，快来，曹国公上栈道来了，王爷跟他打起来了！"

下面响起阿姆的叫声。

朱明月从怔怔然中回过神来，顺着栈道往下看，能瞧见几个人的身影，一抹雪白和一抹亮紫色，凑在一处。

这时，布施老和尚道："去吧，都在等女施主呢。"

说完，他从朱明月手中拿来了那柄桃木梳子，道："一切都过去了，把不能带走的留下便是。"

一切都过去了。

少女挽着裙裾，顺着栈道往下走，不期然间，她抬眸又望向那座卧佛。

不知是不是她的错觉，恍惚间，对面的石塔中，似有一抹瘦削的身影，久久注视着这边。